挣扎的成长

曾高飞 著

作家出版社

图书在版编目（CIP）数据

前行的人生. 第一部，挣扎的成长 / 曾高飞著. -- 北京：
作家出版社，2024.6

ISBN 978-7-5212-2702-4

Ⅰ. ①前… Ⅱ. ①曾… Ⅲ. ①长篇小说 - 中国 - 当代
Ⅳ. ①I247.5

中国国家版本馆 CIP 数据核字（2024）第 025412 号

前行的人生. 第一部，挣扎的成长

作　　者：曾高飞
责任编辑：宋辰辰
书名题字：刘亚东
装帧设计：意匠文化·丁奔亮
出版发行：作家出版社有限公司
社　　址：北京农展馆南里 10 号　　邮　　编：100125
电话传真：86-10-65067186（发行中心及邮购部）
　　　　　86-10-65004079（总编室）
E-mail:zuojia@zuojia.net.cn
http://www.zuojiachubanshe.com
印　　刷：唐山嘉德印刷有限公司
成品尺寸：152×230
字　　数：204 千
印　　张：15.75
版　　次：2024 年 6 月第 1 版
印　　次：2024 年 6 月第 1 次印刷
ISBN　978-7-5212-2702-4
定　　价：128.00 元（全三册）

作者简介

曾高飞，湖南祁东人，毕业于长沙理工大学中文系。曾在人民日报社，法治日报社任职多年，现为北京大学客座教授、长沙理工大学硕士生导师、资深媒体人、策划人、新媒体运营专家、著名财经作家、小说家、散文家、影视编剧，发表文学、新闻和财经作品共6000多篇，著有散文集《每个人的故乡，都在流浪》《似水流年，家乡味道》，系列长篇小说《前行的人生》三部曲《挣扎的成长》《青春花开》《浴火重生》及长篇小说《生如夏花》《小镇青年》《九尾狐》《红尘欲望》《窥浴》《手机江湖》，北京三部曲第一部《北京边缘》、小说集《感情通缉令》等，财经作品高飞锐思想丛书之《决胜话语权》《产经风云》《争夺话语权》《元宇宙掘金秘密》等，独立或参与编剧多部电影、电视剧本。坚持"左手财经，右手文学，用作品说话"，信奉"躺着思考，坐着写作，站着做人，跑着逐梦"。

致敬路遥，致敬逐梦者：

活在平凡的世界，缔造不平凡的人生

序：书写是成长的疗愈

成松柳

　　勤奋有才的高飞又给了我厚厚的书稿，嘱咐我作序。于是，放下手头的事情，将这部《前行的人生》读了两遍，直到觉得自己可以说上几句话，才停止了阅读，动笔写下一些体会。

　　小说以1970年代生人祁宏、高燕、凌林、张伟的成长、爱情、生活和奋斗为主线，真实地再现了改革开放后中国社会天翻地覆的变迁和演进。主人公的命运随着波澜壮阔的时代发展进程，一路前行，停不下来。从第一部《挣扎的成长》到第二部《青春花开》，再到第三部《浴火重生》，一群70年代生人从小学到中学，从中学到大学，继而开始踏入社会，他们的成长、生活和情感故事，的确是时代变迁的缩影，也是中国社会巨变的见证。

　　小说构思的高明之处在于以偏僻的湘南山区为缩影，以祁宏和高燕这对青梅竹马的年轻人的成长为主线，紧扣社会发展变化，映射改革时代的风起云涌——这自然与高飞的成长环境休戚相关。正因为如此，作者对地域场景、风土人情十分熟稔，描写起来行云流水，给人印象深刻。更难得的是，作者对那个变化的时代洞若观火，笔触真实，情感真挚。三部曲中，情感轶事、乡土风情与时代和社会的动态变幻交相辉映，共同推动情节蓬勃发展，激起读者的阅读兴趣。故而，该书虽然是大部头，读下来，却有酣畅淋漓之感。

小说中动人的还有爱情。爱情是人类情感最美好、最微妙、最丰满的所在，也是作者创作中用力很深的部分。祁宏、高燕、凌林、钱小芸，他们之间的情感故事，曲折迷离而又十分丰满。高飞是善于写爱情的，让人联想到张恨水和琼瑶。他既往的小说与散文，写到关于爱情的篇章，总是有些动人之处，本书也是如此。祁宏与高燕之间的情感令人唏嘘，这是时代给予人的感慨；凌林和祁宏情感的一波三折则让人提心吊胆，看不到结果寝食难安。好在有情人终成眷属。彼此依赖，相互信任，才是最深的相爱。爱情，要承诺，更需坚守。《前行的人生》写出了类似的感悟。

我读这部鸿篇巨制，感觉高飞不是在创作小说，而是以一个亲历者的身份，在重新经历既往的岁月。无数人的命运，时代的更替，背景的递嬗，随着主人公前行的脚步，一一凸显出来。也许，小说的力量，不仅仅在于情节和故事的流畅动人，更在于书中人物给读者传递的信念与道义。

所以，我总觉得，写作，是一种经历，也是一种学习与感受。读完《前行的人生》，更加坚定了我的想法。小说以充满张力的情节聚焦70年代生人的命运，回溯他们的斑驳来路和奋斗历程，审视那一代人面对生活的抉择。以独具匠心的人物设计深入当代生活的现场，追问和审视人们如何呵护情感，如何对待生活。从祁宏、高燕他们的人生选择与跌宕际遇中，寄予着作者对时代与人生命题的思考，让读者体悟人生悲喜交织互参中自我砥砺和坚守的力量。

无疑，在创作中，高飞保持了始终如一的诚实，因为真善美在作者看来，不是技巧和字眼，而是一种信念。这种信念就是前行，与时代前行，不能停下脚步。生活中的高飞不乏一些小的狡黠，但在写作时，他是诚实的，对同时代人，他充满了敬佩、同情和怜悯。如同作者自己宣称的那样，以后的写作，作者将真正介入当代生活，跟伟大时代同频共振。因为回溯了过往，与书中主人公一样，经历成长洗礼，心智和情感都已经成熟起来，自然，就有了新的期待。

高飞重新开始文学创作时，曾回长沙与我谈起他的想法。记得我向他表达过，文学创作即疗愈人生的观点，高飞很认可。读完《前行的人生》，这个想法更加明确了。书写是成长的疗愈，高飞的文学创作是对他人生的疗愈。在世俗的眼光里，高飞俨然是一个成功人士。他的产经新闻与评论已经在业界颇有影响，生活在北京，有房有车。为什么还要再次扎到文学创作的阵营里，在商品经济的大潮里，文学创作实在不是一个好的行当。所以除了疗愈，实在想不出其他理由。疗愈高飞的梦想，这可能是靠谱的。入大学前，高飞就是湖南衡阳有名的校园作家。大学中，创办文学社，靠写作维持生计，是一个妥妥的文学青年。但步入社会后，成家立业，使得他只能将文学创作放置一旁。为了生活，必须如此，但他心中的块垒却留下了。除了疗愈梦想，社会责任，人生缺憾等等，文学创作都是最理想的疗愈方式，谁的人生没有缺憾呢？谁又能一力扛起社会的种种责任，疗救社会的种种弊病呢？文学创作可以。读者关注某一个作品中的人物，不正是他在时代风口与个人奋斗下，活出了人们没有活出的一面，点燃了人们不能点燃的梦想？

当然，这也仅仅是我对高飞这些年勤奋创作的一个猜想。其实，文学作品的疗愈功能，不是我的发明。古今中外的文学理论都谈到过文学的疗愈作用。古希腊的亚里士多德关于文学的"净化"功能，指出悲剧通过"怜悯"和"恐惧"生发出净化人心的作用，开启了西方文学疗愈的滥觞。中国古代文学理论中，也从来不缺乏悲悯情怀，疗愈也是作家创作的重要推动力。现当代不少优秀作家在创作谈中，也有很多类似表达。

从这个角度说，高飞的创作，也是对中外古今文学创作理念的传承，《前行的人生》也是70年代生人的自我疗愈，他们在疗愈中前行。

70年代生人一直在践履《前行的人生》，创作者曾高飞也一直在前行。祝愿他们，也祝愿这个时代，一路前行，不要倒退，因为个人与时代，都需要成长。

（作者系长沙理工大学文学与新闻传播学院教授，湖南省人民政府参事）

自序：书写一本一生无悔的书

人生总要跟过去做一个交代，尤其是书写者，在此基础上，才能更好地审视现实，展望未来。我希望以《前行的人生》为节点，跟过去的题材，尤其是我们这批生于二十世纪七十年代，给让自己成长和感受最深刻的二十世纪八九十年代画上一个完美圆满的句号。

五一假期，一位爱好文学的政界朋友到曾高飞文学艺术馆闲聊，他的一句话让我醍醐灌顶，觉得今是昨非。他说：曾老师，您的这些作品以过去的题材为主，希望您有朝一日把目光和触觉放到现实中来，与时代同频共振，做大时代的书写者。我觉得朋友的话对极了，既然如此，那就从下一部作品的写作开始，把笔触放到现实中来，以大都市为背景，审视我们这个热火朝天的大时代，进行新的写作，尤其是写作时选择的时代背景。

《前行的人生》这部小说，算是拖太久了。按照当初的既定计划，《前行的人生》共三部是要在2022年完成的，一年一部，现在拖了一年。在这一年中，我被这个计划折磨，对它牵挂，吃不香，睡不好，甚至备受煎熬。今天终于完成，算是对自己有个交代了，对以前的生活有所交代，也可以如释重负，进行新的创作安排了。我就是这样一个计划性强，一旦完不成任务，就放不开的人，没有按计划行事，心里就有一种巨大的沉重负担，甚至过得很不开心——对于写作，尤其是大部头的写作，我只有往前赶，走在时间前面，而没有拖拖拉拉，落在时间后面的。

《前行的人生》之所以没有按计划进行，不是因为没有构思好，也不是因为没有灵感不想写，而是因为2022年的其他写作任务多，比较忙，没能顾得上。2022年，有两个月在云南东奔西跑，这两个月，除了写点儿小财经文章，没有做其他安排，剩下的时间，写了长篇小说《九尾狐》《窥浴》《小镇青年》，传统家教文化散文集《每个人的成长，都有迹可循》（二稿，与钟勇先生合作），财经作品《元宇宙掘金秘密》（初稿，2023年初定稿，与刘原先生合作），共五部书，所以，没能顾得上《前行的人生》的写作。

2019年下半年，重返文坛后，就一直计划对生于七十年代的那代人的成长、奋斗、学习、生活、情感，做一次回顾和总结，因为一路走来，对这个剧烈变化动荡的时代很熟悉，也感同身受，有很多话要说。2020年4月，开始写作第一部《挣扎的成长》。2021年6月开始写作第二部《青春花开》。按原计划，《前行的人生》要写作六部，共计超过200万字，比照《红楼梦》《平凡的世界》《静静的顿河》篇幅。第一部《挣扎的成长》有20多万字，写了主人公祁宏、高燕，张伟、凌林的成长和初恋，以祁宏和凌林考上大学，高燕和张伟辍学为终；第二部《青春花开》有60多万字，写了祁宏和凌林大学前两年的生活和感情；第三部《浴火重生》有30多万字，写了祁宏和凌林大学生涯后期的感情误会和纠葛。写完这三部，《前行的一生》已经超过了《红楼梦》和《平凡的世界》的篇幅。如果真要把《前行的人生》写完，后面还有结婚、生子、家庭、事业，估计原来计划的200万字篇幅都容纳不了。当然，前三部都是回忆，到后面，如果再写，那就是现实生活，跟上时代节拍，与时代同频共振了。

以后，《前行的人生》能不能如期继续下去，我不能肯定，也没有构思好后面的故事情节——至少还没有一个清晰的轮廓。但可以肯定，前三部是把我们七十年代生人的成长和经历写完了，算是对过去有了一个交代，从此以后，新的写作要进入现实生活中来，跟这个时代同频共振了——当然，也不排除会做一些其他追溯性的写作。这对我自己的写作和心智来说，是一个伟大的转折，也是一个巨大考验。

对于写作者来说，回忆过去，比较熟悉，也是比较容易的。把握现在，那就有点难了，因为看不准，也有些琢磨不透；展望未来，是最难的，因为我还没有进入到那种先知先觉的人生境界。但对写作者来说，这是一个必须跨过去的创作大坎，书写者不得不进行的一个伟大尝试，因为我们不能总是生活在过去，而是要生活在现在，要展望星辰大海。作为书写者，不能书写伟大时代，不能书写伟大城市，不能书写在这个时代和城市繁衍生息的伟大人民，是很不合适的，也是不合格的。

北京是一个具有深厚文化底蕴，又极富时代生活气息的大都市，承载了太多人的梦想和追逐梦想的脚步——这是我选择北漂的一个重要初衷。如果我能够把在北京摸爬滚打的人物写好，那就是号准了时代的脉搏，让自己站在时代前列，引领书写者的潮流。当然，跟很多其他书写者书写和塑造大人物不同，我天生偏爱小人物写作，偏向底层百姓，因为我一直在这个阶层摸爬滚打——到现在还是，这个阶层滋养了我，我希望自己能够为他们代言，书写他们巨细经历、生活点滴和心态变化。

这也许就是不忘初心，不忘本吧。我是一个小人物，我希望自己永远扎根在基层和底层，做一个勤奋的书写者。

每年寒暑易节，我都要不管不顾，从北京回到湖南乡下的老家，跟那些至今生活在农村的童年伙伴闲话家常，喝喝小酒，打打小牌，过段忆苦思甜的日子。在北京，我也有很多来自基层和底层的朋友；当然，也有很多位高权重的朋友，即使位高权重者，他们中的很多人，也是从小地方，从偏僻的农村，通过自己的努力，把事做好，把人做好，一步步走到了今天——他们都是积极奔跑、努力逐梦的人生赢家，我希望书写他们，诚实地为他们代言，真实地讲述他们的逐梦故事和人生，他们是自己人生的主角，是这个城市节拍的主角，更是这个伟大时代的主角。

既然选择了写作这条路，成为一个作家，那就专心点，坚持点。每个作家都有一个梦想，即写一部大部头的经典传世之作。托尔斯泰有《战争与和平》，马尔克斯有《百年孤独》，曹雪芹有《红楼梦》，路遥有《平凡的世界》，陈忠实有《白鹿原》……

这个名单很长，特别希望读者和文学评论家将来在后面加一个"曾高飞有《前行的人生》"。让我如释重负的是，现在这部书的写作终于可以暂时告一段落了。用陈忠实的话来说，这是一本可以当作枕头的书，共3部，92章，100多万字。篇幅超过了《红楼梦》和《平凡的世界》。但不得不说，《前行的人生》让人感到意犹未尽，主人公祁宏和凌林刚刚大学毕业，结婚、成家、立业、生子，人生还有太多课题等着他们经历，还可以写下若干部作品来。

作为一个作家，这辈子最大的愿望就是写一部让自己一生无悔的书，当然既包括质量，又包括篇幅。《前行的人生》是否可以担当这个重任，目前尚未可知。但不管它能也好，不能也罢，自己是必须前行的——只要生命不息，就要写作不止。

写作是一门苦差事，吃进的是草，挤出来的是牛奶和血，尤其是现在，所得与付出难成比例，我常常逃避写作带来的经济效益，只求问心无愧。人生一世，草木一秋。我们都希望自己来过，有些人用钱来衡量自己是否来过，是否值得。我只能高尚且迂腐地表示：我用文字和书籍来衡量，我曾经来过，此生无悔！

2023年5月2日

北京印象·曾高飞文学艺术馆

目　录

001　第一章　　用纸包糖骗来的小新娘

010　第二章　　穷妈妈向左，富爸爸向右

022　第三章　　财富多了，感情远了

035　第四章　　祁宏把偷看高燕洗澡的张伟揍了

045　第五章　　张伟把高燕从祁宏身边抢走了

058　第六章　　那阵恼人的户口买卖风

071　第七章　　高家起高楼，祁家筑债台

083　第八章　　美丽相约，初恋味道

095　第九章　　感情是两个人的天堂，多个人的地狱

107　第十章　　别人的设计，自己的愿望，该如何选择

119　第十一章　栈道上的牵手，陈仓里的初识

130　第十二章　书记千金的乡村生活初体验

143　第十三章　冷冬破家，两个温暖的女生

154　第十四章　轰动校园的求爱，把女生吓傻了

165　第十五章　那么大牺牲，有人做得到，有人为难

176 第十六章 追你到海角天涯，两人私订终身

188 第十七章 那朵美丽忘忧草到了"有花堪折直须折"时

199 第十八章 那个羞于示人的秘密，到了非说不可时

211 第十九章 悲伤逆流成河，高燕拿爱情跟父亲做了交易

223 第二十章 一边是绝望的婚礼，一边在绝望中新生

第一章　用纸包糖骗来的小新娘

同性相斥，异性相吸。这个物理属性放之四海而皆准，动物界如此，人类更是如此——心理不正常，有特别癖好的另当别论。

人与人之间，是"斥"是"吸"只跟性别有关系，跟年龄没有多大关系，忘年恋就是这样的例子。

不知道你几岁的时候开始对异性产生"喜欢"这种神秘神奇的感觉，反正祁宏喜欢高燕那年，他们都还小，都是小屁孩，都穿着衩裆裤，流着清鼻涕，十个指甲里塞满了泥垢尘埃，黑乎乎的，像极了聊斋故事中的女鬼。

骄阳似火的夏天，他们还在黑得发亮的肚皮上围一块绣着中国结的红艳艳的肚兜，其他什么都没有穿，该看见的一览无余，不该看见的也一览无余。

那个夏天，祁宏十岁，高燕八岁。祁宏在村后的中心小学上二年级了。高燕准备在夏天结束后，秋天到来之际，背着书包上学堂。

二十世纪八十年代初，农村孩子上学都比较迟，六七岁是小的了，一般都要到八九岁才启蒙。他们在这个年龄上学，不算早，也不算晚，在平均数上。

那个年纪，喜欢就是喜欢，只是意味着在一起玩得来，看着顺眼，处得愉快，没有大人那种不洁净的想法。儿时的感情就像从村后的四明山上哗哗哗地奔流下来的祁水河，洁净清爽，活泼透亮，一眼望到底，看到干净的鹅卵石静静地躺在河底——鹅卵石在河底望着蓝天白云，想着遥远的事，很久很久以前，没有成为化石的时候，它们也有喜怒哀乐。

祁水河的水不需要用其他容器舀盛，也不需要经过烧煮就可以敞开胸怀喝，就像村民开怀畅饮那杯自酿的米酒。四明山的农民劳作辛苦了，累了，渴了，来到河边，用双手掬一捧河水就喝。那水没什么杂质，没什么不洁的成分，河水有点甜，有点沁凉，那种甜和凉直入心底，令人精神倍增，浑身涌上来使不完的劲。长大后到城市安营扎寨的祁宏找到了与祁水河的水十分接近的饮料，那就是冰啤，他在一个闷热的夏天的晚上爱上了这一口。

当然了，不喜欢就是不喜欢，也勉强不来。小孩不像大人那样，戴着社交面具，见人说人话，见鬼说鬼话，一个比一个会装，一次比一次装得来劲——这就是一个谎要用一百个谎来圆的根源。比如祁宏和高燕都不喜欢那个爱作威作福、指手画脚的孩子王张伟。全村其他小朋友都巴结张伟，给他进贡红薯干、土豆、花生米、南瓜子等零食；可祁宏和高燕两个小不点偏不，他们下意识地不买张伟的账，阳奉阴违，有时还公然跟张伟唱对台戏。

敌人的敌人就是朋友。在孤立无援中，祁宏和高燕很快发现了这个共同点，他们迅速走近，结成了联盟，联手来对付张伟，让张伟难堪。这让张伟十分恼火，不动声色地给他们小鞋穿，排挤和孤立他们。祁宏和高燕的关系因此更加紧密了，有时候两个人坐在地上玩泥巴、逗蚂蚁就能玩一个上午或者一个下午。

小孩是小孩的想法，大人是大人的想法。小孩纯洁简单的想法到了大人那儿就变得复杂深奥，被上纲上线，有时候甚至有了龌龊的味道。

大人想，这两个兔崽子，没巴掌大就谈情说爱了，不是小流氓是什么？当然，这种评价，很多都是冲着祁宏来的，谁叫他是男孩呢？谁叫他的父亲朱鹏是外来移民呢？谁叫朱鹏是入赘的呢？入赘的男人往往要夹着尾巴做人，在村里没有地位。

四明山的村民普遍认为祁宏十来岁就会泡妞了，现在是小流氓，将来长大了，就成大流氓了。那还得了，岂不是要祸害乡村邻里，祸害黄花闺女和年轻小媳妇？

有丰富阅历的村民看事情还是比较准的，他们猜什么果真就来了什么。小屁孩祁宏对另一个小屁孩高燕表白了，而且是当着村里十多个孩子的面，大家在一起过家家的时候。

祁宏给小伙伴们每人发了一颗用色彩斑斓的纸包裹着的糖，条件是要他们同意在过家家的时候，让高燕扮新娘，他扮新郎。

那纸包糖是祁宏的一位远房表叔从省城长沙回来探亲，给他们兄弟姐妹几个带来的礼物，一共两包，一包一斤。父母没舍得拿出来给孩子们吃，将纸包糖藏在储物间的坛子里，准备留着过年的时候，招待上门的客人用。祁宏把其中一包抠了一个手指洞，偷偷地挖出来十多颗。

那个年代，还是计划经济，买什么都要票，买粮要粮票，买肉要肉票，买煤油要油票——还没电，晚上照明用煤油灯。家家户户都很穷，没钱，油盐酱醋都是能省则省。纸包糖更是稀罕之物，镇上供销社少量供应，还要凭糖票，一次不能买多了，小伙伴们一年到头难得吃上三五回。

小伙伴们满怀激动地接过纸包糖，迫不及待地剥开外面那层彩纸，露出来祁水河边的小石头大小的、方方正正的、米黄色的透亮的糖果。把糖果丢进嘴里，含着，在口腔里灵活地伸着舌头，不时地绕糖果舔一圈，那种甜甜的滋味就浸润了整个口腔。甜甜的唾液沿着食道顺流而下，一路地滋润下去，甜蜜下去，直达心底。

拿人家的手短，吃人家的嘴软。俗话说有奶便是娘，那是指吃奶的时候——在吃糖的那一刻，有糖便是爹和娘了。吃着糖，小伙伴们一点反对的声浪也没有了，包括平时嚣张、对他们颇有意见的张伟。

那次过家家，祁宏说啥就是啥，想做啥小伙伴们都无条件支持。

最不能亏待的、最占便宜的、最需要讨好的就是"新娘子"高燕了。为让高燕扮演好角色，祁宏一边心疼糖，一边大方地塞给她一个人三颗。

高燕把其中一颗糖剥了纸皮丢进嘴里，另外两颗小心翼翼地揣进了兜里。高燕准备留一颗给爸爸高欣，留一颗给妈妈王红梅。可高燕最后还是没能抵住糖的诱惑，过家家游戏还没结束，另外两颗纸包糖也牺牲在了她那张涎水就像泉水一样不停地冒出来的好看的小嘴里。

高燕一人独享三颗纸包糖，让其他小伙伴羡慕嫉妒恨，却又无可奈何。糖是祁宏的，他爱给谁就给维，爱给多少颗就给多少颗，谁叫祁宏看上了高燕，没看上自己呢？

小伙伴们也不敢把不满情绪表达出来，怕惹毛了祁宏，该给自己的那块糖说不定就不给了，说不定给了也要拿回去。

分了糖，祁宏获得了大家一致拥戴，高燕也高高兴兴地做了祁宏的"新娘"。长到这么大，还没有人一次性给过她三颗纸包糖呢，即使是父母，也是一颗一颗地给的，而且不常给。祁宏对她，比父母对她还好呢！

那次过家家，高燕和小伙伴们出奇地配合了祁宏。在祁宏导演和编排下，"婚礼"有条不紊地进行着。

祁宏给高燕戴上了用嫩绿柔软的柳条编织的"新娘"桂冠，在大家的簇拥下和吆喝声中，祁宏"猪八戒背媳妇"，把高燕背进了"他们的家"。

八岁的高燕营养不良，面黄肌瘦。除了张伟，那批孩子都营养不良。那时候，农村的孩子吃不饱，穿不暖，长不高，长不胖。在同龄女生中，因为瘦，高燕显得高挑苗条。但她脸圆眼大，眉长齿白，具备了美人坯子的雏形，就是被农村的泼辣的阳光晒得黝黑了点。

情人眼里出西施，在祁宏眼里，高燕是全村那群女娃中最漂亮的那一个。祁宏觉得高燕的黑跟别的女孩不一样，有一种温润如玉的亲切感，干净光滑，刺激得人很想伸手摸一下。

这种过家家游戏，平时小伙伴们也爱玩。不过，以前"新郎"、"新娘"由"孩子王"和"孩子后"扮演，祁宏和高燕只是看客和配角，这回他们是大姑娘上轿，头一回做了主角。

虽然只是玩游戏，高燕还是有点害羞；祁宏则踌躇满志，意气风发，一脸豪情，满心激越。在拜堂仪式结束后，祁宏变戏法一样捧着一束鲜艳的忘忧草，献给了自己的新娘子。

忘忧草不是一种草，是一种花，当地俗名叫黄花菜。那束忘忧草含苞待放，花瓣纤细修长，颜色金黄透明，在阳光下闪闪发亮。

忘忧草在湘南祁东广泛种植，村前屋后，漫山遍野都是，在春夏秋三季蔚为壮观。

忘忧草"观为名花，用为良药，食为佳肴"，是祁东农民的主要经济作物。据现代医药验证，黄花菜利尿、解热、止痛、补血、健脑、催奶、定神、通便，几乎医治百病。

祁东县的黄花菜很有名，占到了全国市场的半壁江山。黄花菜还有一个文艺范儿十足的名字：萱草。唐朝诗人孟郊《游子吟》中那句"谁言寸草心，报得三春晖"中的"草"，就是萱草。在其另一首诗《游子诗》中称：萱草生堂阶，游子行天涯。慈母倚堂门，不见萱草花。

拜完堂，吃完糖，过家家游戏就到了高潮，也接近尾声了，本来应该各自散去，什么事也没有了。坏就坏在祁宏意犹未尽，一时没能把持住，加了一个小伙伴们平时玩过家家从来不敢逾越雷池的情节：他当着小伙伴们的面，用双手捧起高燕的小脸，亲了下去，尽管亲的地方不是嘴唇，只是额头——那时候，没有电视，也没有网络，那个年纪的祁宏还不知道"新郎"、"新娘"要亲嘴，只是下意识地亲脸了。

可这个动作还是超出了平时玩家家的既定范围——其实，亲高燕也是祁宏突然心血来潮，加进去的，小伙伴们看着祁宏的动作，目瞪口呆，半天没有反应过来，也不知道游戏接下来该如何进行下去。

高燕被吓得"哇"的一声，哭了起来——她怕自己被祁宏亲了，会生出孩子来，要做妈妈了，可自己还是个小孩呢。高燕曾经问过父母自己是怎么来的，王红梅告诉她是高欣亲出来的。

有人哭了，小伙伴们就慌了，赶紧脚底擦油，作鸟兽散，各回各的家，各找各的妈了。

祁宏自己也吓坏了，在他的设计中，没有高燕号啕大哭这一情节。高燕一哭，祁宏就慌了。祁宏哄了几下，没想到高燕哭得更欢了。祁宏想掏一颗糖要高燕别哭了，可糖早就发完了。祁宏见势不妙，也脚底擦油，偷偷地溜回了家。他躲在家里，开始害怕，那颗小心脏扑通扑通地狂跳不止。

高燕也哭哭啼啼地回家了，像是受到了莫大委屈，也承担着巨大的恐惧。

这场过家家游戏虎头蛇尾，不欢而散。

过家家闹出来的风波并没有因为游戏散场，大家各回各家暂时告一段落。

那天晚上，回家后，还是有小伙伴没能忍住，惴惴不安地把祁宏捧着高燕的脸，狠狠地亲了一下的事，绘声绘色地告诉了父母。

这个消息就像长了翅膀，不出半个小时就传遍了全村，成为大家茶余饭后的笑话，当然也传到了高燕的父亲高欣的耳朵里。

高欣很生气，他从厨房柴火灶旁抓了几根用来当作柴薪的黄花菜枝秆，噼里啪啦地打在高燕的光屁股上。黄花秆落处，裸露的细嫩的屁股上立刻出现了一道道又红又肿的痕迹，高燕感到那儿一阵阵火辣辣的疼，那痛立刻扩散到了全身。

那一刻，高燕很后悔吃了祁宏的纸包糖，做了祁宏的"新娘"。

她哭着向高欣保证，以后再也不要祁宏的纸包糖了，不做祁宏的"新娘"了，甚至保证不跟祁宏玩了——当然，小孩说的话，当时有效，转背就忘了。

事情并没有结束，打完高燕，越想越气的高欣拽着哭哭啼啼的高燕跑到祁宏家兴师问罪来了。

祁宏的母亲祁茗，父亲朱鹏听完高欣的投诉，这对三十多岁的农民夫妇也被气疯了，不把这根扭曲的藤蔓及时纠正过来，以后变结实了就麻烦了。朱鹏顺手抓起靠在屋角的笤帚，高高扬起，不轻不重地落在祁宏身上。

出于母性护犊的本能，祁茗一边护着祁宏，尽量不让笤帚落在儿子身上，一边真心实意地咒骂祁宏。这对夫妻教育子女的方式在当地农村很具代表性：父亲是真心打；母亲是真心护，一边护，一边真心骂。

看到有数笤帚结实地落在祁宏身上，从发出来的清脆的声音判断，力度还不轻，高欣的怨气就消了一大半，他夺过朱鹏手里的笤帚，扔在了地上，嘴上说："算了，算了，还是个孩子，别打了。"

也是，祁宏还是一个十岁的孩子，对这种事的清算，也只能适可而止了。

祁茗给高欣赔着笑脸，说着好话，道着歉，高欣的气也就慢慢地消了，祁茗替祁宏做了保证，称以后不再出现这种荒诞不经的事情。高欣也顺水推舟，声称不再追究了。

三个大人转移话题，在一块拉起了家常，抱怨度日如年的苦日子，不知什么时候是个头。

在高欣看来，祁茗这个女人还是那样识大体，顾大局，那样忍辱负重，处事滴水不漏，让人打心眼里感觉舒服，那声音听着也让人融化成水。

其实，小孩之间玩过家家过分也没什么。高欣只是想找个借口过来看看祁茗，能找点碴，发发怨气最好了。好多年了，他心里一直堵得慌，越积越重。

人也打了，气也消了，该看的女人也看了，高欣牵着女儿准备凯旋回家。

朱鹏在祁茗眼色授意下，从储物室的坛子里拿出来一包纸包糖。祁茗从朱鹏手里接过纸包糖，塞给了高燕，算是对孩子的补偿。

高燕看了看父亲，见父亲没有反对，接过纸包糖，破涕为笑了。高燕满怀欣喜地把纸包糖用双手紧紧地抱在了胸前——她还没见过这么多纸包糖呢。

这包纸包糖也让高欣打心眼里感到高兴：家里还有几个孩子呢，这包纸包糖也够他们几个每人分几颗了，让他们也高兴高兴，甜蜜甜蜜，他和老婆王红梅一起共舔一颗，尝尝味道就够了。

在往回走的路上，高欣什么气都没有了，心里倒有了一种满足感，就像夜晚的山风拂过。

高欣抬头望了望天，天空瓦蓝瓦蓝的，夜晚都能看到悠悠的白云。小如蝌蚪的星星布满天幕，像淘气的孩子在不停地眨着眼睛。那轮弯弯的月亮就像白天拿在手上割草的那把锋利的镰刀，把天空那片无边无际的瓦蓝割出来一道白亮的口子。

青蛙的呱呱声，夏蝉的知了声，其他虫子的吟唱声，此起彼伏，把四明山的夏夜烘托得热闹非凡。三三两两的萤火虫或在前边拎着灯笼带路，或在身旁萦绕，或在身后跟随。

从天上到地上，一切都在预示着，日子一如既往，明天又是一个大晴天。

那天晚上，祁宏虽然挨了打，心里却是美滋滋的，就像吃了一颗纸包糖一样。在他幼小的心里，高燕做了他的"新娘"，以后就是他的了。他要保护她，谁欺负她，他就跟谁拼命。

在这里，很有必要交代一下，祁宏从母姓，父亲朱鹏是从外地逃难过来，入赘的，这个家是祁茗当家做主。在四明山，谁找祁家办事，都是心照不宣地跟祁茗打招呼。

二十多年前，"文化大革命"如火如荼的时候，身为人民教师的朱鹏的父亲被自己的学生打成了右派，天天被五花大绑，戴着高帽，作为"牛鬼蛇神"，被揪着游街、批斗、打骂、侮辱是家常便饭。父亲无法忍受肉体和精神上的双重折磨，在一个月黑风高的夜晚，从六层教学楼上跳下来，"畏罪"自杀了。

办完父亲后事，十四五岁、"黑五类"子女的朱鹏跟着母亲从安徽连夜出逃，一路逃了过来，隐姓埋名，昼伏夜出，有多远走多远。到了湖南祁东四明山地界，又累又饿，实在撑不下去了，母子俩倒在路边的草丛中，不省人事了。

那天清早，早起下地干活的祁茗的父亲发现了奄奄一息的他们。

祁茗父亲看母子可怜，把他们背回家，给他们水喝，给他们红薯吃。听他们讲述完自己一家的遭遇，祁茗的父亲动了恻隐之心，给他们收拾了一间屋子，腾出来一张床，收留了他们。

朱鹏的母亲没能撑住，十多天后，撒手人寰，追随丈夫去了。

祁家在屋后山上找了一块荒地，挖了一个坑，用一张草席，把朱鹏母亲埋了。

朱鹏从此就在祁家安营扎寨，落地生根，白天跟着祁茗父亲一起出工，挣工分养活自己。

四明山的人很善良，没有把朱鹏当外人，更没有向上级反映和举报这个来路不明的年轻人。

转眼七八年过去了，朱鹏和祁茗也长大了，男大当婚，女大当嫁，病在床上的祁茗父亲做主，拉过他们的手，叠放在一起，要他们在自己临死之际，结成了夫妻，就这样，朱鹏做了上门女婿。

结婚不到一年，祁宏就呱呱坠地，以划破四明山夜空的嘹亮哭声宣布了自己的横空出世。

第二章 穷妈妈向左，富爸爸向右

那是一个一切刚刚从睡梦中苏醒，睁开惺忪蒙眬的睡眼，一边揉着眼睛打量这个新奇的世界，一边脑海里还残留着梦魇的惊悸的年代。

勤快本分的山区农民，每天太阳还没从遥远的地平线或山峦爬上来就早早地起床了，他们饿着肚皮在田间地头到处转悠，看着蓬勃生长的庄稼，却又不知道该干些什么——他们浑身有劲，却又无处可使。大家集体出工，听从生产队长的口哨或者村庄上空的高声喇叭发出出工指令，流着一样的汗，吃着一样的饭，只有婆娘和孩子是自己的。

所有的土地和庄稼都是集体的，喂些鸡，养些鸭，也要偷偷摸摸，还不能数量过多；至于猪、牛、羊这些大型牲畜，只有集体才配拥有，个人家庭是想都不能想的；谁家偷偷摸摸地养了，都是纸包不住火，要被当作"资本主义尾巴"割掉的——来割"资本主义尾巴"的都是干部，你只能眼睁睁地看着他把鸡鸭顺走，还不能申辩，干部捉走的鸡鸭也都是拿到公共食堂，少数几个干部见者有份，一起打了牙祭。

穷则思变，变则通，通则久。吃不饱，穿不暖的现实，让中国农民处在饥寒交迫之中，求新求变的星星之火不断地冒出来。

1978年11月24日，安徽省小岗村18户农民打响了中国农村改革的第一枪，他们冒着杀头坐牢的危险，搞起了家庭联产承包责任制。

一石激起千层浪。小岗村模式迅速被全国农民私底下议论纷纷，都投去羡慕和钦佩的目光，但都在徘徊观望，很少有人迈出实质性效仿的一步，谁迈出第一步谁就有可能被抓去坐牢的——饿肚皮事小，坐牢事大。

1978年12月，中国共产党第十一届三中全会召开，中国改革开放和现代化的总设计师邓小平同志在会上提出了"改革开放"的伟大构想，号召"任何一个民族，一个国家，都要学习别的民族，别的国家的长处，学习人家的先进科学技术"。

冬天已经来了，春天还会远吗？冬天里，一声春雷从头顶轰隆隆滚过，响彻神州大地。雷声过后，浩浩荡荡的改革春风开始劲扫全国各地，翻开了中国历史进程中的崭新一页。

有人拥护改革开放，有人抱残守缺；有人坚决支持，也有人阳奉阴违；有的地方快步跟进，有的地方迟迟没有动静。家庭联产承包责任制在共和国缔造者毛主席的故乡湖南省的农村揭开序幕，已经到了1982年。

位于偏僻山区的四明山公社落实到位，还要晚了一年。闭塞的山区农村，在响应政策号召上，往往都是落在最后一批。

该来的还是要来，谁也阻挡不了。1982年，省里把政策下达到县里，县里把政策下达到乡里，很多地方开始了轰轰烈烈的分田到户。

四明山公社的人民不相信这一切都是真的，他们已经过了二三十年的集体生活。贫农出身的公社主任张解放担心今年分了田地，明年又要被收上去，折腾起来，劳民伤财，所以，并没有立刻落实，这样又自作主张地拖了一年。

那年秋收过后，看到分田到户政策稳定了，其他兄弟公社分下去的土地并没被上面收回的意思，看着兄弟公社农民的热闹丰收的景象，听着自己所辖公社的村民的怨声载道，颇有微词，张解放终于下定决心，准备在四明山公社推行家庭联产承包责任制。

那些年，尽管农民家庭贫穷，但以生产队为单位，各级集体还是积累了一定数量的共同财产。在分田到户那一刻，都要打破砂锅，把所有财产一次性地瓜分清楚。

最重要的是稻田、土地、池塘，其次是仓库里的粮食、栏里饲养的猪牛羊以及打稻机、风车、犁、耙等大型农具，还有成群结队的鸡、鸭、鹅等家禽。

稻田、土地、粮食、猪、羊、鸡、鸭、鹅都好办，按人头来，平均分配。大的猪羊，宰掉分肉吃。其他的，估算一下价值，弄个大概，大家抓阄决定，分多分少，看各自运气。

土地是最大的财产，也是最难公平公正处置的，分起来最棘手。

稻田和土地有好有坏，谁家分到肥田，谁家分到瘦地，要看运气，有的也看关系。

这里面有门道，掌权者有一定的作弊空间。

自己分到什么，倒没关系。生产队长高欣唯一担心的就是祁茗家——祁茗是他一生的痛，不愿意轻易提起，但也难轻易翻过去。

决定分田到户的前一天晚上，吃完晚饭后，高欣推开祁茗家的门，走了进去——他和祁家好久都不往来了。

祁家的饭吃得要晚点，一家老老少少围坐在一张红色的方桌上吃饭，那红色已经很黯淡了，与昏暗融为一体，更显沧桑年代感。轻微晃动的煤油灯下，七八颗脑袋在夜色中若明若暗。

桌上只有一碗腌萝卜，一碗新鲜的青菜。年纪最大的奶奶和年纪最小的妹妹一人半碗白米饭，一个红薯，其他人都是一人一碗照得见人影来的稀粥，一大一小两个红薯。

看到高欣来了，祁茗赶紧从凳子上站起来，给客人让座。

朱鹏取来一双筷子，一个干净的碗，放在桌上，示意高欣坐下来将就着吃点——其实，各家的每顿饭菜都是量身定做的，桌上并没有什么多余的饭菜供客人下筷，一切都是一种摆设，一句客套而已。

四明山的村民对待客人都是这个套路，差不了多少。

高欣的到来，让祁家升起一阵忐忑不安，以为上次过家家的事情还没有完呢。祁宏见了高欣，下意识地站起来，躲在了母亲身后，不敢拿正眼看客人，更怕客人说完话后，父亲拿笤帚打他。

从十一年前朱鹏和祁茗结婚后，高欣就很少来祁家串门了。

在生产队，高欣是一个能干的人，当着生产队长，有力气，有头脑，有威信，号令村民。在全村乃至四明山公社的几十个生产队长中，高欣都算得上是一个优秀能干的生产队长。

高欣没有坐下来，也没有拿起筷子夹东西吃。望着上有老，下有小，紧巴巴地过着苦日子的一家子，高欣心里很不是滋味，还好就要分田到户了，这种生活也快熬到头了。

高欣示意朱鹏和祁茗跟他到一边商量事情，祁茗和朱鹏放下碗筷，三个大人在堂屋中间呈三角状站定。

朱鹏从口袋里掏出一只小布袋，拈出一把细长的卷烟丝，又摸出一张孩子废弃的作业纸，把烟丝包了，卷了，吐了一口唾液粘牢，递给了高欣。

高欣接过烟，叼在嘴上，自己掏出一盒洋火，擦亮了，把卷烟点燃，吞云吐雾了起来。

卷烟味儿很重，很快满屋子都是浓浓的烟味了。

高欣一吸一吐，烟头一明一灭，明灭的烟火照映着三张黝黑发亮的脸。火光中，祁茗那张熟悉的、风韵犹存的俏脸让他隐约有点心痛，人生真快，转眼都是人到中年，各有各的另一半，各有各的孩子了。

高欣把生产队准备分田到户的事情告诉了祁茗和朱鹏。

虽然早就风在吹，草在动了，但真正听到要分田到户了，祁茗和朱鹏还是有些吃惊，也掩饰不住内心的兴奋，三个人都有些激动，说话的声音跟平时都不一样了，夹杂了一些颤音——他们都在盼着这天早点到来。

"生产队的田和土，有远的，有近的，有肥的，有差的，你们有啥子想法？"

高欣试探着问。

"抓阄吧，听天由命呗，这样也公平，要不还能咋样呢？"

祁铭一边回答，一边反问高欣。

这对老实人，让高欣有点儿恨铁不成钢，非要把什么事情都给他们交代得明明白白，妥妥帖帖才行。

"你们家这么多人，老的老，小的小，抓了瘦田贫地，那就饭都吃不上了，可能比现在的生活还要差，为老人和孩子着想一下啊。"

高欣暗示性地说。

一切都是命，半点不由人。还能有啥想法呢？

不过，高欣的话，说得祁茗心有戚戚焉。成家以后，这个家庭的财富没有增长，添丁倒是全公社表率，两年一个，中间从没间断过，现在已经有两个男孩，三个女娃，一共五个小孩了。幸亏计划生育开始了，把朱鹏给扎了，要不再生下去，真是吃灰都找不到门了。

祁茗觉得自己和朱鹏的骨头都快要被这群只知吃喝，不创造财富的败家子啃光了。

高欣的话，让祁茗深有感触，有了一种想哭的冲动，她以眼睛吹进了沙子为由，举起袖子擦了擦眼。

"明天晚上抓阄的时候，有一张纸条，我在上面用铅笔轻轻地点了一个淡淡的记号，我想办法安排你第一个抓，你用心辨识一下，把那个阄抓了。那是生产队最好的稻田。这个事儿，你知，我知，就不要告诉其他人了。"

高欣对祁茗做了交代。

这种事，肯定是不会告诉别人的。

高欣的特别关照让祁茗感到一股暖流从心里流过，她感激地看了高欣一眼。恰好高欣在这个时候吸了一大口烟，烟火亮处，那张古铜色的国字脸还是那样熟悉和英俊，宽阔的额头上多出来的几道皱纹给他多添了几分成熟的男人的味道。

祁茗有些心慌意乱。那丝慌乱被淹没在茫茫夜色中，两个男人都没有察觉到。

说完事，又扯了一会儿家常，高欣告别祁茗和朱鹏，准备回家。

主人夫妇把客人送到门口，高欣说了声"留步"，然后转过身，消失在茫茫的夜色里。

村子中间的那条路是平整的大青石板铺成的。高欣的脚步很有力，自制的木板拖鞋叩在石板路上，发出啪啪啪的声音，结实有力，声音在寂静的冬夜传出很远，打破了村庄的宁静。

多少年没有这么用心地谛听这个男人的脚步声了，祁茗不由自主地想，还是那么有劲的一个男人，浑身上下充满生命的力量。

分田到户是在第二天开始的。

从吃完中午饭开始，村民就陆陆续续地聚集在高欣家里。有人在聊天，有人在扯字牌，有人在打情骂俏，说着荤段子。

下午两点整，人都到齐了，开始开会。

大家放下手里的活计，有说有笑，像过年过节一样，脸上洋溢着幸福的憧憬，准备分生产队的财产。

当然，村民们也有些悲伤，几十年来，他们已经习惯了集体劳动，感受集体温暖，劳动时，老的小的，瘦的病的，都有人照顾。他们清楚地感受到，分田到户后，那种哨声一响，集体出工，大家边干活边说着荤话开着玩笑的日子一去不复返了；他们知道，虽然现在都在一个起跑线上，可三五年后就要分出高下来，有的人富裕了，有的人依旧贫穷，各有各的命，各管各的家，各过各的生活了。

那天晚上生产队打牙祭，大家都不用回家做饭了，包括老人和小孩，都在生产队吃，东挪西借来的十多张方桌在高欣屋前的晒谷坪上一字儿排开，就像张罗大喜事一样。

上午，生产队抽干了一口池塘，捉回来一百多斤鱼，还杀了一头大猪，宰了十多只鸡，十多只鸭。生产队打过很多次牙祭，也有肉有鱼吃，也有酒喝，但这次是最热闹最铺张的一次，平时年终分年货过年都没有这么热闹。

大家心知肚明，这是一顿散伙饭，这顿饭后，集体生活从此画上句号。

那天晚上，只有半边的月亮罕见地皎洁亮堂，安静地挂在半空中，把四明山的乡村之夜照亮，远处的山庄严肃穆，山上的树木隐隐约约，一片黛青色。

从下午开始，祁茗带着生产队上的其他堂客张罗饭菜。祁茗是四明山公社公认的厨艺高手，红白喜事都请她做大厨。同样的食材，同样的油盐酱醋，经过祁茗那双妙手做出来，味道就是不一样。这让其他男人很羡慕朱鹏，有这样一位堂客，一辈子生活都要香甜幸福。

在高欣主持下，男人们吵吵嚷嚷，在你一言我一语的建议和争执中，把田地一份份地分开了。每家每户的人数都在五个以上，就以五为基数，再按人头补。大家七嘴八舌，东拼西补，做到尽量公平，好不容易才弄得七七八八。

一切准备妥当，村民们跃跃欲试，准备抓阄分田。

谁来先抓呢?

大家提议高欣先来，因为他是队长，什么事都是他带头的，分田抓阄也最好是他来带头。

可高欣把大家的提议毫不客气地否了。他清了清嗓门，大声地询问围在身边的那群男人：

"今天晚上，为这分田，哪个最辛苦?"

这个问题还真把人问住了，难道不是劳心劳力的生产队长?

大家面面相觑，不知道高欣葫芦里卖的是什么药。

"队长最辛苦。"

静默中，有人站出来拍马屁。

这个答案拍在了马腿上，话一出来就被高欣不客气地扫了一眼。

"祁茗最辛苦。"

有人在角落里小声地嘀咕。

声音虽小，却被高欣捕捉到了，因为说到了他心坎上。高欣兴奋地跳上桌，对着满屋子的村民，大手一挥，毋庸置疑地说：

"对！今天晚上是我们的大厨祁茗最辛苦！她给我们张罗好吃的，好喝的，忙了一个下午，不容易。我建议让祁茗第一个抓，大家说好不好？"

"好！"村民们异口同声地附和。

有人跑进厨房，把祁茗拉过来抓阄。

挤进男人堆，祁茗抬头望了一眼高欣。高欣微微地点点头，两人心照不宣。

一切都是那样默契，一如从前，又恍如隔世。

这种默契的感觉，他们曾经有过，但已经久违了，遗弃在岁月深处。这十多年来，他们虽然住在对面，中间隔着一条青石路，两家相距几十步路，天天相见，但这几十步路走起来却是那样遥远，就像两条平行的铁轨，没有交叉的希望，哪怕用一辈子都走不过去。

这两个人是真明白了，原来这个世界上，最远的距离，不是空间的遥远，也不是时间的久远，而是感情的疏远，是心灵的隔阂。

中间那张方桌中央，拥挤地放着十多个大小一致，长相一样的纸团。

大家都紧张地审视着，想透过那层不透明的纸，猜测到纸上的内容，但一无所获。

只有一个小纸团，上面不经意地露出来一个淡淡的铅笔点，没有人注意到，只有祁茗一眼就发现了。

那个点似有若无，若隐若现。但在祁茗眼里，那个点就像那夜的北斗七星那样闪亮耀眼。

祁茗心里十分矛盾纠结，她是懂高欣的，但这片心意，她没办法接受。

大家的日子都苦哈哈的，又不是自己一个人苦，也不是自己一家苦。大家都在盼望着分到肥田良地呢。如果自己抓了那个纸条，她怎么对得起朝夕相处的父老乡亲和自己的良心？欠下高欣的这份情，她如何还？她如何面对丈夫朱鹏？

在众人期盼的起哄声中，祁茗伸出手，伸向那堆纸团。

屋子里突然静了下来，鸦雀无声，大家看着祁茗，大气都不敢出。

祁茗的手在那个带点的纸团上空停留了片刻，等落下来的时候，她抓住了旁边的另一个纸团。

看着约定的纸团跟祁茗擦肩而过，高欣的脑袋嗡嗡作响，眼前发黑，他强忍着，脸色阴沉了下来。

不是事先都设计好了，沟通好了吗？怎么就这么不识好歹？怎么就这么不给面子，作践自己呢？

祁茗不敢正视高欣，她深呼吸了一口气，徐徐地展开纸条，读了出来，确定了属于自己的那份田地。

果然，运气不佳，祁茗抓住的那份田地是生产队最贫瘠的几块稻田之一，每年化肥农药用得多，产量还上不去。

"真是个不知变通的蠢直人，这么多年了都变不了，自作自受！"

高欣在心里面狠狠地嘀咕了一句，没有人听到，没有人听懂，但高欣相信祁茗听到了，也听懂了——即使高欣在肚里嘀咕，他相信祁茗也是听得见的。

第二个出场抓阄的，是生产队长高欣，大家没有什么异议。队长不带头，谁都不敢动。在队员们的尖叫声中，高欣上场了，他没有犹豫，把手伸向了那个带点的纸团，那是生产队最肥的那份田地。

队长就是队长，有队长的运气和福气，手都长了眼睛。对这个结果，大家都心服口服，没有人质疑。

抓完阄，大家兴奋地，热闹地对比着，议论着，有人高兴，有人沮丧。不过，有了自己的田地，高兴的成分要多过沮丧。

在确定了自己那份田地后，祁茗回到了厨房，继续带着堂客们热火朝天地做饭，炒菜，粗声大气地说笑。

慢慢地，饭香、菜香弥漫全屋，从窗户飘了出来，在村庄上空飘荡，让村庄里的猫狗鼠躁动不安，闻讯赶了过来。

打牙祭了，孩子们也是兴奋莫名，在晒谷坪上追逐，嬉戏，打闹，熬着时光，期待着开餐那一刻到来，他们一年难得吃一回饱饭，何况还有鸡鸭鱼肉。

母亲在厨房掌勺做大厨，祁宏就有了得天独厚的条件。他溜进厨房，抓了一把热乎乎的、香喷喷的油渣，又敏捷地溜了出来。

祁宏找到高燕，把她拉到一边，把手上的油渣分给她一半。看到油渣，高燕口水流了出来，满脸灿烂地笑了，像春天的花儿一样。有了吃的，那馋糖做新娘挨打的事，早就抛到了九霄云外。

这事儿，被抓完阄后，等着开饭的男人们看到，他们正愁没乐子呢！大人们坏坏地起哄："宏崽，这么小，就晓得疼老婆了？"

"我还不是他老婆。"想起上回挨揍，高燕还是心有余悸，她哇的一声哭了，坐在晒谷坪上，用两只脚后跟在水泥地面上来回地摩擦，油渣却被她紧紧地攥在手里。

看到高燕大哭，大人们觉得很无趣，也要给生产队长面子，玩笑就到此为止。

那顿晚餐，菜肴很丰盛，都是大鱼大肉，生产队从来没有这样奢侈过，每个桌上都摆得满满的。村民们都很尽兴，把生产队春天酿的两坛米酒喝了一个底朝天，男男女女都醉醺醺的，东倒西歪，站立不稳，一直闹到很晚才陆续散去，互相搀扶着回家。

朱鹏带着孩子们早一步回去歇息了，祁茗收拾完碗筷，最后一个离开。

高欣把祁茗送了出来。临分手时，在黑夜中，高欣拉了祁茗的衣角一把，祁茗停了下来，他们在路中间面对面地站住了。

已经西斜的残月把两人的影子拉得很长，影子在地上亲密无间地重叠在一起。

那顿饭，就他们俩没醉，他们都心事重重，没有心思喝酒。

"咱们把稻田换一下吧，"高欣对祁茗说，"你拿我的，我拿你的。"

"不，我就认我抓住的那份田地。"祁茗倔强地拒绝了高欣的好意。

不过，站在黑暗中，高欣的提议让祁茗有些感动，也有些激动。她突然想拥抱一下眼前这个男人。但她忍住了，一切都过去了，这个男人成了别的女人的男人，也成了一群孩子的父亲；自己也成了别的男人的女人，一群孩子的母亲。现在，祁茗不想给他带来任何麻烦，也不想给自己带来任何麻烦。他为她着想了，她也要为他着想一下。

如果用自己那块生产队最贫瘠的田地换回高欣那块生产队最肥沃的田地，他们怎么向各自的另一半说清楚，怎么向生产队的人说清楚，四明山的人又怎么看他们呢？

如果换了，他们谁都说不清楚了，就是跳进祁水河也说不清楚了。

祁茗这么复杂的心理活动，高欣揣测不出来，这个被曾经的爱情和当下的怜悯蒙住了眼睛的男人只觉得自己的好心被当作驴肝肺了，感觉很不舒服，也很失望。

高欣心里狠狠地嗔怨这个要强的女人，还是一如既往地犟，就像生产队那头脾气暴躁的母牛，动不动就撂挑子罢犁，生活的磨难没有让她有一丝一毫的改变。

人生就是这样，那些已经随着岁月消逝了的东西，是很难再回到过去的，再怎么努力都是瞎子点灯白费蜡，所以，当时能抓住是最好的。就像我们吃菜，明明是同一道菜，明明是同样的食材，明明是同样的做法，可是时过境迁，味道虽然有可能相似，但我们还是可以清楚地辨别出来，这道菜的名字虽然相同，可形在神不在，已经不是原来的那个味道了。

那一夜，牙祭之后，分田激动之后，四明山比往常更加死寂，静悄悄的，没有声音，青蛙和虫子都懒得叫了，就像那夜酩酊大醉后酣然入睡的村民。

只有祁茗和高欣两个人醒着，睁着眼睛看着屋顶上的亮瓦，透下来隐约的月光。

因为分田换田的事儿，他们都有心事，祁茗觉得愧对高欣，高欣生着祁茗的闷气。

第三章　财富多了，感情远了

地球是圆的，上帝是公平的。

分田到户之初，都是一穷二白，在一个起跑线上。鸣令枪响后，进入角色的，有先有后，本领有大有小，付出有多有少，渐渐分出了快慢、先后、兴衰、贫富。

那时候，穷是穷点，但遍地都是机会。只要有头脑，有眼光，有手脚，想到了，看到了，愿意弯下腰去，伸出手来，就可以捡到黄金，赚到钞票。

有的人看到了，弯腰伸手了，捡到了；有的人看到了，没弯腰，也不愿伸手，白白地错失良机；有的人一直缩在被窝里，用被子蒙住了头，看不到地上有闪闪发光的金子。

在四明山那群村民中，高欣和祁茗是有头脑，有眼光，肯弯腰伸手的两个人。他们最早看到了机会，也捡到了第一块狗头金。

分田到户前，生产队里养了三头猪，一头大的，两头小的。生产队养猪，是准备在过年的时候宰杀了，分肉给村民过年的。那头大的，在分田到户当天，被宰杀了，打了牙祭。剩下两头小的，因为没有长大成猪，没有宰，也不好分，只好暂时留在生产队，由高欣老婆王红梅暂时看管。

那次分田打牙祭，开销很大。酒醒后，会计一算账，吓了一大跳：这儿三块钱，那儿五块钱，加起来一共有五十块钱的缺口，相当于两个劳动力一年的工分了！

这个天文数字把村民们惊出一身冷汗，也愁坏了高欣。已经分田到户了，集体的事就和私人没有多大关系了，谁都不愿意和这笔钱扯上关系。

原来高欣希望按照以往惯例，把账平均摊在人头上，要大家把这个钱补交了。可分田到户后，这条路已经走不通了。高欣走了几户人家，把收钱的意思一说，对方就顾左右而言他了，谁也不愿意承担自己的那一份，有的说打牙祭那天肠胃不好，吃得很少；有的说自己酒量不行，喝得很少；有的说那天家里有人缺席了，有事没来；有的说那天忙别的事去晚了，到的时候，都快吃喝完了。总之，村民就是找着各种各样的借口，不愿意出那个份子钱。

那笔账待在账簿上，成了一个让人发愁的烫手山芋。高欣被这笔账弄得焦头烂额，毕竟他还当着生产队的家。如果没有人愿意出这个钱，这笔账就要全部算在高欣头上了。王红梅听着这件事，很不客气地跟高欣吵了一架，还哭闹着回了一趟娘家。三天后，高欣才把她哄回来。家里孩子太多，主内的人不在，高欣一个人确实忙不过来。

好在天无绝人之路，在跟祁茗聊起这笔账的时候，祁茗帮他出了一个主意：生产队不是还有两头小猪么，谁来认领这个账，那两头小猪就归谁。

这真是一个不错的主意，让陷入困境的高欣顿时豁然开朗了。

那两头猪很小，大的二十斤，值二十来块钱；小的十多斤，值十多块钱，加起来仍然不够抵账。

可祁茗的主意是最好的解决方案，也只有死马当活马医了。高欣把消息发布出去，村民没有一个响应，他们也在心里算了一笔账：两只小猪加起来，不足四十斤重，不到四十块钱呢，谁认谁就要亏十多块钱呢！

十来块钱可不是一个小数目，在生产队集体出工的时候，一个强壮劳动力一天挣的工分折合成人民币，也就两三毛钱，十多块钱要亏一个强壮劳动力五六十个劳作日呢。

村民们就像躲避瘟疫一样缩着头，不闻不问，都不愿意做亏本生意，惹祸上身——谁做这个主意，都免不了要吵一架，闹得家里鸡飞狗跳。

高欣把生产队与自己关系好的，人品过硬的，在头脑里快速地过了一遍，觉得可能与自己一起来承担这笔烂账的，就只有朱鹏祁茗夫妇了。

走投无路的高欣，找到祁茗，无可奈何地说：用猪抵账是你出的主意，领猪认账，就你和我了。那两头猪，你一头，我一头，大的归你，小的归我；打牙祭的账，你一半，我一半。

艰难时刻，这个男人找她排忧解难，共渡难关，祁茗有点感激；那头猪也让她心动，养几个月就可以连本带息，把钱赚回来了。可家里实在拿不出那么多钱来。她不得不向高欣坦白：我愿意，可我实在没钱啊。

终于有人认账，笼罩在高欣心头的乌云散去，他乐了，还是这个女人靠谱，关键时刻，愿意挺身而出，跟自己站在一起，共担风雨。

"只要你认这个账就行，"高欣开心地说，"钱，我先垫上；猪，你先领走，等猪长大了，杀了猪，卖了肉，再把钱还给我。"

这个办法两全其美，祁茗高兴地接受了。

就这样，那笔账，高欣和祁茗各认了一半；那两头猪，他们各牵走一头。

高欣要祁茗牵那头大的。祁茗不愿意，坚持牵了那头小的，因为高欣把钱垫付了，自己也捡了便宜，不能让高欣一个人吃亏。

高欣拗不过祁茗，只得听祁茗的，把那头大点的猪牵走了。他心存感激，也有点懊恼。这么多年了，祁茗还是那样，不愿占便宜，也处处为别人着想。这辈子，他和祁茗面临过很多重要选择，可最后他都没有拗过祁茗，以前这样，现在还是这样，这是他心灵深处的隐痛，也是这么多年来这个女人让人忘不了的原因。

垫付了生产队那笔账，高欣家就一无所有了。随后一两个月时间，吃油都成问题，全靠坛子里的腌菜撑了过来。腌菜不用油，味道也不错，但一家老小的嘴角都起了燎泡，走路都没有力气。

王红梅觉得亏大了，吃饭睡觉都在高欣耳边唠叨买卖做亏了。妻子的唠叨让高欣心烦意乱，动手打人的心都有了。只有在喂猪的时候，看着那头猪日新月异地生长，高欣才觉得所有的苦，所吃的亏都是值得的。

在农村，猪是福音家畜，极具奉献精神。猪吃的是草，长的是肉，卖的也是肉。猪好养，吃了睡，睡了吃，不挑食，不添乱，只要给口吃的，就噜噜噜地长肉。那年月，猪肉可是农村最好的东西，比爹娘还亲。

在四明山，猪草遍地都是，随便采摘，没有成本，就是要些时间。对农民来说，其他什么都缺，就是不缺时间。所以，养猪是一笔比较划算的买卖了。

扯猪草的事，祁家落在长子祁宏身上；高家落在长女高燕身上。放学回来，他们吆喝一声，挎上竹篮，一起到田间地头扯猪草。

猪吃草，更喜欢吃野菜。野菜是最好的猪食。野菜要寻找和辨识，有些野菜有毒，是个细致的技术活，不是力气活。辨识猪草，高燕是高手，很快就把竹篮装满了。祁宏差些，有点笨拙，动作慢，效率低。高燕把竹篮装满猪草了，祁宏的竹篮还不到一半。高燕就来给祁宏帮忙，两个竹篮都装满了，一起踩着夕阳的余晖回家。

拎竹篮是个力气活，不是技术活。那篮猪草很沉很重，拎起来很吃力。高燕力气小，祁宏没有让她拎。他左右开弓，一只手挎一个竹篮往回走，高燕亦步亦趋地跟在后面。到村口了，祁宏才把竹篮放下来，给到高燕。

扯猪草的时候，两人不知不觉就走远了。从地里到家，一路拎回来，祁宏的胳膊又酸又痛，瘦瘦的手臂上被竹条勒出一道道鲜红的印痕，印痕要过一夜，到第二天清早起床才消失。

天天这样出双入对，祁宏觉得他们像父母那样，很亲密无间。一天傍晚，在村口，祁宏一边把竹篮帮高燕挎上，一边情不自禁地说："我觉得我们两个像夫妻。长大了，你嫁给我，我们一起吃饭，一起下地干活，一起睡觉。"

说这句话的时候，祁宏还是一个十一岁的孩子，他还不知道男女一起睡觉是怎么一个睡法，意味着什么，只是觉得那样关系很好，很亲密，代表着男女之间的最好的关系了。

可祁宏的这个美好憧憬并没有得到高燕的热烈响应，人小鬼大的高燕，已经有了自己的想法。

高燕白了祁宏一眼，不满地说："我才不想做农民呢！我才不想在四明山待一辈子呢！我才不想一辈子过这种辛苦的生活呢！我要好好读书，以后上大学。我要到城里去，我要吃上三两米。你也要好好读书，我们一起到城里去。"

"三两米"是祁东当地流行的对吃"皇粮国饷"的另一种说法。当时政府机关、企事业单位那些吃皇粮国饷的人实行配给制，一人一餐以"三两米"为基准进行粮食分配，"三两米"意味着旱涝保收的"铁饭碗"，虽然撑不着，但不用挨饿，也不用受冻了。

祁宏愣住了，高燕的话，他似曾相识。平时祁茗在家教育和鼓励孩子们，也是这么说的。

两个女人的话，对祁宏产生的作用完全不一样。对母亲的教诲，祁宏当作了耳边风，左耳朵进，右耳朵出了，只在母亲说的那一刻他上心了。高燕说的，祁宏听进去了，记下了，上心了，也觉得读书有劲，有动力，有方向了。

四明山当地批评男人顺从媳妇，有句俗语，叫"娶了媳妇忘了娘"。祁宏是没娶媳妇就把娘给忘了。

望着高燕挎着竹篮、踅进家门的背影，祁宏暗暗地发誓：要为吃上"三两米"，跟高燕一起走出四明山，到大城市生活，把书读好，以后上大学。

祁宏没有去过大城市，但他听别人描述过。

四明山有人上过祁东，有人上过衡阳，也有人到过长沙——没有人上过北京。他们回来后，对围在身边的村民绘声绘色地说："大城市是一个有很多高楼大厦，很多一模一样的大马路，马路中间跑着大客车、解放牌汽车、东风牌汽车，两边的人行道上是川流不息的自行车，晚上灯火不熄，白天黑夜一个样的地方。"

在孤陋寡闻的四明山人眼里，大城市就是一个跟仙境差不多的地方，灯红酒绿，很发达，要啥有啥，没有贫穷，没有饥饿，想做啥就做啥，没有约束——当然，不许杀人放火，城里人读过很多书，有很多文化，他们从来不杀人放火干坏事。

那两头小猪，长得有快有慢。到第二年秋天，高欣家的那头已经两百多斤重了，膘肥体壮，相当于两个劳动力的重量，躺在猪栏是一堆肉，站起来，有高燕那么高，可以出栏卖肉了。

祁茗家那头小，长得慢一点，不过也有一百多斤了。

中秋前夕，猪肉行情看涨，价格高，销得快。平时一块二一斤的猪肉，中秋那天涨到了一块六。趁着过节价钱好，在中秋那天清早，高欣请来屠夫，把猪宰了，把肉挑到镇市上卖了。

卖猪肉的钱装满了一个特意缝制的布袋。晚上，夫妻俩坐在床头数着那沓厚厚的钞票。好家伙，四百多块呢。除掉生产队那笔账，还净赚了四百多块。卖完猪，高欣一夜暴富了。

消息传出来，轰动了四明山公社，很多夫妻说着说着就吵架了，都怪对方没有把握住机会。虽然他们愤愤不平，认为高欣占了生产队的便宜，但这种不平只是夫妻之间吵架时的牢骚和怨气，其他也没什么好说的，要怪就怪自己鼠目寸光，当初机会就在那儿，谁认账谁牵猪，可除了高欣和祁茗，谁都唯恐避之不及，白白地错过了机会。

不过，这件事对村民的启发很大，他们突然明白：原来养猪这么赚钱啊！中秋后，家家户户忙着用泥巴石头砌猪栏，买猪崽，都想亡羊补牢，养猪发财——他们错过了太阳，不想再把月亮错过了。

可对那笔钱，高欣另有打算，他把卖猪的那笔钱分成了两份，花四十多块钱，买回来一头小母猪。看到家家户户热火朝天地砌猪栏，高欣就敏锐地意识到，养母猪下小猪崽卖，比养肉猪更赚钱。小母猪长得很快，来年冬天就发情了，第三年春天就下猪崽了。那以后每年下两窝猪崽，一窝十多只小猪。由于农村养猪热兴起，小猪崽供不应求，还没长大就被村民预订了。小猪崽的价格是猪肉价格的两倍，一窝猪崽相当于养两头大猪。

村民看到养母猪赚钱，其后两年，很多人也跟着高欣养起了母猪。高欣见状，把正值生育旺季的母猪低价卖给了也准备养母猪的祁茗。母猪卖掉后，高欣家就不养猪了。

祁宏和高燕都没扯猪草了，高燕上了小学五年级，要小学毕业了，祁宏已经上初二了，扯猪草的活被弟弟妹妹替代了。但那段一起扯猪草的成长岁月，成为他们共同的无法忘却的记忆，他们也培养出了深厚的感情。这份感情随着年龄增大，在悄悄地发生变化，从伙伴情，到兄妹情，到微妙的男女感情。

那头猪的另一部分钱，被高欣当作本钱，做起了黄花菜的贩卖生意。

新鲜黄花菜水分多，一斤湿黄花菜，晒干后也就二两干黄花菜。祁东县的农民几乎家家户户都种了，多的一年能摘数百斤，少的能摘十几斤，都等着秋收后祁东县国营黄花菜加工厂派人下来收走。

国营厂下乡来收黄花菜，要到重阳节后，因为那个时候的黄花菜基本上摘完了。可很多农户都等不及，家里要钱用，尤其是暑假一过，孩子上学交学费要钱。缺钱了，村民不得不用麻袋装上十几斤黄花菜，跑一趟县城，把黄花菜送到国营厂。

七八十里路，跑一趟很不方便，时间和路费的投入都不划算。到了黄花菜加工厂，如果找不到熟人，帮忙说上两句好话，国营厂就挑三拣四，还不一定收呢，再扛回来，路费和时间都白搭了，风险很大。

这让高欣看到了商机，他以低于国营厂收购价两三毛钱的价格，从村民那儿把黄花菜收过来，再集中打包运到县城，卖给国营厂。对村民来说，这样很省事，相当于把上县城的来回路费给高欣赚了，可时间省下来了，风险也没有了，大家都划算，皆大欢喜。

高欣每天都要收到一两百斤黄花菜，最多的时候有三四百斤，把屋角都堆满了。老婆在家收黄花菜，高欣跑县城送黄花菜，夫妻俩分工明确。一天一趟，一趟跑下来，能赚五六十块钱，多的时候甚至有一百多块，五六天下来就能赚到一头猪的钱，这生意比养猪划算多了，一个月就相当于卖了五六头猪。高欣做一天生意的收入，相当于公社书记张解放两三个月的工资，也相当于一户普通农家的半年收入。忙不过来的时候，高欣就请人帮忙，有时候直接租了公社的大型拖拉机往国营厂一车一车地运送黄花菜，同时喊上七八个年轻劳动力帮忙，阵容浩大，声势浩大。

转眼冬天来了，天气凉了，农户家里的黄花菜，该卖的卖掉了，没卖的，也不准备卖了，要留下来自己吃，贩卖黄花菜的生意暂时告一段落。忙碌了几个月，也该算算账了。宣布歇业那天晚上，夫妻俩插上门闩，在煤油灯下数钱。他们把藏在各个隐秘角落的钱取出来，铺在地上，摊满了一地，纸币花花绿绿，硬币白白晃晃。

全家老小齐上阵，老人小孩一起整理，十元的放一起，五元的放一起，两元的放一起，一元的放一起；五毛的放一起，两毛的放一起，一毛的放一起；五分的放一起，两分的放一起，一分的放一起。

那天忙到鸡叫头遍才点完数，数字出来，把夫妻俩都吓了一跳，以为在做梦：一共有两万三千多块呢，他们从来没有见过这么多钱！

高欣成了四明山公社的第一个"万元户"——其实也是整个祁东县的第一个"农民万元户"。

数完钱，夫妻俩躺在床上，兴奋得一个晚上没闭眼，他们商量着这笔钱怎么花。高欣想买一辆拖拉机，收黄花菜的季节用来运送黄花菜；没收黄花菜的时候，跑跑运输，做做生意。开春了，农忙时节，化肥供不应求，可以从祁东县磷肥厂装化肥回来卖。批发与零售的价格差不少，一天卖一车，比做黄花菜生意还赚钱。

王红梅觉得这个主意不错，她毫不犹豫地支持了丈夫。

事实上，这个家，是高欣在做主。高欣很强势，说一不二。他告诉老婆，只是走下流程，尽一下告知义务。他决定做的事情，老婆同意，他会做；老婆不同意，他也会做。

十多年的夫妻了，王红梅也摸透了这一点，对高欣言听计从，很少有做无用功的时候。

第二天清早，高欣怀揣着三千多块钱和王红梅煮的六个土鸡蛋从家里出发了。

高欣叫上了朱鹏陪他一起。两人坐上了开往衡阳的最早的那班客车。身上带那么多现金，有点扎眼，高欣得找个伴儿，以防万一；朱鹏是开拖拉机的好手，公社那辆大型拖拉机，朱鹏就是司机之一，高欣自己不会开。

上午十点钟，他们到了衡阳市。出了车站，两人就蒙了，不知道往哪个方向走。以前他们没来过，也不认识路。在市里一路走走、停停、问问，下午三点多，才找到衡阳市国营拖拉机厂。

但大宗商品市场还没有完全放开，光有钱还不行，买拖拉机要批条，要开证明，他们不知道情况，什么也没有。正沮丧间，碰到衡阳日报的一个叫任敏的年轻记者。任敏是一个古道热肠的年轻人，他正在拖拉机厂采访改革开放的事迹。

得知高欣是来买拖拉机的，职业的敏感让他意识到这是一个好题材，是一个新生事物，值得一写。任敏用无冕之王的身份和广阔的社会关系，帮高欣跑完了所有手续，在这个过程中，也对高欣做了一个专访。

当天晚上，任敏带着高欣和朱鹏住进了衡阳日报的招待所。他们要了一个标间，在市里过了一个晚上。

清早起床后，两人简单地吃了一碗阳春面，就开着拖拉机往四明山赶。

崭新锃亮的拖拉机突突突地冒着浓烟，一路神气活现地奔跑在马路上。马路上车辆稀少，高欣按捺不住，缠着朱鹏教他开车。朱鹏拗不过，一边开，一边教。

高欣悟性很高，没到一半路，就把驾驶技术全部掌握了，像一个老司机，开着拖拉机一路奔跑，春风得意马蹄疾。

拖拉机开进四明山，出现在机耕道上，立马就吸引了村民们的目光——高欣带着朱鹏上衡阳买拖拉机的消息，在他们走后不久就传遍了四明山。那机耕道不宽，很少有车跑动，窄的地方正好容纳一辆拖拉机。那年月，拖拉机还很稀罕，整个四明山公社只有两辆拖拉机，一旧一新，那辆旧的是公社的，那辆新的是高欣的。

当拖拉机停在高欣屋前的晒谷坪上，男女老少都蜂拥过来看热闹。公社主任张解放也赶来了。他除了过来看拖拉机，还拿了一份当天的《衡阳日报》，报纸上有一个整版是任敏采访高欣的文章，还配了大幅黑白照片。照片上，高欣双手叉腰站在拖拉机厂门口，意气风发又略显拘谨地笑着，有点土，但很神气。

那篇文章叫《我市第一个把拖拉机开回家的农民万元户》。

四明山公社还没有人被《衡阳日报》这么隆重地报道过，这也是公社的大荣耀，张解放兴高采烈，好像那篇文章报道的不是高欣，而是他自己。张解放跳上拖拉机，挥动手里的报纸，示意村民们安静一下。

等现场安静下来了，张解放清了清嗓子，用一半方言，一半普通话，正儿八经地给村民朗读起那篇文章来。

文章实在太长了，读起来很吃力，读到三分之一，张解放就累了，不想继续读下去。他把报纸塞给身边一个村民，要他帮忙把剩下的部分读完。可那个村民是一个文盲，斗大的字不识一箩筐，读文章的事就不了了之。

人逢喜事精神爽的张解放赖在高欣家没有要走的意思，非要给高欣庆贺一下不可。高欣也很高兴，吩咐老婆上街买回来两斤肉，一条大草鱼，杀了一只老母鸡，做了一大桌菜。

高欣把朱鹏留下来作陪，三个男人，杯碗相碰，觥筹交错，你来我往，那顿一起喝了三斤多米酒。米酒虽然度数不高，可后劲很足，他们都喝醉了，高谈阔论，意气风发。

最后那碗酒，张解放把持不住，兴奋地说："高欣，我就知道你小子能干，你是万元户，我是父母官，你有钱，我有地位，门当户对，我们就认个亲家吧，我家张伟对你家燕子挺上心的。朱鹏，你来做个见证人。"

"好啊，好啊！那我就高攀了！"高欣也很兴奋，他端起大酒碗跟张解放用力地碰了碰，两人开怀大笑，举起碗，仰起头，一饮而尽。

高欣是个聪明人，他知道，县官不如现管，虽然分田到户了，公社主任张解放还是挺管用的，手里掌握着全公社的资源和人脉，上通下达，攀上他，自己的生意就等于插上了隐形的翅膀，张解放的权力和人脉可以助他更上一层楼，带来滚滚财富。更何况，张解放的弟弟张援朝是祁东县政府的常务副县长，是四明山公社在县城做得最大的官，很多人巴结他们都找不到门路呢，给国营厂送黄花菜就是张援朝帮忙打的招呼，牵的线。

那顿饭，并不是每个人都兴奋。张解放提出来和高欣结亲家，桌上有两个人不高兴。

一个是朱鹏。作为过来人，朱鹏看得出来，儿子祁宏对高燕是着了迷，有事没事都围在高燕身边转，就差上桌吃饭，上床睡觉了。高欣和张解放结亲家，就意味着将来没有自己儿子什么事儿了。

一个是高燕。高燕已经知道大人说的结亲家是什么意思了，她很不喜欢那个蛮横霸道的张伟，他喜欢祁宏，将来要嫁也要嫁祁宏那样知书达礼、会疼人的男人。

没等张解放和高欣碰完杯喝完酒，高燕就噘着嘴巴，赌着气，跑开了。

张解放看在眼里，以为小女孩不好意思，他开心地笑着说："你看，你看，这么小，就知道害羞了，难怪我家小子喜欢，我也喜欢。"

高燕离开酒桌后，朱鹏也找了一个借口告辞出来，回家去了。

祁家那头猪长得慢点，到过年的时候才两百多斤，比高欣家那头猪慢了差不多一个季度。

过年了，家家户户要买猪肉过大年，行情更好，已经涨到一块八一斤了。小年前一天，祁茗叫来屠夫，把猪宰了。

那头猪，你八斤，我十斤，很快就被村民瓜分光了，给自家留的，已经不多了。高欣把猪屁股部位的那五六十斤的肉全买了，成了那头猪的最大的主顾。有钱了，高欣想过一个热热闹闹的大年——尽管高家平时经常有鱼有肉吃，提前解决了温饱，过上了小康生活。可是，过年了，还是不一样的，要大宴宾客，他们家渐渐地高朋满座了，公社有头有脸的人，都要来串串门，混个脸熟。

杀猪那天晚上，祁茗做了一顿丰盛的猪肉大宴，把屠夫和高欣好好地犒劳了一顿。

在那晚的饭桌上，趁着醉意，高欣认真地邀请祁茗一起投资做生意，两家共同发财致富。对做生意这一块，祁茗不懂，更重要的是祁茗觉得跟高欣掺和在一起，有点不清不白，怕村人说闲话，也不好算账，就婉言拒绝了。

他们年轻时候的事，四明山的人都知道，至今还时不时地被翻出来，挤眉弄眼地开开玩笑。

不过，祁茗对高欣说，如果缺本钱，可以先借给他用。

送走客人，祁茗和朱鹏迫不及待地上了床，两个人坐在被窝里翻来覆去地数钱，一共五百多块。夫妻俩也是从来没有见过这么多钱，都高兴坏了。他们轮流抱着装钱的小木箱，也是一夜没有合眼。

祁茗把这笔钱分成了三份：一份用来给孩子上学，一份用来买农药化肥，一份还是花在了猪身上。

过完元宵，祁茗请来泥瓦匠，把旧猪栏扩建了，修葺一新。扩建后的猪栏有两个猪房，最多可以同时喂三四头猪。夫妻俩从集市上又买回了两头小猪，养了起来。

那顿饭，高欣吃得塞心，他觉得祁茗误会了自己的意思，有点不高兴了。他是万元户呢，有两万多块钱，是祁家的四十倍，四明山公社没有人比他更有钱了，他也不缺钱，更不用借钱，他邀请祁茗一起做生意，只是想帮帮她，带着她一起发家致富，没想到祁茗不愿意跟他一起！

从祁茗家告别出来，高欣有些失落。醉意蒙眬中，高欣看见天上的月亮掉进了村前流过的祁水河。

看着祁水河里的月亮，高欣不由自主地产生了"我本将心向明月，奈何明月照沟渠"的感慨。

早知是这样的一个结果，高欣就不去祁茗家吃那顿晚饭了，尽管高欣想天天吃到祁茗做的饭菜；吃了祁家那顿饭，高欣也不要提跟祁茗合伙做生意了，尽管高欣希望祁茗跟自己一样，告别贫穷，过上红红火火的好日子。

第四章　祁宏把偷看高燕洗澡的张伟揍了

忘忧草不用播种，冬枯春长，一年一度，全靠发达的根系。

秋末冬初，叶儿黄了，枝儿枯了，农民把枝和叶收回家做柴薪。

草长莺飞的春天，几声轰轰隆隆的春雷，把忘忧草从梦中惊醒；几场淅淅沥沥的春雨，把忘忧草滋润了，青葱翠绿的嫩芽争先恐后，破土而出，铺满村前屋后的土地。半个月光景，漫山遍野，绿油油的一片，随风起伏，波浪一样，一望无际。

春末夏初，一丛丛绿叶中间，探出来一根根细长的枝，枝越长越高，很快就超过了人头。在每根枝的最高处，长出一簇簇青黄色的小花苞，忙碌的黄花菜采摘季节如期而至。

祁东县的人们都把忘忧草叫黄花菜，不知道黄花菜与黄花闺女有没有什么联系，但黄花菜这个俗气的名字，在当地耳熟能详；忘忧草倒是鲜有人提及。当地有相当多的农民不知道大名鼎鼎的黄花菜就是诗情画意的忘忧草。也许在广大农村，阳春白雪没有市场，下里巴人才生命力旺盛。

摘黄花的季节从春末陆续开始，贯穿了整个夏天，暑假抵达高潮，延伸到大半个秋天，仿佛没完没了。

黄花要在开放之前摘完，花开了就没营养了。黄花摘回来后，蒸熟，晒干，就成了黄花菜。包装后，被运往全国甚至全世界各地，被摆放在各大零售商场，被人们买回家，与鸡鸭鱼肉一起炖，加工成桌上的美味佳肴。

有苗不愁长，有花不愁开。尽管很多时候只吃了个半饱，农村孩子就像黄花菜的苗那样破土而出，黄花菜的枝一样噌噌噌地拔节生长，尤其是到了十三四岁的青春期。

那时候的衣服以麻布为主。身上那层厚厚的麻布遮不住喷薄欲出的青春活力，与其他进入青春期的女生一样，高燕的胸部渐渐有了小山峰的轮廓，将那个地方的那块粗布悄然顶了起来。

这个小山峰的生长看得见，三五十天一小变，三五个月一大变，过一段时间达到一个新高度，让人耳目一新——这个小妮子的身体，该凸的地方凸起来了，该凹的地方凹进去了，该大的地方大起来了，该小的地方小下去了，春风里的柳树枝条一样，摇曳多姿，风情万千。

女大十八变。十四岁的高燕，出落得袅袅婷婷，就像那根秀颀挺拔的黄花菜枝秆。小时候那张被太阳晒得黝黑发亮的圆脸，渐渐褪去了黑色，变得白里透红，细滑粉嫩，吹弹欲破。

十四岁的高燕已经长成了四明山里的一朵美丽的忘忧草。这朵花，开在四明山的深山老林里，是那样明艳生动，纤尘不染；这朵花把四明山的夜染成了一个个欲望之夜，很多男人为这朵含苞待放的忘忧草辗转反侧，彻夜难眠，做着一个接一个的黄粱美梦。

十六岁的祁宏长成了一个准小伙子的模样，胳膊粗了，腿长了，体壮了，孔武有力。嘴角破唇而出的胡须，从两边向中间靠拢，从初时的柔软向着日渐坚硬的方向不屈不挠地挺进。

对于将来的人生，祁宏有了新的理解和目标。他希望自己文武双全，写得了锦绣文章，扛得了刀枪，走得了江湖，打得了恶架，护得了家人，报得了国家。

按照这种目标，祁宏开始有计划地塑造自己。他从镇上废品店换回几本破旧的《武林》杂志，参照书上的一招一式，认认真真地耍起来。两个月下来，祁宏能够打出一套流畅的形意八卦拳了。

祁宏练起了举重，打起了沙包。举重，就地取材，用的是石头。屋前屋后，遍地都是，有规则的，也有不规则的。举着举着，越过头顶的石头就变大变重了。祁宏缠着母亲用破旧衣服缝了一个沙包，从祁水河边淘来细碎的河沙，填满沙包，把袋口扎紧了，叫父亲帮他把沙包吊在堂屋的横梁上，每天起床后，上床睡觉前各打半个钟头。

祁宏最想保护的，就是高燕。他发现家人身边危险因素不多，倒是高燕的身边潜伏了太多不安全的因素，需要他两肋插刀，挺身而出。

进入青春期的祁宏，开始正儿八经地想女人了。他不想别的女人，只想高燕。

白天，祁宏的眼睛追逐着高燕，见到了，兴奋莫名；没见到，心里充满失落，整天没精打采，像那天白过了一样。

晚上，躺在床上，关上灯，就更难受了。在祁宏眼前浮现的，全是高燕的五官和身材，笑容和声音。那白净透红的圆脸蛋、那会说话的大眼睛、那月牙一样弯弯的眉毛、那润泽饱满的上下唇、那挺拔笔直的鼻梁、那整齐洁白的牙齿，那银铃一样的清脆笑声，那布谷鸟一样的好听声音。

都是一样的爱和欲望，都是一样的生理冲动，高尚的灵魂将爱情上升为提升自己，不断进取的动力；肮脏的人将爱情贬低为低俗的念头，龌龊的言行。祁宏没在这种恼人的感觉里向下沉沦，他一边想着高燕，一边鼓励自己奋发图强，希望将来出人头地，给高燕幸福，让高燕脸上有光。

高燕不喜欢没有上进心的男生。祁宏喜欢高燕，就得按高燕的心意，把自己塑造成一个高燕喜欢的人的样子，这是祁宏努力的动力。喜欢一个人，除了要保护好她，还要看远点，将来给她幸福稳定的生活，这是关键。

古往今来，这个世界上，很多成就大业的人，都是在这种原始动力的驱动下缔造了人生的奇迹。

睡梦中，祁宏经常做一个相同的梦：一个老是看不清面孔的人在进出四明山的小道上将高燕拦下，把她往旁边的密林里拽。这一幕被祁宏看到了，他冲上去，拳头就像打阶级敌人一样落在对方脸上和身上。那坏人被祁宏揍得半死，跪在地上，一边给高燕磕头，一边叫"姑奶奶饶命"。

都说机会垂青有准备的人。这个世界和人生的游戏规则就是这样，向那个方向努力了，机会自然会来叩门。

由于学习成绩好，祁宏成功地摘掉了从小就戴在头上的"流氓"帽子，成了四明山"别人家的孩子"。高欣和王红梅教育高燕，也爱拿祁宏作为"榜样的力量"，这事儿还被祁宏撞见，亲耳听到了。

在高燕进入小学毕业班的那个暑假，祁宏收拾了一套自己以前用过的教科书，准备给高燕送去。他希望她利用暑假，预习一下功课。刚到高家门口，祁宏就听到了高欣在教训高燕——也许是高燕的成绩没有达到高欣的预期。

高欣的洪亮的大嗓门响彻在村庄上空："就知道贪玩！你看看人家祁宏，学习总是那么用功，成绩总是那么优秀，每个学期都是班上第一名。"

这话让祁宏十分受用，感觉心里的那朵忘忧草被春风吹拂，被春雨浇灌，忍不住要开放了一样——被高燕父亲肯定带给祁宏的快乐比班主任当着全班同学的面进行的公开表扬更让人心情激动。

祁宏停下了脚步，没有跨过高家门槛，悄悄地踅了回来。他知道，这个时候进去，会让大家都陷入尴尬境地，那些书只有改天再送了。那天祁宏很开心，他在当天的日记中，热情洋溢地感谢了高欣的"助攻"，让自己的形象在高燕心中高大起来。

就在那个暑假，祁宏把练的武功也用上了，他和一个人痛痛快快地干了一架。

四明山很多男人都把高燕的生活规律摸得门清，每天夕阳掉进山峦的时候，高燕就掩上门，插上闩，把自己反锁在闺房里，用井水洗身子。

那时候高家大院还没有砌起来，旧房子又破又旧，在门框与墙壁的嵌合处，有一道手指宽的缝隙，从那儿可以窥见满屋春光。

这个发现，也让祁宏热血沸腾，他很想趴在那条缝上往里瞅瞅。但这个念头被祁宏掐灭在摇篮中，觉得既不洁又不敬，既对不起心中那份神圣的感情，也对不起高燕。

祁宏能够遏制住这个"冲动的魔鬼"，不代表四明山的其他男人也可以，这些男人可是什么人都有，猥琐的老光棍，如饥似渴的壮汉，也有荷尔蒙分泌过多的毛头小伙子。

他们也想看看高燕的身子，甚至找机会干点别的什么。他们可没有祁宏那样圣洁和高贵，这些人的脑袋里塞满了肮脏和龌龊的想法。

事情就在祁宏给高燕送书未果的第二天傍晚发生了。

那天太阳从四明山西边落下去，月亮从四明山东边爬上来的时候，高燕一如既往地掩上门，躲在暗处的祁宏知道，高燕准备洗澡了。

就在这个时候，一个高大的人影，窜进了祁宏的视线。那人环视四周，确认没人，飞快地向高燕的闺房走去。

看着那个身影离高燕闺房越来越近，祁宏越来越紧张。当确定那个人真是奔向高燕闺房的时候，祁宏的心提到了嗓子眼。

祁宏看清了那个人正是大他三岁的张伟。张伟已经一米七八了，长成了四明山的一棵茁壮的大树。祁宏心里祈祷张伟只是路过，并没有其他念头，不会做出龌龊的事情。

可祁宏错了，张伟迅速地靠近高燕闺房，见四下无人，弓着腰，把身子趴在墙上，把眼睛贴在缝上，贪婪地向里面窥望。

这一幕，让祁宏血往上涌，彻底失控了。他不顾一切地冲上去，左手扳过张伟的身子，右手握紧拳头，对着那张错愕惊慌、长满青春痘的脸，接二连三地击打了下去。每次击打，祁宏都集中了全部力气，就像平时击打沙包一样。

张伟觉得眼前满天星斗，一股温热的液体从鼻孔喷涌而出。他赶紧用胳膊一擦，看到了手臂上一片黏稠的殷红。张伟也生气了，愤怒了，他挣脱后，攥紧拳头，抡圆胳膊，砸在祁宏的脸上。

两个人你一拳，我一脚，惊天动地地扭打起来。

他们出手都够狠，都在拼尽全身力气，结果都是鼻青脸肿，头破血流。

听到动静的村民闻讯赶来，好不容易才把两人拉开。

对于打架的原因，两人都罕见地保持了沉默，闭口不提，只是争执着是谁先动的手。

不提打架原因的原因各不相同，张伟是耍了流氓，被抓了现行，羞于启齿；祁宏是怕坏了高燕名声，不愿意启齿，他得保护高燕，包括高燕的名声。

因为这样，不明真相的村民觉得祁宏不对，基本上可以肯定是祁宏先动的手，张伟被莫名其妙地打了。先动手打人就是不对，何况张伟还是公社主任张解放的儿子，县政府常务副县长张援朝的侄儿呢。

在村民此起彼伏的数落中，祁宏一肚子委屈。但祁宏觉得自己没有错，如果以后张伟还敢干这种龌龊事，他还要挺身而出，狠狠地揍这狗日的。祁宏更希望这次打架能够让高燕意识到自己身边的危险，提高自我保护和防范意识，要明白谁在保护她，谁在打她的坏主意。

这场架，算是打出了名堂。当事的两个小伙子都心照不宣地知道他们喜欢上了同一个姑娘，都愿意为这个姑娘以命相搏，不肯轻易服输。

农村男孩，都在摸爬滚打中成长，发生摩擦，吵吵嘴，打打架，那是家常便饭；受点伤，也没什么大不了，擦干血，饭照吃，活照干，觉照睡，一样都不落下。

但确实很少有打得这样凶狠，这样不要命的。

闻讯赶来的张解放，看着满脸是血的儿子，气不打一处来，把两个小孩打架的事情严重扩大化了，就像祁宏打的不是张伟，而是他的脸。

当天晚上，铁青着脸的张解放带着另外两个干部模样的人，进了祁宏家，严肃认真地问这问那。其中一个干部模样的人一味指责祁宏先动了手，把张伟打了，打伤了；另一个一再嚷嚷着，要把祁宏带走，送到派出所，坐上十天半月水牢。

虽然都是一个村庄的人，抬头不见低头见，张解放兴师问罪的架势还是把祁茗和朱鹏吓得两腿直哆嗦，忙不迭地赔着不是。

其实，张解放也了解自己儿子的秉性，祁宏不说，他也知道那个地方、那个时间，那两个人打架是为了何事，他也怕祁宏把打架原因说出来，弄得张伟身败名裂，弄得自己脸上无光，所以，也就吓吓祁宏，要他道个歉，顺便从祁家捞点便宜，出口气，见好就收。

都乡里乡亲的，祁茗太清楚张解放的为人，她给张解放捉了三只母鸡，算是赔礼道歉。张解放吩咐两个手下拎上母鸡，心不甘情不愿地走了。

张解放离开的时候警告祁宏，如果下次再打张伟，他就不顾乡亲情面，真要把他抓进派出所了。

祁宏并没买张解放的账，他反倒要张解放转告张伟，如果下次再干坏事，还是照打不误。

张解放被祁宏气得浑身发抖，却一点办法也没有。看在三只母鸡分上，悻悻地、骂骂咧咧地走了。

那个夏天，每天都要重复的重要农事，就是摘黄花。黄花要在下午两点之前，在黄花含苞待放却没有开放之时摘完；黄花一旦开了，就没有营养价值了，价格也要受到较大影响。

摘黄花，祁宏是祁家的主力，高燕是高家的主力。

祁宏想借摘黄花的时候向高燕讲清楚自己跟张伟打架的事，他倒不怕高燕误会自己，而是想提醒高燕多个心眼，别让坏人钻了空子，坏了名声。

第二天，骄阳似火的中午，看见高燕挎着竹篮走出家门，祁宏赶紧拎着竹篮，不紧不慢地跟在后面。

黄花地高高的黄花枝笔直地指向天空，漫山遍野，一望无际，比山东高密的红高粱还密实壮观。

黄花枝的顶部生长着大小、长短不一的黄花，有的还是花骨朵儿，有的含苞待放，个别黄花已经盛开，从里向外舒展着花瓣，就像高燕那张微微张合的樱桃小嘴。

那些花骨朵儿，还没到采摘时机；那些含苞待放的，正是要准备采摘的。花儿站在高高的枝头上，傲然挺立，一副"有花堪折直须折，莫待无花空折枝"的开放心态。

高燕感觉到身后有人尾随，在到达黄花地，钻进黄花丛之前，她停了下来，假装系鞋带，回头瞟了一眼，想看看是谁。当她看到是祁宏时，那颗悬着的心放了下来，觉得安全踏实多了。

就是高燕回眸这一眼，祁宏魂飞魄散，嗓子眼干渴了，脑袋里一片空白，心里产生了以前从来没有过的感觉。祁宏心慌意乱地感觉到，从那一刻起，他的爱情小鸟真的来了。

高燕的眸子清澈晶莹，闪烁着撩动人心的光泽。

这一眼，这一刻，祁宏清楚地感到，高燕看他的眼神，与平时相比，也发生了翻天覆地的变化，那双大眼睛已经是明媚的秋波了，那秋波里已经脉脉含情，照得见自己的影子了，也能够模糊地看到高燕的内心世界了。

祁宏不由自主地加快了脚步，三步并作两步，醉酒一样，跟跟跄跄地赶到了高燕身边。

祁宏到了，高燕的鞋带也恰到好处地系好了。高燕站起来，与祁宏面对面地站着。他们都感到了对方急促的呼吸扑打在自己的脸上。

看着这个长成了男人模样的男孩，在自己身边手足无措、惊慌失措的样子，高燕觉得有点滑稽。

"跟张伟打架了，为啥?"高燕调皮地望着祁宏，明知故问。

前一天，两个男生大打出手的事，虽然发生在高燕家后门后院，可高燕并没有出现在围观群众中，也许她正在洗澡，也许她意识到了什么，不方便出来。

"我不会让别人欺负你，"祁宏避开高燕的目光，倔强地说，"谁欺负你，都不行，我都要揍他，和他拼命，让他受到惩罚。"

"可是，张伟上午跑过来告诉我，说你偷看我洗澡，他看不下去了，跟你打了起来。"高燕说。

祁宏愣了，一时语塞，不知道说啥了。没想到张伟这坏小子这么无耻，恶人先告状，猪八戒倒打一耙了。

"我没有相信他，"高燕看着不知所措的祁宏，声音低了下去，声调也更柔了，像在自言自语，"那样的事，你干不出来，张伟干得出来。"

高燕的话让祁宏一阵激动，感觉眼前云消雾散了。

祁宏觉得，昨天那一架，自己虽然抢了先机，但两人的实力还是有明显区别的，营养充足，力气过剩，牛高马大的张伟后来居上，自己被揍得鼻青脸肿，遍体鳞伤，可高燕这句话，让他觉得胜利了，很值了，哪怕受了伤，哪怕受更重的伤，都值了。

"还疼吗?"高燕望着祁宏，柔声地问，话语中充满了关切。

高燕边问边伸出手指，触向祁宏的脸颊，轻轻地在那几处又青又肿的地方揉了揉。

那手指头，肉质饱满，温暖柔软，力度恰到好处。

这是祁宏第一次被一位正当青春的异性这样爱抚，一种别样的感觉触电一样袭过全身。被那轻柔温暖的手指头抚过的地方，痛感消失了，肿胀消失了，感觉舒服极了。

祁宏感觉一层薄雾升了起来，渐渐地蒙住了他的眼睛，高燕的脸变得模糊起来，祁宏的鼻尖酸了，他想哭。

祁宏不知道高燕是什么时候离开他，钻进了黄花菜地的。

恍惚中，祁宏好像听到高燕在钻进黄花地之前，对他说：

"如果真是偷看了，我不希望是张伟，倒希望是你。"

可祁宏又摸不准这句话高燕到底是真说了，还是自己产生的幻觉。

这句话虚无缥缈，似有若无，祁宏压根儿就没听真切，也没听清楚，就像钻进了黄花菜地的高燕一样，只看得见晃动的黄花菜枝叶，看不见人影。

那天中午，站在午后的阳光下，祁宏笑得又傻又天真，连黄花菜都忘记摘了——他变成了一根矗立的黄花枝，一动不动插在路边泥土里。

其后数天，祁宏脸上一直保持着这个又傻又天真的笑容，即使端着碗，坐在桌边吃饭，都是这个又傻又天真的笑容。

这一切，祁茗看在眼里，心里很是紧张害怕，她以为自己的儿子被张伟打傻了，脑震荡了，或者被张解放吓傻了，回不过神来了。

祁茗怎么都没想到，儿子又傻又天真的笑容下面，是一颗初涉爱河、初尝爱情滋味的悸动的少年之心。

第五章　张伟把高燕从祁宏身边抢走了

二十世纪八九十年代，在中国文坛上，朦胧诗大行其道，风靡全国，人们追诗就像现在追剧，诗人就像一线电影明星。

朦胧诗的代表人物北岛说：一切语言都是重复。

其实，这句话的道理可以无限延伸，这个世界，啥都是在重复，而不仅仅是语言。

世界在重复，四季在重复，昼夜在重复，历史在重复。

春暖了，花开了，燕子飞回来了，筑巢垒窝，生养抚育；秋凉了，叶落了，燕子飞走了，留下带着余温的巢穴，在岁月里独自惆怅。

日子周而复始，祁水河在昼夜不舍地向前奔跑。

一转眼祁宏就到了初二。

祁宏在小学升初中的考试中出了点状况。考前一天，他突然病了，发高烧，拉肚子，没精打采，结果发挥不佳，以一分之差没有考上镇重点初中镇一中，只好屈读镇二中了。

全镇就这两个中学，即镇一中、镇二中。这两所中学，有质的区别，镇二中是普通初中，镇一中是重点初中。

从考场出来，祁宏难过了一段时间，他忧心忡忡，如果考不上初中，就麻烦了，不知道还有没有书读。

那时候全国还没有实行九年制义务教育，升学都离不开一个"考"字，最后以分数论英雄，以分数定学校。

小学升初中，要考，只有五分之三的人考上。初中升高中，要考，只有一半的人考上。高中升大学，要考，只有不到五分之一的人考上。

高考成为改变命运的终南捷径，被称为千军万马过独木桥。每年被挤下桥的年轻人成千上万，远大于侥幸挤过桥，成功到达对岸的。考上大学了，四明山的农民将其称为"跳农门"，可以光宗耀祖。

很多农村孩子，高中毕业没考上大学，到广东打工去了；初中毕业没考上高中，到广东打工去了；小学毕业没考上初中，也到广东打工去了。当然，小学毕业没考上初中，有可能被父母网开一面，觉得还小，心一软，再给个补习机会，复读一年。

不过家长也明白，小学升初中都考不上，也就不是读书那块料了，将来上了初中也考不上高中，上了高中也考不上大学，唯一的好处就是多识几个字，算起数来快点对点。

渐渐地，农村孩子只剩下两条人生路：成绩好的，读书；成绩不好的，到广东打工或在家务农。也可能有第三条，那就是当兵。不过当兵的，所占比例太小，往往被忽略，成为意外。

在中国社会各阶层中，农民地位最低，又最辛苦，被人歧视。改革开放后的年轻人，宁愿到广东打工，也不愿当农民，固守在土地上了。那份田土属于父母那一辈农民的，不属于年轻人，也留不住年轻人。

年轻人只是在双抢的时候，赶回来帮衬一下，这还要看他们的孝心——他们只有在过年的时候，才从四面八方赶回来跟父母亲人团聚。

成绩出来，通知书下来，祁宏放心了，毕竟考上了初中，有书读了，暂时不用考虑到广东打工了。

经过那个暑假的思考，祁宏已经想明白了，只要有书读，在哪个学校都一样。他向村里的哥哥姐姐们打听清楚了，镇一中的拔尖生与镇二中的拔尖生并没有多大差距，差就差在平均分数上。镇二中的优秀生是比镇一中人数少，可镇二中拔尖的学生与镇一中拔尖的学生，个人分数都在伯仲之间，难分上下。

只要有书读，一切就有希望，一切皆有可能。

初二的祁宏冠冕堂皇地来到了青春期，他已经一米六多了，喉结突出，嗓音嘶哑，说起话来像被堵在了喉咙里，吐不出来，声音像鸭公叫唤，却低沉有力，带了磁性，让高燕听了就忍不住想笑。

面对高燕，祁宏心态矛盾纠结，他既想天天看到她，又害羞害怕；在公众场合见到高燕了，祁宏又下意识地躲开了。当然，只有他们两人单独在一起的时候，祁宏是不愿意躲的，乐意两人一直待下去，哪怕什么也不说，什么也不做；可有第三者在场，祁宏就下意识地躲开了——这种刻意躲避是为高燕着想，祁宏在尽力压抑着自己的冲动，已经十四岁的高燕成大姑娘了，要注重自己的名节了，小时候那种无拘无束的交往，在一觉醒来后结束了。

无论是不可预知的命运，还是若隐若现的感情，都要靠自己把握。

为了前途，祁宏选择了住读，尽量少见高燕。住读只在周末那天回来，匆匆待一个晚上，又回到学校去了——那时候一周还是单休，还没实行双休。

祁宏要一周回来一趟拿生活用品，也想回来看高燕一眼。为了那份萌芽的感情，祁宏不得不见高燕。一周不见一面，在接下来的新的一周，祁宏就特别难受，时间就特别漫长。见高燕，也不一定要面对面看着，唠会嗑儿——这当然是最让人期待的；但哪怕只是远远地看上一眼，哪怕只是看到那个苗条的、熟悉的身影，哪怕只是听到那个清脆的、熟悉的声音，都可以让祁宏心满意足，如释重负。

这一眼，这一声，对祁宏来说，太重要了。祁宏觉得自己就像高家晒谷坪前停着的那辆拖拉机，看高燕的那一眼，高燕说的那一声，就是拖拉机要喝的油了，拖拉机只有喝饱了油，才可以欢快地奔跑在机耕道上。

高燕也要小学毕业了，祁宏希望高燕考镇二中来，成为自己的校友，这样就可以近水楼台，在课间更多地看到高燕了，学习的动力也更强劲了。可祁宏又希望高燕考上镇一中，毕竟那儿有更好的老师和更浓的学习氛围。

小学升初中考试那天，祁宏在路上截住了高燕，两人简单地交流了一下。

祁宏鼓励高燕沉着冷静，考出水平，争取考上镇一中。可在结束这段简短谈话前，祁宏还是把自己的另一个想法表达了出来：镇二中也不错呀，我在镇二中等你啊！

看着自相矛盾，模棱两可的祁宏，高燕开心地笑了。这个青梅竹马的小伙伴的那点儿坏心思，高燕是洞若观火，再清楚不过了。

祁宏已经有底气这样对高燕说了。在经历了没考上镇一中的短暂痛苦后，祁宏逐渐恢复了元气，表现了读书的天赋，他的勤奋也有了回报，重新站上了成绩之巅。在初一初二的全镇所有考试中，祁宏不是全镇第一，就是全镇第二，好几次都超过了镇一中的最高分。

祁宏想，如果高燕在镇二中，他会更加用功，成绩会更加突出，他要让高燕看到自己的卓越，让高燕为自己感到骄傲和自豪。

暑假，成绩出来，通知书下来，高燕真没考上镇一中，她被镇二中录取了。

得到消息那一刻，祁宏心里升起一丝淡淡的怅惘，他为高燕感到惋惜；在短暂的惆怅之后，更多的是持久的兴奋：他又可以和高燕在一个学校了，可以天天见到了，那个暑假，没有比这更好的消息了；那个暑假，祁宏觉得黄花菜格外鲜艳，空气格外香甜。

漫长的暑假终于结束了，秋天来了，开学的时候到了。

开学第一天，祁宏早就在村口等着高燕了。两人会合后，一起高高兴兴地向学校走去。

一路上是背着书包的学生，他们三人一组，五人一群，说笑追逐，川流不息。

机耕道两边的稻田里长满了水稻，绿油油的一片，蔓延到远处的山脚下，秋风吹来，碧绿的稻浪连绵起伏。

水稻已经抽穗了，稻谷还是瘪的，空虚着，就像他们这个时候的青春，需要精彩的故事来填充。

成群结队的燕子，在稻田上空飞速掠过。它们在殷勤地捕虫，那些新生的燕子在练习飞翔，为即将到来的漫长迁徙做着最后的冲刺。

那个上午，老生祁宏领着新生高燕东奔西跑，办完了全部入学手续。两人说说笑笑，都有一种莫名的兴奋和期盼。

下午，班主任找到祁宏，告诉他，校长要他在一周后的新生开学典礼上代表老生发言，谈谈学习方法和心得体会，给初一的新生鼓鼓劲。班主任要他准备一下，写个发言稿。

这件事让祁宏比知道考了全镇第一名还开心，他想象着自己站在操场上临时搭建的主席台上侃侃而谈，高燕在下面带着欣喜和虔诚，认真地倾听，内心充满骄傲——祁宏相信自己能在台下数百名新生中，一眼就把高燕找出来。

但祁宏没把这个消息告诉高燕，他希望给她一个意外的惊喜。

高燕上了镇二中，要与祁宏朝夕相处了，可把一个人嫉妒坏了，也把他急坏了。这个人就是张伟。

张伟上初三了，他在镇一中。张伟不是考进去的，就他那成绩，初中都考不上。但这不影响他进镇重点中学，他的伯父是常务副县长，爸爸是公社主任。在两个长辈的张罗运作下，张伟作为体育特长生，被保送进了镇一中，考试都免了。

高燕到镇二中报到那天，张伟也早早地起来了，他没有去镇一中，他也在村口等高燕，准备把她送到学校去，可张伟比祁宏晚了一点。张伟在镇一中，跟高燕一起上学，也名不正言不顺的。张伟远远地、偷偷地跟在祁宏和高燕身后，看着他们有说有笑，向学校走去。

醋坛子打翻了，一路上，张伟觉得自己那颗心被妒火烧焦了，他一边跟，一边想，如果让他们在一个学校待上一年，祁宏就近水楼台先得月，自己就靠边站了，彻底没戏了。那是个情窦初开的年纪，只要他们在心里认可了对方，张家地位再显赫，张伟个人再努力，都是瞎子点灯白费蜡了。

在对待感情上，是男女有别的。男生爱以貌取人，女生重日久生情；男生易变，女生坚定。一旦高燕那颗少女之心被祁宏捷足先登了，张伟要再插足进去，就不容易了。这个道理，长成了毛头小伙的张伟已经弄懂了，他说什么也不愿意让这种状况出现。

在这场残酷的竞争中，祁宏和高燕都在镇二中，就意味着张伟失去了天时，失去了地利，失去了人和，他不能束手就擒。

在镇二中门口，眼睁睁地看着祁宏和高燕消失在莘莘学子中，张伟就气不打一处来。他一路踢着石子，打道回府了。返回的路上，张伟郁闷极了，觉得阳光都是阴暗的；回到家里，张伟把自己放倒在床上，不吃不喝，不言不语，也没到镇一中报到上学的意思。这么一躺就是一整天，他母亲叫他，他也懒得搭理。

张解放下班回来，听老婆说张伟得了怪病，一整天茶不思，饭不进，就急了。他来到床边，伸出手来，将手背覆盖在张伟的额头上。那儿一片清凉，一点发烧的迹象也没有。

"伟崽，你怎么啦？"张解放问。

张伟翻了个身，赌气地把背对着张解放，没有理他，好像一切都是父亲的错。

张解放更急了，把手搭在张伟肩上，一边摇，一边继续说："遇到啥麻烦了，爸爸来帮你想办法。"

听到张解放要帮自己想办法，张伟一骨碌从床上爬了起来，破涕为笑了——他等的，他要的，就是父亲这句话。

"你帮我把高燕弄到镇一中来！"张伟不容置疑地对父亲说。

张解放吓了一跳，也听出了弦外之音：他娘的，这个狗崽子，开始想女人了，他确确实实对高燕上心，暗恋高家那姑娘了。

"你不知道有多难呢！镇一中看成绩，除了分数，想进去的人很多，有多少人在排队啊。"

张解放说，他想告诉儿子，办成这件事可不容易，能不办就不办了。

"我不管，"张伟坚决地说，"你能把我弄进去，你就能把高燕弄进去。你不把高燕弄到镇一中来，就把我弄到镇二中去，否则，我就不读书了。"

张伟不是在开玩笑，话里已经有了浓浓的威胁味儿。

张解放很懂儿子，也是过来人。他第一次看到儿子为一个女孩威胁老子了，他感觉儿子是真的长大了，如果不答应他，张伟是说得到做得到的。

"我试试看吧。"张解放含糊地答应了。

张伟搂住张解放的脖子，亲了一下父亲那张胡子拉碴的脸，以示感谢。张伟知道，只要父亲答应办，这事儿就八九不离十了。

第二天清早，起床后，匆匆地扒拉了几口炒饭，张解放没有去公社办公室，他骑着自行车，跑到镇一中，出现在钟明亮校长的办公室。

张解放把来意对钟校长一说，就被钟校长委婉地拒绝了。钟校长以已经开学了，各班新生人满为由，没有答应张解放。

钟校长想，两年前，帮张解放把儿子张伟弄进来，已经给了他天大的面子。现在又来为一个没有嫡亲关系的女孩说情，这个口子是不能随便开的，这个面子是不能轻易给的，不能让张解放觉得镇一中的校门是为他开的。

碰了壁，张解放觉得很丢脸，心里极不舒服，但儿子安排老子的事，没有办法。从镇一中出来，张解放不得不把单车停靠在马路边，招停了一辆开往县城的大巴，上了车，直奔县政府，向张援朝求助。

张解放从小就服张援朝。在弟弟面前，张解放没有年龄优势，只有职位劣势，他低眉顺眼，低声下气，老老实实地向张援朝汇报了自己的工作情况和儿子的思想情况。

张援朝对张解放的工作不感兴趣，他知道哥哥就那两把刷子，能做到公社主任，那是县委组织部给他面子。张援朝倒是对张伟的思想感情上了心。听完汇报，张援朝愣住了：那个在他面前流着长长的清鼻涕，老吵着要纸包糖的调皮捣蛋的侄儿已经长大了，开始追女生了。他工作太忙，已经三年多没有见到张伟了。

张援朝和张解放兄弟俩，就张伟这么一个男丁，其他都是女娃。四明山人都认为女娃在结婚前是自己家的人，结婚后就成别人家的人了。能继承张家香火的，最后还得靠张伟。所以，兄弟俩对张伟格外偏爱。

张援朝没有当面答应张解放，也没有拒绝。他要张解放先回去，嘱咐张伟好好读书，不要胡思乱想。

张解放不好多说什么，忐忑不安地回来了。

到家后，没有把握的张解放还是去了一趟高欣家。

高欣看到公社主任来了，赶忙吩咐老婆杀鸡宰鸭，准备饭菜。高欣一口一个亲家，亲热地叫着，把张解放留下来共进午餐。

在生意场上摸爬滚打了三五年，高欣已经初步领悟了政商关系的重要性。有这对张家兄弟帮衬着，高欣这些年的生意做得顺风顺水，越来越大。

张解放也不客气，留在高家吃饭。两个男人，几杯米酒下肚，气氛就活络了，张解放趁机把来意告诉了高欣。

张解放没有告诉高欣要高燕转到镇一中是儿子的主意，他只是要高欣为高燕的前途着想，转到学风更好，师资力量更强的镇一中。张解放说，镇一中初中升高中的比例高达80%，很多都上了县重点高中；镇二中只有40%，难得有几个考上县重点高中的。

张解放的话都是大实话，没有添油加醋的成分。这情况，高欣也清楚。

高欣对高燕考上镇二中，而不是镇一中，本来就有点儿不满意，心里堵得慌。镇一中的录取分数高，高燕差了五分，只得到镇二中上学。如果有门路上镇一中，那是求之不得，哪怕花点钱，高欣也愿意。

两个男人三言两语就统一了思想，达成了一致。剩下来，就全部敞开了，专心专意把酒言欢，一口一个"老亲"，叫得同性恋一样顺溜亲热。

那天下午，张援朝处理完手上的工作，以下乡调研为名，让司机把他送到了镇一中。

张援朝找到了钟校长，把高燕转学的事对钟校长说了。

常务副县长亲自跑来说情，这个忙是必须要帮的，否则，乌纱帽有可能不保，钟校长爽快地答应了下来。

其实，从张解放早上来找他，钟校长就在盘算和等待这一刻了。张解放的面子可给可不给，张援朝的面子是必须给的。他拒绝张解放，就是希望张援朝来找他，让张副县长欠他一个人情。在官场上混了这么多年，钟校长明白其中的利害关系，也把这一套用得相当娴熟和顺溜了。

在镇二中上学的第三天上午，正在课堂上，高燕突然被高欣叫了出来。父亲当即要她收拾好书包，跟自己走。

高燕没明白出了什么事，也没有多问，只得听从父亲安排。

没来得及向祁宏告别，高燕就被张伟拉上了停在校门口的拖拉机。

拖拉机上还坐着一个人：公社主任张解放。

在颠簸的拖拉机上，张伟情不自禁地偷瞄高燕，他嘴角露出一丝不易觉察的诡秘、得意和兴奋。

看着张伟贼贼的表情，高燕隐约地揣测到这背后一定跟他有关。

拖拉机在镇一中校门口停了下来，钟校长早就等在那儿，新班主任带着高燕办完了入学手续。

跟着新班主任进了教室，在座位上坐下来，高燕心里终于明白，她被转学到镇一中来了，是张伟家帮的忙。

这事儿，让高燕既高兴，又愧疚，她还没来得及对祁宏说呢。

在到此为止的相关人物中，祁宏是最后一个知道高燕转学的。

那天课间，祁宏喜滋滋地去找高燕，却看到高燕的座位上空空如也。

几次课间往返，都是这样一幕。

放学的时候，祁宏忍不住了，向高燕的同桌打听，同桌也没有说出所以然来。

祁宏很失落。这种失落，看一次高燕的座位，就加深一层。

祁宏很担心。这种担心，看一次高燕的座位，就加重一分。

其后几天，祁宏都是没精打采，有气无力的，就像患了痨病一样萎靡不振。

祁宏盼望奇迹出现，憧憬着下次找高燕时，看到高燕坐在座位上，正在等着他呢。

可是奇迹没有出现，第二天，第三天，第四天，高燕的那个座位一直都是空空如也，祁宏的失落和担心更加灾难深重了。

高燕到底怎么啦？

出事了？

病了？

还是发生了其他什么意外？

坚持到周六下午放学，祁宏都不知所措，失魂落魄了。

最后一堂课，下课铃一响，祁宏就箭一般地射出教室，一路小跑着往家赶去。

进了村，祁宏没有进自己的家门，他先跨进了高燕的家门。

高燕不在，高欣和王红梅在忙着拾掇黄花菜。

看到祁宏闯进屋，高欣就大致猜到了他的来意。高欣没有理会祁宏，继续忙着过秤，算账，找钱。

祁宏不好意思问，毕竟长大了，害羞了，也有了自己的秘密。这种事情，不好表达，也不好公开，更不知如何问起，尤其在高燕的双亲面前，还是不挑明好。

从高家出来，回到家里，祁宏黑着脸，闷闷不乐。

高燕的事，没弄明白，他就高兴不起来；高燕的事，没弄明白，他就不死心。

祁宏想了想，装作若无其事，轻描淡写地对祁茗说：

"妈，出事了。"

看着祁宏的黑脸，听着祁宏的闷声，祁茗被吓了一跳，她紧张地问："出啥事了？"

祁宏说："在我们学校，高燕失踪了。"

祁茗听了，扑哧一声笑出声来，原来是儿子在牵挂女人了。

"高燕转学了，转到镇一中了。张伟的主意，张解放和张援朝找的钟校长，他们自己花了很多钱。"

祁茗把事情的原原本本三言两语就告诉了儿子。在祁茗看来，高燕转学，对高燕是一件好事，对儿子也是一件好事，都可以把心思放到学习上来。

祁茗听到村里传言自己的儿子跟高燕在早恋，她不赞同祁宏和高燕之间有什么情况发生，尤其是感情方面，何况两人都还小。

知道高燕没有生病，也没有其他意外，祁宏那颗悬着的心终于落了下来，他是既高兴，又失落：他为高燕高兴，她终于去了镇一中；他为自己失落，原来想象着的两个人在一个学校，互相鼓励，互相促进的梦，已经不能实现了。

祁茗给儿子讲的最后那句话包含了两个意思：一是祁茗希望儿子看清现实，在这个世界上，关系和钱都很重要。这两项东西，他们家现在都没有，至于以后有没有，要看子女们奋斗了。二是要弥补钱和关系的差距，祁宏只能靠自己努力，希望将来有朝一日，出人头地。

母亲的话，祁宏懂；母亲的心，祁宏明白。

可祁宏还是放不下，他爬到村后山坡上，目不转睛地盯着村口，那是高燕回家的必经之路呢。

夕阳西下的时候，那个熟悉的身影终于闯进了祁宏眺望的视野中。但不是高燕一个人，而是高燕和张伟两个人。他们一起出现在村口，两人有说有笑，肩并肩地走在机耕道上。

这个本来应该属于祁宏和高燕之间的画面刺激得祁宏血往上涌，脑袋都快炸裂了。

祁宏看到了对手的强大力量和缜密心思。那个平时看起来头脑简单、四肢发达的张伟，其实并不像祁宏想象的那样简单，那样容易对付。

可能那个年纪的祁宏还不知道，爱情这玩意儿使男人变聪明，使女人变愚蠢。

看到高燕回来后，祁宏破例没有去找高燕。那个晚上，祁宏辗转反侧，根本无法入睡，他被这段感情折腾着、煎熬着。

那段日子，祁宏的心情经历了一次过山车：高燕考进镇二中，他开心得冲上了峰顶；眼睁睁地看着高燕去了镇一中，他失落得跌到了谷底。

凌晨一两点，祁宏还是没有睡着，他干脆起了床，打开门，来到屋外，在祁家与高家之间的石板路上，鬼魅一样来回走动，望月哀叹，就像一个目标明确的梦游者。

村庄的灯火早就熄灭了，四周一片寂静，只有影影绰绰的山影和房屋，有点阴森，祁宏感觉自己在一片坟场里走动一样。

高燕的房子没有灯，也是一片寂静。祁宏没忍住，他轻手轻脚地来到高燕闺房前，把耳朵贴在墙上。他想听听高燕的呼吸声，听听高燕的心跳，那是他战胜黑暗、战胜恐惧的力量，可祁宏一无所获，什么都没听到。

高燕还没听到祁宏在新生开学典礼上代表老生发言呢！

高燕不在镇二中了，那个发言就没有什么意义了，可做可不做，即使做了，做坏了也没关系。

第一次，祁宏明白了，什么叫竞争，什么叫作残酷无情的竞争！

东方露出鱼肚白的时候，看到有村民起来，准备下地干农活了，祁宏才结束神经质一样的游荡，返回家中，把自己放倒在床上。

经过堂屋的时候，祁宏看到横梁上空的燕子窝已经空了，那窝燕子已经飞走了，飞回到温暖的南方去了。燕子对辛辛苦苦垒砌的那个窝，对这片养育了它们半年的原野，一点也没有留恋。

看着那个空荡荡地悬挂在横梁上的燕子窝，祁宏感觉这个秋天有点不同寻常，在燕子飞走之后，蓝天塌下来了好大一块。

一层秋雨一层凉。进入秋天的江南，是要下雨的。那雨淅淅沥沥，连绵不断，晚上下了，白天继续，与春雨有的一拼。不同之处在于，春雨下一场天气暖和一场，秋雨是下一场气温降一次，拉着世界不断向寒冷的深处坠落下去。

第六章　那阵恼人的户口买卖风

我是谁？从哪里来？到哪里去？

从出生那一刻起，无论是居庙堂之高，还是处江湖之远，人的一生都在寻找答案。

不要以为吃了干，干了睡，每天都在重复同样活计的四明山的农民不懂这种深奥的哲学问题。在简单的实践劳动中，他们懂得删繁就简，透过现象看本质。

在他们眼里，那些无聊的知识分子把问题想复杂了，其实人生很简单：吃上"皇粮国饷"，过上旱涝保收，不愁吃，不愁穿的生活就行了，其他的都是在扯淡。

再务实一点，就是一个问题，即户口问题，只要把农村户口转成城镇户口，所有问题就迎刃而解了。

是那个农村户口，将他们祖祖辈辈困在土地上，日出而作，日落而息，勤勉一生，不一定有好的结果，要看天吃喝。祁水河一涨，庄稼冲没了；老天爷一个月不下雨，庄稼枯死了。再多投入，都打水漂了；再大努力，都白搭了。

只要把农村户口转成了城镇户口，国家就把你一生包了，按月给你发工资，按期给你发粮票，吃香喝辣，旱涝保收。

做父母的，都望子成龙，望女成凤，实现农转非，吃上"皇粮国饷"，就是他们孜孜以求的目标。

这是中国农村的现实，也是中国农民的无奈。为了让子孙后代放下手中的锄头把，捧上铁饭碗，他们什么活都愿意干，什么苦都愿意吃。

在四明山农民的漫长摸索中，他们总结出了实现梦想有两条路：读书和当兵。

读书要考上大学，考不上大学，就是读书无用论了。尽管不是每个人都能考上大学，可还是这条路概率最大，最靠谱。

当兵名额有限，几年兵役后，还有一部分人转不了正，要复员回家，重操锄头把。

即使这两条路都成功了，目的和结果都是把农村户口转成城镇户口。

这种理念深深地扎根在祁东县的农民心中，就像忘忧草深深地扎根在这片贫瘠的土地上一样。

有需求就有市场，这种根深蒂固的意识为户口买卖留下了很大的操作空间，也让被财政紧张困扰束缚的县委县政府抓住了一根救命稻草。

为解决财政困难，县委县政府把户口买卖拿到了县委常委会上重点讨论，常委们很快就达成了共识，同意拿出部分国营厂的招工名额进行试点，也趁机解决那些"半边户"干部的家属问题。

"半边户"是一个颇具地方特色的名词，指那些夫妻双方，其中一个是城镇户口，一个是农村户口。张解放一家就是典型的"半边户"。张解放是干部编制，城镇户口；他老婆是农民，农村户口。"半边户"中，子女往往都是随母亲，母亲是农村户口，子女就是农村户口；母亲是城镇户口，子女就是城镇户口，跟父亲没有多大关系。

"半边户"家庭，一般男方是城镇户口，女方是农村户口，那种反过来的特例很少。祁东县的很多乡镇干部、医生、老师，都是"半边户"。他们是城镇户口，在广大农村就有了挑选媳妇的资本，哪怕男方相貌差，有生理缺陷，都被一张城镇户口遮挡了，都能找一个漂亮的农村媳妇。所以，"半边户"中的女方普遍高挑、漂亮、聪明，身体和素质在那群农村姑娘中出类拔萃。"半边户"男人，一边工作，一边牵挂另一半，三天两头往乡下跑，本职工作往往不如人意，因为心思不在工作上，在乡下，在老婆身上。

对于如何落实户口买卖的具体政策，常委会讨论很激烈，直到晚上九点钟才基本上敲定下来。会议一散，张援朝喊上司机，坐着面包车，急急忙忙往四明山赶。

全县的几大国有企业，如黄花菜加工厂、皮革厂、草席厂、铁钢厂、磷肥厂率先进行户口买卖试点，但招工名额有限，全县一共五十个指标。

这意味着，只要符合条件，找得到关系，出得起价钱，就可以把农村户口转成城镇户口了。

这个事情很重要，在会上，张援朝就想到了那个不争气的侄儿张伟。

张援朝为张伟的前途担忧，要为他谋出路，眼看着张伟长大了，再过三五年就要走上社会，自立门户了。

张伟不是读书那块料。如果不是张援朝出面，张伟连初中都没的读。在学校，张伟号称体育特长生，可这只是一个掩耳盗铃的面子，里子啥都不是。在祁东这种小地方，张援朝可以瞒天过海。可张伟要靠体育专长上大学，就太难了。虽然大学也要体育特长生，可那靠真本事，得在省级和国家级的体育比赛上取得名次，获过奖。张伟那个体育成绩，连参加比赛的资格都捞不上，更别说拿名次，获奖了。靠学习成绩，就更难了。虽然张伟与祁宏都是班上第一，可祁宏是顺数的，张伟是倒数的。

就算张援朝本事再大，顶多只能保证在县城给张伟找个重点中学，让他读完高中。如果没有其他门路，到头来还是要困在农村户口上，做个农民。要是不给张伟解决户口问题，安排一个正经工作，只要从学校出来，走上社会，混个三年五载，张伟不成流氓阿飞，就是偷鸡摸狗，东游西荡，想想都让人脑壳痛。

如果有了城镇户口，就不一样了，张伟可以在张援朝关照下，一路开挂，多快好省，像张解放那样，做个乡镇干部还是可以的，再混个七八年，在自己退休之前，把张伟弄到县委县政府，做某个部门的主任，或者某个局的局长，也是有可能的。至于能不能成为副县长，到达张援朝的位子，就看张伟自己的造化了。

把户口问题解决，能进国营厂上班就不错了。祁东县很多大学生，毕业分配，都要回到国营厂来，区别就在于是做工人还是做工程师。至于以后能不能提干，要看个人际遇。干部，有文化的人能做，没文化的人也能做。

他张援朝不也是普通一兵转业，没什么文化，却在官场混得风生水起吗？不比那些有大学文凭的官场书生差。

赶到四明山，已经快深夜十一点了。黑灯瞎火的，山里一片寂静。冬夜，没有热闹的虫吟蛙鸣欢迎，被车的灯光和声音惊吓到的鸟，惊恐地睁着眼睛，懒得叫出声来。

刚和老婆做完床上运动，筋疲力尽，沉沉睡去，张解放就被急促的敲门声惊醒了。他让敲门声再响了一会，才披衣起床，点亮灯，起来开门。深更半夜的敲门声让张解放很不耐烦。张解放以为是普通村民吵架，找他调解来了。四明山的很多家庭邻里纠纷，都爱找政府调解，尤其喜欢找张解放。农村人也不分时间，不看场合，兴起了，就来了，自己麻烦来了，就去麻烦别人。

张解放打开一条门缝，看到是张援朝和司机站在门口，有点吃惊，赶快把门打开，让他们进了屋。

张援朝长话短说，简明扼要地把常委会决定小范围开放户口农转非的事情告诉了张解放。

这真是一场知时节的及时春雨，张解放搓着手，不知道该说什么好，没有比这更让人兴奋的消息了。

张伟都初三了，张解放正在为儿子的前途愁眉苦脸，忧心忡忡。作为父亲，张解放不希望儿子做面朝黄土背朝天的农民。在张援朝回来之前，张解放还盘算着，准备让张伟当兵入伍，走叔父张援朝那条路，然后再从长计议。

让张伟当兵，也是为了解决户口问题。只要户口问题解决了，其他的就都不是事儿了。张解放相信张援朝不会撒手不管，说不定在张援朝庇护下，张伟将来也能捞个一官半职呢。张解放认为张伟有做干部的潜质，那小子会察言观色，会见风使舵，情商高着呢，不输张援朝，只要户口转了，人生就有大奔头了。

兄弟俩当即统一了意见，拍了板。可这事还有一道坎，户口指标张援朝是可以拿到，可还要钱，那钱不是一个小数目。常委会已经明确，干部子弟可以优先照顾，但也要花钱，非直系亲属，一个指标两万元，直系亲属，一个指标一万元。即使一万元，张解放也拿不出来，张援朝也不轻松。

放眼四明山，能拿出这个钱来的，屈指可数，高欣肯定没问题。

张解放不清楚高欣到底有多少钱，但他知道，买卖一个户口的钱，对高欣来说，只是一碟黄花菜，一碟花生米。

指标少，竞争激烈，县里政策变化快，张解放怕夜长梦多，在征得张援朝同意后，他跑到高家，敲响了门。

高欣和老婆刚算完账，泡了脚，舒舒服服地躺下，就被敲门声惊醒了，跟张解放被敲门声惊醒一样，高欣也有点不快。是谁不顾别人感受，这么晚了，还来打扰，有事不能明天说吗？

高欣一边穿衣，一边不情不愿地嘀咕。

开了门，见门口站着公社主任张解放，高欣马上换了一张笑脸，把张解放往屋里请。

张解放没有进屋，要高欣去一趟他家。

听说张援朝回来了，高欣来了劲，睡意立刻烟消云散了。

张援朝这个从四明山走出去的当地最大的官，高欣平时是很少有机会见到的。高欣只记得小时候跟张援朝有过短暂交集。张援朝比高欣大七八岁，是那个年代的四明山的孩子王，屁股后总有一群小伙伴追着跟着。在那群跟屁虫里面，高欣算是一个。后来张援朝当兵入伍，做大官了，高欣就很少见到他了。

这种面对面交流的机会，是越来越稀少了。

在路上，张解放把事情简单地对高欣说了一遍。张解放着重强调，买户口这事，机不可失，时不再来，过了这个村，就没那个店了，自己缺钱，这个忙，高欣一定得帮。

"钱这事儿，包在我身上，"高欣拍着胸脯说，"娃的前途要紧。"

见到张援朝，三个男人相谈甚欢，高欣眉头都没皱就把钱的事情一口应承了下来。

张伟的城镇户口解决了，高燕的呢，能不能帮忙想想办法？

高欣壮着胆向张援朝提了出来，要他为高燕争取一下，把高燕的户口一起转了。

高欣心里清楚，这个时候不趁热打铁，等钱给了张解放，以后开口就难了。

"名额有限，这个事难度很大，办张伟的已经不容易了，我得明天到县里看看再说，"张援朝说，"不过，咱们从长计议，以后只要有机会，我就想着高燕。"

只要张副县长答应帮忙了，事情就好办了。即使这次不行，下次机会来了，也就解决了。

高欣知道，这种事，只要县里开了一个口子，尝到了甜头，就不会只开一次就把门关上。只要张援朝愿意帮忙，把高燕的农村户口转成城镇户口，那是早晚的事。

高欣很高兴，当即返回家取钱。

当高欣再到张家的时候，手上拿着四扎厚厚的钞票。一扎是一万元，一共四万元。高欣把钱交给张解放，张解放接过钱，塞给了张援朝。

这么多钱，轻轻松松就拿出来了，眼睛都没眨一下，也不用到银行去取，这让张氏兄弟很吃惊：高欣这么有钱了？他到底有多少钱？

这个问题，他们留在肚里了，也不方便多问；这个问题的答案，也只有高欣自己知道。

张援朝说，钱多了，用不了这么多。他抽出其中一扎，把其他的塞回给高欣，高欣轻轻地挡了回去。

高欣边挡边说："钱先拿着，如果有机会，就把高燕的户口办了；如果没机会，就先放您那儿，以后再找机会。"

给高燕办户口，是关系到孩子一辈子的大事，不能耽搁。转了户口，就等于上了保险，可保孩子一生无忧、一世无虑了。钱是可以挣的，舍不得孩子套不到狼。如果没有钱在张援朝那儿放着，他就没有责任，也没有压力，可办可不办；如果不给张援朝一点甜头，他就没有动力，办也可以，不办也行。

在生意场上摸爬滚打数年后，高欣学会了洞悉人性和心理。

高欣的表现让张援朝刮目相看，他觉得这个小时候的跟屁虫有眼光，有格局，做人大气，会来事。

张援朝拍了拍高欣的肩膀，满意地说："过两天，你来县政府找我一下，我给你介绍点生意。趁着政策好，把事业做大做强。"

高欣心领神会，两人相视一笑，算是对上号了。

张援朝办事效率很高，不到一周，张伟的城镇户口办下来了，张伟就这样跳出了农门，成了一个名副其实的城里人，吃上了皇粮国饷，可以衣食无忧，高人一等了。

这个消息在张解放拿到张伟户口本当天就传遍了四明山。少数先富起来的人跑到公社找到张解放，要他帮忙把自家孩子的户口转了。他们对张解放许诺，只要把事办成了，花三五万块钱都愿意。

虽然无法满足这些村民的诉求，张解放还是吃了一惊，没想到他管辖的这个弹丸之地，在分田到户五六年后，已经有一部分人先富了起来，能够拿出三五万块钱来的，不再是只有高欣一家了。尽管其他人没法跟高欣比，拿出三五万块钱来，可能是全部家当了；高欣拿出来三五万块，还伤不到筋骨，甚至连皮肉都伤不到。

拿着张伟的城镇户口，张解放高兴极了，他骑着新买的摩托车，跑到镇一中，眉飞色舞地把消息告诉了张伟。

谈话结束，父子告别的时候，张解放收起兴奋，板起面孔，严肃地叮嘱张伟，不要得意忘形，要好好念书，有文化的工人和没文化的工人，还是不一样的；有文化，机会来了，抓住很容易，工人成干部了；没文化，机会来了，也抓不住，工人还是工人。

吃上皇粮国饷了，张伟兴高采烈。把张解放送走后，张伟回到教室，就把课桌上那本最让他头疼的数学书三下五除二地撕得粉碎，扔进了垃圾堆：城镇户口都有了，还念什么书嘛！张伟兴奋地想，祁宏读书那么牛，至今还是一个农村户口，将来能不能考上大学还不一定呢！他那么努力，还不是为了把农村户口转成城镇户口？

与祁宏作比较，张伟就想起了高燕，他得把这个好消息告诉她。

张伟跑到高燕班上，把正在上自习课的高燕叫了出来。张伟告诉高燕，自己"农转非"了。张伟凑近高燕，在她耳边神秘地说："我伯父也在帮你想办法办理农转非呢！"

没想到张伟的热屁股贴上了冷板凳，高燕不识好歹地对张伟说："我的户口才不要买呢，我要靠自己努力，像祁宏那样，我要上大学！"

高燕的话给张伟当头浇下一盆冷水，把农转非带给他的快乐和兴奋一下子浇灭了，让他备受打击。

高燕嘴上没那么说，心里还是挺羡慕的。家里有人在朝廷做官真好，什么都帮张伟想到了，什么都帮张伟解决了，即使不努力，即使成绩一塌糊涂，即使考不上大学，都没关系！在四明山那群一起长大的农村孩子中，张伟已经领先一步成了"国家的人"，她和祁宏还前路茫茫，没有人帮忙，全得指望自己。

张伟农转非的事，也传到了祁宏耳朵里。

消息到祁宏那儿，味道已经变了。把消息告诉祁宏的人说张援朝不仅解决了张伟的城镇户口，也解决了高燕的城镇户口。

这个事儿的意思已经明摆在那儿了：张副县长已经把高燕当作自己家的人了，为她的前途考虑了，高燕成了张家的准儿媳妇。

这让祁宏心里钻进了一窝老鼠，被抓得难受极了，他得找高燕问清楚。别人怎么说，他不在意，但高燕怎么看，他不得不在意。

下午正好是两节自习课，祁宏偷偷地溜出教室，一路小跑，从镇二中跑到了镇一中，站在了高燕班的教室门口。

看到突然出现的祁宏，高燕又惊又喜，那张白净的脸上飞上了一抹红色的霞光，那颗开始怀春的少女之心扑通扑通地跳得厉害，心跳的声音大得捂都捂不住。

高燕跑出教室，两人一前一后地出了校门，走在校外那条连接镇一中与外部世界的乡村小道上。

这两个人已经有一段时间没见面了。没见面，好像有千言万语；见了面，又不知说什么好，也不知从哪儿说起，只有肩并肩、默默地走在一起。

这种沉默，也是那样富有诗情画意，听得到彼此的心跳，那此起彼伏的心跳声，像乐章，令人憧憬；像祁河水，令人澎湃；像米酒，令人沉醉；像情诗，令人意乱情迷。

"张伟买户口了，你晓得吗？"

看着视线尽头一点点往下坠，已经有一半掉进层峦叠嶂中的夕阳，想着还要赶回镇二中上晚自习，祁宏打破了这美好的沉默。

"嗯。张伟告诉我了。"高燕小声地回答。

"你也买户口，农转非了？"祁宏小心翼翼地问。

"那是大人们的事，我也管不着，"高燕带点生气说，"我们读我们的书，考我们的大学，不要想太多了。"

这句话的前面部分，让祁宏很紧张；这句话的后面部分，让祁宏悬着的心放了下来。

从高燕的话里，祁宏已经得到了答案，他情不自禁地笑了。

"我最近读到了一首诗，觉得写得很好，给你看看。"高燕塞给了祁宏一张小纸条。

那张小纸条上，高燕用娟秀的字迹抄着匈牙利革命诗人裴多菲的那首全世界都知道的诗。

那首诗，高燕已经抄了很久，想给祁宏，但一直没有机会，这次机会终于来了。

祁宏展开纸条，读了起来：生命诚可贵，爱情价更高！

那首诗的后面那句，高燕并没有抄在纸上，她觉得用不着，也煞风景。

听着祁宏用嘶哑低沉的声音把诗读完，高燕有一种前所未有的满足感。好像那首诗不是裴多菲写的，是祁宏为她写的。

读完诗后，他们挥手，一步三回头，依依不舍地告别。

祁宏来找高燕，也被张伟看在眼里了。

目睹着祁宏和高燕肩并肩地走向校外，张伟血往上涌，气不打一处来。他跟在祁宏和高燕身后，好几次想冲上去把他们分开，把祁宏揍一顿，把高燕拉回学校。

张伟想，这个祁宏真他妈不是东西，阴魂不散，高燕都转到镇一中来了，他还没放过，还找上门来了！

可有高燕在，张伟就不得不收敛，他不愿意让高燕看到他心胸狭窄、蛮横霸道的一面。

等高燕和祁宏告别后，张伟再也忍不住了，他从夜色中冲了出来，挡住了祁宏的去路，并挥起拳头，对着祁宏的脸，打了过来。

祁宏只顾赶路，没有意识到危险，也来不及躲避。脸上结结实实地挨了一拳，火辣辣地疼了，才知道被人偷袭了。

抬起头，祁宏看到了凶神恶煞地挡在眼前的张伟。祁宏也动了气，想跟张伟大张旗鼓地干一架，但他还是忍住了。

祁宏听到张伟气急败坏地咆哮："你他妈以后离高燕远点，不要再来骚扰她。否则，我见你一次，揍你一次。"

不知道这两个人真打起来，谁的胜算更大。从块头上讲，张伟高出祁宏一个头；从心理上讲，祁宏不怕张伟，他不是胆小鬼，他练过，有点功夫。

祁宏攥紧了拳头，冷冷地盯着张伟，但没打出去。他觉得为这事跟张伟打一架，很不值得。

张伟气急败坏的样子让祁宏看到了自己的胜利，对手的失败，他已经用不着出手，用武力来争输赢了——高燕的态度才是决定胜负的唯一标准。

祁宏没有理会张伟的无理纠缠，闪过张伟，急急忙忙跑了，他急着赶回学校去，他要把时间放在学习上呢。

张伟以为祁宏怕他了，狼狈地逃跑了。这让张伟很得意，找到了胜利的感觉。

在张援朝回四明山帮张伟办户口的第三天，高欣趁着给国营厂送黄花菜的机会，到县政府拜访了张援朝。

看到高欣，张援朝很高兴。那天中午，张援朝在祁东最好的红火酒店包下最大的包间宴请高欣。张援朝打了一通电话，把县城那些国营厂的厂长和经理都叫过来作陪。

在酒桌上，张援朝清楚地对那些厂长、经理做了交代，要他们关照一下高欣的生意，公私合营，取长补短，实现共同发展。

厂长、经理都是久经沙场，闻弦歌知雅意的老江湖，一上饭桌就明白了。他们频频向张副县长敬酒，表态一定照张副县长的指示办。

趁着大家酒酣耳热，高欣把单买了。那顿饭，高欣花了不少钱，也见识了大场面，认识了祁东政商圈的很多大人物，算是被张援朝领进了门。

回家后的几天，高欣陆续接到了那些厂长、经理的电话，跟他们把合作的事一一敲定了下来。高欣主要做这些国营厂的两块业务：能供应原材料的，给他们供应原材料；不能供应原材料的，给他们跑运输，把原材料从全国各地运回来，再把加工好的产品运往全国各地。

这两块都肥得流油，高欣认真地算了一下账，发现每个厂一年能给自己带来一百万元以上的利润，有的甚至更高。这些数把高欣吓坏了，也高兴坏了。虽然高欣是四明山最有钱的人，但他一年赚的钱，在这个账面前，是小巫见大巫，不值得一提。

没想到，那顿饭能给高家一年增加数百万元收入。这让高欣尝到了甜头，也领悟了政商关系的窍门和重要性。他明白了，只要傍着张援朝，高家就坐上了发家致富的长征号火箭，要上天了。

为适应新业务发展，生意敲定后，高欣一口气买进了五辆东风牌汽车，三辆拖拉机，也给自己买了一辆小汽车桑塔纳——那个时候，县委凌书记，也是坐的桑塔纳，凌书记的桑塔纳还没高欣的桑塔纳配置先进高档。

桑塔纳是高欣自己开，用来跑县城，接送那些厂长、经理，参加聚会，也帮他们跑腿干点别的什么。一回生，二回熟，在张援朝的穿针引线下，不到两个月，高欣就跟他们打得火热，称兄道弟了。

厂长、经理们，三五一伙，隔三岔五就要下乡来，在高欣家聚一聚，吃吃土鸡，到村后的水库钓钓鱼，一起扯扯字牌，打打麻将。高欣陪着他们打牌，只输不赢，宾主尽欢。

拖拉机用来跑乡村，收购黄花菜和其他材料；东风牌汽车用来给国营厂送材料和跑运输。

在张援朝帮助下，高欣注册了祁东县第一个贸易运输公司，全县第一个拥有了自己的车队。那些车在晒谷坪上一家儿排开，蔚为壮观；早上开出去，浩浩荡荡，驰骋在祁东的土地上。

第七章　高家起高楼，祁家筑债台

日出而作、日落而息的中国农民，省吃俭用，含辛茹苦一辈子，只有两个朴素心愿：子女有出息；住上新房子。

在分田到户，精耕细作了几年后，农民手里有了余粮，开始心中不慌，想方设法地折腾起事儿来了。

子女成才，要按部就班，假以时日，是揠苗助长不来的。

砌新房子的事，倒是各家可以根据实际情况量体裁衣，提上日程了。

四明山的农民住的是祖辈遗留下来的旧房子，泥砖瓦房，由于年久失修，很多已经屋顶漏雨，墙壁透风了。部分先富起来的农民，是该鸟枪换炮，住上自己修葺的新房子了。

老房子不是人住的，夏天还凑合，通风凉快；冬天进风，冷飕飕的，与室外没什么两样。晴天还行，雨天漏雨，屋外大雨，屋内小雨。雨天，把锅碗瓢盆全用上，放在漏雨的地方接雨水，以免室内洪水泛滥。有时候，放床的地方都漏雨，半夜醒来，被子都湿透了。

淘汰不合时宜的老房子势在必行，这成为四明山农民的迫切心愿和头等大事。

砌房子是个浩大工程，得有雄厚的经济基础，也要量力而行，不能因为砌完房子后债台高筑，让家庭经济陷入拮据困顿之中。

这个让四明山发生翻天覆地变化的大动作是从高欣家拉开序幕的。

经常往来奔波在县城与乡村之间，县城街道两边那些巍峨耸立、气派辉煌的小洋楼，让高欣羡慕不已，心痒难耐。事业顺利了，钱挣多了，是该把老祖宗的泥瓦房换成小洋楼了。

至于换成什么样的小洋楼，高欣早就拿定了主意，县城那些新砌的，四到六层的小洋楼就是理想的参照物。

当然，高欣有更完美的设计想法，县城小洋楼受地盘限制，总是缺了点什么。农村天地广阔，房前屋后，有的是土地。根据蓬勃发展的事业需要，高欣希望新砌的小洋楼前面有前庭，后面有后院。前庭用来停放车辆，得规划三十个大车位。后院用来种植树木，侍弄花卉，喂鸡养鸭。那些县镇乡干部、厂长、经理都爱往高欣家跑，他们嘴馋高家喂养的鸡鸭和自己酿造的米酒。

当然，已经出落得亭亭玉立、千娇百媚的高燕，也是高家一道不可不看的风景了。

越是琢磨这个事儿，高欣越兴奋，他花了几个晚上，就把小洋楼的设计图纸画好了，小洋楼共六层，一楼装卷闸门，用来做铺面，收黄花菜，做仓库；二到六楼是房厅，用来住人。二楼夫妻俩住，三楼两个儿子住，四楼女儿住，五到六楼，用来给那些乡镇干部、厂长、经理做临时住所，他们在高家喝酒了，打牌了，夜深了，就不要回去，在高家住下得了。这栋楼的设计，最大的不同就是把厕所修在屋里了。这是四明山以前的建筑从来没有过的。以前住房是住房，厕所是厕所，从来没有放在一起的。这种设计，被四明山的农民认为是高家大院唯一的缺陷，被私下笑话了好些年，直到二十年后砌房子，村民才跟上高欣的设计理念，把住房和厕所建在一起。

四明山的农民喜欢把砌新房的时间定在秋天。庄稼收割后，闲了下来，又秋高气爽，正是大兴土木的时候。这个时间对高家不合适，因为那时候正是贩卖黄花菜的旺季，高家要赶在夏季，黄花菜生意最清淡的时候把新房子砌好，不能因为砌房耽搁了一年的生意。

高欣说干就干，夏初就开始马不停蹄地准备了。高欣把车队用上了，上午往县城送货，下午带回来一车车的红砖、钢筋、水泥、沙石、瓷砖、油漆等建材。水泥、油漆、钢筋放室内，避免雨淋和被盗，其他放在室外。林林总总、形形色色的建材很快就把老房子前的晒谷坪堆满了。

看着堆积如山、蔚为壮观的建材，四明山的村民们暗暗吃惊，他们知道高欣又有惊天地、泣鬼神的大动作了，那架势不是砌房子，倒是准备修城堡，建宫殿呢！在财富的创造和积累上，高欣已经把他们远远地甩在了身后。

今天一车，明天两车，后天三车，陆陆续续地准备了一个多月，直到暑假来了，高欣才停止采购，动手建房。高欣没有麻烦四明山那些零散的泥瓦匠和建筑小工，而是从县城请来了规模浩大的建筑队。

在高欣眼里，四明山那些泥瓦匠、建筑工，虽然便宜，可没见过什么大世面，他们的技术和手艺已经达不到高欣的要求了，只有专业的建筑队才可以。

高欣的做法让四明山的泥瓦匠私底下意见很大，怨气很重，认为高欣不顾乡亲情面，不给他们机会，让肥水流了外人田，他们同时也感到了危机：社会发展太快了，适者生存，他们包点工程，打点小零工，赚点小钱的好日子快到头了，高质量、新设计、专业化的建房要求，开始侵入农村，抢他们的饭碗了。

高家动手砌房正赶上农村最忙的双抢季节，家家户户都忙。尽管请的是县城的专业建筑队，可小工还是很紧缺，只有祁茗和朱鹏带着全家老小，不辞劳苦地帮忙，而且只能利用晚上帮一下。白天，祁家在地里干农活；晚上，拖着疲惫的身子，到高家建筑工地帮忙，把红砖、水泥、钢筋搬到次日要用的地方，忙到晚上十一二点才回家睡觉。

高欣夫妇忙生意，也没有多少时间顾及，只有高燕看在眼里，放在心上。高燕给祁家端茶递水，也是忙得不亦乐乎。

避开别人的目光，高燕拿着冷水浸过的毛巾，给祁宏擦拭额头上不断汹涌出来的汗水。高燕的动作蕴含了一种特别的情意，祁宏懂，也特别受用。在高燕的毛巾接触祁宏的脸和额头的那一刻，两人都要对视一下，会心一笑。

哪个少男不善钟情，哪个少女不善怀春？钟情的少男，怀春的少女，他们的眼睛会说话，此时无声胜有声，一切都在眼神里，一切尽在不言中。

享受着高燕的特别关爱，祁宏浑身有使不完的劲，尽管挥汗如雨，全身湿透，祁宏心里却凉爽极了，如沐春风。

祁宏一边干活，一边天真地想：只要有高燕给他擦汗送水，他就这样做牛做马，给高家干一辈子苦力，也心甘情愿，甘之如饴。夜深了，家人都回去了，祁宏还要坚持干一会儿。

那个暑假，祁宏已经中考完了，他觉得发挥不错，几乎没错什么，好几门都可以打满分。暑假结束，他就要上高中了。高中开始，人生就进入了决定命运的关键三年。

二十多天后，小洋楼拔地而起，外面的脚手架已经拆掉了。从外面看上去，小洋楼气派，壮观，辉煌，像城堡宫殿一样。在四明山那片砖瓦房中，鹤立鸡群，有一种飞黄腾达的感觉。

每天早上出去，或者晚上回来，高欣都要站在小洋楼前端详一会儿。不断有人路过，或者刻意前来围观，说着恭维的话。那一刻，高欣踌躇满志，心里升腾起一种前所未有的满足感和荣耀感。

这栋小洋楼把高欣和村民们的差距明明白白地摆上了台面。有了这栋小洋楼，高欣觉得他这一辈子是值了，这是在生产队的时候，做梦都不敢奢望，也想象不到的。

高欣早就洗脚上田，没干农活了，他专心专意地打理着生意。高欣把生产队分的那份土地送给了祁茗和朱鹏。这么大的人情，祁茗和朱鹏也没白拿,他们按每年每亩四百斤稻谷的标准回报高欣。这些稻谷也够高欣一家吃了,不用另外买米买粮了。祁家给高家送的稻谷,都是最好的晚稻米,那些粗糙难咽的早稻米,则留给了自己。

每年每亩四百斤稻谷,其实除掉农药化肥,也赚不到什么了。祁茗这个人就这样,能不欠别人的就尽量不欠。她的这个原则后来被残酷的现实撞击得七零八落。

没有跟高欣一起做生意,祁家错过了发家致富的机会,但日子还过得去,比上不足,比下有余。

祁茗把希望寄托在孩子们身上,希望他们将来出人头地,有出息。住不住上新房子不是她关心的,她爱做的事就是千方百计地给孩子们攒学费。

那么多人读书,学费是一笔不小的开销。没有找到其他发财门路的祁茗,一口气喂养了六头猪,包括从高家买来的那头母猪。母猪下的第一窝猪崽,祁茗留下三只自己喂养,下的第二窝猪崽,又留下了两只。祁茗不奢望像高欣那样大富大贵,但这些猪可以给全家,尤其是孩子们的学费,提供一个基本保障。等猪长大,到出栏的时候,就宰猪卖肉换钱。

祁家的孩子,个个都是吞钱机器,吃穿住用,都要花钱。孩子不是猪,猪有投入,有产出;孩子们只投入,暂时不见产出,要产出,也是很多年以后的事情了。如果不勤快点,不节俭点,不积攒点,就很难对付过去。

与别人家的孩子不一样,祁家孩子都是读书好手,一个比一个厉害,成绩都在年级名列前茅。看着争气的孩子们,祁茗和朱鹏的想法很简单:再苦不能苦孩子,再穷不能穷教育。只要孩子愿意读书,爱读书,他们就不能让一个孩子失学,哪怕拆屋卖瓦,剜肉卖血都得送!

根据孩子的学习成绩,四明山的家长,在对待孩子的教育上,出现了两极分化：成绩好的，升大学有希望的，家长不惜一切都要送，以祁家为代表；成绩一般的，或者差的，看不到升大学希望的，家长普遍认为，读完初中，够读书看报，上城找得到茅厕，回家找得到路，就算了。成绩一般，读高中是浪费，不如早点休学回家务农或到广东打工，挣点钱，贴补家用，三五年后，男的娶亲，女的嫁人，结婚生子，繁衍后代。他们都是这样过来的，也没什么不好。

祁茗这种人家，风调雨顺的年景，倒也相安无事。一旦碰上天灾人祸，那就麻烦来了。人算不如天算，那年天灾不断，把祁茗的如意算盘彻底打乱了，也把祁家从四明山的一个殷实之家拖进了困境之中。

上半年是洪涝灾害。

从4月的梅雨季节开始，天天阴雨绵绵，不停不歇，一下就三十多天。

祁水河嚣张地涨了一次又一次，野蛮的洪水冲破两岸的堤坝，涌进了稻田。靠近河边的稻田，被席卷一空。浊浪滔滔的洪水，毫不客气地将水稻连根拔起，卷走了。等雨停下来，洪水消退，稻田里光秃秃的，一根稗草都没有了，裸露出来的泥床上，只剩下卵石和沙砾。

高欣送给祁宏家的几亩水稻就在河边上，全毁了。

没有被洪水冲走的水稻也好不到哪儿去。下雨的时候，正值水稻扬花授粉的时节，因为不停不歇的雨水，水稻根本授不了粉。到了收割季节，瘪谷多，壮谷少，减产了五成以上，收回来的稻谷还不够农药化肥成本。

就这样，早稻差点儿颗粒无收。

下半年是旱灾，晚稻也好不到哪儿去。

可能是上半年雨水多了，把全年的雨水下完了，到了下半年，又连续三个月没有下雨，造成了数十年一遇的大干旱。

收割完早稻，刚把晚稻秧苗插下去，就天天艳阳高照，看不到一丝云彩，更别说下雨了。

第一个月，稻田干了，池塘干了。干裂的稻田、池塘，表面裂开一道道口子，就像要吃人。没有水，禾苗耷拉着脑袋，佝偻着身，就像一个病入膏肓的痨病患者，有气无力，风吹即倒。只有在清晨，吮着露水，才显现出来一点生机，可太阳一出来，又蔫了下去。

第二个月，水库干了，祁水河断流了，水稻正需要灌溉的时候，找不到一滴水。成片成片的水稻倒伏在稻田里，田野一片枯黄。本来栖息在旱地上的蝗虫，都跑到稻田来了——地里的庄稼早先水稻一步被晒成了枯草。

那些种田为生的农民，看着枯死的水稻，欲哭无泪，心如刀绞。

勤劳的祁茗和朱鹏想尽了一切办法进行挽救，他们在每块稻田中央拔掉一片水稻，在稻田中间打了几口深井，用桶汲着地下水灌溉水稻。但水稻需水量极大，阳光下，水分蒸发极快，井水只是杯水车薪，勉强救活了水井周围的部分水稻，加起来还不到半亩。

晚稻也是歉收，吃喝都成了问题，家里那点老底一下子被吸光了。

好在天无绝人之路，外出打工悄然兴起。那一年，辍学到广东打工的学生特别多，背井离乡到广东打工的农民也特别多。男的在建筑工地做苦工，女的在流水线上做女工。

屋漏偏逢连夜雨。8月，猪瘟席卷了四明山公社，祁家也被波及。那六头猪，在数天内接二连三地死掉了四头，就连从高家买过来的那头强壮的母猪也没能幸免，剩下两头最小的，生命力倒是出奇地强悍，在大病了一场之后，奇迹般地活了下来，为祁家保留了最后一丝希望。

那年祁水河的坑坑洼洼里漂满了被村民扔掉的瘟猪。猪烂了臭了，爬满了又肥又白的蛆。祁水河彻底成了一条臭水沟。这种情况，活了一大把年纪的老人说，是从来没有见过的。

在四明山曾经还算不错的祁家，经此折腾，快速败落了。

那一年，唯一没有受到太大影响的就是高家——除了黄花菜生意受了一点影响外，高欣家早就转行经商，不用看老天爷脸色吃饭了，老天爷已经拿高家没有办法了。

那个夏天，带给祁家唯一安慰和快乐的就是祁宏不负厚望，以四明山公社第一名的成绩，考上了全县最好的中学——祁东二中。祁宏超过祁东二中录取分数线八十多分，这个成绩放在全县，都可以排上号，名列前茅了。

祁东二中尖子生云集，升学率很高。在当地，有着上了祁东二中，就等于把脚搁在了大学门槛上的共识。超高的分数和祁东二中的录取通知书，意味着再熬三年，祁宏就成了大学生，祁宏的命运，祁家的命运都将发生翻天覆地的改变，掀开阳光灿烂的新篇章。

那年罕见的旱涝灾害，让祁茗和朱鹏更加坚信：吃皇粮国饷的人不受天气影响，不看老天爷脸色，一定要把孩子们送出去，供他们上大学，让他们告别自己那种即使流血流汗，也旱涝不保的艰辛生活。

然而，岁月艰难，道路曲折，生活不易。领到通知书，祁家既兴高采烈，又愁眉苦脸。仅祁宏的学费一个学期就两百多块呢，加上其他学杂费、生活费用，祁宏一个人一个学期就要五六百块，相当于一头猪了。把其他几个小的算在一起，一个学期少说也得千儿八百呢。要是猪没发瘟死掉，卖掉两头大的，就能应付过去了。可偏偏大猪死了，剩下两头小的，还没到卖的时候，即使想卖也没人要，即使有人要也换不回几块钱来。

孩子们的前途肯定是不能耽搁的。思前想后，夫妻俩决定找高欣借钱渡过难关。尽管高欣刚花血本修建了小洋楼，大生意也在做，需要资金周转，但千儿八百的，对他没什么影响，祁茗和朱鹏也想不出什么更好的办法，找不到比高欣更合适的债主了。

小洋楼竣工那天晚上，看到热闹的高家渐渐安静下来，祁茗鼓足勇气，跨过了高家的门槛——以前跨进高家门槛，脚步很轻松；这次跨过高家门槛，祁茗的双脚像灌了铅一样沉重。这是祁家第一次开口向别人借钱，好在祁茗觉得为孩子前途向别人借钱并不是一件什么不光彩的事。

高欣夫妻正坐在桌边低头算账，见到祁茗进来，都是老熟人了，也就没有客气。一阵寒暄之后，祁茗嗫嚅着对高欣说明了来意。

祁家的状况，高欣是了如指掌的，祁茗进门，看着她局促不安的表情，高欣就大致猜到了她的来意。高欣叫王红梅取来一千块钱，交给了祁茗。

钱是给了，高欣心里隐约有点儿不痛快，因为祁茗来借钱的时机不对。做生意的，讲究一个吉利，在小洋楼竣工这种大好日子借钱，还是让人不舒服，哪怕前一天后一天都可以；更让高欣不满的是，在这个时候来借钱，不是明摆着来算账，要祁家给高家做小工的那份工钱吗？算了钱了，就不是帮忙了。帮忙是有感情的，给了工钱就成了交易，感情也就没了，至少是淡了。

虽然高欣已经习惯了用金钱来度量人际关系，但不希望他与祁茗之间沦为这种关系，他认为他与祁茗是唯一的纯洁的感情关系，不能用金钱来衡量，可偏偏祁茗把他这点星星之火熄灭了。

高欣的不快祁茗敏感到了，但她猜不透高欣那么复杂的内心活动，接钱的时候，祁茗感到了尴尬和别扭，觉得那钱拿在手里很沉重。她觉得内心的尊严被伤害了，想把钱退回去，可为了孩子，为了孩子前途，祁茗还是忍辱负重地接下钱，将钱揣进了兜里。

可是，祁茗的眼里蓄满了委屈的泪水，然而，让祁茗更委屈的事情还在后面呢。把钱塞给祁茗后，高欣对祁茗说：你们夫妻俩别那么辛苦了，让祁宏休学吧，他数学好，到我家来帮忙管管账，我一个月给他开两个人的钱，农忙的时候也好帮你们干点农活。

四明山有很多类似祁家这种情况的，都是长子长女辍学帮父母一起培养抚育弟弟妹妹。高欣的话很有道理，很现实，也在为祁家着想，尽力帮祁家摆脱困境，但在祁茗听来，很是刺耳锥心，她根本听不进去。孩子们读书，是一个都不能少的。何况，祁宏是老大，起着榜样和模范作用，只要再坚持三年，考上大学，祁家就有希望了。

话不投机半句多，没等高欣把道理讲完，祁茗就告别了出来。她右手插在兜里，紧紧地捏着那笔钱，就像捏着祁家的命运。

这次尴尬的借钱，让高欣和祁茗都感到，他们已经"道不同，不与为谋"，越走越远了，包括心灵、感情和三观。

高欣觉得这种机会，四明山有人抢着要，要不是可怜祁茗，高欣才懒得给呢。

祁宏开学前一天，借着刚刚降临的暮色，高燕闪进了祁宏家。两个心有灵犀的少年开心地坐在昏暗的煤油灯下，兴致高昂地憧憬着未来。

祁宏要高燕努力学习，他在祁东二中等她，希望两年后，两人成为校友，把初中错过的那段时光追回来。

对祁宏这个建议，高燕两眼闪闪发光地接受了。高燕兴奋地说："好呀，好呀，你等着我，我也要考到二中来。"

告别的时候，高燕塞给了祁宏一个信封。

接过信封，祁宏心里一阵慌乱，那颗心就像受到了意外惊吓的小鹿，怦怦怦地加快跳动起来。

这是高燕第一次给他写信。

送走了高燕，祁宏迫不及待地把信拆开了。

信里没有期待中的白纸黑字和甜言蜜语，倒是出现了祁宏没有期待的东西：里面是五十块钱，十元一张，一共五张，全是崭新的。

还没有远离家门，没钱了就伸手向父母要，祁宏还没有理解钱对他的重要性。

这些钱，是那个暑假，高燕给母亲帮忙打下手，用秤称黄花菜，收黄花菜，搬黄花菜，记账，算账，母亲奖励给她开的工钱，高燕一分也没留，全部给了祁宏。

祁宏有点怅然若失，他希望是信，是一封满怀感情的信，是一封有亲昵称呼，欲盖弥彰地与他一起憧憬着什么的信，在字里行间藏着感情的蛛丝马迹——在祁宏看来，高燕的白纸黑字比花花绿绿的钱更重要。

人生就是这样充满矛盾，难以两全其美，又富有戏剧性。

从情感的角度出发，祁宏希望高燕给的，是一封情书；从现实出发，祁宏确实更需要钱。

怅然若失之后，祁宏渐渐地高兴了起来，在煤油灯下，祁宏把那叠钱放在嘴边，响亮地亲了又亲。

祁宏亲钱，不是因为他爱钱，而是因为这些钱是高燕给他的，钱里渗透了高燕的心血，藏着高燕的心意。祁宏觉得高燕就是漫漫长夜里的那盏煤油灯，虽然是星星之火，却把他的身边照得亮堂、温馨，有浪漫气息。

钱是祁宏目前最需要的，他们的感情就摆在那儿，有没有文字表达，都摆在那儿，谁也拿不走，谁也动不了。

也许女生与男生，思考问题的角度不一样，解决问题的方式也不一样。这是由性别决定的差异化思维。

8月31日，祁宏如期上学去了。

那天清早，高欣上县城办事，顺便捎上祁宏，把他送到了祁东二中的校门口。

祁宏希望高燕来送他，可是高燕没有出现。

祁宏不知道，高欣来捎他，正是前一天晚上，在吃晚饭的时候，高燕对父亲提出来的要求。

其实，还有一件事祁宏不知道：那天高燕一直都在目送他，汽车消失不见了，高燕还在原地待着，看着汽车扬起的一路风尘。

高燕躲在小洋楼四楼自己的房子里，看着祁宏从家里出来，把行李放在车上，钻进了父亲的车里；看着那辆车打火启动，卷起漫漫尘土，越来越小，消失在视野中——高燕在小洋楼上，是因为小洋楼更高，看得更远，也可以把祁宏目送得更远。

在钻进车里之前，祁宏漫不经心地扫视了一眼高欣家的小洋楼，但没看到高燕。

祁宏的举动，高燕看在眼里。她知道，这是祁宏在找她——她能感受到祁宏没有见到她的失落和惆怅。

第八章　美丽相约，初恋味道

人走运了，顺风顺水，一片坦途，障碍都会绕开走。人倒霉了，喝水都塞牙缝呢。

高家被幸运眷顾，一路开挂，心想事成，做啥成啥。祁家掉进了霉运的陷阱里，越陷越深，喘不过气，爬不上来。

那年连续天灾后，霉运如影随形，缠上了祁家，让其置身恶性循环之中，再努力都是白搭。

在四明山，祁家夫妻俩比任何人都勤俭，比任何人都节约，可一切无济于事，现实逆着愿望，背道而驰。

只要涉及开支，为了省钱，祁家做什么都得再三掂量，比较权衡，做到成本最小化。就连买头猪崽回来，都要买一窝猪崽中最小的那一头。母猪一胎十多只猪崽，块头最小，那是因为不会吃，才不会长，到了出栏换钱的时候，还是一副没有长大成猪的猪崽样。有经验的农民最不愿意要的就是这种猪崽，所以，这种猪崽最便宜，一斤要低两三毛钱。

便宜没好货。那时候，假冒伪劣产品在广大农村市场找到了用武之地，专找那些贪图便宜的农民。买的种子是最便宜的，买的化肥是最便宜的，买的农药是最便宜的，这样一来，蔬菜的产出，稻谷的产量，都是最低的，气候稍微差点，成本都捞不回来。年复一年，即使勒紧裤带，省吃俭用，祁家也入不敷出了。

为了不苦孩子，祁茗和朱鹏夫妻俩争分夺秒，早出晚归，没日没夜地干活，活成了四明山最勤快的农民夫妻，也活成了四明山村民茶余饭后的笑柄。都说天道酬勤，付出就有回报；都说先天不足，后天可补，可对祁家来说，这些道理都是骗人的、麻痹神经的，老天爷对祁家夫妻的勤奋，对祁家的苦难熟视无睹，祁家是年年希望年年失望，日复一日的努力，但窘迫的境况一点不见好转——毕竟他们流的汗水和血泪替代不了农药化肥，芝麻的种子也长不出西瓜来。祁茗和朱鹏一年到头，白昼黑夜都耗在地里，可收成就是不如人意，拖了四明山农民的后腿。

　　祁家揭不开锅了，别人吃香喷喷的白米饭，祁家喝粥；别人吃鸡鸭鱼肉，祁家咽青菜萝卜，油都舍不得放；别人穿绫罗绸缎，祁家人的麻布衣服上补丁摞补丁，一件衣服，老大长个了，穿不下了，老二穿；老二长个了，穿不下了，老三穿；老三穿不了了，老四穿；老四穿不了了，老幺穿；老幺穿不了了，还可以撕下来做补丁布料。

　　好在祁茗会过日子，做稀饭时，剁两个红薯放进去，抓一把玉米放进去，剥几颗花生米放进去，味道倒也不错，孩子们喝得欢，营养也勉强跟得上。孩子们苦中作乐，给这锅粥，取了一个颇具阿Q精神的名字："祁氏八宝粥。"这种做法，菜也省了，油也省了，味道也有，比在生产队的时候强多了。

　　祁茗和朱鹏把所有希望寄托在孩子身上，希望他们考上大学，摆脱苦难，脱离苦海，不要重复他们的老路。只要孩子们争气，再苦再累，他们也心甘情愿。带给这个家庭慰藉和光亮的，就是孩子们的成绩，每个学期，每个人都能拿回鲜艳的大奖状，那堵残破不堪的墙上，都被孩子们的奖状贴满了，看上去倒别有一番风景。

　　偶尔来祁家串门的亲人朋友，看到满墙的奖状，都是心生佩服，赞不绝口，夸祁家孩子争气。趁客人赞赏之际，祁茗尝试着向他们借钱。一开始，借了谁谁多少，祁茗还能靠记忆用脑袋记下来，慢慢地多了，就好记性不如烂笔头了，要把账记在本上。

记账的那个作业本，是孩子用铅笔写满作业，废弃后，祁茗要了过来，再用钢笔记账。那个记账本上，密密麻麻地写满了姓名、数目和日期。时间有先有后，数目有多有少，高欣被置顶。从时间上讲，高欣是第一个借钱给祁家的；从数目上讲，高欣的最多。

苦难是最好的教育。祁茗相信上了高中的祁宏懂事了，明理了，每次祁宏回到家来，等其他人睡去，祁茗都要把记账本拿出来给儿子看看，让他心里有数。借着昏黄的煤油灯，祁茗给祁宏讲记账本上新添的那笔欠账的来龙去脉，要他记下来谁在最苦难的时候帮过他们。

祁茗希望儿子化苦难为力量，奋发图强，在学校不要跟人攀比，要有自知之明，更不能走错了路，辜负了全家和那些帮助过他们的人。

祁家的状况，高欣看在眼里，想拉一把，却无从下手。借给祁家的钱，高欣从来没有催祁家还过。高欣想得很明白，也看开了，那些钱，祁家能还就还，不能还就算了，还多还少，什么时候还都无所谓。

让高欣最担心的，还是这对夫妻的身体。俗话说，人是铁，饭是钢。哪怕是辆拖拉机，也要喝油，也有停下来维修的时候呢。再这样没完没了地操劳下去，吃的是草，挤出来的是血，他们的身体迟早会拖垮的；如果他们的身体垮了，这个家就更难了。

四明山的人总结祁家败落，是因为子女多，读书的多，开销大，能帮忙做事挣钱的少。祁家甚至成了四明山送孩子读书导致败家的反面教材。这点，高欣也认同。高欣认为目前祁家摆脱困境的最好办法，就是让祁宏辍学，给祁家分忧担愁。祁宏已经长大成人，书也读了不少，那年代，高中生在农村算是文化人了。作为长子，到为祁家分忧解难的时候了。只要祁家愿意迈出这一步，死局就活了，死结就开了。牺牲祁宏一个人的前途，换来其他四个小孩的前途，从做生意的角度来说，是一笔成本小、利润大的划算买卖。

祁宏辍学后，做什么，高欣都计划好了。高家的生意进展顺利，摊子越来越大，正是用人之际。高欣忙不过来，水平也有限，老婆王红梅就更不行了。祁宏数学好，到他家来管账，很合适。他高欣不会亏待祁宏，不会对不起祁家，只想帮助祁家。

高欣准备给祁宏开一份很高的薪水，这份薪水，上不封底，视情况来，至少要保证祁家其他四个小孩学习无忧，帮助祁家三五年后走出困境。

这事儿，高欣酝酿了很久，也考虑得很成熟了，就差找个机会对祁茗朱鹏夫妇说了，不说，高欣憋闷得慌，难受。

那天晚上，高欣从县城回家，在进村的机耕道上，看到了祁茗和朱鹏扛着锄头，拖着疲惫的身体，披星戴月，正从地里回来。

车灯下的祁茗更瘦了，披散在脑后的头发已经花白了一半，看起来让人心酸。祁茗比高欣还小两岁，不到四十呢，可累得就像一个五十岁的农村妇女了，在他们那帮一起长大的同龄孩子中，祁茗是第一个开始白头的。

高欣再也忍不住了，他踩了一下油门，越过祁茗和朱鹏，把车停在他们面前。

高欣拉开车门，下了车，准备跟这对夫妻好好谈谈。

看见高欣，夫妻俩停下脚步，把锄头从肩上放下来，撑在地上，跟高欣打着招呼。

高欣掏出一包芙蓉王香烟，抽出来两支，一支递给了朱鹏，一支递给了祁茗。朱鹏接下，祁茗没有接——她不抽烟。

祁茗没接的那支，高欣把它叼在了自己嘴里。

高欣掏出打火机，打亮火，帮朱鹏把烟点上，再帮自己把烟点上。

在四明山，给不抽烟的人递烟，既是客套，又是尊重。

朱鹏狠狠地吸了两口，顿时感觉香气扑鼻，沁人心脾，浑身疲惫烟消云散。他已经很久没闻香烟味了，为了孩子，他烟也抽得少了，虽然谈不上刻意戒烟，但有就抽，没有就忍着。芙蓉王这种上等香烟，也只有偶尔碰到高欣了，朱鹏才有机会抽上一支两支。

看见朱鹏贪婪的抽烟模样，高欣把剩下的那包烟塞给了朱鹏。朱鹏也不客气，接过来，小心翼翼地揣进了上衣口袋里。

"再这样苦下去，你们什么时候是个头啊，还要不要自己的身体呀！得想想办法，改变一下了，"高欣开门见山地说，"干脆让宏崽休学，来我家管账吧，我给他开高工资。"

虽然这句话的意思是高欣第二次对祁茗说了，祁茗还是感到十分错愕，也生气了。

不就是借了你一点钱吗，就像借了你一升米还了你一升糠似的，就像借了不还似的，再怎么样也不至于拿人去抵债呀，也不至于牺牲了祁宏的大好前途，赔上祁家的最大希望啊。

苍茫的夜色淹没了祁茗那张写满愠怒的脸。她尽量平复了一下情绪，不让高欣感到自己内心的不满，怎么着都是祁家欠高家的，以后还要有求于这个大财主呢。

"欠你的那些账，我们会还。我们还不起，将来孩子会还。"祁茗对高欣斩钉截铁地说，"祁宏的学，是一定要上，坚决不能断的。我们就是再苦再难，拆屋卖瓦，喝尿吃灰，也要送他上大学。"

朱鹏也连声附和，表达了对老婆的坚定支持。

高欣倍感无奈，真是"不是一家人不进一家门"，这对榆木脑袋的夫妻，都凑到一块去了，说话做事都不晓得拐弯抹角，也不问青红皂白。

话都说到这个份上了，就没必要再继续下去了。三个人都明白，对方都是性格倔强的人，谁也说服不了谁，谁也改变不了谁，真是话不投机半句多。

高欣把抽到一半的香烟往地上一扔，用皮鞋后跟使劲地踩了两下，转过身，拉开车门，钻进车里，打亮火，一踩油门，轰的一声跑了。

车尾扬起的尘土，喷了祁茗和朱鹏满脸满身。

高欣本来想捎夫妻俩一程。可是这种气氛，这种态度，谈话后的这种结果，让高欣没法接受。高欣觉得自己很冤，一片冰心在玉壶，却被当作驴肝肺了，还被祁茗误解了。

高欣好久没受过这种窝囊气了。他已经是闻名全县的农民企业家了，就连县乡镇干部，见了他，都要客客气气，赔着笑脸，给他几分面子。至于四明山那些知根知底的乡邻，谁不在他面前说话点头哈腰，低三下四，拿着讨好的眼睛仰视他呢？

没想到，他为祁家操碎了心，祁家根本没把他当回事，反倒像他高欣要占祁家便宜似的。

高欣要祁宏休学没有成功，四明山倒有一个人休学了，而且当事人不觉得遗憾，而是前所未有的解脱，前所未有的兴奋，他甚至觉得早就应该休学，不要读那个让人劳心费神的书了。

这个人就是张伟。

张伟也在祁东二中读高中了，他高祁宏一年级。虽然成绩一塌糊涂，中考离录取分数线很遥远，但这并不影响张伟昂首挺进这所全县最好的重点中学。

张援朝以体育特长生的名义，把张伟弄进了祁东二中。在学校，打篮球、打排球、踢足球，张伟还是蛮喜欢的，虽然水平一般，与其体育特长生身份不符，但张伟喜欢在追逐和激烈对抗中消耗过剩的体力和精力；坐在教室里，看着黑板，听着课，做着作业，张伟就头都大了，脑壳清痛，他听不进，也记不住。

看着讲台上的老师，课桌上的书本，张伟常常灵魂出窍，他想，要是这个书能不读，那就好了。可张伟怕叔父张援朝，是张援朝把他弄进来的，他得对张援朝负责，为了张援朝，他只得乖乖地在学校等下去，在教室里坐着，哪怕做一天和尚撞一天钟。

不思进取、闲极无聊的张伟，很快就找到了新的乐子，他发现祁东二中的女生很多都是不错的，小姑娘要颜值有颜值，要头脑有头脑——不聪明的女孩是考不上祁东二中的。

张伟纠集了几个像他那样臭味相投的纨绔子弟，成天到晚地在校园里四处游荡，到其他班上发掘漂亮女生，追逐漂亮女生，纠缠漂亮女生。今天这个，明天那个，看上了，死缠烂打，弄得女生们鸡飞狗跳，惶惶不可终日。

不少女生跑到学校领导那儿告了这帮人的状，那些基层老师，尤其是班主任，意见很大。可学校领导碍于张援朝的面子，抓住了就批评教育一下，应付着过去，没抓住就算了，毕竟张伟也没弄出什么出格的事儿来。

不得不说，让张伟最中意的女生还是高燕。可张伟从镇一中毕业了，上了县城，高燕还在镇一中呢，远水解不了近渴。那个年代，那个年纪，是有钟情的男人，可不是他张伟。

祁宏也上了祁东二中，张伟想去看看他，毕竟是来自一个村庄的老乡，也顺便侦察一下祁宏班上有没有漂亮女生。

在祁宏班上，张伟暂时没有发现漂亮女生，由于和祁宏不是一路人，没有太多话题，张伟觉得没趣极了，打了一个照面，说了三五句话，就出来了。

在走廊上，张伟却发现了新大陆，看到了女生凌林。张伟当场就钉在了那儿，他没想到祁东二中还有一个这么仙女的新生：干净白嫩的瓜子脸，黑溜溜的葡萄眼，弯弯的柳叶眉，线条分明的樱桃嘴，秀顺的身材就像生长在四明山深山老林里的一根雨后春笋。

凌林身上散发出来的高贵优雅的气质是高燕身上所没有的，也是祁东县城的姑娘们没有的，那些农村姑娘就更不具备了。张伟心花怒放，如获至宝，暗自庆幸这趟没有白来。

张伟直勾勾地看着凌林像蝴蝶一样飞进了祁宏隔壁班的教室。

知道了凌林在哪个教室就好办了，以后就容易找到了，她想躲也躲不掉了。

壮着胆子往凌林班上跑了几次后，张伟就放肆放纵开了。一次课间，张伟在走廊上拦住了凌林。凌林想闪开，张伟没让，僵持了片刻，看着惊慌失措的凌林，张伟实在没忍住，一把抓过凌林的手，把她拉进了怀里，出其不意地在凌林脸上亲了一下。

凌林猝不及防，吓得花容失色。从张伟怀里挣脱后，生气的凌林跑到校长那儿告了状。

都说善有善报，恶有恶报，不是不报，时候未到。让张伟没有想到的是，他叔父张援朝官大，凌林父亲官更大，凌林是县委凌书记的女儿。

听了凌林委屈的哭诉，凌书记很生气，他把张援朝和二中校长分别叫到办公室，狠狠地训了一顿。凌书记要张援朝好好管教张伟，不要一粒老鼠屎坏了一锅汤。凌书记要校长拿出切实措施，整顿一下校风，不要因个别害群之马毁了其他孩子的前途，坏了二中的校风。

张伟很快就知道自己闯祸了，他逃出了学校，躲进了游戏厅打老虎机。他在游戏厅里玩得昏天黑地，物我两忘。等张援朝找到他，已经是一周之后了。倔强的张伟说什么都不愿回学校读书了。张援朝没有办法，只得给他办理了退学手续。张援朝知道，他这个侄儿再耗在学校，那是害人害己，说不定还会弄出什么乱子来，影响到自己的前途，只得给他另谋出路。

张伟也不愿意回四明山，他觉得那个山沟沟不是年轻人待的地方，没有县城生活丰富多彩，不好玩。休学的张伟白天在祁东县城东游西逛，晚上回张援朝家吃饭睡觉。张援朝被张伟逼得没有办法，两个月后，将他安排进了国营祁县黄花菜加工厂。

张伟负责黄花菜采购，专门与高欣对接。采购黄花菜，张伟倒也轻车熟路，与高欣又是熟人，两人配合默契，彼此心照不宣。

祁宏上县城念书，把高燕的心带走了一半，另一半被高燕放在功课上。不知不觉就有一个多月没有看到祁宏了，高燕实在忍不住了，准备上县城，到祁东二中看望祁宏。

国庆节那天清早，高燕上了陈晓明的车，直奔县城。

陈晓明是高家车队的司机，也是高燕的表哥，祁宏的小学同学。从那个月起，每个月的最后一个星期天，陈晓明背着高欣，上镇一中把高燕接上，送到祁东二中校门口，下午再把高燕接回来。

陈晓明虽然读书不行，初中没毕业就休学了，但他最佩服的就是祁宏，他觉得祁宏和表妹高燕是郎才女貌，天造地设的一对。

高燕东问西问，找到祁宏的时候，看见他正蹲在学生食堂的角落里扒拉着中饭。那碗白米饭上面没有菜，用白开水泡着，饭面上撒了一点盐。祁宏身上穿着的那件破旧衣裤，有好几个补丁，最大的那个在屁股上，补丁下端的缝线处开裂了，露出来里面的蓝秋裤。

由于过于寒碜，祁宏不愿意跟同学坐在一起吃饭，他经常一个人躲在角落里，把餐用完。对祁宏来说，吃饭不是享受，只是交差，补充基本的能量，让身体撑下去，保持用功学习的体力。

这一切，让高燕看在眼里，疼在心上，她的眼泪都出来了。

突然出现在眼前的高燕，让祁宏又惊又喜。他窘迫地站起来，问高燕吃了没有，准备去给高燕打菜打饭。

"你请我也不能在这儿请呀，"高燕嗔怪地说，"起码也得下馆子，吃碗阳春面吧！"

既然高燕这么提出来了，祁宏也没法拒绝，只好端着碗，领着高燕到校外吃阳春面。半路上，祁宏下意识地捏了捏口袋，口袋里还有十块钱，是上次高燕给他的五十块钱中的一张。尽管省吃俭用，能省的尽量省了，那五十块钱，还是只剩下这一张了。祁宏的钢笔坏了，漏墨水，把手和作业本沾得到处都是，黑乎乎的一片，他正准备吃完饭，到街上买支新的呢！再穷再省，用来做笔记，写作业，答试卷的钢笔是省不了的。

高燕来了，祁宏还是很高兴。下馆子就下馆子吧，买钢笔的事，先放一放，请高燕吃碗阳春面再说。

两人走出校门，拐进了校门口那家最好的小餐馆——立志湘菜馆。

他们选在最里面角落的桌子上，面对面地坐了下来。高燕没有理会祁宏，她没有要阳春面，而是拿着菜单，点了三荤一素，一共四个菜。三个荤菜都是大菜，一份东安国宴鸡，一份永州血鸭，一份祁东盘龙黄鳝；那份青菜也是最好的青菜，是蒜蓉红菜薹。

看着高燕一点都不怜香惜玉地点菜，祁宏心里直打鼓。那些菜，一份的单价就超过了他口袋里那张十元钞票，总价就更离谱了。祁宏在脑子里飞快地盘算着，他该怎么找老板说，先把账赊下，改天再过来给钱，或者利用国庆假期，帮老板打几天短工，洗碗端盆子，把钱还了。

菜被端上桌后，祁宏还在考虑老板会不会接受自己的还钱方案，他满腹心事，含含糊糊地招呼高燕吃菜，自己筷子都不敢动一下，仿佛自己不吃就不要钱似的。

"吃呀，傻瓜，"高燕给祁宏夹了一个鸡腿，嗔怪地说："你放心好了，钱我带了，我一个富家千金，怎么会让你一个穷书生买单呢?"

祁宏尴尬地笑了笑，也彻底地放下心来。他请客，高燕买单，祁宏觉得心安理得。

祁宏很久没有尝到肉味了，他开始放开手脚，狼吞虎咽起来，高燕给他夹啥他就吃啥，一夹到碗里就被祁宏塞进了嘴里。那四盘菜，除了那碟蒜蓉红菜薹，三碗荤菜，高燕只是象征性地吃了一点，其他的都被祁宏吃得精光。

看着饭足菜饱的祁宏，看着底朝天的饭碗和菜碟，高燕很开心。虽然是祁宏吃的，在高燕看来，祁宏吃了，才让人高兴，自己吃了，反倒没法高兴了；祁宏不吃，她才不高兴呢。

祁宏满足的样子让十六岁的农村姑娘高燕突然明白了，原来自己的人生如此简单，幸福如此简单：只要祁宏吃好了，她就吃好了——尽管她的肚子还是空荡荡的；只要祁宏高兴了，她就高兴了，看着祁宏吃饱喝足，守着祁宏度过分分秒秒，就是幸福。

那顿饭，两人吃了很久，也想一直吃下去。饭菜清光了，两人就坐在那儿喝白开水，他们看着对方，说着话，谁也不想起身离开。

深秋了，外面风很大，也开始冷起来了，饭店里温暖如春，与心爱的人在一起，对方就是自己的壁炉，不仅肉体温暖，也让人暖到了心里面。

下午三点多，老板娘不耐烦从柜台那儿不断地用眼角横过来，催促他们走人。两人不得不站起来，走出了餐馆。高燕把祁宏拉进了旁边的一家裁缝店，给祁宏量身定做了一套深色的西装；又给祁宏买了一双锃亮的皮鞋。

十多天后，祁宏到裁缝店取了那套西装。穿上西装的祁宏，精神抖擞，容光焕发，就像换了一个人。祁宏站在裁缝店的试衣镜前，看到自己也是那样风流倜傥，雄姿英发，他觉得自己从来没有这样帅过，简直就是帅气逼人，潘安再世。

到黄花菜加工厂交完货，陈晓明开车过来接高燕，高燕和祁宏已经吃完饭，在校门口等他了。

分手的时候，高燕塞给了祁宏一个信封。不用看，祁宏都知道，里面又是钱。他知道那笔钱是高燕从父母给她的那份零花钱中省下来的。高燕把父母给她的零花钱掰成了两半，一半自己花，另一半留给了祁宏。

虽然很有钱，高欣没有娇惯高燕，零花钱都是计算着给的，不多也不少——当然，如果高燕一个人花，是绰绰有余的；如果高燕和祁宏两个人花，就捉襟见肘了。

高欣不知道女儿把一半零花钱省下来给了祁宏，高燕也不敢把这件事给父母透露半句。

祁宏没有推辞，他又是高兴又是心情沉重地接过了钱。祁宏知道，如果推辞了，就伤了高燕的心。最好的办法，就是把钱收了，把高燕的心意和情意领了，自己努力，将来加倍奉还，给她一个美好的未来。

从高燕手上接下钱的那一刻，祁宏产生了一个稀奇古怪的想法，觉得这个钱，已经渗进了他的身体里，变成了肉，变成了血，变成了骨，变成了髓；这个钱，已经钻进了他的脑海里，变成了知识，变成了解题思路；这个钱，已经融进他的人生，变成了一份庄重的承诺。

"下个月，我再来。以后我每个月来一次。"

上车前，高燕转过身，望着祁宏说。

祁宏点点头，心里满是兴奋，满是感动，满是期待。

"好好学习，将来考二中来吧。我在二中等你。"祁宏对高燕说。

祁宏觉得一个月见一次，太久太久了，他希望高燕考到二中来，他们想见就见，想在一起吃饭就在一起吃饭，想在一起聊天就在一起聊天，想在一起散步就在一起散步，想在一起读书就在一起读书——他还可以做她的老师，为她辅导功课，帮助她成为学霸呢。

看着跑远的车，看着消失的高燕，祁宏美美地想。

第九章　感情是两个人的天堂，多个人的地狱

第一次挣钱了，怎么花？

是给父母买一件礼物，是给自己买一身衣裳，还是吆喝一群狐朋狗友下馆子，胡吃海喝，再到KTV唱一次卡拉OK？

挣钱了！

拿到第一个月工资，尽管只有四十多块，张伟还是莫名兴奋，坐立不安。

怎么花这笔钱，才更满足心愿，彰显意义？

这个问题搅得张伟连续几个晚上睡不踏实，即使在梦里，还在想着这件大事。

张伟把钱从存折里全部取了出来，捏在手心里。半夜，躺在床上，张伟翻来覆去地数着钱，也翻来覆去地睡不着觉。

张伟没有把钱交给父母，这个念头都没动过。张家虽然不像高家那样富得流油，却也不缺钱，张伟他爸拿工资，他妈种地，就他这么一个宝贝儿子。父母希望他养活自己，不要家里倒贴就是给家里帮忙，烧高香了。

二十岁出头的男孩，正是荷尔蒙分泌最旺盛的时候。白天是上半身指导下半身，人模狗样；到了晚上，就成了下半身指导上半身了，变成了畜生。身体一沾上床板，身心进入放松状态，张伟不由自主地干的第一件事就是想女人。

沿着这层意识顺藤摸瓜，答案很快就水落石出了。

张伟准备去找高燕，告诉她，自己挣钱了，可以养活自己，独立自主了，他张伟不比会读书的祁宏差；他们是同龄人，祁宏还是农村户口不说，还没有本事挣钱，还要向家里要钱，还是祁家的一个沉重负担。就凭这，他张伟就比祁宏强太多了。

张伟准备用第一个月工资给高燕送一份贵重礼物，趁机把高燕的那颗芳心俘虏了。

送什么最能打动高燕呢？

躺在床上，望着天花板，张伟冥思苦想了两三个晚上，才正式拿定主意。

周六下午，张伟直奔祁东县城最繁华的百货商场，他从琳琅满目的商品中精挑细选了两样东西：一个是一支黑得发亮的派克牌钢笔，另一个是一件粉红色的连衣裙。

选这两样东西，也寄寓了张伟暗示高燕学习和感情两手都要抓，两手都要硬的意思。

钢笔符合高燕的学生身份，也派得上用场。张伟希望高燕拿起钢笔写字，做笔记，做作业的时候，就想起他，最好也用这支钢笔抽空给他写写信，诉诉相思，调调情。

那个时候，连衣裙还是稀罕之物，刚刚出现——裙子的流行要早几年。在长沙这样的大城市有女生穿连衣裙，也开始流行了。在祁东这种小县城，只有个别赶时髦的年轻女性敢穿，因为穿了可能被人在背后骂妖精。

走在大街上，偶尔碰到穿连衣裙的年轻女性，露着白嫩的胳膊，匀称的小腿，从身边飘过，留下淡淡的香气，张伟就想入非非，眼睛都挪不开，魂也跟着跑了，那一刻，张伟希望自己变成一只嗅觉灵敏的警犬，翕动着鼻子，闻着香气一路跟过去。

那段时间，张伟觉得女人的魅力就在连衣裙上。

凭高燕那身材，穿上连衣裙，什么都显山露水，袅娜多姿，要多性感就有多性感了。

穿上连衣裙的高燕，一定比县城那些穿连衣裙的姑娘漂亮多了，那匀称的小腿，那白嫩的胳膊，尤其是那盈盈一握的小蛮腰和日渐丰满起来的胸部，在连衣裙的烘托下，就像薄雾下四明山的最高峰腾云岭，隐约缥缈，若隐若现，有一种扑面而来的仙气妖气。

结完账，把连衣裙拿在手里的那一刻，张伟美滋滋地想，收到连衣裙的高燕一定很高兴，赶紧跑进女生宿舍，脱下土气的农家服，换上洋气的连衣裙，跑了出来，在张伟面前转起了圈。旋转的高燕就像一只破茧而出的蝴蝶，展翅高飞，风情万种。

高燕一定是镇一中第一个穿上连衣裙的女生，穿上连衣裙的高燕，足以惊艳全校师生。那件让高燕脱胎换骨、飘飘欲仙的连衣裙，是他张伟送的。

这两样东西，都是奢侈品，都不便宜，尤其是那件连衣裙。付完账，张伟的第一个月工资就所剩无几了。

英雄难过美人关。为博高燕回眸一笑，张伟还是豁出去了。虽然有点心疼，但张伟觉得这一切都是值得的。

本来张伟想搭陈晓明的顺风车回四明山，到镇一中给高燕送礼物，可一直没有等到他。星期天清早，越想越兴奋的张伟，没有耐心等下去，他挤上了前往四明山的大巴，迫不及待地赶往镇一中。

到镇一中的时候，矗立在校门口的大钟正好指向上午十点钟。

镇一中是张伟的母校，虽然离开一年多了，但这里的花花草草，砖砖木木，还是那样熟悉，张伟轻车熟路地来到了高燕班教室的走廊上。

隔着窗户玻璃向教室里面望去，张伟看到有一半以上的同学埋头在书山题海中，心无旁骛，为自己的前途打拼。可高燕的座位上却是空的，课桌上码着一堆书，椅子上没有那个熟悉的身影，他有点失望，也有点失落。

也许高燕上厕所去了。张伟站在走廊上，等了半个小时，还是没有看到高燕回到座位上来，他不耐烦了，走进教室，来到了高燕的座位上。张伟用手指敲着桌面，询问高燕的同桌高燕哪儿去了。

同桌从书堆中抬起头来，她认识张伟，也知道张伟一直在追求高燕。作为高燕的闺密，同桌也被高燕传染了，很不喜欢这位曾经全校闻名的纨绔子弟，他毕业走了，镇一中的很多人如释重负，校园也安静多了。

高燕的同桌白了张伟一眼，没好气地说：高燕去县城看男朋友了！

上县城看男朋友？那就一定是去找祁宏了！

没想到张伟才离开镇一中，没看着高燕，这两人又好上了！

张伟的醋坛子打翻了，心里酸溜溜的。这个信息让张伟觉得非同小可，高燕都跑去看祁宏了，事情就明摆在那儿了，他们的感情进展蛮快的，已经超出了张伟的想象能力和心理承受范围。

张伟赶紧从镇一中跑了出来，蹿上了一辆开往县城的大巴。

坐在大巴上，张伟的脑袋昏昏涨涨的，想打人。两个小时的路程，张伟左手抱着连衣裙，右手紧紧地握着拳头，他只想着一件事：赶紧找到他们，拆散他们，把高燕从祁宏那儿夺回来。

虽然在镇一中，张伟和高燕只做了一年的校友，可那一年，张伟想，高燕并不讨厌他，周末了，两人一起回家，一起返校，一路上有说有笑，甚至追逐打闹，融洽得很，亲热得很。

张伟绞尽脑汁，搜索枯肠，给这段美好的少年时光，难能可贵地想出了一个文雅贴切的词语来定义：两小无猜，青梅竹马。

张伟觉得他和高燕还是有很好的感情基础的，不是那么一穷二白，要啥没啥。如果没有祁宏，他和高燕的感情就一马平川，没有波折起伏，水到渠成，该恋爱时恋爱，到了结婚年龄就结婚。

路过祁东二中校门口，张伟跳下车，心急火燎地向二中校园跑去。

经过校门口的立志湘菜馆，张伟听到熟悉的、刺耳的声音从里面传了出来。循着声音向里面一望，张伟看到了最不想看到的一幕：高燕和祁宏面对面地坐在角落里的小方桌上，有说有笑，眉目传情地看着对方。

那张小方桌上摆着四碟菜两碗饭两杯茶水，高燕不停地往祁宏碗里夹着菜。两个人对视的时候，旁若无人，眼睛里流淌的是郎有情妾有意。

眼见为实，这一幕让张伟彻底沦陷了，失控了。他不顾一切地冲上去，抓住桌布，用力一掀。

桌上的碗筷瓢盆猝不及防，你推我挤，叮叮当当地落在地上，发出清脆的破碎声，菜和汤洒了满满一地，也洒了猝不及防的祁宏和高燕一身。

正在吃饭的客人，立志湘菜馆的老板娘和服务员，都被这突如其来的一幕惊呆了，他们愕然地看着张伟，不知道发生了什么事情，也不知道接下来会发生什么事情。

张伟的突然现身和愤怒发飙，也把祁宏和高燕给吓到了。祁宏愣在那儿，一时间没有反应过来。高燕下意识地往祁宏身前一站，挡在了张伟前面，把祁宏挡在了身后。

高燕看到张伟就猜到了他的来意，也猜到了张伟怒发冲冠的原因，她马上把这一切看清楚，想明白了：张伟发疯了，在这种情况下，张伟的敌人不是高燕，而是祁宏；张伟不会把自己怎么样，但很难说会对祁宏做什么。

本来张伟准备狠狠地揍祁宏一顿，就像八角笼里的角斗士那样，暴风骤雨般地打出一套组合拳，把祁宏的五官打变形，打破相。可祁宏被高燕挡在身后，保护了起来，张伟没有办法出拳了。

张伟把派克牌钢笔和连衣裙往高燕怀里一塞，趾高气扬地嚷道："也不撒泡尿照照，这些东西，你买得起吗?"

从惊愕中明白过来的祁宏也不肯示弱，大声地回答说："现在我买不起，将来我买得起！我给高燕买更好的。"

祁宏的回答让高燕心花怒放，也让张伟火上浇油。

高燕很受用地往祁宏身上又靠了靠，用自己的身体把祁宏保护得更紧了。高燕毫不留情把钢笔和连衣裙塞回了张伟手上，嘴上也没留情：

"你的东西，我不能收，你送给更合适的人吧。"

"我就是给你买的，就是要送给你！"

张伟气愤极了，他一边把东西硬生生地塞进高燕怀里，一边拉着高燕的手，把她拽出了立志湘菜馆。

高燕拼命地甩手，想挣脱出来，可无济于事。她一个弱女子，根本不是体育生张伟的对手。

祁宏追了出来，很不客气地要张伟放开高燕，张伟没把他的话当回事。两个年轻的小伙子在祁东二中校门口的马路边，你推我搡，拳来脚往地扭打了起来，谁也不让谁。很快就站满了一堆前来围观的人，把三位当事者围在中间，看着热闹——对这种争风吃醋的事，大家只愿意看，不愿意拉架。

正巧陈晓明过来接高燕，也看到了这一幕，他赶忙挤进去，使劲地把张伟和祁宏分开了，并用身子挡在两人中间，筑起了一道人体防护墙。两个大打出手的大男孩，停止了拳来脚往。

一阵寒冷的北风吹来，张伟清醒了许多，也冷静了下来。他很伤心，把高燕又塞回来的连衣裙扔在地上，跳起来，使劲地踩了两脚，然后掏出打火机，蹲下去，把连衣裙点着了。

连衣裙遇火即燃，呼地一下蹿起老高的火苗，散发出阵阵浓烟和烧焦了的臭味。不一会儿，连衣裙在众目睽睽之下，化成了一堆灰烬。北风一吹，灰烬满地打滚，片刻间消失得无影无踪了。

就这样，张伟的第一个月工资悲壮地化为一缕轻烟，一堆灰烬，随风飘散，什么也没留下，什么意义也没诞生。

看着张伟烧完连衣裙，陈晓明一手拉着伤心的张伟，一手拉着噘着嘴、满脸生气的高燕，向停靠在路边的汽车走去，把他们劝上了车。

陈晓明打算把张伟送回黄花菜厂，再把高燕送回四明山。车发动的时候，陈晓明把头探出车窗，对祁宏说：

"放心吧，我负责把高燕送回四明山。"

祁宏擦着嘴角的血，对陈晓明感激地点了点头。

看着那辆东风牌汽车风驰电掣地消失在视野中，祁宏才满肚怨气、闷闷不乐地回到教室。虽然他一直牵挂高燕，但他只得听从陈晓明安排，毕竟自己还是祁东二中的学生，晚上要自习呢。

祁宏信得过陈晓明，高燕的这个表哥，自己的这个同学，处理事情很有一套，对他和高燕也不错，有他在，张伟应该不会把高燕怎么样。

坐在车上，张伟一言不发，生着闷气。他希望高燕哄哄他，给他一点安慰，一点希望。张伟觉得太憋屈了，就像家里那只争母鸡斗败了的公鸡。有高燕在车上，张伟的气也消了一大半，毕竟自己及时出现，成功地拆散了他们，把高燕从祁宏身边抢了过来。

这件事让张伟弄明白了，祁宏与高燕之间，已经不是那种萌芽状态的朦朦胧胧，羞羞答答，遮遮掩掩了，他们的感情进展速度，远远超出了自己的想象，如果这个时候不及时拆散他们，那就来不及了，以后希望更渺茫了。

到了黄花菜厂，陈晓明把车停了下来，希望张伟下去。张伟没有下车，示意陈晓明继续开，他跟他们一起回四明山。

一路上，张伟佯装瞌睡，有意无意地把头往高燕肩上靠去。高燕很烦，不客气地用手把张伟的头推开了。可张伟又锲而不舍地靠过来，三番五次后，高燕没有办法，就让张伟把头靠在自己肩上。不一会儿，张伟发出了鼾声。

其实，张伟压根儿就没睡着，那鼾声是故意装出来的。高燕允许他靠了，他就想靠久点。

靠在高燕肩上，感觉那份柔软，闻着散发出来的体香，张伟心里很得意，有了一种征服的成就感：男人不坏，女人不爱。女孩就这样，在男人的软磨硬泡下，最终都会屈服。

下车后，张伟没有先回自己家，而是跟在高燕身后，进了高家。

进屋后，高燕没有搭理张伟，径直上了四楼，进了自己的闺房，把门反锁了。

见到高欣夫妇，寒暄几句之后，张伟添油加醋，绘声绘色，把在祁东二中校门口看到的那一幕告诉了他们。

高欣听了很惊诧，也有点生气，毕竟祁宏和高燕还是孩子，还是学生，一个高中，一个初中，他不赞成他们那么早就谈恋爱了。

对喜欢自己女儿的两个男生，高欣是看着他们长大的，有自己的判断：张伟蛮横，有点匪气，难缠，让人不放心；祁宏老实，会读书，也许将来很有前途，可祁家实在太穷了，有没有钱送祁宏读完大学，现在还不好说。高欣已经帮过祁家很多回了，也帮烦了，他感觉祁家是一个无底洞，永远探不到底。

即使读完大学，毕业分工，按照大学生的工资标准，光给祁家还账，祁宏不吃不喝，也要七八年，还要照顾弟妹，还要在城里买房，没完没了，不知什么时候才有出头之日，让人看不到未来。

高欣希望女儿将来找个富裕人家，至少不要像祁家那样揭不开锅，像烂泥一样扶不上墙。这是所有做父母的共同心愿。

在离开高家的时候，张伟笑里藏刀，半开玩笑半认真地对高欣说，在祁东这个地盘上，如果高欣要想把生意做好，就不能让他不高兴。

这话让高欣生气，可仔细一想，也很在理，是一句实在话。

高欣家的生意，到目前为止，大部分都是托张家的福，如果不是看在张援朝的面子上，县城里那些国有企业的厂长、经理，就不会给他高欣面子，买他账。供应材料，跑跑运输，这些活计没什么技术含量，也并非不可替代，全是凭关系。那些厂长、经理们屁股后面一天到晚都跟着一大帮人，追着要生意，随时可能替代了高欣，只要张援朝一声令下，一个招呼，甚至一个眼色就够了，就像当初张援朝给他介绍的时候一样。

　　高欣认真地掂量了一下，觉得张伟说的不是闹着玩的，这话也掐着了高家生意的七寸。高欣很了解张家，张伟年纪虽小，做事却很绝，张家人都这样。这种个性，用在正道上叫有魄力，敢干；用在黑道上叫心狠手辣。高家的生意，离不开张家这棵大树，也得罪不起张家的人。

　　张伟前脚出门，高欣后脚就把高燕喊了下来，开始严肃认真地训话。

　　高欣以早恋耽误学习为由，把高燕狠狠地训了一顿，要高燕和祁宏快刀斩乱麻，不要继续下去了。

　　高燕不服气，说自己长大了，会处理好恋爱和学习的关系，并且事实证明，她和祁宏谈恋爱，把爱情化作动力了，成绩不降反升。

　　看来，靠讲道理，是没办法阻止情窦初开的女儿，让她听自己的很难，恋爱中的人都很执拗，九头牛都拉不回，尤其是初恋。一气之下，争执中，高欣甩手打了女儿两个耳光。

　　高欣知道，如果自己不狠心，张伟就会对高家狠心，高家的生意麻烦就来了。

　　被打了耳光，高燕很不服气，她噔噔噔地跑回楼上，把自己反锁在房间里，伤心地哭了。

　　那天晚上，高燕没有吃饭，第二天也没有下来，也没有开门，也没有吃东西。

王红梅心疼，生意都没管，站在门外一直劝说，口都说干了，声音都说哑了，高燕就是不开门。

高燕生父亲的气了，她学会了用虐待自己的方式来胁迫父亲妥协，做出让步。

那天晚上，这件事情的相关者，都迎来了一个不眠之夜。

高燕、祁宏、张伟，为青春期的感情烦恼，吃不香，睡不着，憋着劲，生着气；高欣为高家的生意和未来心慌意乱，王红梅为女儿的情绪和身体操心。

高欣披着衣，坐在床头，一根接一根地抽着闷烟。他一边抽烟，一边权衡利弊。这些年，靠着张家，高欣打通了全县几乎所有国营厂的环节，钱就像百川归海一样，源源不断地流进高家，他已经有两个公司，上百号员工了。

张家就是高家的源头活水，没有张家就没有高家的生意，张家在高家的生意版图中，实在太重要了，哪怕一个还没有当家做主的张伟，都得好好地伺候着，得罪不起。

尽管张伟年纪小，在张家却举足轻重，影响张家的两个重量级男人，既能成事，更能坏事——也许坏事只是张伟一句话，一个暗示。在四明山，谁都知道张伟是张家的心头肉，兄弟俩就这么一根独苗。

在生意场上摸爬滚打了七八年，对这点利害关系，高欣看得很明白，账也算得很清楚。他同情女儿的感情，更在意高家的生意。

作为过来人，高欣认为，爱情那东西，既不能当饭吃，又不能当衣穿，更变不出钱来。就拿他自己来说，当年不也和祁茗爱得死去活来？可他和王红梅，却是通过相亲认识，没什么感情基础，现在不照样在一起，组建了家庭，生儿育女，日子过得红红火火吗？他们的日子在四明山这个弹丸之地，有几个比得上呢？

只要把张伟稳住了，高家的生意就稳如磐石，可以越做越顺，越做越大了——张援朝才五十出头，来日方长。在祁东这块地盘上，书记和县长都是过客，今年来明年走，做一届就高升了，调走了，只有地头蛇的张援朝，才是政坛常青树，官场不倒翁。得罪了张伟，高家的生意说没就没了，财源说断就断了，不能因为女儿与祁宏和张伟的三角关系，毁了高家的商业前途，这是必须理清楚的，丝毫不能妥协。

直到第三天清早，高燕才爬起床，走出了自己的闺房，她已经旷了一天课了。与其在家生闷气，憋着难受，不如早点返回学校，读书去。

看着高燕又红又肿的眼睛，憔悴不堪的表情，高欣心里不是滋味，也感觉过意不去，但在这件事情上，他没有让步。

长痛不如短痛，高欣硬下心来，在高燕出门的时候，给她下了最后通牒，要她以后不要去看祁宏了。

为让女儿接受自己的意见，高欣的口气已经缓和多了，高欣对高燕阐述的理由，不是为高家生意，而是为他们的前途着想。

高欣对高燕说，你们年纪还小，要以学业为重，不能为感情误了自己，误了对方，你看看祁家，把全部希望寄托在祁宏身上，如果祁宏考不上大学，那个家就毁了，你不能成为毁了祁家的罪人。

父亲的话有道理，也确实在为她和祁宏着想，高燕还以为父亲让步了。让高燕抱有一丝希望的是，父亲并没全盘否定他们的感情——对于这个涉世未深、多愁善感的年龄的女生，凡事都爱往好处想，看不到现实的残酷性。

高燕答应了父亲，把心思和精力一心一意地放在学习上，感情的事情，先放一放，以后再说。

这是高燕的权宜之计。背着父母，高燕一如既往地把零花钱分成两半，一半留给自己，一半留给祁宏；留给自己的那部分，只有三分之一，留给祁宏的那部分，占到了三分之二。

只是高燕没有上县城给祁宏亲自送钱了，而是用信封装了，每个月末委托陈晓明捎过去的——高燕把以前每个月跟祁宏在一起吃顿饭的钱也放进了信封里。

祁宏接到这个信封，跟见到高燕本人没什么区别，他们彼此深深地信任着对方，见不见面，吃不吃饭都没多大关系，怎么方便怎么来。

第十章　别人的设计，自己的愿望，该如何选择

这个世界，最铁面无私，最公平正义的，就是时间了。时间的多少快慢，从不因人而异，也不势利。高家有钱，它也那样；张家有势，它也那样；祁家一贫如洗，它还是那样。时间不给高家、张家多一分，也不给祁家减一秒。

时间就像祁水河的水，不舍昼夜地奔跑，一往无前，没有回旋。谈笑间，高燕就要初中毕业，参加中考了。

这是一个神圣的时刻，让人莫名激动。为这个神圣时刻的到来，很多人都在翘首以待，盼望很久了。

中考后就意味着高燕要走出四明山，到县城读高中了。这朵养在深山老林里的忘忧草，要在新的土壤上尽情地绽放自己了。

为这事儿，有人欢喜有人愁，有人又是欢喜又是愁。

能够同频共振的是祁宏和高燕。

只要高燕上县城来了，就不一样了！他们想见就能见，想在一起吃饭就能在一起吃饭，想在一起逛街就能在一起逛街，想在一起学习就能在一起学习。虽然不同年级不同班，但下午放学了，他们可以找一块空地，拿上书本，坐在一起读书，田径场看台的水泥台阶是很理想的去处，那儿还有香樟树洒下的浓荫，散发出来的阵阵香气。感情种在他们心里，脚长在他们身上，他们的地盘他们自己做主。周末了，可以一起回四明山，也可以一起去爬祁山，或者到县城边缘的红

旗水库划船。

在爱情激励下，这两个人很勇敢，谁都不怕，包括虎视眈眈地盯着他们的张伟——他们只怕高欣。这种怕，与害怕不同，是敬畏。高欣是高燕的父亲，是监护人，尊重长辈，不让他生气，是起码的，他们的事，将来还是要征得高欣点头同意才行。但眼下还是要躲着高欣，不让他发现了。

眼睛长他们身上，可以用来察言观色，审时度势。高欣虽然白天在县城，一般都是上午到晚上回，整天忙着生意和应酬，没有太多时间和精力来管他们的闲事。

祁宏的想法再向前迈进了一步，他不只希望高燕上县城读书，还希望高燕考到祁东二中来，成为他的小师妹。

祁宏把自己的想法写在信里，托陈晓明带给了高燕。在信里，祁宏热情洋溢地鼓励高燕，告诉她，自己在祁东二中等着她！

这也是高燕的想法和动力。有祁宏在祁东二中等着，她没有理由不全力以赴。高燕把祁宏的信，时刻带在身上，累了困了拿出来读读，松懈了拿出来读读，那封信让她精神振奋，重新出发。夜晚上床睡觉，高燕都把那封信贴在胸口，这样睡得安稳踏实。

这是祁宏给她的第一封信。在信里，祁宏亲昵地称她为燕儿。高燕觉得叫她的名字有四重叫法，代表了四重感情境界。第一重是高燕，普普通通，代表相识，只是熟人关系；第二重是燕子，有了一定感情基础，张伟最多也就只能叫燕子，不能再叫其他了；第三重是小燕子，晚辈叫，是喜爱，同辈叫，就不是一般的朋友关系了，祁宏可以叫，张伟不能；第四重是燕儿，是恋人叫的，两情相悦，心心相印了才能叫。祁宏叫她燕儿，她很开心。

在中考前的几次模拟考试中，高燕取得了不错的成绩，稳定在班上前五名。班主任高兴地告诉她，照着这个势头发展下去，只要在考场上正常发挥了，上祁东二中，是没有多大问题的。

在中考前那段紧张忙碌的日子里，高燕老爱做一个大同小异的梦：她看到穿着那件深色西装的祁宏在祁东二中的校门口，满脸笑容地向她招手，迎接她的到来。

与祁宏和高燕的热切期待、满心欢喜不同，张伟掉进了一半是海水，一半是火焰的纠结中。张伟一方面期盼高燕来县城，高燕来县城了，他们见面和相处的机会就多了；另一方面，张伟心明如镜，高燕来县城了，祁宏和高燕见面和相处的机会也多了，他和祁宏的碰撞交锋就更激烈，更直接了。

让张伟感到安慰的是，高燕上高中了，他有三年时间跟高燕纠缠，祁宏只有一年时间，还是最紧张的一年时间，能够抽出空来谈情说爱的时间不多，只要这一年把高燕看紧了，他就稳操胜券了。

想到这，张伟还是有些紧张，他得保证万无一失，想办法阻止，不能让高燕与祁宏都在祁东二中。如果这两个人跑到一个学校去了，祁宏就近水楼台先得月了，自己以前那么多努力就白费了，以后也希望渺茫了。

在张伟看来，最理想的就是高燕考不上高中，读完初中就算了，像他那样，把城镇户口办了，到国营黄花菜加工厂来上班，跟他谈两三年恋爱，就把婚结了，把家成了，把孩子生了，然后一起养儿育女。

初中文化是少了点，但没关系，他张伟也是初中毕业，高中只读了一年，他的水平还不如一个功课扎实的初中生。那时候，四明山读完初中就没读书了，跑到广东打工的农村姑娘多的是。在国营黄花菜加工厂上班，还是吃"皇粮国饷"呢，一辈子都有保障，跟跑到广东打工不可同日而语，是祁东县很多农村女孩梦寐以求、羡慕不已的人生捷径。

也许是天意，高燕中考前，正好碰到祁东县开放第二批城镇户口买卖指标，黄花菜加工厂有三个名额。听到消息，张伟高兴坏了，他当即跑到张援朝办公室，缠着叔父帮高燕把城镇户口办了。正好高欣还有笔钱在张援朝那儿，张援朝给高燕争取了一个指标，把她的农村户口转成了城镇户口，按照张伟的意见，落在了黄花菜加工厂。

几天后，拿到高燕的城镇户口本，张伟看了又看，亲了又亲。他仿佛看到了高燕感恩戴德，向他彻底臣服了。张伟给她帮这么大忙，把她农村户口转成城镇户口，让她吃上"皇粮国饷"了，高燕还不对他感激涕零，以心相许？

当时祁东办户口的很多情况都这样，男方或找关系，或花钱，给女方弄个城镇户口；女方感恩戴德，以身相许，把自己嫁了。

那个晚上，捧着高燕户口本睡觉的张伟，梦见高燕进了黄花菜加工厂，跟他一起上下班，出双入对，双宿双飞，只羡鸳鸯不羡仙。

拿到了这个户口本，张伟就觉得高燕是他的了，谁也抢不走了，包括祁宏那小子。

下班的时候，张伟给高欣打了一个电话，通知他第二天到黄花菜加工厂来结账。高欣有点疑惑，都还没到约定的结账时间呢，这次肯定是张伟把它提前了，还是朝里有人做官好办事。

第二天，结完账，办完事，高欣就被张伟拉进了工厂对面的红火大酒店。

红火大酒店是祁东县城最地道的一家本地菜馆，生意就像名字一样红红火火。

高欣想，才走上社会，在采购那个关键岗位上，张伟是吃喝玩乐，啥都会了，而且很能把握时机，他刚拿到钱，张伟就要他请客了。

是高欣误会张伟了，那顿饭，张伟破例没要高欣买单。张伟说请未来的岳父大人吃顿饭，单得由准女婿来买。

张伟点了一桌菜，把红火大酒店的招牌菜，都叫上了，有茶油蒸土鸡、永州血鸭、红旗水库鱼头、爆炒鳝鱼丝、邵阳口味蛇等。张伟还要了一瓶二十年的酒鬼酒。

看这架势，高欣知道这是一场鸿门宴，来者不善，张伟肯定有事找他，而且事还不小。其实，高欣也知道，张伟也没什么大事，这个事肯定跟高燕有关，这个小伙子惦记着自己女儿，这么多年了一直没有放下过。

碰了三杯酒之后，张伟劲头上来了，他满脸通红，兴奋地说："爸，我给你看样东西！"

都叫爸了？

高欣以为自己听错了，或者张伟喝醉了，装作没听见，也没在意，不过那声陌生的"爸"叫得高欣身上起了鸡皮疙瘩。

高欣不反感张伟，与张解放也一直以"亲家"相称。叫"亲家"是四明山男人拉近距离的客套叫法，表示两人或两家关系非同一般，不用举行什么仪式。

现在张伟改口叫他"爸"，高欣还是觉得"名不正，言不顺"，听着怪别扭的，脸上也挂不住，毕竟高燕还是学生，与张伟也没有婚约。

张伟没有在意高欣的表情变化，他从口袋里掏出了那本红色的城镇户口本，扬扬得意地放在了高欣面前。

高欣拿起户口本，打开来一看，上面清清楚楚地写着高燕的名字，他匆匆地扫了一下其他信息，不错，就是女儿高燕的。

高欣激动极了，他家高燕也把农村户口转成了城镇户口，成"国家的人"了——高燕是高家第一个吃上"皇粮国饷"的人，成了梦寐以求的城里人。

给高燕办理城镇户口，是高欣的一块心病，他认为这是做爸的他对女儿一生的最好安排了。他拜托张援朝办了两年了，一直都没有下文。

高欣钱多，但不是所有的事，靠花钱就能把事办成的；有些事，光有钱还不行，这个农转非指标，就让他一筹莫展，迟迟没有进展。

那时候的农民与现在的农民不一样，谁都不愿意当农民，想方设法农转非；那时候的农村户口与现在的农村户口不一样，谁都想摆脱农村户口，吃上"皇粮国饷"。

高欣有钱，归根结底还是一个农民，被人看低，就连企业家前面都要加上一个"农民"，以示与其他企业家不在一个档次上。他给国营厂送货，那些比他钱少得多的工人就没把高欣当回事儿，甚至不拿正眼看他，工人们觉得自己高高欣一等。工人的态度让高欣感到自己就像四明山里的一株小草，在县城抬不起头来——在他面前，县城里的工人都是参天大树，比他高出几个头。

有钱咋啦，还不是一介农民？

高欣不希望自己的子女以后还是农民，得不到尊重，尤其是女儿。有了这个城镇户口，高燕就麻雀变凤凰了——正儿八经的凤凰，没有这个城镇户口，再漂亮的女儿都是麻雀。作为父亲，他对高燕的一生，甚至是高燕的后代，算是有了一个交代；作为父亲，高欣最希望给高燕的，不是多少钱财，而是那个代表了旱涝保收，一辈子不愁吃不愁穿的城镇户口。

高欣小心翼翼地把户口本收起来，放进了崭新的文件包里，那神态，比结账时放那叠厚厚的钞票谨慎多了。

高欣举起酒杯，给张伟敬了一杯，他看张伟的眼神，多了三分肯定：这小子虽然坏点，对高燕却是真心的，也很用心，办事能力强，给高燕把城镇户口办下来，也是对高燕负责了。

见高欣兴致高了，张伟回敬了两大杯酒，一杯酒代表一个意思，他借机把两个意思给高欣说了。

张伟两个意思还真有点难度。第一个意思是高燕不能报祁东二中，与祁宏成为校友，这个必须保证。

第二个意思，如果高燕没考上，就不要复读了，到黄花菜加工厂来上班，反正已经是城镇户口了。

第一个意思，高欣答应了，高燕的工作他来做。高燕不在祁东二中读高中，对谁都有利。

第二个意思，高欣答应不下来，得由高燕的中考成绩决定。从内心讲，高欣希望高燕读高中，考大学。如果没考上高中，希望高燕再补习一年，至少要读完高中，而不是急着到黄花菜加工厂上班。

那个城镇户口是备胎，将来高燕万一考不上大学，也有一条路走，不用做农民了。

那顿饭后，高欣要做的第一件事就是落实高燕填报志愿的事，既然张伟不希望高燕上祁东二中，那就祁东一中吧。

祁东二中是湖南省重点中学，祁东一中差点，但也不错，仅次于祁东二中，是衡阳市重点中学（到2004年，才晋升为湖南省重点中学）。祁东二中分数线高，祁东一中低一个档次。

根据高燕的平时成绩，填报祁东一中比较实事求是，也很保险；填报祁东二中，有点儿好高骛远，得看临场发挥，有运气成分。

星期天，高燕回来，一家人在桌上吃中饭的时候，高欣关心地问起高燕的学习和填报志愿的情况。

高燕毫不犹豫地说，要报考祁东二中。

高燕信心十足，也很高兴，平时父亲生意忙，很久没有关心她了。

"你的成绩是上来了，但不像祁宏那样出类拔萃，有十足的把握，"高欣说，"报考祁东二中，风险有点高，不保险。"

听到父亲把自己与祁宏相提并论，高燕兴奋了，她觉得父亲态度变了，很温情很慈祥了，言谈中对祁宏充满了肯定，转机来了。

高燕情不自禁地说："祁宏在二中，我一定要考二中。我要以他为榜样，他做到的，我也要做到。"

"我们要量力而行。祁东一中也是不错的，还是要脚踏实地，保险起见，"高欣说，"即使你考上了祁东二中，你进去了，祁宏毕业了，你们也只能做一年校友。"

"一年也好呀。有一年就够了。"高燕满怀憧憬地说。

看来，女儿是"情深深，雨蒙蒙"，被爱情蒙住了双眼，看不清形势了，不抛出撒手锏，高燕就要一条道走到黑了。

"你上二中，对祁宏来说，可不是一件好事情。"高欣脸色变了，严肃地说，"你想想看，你进去，祁宏正好高三，高三是最紧张、最关键的时候，你能让他因为你分心走神，影响学习吗？"

"我们互相鼓励，不会分心的。"高燕紧张地看着父亲，信誓旦旦地保证。

"这只是你一个人单方面的想法，不能代表祁宏。男孩子冲动，容易感情用事，管不住自己。如果你为他着想，你就报考祁东一中。如果祁宏考不上大学，他就麻烦了，祁家也麻烦了。我不希望你成为祁家的罪人。"

高燕怔住了，父亲的话不是没有道理，只是她和祁宏过于乐观了，没有想过这种潜在的可怕后果。也许她报考祁东一中，确实是最稳妥、最安全、最理想的选择。她不能因为自己私心，毁了祁宏的前途。祁家那种境况，不允许他们儿女情长，一定要确保祁宏在高考中万无一失才行。

尽管心里有一百个不情愿，一万种不舍，高燕还是同意父亲填报祁东一中，反正两个高中都在县城，相距一两公里，她去看祁宏容易，祁宏过来看她也容易，高燕做出了让步，同意了父亲填报祁东一中。

可这个事还是让高燕很纠结，她没敢把事情告诉祁宏，一切等考试完了，通知书下来了，生米煮成熟饭了再说吧，别节外生枝了。那时候，也放暑假了，这种事情，还是当面解释好。

看到高燕答应不报考祁东二中了，高欣如释重负，高燕一离家返校，高欣就打电话把这个好消息告诉了张伟。

张伟又高兴又得意，他又成了，一切都在向着他设计的方向稳步发展。

中考前两天，镇一中请祁宏来给毕业生做报告，现身说法，讲讲考场上的注意事项、心得体会和答题技巧。

钟校长对祁宏印象深刻。他在镇一中做了十多年校长，全镇第一名还从来没有旁落过，祁宏中考那年是镇一中唯一的一次失手，他很佩服这个孩子。恰巧祁宏在祁东二中的班主任是钟校长的大学同学，班主任告诉钟校长，祁宏在祁东二中也是出类拔萃的。

钟校长把想法对祁宏一说，祁宏高兴地答应了。祁宏希望自己的考试经验对镇一中的毕业生有用，尤其能够对高燕有所帮助。祁宏没有事先告诉高燕，他要给她一个意外惊喜。

镇一中的中考总动员很隆重。镇一中教学质量怎样，就看一年一度的中考成绩。镇一中的毕业生有三四百人。

在动员大会上，钟校长说完开场白，祁宏就穿着高燕给他定做的那套西装闪亮登场了。

看到出现在主席台上的祁宏，高燕简直不敢相信自己的眼睛。当确定真是祁宏时，高燕激动得热泪盈眶了。

在中考前，高燕也想见一下祁宏，没想到他们以这种特别的方式见面了。看着祁宏在主席台上侃侃而谈，那一刻，高燕感到特别骄傲！

上了主席台，鞠完躬，祁宏用眼睛居高临下地扫了一下全场，很快就在芸芸众生中发现了那张熟悉的、漂亮的、白里透红的圆脸。四目相对，火花四溅。这火花，只是燃在他们两人的眸子里，第三者是没有办法明白和感受的。祁宏在台上一边略带紧张地谈论，一边凝视着高燕。半个小时的报告，他的眼睛就没有从高燕身上挪开过。

在镇一中的三年，高燕还没有这样兴高采烈过。祁宏演讲完后，台下响起了潮水一般的掌声。其他人的掌声平息下来后，高燕的掌声还在继续，直到同桌拉了她一把，她才意识到自己失态了，忘乎所以了。

看着台下的高燕，祁宏备受鼓舞，发挥出奇地好。三年前在镇二中，他作为老生代表给新生发言，可高燕没有听到就转学到镇一中了，让祁宏郁闷了一段时间。没想到，天遂人愿，在高燕中考前，祁宏被镇一中请来做报告，把当年那个梦圆了。

这时候来做报告，也许比三年前更有意义，他们都长大了，懂事了，也更关键，作用更大。

七月流火，滔滔热浪挡不住高燕的激情，她信心百倍地走进了考场，也踌躇满志地走出了考场，她觉得一切都发挥正常，没有什么不妥的地方。

成绩出来，高燕确实考得不错，在全班排名第二，超出了她自己和班主任的预期。高燕的分数超出祁东二中分数录取线三十多分。

得到消息，皆大欢喜。

祁宏开心地想，高燕要成为祁东二中的新生了，在自己高中的最后一年，可以天天见到高燕了。想着自己生活过的地方，高燕也要来生活了；想着自己奋斗过的地方，高燕也要来奋斗了；想着自己走过的校园小径，高燕也要来走走了；想着自己待过的教室，高燕也要来待待了；想着自己用过的课桌，高燕也要来用用了；想着自己坐过的板凳，高燕也要来坐坐了；想着教过自己的老师，也要教高燕了，祁宏做梦的时候嘴角都挂着笑容。

说不定哪个老师把他作为榜样在高燕的课堂上表扬呢，虽然祁东二中高手如云，但祁宏自信有些地方是比较出色的，给老师们留下了深刻难忘的印象。

8月上旬，通知书下来了，不是祁东二中的，而是祁东一中的，因为高燕填报的本来就是祁东一中。

从邮差手上接过录取通知书，高燕虽然高兴，但更多的是后悔。那一刻，她希望接到的不是祁东一中的通知书，而是祁东二中的通知书；那一刻，高燕想，当初听父亲的，也许是错了。

知道高燕上了祁东二中的分数线，却被祁东一中录取了，有个人兴奋得自斟自酌了起来，在宿舍里一个人喝掉了一瓶衡阳大曲。这个人就是张伟。张伟想，高欣果然听话，好使，帮他如愿以偿地把祁宏和高燕分开了。

拿着通知书，高燕犯了愁，怎么向祁宏交代呢？

高燕不敢面对祁宏，是她辜负了他。思来想去，高燕拿起笔，撕下一张作业纸，在上面飞快地写下一行字：录在祁东一中，别多想，你高三了，为你好，也为我们将来好！

高燕叫来小弟，要他做信使，把纸条塞进信封里，给祁宏送了过去。

实际上，在收到纸条前，祁宏已经知道高燕录在祁东一中了，他确实需要高燕给他一个解释。

四明山只有那么大，藏不下什么秘密，更何况是万众瞩目的升学这类大事。那儿的农民整个暑假只关注两件大事：谁家的孩子考上大学了，谁家的孩子考上哪所高中了。

高燕考上祁东一中的事，就像长了翅膀，在高燕接到通知书那天下午，就传遍了四明山。

得知高燕考在祁东一中，祁宏怅然若失：不是上了祁东二中的录取分数线吗？不是说好了报考祁东二中吗？为什么突然变了呢？

祁宏脑袋里一片混乱和疑惑，他想找高燕问清楚。

接到小弟送来的纸条，祁宏就释然了。话不用太多，这个女孩做什么都在为自己着想，是自己错怪她了。反复地读着纸条上那20多个字，祁宏触摸到了高燕的那颗真挚的心。

一中就一中吧，反正都在县城，相距不远，想见容易，没什么大不了的。

可在祁宏内心深处，那种深深的失落感，还是伴随了他半个暑假。想得多了，祁宏隐约感到，这背后有一双无形的手在操控，祁宏第一次意识到，他和高燕的感情，没有他想象中的那样平坦，可以像祁水河的水那样顺流而下，也不像学习成绩，考好考坏，自己做得了主。

再漫长的暑假也是白驹过隙，弹指一挥，转眼就到开学了。

到学校报到那天清早，高欣把车停在祁家门口，把祁宏接上了。

在后备厢放好行李，打开车门，祁宏又惊又喜地发现，高燕已经坐在车里面了。高燕狡黠地望着祁宏，眼神流转，笑容灿烂，满脸窃喜。

那笑是那样纯洁，那样美丽，那样阳光，就像碧空如洗的秋天。

前天晚上，四明山下了第一场秋雨，一切都像洗过一样。祁宏不知不觉地想起了王维的诗句：空山新雨后，天气晚来秋。真是写得好极了，就像他的心情一样。

高欣开着车，载着高燕和祁宏往县城方向奔驰。

一路上，祁宏和高燕有说有笑，兴奋极了。热闹和兴奋是两个孩子的，高欣一直没有说话。

快进县城了，高欣打断了两个孩子的谈话，十分严肃地说：

"今后你们两个就要尽量少来往了，以学习为重，不要耽误了功课。燕子上高中了，很重要；宏崽你读高三了，更加关键。感情的事，等你们都上了大学以后再说。"

高欣的话，给祁宏和高燕当头浇下一盆冷水，他们怔怔地坐在后排，不知道如何接话了。

祁宏和高燕都是聪明人，响鼓不用重槌，他们知道，高欣以学习和前途为由，不同意他们明目张胆地继续交往了。

把祁宏和高燕一起载上，送到县城，高欣就是为给他们说这句话，交代这个事情。

话说完了，高欣如释重负，可内心又升起新的不安，他觉得很对不起两个涉世未深的孩子，但他顾不了这么多了。

第十一章　栈道上的牵手，陈仓里的初识

祁宏一辈子都没弄明白，认识凌林是一次美丽的邂逅，还是一个精心设计的局。看起来是老天爷安排，认真琢磨起来却是人为的。

很多年以后，凌林还不愿意把答案告诉祁宏，凌林说告诉他了，就没有味道了，还是有点秘密好。祁宏只好将那次邂逅作为他们天作之合的起点。

故事发生在高三那年12月，一个晴朗冰冷的傍晚。其时，祁宏正在沿着田径场一圈一圈地散步。走动的时候，带起的风扑面而来，让人感觉到阵阵寒意。偌大的田径场上空荡荡的，一片荒凉，只有三五个不怕冷的人在走动。

都冬天了，大家喜欢猫在避风的室内，没有人愿意出来活动。虽然江南的冬天，室内没有暖气，可也没有风，比暴露在外舒服多了。

彩霞满天，柔弱的阳光透过繁茂的树叶，在地上印下一个个斑驳的铜钱圈。日薄西山，血红血红的，一半挂在远处的山尖上，一半坠进了层峦叠嶂之中。

那群远山正是家的方向，四明山。

只有四季常青的香樟树，一副终年不变的乐观样子。田径场边，硕大的香樟树绿荫如盖，散发出阵阵清香。

冬天的江南，阴天多，雨水多，难得碰到这么好的晴天。只要天气允许，祁宏喜欢在晚饭后，晚自习前的这段时间到田径场走走，把

一天遇到的难题留在这个时候思考，边走边想。风儿一吹，头脑就清醒了，思路也清晰了，往往有解决问题的火花闪现。

没有树叶遮挡的地方，西斜的阳光把祁宏的身影拉得很长，放倒在地上，让人倍觉孤独。祁宏喜欢这种孤独，这种孤独可以让他清醒地活着。碰到难题，到田径场走走，倒是一个解决问题的好办法。

冥思苦想的祁宏突然感觉有阵风从身边飘过，这阵风带着一片漂亮的树叶，飘飘悠悠地落下来，掉在祁宏脚下。

地上布满落叶，但这么精致的落叶，就那么一枚，那样与众不同。祁宏可以保证，他还没有见过这种别致的树叶。他弯下腰，捡起树叶，定睛一看，哑然失笑了。祁宏发现被自己的眼睛骗了，那不是一片树叶，而是一张伪装成树叶的古香古色的书签。

书签的背面留着一段清秀的钢笔字。那段字把书签上的空地全部挤满了：把树叶捡起来，说明你是一个热爱生活的人，也是我生命中的一个有缘人；如果没有捡，那就擦肩而过，彼此不认识了！捡了，就认识一下吧。凌林。

凌林这个名字，如雷贯耳，就在隔壁班，听说是县委凌书记的女儿。也许他们偶尔碰到过，但人和名肯定对不上，这种近距离交往是第一次。

凌林闻名全校，倒不是因为她是凌书记的女儿，而是因为她出类拔萃的成绩和与成绩一样出类拔萃的颜值。在全年级成绩名列前茅的几个人中，凌林位列其中，排名还在祁宏前面，是一个强劲的对手。凌林的美貌还让张伟情不自禁地做出了很出格的事，不得不以辍学收场，这事儿也闹得沸沸扬扬。

是不是搞错了？得赶紧把书签还给人家。

站起身，抬起头，祁宏看到书签的主人就在前面等他，好像知道祁宏要还她书签似的。

祁宏被凌林看得有点慌乱，也有点紧张，很不自然，倒像是自己成了一个小姑娘。

凌林有一张白净的瓜子脸，一双明亮的大眼睛，一头瀑布一样的秀发。那秀发越过双肩，倾泻下来，披散在背后，直达腰际。

凌林经过的地方，空气中留下一层淡淡的清香。

这种清香与香樟叶的清香混合在一起，隐隐约约，若明若暗，可是泾渭分明，十分容易辨识。

祁宏向前紧走两步，把书签递给凌林，轻声地说："凌林同学，你掉东西了。"

凌林扫了祁宏一眼，莞尔一笑，并没有伸出手来接书签，反而调皮地说："你捡到了，就是你的了，祁宏同学，这不是现金，不是贵重物品，不需要你拾金不昧。"

祁宏拿着书签的手尴尬地停在凌林面前，缩回来也不是，不缩回来也不是，可他心里却如沐春风，这个漂亮的女孩还叫得出自己的名字啊，叫得还很顺溜的，一点违和的陌生感都没有，就像班上同学叫他那样。真是一个有意思的女孩，而不像自己那样因为成绩拔尖，被别人看作"书呆子"。

对于"书呆子"这个绰号，祁宏并不认同。他不过努力了一点，沉默寡言了一点而已。自己的家境与别人不一样，祁宏不想把时间浪费在那些无趣、无聊、无品的事情上。班上有同学在偷偷谈恋爱，祁宏也没能免俗免欲，他的爱情不在祁东二中，全班同学也不知情，都以为他是一个无情无义、无血无肉一心只读圣贤书的人。

"一起走走吧。"凌林大方地邀请祁宏。

走走就走走，祁宏在心里嘀咕，你一个女生都不在意，我一个男生怕啥呀！

祁宏把书签收回来，揣进了裤兜里。

既然是凌林送给有缘人的，那他就却之不恭了。

两人中间隔着一米左右的距离，若即若离地走在田径场上。祁宏把正在思考的那道几何题向凌林讲了，希望得到一点启发，也试试这个学霸的深浅。凌林思索了片刻，给祁宏提供了一个解题思路。

凌林的解答方法另辟蹊径，是祁宏之前没有想到的。但方法很有效，让祁宏觉得柳暗花明，茅塞顿开。祁宏不由得对凌林肃然起敬了——这个女生果真有两样子，没有浪得虚名。

祁宏和凌林聊得十分投机，交流了很多心得、方法、技巧，涉及各门功课，有祁宏问凌林答的，也有凌林问祁宏答的，都觉得听君一席话，胜读十年书，比听老师的课还有启发，还有收获，直到晚自习铃响，他们才在教室走廊外分手，各回各的教室。

那天晚上，祁宏躺在床上想，自己三年高中读下来，除了书本，除了题海，就没什么朋友了，原来不是没有，而是一直没有找到合适的。与凌林一席话，他明白了什么叫"近朱者赤"，什么叫高山流水，什么叫知音难觅。

那次邂逅以后，祁宏感觉做什么都有一个人在等着他，到哪儿都有一个人在跟着他，不是鬼鬼祟祟，见不得人的那种，是光明正大的那种，就像影子，有光明的地方才有影子。

祁宏没往别处想，他和凌林确实一见如故，聊得来，很投缘，无话不谈。他们很快就成了好朋友。在祁宏看来，他跟凌林，是生活中的偶遇多了点，碰上了；是心灵上的默契多了点，有共同话题，仅此而已。

高燕和祁宏一周都要见一次面，在一起吃一顿饭，总是高燕跑到祁东二中来找他。他们不断地变换地点，也尽量选那些不起眼的小餐馆，因为他们要跟张伟和高欣躲猫猫，不能让他们发现了。两人一边吃饭，一边看着对方，有说不完的话题——即使不说话，他们用眼睛也能交流。

祁宏有些不好意思，觉得应该去看看高燕了。高燕来县城读书快一个学期了，祁宏还没有去过祁东一中呢，老是辛苦人家女孩子跑过来，有些说不过去。书上说，来而不往非礼也，他得积极一点，主动一点。

想着想着，祁宏就到了祁东一中。他按照高燕告诉他的班级找过去，很顺利地找到了高燕的教室。

透过玻璃望过去，祁宏看到高燕像在生气，有两个女生站在她左右两边，七嘴八舌，像在开导她，劝她不要跟自己过不去。

"燕子——"

祁宏站在教室门口，轻轻地叫唤高燕。

听到叫声，高燕把头望了过来。当看到祁宏，她那张脸马上由阴转晴，破涕为笑了，她看祁宏的眼睛里春色满园。

高燕扔下两个女生，欢呼雀跃，燕子一样地飞了过来，与祁宏肩并肩，走在了渐渐黯淡下来的校园小径上。

两人走得很近，祁宏闻到了从高燕身上散发出来的幽幽的体香，他不由自主地翕动鼻子，做了两下深呼吸，想把空气中高燕的体香全部吸进去。

高燕被逗乐了，白了祁宏一眼，情不自禁地抓住了他的手。

祁宏顺势把高燕的纤纤玉手握在手心里。

这是这对小情侣长大后的第一次手牵手。

高燕的手柔软，温暖，润泽，一种异样的感觉从牵手处传过来，沿着胳膊，传导到了祁宏心里。

祁宏想牵高燕的手，已经想了好些年了，但他有贼心没贼胆，有心动没行动。两个人好了这么久，还没有过肌肤之亲呢——小时候，那种不谙世事的牵手和过家家的那次亲脸，是不能算数的。小时候是闹着玩的，一点感觉也没有；现在长大了，神经敏感了，感情细腻了，意义就不一样了，感觉也不一样了。

"你再不来，我都快成别人的了。"高燕白了祁宏一眼，嗔怪地说。

"怎么回事啊？"祁宏紧张地问。

高燕小鸟一样叽叽喳喳地絮叨开了。从高燕带有委屈的叙述中，祁宏大致弄明白了。

原来张伟每天都过来纠缠一下，弄得高燕学习的心思都没有了。在祁宏到来之前，高燕好不容易把张伟打发走了。张伟甚至在班上公开对同学说，高燕是他女朋友。全班同学信以为真，都在私下议论高燕和张伟在谈恋爱。高燕是哑巴吃黄连，有苦说不出。这种事是不能分辩的，会越描越黑。

张伟已经向高燕表白过几次了，也被高燕婉拒过几次了，可张伟对高燕的拒绝并不在意，一副"生当作人杰，死亦为鬼雄。至今思项羽，不肯过江东"的执拗表现。

"我家认可张伟，他们做生意，里应外合，合作得很好，"高燕有点无奈，更有些鄙夷，"可我不喜欢他，一副流氓地痞的样子，跟街上小混混差不多，要风度没风度，要温度没温度。可是为了我爸和家里的生意，也为了我们能够偏安一隅，不让他们起疑心，对我们过分干预，我又不能把事情做太绝了。做绝了，容易反弹，反弹了，我们压不住。"

高燕说的都是实话，也是难为她了。祁宏不知道说啥来安慰高燕，只是把她的手攥得更紧了。

"你就不一样，要风度有风度，要温度有温度，我就是喜欢你这样温文尔雅的书生。"

高燕说得祁宏很感动。他换了一种牵手方式，由手掌相握变成了十指交叉相扣，你中有我，我中有你。

天黑了，小道上路灯昏黄。夜色给了他们勇气，壮了他们胆量，两人手牵手，在校园里来回走动，难舍难分。

"我八岁时，就被你盖过印了，也做了你的新娘。"高燕轻轻地说，"我的心里已经容不下任何人。这一点，你是知道的。但我觉得我们眼下要收敛一点，只要你知我知就行了。这样吧，你和别人先好一阵子，女方要优秀，要看起来配得上你，但你不能动真感情，不能假戏真做，学习第一，我的爱情第二，与她的友谊第三。向我父亲证实一下，你有多优秀，也掩盖一下我们的关系，把我父亲和张伟麻痹一下。说不定，看到你跟别人谈了，我父亲就急了，态度转变了，接受你了。我这边，我先稳住张伟，别让他起疑心，搞破坏。张伟的破坏力很大，对你我关系，对我家生意都不能忽视。"

高燕的话让祁宏愣住了，也心疼了。这个女孩成天在琢磨什么呢？碰到了这么多事，要处理这么多盘根错节的关系，夹在爱与不爱，亲情与爱情，爱情与生意之间，也够难为她了。不像自己，虽然穷点，苦点，可是简单，一心一意读书，偶尔留出点时间来谈恋爱就行。原来穷人有穷人的快乐，富人有富人的难处。上帝是公平的，人人都有一本难念的经。

告别高燕，从祁东一中返回祁东二中，祁宏上晚自习的心思都没有，高燕的话一直萦绕在他耳边。躺在床上，祁宏老是睡不着，尽管其他室友早就鼾声此起彼伏了。

高燕的话，有些是对的，有些是不对的。可祁宏对高燕，言听计从，只要是高燕说的，哪怕是不对的，也要照做不误，错了，以后再纠正过来。男女之间，除了魅惑人心的爱情，还有超越爱情的友谊，还可以做好朋友嘛，把握分寸，保持距离和清醒，不要沦陷了就行。

符合高燕条件，又能让祁宏愿意从书山题海中抬起头来，浪费一点时间，发展友谊的，就只有凌林了。

祁宏眼前浮现出凌林那张白皙干净的瓜子脸，那双明媚清澈的大眼睛，那头瀑布一样垂下来，直达腰际的秀发。

跟这样的女生做朋友，还真不错，日子都过得快点。

青春期的少女是敏感的，这种敏感就像天平一样准确。凌林明显感到祁宏并不讨厌她，甚至对她的态度在发生微妙变化，她有点小激动。那天，上午第二节课课间，凌林拿着一本书，走进了隔壁教室，径直走到祁宏面前，把书放在祁宏桌上，看着祁宏，画蛇添足地说："你的书，还你！"

凌林没有等祁宏回答，就掉转身，蝴蝶一样飞走了。

祁宏十分纳闷，他没有借给凌林什么书。可祁宏马上就悟到了凌林的意思，原来是凌林给自己一个找他的借口，原来凌林是在提醒自己，书里有情报，要他注意查收。

祁宏打开书，看到了书中间夹着一张纸条，上面写着一行清秀的字：放学后，跟我走，有重要事情。

凌林会有什么事情找自己呢？凌林成绩比他好，又是祁东县第一家庭，在祁东好像还没有他们解决不了的问题。

祁宏在猜凌林找他有什么重要事情，但一直都没有得出结果。

那天很漫长，时间就像一个步履蹒跚的老人。

终于等到上完课了，祁宏看到凌林已经站在教室门口等他了。

祁宏合上书本，走出了教室。

祁宏问凌林什么事，凌林调皮地说，反正不会害你，到了你就知道了。

祁宏没有脾气了，只好跟在凌林身后，亦步亦趋。

凌林领着祁宏走出校门，走进了气派的县委、县政府大楼。

这是祁宏第一次走进这幢雄伟庄严的大楼。虽然县委、县政府大楼就在祁东二中旁边，但平时祁宏只能望楼兴叹，连门都找不到。祁家七大姑八大姨，都没有在这种地方工作，哪怕是看守传达室，打扫卫生间。

第一次来这种地方，祁宏紧张得大气都不敢出，也不敢东张西望，他老老实实地跟在凌林身后。

大院传达室的大爷，大楼的保安，走廊上的工作人员，看到凌林，都满脸堆笑，站起来跟凌林打招呼。

凌林一边回礼，一边径直往里闯。

祁宏不敢多问，也不敢多看，低着头，跟在凌林身后，上了六楼，踅进了一间会议室。

凌林招呼祁宏坐下后，也在他身边坐了下来。

他们刚落座，就有一个衣着干净的年轻姑娘端来三杯云雾茶，一盘水果，放在他们面前，那个姑娘还给他们拿来了两个大笔记本，两支圆珠笔。

云雾茶冒着腾腾热气，热气从杯中袅袅上升，一会儿，会议室就弥漫着一片浓浓的茶香。

要他来这里干什么？开会吗？什么会要他参加？

祁宏又纳闷，又忐忑，但又不好多问。

正局促间，进来两个男人，其中一个他认识，是隔壁班的数学老师唐老师；另一个他不认识，清瘦，中等个，看凌林的时候，威严中透着慈爱。

凌林马上站起来，给祁宏和那个陌生男人做了介绍：这是我爸，这是我对您经常提起的我的老对手祁宏。

祁宏感到惶恐，原来是凌书记，这个县最大的官啊。祁宏第一次见到这么大的官，紧张得忘了跟凌书记打招呼。

祁宏感到很尴尬，原来凌林一直是这样界定他们的关系的啊！既然是女儿最大竞争对手，凌书记会不会给他使绊子？

凌书记也不介意，给他们做了一个简短的开场白，说以后请优秀的老师来给他们补补课，希望他们用心听，不懂就问，争取明年考个好大学，给祁东的父老乡亲增光添彩。

说完开场白，凌书记带上门，走出去了，会议室留下了他们师生三人，补课开始了。

这一刻，祁宏才弄明白，原来凌林是带他来补课的，这个小灶也开得太及时了，太好了。

祁宏很仰慕唐老师，虽然唐老师没有教他数学，但唐老师是祁东二中的数学教研组组长，是全校乃至全县的数学教学权威，是全县公认的高中数学教得最好的老师。

祁宏成绩不错，数学差点火候，拖了后腿，确实需要补补。

唐老师的课，深入浅出，给祁宏拨散了很多似是而非的迷雾，以前一些一知半解的难点疑点，在那堂课上，祁宏一通百通了。唐老师给他们补课，没有填鸭，而是由祁宏和凌林把以前积累的难点疑点提出来，唐老师来启发引导。

经过唐老师点拨，祁宏感到装在头脑中的知识，就像堰塞湖里的水，被疏浚了，融会贯通了，听从指挥了，要它流向哪就流向哪。一堂课下来，祁宏不由自主地感慨，名师到底是名师，有其独到之处。

从那以后，一周有两个下午，凌林都要把祁宏带进县委、县政府大楼的会议室补课。给他们补课的老师不断更换，各门功课都有。那些老师都是祁东二中或者祁东一中最优秀的老师，都有自己的一套。听了他们的讲解，很多学习上的疑难杂症迎刃而解了。祁宏感觉就像在练武功，被这些老师用自己多年的内功修为，合力帮他打通了"任督"二脉，使他功力突飞猛进。在高三第一学期的期末考试中，祁宏从平时班上的前三，全年级的十名开外，一下子跃升到了全班第一，全年级第二。

考了年级第一名，唯一排在祁宏前面的，就是凌林。

凌林给祁宏打开了一个完全不一样的新世界。

同学们私下羡慕嫉妒地传言祁宏和凌林在谈恋爱了。但他们觉得这两个人的恋爱没什么不对，反而是一对早恋楷模，在比翼双飞，让人只羡鸳鸯不羡仙啊。

期末考试完，祁宏本想跟高燕一起回四明山，但两个学校的放假不在同一天，祁东二中早三天，祁东一中晚三天。

高燕要祁宏先回去，别等她了。高燕把司机给祁宏安排好了，要陈晓明把祁宏捎回四明山。

收拾好东西，祁宏正准备走出宿舍跟陈晓明会合，凌林进来了，她身后还跟着一个年轻精神的小伙子。

凌林向祁宏介绍说，小伙子是付师傅，是凌书记的司机。

付师傅帮祁宏拎上行李，走出宿舍，把行李放在小车的后备厢。

"我跟我爸说了，他同意我到你家去体验一下生活，两天后回来。"凌林对祁宏说。

祁宏见到凌林那一刻，还以为凌林只是来送送他，没想到凌林是要到他家去体验生活。

祁宏一听，头就蒙了，内心挺抗拒的。

书记千金到他家去体验生活，吃啥？住哪？

怎么向高燕解释？

父母怎么看？

四明山的乡亲们怎么看？

但他又一时找不到阻止凌林上他家的理由。

在校门口，祁宏跟陈晓明打了一个招呼，很尴尬地把情况一五一十地告诉了陈晓明，然后他坐回了付师傅的车里，带着凌林向四明山出发了。

第十二章　书记千金的乡村生活初体验

　　什么是"境由心生"，带着凌林回四明山的路上，祁宏是深刻体会到了。

　　从祁东县城到四明山，这条路，祁宏往返了很多次，以前很快，这次却从来没有过的漫长和遥远。

　　一路上，祁宏都是忐忑不安，如坐针毡，欲言又止。他一直都希望凌林突然想明白，改变主意，要付师傅掉转车头，打道回府；最多也是到他家草率地看一下，就回县城，不要在四明山过夜。

　　祁宏的这种感觉没有随着时间的推移减缓，反倒是随着空间距离的缩短，越来越浓，越来越重。

　　祁家是典型的贫困之家，一穷二白，家徒四壁。

　　如果这事儿，凌林事先跟他商量过，祁宏肯定是不会同意的。如果凌林硬要去，上自己家看看就走，或者吃顿饭就走，也不是不可以。

　　对自己的家境，祁宏从来就没想过要对凌林隐瞒什么。

　　然而看凌林那架势，是准备在祁家过夜了，看样子还不止一个晚上。

　　问题的关键就在这儿，凌林晚上睡哪儿呢？

　　祁家一大家子，八口人，三张床，每张床上只有一床草席，一床旧棉被。祁茗和朱鹏夫妻俩一张床，奶奶带着妹妹们挤一张床，祁宏带着弟弟们挤一张床，怎么着也没有凌林的容身之处。

那床上的御寒物品，也不适合凌林的千金之躯。床是木板床，木板床上垫一层稻草，稻草上面是草席。冬天草席冰凉，硬邦邦的，与住在地上没什么区别；棉被又老又旧，又薄又硬，春夏秋还好过点，冬天就不保暖了，尤其是寒冬腊月，盖那被子与没盖被子没什么差别，祁宏和弟弟们睡觉都不敢脱衣服。

窗户没有玻璃，像开了天窗，随便用木板挡了一下。装玻璃要花钱，能不装就不装了，凑合着挺过冬天就好了。墙上有洞和缝。晚上北风浩荡，从窗户和洞缝钻进来，专找人身上扑，让人整个晚上都睡在寒冰上似的。

这种体验是那样深刻，那样让人难忘。在祁宏记忆中过的十多个冬天，他的被窝就从来没有暖和过。

祁家人习惯了倒没什么，凌林是从来没有受过这种苦啊，习惯不了是肯定的，如果受寒了，生病了，怎么向凌书记交代啊？

祁宏的满腹心事没有逃过凌林的眼睛，他的担心，也激起了凌林强烈的好奇心，凌林知道祁家穷，但不知道祁家到底有多穷。凌林一边想方设法地舒缓祁宏的紧张和压力，一边不停地问这问那，也让自己有个心理准备。凌林一直望着窗外，看到破旧的房子从眼前闪过，都不忘问祁宏同样一个问题：你家房子有这么破吗？

那些破房子，比起祁宏家的，大部分要结实美观，也有个别更差些。

可祁宏的回答始终只有一个：再发挥一下你的想象力。

祁宏这样回答，无非是有两个希望：一是希望凌林的心理准备更充分一点，不至于眼见为实时，过于失望，没法接受；二是希望凌林随时放弃到他家实践体验农村生活的计划，吩咐付师傅掉转车头，开回县城。

天真的凌林很难分辨祁宏的话里有多少真假成分，她确实被祁家的贫穷吓到了，心里也是七上八下。

从县城到四明山，出了县城没多远，就是碎石子泥巴路，没有铺沥青，也没有铺水泥，雨天泥泞难行，晴天尘土飞扬。那天是晴天，一路颠簸，车辆过处，扬起漫天尘土，遮天蔽日。

车窗外，除了接二连三地冒出来的院落，就是漫山遍野的黄花菜地。

寒冬腊月的黄花菜地，已经被世界和季节彻底遗忘。黄花枝被农民当作柴薪收割了，只剩下长在地上的黄花叶。一堆堆枯黄的黄花叶蔫蔫地耷拉着，匍匐在地上，一片接一片，看不到生机，让人感到无限悲凉。

都说"一千个读者，有一千个哈姆雷特"，凌林和祁宏看到的黄花菜地是截然不同。凌林看到的，是眼前的荒凉，在无边无际地蔓延，吞噬了这个肃杀的季节。祁宏看到的，不是遍地荒凉，而是这片黄花菜地的过去的荣光和即将到来的梦想。祁宏用优美的语言向凌林描述了黄花菜地的春天和夏天。那时候，一望无际的黄花菜地，生机盎然，碧草连天，黄花遍地。在风儿吹拂下，连绵起伏，成为双色海洋，下层碧绿，上层金黄。黄花菜地到处都是摘黄花的男男女女，老老少少，他们有说有笑，一片忙碌繁荣的景象。

看山不是山，看水不是水。生活是最好的哲学老师，教会了祁宏透过眼前苦难，看到背后的繁华，就像漫漫黑夜中看到破晓到来，旭日东升；凛冽寒冬中看到春暖花开，生机盎然；紧张的高三生看到金榜题名，徐徐敞开的大学之门。祁宏习惯了用革命乐观主义精神来安慰自己，获取前进的力量。祁家的实际情况不允许他悲观，如果悲观了，就掉进了绝望的无底洞，要爬上来就难了。

现实是躲不过，也绕不掉的，不管你愿不愿意面对，该来的还是会来，没有办法选择，距离也好，感情也好，人生也好，有起点，也会有终点。更多时候，过程更重要。

随着祁宏一声"停"，凌林的想象结束了，他们到家了。

车在马路边一栋低矮破旧的房子前紧急刹车，停了下来。

祁宏拉开了车门，对凌林说："到了，这就是我的家。"

这是不得不摊牌的时刻，祁宏不敢看凌林的眼睛。听得出来，他的声音很悲壮，像在给凌林坦白从宽地交代自己犯下的不可饶恕的罪过。

房是泥土房，年代有些久远，据说是祁宏爷爷中年的时候盖的，距今有四十多年了，那时候，祁茗还是一个拖着清鼻涕的小女孩，比今天的祁宏还小。屋顶盖着青色陶瓦（泥制后，经过高温煅烧）。外墙被风吹日晒雨淋，抹平了一块块泥砖的痕迹，看起来一面墙就是由一面大泥砖砌成；墙上有破洞有缝隙，在墙壁拐角处格外明显，破洞黑乎乎的，深不可测，似乎通向另一个世界。

其他倒也没啥，与普通农村房子没有多大区别。在四明山农村，基本上是泥砖瓦房。比起祁东县城来，偏僻山区的农村要多寒碜有多寒碜，城乡差别是那样明显，有天壤之别。

当然，改革开放的成果也在这里显现，四明山零星地出现了气派的小洋楼，比起县城的建筑，也差不到哪儿去了。在祁家对面，就有一栋六层楼的小洋楼拔地而起，气派辉煌，鹤立鸡群，仿佛另成一个世界。

"那是高燕家的豪宅吧?"凌林望着小洋楼，漫不经心地问。

凌林是漫不经心，但祁宏觉得凌林问得很突兀，犹如一声晴天霹雳，祁宏是一点心理准备都没有。

看来，凌林已经知道了高燕的存在，也隐约知道了他们的关系，什么都瞒不过用心的女生。

听得出来，凌林漫不经心的问话中，一股醋味在若隐若现。

"是的，是高燕家的房子。"祁宏不敢撒谎，也不敢隐瞒，只好实话实说。

"真是够气派的，放在祁东县城也是豪宅了!"凌林感慨地说，

"农村已经两极分化了，有的攀上了财富的金字塔顶，有的还压在金字塔底下！"

凌林的话，祁宏无法反驳，这是事实，这也是高家和祁家的现状。

祁宏不得不承认，凌林说的金字塔顶是高燕家，塔底是自己家，他们是完全不同的两个世界了。这种财富差距，造成了明显的社会割裂，也许这就是历史和政治书上讲的所谓"阶级区别"吧。

看到祁宏放假回来，一家人都很兴奋，看来他们早就在期待这一天了，陈晓明早几天就把祁宏放假回家的时间告诉了祁家。快到中午了，祁家正在生火做饭，炊烟从烟囱飘出来，就马上被北风吹散，消失得无影无踪了。柴灶边挤满了人，都围在那儿，伸出手取暖——那儿是祁家冬天唯一感到温暖的地方。

祁茗和朱鹏看到祁宏还带回来一个漂亮洋气的姑娘，都愣住了，有点不知所措。只有不懂事的弟弟妹妹呼啦一声拥上来，把凌林围在中间，亲热地拉着凌林，笑着，闹着，一点陌生感都没有。小孩爱新鲜，这个家，已经很久没有陌生人光临过了。

付司机帮凌林从车上取下来很多见面礼，凌林挨个派发，每个小孩一支派克牌钢笔，一包纸包糖。拿到礼物，弟弟妹妹可高兴坏了，又蹦又跳，又嚷又闹，他们迫不及待地剥开糖纸，把糖放进了嘴里，贪婪地享受着难得一见的甜蜜。凌林给奶奶带了两包白砂糖，奶奶咧开嘴笑了，露出那张没有牙齿的空洞的嘴，脸上堆满皱纹，奶奶越笑得开心，皱纹越是挤在一起。

那年月，四明山地区，晚辈给长辈送礼，被公认的最好的礼物就是白砂糖了。珍贵的客人来，主人的待客之道也是用白砂糖给客人泡一碗糖开水——杯子很少见，喝水喝酒都还是用大碗，跟吃饭一样。

朱鹏和祁宏夫妻俩在不约而同地思考着同样几个问题：这女孩是谁？为什么有小车送？跟儿子是什么关系？他们谈恋爱了？都已经带到家来了，他们的关系发展到哪一步了？

祁茗的脸色很不自然，甚至有些难看，她不希望儿子在这个节骨眼上谈情说爱，都高三了，还有一个学期就考大学了，学习重要，前途重要，现在不是谈情说爱的时候，但她没想到祁宏还是迫不及待地恋爱了。

虽然祁茗的脸色不好看，但她隐忍着，没有过于明显的表现。祁茗觉得等女孩走后，很有必要跟儿子敞开心扉，好好谈谈了。

心里不高兴并没有妨碍祁茗客气地把凌林引进家门，来者是客，理当尊重，享受主人的好客。祁茗给凌林搬了一条凳子，示意凌林在桌边坐下来，自己到厨房忙去了。

凌林没有听从祁茗安排，她跟着祁茗进了厨房，在柴火灶旁的凳子上坐了下来，与弟弟妹妹一起往灶里适时地添加柴薪，她觉得蛮有意思，很有生活的温馨。

凌林的心态和动作，让祁茗感觉温暖如春，十分满意。她心想，女孩是个不错的女孩，体贴人，会来事，没有嫌贫爱富，在祁家也安心，都把自己当主人了，不过有点不是时候；如果祁宏读大学了，带这样一个女生回来，她是热烈欢迎，高兴得合不拢嘴的！

付师傅跟朱鹏站在屋中间，一起抽完一支烟，准备告辞。付师傅知道，这是他们的世界，自己在这里有点儿多余，他还要赶回县城，年底忙，说不定凌书记要用车呢！

告别的时候，付师傅走进厨房，他把祁茗拉到一边，附在她耳边小声地说："阿姨，凌林是县委凌书记的女儿，把她交给你们了，注意关照啊。"

付师傅早就看出来了，这个家是祁茗在当家做主，祁茗的态度就是这个家的态度，他也看出来了祁茗的不快，生怕他离开后，凌林在这里受委屈。

这个女孩是县委凌书记的女儿？

祁茗一下子目瞪口呆了，她做梦都没想到，凌书记的千金跑到自己家来了，而且还跟自己的儿子关系非同一般。

把付师傅送走后，祁茗回过神来，她不敢怠慢，赶紧叫朱鹏从鸡笼里捉来那只最肥硕的大母鸡，不由分说宰了，用来招待凌林。家里实在没有什么好菜，也只有那几只鸡可以就地取材，招待客人还过得去——城里人管这鸡叫土鸡，在大自然环境下长大，没有吃什么饲料，以自己捉虫吃为主，皮香肉嫩，谁都喜欢吃。

夫妻俩忙着宰鸡，拔毛，清洗内脏，蒸鸡肉，配合默契，忙得不亦乐乎。看得出来，他们的分工合作经过漫长岁月的磨砺，已经天衣无缝，浑然天成，不需要语言的明示和动作的暗示了。

那只老母鸡被宰了，祁茗有点心痛。在祁家，这只老母鸡是大功臣呢，正下着蛋，一天一个，从不间断，好像老母鸡懂得这个家庭的艰辛似的，在尽自己最大的能力和努力帮衬着这个家。母鸡下的蛋可重要了，攒下来，拿到集市上卖钱，是祁家的一个重要的日常收入来源。

那只老母鸡一年下的蛋，足够祁家两个小孩的学费，或者全家一两个月的油盐酱醋开销了。可凌书记女儿来了，也顾不得这么多了，把凌书记女儿招待好，尽量让她少受委屈，这才是正道。

祁茗使出浑身解数，把那只鸡做出了四五个菜，摆了满满一桌，看上去，还算丰盛，什么茶油蒸鸡肉、酸辣椒炒鸡血、腌萝卜炒鸡杂、荞头炒鸡蛋，味道都不错，很多做法都是凌林以前没有见过，更没有吃过的。

饭桌上，凌林也不拘束，也不谦让，就像在自己家里一样，该吃吃，该喝喝。祁茗不住地往凌林碗里夹菜，凌林也不客气，尽可能地多吃点。凌林知道，这只母鸡是为她宰的，如果客气了，让主人觉得自己没吃好，主人就可能以为招待不周，心生内疚了。凌林可不希望出现这样的结果。

吃完饭，凌林该看的看，她参观了祁宏的卧室。

祁宏带着两个弟弟挤在一张木板床。床很小，估计三人要侧身躺下才容得下来。房很小，放了一张床，就占了二分之一。窗户没有玻璃，不管外面刮不刮风，都冷飕飕的。凌林从书包里取出几份报纸，把中午一点剩饭熬成了糨糊，叫上祁宏一起，用报纸把窗户糊上了。

凌林捏了捏那床被子，又薄又硬，冰冷冰冷的。凌林有点心酸，眼里不知不觉地蒙上了一层雾水——祁宏就是在这样的环境下成长起来的，他取得的成绩，他付出的努力，他吃过的苦，是自己的太多倍了，他的成长太不容易了。

看到祁宏成长的环境，凌林一下就找到了祁宏在学校那样低调，那样沉默寡言，那样刻苦用功的全部原因。凌林觉得自己一下读懂了祁宏，也把自己的那颗心不由自主地往祁宏身上靠了上去。凌林觉得祁宏的家，有点儿熟，跟父亲对她进行忆苦思甜教育时回忆小时候的成长环境一样——凌书记也是农村孩子出身。

县委凌书记的女儿到祁家来的消息，在那天下午就传遍了四明山公社。村民们闻讯赶过来看热闹，他们想看看凌书记的女儿长啥模样，也趁机搭讪两句，问候一下。

看热闹的人们把祁家都挤满了，祁家从来没有这样荣耀过，被村民们这样重视过，那劲头赛过了当年围观高家新竣工的城堡一样的小洋楼。

很多村民已经太久没有到祁家来了。他们知道，平时到祁家来，就意味着要被祁茗开口借钱，所以，能不来就不来了。把钱借给祁家，啥时候能还，是一个未知数呢，谁都不富裕，把钱看得紧，乡里乡亲的，看祁家那样，也不忍心催祁家还账，最好的办法是能躲就躲，不跟祁家有经济往来，尤其是借钱。

凌书记女儿来到祁家，把四明山的人们震惊了，他们看到了祁家小子的厉害，他们觉得祁宏将来肯定是个大人物，都和书记的女儿谈恋爱了，他们得对祁家进行重新审视。那些借过钱给祁家的，心里也倍觉安慰，他们看到了还钱的曙光。

村民们的议论和羡慕让祁茗又好气，又高兴。如果凌林真是儿子的女朋友，她也认了。但她隐约觉得事情并非这样，可具体哪样，她又说不上来，也许只有儿子和那个姑娘自己最清楚。

四明山的农民就是这样一种认知，女方都上门来了，不是女朋友还能是什么，不是对象还能是什么？

晚饭不用愁，来看热闹的人，也展示出了四明山农民的善良和好客。有的拎来了鸡，有的拎来了鸭，有的拎来了肉，有的拎来了鱼，摆满了祁家的饭桌。他们都知道祁家的情况，也希望凌书记的女儿在四明山得到款待，留下一个好印象。

直到快吃晚饭的时候，好奇的围观群众才渐渐散去。四明山的人很识趣，再大的热闹，都会在吃饭前结束，否则就有蹭饭的嫌疑了，这是极不礼貌的。

忐忑不安地挨到该上床睡觉的时候了，如何安排凌林住宿，把祁家难住了。祁家确实没有配得上书记女儿的千金之躯可以住宿的地方啊。巧妇难为无米之炊，祁茗左思右想，也没找到解决办法。

正在为难时，敲门声响了。祁宏跑过去，拔开门闩，一阵冷风扑面灌了进来，借着微弱的煤油灯光，祁宏看到了风尘仆仆的高燕。

高燕不由分说，一把推开祁宏，闯了进来。

原来陈晓明告诉高燕，县委书记的女儿凌林跟着祁宏回四明山了。

高燕一听就慌了，她没想到凌林和祁宏发展这么快，都假戏真做了，高燕顾不得第二天要考试，心急火燎地坐着陈晓明的车赶了回来。

高燕得警告祁宏，要有分寸，适可而止，她希望祁宏和凌林看起来是男女朋友关系，实际上又不是，只是做戏给父亲和张伟看看而已。

让高燕猝不及防的是，祁宏和凌林现在都夫妻双双把家还了，这就非同小可了，高燕的醋坛子被打翻了。

见到高燕，大家也愣住了，不知如何是好。

只有凌林是清醒的，她迎上去，挽住高燕的胳膊，笑吟吟地说："你就是高燕吧?"

高燕点点头，醋意消了一大半，她意识到了自己的冒失，莞尔一笑，对祁茗和朱鹏说："叔叔，阿姨，我是来叫凌林到我家睡觉的，你们不介意吧?"

"好，好，好!"祁茗一听，正中下怀，这个丫头，还真帮祁家解决了一个大难题。

祁家确实没地方安置凌林，也不能委屈了她；凌林是县委凌书记的女儿，清清白白的，不能留在祁家过夜，让村人说闲话，坏了姑娘名声。高燕把凌林领去她家，一切难题就迎刃而解了。

凌林跟着高燕到了高家，上了四楼，进了高燕的卧室。凌林看到，虽然同一个村，这高祁两家，一个在天上，一个在地下，贫富差别太明显，太悬殊了。高燕的卧室，比她的卧室还配置齐全，应有尽有，那席梦思床、那羊毛床毯、那厚实的棉被、那透明的乳胶枕头，比自己床上还舒服。

两个女生因为同一个男生相识，虽然是第一次见面，在最初的尴尬和敌意消散后，倒有了一种天然的亲切感。那一夜，她们彻夜没眠，靠在床头，秉烛长谈。高燕向凌林讲了很多他们小时候的故事，包括那次过家家，吃纸包糖，扮夫妻，被亲脸，被父亲揍。

从祁宏和高燕的故事里，凌林领悟了什么叫"青梅竹马，两小无猜"。她自己就从来没有遇到过这样的白马王子，这其中的原因，一半是与父亲工作频繁地调换地方有关，另一个是与自己太优秀了有关——她的成绩一直遥遥领先，男生们只敢敬，不敢爱，不敢造次。

那一夜，两个女生达成了一明一暗两种共识。暗的在潜意识中，没有公开说明；明的，两人都摆在桌面上，做了公开约定。明的就是两人都很认可祁宏，约定无论怎样，都要以祁宏前途为重，帮他走出大山，麻雀变凤凰。暗的就是大家公平竞争，将来让祁宏自己做出选择。

次日清早，高燕坐着陈晓明的车赶回了县城，她还要参加期末考试呢。在车上，高燕半梦半醒地小睡了一觉，赶到学校的时候，离考试还有半个小时，谢天谢地，一切刚刚好。

高燕从家出发的时候，凌林刚刚入睡。高燕把钥匙放在梳妆台上，留下一张纸条，要凌林在四明山多待两天，等她回来，再敞开心扉好好聊聊。

高燕觉得凌林这个高干子弟不错，没有架子，不像张伟那样颐指气使，她们完全可以成为好朋友、好闺密、好姐妹。

可是，从第二天晚上开始，凌林就没有住在高燕的闺房了。她住进了祁家，跟奶奶、妹妹们挤在一张床上，她觉得要真正地体验祁宏的生活，就得与他同甘共苦。

不过，床上用品都换了。在高家，起床后，凌林给父亲拨了一个电话，把祁家的情况大致说了一下。第二天上午，凌书记安排付师傅又跑了一趟，给祁家送来了三床羊毛毯、六床新棉被、六个长枕头，把祁家的床上用品换成了全新的。

一家人高兴得合不拢嘴，那是祁家十多年来，过得最温暖的一个冬天。

在祁家，凌林把握得恰到好处，她没有与祁宏卿卿我我，而是跟着祁家一起，扛着锄头下了地。冬天没什么可种的，却是萝卜、白菜的收割季节。祁茗、朱鹏、祁宏是主要劳动力，他们在菜地里拔萝卜、挖白菜。凌林和弟弟妹妹一起，把白菜、萝卜捡起来放进箩筐。

祁茗的顾虑消失了，她很认可这个女孩，觉得她不嫌贫爱富，能够跟儿子同甘共苦。凌林成功地融进了祁家，成为其中一员，一家人有说有笑，快乐融洽。

从来没有顶着凛冽北风下地干活的凌林，脸上那层白嫩的皮肤被北风吹破了，开出一道道浅浅的口子，让祁家很是过意不去，祁宏更是看在眼里，敬在心上，心里一直温暖着，这个女孩的所作所为就像那些新羊毛毯、新棉被，给祁宏、给祁家带来了难得的温暖。

第四天上午，凌书记坐着付师傅的车来接凌林，那天正好是小年。

凌书记在四明山走访了十多个贫困户，给每个贫困户发了两百块钱红包。凌书记给祁茗打了五百块钱红包，说是县委、县政府和他个人凑的慰问金，也感谢祁家给自己女儿提供的体验农村生活的机会。

中午，凌书记在祁家吃中饭。尽管张援朝没有陪凌书记下来——凌书记没有叫他，他还是在得知消息后给高欣打了一个电话，提前告诉了高欣凌书记的行踪。高欣张罗了一桌饭菜，准备要凌书记在他家吃中饭。但凌书记没有过去，他在祁家吃得津津有味。

凌书记没有让祁家大张旗鼓地张罗。祁家只杀了一只土鸡，煎了几个土鸡蛋。其他的菜，是凌书记叫祁茗从坛子里挖出来的腌豆角、腌辣椒、腌萝卜，原生态的，炒都没炒一下。

凌书记胃口大开，吃了两碗米饭。凌书记说，很久没有吃到这么地道的腌菜了，让他回到了小时候。

这事儿在四明山闹得很大，很长一段时间的茶余饭后，大家都在谈论着。这么多年来，县委书记换了好多届，但还没有哪个来过四明山呢。很久以前，有县委书记来过，但也是蜻蜓点水，走马观花，匆匆看一眼就走了，前后不到一个小时，更不用说在贫困农户家吃顿饭，过小年了。

这些都是祁宏为四明山挣来的。祁家一下子成了四明山的议论焦点，在那天风头甚至盖过了高欣家。

村民们对祁宏刮目相看。他们相信凌书记和他女儿的眼光。他们知道，如果没有祁宏，凌书记是不会来的。要过年了，大官太忙。凌书记有可能下乡看望父老乡亲，可祁东那么大，有100多万人，凌书记很有可能到其他地方去，而不是选择最遥远偏僻的四明山。

　　更让他们佩服的，是祁家那小子真有两样子，给四明山争了光，都和县委书记的女儿谈起朋友来了，县委书记到他们家来了，还在他们家安安心心地吃了饭，这就意味着祁宏和凌林的事情，凌书记不是点头同意了，就是已经默许了，祁宏是凌书记的准女婿了。

第十三章　冷冬破家，两个温暖的女生

花无百日红。在经历了三四天无限风光后，祁家运势急转直下。凌林来，什么都带来了；凌林走，似乎又把什么都带走了。情况甚至比以前更糟，就像越来越接近三九寒冬的天气。

天气似乎跟人有血海深仇，见不得人间好似的，小年那天下午，凌书记带着女儿凌林刚走，四明山气温骤降，开始下雪了。

鹅毛大雪纷纷扬扬，下了整整一个晚上，第二天上午还有零星的雪花飘落，天地间白茫茫一片。房屋、桥梁、道路、原野、山峦、树木都银装素裹了。上了年纪的老人戴着棉帽，缩着脖子，把手拢在袖子里，逢人就说活了一辈子还没见过这么大的雪。

只有爱热闹、不怕冷、打雪仗的小孩欣喜万分，在雪地里嬉戏、追逐、打闹——他们长这么大还没看到这么大的雪呢。裸露在外的手心手背被冻得又红又肿，玩一会儿就不得不往手心手背哈上几口气，驱赶那种蚀骨的寒冷。

一年到头难得结回冰的湘南地区，除了流动的河流，凡是有水的地方都结了厚厚的一层冰。屋檐下，树枝上都倒挂着又长又尖锐的透明的冰凌。稻田、池塘、湖泊的冰面上落满了石块和砖头，都是顽皮的孩子扔的。孩子们想看看冰面到底能够承受多大重量，他们希望得到一个答案：在冰面上滑冰，会不会踩破冰，掉进水里？

他们很想尝试一下滑冰的感觉，他们还从来没有滑过冰呢。可是想归想，没有谁敢迈出第一步，站到冰面上试一下。冒冒失失，莽莽撞撞的他们也知道，生命只有一次，掉下去，可不是闹着玩的，弄不好把小命都丢了。

严寒漫长的夜晚，龟缩在温暖被窝里的祁家老小，都在感激涕零地想：如果没有凌林给他们送来的新棉被和羊毛毯，这个冬天怎么过啊？仿佛那个女孩对这次罕见的寒流有先见之明，祁奶奶把凌林当作了救苦救命的活菩萨，供在心里了。

过完小年，年味就越来越浓了，集市开始赶连墟，平时赶墟是中间隔两天，小年后是天天赶墟，家家户户忙着添置年货，倾尽所能地把大年过得热闹一点。祁家虽然收成不如意，过年了，团聚了，总得热闹一下。如果年都没有过好，旧年的辛苦劳碌都没法画上句号，新年的吉祥喜庆都没办法开启了。

腊月二十八日上午，一家人围在灶台边，说说笑笑，一边烤火取暖，一边准备年货。两个灶在同时生火，一个在炸油豆腐，一个在炒花生米。豆腐是用自家地里收获的黄豆做的，花生米也是自家地里种的。油豆腐被炸得通体金黄，花生被炒得喷香，屋里年味弥漫。

坐在灶边添柴生火的奶奶突然感到头晕，她站起来，想到床上躺会儿，再起来吃饭。刚离开灶台，走出两步，眼前一黑，向后倒了下去，躺在地上不省人事了。奶奶的眼睛费劲地转动着，嘴巴不停地翕动，含混不清地表达着什么，可是谁也听不明白奶奶在说什么。

一家人还没见过这种情况，都吓坏了，赶紧放下手里的活计，七手八脚地把奶奶扶了起来，可奶奶根本就站不住，一松手又往地上倒了下去。

祁宏弯下腰，抱起奶奶，把奶奶抱到床上，盖上棉被。

一家人希望奶奶躺会儿就好了，可以起来吃饭了，跟平时小感冒一样。可情况没有往他们期望的方向发展，半个钟头过去了，奶奶仍然表情僵硬，眼神空洞，说不出话来，没办法沟通交流。

奶奶的病明显不是感冒了，祁宏意识到问题的严重性，建议马上送到医院看看。这个意见得到了祁茗赞同，一家人开始张罗把奶奶送往医院。

送医院，就得有车。祁宏估摸着奶奶这次发病来势汹汹，四明山的卫生院是吃不消了，恐怕得送往祁东县人民医院。

四明山只有高家有私家车。祁宏跑去找高燕，把情况对高燕简单地说了。高燕也认为不能耽搁了，得马上送医院才行。

高燕把情况告诉了父亲，要他安排一辆车。高欣叫儿子跑去把陈晓明叫了过来。陈晓明把车开到祁家门口，大家把奶奶抬出来，塞进了车里。祁茗和祁宏钻进车里，急忙赶往县城；朱鹏被留下来，照顾其他小孩。

"你们先去，我随后就来。"出发前，高燕对祁宏说。

高燕掏出一把钱，塞在祁宏手里。这钱是高燕刚才缠着王红梅要的。

祁宏看了高燕一眼，点了点头，他的眼里泛起了泪花。这个女孩比亲人还亲，就像他生命中的一根擎天柱，支撑着他，让他在狂风暴雪中屹立不倒——在奶奶倒下那一刻，祁宏觉得自己也要倒了，但他没有倒下去，就像四明山那样坚强地挺立在天地间，这全是因为有高燕，高燕让他坚强他不敢脆弱，高燕让他清醒他不敢糊涂。

送走那辆车，高燕返回家，给凌林打了一个电话，把祁奶奶发病，正送往县人民医院抢救的事告诉了她。高燕知道，凌林神通广大，只要到了县城就好办了，她会把一切安排妥当的。

接到高燕电话，凌林也很紧张，两天前在祁家，奶奶还好好的，慈祥和蔼，精神矍铄，没想到人上了年纪，大病说来就来，事先一点征兆都没有。

凌林立刻给父亲办公室打了一个电话，把情况简单地和父亲说了。

凌书记听完女儿讲述，给县人民医院的值班领导打了一个电话，指示他们全力抢救。

一串接力下来，在祁奶奶被送到医院之前，医生们已经严阵以待，把抢救工作准备好了。

凌林给高燕回了一个电话，告诉她，一切都准备好了，要她放心。

有电话真好。高燕想，办起事来，效率就是很高。高家已经"楼上楼下，电灯电话"了。

高家是四明山第一个装上私家电话的。那年，整个四明山公社只有三部电话：一部在公社主任张解放的办公室；一部在公社邮电局，是营业用的公用电话；一部在高家。装得起电话，用得起电话的家庭，即使在祁东县城，也没有几户人家。

奶奶生病，祁家最急需、最紧缺的就是钱了。为尽量多凑点钱，高燕绞尽了脑汁。平时的零花钱，都接济祁宏了，她实在拿不出多少钱来。高燕把两个弟弟叫来，把他们身上的零花钱搜刮一空。弟弟们身上的钱不多，加起来不到五百块。这个钱，在那个年代，那个年纪的四明山的农村小孩中，已经算是很多了，也只有高家的孩子才这么富有。

高燕又缠着王红梅，张口要钱。知女莫若母。王红梅知道高燕又在操心祁家的事了。王红梅对这个"长大不由娘"，已经胳膊肘朝外拐的女儿很有意见，一边絮絮叨叨地数落，一边心不甘情不愿地掏钱数钱。

高燕不管三七二十一，把王红梅手上的钱一把抓了过来，跑开了。那把钱一共有六百多块。王红梅挥起巴掌打向高燕，但没打着。

王红梅打心眼里不愿意让女儿跟祁宏好。碰上这种要钱救命的事，王红梅也不便多追究，只好睁一只眼闭一只眼，由着女儿去了。

祁家那么穷，那么苦，孩子上学的钱，家人生病的钱，都拿不出来，将来女儿嫁给祁宏，不是把她往火坑里推吗？做母亲的，谁愿意女儿嫁不好，跟着受苦受累受难？

王红梅不否认祁宏是个人才，将来也许有出息。即使祁宏考上大学了，又能怎样？积重难返，祁家的现状是很难在短期内发生改变的。即使将来祁宏大学毕业，参加工作了，还要负担弟弟妹妹，还要帮家里还账，要勒紧裤带过八年十年苦日子；即使祁宏考上大学了，对高燕来说，是好是坏，还说不准呢！如果读完大学，毕业后留在城市了，变心了，成当代陈世美了，高燕怎么办？让王红梅难受的是，现在祁宏还没有考上大学，就有变心的征兆了，凌书记的女儿都已经跑到祁家来了，四明山都在传祁宏跟凌书记的女儿好上了，都在祁家过夜了。

王红梅不希望女儿将来离开祁东，她希望女儿嫁得近点，最好不要超出了祁东县。女儿是母亲的心头肉，母女连心，嫁得近，女儿想她了，随时回来；她想女儿了，随时过去。

王红梅一辈子没有去过大地方，没见过大城市。她到过的最远的地方就是祁东县城，见过的最大的城市也是祁东县城，她没有方向感，巴掌大的祁东县城，她都找不到北，觉得每条路都一模一样似的，就像进了原始森林，容易迷路。她离开四明山就不习惯，觉得金山银山不如四明山，金窝银窝不如自己的家，待在四明山比哪儿都强。

王红梅知道女儿跟同村的两个男孩发生了感情纠葛，她比较现实，在张伟与祁宏之间，她偏向张伟，不喜欢祁宏。张伟那孩子虽然有点坏心眼，可男人坏点没关系，总比穷好。她觉得张伟那孩子头脑灵活，家境不错，已经吃上"皇粮国饷"，是"国家的人"了，也对高燕很上心，很用心，以过来人的眼光看，还是跟张伟过日子靠谱。

高燕犹豫着要不要向父亲开口要钱，祁家是高欣当家管钱。要大钱，只有向父亲伸手。但她知道父亲对祁家已经够照顾了，甚至超出了正常的邻里关系，高燕也明显感到父亲对祁家开始厌倦了，照顾得有点儿烦心了，愿不愿意给她钱很难说。

对精明能干的父亲，高燕有点害怕，可祁家实在太急需钱了，为祁宏做点什么的勇气帮助她战胜了对父亲的畏惧，高燕站到了父亲面前，准备要钱，但她不知道怎么开口。

看着极不自然、欲言又止的女儿，高欣一眼就洞穿了她的心思，他掏出钱包，数了一千块钱，递给了高燕。

这一千块钱，高欣给得很不情愿。出了这档事，祁家雪上加霜，败落是不可逆转了。高家虽然有钱，但不是做慈善的，他救得了祁家一时，救不了祁家一世。高欣认为自己给过祁家很多次机会了，五年前祁茗如果答应他一起做生意；两年前如果祁茗和朱鹏听他的，让祁宏在他手下做事，祁家奶奶生病缺钱了，他愿意倾力相助。

这个世界，各有各的家，各家有各家的男人，各家有各家的小孩要养，各有各的老人要敬，各有各的生活要过，各人有各人的路要走。高欣不是祁家的男人，没有拯救祁家的义务，祁家只有自救，才是唯一出路。

在对待女儿的感情上，高欣跟王红梅意见高度统一了，他希望高燕离祁宏越远越好，没有瓜葛更好，然而，事实和他的想法背道而驰了，女儿跟祁宏上了同一条贼船，准备同舟共济了。他得慢慢来，心急吃不了热豆腐，只有让女儿切身感受到祁家的苦难，才能领悟父母的良苦用心，心甘情愿地走下船来。

在眼下这个时候，在祁家这种状况下，要女儿放下祁家不管不顾，女儿做不到，他也做不到，撇开其他因素不说，都乡里乡亲的，他不能见死不救，何况生病的是祁茗的母亲。祁铭的母亲不像祁茗的父亲，在当年棒打鸳鸯中，祁茗的母亲对他们是持同情态度的。

想起祁茗这个女人，高欣心里就隐隐作痛。这个钱，就当女儿替他关心祁家好了。

高欣叫来司机，安排他把高燕送到县城，代自己去探望和慰问祁家奶奶。

高欣叮嘱高燕，要过年了，快去快回，不要在县城逗留过夜。

他知道，如果不让女儿跑一趟县城，这个年，女儿都是过不好的，也影响他们的父女关系。

高燕感激地看了父亲一眼，上了车，急急忙忙地赶往县城。

到达医院，高燕与祁宏前后相差了不到半个钟头。

祁奶奶被送进了抢救室，祁茗无助地坐在抢救室外的木条长椅上，静悄悄地抹眼泪。

医生见怪不怪地告诉他们，再晚半个小时送来，奶奶就没救了，好惊险！

高燕在交钱的地方找到了祁宏，也看到了凌林，凌林正在陪着祁宏在给奶奶办住院手续。

凌林也带了两千块钱来，那是她攒下来的零花钱，可还是不够，高燕过来，正好雪中送炭，所有钱放在一起，勉强凑够了初期费用。

手续办完了，天也黑了，该吃晚饭了。祁宏中餐都还没吃，肚子早就在咕咕地叫了。

凌林坚持要请祁宏和高燕一起吃饭。

祁宏没心思吃，可对两个女孩，他心里充满了感激，也很愧疚，如果没有她们张罗，奶奶就麻烦了，祁宏觉得欠她们太多了。这顿饭本来应该他来请，可他口袋里穷得叮当作响。他能做的，就是厚着脸皮蹭饭了，好在这两个女孩从来不跟他计较。

凌林想把祁茗叫上，可想了想，还是没有叫。医院总得留下一个人，万一医生有事找呢？

祁宏在中间，两个女生一左一右，一路默默无语地走进了红火酒店。坐下来后，凌林也没有问，拿起菜单点了五个菜——祁宏喜欢吃啥，她已经很清楚了，祁东人民都一样，就爱吃那几个菜。

那顿饭气氛异常沉闷，祁宏强颜欢笑，根本没有心思动筷下箸。两个女生也被传染了，感同身受。三个人谁也没有吃好，只能名义上算是一起吃了一顿饭，完成了一个维持肉体存在的必不可少的环节。

吃完饭，祁宏拎上凌林给母亲打的包，三个人就在酒店门口挥手告别，各自散去，祁宏回医院，凌林回家，高燕钻进车里，跟陈晓明一起赶回四明山。

　　看着心事重重、愁眉紧锁、近乎痴呆的祁宏，高燕很心痛，想留下来多陪陪他、安慰他，可是天色晚了，又临近过年，得赶紧回去，她怕父亲不高兴，父亲给她让步了，她也得顾及一下父亲的感受，于是吃完饭，就匆匆回去了。

　　那个晚上，祁茗母子被折腾了一宿，根本没有合眼，也睡不着。

　　半夜的时候，祁宏给奶奶输了一次血。为了省钱，他们只得抽自己的血。

　　本来祁茗要医生抽她的血，祁宏不同意。母亲太辛苦了，太瘦弱了，祁宏怕母亲一抽血，身体就坚持不住，垮了；自己年轻，身体扛得住。

　　祁茗拗不过，只得听儿子的。眼睁睁地看着祁宏走进献血间，悲伤中的祁茗感到了一丝欣慰，儿子长大了，有担当了，能够与她一起撑起这个家了。

　　抽完血出来，祁宏脸色苍白，脚步踉跄，精神不振。

　　祁茗看在眼里，疼在心上，她觉得这辈子有这个儿子真好，她觉得这辈子太亏欠儿子了，她倒希望儿子生在富裕人家，而不是祁家。在富裕人家，就不用受这么多苦，遭这么多难了。

　　那天晚上，他们母子俩坐在医院那张狭窄的陪护床的两头，彼此望着，各想各的心事。

　　祁宏有些悲哀，有些无助，有些自责。家里都这个样子了，作为家中老大，自己应该站出来承担，不能把全部重担压在父母身上。

　　祁宏突然产生了休学的想法，他想到广东打两年工，赚点钱接济一下家庭，等情况好转了，再回来读书。

　　可是祁宏不敢把这个想法告诉母亲，告诉她不是添乱吗？这个家已经风雨飘摇了，经不起他这样折腾了。

在祁茗眼中，祁宏就是这个家庭的希望，这个希望就是即将到来的高考，祁宏是刺破祁家黎明前的黑暗的那道锋利的曙光。

只要祁宏考上大学了，祁家就峰回路转，柳暗花明了，再苦再难都要挺住，再苦再累都值得。

凌晨两点多，奶奶才被推出抢救室。主治医生告诉他们一坏一好两个消息。好消息是奶奶度过了危险期；坏消息是奶奶以后大概率要瘫痪了，要在床上度过余生了，语言功能能不能恢复要看情况。

瘫痪总比没命强。这个结果，虽然让母子很难过，却也觉得是不幸中的万幸，勉强可以接受。

过年那天上午，朱鹏匆匆来了一趟医院，送了一千多块钱过来。朱鹏上午来，下午就回去了，四明山还有几张嗷嗷待哺的小嘴，一摊子的事。趁春节到来之际猪肉销路好，朱鹏把家里那两头猪宰了，卖了。那两头猪，本来是给孩子们做学费的。

即使是这样，医药费还是远远不够。

万般无奈之下，初三那天，祁茗回了一趟四明山，找到了高欣，又开口向高欣借了钱。

看到祁茗上门，高欣就明白了意思，他问祁茗要多少。

祁茗不敢狮子大张口，能少就尽量少，只要可以撑过去就够了。祁茗开口要了三千块钱，这个数已经够大的了。

祁茗感觉得出来，高欣在数钱和递钱的时候，表情和动作有些不舒服。高欣借钱给她与其他村民借钱给她时的表情没什么两样了，高欣借钱给她也与借钱给其他村民的表情没什么两样了。

对别人有这种表现，祁茗可以理解，没有意见；对高欣这种表现，她觉得自尊心被伤害了。可想着躺在病床上的母亲，祁茗不得不忍了，她没有其他办法，也找不到更合适、更大方的债主了。

告别高欣，跨出高家门槛那一刻，悲苦的泪水顺着祁茗那张饱经沧桑的脸，不由自主地流了下来。

活着真难。世界在变，社会在变，人心在变。造成这种变化的原因多种多样，变化的表现也很微妙。祁茗是一个外表坚强，内心敏感的女人，这一切都逃不过她的眼睛和感觉。

祁茗感到心被揪住了，生生地疼痛。那过去了的，已经永远过去了，回不去了不说，岁月正在将昔日的痕迹渐渐抹去，一点都不想留下。钱财在她和高欣之间划下了一道鸿沟，这道鸿沟他们这辈子都不可逾越了。

他们曾经像祁宏和高燕那样青梅竹马，两小无猜；他们曾经情投意合，两情相悦。但这些，都是过去时了。岁月不可逆转，属于他们的那一页就像老黄历一样被翻了过去，再也回不去了。

现在的他们，一个向左，一个向右，在各自的人生轨道上背道而驰，越来越疏远，越来越陌生。

那个年，十多年来，祁家没有团聚在一起，分在两个地方过的。奶奶、祁茗、祁宏是在医院过的；朱鹏带着其他几个孩子，是在四明山过的。无论是在县城，还是在四明山，悲伤的感情笼罩着这一家人，一点过年的欢乐和喜庆都没有。

在医院里，母子俩的心里就像那堵白墙一样惨淡，没有一点颜色。

唯一让他们感到安慰的，是奶奶在逐渐好转；唯一给他们快乐的，是凌林每天一日三餐，除了早餐，中餐和晚餐给他们准时送过来。

看着为他们忙碌操劳的凌林，祁茗情不自禁地感慨，凌书记的家教真好，凌林这个女孩真懂事，儿子祁宏真有福气！如果他们在恋爱，祁茗愿意接受了——她甚至希望儿子和凌林早点把关系确定下来。

过年那天中午，凌林请母子俩到红火酒店吃了中饭，晚上了才回去跟父母团聚。祁家母子的年夜饭，也是凌林在红火酒店预订好，吩咐老板娘送到了医院——红火酒店已经歇业了，菜是老板自己炒的，如果不是看在凌林面上，他们是懒得做这顿年夜饭，赚这两块钱的。

那顿年夜饭鸡鸭鱼肉都有，从菜的种类和分量看，恐怕在四明山过年的祁家，也没有这么丰盛。

凌林本来想把祁宏叫到自己家过年，但她开不了这个口，不是因为害羞，也不是担心父母那关过不了，她父母都是通情达理的国家干部，看得淡，想得开，也接受得了。

只是凌林知道，奶奶身边离不开人，需要安慰和照顾；大过年的，家人团聚是过年的要义，她不能拆散了被困在医院里的祁家三代人。

第十四章　轰动校园的求爱，把女生吓傻了

世界是一分为二的，季节有冬夏，日子有昼夜，颜色有黑白，人心有善恶，事情有对错。

祁家原本就在薄冰上行走，战战兢兢，现在冰破了，掉了下去，在冰下挣扎沉浮。

看着这一幕，有人动了恻隐之心，伸出了援助之手，或借钱，或送礼，或语言抚慰，给祁家安慰和力量；有人扼腕叹息，祈祷祁家早日摆脱困境，柳暗花明，峰回路转；也有人幸灾乐祸，表面同情，暗地里偷着乐。

张伟虽然不至于落井下石，却在幸灾乐祸。在张伟看来，祁宏这辈子是自己的生死冤家似的，他喜欢的女孩高燕喜欢祁宏，他曾经想追的女孩凌林也喜欢祁宏，祁宏是他感情之路上的一根搅屎棍，让他倒胃；祁宏在他生活中阴魂不散，让他困扰，让他难受。

祁家出事了，张伟成了最大的受益者。

假期，祁宏在医院照顾奶奶，高燕身边留下的空白，张伟正好趁机补上。

如果祁家不出事，假期就是祁宏和高燕的，没他张伟什么事了。哪怕祁宏和高燕站在自家门口对望一眼，都是心有灵犀，胜过千言万语。

遐思遐想一下，如果这事儿影响到祁宏高考，削弱了祁宏的核心

竞争力，那就锦上添花了。只要祁宏没有考上大学，那就是一个普通农民或者民工，凭借祁家那家境，祁宏是没有资格跟他这个吃"皇粮国饷"的高干子弟来竞争的，他笃定赢了。

看来老天爷都在帮他，整个世界都在为他打开了方便之门，张伟按捺不住内心的激动，情不自禁地哼起了台湾歌手邰正宵那年最流行的歌——《九百九十九朵玫瑰》。

那一年，这首歌在大陆十分流行，火遍大江南北。祁东县的大街小巷，田野巷陌，有年轻男女的地方，就能听到这首歌。

张伟是跟着录音机学的，他攒了五个月工资，买了一部录音机，几盒磁带，其中就有邰正宵的专辑，最让他喜欢的就是那首《九百九十九朵玫瑰》。张伟觉得这首歌是为他写的，也是为他唱的，把他心中对高燕的感觉全部表达了出来，歌一唱，把他心中对高燕的感情全部释放了出来。

当年所有在谈恋爱和想谈恋爱的男人，在听和唱这首歌的时候，都是张伟这种感觉，这就是这首歌大肆流行的原因。边听着录音机唱，边跟着录音机哼，张伟觉得这个世界开满了鲜艳夺目的玫瑰，他的梦里也种满了玫瑰。那场面，比夏天四明山漫山遍野的黄花菜还蔚为壮观。

黄花菜很土，没有特别之处，就像祁宏的爱情；玫瑰花很洋气，踩着时代的节拍，跟着时代的步伐，引领时代的潮流，就像张伟的爱情。

事实上，张伟没有什么音乐细胞，嗓音说不上好也说不上坏，唱给自己听可以自我陶醉一下，别人听起来就成噪声了，歌词也被记得东倒西歪，颠三倒四。那首歌，张伟记得最牢，唱起来感觉最好的，就是最经典的那句"我早已为你种下，九百九十九朵玫瑰，花到凋谢人已憔悴，千盟万誓已随花事湮灭"。

记不住歌词，不影响张伟喜欢这首歌。在张伟看来，这首歌，他知道唱这两句就行了。因为这两句最让他心动，也最准确表达了他的心，传达了他对高燕的感情。张伟把这句歌词挂在嘴边，反复地唱过来唱过去。在高燕听得到的地方，张伟唱得更加来劲，声音更加高亢，感情更加投入，像是张伟要通过歌声，把爱的玫瑰种进高燕心里似的。

张伟的玫瑰正在怒放，根本就没有憔悴，那些海誓山盟也在他心底酝酿着，悸动着，还没有对高燕说出口。

那个寒假，祁宏在医院里照顾奶奶，无暇顾及高燕，给张伟提供了千载难逢的机会，让张伟感觉出奇地好。

黄花菜加工厂的黄花供应，已经被高欣垄断了，一天要送两三车过来。陈晓明在带队，跟张伟对接。清早，陈晓明开着车，从四明山出发，把黄花菜送到黄花菜加工厂。在厂里过完秤，做好登记，入好库，把报表送到财务处和厂长那儿，张伟一天的工作就完成了，简单得很，顺的时候，前后不到半个小时就弄完了。

做着这份工作，张伟突发奇想：与高燕谈情说爱，也是这份工作的一部分，为了集体，他把色相都搭进去了。

为更多地黏在高燕身边，张伟跟着陈晓明的车一起上下班。早上，从四明山出发，把黄花菜送到加工厂；处理完后，再随车返回，赶到高燕家吃中饭，工作爱情两手抓，两边都不耽误。

回到四明山，张伟就赖在高家，哪儿也不去，到睡觉的时候了，才不情不愿地回去。张伟就像一只勤劳的小蜜蜂，围绕在高燕身边，献着殷勤，做着奴仆，哄着高燕，顺着高燕。

可高燕觉得把张伟比作小蜜蜂是抬举了他，玷污了小蜜蜂这种自然界的小精灵，张伟充其量只能算是一只绿头苍蝇，追逐着她，让她烦躁，就连张伟唱个没歇气的那个"玫瑰"都成了绿头苍蝇的嗡嗡声，听得她心里发毛，浑身起了鸡皮疙瘩。

如果不是碍于父母情面和高家生意，高燕早就下逐客令了。可高燕不好发作，只得强颜欢笑，偶尔皮笑肉不笑地"横"张伟一眼。这一眼凝结了高燕的不满、不屑、不快，她希望张伟能够读懂这一眼的含义，识趣一点，收敛一点，自动退出这个感情游戏。

可张伟就是没有自知之明，反而感觉良好，就像他对自己的嗓音，他甚至误读了高燕"横"他那眼的意思。张伟觉得高燕并不讨厌他，有时候还"回眸一笑百媚生"，对他的追求热烈回应了，他觉得高燕看他的时候，那双美丽的大眼睛里春色荡漾，脉脉含情，她的笑就像春天里的玫瑰一样开在张伟心里，高燕的大眼睛那一横，把他的魂都勾走了。

高家丝毫不敢怠慢张伟，好酒好菜地伺候着，这让张伟感觉自己都成了高家的人，以高家女婿自居了。初二那天清早，张伟拎着大包小包的礼物，跑到高家拜年来了。

拜年没什么，关键在日子的选择。张伟是初二那天上午来的。在祁东那地方，串门拜年，选择日子很讲究，有"初一崽，初二郎"的说法，郎就是女婿，意思就是大年初一是儿子给父母拜年，初二是女婿上岳父岳母家拜年，张伟已经把自己当高家女婿了。

这让高燕哭笑不得，又无可奈何。倒是高欣和王红梅，顺水推舟，来者不拒，默许了张伟的来意。

高欣和王红梅的默许，让张伟踌躇满志，意气风发。他盼望开学了，乘胜追击，策划一波新攻势，把高燕拿下，把祁宏踢开。

张伟认为自己快大功告成，就差临门一脚了。等寒假结束，高燕回县城上学，他回县城上班，一切就水到渠成，找个时机把窗户纸捅破，就可以抱得美人归了。

想起祁宏，张伟就气不打一处来，你都跟凌林勾搭上了，高燕轮都要轮到我张伟了，总不能脚踏两只船吧。

在感情上，张伟可以慢慢来，先拿下高燕的心；至于高燕的人，可以不急，过两三年，等高燕读完高中了再说。

有张伟绕在身边，高燕觉得日子太漫长了，暗无天日，喘不过气来。唯一可以轻松一下的是晚上张伟离开后。为躲避张伟，高燕故意赖在床上，睡起了懒觉，早餐也不想下楼来吃了。

　　到了高家，看高燕还没起床，张伟忍不住，跑上四楼敲门。听到敲门声，高燕没好气地说："敲啥敲，还没起床呢！"

　　打是亲，骂是爱。这声音，这嗔怪的口气，在张伟听起来，高燕是在"骂是爱"了。高燕的嗔怪都是那样悦耳动听，透着女生的小性子，让张伟心花怒放。隔着门，张伟心潮澎湃地给高燕唱起了那首"玫瑰"。

　　歌声让高燕很烦，她缩进了被窝里，蒙住了头，还用手指把耳朵堵住了，希望把歌声隔开，但歌声还是隐隐约约地钻进了耳朵里。

　　躲在被窝里的高燕，在痴痴地想着祁宏，不知道祁奶奶怎样了，不知道祁宏怎样了，瘦了多少，年过得怎样。高燕很想跑到医院看祁宏，又不敢轻易离家出门，因为父亲不会同意。这种感觉像把高燕放在炭火上烧烤，十分焦灼，她希望早点开学。

　　谢天谢地，寒假不长，终于熬到开学了，可以回县城，到医院看祁宏。高燕压抑不住内心的激动，心情就像冬天过后，迎来了春暖花开的四明山。

　　这种情绪变化告诉高燕，四明山的高家大院，已经不是家了，心安即为家，有祁宏在的地方就是她的家，哪怕是那个满眼疲惫和痛苦表情的病人，让人感觉很不舒服的医院病房。

　　开学前一天，高燕就把所有东西收拾好了。高燕一哄二骗三许诺，把两个弟弟的压岁钱全部据为己有了，准备带给祁宏。开学那天清早，高燕钻进了陈晓明的车里。

　　让高燕没想到的是，张伟也坐在车里。高燕想退出来，改坐大巴，却被张伟拽了上去。张伟早就在车上等她了，送高燕上学这种天赐良机，张伟哪肯轻易错过。

一路上，张伟被打了鸡血，盯着高燕，两眼放光，像要吃掉高燕似的。借助颠簸，张伟装作坐不稳，夸张地往高燕身上靠。高燕感到很烦，不停地躲避。半路上，张伟得寸进尺，随着车身晃荡，用手不住地触碰高燕的腿。高燕没办法了，把装得鼓鼓的书包竖在她与张伟之间，筑起了一道隔离墙，张伟才不得不有所收敛，打起了瞌睡。

　　陈晓明把高燕送到祁东一中校门口。车一停，高燕逃也似的下了车，向学校走去。张伟跟着跳下车，要帮她拎行李，送她到女生宿舍，却被高燕不客气地拒绝了。

　　高燕从前门进了学校，又从后门出了学校。她一路小跑，直奔人民医院。到了县城，她想第一时间看到祁宏，只有看到祁宏了，她才能放心。焦急的高燕连水果都忘了买。

　　进了病房，高燕看到祁宏趴在奶奶床边睡着了。

　　祁宏衣衫不整，蓬头垢面，神情憔悴。

　　沧桑是年轻人成长的催化剂。经历奶奶这场大病洗礼，祁宏成熟多了，也有了男人的味道。

　　祁宏的样子让高燕有说不出的心疼，觉得自己的心都肿了。祁宏越是憔悴，越是逆境，她对这个人的感情就越深，就越想为他做点什么，承担什么，越愿意为他遮风挡雨，庇护着他。也许这就是患难见真情吧。

　　看见高燕，祁宏特别开心，他咧开嘴，傻傻地笑了。这是奶奶生病十多天来，祁宏第一次露出笑脸。

　　高燕把四明山的春天带来了。祁宏看到四明山春暖花开了，草长莺飞，满眼都是碧绿的忘忧草，那一丛丛笔直的枝上开满了金黄的花朵，成双成对的春燕在欢快地追逐、嬉戏、飞翔——燕子也从温暖的南方赶回来了。

　　祁宏有太多话要对高燕说了，他都憋了一个假期了。这个假期，他都没怎么开口说话，快憋出鸟来了。

这个扎根在自己心里的女孩，是祁宏唯一不敢隐瞒的人。在病房寒暄了几句，祁宏示意高燕跟他一块出去聊会儿。他们肩并肩，走出了病房，在医院庭院中央的那棵大香樟树下，面对面地站住了。

沉默了片刻，祁宏把自己准备休学，到广东打一两年工，帮助家庭渡过难关的事告诉了高燕。

这么大的事，不是祁宏一个人能决定得了的，母亲是不能告诉的，怕她受不了；高燕是必须告诉的，他为前途打拼，这个前途，不只是他自己和祁家的，也是高燕的，他把高燕看成了未来祁家的人。

祁宏的怪异想法，结结实实把高燕吓了一跳，高燕毫不犹豫地否决了祁宏的决定。这个学期，祁宏就要高考了，说什么都要坚持住。只要考上大学，祁宏的命运，祁家的命运，包括他们的爱情，都将峰回路转，迎来历史性改变！只要祁宏成为大学生，她那个现实的父亲，就会伸出援助之手，认可他们的关系，给祁宏提供帮助；即使父亲不主动，她也方便开口，向你亲争取资助。

告别的时候，高燕把身上的钱，包括学费，都掏出来，给了祁宏。从医院出来，高燕找了一个公用电话亭，给父亲打了一个电话，撒谎说，在排队交学费的时候，人多了，太挤了，不小心把钱弄丢了。

高欣对女儿的话将信将疑，但他还是叫陈晓明在第二天给高燕又送来了一笔学费。

虽然高燕刻意地躲开了张伟去见祁宏，但这一切还是没有逃过张伟的眼睛，被暗中跟踪的张伟全看在眼里。张伟早就怀疑高燕上县城的第一件事就是找祁宏，果然被他猜中，这一切让他妒火中烧——张伟担心的事还是出现了，一开学，祁宏和高燕又死灰复燃了，他靠边站了！

夜长梦多，张伟准备把攻势提前，越早越好，不能再等了，再等下去，他真的没希望了。

张伟跑去买玫瑰花，把县城几个花店的玫瑰全包了，扎在一起，有很大一束，抱在怀里，沉甸甸的。那束花没有九百九十九朵，只有一个零头，才九十九朵。那时候，祁东县城这个小地方还没有兴起用玫瑰来表达爱情——尽管书上和电视剧中经常出现这种场景了，尤其是年轻人喜欢的港片。

张伟又买了九十九根蜡烛，由于小县城经常缺电停电，蜡烛这东西到处都有，要多少有多少。

借着暗下来的夜色掩护，张伟混进了祁东一中，来到了女生宿舍楼下。

张伟取出蜡烛，在女生宿舍楼前的水泥地面上，摆出了一个大大的心形图案，然后用打火机把蜡烛点燃了。

一根蜡烛是星星之火，九十九根蜡烛就星火燎原了。

蜡烛们发出耀眼的光芒，欢快舞蹈，蔚为壮观。火光照亮了女生宿舍楼的夜空。

祁东一中的女生们还没见过这么浪漫宏大的场面，她们惊讶、欢呼、羡慕，也有人觉得张伟是疯子，很无聊，哗众取宠。不管哪种想法，女生们都打开了窗户，探出头，趴在窗台上看热闹，期待着女主出现。

看到密密匝匝的女生围观，张伟有些得意忘形，他要的就是这种轰动性效应。张伟知道高燕也在这群围观的女生中。见气氛起来了，张伟突然单膝跪在地上，把玫瑰举过头顶，向着那群女生，用尽全力地喊：高燕，我爱你！

张伟一边喊，一边做着梦。他以为这种方式够浪漫，够打动人心的，没有女生能够抵挡住这种诱惑；张伟希望听见他的表达后，高燕会噔噔噔地跑下楼来，接过玫瑰，与他相拥在一起，流下幸福的感动的泪水！那些共同见证了这场伟大爱情的女生发出热烈的尖叫，为他们拼命鼓掌！

可是高燕让张伟失望了，直到这场轰轰烈烈的求爱被搅黄，高燕都没有现身，也没有走下楼来，出现在张伟面前。张伟备受打击，几次想闯进女生宿舍，把玫瑰送上去。可女生宿舍有门卫看守，男生一律不准进去。

这么精心策划、浪漫精彩的求爱行动，一点预期效果都没有，让张伟感到很无趣、很无聊、很沮丧。可是更无趣、更无聊，让他更沮丧的事情还在后头，就在他跪在地上，高声表达的时候，来了两个牛高马大的年轻人，他们穿着保安制服。两个年轻人不由分说，他们一个抓住他的左胳膊，另一个抓住他的右胳膊，架着他，把他扔出了一中校园。

看守女生宿舍的门卫把那堆蜡烛吹灭了，装进塑料袋，拎走了，作为家庭停电时照明用。那束玫瑰在张伟的挣扎和喊叫声中，花瓣纷纷掉落下来，撒了一路，真应了张伟最喜欢的那句歌词"花到凋谢人已憔悴，千盟万誓已随花事湮灭"。

第一次向心爱的姑娘求爱，轰轰烈烈地开场，狼狈不堪地结束，张伟觉得颜面扫地，从来没有这么窝囊过，他感到把他叔父张援朝的脸也丢光了。

虽然张伟没有成功，但那次求爱太有轰动效应，把高燕害惨了。

这事在学校闹得很大，当天晚上就全校都知道了，班主任生气了，教导主任生气了，校长生气了，他们挨个把高燕叫过去，狠狠地批了起来，警告她不要败坏了学校风气——他们找不到张伟，只能迁怒于高燕。

在老师和校领导看来，这种批评和警告算是轻的了，如果不是看在高燕父亲逢年过节都要给他们送上一份丰厚礼物的分上，学校开除高燕的想法都有了。

高燕低着头，听着批评，百口莫辩。她觉得委屈，越被批评越心里有气。被批完后，高燕回到宿舍，倒在床上，用被子蒙住头，伤心地哭了，委屈的泪水把棉被打湿了很大一片。

她和祁宏谈恋爱，被学校批了，高燕不觉得委屈。但她与张伟，根本就不是那么一回事儿。高燕觉得学校不能把账算在她一个人头上，张伟追她，是他的权利，她一个弱女子是没办法的。

这件事，学校也有责任，如果学校管理得当，就不会让张伟这种动机不纯的社会青年有机可乘，混进学校来；只要张伟进不来，一切就不会发生。

这只是高燕的想法，学校老师和领导并不这样认为，他们认为这都是高燕惹的祸，张伟是奔着高燕来的，高燕要负主要责任。如果不是因为她，这种事情就不会发生，以前一中就没有发生过这种伤风败俗的事。

那天晚上，高燕辗转反侧，一直没有睡意。张伟这件事，在高燕那晚思考的问题中，只是一件小事情，不足挂齿，班主任和校领导不分青红皂白的批评，让她受到的委屈，在她痛哭了一会儿后也烟消云散了。

高燕睡不着觉是因为祁宏。祁宏想退学的事，一直盘踞在高燕脑海里，让她心里升起无边悲苦。

半夜，高燕披着衣服，坐了起来，靠在床头，思考着如何帮祁宏化解眼前困境，让他顺利读完高中最后一个学期，参加高考，改变命运。

与其让祁宏休学打工，不如自己休学打工，资助祁宏读书！

那晚，高燕脑袋里涌现出很多种办法，结果都被自己否定了。家里是有钱，可她没钱，也找不到一个冠冕堂皇的理由从父亲那儿要到钱。

直到东方出现鱼肚白，天色渐渐地亮堂起来，高燕才觉得这是最稳妥、最可靠、最行得通的一条路。

做出这个大胆的决定，高燕感到浑身轻松，心情舒畅，关于张伟的问题也解决了——到广东打工，还可以躲避张伟的无理纠缠。

心大了，事就小了。再重大的事情，只要想开了，就释然了。

豁然开朗的高燕很快就睡着了，她做了一个又美丽又浪漫的梦。

高燕梦见祁宏在考场上发挥出色，成绩出来，他被北京大学录取了——他们在一起的时候，祁宏不止一次地向高燕说过自己的理想，要考北大。

开学那天，高燕把祁宏送到了北京。

在北京大学庄严的校门口，高燕和祁宏紧紧地靠在一起，照了一张具有历史意义的合影。

照片上，高燕靠在祁宏身上，笑得阳光灿烂；祁宏和她一样，也笑得阳光灿烂。

这么浪漫的事，高燕和祁宏还没有经历过呢，即使是做做梦，都让人莫名兴奋，有一种巨大的满足感和伟大的成就感。

这个梦，本身就很浪漫，也很伟大，值得做。

有梦想，人生也就有奔头了。

第十五章　那么大牺牲，有人做得到，有人为难

人生短短几十年，要碰到很多烦心事，你最遗憾的是什么呢？

做官的，正当飞黄腾达，升迁在即，却要离开官场；当兵的，正在冲锋陷阵，胜利在望，却要离开战场；做学生的，正当风华正茂，放飞梦想的时候，却要告别菁菁校园。

如果不是万不得已，无路可走了，又有谁愿意呢？

想着放弃学业，到广东打工，高燕心中万般不舍。可"生命诚可贵，爱情价更高"。想起当年祁宏给自己读这首诗的样子，高燕心中涌起万千柔情，态度坚定。用自己半年辍学，换回祁宏的锦绣前程，高燕是心甘情愿的，也觉得很划算。

辍学半年，帮祁宏渡过眼前难关了，她就回来，重返校园，这并不是什么要命的事。耽搁的一年半载，高燕相信自己可以追回来，因为她的高中才刚刚开始，大不了，留一年级，从头开始，重新再来。

与其让高三最后一个学期的祁宏休学，不如让高中只读了一个学期的自己休学。高燕觉得这是自己十八年人生中做得最伟大、最光明、最正确的决定，她义无反顾，决不后悔，决不后退。

祁宏已经胜利在望，千米长跑就差最后冲刺了，百米短跑就差最后撞线了，这个关键时刻，怎能轻言放弃？只要过了这个渡口，祁宏就到达了成功的彼岸，结束苦难了。自己的高中则是漫漫长征才刚刚开始，也还来日方长，以后有的是机会。

高燕希望自己是那叶扁舟，摆渡祁宏，穿过最后的激流、险滩、暗礁，将他送到成功的彼岸。

从床上爬起来的时候，太阳已经升起来老高了。阳光穿过玻璃照进来，暖暖地打在身上。其他女生早早起来，交学费，办手续，领新书去了，宿舍里只剩高燕一个人。她简单地收拾了一下行李，翻出两件换洗衣服，塞进了书包里。听说广东那边天气很热，湖南冬天春天穿的衣服，那边都用不上，能简单就简单了。

高燕背着书包，下了楼，从祁东一中走到了祁东二中。她用父亲新揭来的钱，给祁宏交了学费，办了手续，领了新书。高燕捧起新书，走进祁宏的教室，把书放在祁宏的课桌上，整整齐齐地码好，在每本书的扉页上，恭恭敬敬地写下祁宏的名字。

做完这一切，高燕在祁宏座位上认真地坐了一会儿，她闭上眼睛，想象着祁宏听课读书时的样子，心里感觉很幸福，祁宏认真的样子让她很着迷。

从祁宏座位上站起来，走出教室，高燕感觉身轻如燕，心情就像晴朗的天空一样，澄净透明，天高云淡，春天已经在路上了的迹象。

高燕在祁东二中的校园小径、操场、田径场、教学楼、宿舍，充满深情地转悠了一圈。她要记住这里的一切，她要把留下祁宏足迹的地方，认认真真地走一遍，也留下自己的一串足迹。

祁东二中，是祁宏的母校，曾经也是高燕的梦想。为了祁宏，她废寝忘食地学习，准备考进来，成为其中的一名学生；也是为了祁宏，她又不得不放弃，选择了祁东一中。

看着校园里捧着新书、来来往往、谈笑风生的学生，高燕在心里默默地祝福，祝他们有一份快乐的心情，祝他们有一份称心的感情，祝他们有一个稳定幸福的生活，祝他们有一个锦绣远大的前程。

这些祝福，有的，高燕现在有了；没有的，将来也会有。幸福女神可能会迟到，但不会永远缺席。

转悠完祁东二中的每个角落，高燕在校门口对面的火车票代售点买了一张当天出发到广州的硬座火车票，准备南下打工。

高燕只想休学半年，打半年工。这些打工赚来的钱，全部用来支持祁宏读书。凭借在全县数一数二的成绩，祁宏考个重点大学是没有问题的，高燕对此深信不疑。一年半载后，高燕回来，重返校园，把高中读完，考个大学，成为知识分子，跟祁宏一起在大城市安家落户，执子之手，与子偕老。

高燕不希望这辈子距离祁宏太远，她希望将来的家庭是书香门第，有着浓浓的书香味儿，也有农村出来的人的淳朴气息。

火车是下午六点多的，时间还早，还可以去看一下祁宏，跟他做一次告别。不知不觉，高燕就到了医院。到医院的时候，正好是中午。身上还有些余钱，高燕把祁宏拽进了红火大酒店，点了一份茶油蒸土鸡，一份永州血鸭，一份荞头盘龙，一份红菜薹，都是熟悉的菜肴，都是熟悉的味道。

祁宏情绪低落，看上去很憔悴，没精打采。高燕心里明白，他还在想着学费的事，还在纠结要不要休学。高燕想，这一切很快就过去了，今晚睡一觉，明天醒来，祁宏就会感到人生的冬天已经过去，春天已经来啦，遍地的忘忧草在抽芽吐穗，吐露芬芳了。

那顿饭，两人各怀心事，强颜欢笑，却又都在努力吃，他们希望给对方营造一个好心情，不要那么心事重重。那顿饭，点的菜被吃得一点不剩。祁宏确实是饿了，在医院里，为了省钱，母子俩都是一天吃两顿，早餐和晚餐，中午那顿能省就省了。

吃完饭，从红火酒店出来，他们就要分道扬镳，各奔东西了。

想着要有半年时间见不到祁宏，高燕心里依依不舍，很是难过，两行泪水从那双美丽的眼睛里流了出来，沿着那张白里透红的圆脸顺流而下，滴落在祁东街头的土地上，吧嗒吧嗒地响。

"你抱抱我！"分手的时候，高燕对祁宏说。

那语气，不容拒绝。对高燕的要求，祁宏没有拒绝。尽管这个时候，他的心思放在病了的奶奶身上，放在开学问题上，放在人生的十字路口何去何从上，没有心思卿卿我我。可对高燕，祁宏从来不懂拒绝，也没法拒绝。相好这么多年了，他们还没有拥抱过呢，拥抱一下，在情理之中。

祁宏张开双臂，揽过高燕，把她拥在怀里。在他怀里，高燕就像一只温顺的小鸟一样。

享受着这个有力的拥抱，享受着这个温暖的胸怀，高燕情不自禁地哭了。

祁宏只当高燕为自己的遭遇难过，没往深处想。他把她抱得更紧了，希望用力度告诉她，自己很坚强，挺得住，不要为他担心！

正是人们吃完中饭后，去单位上班的高峰时刻，大街上人来车往，川流不息。行人一脸异样地看着这对学生模样的年轻恋人，在众目睽睽下，不管不顾地拥抱在一起。

真是时代变了，是年轻人的世界了。即使成年男女谈恋爱，拥抱一下，都要躲在偏僻角落里，或者借着夜色掩护，很少有人在光天化日之下，在大庭广众之中，这么大胆开放的。

高燕的头伏在祁宏肩上，放声大哭，哭声越来越大，两个肩膀一耸一耸地不断起伏。

她哭即将到来的离别，她哭命运对祁宏的不公，但她相信古人和书上说的"故天将降大任于是人也，必先苦其心志，劳其筋骨，饿其体肤，空乏其身，行拂乱其所为"。

没错，祁宏就是高燕认定的那个"天将降大任于是人"的人，他正处在黎明前的黑暗中，困难是暂时的，明天是美好的。眼下，高燕只想做一把伞，为祁宏遮风挡雨；眼下，高燕只想做一颗石子，为祁宏铺路架桥；眼下，高燕只想做一叶扁舟，把祁宏摆渡到对岸。

"一切都会好起来的，你一定要坚持下去，"高燕附在祁宏耳边，郑重地叮嘱，"无论遇到什么情况，你都要坚强，都要坚持，不要放弃！"

祁宏觉得高燕有些异样，平时高燕是有点婆婆妈妈，却没有这样无厘头的婆婆妈妈。可是高燕的唠叨，祁宏乐意听，也听得进去，高燕要他坚强，他就坚强；高燕要他坚持，他就坚持；高燕要他不要放弃，他就不放弃。

祁宏感动地把脸贴在高燕的脸上，两人感受着彼此的亲切和温暖。

如果不是有高燕，如果不是高燕这样安慰他，给他力量，帮助他，跟他同舟共济，祁宏还真支持不下去呢！

母亲也病了。接二连三的打击，没日没夜的操劳，羸弱的祁茗没能扛住，晕倒了，躺在床上打着点滴。

还好祁茗不是什么大病，只是营养没跟上，操劳过度，身体透支了，虚脱了。

家里两个最亲的女人相继病倒，让祁宏心力交瘁，全靠信念和情感的力量在支撑。

趴在祁宏肩上泣不成声的高燕闻得出来，祁宏有一段时间没搞个人卫生了，身上散发出一阵阵气味。这气味，也许别人闻起来，有点难受，甚至作呕，但高燕喜欢，甚至有点着迷，像酒鬼闻着了溢出来的酒香。

这就是男人的味道，这个自己喜欢的男人的味道。从那以后，这种味道一直留在了高燕鼻孔边，擦不掉，洗不掉，也忘不了。

虽然只是光明正大的拥抱，没有更亲密和不雅的动作，但那是两人第一次拥抱，彼此都感受到了对方的身体和心跳，那种感觉让人迷醉，让人沉沦。如果不是在光天化日之下，在大庭广众之中，在那种缺乏心情的特殊时刻，高燕就亲吻祁宏，或者要祁宏亲吻她了。

与祁宏告别后，高燕又去了一趟祁东二中。她把正在埋头看书的凌林叫了出来。两个女生在田径场上走来走去，情绪不高，都为同一个男生愁肠百结，不知从何说起。

凌林不知道祁宏接下来怎么办，反正她知道祁宏还在医院，没有来学校报到。她认为祁宏如果到学校来了，就应该会来找她一下，跟她打个招呼。路过祁宏的教室，她有意无意地瞟过祁宏的座位好几回了，那个座位上还是空的，看不到那个脸上写满坚毅的年轻人。

"我把祁宏借给你半年，"高燕率先打破沉默，半开玩笑半认真地说，"你们顺其自然，但你不要乘虚而入，更不能耽误学习，影响高考。"

还有如此这般谈恋爱的？把男朋友借给情敌？而且只借半年就要回去？

凌林觉得小姑娘又可爱又可恨，大家公平竞争就公平竞争呗，就像交代后事一样，一点自信的底气都没有——不过，后来知道真相，倒是凌林没了底气，她觉得高燕对祁宏的感情，太难能可贵，牺牲太大了，都是女孩，将心比心，她就做不到。

高三最后那个学期，凌林恪守高燕叮嘱，真没有乘虚而入，她与祁宏保持着若即若离、纯洁向上的朋友关系，互相鼓励着，为自己的前途打拼。

说完后，高燕掏出来一封信，塞给了凌林，嘱咐她转交给祁宏。

高燕特意叮嘱，一定要第二天才能转交给祁宏。

把信不情愿地接过来，凌林心里产生了不快，觉得这个小女生有点过分了，有什么事不能直接跟祁宏说吗？不就是一封情书嘛，还这么神神秘秘的，不能她自己给祁宏吗？明明知道自己欣赏祁宏，还要自己给他们做信使，送情书？有点欺人太甚了。

可凌林毕竟是凌林，她的心眼从来没有这么小过。她看得出来，高燕刚刚哭过，也许是这对小情人吵架了，不方便直接沟通呢。

"你为什么不自己交给祁宏呢？"凌林还是没摁住内心的好奇和不满，不轻不重地问高燕。

"我就要你吃回醋，做回我的电灯泡。"高燕狡黠地看着凌林，仿佛看穿了这个情敌的心思，她反问道，"难道你这点勇气也没有吗？"

凌林有点愠怒了，没想到这个小女生得寸进尺了，她强忍着没有发作，声音却明显地提高了，"转就转，你，我都不怕，我还怕这封信呀？"

凌林觉得这个女孩与前几次相见相处，有些不合情理的异常，不知道是自己哪儿得罪她了，即使是小两口吵架，也没必要把气往自己身上撒呀。

高燕没有继续刺激凌林，她知道自己的激将法成功了，高燕转过身，头也不回地走了。如果凌林有什么误会，那就留着以后再慢慢解释吧。

这倒把凌林愣在当场，凌林都感觉架还没吵完呢，高燕就扔下她走了，她还没见过这么无理取闹的女生呢。

看着高燕渐渐远去的背影，凌林觉得人变起来真快，尤其是恋爱中的女生，只是一个寒假的工夫，这个以前认识的女孩就变得完全陌生了，就是因为爱情，这就是爱情，这就是让人丧失理智和风度的，让人无可奈何的爱情。

爱情真是一个让人难以琢磨的东西，让女生为了他什么事情都做得出来！

难道这一切与这封信有关系？难道他们要分手了？难道我的机会来了？

也许答案就在信里。

那天晚上，上完自习，回到家里，坐在自己的梳妆台前，凌林没有心思再看会儿书，她把信拿在手上，翻来覆去地琢磨，就连睡觉的时候，凌林也把信放在了枕头边。

这封信到底说了什么？高燕葫芦里到底卖的是什么药？

只要把信拆开，疑惑也就解开了，自己也就释然了。

凌林很想把信拆开看看，但她没有这么不道德，没有这么不自信，更没有被爱情的妒火烧红了眼。只有祁宏才有权利拆这封信。

可凌林心里确实不舒服，一个晚上都没睡好。

与凌林分手后，高燕坐上公交车，到了祁东火车站。正好下午五点钟，正是候车的时候。

祁东火车站人山人海。刚过完元宵，正是民工大军成群结队外出打工的时候——祁东县的农民主要奔赴广东打工，他们拿着大包小包，候车室的地上堆满了包裹，几乎没有立足之地，有的还拖家带口。

六点钟，高燕跟随人流，挤上了火车。

刚找到座位，放好行李，坐下来，火车发出呜的一声长笛，缓缓启动了。火车越开越快，驶出了祁东火车站，向着南方那块热土奔驰而去。

高燕趴在窗户上，看着越来越远、越来越模糊的小县城，情不自禁地哭了。她的眼睛成为两个泉眼，眼泪汩汩滔滔地涌了出来，打湿了那张好看的脸，也把车窗玻璃弄模糊了老大一块。

这是高燕第一次离开父母，出门远行。以前，她到过的离家最远的地方，也就是祁东县城。

高燕是擅自行动，没有告诉父母，没有告诉老师，没有告诉同学，她只是在信里写了，告诉了祁宏。

庆幸的是，高燕不是盲目行动，没有目的。

在广东那边，高燕的初中同桌初中毕业后就没读书了，在广东打工。同学在录音磁带厂，高燕跟同桌已经联系好了。

大陆的流行乐坛渐渐热闹起来，磁带供不应求，工厂效益很不错，也在扩大生产规模，大量招收生产线女工。

高燕一过去，就可以上班了，一点都不耽误。

让同桌百思不得其解的是，高燕这个祁东县的首富千金小姐，为什么要出来打工呢？

是学习跟不上，看不到自己前途了，还是跟男朋友吵架了，还是跟父母赌气了？

同桌只是随便猜猜，也不方便多问，大家都是处在这个年纪的女生，都懂，谁都有不愿触碰的烦心事！

这个年纪的女生，为感情，可叛逆了，啥事做不出来？

第二天上午上完课，趁午休期间，凌林很不情愿地跑到医院送信。

进了病房，凌林把信递给了祁宏。

祁宏一怔，他没有接信。他都焦头烂额了，这个时候真不想其他的，他欠着高燕，也不想拈惹其他花草了。

祁宏觉得凌林给他写情书，有点儿不是时候。

高燕要凌林转信这件事本来就让凌林很不开心了，没想到接信的祁宏也是这种态度，这对小恋人真够折磨人的，真是一路货色，凌林觉得自己是老鼠进风箱，两头都要受气，两头都不让她省心。

凌林白了祁宏一眼，很不客气地说："别自作多情了，这信不是我写的，我才没那个心思，是你那个青梅竹马的女朋友写的，要我转交给你。"

高燕写的？

她人呢？

为什么自己没来？

祁宏下意识地感觉事情不对劲，从凌林手上一把抓过信，迫不及待地拆开了。

这个动作，前后两种态度，明确地告诉凌林：在祁宏心目中，她与高燕，是不在同一个重量级别上，谁的分量轻，谁的分量重，一下子就有了分晓。

祁宏从她手上抓过信的那一刻，凌林觉得自己的尊严被祁宏无情地抓碎了，委屈的泪水涌了出来，凌林转过身，头也不回地走了。

凌林听到身后有人在叫她，但她没有回头，也没有停下脚步。

凌林听得出来，那是祁茗的声音，不是祁宏的声音。

母亲是母亲，儿子是儿子。感情这事儿，祁茗是做不了祁宏的主的，凌林也不希望祁茗插手她和祁宏之间的感情，她知道祁茗向着她，可是强扭的瓜不甜。

凌林长这么大，还没受过这种委屈呢！她凌林要才有才，要貌有貌，要身份有身份，要地位有地位，身后哪天不是有一大帮男生在跟着？只要凌林一声哨响，一个暗示，追她的男生都可以集合成一个加强连了。

可偏偏这个农村穷小子不识趣，让她人生第一次品尝到了委屈的滋味。

爱情是个什么东西，犯得着让人这么卑躬屈膝，低声下气吗？

祁茗示意祁宏去追凌林，做一下解释，但祁宏没有响应母亲的意思。

匆匆看完信，祁宏真追出去了，他不是去追凌林，是去追高燕。

在信中，高燕告诉祁宏，她到广东打工去了，准备打工半年，等他拿到大学录取通知书了，就回来。高燕叮嘱祁宏，不要多想，不要找她，要安心学习，坚持半年，争取考个好大学。高燕告诉祁宏，学费，她已经给他交了，新书已经给他领了，放在课桌上。

读完信，祁宏彻底愣了。

虽然祁宏知道高燕已经走了，但他还是夺门而出，发疯一般地跑到祁东火车站找人。

祁宏希望奇迹出现，高燕还在那儿，他把她拽回来，让她断了休学打工的疯狂念头——祁宏宁愿自己休学打工，也不愿高燕这么做的。

火车站人山人海，祁宏找了一遍又一遍，差不多一张人脸一张人脸地看过了，但奇迹没有出现，那辆载着他心爱的姑娘的火车，在前一天傍晚就已经离开了。

从火车站出来，祁宏蹲在马路边，像一个被父母抛弃的小孩，情不自禁地号啕大哭。

祁宏感到了一阵尖锐的疼痛，从心尖上涌起，顺着血液咆哮奔腾，快速地袭遍了全身。

渐渐地，祁宏感到喘不过气来，他轰地倒在马路边，四仰八叉地躺在大街上，眼睛空洞地望着与他的心房一样空洞的天空。

春寒料峭，地面上一片冰凉，就像凌林没有给祁家送羊毛毯、新棉被前的那张冬天里的木板床。

那种冰凉把祁宏的身冻僵了，把祁宏的心冻结了，让他久久缓不过神来。

第十六章　追你到海角天涯，两人私订终身

年轻人把事情想得过于简单和乐观了。然而，世界往往是复杂的，生活总在出乎意料，让人防不胜防。

祁东县首富千金逃学打工的事，在小县城掀起了轩然大波，很快传遍了大街小巷，成为人们茶余饭后的热门话题，人们尤其热衷于探讨其中的原因。

祁东县城的两个主要中学，祁东一中和祁东二中，坊间各流行一个版本。

祁东一中的版本是高燕被张伟轰轰烈烈的求爱行动吓跑了，小姑娘不喜欢父母为自己选定的那个纨绔子弟。为躲避他骚扰，不得不逃到广东，打工去了。那个只为自己，不顾别人的男人把小姑娘害惨了，有学不能上，有家不能回了。

祁东二中的版本是小姑娘为资助困境中的男朋友读完高三最后一学期，挺身而出，不惜放弃自己的学业，到广东打工挣钱去了。这种为爱情敢于奉献的精神，可歌可泣，让人羡慕嫉妒恨。

高燕是一走了之了，闲言碎语她是听不见了；但另一个当事人祁宏没走，处在舆论旋涡中，不能自主。在祁东二中，渐渐有人知道了祁宏就是那个伟大的爱情故事的男主角，不断有人向他打探真假，也有人非议指责，前前后后，祁宏被折腾了一个来月，风暴才慢慢平息下来，生活恢复正常。

祁宏自己内心也是翻江倒海，汹涌澎湃，久久难以平静。人非圣贤，孰能无情？这么大的事，他祁宏怎能置身事外？尽管不断努力调整心态，祁宏还是身心疲惫，精力难以集中。他好想找到高燕，把她带回来，但高燕没有告诉他在哪里。

这种精神状态，直接反映到学习上，祁宏的成绩出现了大幅下滑。在开学一个月后进行的模拟考试中，祁宏退到了年级十名以外。

这个成绩无异于当头棒喝，让祁宏一下子清醒过来，明白现在还不是悲伤和分散精力的时候，再这样下去，高燕的牺牲都白费了。

优秀的凌林还是那样出类拔萃，在成绩榜上牢牢占据着年级榜首之位，岿然不动。

成绩出来那天，走在前往县委、县政府大楼补课的路上，凌林明知故问，要祁宏检讨和剖析一下学习退步的原因。

凌林不怒自威，看祁宏的眼神柔中带刚，让祁宏不敢直视。那柔的，是关心；那刚的，是责备。

在事实面前，祁宏没有否认，也没为自己开脱，他低着头，坚定地说：下次，我会赶上来的！

听到女儿逃学跑到广东打工的消息，高欣不敢相信自己的耳朵，他们家不缺钱，高燕也爱学习，成绩虽然没有祁宏好，但还是很不错的，在班上中等偏上。

高燕寒假在家都还好好的，一到学校就出事了，怎么就事先一点征兆都没有呢？

高欣暴跳如雷，心里燃烧着一团熊熊怒火，他跑到祁东一中了解情况。

对祁宏来说，值得庆幸，高燕的班主任和祁东一中的学校领导给高欣的解释没把他牵扯进去，班主任和校领导都不清楚祁宏这个人的存在和祁宏在高燕辍学一事中的作用。他们告诉高欣，张伟在一中大张旗鼓地向高燕求爱，闹得满校风雨。为整顿校风，学校不得不严厉批评了高燕。没想到高燕受不了，一气之下，离校出走，跑到广东去了。校长很不客气地告诫高欣，不要为了自己的生意，把孩子的前途都搭了进去。

对校方的解释，高欣将信将疑。他了解女儿，高燕没有这么脆弱，虽然她不喜欢张伟，也没看到她有多讨厌张伟。如果不喜欢，那就更不会被张伟的求爱行动吓跑了，女儿是个有主见也经得起风雨的人。

高欣觉得这件事另有原因，这个原因不在张伟身上，而是在祁宏身上，高燕把学费丢了，估计也是假的，骗他的。可高欣只是猜测，只凭感觉，他拿不出真凭实据来。

即使这样，高欣还是没能忍住，从校长办公室出来，高欣越想越气，越想越觉得祁宏是脱不了干系的，他跑到医院，想找祁宏问清楚，证实自己的猜想。祁宏不在，祁茗在。看到祁茗，高欣气不打一处来，你的孩子就是孩子，可以为前途打拼，我的孩子就不是孩子，可以不顾自己前途了？

高欣指着祁茗，说着说着，嗓门就大了，话越来越难听。高欣要祁茗管好儿子，别只顾了自己考大学，牺牲了别人的前途。

祁茗是大致知道事情真相的，那封信的内容，她多多少少了解一点。高欣猜得对，骂得也没错。祁茗低着头，垂着手，一言不发，任凭高欣咆哮。这事儿，已经发生了，就得有人来承担责任，与其让儿子承受，扰乱他的心思，分散他的精力，影响他的学习，倒不如自己来承受，让高欣出出气，发发怒，泄泄火。

都是她这个做母亲的没用！听着高欣痛骂，豆大的眼泪顺着祁茗那张饱经风霜的瘦脸流了下来，滴答滴答地掉在地板上。闻讯赶来的医护人员看不下去了，以不要影响病人休息为由，一边劝一边把高欣推出了病房。

离开病房，走出医院，高欣的气还没有泄完，还在骂骂咧咧。

知道母亲被骂，祁宏感到比骂自己，打自己还难受。如果当时在现场，祁宏就可能跟高欣干起来了，没有儿子能够容忍别人对自己的母亲指手画脚，骂骂咧咧，即使是高燕的父亲也不能例外。何况这事儿是自己引起的，自己是罪魁祸首，高欣骂自己可以，打都可以，但不能骂母亲。

祁宏白天上课，晚自习后回医院替代母亲照顾奶奶。值班护士见到祁宏，绘声绘色，义愤填膺地把高欣痛骂祁茗的事告诉了他。护士为这对悲惨的母子感到不平，一边告诉祁宏，一边痛批高欣：有钱就了不起吗，可以随便欺负人吗？

祁宏向母亲证实，祁茗没有正面回复，她只是叮嘱儿子要坚强，不要分心，不要多想，不要影响了学习。

那晚，母子俩手拉手，聊到深夜。

骂她的人是高欣，这让祁茗很伤心，这个男人以前还没有骂过她。聊着聊着，祁茗没忍住，还是哭了，祁宏跟着哭了。

这对可怜的母子在深夜的病房里抱头哭泣，不仅仅是因为高欣骂了祁茗，更是因为生活艰辛，更是因为在艰辛的生活面前，他们无能为力。

瘫痪在床、说话含混不清的奶奶，也情不自禁地流泪了，她心里痛恨自己这病来得不是时候，把全家拖累了。

一家三代都觉得太委屈了，生活太不容易了。

由于发生了高燕逃学打工这件事，高欣把祁宏彻底否了，他认为祁家是不知好歹，恩将仇报了。

这些年来，高欣借给了祁家多少钱？他从来没有计较过，只要祁茗一开口，他就有求必应。

原来高欣还想看在祁茗的面子上，能帮就帮了。经过这件事，高欣下定决心，以后是无论如何也不帮了，不借钱了，祁家爱怎样就怎样，与他没有关系了。

没想到这个小时候就很有心计，用纸包糖骗高燕做新娘的坏小子，长大了还是那样别有用心，自私自利，只顾自己的感受和前程，完全不考虑别人，也不分轻重。如果你交不起学费，可以不读了啊；如果实在要读，也可以找我高欣借啊，犯得着让一个十八岁的姑娘休学打工，资助你读书吗？

　　高欣认为，帮这种人，不值得！他怪女儿被感情蒙住了眼，也蒙住了心，分不清坏人好人。

　　高欣还不是最生气的，张伟才是最生气的那个人。

　　高燕逃学打工，张伟是最受伤、最窝囊、最气不过的了。放寒假，张伟还和高燕卿卿我我，形影不离，感觉良好，没想到一开学，高燕就背叛了他，放着好好的书不读，放着锦绣前程不奔，放着幸福感情不要，为一个穷小子跑到广东去了，是可忍孰不可忍。

　　张伟相信祁东二中的版本，不相信祁东一中的版本，至于祁东一中的老师和领导向高欣做出的解释说明，那完全是在扯淡胡说。这事儿，是当事者清，旁观者迷。他们不是当事人，没有发言权。

　　虽然那天点蜡烛，举玫瑰，下跪，高喊，都没有让高燕感激涕零、受宠若惊地跑下来，让他颜面扫地，威风尽失，但他和高欣一样，相信高燕逃学打工不是为了躲避自己，而是跟祁宏有千丝万缕的关系。

　　得知高燕跑了的那天，张伟气势汹汹地跑到祁东二中，把祁宏从课堂上叫了出来。

　　仇人相见，分外眼红。看到张伟，祁宏也很生气。两人一前一后，气鼓鼓地来到田径场。在田径场中央，两人面对面地站住了。他们先是互相指责，然后越说越激动，最后扭打在一起了。

　　两人都下了狠手，谁也没有让谁，结果都是鼻青脸肿，满脸鲜血。如果不是在田径场上上体育课的老师和学生跑过来把他们分开，估计两个人都得躺着进医院了。

两个年轻人都想为高燕出一口恶气。

在祁宏看来，高燕逃学为他是事实，但如果没有张伟无聊的求爱催化，让高燕被同学笑话，被老师和领导批评，高燕不会那么迫不及待地逃离。逃学打工，那么大的事情，高燕肯定得事先跟自己商量一下。高燕想帮祁宏没错，可还有其他很多办法，不一定要选择最走投无路的那条路。

张伟想，祁宏，你他妈还是个男人吗？都要女人为你打工挣钱了，你自己干吗呢？还有没有担当？这么没担当的一个人，怎么配得上爱？怎么配得上高燕？

怎么配得上跟我张伟争？

擦拭着嘴角的血，离开田径场的时候，张伟指着祁宏，悻悻地警告：这事儿，还没完，咱们走着瞧！

张伟还真不是吓唬祁宏，他找到叔父张援朝，要他动用了手中的权力。

晚自习的时候，进来两个穿着制服的警察，他们把祁宏叫出教室，向他了解打架斗殴的情况，还要把祁宏带走做笔录。

不过，他们被闻讯赶来的凌林拦下了。

凌林很不客气地批评警察，说他们本末倒置了，不良社会青年到学校来寻衅滋事，他们不抓肇事者，保护学生，给学校创造一个安静的学习环境，反倒要把受害者带走，是怎么执法的？

其中带头的那个警察认得凌林，他没想到县委书记的女儿为这事儿打抱不平，挺身而出了。凌林义正词严，句句在理，让两个警察有点招架不住。在县委凌书记和常务副县长张援朝之间，在真理和谬误之间，他们认真地掂量了一下，例行公事一样简单地问了祁宏几个问题就撤了。

在祁东地盘上，他们对张伟的为人，也是略知一二，何况是张伟到学校来找学生麻烦，动手在先，凌林说得没错，如果凌林把这件事告诉凌书记了，他们也是吃不了兜着走。

时间是世界上最好的良药，伤口也好，不幸也罢，最后都会被时间之手抚平了，不留下来一丝痕迹。

草长莺飞、春暖花开的春天终于到了。祁家也在向着好的方向发展，奶奶病情稳定了，可以出院，回家休养了。祁宏找到陈晓明，要他帮忙把奶奶和母亲捎回了四明山。

奶奶出院了，但还欠着医院不少钱，叫人头疼。凌林叫父亲出面，跟医院领导打了招呼，根据有关政策，能减免的减免了，不能减免的，先记在账上，等祁家有钱了，再把钱还上。

奶奶出院了，祁宏安心多了，他排除了一切干扰，把心思全部放在学习上，希望尽快赶上来，不愧对高燕！祁宏要考上一个好大学，让高燕为他骄傲，给所有关心他的人，借钱给祁家的人一个交代。

祁宏希望高燕说话算话，一个学期后，重返校园。祁宏想，高考结束后，等高燕回来，他给她做家教，把落下的功课补上来。

对这份感情，祁宏想得很清楚，都到这个份上了，他得有所交代，对高燕负责，这是祁宏高考冲刺前的最后一件需要摆平的事。可高燕就像凭空消失了一样，他根本不知道高燕在哪儿，他不得不被动地等待。

在煎熬中等待了一个多月，祁宏收到了一张汇款单，是高燕寄过来的，有1600元，这是个天文数字的钱，帮助祁宏支撑到高考是绰绰有余的了。

高燕第一次领工资，留下200元生活费，第一时间跑到邮电局，把钱给祁宏汇了过去。邮局的工作人员告诉她，一周之内，钱就可以到了。

拿着汇款回执单，想着这笔钱，马上就可以被祁宏收到，帮助他舒缓眼前困境，心无旁骛地学习，迎接高考，高燕开心地笑了，她的心中有一种特别自豪的感觉。

工厂对生产线工人实行按件计酬，多劳多得。为了多挣点钱，高燕尽可能地加班加点。她成了那条生产线上最勤快，上班最早，下班最迟，加班最多，做时最用心，做得最多，也挣得最多的女工。

高燕那种拼命三郎的劲儿，把同桌都吓坏了。同桌以为高燕感情受了刺激，要借助疯狂工作来忘记伤痛。可看起来，高燕又不像有什么伤心事啊，反倒成天快乐得很，脸上写满了只有热恋中的女孩才有的幸福表情。

取到汇款通知单那天，正是周六上午。祁宏高兴极了，不是因为有了一笔巨款，可以衣食无忧地学习了，而是汇款单上清清楚楚地写着高燕的详细地址，他急着了却高考前的最后一桩心愿。

下午没课，周日也没课。祁宏没有犹豫，他带上两本书在路上看，然后直奔祁东火车站。祁宏订了一张当天从祁东到广州的火车票。坚持到高考的钱已经不缺了，他要把高燕叫回来，让她重返校园。

一夜辛苦，周日清早，祁宏出现在高燕工厂门口。

那时候，太阳还没有出来，空气中飘浮着一层薄薄的雾，潮湿清新。

已经有勤快的工人陆续赶来工厂上班了。很多民工的家境都不好，都想多挣点，贴补家用，周日都在加班，没有休息。

高燕是最早准备到工厂上班的人之一。看到满身风尘、满脸疲惫、满怀期待地站在厂门口的祁宏，高燕又惊又喜，不敢相信自己的眼睛，以为在做梦。当确定真是祁宏，高燕就像一只燕子一样飞了过来。

相爱的人，一日不见，如隔三秋。他们已经一个多月没见了。异地重逢，有说不出的亲切，说不出的激动，两人情不自禁地拥抱在一起，泪流满面。

他们百感交集，酸甜苦辣，心里什么滋味都涌了上来。

祁宏来了，高燕没有心思上班了。她要惜时如金，争分夺秒，好好地陪陪祁宏。高燕是不希望祁宏来的，既然来了，那就好好珍惜，把相处的每一分每一秒都过成难忘的记忆。

两人手牵手，沿着工厂旁的小路，一起向山顶走去。

山不高，也就海拔一百多米。

工厂是傍山而建，那条小路两边长满茅草，逶迤而上，直达山顶。

到了山顶，他们在一块空旷的草地上紧挨着，坐了下来。

万物已经苏醒，成双成对的鸟儿，在树枝上叽叽喳喳地叫着，跳来跳去。各种不知名的花儿，迎着晨曦开放，空气中弥漫着馥郁的花香。

太阳从远方层层叠叠的云海中，慢慢地探出头来，奋然一跃，挣脱了云海的挽留，越跑越快，将万道霞光洒向尘世间。

身上披满红色霞光的高燕，在祁宏眼里就是仙女降临人间。他觉得这就是尘世间最美的风景了。

这道风景，是他祁宏的，只属于他一个人。

"跟我一起回去吧，钱已经够了。"祁宏说。

"暑假吧，等你考完大学吧，"高燕说，"只有几个月了，很快的。我会回去，但不是现在。"

"不要再耽误了，现在回去，还来得及，赶得上，没有落下太多功课。"祁宏说。

"我高一，耽搁得起，以后赶起来也容易，我做了打工一个学期的计划；你马上就高考了，耽搁不起，你家还指望你改变命运呢，你下午就回去，我再挣五六个月钱就回去。"高燕说。

祁宏了解高燕，只要为了他，她考虑好了的事是没有办法改变的，说再多都没有什么用。

这个小自己两岁的女孩，有着比自己更成熟的心智。他唯一能做的，就是努力，努力，再努力，不要辜负了她，不要辜负了年华。

找到了高燕，看到了高燕，看到高燕完好无缺，祁宏一个多月来悬在心头的石头就落了地。

高燕瘦了，也更成熟了。一个多月的打工生活，让高燕有了新主意，想得更多，看得更远了。她要把祁宏读大学一二年级的费用挣到手再回去，万一不能说服她爸资助祁宏，有了这笔钱，也好有一个缓冲。

看着眼前这个为自己前途不顾一切的女孩，祁宏心里涌起无限柔情，无限疼爱，这种柔情和疼爱把他吞噬了，让他在那一刻沉迷。

祁宏一把拉过高燕，让她坐在了自己腿上，把她抱在了怀中。

"我爱你。"祁宏看着高燕扑闪的大眼睛，意乱情迷，说出了那三个在心里压抑了太久的字。

"我也一样。"高燕喃喃地说。她等祁宏这句话，好像等了很多年了。

坐在心爱的男生身上，被他抱着，搂着，疼着，感觉真好！

高燕从来没有过的幸福和踏实，她觉得自己做的一切，吃的一切苦，都值了。

高燕身上散发出来的青春少女气息把祁宏点燃了，他伸出双手，轻轻地捧起了高燕的脸，探索着凑上去，把自己的嘴唇覆盖在高燕那两片花儿一样饱满开放的嘴唇上。

两人嘴唇一接触，一阵强烈的电流瞬间袭遍了全身。高燕惊了一下，飞快地把头一扭，躲开了。但很快，高燕又把头扭回来，跟祁宏的嘴唇挤在一起，两个人热火朝天地吻了起来。

这是两个人的初吻。先是试探地触碰，后是奔放地吮吸。他们第一次品尝到，原来男女之间的肉体接触，竟然如此美妙，一个吻就让人不管不顾地向着快乐的深渊，不断沦陷。

男女之间，失去理智的，永远是男方；保持清醒的，永远是女方。当全身战栗的祁宏伸出手，哆哆嗦嗦地摸索高燕衣服上的纽扣时，高燕把祁宏的手打掉，把他推开了。

祁宏也突然清醒了：自己怎么能这样亵渎女神呢？

祁宏一边懊恼，一边责骂自己，他扬起手，抽了自己一个耳光。

祁宏把高燕逗乐了。高燕伸出手指，在祁宏的鼻梁上刮了一下，似娇似嗔地说："傻瓜，又不是不给你，现在不是时候，等我们结婚那天吧。"

结婚？这个神圣的词从高燕嘴里溜出来，从祁宏耳朵里钻进去，实在太让人兴奋了。结婚意味着两个人朝夕相处，相濡以沫，白头到老，你中有我，我中有你；结婚意味着他们将成为一家人，生养自己的孩子，延续合体的生命。

祁宏双膝一弯，兴奋地跪在地上，对着高燕，认真地说："请苍天作证，我要娶高燕为妻。"

"男儿膝下有黄金。我信你，快起来。"

高燕一边把祁宏拉起来，一边开心地笑了。她觉得有了祁宏这句话，她所有的付出都是那样渺小。

从山上下来，已经是中午了，纵有万般不舍，还是祁宏学业第一。

他们简单地在工厂门口的一个小饭店点了几个小炒，匆匆地吃了一顿饭。高燕把小炒里零星的肉片都挑出来，夹到了祁宏碗里。

挣钱不容易，这对年轻人都不愿意大手大脚地花钱了，也包括高燕，他们要节俭过日子，细水长流。他们都知道，这种节俭，将来可能要陪伴他们很长一段时间，甚至大半生。

饭后，高燕把祁宏送到了火车站，送上了火车。他们在站台上，拥抱，亲吻，然后挥手说再见。他们隔着车窗，击掌为盟，五个月后，高燕结束打工，重返校园。祁宏上大学，高燕要陪他过去，把他送进大学。

火车开动那一刻，他们看到对方的脸上，流着幸福的眼泪。

高燕已经掐指算过了，祁宏离高考还有三个月，暑假两个月，自己再打五个月工，能挣快一万块钱了，这个钱，足够祁宏两年大学费用了。

到那个时候结束打工，回到祁东，正好是祁宏拿到大学通知书，准备开学的时候，高燕期待把祁宏送到大学去。

一切都刚刚好，计算得就像瑞士的钟表那样准确，恰到好处，毫厘不差。

第十七章　那朵美丽忘忧草到了"有花堪折直须折"时

凌林是最后一个知道高燕去向的。

五一劳动节那天，路过校门口的收发室，凌林被收发室的大爷叫住了。

大爷要凌林给祁宏带一张从广东寄过来的汇款单。

收发室大爷是一个善于察言观色的人，有着丰富的人生阅历。他多次看到凌书记的千金跟祁宏肩并肩地进出校门，在县委、县政府大楼之间往来，就知道凌林对那个小伙子有点儿意思。在大爷看来，这两个人是郎才女貌，十分般配。

借这个事儿，正好讨个热乎，献点儿殷勤。大爷倒不是想攀上凌书记的关系，获得关照和提拔。他两年前就从祁东二中总务主任的位置上退了下来，收发室的工作是他主动请缨，不要报酬的。老人家闲不住，想"放余热，发余光"。那个属于他的奋斗年代已经画上句号，一去不复返了。收发室大爷只想单纯地讨好一下，仅此而已。这也是人之常情，无可非议。

接过汇款单，看到上面的收款人和汇款人，凌林一下子就明白了，感觉时空凝固在那张汇款单上。

那张汇款单明明白白地告诉凌林，高燕是为了祁宏，为给他挣学费和生活费，让他顺利参加高考，才休学到广东打工的。

祁东一中女生为祁东二中男生休学打工挣钱的故事，凌林曾经道听途说过，但她没有太当真，更没有把两个当事者跟祁宏和高燕联系在一起。看到汇款单，凌林才蓦地惊觉原来那个故事的男主角是祁宏，女主角是高燕啊。

做出那种举动，付出那么大牺牲，就是不顾一切，豁出去了！这个赌注也下得太大了，押上了自己的锦绣前程。

这种牺牲，她凌林是做不到的。凌林觉得手上那张汇款单沉甸甸的，她明白了那天高燕要她转信给祁宏时的怪异言行——自己当时怪高燕有些莫名其妙，无理取闹呢。看着汇款单，两个月来对高燕的错怪和误会，顷刻灰飞烟灭了，取而代之的，是一种油然而生的敬意。

不能让高燕一个人在外面漂着，她还那么小，应该是做学生，在学校读书的年纪，应该在校园里为自己前途打拼，在父母荫庇下快乐成长，就像她和祁宏一样，而不是在流水线上挥汗如雨，麻木机械地浪费青春，消耗生命，辜负韶华！那种生活不应该属于高燕。

必须得想办法让高燕尽快回来，重返校园，继续学业！这事儿宜早不宜迟，越快越好。

要让高燕心甘情愿地回来，就得先征询祁宏同意，解决他和她的后顾之忧，那就是祁宏的大学学费。凌林飞快地计算了一下，自己还有两三千块钱私房钱，可以帮助祁宏应急一下。那是过年的时候积攒下来的压岁钱。

每年过年，凌家的亲戚，父亲的朋友都争着给她压岁钱。一般朋友给的，父亲不让收，亲戚给的可以；给得大的，父亲不让收，给得小的，意思意思一下，就不管那么多，睁一只眼，闭一只眼了。

聚沙成塔，集腋成裘。给的人多了，数目就大了。这些压岁钱，凌林没怎么花，满足祁宏大一的学费是没问题的，至于生活费，凌林想，只要进了大学，祁宏应该有办法养活自己。

一定得找人把高燕找回来，凌林一边走，一边背英语单词一样，默默地记下了汇款单上高燕的详细地址。

走进隔壁教室，把汇款单递给祁宏的时候，凌林提出来，要他陪自己到田径场上走走。

接过汇款单，祁宏不敢看凌林，他跟在凌林身后，走出了教室，就像做了错事，被凌林发现，抓了现行。

祁宏知道，高燕为自己休学打工的事，凌林已经猜到了。让祁宏心虚气泄的，不是不好向凌林交代，他们之间还没有发展到那一步，没什么要交代的；即使有，也是凌林单方面的，祁宏还没向凌林明示或暗示过什么；让祁宏忐忑不安的是高燕为他做出这大牺牲，让他感到愧疚。

既然凌林知道了也好，祁宏想，那就快刀斩乱麻，向凌林坦白从宽，把三个人貌似不清不楚的关系理清楚，正常化，爱情是爱情，友谊是友谊，泾渭分明，井水不犯河水。

"能告诉我是怎么一回事吗?"凌林问。

尽管猜了个八九不离十，但凌林还是心情凌乱，希望祁宏亲口告诉她事情的来龙去脉，前因后果；凌林也在心里祈祷事情并不是她猜测揣度的那样。

"高燕是为我休学打工去的，"祁宏的声音很低，也很坚定，凌林听得清清楚楚，"我不能辜负了她。她现在为我，我以后对她一生负责。"

"可这种牺牲太大了，关系到一个女孩一辈子的命运和前途啊!"

凌林感觉心在隐隐作痛，同时也觉得如释重负。这件事终于被祁宏亲口证实了，自己也就不要抱什么幻想，徒增烦恼了。凌林为自己这段刚刚萌芽，却不幸夭折的感情黯然神伤。

别了，这爱的悄悄的拱土萌芽!

祁宏是个不错的男生，凌林曾经暗暗地憧憬将来可以执子之手，与子偕老，琴瑟和鸣地书写人生呢。凌林想，在高中没谈恋爱，进大学了，要做的第一件事就是找个男朋友，祁宏是一个合适的人选，没想到被人捷足先登了，自己出局了。

高燕和祁宏的关系发展那么快，这是凌林始料不及的。

凌林同时又有几分庆幸，庆幸自己只是偶尔想想，还没陷进去太深，不像高燕那样飞蛾扑火，不顾一切。既然没有陷进去，要出来也就容易，没有那么多伤感，也谈不上悲痛。

"我也这么想，我去找过高燕，但她不愿意跟我回来。"祁宏很无奈地说。

"如果你不用她寄钱了，高燕就回来了，"凌林说，"这是问题的根本。"

"是有这种可能。"祁宏说。

这个倒是自己没有想过的，祁宏不得不佩服这个年纪轻轻的女生，看问题是那样深刻，解决问题是那样切中肯綮，就像她考试时的答题思路一样。

"你大学第一年的学费，我借给你。到了大学，你可以勤工俭学，自己把生活费挣了。参加工作了，挣钱了，再还给我。"凌林说。

尽管这个男生掐灭了自己内心闪烁的感情星火，凌林还是愿意为他做些事，毕竟人生遇到一个自己喜欢的人不容易，没有了爱情，他们还是好朋友；那么多围绕在身边，献着殷勤的男生，凌林都没有动心过，倒是对祁宏这个从来没有主动向她示过好的男生怦然心动了。

感情就是这么折磨人，就是这么稀奇古怪，谁都说不清，谁也道不明，谁也没办法把握。也许这就是感情的奇妙之处吧。难怪书上总结说爱情这东西是"可遇不可求"的。

听凌林这么说，祁宏不知道说什么了。如果凌林愿意借钱给他上大学，那是最好不过了，是该把高燕叫回来了，不能因为自己，耽误了高燕，就像高燕不想因为钱耽误了自己高考一样。

可是，这样一来，他又要欠另一个女孩了。这份情不是用钱就可以还得清的。大学毕业后还钱，还的只是息，钱背后的本，他是还不了，也没法还的，自己不能对不起高燕，也不能耽误了凌林，有些事情要当机立断，把立场说清楚，不能留有模糊地带，误人害己。

"你借我钱，可我还不起其他啊，将来只能跟你本息一起算。我不能没有高燕，她也不能没有我。"祁宏嗫嚅着对凌林说。

祁宏希望凌林借钱给他，他该为自己的大学学费想办法了，不能把这个重担再压在已经不堪重负的父母身上，也不能压在高燕那双稚嫩的肩膀上，爱情里面也没有这个义务。

"你还钱就行了。其他的爱还不还啊，没人稀罕。"凌林说。

凌林有些委屈，可感情这东西，勉强不来。在这场爱情争夺战中，凌林成了一个失败者，不能说自己比高燕差，高燕比自己强，也不能说祁宏不喜欢自己，只是自己出现的时间不对，这个结果与自己，与祁宏和高燕都没有什么关系。

凌林被高燕和祁宏的感情感动，她由衷地祝他们幸福美满，以后不要有那么多波折起伏，不要那么结果渺茫。

自己第一次对一个男生动心，就这样无疾而终了；凌林有点羡慕祁宏和高燕，这种刻骨铭心、不离不弃的感情，她这一辈子怕是遇不着，也求不到了。

虽然祁宏答应了让高燕回来，可总得有人去广东把高燕接回来吧。接高燕的这个人，凌林不合适，也没空；祁宏合适，恐怕跟自己一样没时间，更不能让他在高考冲刺的关键时刻分心乱神。凌林知道祁宏是费了九牛二虎之力才调整过来，成绩刚刚追上来，进到年级前五名。

把跟高燕有关系、可信任的人快速地盘点了一下，凌林觉得，接高燕的最合适的人，就是她父亲高欣了，高欣也应该是最焦急把高燕找回来的那个人，恰好高欣那天就在县城里。

五一劳动节，全县表彰先进工作者，高欣也在被表彰名单之列。凌林清楚地记得前一天晚上，在饭桌上，父亲曾经唠叨过，说四明山的高欣是全县第一个，也是唯一一个作为个体户被评上先进工作者的。

张援朝把高欣推荐给了凌书记。

凌书记对高欣发家致富的事迹十分感兴趣，认为他是在改革开放大潮中涌现出来的，敏锐地把握了政策和市场机遇，敢为天下先的致富典型，是新时代的弄潮儿。祁东县要摆脱贫困落后面貌，摘掉戴在头上的"全国贫困县"帽子，就需要这种人，需要为百万农民树立勤劳致富的榜样，需要"先富起来"的带头人。

会议下午才开始。上午在办公室，凌书记接见了高欣，跟他聊了一个小时，印象很不错。凌书记觉得高欣是当代祁东农民中站得高，看得远，头脑灵活，思想解放，又脚踏实地的代表，是一块做生意的好材料。凌书记鼓励高欣好好干，今年做先进工作者，明年做政协委员，积极参与到参政议政中来，发挥聪明才智，为搞活祁东经济，建设祁东服务。

凌书记吩咐宣传部专门安排祁东县电视台对高欣做了半小时的专访。这是高欣第一次上电视。他西装革履，意气风发，面对镜头侃侃而谈，一点都不怯场。看过节目的祁东观众都耳目一新，觉得高欣具备了当代农民企业家的神韵和风采。

下午，凌林走进了县委、县政府大楼。从大会议室门缝里，凌林看到了在第二排落座的高欣。高欣胸前佩戴着大红花，庄严肃穆的表情掩饰不住内心的激动。他要领奖，还要发言。这是他的高光时刻。他没想到自己这一辈子还会在这种神圣的大会上，被表彰、被邀请作为代表发言。

会议一结束，凌林蹿上去，挤进人群，把高欣拉到了一边。

高欣认得这个女孩是凌书记的女儿。她到过四明山，还在自己家里住过一宿，在祁宏家待了几天，好像还蛮喜欢祁宏的。

"我知道高燕在哪，这是她的地址，您去把她接回来吧。"凌林说。

凌林递给了高欣一张纸条，上面清楚地写着高燕的详细地址。

这正是高欣的想法。女儿离家出走两个多月了，杳无音信，让他这个做父亲的处在身心煎熬中，晚上经常从噩梦中惊醒。他也在琢磨这个事，好几次都想动身前往广东把高燕找回来，可就是没有高燕的地址。广东那么大，没有地址，就是大海捞针了，怎么找？

这两个多月，高欣也一直在等高燕跟他联系，但女儿就像人间蒸发了一样，信也不写一封，电话也不打一个。虽然他对女儿逃学出走十分生气，但过去这么久了，气也就慢慢消了，只要高燕平安就好，只要高燕回来就好，他可以既往不咎的。

从凌林手中接过纸条，高欣喜出望外，感觉双喜临门了。他觉得凌书记的女儿真是一个好姑娘，总能给人带来意外福音。这么好的一个姑娘偏偏喜欢祁宏，真是一朵鲜花插在牛粪上了。他弄不明白祁宏有什么魔力，祁东县首富的女儿，祁东县第一家庭的女儿，都被他迷得团团转，也许祁宏那小子会花言巧语哄骗女生吧，他从小就这个德行。

从县政府出来，高欣开着车，急急忙忙赶到黄花菜加工厂。他要把这个喜讯第一时间告诉张伟。

张伟比自己还急着知道这个消息。高燕逃学打工，让张伟备受打击，两个多月来，一直就像一只热锅上的蚂蚁，见到他就问有没有高燕的消息。

高欣感觉得到，如果再没有高燕的消息，他和黄花菜加工厂的合作就危机四伏，马上要黄了。张伟已经表现出了不耐烦，对陈晓明送过去的黄花菜横挑鼻子竖挑眼了。听陈晓明透露，张伟已经在悄悄地接触其他供应商了，也在尝试小规模地采购其他供应商的黄花菜了。

高欣也知道，张伟暂时还不想换掉他，只是做做样子，放放风给他看，向他施加一点压力。解决问题的关键就是高燕。如果高燕老不回来，那就说不准了。张伟是什么事都做得出来的，之所以还没撕破脸皮，是因为张伟对高燕还抱有幻想。一旦这个幻想破灭了，高欣与黄花菜加工厂的业务合作，也就结束了。这对高家来说，是难以承受的。虽然生意是越做越大了，可黄花菜供应是高家发迹的行当，意义非凡，至今也还是重头戏，占据了高家生意的半壁江山，丢不得，也丢不起。

高欣和张伟也是有一段时间没见面了。高燕走后，两人都在躲避对方，怕见着了尴尬。看到高欣来了，张伟不冷不热地打着招呼，让高欣感受到了冷落，看来自己来得正是时候。

果然，当高欣把高燕的消息告诉张伟时，张伟马上就阴转晴，变得热络了。张伟说，这个事值得好好庆贺一下。

两个人一起走进了红火酒店，找了一个靠窗的桌子，面对面地坐了下来。张伟点了五六个大菜，要了一瓶衡阳大曲，准备跟高欣好好地庆贺一下。第一道菜上来后，两个男人开始你一杯我一杯地对酌起来。

几杯烈酒下肚，张伟话就多了起来。他给高欣敬了杯酒，借着酒胆，又缠着高欣认了他这个女婿算了。

张伟知道，在高家，是高欣做主，只要高欣答应了，高燕那儿也就八九不离十了。常言道，胳膊扭不过大腿。高燕是胳膊，高欣是大腿。高燕是高欣生的、高欣养的，张伟不信高燕不听高欣的。

高欣说："这个事，我这边答应了不算，还要看高燕。高燕那边，还要靠你自己加把劲。"

"高燕听你的，"张伟狡黠地说，"我成高家女婿了，黄花菜厂与高家合作起来，那就更方便了。我也好做高家的业务员，帮你在县城拓展一下其他业务。如果我不是高家的女婿，我是什么动力都没有。你也知道，黄花菜这生意，给谁做都一样；给谁做，谁就能很快地发达起来。"

张伟说的不假，都是大实话。在祁东这地盘上，张家的能量大着呢。张家是巍峨的四明山，是四明山公社办公楼前的那棵百年楠木树。高家是靠着张家这座山，这棵大树，才有的今天。高家的财富、地位、名声，都有张家的一份大功劳。高家洗脚上岸，全面经商后，张援朝更是高家生意上的大贵人、大楠木树、大靠山。如果跟张家结成亲家，以后高家的舞台就更大，脚下的路就更宽，头上的天空就更高远了，政商结盟，珠联璧合，高家在祁东县那就要风得风，要雨得雨了。

"我是没问题的，"高欣说，"我们一起把高燕接回来，做做她的工作。"

两个男人碰完最后一杯酒，在醉意中，意见就高度统一了。在高欣心里，张伟成了他的准女婿，一个可以帮他大展宏图，助他飞黄腾达的贵人。

次日清早，高欣带上陈晓明，两个人开着那辆桑塔纳，从四明山出发，前往广东接高燕。

路过祁东县城的时候，他们把车开进了黄花菜加工厂，把张伟接上，三个男人，风尘仆仆地奔赴广东接高燕。

三人轮流开车，困了就在车上打会盹。进了广东境内，到处都在修路，工地排场很大。一问，工人告诉他们，那是在修高速公路。高速公路是什么，他们没概念，也没见过——这是他们自驾第一次跨省出远门。顾名思义地想，反正车在上面跑起来很快吧，还是广东变化快。

他们一路走走停停，次日上午才赶到高燕所在的工厂。

高欣给传达室保安塞了一包芙蓉王烟，要他帮忙把高燕喊出来。保安心领神会，很快就把高燕叫了出来。

当看到厂门口站着的三个熟悉的男人，高燕马上就慌神了，她一下子就明白了三个男人的来意。

没有办法，高燕只得简单地收拾行李，乖乖地钻进车里，跟着父亲一起回家。

高燕还有十多天工资没结，高欣没有要她结算了，他高家不缺那点小钱，但高燕心在滴血，那钱是自己流血流汗，给祁宏挣的。

又见到高燕了，张伟莫名兴奋，他目不转睛地打量着高燕，从头到脚，从前到后，没错，就是这个女孩，让自己茶不思，饭不想，夜不寐，在她失联的这两个月，他都想用头撞墙了。

找到就好了，以后不能再让高燕从自己身边溜走了。

张伟兴高采烈地向高燕问这问那，好像有说不完的话。

高燕爱理不理的，把脸转向了窗外，出神地望着外面一闪而过的路边风景，想着自己的心事。

高燕有些郁闷，离自己的计划还差三个多月呢，祁宏的学费还没攒够呢，她不明白父亲是怎么知道的消息，但她可以肯定不是祁宏告诉父亲的。如果是祁宏告诉父亲的，那上次祁宏来的时候，就一定坚持要自己跟他回去了。难道是父亲找祁宏麻烦了，逼得他把自己的地址告诉父亲了？

高燕就是怕父亲来找她，打乱她为祁宏挣学费的计划，所以她没有告诉任何人她在广东的地址，除了祁宏。

张伟并不介意高燕的冷漠。只要找到高燕，把她接回家，他就心满意足了。守着花儿，就不怕花儿不开放；守着果子，就不怕果子不成熟。张伟相信总有一天，高燕会接受他。

除了格外兴奋和聒噪的张伟，其他三人都是各怀心事，能沉默不语就沉默不语。

张伟惊喜地发现，两个多月不见，高燕成熟了，那身材凹凸有致，袅娜多姿，穿在身上的工服掩不住青春的蓬勃骚动。

张伟觉得高燕就像四明山那朵进入了夏季的忘忧草，已经含苞待放了，挺立枝头，等着人采摘；就像四明山上那些进入了夏季的水蜜桃，白里透红，娇艳欲滴，在茂密的枝叶间隐隐约约，秀色可餐。

都说十八岁的姑娘一枝花。在张伟眼里，即将迎来十八岁生日的高燕既是一朵含苞待放的花朵，也是一个熟得透明的水蜜桃。

有花堪折直须折，莫待无花空折枝啊。

高燕是花，张伟想把这朵花采了，装进温室的花瓶里；高燕是水蜜桃，张伟想把这个桃摘了，狼吞虎咽，藏进肚里。

从看到高燕那刻起，张伟就在心里认定，高燕是他张伟的，以后谁也别想再染指了。

很多事情告诉他，在这份感情上，他不能再有妇人之仁，要多快好省，哪怕不择手段，只要结果。

第十八章　那个羞于示人的秘密，到了非说不可时

一行人又困又乏，又累又饿。

寂寞的道路是那样漫长无边，走起来没有尽头一样，与人多人少没有什么关系。

陈晓明和张伟不约而同地想：押送爱情比押送一趟黄花菜要辛苦多了。

到祁东县界，正是黎明前的黑暗，看不到一点人间烟火，听不到一点自然界的声音；到四明山，天就快亮了。

一轮晕黄的残月寂寞地挂在腾云岭的山尖上，轻纱一样的薄雾从山底缓缓升起，到半山腰化为云朵，纠缠着青松翠柏，既不愿继续上升，也不消散。

殷勤的布谷鸟从这棵树上蹿到那棵树上，清脆的鸣叫声忽远忽近。纵横交错的阡陌上，已经出现了农民扛着锄头下地的身影。有了土地的农民习惯了自由地安排作息时间。一日之计在于晨，趁着早上凉快，多干点农活，中午和下午，太阳酷热的时候，就可以在房前屋后的树荫下，优哉游哉地摇着蒲扇，想着心事，心安理得地乘凉了。

勤快的王红梅早就起来了，在后院招呼那群鸡鸭鹅。鸡鸭鹅嘎嘎嘎地叫唤着，扑扇着翅膀追逐着，争抢着主人撒在地上的食物。

不要小看了这群鸡鸭鹅，它们的作用可大了，下的蛋用来给那些厂长、经理们送礼。城里人就喜欢这些土生土长、原汁原味的东西。

鸡鸭鹅们的肉体用来招待前来谈生意的贵客，也是特别受欢迎。重要的客人，临走时捉一两只给他们带走，宾主尽欢，心照不宣。

高欣给王红梅买了两本学做湘菜的书，图文并茂，通俗易懂。虽然王红梅识字不多，但看着图，她就领悟了八九成。王红梅与时俱进，学会了几道拿手好菜，色香味不比城里酒店差，什么茶油蒸土鸡、国宴东安鸡、永州血鸭、双色剁椒鱼头、香芋焖鹅等都手到擒来。会做的菜不用太多，能做十多样，做得合客人口味就够了。

丈夫去广东接女儿，王红梅两个晚上都没睡，她根本睡不着，眼睛一闭，全是女儿遭遇各种不幸的稀奇古怪的噩梦。看到他们平安回来，看到女儿完好无损，王红梅放心了，激动了，她情不自禁地抱住高燕，号啕大哭，两只手不停地捶打着高燕的肩胛，一边捶打一边骂高燕把良心给狗吃了，亲爹亲娘都不要了。

王红梅的哭骂声在清晨的四明山显得格外响亮，把她两个多月以来的担惊受怕全部释放了出来。那些不明底细、已经起床了的村民闻声陆续赶了过来，他们以为夫妇俩吵架，高欣把王红梅打哭了，准备过来看热闹或者劝架。

从知道高燕逃学出走的消息起，王红梅急得都快崩溃了。两个多月来，忙完后，每天夜里，等高欣睡了，她一个人就在夜色中偷偷抹眼泪，她不明白自己怎么就生了这样一个淘气的小冤家。

女儿是母亲的心头肉。高燕第一次不声不响地出了远门，到人生地不熟的广东打工，生死未卜，既没给家里写信，也没打个电话，她这个做母亲的能不提心吊胆、寝食不安吗？

王红梅的哭泣让高欣的愤怒一下子蹿了上来，他听着烦躁，也越想越气，等围观村民、张伟和陈晓明走后，他关上门，厉声质问高燕，是张伟求爱把她吓跑的，还是为祁宏筹集学费连学习和前途都不顾了。

瞒是瞒不住的，也没什么意义，她已经十八岁了，高燕觉得应该向父母表明态度，争取自己的感情幸福。她讨厌张伟，张伟怎么讨好她，她都没感觉，甚至觉得恶心；她喜欢祁宏，见到他就满心欢喜，想起他就内心柔软，温顺如水，愿意为他做任何事情。这两个男人给她的感觉和在她心目中的地位，一个在天堂，一个在地狱；一个是福音，一个是祸害，不能等同，更不能替换，更不能拿来交换。

高燕看着父亲，直言不讳地承认了逃学打工既有张伟求爱造成的困扰因素，又是为了给祁宏筹集学费，前者是次要的，后者是主要的，高燕希望父亲看在她和祁宏感情的分上，以后多帮帮祁宏，资助他读完大学，更不要胡搅蛮缠，乱点鸳鸯，破坏他们的爱情了。

高燕的期待和情感既没有引起高欣重视，也没有软化他的立场，他反倒被女儿冥顽不化的态度彻底激怒了，高欣扬起右手，一巴掌掴在高燕俏脸上，发出"啪"的一声脆响。

被掴的半边脸马上肿了起来，在白皙的脸颊上留下五根清晰的手指印，高燕感到半边脸火烧火燎地疼痛——父亲气急败坏，终于忍不住打她了。

那耳光把王红梅惊呆了，她停止了哭泣，一边发怔地看着高欣，一边心疼地看着女儿。

但高燕没有屈服，她倔强地昂着头，跟父亲对视着，不愿意让步。她不认为自己有什么错，更不愿意牺牲自己的感情，迁就父亲的意愿，照顾父亲的生意，她要自己做主。

打就打吧，高燕想，只要挨了打，父亲能够明白自己的心意，做出妥协和让步，她也就认了。

看着激烈对抗，各不相让的父女俩，王红梅不知所措。这种阵势，她还从来没见过，她不知道该安慰谁，也不知道该帮谁，也许谁也安慰不了，谁也帮不了。

"把她给我看好了，哪儿也不许去！"高欣凶狠地命令王红梅，当然这态度更是做给高燕看的。

高燕也豁出去了，鄙夷不屑地看着高欣，大声地说："我就是讨厌张伟，我就是喜欢祁宏！你就只知道你的生意，完全不顾我的感受！我到底是不是你亲生的？你不能为了你的生意，葬送了我的幸福！"

高欣被女儿气得说不出话来，又要举手打人。王红梅赶紧挡在父女之间，连拉带劝，把女儿弄上了四楼，躲进了她的房间。

余怒未消的高欣找来一把大锁，哐当一声把女儿反锁在房间里。

他要她好好反思，什么时候反思好了，想清楚了，什么时候放她出来。

高欣倒不是真心想把高燕锁住，只是吓唬吓唬一下她而已，充其量锁她半天一天。高欣有很多生意上的事情要处理，要出门办事。女儿好不容易接回来了，他不希望高燕趁自己不在家的时候，又偷偷地溜出去，跑到县城找祁宏，或者再跑回广东去。

都吵到这个份上了，高欣不得不防。

高欣知道王红梅性子软，耳根子更软，既没智慧斗过女儿，又看不住女儿，也经不住女儿的软磨硬泡。

被反锁在闺房里的高燕，反倒一下子清醒了，冷静了，心里也踏实了。她躺在床上，蒙头就睡。这一觉，一直睡到夕阳西下，月亮爬上四明山。这是两个多月来，高燕睡得最踏实的一个觉了，还是自己家好，还是在自己床上舒服。在广东打工的日子，躺在床上，要么想着祁宏，要么想着挣钱，处在精神高度紧张的焦虑之中，她就没有睡过一个好觉。

觉补足后，高燕起了床，坐在梳妆台前，捧起书本，认认真真地读了起来。她知道，祁宏是希望她这么做的，她要把落下的功课赶上来。

已经两个多月没有摸书本了，高燕觉得有点儿生疏了，但她没有气馁，也不想放弃，她有信心趁暑假赶上来，不懂的地方可以向祁宏请教。祁宏教她的，更容易懂，也会记得更牢固更扎实。

让高燕感到安心的是，她已经给祁宏汇了两个月工资了，加起来快四千块钱了，这是一个不小的数目。这个钱，可以让祁宏无牵无碍地参加高考了。现在要操心的就是祁宏的大学费用。高燕原来打算再做三四个月，至少把祁宏大一的学费生活费挣到手，没想到父亲找上来，把计划全部打乱了。

穷人有穷人的快乐，富人有富人的烦恼，家家都有一本难念的经。

高家父女吵得不可开交的事，很快就传遍了四明山。让村民没想到的是，还在读高一的高燕，与读高三的祁家小子不顾一切地谈恋爱了，不再是小时候过家家那种闹着玩了，是来真的了。高燕还为祁宏筹集学费，跑到广东打工去了，使高欣夫妇感觉很不爽，真是"女大不中留"。

村民们愤愤不平地想，祁宏这小子到底有什么高能，走了什么桃花运，有钱的人家的女儿喜欢他，有势的人家的女儿也喜欢他，他到底选哪个呢，是要钱还是要权，还是都要呢？

看来这场戏，精彩的还在后头。

这件事传到祁茗耳朵里，她当场怔住了，尤其是高燕那个非祁宏不嫁的态度，使她急得像热锅上的蚂蚁。以前捕风捉影地听到祁宏和高燕谈恋爱，她就在谨慎地防范着，也祈祷这一切不是真的，他们只是兄妹，一块长大，处得来，关系好而已。

凌林的出现，让祁茗暗地喜出望外，以为高燕和祁宏没啥了。祁茗看得出来，凌林是喜欢自己儿子的。

祁茗倒不是想攀什么高枝，与凌书记成为亲家；而是在她心底，隐藏着一个天大的秘密，这个秘密让她这一辈子不得安生。这么多年来，祁茗对谁都没有说过，也不敢说。她本来以为，这个秘密要带进棺材的，就她一个人，谁都不让知道。只要祁宏考上大学，走出四明山，以后就与四明山没有多大关系了，这个秘密就永远没人知道了。

可人算不如天算，祁宏和高燕相爱了，感情如火如荼，高燕都公开承认了。

不是高燕不行，也不是不喜欢高燕，也不是祁茗想刻意攀龙附凤，能够为祁宏心甘情愿地做出这么大的牺牲，就算她祁茗是四明山上的一块千年石头，也被感动了。但是祁宏和高燕，不能相爱！如果自己没有记错算错，他们俩是同父异母的亲兄妹。

亲兄妹谈恋爱，能让祁茗不急吗？

事情要追溯到二十年前。

那时候，高欣和祁茗青梅竹马，两小无猜，比高燕和祁宏还腻歪。他们一块上学，还同班同桌，初中没读完，他们又一起休了学，一起在生产队出工，参加集体劳动。在春情萌动的年纪，两个人郎情妾意，水到渠成地相爱了，爱得如胶似漆。

夕阳西下，集体散工了，他们心照不宣地落在队伍的最后面，趁大家没注意，偷偷地溜进了黄花菜地幽会。他们背抵背地坐在黄花菜地深处，一起赏月亮，一起数星星，一起听虫吟蝈鸣，一起亲嘴拥抱，一起许下海誓山盟。

可是他们的爱情开了一个好头，却没有修成正果。一路逃难的朱鹏来了，被祁家收养了，一切都变了。

祁茗是独生子女，她妈身体不好，生下她就没有再要了。到了祁茗谈婚论嫁的年纪，父亲不想断了香火，非要祁茗找一个男人入赘不可。

这个男人也是现成的，那就是在祁家已经长大成人的朱鹏。

对逃难过来、举目无亲的孤儿朱鹏来说，这是天上掉馅饼的事。祁家收养了他，于他有恩；母亲去世后，他在世上也没有其他亲人了，祁家就是他的家；祁家把女儿许配给他，这是打着灯笼都没法找的，他本来就在祁家安家落户了，至于是不是入赘又有多大关系。

在四明山，入赘是一个颇具贬义色彩的词语，那是需要相当大的决心和勇气的。做上门女婿的男人，都要低人一等，一辈子被人瞧不起。入赘，意味着对祖宗和家族的背叛；入赘后，生下的子女不跟男方姓，跟女方姓。一般只有那些家境艰难，一贫如洗，娶不起老婆，或者身有残疾，娶不到老婆的男人，才心不甘情不愿地入赘。

家境不错，长得帅气，心高气傲的高欣是不愿意入赘的。

当祁茗把父亲的意思对高欣一说，高欣立刻拒绝了，他觉得入赘是对他的污辱。高欣一家也不会让他做这种丢人现眼的事，就算高欣娶不到老婆，也不能让他入赘祁家。一气之下，高家立刻给高欣安排相亲了，怨愤悲伤之下，高欣和王红梅对上了眼。

可是无牵无挂，孤身一人的朱鹏可以。祁茗父亲早就把朱鹏当儿子看了，朱鹏入赘祁家，水到渠成。

然而，祁茗不同意，虽然朱鹏老实本分，长相也凑合，可祁茗心里早就有人了。父女俩谁都不肯让步，吵得不可开交。几次交锋下来，身体本来不好的父亲被气病了，一病不起。即使病了，倔强的父亲仍然没有让步，逼着祁茗答应自己，否则，饭都不吃，水也不喝，病也不治，还以绝食相威胁。

为让父亲病情好转，或者说为让父亲走得放心，祁茗不得不含泪妥协了。

答应父亲的那天夜里，悲伤恸绝，万念俱灰的祁茗把高欣叫出来，两人趁着夜色，钻进了屋后那片黄花菜地。

正是仲夏季节，黄花菜漫山遍野，密密匝匝。高高的黄花枝为他们编织了一个密不透风的空间，碧绿的黄花叶为他们铺就了一张柔软的床，在满天繁星和一轮残月的见证下，祁茗躺在地上，向高欣完全敞开了，她引导他完成了他们人生中的第一次。

从黄花菜地出来，他们分道扬镳，各走各的路，各筑各的巢，各养各的娃，十多年来刻意地保持着距离，形同陌路，直到分田到户前夕，两人才慢慢地恢复正常关系。

钻了黄花菜地一个月后，祁茗结婚，朱鹏做了上门女婿；两天后，高欣结婚，娶了王红梅。祁茗父亲也心满意足地撒手人寰。祁茗和朱鹏婚后九个月，祁宏用划破四明山夜晚宁静的洪亮的啼哭宣告了自己的到来。

祁宏到底是朱鹏的，还是高欣的，祁茗一直心存疑惑。如果按照她与高欣那次时间算，祁宏是足月生的；如果按照她与朱鹏结婚后的时间算，祁宏是不足月生的。如果按照自己生理期推算，祁宏十有八九是高欣的。

可又说不准，那个年代，女人吃不饱，还要像男人一样干活，生理期很紊乱，没有规律可言。

这件事，祁茗从来就没对谁说过，本来想把它烂在肚子里。她和高欣，那一次后，说断就断了。虽然天天见面，但大家都是有家有室的人了，藕断丝连的，对谁都不好，对谁的家庭都不好交代。

让祁茗万万没想到的是，祁宏和高燕居然相爱了，祁茗是说什么都不能同意的。阻止祁宏和高燕继续相爱的唯一办法，就是把祁宏的身世告诉高欣，与高欣联手，她阻止祁宏，高欣阻止高燕，把这份感情掐灭在摇篮中。

这件事，不能大张旗鼓，只能她知，高欣知，千万不能让其他人知道了，尤其是祁宏和高燕，王红梅和朱鹏。都这么大一把年纪了，他们还要在四明山待下去，不能闹得满城风雨，不能因此毁了两个家庭。

夜幕降临的时候，祁茗走出家门，出了村庄，隐没在沉沉夜色之中。她就像一个猎人一样守候在距离村口一公里左右的马路边，等着高欣的车经过。那是高欣回家的必经之路。

祁茗已经瞅过高家大院了，没有看到高欣的车，说明他还没有回来。

晚上八点左右，四明山的夜已经黑透了，浓得化不开。

高欣的车打着远光灯，一路轰鸣地出现了。祁茗走到马路中间，挥舞双手，把高欣的车拦了下来。

高欣的车一停，祁茗就拉开车门，上了车，坐在副驾驶位上。

看见祁茗手上没有农具，高欣就知道她在刻意等他。高欣有些奇怪，这个女人，行事一向光明磊落，今天却像在刻意躲避别人，满腹心事，让他感觉很不自在。

高欣刚要发动车，却被祁茗制止了。

祁茗扫了一眼高欣，想说，可不知从何说起。这事儿，也确实难为她了，让人难以启齿。如果不是祁宏和高燕谈起了恋爱，她是不愿告诉他的，她心里就像被成千上万只老鼠在抓挠。

看着欲言又止的祁茗，高欣心里很不痛快，以为祁茗又来找他借钱了，从祁茗表情上看，这次估计不是三千五千那么少了——这些年，祁茗除了向他借钱，几乎就没有其他事儿了。

"我这段时间资金很紧张，有点儿周转不过来，过段时间再说吧。"高欣冷冷地说。

高欣真不想再借钱给祁家了，女儿逃学为祁宏打工挣钱的事，把他惹毛了，堵在心里的那口气一直没办法出了。这事儿，祁家负有不可推卸的责任，让他觉得祁家人不可原谅。

高欣的话，就像一把刀子插在祁茗的心尖上，把她刺痛了，也把她在高欣面前的最后一点尊严扯了下来，糟蹋了，泪水顺着祁茗那张饱经风霜的瘦脸奔流直下，滴落在车内。

高欣的意思，再清楚不过了。祁茗很想在那一刻，把祁家欠高家的钱全部还上，可她实在拿不出什么钱来啊。

高欣的话和态度告诉祁茗，这对曾经的恋人之间，鸿沟是越来越大，已经没法跨越了，裂痕是越来越深，已经没法修复了。

财富差距产生的距离让感情疏远，这就是现实，这就是生活。

"宏和燕儿，他们不能好。"祁茗对高欣说。

泪流满面的祁茗并没有让高欣动恻隐之心，反倒觉得祁茗的话十分刺耳：你看不上我女儿，我还看不上你儿子呢！他想，要不同意，也是我不同意，还轮不到你来表态做主。

想归想，高欣还是忍住了。得饶人处且饶人，看到祁茗流泪了，伤心了，他不忍心再刺激她。

高欣缓和了一下语气，但还是冷冰冰地问："为什么？"

"祁宏是你的儿子，他们是亲兄妹。"祁茗也冷冷地回答。

祁水河那样汹涌澎湃，四明山那样连绵起伏的磨难，已经让祁茗的内心变得强大，哪怕是这种大事，她都看淡了，看开了，说得云淡风轻，让高欣琢磨不透话里的感情色彩。

祁茗觉得自己已经说得够清楚了，她顾不上高欣有什么反应，拉开车门，下了车，消失在茫茫黑夜中。

纵使是见惯了大场面，经历过大风大浪的高欣，还是被祁茗的话惊呆了。

高欣愣坐在车里，半天都回不过神来。

那段记忆已经被尘封在心里很多年了，高欣是无法忘记的，也是他一生的痛。年轻的时候，他和祁茗是那样相爱。在他们跟别人结婚前，在屋后的黄花菜地里，他们有过那么痛快淋漓的一回。那次是他这一生疼痛和快乐的最高峰，也是这一生灵与肉唯一全部融合的一次。就像是少年时候第一次爬上四明山的最高峰腾云岭，虽然累得大汗淋漓，却是一览众山小，感觉心旷神怡，有一种征服感。

可就那么一回，就中彩了？

难怪有时候，高欣隐隐约约地觉得祁宏长得像自己，性格和脾气都像，偶尔也产生一种天然的莫名的亲近感，但他内心一直在抗拒和排斥这种感情。

突然多出来一个儿子，高欣不知是悲是喜，是苦是甜。他坐在车里，一根接一根地抽着闷烟，半天没有发动汽车。

这么多年来，是祁茗和朱鹏在帮助自己拉扯儿子，给他端屎端尿，喂他吃饭，送他读书，把他抚养成人，而他自己一直袖手旁观，借点钱还是那样心不甘情不愿的？

这么说，不是祁家欠他的，是他欠祁家的了。他虽然借给了祁家不少钱，可那点钱比起祁宏的成长所需，不过是九牛一毛，不值得一提。

如果真是这样，祁宏和高燕之间，就要快刀斩乱麻，要断得干干净净，彻彻底底了，一点幻想都不能留！

抽完一包烟的最后一支的最后一口，高欣没有把车开回近在咫尺的高家大院，而是掉转车头，向着县城飞奔。他觉得目前最重要的是找到张伟，把张伟和高燕的事情定下来，越快越好。这是在不告知祁宏和高燕真相的情况下，阻止两人相爱的最好办法了。

到县城时，已经晚上九点多了。夏天来了，大街上到处都是光着膀子，吃着夜宵，喝着啤酒的男人。他们一边吃喝，一边在街边唱着露天卡拉OK。

那个夏天，露天卡拉OK一下子雨后春笋地冒了出来，成为夜宵摊上的标配，一部电视机，一台VCD，两支麦克风。

男人们的眼睛和声音跟着电视机上的字幕移动，惊天动地，声嘶力竭地吼唱，谁都以为自己是情歌王子，就是没有伯乐把他们发掘出来，捧成歌坛巨星——大陆没有港澳台那种星探和发达的造星体系。

张伟正在宿舍里，光着上半身，穿着裤衩，跟着录音机，边听边吼那首他最喜欢的《九百九十九朵玫瑰》。

高欣敲开门后，示意张伟穿上衣服，跟他一起出去。

高欣这么晚来找他，张伟又高兴，又奇怪，下班的时候，明明看着高欣开车往四明山走了。

"吃夜宵去，我们边吃边谈。有要事找你商量。"高欣对张伟说。

两个男人在街心公园前的一个夜宵摊前坐下来。高欣点了几碟当地小吃，要了几碗麻辣烫，二十多串烧烤，一打冰啤。

这架势，让张伟暗暗吃惊。看来，高欣是准备不醉不归了。什么事，值得这么大张旗鼓地庆祝，或者说需要这么大动干戈地借酒浇愁？

张伟知道高欣这个人可喜怒不形于色，深沉得很。

张伟也没有多问，只是陪着高欣喝酒吃肉。

两瓶啤酒下肚后，高欣举起啤酒瓶，跟张伟碰了一下，一本正经地问：

"喜欢燕子吗？"

"这不是废话吗？"张伟很不高兴地说。他感到被伤害了，受委屈了，这么多年了，高欣还不相信他，让他很生气。

"以后对她好点，"高欣没有理会张伟的不满，继续说，"你们把婚订了，马上就订，越快越好。"

真是天上掉馅饼了！有这么好的事？

张伟简直不敢相信自己的耳朵。当确定高欣不是在跟他开玩笑，张伟操起一瓶啤酒，放在嘴边，用上下牙齿一磕，嘣的一声又开了一瓶啤酒。

张伟举起那瓶啤酒，兴奋地站了起来，仰起脖子，咕噜咕噜地一口气喝完了。喝完后，张伟用袖子一抹嘴角，扑通一声跪倒在地，用盖过所有男人吼唱卡拉OK的声音，震天地动地怒吼：

"多谢岳父大人！"

旁边吃夜宵的人们，都莫名其妙地看着这对表情和表现十分稀奇古怪的男人。

那天晚上，高欣和张伟，一个莫名兴奋，一个满腹心事，都是喝酒的心情，都在喝酒的状态，两人推杯换盏，尽兴而归，喝得烂醉如泥。

高欣在县城最好的酒店开了一个房，那一夜，他没有回家。

第十九章　悲伤逆流成河，高燕拿爱情跟父亲做了交易

感情这事儿，说简单就简单，硬起心肠，一句话就断了；说复杂就复杂，思念都在心里面，怎么断都断不了，让人一辈子不得安生，临死了还在牵肠挂肚。

这解决感情问题，与其他事儿还真不一样，没有诀窍，没有捷径，解铃还须系铃人，心病还须心病医。

作为过来人，高欣洞若观火，要斩断高燕与祁宏相爱，高燕的态度至关重要，起着决定作用。只要高燕这关过了，祁宏那儿就好办了。男人坚强，有理想有追求，时间会帮他治愈伤痛，重新起航，丘比特会给他重新安排一个女孩。

觉得自己过的桥比高燕走的路还多，吃的盐比高燕吃的饭还多的高欣，十分明白清楚初次动情的高燕，她的弱点在哪里。如果不对症下药，要把这个问题解决好还真不容易，效果可能适得其反。

清早，酒醒后的高欣，在薄薄的晨曦中出发了。他一边开着车往四明山跑，一边琢磨对策。高欣把车窗全部打开了，浩荡的晨风吹进来，扑打在他脸上，让他头脑无比清醒。

高欣准备推掉当天所有生意应酬，待在家里，跟高燕认认真真地谈谈。拿不下这个坚固的堡垒，把家事处理好，他哪有心思做生意？

回到家，下了车，高欣没有理会替他担忧了一个晚上的王红梅，径直上了四楼，打开锁，进了高燕的房间。

高燕还没起床，她心里正悲伤着。在自己的意志和感情面前，高燕有些无奈，她觉得自己被切割成了两部分。白天坐在梳妆台前看书，她做得到心如止水，专注凝神；晚上一躺在床上，就胡思乱想了，神经衰弱，睡不着。到了后半夜，实在太困了，好不容易睡着了，却是噩梦连连。

高燕梦见祁水河涨水，祁宏掉进了汹涌的洪水里，被波浪卷走了。在洪水中忽隐忽现的祁宏挣扎着，挥舞着手，向她拼命呼救。

看到父亲进来，高燕往被窝里一缩，用被子蒙住了头。她在生父亲的气。骂她，打她，反锁她，都没关系，关键是父亲反对她和祁宏的感情，这点让她没有办法原谅他。

高欣一屁股坐在床沿，伸出宽大的手掌，覆盖在高燕的头上，他希望借助这个充满父爱的温情动作来化解高燕的敌意，让她理解父亲的一片苦心。

双方都沉默着，在沉默中较劲，仿佛谁先开口谁就妥协认输了一样。

还是高欣率先开口了，他不能像小孩子那样生闷气，这对解决问题没有什么帮助。高欣摸着女儿的头，既严肃认真，又和颜悦色地说："你喜欢祁宏，爸爸就来跟你聊聊爱情。"

她和祁宏有爱情，与张伟没有爱情。听父亲这么一说，高燕看到了希望，以为柳暗花明的转折点来了，父亲还是愿意替她着想，愿意尊重她的感受的。

高燕不由自主地从床上坐了起来，准备跟父亲聊聊，争取自己的爱情和幸福。

"爸爸是过来人，什么都经历过，也见得多了，"高欣说，"爸爸想的，说的，做的，都是为你好。爸爸不是你的敌人，对你也没有敌意。爸爸给你讲三点，你好好听着，好好想想，然后再做决定。"

看来真的转机来了，高燕觉得父亲还是那样和蔼可亲，父亲还是父亲，在心里还是让着她，向着她，为她着想。

　　"第一点，你现在还小，看问题很单纯。感情的事情，婚姻的事情，家庭的事情，很多都不懂，也没有经历和经验。初恋是美好的，可人生就是这样，到头来没有几个人是和初恋结婚过日子的。即使和初恋结婚了，结局往往都不如人意，99.9%的都后悔娶错了，嫁错了。你要理性地看待初恋，婚姻是初恋的粉碎机。只有留在心里的初恋才是美好的；结了婚，随着神秘感消失，初恋就成了一堆发霉腐烂的黄花菜，吃起来不仅不补身子，还要让人中毒，弄不好就可能两败俱伤。

　　"第二点，你和祁宏不是一路人，你们不合适。你们的三观不符，性格不合，将来的人生道路也不一样，现在只是出于异性相吸，把矛盾都掩盖了。相爱容易，相处很难。他以后读大学，参加工作了，与你没有多少共同语言和交集，他还会碰到很多女生，那些女生比你更适合他。在爸爸看来，那个凌书记的女儿，就比你更适合，祁宏有她相助，人生会更加顺利，前途会更加辉煌。或许以后还会有其他女生，她们都比你更适合祁宏。你爱他，就把他放飞了，不要死死地拴在自己手里，这是害他。祁宏不是麻雀，不属于四明山；祁宏是雄鹰，属于蓝天白云，属于你我都看不见，想不明白的远方。你不要用自己的爱，把他困在四明山上，让他扇不动翅膀，找不到属于自己的那片蓝天。

　　"第三点，爱就是责任，要对他负责。为了这份责任，既要珍惜，又要学会放弃。这点，你已经在做了，也付出了很多，但远远不够，方向也不对。你现在所做的，只是一个简单的开始。祁宏那孩子命苦，投错了胎，生错了家庭。对他来说，人生才刚刚开始，以后的道路还很漫长，需要的贵人还很多，祁家是没有这个能力的。这个责任，你负担不起，但爸爸可以。爸爸跟你做笔交易，你跟祁宏断了，接受张伟。以后祁宏读书需要多少钱，爸爸承担多少钱，不用你操心了，只要你保证不要再跟祁宏纠缠下去。"

高欣讲的这三点，确实是高燕以前没有认真思考过的。他给高燕打开了一扇认识爱情，认识婚姻，认识家庭，认识人生，认识世界的新窗口。

高燕第一次感到，是自己把爱情和人生看得过于简单了，认为两个人只要相爱就什么都可以了，只要自己努力了，就什么都有了，什么都能克服。原来这个世界好复杂，人生好复杂，爱情好复杂，婚姻好复杂，家庭好复杂，很多东西不是自己努力了就能够把握得了的。

在这些盘根错节的复杂关系中，自己只是波涛汹涌的大海上的一叶载沉载浮的小舟，风吹雨打，波推涛抛，自己掌不了舵，也划不动桨，靠自己的力量，一切都是徒劳无功。

"爸爸的话，没有恶意，都在为你和你们着想。你好好想想，想好了，告诉我。我是不同意你跟祁宏好的。你跟张伟才是一路人，那孩子对你很上心。你现在被爱情蒙住了眼睛，看不清楚形势，看不到张伟的优点和对你的付出，领略不到他对你的好；以后你就知道了。试着给他机会。"

高欣没等女儿给他答案，就站起身，带上门，出去了。他知道，女儿不可能马上给他答案的，他得给她留出时间来，让她把利害关系想明白想透彻。他觉得自己对女儿很残忍，就像当年祁茗父亲对他一样。他不想在高燕房间里待久了，他不敢面对高燕那双祁水河的水一样清澈纯洁的眼睛，也不想让高燕误会他有什么态度变化，哪怕一点侥幸，都不能让高燕感觉有。

家家都有一本难念的经，尤其是当家做主的人。如果不是为高家的生意，如果祁宏不是他亲生的，在张伟和祁宏之间，高欣倒是希望女儿选择祁宏了。

人是人生的决定性因素。只要人上进，人生再难，都有过去的一天。但人的品质坏了，那就是致命性的，人生再风光都会被败光。

高欣的话和态度，让高燕感觉四明山崩塌了。豆大的眼泪顺着那张憔悴的脸，像四明山的涧泉一样流淌下来，滑落在干净的棉被上。

开满红色花朵的被面被泪水打湿，那片洇湿的范围不断扩散，越来越大。

高燕心如刀绞，为苦命的祁宏，也为自己这段悲苦的初恋。

高燕原以为祁宏考上大学了，他们就熬到头了，苦尽甘来了，可以享受爱情的甜蜜了。但没想到，一切才刚刚开始，像父亲说的那样，更大更长的苦难还在后头呢。

父亲讲的每句话，每个意思都是对的，也在为她和祁宏着想。可其他两点，高燕听得似是而非，也听不进去，但有一点，高燕是怦然心动了：只要她跟祁宏一刀两断了，跟张伟好了，祁宏以后的学费生活费，就不用操心了，父亲将负责到底！

离开四明山，离开祁东县，马上就要到异地他乡读大学的祁宏，人生地不熟的，如果没有费用支持，那就更加寸步难行了。父亲的这个条件，具有致命的诱惑力。凭她自己，是没有这个能力的。正如父亲所说，祁宏的人生道路还长，也许读完大学后，他还得读硕士，读博士，还得出国留学，这些都需要大笔费用。这些，她无能为力；这些，对父亲来说，只是举手之劳。

祁宏读书，总不能饿着肚皮吧。如果自己答应父亲了，祁宏将来就可以一心一意，只读圣贤书，奔赴远大前程了，高燕觉得祁宏是他们这一代中罕见的优秀代表，只要有条件，将来完全可以跻身社会精英阶层，成为国家栋梁。自己那么辛苦，放着好好的书不读，跑到广东打工，没日没夜地加班干活，几次都累倒在生产线上，不也是为祁宏谋个美好前程吗？如果牺牲自己的感情，换来父亲对祁宏的资助，也不枉这段感情，也算对祁宏有个交代了。

高燕比任何时候都清楚，对祁宏这个人，她这一辈子是放不下，忘不了的，用自己的苦和痛，换得祁宏的甘和甜，她愿意，也许这就是爱情的真谛。

爱到深处，突然放下一段感情，心就空了，那种感觉折磨人，最好的办法就是用一段新的感情来填补空虚。如果不是祁宏，那就谁都无所谓了。既然父亲看好张伟，就那张伟吧。也许像父亲说的那样，她和张伟才是一路人，可以试一试，给他一个机会，给自己找份慰藉。如果跟了张伟，高燕再读不读书已经不重要了。

那天，待在家里的高欣如坐针毡，等着女儿给他答复。

上午十一点多，高燕起床了，扶着楼梯，一步一步地下来了。她感觉身体很虚，被掏空了，就像没有重量的幽灵，飘浮在空中，站都站不稳。

看到高燕的样子，高欣有点心痛。但他知道，长痛不如短痛。熬过了这段时间，女儿就会好起来，每个人的成长都要经历这个阶段。高燕下楼来，就是一个可喜的信号。

王红梅看到女儿下来，高兴坏了，连忙从冰箱里拿出一瓶牛奶，拧开瓶盖，递给高燕，要她喝了，补充一下体力。

两天两夜没吃没喝，高燕确实渴了，饿了，她接过牛奶，抿了一小口，又放下了。

王红梅要高燕做帮手，母女俩一起张罗饭菜。王红梅准备做一顿好吃的，给女儿好好补补，把两天没吃的，全部补回来。高欣也过来了，给两个女人帮忙。他们三个人确实需要在一起好好借助家庭琐事，缓和一下紧张的关系了。

"你把张伟叫过来，中午一起吃饭，我有事对他说。"高燕对父亲说。

听到高燕这么说，高欣十分高兴。他知道，女儿已经从心里面接受了他的意见，悬在心里的石头终于可以落地了，他不用再担心祁宏和高燕谈恋爱了，感情的事还是高燕自己对张伟说好。

高欣给张伟打了一个电话，要他尽快赶回四明山，高燕找他有事商量。

听到高燕主动找他商量事情，张伟喜出望外，这可是大姑娘上轿头一回呢。他隐约感到，该他采花摘桃的好时节来了。

张伟一边兴奋地吹着口哨，一边一路小跑，出了工厂。在厂门口，张伟拦了一辆出租车，急急忙忙地赶往四明山。

张伟心情迫切，恨不得马上飞到四明山，飞到高燕身边，他太想知道高燕找他什么事了。张伟给司机加了十块钱小费，要他能快就尽量快。一路上出租车风驰电掣，赶超了很多辆车。

张伟赶到高家的时候，饭菜已经端上桌了，鸡鸭鱼肉，摆了满满一桌，散发出阵阵诱人的香味。

但菜香饭香比不上美人香。在张伟眼里，高燕身上散发出来的气息，才是最香的，让人流连忘返，三月不知肉味，让人窒息。

主客到齐，准备入席，看高燕坐下，张伟挨着高燕，坐了下来。

大家都还没动筷，张伟就忙不迭地往高燕碗里夹菜，他的筷子就像长了眼睛，每碗菜里最好的肉，都被张伟夹起来，放在了高燕碗里。

看着张伟的殷勤模样，夫妻俩相视一笑，心里满是赞许：这才是相敬如宾，相濡以沫，一起过日子的样子。

张伟对高燕的疼爱，夫妻俩看在眼里，喜在心上。

只有高燕不领情，她茫然地看了张伟一眼，脸上一点表情也没有，就像在看一个跟自己毫不相干的陌路人——她宁愿跟祁宏在一起吃草根啃树皮，也不愿跟张伟在一起吃大鱼大肉。

把眼光挪回碗里，看着张伟给自己夹的满满一碗菜，高燕机械地说出了让其他三个人又惊又喜的话：

"张伟，我们结婚吧，越快越好。"

那一刻，空气凝固了，几双筷子停在空中，他们面面相觑，没想到，高燕倒比他们都还急迫了。

凝固的心情各不相同，张伟是因为太兴奋了，没想到幸福来得如此之快，来得如此猛烈，他做梦都不敢想高燕主动提出来要跟自己结婚了。

高欣是如释重负，他不用提心吊胆地担心祁宏和高燕谈恋爱了。

王红梅则是因为错愕——这一切来得太突然了，她怕女儿脑壳坏掉了。女儿从广东回来，她还以为女儿把心情整饬好后，准备重返校园呢，没想到女儿要迫不及待地把自己嫁出去，这太不正常了。

高欣怕女儿是一时气话，事后反悔，也怕女儿是缓兵之计。夜长梦多，高欣接过话茬，趁热打铁地说："结婚是大事，不急，得准备一段时间。要不，你们先把婚订了？"

高燕不小了，已经十八岁了。在四明山，这个年纪的农村女孩，已是适婚青年了；如果没有读书，是该谈婚论嫁了。

高欣赶紧放下碗筷，找出来一本老黄历，准备挑选黄道吉日。

"不用选了。"高燕说，"日子就定在7月8日。"

高燕定下的这个日期就像是一把锤子，重重地击打在高欣心上。很明显，这个日子是祁宏参加高考的日子。把日子定在这一天，是高燕在惩罚自己，她希望快刀斩乱麻，在祁宏高考回来之前，把生米煮成熟饭。

那顿饭，只有张伟一个人吃得兴高采烈，风卷残云，意犹未尽。他把夹在高燕碗里的饭菜也吃了。

人逢喜事精神爽，胃口也大开了。

把事说完后，高燕什么也没吃，她放下碗筷，上了四楼，回到了自己房间，把门反锁了。

王红梅追上去，劝高燕吃点东西再上楼，高燕没有理会母亲。

吃完饭，张伟跟高欣夫妇寒暄了几句，上了四楼，站在高燕的闺房门口。

高燕都主动要嫁给他了，张伟想找高燕套套近乎，如果有机会单独待一下，亲热一下，那是最好的了，他想这一刻已经想了很多年了。

张伟敲了几下门，叫了几声燕子。高燕既没开门，也没回答他，张伟只好作罢，下了楼，告别高欣和王红梅，赶回县城。

张伟没有因为高燕的冷落生气，他心里高兴着呢，都要跟他结婚了，高燕迟早就是他的人了，他不在乎这一时半会的荣辱得失。

一路上，望着窗外的风景，张伟旁若无人，翻来覆去地哼着他的玫瑰，心情真是好极了。

高欣果然说到做到，没有食言，把张伟送走后，他从四明山工行取回来十万块钱，交到了高燕手里。那些钱，整整装了一麻袋——那个时候还没有百元大钞。高欣对女儿说，这些钱，就是她的了，她爱给祁宏多少就给祁宏多少，不够的话，还可以找他要。

这笔钱，对高欣来说，是一个小数目，对高家生意一点影响也没有。这笔钱，对祁宏来说，却是一个天文数字，祁家还从来没有见过这么多钱。有了这笔钱，祁宏读什么书都不用愁了。

看着梳妆台上那些堆成小山一样的钞票，高燕伤心地哭了。这就是她的爱情在父亲心中的价格。让她唯一感到安慰的，就是这笔钱可以保证祁宏高枕无忧地读书，换来一个锦绣前程。

高燕第一次感到自己就像父亲那样，成了一个生意贩子。父亲贩卖的是黄花菜，她贩卖的是自己的感情。只不过父亲乐此不疲，日复一日，年复一年，生意重复地做；她是身不由己，一生只有这么一次机会，这一次，也算是把握了最佳出手机会，卖了一个最好的价钱。

第二天，趁到县城谈生意的机会，高欣上了一趟县人民医院，把祁家欠下的两万多块钱医药费结了，他觉得欠祁茗太多了，欠祁家太多了。

高欣还买了两支派克牌钢笔，六盒脑黄金，几斤上等新鲜水果，跑到祁东二中看望祁宏。高欣仔细地询问了一下祁宏的学习情况。看着祁宏，高欣满心喜悦地想，这就是他的儿子，是一个将来很有出息的人物，一个与他有着完全不一样的人生，能够光宗耀祖的大人物，高欣一下子喜欢上了这个年轻人。

人的感情转换起来就是快啊，亲情就是亲情。但高欣只能把这份亲情埋在心底。

看到高欣来看自己，祁宏感到十分意外。他知道，高欣对他是有成见的。出于礼貌，祁宏陪着高欣聊了半个小时，他很诧异地看到，高欣来看他很高兴，那高兴不是装的，是发自肺腑的。

祁宏想，也许快高考了，也许高欣知道他能考上一个好大学，能拼出一个好前程吧，做生意的人善于察言观色，就是势利。

回到四明山，高欣把医药的结账单给了高燕。他清楚，让女儿知道他为祁家做得越多，女儿就越不好意思反悔，张伟和高燕的事，就越板上钉钉，不会再发生什么变故了。

王红梅也给了女儿三千块钱，她觉得亏欠祁宏和女儿的，希望做点补偿。可她一个家庭妇女，不管钱，她已经尽了最大努力，这三千块钱是她的全部私房钱；这个事，在她心中，也就值这么多钱了。

在王红梅陪同下，高燕跑到四明山邮电局，把母亲给她的那三千块钱汇给了祁宏。在汇款单附言上，高燕伤心地写道：我已回家，一切都好，勿念，期待你的好消息！

高燕一边在附言上写着字，一边失声痛哭。她想这也是她最后一次给祁宏汇款和写信了，以后两人就你走你的阳关道，我过我的独木桥了。

收到汇款单，看到熟悉的字迹，祁宏没有多想，他只知道自己最关心的那个人已经平安回到了四明山，这就够了，其他的高考后再说吧。现在他必须心无旁骛，全力冲刺，争取考个好大学，给高燕一个满意交代。

7月7日，祁宏满怀信心地走进了考场。那时候高考还没有提前到现在的日子，全国高考是7月的7日8日9日三天。

在高考前的几次模拟考试中，祁宏的成绩十分稳定，已经跟凌林不相上下，两个人牢牢占据着全年级的文理科第一名。

为期三天的高考结束，祁宏的人生，祁家的命运将掀开新的一页，进入一个新的时代。

这个新时代，意味着祁家挨过了漫漫长夜，金色的阳光将破窗而来。而他就是帮助祁家冲破笼罩在头上多年阴霾的那缕阳光。

7月8日，高家张灯结彩，高朋满座，张伟和高燕举行了盛大的订婚仪式，县镇村的很多有头有脸的人物都来了，把高家大院挤得水泄不通。

祁东常务副县长张援朝特意从县城回来，主持了高燕和张伟的订婚仪式。

高欣西装革履，意气风发，高燕跟张伟订婚，把他心里的阴霾驱散了，他再也不用担心祁宏和高燕谈恋爱了。这次联姻也意味着，他的事业，高家的生意将更上一层楼，看到更远，更美丽的风景，有着更好、更辉煌的前途。

高欣和张援朝坐在主桌的主座上，谈笑风生，心照不宣，互相频频敬酒。他们的脸上洋溢着幸福的表情。

张援朝鼓励高欣好好干，做一个优秀的农民企业家。张援朝向高欣保证，等张伟和高燕结婚后，通过招干的方式，把高燕安排到黄花菜加工厂，先在财务部干上两三年，再提为财务经理。

这正是高欣的愿望。他希望高燕把财务弄懂了，弄透了，将来高家就有了一个懂财务的人。这是做大做强企业的关键。王红梅不懂财务，他也不懂，交给别人又不放心。

高欣希望三五年后，高燕一边在黄花菜加工厂上班，一边帮他打理财务，让他腾出更多时间来经营企业，拓展业务，把生意推上一个新台阶。

在订婚仪式上，张伟意气风发，端着酒杯，逢人就敬，结果酒宴还没结束，人就已经喝得烂醉如泥，趴在酒桌上，睡着了。高燕安排陈晓明把张伟送回了张家。

客人陆续散去，高燕上了楼，进了房间，倒在床上。她的眼泪就像那条奔腾不息的祁水河，在黑夜中流了一个晚上。没有人知道高燕心里的痛和苦，包括母亲王红梅。

高燕知道，走到这一步，这一辈子，她和祁宏已经没有可能了，她能为祁宏做的，也就是这些了。让她唯一放心不下的，就是高考后，祁宏回到四明山，如何面对她和张伟订婚的现实。

把订婚的日子定在7月8日，那是高燕怕自己意志不够坚定，必须要在祁宏高考后，回到四明山前定下来。否则，只要祁宏高考结束回来，只要见到祁宏，她就可能要反悔了；她一反悔，祁宏以后的学费生活费就麻烦了。

那十万块钱，不仅能够帮助祁宏读完大学本科、硕士、博士，也能帮助祁家那群小孩在祁宏读大学后到参加工作之前，不至于因为经济问题有辍学的风险和危机，可以让祁宏安心学习。

那夜，躺在床上的高燕，眼神空洞，四肢乏力，一动不动，她想死的心都有了。她觉得自己的心死了，剩下的只是一具行尸走肉，没有感情，没有感觉，没有活下去的欲望；她的魂魄也出了窍，不知跑到哪儿去了——她已经没有灵魂了。

第二十章　一边是绝望的婚礼，一边在绝望中新生

一年一度的高考，正当一年当中最热的时候，也是全国最火的大事，改变着数以百万计的孩子和家庭的命运，也牵动着亿万群众的神经。

前两天的考试，祁宏十分顺利，感觉良好。那些题，就像自己的手脚器官一样熟悉，做起来得心应手，无障无碍。

最后一天的最后一场考试，还是出事了。祁宏走在前往考场的路上的时候，突然蹿出来一个社会青年，趁其不备，夺下他手上的文具盒，撒腿就跑。

文具盒里有笔、有准考证，事关重大。

祁宏急了，不顾一切地追赶，追了两条街。后来在校外守护孩子高考的家长的共同帮助下，祁宏从那个青年手中夺回了文具盒。

经过这么一折腾，等祁宏心急火燎地进了考场，已经开考十多分钟了，心情也一时难以平静下来。尽管后半程奋力追赶，争分夺秒，到交卷铃响，还有二十来分的题空在那儿，没来得及做。

可只要做过的，祁宏还是比较有把握，每门科目都这样。

这是整个高考，祁宏唯一感到美中不足的地方，可也瑕不掩瑜。走出考场，祁宏认真地估算了一下分数，总分应该在640分以上。这个分数，上重点大学，是没有问题的，但可能要与心驰神往的北京大学失之交臂了。

只要有个重点大学读就成了，是英雄不问出处，每个大学都出拔尖人才，就像当年在镇二中读初中，最关键的不是上哪个大学，而是有没有大学上，是不是自己喜欢的专业。

考完当天晚上是全班毕业庆祝聚会，祁宏没有心思参加。走出考场，回到宿舍，简单地收拾了一下行李，祁宏就迫不及待地赶回四明山。

祁宏实在太想见高燕了，他们已经两个多月没见面了。虽然祁东县城与四明山，只是一个多小时的车程，高考前夕，他就待在学校，认真复习应考，没有回去过。高考前，他一直想回去见一下高燕，然后再参加考试，但他最后还是把这个想法扼杀了。

祁宏太想把高考的情况告诉高燕，跟她一起分享成功的喜悦，一起商量一下如何把高燕落下的功课补上来，他觉得自己完全可以做高燕的老师，利用暑假，帮助高燕迎头赶上。

坐在回四明山的大巴上，祁宏满心幸福地憧憬，读完大学，如果做学问或从政，就选择到首都北京；如果想经商挣钱就去广州深圳或上海；如果要照顾家庭，就选择在长沙找份工作，谋个职位。

到底在哪个城市安家落户，得听高燕的，她喜欢哪，他就带她去哪。反正是在大城市生根发芽，开枝散叶，安家落户，生儿育女。记得小时候，高燕跟他说过，长大了，要到大城市生活。

这个梦想，眼看就要成真了。

梦还没做完，就到了四明山。

在村口下车后，祁宏四处看了看，没有看到高燕在村口翘首以待，等他从高考战场上凯旋——这与他期待中的完全不一样。祁宏有些失望，他下意识地扫了一眼高家大院，门是虚掩的，也静悄悄的，看不到高燕在家的蛛丝马迹。

祁宏有点压抑，有点慌乱，觉得气氛不同寻常。村里有些人见到他，打个招呼，除了问候他的高考情况，还有一副欲言又止的模样，他们的表情都有点怪怪的，看得祁宏心里慌慌的，心里发毛。

跨过自家门槛，走进堂屋，祁茗已经迎了上来。

祁茗没有问儿子的考试情况。学习上的事情，儿子从来没有让她操过心。儿子上大学，只是一个时间问题，时间到了，大学的门就向他自然而然地敞开了；只是上哪所大学的问题。这个她不懂，由儿子自己做主，儿子的选择，她都支持。

"高燕和张伟订婚了。"祁茗轻描淡写地对儿子说，她希望儿子能够面对和接受这个既成现实。

什么？高燕订婚了，跟张伟？

祁茗轻描淡写的一句，对祁宏却是晴天霹雳，他不相信自己的耳朵。

祁宏怔怔地站在堂屋中间，行李从手上滑落下来，砸在地上，发出砰的一声响。

母亲的话，就是一把刀子，狠狠地插在祁宏的心脏上。

一阵撕心裂肺的疼痛，从插刀的地方升起，迅速地蔓延到全身，将祁宏整个地包裹了起来，让他艰于呼吸视听。

祁宏做梦都没想到，他和高燕携手并肩，再苦再难，都是相互扶持，不离不弃；却倒在峰回路转，柳暗花明的前夜。

那个一心一意地想跟自己到大城市生活的女孩呢？

那个长期省吃俭用，省下一半零花钱来接济自己的女孩呢？

那个放弃学业，远走广东，打工挣钱，资助自己上学的女孩子呢？

那个把头搁在自己腿上，满脸幸福地憧憬要跟自己结婚生子的女孩呢？

怎么突然就跟别人订婚了，变心变得事先一点征兆都没有？

祁宏知道高燕不是那种变来变去的女孩，可母亲的话肯定也是真的，她不会骗自己，也骗不了自己。

这一切都怎么啦？这个世界都怎么啦？

一定要找到高燕当面问清楚，即使变心了，祁宏也希望高燕亲口对自己说清楚。

祁宏顾不了行李和母亲，他转过身，走出门，不顾一切地冲进高家大院。

祁宏看到了正在院子里忙碌的高欣夫妇。

见祁宏闯了进来，有说有笑的夫妻俩马上换上了一副冷若冰霜的表情，一副很不欢迎祁宏到来的样子。

前些天那个拎着水果和补品，买着钢笔，到学校来看他的男人呢，变脸也变得太快了，就像夏天四明山的天气。

祁宏知道，王红梅对他冷若冰霜是真情流露。女儿都和张伟订婚了，就不欢迎祁宏再来纠缠了，这样对大家都有好处。

祁宏不知道，高欣对他冷若冰霜是装出来的。看着这个越来越像自己的男孩，高欣心里沸腾着慈祥的父爱，他很想告诉祁宏，自己是他爸爸；但他不敢相认，更不敢妥协，他只有冷若冰霜，横眉冷对，他不能心慈手软，也不能轻易露了馅。

祁宏顾不上夫妻俩的表情，也没跟他们打招呼——他们都把自己喜欢的人许配给别人了，祁宏哪还顾得上礼节，在祁宏眼里，这对夫妻突然间变得面目可憎，恶心至极，不值得以礼相待了。

祁宏噔噔噔地冲上四楼，站在了高燕的闺房外。

祁宏推了一下门，门从里面反锁了，没有推开。

祁宏咚咚咚地敲门，没有人来开门。

祁宏稳了稳情绪，压了压嗓门，呼唤高燕，声音先低后高，先轻后重，越来越大，越来越急，还是没有人应答。

可是透过干净的玻璃窗，祁宏分明看到床上躺着人。

那个人背对着自己，龟缩在薄薄的被面里，那头乌黑油亮的长发暴露在被子外面，堆散在床上。

错不了，高燕在里面；那个人，就是高燕！高燕都对自己不理不睬了！母亲说的就是真的了！

高燕的不理不睬和冷漠透露出来的关键信息，让祁宏彻底失控了，他一头狠狠地撞在玻璃窗上。

砰的一声，厚厚的玻璃窗破碎了，稀里哗啦地掉了下来，一半落在屋里，一半落在室外的走廊上。

一股温热的液体从祁宏额头喷涌而出，哗哗啦啦地流了下来，顷刻间覆盖了祁宏那张扭曲的脸，从脸上吧嗒吧嗒地掉落下来，在脚下溅起一片血色的雨幕。

撞击声和玻璃破碎声把高燕震惊了，她转过身，看到了满脸血肉模糊的祁宏站在窗前，额头上的血不断地涌出来。

这一幕让高燕心如刀绞，那颗心也跟着玻璃磕碎了一地。高燕挣扎着下了床，摇摇晃晃地走到窗前，从破碎的玻璃窗里伸出双手，捧起了那张血肉模糊的脸。

高燕泪如雨下，泣不成声。

这一刻，高燕希望受伤的不是祁宏，而是她自己。

两人相对无言，只有流不尽的泪，只有破碎的两颗心在咚咚作响。

即使这样，高燕还是没有把门打开，放祁宏进来。

这些天，高燕一直茶不思，饭不想，她不知道该如何面对高考完后回到四明山的祁宏。听到熟悉的脚步声在楼梯上响起那一刻，高燕就知道祁宏兴师问罪来了。最痛苦难熬的时候来了，高燕希望祁宏像没高考之前那样不知情，一切蒙在鼓里，由她一个人来承担这份痛苦。

这脚步声让她心跳加速，满怀期盼；这脚步声让她满心绝望，在痛苦的深渊里再陷进去了一段，让她无法自拔，就像鼻子被捏住了，憋久了一样难受难过。

她已经跟张伟订婚了，对于这段没有结果的初恋，高燕只能冷处理，让祁宏把自己忘掉。

其实，躺在床上背对着祁宏的高燕，早就泪流满面，捂住嘴巴，泣不成声了。

隔着没有玻璃了的玻璃窗，祁宏和高燕绝望地对视，祁宏的眼睛里写满问号。

窗外，祁宏血流满面；窗内，高燕泪流满面。

男人的血，女人的泪，就像在百米冲刺，看谁流得更多，看谁流得更欢。

透过眼前的血，祁宏看到了瘦骨嶙峋，颧骨深陷，脸色苍白，满脸憔悴，了无生气的高燕。高燕的表情告诉祁宏，跟张伟订婚，高燕不是自愿的，她有苦难言。

这段时间，她该经历了怎样的煎熬？

祁宏很想把高燕揽在怀里，捧着她的脸，看着她的眼，用男人的担当告诉她，一切苦难结束了，他们可以开始新的征程了，即使四明山塌下来，有他顶着！

可祁宏进不去。

在两个年轻的身体中间，隔着一堵厚厚的墙，他们没办法穿越过去。

高燕把嵌在墙壁上的门，从里面锁了，不愿意再打开了，就像她那颗上了锁的心。

隔着这堵墙，隔着这道门，高燕出不来，祁宏进不去。

能够这么近距离地对望，已经是最大的亲近了。

四目相对，祁宏还是那样清楚地感受到，高燕没变，她还是那样爱他，那双会说话的眼睛骗不了他，可问题到底在哪儿呢？

"我考得不错。"祁宏对高燕说。

祁宏还是把这个高燕最期待的高考结果告诉了她。

他希望高燕高兴，更希望他们之间，能够挽回，重新开始。

"恭喜你！"高燕没有祁宏期待中的激动，她冷冷地说，"忘了我，忘了过去，好好活着！"

那冰冷无情的语气，让祁宏如坠冰窖。这些话告诉祁宏，高燕确实变心了，一切都过去了，结束了，他和高燕已经回不去了。什么东西挡在他和高燕之间，他在墙外，进不去；她在屋内，出不来；对方近在眼前，却又远在天涯，仿佛是两个不同世界的人。

玻璃的破碎声，也把楼下的高欣夫妇吓了一大跳，不知道出了什么事。他们三步并作两步地上了楼，看到了满脸是血的祁宏，看到了泪流满面的高燕。

一个是儿子，一个是女儿，高欣的心，也像那块玻璃，被眼前一幕击得粉碎，撒满一地破碴。

王红梅被吓晕了，腿一软，跌坐地上，捶胸顿足，呼天抢地，号啕大哭。

高欣赶紧把陈晓明喊上来，两个人架着祁宏，下了楼，钻进了那辆桑塔纳。陈晓明开着车，把祁宏送到四明山卫生院止血和处理伤口。

祁宏着实伤得不轻。额头上被玻璃划开一道很深很长的口子。医生给他缝了七八针。祁宏失血过多，伤心过度，躺在病床上，灵魂跟出窍了一样。

这道伤口，愈合后，在祁宏的额头上留下了一道明显的疤痕。

那疤痕，是高燕在他身体上和生命中留下来的，是初恋的烙印和伤痕，是一生的烙印，是一生的伤痕，是一生的隐痛。

处理完伤口，从卫生院回到家，祁宏把自己放倒在床上，不吃不喝，开始用绝食折磨自己。

那天半夜，祁宏发起了高烧，说起了胡话，做起了噩梦，他病倒了。

躺在床上，病了的祁宏，天真地想，高燕在知道他生病后，一定会心疼，一定会动恻隐之心，一定会过来看他，一定会跟他重归于好。

可是，第一天高燕没来，第二天高燕没来，第三天高燕还是没来。

在祁宏生病期间，高燕一直就没有来过，残酷的现实让祁宏陷进了空前的绝望中。

其实，高燕比祁宏好不了多少。她也病倒了，发着高烧，说着胡话，做着噩梦，躺在床上，也是不吃不喝，跟祁宏一模一样。

这两个病床上的苦命恋人，在那几天不约而同地想着同一个问题：是去死，还是继续活下去？

去死的想法，并没有一直伴随着他们，毕竟他们都还活着，毕竟对方都还活着，毕竟要为对方活下去。也许，那段时间，只要有谁先走出这一步，他们都会走出这一步；也许，那一天，他们私下见面了，也会相约走出这一步。

他们的身边都有父母和兄弟姐妹形影不离地守护着，两个母亲都坐在床边，抹着眼泪，苍白无力地劝慰着，诉说着亲情，讲述着空洞的人生大道理。

现实告诉两个年轻人，这个世界上，没有爱情了，还有亲情；爱情易变，亲情永恒。即使不为自己，也要为别人活下去。

是上吊，是割腕，还是跳进汹涌澎湃的祁水河？

夜深人静，想着怎样去死的时候，祁宏眼前浮现出高燕那张憔悴的脸，耳边响起高燕那句"好好活着"的叮嘱。

死很容易，把头往绳索里一套，脚一蹬，把刀片往手腕上一划，把身子往祁水河里一跃，就一了百了，什么都解决了；"好好活着"才真不容易。

感情是如此脆弱，现实是如此残酷，生命是如此苍白。

一段如诗如画的感情，挺过了夏天的狂风暴雨，挺过了秋天的寒风冷霜，挺过了冬天的冰天雪地，却在冰雪消融，溪流淙淙，春暖花开之际，说分就分，说断就断了，事前一点征兆都没有，事中一点余地都不留，事后一点希望都不给，没有比这更折磨人，更让人更痛苦的了。

高燕很想去看望一下祁宏。哪怕不说话，只看一眼，表达一个心意，对祁宏来说，也是一剂良药，说不定可以帮助祁宏重新站起来。

但高燕不敢面对祁宏，她自己也是浑身无力，泥菩萨过河，爬不起来。

高欣和张伟也不会让她过去。在她生病期间，这两个男人时刻不离地轮流守护在高燕身边，把她看得很紧，让她寸步难行。

高燕不忍心祁宏一病不起，一蹶不振。三天后，高燕挣扎着起了床，下了楼，给凌林打了一个电话。

高燕告诉凌林，祁宏生病了，很严重，她在电话里带着哭腔要凌林过来看看祁宏，劝劝他，不要出什么事儿了。

挂了电话，凌林很不高兴。男朋友病了，你高燕不好好陪他，不好好照顾他，你干吗呢，找我干吗呢？

但凌林还是觉得事情非同一般，从高燕的哭声判断，这对小情人好像是闹别扭了，而且还闹得不轻，让她觉得很不对劲。上次高燕逃学打工，自己就误会和冤枉了高燕。

反正高考也结束了，正好闲着无事，到四明山走一趟，呼吸一下那儿的新鲜空气，跟祁宏一起交流一下，倒也是一个不错的主意。

凌林把事情跟父亲一说，凌书记也希望女儿到四明山走走，体验一下乡村生活，顺便帮他做一个四明山的农民农村问题的调查。

当天，凌书记安排付师傅把凌林送到了四明山。

进了祁家，看到躺在床上的祁宏，着实把凌林吓了一大跳。

祁宏面容枯槁，面无表情，有气无力。关键是头上都缠上了厚厚的纱布，那纱布在祁宏头上缠了好多圈，就像电视里陕西黄土高原上的农民围在头上的白毛巾。那纱布上，左右两边是白的，正中央的额头处，结着绛紫色的血痂，好大一块，好像流过很多血。

那个曾经在自己眼里身体健康、满面阳光的男生，现在虚弱得就像一根干枯的黄花菜枝，轻轻一折就断了。

凌林没想到，这两个人的别扭闹得这么大，都要用流血来解决问题了——关键是流了血，问题还没有得到解决！

凌林的到来，让祁家都很高兴，就像看到了大救星。一直被祁宏的状况折磨、无计可施的祁茗，看到凌林来了，如释重负，她开心地想，这下祁宏有救了，年轻人的事情，还是要靠年轻人来解决。

看到凌林，祁宏挣扎着下了地。他的腿有点哆嗦，站立不稳，凌林赶忙搀扶住他，但被祁宏挡开了，他坚持着让自己站了起来。

夏日的祁家，阴暗、潮湿、狭窄，连个落脚的地方都没有。长着细细的腿，尖尖的嘴的白纹伊蚊嗡嗡嗡地叫着，飞来飞去，找人就咬。祁家人受得了，凌林肯定受不了，实在不是待客的地方。

"我们出去走走，"祁宏很不好意思地对凌林说。

两个人一前一后走出室外，缓步行走在四明山的纵横交错的阡陌上。

清凉的山风吹来，祁宏渐渐地清醒了，冷静了，从悲伤的个人感情回到了现实中。

夕阳西下，落日的余晖在他们身上镀上一层金黄，也把他们的身影拖得很长很长，投放在稻田里，叠印在一起。

稻田一片金黄，沉甸甸的谷子低垂着头，一片丰收的景象，很多人已经在收割水稻了，耳朵里一片此起彼伏的机器轰鸣声。

四明山上，放眼望去，满眼青翠，郁郁葱葱，生机勃勃。一望无际的黄花菜地，上面金黄，下面青绿，随风起伏，连绵不绝。阳光下的黄花菜闪闪发亮，散发着金子一样的耀眼光芒。

凌林告诉祁宏，自己报考的是清华大学物理专业。

以对大学生活的憧憬为话题，两人话匣子打开了。祁宏告诉凌林，因为准考证被抢，影响了发挥，为保险起见，祁宏没有填报北京大学，填报了湖南大学。

这让凌林很惋惜，如果不是发生那起恶性抢劫事件，祁宏上北京大学是很有可能的。

湖南大学离家近，家里有什么事，可以帮衬一下，想回来就回来了。其实，祁宏没有对凌林说，填报湖南大学，本来还有一个原因，就是回祁东看高燕方便，但现在这个理由已经皮之不存，毛将焉附了。

祁宏也没什么大病，只是一块心病罢了。心小了，事就大了；心大了，事就小了。看不开，就是死胡同；看开了，就什么事也没有了。当然，要看淡看开，也不是一件容易的事，需要时间。这个时间的长度，有时候甚至是一生。

晚上，凌林没有回县城，跟上次一样，她与高燕住在一个被窝里。看着比祁宏还要憔悴、还要消瘦的高燕，凌林一下就明白了，心痛了。两个女生拥抱在一起，都难过地哭了。

高燕为自己的爱情悲泣；凌林为高燕的牺牲感动。

高燕的感情，让凌林自愧不如，这个农村女孩太伟大了。

那晚上，高燕对凌林一再强调的一句话就是："祁宏以后就交给你了；交给你，我放心。"

这话让凌林很尴尬，不知道该如何答复她。爱情是你情我愿的，不能转让，不能托付。她凌林愿意，人家祁宏还说不准呢。这个时候，也不是祁宏愿意开始一段新恋情的时候，他还没有走出这段感情的阴影。

凌林不想在这个时候盲目介入，更不想成为高燕的替代品，如果祁宏愿意接受她，她希望两人是一个新开始，里面没有高燕的因素。

7月下旬，成绩出来，祁宏果真考了650多分，跟他预估的相差无几。凌林考了680多分，还是稳居祁东二中榜首。

8月上旬，录取通知书下来。祁宏被湖南大学录取，凌林被清华大学录取，都算是如愿以偿了。

虽然与自己心中的北京大学擦肩而过，祁宏毕竟考上了湖南大学，湖南大学也是全国重点大学，是湖南省数一数二的高等学府。

收到通知书，祁家兴高采烈，多年夙愿如愿以偿。

四明山一年难得有几个考上大学的，更不用说湖南大学了。那个夏天，考上重点大学的，四明山就祁宏一个人。

录取通知书被送到村里那天，高欣很高兴，他到了祁家，悄悄塞给了祁茗两万块钱，要祁茗摆几桌，跟乡村邻里一起，好好庆贺一下，高兴一下。

祁茗不想接，可高欣非要祁茗收下不可。祁茗拗不过，只得接下了。

前来祝贺的乡里乡亲很多，要么带着礼物，要么塞着红包，把祁家门槛都挤破了。客人来了，祁家就得接待，总不能到吃饭的时候让人空着肚子打道回府吧。这个事，大家都很高兴，觉得祁宏为四明山争光了，聊着聊着，就到吃饭的时候了。要招待就要花钱，餐餐如此，费用也不低。

录取通知书下来那天晚上，高燕到祁家来了。

看得出来，高燕也在慢慢恢复，从那段绝望的爱情中挣扎着走出来。

高燕是来给祁宏送存折的。高燕告诉祁宏，密码是他的生日。高燕说那张存折是送给祁宏上大学的贺礼。

高燕把十万块钱全部存在了存折里。

祁宏不愿意接。

既然分手了，高燕成了别人的未婚妻，祁宏就没有理由接了，他甚至想把高燕以前资助他的钱马上还给她。

可是高燕一句话，让祁宏一边痛心疾首，一边不得不妥协了。

高燕说:"这是分手前给你准备的,只不过迟了点到它主人手上。如果我们爱过,你就接;如果你没爱过我,就算了,我也不勉强了。"

没有爱过,那是不可能的。

他们曾经那样相爱,那样爱得死去活来,他们曾经都把对方当作了自己的全部,这些事实,祁宏不得不承认,也不容他否认,过去是否认不了的,那段感情也是无法否认的。

容易忘记过去,否定过去的人,不会有一个美好的未来。

在祁宏接到录取通知书那天,高燕把自己和张伟结婚的日子定了下来,就是9月1日,祁宏开学那天——高燕用自己的婚礼为祁宏送行,让自己麻痹,她曾经做梦都想陪祁宏进大学,到大城市看看,跟祁宏到大城市生活,但这一切都不可能了。

8月30日,祁宏背起简单的行囊,告别家人,告别父老乡亲,告别四明山,告别那个伤心地,告别那段苦难岁月,告别那段绝望的、让他身体疲惫、心灵破碎的爱情,动身前往省城长沙,开始大学生涯,开启新的人生。

祁宏要在县城待一天,参加凌林的谢师宴。那年,祁东县就凌林一个人考上了清华大学,全县各界人士都高度重视,都想来庆贺一下。

考上清华大学,凌林靠的是自己的水平,而不是当书记的父亲。

谢师宴上,高朋满座,各界名流政要都来了。凌林也邀请了高燕。本来凌林把高燕和祁宏安排坐在一起,希望他们好好聊聊。可高燕跟另一个姑娘把座位换了,因为心痛,更因为尴尬。

酒席间,隔着中间的桌子,越过密密麻麻的人群,祁宏和高燕都傻傻地望着对方,眼睛里是陌生和绝望——一觉醒来,他们就成了最熟悉的陌生人。

在酒桌上,高燕自顾自地喝了很多闷酒,一杯接一杯,就像水浒传里的孙二娘一样好酒贪杯。

酒席到一半，高燕踉踉跄跄地走了过来，醉眼迷离地盯着祁宏，要他扶自己回宾馆。

看着烂醉如泥的高燕，祁宏很心痛。他没有拒绝，也没法拒绝。

趁着别人在酒酣耳热，祁宏扶着高燕上了楼，进了房间，帮她脱掉鞋，扶上床，掖好被子，准备离去。

可是祁宏被高燕拉住了。高燕一边含混不清地叫着祁宏的名字，一边无比清晰地要求祁宏留下来。

看着这个曾经和自己爱得死去活来的女孩，看着这个让自己心脏破碎的女孩，祁宏既心动又心碎，他想留下来，不走了。

祁宏俯下身，深深地吻在高燕那张因酒精过量显得红彤彤的脸上，他的吻让高燕迷醉。

醉没有让高燕真醉，祁宏的吻，让高燕真醉了，她不知不觉地跌进了梦乡深处。

这是怎样的一种爱和信任，只有在烂醉如泥的时候才体现出来！

祁宏感觉得出来，这个女孩还是那样爱他，他留下来，他们都是心甘情愿的，没有任何强迫成分。

醉酒后，睡着了的高燕，是那样让人心疼，又是那样让人迷醉。

祁宏既伤心又陶醉，他想，即使结束，也要给这段爱情画上一个圆满的句号。

这是他的心愿，也是她的心愿。

祁宏不希望给这段爱情留下一个巨大遗憾，他下决心不走了，在高燕结婚前陪高燕度过最后一个晚上。

就在祁宏做好自己的思想工作，决定留下来的时候，不合时宜的敲门声急促地响了起来。

祁宏极不情愿地打开门，他看到了牛高马大的张伟怒气冲冲地站在门口，眼睛喷火地看着他。

"她是我的未婚妻，"张伟很不客气地说，"明天我们就结婚了。

你有什么资格和权利待在这儿?"

张伟的话把祁宏问呆了,他没有了谈恋爱时,动不动就准备跟张伟干一架的勇气,他确实没有勇气也没有资格了。

看着祁宏默不作声,张伟继续得理不饶人:"你不是爱高燕吗?你要为她今后的生活着想一下。如果你在这儿,我不会原谅你;今后也不会对她好。如果我在,我会对她一辈子负责。"

也许一切都在这个人的算计之中。他的出现和他说的话,让祁宏感到恶心,可都是事实,也合情合理,他也在捍卫自己的权利和领地。

张伟的话虽然不中听,却也把祁宏点醒了,高燕已经不是他的了,高燕是张伟的,他们就要结婚了,他确实没有必要,也没有资格留下来,陪高燕过上一夜了。

张伟要怎样,是他们夫妻的事,跟自己没有关系了。

在给自己爱情留下的遗憾与给高燕婚姻留下的阴影之间,祁宏只能选择给自己留下遗憾。

"你要好好对她,"祁宏说,"如果你辜负了她,我不会放过你的。"

祁宏说完,回头看了熟睡中的高燕一眼,转身走了。

听着身后传过来的砰的一声关门声,祁宏是彻底想明白了,高燕已经不是他的了,他得完成救赎,帮助自己从困境中走出来。

空荡荡的房间里就剩下张伟和高燕了。看着躺在床上,不省人事的高燕,张伟开心极了,也急不可耐。

迷迷糊糊中,高燕感到身上的衣服被一件件脱下来,她想睁开眼,再看一眼她的祁宏,但高燕的眼皮铅一样沉重,怎么努力都睁不开。

高燕梦见自己深爱的那个男生覆盖在她身上,慢慢地进入了她的身体。她感到一阵撕裂的疼痛和无边的幸福潮水一般汹涌而来,将她吞没。

两行清亮的泪，从高燕的眼角流了下来，滴落在洁白的床单上。

在梦里，高燕想，自己还是成了最爱的那个男孩的女人，把一个女人一生最珍贵的东西给了他。

第二天，高燕很晚才醒来。

高燕醒来的时候，身边已经没有人了。但她发现自己一丝不挂，裸着身子躺在床上，她的衣服都被丢在了地上，地上一片狼藉。

掀开覆盖在身上的薄被，高燕看到洁白的床单上，开着一张鲜艳的红玫瑰，她明白这一夜自己从一个女孩变成了女人。

想起昨晚那个梦，高燕又幸福，又苦涩。她知道，那不是梦，是真的。

高燕觉得自己可以问心无愧了，她把自己给了祁宏，这是她的第一次，有这一次，她这一生就没有遗憾了。

高燕依稀记得，那一晚，祁宏很不尽兴，把她反复折腾了好几次。

高燕痴痴地羞涩地想：只有像祁宏那样对她爱得深，才有在她身上反复折腾的那股精气神。

9月1日，是高燕和张伟结婚的大喜日子，高家和张家都十分慎重。

高欣把祁东县城最好的一洲酒店包了下来，给这对新人举办了全县有史以来最盛大豪华的婚礼，各界各业有头有脸的人物都来了，宾客盈门，高朋满座，礼炮喧天。

也是这一天，满心伤痛又满怀期待的祁宏拎着行李，挤上了火车，前往省城长沙开始自己的大学生涯。

火车开动那一刻，望着这个渐行渐远的小县城，听着从那个婚礼现场隐隐约约传来的连绵不绝的礼炮声，祁宏心里一片悲凉。

秋天到了，窗外的黄花菜地，叶子渐渐地黄了，开始荒芜。

别了，祁东！别了，青葱岁月，别了，挣扎的成长！

祁宏要把过去埋葬在这里，到一个陌生的地方，一个更广阔的天地，开始自己新的人生。

在岳麓山下，新的生活，正在等着他。

徐徐启动的绿皮火车上，喇叭里有人在朗诵伟人的《沁园春·长沙》：

独立寒秋，湘江北去，橘子洲头。

看万山红遍，层林尽染；漫江碧透，百舸争流。

鹰击长空，鱼翔浅底，万类霜天竞自由。

怅寥廓，问苍茫大地，谁主沉浮？

携来百侣曾游，忆往昔峥嵘岁月稠。

恰同学少年，风华正茂；书生意气，挥斥方遒。

指点江山，激扬文字，粪土当年万户侯。

曾记否，到中流击水，浪遏飞舟？

在那儿，祁宏希望自己成为搏击长空的雄鹰，闯出一片属于自己的天空。

那片天空，只有高远，只有蔚蓝，没有忧伤。

2020年4月23日　北京右安门内初稿

2020年5月11日　北京右安门内二稿

2020年10月6日　北京右安门内三稿

青春花开

曾高飞 著

作家出版社

作者简介

曾高飞，湖南祁东人，毕业于长沙理工大学中文系。曾在人民日报社，法治日报社任职多年，现为北京大学客座教授、长沙理工大学硕士生导师、资深媒体人、策划人、新媒体运营专家、著名财经作家、小说家、散文家、影视编剧，发表文学、新闻和财经作品共6000多篇，著有散文集《每个人的故乡，都在流浪》《似水流年，家乡味道》，系列长篇小说《前行的人生》三部曲《挣扎的成长》《青春花开》《浴火重生》及长篇小说《生如夏花》《小镇青年》《九尾狐》《红尘欲望》《窥浴》《手机江湖》，北京三部曲第一部《北京边缘》、小说集《感情通缉令》等，财经作品高飞锐思想丛书之《决胜话语权》《产经风云》《争夺话语权》《元宇宙掘金秘密》等，独立或参与编剧多部电影、电视剧本。坚持"左手财经，右手文学，用作品说话"，信奉"躺着思考，坐着写作，站着做人，跑着逐梦"。

目 录

001　第一章　　悲喜双重境

014　第二章　　新感情闪亮登场

034　第三章　　难解的爱情方程式

050　第四章　　凌林后悔上清华

063　第五章　　政商联姻显威力

076　第六章　　张伟婚内外如鱼得水

092　第七章　　祁宏开始发达

107　第八章　　谢天放作梗成功

122　第九章　　祁宏到北京看凌林

139　第十章　　钱小芸元旦夜行动破产

155　第十一章　高欣欲与祁宏化解紧张关系

169　第十二章　谢天放酒精中毒

183　第十三章　祁宏为钱小芸考前占座

198　第十四章　祁宏留宿凌林

212　第十五章　祁宏与高燕化解心结

227　第十六章　　凌林上祁宏家拜年

242　第十七章　　谢天放被凌林打进医院

257　第十八章　　高燕撞破张伟奸情

273　第十九章　　高燕逃离祁东

289　第二十章　　祁宏与凌林捅破窗户纸

304　第二十一章　张伟得知高燕出走真相

319　第二十二章　钱小芸与高燕成闺蜜

334　第二十三章　高燕争执中难产

349　第二十四章　高燕给儿子取名"斯鸿"

362　第二十五章　高欣在鬼门关走一回

377　第二十六章　钱小芸母亲再告祁宏

391　第二十七章　音乐晚会祁宏大放异彩

405　第二十八章　张伟运运亨通

419　第二十九章　孩子名让张伟受伤

432　第三十章　　两代人交流爱情观

445　第三十一章　兰考支教书写青春风采

459　第三十二章　钱小芸患上白血病

475　第三十三章　钱小芸尝到爱情味道

489　第三十四章　高燕再上长沙

503　第三十五章　祁宏的感情让高燕困惑

517　第三十六章　祁宏出绝招募集医疗费

532　第三十七章　钱小芸人生有两大遗憾

546　第三十八章　高燕不同意祁宏办婚礼

561　第三十九章　钱小芸如愿，凌林失恋

576　第四十章　　　凌林邀谢天放出国

590　第四十一章　祁宏上北京负荆请罪

603　第四十二章　钱小芸去世，凌林出国

第一章　悲喜双重境

源远流长的中国文学将人生最春风得意的两件事概括总结为："洞房花烛夜，金榜题名时。"

用我们今天的话通俗地翻译过来，那就是"爱情、事业双丰收了"。如果这件事儿发生在一个人身上，能够合二为一，那确实是"人生得意须尽欢，莫使金樽空对月"，值得好好庆贺一下了；如果这里面牵扯了太多角色，有的如愿了，有的失望了，那就各有各的滋味，各有各的心情了。

世界就是这样一个道理，完美的人生很少，缺憾的地方太多；即使人生结局完美，一生中还是快乐的时候少，痛苦的时候多。

祁宏差点左右逢源，同时拥有了"洞房花烛夜，金榜题名时"——这也是他的奋斗动力和目标。可就在成功前夕，这两件事又被活生生地从他身上撕开了，也把他的身体和心撕开了，他拥有了"金榜题名时"，却又眼睁睁地看着自己的心上人跟别人"洞房花烛夜"了。

祁宏觉得自己被撕成了两半，一半是庆幸，这种幸福感很轻，轻得若有若无，几乎没什么感觉；一半是绝望，这种痛苦感很重，就像胸口压着泰山，让他喘不过气来，看不到生活的光亮。

张伟是没有考上大学，但他"洞房花烛夜"了，跟自己最爱的女孩结成了夫妻，开始一起搭伙过日子了。如果可以，祁宏愿意用自己的"金榜题名时"交换张伟的"洞房花烛夜"。张伟也觉得自己的

"洞房花烛夜"比祁宏的"金榜题名时"强太多了。张伟有自知之明，他从来不曾奢望过会有"金榜题名时"，他从小就憧憬跟高燕有"洞房花烛夜"——这是他前二十二年的人生中最大的愿望了，这"洞房花烛夜"来得越早越好，虽然过程波折，但结果喜人，他终于如愿以偿，笑到了最后。

在那天婚宴上，穿着崭新火红的西装和白色锃亮的皮鞋的张伟人逢喜事精神爽，看谁都顺眼，想什么都顺心，做什么都顺手。他盯着穿着红色喜庆的中国式婚礼服、梨花带雨、娇艳欲滴的高燕，甭提有多高兴了。他的心是醉的，脚步是飘的，闻啥都是香的，喝啥都是甜的。婚宴上，张伟已经分不清喝的是饮料还是酒水了。

张伟右手拿着酒瓶，左手端着酒杯，领着新娘子，穿梭在宴席上，频频与亲朋好友碰杯。尽管张伟坐上祁东县国营黄花菜加工厂采购科科长的位置后，应酬多了，酒量练出来了，可再大的酒量也是有限度的，到那天晚上宾客陆续散去，张伟已经烂醉如泥，全身能够动弹的就只有上下嘴唇了——那张嘴还在不住地吆喝着"喝——喝——喝——"。

曲终人散，也喝得尽兴，有些醉意的刘强生等几个狐朋狗友一左一右，架着张伟的胳膊，把他拖进了新房，扔上了新床。张伟哼都没哼一声，很快就进入了梦乡，响起了如雷的鼾声。

最悲伤的，还不是祁宏，而是高燕。金榜题名与她无关，洞房花烛虽然她是主角之一，可这个婚姻不是自己想要的，她成了自己不喜欢的那个男人的新娘，她也不能跟自己喜欢的那个男人一起分享金榜题名的快乐。什么快乐都是别人的，只有悲伤是自己的。

跟在张伟和他的狐朋狗友身后进了洞房，高燕觉得自己麻木了，成了一具没有灵魂的行尸走肉：双脚不是自己的，双手不是自己的，身子不是自己的，脑袋不是自己的，就连那颗藏在肉体深处，被衣服、皮和肉包裹得严严实实的心都四分五裂了，不是自己的了。

在高燕快二十年的人生中，唯一的亮色就是帮助祁宏走出了四明山，考上了湖南大学，这也是高燕绝望的人生中唯一的安慰。

在婚宴上，高燕僵着脸，强颜欢笑，机械地跟在兴致高昂、意气风发的张伟身后向客人敬酒，跟客人碰杯。幸好那天妆化得很浓，把高燕的表情全部遮掩住了，看不出来。

婚礼上的高燕一直在想那个曾经做过的梦：这一刻，她本来应该有说有笑，陪祁宏走在上大学的旅途上——可如今别说把祁宏送进大学校园了，哪怕把他送到火车站，送进站台，送上火车，都是一个奢侈的、遥不可及的梦，婚礼上的她身不由己。

结婚的日子是高燕自己选的。高燕之所以把婚期定在祁宏上学这一天，就是想断掉自己送祁宏上大学的念想。如果这一天不找点事做，不把行程安排得满满当当，让自己成为一具任人摆布的提线木偶，高燕就会不顾一切地去送祁宏，他们就会不顾一切地复合。

想着这些，高燕实在受不了，她借方便之名，溜进洗手间，蹲在茅坑上，无声地哭了。她泪流满面，泪水把妆都洗掉了。高燕在洗手间待了半个钟头才出来；她把自己的内嘴唇咬掉了一块肉，血源源不断地涌进了嘴里。

高燕没有把血吐出来，全部吞进了肚子里。那血是那样咸，那样涩，那样苦，跟她的心情一样；高燕清楚地意识到，以后的生活也就是这个味道了，是那样咸，那样涩，那样苦。

走出洗手间的时候，高燕已经把妆全部冲洗掉了，素面朝天——尽管素面，她还是那样美丽，还是那样动人。纵横的泪水肆虐过后，高燕被弄成了一个大花脸，非洗掉不可了。

当然，生活也不全是绝望，一点希望的星火，一点高兴的残渣都没给高燕留下。祁宏能够成功走进大学校门，高燕是劳苦功高、居功至伟的，尤其让高燕留有念想、无怨无悔的是，她记得自己在结婚前一天晚上，把一个女人最珍贵的东西给了祁宏，她最终还是成了自己心爱的那个男人的女人。

高燕甚至祈祷和憧憬，如果那一夜，能够留下祁宏的种子，给他生个一男半女，自己带着这个孩子过完这一生，那就好了，对他们的那段感情也就有一个完美的圆满的交代了。

江南的婚礼时兴闹洞房，与新郎新娘分享新婚快乐。参加闹洞房的多为新郎的狐朋狗友，结婚当晚，没有禁忌，闹得越凶，说明跟新郎关系越亲切，对新娘越认可，对新婚夫妇的祝福越真诚，婚礼越喜庆。这也是新郎的狐朋狗友早就憧憬的幸福时刻。

但那夜的洞房闹得索然无味，兴趣全无。不省人事的张伟早早进入了梦乡，鼾声雷动。把张伟扶进洞房的几个年轻小伙子，看着新郎那个样子，以为揩油的千载良机来了；看着孤立无援、秀色可餐的高燕，他们推来搡去，很快就把高燕围在了中间。他们先是借着酒意，用身子在高燕身上磨来蹭去。高燕的躲闪、惊叫、斥责，更加刺激了他们的胆色，让他们荷尔蒙喷薄而出，一伙人开始动手动脚，出其不意地亲高燕的脸，摸高燕的身子，胳膊肘有意无意地碰她的敏感部位。

不知谁把电灯揿灭了，灯一黑，这群未婚小伙子的胆子更大了。借着漆黑掩护，刘强生张开双手，满满当当地压在高燕的双峰上。忍无可忍的高燕，扬起巴掌，狠狠地掴在刘强生的脸上。

那一巴掌很用力，声音响彻洞房，盖过了闹洞房的起哄。那一巴掌把高燕这段时间以来郁积在胸的愤怒、委屈和不满全部集中到一起，找到了发泄口，刘强生被掴得晕头转向，却敢怒不敢言。

那一巴掌把张伟的狐朋狗友的肮脏念头全掴跑了。不知谁不合时宜地拉亮了电灯。明亮的灯光下，刘强生的脸上烙着一个完整的手掌印，鲜艳夺目，就像一夜大雪后洁白的雪地上踩出的第一枚脚印。大家看着高燕，再看看愣在当场的刘强生，面面相觑，大气都不敢出。

在掴人耳光的兴奋中，高燕找到了释放的快乐，她就像喝醉了酒无法控制自己的行为一样，又扬起巴掌，接二连三地抽在其他几个年轻人脸上。虽然这些耳光没有掴在刘强生脸上的那记耳光强大有力，却是石破天惊之举，洞房里响起此起彼伏的耳光声。

大家原来以为，张伟醉了、睡了，新娘子没有人保护，独木难支，可以由着他们的性子闹闹洞房，揩揩油了，没想到高燕性子那么烈，他们什么便宜都讨不到——他们都被高燕的举动惊呆了。

洞房闹到这个份上，已经失去了闹洞房的意思，也没有什么意义了，张伟的狐朋狗友都莫名其妙，不知所措，闷闷不乐。他们闹过不少洞房，揩过很多新娘和伴娘的油，但从来没有遇到过这种情况，弄得这样狼狈不堪。可高燕的目光和耳光让他们明白了一个道理：这个新娘跟以前的新娘不一样，她的便宜不好占，这一夜，这个新娘，他们惹不起。

一群人摸着火辣辣的脸，嘴上嘟嘟曩曩、骂骂咧咧，悻悻地离开了洞房，到街心公园的美食街吃夜宵，发泄怨恨和欲望去了。最后一个离开的刘强生，把门摔得震天响，发泄着对新娘的不满——如果不是看在好哥们张伟和祁东首富高欣的面子上，刘强生气得想霸王硬上弓，把高燕办了的心都有了。

那天晚上，烂醉如泥的张伟一直没有忘记自己的新郎官身份。凌晨三点多，张伟从迷糊中醒来，恢复了意识，准备尽一下做新郎的责任，享受一下做新郎的快乐。他伸手摸了摸身边，床上没有人，心里一惊，酒醒了一半。张伟暮地坐起来，拉亮了灯，看见高燕和衣弯在沙发上，睡着了。

睡梦中的高燕美丽极了，那张鹅蛋脸白里透红，那副魔鬼身材凹凸有致，胸部起伏，就连那匀细的鼾声都吹气如兰，让人如醉如痴，让人疯狂，让人怜爱。张伟下面马上有了反应，来了精气神，他迫不及待地跳下床，三下五除二把自己脱个精光，跳到了高燕跟前，弯下腰，一把抱起高燕，转身就往床上走去。

本来就怀着戒心入睡的高燕，被张伟这么一折腾，突然惊醒了。她满脸惊恐地看着赤身裸体的张伟抱着自己，使劲地挣扎着，想要下来。可张伟憋足了劲，力气大得出奇。高燕在张伟面前，就像小鸡在老鹰面前一样，一点反抗的力气都没有。

　　张伟把高燕扔在床上后，腾出手来解高燕的衣裤。趁张伟松懈的这一瞬间，高燕蜷着身子，缩到床角，靠在墙上，睁着惊恐的眼睛，作困兽斗。

　　张伟顾不上那么多了，他扑了过去。就在这个时刻，张伟突然感到大腿内侧一阵尖锐的疼痛袭遍全身，低头一看，高燕手里拿着一把剪刀，剪刀尖插在自己大腿上，靠近命根仅有一个巴掌的距离。

　　张伟这一惊非同小可，吓得全身直冒冷汗，酒也彻底醒了：他的新娘子高燕差点把他的武功给废了。张伟心有余悸，更怒从中来，扬手给了高燕两个耳光，然后抓起衬衣，在伤口处绑了，穿上衣服，一瘸一拐地走出洞房，下了楼，直奔县人民医院。

　　看到张伟离开，高燕彻底放下心来，不用再担心张伟侵犯自己了。看着还在滴血的剪刀尖，高燕心里很不是滋味，她想拿起剪刀，双手握紧了，把剪刀尖对准自己胸口，使劲地戳进去。但她犹豫了很久，最后还是没有付诸行动。她对自己下不了那个狠手。高燕把剪刀扔在床上，轻声地哭了。高燕直到天亮都没睡，她一直在想，如果这是她和祁宏的洞房花烛夜，该多好呀！

　　这就是高燕的洞房花烛夜。

　　那天晚上，在人民医院门诊值夜班的是一个女医生，叫刘美丽，是刘强生的姐姐。刘美丽人如其名，颇有几分姿色，在祁东县城很亮眼，是这个小县城的一道风景。刘美丽新婚不久，初尝男女滋味。刘美丽的老公肖和平是个小军官，在遥远的西北边陲驻防。他们是通过相亲认识，闪电结婚的，谈不上有什么深厚感情。新婚宴尔之际，肖和平就返回部队了。这让刘美丽倍感寂寞，她刚尝到男女之欢的甜头，老公说走就走，把她一个人留在了家里。长夜漫漫，寂寞难熬，这也是刘美丽积极申请值夜班的理由——她就像一个吸了两三次鸦片，刚刚上瘾，却被断了鸦片来源的人一样。

刘美丽是太需要一个男人慰藉了，寂寞无声的深夜，进一步强化了刘美丽的这种意识和感觉。

张伟进来的时候，刘美丽正在一张便笺上用钢笔涂鸦着一个赤身裸体的男人，刘美丽绘画水平有限，那个男人既像她老公肖和平又不像。看到张伟，刘美丽赶紧把那张纸翻了过去，她脸上一片绯红，像做坏事被张伟抓了现行，也像被张伟看穿了心思。

"哪里病了，什么症状？"刘美丽看着张伟，没给这个打扰她白日做梦的人好脸色看。

"这里，医生。"张伟难为情地低下头，眼睛望着自己的大腿根部。

"到底哪里，怎么了？"刘美丽没有注意张伟的表情，对于这个支支吾吾地来看病的年轻人，刘美丽有点儿生气了——她正画到兴头上，关键部位还没画完，这个人就不合时宜地闯了进来。

"大腿根部！"张伟涨红了脸，用手指着大腿内侧，他不敢看刘美丽。

刘美丽拿着手电筒，顺着张伟的手指往下一扫，看到了他大腿根部裤子上那片斑斑的血迹。

"对女生要流氓了，还是因为出轨，被人伤着命根了？"刘美丽是第一次碰到这种怪事，一看那伤就揣测张伟不是什么好人，她没好气地问。

"不是耍流氓，也没出轨，新婚夜就被自己老婆拿剪刀给捅了，"张伟脸色一沉，也没好气地说，"还好，没报废，就差一点点！"

听张伟口气，这伤好像不是高燕给弄的，倒是刘美丽给弄的。

刘美丽剜了张伟一眼，不客气地命令："把裤子脱下来，让我瞧瞧！"

这下张伟倒有点难为情了，他站着没动，感觉脱也不是，不脱也不是。

刘美丽生气了，提高了声音说："你不脱，我怎么给你检查伤口？你自己不脱，难道要我动手给你脱？"

张伟觉得十分尴尬，心虚地问："有没有男医生？我找男医生看去！"

刘美丽不高兴了，生气地说："今夜我值班，门诊就我一个值班医生，你爱看不看，不看就回去。"

既然来了，张伟就没打算伤口没处理就打道回府，他没有办法，把外面的裤子脱了下来，只剩下一条裤衩，站在刘美丽面前——即使像他这样脸皮厚的人，差不多脱光了站在一个陌生女性面前，仍然感到难为情，恨不得找个老鼠洞钻进去。

刘美丽蹲下身去，认真地给张伟检查伤口。伤不深，口不大，基本上不碍事。只是被刺破的部位在大腿内侧，那儿毛细血管丰富，血流得多了一些。刘美丽给张伟消了毒，上了药，麻利地包扎好，还给他打了一针破伤风。

夜深人静，门诊室就他们孤男寡女两个。在年轻美丽的女医生面前，这么一折腾，张伟感到脸热心跳，血冲脑门，下面很快就有了反应，裤衩被高高地支了起来，像支了一顶帐篷。

张伟的生理反应，刘美丽看在眼里，也刺激了她，刘美丽心猿意马，不自觉地打量起自己的病人来。这男生挺拔、英俊、强壮。刘美丽按捺不住了，伸出大拇指和中指，轻轻地弹在支起的帐篷上，半开玩笑半认真地说："小伙子，还好，功能没有受到损害！"

"功能有没有受到损害，得验证了才知道！"张伟气喘吁吁地说。

刘美丽这一指神弹，弹飞了张伟所有的尴尬、忐忑，也把张伟的理性之堤压垮了，新婚夜郁积起来的欲望就像决堤的洪水，汹涌而至，他呼吸变得急促起来，艰难起来，魂不守舍。

张伟大胆地看了刘美丽一眼，刘美丽也在大胆地看着他。四目相对，欲火点燃了，很快形成了燎原之势。

　　张伟粗鲁地把刘美丽拉过来，揽进了自己怀里，然后一低头，把嘴唇封在了刘美丽那两瓣柔软厚实的嘴唇上。

　　"我让你看看我的功能有没有受到损害！"张伟一边说，一边把刘美丽顶在墙上，动作麻利地撩起了刘美丽的裙子。

　　刘美丽一边低声地骂着"讨厌"，一边用手轻轻地推了推张伟，但没有推开，于是索性不推了，任由张伟胡来。

　　在张伟势不可当的热情感染下，刘美丽情不自禁地一手搂住了张伟的头，一手揪住了张伟的长头发。

　　洞房花烛夜，张伟在高燕那儿没有得到的，在刘美丽那儿如愿以偿了。

　　办完事，张伟提上裤子，准备回家，刘美丽既满意又不满意地说："得了便宜就要走了，一刻也不愿意多留？"

　　张伟说："就这么一点儿伤，你还要我住院陪你？"

　　刘美丽说："我才不稀罕呢，即使你住院，我也快要下班了。"

　　张伟说："那就是了，大路朝天，各走半边，咱们谁也不妨碍谁！"

　　刘美丽伸出右手食指，狠狠地在张伟鼻梁上刮了一下，意犹未尽地说："多情娘子负心汉！你无情，我不能无义。每周二和周四，我都值夜班，你可以在这个时候来检查一下你的伤势。"

　　张伟心领神会，心花怒放，他伸出手，捏着刘美丽嫩嫩的脸蛋，兴奋地说："刘医生，我会来的。我这伤估计以后好不了了，每周二和周四都要来找你看病！"

　　其实，张伟早就听说人民医院来了一个年轻漂亮的女医生，他一直想来，可忙于跟高燕的婚事，暂时有所收敛了。没想到，他和这个年轻漂亮的女医生以这种方式见面了，他们一见面就干柴烈火，比什么都顺，比新婚洞房还顺。第一次，张伟不仅见到了她的真面目，还得到了她的人，真是太有缘了。张伟觉得跟高燕相比，懂风情的刘美丽更有女人的味道。

两人一调情，张伟又磨磨蹭蹭，厚着脸皮，不想走了。天快亮的时候，张伟才被刘美丽撵出来，因为已经陆续有医生来上班了。

走在大街上，张伟感觉心情舒畅，情不自禁地哼起了情歌。新婚夜，高燕对张伟的态度并没让他坠入愁云惨雾中，他反倒因祸得福，意外开辟了一块属于自己的敌后根据地。那块地，所有权虽然不是他的，但他有使用权；看起来，那块地，他想什么时候耕就什么时候耕，他想种什么就种什么。

回到小区楼下，天已经亮了。张伟在小区门口的早餐店吃了一碗美味的鱼肠米粉才上去，他是那个早餐店的第一个客人。吃完早餐，上了楼，进了房，屋里灯还亮着，高燕还不知道天已经亮了，她缩在床角，瞪大眼睛，警惕地看着张伟——被张伟这么一折腾，高燕没有再睡过了。

这对新婚宴尔的夫妻，新婚的第一夜就是热战，之后是遥遥无期的冷战。每天晚上，冲动之下，张伟都想把高燕办了，但高燕坚贞不屈，张伟拿她没办法。让高燕庆幸的是，张伟没有得逞后，并没有用强，罕见地选择了放弃！

高燕想，也许张伟被那把剪刀戳怕了。张伟想，高燕反正跟自己结婚了，成了自己的妻子，跑得了和尚跑不了庙，不是今天，就是明天，总有一天会给他的；反正自己已经把这个女人睡了。

高燕想，自己是祁宏的女人，这一生只能是祁宏的女人，当然也愿意为祁宏做出牺牲。她嫁给张伟，只是跟父亲做了交易，不能代表自己的感情，她要誓死捍卫，无论如何都不能让张伟得逞。

两个人就这么一直僵着，虽然同在一个屋檐下，但很长一段时间都没有睡到一张床上，张伟睡在大床上，而高燕躺在沙发里。

这样过了半个月，几夜阴雨，秋天来了，天气转凉了，张伟于心不忍，对高燕说："燕子，你睡床上来吧，我睡沙发。"

高燕极不信任地看了张伟一眼，没有理会。

张伟继续说："你睡大床来，我保证不动你。你愿意给我就给我，不愿意给我就算了，我不勉强你！"

高燕不相信地说："真的?"

张伟说："我知道你不喜欢我，但我对你是认真的。我们现在都结婚了，有的是时间，我有一辈子的时间来感化你，我不急在一时。"

高燕答应了，他们交换了地方，高燕睡到了大床上，张伟躺到了沙发里。

这样又过了一个月，深秋到了，打霜了，早上起来，户外是薄薄的一片白霜。天气转冷了，尤其是后半夜，人在不知不觉中被冻醒了。

睡在沙发上的张伟着了凉，感冒了，第二天起来，发高烧，流鼻涕，咳个不停，无精打采的，浑身没有力气。

那天半夜，听到张伟咳个不停，哆嗦不停，就像一只可怜的寒号鸟，高燕于心不忍，下了床，站到了张伟面前。

高燕说："你也到床上来睡吧。"

张伟不敢相信自己的耳朵，受宠若惊地说："那你呢?"

高燕说："我们换一换！"

张伟说："那就算了，与其让你睡沙发感冒，还不如让我睡沙发感冒！"

高燕有了一点点感动，她把眼睛移向别处，轻声地说："那我也睡床上。"

张伟以为自己终于守得云开见月明，机会来了，他一跃而起，兴高采烈地蹦上了床。

张伟正准备宽衣解带，找高燕亲热，却被高燕一把推开了。

高燕很不客气地说："要你睡到床上来，不代表你可以对我做什么！"

张伟嘟着嘴，很不情愿地说："我不是柳下惠，做不到坐怀不乱的；我是一个正常男人，跟一个美丽的女孩睡在一个床上，我怎么控制得了？"

高燕很不客气地说："控制不了，也得控制。你睡这一头，我睡那一头。你睡里面，我睡外面。我们井水不犯河水，你做不到，我们还是分开来睡。你睡大床，我睡沙发。"

高燕的态度有了明显的进步和松动，毕竟愿意两个人睡到一张床上来了。比起新婚之夜，这个进步有点大，是个让人欢欣鼓舞的征兆，张伟不假思索地答应了高燕的要求。

那天夜里，高燕一直不敢入睡，只要张伟有什么轻举妄动，她就会一跃而起，捍卫自己的禁地。还好，张伟没有强人所难，只是把高燕的双脚用双手搂了，抱在怀里。高燕用力抽了抽，张伟很任性，没让她把脚抽出来。不得已，高燕只得让张伟搂着自己的脚。

张伟在高燕那儿表现老实，但不意味着得不到高燕，张伟就没有性生活——他正是因为有了性生活，才没有对高燕霸王硬上弓。

张伟每周二和周四晚上都要到第二天天快亮才回来。张伟对高燕撒谎说，他和狐朋狗友吃夜宵，喝酒，唱卡拉OK去了。

张伟这话不全是谎言，有一半是真的，有一半是假的。上半夜吃夜宵，喝酒，唱卡拉OK是真的，他们一直吃、喝、唱到深更半夜。下半夜，跟狐朋狗友分道扬镳后，张伟去人民医院，找刘美丽医生给他"看病和治病"去了。

值班的门诊室，里面有一个小卧室，卧室里有一张小床。那张床虽然窄了点，但不妨碍刘美丽和张伟卿卿我我，干他们想干的任何事情。刘美丽说，空间小，显得两人感情好，感觉好，更加亲密无间，你中有我，我中有你。

二十世纪九十年代初期的小县城，个体户开始兴盛，很多夫妻都出来摆夜摊，挣点零花钱。小县城的夜宵摊通宵营业，直到各种早餐店次第开门了才收摊。从刘美丽那儿"看完病，治完病"出来，张伟感觉自己被掏空了，急需补充体能。所以，要吃点夜宵，喝两瓶啤酒才回去，他的夜宵也可以叫作特早的早餐。

吃完早餐，在天色微明的时候，张伟才醉醺醺地或装作醉醺醺地回去，睡到上午十点了才去上班——那时候，陈晓明的黄花菜正好运到加工厂，等着他检货，什么都不耽误。

看到张伟经常买醉，高燕信以为真，但她没有办法，也不愿意妥协，她还没有从心里真正接纳张伟。

但高燕渐渐内疚起来：张伟成天这样酗酒，自己是脱不了干系的，是因为张伟在自己这儿得不到满足了，才不得不跑出去借酒浇愁，夜不归宿的。

第二章　新感情闪亮登场

从小县城祁东到省会城市长沙，有两百多公里，路上要走三四个钟头。

对很多人来说，这只是一段普通的路程；对祁宏来说，却是一个伟大的转折。祁宏将这段路程比喻为自己人生道路上的"遵义会议"，具有里程碑意义。

绿皮火车是从旅游胜地桂林开过来的，车上挤满了人，连站的地方都没有。一路上走走停停，逢站停靠，旅客上上下下。这段旅程漫长得就像跌宕起伏的一生。

祁宏午饭都没有吃。火车上盒饭很贵，他舍不得。到长沙火车站的时候已经下午三点多了，明晃晃的太阳斜挂在天空，灼热、刺眼，慢慢地挪动。

祁宏拎着行李下了车，随着熙熙攘攘、摩肩接踵的人流出了火车站。他的行李很土，是一个装化肥的蛇皮袋，洗得很干净，泛着淡黄。那年代，很多背井离乡的农民工都用这种袋子装行李，容量大，什么都塞得下。

火车站的广播里播放着那个年代的流行歌曲《年轻的朋友来相会》，旋律优美，轻松明快，让人倍感亲切。车站广场很开阔，放眼望去，熙熙攘攘，人头攒动。人们说着夹杂着全国各地乡音的普通话，把广场装扮成了一个语言的万花筒。

祁宏是第一次上大城市，分不清东南西北。出了车站口，他站在那儿，不知所措，内心震撼，脚下茫然，正如一首歌词描述的那样："总是找不到梦里的方向，不知该往哪里去"。

祁宏不知往哪个方向走，不知坐什么车，这些录取通知书上都没写。最方便的是打个出租车，上了车，把目的地对师傅一说，就什么都不用管了。可祁宏又心疼那个钱，坐一次出租车，要花掉他两三天的伙食费呢。

但祁宏很快镇定了下来，他高兴地发现，一个扎着马尾辫，穿着白色连衣裙的漂漂亮亮的女生双手举着"欢迎湖南大学新生"的牌子就在他对面站着呢，自己刚才只顾远观，没有近看，把这个"重要人物"忽略了。

看到那个牌子，祁宏就像看到了家；看到那个女生，祁宏就像看到了家人。所有初来乍到的陌生和不适烟消云散了。祁宏看着女生，向她招了招手，走了过去；女生看见祁宏跟她打招呼，也快步迎了上来。

"我是今年考到湖南大学的新生！"祁宏操着蹩脚的普通话，拘谨地告诉女生。他字斟句酌，力求字正腔圆，努力遮盖乡音，让对方听懂，可祁宏越努力越是讲得普通话不像普通话，乡里话不像乡里话。

"湖南大学欢迎你，新同学！"女生接到祁宏，落落大方地伸出手来，跟祁宏握了握，然后自我介绍，"我叫钱小芸，是湖南大学二年级的学生，在学生会工作，代表学校来接你们新生！"

女生的普通话很标准很流利，很悦耳动听，就像耳边吹过的那阵秋风，祁宏还没有听到过这么好听的普通话。

把自己的普通话跟女生的普通话一对比，祁宏马上就感到了差距和压力。他觉得在大学里，第一要务就是要把普通话赶上来，把四明山带过来的土里土气的乡音过滤掉，像这位女生一样，说得一口标准流利纯正的普通话，能够跟来自五湖四海的师生没有障碍地、愉快地沟通交流。

亲不亲，湖大人。确认身份之后，暂时的局促消失了，祁宏感觉宾至如归。他感叹学校安排真好，为他们这些初来乍到的新生想得真是太周到了，刚下车的茫然和陌生顿时烟消云散了，他成了这个城市的新的一员。

钱小芸弯下腰，准备帮祁宏拿行李。祁宏把钱小芸拦住了，没让——那个蛇皮袋很寒碜，一个手提的地方都没有；很重，里面放了十多个生红薯和玉米棒子，女生提不起；很粗糙，只适合祁宏这样干农活锻炼出来的厚实皮肤的手，不适合钱小芸那双细皮嫩肉的手。

钱小芸没有坚持，她站起来，在前面带路。祁宏跟在后面，亦步亦趋。两人穿过川流不息的人群，走了一百多米，来到了设在广场停车场边上的"湖南大学迎新接待处"。接待处简单地摆着两张课桌，一把偌大的太阳伞撑出来的一片阴影下，两个男生坐在小凳子上，左右摇动大蒲扇扇风。

新生接待处有几个钱小芸那样角色的青年男女有说有笑，忙着张罗接待和招呼登记。已经有一群像祁宏那样看上去拘谨，却又处处感觉好奇的新生在等候了。这些新生跟祁宏不一样，都有家长陪着，有的父母都来了。钱小芸怕祁宏被冷落和不适应，把迎新的招牌塞给了另外一个男生，要他去出站口接人，自己陪着祁宏，跟他说话唠嗑，指导他办理登记手续。

祁宏放下行李，拿起笔，弓着腰，在签到单上认真地填写自己的姓名和籍贯。祁宏写完后，钱小芸拿起签到本，认真地看了起来。当她看到签到本上书写得工工整整的"祁宏"两个字时，不由得重新打量了一下祁宏，喜出望外地叫起来："你就是祁宏呀，今年湖南大学的文科状元！没想到我运气这么好，接到状元郎，捡了宝了！"

听钱小芸这么一嚷嚷，其他新生和家长、接新处的同学都把目光集中到了祁宏身上，那目光里充满羡慕和钦佩。祁宏暗自吃惊，他这才知道，自己是今年湖南大学文科新生的第一名。这个消息，让祁宏有点意外，也感到很开心。但祁宏还没习惯成为焦点，被众人注视，他的脸唰地红了。祁宏的心态还停留在高中阶段，那时候，他总是躲在不起眼的角落里，默默地读书，两耳不闻窗外事。

为躲避大家像阳光一样灼热的目光，祁宏把眼睛望向了天空。天空瓦蓝瓦蓝的，除了太阳，就连一朵白云也没有，只有阳光亮堂堂的，明晃晃的，刺眼得很。

祁宏的第一志愿填的就是湖南大学。填志愿的时候，祁宏就知道，以他的估分，虽然进不了全国最好学府的北大和清华，但进排名更靠前，名声更响亮，师资力量更雄厚，学习氛围更浓，录取分数要求更高的中国人民大学、上海复旦大学、北京师范大学、武汉大学等，还是可以的。但祁宏觉得，这些大学没有本质区别，都是一流大学，都能培养出优秀人才。对他来说，读哪所大学并不重要，重要的是有大学可读。湖南大学是一座十分不错的高等学府了，在教育强省的湖南数一数二；从培养的学生的质量来看，处在湖南大学金字塔顶的学生不比清华北大的平均水平的学生差多少；祁宏不愿意跟北大清华里的一般学生比较，他要比就是以湖南大学的尖子生身份跟清华北大的尖子生比较。这个道理，祁宏在读初中时就想明白了。当年他所在的镇二中是一所普通初中，镇一中才是重点初中，但他一直是镇上第一名，而不是镇一中的尖子生才是第一名。如果湖南大学培养出来的学生，有1%够得着清华北大培养出来的尖子生的水平，祁宏希望自己就是那个1%。

歪打正着地接到了文科状元，钱小芸就像买彩票中奖了一样，感到很幸运。钱小芸也是文科生，她格外兴奋地、好奇地询问祁宏的各门功课的分数。祁宏有点不好意思，但还是礼貌地一一回答。语文、数学、英语、政治、地理，前五门的分数一报出来，都赢得了钱小芸和新生接待处新老同学的惊呼，可历史分数报出来，让他们十分惋惜——祁宏的历史分数跟前几门分数相差太大了，才七十多分。这个分数在当年湖南大学文科录取生中，排名比较低了，跟祁宏的文科状元身份很不相称。

"历史分数是低了点，否则，你可以上北京大学了。"钱小芸感慨地说。

钱小芸有些不明白，文科生一般都比较喜欢故事性强的历史，历史成绩都差不到哪儿去，状元郎祁宏却成了例外。钱小芸好奇地问："你是历史成绩一向差，还是高考临场发挥失误了？"

"都不是。那天，在前往考场的路上，我的准考证被人抢了，我去追，把时间耽搁了，铃响交卷的时候，还有二十多分的题没来得及做。我的历史成绩，平时在班上是最好的，比较稳定，我也喜欢历史。"祁宏回答。

祁宏的话又让大家刮目相看，这个新生还有二十多分的题没做，都是湖南大学的文科状元呢；如果做了，肯定就不会只上个湖南大学了——那个抢劫犯真是可恶。他们纷纷谴责那个误人前程的失足青年，同时为祁宏深感惋惜，打抱不平。

"那可惜了，"钱小芸不由自主地感慨说，"看来你跟湖南大学有缘，你跟我们有缘。如果不发生这种事情，你肯定上北京大学去了，我也接不到你，也不可能认识这么一位出类拔萃的师弟了！"

听钱小芸提到北京大学，祁宏兴致来了，初到的拘谨一扫而光，就像找到了知音，他高兴地说："我原来就是想考北京大学的，高考前我跟一个好朋友约好了，她考清华，我考北大，她圆梦了，我马失前蹄了。但湖南大学也不错，声名在外的千年学府，是我们湖南最好的大学，离家也近，很方便。"

这是很多新生和家长的共识，祁宏说出了他们的心里话，无论是湖南本省的，还是外省考过来的，只要填报了湖南大学，从接到通知书那刻起，他们就对湖南大学产生了浓厚的认同感、亲近感和亲切感。

文科状元对湖南大学的认知引起了他们的强烈共鸣，大家都开心地笑了。

陆续有新生和家长从全国各地赶到长沙火车站，会聚到新生接待处。不到一个小时，两三趟火车下来，新生接待处就聚了好大一批人。钱小芸对其他几个老生交代了一番，自己领着这批新生和家长上了一辆崭新的大巴士。那辆大巴士，从里到外，都是新的，散发着淡淡的清新的油漆味，看来是为接新生刚投入运营的。看大家都上了车，钱小芸犹豫了一下，最后一个跳上了车。

车门关了，大巴士轰地启动起来，屁股喷出一股白烟，司机忙打方向盘，转了两个弯，驶出了火车站广场，在长沙的大街小巷上奔跑起来。

祁宏望向窗外，看着一晃而过的高楼大厦，感慨万千。省会就是省会，大城市就是大城市，长沙不起眼的小楼都比祁东县城最高大、最雄伟、最气派的大楼还要高大、雄伟、气派，自己算是开眼界了。

从四明山到祁东县城上高中，祁宏觉得祁东县城是个花花大世界，四明山太小了，太落后了；现在来到长沙，祁宏才发现原来祁东县城是那样小，那样落后，在长沙面前就像小巫见大巫，都可以忽略不计了。看来，人要见世面，开眼界，就得到大地方来，否则，就成了井底之蛙，也领略不到外面的世界的精彩和大气。

祁宏想到了北京，想到了凌林。虽然祁宏没有去过北京，但看到长沙，就可以推测得出来，省会长沙跟首都北京比起来，就像祁东县城跟长沙比起来一样，长沙要小巫见大巫了。他为自己没能考上北京大学有点惋惜，为凌林考上了清华大学感到高兴。

祁宏的遐思迩想很快就被钱小芸的声音拉回了现实。在车上，钱小芸做起了导游，给新生和家长介绍长沙这座城市的历史沿革，风土人情，人文风貌，名胜景点，以及湖南大学的历史和现状。

钱小芸一口普通话流利标准，声音柔美，就像燕子呢喃。祁宏听得如醉如痴，他还没有听过这么好听的普通话呢——车厢里的新生和家长都听得如醉如痴，兴奋异常。钱小芸知识面很广，引经据典，风趣幽默，很多都是教科书上没有的，让人耳目一新的知识——钱小芸给新生和家长打开了一个截然不同的世界，见识了一个全新的长沙。

听钱小芸讲解，祁宏觉得很汗颜，他那湖南大学文科状元的优越感一下子没有了。对照钱小芸，祁宏找到了自己的两大明显不足：首当其冲的是普通话，然后是知识面。

以后全班同学，全年级同学，全系同学，全校同学，都是从全国各地来，都讲普通话；走出校园，到长沙城逛街办事，都要讲普通话，不能讲祁东土话。普通话讲不好，学习生活，交朋结友，都要受到影响，这个很重要。既要听得懂别人的话，又要让别人听懂自己的话。就他目前的普通话水平，听懂别人勉强可以，要别人听懂自己，难度还是比较大。在钱小芸面前，祁宏只愿意贡献耳朵，口都不敢开。钱小芸的普通话说起来是那样顺溜，听起来是那样舒服；而自己的普通话就像一锅半生不熟的米饭，满是四明山的土渣味。这个短板必须尽快补上，要像钱小芸师姐那样说一口流利标准的普通话。

知识面要宽，这个也是刻不容缓。祁宏的书本知识是学得很扎实的，教科书都能背。但也就局限于教科书了，教科书之外，差不多两眼一抹黑，孤陋寡闻。钱小芸对长沙乃至湖南省的历史名人、文化掌故都信手拈来，如数家珍，知识储备之丰富，让祁宏自惭形秽。与钱小芸比起来，祁宏觉得她是大学生，自己是小学生，差太远了，要学的东西太多了，得争分夺秒，迎头赶上。

大学第一天的所见所闻，让祁宏内心激荡，他看到了更丰富多彩的世界，更源远流长的文明，更博大精深的文化，这是他要热情拥抱的世界，这是他要积极参与的伟大时代。祁宏感到豁然开朗，失恋的伤痛渐渐退到一边，已经不重要了。

大巴士在湖南大学东方红广场上停了下来。那儿的路边摆满了桌子，挤满了人，人声嘈杂。各院系都在广场上设了点，迎新工作在有条不紊地进行。新生和家长下了车，钱小芸把他们集中到一块，告诉他们，哪个院系的迎新处在什么地方，然后嘱咐他们自己办手续去了。钱小芸把祁宏单独留了下来，因为其他新生都有家长陪伴，祁宏是自己一个人来的。

钱小芸没有急着带祁宏到中文系报到办手续，而是把他领到了广场上那座伟人塑像前。从"中国睁眼看世界的第一人"的魏源开始，在一百多年的中国近现代史上，湖南人肩负家国，敢为天下先，敢于打破沉寂，脱颖而出，改变和影响历史进程的大人物雨后春笋一样冒了出来，到伟人这儿达到巅峰。伟人注视前方，伟岸的身躯高高地耸立在那儿，仿佛听得见他年轻时候"书生意气，挥斥方遒，粪土当年万户侯"的豪迈吟诵。

站在伟人脚下，抬头仰望，祁宏心潮澎湃，十分敬仰，面对这个改变中国历史，改变中国人民命运的人，崇敬之情油然而生，他觉得血管里沸腾着什么，燃烧着什么，灼热难当。毛泽东也是湖南人，也在湖南大学（那时叫岳麓书院）读过书，也是从山旮旯韶山走出来的；但他走向了民族精英之巅，走进了世界顶尖伟人行列。他忧国忧民，舍我救人济世的精神让人学习和铭记。

瞻仰完伟人，钱小芸领着祁宏到处跑，找中文系，报到，交钱，领书，找宿舍，铺床，忙得不亦乐乎，啥事都没让祁宏操心。祁宏觉得这个小师姐为人真热心，都把自己当亲弟弟照顾了，这让他觉得心里别样温暖。祁宏在家里排行老大，一直是他照顾弟弟妹妹呢，被人当作弟弟照顾，这还是大姑娘上轿头一回。

把一切忙完，天已经黑了。看着铺得整齐干净的床，祁宏不好意思地说："谢谢师姐了，你一天就为我一个人服务了！"

祁宏的话让钱小芸很开心，忙完了，闲下来，钱小芸才发现自己的所作所为确实有些莫名其妙，就像祁宏说的那样，自己一整天就为这个新生提供专门服务，有点过犹不及了，这是她今年的新生接待工作中绝无仅有的。可钱小芸觉得值，她是心甘情愿的，说不清什么理由。如果硬要找一个理由说服自己，也许祁宏是文科状元吧，湖南大学一年新生数千人，状元只有两个，一个文科状元，一个理科状元，状元应该享受特殊关照，不是钱小芸，如果是其他人接到祁宏，做法可能一样，也会给状元郎多些关照。

钱小芸也感到累了，祁宏的一个"谢"字，驱散了钱小芸身上的疲惫，感觉一天的付出有了回报。钱小芸想，状元郎就是不一样，是一个心思细腻懂得感恩的人。她接过其他很多新生，忙上忙下，都没有对她说一个"谢"字。

"你不能把谢只停留在口头上，总得有所表示吧!"钱小芸看着祁宏，调皮地说。一阵前所未有的饥饿感突然袭击了她，她这才醒悟过来，自己从早忙到晚，就早上吃了一碗米粉，中饭晚饭都没吃。

没有见过世面的祁宏并没有听出钱小芸的弦外之音，他不明白钱小芸说的"有所表示"是指什么，难道是张口向他要钱?

祁宏疑惑不解地望着钱小芸，希望她说明白一点。

"都忙一天了，有点饿了，你不饿吗?"钱小芸说。

祁宏也还没有吃中饭和晚饭，他们俩的肚子在这个时候不约而同地咕咕叫唤了起来。

"我请你吃饭，师姐!"祁宏恍然大悟，原来只要一顿饭就可以打发了，钱小芸的要求也太简单了，"我对附近不熟，你带路，我买单，我们找个地方吃个便饭吧。"

"这还差不多，不是一个不谙世事的书呆子!我还以为状元郎只知死读书，不懂人情世故呢!"钱小芸说。

钱小芸在前，祁宏在后，他们出了宿舍，下了楼，向校外走去。

靠山吃山，靠水吃水，靠着学校师生就能发财。开学在即，附近突然冒出来很多小饭店，基本上是湖南本地口味，菜做得好看，看得人流口水，味道也不错。

两人在校门口的一个大排档前坐下来。钱小芸给祁宏倒了一杯茶水，然后跑去点菜。菜很快就上来了，一碗油淋茄子，一碗辣椒小炒肉，一份长沙臭豆腐。菜上来后，两碗热气腾腾的白米饭也端了上来。

那顿饭，祁宏真是开眼界了。大城市就是不一样，三份普普通通的食材，却做出了如此美味，大城市的生活质量就是不一样。

茄子，祁宏从小吃到大，吃过无数回了，但从来没有吃出过这种味道来。四明山的田间地头，都种着茄子树，枝丫上挂满拳头大小的紫茄子。辣椒和茄子是夏天的主要菜肴。无论是在四明山的家，还是祁东的学校，茄子都是菜桌上的主角，但都是或蒸或煮，祁宏还从没吃过油淋的——茄子吃油，无论是在学校还是在家里，吃油都成问题，出于成本考虑，都不可能做油淋茄子，很划不来的。油淋茄子放了剁椒，软软的，辣辣的，有点咸，味道很好。

辣椒小炒肉，辣椒被切成丝，很新鲜；肉被切成小片，很鲜嫩。这个菜辣辣的，咸咸的，很适合湖南人口味，很下饭。

长沙臭豆腐，祁宏听说过，但这是第一次吃。臭豆腐看起来黑乎乎，脏兮兮的，就像农家柴火灶上的破抹布；闻起来臭烘烘的，令人倒胃。

这也能吃？祁宏疑惑地看了钱小芸一眼，觉得这个小师姐吃东西有怪癖，这种东西都敢点敢吃，他是不敢下筷子的。

钱小芸看出名堂来，很不客气地夹了一块，塞在祁宏碗里，非要他尝尝不可。祁宏拗不过，犹豫再三，才鼓起勇气，屏住呼吸，象征性地咬了一口。

这一口咬下去，味道就来了。没想到，看起来黑乎乎，脏兮兮，闻起来臭烘烘的长沙臭豆腐，在那层又黑又脏，让人生畏的表皮下面，却是又嫩又鲜，黑白分明，香气扑鼻，味道好极了。

"毛主席很喜欢吃长沙的臭豆腐。"钱小芸说。

祁宏以为钱小芸是在跟自己开玩笑，有点不相信，毛主席那么伟大，哪有这种癖好？毛主席喜欢吃辣椒，吃红烧肉，祁宏是知道的。但毛主席吃这种稀奇古怪的东西，祁宏还是第一次听说。

"1958年4月12日，毛主席视察长沙火宫殿，吃了长沙臭豆腐，由衷地赞叹说长沙的臭豆腐，闻起来是臭的，吃起来是香的。"

"这个你也知道？"祁宏问。

"到长沙生活了一段时间的人都知道呢！"钱小芸说。

"很多人可能知道毛主席对臭豆腐的评价，但不一定说得清楚时间地点吧，你都把时间精确到天了。"祁宏说。

这倒是实话。有很多人知道毛主席对长沙臭豆腐的评价，却不知道他是什么时候，在什么地方说的。很多人都以为是毛主席在长沙读书的时候说的。因为读书的时候穷，没钱，吃臭豆腐可以理解；当了国家主席后，应该就不吃这种下里巴人的东西了。

"味道怎样？"看祁宏吃完臭豆腐，皱着的眉头舒展后，钱小芸明知故问。

"好吃，很好吃，"祁宏说，"没想到长沙臭豆腐外面看起来又黑又脏，闻起来又臭又怪，吃起来倒蛮香！"祁宏说。

祁宏情不自禁地又夹了一块，也给钱小芸夹了一块。祁宏是一下子喜欢上了长沙臭豆腐。

"你不觉得长沙臭豆腐像一个人吗？"钱小芸打趣地说。

"谁？"祁宏茫然地问。

祁宏在长沙还没认识什么人呢！他就认识钱小芸一个人，显然钱小芸不像长沙臭豆腐，她漂亮，表面光鲜着呢。祁宏绞尽脑汁地想，也没想出什么人来——他和钱小芸共同认识的人的交集更少了。

"远在天边，近在眼前呀！"钱小芸咯咯咯地笑了起来。

祁宏恍然大悟，原来钱小芸在取笑自己呀，她把他比作了长沙臭豆腐。如果只看过，没有尝过长沙臭豆腐，听着钱小芸这个比喻，祁宏可能有意见；但尝过后，钱小芸把他比作长沙臭豆腐，祁宏倒是心里很高兴，看来钱小芸不是贬他，而是明贬实褒呢！

　　那三个菜，很下饭，祁宏一口气吃了三大碗，把中午没吃的加倍补回来了。当年，长沙的饭店吃米饭是不要钱的，随便吃，管够。

　　吃完饭，祁宏站起来，准备到前台结账买单。可服务员告诉他，钱小芸点菜的时候已经把单买了。祁宏感到很汗颜，没想到钱小芸帮了自己一天，连感谢的机会都不给他。

　　看着不好意思的祁宏，钱小芸莞尔一笑，认真地说："祁宏同学，你记下了，你又欠了我的，下次本息一起还，我可不好打发的！"

　　"下次一定要我来了！"祁宏认真地说。

　　"那是自然。"钱小芸说，"下次我不跟你抢了，如果周末你有空了，记得把我这个人情还了。"

　　钱小芸把祁宏送到男生宿舍楼下，站住了，问他："知道我为什么把你比作长沙臭豆腐吗？"

　　祁宏不知道，茫然地看着她。

　　"回到宿舍，好好洗个澡，换件干干净净的衣服。"钱小芸笑着说。

　　祁宏这时候才彻底明白过来，他的衣服确实够旧、够脏的了，他早上帮父母干了一阵农活才动身出发，衣服都没换——高燕送给他的那套衣服，他没有穿在身上，因为那天高燕结婚，祁宏心里有道过不去的坎。

　　祁宏站在宿舍门口，目送钱小芸离开。看着那个瘦小，在路灯下渐行渐远的背影，祁宏觉得很亲切，钱小芸就像他姐姐，上大学的第一天，祁宏就尝到了被人当作弟弟关照的滋味——以前从来都是他关心弟弟妹妹。

　　钱小芸没走多远，站住了，回过头来看了一眼祁宏。他们四目相对，都心慌意乱，触电一样赶紧把视线移开。

第二天还是报到，没有正式开课。祁宏待在宿舍里预习功课，他准备开足马力，争分夺秒了。

上午十点钟左右，宿舍电话响了，是找他的。听声音有点儿熟，祁宏很快就猜出来了，是钱小芸找他呢。钱小芸说陪他到岳麓书院走走，看看。祁宏马上答应了。在长沙读大学，尤其是在湖南大学读书，岳麓书院是非去不可的，那是读书人的营养池，那营养补血补钙，近现代史上很多血气方刚的湖南人都是从那儿汲取了养料，尤其是他们年轻的时候。

祁宏打算换一身干净衣服，朝圣一样去岳麓书院，也让自己在钱小芸面前脱胎换骨，把钱小芸眼里"长沙臭豆腐"的形象拿掉。比较来比较去，祁宏发现除了高燕送给他的那套西服，那双皮鞋高端、大气、上档次外，他没有什么拿得出手的衣服了——他也只有两三套衣服。

祁宏不得不穿上那套西装和皮鞋——高燕嫁人了，祁宏曾经短暂地下过决心，赌过气，决定不穿这套西服了。站在宿舍那面与人一样高大的穿衣镜前，祁宏上下打量了一下自己，觉得很阳光，与又黑又脏的长沙臭豆腐形象已经相去甚远。可这套衣服一穿，巨大的苦闷还是从心底涌了上来——明媚阳光一样的外表并没有驱散祁宏内心的阴翳，如果不是怕钱小芸笑话他，祁宏宁愿不穿这套西装，宁愿做一块"长沙臭豆腐"呢。

那段刻骨铭心的爱情留给祁宏的，已经徒有其表，就剩这身衣服，这双鞋了。祁宏是个明白人，高燕已经跟别人结婚了，这衣服和皮鞋总有穿破穿烂，被新的取代的时候，可他心里的那块伤痕就像留在额头上的那块伤疤，永远地烙在了那儿，是拿不掉的。额头上的伤疤是看得见的，肉体不灭，疤痕不消；心里的伤疤是别人看不见的，只有自己知道，让他动不动就感到痛。

就在祁宏睹物思人的时候，电话又响了起来，他以为钱小芸等得不耐烦了，来电话催他了，张口说道："稍等一下，马上下来！"

但话一出口，祁宏就感觉不对劲了，电话里的声音虽然很熟，却可以肯定不是钱小芸的。

听着那个熟悉的声音——那声音比钱小芸的还熟，祁宏不敢相信，他激动起来。

电话那头也愣了一下，不相信地确认："你怎么知道我要来？"

果然是凌林！

凌林也误会了，把祁宏准备对钱小芸的回话当作了对自己的回话。

祁宏举着话筒，一时回不过神来。

听到凌林问话，祁宏确信了，真是凌林来了，错不了。

"意外吧，惊喜吧，天上掉下个林妹妹了吧！"凌林在电话里得意地说。

祁宏赶紧挂了电话，旋风般地跑下楼，他太想见凌林了。

看到祁宏出来，在宿舍门口等候的凌林和钱小芸不约而同地向祁宏走去，热情地跟他打招呼。

她们找的是同一个男生，两个女生惊住了，都愣在当场，不知如何是好。

这部小说的两个主要女生就这样碰巧地见面了。在生活中，这种偶遇的概率不到千分之一吧。

祁宏明显感到气氛不对，马上给她们打圆场，也给自己找台阶下。

"凌林，这是我师姐，钱小芸，我新生报到，是她在火车站接的我！"

祁宏把钱小芸介绍给了凌林。

祁宏怕凌林误会，三言两语就把认识钱小芸的来龙去脉交代清楚了。

"师姐，这是我高中同学凌林，我那个考到清华大学的好朋友，我们原来约好了我考北大，她考清华。"

祁宏又把凌林介绍给了钱小芸。

祁宏也是三言两语就把跟凌林的深厚渊源说清楚了。

凌林和钱小芸同时伸出手来，象征性地握了握。

在握手的瞬间，两个女生飞快地打量了一下对方，心里都泛起了复杂的情绪，好像她们天生就是对手。

"师姐，正好，我和凌林都没有去过岳麓书院，我们一起，你给我们做向导吧！"祁宏提议说。

这也是在那种情况下化解尴尬的最好安排。三个人有说有笑，又各怀心事，一起向岳麓书院走去。

岳麓书院是古典建筑，不高，却很庄严，显得神圣不可侵犯。门口那副"惟楚有材，于斯为盛"的对联，足以让所有喧嚣的灵魂安静下来，回到生命的原点，原点处是一片空白。

三个人站在门口，注视着对联，默然不语，却内心激荡。他们都是湖湘儿女，都是天之骄子，但在对联面前，他们都像一个虔诚的小学低年级学生唯唯诺诺地站在校长面前。

进了书院，三个人没有请导游，而是自己看。祁宏和凌林看不懂的地方，才低声向钱小芸请教。岳麓书院博大精深的思想和文化，让他们惊叹不已。他们在岳麓书院一逛就是大半天。

思想吃饱了，肉体却饿了。从岳麓书院出来，三个人在街边的大排档吃了一顿便饭，这次是祁宏请的客，两个女生都有买单的冲动，但她们都克制住了，仿佛谁买单谁就掉价了一样。

吃完饭后，凌林对钱小芸说："师姐，再辛苦你给我们做做向导，我要给祁宏买两套衣服，你带我们找一家好点的服装店！"

凌林的话让钱小芸很吃惊，心里立刻很不是滋味。从凌林的话里，钱小芸听出了这两人的关系发展已经非同一般，极有可能超越了友谊的界限。这种信息正是凌林借机希望传达给钱小芸的。

钱小芸把目光望向祁宏，希望他拒绝凌林的好意。但没想到，祁宏只是脸红了，把视线转向一边，避开钱小芸的目光——祁宏压根儿没有拒绝的意思。其实，凌林给他买衣服的意思，祁宏是听出来了，他知道自己无法拒绝，也拒绝不了。凌林这个女生，想对他做啥，他只能无声地接受，就像当年凌林带着他去县委大院开小灶补课一样。

凌林知道，祁宏身上穿着的这套西装，这双皮鞋，是高燕给他买的，高燕已经跟别人结婚了，她看着难受，祁宏穿着也心里别扭，凌林想换掉它，那意思再明白不过了：感情如衣服，旧的不去，新的不来；旧的去了，新的来了；她希望祁宏穿上新衣服，接受新感情，迎接新生活。

钱小芸心里很不舒服，她吃醋了，但没有表现出来。钱小芸走在前面，大方地把凌林和祁宏领进了岳麓山脚下的一家大型服装店。进了店，看着凌林旁若无人地跟祁宏说话，吩咐祁宏试这试那，钱小芸很不舒服，她是看明白了，这对老同学亲着呢，好着呢，关系深着呢，自己陪他们逛岳麓书院，逛服装店，就像做电灯泡了！钱小芸不愿意插在中间，让自己尴尬，别人也扫兴，她借口下午有课，先返回学校了。

钱小芸一走，凌林更加放开了，她给祁宏挑了三套衣服，两套西装，一套休闲服。与西装配套的，是两双黑色的皮鞋和白色的衬衫；与休闲服配套的，是一双白色的球鞋。凌林当即吩咐祁宏把身上那套西装和皮鞋换下，穿上了新的西装和皮鞋。大城市的衣服和鞋，款式新，质量好，从试衣间出来，焕然一新的祁宏容光焕发，精神抖擞，英气逼人，就像那天的阳光一样明媚。

看着大变样的祁宏，凌林不敢相信自己的眼睛，她想，那个四明山的麻雀，真的变凤凰了，她希望祁宏从里到外，涅槃重生，就像四明山的落叶乔木迎来了又一个新的春天一样。如果说偏僻落后的四明山还能找出一个适合眼前祁宏的比喻来，那就是春天里四明山发新芽的树木了。

"宏，我以旧换新，你的这套旧西装和皮鞋就送给我，我带北京去，给你好好保管起来。"凌林对祁宏说，"从现在起，一切重新开始！"

祁宏没有表态，他打心眼里舍不得那套西装和那双皮鞋，那可是高燕给他买的，是那段刻骨铭心的初恋的象征，是那段艰苦人生的难忘记忆；但他明白凌林的用心良苦，凌林不希望自己陷在痛苦的过去难以自拔，穿着那套西装，那双皮鞋，他就会陷进那段痛苦感情的包裹中，凌林希望他开始一段新的感情生活，跟她！

"我只是负责给你保管，不会把它弄丢的。你穿着这件衣服，难受。将来穿坏了，也要丢掉，不如我给你保管起来，我会一直好好保管的。"凌林说。

祁宏不好再说什么，把那套衣服交给了凌林。凌林借服装店的熨斗把那套西装熨平整了，折好了。

凌林向服装店老板要了两个方便袋，一个装西装，一个装皮鞋，装好后，把它们塞进了背包里。凌林的背包空空如也，几乎没装什么东西，把祁宏的西装和皮鞋塞进去，一切刚刚好。看来，凌林是计划好了的，有备而来。

"我下午飞北京，你送我到机场。"凌林说。

"最好我不送你！"祁宏开玩笑说。

"你敢！"凌林攥起小拳头，在祁宏面前晃了晃，吓唬他。

"我怕送你到机场了，你又要把我送回来，害你误了飞机！"祁宏说。

"别自作多情式臭美——"凌林一边说，一边结结实实地把小拳头落在了祁宏身上，那一拳不轻不重。

"你不是农民，倒像农家姑娘一样蛮横有力！"祁宏说。

"你就喜欢你的农村姑娘，不把小城姑娘当回事儿。"凌林针锋相对地说。

"那是以前，以后不了，"祁宏缓和气氛，"你看我得用发展的眼光看!"

"做得到拿得起，放得下，与时俱进了，表现不错!"凌林高兴地说。

一辆放空的出租车驶了过来，凌林赶紧招手把车拦下来，两个人拉开车门，一前一后钻了进去，一起向黄花国际机场奔去。

上了出租车，两个人一路无话——他们有很多话说，但这些话只属于他们俩，在封闭的、窄小的出租车空间，有第三者存在，把他们那些话吓跑了。

路到一半，凌林伸出手，有意无意地去抓祁宏的手，祁宏就像触电一样把手缩了回去——跟其他女生过度亲昵，祁宏暂时还不适应。

祁宏的这个下意识动作，让凌林不敢造次，她知道，被伤得不轻的祁宏，心里还在惦记着高燕，一个暑假都没有调整过来，语言上说说可以，动作上祁宏还没有准备接受新的女生过分的亲昵行为。

到了黄花机场，从出租车上下来，祁宏陪着凌林换了登机牌，把她送到了安检口。

虽然是出行旺季，但坐飞机的人不多，大家还是习惯坐绿皮火车，便宜——时间创造价值还没有显现出来，大部分人都还没形成时间就是金钱的观念。排队安检的人不多，两人在安检口告别，有些依依不舍。

"你要是在北大就好了，"凌林说，"我们想见就能见到，我也不用担心钱小芸看上你了。"

"这么快就吃醋了? 你太敏感了! 我们有寒假、暑假的，"祁宏说，"一个学期也就四五个月，很快就过去了。"

"如果你是我，或者你懂我，你就明白四五个月，有多么漫长了，"凌林叹了口气，"都说一日不见，如隔三秋，看来，你是不懂我的。"

"我懂!"祁宏赶紧说,"现在不懂,以后也会慢慢懂的,你给我点时间!"

"你有过这种感觉,那是对高燕,对我,你暂时还没有,希望以后慢慢会有。"凌林说。

凌林说的是对的,祁宏就是这样的感觉,这样的心情,他被凌林说得有些尴尬,但不得不佩服凌林明察秋毫,藏得再深都能一眼看穿。

"但我希望你快点跟上我的节奏,不要浪费时间了,"凌林说,"我已经一让再让,期盼了一年多了,我现在想谈恋爱了。"

祁宏点了点头,轻轻地说:"我现在懂你了!"

"那就好。我不排斥高燕,但爱情是自私的,我可能排斥其他人。"凌林说,"我不在你身边,你可以跟别的女生有友谊,这个我不管,但你不能跟别人有爱情,这个我很在意。看样子,你是一个很受女生欢迎的男生,上学第一天钱小芸就对你有那个意思了。"

"她是我师姐呢,是她代表学校接的我——"祁宏嗫嚅着说。

"我是凭一个女人的直觉,女人的直觉往往很准的,"凌林说,"你要适可而止,不要似是而非,模棱两可。高燕结婚了,我们可以开始了。"

"也许清华园有更优秀的男生在等着你。你试着接受别人看看,"祁宏试探地说,"你会发现他们比我优秀,我不介意你找男朋友!"

"也许你是对的。但我给你写信,你要给我回信。"凌林说,"在没找到比你让我更心动的男生之前,我觉得你很适合我。"

祁宏心里荡漾起甜蜜的涟漪,这是在经历与高燕的爱情失败后,他在感情上唯一得到的慰藉。他记得语文书上有一句话:在一个地方失去的,会在更多的地方得到。

也许爱情也是如此。

还有一个钟头飞机就起飞了，凌林不得不准备过安检。

在过安检之前，凌林抬起头，看着祁宏，说："抱抱我！"

祁宏左右看了一下，伸出双臂，把凌林拥在怀里。

凌林把头靠在祁宏胸前，像一只见到母亲觅食归来的小鸟一样亲热和安心。

"你闻闻我身上的味道，无论什么时候，尤其是有女生骚扰你的时候，你都要记住这一刻，记住我的味道，记住我为你加速的心跳声！"凌林半开玩笑半认真地说。

祁宏点点头，然后松开了凌林，目送着她过安检，进候机厅。

过了安检，走向登机口，凌林不住地回头向祁宏挥手。这时候，喇叭响起了登机通知，凌林不得不快步走过去，消失了。

把凌林送走后，祁宏没有马上离开机场。他在机场外面候着，看着一架架飞机优雅地滑翔，雄赳赳地起飞，气昂昂地呼啸着冲向蓝天。

祁宏在心里默默地祝福凌林在陌生的首都北京，一切顺利，就像载着她的那架飞机一样，在蓝天之下，白云之上，向着目的地，无牵无绊，顺利平稳地飞翔。

祁宏不知道哪架飞机载着凌林，但他确认那架载着凌林的飞机飞走了，才坐上返回长沙城的大巴，然后转公交车回学校。

祁宏可不像凌林，有钱打出租车，有钱坐飞机。祁宏是能省则省，出行只能选择最便宜的交通工具——公交车，他每分钱都要计划着，掰开来花。

第三章　难解的爱情方程式

　　分数不是学生的全部，但不能否定分数是反映学生质量和学习效果的一个最重要的指标参数，相对比较公平。在高考录取上，分数的重要性不可替代。考生是金榜题名还是名落孙山，是上北大还是上湖大，是上本科还是读专科，都由分数说了算。

　　以全校文科最高分考进湖南大学的祁宏进入了俞校长的法眼。开学第三天下午，俞校长把祁宏叫到办公室，详细地询问了他的学习和家庭情况。

　　祁宏先是有些拘谨，聊着聊着，就放开了，两个人相谈甚欢，越聊越投机。告别的时候，俞校长从沙发上站起来，把他送到门口，握着他的手，交给了他一项"重大的政治任务"：要他代表新生在全校的开学典礼上发言。

　　这是俞校长找祁宏的目的——借聊天对祁宏做了一次考察。那次交流，让俞校长觉得祁宏不是一个读死书的人，思路灵活，视界开阔，看什么都有自己的见解，很适合做新生代表发言。

　　湖南大学的校训是"实事求是，敢为人先"，俞校长认为湖南大学就是要培养有独立学术精神和创新意识，不人云亦云的人。在见祁宏之前，俞校长已经跟理科状元聊过了，没有找到感觉，他觉得那个理科状元不能代表湖南大学培养学生的方向。以前代表新生在开学典礼上发言的，以理科状元为主，由文科状元代表新生发言，在湖南大学的历史上，祁宏是第一个，因为湖南大学以理工科为主。

祁宏一向成绩好，作为学生代表发言，这不是第一次。这种事，从小学开始，祁宏就在做了，算是老生常谈，轻车熟路。但湖南大学是什么地方？来自全省乃至全国的学霸都聚在这里，被选中发言，是在百里挑一的学子中再万里挑一呢。全校开学典礼是什么场合？全校有一万多双眼睛在台下看着呢。

俞校长钦点祁宏，他不能给校长丢了面子，要给校长争面子，这个任务艰巨，不容有失。从俞校长那儿回到宿舍，祁宏挑灯夜战，洋洋洒洒地写了个三千字的发言稿，请俞校长提出意见修改后，花了两天时间把发言稿背得滚瓜烂熟。可是随着开学典礼的时间越来越近，祁宏突然觉得这种官样文章没什么意思，年年开学典礼，新生代表发言年年如此，千篇一律，一点新意都没有。祁宏决定挑战自己，推倒重来，脱稿演讲，要从内容到形式上都做到与众不同。

十多天后，一个秋高气爽的日子，全校开学典礼在田径场如期举行。俞校长发完言，就轮到祁宏发言了。在掌声中，祁宏走上主席台。放眼望去，台下乌泱泱的，人头攒动，神情肃穆。祁宏第一次见到这种大场面，感到比较紧张，脑袋突然短路了，他后悔自己把自己逼到了悬崖边上，连讲稿都没有带。但祁宏很快就调整了过来，在经过头脑短暂空白，造成开场白紧张慌乱之后，祁宏做了一下深呼吸，很快调整过来，开始变得从容不迫，渐入佳境。

这种场合，发言内容决定观众情绪。如果用挑剔的眼光来看待祁宏那次演讲，美中不足的就是那口普通话了。祁宏口音重，普通话说得不地道，前鼻音后鼻音不分，平舌音翘舌音卷舌音不分——湖南人，尤其来自湖南偏僻农村的，要他们讲好普通话，那是太难了。但瑕不掩瑜，祁宏的演讲，质量和思想性掩盖和弥补了他普通话的不足。

祁宏现身说法，以亲身经历为例，讲自己一路走来的苦难和坚持，讲那些对他提供帮助的人，以及自己对他们的感恩——祁宏将自己的感恩上升到了对国家对社会的责任上来；讲作为一个新生，对湖南大学的认识和自己四年大学生涯的成长理想和学习规划。

那年代，能考上大学的都不容易，很多人来自社会底层，都把上大学当成了改变自己和家庭命运的捷径。祁宏是他们的代言人，说到了他们的心坎上，让他们感同身受，拨动了他们的心弦，引发了他们的强烈共鸣。

台上台下，说的演讲者和听的观众，都同频共振了。祁宏越说越投入，观众越听越感动，掌声数次把祁宏的演讲打断；除了掌声，现场某些角落还响起了轻轻的抽泣。演讲结束，掌声雷动。祁宏鞠了三次躬，掌声才平息下来。校院系三级领导都认为，这是湖南大学开学典礼上有史以来最成功的新生发言了，他们觉得这个文科状元与众不同，前途不可限量。

演讲进行到一半的时候，发生了一段小插曲，让祁宏猝不及防，内心凌乱了一瞬。穿着洁白连衣裙，长发飘飘的钱小芸，突然出现，抱着一大束鲜艳的玫瑰噔噔噔地跑上了主席台，把花塞在了祁宏怀里。

这是祁宏没有预料到的，他被这突如其来的意外打断了思路，脑袋暂时短路了，脸红得像关公。庆幸的是，钱小芸献花这件事，也获得了如潮掌声。借助掌声，祁宏快速地调整了情绪，等掌声安静下来，他已经恢复了自信，站在台上，继续侃侃而谈。

钱小芸上台献花，效果不错，给祁宏的演讲锦上添花。全校师生以为是学生会特意安排了这个环节。其实，是钱小芸临时想起来，加进去的小插曲。作为学生会骨干，钱小芸是这次开学典礼的重要策划者和组织者，给祁宏献花，既是公干，又是私活，再说白一点，是公器私用，借献花表达感情，却做得天衣无缝，把小小的私心藏了起来，旁人根本看不出来，只有当事人心里清楚。

那束花没有用公款，是钱小芸自己花钱买的，花了她差不多一周的生活费。学生会主席刘风云吩咐钱小芸报账，被钱小芸拒绝了。钱小芸不愿意报账的原因很简单：如果报账了，那就公事公办了，自己的一片心意被掩盖了，被抹杀了——她宁愿自己几天省吃俭用，在钱和心意之间，钱小芸更看重后者。

　　钱小芸和祁宏，这两个人很有意思，钱小芸是师姐，祁宏是师弟；但他们的实际年龄反过来了，钱小芸十八岁，祁宏二十岁。祁宏读书晚，钱小芸读书早，她六岁就上学了，小学还跳了一级，十七岁就成了大学生。大一暑假，钱小芸刚过完十八岁生日。

　　两人的家境相差不大。钱小芸家虽然不至于像祁宏家那样穷得揭不开锅，要靠高欣接济和照顾过日子，却也不是富裕人家。钱小芸家是典型的半边户，她爸是中学教师，在湘潭郊区的镇中学做校长；她妈是普通农民，农忙干农活，农闲在学校帮忙，做些行政后勤之类。钱小芸从妈，曾经是农村户口，上大学了才完成农转非。钱小芸从小跟在父亲身边，在学校长大，成绩很好，一直是班上第一名。家庭环境和自身经历，让钱小芸只佩服读书比她厉害，成绩比她好的人。在碰到祁宏之前，钱小芸还没有服过谁。在认识祁宏之后，钱小芸是真心服了，她没想到那么巧，接新接到了状元郎，冥冥之中仿佛上天注定。

　　接新之前，钱小芸特地跑到招生处看新生录取名单，把文科状元和理科状元都记下了，她想碰碰运气，认识一下状元郎，没想到真如愿了。在火车站接到祁宏那刻起，钱小芸就对这个山沟沟里来的文科状元刮目相看了。钱小芸是农村出来的，她知道一个农村孩子要成为状元很难，天资要更聪明，意志要更坚定，要吃更多苦，要付出更多。

　　从接到祁宏起，这些天来，钱小芸的心就被一种前所未有的情绪弥漫着，占据着，激荡着，一天见不到祁宏就坐立不安，怅然若失；晚上躺在床上，闭上眼睛，脑海里全是祁宏的模样，翻来覆去地睡不着。

钱小芸对自己的反常表现莫名其妙，想不明白。在不断地否定之后，钱小芸终于想明白了：她是情窦初开了，想谈恋爱了。天地良心，在没有碰到祁宏之前，她没有这种感觉和想法。钱小芸身边不缺追求者，但她从来没有动心过。在认识祁宏之前，钱小芸想：爱情有什么好的，就像一杯白开水，索然无味！看到祁宏后，钱小芸是想明白了，爱情的滋味原来是对方给你一杯白开水，你都觉得是野生蜂蜜一样甜到了心里。

钱小芸感到紧张和慌乱，为扼制这种突如其来的感觉，她拼命地回想祁宏的缺点，希望借此说服自己不要陷进去太深。但没有用，效果适得其反。钱小芸想来想去，不觉得祁宏有什么缺点，倒觉得他的优点越来越多，越来越凸显。实在没办法了，钱小芸告诫自己：他额头上有一块疤，破相了，很吓人！但钱小芸很快就把这个想法否定了，把祁宏额头上那块疤都看作优点了。

那块疤是硬派男人的标志，只有受过伤，吃过苦头的人，才更懂得生活，更懂得珍惜。钱小芸对自己说，她已经爱屋及乌，容纳了祁宏额头上的那块疤，甚至觉得那块疤是祁宏的特色，其他男生没有，就像一个人的天赋，一个地方的特产。

那天陪祁宏和凌林参观岳麓书院回来，钱小芸闷闷不乐，心里打翻了醋坛子。看他们两个人的表现，钱小芸就知道他们的关系非同一般，说不定他们已经在谈恋爱了。可钱小芸不愿服输，更不打算放弃，她想跟凌林公平竞争。大学是感情的花季和雨季，更是爱情的春季。这个年龄的男生女生都需要感情的温暖、滋润和慰藉，碰到心仪的、心动的，谁愿意轻易放弃？

钱小芸就像炒瓜子花生一样翻来覆去地比较权衡，发现自己拥有天时地利人和，优势十分明显：一是她和祁宏门当户对，都家境一般，来自社会底层，看凌林的气质和出手阔绰的样子，钱小芸就知道，凌林的家境不一般；二是她跟祁宏有类似的成长经历，都不容易，将心比心，更容易懂对方，急他所急，想他所想；三是她与祁宏都在湖南大学，抬头不见低头见，近水楼台先得月，凌林在清华大学，他们见面很不方便，远水难解近渴，远水救不了近火。

清华大学像祁宏这样的优秀男生多着呢，凌林犯不着来跟她抢祁宏。钱小芸衷心祝愿凌林早日名花有主，主动切断跟祁宏的感情和联系。钱小芸觉得自己对祁宏是一见钟情，她不奢望祁宏对她一见钟情，却希望能够日久生情。感情这东西，需要用心浇灌，需要时间培育；相处多了，久了，感情自然而然浓了；距离远了，见面少了，感情自然而然淡了。钱小芸有信心跟祁宏三四年同窗下来，感情水到渠成，瓜熟蒂落。如果到时候还成不了，那只能怪自己魅力不够，努力不够，跟祁宏没有缘分。

一想到缘分这个词，钱小芸豁然开朗，笼罩在头上的云雾慢慢散去。缘分让一切变得妙不可言，让感情的天平向钱小芸倾斜。从当前的种种迹象看，祁宏和凌林是缘分不够的，祁宏跟自己是有缘的。他们高中约定一起到考北京去，结果祁宏准考证被抢了，北大梦碎了，祁宏把第一志愿填湖南大学了，自己早就在湖南大学等他了；祁宏来湖南大学报到，是自己把他接到了，自己成了祁宏在湖南大学认识的第一个女生，一个各方面都不错的女生——这样的相遇，肯定给祁宏留下了深刻印象。这不是缘分是什么？这不是很有缘是什么？如果不用有缘来解释，还真说不过去。至于跟祁宏有没有分，那得靠自己现在和今后努力了。

尽管拥有高燕赠予的那笔十万元巨款，在湖南大学的学子中堪称首富了，但祁宏还是没有忘记自己农家苦孩子出身的本色。高燕那笔钱，祁宏一直搁在存折上没有动，也不打算动。夜深人静的时候，祁宏喜欢把那张存折拿出来端详；看着那张存折，祁宏的心在隐隐作痛，泪水不知不觉地模糊了眼睛。刚进学校那段日子，晚上回到宿舍，祁宏就用这种方式来虐待自己。

祁宏上学也没用家里什么钱，考上大学还帮父母挣了不少钱。祁宏的学杂费是村民送礼的红包缴的。祁宏是四明山第一个考上重点大学的孩子，锦绣前程在等着他，从祁宏收到录取通知书那天起，四明山的村民突然变得慷慨大方起来，争先恐后地给他塞红包，给他们家送礼，不接还不行。不接，就让送礼者感觉你祁宏上大学了，就瞧不起他了。那个假期，村民们送的红包让祁宏攒下了不少钱，交了学杂费之后，还剩下一大笔，足以让祁宏一个学期不用为穿衣吃饭苦闷发愁。

穷人的孩子早当家，有钱了，祁宏没有大手大脚乱花，他仍然保持着艰苦朴素的本色。凌林送给他的三套衣服，勤快点，换着穿，已经够了。学校食堂，早稻米饭比晚稻米饭一两便宜五分钱，祁宏从来打的都是早稻米饭。虽然早稻米饭粗糙，硌喉咙，不过没关系，多嚼两下，嚼碎了，同样好咽，只要能够填饱肚皮，比在高中时经常挨饿强多了。打菜，祁宏选最便宜的蔬菜，别人打两个，他打一个；周末了，偶尔点个荤菜解解馋，改善一下生活，补充一下能量。大学食堂不像县城高中食堂，油腥看得见，大学食堂的青菜都不缺油腥，味道不错。

从入校那天起，祁宏觉得身后多了一双多情的眼睛在默默地注视他；多了一个人，像是不经意的巧遇，又有点儿刻意安排，在他身边出现。这个人就是钱小芸，这双眼睛就是钱小芸那双水汪汪的大眼睛。

祁宏上图书馆晚自习，刚坐下来，钱小芸也过来了，要么坐在他对面，要么坐在他旁边。祁宏到食堂排队打饭，感觉有人在后面拍他肩膀，一回头，看到钱小芸就排在身后。吃饭的时候，祁宏刚找到座位坐下来，钱小芸也过来了，在他同一个桌的对面或者旁边坐下来。

两个人是老熟人了，也不介意，彼此莞尔一笑，算是打招呼，然后各学各的，各吃各的。

多年刻苦学习的习惯培养了祁宏的钉子精神，在图书馆学习，一坐下来，他就一动不动，除了必需的生理问题，中间匆匆忙忙上个洗手间，其他时间都在如饥似渴的阅读中度过的。祁宏老是觉得时间不够用，就像再多钱都不够花一样，他有太多的书要读，有太多的知识要掌握。

钱小芸不一样，注意劳逸结合，每一小时左右，她要把祁宏喊出去，到图书馆外面吹吹风，散散步，聊聊天，交流一下读书的心得感受。钱小芸读过很多书，知识面很广，是个博览群书的杂家，也是一个有独到见解的思想家。让祁宏佩服的是，钱小芸不是一个读死书的人，不迷信，不盲从，对人生和世界有自己的看法，对权威敢于理性质疑。这些让祁宏受益匪浅，更是一种鞭策，感觉时不我待，得奋起直追。

在开学典礼上，作为新生代表发言后，祁宏名噪一时。学生会主席刘风云看上了他，嘱咐钱小芸动员祁宏到学生会来竞选学生会干部，但被祁宏拒绝了。祁宏不是不想做学生会干部，他觉得那是锻炼自己的好机会。但他认为大一做学生会干部还早了点，也做不好，目前最重要的是完善自己的知识结构，尽快补全自己的知识短板。学生会干部是要做的，但不是现在，在祁宏自己的大学生涯规划中，当学生会干部，得到了大二再说。

祁宏在生活上对自己的刻薄，让钱小芸既心疼，又看不下去。那天中午，在食堂吃饭的时候，钱小芸瞅了几次祁宏碗里的清汤寡水，实在忍不住了，一筷子夹起自己碗里的肉，放进了祁宏的碗里。

"这肉太肥了，我吃不下，"钱小芸掩耳盗铃地说，"丢了呢，又怪可惜的，只有请你助人为乐了！"

祁宏一阵慌乱，左右看了看，想把肉给钱小芸夹回去，却又不敢动。食堂里很多人都认识他呢，很多双眼睛都在盯着他呢。祁宏如芒刺在背，不敢抬头。他赶紧夹起肉，一声不响地把肉塞进了嘴巴里，就像毁灭罪证一样。那肉很肥，轻轻一咬，油就流出来了，溢满口腔，肉香扑鼻，让祁宏回味无穷。

我们现在生活好了，不吃肥肉了，因为现在油多了，肉多了，对肥肉烦了，腻了。但那时候，炒菜时油都舍不得放，很多人都在闹油荒，面黄肌瘦，没有力气，尤其是农村。那个年代，油是最好的补品，最美的味道。那肥肉，那油，就像一场及时春雨，滋润了祁宏的肠胃——祁宏已经好久没有被这样滋润过了，心里对师姐充满了感激。

就像大坝决堤，开了一道口子，会越来越大；就像赛车启动，跑起来了，就有了惯性，想刹住很难；就像越轨，好不容易有了第一次以后就会有很多次。见祁宏没有拒绝自己，钱小芸很快就把关爱正常化了，升级了，不仅仅局限于肥肉了。吃饭的时候，钱小芸隔三岔五地打一份毛氏红烧肉，分一半给祁宏。说是一半，其实是不等分的，给祁宏那一半，往往占去了三分之二，留给自己那一半，往往不到三分之一——钱小芸给自己留下的那点分量，只能算是意思一下，安慰自己吃过肉了。钱小芸的理由一如既往：我一个女生，吃不了那么多，倒掉了怪可惜，需要祁宏助人为乐。

数天后，在食堂吃晚饭，祁宏刚坐下来，钱小芸就过来了。钱小芸把一个菜碗放在祁宏眼前，嘱咐他跟自己一起吃。那碗里有荤有素，那荤的还是个剁椒鱼头。

钱小芸半开玩笑半认真地说："祁宏，我给你夹菜吧，我怕你嫌我筷子脏。以后我们打牙祭吧，合伙吃，一餐打一个荤菜，一个素菜，这样，我们荤素都有了，营养也比较均衡全面。你吃肥的，我吃瘦的；你吃带刺的鱼肉，我啃没刺的骨头。当然，我们偶尔也可以交换一下，你也偶尔可以吃吃瘦肉，啃啃鱼骨头，如果你喜欢！"

对钱小芸的良苦用心，祁宏心知肚明，这个师姐是想方设法让自己吃好点。如果撇开其他因素，钱小芸的主意倒是不错，既省钱，又可以把生活过得很滋润。祁宏渐渐习惯了把钱小芸当姐，他不好意思拒绝钱小芸的美意，两个人开始合伙吃饭。钱小芸要祁宏把每个月的饭菜票据交给她，每次菜都由钱小芸来打，祁宏只管打饭。

祁宏和钱小芸在学校里都算得上是公众人物了，他们的事很快就传开了。晚上熄了灯，上了床，室友们七嘴八舌，拿他们的事开起了玩笑。

"祁宏，你是我们班第一个找到另一半的，师姐钱小芸黏上你了。"

"祁宏，你们也太快了，刚进大学就出双入对了，让我们只羡鸳鸯不羡仙！"

"祁宏，你们在一个碗里吃饭，就像小夫妻一样过起小日子了，就差没睡到一个被窝里去了，呵呵——"

……

祁宏这才发现，他跟钱小芸已经背离了生活的正常轨道，走得太快了，太远了。祁宏感到冤，感到累，可室友们说的都是事实，容不得他否认和反驳。他和钱小芸在生活中留下的蛛丝马迹给旁观者的印象就是他们在热火朝天地谈恋爱。

祁宏曾经想过，为人不做亏心事，半夜不怕鬼敲门，身正不怕影子斜，他把钱小芸当师姐，把握好分寸就行了。可在别人眼里，根本不是这么一回事。还是上铺兄弟汪大力说得对：你把钱小芸当师姐，可钱小芸自己不这么想，她是把你当男朋友来关心照顾了；我们也不这么想，我们把你们当作一对热恋的小情侣了。

在男女感情上，祁宏也是过来人了，不再是那个懵懂无知，一张白纸的少年，他感觉得出来，钱小芸对他确实有点儿那个意思了，她的表情言行都透露了出来——只见过钱小芸一次的凌林都感觉出来了，这是一个十分危险的信号，值得他高度警惕。如果自己没有那个意思，就要跟钱小芸保持距离，把信号明确地传达给她，不能让她误会了。

当然，祁宏更不能胡乱猜测编排，冤枉了钱小芸，毕竟到目前为止，钱小芸还是没有对自己说出啥出格的话，也没有做出啥出格的事。他们之间，是发乎情，止乎礼的。如果钱小芸没有那个意思，只把自己当师弟，关系好一点的师弟，那不是以小人之心度君子之腹了？

事实上，不管钱小芸有没有，只要自己没有，就得提防，就得防微杜渐，未雨绸缪，把星星之火掐灭在摇篮中。异性之间，容易日久生情。这种情，不是友情，是爱情。

想着想着，祁宏有点害怕，晚上自习，他突然不去图书馆，改去教室了。每个班，上课都有固定教室，在教室里自习和学习的，往往是以班上同学为基础，不在一个班，是很难聚在一个教室的。吃饭，祁宏也不去食堂了，他要躲避钱小芸，他要汪大力给他把饭带到宿舍来。

祁宏希望这样做，能够把信息准确地传达给钱小芸，把两人的关系冷却一下，让两人的交往重新回到正常的轨道上来。

"大力，帮我一个忙，给我带份饭菜回来，三两早稻米，一个青菜。"

祁宏把碗递给准备上食堂就餐的汪大力。

"你的小日子不是过得有滋有味嘛，怎么了，跟小师姐闹翻了？真是身在福中不知福，小师姐又漂亮，性格又温柔，对你又上心，这么好的女生哪儿去找？"汪大力看着祁宏，满脸狐疑地问。

"我配不上她，我不想让大家误会，更不想耽误她的青春，她可以找到比我更适合的！"祁宏说。

"你真是个榆木脑壳，她才不在意你配不配得上她呢。多善解人意的小师姐，我们想追她还没机会呢。你不要，把她让给我啊！"汪大力说。

"你喜欢她，你就勇敢去追！你喜欢她，你就更要帮我打饭回来了。我如果餐餐去食堂，你真没机会了！"祁宏说。

"这倒是大实话。我餐餐给你打饭菜回来。"汪大力高兴地说，只要祁宏放弃了，说不定他真有机会呢。

"加把劲啊，兄弟，祝你好运！"祁宏鼓励说。

"欧耶——"

汪大力举起拳头，在空中挥了挥，接过祁宏的碗，高高兴兴地打饭去了。

好端端的，却突然平白无故地消失了的祁宏，让钱小芸经历了从焦虑担忧到失魂落魄的心路历程。

天天见得到祁宏，钱小芸觉得日子过得很快活，即使阴雨天，内心都有一片晴空在。见不到祁宏，问题就来了，即使艳阳天，心里都在大雨滂沱，让人心烦意乱，看书没劲，做题出错，学生会的工作不顺心，见人就想发脾气。

见不到祁宏，钱小芸才发现自己离不开这个师弟了，越是见不到，越是动心，越是想念。钱小芸是避无可避，逃无可逃，她是来真格的了。

一天两天，三天四天见不到祁宏，也许可以说祁宏有事去了，可以算是巧合；可八天十天，甚至半个月见不到祁宏，就不是巧合，而是刻意了。焦急了的钱小芸知道祁宏是在刻意躲着她了，这让她心里很难过。

在图书馆，钱小芸看不进书；在食堂，钱小芸吃饭不香；在宿舍床上，钱小芸翻来覆去睡不着。她的眼前老是浮现那个皮肤黑，身材瘦，个子高，眼睛亮的精神男生。那些天，无精打采的钱小芸老是幻想祁宏突然出现在她面前，跟她打招呼，向她微笑，陪她读书，陪她吃饭，陪她散步，跟她谈笑风生。

这种情形只是在梦里有，在现实生活中并没有出现。爱情就是这么说不清道不明。爱情的产生，也许只需要不经意的一眼，只需要转眼的一瞬，只需要一件鸡毛蒜皮的事，只需要一次迎面而来，归根结底是因为遇到了一个让你动心的人。

钱小芸很不愿意坐以待毙，她觉得当务之急就是找祁宏好好谈谈，把情况弄清楚。钱小芸揣摩来揣摩去，认为祁宏突然变脸的唯一可能就是他和凌林之间有了实质性突破，要么是祁宏对凌林表白了，要么是凌林对祁宏表白了，在钱小芸看来，凌林对祁宏表白的可能性更大一些。

晚饭的时候，钱小芸看到汪大力一个人拿了两个饭盒，打了两份饭菜，但他只吃了其中一份，端着另一份，准备回宿舍。那个饭盒，那碗早稻米饭，那份青菜，钱小芸是再熟悉不过了，她马上就猜想到剩下的那份饭菜是汪大力给祁宏打的——这说明祁宏在宿舍里。

"大力，你给祁宏打饭呀？"钱小芸拦住了汪大力，微笑着问。

"我自己的，留着当夜宵吃！"汪大力见到钱小芸追问，心慌得很，赶紧撒了一个谎。

汪大力是个老实人，不爱撒谎，而且还是对心仪的小师姐撒谎，他的脸唰地红了。

"撒谎的人不会脸红呢，你是撒谎的人吗？"钱小芸取笑道。

汪大力的防线溃败了，他不知所措，恨不能找条地缝钻进去。

"你忙你的去，我给祁宏把饭送上去。"钱小芸趁汪大力无所适从的时候，把饭盒从他手上抢走了。

钱小芸端着饭碗走进男生宿舍的时候，祁宏正提笔凝神，在一张废纸上练习书法。看到端着饭进来的不是汪大力，而是钱小芸，祁宏就像做贼被抓了现行，满脸不自然的表情，浑身不自在地扭捏。

原来祁宏真在呀，看来祁宏是刻意躲着自己了。

钱小芸生气了，把饭盒递给祁宏，很不客气地说："你先吃饭，吃完后，我们再好好聊聊。"

其他室友看到钱小芸来了，互相使了眼色，都识趣地背着书包，或去教室，或去图书馆了，宿舍里只剩下了他们两个人。

祁宏心虚，低着头吃饭，不敢看钱小芸，也没有说话。

钱小芸给祁宏倒了一杯水，说："慢慢吃，别噎着了，我不赶时间！"

祁宏吃完饭，钱小芸抢过饭盒，拿到水龙头下，把饭盒洗干净了。

是福不是祸，是祸躲不过。祁宏横下心来，也准备跟钱小芸开诚布公地谈谈，跟她摊牌。祁宏不懂拒绝，他觉得拒绝一个女生对自己的好意，困难极了，尤其像钱小芸这样的女生，这种拒绝就像剜自己的肉；可不拒绝又不行，因为这块肉不是自己的，却在野蛮生长，如果不及时剜掉，会长成瘤，破坏其他肌体的平衡，给身体带来灾难。

两个人都有一肚子的话，都不知从何说起。他们沉默了很长一段时间，还是祁宏率先打破沉默："我把你当师姐，我不值得你这样对我好的！"

钱小芸说："我本来就是你师姐，你本来就是我师弟，这是从你一拿到录取通知书那一刻就注定了的，改不了的。你值不值得我对你好，不是你说了算，得由我说了算，因为我是女生，女生优先。我希望我们的关系，不只局限于同门师姐弟上，我不只是你的师姐，你不只是我的师弟，我希望我们的关系能够更进一层。从接到你那一刻起，我就喜欢你了。"

祁宏脸红了，紧张地说："我把你当姐吧，你把我当弟，亲姐弟一样。"

钱小芸说："我们不是姐弟，我们是兄妹。我已经把你当亲哥了。但我希望能够亲上加亲，我要做你的女朋友。"

祁宏很想对钱小芸说他有女朋友了，但他没有底气，毕竟他和凌林之间，虽然出现了苗头，却并没有把关系确定下来，他只能借过去跟高燕的感情来搪塞钱小芸。

"对不起，小芸，我恐怕要辜负你了。我在感情上受过伤，很深很重的伤，我暂时不想谈恋爱！"祁宏说。

"是凌林伤害了你吗？"钱小芸问。

"不是她，是另外一个女孩，我和她曾经青梅竹马。"祁宏说。

"可你好像已经在开始了，你和凌林呢，是什么关系？"钱小芸问。

"我和凌林还没有确定关系。"祁宏老老实实地回答。

"那我就有机会。"钱小芸说，"就是因为你受过伤，需要疗伤，现在又是感情的空档期，我更有理由了，我希望以后不再让你受伤。我会好好呵护你，珍惜你的。"钱小芸说。

"我没有经济基础，没有资格谈恋爱。我还没从失恋的阴影中走出来，暂时还没有心情谈恋爱。我要读书，我要勤工俭学，我要找份工作，养活我自己，我没有时间谈恋爱。"祁宏说。

"你这些都是借口，不是理由，"钱小芸一针见血地说，"谈恋爱跟这些都不矛盾，我们已经是大学生了，不是高中生。我们已经在一个碗里吃过饭，过过日子，我没有嫌弃你穷，跟你过那种苦日子我乐意。我不影响你学习，不阻止你勤工俭学。我希望帮助你，关心你，照顾你，鼓励你，做你的动力，不做你的阻力。大学是谈恋爱的地方，四年大学没有谈过恋爱，就白上了，把青春糟蹋了。"

看来，钱小芸是铁了心要说服祁宏，不达目的，她是不会善罢甘休了。

祁宏只得用手指头指着自己额头上的那道伤疤，冷冷地说："看到没，这是爱情给我留下的烙印，我为她差点自杀了，我怕谈恋爱！"

钱小芸倒吸一口气，那双大眼睛睁得更大了："你用情这么深？"

祁宏说："是的。只要她愿意，我现在还可以不顾一切，放弃一切，跟她在一起。"

钱小芸无奈地问："她是谁？"

祁宏伤感地回答："她是我的初恋，是爱我的人，也是害我的人。高考前，她让我尝到了甜头，她是我考大学的最大动力；高考后，她跟别人结了婚，把我从悬崖上推下去，掉进了绝望的深渊，我现在还无法自拔。凌林是救我的人，她正在把我从绝望的深渊里拉上来。"

"我也想把你拉上来，我跟她一起拉，一起用力。如果她拉住了你的左手，我就拉住你的右手！也许她一个人力量有限，拉不上来你！"

钱小芸一边说，一边伸出手来，放在祁宏的额头上。

那双手温暖湿润，覆盖的地方正是那道伤疤所在地。

尽管祁宏的三言两语让钱小芸对这个爱情故事的前前后后知之不详，可摸着那道伤疤，钱小芸真切地感受到了祁宏曾经被伤得有多深了，她顿时感同身受了。

钱小芸说："宏，我向你保证，以后我不会让你再受伤害了！"

钱小芸的话让祁宏感动，一个暑假积蓄起来，淤塞在心里的伤痛、委屈、疲惫、绝望，在这一刻火山爆发了，祁宏突然号啕大哭起来，就像一个走失的，受尽了磨难和委屈的孩子，终于见到了自己爹娘。

祁宏坐在凳子上失声痛哭，钱小芸站在祁宏身边，把他的头搂进怀里，让他痛哭。钱小芸知道，人难受的时候，哭比不哭好。

那一刻，在祁宏看来，钱小芸就像一个知心姐姐，值得倾诉，值得信任，值得托付。

第四章　凌林后悔上清华

　　人生这么短，很多事情来不及经历；世界这么大，很多地方都来不及去看。如果可以，尽量什么都要尝一尝，试一试，看一看，让人生尽可能丰富多彩。

　　对世界和人生充满好奇的探索精神的凌林喜欢尝试新鲜事物。原来凌书记给她订了从衡阳到北京的火车票，临行被她退掉了，改成了飞机票。

　　改坐飞机的凌林有两个目的：到长沙看一下祁宏，给他一个意外惊喜，这是主要目的，这个目的藏在她心底，是最主要目的，但不足为外人道。从收到录取通知书起，凌林就沉浸在巨大的喜悦中，一直忙着走亲访友，奔走相告，却忽略了祁宏，还没有跟他推心置腹地聊过。火车，凌林已经坐过很多次了，坐腻了，从衡阳到北京，也太慢了，很煎熬；飞机她还没有坐过，很有必要尝试一下。这个是次要目的——这个目的用来把火车票改成飞机票时作为忽悠父母的理由，很管用。

　　时间就是金钱的观念，在飞机票和火车票的价格差距上体现了出来。从长沙到北京，飞机用的时间是火车用的时间的几分之一，飞机票的价格是火车票的价格的好几倍。这个差价，凌林没有让父母补，而是用自己的零花钱补贴上了。这个改签，凌林觉得很值，首先是突然领悟了时间就是金钱的道理，让自己以后更加惜时如金；其次是新尝试带来了与众不同的体验，从看到的，听到的，想到的，都与众不同，给人留下深刻印象；然后是可以看到祁宏，一举三得。闻道、体验、爱情，都要付出代价。在闻道、体验、爱情与代价之间，凌林宁愿选择前者，因为只有钱是可以再生，可以再挣的，与前者没有可比性。

那年月，选择飞机出行的人不多，尤其是自费，从长沙到北京，航班不多，还坐不满。登上飞机，凌林有些小激动，左瞧右看，感觉就是不一样。飞机上没有坐满，很多座位都空着。凌林的座位靠窗，正好可以观景，极目天地舒，把飞行全过程用眼看下来，用脑记下来。

飞机开始滑行，加速，起飞，拉升；凌林开始紧张起来，心都提到了嗓子眼，她双手紧紧地抓住扶手，那张白里透红的脸上沁出了细密的汗珠——起飞前乘务员手势配合播放的安全须知进一步强化了凌林的紧张感。

拉升带来的短暂的超重和失重产生的不适转瞬即逝，飞机升到半空，稳如磐石。凌林发现所有的担心都是多余的，飞机在蓝天上翱翔，在白云间穿梭，稳稳当当，就像坐在父亲书房里那张太师椅上一样。

右手边的玻璃窗格正好与脸庞一样大小，把脸贴上去，刚好挤满，但用来观景绰绰有余了。透过干净的玻璃，凌林下意识地向地下望去，她想找到那个熟悉的身影，瘦瘦的高高的身影，那张熟悉的脸，黑黑的方方正正的脸——她不希望自己前脚登上飞机，祁宏后脚就离开机场返回学校了，她希望祁宏站在机场外某处目送她离开。

凌林发现自己在做无用功了。刚开始的时候，凌林还能看到地面上影影绰绰的人影，可视力再好都看不清脸庞，分不清谁是祁宏，她茫然地感觉谁都是祁宏，又谁都不是祁宏；渐渐地，人影变小了，看不到了，高楼大厦也越来越小，很快消失不见了——飞机已经离开了长沙。

找不到祁宏，凌林觉得索然无味，于是把目光从下面收回来，开始平视或仰望窗外。天空蔚蓝，一尘不染，透过玻璃，能看到很远很远，就像用望远镜观望一样。蓝天就在外面，隔着一层薄薄的玻璃，只要伸出手，就能触摸到；朵朵白云就在飞机下，就在脚下，这种驾驭白云，凌驾于白云之上的感觉真好，就像腾云驾雾，坐在飞机上，人成了天外飞仙——凌林看到了也明白了天外有天的含义。

　　没事可做了，人就容易疲劳。飞机出发后不久，很多旅客都睡着了，打着呼噜，发出鼾声。远行的凌林则是满腹心事，久久无法平静下来，她一边为自己圆梦清华高兴庆贺，一边为祁宏没有考上北大深感遗憾。

　　凌林对祁宏是慕名已久。高一高二的时候，凌林就听说了祁宏。他们俩，一个文科厉害，一个理科厉害，是祁东二中那一届的双子星座。到高三，刻意认识祁宏后，凌林很多次白日做梦，都是祁宏上北大，她上清华，两人双宿双飞——凌林的梦不是她一个人的，而是她和祁宏两个人的，只有他们的大学目标都实现了，这个梦才像十五的月亮那样圆满；祁宏没有考上北大，这个梦，一半圆了，一半还缺着，就像期盼满月，抬头一看，月亮还残缺着，让人触景伤情。

　　凌林去过很多地方了，但还没有去过首都北京，但她早就知道北大和清华两个大学只有数条街道之隔，散散步，走着走着就到了，北大以文科见长，清华以理科见长，正好可以将他们安顿下来。平时她是祁东二中理科第一名，祁宏是文科第一名；她能上清华，祁宏就有上北大的实力。如果两个人的梦都圆了，以后见面就方便了，感情之路自然一马平川。

　　在得知祁宏和高燕分手之后，凌林一边替他们惋惜难过，一边为自己祈祷和憧憬。凌林觉得他们三个人的感情纠葛有点意思，虽然她和高燕是情敌，却不紧张，他们就像排队买东西，现在高燕买完东西走了，该轮到她了。如果祁宏在北大，又有高中那段交情垫底，把友谊转化为爱情，既是分分钟的事，也是举手之劳，水到渠成的事。

被高燕残忍地抛弃后，祁宏受伤很深，需要治疗。凌林希望做那个给祁宏疗伤的人，能够妙手回春，帮助祁宏从那段痛苦绝望的感情中走出来，开始新的生活——这也是高燕的期望，高燕就是这么把祁宏托付给凌林的。

凌林做梦都没想到，祁宏在考最后一科时发生了意外，准考证被人抢了，把做题的时间耽搁了。凌林当时不知道这件事，是走出考场后听人说的。祁宏追准考证的时候，凌林已经在认真地做题答卷了。这件事打碎了凌林的梦想，也深深地困扰了她一个假期。凌林一直在思考这件事，越想越觉得不是一件普普通通的抢劫案件，而是有预谋的，背后藏着不可告人的目的。

一般的抢劫是为了财物，小地方尤其如此。劫匪没有理由去抢一个正走向考场的高三学生的准考证；即使那个劫匪愚蠢到了这步田地，然而走向考场的路上，学生成百上千，熙熙攘攘，为什么偏偏是成绩最好的祁宏中招了？

这里面肯定是有名堂的，显然是奔着毁掉祁宏大好前途来的。能够做出这种恶毒事情来的人，都是对祁宏恨之入骨，积怨很深的人，只有两种可能：要么是祁宏的长期学业竞争对手，要么是祁宏的刻骨铭心的仇人。前者是可以排除的，在高考前两次模拟考试中，在文科生中，祁宏一骑绝尘，没有对手，那年祁东二中的文科生，除了祁宏，没人敢报北大；后者，在学校里也是可以排除的，祁宏性格温和，待人诚恳，乐观豁达，只是内向了点，据凌林所知，他没有得罪过什么人。

高考结束那天晚上，凌林把这件事告诉了父亲，也把自己的想法对父亲说了。凌书记听后大吃一惊，他为祁宏感到惋惜和担忧，也为自己管辖的地盘出了这种事情感到愤怒，他打电话给公安局长，批评他们没有做好考场安保，责令他们好好查查，把作案者绳之以法，以傲效尤。

凌书记的意见跟女儿一样，认为这是一个刻意设计、精心实施的局，是有人不愿意看到祁宏有一个锦绣前程，想出了这个歪招。父女俩推断来推断去，不约而同地认为张伟跟这件事脱不了干系，但要抓人定罪，得靠证据说话。他们的推断只能局限于家庭成员之间的内部交流。

他们一个假期都在惦记着这个事。高考分数出来，让凌书记和凌林如释重负的是，虽然那件事给祁宏造成了很大的影响，使他的成绩比平时逊色了很多，但谢天谢地，祁宏还是超出了重点分数线好几十分，最后被湖南大学录取了。

与祁宏不一样，入学第一天，凌林没有享受到那种超规格的迎新待遇，清华大学没有在北京首都国际机场设立新生接待处。虽然清华学子来自全国各地，但那时候到北京上学，距离远的坐绿皮火车，距离近的坐大客车，有家人陪送的新生尤其如此。像凌林那样坐得起飞机的，凤毛麟角，相当罕见。在飞机场设新生接待处，一天接不到两三个人，是在浪费资源。所以，各大学都把新生接待处设在了火车站和长途汽车站。

凌林独立生活惯了，寒暑假，走亲访友，都是自己一个人背起行李，说走就走，就像走江湖的女侠一样，父母充其量把她送到火车站。从祁东到北京，接近两千公里，虽然第一次出这么远的门，凌林也还是一个人，她拒绝了父母陪送——凌书记工作太忙，抽不出时间来；母亲想送，凌林没有让。

凌林当然想有个旅伴，跟她一起上北京；如果有伴，她就坐火车了。那年高考，祁东二中考在北京的，也有一二十个人。但凌林觉得这个陪她上北京的伴，却只有一个人选，那就是祁宏。高考前，凌林无数次地憧憬跟祁宏一起到北京上大学；既然祁宏没有考上北大，不能跟她一起，那就她一个人到北京上学好了。

一个人上北京，既是锻炼，又能整理心绪——当然，趁从长沙坐飞机的机会，顺道看看祁宏是凌林心里蠢蠢欲动的小算盘。读高中，他们朝夕相处，抬头不见低头见；现在读大学，他们要两地分居，做牛郎织女了，见一面没那么容易了。

从长沙到北京，飞机只要两个多小时，凌林的胡思乱想还没有结束行程就结束了。下了飞机，出了机场，凌林排队等了一辆出租车。

出租车师傅是个胖胖壮壮的中年大叔，地地道道的北京满族人，古道热肠，好客健谈。

上了车，师傅礼貌地问凌林去哪儿，凌林客气地回答说到清华大学。

师傅听后肃然起敬，回过头来，认真地打量了凌林一眼，愉快地说："厉害呀，丫头，在清华大学读书？上几年级了？"

凌林说："是的，今年考来的，新生！"

师傅说："能考上清华大学的，都是状元，女状元更不容易。我那个不争气的儿子也是今年高考，成绩一塌糊涂，才考了三百多分，只能上个技校。你哪儿考来的？"

凌林说："我是从湖南考来的。"

师傅说："那就更加了不起了，毛主席的故乡来的。湖南人读书太厉害了，高考录取线是全国最高的，你能考上清华，那分数差不多是全国最高了。"

凌林笑了笑，没有回答。这个问题凌林回答不了，她不知道自己在全国排名第几，她只知道自己是衡阳市的理科状元，在湖南省排名第八，与湖南省状元还有十分左右的差距。

师傅说："我们家没有读书基因，老祖宗是行伍出身，跟着皇太极进的京，论武可以，从文从来就不行，但我最佩服读书人了。能考上清华北大的，都是人中龙凤，将来是当大官，做大科学家、大学问家的料，是改变历史的人，是国家的栋梁，时代的精英。你是第一次上北京吧，北京欢迎你，我拉你到处转转，尽尽地主之谊。"

这个主意倒是不错的，凌林高兴地答应了。

师傅拉着凌林，把车转到了长安街上。长安街又长又宽阔，十分平整干净。

上了长安街，师傅尽量放慢速度，认认真真地给凌林一路介绍过去，王府井、天安门、故宫、中南海……

出租车路过中南海的时候，师傅说："姑娘，你大学毕业后可能就在这个海里面工作了。"

这个玩笑把凌林逗乐了，她说："大叔，我们学理科呢，将来可能从事科学研究工作，当官从政的概率不是很大。"

师傅不高兴了，认真地说："姑娘，你不知道呢，在中国当大官的理科生多着呢，你认真了解一下，中南海里的大官，很多都是理科出身呢，尤其是从你们清华大学毕业出来的。"

凌林知道，这倒是一句真话。别小看了北京出租车司机，他们喜欢政治，一边开车一边收听广播，知道的可多了，一点不比考上了清华大学的凌林少。

兴头下，师傅拉着凌林转了南锣鼓巷、帽儿胡同等景点。一路上，计价表跳得让凌林心惊肉跳。她瞟了一阵，那个计价表隔一阵跳一下，数字不断上涨。凌林知道师傅绕远了，她可能要多出很多钱。但凌林没有说破，她不好意思打击师傅的积极性，能够碰到这样一位热情的大叔给她做向导，介绍北京城，也是运气和缘分，那些绕道多出来的钱，就当作向导费了。

这个钱，凌林愿意出，也觉得值。

车到清华，先路过了北京大学正门。看到北京大学的牌匾，凌林蓦然一惊，产生了下去看看的冲动，她临时改变了主意，要师傅靠边停一下，她准备下车了，先替祁宏逛逛北京大学。

"这是北京大学，清华大学还没到呢！"师傅提醒她说。

"我男朋友在北京大学，我先去看看他！"凌林急忙撒了个谎，随口问道，"多少钱？"

"你真是清华的吗？"师傅看凌林在北大就要下车，有点儿不相信了，"能让我看看你的录取通知书吗？"

"是呢！"凌林觉得很奇怪，但看师傅面目和善，没有恶意，就把录取通知书拿出来给师傅看了。

师傅看完录取通知书，高兴地说："姑娘，不用给钱。我每年拉清华北大的新生都不收他们的钱。"

"那怎么行呢？"凌林说。

"我不是拉你一个清华北大的学生了，我一天都要拉三五个，都是这样的，碰上了是我的运气，算我给你们送福利，为国家做贡献了！"师傅说。

"那就谢谢了。"凌林不好意思再坚持，她知道自己坚持了也没用，男人都是倔脾气，她只能对师傅的好意表示心领。

"你了不起，你的男朋友也了不起，你们都是了不起的读书人，"师傅说，"你们都是中国最有出息的人。你们将来可能要出国留学，继续深造；但是姑娘，大叔希望你记住，我们国家现在穷点，落后点，以后会好的。因为穷，因为落后，所以更需要你们这些栋梁和精英贡献智慧，使出力气，认认真真地建设，改变它的贫穷和落后面貌。你们将来出去了，学成了要记得回来。北大清华的很多学生都出去了就不回来，在国外安家落户了，这点很不好。俗话说儿不嫌母丑，犬不嫌家贫，我们都是中国人，都是炎黄子孙，不能忘了自己的根！"

凌林突然莫名地感动了，北京的出租车司机，一个普普通通的老百姓，觉悟真高，家国情怀真重，比很多知识分子都强，都可以做他们的思想政治老师了。凌林突然后悔向师傅撒谎说男朋友在北大了，但凌林没有罪恶感，她觉得祁宏本来应该上北大的，那是他的真实水平，她希望祁宏即使本科没有上成北大，将来研究生还是可以考到北大来。

凌林在北京大学的校园里东瞧瞧，西望望，转悠了一个多钟头，拍了很多照片，直到把一卷胶卷用完了才出来。那部相机是凌书记送给凌林上大学的礼物，凌书记希望女儿用相机记下大学生活中每个精彩难忘的瞬间——凌书记更希望掌上明珠多给他寄几张照片，以前女儿一直生活在他身边，现在女儿突然离开他，到遥远的北京学习和生活了，作为父亲，凌书记怪想念她的，希望通过相片参与分享女儿大学生涯的精彩瞬间。

在北京大学正门，在"北京大学"不怒自威的牌匾下，凌林照了几张相片；走进北京大学，在红楼前、未名湖畔、中文系教学楼、博雅塔、勺园等景点，凌林都拍了照片。凌林选好景，把相机递给了路过的学生，要他们帮自己拍的。

每个景点，凌林都不是站在最中间，最合适的地方，而是故意空出来一个位置，留在那儿——在凌林心里面，她把那个位置留给了祁宏。从北京大学照完相出来，凌林跑进学校附近的照相馆，把相片加急冲洗了出来。凌林挑了一批自己满意的，来到附近邮电局，给祁宏寄了挂号信，然后再到清华大学报到。

在每张相片背后，凌林都不忘写上同一句话：空出的位置留给你，希望四年后，你能到北京大学来读研究生，到时候我们合影就不用这样留白了。那封挂号信很厚实，超重了，但凌林还是把相片寄给了祁宏。这是她刚到北京，马不停蹄干的第一件事。

做完这一切，凌林感觉浑身轻松，如释重负，长途跋涉的疲惫已经烟消云散了。她突然想起在长沙看祁宏的时候忘记了一件大事，她没有祁宏的相片，祁宏没有给她，她也没要；她还没跟祁宏合过影，哪怕很多人在一起的合影都没有，三年高中，他们在一起相处那么长时间，连一张合影都没留下来，想祁宏的时候只能凭借记忆，没有相片可看。

祁宏学的是文科，她学的是理科，两个人同年级不同班，她也没有给祁宏相片，因为祁宏没有向她要。响鼓不用重擂，凌林想，祁宏收到相片后，起码应该礼尚往来，给她寄一叠在湖南大学的相片，她期盼这一刻早点到来。

凌林更希望祁宏收到相片后能够揣摩透她的心意，她的心意有两个意思：一是借相片把两人的关系确定下来，祁宏想她的时候就看看相片，望梅止渴，画饼充饥，总比什么都没有强；二是凌林希望祁宏重拾北大梦想，不要读个本科，读个湖南大学就偃旗息鼓，放弃追求了，他还可以继续努力，到北京大学来深造，读研究生。凌林自己也想读研，希望四年后，他们能够在北京相聚，把那个高考时没圆的梦圆了。

凌林报考的是清华大学物理专业。这个专业，是男生的领地，女生很少，凤毛麟角，像凌林这样漂亮的女生更少了，他们班就三个女生，其他两个女生智商高，颜值正好反过来。凌林到物理学院报到，立刻引起了一阵不小骚动，不论是老师，还是学生，看到凌林都惊呆了，还以为凌林是文科专业的，走错了地方——清华大学的文科专业是有漂亮女生的，理科很少有，尤其是像凌林这么漂亮水灵的。

一个牛高马大的男生径直走过来，要帮凌林拿行李，被她礼貌地拒绝了。凌林的行李不多，自己能行，不想麻烦别人。可那个男生并没有就此放弃，凌林不让他拿行李，他就在前面做向导，给凌林做带路党，引领着她办完了新生入学的全部手续。

在陪凌林办手续的过程中，那个男生不失时机地向凌林做了自我介绍：我姓谢，金毛狮王谢逊的谢；叫天放，向天空大鸣大放的天放，北京本地人——北京本地人都有优越感，凌林是听出来了。

原来谢天放也是新生，占有生长在北京的地利之便，比凌林早到了一天。办完手续后的谢天放闲不住，趁着还没上课，就在新生接待处帮忙。十分凑巧，谢天放和凌林一个专业，一个年级，还在一个班上。

对这个过于热情的同班同学，凌林没有理会，只是静静地听着。从那个出租车师傅开始，凌林就知道北京人不一样，十分热情，尤其是对来自毛主席家乡湖南的人，但谢天放这个北京男生对凌林这个湖南女生更加热情。

谢天放是凌林认识的班上的第一个男生。这个男生能言善辩，待人热情，综合素质高，能力强。在接下来的班干部竞聘上，谢天放以宏图大略的构想，滔滔不绝的口才，打动了全班同学，以高票当选为班长。

凌林没有准备竞选班干部，她还没有考虑好做不做。在竞选开始前，谢天放坐到了她身边，鼓励她上讲台参加班干部竞选演讲。经不住谢天放蛊惑，凌林抱着试一试的心态上了讲台，即兴发挥地阐述了自己的一些想法。凌林只想锻炼一下自己的口才和临场应变能力，没抱什么希望。没想到无心插柳柳成荫，她的务实设想得到了同学们的认可，结果全票当选了班上的团支部书记——凌林自己清楚，她全票当选当然还跟自己的性别有关，因为她是一个漂亮的女生。

凌林和谢天放成了班上的两个最主要的干部，成了最重要的工作搭档，相处的机会多了起来。谢天放老找凌林搭讪，就连占座位上课，谢天放都要跟凌林同桌，或者坐在凌林的前后左右。谢天放欲盖弥彰的理由是他们有工作要商量，其实是醉翁之意不在酒，他的司马昭之心，全班同学都看出来了，凌林当然也看出来了。凌林以小人之心度君子之腹地想，自己上了谢天放的当，他动员自己竞选班干部，找自己聊工作，原来是为了有更多机会跟她说话共事，跟她接触了解，培养感情。

上学后不久，凌林跟父亲通电话，凌书记告诉他，祁东县公安局抓到了一个惹是生非的小混混，叫刘强生。在审讯过程中，那家伙交代的犯罪事实里，就有抢祁宏准考证的事情。但刘强生没有交代幕后主谋是谁，只说有人给了他两百元钱，指令他抢祁宏的准考证。

果然是有预谋的。这个消息让凌林当晚睡不着觉，她觉得这件事，不仅影响了祁宏的前途命运，也给他们的爱情造成了困扰；如果没有这件事，她和祁宏，一个在清华，一个在北大，一切都顺风顺水了。凌林觉得刘强生很可恶，但指使刘强生抢祁宏准考证的那个幕后黑手更可恶。

现在看来，自己当初的揣测没有错，刘强生大概率是张伟指使的了。祁宏没什么敌人，但那个时候，祁宏和张伟，算是情敌了，他们俩争夺高燕，剑拔弩张，还动过手，打过架。张伟指示刘强生这样做，无非是不希望祁宏考上好大学，维持自己的竞争优势。

被爱情冲昏了头脑的年轻人，是什么事情都做得出来的，就像高燕为祁宏不惜放弃学业和前途到广东打工一样。张伟是被爱情的妒火烧昏了头，不惜铤而走险了。感情就是这样脆弱，一点点外力，就可能使爱情的轨道出现意外改变，就像刘强生的抢劫，改变了凌林和祁宏关于爱情的既定设想一样。

跟父亲通完电话，凌林马上给祁宏打了电话，把这件事告诉了祁宏。祁宏想了想，也觉得刘强生背后十有八九是张伟在使坏，但他想了想，对凌林说算了，这件事到此为止，他不想再追究了。祁宏说，即使再追究，也没什么意义了，命运不会让他再考一次历史，北京大学也不会再给他发一份录取通知书，反正他以后的人生跟张伟不会再有太多交集了。

当然，凌林明白，祁宏选择原谅张伟，不准备追究的原因，除了祁宏说的现实因素外，更深层次的原因是高燕跟张伟结婚了，不看僧面看佛面，他不想把张伟送进监狱，给高燕的家庭和婚姻制造麻烦。既然这样，就不浪费时间和精力，节外生枝了，他们现在各过各的。

凌林也很同情好朋友高燕。她跟高燕，与祁宏和张伟不一样，没有因为是情敌就彼此怨恨，高燕对凌林充满信任，凌林对高燕充满感激。祁宏能有今天，高燕功不可没。如果不是因为祁宏，高燕本来可以跟自己一样，有一个远大前程，将来在大城市落地生根，结婚生子，开枝散叶。也许高燕可能考不上清华大学和湖南大学，可考一个一般的本科院校还是可以的，都能改变自己的命运，不用窝在小小的祁东县城，不用嫁给一个自己不喜欢的男人。高燕已经够不幸的了，凌林希望她在现实的基础上，感情相对美好一点，家庭相对稳定一点，生活相对幸福一点。

虽然她们喜欢同一个男生，可如果高燕和祁宏发展顺利，凌林是愿意祝福他们，自己把爱埋在心底的；可他们分手了，那就不一样了，凌林可以当仁不让地追求祁宏了。那个半路上杀出来的钱小芸，打翻了凌林心里的五味瓶，让她不得不充满戒心，认真提防。

凭借女生的直觉，凌林看得出来，钱小芸是喜欢祁宏的——她相信钱小芸对祁宏是一见钟情了。想起钱小芸和祁宏同在湖南大学，拥有天时地利人和之便，凌林不由得倒吸一口凉气。她知道，除了与祁宏认识在先的先发优势，自己明显处于不利地位。

唯一让凌林感到宽慰的是，她和祁宏彼此了解，彼此信任，彼此吸引，已经建立了深厚的感情基础。既然以后不在祁宏身边了，自己就要积极一点，主动一点，争取化劣势为优势，多给祁宏打电话，多给祁宏写信，寒暑假了，到长沙来看他，然后一起夫妻双双把家还，回到祁东。

凌林更盼望祁宏到北京来看她，顺便上北京大学和清华大学来看看。如果祁宏没有钱，她愿意给祁宏出路费，买机票，订宾馆。

凌林有时候也想，自己到北京来读大学，到底是对还是错？

当初填报志愿的时候，如果问一下祁宏，知道他填报了湖南大学，她会不会也填报湖南大学，放弃清华呢？

这个问题让凌林很难作出回答。庆幸的是，现在木已成舟，凌林不需要做这个比复杂高深的物理题更加艰难的、纠结的选择了。

第五章　政商联姻显威力

政治掌握资源，商业能够变现。政商结合，容易发生化学反应。

在中国这片土地上，聪明的人们早就悟出了这个简单的道理。高欣领悟这个道理，尝到政商关系的甜头，是在张伟和高燕结婚以后。

张伟和高燕的结婚是改革开放后祁东历史上的第一桩政商联姻。这桩政商强强联手的婚姻，作用很快就显现了出来，高欣成为最大受益者，高家的生意从那以后驶上了快车道，开启了一个新征程。

说来也巧，张伟和高燕婚后没多久，张援朝的仕途更进一步，被扶正了，做上了祁东县县长。那些在祁东有一官半职的，都是聪明人，眼观六路，耳听八方，善于察言观色，见风使舵，并能投其所好。不用张县长打招呼，他们就主动关照起高欣的生意来。在祁东的一亩三分地上，高欣开始要风得风，要雨得雨，生意遍地开花。

张伟和高燕的盛大婚礼，等于把高欣和张援朝的关系以这种方式昭告了祁东官场。那些大大小小的企事业单位，他们的头头脑脑都参加了那场盛大婚礼。婚礼后，他们不约而同地跟高欣产生了业务往来，把他们的原材料供应和货物运输生意交给了高欣经营，个别暂时没有跟高欣产生业务往来的单位，都在积极跟高欣接洽了。

高欣更忙了，接电话接到手软，餐餐都有应酬，尤其是晚上。为适应业务的蓬勃发展，高欣又一口气采购了十六辆汽车，招聘了一批年轻人，给每辆汽车配备了两个司机，一个白班，一个夜班，实行两班倒的作息制度——这种管理制度的调整意味着赚钱效率提高了一倍。高欣明显感觉到赚的钱比以前多了，数都数不过来。如果要找一个成语来形容高家的生意盛况，这个成语就是"日进斗金"。

做了高家女婿后，张伟的积极性高涨，开始把高家生意当作自己的事业来张罗经营。他好交际，讲义气，不怯场，成为高欣的得力助手。约饭局，拼酒，送礼，帮领导解决孩子上学，老人就医，迎来送往。这些琐碎的事情，对深化客户关系很有用，但高欣没时间，也没精力；张伟却是乐此不疲，做起来得心应手，服务周到，表现出了非同寻常的能力，让高欣既省心，又如虎添翼。

这是高欣原来没想到的，为表彰张伟的贡献，也为方便和鼓励他开展工作，高欣送给了张伟一辆崭新的桑塔纳。有了这辆桑塔纳，张伟干劲更足，效率更高，效果更好了。

祁东拥有私家车的还屈指可数，没有几个人。开着那辆桑塔纳，张伟感觉很好，很拉风，特别有面子——他的叔父张援朝坐的还是半新不旧的黄布吉普车呢，黄花菜加工厂的厂长还骑着摩托车呢！开着桑塔纳迎来送往，让那些厂长经理们感觉很舒服，更加愿意和他打成一片了。

周末了，张伟把厂长经理们接上，直奔四明山的高家大院。张伟每次叫的人不多，就三四个客人，坐在小车里刚刚好，不拥挤。加上作陪的高欣或者张伟，正好凑成一个玩牌的班子。酒足饭饱后，他们要么打麻将，要么扯字牌，要么三打哈（湖南地区比较流行的扑克玩法）。高欣或张伟，总有一个人在场陪客人，但他们把握得好，输多赢少——他们是十赌九输，客人都会赢，赢多赢少而已。不是高欣和张伟的水平不行，他们的主要目的就是让客人玩得高兴，赢点小钱走，宾主尽欢。

张伟是把那些厂长经理们的脾气和个性琢磨透了，每次叫的人，都遵循人以类聚的原则，把脾气相容的，趣味相投的，合得来的人整到一起，尽量让大家玩得尽兴，融洽，没有噪声，没有分歧。

高家大院的接待与时俱进了，专业化了，多样化了。高欣是个善于学习的人，他把祁东、衡阳、长沙的娱乐项目和服务水平都搬到高家大院来了。厂长经理来了，不再是钓钓鱼，吃吃鸡，打打牌了。高欣招了两个年轻小伙子做大厨，把他们送到长沙的烹饪学校学习了半年，做得了一手好菜，保证菜肴上桌，色香味俱全。高欣还招了四个刚高中毕业，没考上大学，长相漂亮，身材不错，头脑灵活的农村姑娘做服务员，把她们送到长沙的宾馆培训了三个月，还给她们从衡阳师专请来形体和声乐老师，教她们坐立行走的姿势，教她们弹钢琴、拉二胡、唱祁剧。

高家大院腾出了两层楼房，修葺一新，一层用来吃饭，喝茶，打牌，唱卡拉OK，跳舞；一层用来给客人睡觉——玩晚了，客人就不回去了，尤其是周末。每个房间都有空调和电视，冬天不冷，夏天不热；每间住房都配备了热水器，用来冲凉，床上用品是一天一洗，一天一换，比祁东和衡阳的宾馆还讲究，四明山又景色宜人，空气清新。

唱卡拉OK的设备，是从美国进口的时兴的家庭影院，音响效果很好，五音不全的人，声音经过设备过滤，都像歌星原唱一样，让厂长经理们很嗨，觉得自己就是歌星，在开演唱会。据说那套设备花了数十万元，祁东的地盘上绝无仅有。

厂长经理们来了，张援朝也带上三两个四明山的头面人物过来作陪，一起吃吃饭、喝喝酒、唱唱歌、聊聊天，有时候也打打牌。每个周末，高家大院都是高朋满座，灯红酒绿，莺歌燕舞，热闹非凡。

高欣当然知道这种环境不利于小孩的学习和成长。高家的几个孩子，已经不在四明山了，他们搬到了祁东县城，在县城读小学，读初中，读高中。高欣在县城买了一套很大的房子，给孩子们住。高欣把自己的妹妹请过去，专门帮忙照顾孩子，给他们做饭，管理他们的日常生活。

高家的生意开始跨界破圈，只要能赚钱，什么都接，什么都做——那些活都是资源活，力气活，谈不上什么技术含量，主要是给企事业单位提供原材料，跑货物运输，高欣也把生意从祁东拓展到了附近的衡南、常宁、祁阳等地，跑的长途客运有到广州、深圳、东莞的，也有到昆明、勐腊、西双版纳的。

结婚后，在张援朝运作下，高燕成了祁东县国营黄花菜加工厂的正式在编职工，在财务部做出纳。高燕人聪明，头脑灵活，加上张援朝的关照，高欣的打点，黄花菜加工厂从领导到车间工人，对她都很满意；财务部的同事对高燕悉心帮教，倾囊相授，高燕很快就熟悉了业务，掌握了基本的财务知识和实用技能，能够独当一面了。财务部的同事心明如镜，高燕是来学习财务知识的，跟他们没有什么竞争关系，高燕最终是要为高家企业服务的。

除了做好本职工作，高燕开始帮助父亲整理账务，管理财务。每天下班前，高燕已经把高家前一天的财务收支情况整理好，做成了财务报表，打印出来，或者直接交给高欣，或者交给陈晓明带回四明山。有了这张报表，高欣感觉轻松多了，一天支出多少，收入多少，利润多少，谁谁欠账多少，清清楚楚，不再是以前那本糊涂账了。

可高欣还是糊涂，他不知道自己究竟有多少资产，只知道自己有多少现金。现金是个死数字，理解起来太方便了；现金之外的资产，如固定资产、无形资产等，高欣没有概念，也从来没有算过。

高欣只知道他存在银行里的钱就像滚雪球一样，越滚越大了，大得连他自己都不敢相信。为了不让别人知道底细眼红，高欣不得不化整为零，把钱分开来，把数字做小，看起来不那么显山露水，分别存进不同的银行。即使这样，跟高欣对接的银行经理还是吓了一大跳，高欣在祁东县的每个银行都是存储大户，每个户头上存的钱都比县财政局有钱的时候还多。

自从知道祁宏是自己的儿子后，高欣对祁家的态度来了一个一百八十度的大转弯，他觉得自己欠祁家太多了，希望能够最大限度地给予补偿，只要祁家需要。高欣太了解初恋情人祁茗了，知道她很硬气，要面子，不会要他的钱，给祁家接济只能迂回曲折地想出让她能够接受的办法来。高欣挖空心思，冥思苦想，终于想到了临时性救济和长久性救济两个有效方案。

所谓临时性救济，就是过年过节，过生日，高欣都给祁家小孩打红包，这些红包可以解决他们学习和生活上的零花钱，不至于让他们伸手向祁茗要了。为不落人话柄，高欣变得乐善好施起来，给了祁家小孩红包，也给村里其他孩子红包，过年过节了，是见者有份。外面看起来，红包里钞票的厚薄可能一模一样，可里面钞票的面额不一样，祁家小孩的红包里面是百元大钞，别人小孩的红包里面是十元大钞。高欣在四明山设立了奖学金，谁家孩子考了班上第一名，都可以去他那儿领奖学金。当然高欣知道，这个奖项基本上是为祁家孩子设的，在四明山，没有谁家的孩子读书赶得上祁家孩子，祁茗会生会养会教，娃娃个个读书厉害。祁宏考上湖南大学后，给弟弟妹妹树立了一个榜样，他们的学习劲头更足，成绩更好了。

临时性救济办法只能救一时，不能救一世，帮助祁家摆脱困境的关键还是要有、要靠长久性救济方案。高欣三顾茅庐，把朱鹏请到高家，做了跑运输的司机。高欣给朱鹏开了双倍工资，而且只跑短途，不跑长途，上班时间相对自由，以照顾自家农活为主，以跑运输为辅。

祁茗当然明白是怎么一回事，她起初不同意朱鹏去，但不明白其中原因的朱鹏认为机不可失，这是改变祁家贫穷命运的唯一出路，坚决要去。夫妻俩为这事，还在床头认认真真地小吵了一架。这次朱鹏是豁出去了，跟祁茗当真了，没有让步——朱鹏觉得自己活得太苦，太累，太窝囊了，他不愿意祁家以后就这么下去。祁茗破天荒地没有拗过朱鹏，不得不睁一只眼闭一只眼，由着他去。朱鹏拿了几次工资回来，对祁家生活的改善立竿见影，祁茗也就慢慢地接受了，毕竟祁家有一家子人，老的老，小的小，要穿衣吃饭，要上学就医，在现实面前，祁茗不得不低头。

家家都有一本难念的经，钱能解决很多问题，但有些问题，不是用钱就能解决的，例如高欣和祁宏的关系。这是在高欣的生活工作中，唯一吃不下饭，睡不好觉，让他焦虑不安，束手无策，又迫在眉睫需要解决的事了。

高欣头脑灵活，能力很强，做事果断，但在这件事情上，他是一点办法都没有的。他和王红梅的孩子，是生理和繁衍的需要；祁宏却是他和祁茗爱情的结晶。客观地讲，祁宏要比他和王红梅生的孩子优秀多了，高欣觉得自己欠祁宏的。对这个不足为外人道的孩子，高欣又爱又怕。祁宏考上湖南大学，高欣高兴坏了，跟朱鹏和祁茗一样高兴。

看样子，他和王红梅的孩子，是没有能力考上湖南大学这样的高等学府的。原来高燕还有一丝希望，现在高燕退学了，结婚了，已经不可能了；其他几个孩子，好吃懒做，调皮捣蛋，跟当年的张伟一样，成绩一般，升学的前途看得到，将来考个一般大学都比较困难，更甭说湖南大学了。送他们读书，是在尽人事，听天命，尽可能地让他们多掌握点知识，将来给自己做做帮手，打打下手，慢慢带着他们，把生意做好，就已经不错了。

高欣越来越想念祁宏，刻骨铭心地想，想得他的心都在痛。他知道祁宏恨他，他们之间的心结很难化解，这让高欣如鲠在喉，寝食难安。他们是父子，血脉相连，血浓于水；他们不是仇敌，关系不应这样剑拔弩张。一比较，高欣发现自己越来越喜欢祁宏了。他很想找到一个方法，给他们的紧张关系降降温。如果不能妥善处理与祁宏的关系，高欣心里没法得到平静和安宁，做生意都心绪不宁。思来想去，高欣觉得唯一的办法就是放下架子，跑到长沙去，给祁宏更多的关爱，找机会化解祁宏对自己的敌意。

高欣是个雷厉风行的人，说走就走了。那天上午，在衡阳跟客户谈完生意，签完合同，下午正好没什么安排，时间也早，高欣中饭都没吃，就告别客户，开着车，往长沙方向跑了。

那天秋高气爽，艳阳高照。想着要见祁宏，高欣的心情跟这天气一样美好。他相信只要见到祁宏，祁宏就会相信他的诚意，改善他们的关系。高欣做好了在长沙待两三天的准备，他什么人都不见，什么事都不做，就他和祁宏两个人，他要祁宏陪自己在长沙到处转转。高欣去过几次长沙，拜访客户，但都脚步匆匆，办完事情就走，还没来得及领略长沙的风光呢。

高欣打算给祁宏买一大堆吃的、用的、穿的，想把小时候欠他的，一次性补上，只要祁宏不拒绝，他就买，祁宏想要啥，他都可以买。高欣还准备带祁宏去见见老朋友任敏，要任敏以后多关照祁宏。他们都在长沙，都是知识分子，有共同话题，容易聊到一块去，不像自己是大老粗，没什么文化。

任敏是当年第一个采访高欣的记者，最近工作发生了变动，调到湖南日报来了，家也从衡阳搬到了长沙。这些年，他们来往密切，关系不错。在高欣看来，任敏是个能人，在衡阳日报的时候，就没有他摆不平的事；现在调到湖南日报来，平台更大了，能量更大了，关键时刻用得着，说不定将来还能帮祁宏的忙。

从衡阳到长沙，有县道，有省道，有国道。有的路段是沥青路，有的路段是硬化路，有的路段是泥石路。泥石路坑坑洼洼，颠簸得厉害，速度慢，省道、国道还可以，但到处都在修路，一路上走走停停，直到日薄西山，满天霞光，高欣才进了长沙城。

高欣一边开车，一边想，这些路，如果都是广东境内的高速公路，那就好了，又快又稳，畅通无阻。高欣去过广东两三回了，变化又快又大，尤其是那些高速公路给他留下了深刻印象。广东的高速公路，逢山钻隧道，遇水架高桥，道路平坦，开阔，宽敞，笔直，中间设有隔离带，隔离带种着花草树木，很漂亮，两个方向的车各跑各的，不用担心迎面相撞。

高欣觉得广东境内的高速公路代表了中国公路的未来发展方向，湖南境内的公路建设也一样，迟早要换成广式高速公路的。他觉得修路是一个蓬勃发展的大市场，将来肯定比他现在做的生意都赚钱，他得有所准备，提前把队伍拉起来，向工程建筑这个领域进军。

到了湖南大学，高欣把车停在校门口，然后去找祁宏。他向同学打听祁宏，没想到对方很快就告诉了他祁宏所在的院系。找到院系，他向同学打听祁宏所在的教室，对方还是很快就告诉了他。高欣有点庆幸，以为自己运气好，都碰到祁宏的同班同学了。他很快就找到了祁宏的教室，教室里人不多，只有三五个，可没有祁宏。高欣向坐在门口的女同学打听祁宏。女同学告诉他，祁宏可能在宿舍里，女同学主动带着高欣到了男生宿舍楼下。路上，高欣对女生说，自己运气好，问了几个同学，他们都知道祁宏。女生咔咔咔地笑了起来，说湖南大学的同学差不多都知道祁宏呢。高欣这才明白过来，原来祁宏这小子在大学里混得风生水起，声名鹊起了。

上了楼，进了宿舍，祁宏也不在，汪大力在。汪大力告诉高欣，祁宏吃完饭出去了，可能在图书馆，可能在田径场，但具体在什么地方，他也拿不准。这等于没说，也给高欣出了一道难题。既然拿不准祁宏在哪，高欣干脆不找了，他告别汪大力，出了宿舍，下了楼，站在传达室门前守株待兔，耐心等候。高欣想，无论祁宏去了哪，他都得回到宿舍来，只是一个时间问题，他可以多等等。

高欣没有吃中饭，也没有吃晚饭，他感到有点饿，但他生怕错过了祁宏，只得忍着。他想找到祁宏后，叫上他跟自己一起去吃夜宵。高欣一边等，一边慢条斯理地抽烟。时间过得很慢，一包烟抽完了，还没等到祁宏回来。高欣站得腿都麻木了，他抬腕看了一下表，已经晚上十点多了，他的肚子饿得咕咕咕地叫，实在撑不下去了。高欣准备先撤，明天再来。高欣调转身，慢慢地向校门口走去；但没走几步，高欣就惊喜地发现了祁宏，他双手捧着几本书，由远及近，缓缓地走了过来。

明亮的路灯下，祁宏西装革履，皮鞋锃亮，头发二八分，容光焕发，英气逼人。高欣暗暗吃惊，才上大学不到两个月，祁宏已经脱胎换骨，像一个年轻的国家干部了。

这就是他的儿子！

高欣激动起来，嘴唇哆嗦，浑身颤抖。他越看越喜欢，越看越高兴，长时间等候的辛苦，长途跋涉的疲惫都一扫而光了。祁宏面貌变化这么大，看来自己借高燕之手给祁宏的十万块钱已经派上了用场，让祁宏衣食无忧了。

"祁宏——"

高欣几步跨到祁宏面前，把他拦了下来，激动地喊。

祁宏猝不及防——突然冒出来的高欣，结结实实把他吓了一大跳。

与高欣见到祁宏的激动和兴奋相反，祁宏见到高欣，心情却是十分复杂的，表情冷漠。这种复杂的情绪里，多半是消极的、灰暗的、沮丧的、气愤的，他心里翻江倒海，什么滋味都有。

高欣对祁家是有恩的，他借给了祁家很多钱，祁家孩子上学，一缺学费就找高欣，就像到银行取钱一样；没有高欣，奶奶的医药费都交不了；可也是高欣，棒打鸳鸯，活生生地拆散了他和高燕，逼着自己心爱的姑娘嫁给了别人，让他痛苦、伤心、绝望，也曾经寻死觅活。祁宏找不出高欣非要拆散他和高燕的理由，如果硬要找，只有一个解释：高欣嫌贫爱富，喜欢攀附权贵，为了自己的生意牺牲了女儿的爱情。

高欣热情地伸出手，去拉祁宏的手，祁宏下意识地把手缩了回去。虽然高欣对祁家有恩，但祁宏对高欣更多的是怨恨。在自己的光明前途与跟高燕的纯真爱情之间，如果要做二选一，祁宏宁愿选择爱情，因为那是他的初恋，刻骨铭心的初恋。

人活着，遇到两情相悦的人，一生可能有几次机会，但初恋只有一次，永远是感情中最珍贵的，不可复制的。

祁宏想，自己的前途，如果没有高欣帮助，可能曲折点，但通过自己努力，还是会比较光明的，不可逆转的。但在他跟高燕的爱情上，高欣一直扮演了一个很不光彩的角色。如果高燕在广东没被高欣押回来，如果押回来后，高欣不逼迫高燕嫁给张伟，他照样可以参加高考上大学。但嫌贫爱富的高欣生怕高燕跟自己好了，迫不及待地把女儿嫁给了张伟，使他跟高燕擦肩而过，分道扬镳，背道而驰，现在越走越远了——他们这一辈子是回不去了。

"我请你吃夜宵去吧，我们一起好好聊聊。"高欣说。

高欣太想跟儿子好好聊聊了，虽然他不可能把真相告诉祁宏，却也不希望跟祁宏的关系一直这么僵下去，他希望他们能够化干戈为玉帛，握手言和，好好相处。目前他们的这种尴尬关系，让高欣难受极了，那滋味比做一大单亏本生意难受多了。

可高欣的热屁股贴上了冷板凳，祁宏冷冰冰地拒绝了他："我们之间没什么好聊的，希望你以后不要来找我了。你的那十万块钱，我一分钱没有花。你等我一下，我上去把存折拿下来，还给你！"

祁宏的话把高欣打进了冷窖里，让他感到脊背发凉，心里冷飕飕的。他没想到祁宏会这样跟他说话，一点情面都不留，看来祁宏是被自己伤得太深了，已经不打算原谅他，不愿意给他机会了——他们之间的误会是没有办法消除了，至少今天是没有办法了。

既然祁宏如此决绝，一点余地都不留，那就没什么好谈的了。硬要谈下去，只能激化矛盾，越弄越僵，雪上加霜。高欣总不至于为扭转局势，把他们的关系和真相和盘托出，告诉祁宏，自己是他的父亲，他是自己的儿子吧。

高欣是看着祁宏长大的，知道这孩子的性格跟自己年轻的时候一个德性，又臭又硬，又倔又犟，就像茅坑里的石头。如果祁宏真把存折拿下来给他了，祁宏以后生活怎么办？

高欣开始后悔来长沙找祁宏了。不来长沙找祁宏，让他安心地学习，不打扰他的生活可能是最好的。尽管祁宏是自己的儿子，可因缘际会，造化弄人，他们各有各的路，各有各的人生，很难有交集，更不可能像正常的血亲关系那样享受天伦之乐，他们这辈子能够化解仇恨，维持正常交往就是祖上积德，烧高香了。

"你在这儿等我两分钟，我去把存折拿下来。"祁宏说。

看来祁宏是认真的了，高欣也来了气，他点了点头，说："好，我在这儿等着你！"

祁宏快步往宿舍跑去。进了宿舍，他打开抽屉，翻出那本存折，翻开看了看，然后飞奔下楼。

等祁宏跑到刚才跟高欣相遇的地方，高欣已经不在那儿了。

祁宏左右看了一下，也没有看到高欣在周围，他马上意识到，高欣已经走了。祁宏撒腿就往校门口追去，但他还是晚了一步，他看到高欣的车屁股冒着烟，在校门口拐了一个弯，很快就消失不见了。

就在祁宏上楼取存折的时候，高欣伤心地离开了湖南大学。他是不会从祁宏那儿把存折拿走的。来长沙之前，高欣还取了一大笔现金，准备给祁宏的，就算是自己这些年来对祁宏没有尽到做父亲责任的补偿。那笔钱，数额很大，比高燕那十万块钱还大。高欣希望祁宏拿了这笔钱，想干啥就干啥，用来读书也好，用来恋爱也好，用来在长沙买房也好，买车也好，总之，都由祁宏自己做主。可是祁宏见到他后的态度让高欣一下明白了，他这笔钱是不可能送得出去的。

祁宏上楼的时候，高欣转身走了。他走得很急，生怕祁宏追了上来，把那十万块钱还给他。只要钱还在祁宏那儿，高欣对祁宏跟自己的关系还有幻想，还有念想；如果祁宏把钱还给他了，以后他们的关系改善就更加艰难了，极有可能形同陌路；他拿了钱，也不好向女儿高燕交代，弄不好，他跟高燕之间，以后也要形同陌路了——他的儿子，他的女儿，都要把他当仇家了。

如果不趁机溜之大吉，真等祁宏把存折拿下来给他，那就给他出了一道难题，让他接也不是，不接也不是，左右为难了——祁宏是铁了心要他拿走存折的；他如果真把存折拿走，那就是聪明一世，糊涂一时，做了这辈子最愚蠢的一件事情了，以后想补救都没有机会了。

高欣的突然出现，又突然消失，把祁宏的心情和生活彻底打乱了，他晚上失眠了。拿着存折回到宿舍，祁宏倒在床上，用被子蒙住头，但他睡不着。祁宏把存折紧紧地攥在手里，就像攥一个烫手山芋。那笔钱，他一直没动，也不准备动。他需要钱，但不愿意用感情来换钱——祁宏不知道当初高燕做出跟父亲用感情交换这十万块钱的时候，有没有想到祁宏不会用这笔钱？

祁宏准备找一份工作，就像凌林对他希望的那样，在大学里勤工俭学，靠自己的双手养活自己。最称心如意的勤工俭学方式就是找一份家教。在大学里，时间是比较充裕的，即使做家教了，功课还能应付得过来。

没想到一切都是那样顺利，第二天祁宏就心想事成，如愿以偿了。上午，第一大节课下课期间，系办公室主任走到教室把祁宏叫了过去，系主任告诉他有人在找他。祁宏第一个反应以为是高欣又来了，找系里出面帮他们调解呢。祁宏跟在系办公室主任后面，忐忑不安地过去了。到了系办公室，祁宏放心了，不是高欣，是一个陌生的中年男人。对方自我介绍说，他叫任敏，是湖南日报社的记者，来湖南大学给自己的孩子找一个家教老师，补习语文和英语。任敏说他了解了一下，觉得祁宏很合适，问他有没有兴趣。

这真是天上掉馅饼的好事，祁宏忙不迭地答应了下来。他们当即把事情明确了，每周日上午，祁宏到任敏家给孩子补四节课，每节课五十块钱，中午在任敏家吃完饭，然后返回学校。祁宏说饭就不用吃了，任敏没有同意，说是可以边吃饭边跟他们一起交流一下。

送走任敏，祁宏高兴得跳了起来，任敏给出的价格，大概是市场行情的两倍，祁宏想，做记者的真有钱，班上已经有同学找到了家教，一个小时二十块钱，这是行价；碰到家里有钱，大方的，觉得教学效果明显的，愿意一个小时给三十块钱，这是最高的价钱了。任敏给祁宏开出的价格，让系办公室主任都难以置信，以为任敏不懂行情。可任敏说，祁宏是湖南大学的文科状元，一分钱一分货，状元有状元的价，是其他同学没法比的。

接下来两节课，祁宏没有听进去，他一直在心里兴高采烈地盘算着：一周四节课，一节课五十元，一次二百元，一个月下来可挣八百元，比普通老师一个月的工资还要高，他不仅可以养活自己，还可以留出一半给家里寄过去，为父母分担一下了。

父母含辛茹苦，把祁宏送进大学校门，已经很不容易了。在家里，祁宏是长子，下面还有几个弟弟妹妹要抚养。他已经不小了，应该给父母分忧担愁了。在祁东，那些没有考上大学的同学，绝大部分已经成为家里做工挣钱，养家糊口的主力了，他们要么在家里务农，要么到广东打工，跟父母一起抚养弟弟妹妹。

大学是人生命运的转折点。上了大学，一切都顺风顺水，心想事成了。原来大学是一个坎，过了这道坎，以后的人生就一马平川，前行的道路两边花团锦簇，一路洒下嘚嘚嘚的马蹄声。

第六章　张伟婚内外如鱼得水

不如意的人生，痛苦的地方很多，最痛苦的却是婚姻。不幸的婚姻是一座人间炼狱，让人体验生活是怎样时时不顺心，处处不如意，更严重的是，体验到生不如死。

婚后的高燕脑海里蹦出来一个稀奇古怪的想法，她期盼自己突然大病一场，病得越严重越好，最好能够一病不起，容貌被毁，身体被毁，让张伟厌倦自己，离开自己，甚至高燕希望借病香消玉殒。

高燕开始羡慕林黛玉，她好像能够用意念控制自己的身体状况一样，做得到要病就病了，想死就死了。高燕没那个控病本事，可要寻短见，跳楼或上吊，她已经不会了——刚跟祁宏分手的时候，高燕曾经有过这种想法，但她放弃了，因为她想着从父亲那儿拿一笔钱给祁宏做学费，如果她死了，这笔钱就没有了；拿到钱后，如果她死了，给祁宏的那笔钱可能被父亲要回来，祁宏在四明山可能被千夫所指，她于心不忍；好不容易挺过那段最难熬的日子，她就已经想开了，好死不如赖活着。

如果能够突如其来大病一场，让自己精力耗尽，体力透支，肉体消亡，是高燕暗暗期盼的，求之不得的。对于死亡，高燕虽然没有主动追求的意愿，却有被动接受的期盼。

没想到，跟祁宏一样，高燕也是期盼什么来什么了。那天上午，高燕坐在工位上拨弄算盘，对账，突然感到胃里有东西向上翻涌，翻江倒海的，难受极了。高燕赶紧捂住嘴巴，跑进洗手间，半弯着腰伏在洗手槽边，一手撑在墙壁上，一手拊住胸口，一个劲地干呕。她感觉自己病得不轻，呕得眼泪汪汪，胃里翻江倒海，那颗心脏都快吐出来了。

从那以后，高燕感觉自己病得越来越严重了，她成天头重脚轻，无精打采，看到什么都恶心，就像她的厌世情怀，吃什么都吃不进，做什么都提不起劲。她最爱干的事情只剩下一项，那就是睡觉，昏天黑地地睡觉，回到家里，第一件事就是上床睡觉，睡着了就不想醒来；早上起床后，还是想睡觉，感觉永远都睡不醒，睡不够；到了工位上，她老是打瞌睡，而且呵欠连天，就像熬了通宵，没有休息，就跑来上班了。最难受的就是恶心呕吐，每天都要重复多次，呕得她眼泪汪汪，吐得她肝肠寸断。

这倒不是一件什么坏事，肉体上的折磨转移了感情上的痛苦，高燕在心里庆幸自己如愿以偿，终于病倒了。这个病来得不早不晚，正是时候。跟祁宏谈恋爱的时候生病，瞒不过祁宏，高燕怕他为自己担心；现在跟祁宏分手了，祁宏离开祁东，去了远方，从她生活中彻底消失了，不见了，他们都可以不用考虑对方的感受了，没有这种担忧了，可以自己折磨自己了。现在她成家了，可这个跟她一起工作，一起生活，一起同床共枕的熟悉的陌生人，虽然他爱她，但她不爱他，甚至反感他，讨厌他，她才不在乎他有什么感受呢，他怎么想她都无所谓。

高燕真心希望这场病来得更猛烈些，给自己的肉体和生命留下些什么，而不是不痛不痒地走一下过场，病好了什么都照旧。如果这场病能够让她失去记忆，把从前的快乐和悲伤从生命中抹去；如果这场病能够让她失去感知，从此变得麻木不仁，成为一具行尸走肉，那是她最期盼的结局了。

这场病确实给高燕带来了比较直观的改变，她变得自由懒散，工作上小错不断，对上班纪律毫不在乎，想去就去坐一会儿，不想去就留在家里，躺在床上，胡思乱想，莫名伤感，无声落泪。高燕的精神面貌和工作状态跟四五个月前在广东给祁宏打工挣学费时的那股拼命劲儿完全判若两人了。

高燕情不自禁地感叹：人做事，做好一件事，是需要动力的。动力就是身体的骨架支撑，动力在，什么苦都能吃，什么事都能做好；动力没有了，什么事都不想做，什么事都做不好了。高燕傻傻地问自己：如果现在这份工作，报酬还能给到祁宏，她还愿意像几个月前那样拼命和投入吗？

答案是肯定的。如果能为祁宏工作，哪怕自己病了，也要打起精神，把工作做好。但现在祁宏已经不缺这个钱了，也不愿意接受这个钱了，让高燕难受的是，自己留给祁宏的，只有此恨绵绵无绝期了。

这种消极情绪侵袭了高燕，占满了她的心，从上班蔓延到了家庭生活，高燕衣都懒得洗，地都懒得拖，饭都懒得做了。高燕既不做饭，也懒得下楼吃东西，连食堂都懒得去，她变着法儿折磨自己。高燕更不愿意给张伟做饭菜，不愿意尽一个妻子的本分，她希望饿着他，折磨他，让他对自己嫌弃厌烦，让他提出离婚，把自己休了——中国式家庭，在家吃饭很重要，尤其是晚饭；一个家，如果没有烟火气，就算不上一个正常的家了。

可高燕只能饿着自己，折磨自己，想要饿着张伟，折磨张伟，没有那么容易。张伟狐朋狗友多，从来不缺饭局，他们动不动就在一起吃饭了，喝酒了，日子过得逍遥快活，张伟很少有在家跟高燕吃饭的时间和欲望。

他们结婚后，高欣请人吃饭，也喜欢把张伟叫上，在饭桌上，张伟会来事，会照顾人，说段子搞气氛，给客户和领导敬酒拉交情，张伟都是一把好手，有张伟在，高欣很省事。

偶尔饭点的时候，没有应酬，回到家里，揭开锅一看，里面什么都没有，张伟也不生气，坐在沙发上拨一通电话，很快就聚集了一帮人，一起下馆子去了。出门的时候，张伟也招呼高燕跟自己一起，出去吃点，可高燕压根儿不搭理他，张伟只好自己去了。叫过几回，吃了几次闭门羹后，张伟就不叫了，因为张伟知道，高燕是身在曹营心在汉，心里还在想着别的男人，没把自己当老公呢，叫了也是白叫。张伟是占有了物理概念的高燕，高燕的心，高燕的灵魂，还游离在外，没有回到这具躯壳上来，没有在这个家安顿下来。要得到高燕的心，不能急，得慢慢来，心急吃不了热豆腐。

张伟爱高燕，也心疼高燕。在外面酒足饭饱后，重新点两个菜，给高燕打了包带回来。但高燕并不领情，她看都懒得看。高燕没心思吃，她宁愿饿着，也不愿意吃张伟带回来的东西，仿佛吃了张伟带回来的东西，就得向张伟妥协，向命运屈服了似的。有时候，饿得实在难受，撑不下去了，高燕就去泡一包方便面，随便吃上三五口，维持身体的基本生理需求。虽然高燕和张伟已经在一个屋檐下生活，在一张床上睡觉了，可高燕还是跟张伟有仇似的，跟张伟的东西有仇似的。

发现自己病了以后，高燕有理由恋上床了，她一天的大部分时间，都是躺在床上度过的。她背向外，面对墙，躺着一动不动，不管张伟在还是不在，不管开门进来的是张伟还是小偷，反正都一样，跟她无关似的。这种样子的高燕，张伟没有理，也没办法理。为这桩婚事，高燕还在气头上，任何来自张伟的搭理她的行为，不管是哄还是安慰，高燕都是不识好歹，都觉得是往火上浇油，因为张伟不是那个"对的人"。

感情是一种最奇怪的病，心病还须心病医，解铃还须系铃人。治疗感情病，通常有两种疗法，如果是对的那个人，他的一句话，他的一个笑，他的一个眼神，都是灵丹妙药，可以妙手回春，药到病除，不用费周章；如果不是对的那个人，怎么努力都是白搭，甚至越忙越瞎忙，只能采取保守疗法，把治愈希望交给时间，让时间来冲淡记忆，愈合创伤。

把一天的大部分时间躺在床上马虎应付了一段时间，高燕吃惊地发现自己的身体不瘦反胖了。在厌食了一段时间后，她又感到特别饿，特别想吃东西了，她什么都想吃，尤其是酸东西。高燕以为经自己这么一折磨，真弄出病来了。

没病想得病，真的得病了，高燕自己也心里发慌，她想来想去，觉得身体还是自己的，不能再拖了，真拖出什么大病来，也不好，没有人照顾她——父母忙生意，没时间；张伟有时间，高燕不愿意让他照顾。高燕打算上医院看看，请医生诊断一下，随便开点药，控制一下自己的病情，不要真弄出什么大病来了。

那天十点多，趁张伟上班去了，高燕挣扎着从床上爬起来，出了门，一个人拖着疲惫的沉重的身体跑到人民医院求医看病。

接诊的是刘美丽医生。刘美丽一边心不在焉地把脉，一边漫不经心地询问症状。

高燕都如实地回答了，刘美丽的脸色变得越来越沉重，越来越难看。

高燕看在眼里，心里直打鼓，以为自己真把自己搞出大病来了，把问题弄严重了。

"刘医生，我得了什么病？"高燕着急地问。

"你什么病也没有得，"刘美丽冷冰冰地说，"小姑娘，你自己太不小心了，你可能怀孕了，建议你去做一个产检。"

自己怀孕了？

高燕又惊又喜，美丽的脸上闪过一丝红晕，她羞涩地想起了自己喝醉的那个晚上，祁宏把她扶回酒店，她拉住祁宏的手，要他留了下来。

如果自己真怀孕了，那就是祁宏的孩子了——她爱着的祁宏还是在自己的身体里留下了种子，他们有了爱情的结晶！

高燕激动极了，兴奋极了，她突然觉得后怕和后悔，她曾变着法儿折磨自己，她差点害了他们的孩子，不幸中的万幸，高燕适可而止，及时来医院检查了。

高燕很想给自己一个耳光，但她马上把自己的想法否定了，她不能打孩子他妈了，从现在起，她要善待自己，好好吃饭，好好睡觉，好好锻炼，心宽体胖，保持开朗乐观。

这个孩子的意外到来，驱散了这段时间以来积压在高燕心头的满天乌云，这个孩子就像一轮初升的太阳，把灿烂的阳光洒下来，照在她身上，照进她心里，让她心情轻松，让她笨重的身体变得身轻如燕，让她重新对生活充满热爱和渴望。

可能怀孕的消息让高燕如获至宝，她赶紧拿着单子，跑到各个科室做产检，验尿、量血压、测心率、听肺、检查分泌物，忙得不亦乐乎。

高燕心情愉悦，心里阳光普照。做完这一切，她兴奋地坐在椅子上，耐心地等待结果。高燕把左手温柔地覆盖在自己小腹上，轻轻地拍着，抚摸着，希望把母爱传递给那个让她重新见到希望的曙光，给了她重新生活下去的勇气，重新善待自己的小天使。在等待结果的空隙，高燕缓缓地闭上眼睛，在脑海里勾勒着这个孩子的模样，她希望他大部分像祁宏，也有些地方像自己，集中他们俩的优点。

"高燕——"

终于等到刘美丽叫她了，高燕睁开眼睛，赶紧站起来，走了过去。

"能够确认你怀孕了，"刘美丽看着化验单，对满脸憧憬的高燕说，"但你身体不好，孩子营养不良，发育不太正常。"

"有什么办法补救吗?"高燕急了，她难受极了，跟祁宏分手后，她只顾着宣泄自己的情绪，折磨自己，没想到给孩子留下了后遗症。

"为了保险起见，我建议你把孩子打掉，生孩子以后再说。你还这么小，就怀孕了，你结婚了吗？"刘美丽教训起高燕来。

刘美丽让把孩子打掉的建议，让高燕很生气。知道自己怀孕那一刻，这个孩子就成了高燕的全部了。

"我结没结婚，你管不着，"高燕没好气地说，"我要把他生下来，我要保证他长得健健康康，白白胖胖！"

这点高燕比医生刘美丽还有把握，她自己的情况自己最清楚，既然是因为自己折磨自己，害得孩子营养不良，发育不全，她就有办法让孩子重新回到健康成长、正常发育的轨道上来。

高燕跟刘美丽赌气似的回答，把刘美丽气得花容失色，两道眉毛都拧到一块去了，但她是医生，在医院里不能对病人发作。

看完病，走出医院大门，高燕站在街边喜极而泣。刘美丽带来的不快已经被她忘记了，忽略不计了。她觉得这段时间经受的苦难都不重要了，重要的是她怀孕了，她怀上了自己最爱的那个男人的孩子，能不能跟他恋爱结婚，能不能跟他破镜重圆已经没有关系了，苍天有眼，能够有他的孩子，能够跟他的骨肉在一起，也是上天恩赐，让她生活有了盼头，让她人生有了安慰。

高燕高兴地抬头看了看天，天高云淡，阳光晃眼。已经立秋一段时间了，阳光不再毒辣了。天空是那样蔚蓝，那样高远；白云是那样淡，那样雪白，那样洁净。高燕用力吸了一口气，空气是那样清新，那样香甜，空气中飘散着各种各样的果子的味道，红枣的脆，香梨的香，黄橘的酸，苹果的甜，高燕充满了食欲，口水都流了下来。

那一刻，在高燕眼里，大街上来来往往，川流不息的陌生男女，都是那样和善慈祥，可亲可爱。那一刻，高燕觉得张伟都不那么让人讨厌了——既然陌生的路人，高燕都觉得可亲可爱了，她就更没理由再讨厌张伟了。

回家路上，高燕一手抚摸着微微隆起的肚皮——这一刻，她才发现自己肚子跟以前不一样了，一手攥紧拳头告诫自己：从今天起，要有好心情，要有好身体，要心宽体胖，对自己好一点，要吃饱喝足，睡得香甜，要宠辱不惊，笑对生活。

高燕想，要是能够把这个消息告诉祁宏，该多好呀！

半路上路过一个果店，高燕买了很多种新鲜水果和干果，红枣，香梨，黄橘，苹果，香蕉；开心果，无花果，碧根果，核桃，榛子。每种水果和干果都称了一斤，整整十斤。高燕一边往家走，一边吃了起来——她吃，仿佛肚子里的孩子也在吃。她要促进身体健康，给孩子提供充足的营养，她要促进孩子大脑发育，将来像祁宏那样聪明，像祁宏那样读书厉害，像祁宏那样考个好大学，能够出国留学。

不知不觉就上了楼，到了家，进了门。高燕给自己倒了一杯热水，放了两勺野生蜂蜜，拌匀了，端着蜂蜜水，回到卧室，坐在梳妆台前，用勺子小口小口地喝着蜂蜜水——她要肚子里的小家伙尝到甜头，快快成长。

喝完蜂蜜水，高燕掏出化验单，翻来覆去，看了又看，就像在看当年祁宏给她写的情书。她既兴高采烈，又做着激烈的复杂的残酷的思想斗争：要不要向张伟摊牌，告诉他，她有了，但这个孩子不是他的？

从知道自己怀孕那一刻起，高燕就拿定了主意，这个孩子，无论如何，是必须生下来的，不管张伟对孩子的态度如何。

但纸是包不住火的，瞒是瞒不住的，孩子在生长发育，随着时间推移，高燕的肚子会越来越大，只要高燕想把孩子生下来，张伟迟早会知道。

高燕设想了张伟知道她有孩子时的种种可能：大发雷霆，骂她，打她，逼她离婚。也做了相应的应对预案：这些都无关紧要了，她只要这个孩子，张伟骂她，打她，逼她离婚都可以，只要不伤害这个孩子就行，这是她的底线。如果张伟要对孩子不利，她就抗争到底，用生命来保护他。

与其让张伟蒙在鼓里，不如早点让他知道，跟他摊牌，张伟要骂就骂，要打就打，要离就离，都由他，这个孩子必须要的，没有任何妥协余地。

快到张伟下班的时候，高燕把化验单摊开来，抚平了，放在客厅饭桌上，然后上了床，静静地等着暴风雨的到来。

下班后，张伟没有直接回家，他跟刘强生一起喝酒去了。刘强生被关了两个多月，那天正好从监狱出来。张伟吆喝了一帮狐朋狗友为刘强生接风洗尘。一帮人猜拳行令，大碗吃肉，大口喝酒，大声吹牛。酒酣耳热之际，张伟给刘强生敬了一杯酒，问他有没有把自己招供出来。刘强生拍着胸脯，告诉张伟，他只交代了自己抢祁宏准考证的事，没有把张伟招供出来。

"好兄弟，够义气！"张伟高兴地拍着刘强生的肩膀，"我果然没有看错人，苟富贵，勿相忘。今天是给你接风洗尘，祝贺你重获自由。以后你有什么困难，尽管对哥说，哥全力以赴。"

"那我就不把哥当外人了，我不客气了。伟哥，借我点钱花花，刚出来手头紧。"刘强生说。

张伟掏出钱包，把钱和包都塞给了刘强生，算是对他的补偿和奖励。

那天晚上，张伟很晚才回去。他们很尽兴，都喝醉了。很多人醉得踉踉跄跄，在大街上勾肩搭背，大呼小叫。张伟只是小醉，没有大醉，他的酒量越来越大了，那帮狐朋狗友没有人喝得过他。

刘强生醉得一塌糊涂，已经不能自理了。张伟只好把刘强生送回家。到了刘强生家门口，张伟惊讶地发现，过来给他开门的，居然是刘美丽。四目相对，都大吃一惊。张伟还以为刘美丽是刘强生的老婆，自己跟兄弟老婆搞到一起去了。刘美丽看出了张伟的疑惑，忙着解释说，自己是刘强生的姐姐，刘强生是她弟弟，他们是同父同母的亲姐弟。张伟如释重负，借着酒劲，兴奋地对刘美丽说："真是巧了，我们仨不是一家人，不进一家门!"

把刘强生安排躺下后，刘美丽给张伟倒了杯水，让他不要走了。张伟破例拒绝了刘美丽，他亲了亲刘美丽，出了门，下了楼，回自己家了。到了家，打开门，屋里是漆黑一团。

张伟拉亮灯，向客厅扫了一眼，看到了桌上摊开的化验单。张伟走过去，拿起化验单，认真看了起来。

那张化验单，看得张伟眼睛发亮，嘴唇哆嗦了起来。

高燕还没有睡，她心绪不宁，等待着暴风雨的到来。

张伟看化验单的表情，全被高燕看在眼里。尽管已经有了心理准备，高燕还是被张伟的表情吓到了，她没想到张伟看到化验单后反应那么强烈，高燕以为张伟气坏了，她不能断定张伟接下来要做什么，但她确实被吓着了。

是福不是祸，是祸躲不过，高燕不由自主地蜷曲身子，缩到靠墙的床角，双手护着腹部，准备给肚子里的孩子最大的保护。

出乎高燕意料，张伟没有让暴风雨来临，他满脸兴奋地走进卧室，没有责怪和打骂高燕的意思。

高燕纳闷极了，认真地确认了一下，发现张伟确实是太高兴了，不是被气晕了头。

高燕感到困惑，都到这个份上了，自己的老婆跟别人孩子都有了，张伟还沉得住气，居然没有骂她，没有打她，没有闹着跟她离婚——张伟连气都没有生，反倒很开心，兴奋得像个孩子。

高燕弄不清张伟葫芦里卖的是什么药，张伟越是让人琢磨不透，高燕心里越是发虚，她觉得很有必要向张伟把事情认认真真地说清楚，然后接受张伟的审判。

"你别高兴得太早了，这个孩子不是你的!"高燕冷冷地说，"跟你结婚前的那一夜，我把祁宏叫到了酒店，那一夜，我跟他在一起……"

高燕想起了凌林的谢师宴，想起了自己酩酊大醉后跟祁宏一起回酒店，想起了她拉住祁宏的手，把他留了下来，想起了那夜祁宏趴在自己身上翻来覆去地折腾……

高燕话没说完，张伟已经虎虎生风地上了床来。

高燕以为自己把张伟激怒了，要找她算账了，暴风雨终于来了。高燕豁出去了，她下意识地把双脚蜷起来，把头弯下去，抵在膝盖上，双手抱住了膝盖，用自己的身体对肚子里的孩子形成了一个保护圈。

高燕闭上了眼睛，准备任凭张伟打骂，她的后背和后脑勺敞开着，没有任何保护。张伟骂她，打她，她都认了；张伟要打，就打她的后背和脑袋好了，只要不伤着肚子里的孩子。

可是张伟没有打她，也没有骂她，反倒一把把高燕搂在怀里，格外温柔地说："只要孩子是你的，我就认这个孩子，我就要这个孩子！"

这下轮到高燕吃惊了，她不敢相信这是张伟知道真相后的态度——他的态度跟自己揣测的完全不一样。高燕突然有了莫名其妙的感动，她知道张伟爱她，从小就爱她，张伟得知自己怀孕后的这句话让高燕感到张伟确实对自己是真心实意的，很少有男人像张伟这样豁达，明知老婆肚子里的孩子不是自己的，不仅没有责怪，打骂，反倒原谅了她，接受了孩子，对他们母子呵护有加——尤其是对孩子。

看来是自己错怪张伟了，原来自己一直戴着有色眼镜看张伟，没有给他任何机会。高燕深受触动，情不自禁地哭了。她不是因为伤心哭泣，而是被张伟的真心感动了。高燕一边哭泣，一边向命运低头，向现实妥协：她已经嫁给张伟了，是他的女人了；她肚子里的新生命还有几个月就要出来了，孩子出来，不能没有爸爸，孩子要找他的亲爸是不可能的，只要张伟不嫌弃他们母子，什么事情都好说，什么恩怨都翻过去了！

那一刻，高燕的少女梦结束了，她开始面对现实，接受妥协。

高燕怀孕，张伟跟高燕一样开心坏了。因为张伟知道，这个孩子就是他的，错不了，也只有他知道，那一夜喝多了的高燕把自己当成祁宏了。张伟喜欢高燕，虽然他们结婚了，但他们的夫妻关系高度紧张，婚后，高燕还没让张伟碰过呢。张伟对此一直耿耿于怀，却又无计可施。这个孩子的到来，意外地把一切轻松化解了。张伟的感觉跟高燕一样，这个孩子就是小天使，还没出世，就给他送来了一份大礼，帮助他解决了结婚以来都束手无策的难题。

生活就是这样，巧合的因素太多了，张伟是无心插柳柳成荫了。高燕的误会对张伟来说，无伤大雅，是好事不是坏事。高燕那夜把自己当祁宏，现在又把孩子当作祁宏的了。这也没关系，只要有助于改善他们的关系，那就不如将错就错，让高燕对自己死心塌地。

张伟把左手掌张开，伸向高燕小腹，停留在那儿，覆盖在那儿——那儿已经微微隆起了。张伟的手掌在高燕小腹上来回地轻轻地移动，动作充满温暖和爱意。高燕破例没有嫌弃和反抗，反而心里涌起了一阵莫名的感动。

高燕抬起头来，看了张伟一眼，算是默许了。托孩子的福，高燕的眼光很柔和，已经看不到厌倦和嫌恶了。这是婚后的高燕第一次这么柔情地正眼看张伟，张伟深受鼓舞，他得寸进尺，弯下腰，跪在床上，把高燕抱起来，放在大床中间，然后伸出手去解高燕的衣服。

高燕没有拒绝，她羞涩地把头扭向一边，避开了张伟的目光，放弃了抵抗，投了降。

那具洁白的胴体很快就横陈在张伟面前，张伟感觉焚身似火，迫不及待地扑了上去。

在张伟进入前，高燕还是轻轻地把他推开了。

"怎么了？"张伟很意外，满脸疑惑地看着高燕。

"我怕你伤着他了！"高燕扭过脸来，看着张伟，解释说。

张伟转疑问为轻笑了，忙不迭地向高燕承诺："哦，那我轻点儿！"

高燕闭上眼睛，咬着嘴唇，放松了自己，也开放了最后的阵地。

没有对比就没有伤害，在享受了短暂的快乐之后，长久的憋屈来了。

从高燕身上下来，躺在高燕身边，张伟不由自主地想起了刘美丽。

在床上开放的刘美丽真是极品，她的风骚和恰到好处的配合，她扭动的身躯，放肆的呻吟，疯狂的厮咬，都让张伟莫名兴奋，从身体深处涌起一种酣畅淋漓的征服感。

把嘴唇咬破都不愿意喊出声来的高燕就像在例行公事，尽自己的义务，敷衍他，让他浅尝辄止，快乐难以持久。

但无论如何，这是他们婚姻关系、夫妻关系的转折点。张伟表现出来的宽宏大量，让高燕看到了一个完全不一样的张伟，她是真心感动了，也觉得自己欠了张伟的，她是张伟的妻子，她开始尝试逼迫自己接受张伟，配合张伟，只要张伟要，她就给，这是她的分内事。

高燕的这种心理变化，不代表高燕对张伟动了真感情，萌生了新希望。对感情，高燕已经没有什么奢望了，她现在考虑问题的出发点，就是自己怎么做，才能给肚子里的孩子营造一个良好的发育环境，生长环境，成长环境，只要张伟允许她把这个孩子生下来，她就感恩戴德，愿意以身相许。

接下来的几天，张伟的举动让高燕看在眼里，更加感动了。张伟忙着挨个打电话和串门，兴奋地把高燕有喜的事情告诉他的叔父张县长，他的父母。张伟差不多想把这个消息告诉全祁东，告诉全中国，告诉全世界。张伟称了十公斤花花绿绿的纸包糖，在上下班的时候，站在黄花菜加工厂大门口，逢人就发一把糖，逢人就大声地说：我家高燕有喜了，要生娃娃了——其实，那个孩子离出生还早着呢。

高欣很快就得知了高燕怀孕的好消息。翌日傍晚，在祁宏那儿碰得灰头土脸的高欣，闷闷不乐地从长沙回来，开车路过祁东，把车停在小区门口，想来看看女儿女婿。他觉得自己年纪大了，感情脆弱了，经不住打击了，在祁宏那儿受了委屈，希望在高燕这儿得到补偿，得到安慰。

见到岳父，张伟激动地把高燕有喜的事情告诉了高欣。高欣也很激动，也很高兴，看来虽然自己强行做主，把高燕嫁给了张伟，但事实证明，他的决策是正确的、英明的、伟大的，现在小夫妻俩孩子都有了，关系渐渐地好起来了，步入正轨了。

孩子是夫妻关系的润滑剂和纽带，只要他们有了孩子，一切都会稳定下来，以家庭为中心，通过孩子，张伟就可以把高燕牢牢地拴住，忘掉跟祁宏的感情，一切都在情理之中，意料之中。

"我要做外公，你要做爸爸了，这是天大的好事，天大的喜事，值得我们好好庆贺一下！"高欣说。

"爸爸说得太有道理了，走，我们一起喝两杯去！"张伟随声附和。

两个男人一拍即合，准备找地方喝酒庆贺。他们问高燕去不去，高燕说想睡觉了，两个男人也没勉强。

两个男人下了楼，来到街心公园的美食一条街，找了一个舒服的位置坐下来，准备不醉不归。

做生意赚钱的意识在小城已经普及了，深入人心了。小县城就那么一个公园，晚上很多人来街心公园乘凉，跳舞，谈恋爱。公园外围慢慢地成了小摊小贩的聚集地。一开始，他们不知道做什么，贩卖衣服鞋袜，水果都试过，但收效甚微。但民以食为天，某天有一家在公园外面做起了烧烤，没到半个月，就冒出来很多烧烤店，夜宵店，久而久之，形成了特色的美食一条街。每天还天没黑，美食一条街就迫不及待地营业了。

两个人点了很多烧烤和小吃，要了两箱啤酒。菜还没上来，就开始热火朝天地干起杯来了。他们都是喝酒的心情。张伟高兴，高燕接受他了，终于让他亲近了，他们有孩子了，结婚两三个月后，他们的夫妻生活终于名副其实了。高欣也为张伟和高燕高兴，但他更多的是憋屈，郁闷，在儿子祁宏那儿碰了壁，灰溜溜地回到祁东，需要借酒消愁——他还不知道怎么处理跟祁宏的关系呢，暂时看来是没办法了，这个儿子是白生了，他不把他当仇人就不错了。

两人先是用一次性杯子喝，一口一杯，后来感觉不过瘾，干脆把杯子扔在地上，改用酒瓶喝，一瓶两三口就喝完了，说到动情处，一口一瓶下去了。两个人喝到一点多钟，很多食客都散了，街上行人稀少了，他们才散场。

高欣已经喝得酩酊大醉，脚步踉跄，感到地动山摇。张伟也醉了，但比高欣好点，还能意识指挥行动，勉强照顾高欣。

高欣不回四明山了，准备在祁东过夜，等第二天酒醒了再走。张伟搀扶着高欣到了一洲宾馆，以高欣的名义开了两间大床房，张伟也不准备回家了。把高欣送到房间，伺候他躺下后，张伟给家里打了一个电话，告诉高燕，父亲喝多了，他不回去了，留在酒店照顾他。

给高燕打完电话后，张伟回到自己房间，手忙脚乱地给刘美丽打电话，他把宾馆和房间号告诉了刘美丽，然后哼着歌，脱掉衣裤，光着身跑进浴室冲凉。

刘美丽第二天没班，她还没睡，弯在客厅沙发里，一边嗑着瓜子，一边看电视。弟弟刘强生在外面鬼混还没回来，只有她一个人在家，让她倍感寂寞。刘美丽心里既咒骂自己的丈夫肖和平，又骂情夫张伟。虽然她有两个男人，但他们都不在身边，让自己独守空房。

接到张伟的电话，刘美丽开心地笑了，这个电话来得真是时候；如果没有这个电话，刘美丽还真不知道这个漫漫长夜该怎么打发呢！

刘美丽赶紧关了电视，进了洗漱间，洗脸，刷牙，冲凉——她得把自己收拾得干干净净，漂漂亮亮，以她的经验，男人喜欢漂亮的女人，男人干事的时候喜欢干净的女人；张伟性子急，到了宾馆，不会给她收拾的时间。洗干净后，刘美丽往脸上扑了点粉，往身上喷了点香水，往嘴唇上涂了点口红，换了件新上季的秋装——那秋装是张伟给她买的，可以让张伟感到熟悉和亲近，感到自己对他的重视。做完这一切，刘美丽下了楼，骑上张伟送她的那辆凤凰牌自行车，两脚踩着踏板，轮下生风，直奔一洲宾馆。

到了宾馆，把车停在停车坪，刘美丽穿过大厅，进电梯，出电梯，直奔张伟的房间。

门没有关，是虚掩的，开着一条欲望的缝。

刘美丽抬头看了看房间号，确定没错，推开门，一侧身，闪了进去。

张伟已经把自己洗得干干净净了，他披着宽大洁白的睡袍，坐在床角，恭候刘美丽大驾光临。

电视里播放着流行歌曲，暗黄的灯光把房间照得暧昧，迷离，浪漫，温馨，欲望遍地流淌。

看到刘美丽来了，张伟一跃而起，跳下床，大步蹿到刘美丽面前，一把抱起她，走向床边，扔在床上。

刘美丽的衣服很快就被张伟扒光了，张伟的睡袍也被刘美丽扯下了，两具火热的身体迫不及待地贴在一起，扭动起来。

张伟感觉自己就像蓄满了洪水的大坝，被刘美丽打开了泄洪的闸门，大水汹涌澎湃，万马奔腾，肆意汪洋。

在高燕身上没有的，高燕不能给他的，张伟在刘美丽身上找到了，得到了，满足了。刘美丽让张伟尝到了男人征服的快乐，刘美丽让他浑身有使不完的劲。

那劲儿从张伟的身体深处源源不断地输出来，把他推向快乐大本营。

第七章　祁宏开始发达

　　第一次上门做家教，祁宏很慎重，同时感到紧张，不是怕自己教不好，是怕迟到，迟到给人印象不好。

　　祁宏做了充分准备，他特意跑了一趟新华书店，把教科书和教辅书买了回来，提前花了半天时间认真备课。备完课，祁宏拉上钱小芸和汪大力，找了一间小教室，把前后门关了，自己做老师，站在讲台上试讲，钱小芸和汪大力做学生，坐在下面试听。

　　才讲到一半，钱小芸站了起来，鼓着掌，打断了祁宏，表扬说："讲得很好，比我老爸讲得还好，他是中学语文一级教师，有二十多年教龄了。"

　　祁宏以为钱小芸的话多少带点感情色彩，不客观，他把目光望向汪大力，希望他公正点。没想到汪大力也持同钱小芸一样的观点："我读初中的时候，没有听到我们的语文老师讲得这么精彩。如果我碰到这么有水平的语文老师，我就对语文感兴趣了，我的语文也不会拖我高考后腿了。"

　　两个好朋友都是一样的意见，祁宏终于放下心来。

　　祁宏宁愿自己辛苦点，都要准时赶到。他花二十块钱买了一辆破旧的二手自行车。那辆自行车的前后胎都破了，祁宏又花了十块钱把两个轮胎都换成了新的。车胎修好了，自行车就有底气，像那么回事了。祁宏试了一下，骑着自行车，从校门口的修车铺到宿舍，一路上感觉很不错。

周日那天清早，室友们还在打着鼾，说着梦话，祁宏就悄悄起了床，洗漱干净后，他出了宿舍，下了楼，跨上那辆自行车，在微明的晨曦中出发了。

早晨有风，吹在身上有点凉。大街上行人和车辆稀少，沿着自行车道，祁宏把车骑得飞快，只听到耳边风声呼呼作响，两旁建筑向后飞快地倒退。

祁宏才学会骑自行车半年光景，是凌林教的。高考冲刺前的最后一个月，也是周日，在县委大院，上午他们一起补课，下午凌林教祁宏骑自行车。

凌林学会骑自行车五六年了，是老司机了，祁宏还没摸过自行车。在四明山，会骑自行车的人还不多，但在祁东，渐渐流行了起来，成为教师、医生、干部、工人等年轻人的时尚。

起初，祁宏不愿意学，认为高考在即，浪费时间。但凌林坚持要他学，说要劳逸结合，学习效果才好，学习效率才高。凌林彻底说服祁宏，还是最后的理由，凌林说，把骑自行车的本领掌握了，以后在北京上大学了很有用，北京大学的校园很大，上课和睡觉的地方距离很远，走路能把脚走疼，最好的办法是骑自行车。如果祁宏考上北京大学了，凌林就送他一辆崭新的自行车；每到周末，他们俩就骑着自行车，跑遍北京的大小胡同，名胜古迹。凌林说，他们骑自行车周游北京城，总不能她一个女的在前面骑，祁宏一个男的坐在后面享福，要反过来，祁宏在前面骑车，凌林坐在后面享福。

祁宏听得很心动，也觉得应该是这么一回事，于是开始学骑自行车。祁宏学车前，凌林骑上自行车，在县委大院跑了两圈，边跑边把要领对祁宏说了。骑在自行车上，凌林的长发和衣袂迎风飘了起来，那飒爽英姿让祁宏羡慕不已，都看呆了。

第一天，祁宏学骑了三个多小时，他们都累得满头大汗，全身衣服都湿透了。骑完自行车后，洗完澡，回到教室上晚自习，祁宏惊讶地发现，凌林说的是对的，用了力，出了汗，身体和大脑很协调，整个人都神清气爽，记忆力出奇地好，答题思路格外清晰，学习效率很高，学习效果很好。

难怪凌林学习成绩那么好，学得那么轻松，原来她一直很注意劳逸结合，这是一种很科学的学习方法，难怪凌林私下常批自己是书呆子。

刚开始学骑自行车，祁宏身上的每个细胞都很紧张，即使有凌林搀扶着他，他还是左摇右摆，没有办法实现人车合一，没有办法保持身体平衡，没有办法坚持多久就倒了下来。有时候两个人和车都倒在了地上，堆压在一起。摔跤摔多了，祁宏慢慢地领悟和适应了，可以摇摇晃晃地上路了，凌林不用那么费劲地搀扶了。

凌林告诉祁宏，骑自行车，就像做人，身要正，方向要稳，处事要掌握平衡，不偏不倚，下车时要找好落脚点。

会平衡了，教起来就轻松了，只要跟着自行车小跑，关键时刻，把手搭在车把上，帮忙纠正一下方向，稳定一下重心就行了。

初学那段时间，祁宏摔倒很多次，身上跌得青一块紫一块的，有的地方划破了皮，渗出了血。功夫不负有心人，高考前两周，祁宏已经能够骑着自行车，在县城的大街小巷四平八稳地上路了。

从学骑自行车到会骑自行车，祁宏情不自禁地感慨：本领是在摔跤中学会的，每摔一跤，都是在教你悟道，摔得越重，道理悟得越深刻，本领掌握得越快越牢固扎实。

虽然祁宏后来没有考上北京大学，没有机会跟凌林骑着自行车跑遍北京的大小胡同，但骑自行车的本领在开学不久后就派上了用场，祁宏很感谢凌林做事情有先见之明。

那天，祁宏早早就赶到了湖南日报社的家属大院，他按照任敏留给他的地址找上门，抬手看了一眼手腕上的电子表，距约定的时间还有一个小时。祁宏不敢贸然敲门，他又踅下楼，在报社家属大院借散步打发时间。祁宏一边走一边在脑海里重温了一遍讲课的内容，直到约定前十分钟，祁宏才上了楼，举起手，轻轻地敲门。

任敏夫妻和孩子们已经起来了，他们在吃早餐，早餐已经接近尾声，也在等着祁宏到来。两个孩子准备了一下，家教在八点钟的时候准时开始。

任敏的孩子是一对龙凤胎，在上初二。两个孩子成绩都很好，他们悟性高，接受能力强，对新知识点一点即透。四次家教，一个月下来，跟两个孩子混熟了，祁宏才了解到，两个孩子不是因为成绩差，需要补课才请家教的，他们都是学霸，在长沙的百年名校雅礼中学，他们的成绩在班上数一数二，即使不请家教，也没什么关系和影响。家教的第二个月，祁宏因材施教，推翻了原来以教科书为主的授课方式，尽量帮助他们开阔眼界，拓宽知识面，训练答题思路。

任敏是一个十分爽快的人，授课的报酬一次一结。上完课，吃完中饭，在祁宏离开前，任敏就把钱给到了祁宏。从上午八点到十二点，四个小时，两百块钱，一分不少。第一次拿到钱，祁宏既高兴，又自豪，他终于可以自食其力，靠自己的双手，靠自己的头脑，靠自己的知识养活自己了。

通过做家教，祁宏一个月有八百块钱收入了，这是一笔巨款了，祁宏一个人花不完——有钱了，祁宏没有大手大脚，胡乱花钱。他依然保持了艰苦朴素的作风，没有添置新衣服，没有奢侈铺张地买这买那，他一如既往地到食堂吃饭，打早稻米饭，吃一份青菜——当然，偶尔也打一份荤菜解解馋。

祁宏最奢侈的活动就是有时周六晚上去看一场电影。看电影，大多时候是跟汪大力一起去，偶尔也跟钱小芸去——钱小芸来找他，找个理由要他去看电影，他也去。

祁宏很喜欢看电影，看电影的时候，他心无旁骛，眼睛在银幕上，心在故事情节里。即使跟钱小芸一起看，祁宏的眼睛和心都不在钱小芸身上，只有钱小芸的眼睛和心在祁宏身上，但祁宏浑然不觉。

到月末了，攒下来的钱还有很多结余，祁宏把剩下的给父母寄了过去。寄了两回钱后，祁茗给祁宏来信了，母亲告诉他，要他管好自己，吃好点，穿好点，不要操心家里，不要给家里寄钱了，家里情况已经大为改善了，父亲朱鹏在高欣手下做了货车司机，一个月能挣不少钱。

祁茗含蓄地提醒儿子，做人要饮水思源，喝水不忘挖井人，要懂得感恩；高家是对祁宏有大恩大德的，他的恩人，除了高燕，还有高欣；如果没有高家父女，他不可能那么轻轻松松地上大学。在信中，祁茗自责地告诉儿子，弟弟妹妹都要读书，开支很大，家里没钱供他上大学，他得自己靠自己。

祁宏向来尊重母亲，认为母亲文化程度虽然不高，为人处世却很有一套，给他启发，让他受益匪浅，但这次祁宏觉得母亲只说对了一半，高家是对祁家有恩，对祁宏有恩，他一辈子都忘不了。可是高家对祁宏有大恩大德的人，是高燕，不是高欣；高欣对他的那点小恩小惠，是可以忽略不计的。也许祁宏读书，高欣借给了他们钱，但这钱是借的，祁宏将来要本息一起还的，一分钱都不会少他的。父亲是父亲，女儿是女儿，做人要恩怨分明，不能是一笔记不清的糊涂账。祁宏对高欣，从小就有很大意见，他忘不了小时候因为过家家跟高燕结婚挨的那顿打，他忘不了高欣棒打鸳鸯，硬是把他和高燕拆散了——这是刻骨铭心的仇，是罪大恶极的恨。高欣对祁宏，是过大于功的，谈不上有恩，最多也就是功过相抵，他不记恨高欣，就说明自己是宰相肚里能撑船，够宽宏大量的了。

也许若干年后，祁宏愿意跟高欣相逢一笑泯恩仇，但现在还不行，他还做不到，他心里充满了对高欣的愤怒和怨恨，要自己原谅高欣，需要借助时间，他什么时候放下高燕了，忘记那段感情了，就什么时候原谅高欣，不恨高欣了。至于母亲说，要对高欣感恩戴德，在祁宏看来，这是一个伪命题。在祁宏心里，高欣和高燕，给他的印象已经固化了，难以改变，他们是截然不同的两个人物形象，一个代表了正义和光明，一个代表了黑暗和邪恶。要他以德报怨，对高欣感恩，祁宏心里迈不过那道坎。

高燕用他们的感情换来的那笔巨款，祁宏没有动，也不打算动，那笔钱成为他生命中的不可承受之重，把他压得喘不过气来。看着存折，看着存折上的那个数字，祁宏觉得那不是一笔钱，而是一把尖刀，那把尖刀刺进了他的眼睛里，插在他的心脏上；那笔钱是他初恋的滑铁卢，不能给他带来幸福，只能给他带来痛苦，留下满腔屈辱。上次之所以要把存折还给高欣，祁宏是想把那笔账还了，从此谁也不欠谁，尤其是不欠高欣的——祁宏要向高欣表明态度，他要感情不要钱；他要轻装上阵，轻松上路，奔赴前程，这个前程跟高家已经没有什么关系了。

有时候，祁宏也纠结地想，要不要把这个存折给高燕寄回去？唯一阻止他没把想法付诸行动的原因是他知道这样做就是否定了高燕跟他的过去，否定了高燕对他的感情和付出，也许高燕看着存折跟他看着存折一样痛苦，与其这份痛苦让高燕承受，不如自己承受算了。如果把钱还给高欣，这种情况就不存在了，大家都好过。

有时候，祁宏也想，要不要把这笔钱给家里寄过去？祁家是很需要这笔钱的，可以说是太需要了，这笔钱可以帮助祁家把所有欠账都还了。但祁宏还是觉得不合适，因为这样做，可能辜负了高燕，还是会伤害到高燕的。

想到祁家像山一样沉重的债务，祁宏很是头痛，如果债务没有偿清，奶奶和父母兄弟就很难有好日子过。眼看弟弟妹妹渐渐大了，学费也是一涨再涨，作为兄长，他得为他们的未来做准备，得为他们准备钱了，不能让他们像自己一样，到了高三的关键时刻还要为学费发愁。

祁宏不愿意自己的坎坷经历在弟弟妹妹身上历史重演。

没想到，祁宏的机会很快就来了。

祁宏的家教作用很明显，两个孩子的成绩提升很快，在期中考试中，他们都挤进了年级前五名，任敏夫妻都非常高兴，那天上课结束后，他们准备请祁宏吃大餐，一方面感谢祁宏教导有方，另一方面庆贺孩子百尺竿头，更进了一步。

饭局设在长沙的百年老字号火官殿。这是祁宏来长沙读书，第一次上这种高大上的地方吃饭。在饭桌上，祁宏吃到了家乡的黄花菜。点菜前，任敏问祁宏想不想家，祁宏说想，于是任敏点了两个黄花菜，一个是凉拌的黄花菜，一个是黄花菜煲仔鸡。

吃着一根根的柔软的黄花菜，祁宏感到格外熟悉亲切，他想起了四明山满山遍野的黄花菜，想起了小时候顶着太阳跟高燕一起钻进黄花菜地摘黄花菜的往事。祁宏扫了一眼菜单，看到黄花菜的价格很高；祁宏扫了一眼来吃饭的食客，看到黄花菜很受欢迎，差不多每桌的客人都点了。

祁宏在心里飞快地估算了一下，得出了一个吓他一大跳的结论：每道黄花菜，用料就一两左右，但价格很高，利润起码在五倍到十倍以上。想不到，在这种地方，简单地加工一下，黄花菜就身价倍增了。

任敏曾经采访过火官殿的总经理杜煜，两人私交不错。任敏来吃饭，杜煜过来敬酒陪聊。任敏隆重地向杜煜介绍了祁宏，说祁宏是湖南省最好的大学湖南大学里最好的学生，教育小孩提升成绩有方法有效果，用了不到两个月，就帮助自己的两个孩子进入了年级前五名。

杜煜对这个话题很感兴趣，他也是做爸爸的人，女儿正在读高三，正准备冲刺呢，他女儿读的也是文科。杜煜代表女儿向祁宏请教了不少学习上的注意事项。祁宏是知无不言，言无不尽，回答得很到位，让杜煜听了耳目一新，深受启发。两个人一见如故，聊得十分投缘。

聊完学习后，他们把话题转移到了饭菜上。杜煜问祁宏火官殿的饭菜如何。祁宏说黄花菜很地道，他反问杜煜原材料是从哪儿来的。杜煜说，黄花菜是祁东的黄花菜，是从批发市场买的。祁宏很高兴地说，我就是祁东的，我们老家就盛产黄花菜，全国的黄花菜祁东的最好，祁东的黄花菜四明山的最好，四明山的黄花菜又好又便宜，比饭桌上吃到的还要好。

听祁宏这么一说，杜煜来了兴趣，他高兴地问："你有没有办法给火官殿供应四明山的黄花菜?"

祁宏等的就是这句话，他不假思索地说："能，这事儿太容易了。我保证给火官殿供应上等的四明山黄花菜原材料!"

杜煜一听，当真了，当下就跟祁宏确定了采供关系，他说："那我们现在就把事情定下来，从这个月末起，你开始给我们供应四明山的黄花菜。我们在批发市场采购的价格是一斤十二块钱，一个月要两千斤。我们也按这个价钱给你，但要送货及时，材质有保证，每个月底，你把黄花菜给我们送过来。"

黄花菜能赚钱，祁宏是知道的。高欣也是从贩卖黄花菜发家的，祁东县各乡镇有很多小摊小贩也是靠黄花菜成为万元户的。祁宏高兴坏了，连忙应承下来，跟杜煜互留了联系电话。

骑着自行车回学校，祁宏飞快地盘算开了：家里黄花菜，收购价是四块钱一斤，供应到火官殿，价格翻了两倍，是十二块钱，中间有八块钱约两倍的利润空间，除掉运输成本，人力成本，利润是相当可观了，一个月给火官殿供应两千斤黄花菜，保守估计收入在一万五千块钱以上，比做家教强多了，省事多了。做了火官殿的黄花菜供应，他可以给家里挣钱还账，也可以给弟弟妹妹准备将来的学费了。

那一刻，骑着自行车奔跑在长沙的大街小巷，祁宏感到整个世界在车轮下徐徐铺开，道路宽敞，平坦，一眼望不到头。当然，问题是客观存在的，祁宏不可能自己跑回老家去收购黄花菜，得找一个人跟他合伙才行。第一批收购黄花菜的成本从哪儿来？这个数字还不少呢，估计得要一万块，如果没有其他办法，他有可能要动用高燕那笔钱了。收到黄花菜后，谁帮他送过来？

其实，合作伙伴是现成的，这个人就是高欣。如果跟高欣合作，这些都不是问题，一切都迎刃而解。但祁宏不愿意跟高欣合作，如果要跟高欣合作，他宁愿不做，他得另找他人。

晚上躺在床上，祁宏把四明山认识的伙伴、朋友、亲戚认认真真地过了一遍，还是没有找到理想的合作伙伴，他都愁坏了。冥冥之中，好像有只上帝的手在特意安排。第二天下午，上完课，刚走出教室，祁宏就听见有人在叫他，回过头一看，原来是小学同班同学陈晓明来了。

陈晓明告诉祁宏，说自己来长沙送货，顺道来看看他。有朋自家乡来，不亦乐乎？祁宏请老同学在学校附近的大排档吃饭。祁宏一边吃，一边把长沙火官殿找他供应黄花菜的事告诉了老同学。

陈晓明很为祁宏高兴，他告诉祁宏，这是一个千载难逢的好机会，一定要抓住，千万不要错过了。看来陈晓明也觉得是一个好机会，自己不是要找合作伙伴吗？这个合作伙伴不是远在天边，近在眼前吗？

祁宏盛情邀请陈晓明跟他一起来做，他要陈晓明负责在家乡收购黄花菜，月底把黄花菜送到火官殿来。陈晓明听了很兴奋，两人一拍即合，准备一起做黄花菜生意。

陈晓明对祁宏说，黄花菜的收购，成本和运输，祁宏都不要担心，他全包了，祁宏只要负责跟火官殿对接就行了。

两个老同学说干就干，开始合伙做生意。陈晓明的能力，祁宏是放心的。这件事情很大，第一单很重要，关系到生意是否能够持续做下去。祁宏不在现场，无法把控，心里没底。在忐忑不安中过了一周，陈晓明给祁宏打来电话，说两千斤黄花菜已经收购好了，成色和质量都不错，就等月底装了车送过来，要他放心。

月底前一天清早，陈晓明给祁宏电话，说他已经把黄花菜装上车了，挂了电话就出发，要他下午三点在湖南大学校门口等他。祁宏这才如释重负，放下心来。

陈晓明开着一辆崭新的东风牌大卡车，大清早从四明山出发，一路奔跑，下午两点多钟到了长沙。陈晓明先到了湖南大学，跟祁宏会合后，两个人一起押着黄花菜赶往火宫殿。

杜煜亲自到火宫殿门口迎接。他上车验了货，对产品质量评价很高，说比他们在批发市场采购的黄花菜强多了，又好看又匀称。卸完货，杜煜当即安排财务跟祁宏把账算了，把钱结了。

从杜煜手上接过那叠厚厚的钞票，祁宏数都没数，就揣进了兜里。祁宏信得过杜煜。祁宏高兴极了，这是他第一次赚这么多钱。那车黄花菜，除掉各种成本开支，净赚了一万五千块钱。这意味着，从此以后，祁宏每个月都能从火宫殿赚到一万五千块钱了。祁宏把那笔钱二一添作五，分成了两份，一份给陈晓明，一份留给自己。但陈晓明没有全接，他只是象征性地从中数出来八百块钱，作为运输成本和人力成本，其他的全给祁宏留下了。

祁宏很惭愧，坚决不同意陈晓明的这种安排。陈晓明说，我只拿我应该拿的那一部分，剩下的钱，就当四明山人民支持你读书了，你是我们四明山飞出来的金凤凰，大家都盼着你飞得更高，飞得更远呢！

祁宏感动得稀里哗啦，不得已，他只好把钱留下，存进了银行里——祁宏是第一次用自己的姓名在银行开户头存钱。就这样，给火宫殿供应黄花菜，给任敏孩子做家教，祁宏一个月稳定有了一万五千块钱收入。

二十世纪九十年代初，这笔钱的数额很大，差不多相当于二十多个湖南大学老师一个月的工资了，祁宏的腰包一下子鼓了起来。

　　那天晚上，祁宏把陈晓明留了下来，给他在湖南大学招待所开了一个大床房，然后陪着陈晓明在湖南大学的校园里到处转悠，让他感受一下大学气氛。陈晓明边转边感慨地说，没想到我这辈子还能到这么神圣高端的地方来溜达一下，沾点文化气。

　　转完湖南大学，就到晚上八点多了，祁宏请陈晓明在学校附近的大排档吃夜宵。两个人点了五六个菜，要了六瓶啤酒。他们边吃边聊，三杯酒下肚，祁宏话多起来，情不自禁地向陈晓明打听高燕的近况。祁宏已经离开家乡三个月了，这三个月没有高燕的任何消息，这在以前是不可想象的。

　　"高燕挺好的，"陈晓明说，"她怀孕了，过完年，到了夏天，就要做妈妈了。张伟对高燕很好，高燕也接受了张伟！"

　　"只要她过得好就好！"祁宏惆怅地说。

　　祁宏的眼睛湿润了，心里说不出是啥滋味。他真心希望张伟对高燕好，可真正听说他们关系好了，祁宏又怅然若失。

　　"兄弟，你们是怎么回事？你们曾经那么相爱，我当初是那样看好你们，没想到你跟高燕会分手，高燕会跟自己不喜欢的张伟结婚。四明山有人说，是你考上大学了，觉得高燕配不上你了，不要高燕了，把她踹了。"陈晓明说。

　　陈晓明对祁宏和高燕感到惋惜，感到心痛，感到不解。

　　"我也不知道是怎么回事！"祁宏痛苦地说，"兄弟，不是我把高燕甩了，是她把我甩了。我到现在都还没弄明白，我到现在心都还是破的，碎的，滴着血，痛得很！如果可以，我现在都盼望她回心转意，盼望我们能够破镜重圆，重新开始。"

　　"原来不是你不要高燕啊！也许高燕有高燕的苦衷，她不是那种始乱终弃的人，她对你的感情经得起考验，对得起天地良心！"陈晓明叹了口气，为自己的表妹辩解。

"这些都过去了，已经不重要了。我只知道事实的真相是她不要我的。"祁宏悲伤地说，"她要做妈妈了，我恭喜她，为她高兴！"

祁宏掏出两千块钱，递给陈晓明，说："你知道我受过高燕太多恩泽了，没有办法回报，只有铭记在心。他们的孩子出生后，你帮我打个红包，给孩子买些衣服，给高燕买些补品，祝贺一下，可不要告诉高燕和张伟，是我给的。"

这个钱是可以接的，也必须接。陈晓明接过钱，揣进了兜里，伤感地说："你放心，兄弟，这件事，我保证给你办好！"

高燕要做妈妈了，祁宏又高兴，又难过，他为高燕的现状高兴，为自己的感情伤心难过。

高燕的话题，把祁宏喝酒的欲望彻底唤醒了，他情不自禁地举起酒杯，跟陈晓明频频碰杯。

后来，两个人又要了五六瓶啤酒，结果都喝高了，祁宏站立不稳，陈晓明脚步踉跄，但他们还是兴致很高，看样子酒逢知己千杯少，要准备一直喝下去。

已经快十一点了，他们还在频频碰杯。

这时候走过来一个长发飘飘的漂亮女生，径直来到祁宏面前，温柔地劝他们不要喝了，不要把身体喝坏了，该回宿舍休息了。

看到女生，祁宏高声大气地对陈晓明介绍说："晓明，我师姐，钱小芸，我们系里的系花，跟高燕一样漂亮迷人！"

再不回宿舍，宿舍就关门了，祁宏就回不去，得在外面过夜了。

祁宏问陈晓明能不能自己回酒店，要不要把兄弟汪大力叫过来送到酒店去？

陈晓明看祁宏是真喝醉了，他叮嘱钱小芸把祁宏送回宿舍，他不管他们了，他们也不要管他了。

黄花菜生意和家教帮助祁宏彻底翻了身，实现了财务自由。第一个月，祁宏给自己留下五千块，给父母寄回八千块。第二个月，陈晓明送黄花菜来的时候，把祁茗托他带给祁宏的话说了。祁茗嘱咐儿子不要给家里寄钱了，要儿子以自己的学业为主，以自己的事业为重，如果钱多，可以攒下来，将来找工作，在城里安家落户都要花钱；她和朱鹏现在还年轻，还有力气，干得了活，抚养孩子是他们的责任。将来如果他们老了，做不动了，弟弟妹妹需要帮助了，祁宏混得好，就应该义不容辞地承担起长兄为父的责任。

母亲的话，让祁宏很感动。但他也没有完全听母亲的，不过也没给家里寄那么多钱了，祁宏每个月固定给家里寄两千块钱，然后把剩下的钱存起来，以备不时之需。

就这样，祁宏一边读书，一边做黄花菜生意和家教，成了湖南大学中最富裕的学生，没有之一，他比很多教职工家庭都富裕。

收到凌林寄过来的厚厚的一信封照片，可把祁宏高兴坏了。他拿出相片，看了又看，摸了又摸，没错，就是这个女孩，漂亮，干净，聪明，乐观，挂在他的世界里，白天像秋天的太阳，晚上像秋天的月亮，把他的生活重新照得分外亮堂。

祁宏把凌林的照片藏在枕头底下，每天晚上枕着那些相片入睡，睡得安稳，睡得踏实，做梦都很香甜。每天晚上，宿舍熄灯前，上了床，放下蚊帐，祁宏都要偷偷地把相片拿出来，借助暗淡的光，用眼睛美美地看一看，用手指悄悄地摸一摸，用嘴唇偷偷地亲一亲。

但祁宏没有马上给凌林寄照片过去，直到从任敏手上拿到了家教工资，才跟凌林礼尚往来。祁宏特意安排了半天时间，穿上了凌林给他买的西装和皮鞋，专门从校门对面的照相馆请了一个资深的专业摄影师，跟着他在湖南大学和岳麓山奔波忙碌了大半天。

祁宏取了很多景，拍了很多照。照片洗出来，祁宏认认真真地挑了十八张，在凌林十八岁生日前夕，给她寄了过去。每张相片的pose，祁宏抄袭了凌林的创意，把主要位置空了出来——因为祁宏觉得凌林的创意太好了，抄袭凌林的创意，也表明自己读懂了，认可了，跟凌林想到一块去了。每张相片背后，祁宏热切地写道：空下来的位置，给你留着，下次你来了，我们一起补上！

在经历了切肤之痛的初恋失败后，祁宏渐渐把对凌林的纯洁友谊转向了模糊的爱情。凌林是个好女孩，他喜欢她；尽管初恋的阴影还在笼罩着他，让他时不时地陷进去，悲伤一阵子，但高燕已经成为过去时了。人也好，感情也好，生活也好，总得向前看，他和凌林，可以尝试开始了。可要跟上凌林的感情步伐，快步小跑，祁宏暂时还做不到，他需要时间，因为他有伤，跑不快。

凌林收到祁宏的相片那天，正好是十八岁生日。十八岁的姑娘一枝花，凌林这朵花儿也开了，静静地等待着人来采摘——当然，并不是谁都可以来采摘的，凌林希望这个采花人是祁宏。

期待已久的东西终于来了，凌林开心极了。看着相片上英气逼人的祁宏，读着祁宏深沉中蕴藏热烈的文字，凌林觉得这是她收到的最好的生日礼物了。

祁宏的相片让凌林越看越喜欢，她情不自禁地拿着相片，跑到了校门口的照相馆。在那儿，凌林把祁宏的每张相片都过了塑。相片过塑后，既不影响欣赏，又不容易损坏，能够经受住岁月的洗礼，保存得更长更久，不会褪色。

凌林在过塑相片的时候，正好碰到谢天放进来拍照——谢天放是这么向凌林解释的，但凌林感觉谢天放是在掩耳盗铃，欲盖弥彰，他好像有意在跟踪她，哪儿有她的地方哪儿就有谢天放不失时机地出现。

谢天放看到凌林正在给一个男生的相片过塑，大吃一惊，醋意十足地说："这么多相片，还是同一个男生的，你们关系不浅啊！"

凌林想都没想，高高兴兴地对谢天放说："一共十八张，我男朋友给我寄过来的礼物。"

凌林没有说生日礼物,她不想谢天放知道自己的生日,她不想给谢天放一个纠缠自己的理由。

凌林的话半真半假,她是已经把祁宏当作男朋友了;虽然祁宏还没有明确,但祁宏给她寄过来这么多相片,照相时的创意跟自己一样,说明祁宏已经跟自己在同频共振了,就差捅破那层窗户纸。

凌林相信,也许下次见面了,他们就可以把恋爱关系正式明确下来。

跟谢天放在照相馆不期而遇,正是一个向谢天放表明态度的好机会。从进入清华大学以来,这个同班同学对她表现了超出同学和工作搭档之外的热情,尽管谢天放还没有表白,但他那点小动作小心思,没有逃过凌林的眼睛和感觉。天赐良机,正好借这个机会告诉谢天放,自己已经名花有主了,让他早点断了这个念想。

凌林的话和态度,深深地打击了谢天放。没想到自己还没向她坦白,凌林倒向自己坦白了,可凌林的坦白跟自己的意愿南辕北辙,他是明月照沟渠了。

拍完照,谢天放没有跟凌林打招呼,就闷闷不乐地走了。凌林看在眼里,嘴角露出了得意的笑,她如释重负。

看来,祁宏的相片来得正是时候,帮了凌林一个大忙,把与谢天放的同学关系理顺了,拉回到同学之间的正常交往的轨道上了。

第八章　谢天放作梗成功

　　爱情就是一种病，一种处心积虑、得寸进尺的神经病。这种病，想到了要看到，看到了要摸到，摸到了要抱到，抱到了想全部拥有。这也是爱情病的初、低、中、高级四个阶段的症状。

　　值得庆幸的是，初涉爱河的凌林，还处在这种神经病的初级阶段，她想到了就要看到；只要看到了，这个病就可以治愈一段时间了。

　　转眼到了元旦，难得有三天假期。三天假期不长不短，跑一趟湖南长沙刚好够。原来凌林是没这么急的，因为还有一个多月就放寒假了。放寒假，就可以跟祁宏见面了。

　　恋爱中的人，计划不如变化快，做事情随机性很强，往往来不及计划就变化了。看祁宏的相片，已经没办法治愈凌林的爱情病了，她等不及了。凌林要知道这个学期祁宏在学校过得怎样，有没有勤工俭学，能不能吃饱饭，零花钱够不够？冬天来了，有没有穿暖和？

　　开学的时候，凌林是给祁宏买了几套衣服。那时候天气尚热，保暖衣裤还没上市，那些衣服只能解决祁宏的风度问题，没有解决温度问题。

　　凌林到北京的第一天，把相片寄给祁宏之后，就在等待祁宏像她一样，给她寄几张相片过来。可等了一天又一天，等了一周又一周，等了一月又一月，祁宏的相片还是迟迟没来。凌林想，其中的原因，大概率不是祁宏对她的感情进展慢，其中最重要的是钱，祁宏没有照

107

相的钱，否则，早就给她寄相片过来了。

看到祁宏一下子给自己寄过来十八张相片，凌林突然明白了，距离自己寄相片这么久祁宏才礼尚往来，原来是一直在攒钱，一直在等自己的十八岁生日到来——祁宏实在太用心了。照一张两张相片，可能花不了多少钱，大概是两三顿饭钱；可照十八张相片，甚至更多——凌林知道，为挑这十八张相片，祁宏可能照了二三十张照片，这就是一笔不少的开支了。凌林想象得出来，为拍这些照片，祁宏足足准备了两三个月，从收到自己的照片时，他就在准备了。这两三个月，祁宏可能都过着节衣缩食，忍饥挨饿的苦日子。

想到这儿，凌林越发心痛了。为攒钱拍这些照片，祁宏是不是瘦了，面黄肌瘦了——他本来就那么瘦，他瘦了多少？少说该有两斤吧。凌林不应该盼祁宏给自己寄这么多相片来的——仿佛那十八张相片是凌林给祁宏下了心灵指示，要求他这么做似的。

凌林迫不及待地想去长沙看祁宏了，只有看着真人，她才能放下心来。到长沙看祁宏临时上升为凌林三天元旦假期最需要做的一件事。

想着要去看祁宏，凌林把祁宏的照片看得更勤了，每天都要认真看几遍，边看边偷偷地傻笑，尤其是每天上床睡觉前，看祁宏的相片成了凌林的必修课。凌林差不多每天晚上是寝室里最后一个上床睡觉的。等室友们都上床睡觉了，凌林把祁宏的照片拿出来，在台灯下仔细欣赏一会儿——当然，有欣赏，也有挑剔，然后再上床睡觉。

即使是用挑剔的眼光看祁宏的相片，凌林都马上屈服了，安慰自己说，人无完人，祁宏至少可以打九十九分，就跟她的功课一样，成绩虽然好得惊人，却总是拿不到满分。

只要哪天不看祁宏的相片，上了床，凌林就睡不着觉，这是真的。有一个晚上，凌林从图书馆回宿舍晚了，洗漱完，没来得及看祁宏的照片就上了床，结果那晚凌林翻来覆去睡不着，半夜了还是这样。凌林认真一想，还真是因为没看祁宏的相片就上床了。她不得不半夜起来，悄悄下了床，轻轻拉开抽屉，翻出相片，从头至尾，一张不落地看了一遍。没想到，看祁宏的相片比吃安眠药还管用，看完相片，心愿了了，重新上床后，凌林倒床即睡，后半夜睡得格外安稳踏实。

元旦节前几天，一边看照片，一边想祁宏，凌林去长沙的理由和动力更足了：凌林想钻进相片里，把祁宏身边空出来的那个位置填满——这最初是凌林的心愿，在给祁宏的相片里，她把意思传达清楚了；现在也是祁宏的心愿，看他寄过来的相片，凌林明白了——在爱情这件事上，凌林不再是单相思，遥遥领先，祁宏渐渐地跟了上来，与她携手并肩，一道前行了。

关于祁宏的初恋创伤，凌林觉得是时候愈合了。时间是治愈失恋的良方，凌林已经给了祁宏快一个学期了。凌林知道，治愈男人感情创伤的最立竿见影的药方就是在男人受伤最重的至暗时刻，成为那个女人的替代品，这种机会曾经摆在她面前，可凌林一百个不愿意，也怕这样治标不治本，留下后遗症。高燕是高燕，凌林是凌林，她们是两个完全不一样的个体。

凌林希望祁宏跟高燕彻底结束后，不拖泥带水，跟自己开始一段全新的感情。如果祁宏还没有从那段失恋的阴影中走出来，凌林希望跟他好好谈谈，帮助他走出来。在凌林看来，现在应该是最好的时间节点了。如果祁宏已经走了出来，那也是最好的表白时机，凌林希望跟祁宏挑明了，把两人的关系明确下来；如果祁宏不说，她就说——当然，祁宏是男的，他说最好了，自己可以给他暗示和怂恿。如果时机成熟，辞旧迎新之际，两个人一起好好憧憬一下未来，大学毕业后，是参加工作，还是继续深造读研？将来是把小家安在长沙，还是安在北京？如果安在长沙，相对容易；如果选择北京，祁宏恐怕还得考研究生，最好能够考到北京大学来。

当然，不排除一种让凌林特别担心的情况出现：这个学期，祁宏正处在情感的真空期、脆弱期，防线松懈，抵抗能力差，自己又不在他身边，有没有其他女生插队进来，横刀夺爱？这点凌林不得不防。虽然作为友谊，两人的感情基础很牢固；可作为爱情，两人的感情刚起步，基础不牢。如果有高燕跟祁宏那样深厚的感情基础，凌林是不用担心的。

凌林不得不承认，祁宏表面上看起来是土了点，可透过现象看本质，祁宏确实优秀，耐看，跟他相处的时间越长，会发现祁宏的磁场越强，他的长相、性格、聪明、认真，都很受女生欢迎。祁宏的土与四明山农民的土不一样，四明山农民的土是改不了的，深入了骨髓里面，祁宏的土是可以修饰、弥补、遮掩，甚至完全可以摆脱，可以剥离的。凌林清楚地记得，开学时给祁宏买衣服，试衣服的时候，西装往祁宏身上一套，就像换了一个人似的，身上的土荡然无存了。更重要的是祁宏属于耐看型，相处久了，看到他的才华和品质了，就更难拒绝了。小师姐钱小芸就对祁宏有点那个意思，在经验丰富的小师姐面前，祁宏可能没什么免疫力。从爱情角度来说，凌林和钱小芸基本上在一个起点上，半斤八两，谁也没有优势，谁也没有劣势。

从工作角度来看，元旦假期那天，凌林是没有理由和借口离开北京的。班上有活动，是跨年歌舞联谊晚会，一帮年轻人准备跨年守岁，辞旧迎新呢，他们班跟外语学院的一个班一起搞联谊活动。

外语学院的女生多，一个班上只有两三个男生；物理学院正好反过来，男生多，一个班上只有两三个女生。外语学院的女生喜欢头脑灵光、态度严谨的未来科学家；物理学院的男生喜欢活泼开朗，落落大方，既能主外，又能主内，中西兼修的未来外交家。两个班的同学对这次联谊都寄予厚望。凌林和谢天放是主要的策划者和组织者。

两个班各准备了一些节目，已经彩排过了，很精彩，现在是万事俱备，只欠时间了。在沟通过程中，两个班的同学都希望凌林出来主持。但凌林拒绝了，她把自己的工作交给了谢天放，她只想做幕后工作，做幕后工作的人没那么重要，她的心早就飞到长沙找祁宏去了，就像一只忙碌了一天的小鸟，在每天的夜幕降临之际总要回到自己的巢穴里一样，祁宏就是凌林的心灵小鸟的巢穴。

凌林算了算自己的钱，勉强够用，她一咬牙，买了来回机票。机票虽然贵，但节省时间。跟祁宏待在一起，时间比金钱宝贵。凌林不想坐绿皮火车，把时间浪费在路上，她希望跟祁宏多待会儿，他们有很多话要说，有很多事要做，哪怕什么都不说，什么都不做，两个人在一起，倾听彼此的心跳，就是最好的情话，凝视对方的眼神，就是最浪漫的事情，比闷在火车上强很多倍。

元旦前，两个班的最后一次彩排结束，凌林向由两个班的主要班干部组成的临时组委会请了假。这个决定，让临时组委会的同志都很诧异，也不开心。可凌林去意已决，大家苦口婆心的挽留没有用。对凌林来说，去长沙看祁宏跟这个联谊晚会的意义是一样的，都是给年轻人提供交流感情的机会。凌林的感情在联谊晚会上得不到交流，她得去长沙交流。联谊晚会已经瓜熟了，只等蒂落，凌林在不在都没多大影响；可去不去长沙，对她对祁宏来说，影响都很大。

对凌林请假最不舍、意见最大的当然是谢天放。在工作上，凌林和谢天放是一对很好的合作伙伴，两人配合还算默契。凌林突然请假，于公于私，谢天放都是一百个不愿意——如果他有权力违背凌林的意志，他就要滥用权力了。

这次联谊歌舞会是谢天放和凌林搭班子近四个月来，第一次策划组织的一个跨院系的重大活动，主意是凌林想出来的。谢天放原想着策划组织这场活动，有很多跟凌林在一起的机会，其中的高潮就是两人搭档做主持，借此可以把心灵的默契推向一个新高度。这是谢天放不遗余力地支持做这个活动的动力。凌林一请假，谢天放就像泄了气的皮球，弹跳不起来了。

班上的同学早就看出来了，谢天放对凌林是动了真感情。这个班，喜欢凌林的男生有很多，可敢迈出追求步伐的很少，因为谢天放捷足先登了，其他同学只能把感情藏在心底，只跟凌林发展友谊。大部分同学看好谢天放和凌林，认为他们男有才女有貌，是天造地设的一对。

凌林请假，让谢天放猝不及防，对这次活动顿时意兴阑珊，趣味索然。如果谢天放早知道凌林临阵脱逃，他就不支持搞这个活动了，还不如回去陪爷爷奶奶，还不如待在家里改善生活。

谢天放很不甘心，希望找凌林好好沟通一下，打消她请假的念头，把她留下来，一起把活动办好。凌林提出请假的当天晚上，谢天放请凌林吃饭，凌林答应了。凌林看到了谢天放的不满，也明白谢天放的心思，凌林正想找个机会，把事情跟谢天放说清楚。大家都是年轻人，都有一颗敏感的心，都渴望爱和被爱，但对方是不是对的那个人很重要。在感情上，凌林希望清浊分明，不能模棱两可，害人害己，不能混淆爱情和友谊的边界。友谊是友谊，爱情是爱情，喜欢是喜欢，爱是爱。朋友和恋人是有本质区别的。谢天放只能是朋友，不是恋人。凌林不想给谢天放留下什么可以想象的模糊空间，更不愿意让全班同学误会了——可现在班上同学的误会正在慢慢形成，要消除同学们的误会，解铃还须系铃人，得从谢天放身上入手，只要谢天放摆正姿态了，放弃了，同学们的误会就烟消云散了，她自己就清白了。

跟凌林一起吃饭，谢天放很慎重，他希望凌林能吃好——这是跟凌林第一次单独在一起吃饭，在谢天放看来，这意味着他们的关系更进一层了，说不定可以找到表白的机会，把关系挑明了。

在北京土生土长的谢天放不吃辣椒，对辣味很敏感，饭菜一辣，他就浑身冒汗，喔着嘴，大口进出气，而且还有后遗症，容易肠胃不舒服，连续好些天。可考虑到凌林是辣不怕的湘妹子，谢天放只好委屈自己，把吃饭的地点选在校门对面的一家地道湘菜馆。

两人落座后，谢天放以不懂湘菜为由，把菜单推给凌林，让出了点菜权。那顿饭，谢天放只有一个心愿，那就是希望凌林吃得开心，吃得满意。谢天放对湘菜畏惧，也一窍不通，吃什么都是一个味道，那就是辣。在酸甜苦辣咸麻诸般滋味中，谢天放最不对付的就是辣了。谢天放一年难得进一回湘菜馆，吃一次湘菜，进了湘菜馆，他就没想过自己能吃好。如果打算跟凌林处朋友，他就得忍耐，适应，学会吃湘菜——不能吃也得吃，对凌林，对这份感情的期待帮谢天放战胜了对湘菜辣味的恐惧。

凌林也不客气，没看菜单就随口点了三份特色的湘菜和一个汤——看来她对湘菜了如指掌，用不着菜单。那三个湘菜，一份东安国宴鸡，一份永州血鸭，一份荞头盘龙黄鳝。这三个菜，都是祁宏最爱吃的，是高燕告诉她的。记得第一次去祁宏家，那天晚上，凌林和高燕睡在一个被窝里，她们交流了很多，高燕说到了祁宏最爱吃的菜，凌林用心记了下来。

凌林不知道谢天放喜欢吃什么，这无关紧要，她也不关心，不客套。凌林想，到了长沙，跟祁宏一起吃饭，她要点菜，就点这三个菜，她要告诉祁宏，她懂他，知道他喜欢吃什么；她要告诉祁宏，他喜欢吃的菜她也喜欢吃。

凌林有信心以后可以照顾好祁宏。母亲告诉她，把男人照顾好，既容易又不容易，最重要的是让他吃好，想拴住男人的心就得拴住男人的胃。母亲就是通过拴住父亲的胃来拴住父亲的心的——凌书记很少在外面应酬，尤其是晚上那餐，工作再晚，他都愿意回家吃老婆做的饭菜。

辣妹子不是谢天放最怕的，辣才是谢天放最怕的，凌林不知道，也顾不上。既然是谢天放请她到湘菜馆来了，就得入乡随俗，跟着湖南人的口味来。菜上来了，连汤都冒着辣味，空气中弥漫着辣气，谢天放被呛得花容失色，连打了几个喷嚏。

看着红艳艳的湘菜，凌林馋劲上来，不管三七二十一，伸出筷子，大快朵颐起来，跟她平时的斯文不相关——凌林已经有一段时间没有吃到湘味了，她想念那个味道。

　　谢天放看着，踌躇着，筷子伸下去又缩了回来，却又不得不鼓起勇气，下定决心，硬着头皮夹菜。

　　那顿饭，谢天放吃得从来没有过的郁闷和狼狈。为在凌林面前表现得能够接受和融入湖湘文化，能够跟湖南人打成一片，谢天放又不得不尽可能地多吃。结果他真被辣到了，被辣得满脸通红，不停地噏嘴吸吐气。虽然是冬天了，谢天放的额头上却密密麻麻地分布着一颗颗闪闪发亮的汗珠。可以说，长到十九岁，谢天放还没有吃过一顿这么狼狈的饭，他算是明白了湖南菜的辣和湖南妹子的辣，味道完全不一样，完全是两回事。

　　没想到，让谢天放更狼狈、更郁闷、更难受的还在后头，湖南妹子的辣味比湖南菜的辣味让他更难受。饭到中旬，凌林抬头看着谢天放，有意无意地说："天放同学，你把吃饭的地方定在湘菜馆，我还以为你喜欢吃我们湖南菜，跟我男朋友祁宏一样呢！所以，我就照着我男朋友最喜欢吃的菜点了。"

　　如果说湖南菜是明辣，湖南妹子就是暗辣了。如果说湖南菜辣嘴，让肠胃受不了，湖南妹子就是辣心，让大心脏都受不了。凌林的话一说，把那顿饭的气氛彻底破坏了，谢天放被湖南菜辣得通红的脸转向一阵青，一阵白。

　　凌林的话一出口，谢天放就知道，自己这顿饭是白请了，是不可能达到预期目的了，他既留不下凌林，也不是向凌林表白的气氛。谢天放还是不甘心，装作没听懂凌林的意思，很不识趣地问："元旦的联谊歌舞晚会为什么要请假？有什么事比这次晚会更重要的吗？你可是组织者，大家都希望你做主持，你没有理由不参加。"

　　凌林的回答让谢天放格外后悔问了这么愚蠢的问题，他是担心什么就来什么了。

凌林毫不避讳地向谢天放坦白："我要回湖南一趟，对我来说，这件事确实比联谊歌舞晚会更重要。"

凌林这么说，谢天放彻底紧张了，他言不由衷，继续不甘心地问："家里有事？回湖南看父母？"

看来谢天放是揣着明白装糊涂，不见棺材不落泪了。凌林不想跟他兜圈子，打马虎眼，必须坦言相告了，凌林摇了摇头，说："父母是要看的，但这次假期来不及了，要等到放寒假了。我这次回湖南，主要是到长沙看我男朋友。"

话说到这个份上了，模糊的空间已经没有了，回旋的余地也没有了。谢天放感觉自己就是那个被孩子揭穿了什么衣服也没穿的皇帝。尽管这个答案，谢天放已经隐约猜到了，但经过凌林那张樱桃小嘴亲口说出来，他还是愣在当场，那双筷子停在空中，缩不回来。凌林的话就像那几道辣辣的湖南菜，弄得谢天放浑身不自在，不知如何是好。

饭已经吃得差不多了，凌林不愿意再看到谢天放尴尬，她站起来，跟谢天放打了声招呼，转身走了。

谢天放机械地坐在座位上，没有反应过来，他眼睁睁地看着凌林走出门，消失在来来往往的人群中。谢天放内心沮丧，脑海里一片茫茫白雾，他只有一个感觉和想法：他没有吃好，没有喝好，他得另起炉灶，重新开始，心受了伤，更不能委屈了胃——谢天放突然很想喝酒，有一种把自己灌醉的冲动。

结完账，走出湘菜馆，谢天放没有急着返回学校，而是冲动地一头扎进了隔壁的酒吧。谢天放报复性地点了一桌地道的北京小吃，要了三瓶青岛啤酒。菜还没上来，谢天放操起一瓶啤酒，用牙咬开瓶盖，一个人喝起闷酒来。

在心情催化下，谢天放喝得很急，三瓶啤酒很快就见底了。谢天放觉得还没过瘾，又要了三瓶。后上的三瓶很快又光了，谢天放连打了几个饱嗝，嗝里全是酒气，他感觉有点飘了，把服务生叫过来，准备结账离开。

谢天放准备走的时候，却被一个人重新摁回到了座位上。

这个人姓石名磊，是谢天放的高中同学，也是他的铁哥们。由于姓名里石头太多，石磊块头又大，像石头一样沉重，全班同学给他起了个绰号"石头"。石头的学习成绩一般，高中毕业没有考上大学，进了海淀区的一所技校，那所技校离清华大学不远。

谢天放和石头是他们班上的一对奇怪组合。都说人以类聚，物以群分，但他们是一个例外。这两个人，一个学霸，一个学渣，按道理是没有共同的兴趣、语言和爱好的，可成绩和智商的巨大差距并没有演变成他们交往的障碍，他们倒很合得来，一起玩耍，称兄道弟；也没有近朱者赤，近墨者黑。用谢天放的话来说，他们是互不影响，互不干涉，互相利用，取长补短，这才是友谊的最高境界。石头抄谢天放的作业；作为回报，谢天放在班上的苦活、累活、脏活，如值日擦黑板、扫地，也包括跟别人打架斗殴，全被石头一个人包干到户了。

石头一进来就看到谢天放一个人在角落里喝闷酒，他既为偶遇兴奋，又为兄弟苦闷心疼。兄弟被人欺负了，他得帮兄弟出头；兄弟有解不开的心结了，他得帮兄弟分忧解难。

石头一屁股坐了下来，准备陪谢天放一起，不醉不归。

见是石头，谢天放也很高兴，连忙又点了些菜，上了六瓶啤酒。喝酒这事儿，一个人喝是一个人的味道，两个人喝有两个人的味道，多个人喝有多个人的味道。石头的到来让谢天放暂时放下了凌林带给他的不快，两人推杯换盏起来。

喝酒这件事，石头天天有，他是他们班最早体验到酒的好处的人。谢天放比较自律，难得放纵一回。他们平时也聚，也干杯，但石头喝酒，谢天放喝饮料，石头没有意见。难得看到兄弟喝酒，陪他买醉，石头兴致很高，两人边喝边推心置腹地聊了起来。

石头是这个酒吧的常客，差不多每天都要来光顾一下，哪怕口袋没钱了也来。石头已经跟老板混熟了，能够赊到账。荷尔蒙分泌过多，满脸青春痘的石头没地方安放自己的青春，喜欢到这个地方来找乐子，碰碰桃花运。这个酒吧傍着清华，很多正处青春年华的北京女孩喜欢到这儿来，她们期待在这里碰上心仪的清华男神——那年代重视知识，清华男神是年轻漂亮的北京姑娘倾慕的对象。

在石头眼里，谢天放一心只读圣贤书，难得醉一回。石头想，老同学肯定是遇到什么烦心事了，这事儿谢天放自己还没法解决，得他出面。谢天放是高干子弟，独生子，正当青春，这种烦心事，应该没有其他，肯定是感情上的事情了，肯定是感情遇到挫折了。石头认为自己是情场老手，学习上的忙，他帮不上，感情上的忙，他是可以帮上的，他至少可以做谢天放的感情导师，帮他出出主意，做些外围工作；有些爱情需要武力解决，如果碰上这种情况，谢天放不行，他石头行。

在石头兄弟再三追问和酒精的刺激下，谢天放把自己的烦恼一股脑儿地吐了出来。

就这回事？这算什么事儿？

石头鄙夷地看着谢天放，眼神里满是不屑。他佩服这个兄弟的智商，对他的情商实在不敢恭维。在石头看来，祁宏跟谢天放根本不是一个重量级别的，没有竞争力可言：一个是首都北京的高干子弟，一个是没见过什么世面的乡巴佬；一个是清华大学的高才生，一个是地方大学的大学生；一个是近水楼台先得月，一个是远水不解近渴。无论怎么比，谢天放都没有理由成为输家。

"天时地利人和，你一样都不缺。你缺什么？你懂不懂？你缺的是进攻，主动的进攻。江山也好，美人也好，你不进攻，别人不可能拱手让给你。爱情这事儿，牛顿的万有引力定律不适用。"石头说，

"不用说，他们的感情基础并不牢固，如果我没猜错，他们刚刚开始。你想啊，凌林能考进清华大学，她读高中会谈恋爱吗？谈恋爱了，她能考得上清华吗？他们可能只是同学，只是朋友，还没有发展到那一步。我敢打包票，他们肯定是上大学后才开始的。我们班就你一个人考上清华了，为什么？因为你没在高中谈恋爱，集中全部精力学习了。如果你在高中谈恋爱，精力分散了，你还能考上清华大学吗？凌林也一样。可是，如果凌林去成长沙了，结果就不一样了。凌林放着联谊舞会不负责，大概率就是奔着跟男朋友确定关系去的。所以，如果你喜欢她，你无论如何都不能让她去长沙。她去了，你以后真就没什么机会了，真没你什么事儿了。"

石头一席话，如醍醐灌顶，让谢天放觉得很有道理，感到茅塞顿开。但关键是凌林已经决定去长沙，谢天放已经劝过了，没有成功。眼看着第二天凌林就要飞长沙了，谢天放一点办法都没有。

"她已经买了机票，明天下午就走了。该想的办法我已经想了，该说的话我已经说了，我是没有办法了。你能帮我出出主意吗？"谢天放沮丧地说。

这个清华高才生对自己的恭敬态度让石头很受用。以前是石头尊重谢天放，什么事都听谢天放的；现在终于反过来了，石头生平第一次感到自己比这个偶像聪明，原来上帝是公平的，谢天放并不是什么都比他强，不是自己什么都比谢天放差。

读书，谢天放行，自己不行；谈恋爱，自己行，谢天放不行；出馊主意，自己行，谢天放不行；解决棘手事，谢天放不行，自己行。今天这个事儿，正是自己派上用场，一展身手的时候，必须让谢天放心服口服，必须为谢天放两肋插刀，把事情办妥了。

看着谢天放一筹莫展，虚心求助的样子，石头心里涌起了前所未有的满足感，人生价值体现出来了。

"这个太简单了。"石头说，"你想想看，坐飞机要证件，没有机票和证件，就不能登机了。"

石头把头凑过去，附在谢天放耳边，如此这般地交代起来。

谢天放不住地点头，但他感到石头的主意是好，就是太冒险了；但没有办法，到目前为止，要留住凌林，这是一个最好的主意了。

谢天放举起啤酒瓶，动情地对石头说："兄弟，那我们就依计行事，一切拜托你了。事成后，必有重谢。以后我跟凌林如果成了，你就是我的大恩人，是我们的大恩人，我谢天放一辈子没齿难忘，感恩戴德！"

"好说好说，我等着喝你们的喜酒！"石头说。

醉眼蒙眬中，石头仿佛看到自己的老同学跟凌林牵着手，走上了鲜艳的红地毯。

两个老同学举起酒瓶，碰了碰，仰起头，把瓶里的酒一饮而尽。

分手的时候，石头拍着胸脯，信誓旦旦地说："放心吧，兄弟齐心，其利断金，这件事包在我身上，不成我们就断交！"

凌林买的是元旦前一天傍晚的机票，下午没课，上午上完课，吃完中饭，休息一会儿，赶到机场，时间刚刚好。如果一切顺利，到长沙，是十点钟左右。她跟祁宏会合后，从黄花机场赶到长沙城里，应该在十二点之前，正好可以一起跨年，一起辞旧迎新。

凌林想，全国最大的烟花生产基地浏阳是长沙的卫星城，那天晚上的长沙，肯定是火树银花不夜天，他们俩可以在长沙街头手牵手，听着热闹的鞭炮，看着绚烂的烟花，逛一个通宵。第二天，跟祁宏一起，把上次祁宏给她寄的相片上的每个取景地都逛了，然后合影拍照，把相片上留下来的那些遗憾的空白填补了。

当然，凌林也希望祁宏有朝一日来北京，他们一起在清华、在北大，把她上次寄给祁宏的相片上留下来的空白也填补了——这个愿望估计要推迟一点实现，比起假期祁宏上北京看她，凌林更希望祁宏来北京求学，完成高考时没有实现的愿望，祁宏本科没有考上北京大学，凌林希望他将来研究生考到北京大学来。

去长沙见祁宏，凌林本来想给祁宏一个意外惊喜，但她没忍住，订到机票，凌林就迫不及待地打电话把这件事情告诉了祁宏。凌林希望祁宏到机场来接她，希望走出机场的第一眼就能看到祁宏。凌林憧憬着祁宏穿着她给他买的西装和皮鞋，手里捧着一大束玫瑰，在机场的到达口等她，接她。

感情这东西有灵性，是需要很多细节来深化和升华的，在两人的关系从暧昧走向明朗的过程中，凌林觉得跟祁宏在一起的时光才是最美好，最珍贵，最让人激动，最印象深刻，难以忘记的。

凌林坐上去机场的大巴，意外地发现，谢天放也在大巴上。凌林惊讶地问谢天放也要坐飞机去外地？谢天放狡黠地说，我送送你。凌林觉得哭笑不得：谢天放已经在大巴上了，总不能把他撵下车去。

让凌林意想不到的是，那天她没有去成长沙，她挎在肩上的小包被人抢了，证件和机票都在里面，登不成机了。

到了机场，一下大巴，突然蹿过来一个年轻人，出其不意地夺下凌林的提包，没等凌林反应过来，那个年轻人就跑远了。

几十米远的地方停着一辆摩托车，那辆摩托车在等着那个年轻人。年轻人跨上摩托车，摩托车轰的一声喷出一股青烟，一溜烟跑了。

冬天的北京，天黑得早。等凌林反应过来，摩托车已经消失在茫茫夜色中了。谢天放反应过来，撒开腿追了一阵，可根本追不上。

一切发生得太突然了，凌林愣了，蹲在机场路边，半天回不过神来。

清醒过来后，凌林要去机场派出所报案，但谢天放一直劝阻她。谢天放说，这种事情，在北京一天发生太多了，警察根本管不过来。凌林没有听谢天放的，这种事情发生在自己身上，不管报警有没有用，警是必须要报的。

在派出所做完笔录，两个人一起返回学校。一路上，凌林情绪低落，一言不发，心里沮丧极了。

让凌林难过的不是提包被抢，而是去长沙看祁宏的计划泡汤了。让她担心的是，寒冬腊月呢，祁宏一个人在机场等她，如果飞机到了，没有接到她，祁宏该有多焦急！

到了清华，一下车，凌林就在路边的公用电话亭给祁宏宿舍打电话，接电话的人告诉凌林，祁宏出去了，赶到机场接人去了。

看着难过的凌林，谢天放很过意不去，他安慰凌林说，一定帮凌林把包找回来，北京的江湖，他有朋友，通过他们，也许比警察还管用；现在既然走不成了，就安下心来，一心一意准备联谊歌舞晚会，把活动办好。

那个联谊歌舞晚会很成功，外语学院的女生和物理学院的男生那天晚上基本上都找到了自己的舞伴，互相认识了。两个班的同学皆大欢喜，都觉得凌林和谢天放办了一件大好事。

看到谢天放和凌林在台上配合默契的主持，同学们热情地鼓掌，由衷地为他们高兴，觉得他们这两个主持人，郎才女貌，很合适，很般配，是一对金童玉女。

第九章　祁宏到北京看凌林

凌林要来长沙，可把祁宏高兴坏了。从接到凌林电话通知那刻起，祁宏的生活就开启了"迎接凌林来长沙"倒计时。

祁宏初以为凌林要回祁东度假，看望父母，顺便路过长沙，问要不要陪她回祁东。没想到凌林十分干脆地告诉祁宏：这次假期太短了，我不回祁东了，就来长沙看你。

这个回答就像一阵春风，吹开了祁宏心中的全部花朵；这个回答也是一杆秤，让祁宏掂出了自己在凌林心中的分量——凌林父母都在祁东，长沙距祁东就两百公里，凌林都从北京来长沙了，也不打算回祁东看看。

凌林这次行程安排，也让祁宏敏锐地意识到，凌林这次长沙之行，是负有重要的历史使命的，这个使命，祁宏一下子就明白了，这将是他们俩关系发展史上的一个重要里程碑，祁宏得投桃报李，积极准备，以最大的努力迎接这个历史时刻的到来。

接到凌林电话，祁宏兴奋得连续好几个晚上都睡不着，走到哪儿都吹着口哨，哼着歌，神采飞扬。虽然凌林说飞机要到公历年最后那天晚上十点钟才到长沙黄花机场，那天，祁宏还是一起床就认真准备了。

公历年最后那天，湖南大学也准备了很多活动，团委、学生会、各院系、各社团的都有。学生会推出的是元旦舞会，是钱小芸负责策划组织的，人多，配额制，要凭票据。钱小芸假公济私，留了两张票，准备邀请祁宏跟她一块去。但在祁宏那儿，钱小芸吃了闭门羹，被他拒绝了。

钱小芸知道祁宏还没有学会跳舞，他连舞厅都没去过，学校舞厅的门朝哪边开，他可能都不知道。钱小芸太想教祁宏跳舞了。祁宏学会了跳舞，他们以后的周末晚上就有事干了，钱小芸准备有事没事都请祁宏去舞厅跳舞。

跳舞与看电影不一样。看电影的祁宏一本正经，心无旁骛，很无趣。跳舞，两个人可以牵手，可以搭肩，可以搂腰。看电影可以有爱情，有友谊，但跟祁宏看电影，只有友谊，没有爱情。他把自己看得很紧，两人坐在电影院，泾渭分明，中间隔着一条不可逾越的三八线，胳膊偶尔触碰一下的可能都没有。跳舞却可以越过这条三八线，有肢体敏感部位的接触，把两人的关系弄得暧昧起来，向着爱情出发。

虽然看电影和跳舞，都是年轻人喜欢干的事。但这两件事在男女异性关系的体现上，还是有明显区别的。看电影的，朋友多，情侣少；跳舞的，情侣多，朋友少。即使都是情侣，看电影的，代表感情尚浅，正处在试探阶段，刚刚开始；跳舞的，代表已经结束了试探期，正在向着爱情病的中高级阶段发展。

祁宏不是不想跳舞，不是不想学，而是没有找到合适的舞伴，没有解决跟谁学，跟谁跳的问题。他固执地认为，跳舞只能是情侣间，包括学舞，他宁愿凌林学会了教他，最好是他跟凌林两个人一起学，旁边有个舞蹈老师对他们进行指点纠正。

凌林这次来长沙，如果有机会，祁宏倒想跟凌林一起学学跳舞，到舞厅泡泡。但时间上对不上，学生会的舞会不是元旦那天晚上，而是在公历年最后那天晚上。飞机十点才到，把凌林接上，赶到学校，舞会早就结束了。

约不上祁宏，钱小芸倍感失望，没想到公历年中最重要的一个晚上，祁宏都不给她面子，可见祁宏没有将她放在心上，这让钱小芸很难受。难道祁宏佳人有约了？能从她手下把祁宏抢走，是谁呢？

钱小芸心不甘情不愿地问祁宏，晚上有什么事，那么重要，舞都不愿意去跳了？祁宏不会撒谎，低着头，老老实实地告诉钱小芸，凌林要来，晚上他要去黄花机场接凌林。

这就难怪了，钱小芸应该早就想到了，也只有凌林，才能跟她抢祁宏的。这个消息大大出乎钱小芸意料，把她的醋坛子打翻了。钱小芸心里很不是滋味，她"哦"了一声，转身就走。

钱小芸走得很慢，给出了充足的时间让祁宏在她和凌林之间做出选择。她希望祁宏追上来，向她解释，可是祁宏没有。走回宿舍，钱小芸都没有等到祁宏追上来，她这才明白，在祁宏心中，凌林的分量要远远超过她。

回宿舍路上，钱小芸很后悔自己意气用事，没有跟祁宏好好聊聊，了解一下凌林来长沙的目的，她是专门来，还是回祁东路过？如果接凌林的时间晚，祁宏能不能先跟她去跳舞，然后早点出来，他们一起去机场接凌林？

元旦舞会，祁宏没有答应去，钱小芸也没了兴趣。公历年最后那个晚上，钱小芸希望有多大，失望就有多大。宿舍里只有她一个人，其他女生都出去了，都忙着约会守岁去了。钱小芸早早上了床，却睡不着，一个人望着天花板，听着外面的热闹傻傻发呆。

虽然外面气温很低，却很热闹，很喜庆，不时有鞭炮响起，不时有绚丽的烟花升向天空，然后炸开。但热闹和喜庆是别人的，钱小芸什么也没有。钱小芸为自己做出的傻瓜选择和笨蛋表现懊恼，她应该理智些，宽宏些，赖皮些，就像上次一样，给祁宏和凌林做向导，陪着他们转转长沙城！

这样做，可以不动声色地减少祁宏和凌林的单独相处，提防他们

124

的感情借助这次见面急剧升温，也给自己多争取一些时间。但钱小芸的年轻气盛，把机会白白丧失了，也等于把祁宏拱手相让了。

年关那天，上午有两节课，下午没有课了。上午下课后，祁宏到学校旁边的花店选玫瑰，他准备给凌林送一大束玫瑰花。随着流行歌曲《九百九十九朵玫瑰》风靡大江南北，玫瑰代表爱情的概念在年轻人心中扎根了，大学校园里天天有男生赶时髦，给女生送玫瑰表达爱情。他们捧着玫瑰花，在校园里招摇过市，让人侧目驻足。

口袋渐渐鼓胀起来的祁宏决定与时俱进，准备接受这个"舶来品"文化。

鉴于学生伢子的消费能力，学校旁边的花店档次上不去，那些玫瑰要么太小，要么色泽暗淡，要么花瓣不新鲜了，都没能进入祁宏的法眼，他希望给凌林送最大、最鲜、最美的玫瑰，表达心中最美、最真、最好的感情。祁宏觉得只有全长沙最好的玫瑰才能配得上从北京专门跑过来看他的凌林，仿佛玫瑰不好，把他对凌林的感情打了折扣似的。

学校附近的花店没有称心如意的玫瑰，全长沙最繁华的东塘肯定有的。祁宏准备到东塘看看，他挤上了前往东塘的公交车。

二十世纪九十年代的东塘，已经发展成为全长沙的商业中心，高档大商场，各种各样的奢侈品，各种各样的风味小吃，应有尽有。那些市场嗅觉灵敏的商人，在元旦到来之际，在门口摆放上了各种各样的鲜花，玫瑰是这些鲜花的主角。那些玫瑰，又鲜艳，又大朵，含苞的，盛开的，都有，看起来很上档次，价格也高，差不多是学校附近花店的两倍。可祁宏不缺钱了，只要他觉得值，就愿意花这个钱。

在东塘下车后，看着街道两边的店铺门口摆放着的各种各样的鲜花，祁宏开心极了，觉得来对了地方。祁宏没有在一个花店把自己想送的玫瑰一次性买齐，而是一路挑了过去，每个花店只挑其中最好的那一朵，他挑了十八个花店，一共挑了十八朵玫瑰，因为凌林十八岁了。

一些花店的老板对祁宏的做法很不高兴，他们希望祁宏在他们那儿一次把花买齐了。可祁宏马上就让他们高兴了起来，祁宏没有跟他们讨价还价，而是在店主报出的价格的基础上，多加了一块钱，这一块钱让店主们就像花儿一样笑逐颜开——那天，一朵玫瑰的价格还不到一块钱呢。

第十八个店主是一个年轻、漂亮、时尚的女青年，看上去正在谈恋爱，眼神，眉毛，嘴角，容颜都含着隐隐约约的笑意。

祁宏请女青年帮他把十八朵玫瑰扎成漂亮的一束，女青年高兴地答应了，她一边包扎玫瑰，一边跟祁宏闲聊。

"小伙子，你可真是用心良苦，把整条街的最好的玫瑰都挑上了。是送给女朋友的吧？做你女朋友的那个姑娘一定很漂亮！"女青年羡慕地说。

祁宏接过话茬，高兴地说："是的，她就像这些玫瑰花一样，是最漂亮的。在我眼里，她最漂亮，所以我要送给她全长沙最好的玫瑰花！"

"做你女朋友好幸福啊，让人羡慕！"女青年情不自禁地感慨起来。

祁宏说："我就是希望给她这种幸福感，我以后要把她宠成天上的月亮！"

女青年说："看来这个元旦是你们的，这个新年是你们的，我祝你们爱情甜蜜，生活幸福，活到老爱到老！"

女青年扎好玫瑰，祁宏递给她十块钱手工费，女青年没有接。她深受感染地说："希望你们好好相爱，就当我祝福你们，免费给你们包扎玫瑰了。"

挑好花，天色渐渐暗了下来，祁宏抬腕看了看表，时间还早，距离凌林到长沙大概还有三个钟头，不用急。祁宏感到肚子饿了，他还没吃中饭呢，于是捧着花踅进了隔壁的一家津市牛肉米粉店。

祁宏早就听室友说过，津市牛肉米粉味道好，分量足，是湖南有名的地方风味小吃，祁宏要了一碗牛杂米粉。米粉有两种，一种是圆的，一种是扁的。对应的味道也有两种，圆米粉，吃起来脆脆的，一节一节的；扁米粉，吃起来软软的，一条一条的，味道都很好。臊子有卤牛肉、煮牛杂，还配制了独家制作的剁辣椒、酸豆角、生姜丝、木耳等作料，特别辣，特别有劲。

在寒冷的冬夜来一碗热气腾腾的津市牛肉米粉，从口到胃，一路暖和下去，辛辣下去，让人从里到外，感觉温暖，感觉舒坦，感觉过瘾。

一碗米粉下肚，祁宏觉得还不够，刚被吊起了胃口，准备再来一碗，但他马上打消了这个念头，这种好东西，祁宏希望跟凌林一起品尝，一起分享，这样才更有味道。到时候，两个人，要上两碗牛肉米粉，一碗圆的，一碗扁的，凌林喜欢吃圆的，就让她吃圆的，凌林喜欢吃扁的，就让她吃扁的。当然，祁宏猜想到的结果是，圆的和扁的，他们都各吃了一半，因为他们的想法都一样，无论味好味差，他们都希望跟对方一起分享，无论是福是祸，他们都希望跟对方一起承担。

结账的时候，祁宏问店主营业到什么时候，店主告诉他，元旦假期这几天，通宵营业，不打烊。祁宏乐了，他暗暗打定主意，接到凌林后，打个出租车，直奔这家津市牛肉米粉店，请凌林吃夜宵。祁宏知道凌林没有吃过津市牛肉米粉，因为祁东没有，北京更没有，他在长沙都是第一回吃，但祁宏猜想凌林肯定很喜欢吃。

走出米粉店，已经七点多了，大街上行人渐渐多了起来，到处都洋溢着年轻人的欢声笑语，一派过新年的喜庆气氛。年轻的朋友成群结队，高谈阔论；情侣成双成对，女生挽着男生的胳膊，男生揽着女生的腰肢。趁着假期，他们相约出来，一起辞旧迎新。

祁宏想，接到凌林后，他们也要加入恋爱中的青年男女的队列中，成为他们中的一对，跟他们一起跨年，一起快乐，一起歌舞，一起辞旧迎新，一起憧憬灿烂的明天，一起享受美好的生活。祁宏准备带着凌林彻夜狂欢，整个晚上都不睡觉，上半夜逛街守岁，下半夜找个电影院，看个通宵。

祁宏招手拦了一辆出租车，直奔黄花机场。从东塘到黄花机场，用不了一个小时。这个时间点去机场，有点儿早，到凌林从机场出来，要等很长一段时间，但祁宏乐意。

凌林来长沙，是祁宏在元旦假期里的最重大的一件事。在这件事面前，其他的事情都可以轻微到忽略不计。在哪儿等都是等，在哪儿等，都不如到机场等——在机场等凌林，那等候的每一分钟都是幸福的，激动的，让心儿战栗的，钟表跳过的每一秒都是欢快的音符，让人心潮澎湃，莫名激动，莫名幸福。

那天的那个时间点，很多车进城，很少车出城，从东塘到机场，正好逆着车流高峰，一路上畅通无阻。不到八点半，祁宏已经到了机场到达口。祁宏认真地听了一下广播，凌林乘坐的那趟飞机还有快两个小时才到——祁宏赶到黄花机场的时间差不多正是凌林乘坐的飞机起飞的时间。时间很充裕，祁宏跑到问询处问了一下，服务小姐告诉他，凌林乘坐的那趟航班已经起飞了。

祁宏放下心来，但心情一直难以平静，还有两个小时就可以见到凌林了，他已经三四个月没有见到凌林了，怪想念她的。虽然凌林给他寄了很多照片，他天天都在看，但纸上得来终觉浅，凌林的照片已经不能满足祁宏的相思了，甚至看相片越频繁，见凌林的想法越凸显，越迫切。

祁宏在脑海里一遍又一遍地想象跟凌林见面的场景：看到对方后，他们快步走向对方，祁宏把玫瑰递给凌林，凌林接过玫瑰，满脸惊喜地看着他；祁宏夸张地张开双臂，把凌林搂在怀里。

这次见了凌林，一定要拥抱她了，要大大方方地拥抱她，不再顾忌旁人的目光和态度。如果说开学那天，他们在机场话别，凌林要祁宏拥抱一下她，祁宏既不好意思，又有所顾虑，没有放开自己，那么这次，祁宏一定要大大方方地，热热烈烈地拥抱凌林，让凌林清楚地感受到自己的心意。

祁宏想，凌林在长沙这段时间，自己一定要大胆一点，勇敢一点，向她表白，一定要走到哪都牵着她的手，让她真实地感受到自己的爱。

有希望，时间过得很快。两个小时的等待虽然漫长，却也是弹指一挥间。不知不觉中，祁宏听到机场广播，凌林乘坐的航班平安降落了，凌林就要出来，跟他会合了。

那天接机的人很多，祁宏占据了有利地形，排在了第一个。接这趟航班的人，祁宏到得最早，他希望第一眼就能看到凌林，也希望凌林出来第一眼就能看到他。

有人出来了，陆续有人出来，祁宏感到血流加速，口干舌燥，捧玫瑰的手都渗出了汗来。祁宏踮起脚尖，眼大眼睛，一眨不眨地盯着走出来的人流，热切地寻找着那个熟悉的身影。

人出来一大半了，祁宏没有看到凌林，他急了，一把拉住一个乘客的胳膊，把他拽了过来，问他是哪个航班。祁宏的动作吓了对方一跳，对方脸上有点不高兴了，但还是客气地回答了祁宏的问题。没错，就是凌林告诉祁宏的那个航班，从北京来的。

大队人马走完了，出来的人越来越稀少，直到那个航班的最后一个人走出来，祁宏还是没有看到凌林。

祁宏忍不住了，跑过去问工作人员，工作人员要他再等等，说可能取行李去了。尽管祁宏觉得凌林托运行李的可能性不大，但他还是在到达口等着，万一凌林真托运行李了呢？

又有人陆续出来，越来越多，又越来越少，还是没有看到凌林。祁宏又一把抓住一个乘客的胳膊，向他打听，对方告诉他航班号，已经是另外一个飞机的乘客了。

祁宏开始急了，凌林说得清清楚楚，明明白白的，就是这个航班，怎么就不见人了呢？

祁宏在到达口等着，变得焦躁不安，心里难受极了。又一个航班的人走完了，已经快十二点了，祁宏在到达口踱来踱去，急得满头大汗。

凌林是怎么啦？不是说好了来长沙，不是说好了要他到机场接她吗？难道出什么事儿了？

可那班飞机到了，没出什么事情呀！难道凌林欺骗了他，没有来？

但祁宏知道，凌林是认真的，不是跟他开玩笑。凌林很少开玩笑，这种玩笑太大了，凌林更不可能开。可事情就是这么离奇，这么离谱，祁宏确实没有看到凌林出来。

这到底是怎么回事？

祁宏百思不得其解。

祁宏不敢轻举妄动，他一直站在到达口傻乎乎地等着，生怕自己一离开，凌林正好出来，跟他擦肩而过了。

祁宏越等越焦急，越等越绝望，越等越六神无主。

直到那天的最后一个航班的最后一名乘客都出来了，祁宏还是没有离开。在焦急的等待中，祁宏感觉到绝望，绝望得都要崩溃了。

祁宏在到达口一等就是一个晚上，从旧年等到了新年，他在等待中听到了新年的钟声，辞了旧，迎了新，完成了跨年。

天空出现了鱼肚白，天渐渐地亮了，新年的太阳爬出来了，祁宏还是没有等到凌林出来。

祁宏一遍又一遍地问自己，会不会在到达口把凌林错过了，漏过了？

他很快就否定了自己的这个想法，这种情况是不可能出现的。从到达口出来的每个乘客，尤其是凌林那个航班的，祁宏是看得认认真真，清清楚楚，没有一个遗漏的。即使他错过了凌林，凌林也不可能错过他，凌林如果在这个航班上，如期出来了，肯定会跟自己一样，会认认真真地找他的。光天化日之下，两个人错过彼此的可能性为零。

即使他们都错过了，漏过了，他们也会留在原地，在到达口寻找，直到找到对方为止。因为他们在电话里说得清清楚楚，祁宏到机场接凌林，他们不见不散。

祁宏琢磨来琢磨去，只剩下一种可能：凌林根本没有来长沙！

是凌林没有赶上飞机，还是半路上出了其他意外？

前一种原因，倒没什么可怕；可后一种原因呢？

祁宏的心提到了嗓子眼，他越想越害怕，越想越担心；他感到一阵强烈的心绞痛袭击了自己，让他站立不稳；那一刻，祁宏才知道自己有多在意凌林。

机场陆续有人来上班了，祁宏跑到值班室查询凌林那个航班的乘客名单。

工作人员不让，祁宏突然想起了任敏。任敏是做记者的，神通广大，兴许可以帮到他。

祁宏在公用电话亭给任敏家打了一个电话，祝福了新年快乐之后，简明扼要地把情况说了，要任敏给他帮个忙。

任敏要祁宏别着急，给他十分钟，他找找人。果然，不到十分钟，任敏帮祁宏找到了熟人，祁宏可以顺利地检查登机乘客的名单了。

这一查不要紧，祁宏得到了一个可怕的信息：凌林没有退票，也没有登机。

这个消息使祁宏愣在当场，各种担心潮水一样涌上来，把他卷下岸，把他淹没——祁宏已经没有任何主意了，各种胡思乱想纷至沓来，让他坐立不安；那一刻，祁宏心里只有一个念头，一定要把这件事情弄清楚，一定要知道凌林是否安好——这一切太不正常了！

既然凌林没有登机，那就说明凌林在北京，只有到北京跑一趟，才能把事情弄个清楚明白。

祁宏突然决定去一趟北京，越快越好！

祁宏查了一下航班，正好下午有一趟飞机飞北京，还有很多票，祁宏毫不犹豫地订了机票。

从拿到机票到飞机起飞，还有十来个小时，祁宏哪儿也没去，就在机场候着，度时如年。祁宏也没心思吃饭，除了上洗手间，他啥事都没有做，只是静静地等着时间流逝。

祁宏不是不饿，不是不想吃，是根本没有心思吃。祁宏啥也没带，包括机场商店里陈列的琳琅满目的湖南特产，他就傻乎乎地捧着那束大玫瑰。

从前一天下午买花起，时间已经过去很久了，那束玫瑰的花瓣渐渐地失去了水分，花瓣边缘渐渐地枯萎了，就像祁宏的心情。

直到他登上飞机，祁宏才渐渐地平静下来，回过神来。

凌林到底怎么啦？

还有两个小时就可以水落石出了。在座位上坐下来，祁宏突然觉得很可笑，他是紧张过度了，他笑自己聪明一世，糊涂一时，没有主见了。

其实，不管凌林有没有事，知道她的情况很简单，只要他在公用电话亭给凌林宿舍打个电话，就可能知道真相了；或者给自己宿舍去个电话，也能把事情搞清楚，如果凌林安然无恙，只是没有赶上飞机，就肯定会给他打电话；如果凌林没有打电话过来，那就真出事了。

可祁宏很快就释然了，给凌林或者自己宿舍打电话，也许能够弄明白凌林到底有没有事，可以让自己放心了，但还是不能见上凌林一面——凌林没来，祁宏确实觉得很有必要上一趟北京，去看看凌林了。

说好的来长沙，却没有来，凌林把祁宏想见她一面的强烈欲望勾了起来。

一个晚上在紧张、焦躁、绝望、无眠中度过，祁宏感到特别疲惫，在飞机上坐下来，他很快就睡着了。这是祁宏第一次坐飞机，他没有看窗外的风景，他没有看风景的心情；这也是祁宏第一次上北京，没有期盼，没有兴奋，只有满腔焦虑。

飞机就是快，两个小时，飞了一千多公里。乘飞机从长沙到北京比坐火车从长沙到祁东还快。

从飞机上下来，祁宏一路小跑，出了机场，在路边打了一辆出租车，急急忙忙赶往清华大学。一路上，祁宏不住地催促司机快点，都把司机弄得老不高兴了，板着面孔，一句话都不说。

赶到清华大学，已经晚上八点多了。元旦假期，校园里很热闹，到处都是喜气洋洋，热烈谈笑的青年男女。这个景象，清华大学跟湖南大学没什么两样。

祁宏边找边问，很快就到了物理学院女生宿舍楼下。传达室有个胖大妈在值班，她睁着警惕的小眼睛，把每个男生都当作了潜在的坏人、敌人，坚决不让男生进去。

祁宏在传达室拨通了凌林宿舍的电话，接电话的是一个普通话讲得十分纯粹地道的北方女生，祁宏说找凌林，女生说凌林不在。

虽然没有找到凌林，但从女生话语里，祁宏听出来了，凌林好着呢，没什么事儿，祁宏那颗悬着的心终于落了下来，他长长地舒了一口气。

祁宏意犹未尽，希望探听到更多凌林的情况，于是跟女生客气地聊了起来："您知道凌林去哪了吗？"

女生说："凌林班上有活动，她组织和主持活动去了。"

原来是这个原因让凌林临时放弃了去长沙啊，祁宏悬着的心终于落了下来。

"您知道她什么时候回来吗？"祁宏问。

"她可能回来得有点晚，你最好明天来找她。"女生说。

女生的逐客令把祁宏惹急了，他那么老远跑过来，今天晚上是必须见到凌林的，无论有多晚。

"我是从长沙赶过来的，我今天必须得见到她。"祁宏说。

"你是凌林的男朋友祁宏?"女生问。

"是的，我是祁宏。"祁宏说。

祁宏心里高兴起来，看来他跟凌林的事，凌林已经告诉了宿舍里的每个人，她的室友都知道了。

"我带你去活动现场找她吧?"

听到是祁宏，女生的态度来了一个一百八十度的大转弯。

"不用了，我不想去现场打扰她，她忙完了肯定会回宿舍来，我就在宿舍下面等她!"祁宏说。

只要确认凌林没事就好，祁宏彻底放心了，那么漫长的时间都熬过来了，他已经从长沙到北京了，他已经在清华大学凌林的宿舍楼下面了，他已经知道凌林平安无恙了，他就不急在一时了。

凌林直到晚上十点半左右才姗姗来迟，出现在通往女生宿舍楼的道路上。

活动结束后，凌林就匆匆忙忙赶往宿舍，她一直惦记着给祁宏打电话或者在宿舍等祁宏的电话。

意外没有去成长沙，凌林觉得很内疚——尽管不是凌林的主观原因，而是迫不得已。那天晚上，凌林一直给祁宏宿舍打电话，可接电话的人告诉她，祁宏去机场接人还没回来。

第二天清早，凌林再给祁宏宿舍打电话，对方还是告诉她，祁宏没有回来。一整天，凌林给祁宏宿舍打了很多电话，都是一个答案：祁宏没有回来。

这下，凌林急了。凌林倒不是急别的，她不担心祁宏有什么意外，她是心疼祁宏，那夜，祁宏没有回宿舍，意味着他一直在机场等她，一个晚上都在等她。第二天祁宏还没有回来，凌林知道，那个傻傻的祁宏还在机场等她，因为她对他说过，不见不散。他对她回过，不见不散。

祁宏一直不知道凌林没有去成长沙。

祁宏一直盯着通往女生宿舍那条路上的行人，很多人来来去去，都没有凌林，直到十点半，祁宏终于看到那个熟悉的身影出现在路灯下，朝着他的方向，快步走来！

没错，是凌林，是他的凌林！

祁宏激动坏了，拔腿跑过去，把玫瑰往凌林手上一塞，张开双臂，把凌林搂在了怀里。

祁宏想喊，可喉咙里被什么东西卡住了，喊不出来。

路灯下，凌林没有注意到祁宏，她被突如其来的"袭击"吓坏了，本能地一把推开祁宏——凌林把祁宏当作突然出现的流氓对待了。

可凌林定睛一看，看清楚是祁宏时，她也激动坏了，反过来搂住了祁宏。

两个年轻人在马路上又蹦又跳，大呼小叫。

这是一个不同寻常的元旦节，两个人都有着相似的心情，所有郁积在心的委屈、担心、紧张，以及见面后的兴奋在那一刻火山爆发了，释放了出来。

他们紧紧地拥抱在一起，高声大气地叫喊着对方的名字，忘乎所以，仿佛清华大学的校园里只有他们两个人，仿佛这个世界上只有他们两个人。

他们这一幕，被谢天放全看在眼里。

活动结束后，凌林前脚走，谢天放后脚跟了出来，他一路尾随，若即若离，把凌林送到女生宿舍楼下，正巧看到了凌林和祁宏见面的全过程。

这一幕就像和尚头上的虱子一样明明白白地摆在那儿，谢天放很快将事情的前因后果连接了起来：谢天放成功地阻止了凌林去长沙看望男朋友，没想到凌林男朋友没有接到凌林，不放心，从长沙跑到北京来看凌林了。如此看来，他们已经心有灵犀，阻都阻不住了。

谢天放沮丧地想，他是偷鸡不成反蚀把米，弄巧成拙了。凌林和男朋友这么一折腾，感情肯定是火上浇油，越烧越旺了；他们的感情是钻头打井——越钻越深了。

这是谢天放和石头一起出谋划策，阻止凌林去长沙的时候万万没有想到过的，谢天放真想给自己和石头各抽一个大嘴巴。

二十世纪九十年代初期的校园爱情还遮遮掩掩，即使在比较开放的清华大学。凌林和祁宏在校园里的热烈拥抱和激情尖叫，还是很大胆很出格，吸引了很多过路者驻足观望，成为元旦夜清华园的一道独特风景。

这次见面，祁宏和凌林当初设想好的表白都不知道跑到哪儿去了。他们已经无须语言表白了，语言在他们的行动面前，太苍白无力，显得多余了。拥抱在一起的那一刻，他们的爱情试探期宣告结束了，他们的爱情明明白白地来了，他们已经是男女朋友了。

快乐留给年轻恋人的，时间再长都是那样短暂，何况这次他们的见面本来就短暂。元旦三天假期，第一天祁宏奔波在路上，两人见面时已经深更半夜了；第三天下午祁宏要坐飞机回长沙——机票是凌林订的；他们能够真正在一起，供他们支配的时间只有第二天。但他们觉得已经足够了，他们不在乎时间有多久，能够见到，能够知道对方都好就够了。

那一天，他们没有骑着自行车逛北京的大小胡同，他们手拉手，就在清华大学和北京大学的校园里，到处逛逛。凌林雇了一个专业摄影师给他们拍照，他们在两座高等学府拍了很多照片。

他们没有心思拍单人照，拍的都是合影。在每个取景前，他们或拉手，或依偎，挤在一起，镜头里的他们笑得格外阳光灿烂。他们终于不用在相片里留白了，他们的梦，尤其是凌林的梦，终于在新的一年到来之际圆了。

站在北京大学的牌匾下，祁宏触景生情，内心还是起了波澜，感慨万千：如果高考的时候没有发生准考证被抢的意外，他现在也是北京大学的学生了，他和凌林见面就容易了，没有这么艰难了。祁宏的高考分数与北京大学录取线差了七八分，因为准考证被抢，历史试卷，他还有二十多分没来得及做，如果做了，上北京大学十拿九稳了。

北京大学，这个自己曾经梦寐以求的最高学府，算是跟自己擦肩而过了，可惜了。

凌林看出了祁宏的惆怅，感同身受，既为他梦想未圆惋惜，又为两人爱情不顺感到惋惜，如果他们一个在北大，一个在清华，那就不会那么一波三折了。

凌林渴望一帆风顺的爱情，不希望像高燕跟祁宏那样，既折磨人，又没有结果。耳闻目睹了祁宏和高燕的坎坷爱情，凌林是心有余悸的，觉得自己承受不起。读小说，凌林喜欢波折的爱情；现实生活中，轮到自己，凌林渴望平平淡淡的爱情，不需要故事性太强的爱情。

见祁宏伤感，凌林轻声地安慰他："宏，北京大学的门还没有向你关闭，三年后，你还可以报考北大的研究生。我也想读研，我们一起努力，我在清华等你！"

"我向这个目标努力，但到时候还要看家里条件是否允许，我家跟你家不同，你可以安心学习，我要帮父母承担抚养弟弟妹妹的义务。"祁宏说。

但祁宏觉得凌林的主意很是不错，很有诱惑力，她帮他驱散了眼前的迷雾，让他感觉豁然开朗，满心的郁闷一扫而光了。

祁宏看着凌林，眼里有说不出的怜爱，他觉得凌林就是他的福星，在人生的关键时刻，总能得到她的帮助，得到她的点化，照亮他的前程。

第三天中午，两个人在一起吃完中饭，祁宏就要赶往机场，准备回长沙了。

凌林要把祁宏送到机场，祁宏坚决不让，两人争执不下。

祁宏说："你把我送到机场，你回来的时候，天要黑了，我放心不下。你在机场被抢的事，在我心里留下了较大的阴影面积，让我想起来就后怕。所以，我不希望你去送我！"

凌林懂祁宏，也很感动，他们都能将心比心，为对方着想。想起上次被抢，凌林还是心有余悸，于是不再坚持了。

凌林把祁宏送到前往机场的大巴上，然后两人深情拥抱，轻言细语地话别。

看着机场大巴徐徐启动，凌林的眼睛湿润了，她不由自主地跟着大巴跑了起来，直到大巴消失在川流不息的车流中。

把祁宏送走后，凌林才有时间反思自己在祁宏心中的分量到底有多重——在机场，祁宏等了整整一个晚上；他没等到她，不顾一切地跑北京来了，那张机票钱差不多相当于祁宏一个学期的生活费了。

爱情是两颗心的碰撞，而不是语言的碰撞。短短几十个小时的相处，虽然祁宏没有说出凌林期待已久的那三个字，但祁宏的行动比那三个字更有穿透力，让凌林看到了祁宏那颗金子般的心。

祁宏说不说那三个字已经无关紧要了，只要他心里有她，她心里有他，就比什么都强，比说什么都好。

凌林想，爱情是不需要挂在嘴边的；把爱情挂在嘴边很容易，要落实到行动上，却不容易。

这就是常说的"相爱容易相处难"吧。

第十章　钱小芸元旦夜行动破产

爱情是自私的，当你置身其中，尤其体会真切，领悟深刻。

那些慷慨大度的，都是局外人，自诩"旁观者清"。

当你发现自己恋上一个人，并且身陷其中，难以自拔，就在这个时候，你发现别人也喜欢他（她），你是打退堂鼓，黯然退出，还是奋起直追，决不轻易退让？

面对爱情竞争，无论强者弱者，恐怕都会勇敢说不，因为爱情给他（她）勇敢说不的力量。

如果自动退出，只能说明你对他（她）的感情还不够真，不够深。如果动情了，心动了，还愿意自动退出，那世界就没有那么多精彩的爱情故事了。

在人类寻找自己另一半的道路上，爱情是耀眼的光，把黑夜照亮；爱情是催化剂，越是明知山有虎，越是提振当事者偏向虎山行的勇气，让他们愈挫愈勇，愈挫愈坚强。

即使连看上去可以被风吹倒的小草一样孱弱的钱小芸都不愿意屈服退让。如果是根草，平时的钱小芸长在松软的土壤上，遇到爱情竞争的时候，她就成了一棵从石缝里钻出来，不屈不挠的小草了，就像孙悟空一样。

凌林来长沙，明摆着是奔着爱情来的。凌林喜欢祁宏，钱小芸也喜欢祁宏。现在情敌都杀上门来了，钱小芸不想坐以待毙、缴械投降；她的斗志被空前地激发了出来，她想有所作为，御情敌于城门之外。

每个人都对新年充满期待，希望新年给自己带来好运。但日子依旧，没有因为新年来了，发生质的改变。可新年来了，人们的期待就是不一样。与祁宏朝夕相处了一个学期，钱小芸在一见钟情的基础上更进一步，日久生情了，她希望跟祁宏在新年到来之际，有新的突破，把他们的关系推向一个新高度。

刚进入十二月，钱小芸就在积极谋划，乐观地憧憬跟祁宏一起过元旦，共度良宵了。钱小芸希望放纵一回，变成一个坏学生，跟祁宏一起玩通宵——在那一夜，很多情侣都是这样过的。玩通宵的过程中，祁宏对她做点什么，她不会介意，甚至暗中期盼。

经过慎重的、反复的、长久的酝酿、琢磨、权衡，钱小芸发挥了自己学生会活动部部长的专长，暗暗在心里拟订了一个"元旦之夜行动计划书"，准备了循序渐进的五步曲。如果一切顺利，那一夜五步走下来，她跟祁宏就是一对名副其实的学生情侣了。

第一步：傍晚在一起吃大餐，追忆似水年华。吃饭的地方，就在开学第一天晚上，跟祁宏在一起吃饭的那家排档，点跟那餐一模一样的菜，油淋茄子，辣椒小炒肉，长沙臭豆腐。在一样的地方，做一样的事情，能够唤起他们的美好回忆，重温相识的点点滴滴。

第二步：一起去跳舞，深化感情。

钱小芸的舞跳得很好，在湖南大学的学生舞坛，被誉为"舞蹈王后"。严师出高徒，钱小芸有信心一个晚上就把祁宏教会。

舞厅是个谈情说爱的好地方，浪漫的灯光，暧昧的气氛，迷离的眼神，脆弱的心，敏感的肢体接触，就像一张从天而降的大网，把当事者牢牢网住，无法挣脱。

从舞场上下来，他们至少成为准恋人了，为接下来的活动做好铺垫。

第三步：到东塘逛街，互赠新年礼物。

这个礼物，也可以称为定情信物。钱小芸已经踩过点了，就在东塘的百货商场。钱小芸准备送祁宏一件军大衣，深绿色的军大衣。长沙的冬天很冷，军大衣保暖，晚上还可以盖在棉被上。

凌林给祁宏买了西装、休闲服、皮鞋，给了祁宏风度；钱小芸不甘落后，想给祁宏买件军大衣，给祁宏温度，让祁宏从身体到心窝都暖和起来。钱小芸为自己这个想法得意，就连老天爷都在帮她，越临近元旦，长沙的气温越低，天气越冷了，动不动就雨夹雪。

如果祁宏礼尚往来，投桃报李，给她送礼物，钱小芸希望得到一条围巾，最好是粉红色的那条，披在脖子上，把直往脖子里钻的风挡住，既有风度，又有温度。

当然，如果祁宏心大，没给她买礼物，那也没关系。

在钱小芸看来，祁宏本身就是一件最好的礼物，一条最好的围巾，想着祁宏，钱小芸感到心里很暖和，不觉得长沙严寒的冬天有多冷。

第四步：到长沙火车站，一起守岁跨年。

长沙火车站有一口大钟，整点的时候，钟声响起来，很洪亮，半个长沙城都听得到，很多人都是听着火车站那口大钟的钟声跨年的。

四个月前，钱小芸就是在火车站接的新生祁宏，他们就是在那儿认识的。他们认识的细节，钱小芸至今历历在目。旧地重游，能够帮助祁宏唤起美好的回忆。在那儿等候跨年钟声，意义非比寻常。

钱小芸相信，这个跨年钟声，就像他们的相识一样，可以让他们记住一辈子，回忆一辈子。

第五步：跟祁宏在学校附近的录像厅看通宵录像。

听完跨年钟声，他们就返回学校。但那个晚上，钱小芸不想回宿舍，她想跟祁宏看通宵录像。看录像的时候，那件暖和的军大衣正好派上用场，她靠在祁宏身上，那件军大衣把他们俩紧紧地裹在一起。

钱小芸可以假装睡着了，静静地谛听祁宏的心跳。如果祁宏趁她睡着的时候亲她，她就继续装睡，不睁开眼睛打扰他，打断他。这是钱小芸期待的五步曲中的高潮部分。

湖南大学的周边一夜之间冒出来很多录像厅。录像厅通宵营业，放映港台武打片，爱情片，古惑仔系列，深受青年学生欢迎。周末或节假日，十二点以前是上半场，十二点以后是下半场。下半场两块钱包夜，可以看到第二天早上八点。录像厅人满为患，很多学生情侣都把录像厅作为玩通宵的首选。

已经有了男朋友的室友都去过录像厅，对那儿流连忘返。如果第二天没有课，总有室友选择在录像厅过夜，她们宿舍就钱小芸一个人没有去过。钱小芸很憧憬，很想去，可她一个人不敢去，也有别的男生来约过钱小芸，被她拒绝了——那种地方，只适合跟男朋友一起去。

钱小芸向室友打听过，录像厅十二点以后放什么片子，室友们表情怪怪的，谁都不愿意多说，她们神秘兮兮地怂恿钱小芸跟男朋友一起去体验一下。钱小芸对录像厅既心向往之，又心存畏惧。钱小芸相信祁宏，只要他愿意陪她，她就去，有他在，她感到安全。

然而，残酷的现实把钱小芸的"元旦之夜行动计划书"撕得粉碎。凌林来长沙，就像把祁宏从她这儿拐跑了似的，让她找不到人。钱小芸给祁宏宿舍打了很多电话，祁宏都不在。每打一次电话，挂掉电话后，钱小芸的心就缩紧一下，醋意就增添一分。

三天元旦假期，祁宏都不在宿舍，钱小芸都没有找到他，连影子都没有找到，整个假期，祁宏都销声匿迹了。

这是很不正常的。放假前几天，钱小芸曾经问过祁宏假期有什么打算，准备去哪？祁宏回答她说，哪儿也不去，就在长沙，就在学校里待着。

祁宏突然失踪，钱小芸认为存在两种可能：一种是凌林来了，祁宏陪着她到处逛去了，晚上也没有回宿舍；一种是祁宏故意躲着她，她给祁宏打电话的时候，祁宏可能在宿舍，但一听是钱小芸的电话，就故意不接了。

为弄清楚情况，钱小芸用了排除法。她觉得第二种可能性很大，祁宏没有理由不理她；第一种可能性很小，因为凌林来了，凌林要在酒店开房——凌林还是先下手为强，把祁宏留下来陪她过夜了。

想起祁宏和凌林有可能睡到一起去了，钱小芸头痛欲裂。这两种情况都不是钱小芸希望看到的。如果有的选择，钱小芸更希望是第二种情况，因为如果是第一种情况，那就意味着钱小芸没有希望了，也足以让钱小芸把祁宏否定了——如果祁宏跟凌林睡到一起去了，那是极不负责的。第二种情况虽然也让钱小芸难受，但还能让她看到曙光，还有一丝希望。但钱小芸下定了决心，无论是哪种情况，她都要把事情搞清楚。

那天晚上，醉意十足的钱小芸在十点钟后，不停地给祁宏宿舍打电话，到十二点之前，钱小芸一共给祁宏打了十多个电话，但都没有找到人。那个晚上，很多人都很欢乐，彻夜狂欢，但欢乐不属于钱小芸，她在满腔失望、满腹委屈中辞了旧，迎了新；那个晚上，钱小芸焚身似火，彻夜难眠。

钱小芸准备搞突然袭击，找祁宏把事情弄清楚。次日清早，钱小芸早早起了床，准备上男生宿舍堵祁宏。那天早上，钱小芸的很多时间都在挑选衣服中度过的。女为悦己者容，钱小芸为祁宏喜欢她穿哪件衣服拿不定主意。钱小芸把自己的几套衣服全部拿了出来，在穿衣镜前试了一遍又一遍，都觉得差了一点点，最后钱小芸还是穿了自己平时最喜欢的那一套，钱小芸认为自己喜欢的，就是祁宏喜欢的；如果自己不喜欢，要祁宏喜欢也很难。钱小芸细心地描了一下眉毛，往脸上扑了一点粉，往嘴上擦了一点口红，往身上洒了一点香水。钱小芸不喜欢化浓妆，那些妆都不重，不浓，不烈，与其天然本色互补，看不出有刻意雕琢的痕迹，却又让她增色不少。

选好衣服，化完妆，钱小芸抬腕看了看表，时间还早，还不到七点，估计男生都还没起床——宿舍的女生也都还没起床。钱小芸在书桌前坐下来，心绪不宁地翻着书，等着时间一分一秒地过去。

钱小芸想见祁宏的心太急了，起得太早了，她不能去那么早。上了一个学期的大学后，当年高三的勤奋早丢了，很多人习惯了睡懒觉，尤其是放假期间。去早了，男生都还在被窝里，没起床呢，把他们堵在被窝里，自己尴尬，男生也尴尬。

好不容易挨到了七点半，女生陆续有人起床了，钱小芸想，男生也差不多，她实在不愿再等了——再等，祁宏估计要出去了。如果说湖南大学还有最后一个勤快人，保持了高三时的勤奋，钱小芸认为这个人就是祁宏了。钱小芸知道祁宏有早起的习惯，节假日也不例外。

钱小芸到男生宿舍楼下的时候，整栋楼都是静悄悄的，还没有男生出来——钱小芸没想到男生比女生还爱睡懒觉。这个时间还是太早了，钱小芸不敢贸然闯进去，就站在楼下门口耐心等候。

钱小芸想，如果祁宏早起了，准备出去，她正好在楼下守株待兔，把祁宏截和了。她想跟祁宏一起去玩，如果凌林真来了，大不了，他们仨一起去，就像上次开学时那样，她不希望凌林一个人把祁宏的假期全部霸占了。

钱小芸在楼下一等就是一个钟头。八点过了，陆续有人走出宿舍楼，或拿着饭碗，提着热水壶去食堂，或背着书包准备出去玩。到了八点半，钱小芸觉得不能再等下去了，她不管三七二十一，硬着头皮，直奔祁宏宿舍。

宿舍门半开着，钱小芸探头往里瞅了一下，里面空荡荡的，好像没有人在。钱小芸扯开嗓门，叫了两声祁宏，没有人应答。钱小芸心急了，推开门，直接闯了进去。

祁宏不在，宿舍里只有汪大力一个人还赖在床上，他已经醒来有一会儿了，但被窝被他焐热了，缩在被窝里比外面舒服多了。汪大力正在做着是起床还是再躺会儿的复杂的激烈的残酷的思想斗争。

听到有人闯进来，汪大力从被窝里伸出脑袋，扭头一看，看到钱小芸已经站在了床边，把他吓得赶紧把头缩进被窝，继续装睡，不敢动弹。

"大力同学，你下铺的兄弟呢？"钱小芸问。

汪大力用棉被蒙着头，半开玩笑半认真地说："师姐找男人啊，我们宿舍只有我一个男人在。你来了，正好凑成一男一女。我们现在是孤男寡女共处一室呢，让人浮想联翩！"

钱小芸没有兴趣跟汪大力贫嘴说笑，她佯装生气地继续追问："大力，别瞎扯了，祁宏呢？"

汪大力探出头来，说："师姐，我也不知道呀，祁宏没有对我们说。可事情不仅让你感到奇怪，也让我们感到奇怪，甚至觉得有点邪门。这个假期，祁宏不声不响，已经一天一夜没回宿舍来了。我们私下还以为你把他拐跑了！"

汪大力这个假设算是投其所好，让钱小芸很开心，但她还是告诉汪大力："祁宏没有跟我在一起，我都找他一天一夜了。大力，你说，他是不是回祁东老家去了？"

汪大力认真地想了想，说："是有这个可能，但不是很大。祁宏没有对我们说要回祁东老家。祁宏的东西全在这儿，什么都没拿。回祁东，他总得有所准备，带点东西，不能空着手回去吧，他们家上有奶奶父母，下有弟弟妹妹。"

汪大力的话在情在理，钱小芸不知不觉地紧张起来，既像对汪大力说，又像自言自语："你说祁宏有没有可能出什么事了，我们要不要报警呢？"

汪大力觉得钱小芸太紧张祁宏了，太小题大做了，他不高兴地说："师姐，我看报警就没必要了。祁宏可能有什么秘密行动，既不愿意让我们知道，也不愿意让你知道吧。"

这句话戳中了钱小芸的痛处，她知道汪大力所说的"秘密行动"是什么意思，她不希望祁宏除了自己外还跟其他女生有那种亲密交往。虽然不同年级不同班，但这个学期以来，钱小芸一直在暗中关注祁宏，看到至少在湖南大学祁宏没有跟其他女生有什么亲密的蛛丝马迹，如果祁宏真在"秘密行动"，那女主角肯定就是凌林了。

钱小芸感到很伤心，她不愿意跟汪大力继续对话下去，这种对话既起不了作用，解决不了问题，又是自讨没趣，累人伤人，钱小芸准备无功而返了。

"大力，你就继续做你的春秋大梦吧，我不耽搁你了。如果祁宏回来了，记得提醒他第一时间给我打电话，我在宿舍等他。"钱小芸说。

"小师姐，我们再聊一会儿嘛，"汪大力说，"你这一走，我就只能到梦里找你继续聊了，梦里我会什么话都说，什么事都干的!"

钱小芸觉得汪大力无聊，没有再理他，转身出了男生宿舍，下了楼，返回了女生宿舍。

年底的长沙，寒风呼啸，格外阴冷，早上出过一阵的太阳又躲进云层里去了，好像太阳也怕长沙寒冷的冬天似的。

趁着难得的假期，室友们约会的约会，逛街的逛街，探亲的探亲，旅游的旅游，宿舍里没有其他人，只剩下钱小芸一个。

没有找到祁宏，钱小芸百无聊赖，心情极为不好，做什么都提不起兴趣来。

钱小芸坐在书桌边看了会儿书，但根本看不进去。她感觉冷，身体冷，心也冷，透心冷的冷。钱小芸脱掉鞋，爬上床，钻进了被窝里。

钱小芸想睡会儿，但翻来覆去睡不着，她侧身卧着，一边看书，一边等祁宏的电话。

说看书，其实钱小芸什么都没看进去。她的眼睛盯着书本，眼珠却没有随着一行行的文字挪动。一个上午，那本书都没有翻页。

　　快到吃中饭的时候，钱小芸都懒得下床。她准备不吃饭了，饿着自己。饿自己，不像在惩罚自己，倒像在惩罚祁宏。

　　动听的电话铃声就在这个时候尖锐地响了起来，钱小芸一阵惊喜，翻身坐起来，急急忙忙跳下床，去接电话。钱小芸鞋都没穿，就冲了过去，抓起电话，迫不及待地喊道："祁宏！"

　　电话那头沉默了，很长一段时间都没有出声。

　　钱小芸急了，嚷道："祁宏，你说话呀！都急死人了！"

　　"师姐，是我！"电话那头终于开口了，传过来的不是祁宏的声音，而是汪大力的声音。

　　钱小芸失望透顶，明知故问："大力，祁宏呢，他还没有回来？"

　　汪大力伤心了，在那头大声地嚷嚷："小师姐，给你打电话的是汪大力，不是祁宏！你一口一个祁宏，你眼里就只有一个祁宏吗？湖南大学就只有祁宏一个男生吗？全世界就只有祁宏一个男人吗？"

　　钱小芸知道自己错把汪大力当祁宏了，不好意思地道歉："大力，对不起，我以为是祁宏回来了，给我打电话来了。"

　　汪大力说："师姐，除了祁宏，其他男生就不能给你打电话？我就不能约你一起吃个饭？"

　　汪大力很委屈，声音都变了，有点不像他自己的了。

　　"可我现在不饿！"钱小芸不想让步，她没有兴趣跟汪大力一起出去吃饭，"吃饭的事，等祁宏回来了，我们再说。到时候，我请你们一起去！"

　　"祁宏不回来，你就不吃饭了？没有祁宏，我们就不能一起吃个饭？我才不做你们的电灯泡呢，我要做——"汪大力继续愤愤然地说。

　　钱小芸不想再听下去，再听下去，汪大力可能狗嘴里吐不出象牙来了，没等汪大力说完，她不客气地把电话挂了。

听着电话那头传过来的忙音，汪大力一脸的无可奈何。他本来想请钱小芸一起吃个饭，聊个天。汪大力认为这个假期跟钱小芸是同为天涯沦落人，应该相逢何必曾相识。整个湖南大学都约会去了，就他们俩没有，不如一起凑合一下，互相安慰，可钱小芸没有给他机会和面子。

三天元旦假期，钱小芸哪儿也没去，什么事也没做，她是在给祁宏打电话和等祁宏电话中度过的，既没玩好，也没休息好。钱小芸待在宿舍里，一等就是三天，百无聊赖，备受煎熬的三天。

功夫不负有心人，钱小芸还是等到了祁宏的电话。放假最后那天晚上，十一点多，玩得疲惫尽兴的室友都上床睡觉了，祁宏才打电话过来。

有两个室友已经睡着了，她们被突如其来的电话吵醒，情不自禁像梦吃一样地埋怨起来。可那一刻，钱小芸觉得室友的埋怨都是那样悦耳动听，不值得跟她们计较。

那天晚上，祁宏从机场回到宿舍，汪大力很不情愿地告诉他，这个假期，钱小芸一直在满世界找他，给他打了无数个电话，急得都要报110了。

听汪大力这么说，祁宏赶紧给钱小芸打了电话过来。

听着祁宏在电话那头喊"师姐"，钱小芸的心都软了，化了，三天假期郁积起来的所有委屈和不快都消解在那声"师姐"中了。

考上同一所大学，大家都站在同一起跑线上。随着时间推移，个体差异凸显了出来，有的跑得快，有的跑得慢，有的锲而不舍，有的停滞不前。在那一届同学中，祁宏的进步最明显，看得见。钱小芸惊喜地发现，祁宏已经发生了脱胎换骨的变化。刚进大学时那个畏首畏尾，土里土气，普通话都说不利索的乡下男孩彻底消失了，取而代之的是一个朝气蓬勃，底气十足，浑身上下透着聪慧气息的大男孩，让钱小芸着迷，深深地着迷。

"元旦假期你去哪儿了？找你找不着，电话等不来，我都担心死了。"钱小芸低声地、温柔地说。

钱小芸柔中带刚，话里有话，期待祁宏给她一个说得过去的解释。

"我去北京了。"祁宏没有撒谎，也不愿意撒谎，尤其在钱小芸面前。

钱小芸是师姐，祁宏把她当姐了。

"你去看凌林了？"钱小芸感觉心痉挛了一下，不由自主地问。

一块千斤巨石压在钱小芸胸口，让她喘不过气来。

"是的。"电话那头，祁宏看不到钱小芸的痛苦表情，感受不到钱小芸的锥心之痛，他继续说，"凌林本来要来看我，可是她的机票在机场被抢了，没有来成，我以为她出事了，临时决定去北京看她了。"

"哦，原来这样——"

钱小芸终于弄明白元旦假期找不到祁宏的原因了，没什么比这更清楚的了，从祁宏的话里，钱小芸感受到了凌林在他心中的分量，但这个结果比凌林来长沙，祁宏跟她一起开房住酒店过夜容易接受。

钱小芸很想跟祁宏继续聊下去，可她不想听祁宏跟她说他和凌林的事，这个话题越听越让她没办法承受，她不得不道了声"晚安"，然后把电话挂了。

钱小芸头重脚轻地回到了床上，那一夜，钱小芸又是睡意全无。

钱小芸睡上铺，但她不敢动，生怕惊醒了下铺的姐妹。她睁着眼，盯着天花板，眼神空洞，不争气的泪水顺着眼角涌出来，沿着脸颊流下来，滴落在枕头上，把枕巾都浸透了。

凌晨两三点，钱小芸感到一阵冷，一阵热，骨头散了架一样，浑身没有力气，翻身动一下的力气都没有了。

第二天清早，校园喇叭声响起，钱小芸想爬起来，但没有成功，她感觉头痛、畏寒、乏力，只能待在床上。

钱小芸托室友帮自己请了假，没有去上课。

钱小芸病了，病得不轻，时而高烧，时而发冷，躺在床上，动弹不得。

病还不是最重要的，钱小芸感觉自己的心被掏空了，她成了一具空壳，灵魂都游离了出去。

尽管钱小芸还没来得及向祁宏表白，可她骗不了自己，她确实喜欢祁宏，一直在等他表白，毕竟他是男生。祁宏的脑壳就像陈年榆木做的，没有开窍。在他们快一年的相处中，钱小芸已经暗示过祁宏很多回了，只要祁宏用点心，就会明白钱小芸的意思。可祁宏视而不见，一点反应都没有。这个元旦，在祁宏那儿，钱小芸产生了强烈的挫败感，她的斗志一下子泄了，就像被一脚踢爆的皮球。

没有比较就不知优劣。虽然很不情愿跟别人一较短长，钱小芸还是把自己跟凌林摆在一起认真比较了起来：她们俩都漂亮，都优秀，各有千秋，凌林只是先她一步认识了祁宏——这是钱小芸眼下暂时落后的原因。可这并不意味着钱小芸已经输了，如果把眼光放长远点，钱小芸想，自己不是没有翻盘打胜仗的机会。

钱小芸和祁宏都是穷苦孩子出身，更加门当户对；钱小芸拥有地利优势，凌林在清华，远水不解近渴，她和祁宏在湖南大学，近水楼台先得月，可以日久生情；对钱小芸来说，更有决定意义的是将来大学毕业，凌林可能留在北京，不回湖南了；祁宏大概率不会去北京，留在长沙了；钱小芸可以留在长沙，陪伴祁宏。

乐观是一剂治愈心灵伤痛的良药。这么乐观地想想，钱小芸感觉好多了，力气也有了。下午，她挣扎着下了床，一个人跑到学校医院，让医生看病。

医生给钱小芸把了一下脉，问了一下情况，然后告诉她，可能是着凉了，得了这个季节比较常见的普通感冒。

"注意多喝水，按时吃药，多休息，睡一觉，出一身汗就好了。"医生把药包好，递给钱小芸，叮嘱道。

钱小芸拿了药，返回宿舍，倒了一杯热水，吃了几颗药丸，爬上床，很快就睡着了。

钱小芸做了一个梦，梦见在校门口，一个背影模糊的女生在过马路，一辆大汽车迎面驶过来，祁宏奋不顾身地冲过去，一把推开女生，他自己却被汽车撞倒，倒在地上，血肉模糊。

钱小芸被惊出一身冷汗，清醒了过来，才知道是梦，饶是这样，钱小芸还是心有余悸。她出了很多汗，内衣都湿透了。出了汗，钱小芸感觉好多了，虽然没有力气，却来了精神，她使劲回忆梦里那个被祁宏舍身相救的女孩，想看看她到底是谁，但她忆不清那个女孩那张脸，她没法肯定那个女生是自己还是凌林。

快到吃晚饭的时候了，钱小芸还不感到饿，但她很想到食堂碰碰运气，看能不能跟祁宏不期而遇。

钱小芸下了床，拿起饭碗，去了食堂。钱小芸来得有点早，食堂里还有些菜没有准备好，每个打饭菜的窗口只有三五个人在排队。钱小芸打了饭菜，选了个门窗边的位置坐下来。大块的落地玻璃连在一起，把里外看得一清二楚；那个门是祁宏进出食堂的必经之路。

钱小芸一边细嚼慢咽，拖着时光，一边不时地看进食堂来吃饭的同学，寻找那个熟悉的身影。钱小芸准备好了，她最早到食堂，也准备最后离开食堂，她一定要等到祁宏。

来吃饭的人渐渐多了起来，食堂从安静变得人声鼎沸。饭吃到一半，钱小芸果然看到祁宏到食堂来了；几乎是同一时间，祁宏也看到了她，两人隔着玻璃相视一笑，算是打招呼。祁宏打好饭菜，端着碗，向钱小芸走了过来，在她身边坐下来——钱小芸早就给祁宏占了一个座位。

虽然在食堂已经有好一会儿了，钱小芸只是扒了几口饭，菜还没有动，她把最好的肉给祁宏留着了。祁宏坐下来后，钱小芸把自己碗里的肉夹起来往祁宏碗里塞，但被祁宏挡了回去。

"我碗里有肉呢，姐，你自己吃，你那么瘦，那么弱，需要好好补补。"祁宏边挡边说。

钱小芸看了一眼祁宏的碗，那碗里确实有肉块，几块肉亮闪闪的，白晃晃的，肥得流油。

祁宏碗里的菜，已经不是刚进学校时的一清二白，只有青菜，什么便宜打什么了，但也不是最好的那种菜，一般般吧，比上不足，比下有余。尽管祁宏腰包鼓起来了，即使在食堂餐餐吃最好的菜都难不倒他了，但他还是好的差的混搭着吃——他忆苦思甜，知足常乐；他忘不了高中时天天食不果腹的日子，他忘不了父母兄弟还在四明山过着穷困潦倒，饥一餐，饱一餐的苦日子。祁宏对生活要求不高，只要能填饱肚皮，不至于晚上被饿醒就行了。

祁宏把自己碗里仅有的两块瘦肉挑出来，放进了钱小芸碗里，说："姐，我现在有钱了，我做家教，做黄花菜生意，一个月能挣不少钱，以后你不用照顾我了，把你自己养胖点，不能再那么瘦了。如果你缺钱用，就告诉我啊，我有钱!"

钱小芸很纠结，她一方面为祁宏自强自立，摆脱了贫困高兴；另一方面又希望他们回到从前，祁宏还是那个需要她关照的新生师弟。

尽管钱小芸是师姐，她的实际年龄却比祁宏小。但祁宏叫她师姐叫习惯了，叫顺溜了，那天祁宏把"师"字省掉了，直接叫她"姐"了，听起来似乎更亲切，关系更进一层了。

师姐是人人可以叫的，只以进学校先后论。姐可不是人人都可以叫的，得以关系亲疏论，感情深浅论。把师姐改口叫姐，是祁宏经过深思熟虑的。他这声"姐"叫得很有艺术，很有水平，既表明两人关系非同寻常，不是一般的同门关系，就像亲姐弟，又表明两人既然是亲姐弟，就应该摒弃很多杂念杂质，关系纯粹，真诚相待。

祁宏把钱小芸当亲姐姐了，他希望钱小芸把他当亲弟弟。

吃完饭，时间还早，钱小芸把祁宏的碗抢过去，一起洗了，然后两人一前一后，不知不觉地来到了田径场。

田径场上有很多像他们一样，肩并肩地走着，或高声谈笑，或窃窃私语的青年男女。他们有的是朋友，有的是恋人；有的介于朋友和恋人之间，在彼此试探，寻找机会捅破那层窗户纸。

祁宏和钱小芸绕着田径场走了一圈又一圈，每圈结束，都要送走一部分人，田径场上的人越来越少了。他们默默地走着，没有多说话。夜渐渐深了，风越来越大。祁宏坚持要送钱小芸回宿舍，不能冻感冒了。钱小芸也觉得自己在感冒期间，于是不再坚持，结束了这段漫长的散步。

祁宏把钱小芸送到了女生宿舍楼下，告别的时候，钱小芸看着祁宏，认真地说："其实，宏，我比你小，你比我大，你以后不要叫我姐，就叫我妹吧，我们是兄妹，不是姐弟！"

他们都是聪明人，祁宏把他们的关系定义为亲姐弟，钱小芸是明白了他的意思；这种定位，钱小芸不同意，她照葫芦画瓢，想把他们的关系往自己的想法上定义。钱小芸的话一出口，祁宏当下就明白了：姐弟之间，发展成恋人的，很少见；兄妹之间，发展成恋人的，却很正常，是大概率事件；两个人爱情关系的发展和确定，往往是从兄妹开始的。

虽然姐弟和兄妹都是比一般朋友更进一层的关系，姐弟往往意味着两人的关系到此为止，很难向前再进一步；兄妹关系却有无限发展的可能，是介于朋友和恋人之间的关系，你可以往深的朋友关系方面想，也可以往浅的恋人关系方面想。

祁宏的心里已经有了凌林，他们是兄妹，也是恋人，祁宏心里再容不下其他女生了。有了凌林，祁宏很知足，不愿意再拈花惹草，节外生枝，给自己带来麻烦，给别人带来麻烦——祁宏尤其不愿意对不起凌林。

祁宏没有给钱小芸模糊空间，他斩钉截铁地说："师姐就是姐，这个跟年龄没有关系，只跟进湖南大学先后有关系。在我心里，我把你当亲姐很久了，这个没办法改变，我心里也过不了那道坎！"

这话让钱小芸倍感无奈，她知道祁宏说的是实情。他们的关系，从一开始就这样定性了，现在要改过来很难。可钱小芸又不甘心，看来，要改变祁宏对自己的看法和感情，还需要一段时间，她不能太心急了。

"我不想做你亲姐，我宁愿做你师姐！"钱小芸说。

钱小芸清楚，亲姐虽亲，但把爱情发展的想象空间给堵死了。心急吃不了热豆腐，钱小芸宁愿跟祁宏疏远一点，有想象空间一点，只要她在湖南大学，只要祁宏在湖南大学，时间和机会就站在她这边，胜利的天平最终会倒向她，祁宏是跑得了和尚，跑不了庙的。

第十一章　高欣欲与祁宏化解紧张关系

各人有各人的快乐源头。有的人，快乐来自自己；有的人，快乐来自别人。高燕属于后一种。

在谈恋爱的时候，高燕的快乐，来自祁宏，祁宏快乐，她就快乐。现在怀孕了，她的快乐来自孩子，孩子让她沉浸在即将当妈妈的幸福中，这种感觉妙不可言，与跟祁宏谈恋爱的时候有的一拼。

孩子给她的感觉已经很真实了，她能清楚地感觉到小家伙在她的肚子里快乐地游来游去，就像一条无忧无虑的小金鱼；她闭上眼睛，就能清楚地看到孩子在拔节生长，就像春天里风和日丽下破土而出的小幼苗。

小家伙精力旺盛，活泼好动，隔着肚皮要妈妈陪他玩耍。小家伙精着呢，会挑时间，作息制度是跟大人反过来的，专跟妈妈对着干，让妈妈不得安宁。他在高燕紧张忙碌的时候呼呼大睡，无动于衷；他在高燕闲下来，准备休息和睡觉的时候，马上来了精神，开始反复折腾。

小家伙折腾的时候，高燕不得不轻轻地拍打着肚皮，来回地抚摸着肚皮，温柔地跟他说话，轻轻地给他唱歌，给这个躁动不安的小生命尽可能的沟通和安慰。

小家伙给高燕带来了希望，新的希望，大的希望——以前从来没有过的，一种渴望为他活着的新希望；一种渴望为他活得更好的大的希望。生活的不如意,感情的不顺利,婚姻的不和谐,小家庭的不幸福,随着小家伙的到来烟消云散了。小家伙对高燕的情绪有神奇的调节作用,只要有任何消极的情绪苗头出现,高燕马上就把注意力转移到小家伙身上来,高燕的世界马上就云开雾散,阳光普照了。

高燕还是喜欢独处,甚至更喜欢独处了,因为现在独处,有了小家伙陪伴。独处的时候,高燕一边抚摸越来越凸显的肚皮,一边给自己打气:只要有你在,妈妈就无比坚强,这个世界没有什么事情可以难倒我们母子俩!

小生命就像湖南梅雨季节的那轮钻云破雾、冉冉升起的朝阳,把笼罩在高燕头顶上的愁云惨雾扫荡干净了,把郁积起来的怨恨和纠结赶跑了,让她重新快乐了起来。高燕想开了,她不再跟张伟过不去,不再跟父亲过不去,不再跟自己过不去。她开开心心,容光焕发,按时吃饭,能多吃就多吃,能吃好尽量吃好;她按时睡觉,倒床就能进入梦乡,能多睡尽量多睡,觉觉睡到自然醒。

他们不仅母子连心,身体都还连在一起。只有自己心情好,小家伙才快快乐乐;只有自己身体好,小家伙才健健康康。

让小家伙健康快乐地成长,成为高燕一切活动的指挥棒,她觉得很有必要恶补一下相关的怀孕和育儿知识,在这方面,高燕既没有理论,又没有实践经验。她从新华书店买回来一大堆关于怀孕和育儿的书籍,认认真真地研读了起来,就像当年在学校钻研教科书一样,重要处在上面打钩,在下面画红线,并且一丝不苟地照着做。高燕提醒和告诫自己,要把一切不利于这个孩子成长的因素排除在外,包括积极主动地跟张伟改善婚姻关系,把小家庭经营得很温馨。

张伟对孩子的态度,改变了高燕对他的印象,使高燕对他充满了感动和感激。知道自己怀孕那一刻,高燕最担心的就是怎么向张伟交代,担心张伟对孩子不利。可事实出乎高燕意料,她的担心被证明是多余的,张伟没有因为孩子的事找她麻烦——这也是婚后的张伟让高燕深受感动的地方，他们认识二十年了，高燕第一次对张伟产生了好感，高燕曾经以为她这一生都不可能对张伟有好感。

对这个孩子，张伟比高燕还上心，他定期陪高燕上医院做产检，很多时候是张伟催促高燕去的。这个小生命的到来，让高燕身边的人际关系处在一片改善、一片喜庆、一片祥和之中。

当然也有不和谐的音符，却影响不大，可以忽略不计。人民医院门诊部那个女医生刘美丽，对这个孩子的态度，就让高燕感到诧异和不解，刘美丽对她和这个孩子很不友好，成见似乎与生俱来，她每次去产检，刘美丽都板着脸孔，说话瓮声瓮气，就像高燕借了她一升米还了一升糠似的。

偶尔一朵浮云是遮不住太阳的光辉的，刘美丽的表现并没有影响高燕阳光灿烂的心情——高燕去医院的次数不多，去了医院待的时间不长，需要看刘美丽脸色的情况在高燕生活中占比很小。

高燕没有跟刘美丽当真，她觉得刘美丽可能是由于职业缘故。刘美丽在医院，天天跟病人打交道，听多了痛苦的呻吟和哀号，见多了病痛和死亡，哪里还有好心情，哪里还有好脾气？

只不过这个刘美丽的做法太过分了，一开始就对她和孩子意见很大，刚确定高燕怀孕就要求她把孩子打掉。刘美丽的态度不得不让高燕对她产生了强烈的戒心，凡是刘美丽经手的东西，高燕都要下意识地看一看，查一查，问一问，利用自己掌握的知识对一对——哪怕是药。

怀孕让高燕渐渐地成了半个生儿育女专家，掌握了很多相关知识，什么能吃，什么不能吃，吃什么好；什么药能用，什么药不能用，有什么作用，都了如指掌。

高燕和张伟的夫妻关系柳暗花明，峰回路转了，高燕不再对张伟横眉冷对，冷若冰霜。两个人在床上逗孩子玩的时候，是他们夫妻关系最融洽的时候。张伟逗孩子玩，喜欢两种方式。一种是张伟先摸摸高燕的肚皮，确定孩子在哪，然后在旁边拍拍，把手掌停在那儿，孩子听到动静，马上跑过来，用头用力地顶张伟的手掌，算是兴奋地跟他打招呼。二是张伟喜欢把耳朵紧贴在高燕的肚皮上，谛听孩子或在里面翻江倒海地闹腾或呼呼大睡——孩子睡着的时候，张伟能听到小家伙高频率的心跳。

一天晚上，张伟把脸颊贴在高燕肚皮上谛听的时候，被小家伙狠狠地踹了一脚。那一脚，让他们猝不及防，高燕感到了肚皮痛，张伟感到了半边脸胀痛。高燕下意识地护住了肚皮，生怕张伟发火，生怕张伟做出伤害孩子的举动来。

高燕没想到张伟不怒反笑了，他兴高采烈地对高燕说："燕子，肯定是个带把的！"

高燕感到很惊奇，难得地主动开口，跟张伟对起话来："你咋知道是个男孩？"

"他力气很大，把我的半边脸踹得生疼，女孩没有这么野蛮，没有这么大力；他保护妈妈，把老爸视作仇人，跟老爸对着干，这是男孩的天性！"张伟不容置疑地说。

其实，高燕也感觉是个男孩。在医院做产检，医生不愿意告诉她孩子的性别，她也是猜的。闺女性情温顺，动作轻柔，没有这么调皮捣蛋，没有这么力大如牛。

关于这个孩子的性别，张伟和高燕难能可贵地达成了共识——他们做夫妻三四个月以来，终于想到一块去了，第一次达成了共识。

高燕认同地点了点头，看着张伟，开心地笑了。

高燕的笑容很迷人，露出来两排整齐、洁白、细碎的牙齿。

这是他们结婚三四个月以来，张伟第一次看到高燕对自己笑了，高燕的笑很纯真，很自然，没有做作和勉强的成分。

张伟十分兴奋，他情不自禁地低下头，在高燕的额头上重重地亲了一下。

到此为止，高燕对张伟的横眉冷对，冷若冰霜，敷衍应付算是画上句号，告一段落了。

高燕曾经以小人之心度君子之腹，担心张伟对孩子不利，担心自己要为保护孩子跟张伟斗智斗勇。知道自己怀孕那天，走在从医院回家的路上，高燕是那样提心吊胆，惴惴不安，生怕张伟不接受这个孩子，生怕张伟逼她打掉这个孩子——高燕做好了奋不顾身，誓死保卫孩子的准备。

这个小家伙是高燕的命，她是无论如何都要把他生下来的，他比什么都重要，包括自己的生命，也远比她跟张伟的夫妻关系重要，是她和祁宏的爱情的结晶和延续，是把他们的生命联结在一起的纽带。

孩子在，她在；她在，孩子在。如果张伟对孩子打什么坏主意，她就用生命来抗争，进行捍卫，跟孩子同进退，共存亡。现在看来，是自己小心眼了，把张伟想象得太坏了。张伟很喜欢这个孩子，把他视为己出，看得出来，张伟是真心对这个孩子好，不是应付她、哄她开心，不是装出来的。

这让高燕很感动，也很惭愧，觉得自己错怪了张伟。只要张伟愿意对这个孩子好，她和张伟之间，什么事情都可以商量着办，他们可以先结婚后恋爱，从头再来。

看在张伟对孩子的态度上，高燕逼着自己尝试接受张伟。张伟要在她身上做什么，虽然高燕做不到主动配合，至少不再拒人千里之外——只要张伟不伤着孩子，什么都可以依着他。

高欣往县城跑得更勤了，他在晨曦中出发，在星月下返回。高欣这么努力的原因和动力有两个，一个是事业上的需要，一个是他要做姥爷了。

在张解放和张伟叔侄的张罗运作下，高欣的事业迎来了一个新的发展高峰，生意处处开花，越做越大，应酬越来越多。高欣又招兵买马，拓展新业务，进军了长途客运行业。他一口气买回了八辆崭新的卧铺大巴，专跑从祁东往返广东和云南的长途客运。

广东和云南，是祁东人最爱去的两个地方，来来往往的乘客很多。这两个地方，火车票很紧俏，很难买，即使买到了也是站票。长途卧铺车，一个人一张小床，可坐可睡，路途再远，睡一觉就到了，很舒服，因此生意很好。跑长途客运需要办很多证件手续，高欣的大巴客车还没提回来，张援朝就特事特办，帮他把手续都办好了。

形形色色的车辆把高家大院前宽阔的停车坪都停满了。货车是货车，客车是客车，小车是小车。那个停车坪，三分之二的场地上停放货车，三分之一的场地上停放客车，很整齐划一，蔚为壮观，高欣的小车只能见缝插针。每天车辆归巢，司机陆续散去，高欣和王红梅都要打着明晃晃的手电，绕着这些车辆挨个认真仔细地巡视一遍，检查一遍，看看有没有被碰破和划花的痕迹——他们把这些车辆当作了自己的孩子，他们的大部分时间和感情都放在这些车辆上了，这些车辆成了他们的孩子，孩子反倒被他们遗忘在祁东县城。

看着停车坪上的车，高欣暗自庆幸自己高瞻远瞩。当年在修砌高家大院的时候，高欣坚持要砌一个足球场一样大的停车坪，停放数十辆车都没问题。王红梅不同意，还为此跟他认真地吵了一架，说修砌那么大一个停车坪，是在铺张浪费，花冤枉钱，恐怕一辈子都派不上用场——除非高欣愿意做农场主，重新下地，种水稻，晒谷子。

事实证明，王红梅是头发长，见识短了，她看不到高欣的能力和野心，看不到事业的潜力，看不到时代的步伐，看不到社会的发展。现在来看，这个停车坪不是大了，而是小了，已经装不下这些车辆了——幸亏每天都有十来辆车在外面跑长途，当天回不来，也许再过一两年，就要重新考虑停车坪的扩建增容了。

高欣最喜欢的是车，他对车有一种特别的嗜好，车给他带来滚滚财源。他没有亏待自己，每隔两年，都要提一辆新车奖励自己。从第一辆桑塔纳之后，高欣换的车都是豪车了。他不仅是祁东县第一辆私家车的车主，还是祁东县第一辆豪车的车主。高欣的豪车，已经不是一辆两辆，而是五六辆了，一字排在高家大院门口，很有品位，很有气势，他想开哪辆就开哪辆。

为高欣不停花钱购买豪车的事，王红梅已经在他耳边唠叨过很多次了，说他浪费钱，尤其是每次高欣又开回一辆新车的时候。高欣也不多说，女人眼里只有钱，她是不懂男人的兴趣爱好的，挣钱是用来花的，不是用来存的，花钱是能够带来乐趣的，放在那儿什么都不是。

比事业蓬勃发展更让高欣在意的是家庭关系的建设，家和万事兴，这是事业的保障。高欣开心地看到，有了身孕的高燕渐渐忘记了感情上的伤痛，从初恋的阴影中走了出来，慢慢地恢复了开朗乐观，热情豁达的天性。见到高欣，高燕不再把脸扭向一边，给他背影看，而是高高兴兴地跟他打招呼，亲亲热热地叫他"爸——"，这是女儿进入青春期以后到现在，他们关系最好的时候了。

一切都在向着高欣设计和期待的方向，稳稳当当地发展。女人嘛，一旦成了家，有了孩子，就会把重心转移到家庭和孩子身上来，再深的伤再大的痛都会被治愈，都会好起来。

当然，并不是所有事情都顺风顺水，譬如自己和祁宏的关系——他们毕竟是父子，却形同水火；譬如高燕和祁宏的关系——他们毕竟是亲兄妹，却形同陌路。他和祁宏的父子关系也好，祁宏和高燕的兄妹关系也好，都不能放在光天化日之下，只能是秘密——这个秘密最理想的状态是永远只有他和祁茗两个人知道，祁宏和高燕都不能知道，他和祁宏不能像正常的父子关系那样相处，高燕和祁宏不能像正常的兄妹关系那样相待。

高欣不希望自己和祁宏，高燕和祁宏都成了仇人。爱情不在了，高欣希望高燕和祁宏的关系从恋人向兄妹转换。完成这种转换最好不用告知他们之间的真实关系，最好能够顺其自然，水到渠成。要他们完成这种关系转换，需要疏导，需要穿针引线，需要做工作。这种工作，也许做起来还不容易，得找他们俩分别做工作，各个击破。

那天中午，高欣本来跟客户有应酬，但他把应酬全部推给了张伟，自己准备在红火酒店请高燕吃饭，跟女儿好好聊聊。高欣到高燕的小家接女儿，他扶着女儿，小心翼翼地下了楼，向红火酒店走去。有孕在身的高燕已经显山露水，大腹便便了。她表情恬静，仁慈，脸上散发着准妈妈的宽容和慈爱。

高欣选了一个靠窗的桌子，他拉出椅子，照顾着高燕坐了下来。大厅里的人不多，透过干净的玻璃窗，可以看到大街上人来人往，脚步匆匆，看到大街上奔跑的公交车和货车，偶尔也有私家车。

这么多年来，父亲还没有单独请高燕吃过饭，这两年事业做大了，更忙了，尤其如此。高燕感到很奇怪，平时忙忙碌碌的父亲今天怎么如此悠闲，如此大费周章，放着客户应酬不去，非得要请她一个人吃饭。

高欣上楼找高燕吃饭的时候，她正准备自己动手，丰衣足食。高燕起初不想跟父亲出去，她想自己做，家里买了很多菜，父亲来了，加一个碗，添一双筷子就是。但高欣不同意，说今天非要请她吃大餐不可，就他们父女俩，没有别人，他想跟女儿一起唠唠嗑。

服务员把菜单拿过来，放在桌上，高欣把菜单推给了高燕，要她点菜，点她最喜欢吃的，点多点少都由她。高燕看都没看菜单，不假思索，脱口而出地点了四道菜：一份国宴东安鸡，一份永州血鸭，一份盘龙黄鳝，一份蒜泥红菜薹。这四个菜是祁宏最爱吃的，现在成了高燕最爱吃的。当年跟祁宏在一起吃饭，他们差不多每次都点这四个菜。

高燕和祁宏在一起吃过很多次饭，这四个菜在她脑海里生根了，开花了，结果了。在自己家做饭菜，高燕也是以这四个菜为主。

寒冬腊月的祁东，哈气成雾，冻得人缩手缩脚。看着冒着腾腾热气，再熟悉不过的四道菜被逐个端上桌来，不知不觉，高燕的眼睛里噙满了泪水，仿佛跟她一起吃饭的，不是父亲，而是祁宏，一切就在眼前，一切又恍若隔世。

看样子，女儿是触景生情，想起祁宏了，高欣赶紧给女儿倒了一杯洁白的牛奶，也顺手给自己倒了一杯，高欣希望把女儿从伤感的往事中拉回到现实中来。高欣端起牛奶，跟女儿碰了碰，真心地说："孩子，爸爸很想对你说声对不起。你还怪爸爸吗？"

高燕忍不住了，眼泪流了下来。泪水滑过那张由于怀孕略显浮肿苍白的脸，滴落在桌面上，发出滴答的声音。

这是父亲第一次向她道歉，他知道自己做得不对了？可现在木已成舟，道歉又有什么用呢？父亲为什么要不顾一切地阻止她跟祁宏谈恋爱呢？

高燕没有说话，她抬头看了一眼父亲，艰难地摇了摇头。

高燕看不懂父亲那张沧桑的脸，更揣摩不透父亲那颗深沉的不外露的心。

说不怪父亲，那是违心话。跟祁宏谈恋爱的时候，高燕不止一次地认为自己这一生非祁宏不嫁，她愿意跟祁宏为他们共同的前途和家庭含辛茹苦，努力奋斗，只要能跟祁宏在一起，要她做什么都可以，要她吃什么苦都愿意。如今，她少女时代的梦想，她和祁宏曾经的山盟海誓，都成了过眼烟云，什么都没留下来。

没有跟祁宏在一起，成为高燕心中一道永远的伤，一阵永远的痛，一个永远迈不过的坎。

然而，高欣是自己的父亲，作为女儿，高燕又能怎样？

高欣是过来人，也是明白人，高燕的表情，他全看在眼里，高燕的心情，他感同身受。

自己对高燕和祁宏的所作所为，跟当年祁茗父亲对他和祁茗的所作所为没什么两样；女儿的心情，跟自己当年没什么两样。尽管祁茗的父亲已经作古多年，他和祁茗已经各奔东西，各有各的家庭，各有各的孩子了，按说他早就应该看开了，可在内心深处，高欣还是没有原谅祁茗的父亲，想起以前的往事，想起祁茗现在的处境，高欣的心至今还在隐隐作痛——高欣相信自己能够比朱鹏给祁茗更好的生活，高欣相信祁茗能够比王红梅给自己更好的感情。

虽然同情女儿，但不等于同意女儿跟祁宏谈恋爱，女儿是真不能跟祁宏谈恋爱的。如果不是因为他们是亲兄妹关系，高欣是不会阻止他们谈恋爱，不会阻他们结婚的。

"男人和女人之间，不是只有爱情，还有其他。你们的爱情虽然不在了，但友情还在，亲情还在，"高欣说，"你现在都要做妈妈了，就不要老纠结过去了，向前看，看开点，爸爸希望你和祁宏没有爱情了，还有友情，还有亲情，你们还是好朋友，还是亲兄妹。"

父亲的话是说到女儿心坎上了，高欣对高燕强调的，也是高燕所想的。关于自己和祁宏的关系，高燕不止一次地想过，他们的爱情是结束了，这辈子是做不成恋人，做不成夫妻了，但她希望两人还是好朋友，还是亲兄妹，而不能像现在这样，两个人形同陌路，老死不相往来。她知道祁宏恨她，祁宏的心结别人解不了，但她解得了。高燕希望祁宏跟她一样，曾经爱过，有遗憾，但不能有怨恨。

在高燕的内心深处，对祁宏依然是那样热爱，一点都没有改变。但她明白，自己的身份变了，已经成了别人的妻子，她和祁宏不可能了。那段刻骨铭心的爱情留给她的，只有肚子里在一天天长大的孩子。

祁宏是孩子他爸，为了孩子，高燕更需要跟祁宏缓和关系，更需要走出感情给他们的交往带来的困境。鉴于她跟张伟的婚姻关系，高燕虽然不至于让他们父子以后相认，却也不至于让他们父子一辈子那么疏远，甚至没有往来。

父亲的话是对的，也是她需要面对和解决的现实问题。她和祁宏之间做不了恋人，成不了夫妻，就做好朋友，亲兄妹吧。这是当下的他们最好的关系定位和结局安排。

高燕向父亲点了点头，算是认同父亲的观点。

高欣很高兴，女儿的感情疙瘩终于解开了，这意味着这个棘手的问题解决了一半，而且是最重要的一半。

可祁宏的呢？

祁宏对这个问题的认识，现在上升为主要矛盾的主要方面。

跟女儿不同，祁宏是没有那么容易原谅高欣的。上次高欣已经在祁宏那儿吃过一次闭门羹了。祁宏对他的态度说明了一切，他还记恨他，这种仇和恨，恐怕很难三言两语说清楚，很难在三年五载就能化解的，有可能要到祁宏结婚成家，娶妻生子，才能慢慢地淡忘，甚至要伴随祁宏一生。

上次见到祁宏，两个人都很冲动——高欣没想到自己这么大年纪了，还跟血气方刚的儿子一样见识。看到祁宏跑回宿舍拿存折，高欣差点没忍住，冲动之下，几乎脱口而出：你是我儿子，我是你老子！

话到嘴边，高欣还是把话硬生生地咽了回去，他觉得这样做很不妥。如果把真相告诉祁宏了，高欣不知道祁宏该如何面对，能不能承受得了，但他知道，以后在四明山，高祁两家真不好相处了。

不用说，如果高欣把真相告诉祁宏，那就是亲手引爆了一个雷，局面将变得难以驾驭，不可收拾。

感情上的事，解铃还须系铃人，别人是越帮越忙。高燕的工作，已经做通了；祁宏的工作，得由高燕去做，如果高燕愿意，是完全可行的——高欣出面，是达不到预期目的的。

给高欣与祁宏的紧张关系降温，高燕是最好的润滑剂。女儿对祁宏有情，而且不只有情，还有恩，有大恩，祁宏是不会忘记的。他们的感情虽然被高欣破坏了，扼杀了，但祁宏不看僧面看佛面，不看现在看过去，高燕的话肯定还是很有作用的。

现在高燕有孩子了，要做妈妈了，是时候让他们面对现实，让他们的关系回归正常轨道了。

"我也希望跟祁宏缓和关系，"高欣说，"但是他对我意见太大了，他的工作需要你去做，我出面只能适得其反。我们家跟他们家在一个村上，大家抬头不见低头见，不能因为你们曾经谈过恋爱，恋爱没成就成了仇家，你和祁宏，我和祁宏，不能因为你们这段感情，结成了世仇！"

高燕没有作声，她在心里已经认同了父亲，只是没有表达出来，仿佛她表达出来就等于承认父亲当初将他们无情拆散是合情合理了一样。

"你什么时候想去见祁宏，就对我说，我送你去长沙。"高欣说，"你得跟祁宏把关系处理好，我也得跟祁宏把关系处理好。"

父亲的话让高燕生出一些感动，她是太想祁宏了，祁宏还是孩子他爸呢，虽然他们父子将来可能不会相认，但她不希望将来孩子看不到自己的爸，爸看不到自己的孩子。高燕不是高欣，这做法太残忍，她做不出来，也没有权利剥夺他们见面。

"好的，爸，你下次去长沙了，把我带上，我去看看祁宏。我还不晓得他在大学过得怎样了！"高燕说。

听女儿说起大学，高欣心里有些痛，也有些愧疚。女儿还在想着读大学的事，如果不是因为这场感情风波，如果不是因为他和祁宏之间见不得光的关系，女儿就还在学校读书，现在已经读高二了，再过一年就高三了，要参加高考，准备上大学了。

虽然高燕的成绩不像祁宏那样出类拔萃，可能考不上湖南大学那样的重点大学，但考一个一般的本科院校还是有把握的。如果要考一个好一点的重点大学，也可以选择复读，多花点钱就是了——他们高家不缺钱。在他和王红梅的几个孩子中，高燕是最有可能考上大学的，其他几个都没戏，即使复读也没戏，是自己把女儿好端端的前途毁了。

见女儿答应了自己，高欣很高兴，他看到了跟祁宏的关系回暖的曙光。

吃完饭，结完账，高欣把女儿送回家，开着车，回四明山了。

一路上，高欣越想越觉得亏欠了高燕的，亏欠了祁宏的。他现在能做的，就是尽量去弥补。

祁宏和高燕的意愿是高度统一的，顺着两个孩子的意愿，这种弥补的箭头都指向了祁家；高欣弥补两个孩子的方式很实际，就是在经济上尽可能地帮助祁家。高燕做出那么大牺牲，无非就是在自己能力范围内尽最大可能地帮助祁宏实现理想，帮助祁家过得好点，这是女儿的爱情初衷。

现在高欣的意见也跟两个孩子达成高度统一了，他们仁都希望祁家摆脱贫困，过得好起来。

祁茗和朱鹏都是爱面子、争强好胜的人，他们的自尊心都很强，不愿意接受无缘无故的施舍。要帮助祁宏，就要不动声色，不露痕迹，让他们看不出什么破绽来。

还没到四明山，高欣就做了一个决定，他得加大力度，继续帮助祁家。

第二天清早，高欣召集车队的司机开了一个短会，要他们以后的工作安排就不要直接请示他了，找他们的队长朱鹏，由朱鹏安排他们的工作，朱鹏直接向高欣汇报。高欣宣布了新的任命，把朱鹏提为了汽车队队长，把陈晓明提为汽车队副队长，协助朱鹏开展工作。

借助这次任命，高欣又给朱鹏涨了一倍工资。汽车队队长负责高家所有车辆的调度和司机的工作安排，可以坐在家里办公，不用跑运输了，只要把大家的工作安排好就行，工作又轻松，工资又高。节余的时间，朱鹏还可以照顾家庭，帮祁茗干干家务，做做农活。

这个帮助很大，对祁家的作用立竿见影。做了汽车队队长的朱鹏两个月的工资就相当于他们家以前一年的收入了。在高欣的帮助下，祁家渐渐缓过气来，孩子们能吃饱饭，能穿上新衣服了，祁家的一日三餐里，渐渐出现了鸡鸭鱼肉和油豆腐，祁家一个月也能节余一部分钱用来还账了。

祁家当然也不用担心孩子们交不起学费，有辍学危险了。

高欣对朱鹏的提职和涨薪，看上去天衣无缝，量体裁衣，顺其自然。对车辆的管理、保养，朱鹏比较专业；对司机的调度和工作安排，朱鹏也做得比较到位。他对高欣的器重感恩戴德，用自己最大的热忱，最负责的态度，把工作做好。

朱鹏蒙在鼓里，还真以为是自己工作做得好，被高欣赏识了。只有祁茗心如明镜，知道高欣为什么对朱鹏突然刮目相看了，对祁家突然上心了。

高欣的好意，祁茗没办法明着拒绝，只能装聋作哑。祁茗是表面泰然，内心忐忑，躲着高欣，尽量不见到他。

第十二章　谢天放酒精中毒

　　北京的冬天很有意思，严重表里不如一。室内温暖如春，让人忘记这个季节的冷酷；室外才跟这个季节合拍，寒冷逼人，常见的阳光只是做做样子，只发光不放热，让人感觉不到一点热度。

　　这是凌林在北方过的第一个冬天。她害怕室外的严寒，喜欢室内的温暖。在室外，没有风还好；没有风，站着不动还好，一动就自带寒风扑面，让人没法接受。只要没有课，凌林就龟缩在宿舍里，哪儿也不想去，就像一只冬眠的熊猫。

　　凌林食堂都懒得去，尤其是晚餐，她喜欢缩在宿舍泡方便面吃。不去食堂，不只是因为怕冷，还有一个重要原因，是她不喜欢吃北方的饭菜，因为北方的饭菜一点辣味都没有。方便面的香辣让凌林流连忘返，百吃不厌，每天都想吃一顿。就连方便面的汤都很美味，每次都被她喝得碗底朝天，一滴不剩。

　　一些外地女生，尤其是南方的湖南、江西、湖北、四川籍女生，也被凌林传染了，跟她一样爱在宿舍泡方便面吃，觉得比去食堂更能吃出幸福的味道来。就在她们泡方便面的时候，宿舍电话铃响了，凌林一个箭步，蹿上去，抓起了话筒。人长得漂亮了，苍蝇就多，整个宿舍的电话，起码有一半是找凌林的，让其他女生羡慕嫉妒恨。情窦初开的女生们都在盼电话，等电话，电话一响，满怀兴奋地一接，接到了却不是自己的，也是够扫兴的。帮凌林接多了电话，其他女生就生出意见了，一听又是男生找凌林的，就爱捏着嗓子，拿腔拿调地拖长声音："喂，林妹妹，电话来啦——"

这声音听起来很刺耳，让人感觉不舒服。跟她们磨合了一个学期，凌林已经学乖了，把她们的微妙心理拿捏准了，电话一响，她就主动抢着接。跟别的女生不一样，不是自己的电话，凌林也快乐地传达。

电话是谢天放打过来的。找凌林的电话，有一半是他打过来的。可凌林最烦的就是接听谢天放的电话，他的电话成了凌林生活中的阴影和乌云，盘绕在头上久久不散。谢天放告诉凌林，他就在女生宿舍楼下的传达室，他盛情地邀请凌林下楼走走。

凌林没有答应谢天放。大冬天的，凌林本来就足不出户，别有用心的谢天放约她，她就更不愿意了。外面接近零下十摄氏度的温度让凌林感到身冷，极不适应；谢天放让凌林感到心冷，这种冷绝对超过了零下十摄氏度，让她更不适应。

凌林不愿意跟谢天放闲扯，觉得毫无意义，正要挂断电话，谢天放急了，对凌林说："林同学，我帮你找到包了，你出来一下，我把包还给你！"

在机场，包被抢，机场派出所一直没有消息，让凌林很郁闷。谢天放给她找到包了，这是一件大好事。凌林高兴起来，看来，谢天放是不见也得见了。凌林妆都没化，素面朝天地下去了，也没有刻意找件漂亮的衣服换上。

这是一种很奇怪的感觉，每次见祁宏，凌林潜意识里都要精心打扮一下，虽然不至于涂脂抹粉，可在衣着搭配上，尽量做到人衣融合，天然雕饰——凌林格外在意给祁宏留下的印象；即使不见祁宏，想想他，凌林都有动力郑重其事地穿着打扮一下，仿佛祁宏在某处看着自己似的。下楼去见谢天放，凌林让自己更美点的想法都没有，甚至反过来，觉得自己越不修边幅，越丑陋，给谢天放留的印象越差越好。

看到凌林走出来，谢天放喜形于色，心花怒放。他没想到凌林前后不到两分钟就下来了。谢天放得意地想，刚开始凌林不愿意见他，是女生的矜持，这是女生的通病，实际上，凌林还是很在意他的，这么快就下来了，生怕他等久了。两个人沿着校园小径，走进了田径场。冬天了，室外适合青年男女独处的地方不多，不像夏天，走到哪儿都可以。

寂静、清冷的月光洒下来，照在身上，让人感觉更冷了。偌大的田径场人烟稀少，只有三五对恋人模样的年轻人在转圈。寒风呼呼，这么冰冷的环境下，滞留室外是很需要勇气的。绕着田径场转悠的青年男女都是勇敢的、热爱浪漫的热恋中人——只有谢天放和凌林不是。恋爱的人心里都燃烧着一团火，彼此是对方的火炉，不让人觉得冷，感觉比室内还暖和。

两情相悦才能成为对方的火炉，一厢情愿肯定不是。凌林是谢天放的火炉，让谢天放感觉从心到身都暖和，比室内还暖和，希望在一起转悠的时间越长越好；谢天放不是凌林的火炉，让凌林感觉从心到身更冷了，禁不住地打起了寒战——她希望这种无聊的散步越快结束越好，她只想拿回自己的包。

境由心生，因人而异。眼下田径场的氛围跟自己的心情很不合拍，同样是跟男生在一起，感觉却有天壤之别。凌林情不自禁地想起了读高中的时候，跟祁宏那次初识，同样是冬天，寒冷逼人；同样在田径场，她和祁宏绕着田径场，一圈接一圈地走着，心如鹿撞，心里燃烧着一团欣喜的火焰，晚自习都不想去了。那才叫人流连忘返，就像吃了一餐地道的湖南菜，余味无穷，回味无穷。跟谢天放在一起，就像吃了一餐北方菜，是什么味道都没有，只想逃离。很多湖南人吃饭，有辣味就什么味道都有了；没有辣味，就什么味道都没有了。

谢天放感受到了凌林的不自在，他想，不能再拖了，再拖下去，凌林就不耐烦了，要走了。谢天放掀开披在身上的军大衣，变戏法一样，从口袋里掏出来一个煁热的东西，塞在凌林手上。

不错，正是自己在机场被抢的那个包，现在完璧归赵了。凌林终于高兴起来，连声称谢。包被抢后，凌林已经打过好几次电话给机场派出所了解情况，都没有想要的结果。凌林没想到谢天放果然神通广大，比警察还管用，帮自己把包找回来了。

凌林接过钱包，下意识地拉开拉链，借着路灯看了看，机票，证件，零花钱，一样都不缺，一样都不少，就是少了一张祁宏的照片——凌林是挑了一张祁宏的照片，放在包里，走到哪带到哪，拉开包就能看到。取代祁宏照片的，是几张折叠得整整齐齐，有棱有角的作文纸。

在凌林的记忆中，她的包里是没有这几张纸的。凌林很快就意识到了，祁宏的相片是谢天放取走了，这几页作文纸是谢天放给她写的信。凌林把作文纸拿出来，塞回给谢天放，语气生硬地问："天放同学，这里面的相片呢？"

谢天放尴尬地说："里面还有相片？我不知道啊，别人把包交给我就是这样了。"

凌林只得自认倒霉，她宁愿丢钱，不愿意丢相片。虽然祁宏的相片，每张她都喜欢，但包里那张是她最喜欢的。

"这几张纸不是我的，我记得钱包里没有纸的，我不能拿不是我自己的东西！"凌林说。

就像做贼被捉，谢天放脸上一阵青，一阵白，嗫嚅半天，才从嘴里蹦出来几个字："这是我写给你的信——"

果真是这样啊，凌林没猜错，那就更不行了，凌林不愿意收到谢天放的情书。凌林不知道谢天放在信上说了什么，她也不想知道，对信的内容，她已经猜得八九不离十了，无非是情呀，爱呀的。

"同学之间，有什么话你就直接说，有什么事你就直接吩咐，用不着大费周章，通过写信这种方式。"凌林跟谢天放装着糊涂，打着马虎眼，"用这种方式沟通交流既没有效果，又容易让其他同学知道了产生误会。"

凌林越是马虎搪塞，谢天放越是心急，越是认真，他提高了声量，仿佛希望田径场上的其他情侣都能听到，都来给他作证，都来帮他扭转局势："信，我是用心写了；不管你心里怎么想，你先看完了，再回答我！"

冬夜很寂静，声音传得很远，田径场上的人都听到了谢天放的大嗓门，他们以为是这对情侣意见不合，吵架了，都不由自主地看了过来。幸好不是白天，暗淡的灯光下看不清谢天放和凌林的脸。

凌林最害怕这种被审视的目光了，他们不明白怎么回事，却装作什么都知道。本来她和谢天放什么事都没有，被旁观者这么一审视，味道就变了，无事成了有事，小事成了大事。在他们猜测自己和同情谢天放的眼光里，凌林好像成了始乱终弃的那个人，让她感觉窘迫。

这样拒人千里不是好办法，容易被千夫所指。何况谢天放帮自己把钱包找回来了，做人要懂得知恩图报，不能卸磨杀驴，过河拆桥，出于基本的礼貌，她确实应该看完信的内容再定夺。

凌林不好再拒绝，把信揣进了兜里。但她觉得跟谢天放确实没什么好说的了，两个人就像两个大傻瓜，在冰天雪地里受冻，还话不投机半句多，一点好心情都没有。凌林借口太冷，受不了，顾不了谢天放的感受了，转身往宿舍走去。

谢天放在后面追她，喊她，凌林都没有停下来，也没有回头。凌林一边走，一边担心谢天放追上来。谢天谢地，谢天放没有追上来。谢天放追了几步，看凌林没有停下来的意思，也没有理他，就没有追了。谢天放的主要目的就是借还包之机，把那封花了他两三个晚上好不容易写好的情书给到凌林——谢天放的作文一般，觉得写信比做物理作业难多了；这是谢天放第一次给女生写情书，他很慎重，却总感觉词不达意。

走在楼梯上，凌林把信掏出来，揉成了团，随时准备扔进垃圾桶，但楼梯上没有垃圾桶，她把信带回了宿舍。回到宿舍，有垃圾桶了，凌林又忍住了，她觉得就这么把信扔了，以后可能会造成误会，如果没有看内容，凌林可能会一如既往地对待谢天放，谢天放容易误解成那是凌林看完信后的态度。

凌林也没有马上把信展开来读。如果信是祁宏的，凌林早就迫不及待地读了，读完一遍两遍还不够，要翻来覆去，逐字逐句地细细琢磨，品味，一个标点符号都不放过，直到能够背下来。谢天放的信，凌林提不起阅读的兴趣。

直到上床睡觉前，翻看完祁宏的相片，凌林才漫不经心地把信展开，走马观花地读起来。果然不出凌林所料，那是一封热气腾腾的情书，甚至一厢情愿到有些肉麻。只是谢天放的情书没有让凌林感到冬夜的温暖，没有把她的热情点燃，反而被灼伤了。凌林已经遇到过很多回这种事情了，也算是积累了一些应对经验，她打算冷处理，不回信了，她认为不回信就是亮明了自己的态度了。读完信，凌林把信揉成了团，丢进了垃圾桶。

凌林这个动作，被室友们看在眼里，她们猜测凌林被人求爱了，于是起哄起来，要凌林交代清楚信是谁写的。凌林漫不经心地把话题岔开，说只是一封普通信件。

鬼精鬼精的室友可不是那么好糊弄的，她们来了兴趣，不依不饶地追问："是不是谢天放写给你的？凌林，你可要抓住机会哟，谢天放可是一个金龟婿，我们想跟他谈恋爱，可他看不上！"

各人的看法不一样，在室友那儿，谢天放生得好，长得好，家庭条件和个人条件都首屈一指。读高中时，凌林常被班上同学当作高干子弟，但那是在祁东那种小地方，在祁宏那种一穷二白的农家子弟面前；到了北京，在谢天放面前，凌林所谓的高干子弟就啥都不是了。

凌林在谢天放面前，跟祁宏在凌林面前一样，都是那样高不可攀。

可凌林不愿意良禽择木而栖，她从来没想过高攀谁，她只想靠自己。自从收到谢天放的情书后，凌林就刻意地躲着他了，能不跟他走在一起就不跟他走在一起，能不跟他坐在一起就不跟他坐在一起，能不跟他在一起商量工作就不跟他在一起商量工作，能离他远点就离他远点。

以前上课，凌林到教室很早，要在教室里看一阵书。但她坐下来，谢天放也进来了，在她身边找位置坐下来；现在凌林是掐着上课铃声进教室，那时候谢天放已经坐下来了，凌林就找一个离谢天放很远的地方坐下来。

可是谢天放没有知难而退，他把这看作了凌林对他的考验，他没有因为凌林的冷漠和疏远停下追求的脚步。男追女，隔座山。追女生就是爬山越岭，不能怕吃苦，越优秀的女生越难追到手。谢天放展现出了一个优秀男生对爱情的倔强和韧性，不顾一切地豁了出去，就像影子一样跟在凌林身后，让凌林烦恼不已——全班同学，不，全系同学、全院同学都知道谢天放在追求凌林了。

这样下去，不是办法，容易造成误会——有很多人已经误会了，凌林觉得很有必要跟谢天放认真谈谈，彻底打消他的念头。凌林以感谢谢天放帮她找回了包为由，请他到学校附近的酒吧聚聚。

凌林的邀请把谢天放高兴坏了，这是凌林第一次主动邀请他，谢天放以为水滴石穿，绳锯木断，铁树开花，凌林终于被他打动了，自己的一厢情愿即将结束，好日子就要来了。也许从酒吧开始，他们的关系就要掀开历史性的新篇章了。

凌林把约会的地点定在那么罗曼蒂克的地方，不得不引人遐思遐想。那个酒吧，是暧昧的天堂，是爱情的温床。两杯美酒下肚，迷离的灯光下，想盯着对方怎么看就怎么看，就是用眼光把对方吞了都可以。酒吧还能跳舞，手一牵，腰一搂，舞一跳，关系自然亲近了。

两个人在酒吧见了面，坐下来，凌林点了五六个菜，要了五六听啤酒。那些菜，都是北方菜。这让谢天放特别开心，以为凌林开始为他着想了，开始照顾他了。谢天放兴致很高，眼神里春光灿烂，波光流转。

　　没想到，谢天放还是热屁股坐了冷板凳，凌林表情冷漠，一副爱理不理的样子，跟谢天放是冰火两重天，对照鲜明。在酒吧里坐了不到五六分钟，谢天放就明白过来，凌林约他来酒吧，跟自己憧憬发生的不是一回事，在这么浪漫的地方，凌林压根儿不想做点浪漫的事儿。

　　酒菜上来，凌林拉开瓶盖，倒上酒，端起酒杯，主动跟谢天放碰了碰杯，说谢谢他为自己找回了包，比北京的警察还牛。很快，凌林话锋一转，切入了正题，说出了跟谢天放的愿望背道而驰的话，让他一点防备都没有。

　　"天放同学，感谢你对我的照顾和喜欢，但是你的好意我没办法接受，我是有男朋友的人，我包里的那张相片就是他的，我和他的感情很好。希望我们能够互相尊重，保持一下距离，免得我们身边的人误会，影响你追求新的感情。上次元旦联谊舞会，外语学院有几个女生对你印象挺好的，我觉得她们比较适合你，如果需要我给你牵线搭桥，送送信，跑跑腿，我倒是很乐意效劳。"凌林说。

　　凌林的话就像一盆冷水当头浇下，把谢天放泼了个透心凉。他做梦都没想到凌林把约会地点安排在这么浪漫暧昧的地方，却没有说出半句浪漫暧昧的话来。谢天放神情沮丧，半天回不过神来，他不甘心失败。

　　"我知道你有男朋友了，他元旦过来看你了，我看到他了。但我不想放弃，你是第一个让我动心的女孩，我希望跟他公平竞争，希望你一视同仁，给我一个机会，不要先入为主，偏袒他！"谢天放说。

　　"我对你和对他，完全不是一回事儿，我不能欺骗我自己，更不能欺骗你，"凌林说，"我跟你是同学之情，没有其他；我跟他是爱情，不存在一视同仁，给你机会。我对感情从不马虎，更不会脚踩两只船。我对爱情，就像我们做物理题，正确的答案只有一个，错误的方式，我从来不愿意尝试。我和我男朋友之间，是我追求的他，他让我有心动的感觉；其他男生，包括你，我没有这种感觉，也不可能有这种感觉的。"

凌林的话让谢天放坠进了冬天的冰窖里，他失望极了，伸手抓过一听啤酒，拉开瓶盖，举起酒瓶，仰起头就往嘴里倒。谢天放把那听啤酒一口气全灌进了肚子里，然后再拉开另一听，又是仰起脖子，把一听啤酒一口气喝完了。

凌林看到不对劲，一边劝谢天放少喝点，一边过来抢啤酒瓶。谢天放伸出手，粗鲁地把凌林挡开了。凌林的劝阻起了反作用，她越是不让谢天放喝，越是激发了谢天放放纵喝酒的动力，他越是喝得欢。

凌林明白了，谢天放是故意喝给她看的，他想通过虐待自己来向凌林证明感情，逼她做出让步。凌林觉得把地点选在酒吧，是自己的一大失误；如果她继续留下来，是一错再错了。

谢天放的做法并没能让凌林屈服，她不吃这一套。自己的意思已经表达得够清楚明白了，凌林不愿意再跟谢天放纠缠下去，更不愿意给谢天放一个酗酒的理由，如果她不在现场了，这场闹剧没有目标观众了，也许就结束了。

"天放同学，该说的我已经说了，我说得够清楚明白的了。这顿酒，我请你，谢谢你帮我找回包，谢谢你对我的感情，也请你尊重我！我走了，你少喝点，身体为重。"凌林说。

把话说完，没等谢天放反应，凌林转身走了。

凌林在酒吧前台放了两百块钱。服务员要找钱，被凌林制止了。凌林说，我同学还在消费，我有事先走，单我买了，酒他想喝多少就喝多少，这两百块钱是押金，如果不够，我明天再来补，你不要找他要钱了。

结完账，凌林头也不回地离开了酒吧。

看着凌林决绝的背影，谢天放悲恸欲绝，一种刻骨铭心的挫败感袭上心来，让他痛彻肺腑，让他发疯抓狂，让他只想跟自己过不去，跟自己过不去这个责任得由凌林承担似的。

谢天放把服务员叫过来，把凌林留下来的钱全部兑成了啤酒。他一听接一听地喝着啤酒，菜都不用。

谢天放不知疲倦地喝着酒，他喝多了。一开始，他还有意识，只顾喝闷酒。喝着喝着，他的话多起来，不吐不快，胡言乱语。谢天放喊着凌林的名字，语无伦次，时而甜言蜜语，时而恶语诅咒。桌上，堆满了啤酒瓶；谢天放的脚下，也堆满了啤酒瓶。

喝到后面，谢天放不想喝了，可他已经管不住自己了，继续喝。喝到最后，谢天放突然全身痉挛，站立不稳，一头栽倒在地，爬不起来了。

谢天放是第一次对女生动情，却以失败告终。他以前的人生顺风顺水，这也是他第一次品尝到失败的滋味。

在石头看来，学习比谈恋爱难多了；在谢天放看来，谈恋爱比学习难多了。在学习上，谢天放从来就没有被难倒过，但在恋爱上，出师不利，被碰得头破血流。

糟糕透顶的心情摧毁了谢天放的意志和理智，麻痹神经的酒精轻轻松松地把谢天放放倒了。

谢天放被呼啸而至的急救车送进了医院抢救。120电话是石头打的。那天石头到酒吧有点晚，他进来的时候，正看到谢天放被两个服务生从地上拉起来，左右夹着，架住了，拖往沙发。服务员以为谢天放失恋了，喝多了，喝醉了。这种失恋后的酗酒场面，在他们酒吧，每天都有发生。他们见多了，习以为常了，以为这次也一样，只要让客人在沙发上躺会儿，酒劲过去了，就没事了。

石头走上去一看，感觉很不对劲，谢天放的脸色惨白，呼吸急促，大汗淋漓。石头经常喝酒，也经常喝醉，他太了解喝醉是什么样子了。谢天放喝醉跟自己喝醉，完全不是一回事儿。石头意识到谢天放出事了，他拨打了120。

医院的检查结果证实了石头的英明判断，谢天放是饮酒过量，导致酒精中毒，昏迷了过去。医生吓唬石头和谢天放说，你们年轻人喝酒要有节制，不能由着性子，这次是送得及时，把命捡回来了；下次要注意点，否则，要出大事，喝酒把命都喝丢了。

昏迷中的谢天放嘴里还念念有词，发烧梦呓一样呼唤着凌林的名字。

凌林知道谢天放出事，已经是第二天清早了。女生们还在睡梦中，电话铃就尖锐地响了起来。听到电话响起，凌林负罪似的弹起来，跳下床去接电话，一听，果然是找她的。

电话那头是一个京味很浓的陌生男中音，对方问凌林在吗？凌林说，我就是，你是谁，找我什么事？对方对着话筒吼了起来：谢天放酒精中毒了，要出人命啦！

凌林这下急了，赶紧穿上衣服，简单地洗漱了一下，出了宿舍，下了楼，在校门口拦了一辆出租车，急急忙忙赶往医院。

一路上，凌林不断自责，看来是自己判断失误，处置不当，把事情闹大了。她以为谢天放是一个理智的男生，有着科学家的严谨、缜密、理性，没想到这种人在爱情面前也是那样的弱智和弱不禁风，她高估了谢天放的自制力。

虽然不准备接受谢天放，但不应该把他约到酒吧，给他一个喝酒的场合，更不应该把他一个人留在酒吧，给他一个酗酒的理由和机会——如果不是拒绝了谢天放，如果不是自己提前退场，置他于不顾，这种事情就不会发生了。

凌林后悔自己在酒吧留下了两百块钱，那意思不就是要谢天放一次喝个够吗？如果喝啤酒，两百块钱足以让一头水牛酒精中毒了。

凌林赶到医院的时候，谢天放刚刚脱离危险，还在打着点滴，输着液，两个鼻孔夸张地插着氧气管。

这个大场面把凌林吓了一大跳，她这一生只见过两次这种大场面，还有一次就是祁宏的奶奶生病，在医院进行抢救的时候。凌林没想到事情这么严重，看样子真的差点儿弄出人命来了。

看到凌林赶过来了，谢天放脸上露出了惨淡的笑容，他伸出手，把凌林的手抓在手里。

凌林用力抽了抽，没抽出来，也就没再抽了，任由谢天放抓着。

"你不能这样作践自己！"凌林说。

"你心疼了？"谢天放虚弱地说，"我不这样，你就不知道我有多在乎你！我不这样，你就不能来看我！能够换来你在乎我，来看我，我这样也值得了"。

凌林不再说话，谢天放的态度让她不知道说什么话好，她现在说话，不违心地说，对谢天放又是伤害；违心地说，对自己是伤害。

既然如此，那就今天暂且不说了，要说也要等谢天放好了，出了院再说。

这时候进来一个社会青年一样的人，是石头，就是他给凌林打的电话。

石头照顾了谢天放一夜，他怕谢天放家人焦急，就没有通知他家人。

凌林进病房的时候，石头去食堂给谢天放打早餐。

石头打早餐回来，推开门，看到了凌林。

看到凌林，石头有点慌乱，眼神躲闪。

凌林觉得石头很眼熟，那满脸的青春痘，那牛高马大的块头，可她又一时想不起在哪儿见过。

那天，凌林向班主任请了半天假，在医院里陪了谢天放一个上午，直到谢天放好起来。

有凌林在，石头趁机溜了，把时间和空间留给了他们。

凌林给谢天放打了中饭，看到谢天放恢复得差不多了，准备返回学校。

下午的课很重要，凌林得赶回学校听课。

告别的时候，谢天放眼巴巴地望着凌林，像一个小孩一样乞求：下午上完课，你还过来陪我，好吗？

看着可怜巴巴的谢天放，凌林于心不忍，点了点头，但是凌林不愿意和稀泥，当即亮出了自己的条件："天放同学，如果以同学的身份，以朋友的身份，我上完课以后可以过来陪你一下；如果你要有其他想法，我就不过来了。"

在谢天放看来，凌林以什么身份过来，不是很重要，重要的是凌林能够过来，他希望看到凌林，有机会跟凌林单独相处。有凌林在和没凌林在，是完全不同的两种感觉。

谢天放就像抓住了一根救命稻草，忙不迭地应承了下来："就按你说的，以同学的身份，以朋友的身份，我只要见到你！"

凌林没有感动，只有一脸无奈。

走出医院，走在返回学校的路上，凌林心情凌乱，就像天边被大风吹得到处翻滚的乌云。

凌林真拿谢天放没办法，至少，目前凌林还没有找到如何对付谢天放这份炽热感情的好办法。

那天下午，凌林食言了，上完课，她没有去医院。

因为凌林知道，谢天放度过了危险期，已经没事了；因为凌林知道，尽管谢天放答应了她，但他做不到只以同学的身份，朋友的身份来对待凌林，他不可能只拿凌林当同学，当朋友，没有其他复杂的感情成分掺杂其中。

那天下午，在课堂上，凌林一反常态，老是走神失神。让她没办法集中精力专心听讲的，已经不是谢天放酒精中毒这件事，而是在医院碰到的那个叫石头的年轻人，石头是谢天放的朋友，他们很熟。

凌林突然想起，元旦假期，她去长沙看祁宏，在机场被抢，那个抢她包的年轻人，跟石头长得很相似！

这件事有太多的巧合，把事情串起来一想，凌林突然明白过来，不由得又惊又怒：在医院碰到的那个石头，就是在机场抢她包的那个年轻人！

原来谢天放跟石头是密谋好的，串通好的，他们合伙抢了她的包，阻止了她元旦假期去长沙看祁宏！

难怪谢天放那天一直不支持自己报警，难怪谢天放那么快就给自己找回了包，什么都不少地送了回来，难怪谢天放破案的本领比北京警察还高明！

凌林感到脊背发冷，心里发怵，她已经没有心情兑现自己的承诺，上医院看望谢天放了！

凌林害怕自己见到谢天放会控制不住，要打破砂锅问到底，向他证实自己的猜想，那样，他们就都尴尬了。

第十三章　祁宏为钱小芸考前占座

转眼就到期末了，大家都紧张起来，积极备考，认真勤奋的样子俨然穿越到了高考前。有人早出晚归，披星戴月；有人挑灯夜战，在烛光下圈重点刷题；有人凿壁偷光，搬一把凳子坐在楼梯口或洗手间的灯光下死记硬背。

绝大多数人，上了大学，饭碗和前途稳了，学习的弦放松了，一个学期的大部分时光都在吃喝玩乐，游山玩水，谈情说爱中消耗了；期末考试到了，临时抱佛脚，做拼命三郎，求六十分万岁。

祁宏把学习的那根弦一直都绷得紧，尽管平时既要做家教，又要做黄花菜生意，忙着挣钱养活自己，可他的学习没有落下，做到了课前预习，课堂消化，课后复习，学得扎实，基础牢靠，该掌握的都掌握了，临时抱不抱佛脚没有什么关系。

可考试就是考试，大学里的考试，一个学期只有一次，考不好要补考，评优拿奖看成绩，大家都很慎重。考前复习还是很重要，临阵磨枪的效果很明显，祁宏没有理由一个人不紧张，只不过他比别人放松点。

与北京的冬天不一样，长沙的冬天表里如一，室内室外一个样，都像浸在冰窖里。教室又宽又高，又湿又冷，课桌冰凉，板凳冰凉，呼吸的空气冰凉，坐在教室里跟坐在教室外唯一的区别就是有没有风，有没有雨，大家的思维都冻住了，记东西很艰难。

人气很旺，空间相对低矮的图书馆阅览室不一样，暖和多了。一个阅览室容纳二三百人，一个人就像一台自然发热机，让阅读室的温度维持在二十摄氏度上下，舒服极了。所以，阅览室成为考前冲刺的必争之地。可僧多粥少，抢座占位成为一件大事难事。每天天没亮，门没开，图书馆前就人头攒动了。但占住了一个座位，就能保证在舒服的环境里学习一天。

为抢座占位的事，钱小芸特意跑到男生宿舍找祁宏，叮嘱他到图书馆的时候顺便给自己占一个座位。钱小芸看着祁宏，狡黠地说，宏，你是知道的，我们女生懒一点，喜欢赖一下床，梳洗也讲究，等把自己拾掇好，赶到图书馆，座位早没有了；你看我这么瘦，这么弱，一着凉就要感冒，你总不能让我到又湿又冷的教室去复习功课，不管我吧？

这个理由很实际，让人无法辩驳；这个忙很简单，只是举手之劳，祁宏没办法拒绝——尽管抢座占位，哪个男生都可以做，很多男生都愿意为钱小芸做。随着抢座占位的人流涌进阅览室，找个地方坐下来，拿两本书或书包往旁边或对面的座位上一放，座位就占住了。大家都是这么抢座占位的，成了约定俗成的规矩，尤其是期末考试的冲刺阶段，很多男生都为女生抢座占位，特别是处在恋爱中的情侣。

抢座占位的关键是要起得早。读高中的时候，为了前途，很多人是养成了早起的习惯，可进了大学，他们把这种优良传统丢了，只有在期末考试前的十多天才心不甘情不愿地捡起来。祁宏没有，他还是宿舍里起得最早的那只鸟儿——他不只是他们宿舍起得最早，也是全校起得最早的人之一——比一日之计在于晨的体育生还早。即使是在期末考试前，大家突然都早起了，祁宏往往还是起得最早，第一个到图书馆的。祁宏到图书馆的时候，图书馆的门还没有开，放眼四周，还没有一个人影。他在图书馆门口两边的路灯下看了好一会儿书，才陆续有人来。祁宏排在队伍最前面，抢座占位，轻而易举。

有祁宏帮自己抢座占位，钱小芸就不急了，跟平时一样，按时起床，按时吃饭，吃饱喝足，心情愉悦，不急不忙地赶到图书馆；到了图书馆，找到祁宏，在他占的座位上坐下来，开始复习功课。这个时候，看似学习紧张，却是忙里偷闲，曲径通幽，培养感情的好季节，很多男女同学的感情，都是伴随着抢座占位急剧升温的。

那个期末的最后两周，在钱小芸的人生中占有极其重要的地位，是她一生中最幸福快乐的时光，没有之一。室友们起哄，吃不到葡萄说葡萄酸地把祁宏当作了钱小芸的男朋友，开玩笑说钱小芸有男朋友抢座占位了，也求钱小芸要她男朋友为自己占个座，但保证不跟她抢男朋友。室友们的话让钱小芸听在耳里，觉得心里极为舒服，就像心里生了一炉炭火。

在祁宏成为湖南大学的学生之前，钱小芸已经在长沙经历了一个让人恐怖的冬天。虽然长沙和湘潭的气温相差无几，但在湘潭的家，条件还可以，冬天有火烤。每年下学期结束前两周是长沙最寒冷的时候，上一年期末考试前两周备考，钱小芸是在冰冷刺骨的教室中度过的。在教室里，钱小芸如坐针毡，又不得不强忍着，现在回想起来还让她不寒而栗，直缩脖子。这个学期，祁宏来了，有人帮她抢座占位，把温暖给她带来了。

钱小芸感觉祁宏就像冬天里湘潭的家中的那个小火炉。坐在祁宏身边，钱小芸清楚地感觉到了他身上散发出来的热量，以及与热量一起散发出来的青春荷尔蒙气味。那热量让钱小芸感到温暖，如烤火炉；那气味让钱小芸意醉神迷，像不小心中了迷魂香。有祁宏在她身边，或者说她在祁宏身边，钱小芸很安心，读书心无旁骛，学习效果很好。每过一两个钟头，从书本上抬起头，正眼看或用眼的余光瞟一下在默记或在思考的祁宏，钱小芸有说不出的兴奋。她觉得祁宏哪儿都好看，让人着迷，那笔直挺拔的身板，那棱角分明的脸部轮廓，那隐约微蹙的长眉——钱小芸尤其喜欢祁宏认真思考的样子。

最开心的还是那段时间两个人一起出去吃中饭和晚饭。钱小芸以感谢祁宏为她抢座占位为由，把祁宏的中餐和晚餐全部承包了。他们没有去食堂，改在了校门口的大排档。祁宏本来认为抢座占位只是举手之劳，小菜一碟，不愿意钱小芸以此为由花钱请他吃饭，但经不住钱小芸软磨硬泡，不得不去。

大排档的小炒物美价廉，味道地道，分量又多，比食堂伙食强多了，让人胃口大开。虽然钱小芸不富裕，却会过日子，经济拮据，钱少点，难不倒她，她早就省吃俭用，把这笔钱攒下来了。钱小芸换着花样，每餐只点一荤一素两个菜，够他们吃了，又不浪费，一切刚刚好。一个荤菜两块钱，一个素菜一块钱，饭是免费的，两个人吃一顿饭三块钱，钱小芸勉强负担得起。

跟祁宏在一起的时候，很快乐，很幸福，在吃饭的路上迎着风，钱小芸都乐观地想"冬天已经来了，春天还会远吗"？那段幸福，快乐的时光，让钱小芸悟出来一个掩藏在生活之下的关于情感的深刻道理：跟祁宏在一起，虽然简单，却很快乐；这份快乐，不是取决于做什么，而是跟谁做；不是取决于吃什么，而是取决于跟谁在一起吃；跟其他男生在一起，哪怕吃山珍海味，钱小芸都感到索然无味，就跟没放油，没放盐，没放辣椒的菜一样；跟祁宏在一起，哪怕粗茶淡饭，都色香味俱全，有滋有味，让人感到快乐，胃口大开。

这大概就是美学上老生常谈的"境由心生"吧。对这个理论，钱小芸一直似懂非懂，没有弄明白，直到跟祁宏在一起的这段日子，她终于开窍了，懂了，悟了。

虽然都是钱小芸在点菜，却都很合祁宏的口味。钱小芸是个很用心的女生，祁宏喜欢吃什么，她早就烂熟于心了。她关注了祁宏一个学期，从祁宏平时在食堂打菜的细节中，钱小芸已经掌握了祁宏的饮食爱好。现在他们一起吃饭，钱小芸点菜，正好把平时的积累派上用场。所以，每餐菜，基本上都是祁宏喜欢吃的。其中有些菜，以前钱小芸可能不怎么喜欢吃，但现在只要祁宏喜欢，她就喜欢。请人吃饭，得让客人吃得满意，而不是自己吃好，何况是请自己喜欢的人吃饭，跟自己喜欢的人在一起吃饭，什么菜都是味道最好的。

都是一样的时光，都是一样的长短，不幸的时光总是过得太慢，让人备受折磨，迟迟结束不了；幸福的时光总是过得太快，让人来不及珍惜，转眼即逝。一个学期只有一次的期末考试终于在不知不觉中接近尾声，在图书馆抢座占位的事情要告一段落了。钱小芸傻乎乎地想，要是一个学期多两次考试该多好，她就可以一直要祁宏帮他抢座占位了，她就可以一直请祁宏吃饭了——如果一直请祁宏吃饭，钱小芸的钱是不够的，但她愿意去勤工俭学。

随着对祁宏的感情不断升温，随着期末考试接近尾声，钱小芸对祁宏的期盼越来越复杂莫名。钱小芸生怕祁宏从考场出来，直接回老家了。这个念头，让钱小芸最后那门考试没有太多心思待在考场上，她匆匆忙忙做完题，早早交了卷，来到祁宏的教室外面，耐心地等候，她要把祁宏约出去，她有很多话要对他说，这段时间试探磨合下来，钱小芸觉得时机已经成熟了。

铃响了，祁宏才从考场中走出来，他的身边跟着汪大力。汪大力有几道题没有把握，忙着找祁宏对答案，在他心中，祁宏的答案就是标准答案。刚走出考场，眼尖的汪大力就发现了钱小芸。汪大力用胳膊肘顶了顶祁宏，挤眉弄眼，拿腔拿调地说："祁宏，你的小师姐找你告别和告白来啦！"

祁宏这才发现钱小芸已经来到了身边，看样子她已经等候多时了。钱小芸也不避嫌，众目睽睽之下，走上来，伸出手挽住了祁宏的胳膊。祁宏尴尬地甩了甩，没有甩开。对于这次见面的动作设计，钱小芸在心中已经反复演练多次了，她下定了决心，要脸皮厚一点，不顾一切地截下祁宏。如果不脸皮厚一点，祁宏就随着班上男生有说有笑地回宿舍了。

就这样，钱小芸硬是把祁宏拽到了田径场。要放假了，机会难得，钱小芸要有一个月见不到祁宏了——这一个月真是折磨人，让人度日如年。

钱小芸希望搞清楚祁宏哪天离校返家，祁宏什么时候走，她就什么时候走；如果祁宏先走，她就送他；如果祁宏后走，她希望祁宏送她。

可是祁宏的答复让钱小芸大吃一惊，祁宏告诉钱小芸，整个寒假，他就在学校待着，哪儿也不去，老家也不回了，就连大年过年他都在学校过。

祁宏的决定让钱小芸深感意外，百思不得其解。中国人都把大年看得很重要，都在盼着过大年；过大年，最重要的就是一家人团聚在一起，开开心心，热热闹闹，只要能赶回去，哪怕隔着万水千山，千里迢迢都要赶回去。如果有特殊情况，迫不得已，硬是回不去了，就另当别论。

钱小芸是知道的，祁宏的家离长沙不远，也就两百公里左右，三小时火车，两小时汽车，刚好半天行程——这个行程比很多同学回家都短都方便。祁宏不回家，难道有什么特别的事情，或者有什么难言之隐？

"为什么不回祁东老家跟家人一起过年团聚呢？"钱小芸情不自禁地问。

"我要给我的学生补课，我还要照顾一下黄花菜生意，年底了，生意好，事情多，我忙不过来。"祁宏沉默了片刻，回答说。

聪明的钱小芸是听出来了，祁宏是言不由衷，在敷衍她，没有对她说真心话。祁宏不回家的原因到底是什么，钱小芸不知道，祁宏不愿意告诉她。钱小芸感到有点难受，她曾经以为通过图书馆抢座占位，通过大排档几十顿饭吃下来，他们已经感情融洽，心里不设防，什么话都可以说了，没想到，她和祁宏之间还是隔着一堵墙，一个在墙这边，翻不过去，一个在墙那边，不愿意翻过来，尤其是在他们两颗心之间横着一条又宽又深的护城河。这条河，她很难泅渡过去，至少目前是这样。

钱小芸曾经以为自己已经泅过了这条护城河，现在看来，她还是站在河对岸，至于什么时候能够泅过去，她一点把握都没有。想到这儿，钱小芸一下子泄了气，从乐观肯定变得悲观失望起来。

钱小芸不知道，祁宏不准备回家过年主要是由于感情上的那道坎迈不过去。祁宏怕自己回到四明山，见到熟悉的一切，触景生情，产生物是人非的伤感。回到祁东，回到四明山，祁宏不可避免地会想起从前，看到高燕，他难免情绪波动——半年了，祁宏还是没有走出来，他太想弄清楚，高燕为什么一反常态，违背誓言，在他和张伟之间，做了那样一个让人意外的选择，背叛了他们的感情，选择了自己不爱的张伟？这里面，高燕有什么委屈，高欣充当了什么角色，高欣为什么要这样做？

祁宏一直不愿意相信是高燕背叛了自己，放弃了他们的感情，而没有其他外在因素。只要回到四明山，见到高燕，祁宏就想打破砂锅问到底，弄个清楚明白。

祁宏是个性格坚强的人，生活的磨砺锤炼了他的这种品质。但凡事有例外，人都有软肋，都有过不去的坎。在跟高燕的这份感情面前，祁宏非常脆弱，不堪一击。虽然那段感情已经渐行渐远，他们的感情就像春末夏初，一夜狂风骤雨，天亮后，留下来满地残枝落花，不可收拾。

回到四明山，见到高燕，极有可能让两个人再度陷入痛苦深渊，无法自拔，把自己半年来的努力全打了水漂。高燕已经跟张伟结婚了，这是现实，祁宏不得不面对。祁宏希望借时间来冲淡这段感情，从这段感情中走出来，跟凌林开始一段新感情。祁宏希望给凌林一个新的开始，而不是一份替代，一种失恋后的慰藉。祁宏不能欺骗自己，目前要彻底忘掉高燕，他还做不到，他还没有完全摆脱那段感情的阴影，尤其是在夜深人静的思考和思念中，尤其是在不知不觉的睡梦中。

祁宏明明知道钱小芸怀疑自己不回家过年的理由，因为这个理由太牵强了，他自己都说服不了自己，又怎能说服得了钱小芸？用这个理由是解释不清的，祁宏也不愿意多做解释。因为要向钱小芸解释清楚，他就得把跟高燕的感情故事，毫无保留、一五一十地讲给她听，这是祁宏不情愿的。

高燕是祁宏心里一道不愿意揭开的伤疤，就像一艘沉船，让它永远沉在湖底是最好的。对祁宏来说，每说一次就是把那道伤疤上还没愈合的痂重新揭开，把伤口血淋淋地展示给人看。这是祁宏不愿意的，祁宏也觉得跟钱小芸的感情还没发展到那一步，还没有这个必要——祁宏希望跟高燕的事，永远没有机会对钱小芸说。

其实，祁宏不回家过年，对促进他们的感情发展是有利的，钱小芸暗中惊喜，很快就产生了新想法，因为钱小芸的家离学校太近了，只要一个多钟头，祁宏在学校过年，对增进他们交往和感情来说，倒很方便。

钱小芸试探地说："宏，既然你不回家过年，那就上我家过年吧。你一个人在学校过年，孤孤单单的，要吃的没吃的，要氛围没氛围，一点年味都没有，多没意思啊！"

祁宏被钱小芸的话吓了一大跳。一个女生邀请一个男生上她家，而且是过年，这意味着什么？如果自己没有那个意思，这事儿就要快刀斩乱麻了。不管是被动还是主动，祁宏已经跟三个女生产生了感情纠葛。如果真要选择到一位女生家过年，祁宏还是觉得，高燕家，他是毫不犹豫地愿意去的；凌林家，还要考虑一下；而钱小芸家，就不用考虑了，他是不会去的。祁宏客气地拒绝了钱小芸，他知道，这个小师姐已经陷进去了，这个学期以来，他把她当师姐，当姐，给了她太多的模糊空间，让她误会了。如果这个时候再不拒绝她，以后钱小芸对他的感情更进一步，到时候要断了她的心思，就更难了。

其实，钱小芸只是随口说说，试探一下。对祁宏去她家过年这件事，本来就没抱什么希望。但钱小芸还是闷闷不乐，因为祁宏拒绝得太果断，太干脆了，一点情面都没给，让她深受打击。

祁宏明显感到了钱小芸的不快，补偿性地说："师姐，你回家，我把你送到车站吧！"

这个主意不错，让钱小芸高兴起来，这也是她找他的初衷，她本来就是这样想的。虽然祁宏拒绝了跟她回家过年，却答应了送她到车站，算是达到了她的预期目的，如愿以偿了。湖南大学有数千女生，钱小芸知道，祁宏是不会送其他女生到车站的，包括他们班上的女生，她是唯一一个享受到这种待遇的，是数千分之一，已经够荣幸的了，钱小芸心里涌起了从没有过的快乐和满足。

考完后的第二天是学生离校返家的高峰期。按照约定，大清早祁宏就到了女生宿舍，送钱小芸到汽车站。钱小芸收拾了两个包，祁宏一个人全包了。他背上背一个，手上提一个。两个人下了楼，祁宏跟在钱小芸后面向车站走去。

到了车站，买好票，上车告别的时候，钱小芸还是没有死心，她看着祁宏说："如果耐不住，想家想亲人了，就回去过年啊；如果不回家过年，又想念过年的味道，想大快朵颐，就来我家啊，这是我家的地址和电话！如果你来，给我一个电话，我到车站去接你！"

钱小芸抓过祁宏的手，把一张小纸条塞在他手上。那纸条上详细地写着钱小芸家的地址和电话。钱小芸的家就在湘潭与长沙接壤的地方，离学校比较近，一个多钟头路程。看着钱小芸眼巴巴地望着自己，祁宏于心不忍，接过纸条，揣进兜里，冲她点点头说，到过年的时候再看看吧，如果想来，我就给你电话。祁宏只是敷衍钱小芸，希望她一回去，跟父母在一起，家人重逢和相聚的快乐让钱小芸把这件事忘掉。

祁宏没想到，钱小芸是当真的，他的这个客套性的承诺让钱小芸盼望了一个假期，也生出了很多是是非非来。

那个学期，清华大学放寒假比湖南大学要晚两天。终于放假了，凌林开心极了，又可以见到父母，见到祁宏了。与所有谈恋爱中的女子一样，父母是要见的，看一眼就够；恋人是要看的，看多少眼都不够；爱情是要守候的，希望时刻跟他（她）在一起。凌林想着怎样才能跟祁宏多见见，多守守，她计划胆大妄为，准备上祁宏家拜年，然后把祁宏带到自己家，让他在自己家多待两天——她相信上大学了，父母不会管她太严了，会支持她的想法，当年读高中，她把祁宏叫到一起补课，父亲就没有反对她的做法。

原来凌林准备从北京坐火车，直接到祁东。可火车晃晃悠悠，速度太慢，路上要两天，不划算。想起祁宏，凌林回湖南的心情更迫切了。凌林把火车票退了，改成了飞机票。其实，坐飞机回祁东也不方便，因为飞机只到长沙，回祁东还要改坐火车，或者汽车，还要在长沙过一夜，第二天早上才能走，只能省出半天时间来。

下了飞机，凌林又改变了主意，她没有直接去火车站或者汽车站，而是打了个车，直奔湖南大学。凌林突然想碰碰运气，看看与祁宏有没有心灵感应，他会不会在长沙等她。

在出租车上，凌林忐忑不安，觉得这个想法太幼稚，太天真了，祁宏应该早就回祁东，回四明山了，想见祁宏，得快点回祁东才有可能。但她还是决定碰碰运气，试试缘分。理论上讲，碰上祁宏的可能性就万分之一。但这万分之一很重要，缘深缘浅，都在这万分之一里了。

考完当天，班上组织聚餐，AA制，又是凌林提出来的，但她又临阵脱逃了，她已经归心似箭，没有什么活动比回家更重要，比早点见到祁宏更重要。

湖南大学早就放假了，回家过年的同学早就走了，偌大的校园人去楼空，人烟稀少，格外清静。在校门口下了出租车，进了湖南大学校园，走在通往男生宿舍的路上，凌林就像一只满怀期待的小鸟。

在这个古香古色，绿树成荫的校园里，生活着她喜欢的人，热爱的人。凌林边走边后悔起来，高考填志愿的时候，她应该跟祁宏好好沟通一下，她没想到祁宏没填北京大学，而是填了湖南大学。如果知道祁宏填了湖南大学，她也填湖南大学得了。这样一来，他们俩，一个是湖南大学文科状元，一个是湖南大学理科状元。

不是凌林不喜欢清华大学，一个学期下来，她很喜欢这座大学的浓厚的学习氛围和自由的学术氛围，但她的心是空虚的，因为她的爱情不在清华园；走进湖南大学，凌林空虚的心才被填满了，充实起来，丰盈起来，让凌林明白了，原来有祁宏的地方就是不一样，有爱的地方就是不一样。如果没有爱情的阳光普照，湿地能变成荒原；如果有爱情的雨露滋润，沙漠能变成绿洲。

上了楼，凌林有点小激动，尽管她知道祁宏在的可能性不大，但她还是无法让自己不激动。来到宿舍门口，凌林真的激动起来了，她看到宿舍门上没有上锁，门虚掩着，留了一条缝，里面透出了灯光，这个信息已经暗示宿舍里有人。要是祁宏在，那他们太有心灵感应，太有缘分了；要是不是祁宏，也没关系，也可以从室友那儿打听一些祁宏的消息了，那也是意外收获，也可以不虚此行了。

在宿舍门口站住了，凌林深深地吸了两口气，让自己波涛起伏的心风平浪静下来，然后伸出手，用手背指关节轻轻地敲门。

"谁呀？请进！"

门里面传来那个熟悉的、温暖的、令人魂牵梦萦的声音，不是做梦，真是祁宏，凌林激动得心都快蹦出来了。

"宏，是我——"

凌林的声音都有点变了，她感到鼻尖酸酸的，眼睛湿湿的，是高兴，是激动。她兴奋地推开门，闯了进去。

祁宏正在书桌前看书，当他听到声音，抬起头，凌林已经进来了。

看到凌林，祁宏简直不敢相信自己的眼睛，半天回不过神来，不知道说啥，也不知道做啥了。

不是在做梦，却又像在梦中，这是他们见到对方时的共同感受。

"怎么了，不欢迎我?"凌林调皮地说。

祁宏伸出手，使劲地掐了一把自己的脸颊，痛，还真痛，不是在做梦，漂漂亮亮、让他昼思夜想的凌林真真切切地站在他面前。

"怎么可能不欢迎呢，天上掉下个林妹妹，我真以为自己在做梦!"祁宏傻傻地笑着说。

"那你在等我吗?"凌林俏皮地问。

"嗯，是的!"祁宏不假思索地答。

祁宏手忙脚乱地站起来，头重脚轻地来到凌林身边，机械地帮她把背上的包卸下来，放在书桌上，然后目光直直地盯着凌林看——他们认识两年多来，他还没有这么放肆地看过她。

没错，就是这个女孩，这个白皙的，干净的，漂亮的，气质高雅的女孩；这个自己开始想念，时不时地闯进自己梦里来的女孩；这次不是做梦，她从梦里出来了，来到了自己面前。

"就这么欢迎我，没有仪式感吗?"凌林说，"难道你不想为我们的意外重逢热烈地拥抱一下?"

一句话惊醒梦中人。祁宏赶紧张开双臂，把凌林搂进了怀里。

凌林伸出双手，从祁宏的腋下穿过去，轻轻地环住了他的腰，把头依偎在他宽阔的胸前，听着他为自己的到来加速的心跳。

天地间，仿佛其他的东西消失了，不在了，只剩下他们俩。一切安静下来，世界上只有两种声音，那就是他们的呼吸和心跳——他们都能清楚地听到对方的呼吸和心跳。

这种天地间没有其他人，只有他们两个人的感觉真好!

两个人忘乎所以地拥抱在一起，好一阵子才分开。

"还没吃饭吧?"祁宏看着凌林，怜爱地问，"我们一起吃饭去?"

“我不想看到其他人，我只想眼里只有你，我只想跟你在一起，”凌林说，“我不饿，我不想吃饭。来的路上，我感到有点饿，但看到你，我已经不饿了。”

这个二人世界多好呀，干吗要被外人打扰呢？为了这个二人世界，忍饥挨饿又有什么关系？

“可饿着你，我很心疼呀！”祁宏说，“还是到我这儿来，把你饿着了，我于心何忍？”

“那你有方便面吗？给我煮包方便面就行了！”凌林说。

“想吃方便面呀，我有的是，可以管你够！”祁宏忙不迭地说，“就是委屈了你，让你吃这种廉价的东西。”

“方便面是价廉物美，我在北京，差不多每天晚上都吃方便面呢，这种东西味道很不错，我喜欢吃。”凌林说。

“我也喜欢吃，那我现在就做，只要你不嫌弃！”祁宏一边烧水准备做方便面，一边难得俏皮地说，“林妹妹对物质生活要求太低了，太好养了。你不是为了给我省钱吧？我现在有钱了，不用你为我省了，你想吃山珍海味，我都养得起了。”

凌林看了祁宏一眼，娇嗔地说：“能考上清华大学的女孩可没那么好养，光有两个臭钱还不行，穿衣吃饭不是我看重的，我是精神贵族，重视精神食粮和感情生活。你要经得起考验，别让我失望！”

“那你开个条件，看我能不能养得起你？”祁宏说。

凌林出其不意地在祁宏脸上亲了一下，蜻蜓点水一样，尾巴一接触水面就离开了。

“吃山珍海味，不如吃你呢！”凌林咯咯地笑着说，“但你要记住了，我爱吃醋，以前你跟高燕的事，我就既往不咎了；从现在开始，你心里只能有我一个人，我不愿意跟别人共享你的感情！”

“这个倒是可以有的，”祁宏说，“你要相信我，看我行动。”

“那我们现在说好了，如果让我发现你心里还有其他女生，我不会原谅你，我会毫不犹豫地离开你！"凌林半开玩笑半认真地说。

"这么严厉？这么绝情？如果有误会呢？"祁宏心里打了个寒战，他想起了钱小芸，他一直在拒绝钱小芸，可大家都以为他们在谈恋爱。

"如果真是误会，我可以给你机会，听你解释。"凌林说，她突然严肃起来，"你是不是出现背叛我的苗头了？"

"哪敢，哪敢！"祁宏连忙答道。

祁宏的额头上沁出了一层细密的汗珠，不知是被凌林的话逼得紧张，还是被煮方便面的热气给蒸的。

祁宏的床底下有两大箱方便面，有时候忙，错过了吃饭时间，他就给自己煮一包方便面。

"煮两包，我们一起吃！"凌林说。

"那就煮三包吧，我们一起吃个饱。我们两个人在一起吃饭，估计胃口都好，我得保证你吃饱！"祁宏说。

"我也是这种感觉，这个想法，"凌林说，"要不煮四包，一起吃撑得了！"

"那我们两个都成饭桶了，除了你要我，我要你，否则，没人敢要了！"祁宏说。

"这样好呀，省得我担惊受怕，动不动就吃醋！"凌林说。

两个人情不自禁地笑了起来。

三包方便面很快就煮好了，红红的辣椒油和以细碎的葱花为主的作料放下去，宿舍里弥漫了好闻的香辣味。

两个人果真胃口大开，开心地吃了起来。

那顿方便面，他们把汤都喝得一点不剩。

"吃饱了？"祁宏问。

"肚子还有一点空间，"凌林说，"要吃饱，我们俩还真得煮四包方便面，三包不够！"

"要不要再煮一包两包？"祁宏问。

"你还来真的呀？"凌林说，"物质的东西就适可而止，知足常乐吧，否则就要饱暖思淫欲，我们都危险了。"

"你的饭量还真好。"祁宏说，"可以跟我一个大男人比容量了！"

"怎么啦，你怕养不起我！"凌林偏着头，盯着祁宏看，"我自己可以养活我自己，不用你养，我也能养得起你！"

"我不是吃软饭的男人，"祁宏说，"吃软饭的男人，可不敢跟你谈恋爱！"

吃完方便面，凌林准备去洗碗，祁宏没有让她去洗，他拿着碗去洗了。

饭后，两个人坐在宿舍里看书聊天，交流他们半年来的学习和生活情况。时间很快，不知不觉，就到夜深，过十二点了。

"我去学校招待所给你开个房，你都辛苦一天了，早点儿休息。"祁宏说。

凌林看着祁宏，嘟着嘴说："宿舍不是很多床嘛，干吗非要铺张浪费呢？我哪儿也不去，今晚就住在宿舍里，反正只有我们俩，没有其他人。"

祁宏吓了一跳，看着凌林，搓着手，嗫嚅着说："这不太合适吧？"

"只要你没有什么坏心眼，我说合适就合适。"凌林说，"我相信你，我才跟你谈恋爱！我不相信你，就不会跟你谈恋爱的。"

祁宏感动得鼻涕眼泪都要流出来了，这是一个女生对一个男生的莫大信任，他同意了凌林的计划。

那天晚上，凌林没有去招待所开房，就留在祁宏的宿舍里。

凌林睡在祁宏床上，祁宏睡在对面兄弟的床上。

那天晚上，两个人好像都睡得很踏实。凌林的呼吸匀细，祁宏打了鼾，声音不大，时断时续，尚在凌林可以接受的范围内。

一大一小，一粗一细，一高一低的睡眠声，此起彼伏，就像一曲温馨和谐的协奏曲。

第十四章　祁宏留宿凌林

　　凌林在湖南大学陪伴祁宏，一待就是一周时间。直到腊月二十八，再过两天就是大年了，才不得不赶回祁东陪父母过年——母亲已经在电话中催促过她几次了，凌林打着马虎眼，她不敢告诉母亲在长沙陪祁宏，怕她本能地担心。

　　凌林很希望祁宏跟自己一块儿回祁东，但祁宏压根儿没那个意思，几次话到嘴边，又被凌林强行咽了回去。祁宏不愿意回祁东过年就算了，不能勉强他违背自己的意愿做他不乐意的事。凌林是懂祁宏的，用不着祁宏解释，她就知道他心里想啥，她尊重他，这是她爱他的一个重要组成部分。

　　凌林也想过在长沙陪祁宏过年，这个想法很浪漫，却只能想想，很难落到实处，毕竟凌林有父母，父母就她一个独生女儿，她已经跟父母有一个学期没有见面了，一家人第一次分开这么久，无论多晚，凌林是必须要赶回祁东陪父母过年的。

　　如果凌林留在长沙陪祁宏过年，祁宏自己都不会同意。随着年关越来越近，祁宏已经在用眼神询问凌林什么时候离开了——不是祁宏不愿意凌林在长沙陪他，而是太想了，但他觉得自己不能太自私了。凌林能做的就是在时间允许范围内尽可能地多陪祁宏一两天。

　　腊月二十八那天，凌林再也没法拖下去了，才不得不告别心上人，回祁东过年。

这一周时间，两个年轻人被纯洁的、高尚的、无私的爱情激励着，鼓舞着，他们享受着爱情的阳光雨露，欣喜万分。

在物质和精神面前，精神伟大，物质渺小，物质不值一提，只要跟对方在一起，做啥都趣味盎然，吃啥都津津有味，穿啥都得体，看上去风度翩翩——情人眼里出西施嘛。

在欲望和爱情面前，爱情伟大，欲望渺小，欲望被强行摁压在心底，没有出头之日，就像被如来佛压在五指山下的石猴，虽然看到有人路过就蠢蠢欲动，却因为时候没到，没有挣脱重压，跑出来兴风作浪。

两个年轻人待在一起，享受感情美妙，岁月静好，哪儿都不愿意去。读书，聊天，吃饭，睡觉，你看我，我看你，无聊的日常因为对方的存在，变得生机勃勃，春意盎然。他们只是中午那餐，两个人才手拉手，跑出去吃饭。中午那顿，他们尽量吃好点，却不浪费。晚上那顿，他们一起煮方便面吃——有时候，上床睡觉前，再煮两包方便面。

中午那顿，相对而言，是高消费，凌林不愿意让祁宏买单，怕增加他的负担，影响他下学期的生活质量。祁宏不让凌林买单，他知道凌林担心啥，他拿出存折来，翻开给凌林看，说自己有钱了。

存折上的数字把凌林吓了一大跳：里面的钱已经超过五万块了，祁宏比凌林富裕多了，凌林的钱还不到祁宏存折上的一个零头呢。看到存折，凌林才没有争，心安理得地把买单的机会让给了祁宏。

祁宏认真地对凌林说，你以后可以不要家里给你寄钱了，我可以送你上大学了。凌林没有接受，祁宏只要管好自己，她就放心了。凌林深受祁宏勤工俭学的鼓励，她准备以祁宏为榜样，从下学期开始，她也要努力挣钱，自力更生，丰衣足食。

寒冬腊月的长沙，是一年中天气最糟糕，最难过的时候。北风呼呼作响，天空飘洒小雨，雨中夹杂着雪花，打在身上，实在太冷，让人格外难受。两个人宁愿窝在宿舍里看书，哪儿都不愿意去。红袖添香夜读书的感觉很好，书里的世界很精彩。凌林用的是祁宏的书桌，祁宏用的是汪大力的书桌，他们面对面地坐着。需要休息的时候，两个人不约而同地从书本上抬起头，望着对方，傻乎乎地笑。饱含爱意的傻笑，让他们提前触摸到了春天的温暖和盛世景象——在他们眼里，对方就是他们的明媚春光，就是冬天过去，春天来了，冰雪消融，溪流淙淙，春暖花开，草长莺飞，人世间最美丽的景象。

不管你信不信，他们同居了，却吻都没有接过。凌林问祁宏，你想亲我一下吗？祁宏看着凌林，老老实实地回答，想，很想，但怕一亲就惹火上身，刹不住车呢。

凌林想了想，觉得祁宏说得很对，也打消了怂恿祁宏亲自己的念头。

上床睡觉，他们还是维持第一夜的样子，各睡各的床，凌林睡在祁宏的床上，祁宏睡在对面的床上。上床睡觉前，祁宏用热水器烧一桶滚烫的热水，给两人泡脚。

冬天用热水泡脚是一种美妙的肉体享受。水烧好后，祁宏把水倒进一个塑料大脚盆，两个人四只脚一起泡。他们搬了两条凳子，面对面地坐在脚盆两边，中间隔着热气蒸腾的脚盆，那热气让他们感到很温暖，也有一种朦胧的美感，让他们雾里看花，越看越迷醉。

脱掉袜子，卷起裤脚，把脚伸进水里，一股温暖从脚底升起，沿着腿脚，达到心底，让人浑身温暖。凌林的小腿修长匀称，皮肤白嫩，煞是好看，耐看，祁宏特别爱看。祁宏的小腿，呈古铜一样的颜色，那是夏天帮父母下农田干农活时留下的印记，凌林也喜欢看，她开玩笑说，那腿是祁宏的本色，是四明山的颜色，是中国农民的淳朴和真实。

凌林的脚指头修长灵活，祁宏也爱看。泡脚的时候，凌林爱用灵巧的脚指头越过三八线，侵入祁宏的地盘，挑逗和挤压祁宏的脚指头，弄得祁宏脚趾痒痒，脚痒痒，腿痒痒，身体痒痒，心头痒痒，又不得不强忍着。这就是他们七天同居一室的最亲昵的动作，最越界的肉体接触了。

两个人晚睡晚起。夜猫子不一定都聪明，但聪明的人都是夜猫子。祁宏和凌林都是夜猫子，学习到很晚。寝室熄灯了，他们就点蜡烛。他们共用一根蜡烛，金黄浪漫的烛光下，他们的头凑得很近，差不多抵在一块了，呼吸都吹打到了对方脸上。他们学得很起劲，实在困得不行了，才上床睡觉。可一钻进被窝，躺在床上，他们又睡意全无，于是天南海北地闲聊起来。这一聊就很兴奋，没完没了。很多话题，他们都聊过了，重复几遍了，还是不过瘾，于是从头再来，都乐此不疲。

一个学期，两个人经历的人和事，见闻和感想，都毫无保留，跟对方分享了。这种分享，差不多让时光倒流，让对方全部介入了自己的生活，重新来过一遍。闲聊是最好的催眠曲，聊着聊着，总有一个人支撑不住，率先进入梦乡；另一个人见对方睡着了，也倦意袭来，跟着跌进梦乡。

他们早上睡到自然醒，醒来后，也不想立刻起床，因为太冷了，于是继续聊。两个人晚上聊过去，早上聊未来。他们早上憧憬将来做什么工作，准备在哪座城市安家落户——长沙和北京是他们的首选，在哪座城市都没关系，只要跟对方在一起。凌林兴奋地说，他们俩，一个是文科学霸，一个是理科学霸，他们的孩子将来肯定青出于蓝而胜于蓝，可能天下第一，找不到对手。

女生爱干净，每天睡觉前都要擦洗身子。凌林洗澡是在宿舍完成的。冬天太冷，宿舍条件有限，很难大张旗鼓，放开地洗，只能尽可能地用热水擦洗。水是祁宏烧的，两大桶。他们见面的第一个晚上，凌林说要洗澡，祁宏很为难，说假期学校澡堂关门了。凌林说，我就在宿舍里洗洗，你给我烧水。祁宏这才恍然大悟，知道怎么做了。把水烧好后，祁宏拉开门，准备出去回避一下，却被凌林拉了进来。

"外面很冷，"凌林说，"你背过身去，不偷看就行了。"

换作其他男生，肯定会偷看，会不老实，甚至趁机弄出点什么事儿来，但祁宏不会，凌林相信他。

凌林擦洗身子的时候，祁宏背对着凌林站着，像得道高僧入定，一动不动。祁宏真没有偷看，他既没有拿正眼偷看，也没有拿眼的余光偷看，老老实实的。人的感情是说不清楚的，凌林倒是希望祁宏偷偷地看她一眼——只能偷看，她会装作不知道，可祁宏没有。

小小的宿舍里很寂静，回荡着凌林擦洗身子时用澡帕擦起来的水声以及祁宏的被压抑到很低的粗重的呼吸——那呼吸声告诉凌林，祁宏是一个能够理智战胜冲动，感情战胜欲望的人。

凌林上床后，祁宏还烧了一大脚盆开水，上面蒙了一块布，塞在凌林床底下。那开水冒着腾腾热气，把凌林的被窝焐热，水蒸气被布挡了，过滤了，又不弄湿床。

在宿舍过的第一个晚上，凌林是和衣睡的。虽然凌林喜欢祁宏，但不希望跟他在婚前越界越轨。凌林上床就睡着了——假装睡着的，她的脑海里一直在做着残酷的激烈的复杂的思想斗争：如果祁宏深更半夜按捺不住了，跑到自己床上来，钻进自己被窝，怎么办，是从还是不从？

凌林很快就发现，自己的担心是多余的，对面床上很快就传来了祁宏的鼾声，她可以放心入睡了。果然，那一夜，两人相安无事，祁宏甚至连身都没有翻一下——其实，祁宏是一夜没睡，鼾声是装出来的，他知道凌林在想什么，他希望凌林睡得踏实安稳。

从忐忑不安到酣然入梦，凌林一觉睡到第二天自然醒。醒来后，凌林心怀感激和感动，她更加笃信：自己没有看错人，祁宏是难得的正人君子，值得她托付一生！

天下没有不透风的墙，祁宏和凌林在宿舍同居的事，还是被第三者知道了。知道这件事的，不是别人，正是钱小芸。这件事后来纸包不住火，被捅了出去，在湖南大学，甚至在清华大学闹得满城风雨，留下了严重的后遗症。把这件事捅出去的，不是钱小芸，而是钱小芸的母亲易桂芳。

从学校回家后，钱小芸一直牵挂着祁宏，茶不思，饭不想，寝食难安。扒着热乎乎的白米饭，吃着丰盛可口的美味佳肴，钱小芸不由自主地想祁宏在学校怎么解决吃饭问题；烤着冒着幽幽蓝光的暖暖和和的炭火，钱小芸不由自主地想祁宏在学校怎么抵御寒冷——没有放假的时候，宿舍人多，热闹，不觉得那么冷，要好过得多，放假了，就不一样了，越到年关气温越低，白天没有炭火怎么过；躺在宽敞舒适的床上，盖着厚实的棉被，钱小芸不由自主地想祁宏的被窝要多长时间才能暖和起来——也许从晚上钻进被窝到第二天早上起床，他的被窝都是冰冷的，一丝热气都没有。

这么想着想着，钱小芸的心灵触动了，在家待不住了，她希望返回学校看看祁宏；如果可以，她准备劝祁宏回祁东老家过年，或者跟自己到湘潭来过年——最好的当然是劝祁宏来自己家过年。如果祁宏愿意跟她回湘潭过年，那就意味着他们的关系取得了实质性进展和突破，迎来了爱情的春天。

腊月二十七日那天，易桂芳上长沙置办年货，问钱小芸去不去，这正中钱小芸下怀。易桂芳省吃俭用一年，攒下来一笔钱，准备给女儿送一件新年礼物，给她买一部新款的袖珍型收录机。拥有一部袖珍型收录机，是钱小芸企盼已久的大事。在钱小芸考上湖南大学，收到录取通知书的时候，她就向母亲表达了这个心愿。但在钱小芸进大学前夕，易桂芳突然得了急性阑尾炎，做了一次手术，把家里的积蓄花光了。钱小芸不好意思再提，易桂芳感到愧疚，觉得欠了女儿的。如今两年过去了，一家省吃俭用，终于又有了一点积蓄，可以让钱小芸如愿以偿了。

有了收录机，钱小芸可以听歌，纠正普通话，听英语，跟着提升听力和口语，收听柴静的《夜色温柔》——二十世纪九十年代，长沙大学的女生都喜欢听这个节目。到了长沙，易桂芳先给钱小芸买了一部收录机，然后再办的年货。年货可多可少，有钱多买，没钱少买，但钱小芸的收录机不能少，得放在第一位保证。

拿到收录机，钱小芸高兴坏了，她当场调试了一下，感觉效果很不错，声音很清晰，很动听。收录机在手，钱小芸第一个想到了祁宏——他比她更需要，祁宏一个人在学校，肯定很孤独，很寂寞，很煎熬，正好用得上。

如果祁宏既不想回祁东，又不想跟她回湘潭，就先把收录机送给祁宏用上一段时间，等到开学了再拿回来——当然，如果祁宏喜欢，就当新年礼物送给他得了，自己再攒钱重新买一个。

钱小芸把自己的想法告诉了母亲，易桂芳没有同意，也没有反对。她说，既然给钱小芸买了，收录机就是她自己的了，她已经十九岁了，至于怎么使用，是她自己的权利，由她自己决定。

"那我去找祁宏了，"钱小芸对母亲说，"你买好年货后，自己回去，不用管我了；到时候，我也自己回家，我们在家见，您不用等我了。"

"真是女大不中留，"易桂芳说，"天黑得早，你记得要早去早回！"

告别母亲，钱小芸拎着收录机，兴冲冲地跑到学校，兴冲冲地跑进男生宿舍，兴冲冲地跑上楼，兴冲冲地跑到祁宏的宿舍门口。

下午两三点钟的样子，钱小芸正要抬手敲门，却听到里面传出来阵阵和谐的欢声笑语，搅得钱小芸内心很不和谐。钱小芸怔住了，站在宿舍门口，进也不是，退也不是，她的心就像是被抽丝剥茧，一丝不挂地暴露在冰冷的冬天里。

那说笑声分明是一男一女的，说起来很亲热，听起来很刺耳，偶尔带点肉麻。听得出来，里面的两个人关系非同一般，是一对正在谈恋爱的人。

钱小芸把耳朵贴在门上谛听，那男声，正是祁宏；那女声，既熟悉又陌生，钱小芸一时想不起来。

钱小芸认真地想了想，突然醒悟过来，立刻感到头大如斗，又涨又痛——没错，那女的声音正是凌林。

钱小芸一下就明白了，原来祁宏不回祁东过年，也不愿意跟她回湘潭过年，真正原因是要在学校等凌林过来，他们已经如胶似漆，卿卿我我，小日子都过上了。看来，他们早就约好了，祁宏元旦上北京看凌林，凌林寒假来长沙陪祁宏，礼尚往来；看来，他们已经处在水深火热的热恋中了，难怪祁宏一直拒绝她；看来祁宏和凌林准备在长沙一起过年，都不准备回家了。

钱小芸呆呆地站在宿舍门口，听着两个人在宿舍里热火朝天地闲聊，爱意满满；钱小芸站着一听就是两三个小时。

门里面，祁宏和凌林卿卿我我，打得火热；门外面，钱小芸倍感委屈，泪水不知不觉地流了出来，顺着脸颊往下流淌。

钱小芸想象不出祁宏和凌林在宿舍里做了些什么，她很想知道，很想推开门看个究竟，但她还是忍住了。虽然钱小芸被爱情的熊熊妒火烧伤，但她是一个有文化的大学生，不是流氓地痞，知性修养帮她战胜了嫉妒。钱小芸希望祁宏或凌林从宿舍里走出来，看到自己可怜巴巴地站在门外。可是，里面的两个人一个都没有出来，两三个小时，他们走出来方便一下的意愿都没有。

天色渐渐地黑了下来，钱小芸被黑暗笼罩着，包裹着，压迫着，喘不过气来。她本来就感到绝望，天黑下来，进一步加重加深了这种感觉。站在门口的每一分每一秒，对钱小芸来说，都是对她的感情的摧残，对她的身体的折磨，对她的心脏的蹂躏，对她的意志的煎熬。

钱小芸拎着收录机，迈开脚步，准备回家。她机械地挪动着脚步，那双脚又沉重如铅又没有知觉，就跟她的感情和思想一样，僵硬了，麻木了，没有任何感觉。

腊月二十七那天，钱小芸回到了湖南大学，她轻轻地来了，又轻轻地走了，没有惊动任何人，正如钱小芸喜欢的徐志摩的那句诗：轻轻地我走了/正如我轻轻地来/我挥一挥衣袖/不带走一片云彩。

扶着楼梯下了楼，出了男生宿舍楼，走在熟悉的校园里，钱小芸忍不住了，她失声痛哭，哭声在空荡的校园里回荡。小雨夹着雪花，冰冷地扑打在钱小芸的脸上，寒意透彻肺腑，把她的心冻住了冻僵了。钱小芸的头发湿了，衣服湿了；在她脸上肆意流淌的，不知是冬天冰冷的雨水还是从她眼窝里涌出来的先滚烫后冰冷的泪水。

挤上回家的公交车，钱小芸还在抽泣，瘦弱的双肩一耸一耸的，让人动容，让人怜爱。车上很多乘客闻声看过来，望着钱小芸，脸上写满了同情，他们用眼神关心她，询问她，安慰她，鼓励她，希望她想开点，不要伤心，不要哭了，都过年了，没什么想不开的，要高高兴兴地回家过年。

好不容易撑到家了——钱小芸感到意识模糊，连回家的路都看不清楚，方向都把不准确了。钱小芸头重脚轻，身子不住地颤抖——不知是身冷还是心冷，她的两只眼睛又红又肿，就像两个熟透的水蜜桃。

易桂芳先一步回到了家里，她已经做好了饭菜，坐在餐桌边，等着钱小芸回来吃饭。

进了家门，看到母亲，钱小芸再也支持不住，扑在易桂芳怀里，又放声痛哭起来，泪水打湿了易桂芳的棉袄。

钱小芸的样子，把易桂芳吓坏了，她以为女儿跟祁宏发生了那事。易桂芳把女儿扶进客厅，让她坐在沙发上。

易桂芳给钱小芸倒了一杯热水，满脸紧张地问："小芸，他是不是欺负你了？"

母亲这一问，钱小芸彻底失控了，哭得更加撕心裂肺。钱小芸的哭声，把屋檐下刚归巢，正准备睡觉的一对鸟儿震惊了，它们扇动翅膀，惊慌失措地飞走了。

钱小芸的异常反应，让易桂芳更加紧张了，她一把推开钱小芸，两手抓住她的双肩，上下打量起来，就像检查一件失而复得的稀世珍品。

易桂芳越看越紧张，她结结巴巴地问："小芸，他把你那个了？"

钱小芸这才反应过来，弄明白了母亲所谓的"欺负"和"那个"是什么意思，她的表现让母亲误会了。她不能让母亲担心，更不能冤枉人，钱小芸赶紧向母亲边哭边声明：祁宏他没有欺负我，没有那个我，我看到他跟别的女生在宿舍里，我失恋了！

原来不是自己想象的那样啊，易桂芳如释重负，长长地舒了一口气。知女莫若母，易桂芳知道这是钱小芸第一次对男生动情，可是优秀的女儿出师不利，没有出现在合适的时候，她喜欢的男生已经名花有主，爱上别人了。

易桂芳没有把爱情看得那么重。作为过来人，她知道失恋是人生的一堂必修课，都要经历的，她也经历过。没有失恋的人生是没有的，也是不完整的。这个道理，母亲明白，初次喜欢男生的女儿不一定明白，钱小芸也许将来会明白，但易桂芳希望女儿早点弄明白，想清楚。

钱小芸向母亲哭诉了跟祁宏交往的前前后后。在详细了解情况之后，易桂芳放心了，原来祁宏并不反感钱小芸，也没有明确对钱小芸说不爱她。易桂芳把三个年轻人的事情认真梳理了一下，发现钱小芸还是有机会的，她安慰女儿，只要他们还没结婚，你就不要放弃——如果你是真心喜欢他；易桂芳鼓励女儿不要气馁，不要放弃，爱情是美好的，美好的东西往往来之不易，要争取爱情幸福，就要加倍努力。

"可他们都过到一起去了，我还有机会吗？"钱小芸边抹眼泪边问。

"他们可能不像你想象的那样。"母亲说，"在爱情的道路上，有正人君子，也有卑鄙小人。你碰到的祁宏是一个难得一见的正人君子。我的女儿很优秀，才貌双全，很少有男人不动心的。你的意思已经向他暗示过了，他却没有接受你，这说明他是一个正人君子，能够做到坐怀不乱，值得信任。凌林现在跟祁宏在一起，也许是凌林对他很信任，他们之间不是你想象的那样。"

母亲的话是一剂良药，钱小芸在将信将疑中，慢慢地止住了哭泣。可她还是高兴不起来，钱小芸需要理顺一下思路，需要思考以后的对策，碰到凌林和祁宏在一起，钱小芸更看清了自己的感情，她确实太爱祁宏了，这种感情无药可救了。

"如果你不想放弃这段感情，如果你想争取自己的幸福，你就要积极行动起来，扭转眼前的不利局面，"易桂芳说，"这件事就是一个千载难逢的机会，可以把坏事变好事，你向学校举报他们，让学校帮你管管他们，学校的监管可能是斩断他们情丝的最锋利的利器。"

"这个恐怕不太好吧！"钱小芸惊讶地看着母亲，"学校三令五申，对这种事情的处罚很严厉，会影响祁宏的前程的。"

"看情况，祁宏的责任不会很大，是凌林来湖南大学找他的，祁宏是被动的，凌林是主动的，主要责任在凌林那儿；凌林又远在清华大学，清华大学管不了湖南大学的事，所以，举报对他们两个人的前途都不会有太大影响，但对他们的感情杀伤力很大。如果你不愿意，那就要承担失恋的痛苦，就要眼睁睁地看着他们走到一起去。"易桂芳说，"你到底还要不要这段感情了？"

后面那句话，易桂芳加重了语气，很不客气地问钱小芸。

"你让我先想想，妈，"钱小芸说，"看看还有没有其他更好的办法！"

说完后，钱小芸饭都没有吃，就进了自己房间，脱了衣服，上了床。这一天，钱小芸感到太累了，不是人累，是心累。

钱小芸一躺下去就起不来了——她不是累了，而是病了。

第二天早上，易桂芳喊钱小芸起床吃早餐。

钱小芸嘴上答应，身体却爬不起来，她浑身无力，精神也不好。

钱小芸试了几次，都没有爬起来。易桂芳叫多了，钱小芸不耐烦了，有气无力地说自己不饿，要父母先吃，不要管她。

易桂芳觉得不对劲，走进钱小芸房间，来到床边，伸出手，放在钱小芸的额头上一摸。

这一摸不要紧，易桂芳的手触电一样缩了回来。钱小芸发烧了，她身上火烧火燎的，就像一炉炭火，烫手灼人。

父亲钱云鹤闻声赶过来，也伸手摸了一下，也被吓了一跳。

夫妻俩很快就达成了一致意见，催促钱小芸赶快上医院看病。

钱小芸坐不起来，她连穿衣服的力气都没有了。

易桂芳赶紧过来，帮钱小芸把衣服穿好。

钱云鹤背起钱小芸，急急忙忙向医院跑去。

年关了，受气候影响，感冒的人很多，医生想着过年的事，没心思看病，他们没给钱小芸做什么化验检查，就给钱小芸开药打点滴，输液退烧。

看着病床上的钱小芸，易桂芳心疼极了，她知道女儿得的是心病，心病还须心药医。但女儿心地善良，不愿意伤害别人，看来只有自己出面，帮女儿一把，希望对女儿的感情有所帮助。

爱女心切的易桂芳，在钱小芸睡着后，跑出医院，挤上了去长沙的公交车，她要去湖南大学，替女儿捍卫她的爱情。

易桂芳在湖南大学找了很多部门，都放假了，她感到很沮丧，但她没有放弃。在值班室门上，易桂芳看到了校风纪律委员会主任刘厉兰的电话，她把电话认认真真地抄了下来。

易桂芳在学校公用电话亭照着抄下的号码给刘主任打电话。电话通了，是刘主任自己接的。

易桂芳情绪激动地把祁宏留宿女生的事情报告了刘厉兰。

这件事情非同小可。刘厉兰听后大惊失色，她赶紧出了门，下了楼，跟易桂芳会合后，一起到男生宿舍核实情况。

说是核实，其实两人心里都清楚，他们准备捉贼捉赃，捉奸捉双。

两个中年妇女静悄悄地溜进了男生宿舍，静悄悄地上了楼。

可是很遗憾，她们没有运气，她们没有把两个年轻人堵在宿舍里，她们扑了个空。

宿舍门上挂着一把大锁，祁宏和凌林已经不在宿舍了。她们面面相觑，不知道是谁走漏了风声。

原来还有两天要过年，凌林不好意思再待下去，她回祁东了。

凌林前一天晚上就把行李收拾好了，那天大清早，他们就起来了。

祁宏拿着行李，走在前面，凌林空着双手，跟在后面，祁宏把凌林送到了火车站。

易桂芳和刘厉兰找上门来的时候，祁宏和凌林已经离开宿舍了。

看来，爱情女神在天上看着他们，庇佑他们，避免了一场大风波，帮他们躲过了一劫。

刘厉兰是个雷厉风行的女人，如果被她人赃俱获，抓了现行，那就麻烦大了，祁宏可能要面临严厉的校规处罚。湖南大学很多起对恋爱学生的严肃处理，都是由刘厉兰主持的，像祁宏这种情况，性质很恶劣了。

那年代还比较保守，学校把恋爱视为洪水猛兽，每年都有因为恋爱触犯校纪校规被处理的。对大学生谈恋爱中的出格行为，处罚起来，很严厉，弄不好要开除，这些校规上都白纸黑字地写着。

大学生谈恋爱，得偷偷摸摸地进行，不能明目张胆，堂而皇之，就像白色恐怖下的地下工作者。

校规上的条条款款，没有引起祁宏的足够重视，他甚至看都没看过。祁宏认为自己是一个遵纪守法，认真学习的学生，他不打架斗殴，不拉帮结派，不徇私舞弊，不作奸犯科，那种违反校规，破坏校纪的行为一直离他很远。

祁宏还没有违反过校规，破坏过校纪。从小学到初中，从初中到高中，祁宏都是又红又专，是"别人家的孩子"。在大学，祁宏保持了自己的优良传统，在已经结束的大学第一学期，在高手如云的湖南大学，祁宏还是出类拔萃，首屈一指。

期末考试的成绩出来了，祁宏还是所在专业的第一名，而且成绩遥遥领先，高出第二名一大截。通用科目，祁宏在全年级都是第一名，只有体育例外。

有些错，不是有意的，是无意识的，在不知不觉中犯下的。犯下的时候，自己也不知道怎么犯下了，就像有些罪是不知不觉地犯下的一样。

第十五章　祁宏与高燕化解心结

很多事情都有冥冥中的注定和安排。凌林回到祁东那天，在从火车站回家的路上，邂逅了好朋友高燕。

预产期在来年夏季，高燕已经迫不及待了，她准备到一家新开的婴幼儿专卖店给即将到来的小家伙添置衣服，购买玩具，置办婴儿车和床，突然听到有个惊喜的声音在喊叫她。

抬起头，循声望过去，高燕看到了背着行李，风尘仆仆，向着她加快脚步，迎面走过来的凌林。

这次意外重逢，让这对闺蜜异常激动。走近后，两个人，四只手紧紧地拉在了一起。她们上下打量着，互相问候着，寒暄着，感慨着。

本来相向而行的两个同龄人的人生轨迹，半年前出现了分岔，一个向右，一个向左，用不到半年时间，就发生了翻天覆地的变化。

半年前，她们都生活在这个小县城，都是无忧无虑的花季女孩，她们都人见人爱，花见花开，本质上没有什么区别。

半年后，凌林去了首都北京，上了清华大学，成为天之骄子，一个学期的锤炼、净化和升华，凌林变得更加知性、大方、美丽、雅致，让人尊敬，散发着高贵的迷人气息。高燕却嫁人了，怀孕了，成了准妈妈，彻底告别了纯真无邪的少女时代，跟小城的年轻媳妇没什么两样——她们已经有了本质区别。

高燕挺着大肚子，稚气未脱的脸上看上去有些疲惫和浮肿，跟记忆中的青春少女形象已经相去甚远，这让凌林黯然神伤，感慨造化弄人。如果不是因为爱情，正当求学之年的高燕跟自己一样，也是一个学生，正在教室里为自己的前途和命运努力，一年多后也将成为大学生。

是有情的爱情改变了无情的命运，高燕用自己的命运成就了祁宏，也无意中成就了凌林和祁宏的爱情，高燕对祁宏是有恩之人，对祁宏和凌林的爱情也是有恩之人。

如果祁宏没有考上大学，凌林还爱他吗？这是一个很难回答的问题。也许，在情窦初开的盲目冲动下，一开始可能会，但能不能坚持下来，就不好说了。四年大学读下来，见识了更宽广的世界，接触了更优秀的异性，当爱情从冲动回归理性，凌林很难保证那份感情不发生变化。

距离改变一切。空间距离也好，身份距离也好，只要距离大了，心理距离就大了，感情发生变化在所难免。

凌林心里升起来大把愧疚，也充满了感激。虽然凌林喜欢祁宏，但她明白，如果祁宏没有上大学，自己是没有勇气把爱情坚持下去，进行到底的。祁宏能够上大学，高燕居功至伟；如果高燕没有用自己的爱情跟父亲做交易，换来祁宏上大学的资本保障，祁宏和高燕至今仍是甜甜蜜蜜的一对，是没有凌林什么份儿的。

互相问候完，两人自然而然地聊到了祁宏。她们因为祁宏认识，因为爱上同一个男生成为好朋友，祁宏是她们绕不过去的话题，她们也乐于闲聊这个话题。这两个人没有因为爱上同一个人成为分外眼红的敌人，却因为爱上了同一个人成了无话不谈的闺蜜。在祁宏这儿，无论过去，现在，还是将来，她们的愿望和目标都是一致的，都希望祁宏过得好，都希望尽自己的能力和努力让祁宏过得好！

虽然他们分手半年多了，高燕还在时刻关心祁宏，关注祁宏。任何关于祁宏的好消息，都让她感到兴奋和开心；任何关于祁宏的坏消息，都让她黯然神伤，心痛难抑。可是高燕已经没有直接获取祁宏的消息渠道了，只能从别人那儿打听。

"到长沙见过他了？"高燕问。

"嗯，刚从他那儿回来。"凌林答。

"他还好吗？"高燕问。

"他挺好的。一进大学，他如鱼得水，现在又跃过龙门，成了一条龙。他成绩很好，全年级第一；他又做家教，又做黄花菜生意，能够很稳定地赚钱了，已经不用担心他吃不饱饭，穿不暖衣服了。"凌林说。

凌林一口气回答了高燕最关心的三个问题：祁宏有没有钱用？能不能吃饱饭？成绩好不好？

祁宏读高中的时候，为了不让他挨饿受冻，还是一个初中生的高燕，已经在省吃俭用，把钱掰开来，给祁宏留一半了。那时候，初涉爱河的高燕宁愿自己饿着冻着，也要让祁宏吃饱穿暖，也为此吃过不少苦头。

"其实，他可以不用做家教，不用做生意，专心专意地读书的。"高燕说。

"那祁宏吃啥，穿啥，在大学里怎么生活？"听了高燕的话，凌林诧异地问。

"我给了他十万块钱，足够他读大学用了。"高燕说。

听到这儿，凌林大吃一惊，她突然明白过来，高燕为什么急着结婚了，原来就是为了给祁宏攒一笔读大学的钱；她突然明白祁宏存折上为什么有那么多钱，比自己这个高干子弟还富多了。

凌林对高燕肃然起敬，又内心悲苦，看来高燕虽然爱祁宏，却不懂他，祁宏是不会用那十万块钱的。

"你知道他那人吃得苦，霸得蛮，能靠自己就靠自己，那十万块

214

钱祁宏有可能不会用的。"凌林说。

高燕有些落寞，半年没见，她已经不懂祁宏了，她以前给过祁宏很多次钱，祁宏用起来心安理得；现在自己做出那么大牺牲，用爱情换来的十万块钱却没发挥什么作用，这让高燕有说不出的伤心和伤感。

"你们还好吧？"沉默了一会儿，高燕又问。

跟高燕分手后，祁宏早晚会恋爱的。如果祁宏再恋爱，高燕希望跟祁宏开始一段新感情的，不是别人，而是凌林，凌林对祁宏爱慕已久，高燕对凌林是比较满意的，也觉得她跟祁宏是郎才女貌，很般配，又知根知底，彼此欣赏。祁宏跟凌林谈恋爱，高燕放心，也愿意为他们送上真诚的祝福。

"嗯，"凌林不敢正视高燕，她很难揣摩高燕这样问她的真实意图，却也不想骗朋友，"我在长沙陪了他一周，刚从他那儿回来。"

"那就好，真好——"高燕说。

凌林弄不清高燕这个"真好"，是肯定是羡慕还是嫉妒，或者这些情绪都有。但这些都不重要，重要的是一起帮祁宏解开心结，让他回到正常的生活轨道上来，不要再受那段感情影响了。祁宏虽然跟自己开始谈恋爱了，但他还是没能走出跟高燕分手后留下的心理阴影，他连过年都不回家了。祁宏不回家过年，意味着祁家过年的欢乐气氛要大打折扣了，祁家的年都过不好了。

能够帮祁宏解开这个心结的，只能是高燕，其他人都爱莫能助，包括凌林自己。对这点，凌林洞若观火。

"你们俩怎么不一起回来？"高燕问。

"祁宏不准备回祁东过年了。"凌林说。

"啊——"高燕惊讶地叫出声来。

难怪放寒假这么久了，高燕还没有听到祁宏回来的消息，也还没有看到祁宏的人，他的背影都还没看到。高燕还以为祁宏只是晚点回来过年，没想到他根本就不打算回来过年了。

听凌林这么说，高燕心里掠过一阵苦涩的甜蜜，看来祁宏的心里还是有她的，如果不是因为她，如果祁宏放下了，该早就回家过年了。

"只有你才能把祁宏请回来，"凌林说，"他一个人在长沙过年，没有过年的气氛，也吃不好，睡不好，过不好年；过年那两天，饭店一关门，只能吃方便面，一顿肉都吃不上，怪可怜的；没有祁宏在家，祁宏一家人的年估计也过不好。你愿意跑一趟，把他叫回来过年吗？"

祁宏不回来过年，对祁宏意味着什么，对祁家意味着什么，高燕心里很清楚，也很不是滋味，她当然愿意跑这一趟，她希望祁宏过得好，也不愿意自己成为祁家年都过不好的罪人。

"我明天就去长沙，"高燕说，"但我们已经分手了，他现在听不听我的，我没有绝对把握，只能试试看。"

"你去了，祁宏肯定就回来了，"凌林说，"他不回来，是害怕见到你。他见到你了，这个不回来的理由就没有了。你把他叫回来了，告诉我一下，我等着你们。"

跟凌林分开以后，高燕没有心思帮小家伙看衣服买玩具了，她在街边找了一个公用电话亭，拨通了父亲的手机——高欣已经用上大哥大了，他成为祁东县第一个大哥大用户。

高燕没有跟父亲客套，只说了一句："爸，我想去长沙找祁宏。"

高欣一听，大喜过望，当即答应了下来，也把时间确定了："行，明天早上，我来祁东接你，我们一起去长沙！"

高欣一直在等高燕一起去长沙找祁宏。放寒假很久了，高欣也觉得不对劲了，他一直在暗暗盼望祁宏回来过年，眼看还有两天就要过年了，祁宏还是没有回来，高欣开始着急了。

去长沙看祁宏，化解跟祁宏的纠结，是高欣期待已久，靠他自己又束手无策的事情。父女俩罕见地达到了前所未有的默契。他们联合起来对张伟撒了一个谎，说高燕的胎动异常，需要前往长沙的湘雅医院做一次全面的产前检查，湘雅医院是全省最好的医院，医疗技术和医术水平让人放心。

张伟本来想跟着他们一起去，但被高欣安排了其他工作。年底了，生意上的应酬多，要打的招呼多，要送的礼多，忙不过来。高欣把这些杂事全部交给了张伟。张伟喜欢干这些事，也能把这些事干好，让人满意。

张伟喜欢大口吃肉，大碗喝酒，喜欢酒中跟客户吹牛，喜欢酒后跟客户卡拉OK，扯开嗓门，歇斯底里地吼唱。张伟本来是出于客套，高欣要他留下来，他求之不得！高欣高燕去长沙了，他也自由了，可以放飞自我了。

喝完酒，唱完歌，还可以跟刘美丽在一起过夜。张伟太喜欢跟刘美丽在一起的那种感觉了，刘美丽惊天动地的喊叫能够激发张伟的昂扬斗志，让他享受征服的快感。张伟已经有一段时间没跟刘美丽在一起了，正闷得慌。高欣和高燕一走，他就可以无所顾忌了。

张伟不担心高燕，虽然他不信任高燕，却很信任高欣。高燕上长沙，有高欣陪着，张伟一百个放心。张伟偶尔也想过，高燕去长沙，可能是去看祁宏。但他马上打消了这个念头：有高欣送高燕到长沙，看着高燕呢。

在祁宏和张伟之间，高欣从来都是自己坚定不移的支持者，站在自己这边，还没等女儿读完高中，高欣就强行做主把高燕嫁给了自己，有高欣在，高燕是没有什么机会见祁宏的。张伟想。

上长沙找祁宏，父女俩心情激越，都有些迫不及待。高欣一个晚上没睡好，天没亮就起了床。王红梅给他做了一碗阳春面，放了两个荷包蛋，高欣三下五除二就扒完了。吃完早餐，高欣开着车，从四明山出发了。

高燕也早早起了床，洗漱完，穿着一身崭新的衣裤，坐在客厅里等候父亲的到来。

高欣到了高燕居住的小区楼下，响亮地按了几声喇叭，高燕很快就下来了。

两个人向着长沙兴高采烈出发的时候，天蒙蒙亮，街上还看不到多少行人的影子。

大冬天，都年底了，大家都还窝在温暖的被窝里，被窝才是江南人应对寒冬腊月的最好的去处，能在被窝里多待会就多待会。

一路上，父女俩心情舒畅，有说不完的话题，好像他们此行不是去接祁宏的，他们是要把四明山的春天接回来。

高燕已经很久没有这样开心过了，她太想知道祁宏在大学里过得怎样了，她太想跟祁宏一起化解心结了。祁宏有心结，其实高燕也有心结，他们的心结都一样大，一样结实。虽然她已经成为别人的妻子了，但她对祁宏的爱还是那样深刻，她不希望跟祁宏之间二选一，不是恋人就是仇人。

误会让人很难受，世界上的误会有很多种，最折磨人的误会，就是恋人之间的误会，尤其是两个人明明深深相爱，却又彼此深深误会，没有办法化解的那种。

在路上，高燕情不自禁地想，要不要告诉祁宏，自己肚子里的孩子是他的呢？当然，这得看机会，碰运气，如果氛围允许，她很想告诉祁宏，肚子里的小家伙是他的，她要把他抚养成人，让小家伙成为像祁宏一样优秀的人。

到了长沙，来到湖南大学，正是吃午饭的时候。

高欣把车开进了大学校园，停在男生宿舍楼下。

下了车，高欣带着高燕，轻车熟路地进了男生宿舍楼，他们上了楼，到了祁宏的宿舍门外。

门没有上锁，说明里面有人。

父女俩都很兴奋，不约而同地抬起手，敲起门来。

门里面传来那个熟悉的声音："谁呀？"

是祁宏没错，父女俩没有应答，他们激动地推开了门。

祁宏正在读罗曼·罗兰的名著《约翰·克利斯朵夫》，看到突然出现在眼前的高欣和高燕，不由得怔住了——他有点不知所措，这一怔，比一周前凌林突然出现在他面前更加吃惊。

看着高燕挺着大肚子，祁宏心里还是掀起了波澜：这个他朝思暮想，多次出现在梦里的女孩，已经成了别人的妻子，已经有了别人的孩子；是她成就了他，他感激她，把她带到大城市，让她过上幸福的生活曾经是他努力打拼的动力！

这是上大学半年多来，祁宏第一次看到高燕。

祁宏有太多疑问了：为什么高燕在他功成名就，倒霉的人生即将迎来峰回路转之际背叛了他，放弃了他们的感情？

其实，这个问题，不用问，祁宏已经想明白了。高燕是为了那十万块钱，是为了支持自己上大学。但高燕可能不明白，上了大学，即使没有那十万块钱，祁宏也是活得风调雨顺，饿不死，冻不死的。祁宏宁愿不要那十万块钱，只要他们曾经的感情。

事实已经证明：高燕在广东打工支持祁宏读完高三最后一个学期的那数千块钱是雪中送炭，对改变他的命运起到了关键性、决定性的作用；而那十万块钱可有可无，没有发挥什么作用，存折现在还躺在抽屉里，祁宏没有动一个子儿，他动一个子儿的心思都没有——为那十万块钱背叛那段感情，祁宏觉得高燕的选择一文不值。

高燕和祁宏对望着，没有言语，泪水慢慢噙满了他们的眼眶。女生克制力较弱，高燕让眼泪流了出来，祁宏没有让眼泪流出来。他们的心里都翻江倒海，有千言万语，却不知从何说起，也不知道怎么说，他们都不愿意说了。

成为大学生的祁宏果然不一样了，他西装革履，英姿勃发，跟半年前判若两人。高燕放心了，今天的祁宏正是高燕曾经憧憬的样子，希望看到的样子，高燕为自己当初的努力和选择感到激动和高兴。如果没有自己，祁宏可能就被埋没了，跟四明山的普通农民没什么两样，跟中国成千上万考不上大学的孩子没什么两样。那样的祁宏只有两种一眼可以看穿的命运：要么面朝黄土背朝天，做一辈子农民；要么背井离乡，成为打工族，为养家糊口忙碌奔波。

唯一让高燕感到失落的是，穿在祁宏身上的那件西装，已经不是她给他买的那件西装了；穿在祁宏脚上的那双皮鞋，也不是她给他买的那双皮鞋了。也许那件西装，那双皮鞋，已经穿旧了，被祁宏扔进了垃圾桶，就像他们的感情被扔进了他们生活的垃圾桶一样。

"别傻乎乎地站着了，我们那么远跑过来看你，还没吃饭呢，你请我们吃个饭吧！"高燕挤出一丝笑来，提醒祁宏，她希望打破他们见面的尴尬。

祁宏终于回过神来，觉得高燕说得没错，现在最要紧的不是发呆，不是震惊，是请高燕吃顿饭，高燕走了太远的路，还饿着肚子呢。祁宏太需要请高燕吃顿饭，对这个改变了自己命运的女孩，表示感谢了。

他们曾经在一起吃过很多次饭，每次都历历在目，那些饭就像甜蜜的爱情的味道。那些饭，都是高燕请他的，都是她掏钱买的单，祁宏还没有请高燕吃过一顿饭呢，他现在发达了，是该他做回东了！

在一起吃饭曾经是他们最快乐的时光，最美妙的相聚。打高燕被高欣从广州押回四明山半年多以来，他们就没有在一起吃过饭了。他们曾经在一起吃饭的很多细节就像电影慢镜头一样，一幕幕地浮现在祁宏眼前，触手可及，难以忘怀。

这顿饭，祁宏是太应该请了。如果说自己上大学，需要感谢人，祁宏觉得，最应该感谢的，第一个就是高燕，第二个应该是凌林。

"我们去火宫殿吧，那儿味道正宗，比较有档次！"祁宏说。

火宫殿虽然贵点，但现在祁宏已经请得起，不用畏首畏尾了，也只有在那种高大上的场合请高燕，才能对得起她，才能表现自己的心意和诚意。

两个孩子的对话，高欣插不上嘴，成了一个多余人，局外人。高欣不得不走在最前面。

祁宏和高燕肩并肩，走在后面，三个人一起出了宿舍，下了楼。

去火官殿有一段距离，得开车，三个人一起上了车。

高欣在前面开车，高燕和祁宏坐在后面。

在车里坐下后，高燕把手掌放在肚皮上，一边轻柔地来回抚摸，一边轻声地对祁宏说："我和孩子来看你了！"

祁宏听得清清楚楚，但他觉得高燕的话有点怪异，让人莫名其妙，不知怎么回答，他把眼睛望向了窗外。

到了火官殿，他们要了一个小包厢。

祁宏拿过菜单，准备点菜。祁宏准备点上满满一桌菜，款待自己生命中的贵人、恩人。但菜单被高燕合上了，高燕熟练地向服务员报了四个菜名：国宴东安鸡，永州血鸭，盘龙黄鳝，蒜泥青菜薹。

这四个菜是高燕和祁宏第一次下馆子吃饭的时候，高燕点的，也是祁宏最爱吃的，也是他们在一起吃过很多次饭必点的菜肴，很少变换，百吃不厌，百吃不腻。

听着高燕脱口而出，报出的四个菜名，祁宏心里又是翻江倒海。这个已经嫁人，就要为别人生下小孩的女人，在心里还是一如既往地爱着他，她点的四个菜，把她的内心一览无余地展现在祁宏面前。

高燕在心里还是那样惦记他，说明高燕的结婚并不是自己愿意的，说明婚后的高燕过得并不好。那顿饭，吃得很沉重，很沉闷，三人没有多少语言交流。高欣不断地给两个孩子夹菜，机械地叮嘱他们多吃点，以此来打破沉闷。

三个人，只有高欣最高兴了，左边是女儿，右边是儿子。高燕来，效果确实立竿见影，比他上次来有效多了。碍于情面，祁宏没有那么讨厌他，没有赶他走了，他给祁宏夹菜，祁宏没有阻挡，也在低头吃了。

眼看着那顿饭就要接近尾声，高欣忍不住了，对两个孩子说："你们俩要把关系处理好，我希望你们是兄妹，亲兄妹那样。"

高欣不敢告诉他们，两人就是同父异母的亲兄妹。高欣提兄妹，亲兄妹，是希望他们接受自己的意见，把两人之间的爱情成分拿掉，让他们回到正常交往的轨道上来。

两个孩子是听明白了，这也是在现实面前定位他们关系的最好的标准了，他们不再是恋人了，但可以是兄妹，就像亲兄妹一样。

虽然祁宏和高燕没有当场表态，但他们在心里高度认同高欣的意见，他们是兄妹，就像亲兄妹一样。

高欣把自己的意见表述清楚后，站起来，准备到外面抽支烟，透透气。他是故意走开的，希望给两个孩子一点单独相处的时间，把当着他的面不好意思说出来的话说完，把该斩断的情丝斩断，不要再藕断丝连了。

高欣看得很清楚，既然自己给两个孩子的关系做了明确定位，他们就会面对现实，走出那段感情带来的困惑。

高欣离开后，两个年轻人活跃起来，话多了。

高燕又重复了那句话："我和孩子来看你了！"

高燕的意思很明白，她是想告诉祁宏，虽然她跟张伟结婚了，但在那个晚上后，她就有了，孩子是祁宏的。虽然后来她跟张伟也发生了关系，但那是有了这个孩子之后才发生的。

祁宏听得似懂非懂，云里雾里，没弄明白，他对高燕说了声"谢谢"，然后转移了话题。

祁宏的重心还是放在高燕当初的选择上。这个问题困扰了祁宏半年多了，他想到了答案，但他希望高燕亲口告诉他。

"你放弃那段感情，就是为了给我那十万块钱？"祁宏问。

既然已经过去了，结束了，高燕也没什么好隐瞒的了；既然祁宏问到这个问题了，说明祁宏明白高燕是爱他的，她为了他的前途，不得不放弃了感情，要了十万块钱。

祁宏能懂她这样做，就是高燕最大的安慰了。高燕低下头，沉默了，没有回答。在高燕看来，祁宏已经明白了，她就没有必要回答了。

"可我宁要那段感情，也不愿要那十万块钱。如果有的选择，我愿意从头再来，我宁愿做一个四明山的农民，而不是湖南大学的大学生，只要能够跟你在一起！"祁宏伤心地说。

祁宏越说越伤心，越说越激动，说到后面他开始冲动起来，口不择言了："那十万块钱，我一分钱也没用，以后也不会用。那钱现在还在那儿。我把它还给你？"

这句话给了高燕当头一棒，那十万块钱，祁宏没有用，意味着自己半年前跟父亲做的那笔交易没有任何意义，自己把感情搭进去，白白牺牲了。

高燕怔怔地坐在那儿，整个人都傻了，她觉得太委屈了，这个玩笑开得太大了，她太冤了。

"那你用啥交学费，那你平时吃啥？"高燕再也抑制不住，泪流满面了，她认为祁宏宁愿苦着，累着，饿着，委屈着，作践着，折磨着自己，都不愿意接受她的馈赠。

也许更伤心的是祁宏正在千方百计地把她从他的生活中剔除出去，一点痕迹都不愿意留，高燕看到祁宏身上穿的衣服，脚上穿的鞋子，已经不是她当初给他买的那些了，祁宏有了新的生活，也许还有了新的感情——他要把那十万块钱还给她。

"我开始勤工俭学，做家教，做黄花菜生意，自己能挣钱了。"祁宏说。

祁宏看到高燕误解，赶紧补充说，他希望化解高燕的误会。

高燕放下心来，看样子，成为大学生的祁宏混得不错，过得不错，已经找到了生存之道，生财之道，可以自己养活自己了。

不管那十万块钱，有没有用，祁宏能够这样，高燕很开心了，给祁宏十万块钱，也是希望祁宏能有今天这个局面，在大学里不用为自己吃饭穿衣发愁，能有一个光明灿烂的前程，她曾经期望的局面正在一一变成现实，高燕为祁宏感到由衷高兴。

祁宏这个风光的现在和光明灿烂的未来，高燕是做出了贡献的，而且功不可没，这点祁宏自己都不否认。他的现状和未来的前程，没枉自己深爱他一场，没枉自己曾经的心血和付出。

等高欣回到座位上，饭局就结束了。高欣已经把单买了，他不可能让祁宏买单。

"你跟我们一起回四明山过年吧，"高燕提议，"你们一家都在盼着你呢，你不回去，他们的年都过不好！"

祁宏想了想，点头答应了。正如凌林猜测的那样，祁宏留在学校，是不想回到祁东，回到四明山见到高燕，勾起自己对往事的回忆和满腹的心事。现在既然看到高燕了，就没有必要继续在学校待下去了，一家人还在等着他回去过年，等着他团聚呢。

把祁宏送回湖南大学后，父女俩一起去了湘雅医院。

高燕做了一个全面的产前检查，情况很好，胎儿发育正常。

做完产检，已经下午四五点了，开了一天车，经历了一天的情感波动，父女俩都感到很累了，他们准备在长沙待一个晚上，第二天清早动身回四明山。

大年那天清早，他们起了床，把车开到湖南大学接祁宏。

祁宏已经收拾好行李，在校门口等着他们了，他买了很多长沙的糖果糕点。

年底阴雨绵绵，道路湿滑，路过的很多地方都在赶集，行进速度比较缓慢。赶到衡阳的时候，已经是中午了，但他们连一个吃饭的地方都找不到——过年了，饭店已经不做生意了，三个人只得忍饥挨饿，继续赶路。

回到祁东，已经下午三点了。高燕问祁宏要不要去看一下凌林，祁宏说他们才见过，不用了，于是继续往四明山赶。

回到四明山，已经傍晚了，天黑了。进了四明山的地盘，祁宏兴奋起来，他太想见到奶奶，太想见到父母，太想见到弟弟妹妹们了。

有些家庭已经在吃年夜饭了，空气里弥漫着鸡鸭鱼肉的香味，一路上不断有噼里啪啦的鞭炮响起，不断有欢声笑语从门缝里溢出来，在村庄上空飘荡，在四明山层层叠叠的山谷中回荡。

祁宏一家分主次围坐在大桌前，准备吃年夜饭过年。这年是他们分田到户后，过得最热闹的一个年，大桌上摆着丰盛的菜肴，很大碗，鸡鸭鱼肉豆腐，别人家该有的祁家都有了——这在以前是不敢想象的。

然而，祁家人并不好受，因为桌上缺了一个人，一个最重要的，最关键的，给祁家命运带来最大转折的一个人——祁宏是他们一家的曙光和骄傲，是祁宏改变了这个家庭的命运，是祁宏给这个濒临破碎的家庭带来了希望，带来了巨变，让他们慢慢过上了好日子。

从祁宏考上大学后，祁家的状况发生了明显变化，祁家在四明山的地位明显上升了，仅次于张援朝家和高欣家，村里很多人主动伸出手来帮助他们，就连他们看祁家人的眼神，跟祁家人说话的神态都不一样了，表情洋溢着善意，话里充满了尊敬。

如果不是祁宏，这个奇迹是不可能发生的，他们仍处在村民们爱理不理，甚至白眼相待的状态，也可能是因为借钱没还的横眉冷对。

高欣开车先把祁宏送到了祁家门口。

祁宏打开车门，拿着行李，从车上走了下来。他伸出手，推开了那扇破旧的、熟悉的、虚掩的木门，走了进去。

突然出现的祁宏，把全家人因他不在产生的伤感一扫而光了，他们情不自禁地兴奋起来，欢呼起来；一家人站起来，走向祁宏，围着他，问长问短。

弟弟妹妹的高兴劲更别提了，他们又蹦又跳，狂呼大叫。

弟弟妹妹兴高采烈地拿起鞭炮和火柴，跑到堂屋门口，擦亮火柴，把鞭炮引信点燃了。

鞭炮闪烁着耀眼的强光，激动地跳跃着，接二连三。

连绵的、快乐的爆炸声响彻四明山，在千山万壑，莽莽丛林之间奔跑、碰撞、回荡。

祁宏回来得太及时了，正好赶上年夜饭，一分钟不差，一分钟不多！

一家人在年夜饭开始前终于幸福团聚了，他们眼含热泪，或举起酒杯，或端起饮料，激动地碰在一起。

每个人的眼里都有晶莹的泪花在闪动，祁家终于过上了一个团聚的、快乐的、吉祥的、富足的、与往年不一样的，真正辞旧迎新、掀开新一页的新年。

第十六章　凌林上祁宏家拜年

湖南的冬天阴雨天气多如牛毛，尤其是年底年初，春天到来之际。雨一停，天一晴，春天就来了。大年初三，终于雨收云散，罕见放晴了。懒洋洋的冬日阳光没有遮拦地照下来，穿过身上厚厚的棉衣，把温暖敷在肌肤上，就像给人浑身贴上了春天牌暖片贴——春天真的来了。

在农村，一年中最喜庆、最热闹、最闲适就是这个时候了。家家户户张灯结彩，打扮一新；张张脸上喜笑颜开，人们喜气洋洋地打着招呼，道着祝福，恭贺新年，村庄上空的欢声笑语就像波浪一样荡漾，就像涟漪一样扩散。看样子，刚刚画上句号的旧年收成不错，谷粒满仓，让他们对已经翻开新页的新年充满了更大期待。

上午十时许，明晃晃的阳光下，一辆干净的、半新的桑塔纳在祁家门前停下。前车门缓缓地打开了，从车上走下来一个年轻漂亮的时髦姑娘。姑娘穿着那个季节城市里流行的火红羽绒服，就像冬天里的一把火。她的到来，照亮了四明山的淳朴憨厚，早就引起了四明山人的注意。

一个年轻的司机也下来了，他帮姑娘打开车后厢。姑娘从车后厢拎出来大包小包的礼物，她双手拎着礼物，走到祁家门前，伸出右脚，用脚尖轻轻地推开了祁家那扇半开半闭的破木门，径直走了进去。

姑娘的突然出现，让围坐在堂屋中间的饭桌边烤着炭火，嚼着糖果，剥着花生，嗑着瓜子的祁家老小先是一愣，立马就兴高采烈起来。弟弟妹妹反应最快，他们欢呼雀跃着，蹿上来，把姑娘围在中间，叽叽喳喳，手舞足蹈，那样子就像一个忠实的臣民簇拥着微服私访的女皇。

这个年轻漂亮的姑娘不是别人，正是凌林。凌林大清早从县城出发，一路颠簸，到四明山给祁家拜年来了。这个年，凌林没有过好，她忧心着祁家，坐立不安，吃睡不香。

高燕是否去了长沙，是否把祁宏成功说服，回家过年了，凌林都不知道。

凌林猜想高燕大概率没去，祁宏大概率没回。毕竟年底了，都在准备过年，大家都忙；毕竟高燕成家了，有自己的小家庭要照顾，很难在年底两天抽出时间来——祁宏回不回家过年，已经跟高燕没什么关系了。

凌林嘱咐过高燕，如果祁宏回来了，记得告诉她；过年前两天，凌林一直在等，却没等到消息——没等到消息，那就是高燕没有去长沙找祁宏。如果高燕去了，她会告诉她；如果祁宏回来了，他也会告诉她——如果祁宏回来了，路过祁东，他肯定会告诉她的。

初一那天，凌林突然想去一趟四明山，给祁家拜年，这个愿望在初二那天越来越强烈，在初三那天付诸了行动。凌林一直以为祁宏没回来，以为祁家年都没过好，她心里涌起了一种强烈的责任感，希望替祁宏尽孝，看望一下奶奶和父母，希望给这个在贫困线下挣扎的家庭带去一丝温暖，一些快乐，尽可能弥补关键人物祁宏的缺席带来的遗憾。

凌林做梦都没想到祁宏已经回来了。凌林进来的时候，祁宏不在堂屋，他正在自己房间给村里几个即将进入高中最后一个学期的男生女生辅导功课，答疑解惑。听到堂屋的热闹非同寻常，弟弟妹妹扯开喉咙喊他，祁宏不得不停止讲授，走出卧室。两个人四目相对，都愣住了，凌林没想到祁宏回来了，祁宏没想到凌林会来他们家拜年。

缘分让生活充满戏剧性。虽然两个人分开只有短短四五天，他们却又以这种奇妙的方式见面了，聚到一起了——这些天，祁宏一直忐忑不安，他还没来得及把回家过年的消息告诉凌林呢。

虽然是凌林说服高燕把祁宏喊回来过年的，但高燕到底去没去长沙，去长沙后到底能不能把祁宏喊回来，凌林心里都没谱，她没想到祁宏大年那天赶回来了——祁宏回来了，那就更好了，凌林的到来，让祁家喜上加喜，双喜临门！

愣怔了一会儿，两个年轻人回过神来，不约而同地走向对方。走近了，近在咫尺了，他们情不自禁地伸出手来，牵到了一起，两个人的眼里都滚动着晶莹的泪花。那是幸福的泪花，那是快乐的泪花，那是激动的泪花。对于感情迅速升温的祁宏和凌林而言，他们已经一日不见，如隔三秋了，四五天后再次相见，让他们就像一对久别重逢的恋人。

这一切，全被过来人的祁茗和朱鹏看在眼里，他们对视了一眼，心领神会地笑了——眼前发生的这一幕，正是他们做梦都想看到的结果。

再次不期而遇，让祁宏和凌林不信都不行，他们确实太有缘了，缘分这东西妙不可言，把一切都安排好了。他们的感情发展就像火箭发射，他们已经"身无彩凤双飞翼，心有灵犀一点通"了。在湖南大学，在四明山，两个人不期而遇，让两颗朝气蓬勃，渴望爱情的年轻心灵贴得更紧了。两个人手牵着手，久久不愿意松开，仿佛一松开，对方就像花丛中被惊动的蝴蝶，要扇着翅膀飞走飞远似的。

在祁家，凌林一待就是三天，她很安心，跟祁宏卿卿我我的时间很少，这个门串得就像上班一样。白天，凌林和祁宏轮流给四明山的几个高三学生补课，祁宏讲语文、政治、历史；凌林讲英语、数理化。他们都是高才生，都是高水平，不比高中老师差，更接地气，更加实用，让那几个高三学生获益匪浅。

忙碌让他们非常充实，有种夫唱妇随的快乐。只有到晚上十点，那群孩子收获满满，心满意足地离开，他们才有半小时是自己的。两个人四目相对，含情脉脉，用眼神交流，此时无声胜有声。一天下来，他们讲得口干舌燥，喉咙都哑了。这个时候，心跳就是最温柔的声音，最缠绵的情话。

但属于他们的时间不多，夜深了，全家都在等着他们睡觉。等候的弟弟妹妹已经呵欠连天了。两个弟弟跟祁宏挤在一起，凌林跟奶奶和妹妹挤在一个被窝里。棉被还是一年前凌林送过来的那床棉被，又宽大又厚实，三个人挤在一张床上，虽然拥挤，却很温暖，感觉就是一家人，没有距离。凌林上床的时候，奶奶已经睡了一觉醒来，她精神矍铄，看着凌林，乐得合不拢嘴，那张布满皱纹的脸就像深秋里迎着阳光盛开的菊花。

命运发生了神奇变化的祁家，在春节期间，终于不再门前冷落鞍马稀了，而是与高家一样，每天都是宾客盈门，高朋满座，有领着孩子来请教学习方法的，有带着年轻漂亮的姑娘来相亲的，有专门过来拜访闲聊唠嗑的，祁家人一律以礼相待，宾主尽欢。

凌书记的女儿来了，祁家的吸引力更大了，前来串门的客人更多了，门槛都要被挤破了。他们既有来看祁宏，跟祁宏套近乎的，又有争先恐后地来看县委书记的女儿的——淳朴的四明山村民已经擅做主张地把凌林当作了祁宏的媳妇，当作他们四明山的媳妇，只是凌林来了之后，带着姑娘来找祁宏说媒相亲的渐渐少了。

村民们越来越佩服祁宏了，他不仅考上了一个重点大学，而且还成了县委书记的准女婿——他们听说县委书记的女儿比他们四明山的金凤凰祁宏还要厉害，是清华大学的高才生，他们一辈子都还没见过清华大学的女学生长啥模样，看到了，他们都觉得凌林的模样确实配得上传说中的清华大学，都是在中国首屈一指的。

热情好客的四明山村民没有空手而来，他们尽量来得体面，拎着礼物上门，或是花生、瓜子、红薯干、苞谷、饵片等年货，或是从山上打下来的野鸡、野兔、野猪肉等野味，即使什么都没带，也给祁宏、凌林和祁家大大小小的孩子准备了红包——见者有份，他们也给村里其他小孩红包，但给祁家小孩的红包明显比给别人家小孩的红包厚实，他们千方百计地帮衬着祁家，尽量不让祁家吃亏。村民们知道，祁家比自家穷，只是这半年来，祁宏考上大学后才渐渐有所好转。虽然他们不能像高欣那样给祁家帮大忙，给朱鹏提供工资又高，又轻闲的工作岗位，但尽自己能力帮点小忙还是可以的，心甘情愿的。

跟祁宏和凌林聊得很尽兴，成为村民们的荣耀。那些在村里没地位的，聊一阵，蜻蜓点水一样，见好就收，满意地走了；那些在村里有地位有名望的，聊得相对久一点，到吃饭的时候才准备离开——主人客套一声"吃了饭才走"，他们也不客气，就留下来吃饭。

那些天，祁家很热闹，客人很多，每餐都有两三桌人吃饭，可把一家之主的祁茗忙坏了。虽然忙点，可祁茗心里乐呵呵的，她不怕忙，就怕闲，哪怕一年四季都像春节这样宾客盈门，忙忙碌碌，祁茗都乐意。

那些天，饭前饭后，凌林给祁茗帮忙打下手，祁茗忙得更起劲了。给村里孩子补课，凌林和祁宏在时间上岔开了，轮流来的。上午十点前，是凌林讲外语和数理化；十点钟后是祁宏讲语文、政治和历史。轮到祁宏了，凌林也没闲着，她跑到厨房帮祁茗做家务。凌林啥都做，洗衣、洗菜、切菜、生火，做啥都利索，跟农村姑娘没什么区别。从动作的熟练程度上，看不出凌林是一个读书人，倒像一个过日子的小媳妇。

起初祁茗不让凌林帮忙，说自己忙得过来，但她拗不过凌林。客人多了，家务多了，祁茗一个人确实忙不过来，需要一个得力帮手。以前奶奶可以，现在奶奶瘫痪了，自己还要人照顾。弟弟妹妹还小，只能做些生火添柴，扫地打酱油之类的简单家务，稍微复杂点，就得指望祁茗和凌林了。

看着没有架子，没有怨言，心灵手巧，忙上忙下的凌林，祁茗心里有说不出的欣喜，她觉得生活很有奔头，干起活来，麻利愉快。祁茗洞若观火，看出了凌林跟儿子的关系，把凌林当自家人了。

可凌林毕竟是县委书记的女儿，是清华大学的高才生，长得又漂亮，做人又贤惠，这种天上掉馅饼的事，发生在他们家，祁茗还是不敢相信，她一边做着家务，一边跟凌林唠嗑，试探地问："我有你这样一个懂事争气的女儿就好了，凌林，做我女儿好不好？"

"我可不想做您女儿！"凌林不假思索地回答，那双大眼睛闪烁着淘气的狡黠的光。

凌林的回答让祁茗倍觉意外和泄气，她没有反应过来，紧张了起来，停下了手上的活计，在围裙上搓着手，站在灶台边，不知所措。

凌林一看，也慌了，她的玩笑开大了，让祁茗误会了。凌林马上解释说："阿姨，我希望做祁家人，不要以女儿的身份，要以另外一种身份。"

说完后，凌林低下头，满脸羞红，火烧火燎的——凌林为自己的"胆大妄为"和"不知羞耻"感到惊讶，她暗暗质疑自己还是不是一个有修养的、有风度的、矜持的读书人了。

这下祁茗是听懂了，反应过来了，放松了，开心了，她满意地笑了起来，感觉自己回到了少女时代，跟凌林一样年轻朝气。

祁茗接过凌林的话，声音洪亮，兴高采烈地说："那就做我们祁家的儿媳妇，这个身份比女儿还好！"

"在儿媳妇前面加一个准字吧，还不知道祁宏愿不愿意呢！"凌林低声地说，她开始恢复了少女的矜持，把心中那匹狂奔的感情的野马之缰拉住了。

"他要是不愿意，我打断他的狗腿，把他撵出家门，不要这个儿子，我也要儿媳妇！"祁茗兴奋地说。

两代女人情不自禁地轻轻笑了起来。她们的笑声挤满了几间破屋，又从破屋的缝隙钻出去，在四明山的村庄上空盘旋，回响，随着忽左忽右的山风飘荡，扩散，就像村庄上空的那些袅袅炊烟。

从一年前凌林第一次上祁家，祁茗就一直在想，要是凌林将来能够成为自己的儿媳妇就好了。这是儿子的福，也是祁家的福！没想到，这个梦正在无限接近现实，祁茗确实太高兴了。

被祁茗认可，跟祁茗对话，凌林心情愉快，俊俏的脸上不时飞上几朵羞涩的红霞，就像四明山上日出时候的天空。虽然凌林和祁宏彼此心心相印，但他们还没有捅破那层窗户纸，祁宏还没有向凌林说过一个"爱"字，凌林知道祁宏还没有从跟高燕的感情阴影中走出来，她一直在等着，盼着。没想到，生活就是这样充满喜剧色彩，祁宏母亲祁茗倒是先帮他们把关系确定了下来。

直到初六那天上午，凌书记的司机付师傅才开着小车到四明山来接凌林。来而不往非礼也，临走，凌林邀请祁宏送自己回祁东，要祁宏在他们家待两天。凌林这个要求顿时让祁宏感到压力山大，紧张得不得了。

凌林的意思已经明摆在那儿了，凌林来四明山，是奔着跟祁家确定关系来的；邀请祁宏到她家，也是冲祁宏跟她家确定关系去的。地位身份不一样，压力不一样。作为高干子弟的凌林来祁宏家，没有压力；作为贫困人家子弟的祁宏上凌林家，压力很大。

祁宏觉得这一切来得太快了，他还没做好心理准备呢。上凌林家确定关系，祁宏不是不想，而是不敢。虽然他跟凌林的关系已经明朗，但他还是没向凌林表白，更不用说面对凌林的父母，未来的岳父岳母了。如果是一般家庭，祁宏硬着头皮，去了就去了，不会顾虑那么多。可凌林的父亲毕竟是祁东县的县委书记，不是一般的人物，凌家不是一般的家庭。

可祁宏是孤家寡人，没有人支持他不去；他们全家都希望祁宏跟凌林过去，凌林更希望祁宏过去。凌林热切地望着祁宏，眼睛里满是渴望，由不得祁宏拒绝。祁宏低着头，沉思默想了一会儿，点头同意了，他返回房间收拾行李。祁宏是准备豁出去了，哪怕上刀山，下油锅都要跟凌林走这一趟。

祁宏收拾好行李，祁茗早就给他准备了四明山的土特产，作为到凌林家去的见面礼。坐在前往祁东的车上，祁宏很紧张，脸上不断冒汗。凌林明白祁宏的想法，她握着他的手，鼓励他，安慰他，让他放松放心。祁宏的心慢慢松弛下来，可到了祁东，下了汽车，跟在凌林身后，进了县委大院，祁宏又开始紧张了。

其实，祁宏不是没有见过凌书记，县委大院不是没有来过，以前跟凌林补课，他是常见凌书记，常到县委大院来。但这次跟以前身份不一样了，由不得他不紧张。到了凌家门口，祁宏紧张得就像一个初次上门的小媳妇，他躲在凌林身后，一张脸憋得通红。祁宏一直在想，见到凌林爸爸，他是叫"凌书记"好还是"叔叔"好呢？

进门后，祁宏发现自己的担心是多余的。凌林的父母和蔼可亲，他们似乎早就没有把祁宏当外人了，他们对祁宏的到来似乎早就做好准备了。凌书记给祁宏端茶递水，不紧不慢地询问他家和四明山的情况；凌林的母亲则给祁宏削苹果，嘱咐他吃零食。在短暂的局促和紧张消失之后，祁宏安静下来，有问必答，无话不谈，他谈了很多自己的想法，让凌书记感觉不错。

祁宏在凌林家一待就是两天，也跟凌书记推心置腹地交流了两个晚上，他们谈农业农村问题，谈祁东的发展问题和解决之道。在凌书记看来，大学就是让人长见识，开眼界，培养人，锻炼人的地方，不到半年时间，祁宏已经脱胎换骨了，跟半年前判若两人了，真是让人由衷地高兴。

虽然在春节放假期间，凌书记仍然很忙，每天大清早就到办公室加班去了，晚上很晚才回来，两个男人的聊天都是在夜深人静的时候进行的。祁宏没有睡，坐在客厅沙发上等凌书记回来。在凌书记回来之前，是凌林陪着祁宏；在凌书记回来之后，凌林上床睡觉去了，把时间和空间交给了两个男人——他们男人有男人的世界，他们男人有男人的情谊，他们男人有男人要办的事儿，凌林觉得自己在不合适。

凌书记问得很仔细，祁宏答得很认真。凌书记很满意，祁宏的思路对凌书记很有启发，比那些经验丰富的同事强。唯一让凌书记感到遗憾的是祁宏上的大学。湖南大学是不错了，但那不是祁宏的真实水平，凌书记一直认为祁宏是上北京大学的料。如果不是因为准考证被抢，耽误了考试，祁宏已经是北京大学的学生了。凌书记对祁宏一上大学就能自力更生十分赞同，但对祁宏忽视学生干部的历练很不认同，他鼓励祁宏学习和实践两手都要抓，两手都要硬，多参加学校的社团组织，让自己得到更多锻炼，更快地成长。

就像天资聪颖的功夫小子得到了绝世高手的点拨，凌书记的境界修为就是不一样，他帮助祁宏打开了另一扇窗，让他看到了不一样的风景，看到了崭新的追求。祁宏曾经对学校的社团组织不屑，甚至有点反感，认为那是沽名钓誉的学生混混把持和炫耀的地方，在社团做事是在浪费青春大好时光，起不到什么实质性作用。现在看来，这种思路比较狭隘，是大错特错了，很有必要纠正过来，尤其是对文科生。祁宏想，新学期开学了，自己就去校团委、学生会竞聘学生干部，为全校师生服务。

正月初八那天，祁宏和凌林收拾好行李，告别凌书记夫妇，准备返校。祁宏和凌林，在凌家不敢手拉手，出了县委大院，走在祁东街头，两只手迫不及待地牵在了一起。

祁宏的手掌宽大，皮肤粗糙，让凌林很有安全感；凌林的手掌小巧，温润，握在手心，感觉很特别，让人顿生怜爱。

两个人坐的是火车，这次凌林没有在长沙站下车了，他们在火车上分了手，祁宏下车，凌林继续北上。从祁东到长沙，两个人坐在一起，凌林把头靠在祁宏肩上，呢喃细语，依依不舍。

火车快到长沙站的时候，凌林附在祁宏耳边，低低地说："宏，又要分开一个学期了，你不亲我一下，给彼此留个念想？"

凌林的声音很低，但前后左右的乘客还是捕捉到了，他们看着两个年轻人，抿着嘴巴笑了起来。

祁宏羞得满脸通红，低下头，轻轻地嘀咕："车上人太多了，难为情啊！"

祁宏的话也被前后左右的乘客捕捉到了，他们被这对年轻人的爱情感染了，都不约而同地把脸转向窗外，给他们创造机会。

祁宏前后左右扫了一眼，撅起嘴，凑上去，在凌林脸颊上飞快地啄了一下，然后迅速站起身，手忙脚乱地拿起行李，逃兵一样挤向车门，跳下车，慌慌张张地消失在来来往往、熙熙攘攘的人流中。

透过干净的窗玻璃，望着祁宏慌不择路地逃掉了的背影，凌林又好笑又心疼，她深深地叹了口气，自言自语地说："我的傻傻的乡巴佬，本质上还是一个农民，四明山的农民，憨厚得不行！"

情场得意，赌场失意，人生就是这样，很难有两全其美的事情。

新学期伊始，一场罕见的暴风雨正在等着祁宏呢。

开学第一天，湖南大学校风纪律委员会收到了一封措辞激烈的匿名举报信，举报大一学生祁宏寒假期间生活作风有问题，行为不检点，公然在男生宿舍留外来女生过夜，严重违反了校纪校规，败坏了校风，有失公德良俗，影响恶劣，强烈要求学校秉公执法，严肃处理。

这封匿名举报信让湖南大学校风纪律委员会高度重视，如临大敌。在刘厉兰主任主持下，湖南大学校风纪律委员会统一了认识，都主张认真核实情况，如果属实，很有必要抓个典型，严肃处理。

那封匿名信转来转去，转到了系主任那儿。到系主任那儿的时候，上面已经签满了相关部门的意见，盖满了章。那些意见大同小异，都是要求认真核实情况，做出处理，只是措辞不同，有轻有重。

看完举报信，系主任大吃一惊，把祁宏叫到办公室，把举报信给他看。

系主任铁青着脸，问祁宏举报信上的内容是不是真的？

祁宏是个老实人，不会撒谎，也不想逃避，看完举报信，他承认留宿女生确有其事，但分辩说，举报信添油加醋了，关键的地方不真实，他和女生什么事情都没发生。

收到举报信的时候，系主任正在准备材料，给祁宏报三好学生呢。那封举报信和祁宏的承认打消了系主任的念头，也把他气坏了。系主任觉得祁宏太看不清形势了，就像阿斗一样扶不起来。这件事，没凭没据的，只要祁宏赖皮一点，不承认就什么事儿都没有了，可祁宏偏偏自己承认了。

既然祁宏亲口承认了，事情就大了，麻烦了，系主任只相信举报信上写的，不相信祁宏嘴里说的；祁宏的话，系主任只相信前面那句"留女生在宿舍过夜了"，不相信后面那句"我们什么事情都没有发生"。以前也有男生留宿女生的事情，从来都不是什么事情都没发生，而是什么事情都发生了。祁宏不是柳下惠，到底有没有柳下惠，柳下惠到底做不做得到坐怀不乱，都很难讲。对待这种事，学校一向是从严处理，杀鸡吓猴的。

系主任还是手下留情，帮了祁宏很大一个忙，他不相信祁宏和女生什么都没发生，但在意见书上，他还是相信了祁宏，希望学校调查清楚，不能放过一个坏学生，也不能冤枉了一个好学生，希望有关领导"惩前毖后，治病救人"，祁宏是一个成绩非常优秀的学生。

鉴于举报信的内容跟系里调查结果有出入——这种出入是本质上的，需要调查清楚，学校几个部门联动，成立了一个调查小组，专门负责处理这件事。

要还原事情真相，必须要找到两个当事人，最好能够提供有力证明。祁宏不愿意把凌林扯进来，准备一个人把责任全部扛下。可事情没有他想象的那么简单，调查小组组长刘厉兰把他叫过去训话，对他说，根据举报信的内容，他是要被学校开除的，这种事，不可能因为他成绩好就可以网开一面；如果祁宏能够证明自己所言属实，事情还有回旋余地，不至于被学校开除，但严肃处理是肯定的。

刘厉兰给了祁宏一本红封皮的校规小册子，要祁宏认真读读。回到宿舍，祁宏认真地翻了翻小册子，这一看非同小可，对照校规，他惊出一身冷汗：如果不能证明自己跟凌林没有发生关系，他就要被湖南大学开除了。

祁宏千辛万苦才考上大学，改变了自己和祁家的命运。如果真被学校开除了，他和祁家就回到高考前，又要陷进困顿之中了，不仅祁宏不再是祁家和四明山的骄傲，而且成了一个天大的笑话，有可能让自己，尤其是祁家抬不起头来。

这个可怕的后果是祁宏无法承受的，也是祁家无法承受的。祁宏很后悔没有认真学习校纪校规，很后悔那夜答应了凌林，没有去学校招待所给凌林开房。

祁宏给凌林打了一个电话，把事情的原原本本对她说了。凌林也被吓了一跳，没想到自己一时冲动，把祁宏害了，去招待所多好，什么事儿都没有了。这件事，是凌林惹出来的，她愿意跟祁宏一起承担。凌林安慰祁宏说，咱们有福同享了，现在就有难同当，让调查小组来找我核实情况——凌林想，说什么都不能让祁宏被学校开除了。

这件事只有凌林才能把真相说清楚，才能证明祁宏清白无辜，让他成功脱身。不得已，祁宏在征得凌林同意后，把她招供了出来，让调查小组找凌林核实。

祁宏一招供，事情进一步闹大了，凌林也被牵扯了进来。鉴于凌林是清华大学的学生，调查小组很慎重，以学校名义给清华大学的学生工作部发去了一封协助调查公函，公函里把匿名举报信的复印件都附在了里面。清华大学的学生工作部对这件事也高度重视，把凌林叫过去调查核实。

凌林倒是泰然处之，称"为人不做亏心事，半夜不怕鬼敲门"，她说湖南大学小题大做了，她和祁宏发乎情，止乎礼，什么事情都没有发生。清华大学学生工作部的老师愿意相信凌林，但空口无凭，这件事的关键是要湖南大学调查小组的老师相信才行。

为还自己和祁宏清白，从学生工作部出来，凌林跑到了权威的北京市人民医院做了一次婚前体检，她把证明自己是女儿身的体检结果给到了学生工作部。第三方权威机构的检测结果足以证明凌林没有说谎，祁宏没有说谎，他们确实什么都没有发生。

拿到凌林的体检报告，学生工作部的老师如释重负，他们赶紧把那份体检报告以清华大学学生工作部的名义寄给了湖南大学的调查小组组长刘厉兰。

收到凌林的体检报告，湖南大学的调查小组才相信祁宏没有说谎。虽然祁宏和凌林同处一室达一周之久，但他们确实守住了底线，不该发生的没有让它发生。可在宿舍留宿异性已经是严重违反校规了，死罪可免，活罪难逃，调查小组讨论来讨论去，念在祁宏成绩优异，平时表现良好，且是初犯的分上，给予祁宏开除留校察看一年的处分，取消评优评先资格，并在全校通报批评，做出书面检讨。

这件事，另一个主角凌林也没有置身事外，她被清华大学严重警告处分了——因为湖南大学找上门来了，让清华大学家丑外扬了。

这件事在长沙的湖南大学和北京的清华大学闹得沸沸扬扬，满城风雨。私下里，有人给祁宏起了个绰号"风流才子"；凌林也被人指指点点，饱受非议。但凌林不在乎，她身正不怕影子斜，她为自己活，别人的非议对她没什么影响。

被学校差点开除，祁宏感到困惑不解，留宿凌林的那几个晚上，

239

男生宿舍楼除了他和凌林，没有其他人，他们可以说是神不知，鬼不觉的，怎么就被人发现了呢？怎么就被人举报了呢？举报人为什么大动肝火，不分青红皂白，要添油加醋，刻意渲染呢？

处理通告在学校公告栏贴出来后，挤在公告栏前阅读的钱小芸一下子脑袋大了，她知道自己闯大祸了，她当下就猜到那封匿名举报信是母亲写的。

为证实自己的猜测，读完通告后，钱小芸以学生会干部的身份来到调查小组组长刘厉兰办公室查看匿名举报信原件。刘主任跟钱小芸打过很多交道，比较熟，刘主任把举报信原件给钱小芸过目。

钱小芸看举报信的时候，刘主任站在她身边喋喋不休地说："我们对在校学生一视同仁，德智并重，不能因为祁宏成绩好就网开一面，逃脱处罚；严肃处理祁宏，既是对他今后的人生负责，也是对学校负责；如果不严肃处理祁宏，以后就刹不住这股歪风邪气，学风就会江河日下！"

看到举报信的字迹，钱小芸只觉得眼前发黑，全身发抖，站立不稳，差点晕倒。

没错，那封匿名举信报就是母亲易桂芳写的。那字迹，钱小芸是再熟悉不过了。

钱小芸难受极了，从刘主任办公室出来，她第一件事就是在公用电话亭给母亲打电话。

电话接通后，钱小芸很不客气地质问母亲为什么要举报祁宏。

易桂芳一个劲地搪塞，死活不愿意承认。

"你的举报信原件我都读过了，就是你写的，就是你的笔迹！"钱小芸向母亲亮出了底牌。

看来是瞒不住女儿了，易桂芳也生气了："钱小芸，你不要狗咬吕洞宾不识好人心，你不是喜欢祁宏嘛，我是在帮你，我是为你好！"

母亲终于承认了，钱小芸伤心地哭了。

钱小芸边哭边说："妈，我知道你为我好，可你也不能这样害人呀！"

易桂芳认为女儿言重了，把她的一片好心当驴肝肺了，母女俩一言不合，在电话里激烈地争吵了起来，她们谁都说服不了谁。

两个人争来吵去，都没有结果。

钱小芸跟母亲吵得精疲力竭，拿着话筒，失声痛哭。

在吵架这件事上，姜是老的辣，钱小芸远不是易桂芳的对手。

吵到最后，钱小芸一针见血地总结："娘，你不是在帮我，你是在害我，你把我和祁宏都害了！"

钱小芸的总结把易桂芳惹急了，惹火了，她脱口而出："你是怎么说你妈的？胡说八道！"

钱小芸冷静下来，哭着说："妈，因为你的举报，祁宏被学校通报批评了，差点被学校开除了。他一个农村孩子考上大学不容易，因为你的一封举报信，他差点前途尽毁；你毁了他，就毁了他们一家！"

事情有这么严重？

这倒是易桂芳事先没有想到的，她也被惊出了一身冷汗，幸好祁宏是开除留校察看，不是开除，如果祁宏真被开除了，那她确实做得有点过了。

本来易桂芳只想借这个事情棒打鸳鸯，拆散祁宏和凌林，给自己女儿争取机会，没想到弄巧成拙，差点把女儿心仪的男生给害了，给毁了。

第十七章　谢天放被凌林打进医院

俗话说：好事不出门，坏事传千里。

好事是一湖死水，波澜再大，都在圈子里打转；坏事是冬天里的那股风，有缝的地方就钻就挤，无孔不入。

尽管清华大学处理凌林不像湖南大学处理祁宏那样下狠手，昭告全校，轰轰烈烈，却也不胫而走，在全校师生中迅速传开了，流言四起。

老祖宗研究谣言传播路径，曾经精辟地总结说：狗似獭，獭似母猴，母猴似人。传来传去就加了色，变了味，与真相相去甚远了，凌林与祁宏什么都没有发生的事实被刻意隐瞒了，不可描述的另一面被添油加醋地渲染了，凸显了出来。

清华大学校园里，茶余饭后，睡前夜话，都在盛传凌林和她男朋友假期在长沙某大学同居的事，说得有鼻子有眼，认识不认识凌林的人都以异样的眼光看她，以灰暗的心理揣摩她。

但异样的眼光，灰暗的心理都没有击溃凌林，她对谣言不屑一顾，也没有时间理会。凌林昂首挺胸地出入清华园，一副好像与己无关的泰然自若。凌林一向内心强大，从小到大，她一直把但丁的名言"走自己的路，让别人去说吧"作为座右铭。

如果抗击打能力不强，凌林就走不进万里挑一的清华大学。在凌林成长史上，任何外界干扰都被她统统排除在外了，尤其是青春少女时代。初高中的时候，她就不断收到各类男生的情书，包括像张伟那样明目张胆的流氓式骚扰，都没有影响凌林的追求方向和脚步。这次也不例外，凌林没有把谣言当回事，她读她的书，她做她的题，她爱她的祁宏，她过她的日子。

凌林都十八岁了，在古代，这个年纪都已经出嫁了。十八岁是追求爱情的黄金季节，凌林不认为年轻人追求爱情有什么错，就像春天来了，草要发芽，花要开放，种子要破土，挡得住吗？

何况她和祁宏之间"行得端，坐得正"，即使共处一室，在一起过夜了，却有理有节，没有逾越底线，做出不可描述的事情来。他们心地纯洁，行为干净，没什么见不得人的，反倒是那些谣言传播者思想不洁净，想多了，也想歪了。虽然被学校警告了，但凌林不后悔那样做。当然，这件事，凌林是有后悔成分的，她只后悔自己的提议和做法给祁宏带来了负面影响，害得他被学校处分，评优评先都没有资格了。

清华大学有一个人，比当事人还难受，这个人是谢天放。这件事传到谢天放耳朵里，让他难受极了，他的心里就像千百只猫在抓挠。他对凌林的信任没有那么深，他相信谣言，痛苦地以为凌林和祁宏什么事情都发生了。

这件事也促使谢天放下定了决心，准备多快好省，尽快拿下堡垒。如果说听到谣言前，谢天放喜欢凌林，有点朦胧和后知后觉的话，那么从听到谣言那一刻起，他对凌林的感情变得明朗起来，坚定起来，坚强起来，他发现自己被凌林深深地吸引了，就像磁石吸铁针，陷在这份感情里拔不出来了。

与此同时，谢天放感到了一种前所未有的危机，这种危机把他心里的醋坛子打翻了，让他艰于呼吸视听——他的情敌已经捷足先登，把阵地占住了，可他还游走在城池边缘，只有雷声响，没有雨下来，他不得不佩服小地方的乡下人土匪恶霸一样，不讲武德，敢想敢干。

在祁宏得手前，谢天放本来有一个学期的充裕时间，可以创造很多机会，把生米做成熟饭，把凌林据为己有，可都被谢天放错失良机了。谢天放原以为自己跟凌林有四年同学的时间，可以稳操胜券，慢慢来，他没想到只有一个寒假短短几天工夫，他就被祁宏背后偷袭，一败涂地了。

一种水深火热的挫败感毫不留情地袭击了谢天放。这是谢天放十九年的人生中从来没有出现过，经历过的——他这一生仅有的数次失败，都是从凌林身上来的，都是输给了凌林的男朋友。

碰到凌林之前的谢天放，是一个高高在上的人，站得高，看得高，从来都是他俯瞰众生，从来都是别人仰望他；碰到凌林之前的谢天放，是一个遥遥领先的人，只有他把别人远远地甩在身后，没有别人赶在他前面；碰到凌林之前的谢天放，是一个常胜将军，永不言败的人，从来都是他让别人臣服，没有被别人打败过。

在第一次到来的爱情上，谢天放认为尤其应该如此。初高中的时候，很多女生都或明或暗地向谢天放示过好，却没有一个被他看得上的。他觉得自己条件很好，从家庭到个人，所以要求也高。那些女生，学习厉害，能够勉强进入他法眼的，却颜值不行，引不起他兴趣；那些有颜值，能够让他正眼多看两眼的，却头发长，见识短，成绩一塌糊涂。想来想去，没有一个合适的，哪怕是抱着不负责任，只想追求感官刺激的爱情。

直到上大学第一天，碰到凌林。能够考上清华的，学习成绩就不当条件考虑，只看颜值了。看到凌林的第一眼，谢天放就惊为天人了，他不自觉地带着凌林跑这跑那，完成了报到手续。

谢天放做梦都没想到这么漂亮的女生还能考上清华大学物理专业。看到凌林，谢天放就认为凌林是他一直都在寻找和等待的那个人了；看到凌林，谢天放觉得以前对其他女生的拒绝都值了；看到凌林，谢天放庆幸自己填报志愿时选择了清华，不是北大；看到凌林，爱情在谢天放心中的重要性直线上升，很快就与学习并驾齐驱了；听到凌林和男朋友假期同居的谣言，爱情在谢天放心目中开始后来居上，重要性超过学习，跑到第一位来了。

谢天放还没有被人打败过，自从认识凌林后，谢天放接二连三地吃了败仗，学习上败给了凌林，感情上败给了祁宏。

祁宏把谢天放的牛奶瓶打翻了。谢天放没有时间哭泣，只能亡羊补牢，想办法积极补救。如果新的学期，他还不能吸取教训，果断采取行动，那他在错过皎洁的月亮后，就要连隐约闪烁的星星都要错过了。这个结果，谢天放无法面对，也承受不起。

谢天放认真地回顾了一下跟凌林的相识，认为他们很有缘，是上帝把凌林带到了自己面前，如果不能把凌林追到手，他既对不起自己，也对不起上帝。以前那么多年，谢天放都没对谁动过心，冥冥之中就是在等凌林——谢天放看到凌林的第一眼就这么坚决地认定了。在此之前，他们一个在北京，一个在湖南的小县城；刚考上大学，准备谈恋爱了，他考上了清华，凌林也考上了清华，他们同一个大学，同一个学院，同一个系，同一个专业，同一个年级，同一个班，这不是缘分又是什么？这不是缘分很深又是什么？

谢天放曾经以为，他们要在大学里朝夕相处四年，他有的是时间，有的是条件，有的是机会，心急吃不了热豆腐，谈情说爱得慢慢来，日久生情，水到渠成。他们大学毕业的时候，要他做过共和国部长的爷爷帮一下，给凌林找个好单位，把她留在北京，他们就水到渠成，顺理成章了。

可祁宏的存在，打乱了谢天放的计划和部署，让他明白了原来爱情就像作战，速度为王，唯快不破，谈恋爱就是快鱼吃慢鱼，不能太斯文了，太斯文了，煮熟的鸭子都会飞了，谈恋爱应该该出手时就出手，你不出手，就是坐失良机，就要被对手挤出赛道，尤其对像凌林这样颜值和才华都处在金字塔尖上的抢手女生，更不能讲武德。

其实，谢天放早就应该醒悟过来了。上次元旦假期，凌林去长沙看祁宏，被他和石头破坏，祁宏从长沙跑到北京来看凌林，谢天放就醒悟过来了，觉得对这份爱情不能寄望于顺其自然，日久生情，慢慢培育，他得调整战略，多快好省，早点把堡垒拿下来。祁宏已经把生米做成熟饭了，自己的生米还是生米，锅里的水还没有沸腾的迹象，他得加把劲，往灶里添柴加薪，把火生得旺旺的，争取早日把生米做成熟饭。

能够考进清华大学，脑袋都是非常好使的，谢天放想起主意来，就像济南趵突泉的泉水一样突突突地往外冒。谢天放很快就想到了一个堪称绝妙的好主意，他跟爷爷奶奶一起生活，父母都在外地工作，一年难得回来一次，这个周末，爷爷奶奶到北戴河老干部中心疗养去了，保姆放假了，就他一个人在北京，天赐良机，机不可失。

周六上午有课，下午没课——那时候还是单休，一周只有周日不上班，不上学。下课的时候，谢天放借口有工作上的事找凌林商量，把她拦了下来。全班同学陆续走了，教室里只剩下他俩。

"谢天放同学，有什么事，你就快说吧，我还要赶到食堂吃饭呢，"凌林说，"等会儿好菜都没有了。"

"今天我们不吃食堂了，聊完事，我请你吃湘菜去。"谢天放说。

"我可不敢让你请我吃湘菜了，"凌林说，"吃湘菜，你吃不好，等我走后，你还要跑到其他地方补吃一顿北方菜，我心里很过意不去。你还是快点把事情安排了，咱们各走各的，各吃各的。"

"是这样的，凌林同学，"谢天放说，"我们小学、初中、高中的同学加好朋友，今天晚上在我家搞一个同学派对，我想请你作为我的大学同学代表参加派对，大家一起忆往开来。"

"这个活动倒是蛮有意思的，可以完整地展现一个人的成长全貌，很有创造性，也肯定很有料，"凌林说，"但我恐怕要让你失望了，我没有时间去，我在读《约翰·克利斯朵夫》，我男朋友推荐给我的，计划今天晚上读完。"

"不会影响你的阅读计划的，你可以提前走，我安排司机把你早点送回学校。你去坐一下，做一下代表，简单发个言，你就可以走了。"谢天放说。

"还真的不行，"凌林说，"我今天晚上的时间排得满满的，除了读完那本书，我还有几道物理竞赛题要思考研究，过两天比赛就要截止了。我祝你们派对成功，玩得开心！"

凌林下定决心不去凑这个热闹了，她觉得这个活动，是谢天放和他同学们的主场，他们都在北京长大，都有类似的成长环境，共同的成长经历，有相似的话语体系，她跟谢天放做同学还不到半年，两个人还说不到一块去，即使过去了，也只是一个看客，一个无关紧要的配角，可有可无，浪费时间；这个派对，不像班上的活动，不是自己的主场，不是非得参加。

"如果你不去，我们的同学派对就缺少了最重要的一个环节，是一个很大的缺憾；一个人的成长和经历，小学是塔底，中学是塔腰，大学才是塔尖。塔底和塔腰都是基础，都是过程，都是手段，只有塔尖才是目的地，是高潮，是重点。这个派对，你是最主要的，作为大学同学，你不会不给我面子吧？"谢天放说。

凌林沉默了，谢天放的话不无道理。

见凌林有所松动，谢天放乘胜追击："这个派对很有意思，派对上的经验，以后我们可以把它搬到班级活动上来，你过去看看有害无益。"

这个主意倒是不错，凌林有点心动，她答应了下来。

读书和做题本来就是敷衍谢天放的一个借口，书可以熬夜读，她习惯了熬夜读小说，竞赛题可以第二天周日做，答题思路凌林已经思考得差不多了。

凌林本来就没想在派对上脱颖而出，成为众人瞩目的焦点，她只是抱着学习的态度。凌林同意了，但她没有刻意化妆打扮，她衣服都懒得换，就跟着谢天放出发了。

谢爷爷的司机早就在校门口等候了。到了车旁，谢天放一个箭步蹿上去，拉开车门，示意凌林先上。凌林钻进了车里，谢天放才上来。车门关好后，司机开动汽车，向着香山脚下的别墅跑去。

香山别墅距离清华大学不远，只有十多公里路程，不到半个钟头就到了。汽车在一幢三层楼别墅前停了下来。谢天放下了车，给凌林开着车门，照顾着她下来。

这是香山脚下的一个规模庞大的别墅群，密密麻麻，连成了一片，多达上百幢，绵延数公里。每幢别墅都是独门独院，前面有停车坪，后面有庭院，看上去低调，却不怒自威，暗暗显示出主人的地位显赫。

谢天放在前面带路，领着凌林进了别墅。

进门后，里面别有洞天，装饰奢华，气派辉煌，天花板上吊着缀满水晶玻璃的大吊灯，家用电器一律都是西方大品牌，都是大尺寸的高端货。

凌林换上拖鞋后，门被谢天放砰的一声关上了。

这声不轻不重的关门声，在凌林心里骤然升起一丝不安，她警惕地环顾了一下四周，发现别墅里只有她和谢天放两个人，没有其他人了。

"谢天放同学，你的其他同学呢?"凌林警惕地问。

"肯定是我们主人先到，他们后来。"谢天放不紧不慢地说，"他们应该在来的路上了，估计还要一会儿，你先坐下来，不用急，看看电视，喝喝茶，慢慢等。"

"你是主人，我不是主人!"凌林给谢天放纠正说，"主人不是我们!"

凌林是听出来了，谢天放的声音跟平时有点不一样，他在尽力压抑自己内心的激动和兴奋，凌林惴惴不安地想，这激动和兴奋里有没有其他不可告人的目的？

　　看来只有"既来之，则安之"了。凌林不得不相信了谢天放的话，矜持地在沙发上坐了下来。

　　谢天放帮凌林打开了电视机，又给她泡了一杯热气腾腾的大红袍，然后转身走了。

　　凌林一边喝着茶，一边忐忑不安地翻看着电视频道，竭力掩饰着自己内心越来越强烈不安的预感——凌林隐隐约约地觉得这一趟她不应该来的。

　　谢天放再度出现在凌林面前的时候，他怀里抱着一束大大的、鲜艳似火的红玫瑰。

　　他抱着红玫瑰，一脸春光灿烂的笑容，向凌林走了过来。

　　凌林还是没往其他方面想，她以为玫瑰是用来装饰派对用的，看样子，谢天放是做了精心准备的，派对很讲究，气氛很浪漫，仪式很隆重，玫瑰花都用上了。

　　然而，事情并没有像谢天放先前的描述和凌林想象的那样发展，凌林是太单纯了，把谢天放想得太简单了。凡事总往坏处想，做最坏的打算，才能有更好的结果，就像医生看病，总要把丑话说在前面。

　　来到凌林身边，谢天放突然跪了下去，把玫瑰花塞到了凌林怀里。

　　凌林猝不及防，被吓了一大跳，她条件反射般弹跳起来，手足无措，心慌意乱地问："谢天放同学，你这是干什么？不是要我过来参加你的同学派对吗？他们人呢？"

　　"是派对，不过不是同学派对，是我专门为你准备的爱情派对，"谢天放一直跪着，没有起来，他抬着头，看着凌林，大声地说："林，我爱你，从看到你的第一眼起，从跟你成为同学的第一天起，我就爱上你了，我没有办法，我都被这种感情折磨得快疯掉啦！"

"你快起来吧，我已经跟你讲过很多次了，我是有男朋友的，我和他关系很好，你也听说了，我都跟他同居了，"凌林说，"我和你是同班同学关系，我们是工作上的搭档，你这样做，让我们以后相处起来很尴尬！"

为了让谢天放放弃，凌林用重音着重强调了"同居"二字，她希望谢天放知道她和祁宏的关系已经定了，让他知难而退。

谢天放没有放弃，他还是固执地跪在地上，没有站起来的打算。看来，凌林不答应他，他就不起来了。

"我不介意你跟他同居过了，"谢天放说，"我们既往不咎，向前看！"

"不行，我已经是他的人了！"凌林说，"男儿膝下有黄金，只跪苍天和娘亲。我一个小女子不值得你下跪！"

凌林一边劝，一边伸手去拉谢天放。

在这种情况下，只有祁宏与她的关系是挡箭牌，她希望谢天放看在凌林和男朋友是既成事实的基础上打消念头，饶过她，放她一马，凌林不惜对谢天放撒谎了。

被谢天放真心求爱，凌林心里没有惊喜，只有越来越强烈的恐惧。如果换成祁宏，她是求之不得，不用考虑就答应了。可谢天放不行，真的不行，再考虑都是不行，她对他从来就没有那种怦然心动的感觉。

也许在别人眼里，谢天放跟凌林更般配；可在凌林眼里，她的真命天子只有祁宏，这是不可以替换的。

谢天放抓住凌林的手站了起来，顺势往自己身边一拉，凌林一个趔趄，栽倒在谢天放怀里。

谢天放双臂一合，把凌林搂在了怀里，还没等凌林反应过来，谢天放低下头，向凌林脸上亲了过来。

凌林从来没有见过这等阵仗，吓得魂飞魄散；她一边下意识地躲着谢天放的嘴唇，一边使出浑身力气想推开谢天放。

谢天放是铁了心，准备不达目的不罢休，凌林越是用力挣扎，谢天放越是搂得铁紧。

"谢天放，你快松手啊，我都被你搂得喘不过气来了，"凌林着急了，大声喊道，"你这样被你同学看到了不好！"

"我是不会松手的，"谢天放说，"我的同学不来了，今天除了你和我，没有其他人。"

凌林的脑袋轰的一声炸开了，原来不是什么同学派对呀，原来谢天放是蓄谋已久，为了把自己骗过来，虚构了那个所谓的同学派对呀，看来是自己不小心着了谢天放的道儿了。

"谢天放，你再不松手，我就要大声喊救命了！"凌林说。

"你喊呀，你喊什么都没有用，这房子是隔音的，外面的声音里面听不到，里面的声音外面听不到。"谢天放皮笑肉不笑地说。

谢天放不仅没有松手，反而把凌林搂得更紧了。

凌林的心就像被绑了一块石头，扔进了水里，不断地往下沉。

谢天放牛高马大，力大无穷。凌林知道自己是羊入虎口了，力量不对等，用蛮力反抗蛮力是没有用的，她根本不是谢天放的对手，要摆脱困境，只能稳住谢天放，跟他斗智，但谢天放智商很高，力气很大，凌林不一定斗得过他。

"感情是你情我愿的，强扭的瓜不甜。我们可以慢慢增加了解，培养感情。你这样，即使得到了我的人，你是得不到我的心的。"

"那让我先得到你的人，再慢慢培养感情，以后再得到你的心。"谢天放嬉皮笑脸地说，他根本不吃凌林这一套。

"你不放开我，我就报警了！"软的不行，凌林只有来硬的。

"你报警好了，你报警我也不怕。"谢天放说，"班上同学都知道我在追你，都以为我们在谈恋爱，是你自愿到我家来的，你的一面之词很难让警察信服的。"

谢天放说的全部是实情，凌林一边拼命挣扎，一边暗暗叫苦。

谢天放的力量越来越大，动作越来越猛，他呼吸急促，憋得满脸通红。

凌林已经感到有个硬硬的东西顶在了她身上。

谢天放顺势倒了下去，把凌林扑倒在沙发上，压在身体底下。

他的嘴在凌林身上乱啃，脸、脖子、嘴唇；他腾出一只手，在凌林身上乱摸，背、臀部、大腿。

凌林越来越绝望，越来越力不从心，屈辱的泪水涌了出来，顺着眼角往下流淌，但她没有屈服，仍旧在拼命反抗。

凌林一边反抗，一边想起了祁宏。

要是祁宏在北京就好了，这种事根本没有机会发生。要是祁宏在现场就好了，他能够保护她，为她拼命流血，专揍坏人。祁宏从来不会违背自己意愿做任何事情，即使跟祁宏同居一室，两个人在一起度过了七个晚上，他都没有动过她一根汗毛。

人与人的区别就有这么大，有时候，人与人的区别就是人和动物的区别。

"你可以给一个乡巴佬，就不能给一个高干子弟？"谢天放气喘吁吁地说。

谢天放也是够烦恼的，这个弱不禁风的小姑娘是这样桀骜不驯，让他难以得逞。

谢天放把身体的力量全部压在凌林身上，让她动弹不得，然后腾出一只手来，去扯凌林的裤带——那儿是凌林最后的领地，被她死死地护住了。

"乡巴佬是人，你是畜生。"凌林愤怒地说，"我男朋友从来不会不尊重我！"

"那你是自己送上门去，是你心甘情愿的？"谢天放说。

"其实我们什么也没发生！"凌林说。

"你这话鬼信！"谢天放说，"你刚才不是说你是他的人了吗？你让我检查一下，我就知道了。"

跟谢天放的对话让凌林感到恶心，但她不是身强体壮的谢天放的对手，她越来越感到窒息，越来越心有余而力不足。

凌林悲哀地想，今天是栽在这儿了，栽在谢天放手上了，自己还是一个处女呢。

天无绝人之路，惊慌失措中，凌林摸到了茶几上的烟灰缸，她如获至宝，抓起烟灰缸，高高举起，用尽全力，对准谢天放的侧脑勺，狠狠地砸了下去。

"哎哟——"

谢天放痛苦地大喊一声，不由自主地松开了凌林。

谢天放下意识地伸手摸了摸侧脑勺，把手缩回来，摊在眼前，他看到了满手掌的殷红，那满手掌的鲜血把谢天放的欲火熄灭了，他胆战心惊地嚷道："我流血了，我流血了！"

谢天放一边嚷，一边倒在沙发上，慢慢地闭上了眼睛，不省人事——他晕了过去。

从来没有见过这个场面的凌林也吓坏了，以为自己伤了谢天放要害，把他砸晕了，闹出人命来了，凌林赶紧拨打了急救电话120。

急救车闪着红灯，鸣着急救笛，一路呼啸，不一会儿就到了。

从急救车上下来两个医护工作者，他们训练有素，把谢天放抬上了救护车，并实施了紧急救援。

凌林跟着医护工作者，上了救护车。

在救护车上，凌林吓得不敢说话，浑身发抖。她怕把谢天放砸坏了，出人命了。

到了医院，医生一顿抢救，谢天放悠悠地苏醒过来。

凌林见状，如释重负：还好，没有弄出人命来。

医生用一把锋利的医疗剪刀把谢天放侧脑勺的头发剪了，那片头发都被血粘在了一块。医生一共给谢天放缝了六针，然后上了药，包扎好了。

医生很不客气地对凌林说："小两口吵架，用不着下这么狠的手吧。小伙子晕血，是皮外伤，有点轻微脑震荡，不碍事了！"

"我们不是小两口。"凌林纠正说。

医生明白过来，问凌林："那要不要报警?"

"算了，"凌林说，"我们是同班同学！"

原来谢天放是晕血，不是被自己砸晕的，凌林放下心来，准备返回学校。

可凌林被谢天放拉住了，不让走。

凌林看着谢天放，没好气地说："谢天放同学，你都有了血的教训了，还不死心?"

谢天放苦着脸，可怜巴巴地说："小娘子，你也太倔了，我都付出血的代价了，你还不心怀恻隐，从了我?"

凌林生气了，义正词严地说："谢天放同学，你这次颠覆了我以前对你的认知和全部好感。你虽然是一个清华大学的大学生，但你是无聊，无趣，无耻，无赖。你再这样，我们以后朋友都没的做了。"

谢天放还不甘心，狡猾地说："不做朋友，就做恋人呀！"

看来，跟谢天放是秀才遇着兵，有理说不清了。碰到这种事情，碰到这种人真是让人够无奈的，凌林不准备跟谢天放继续纠缠下去，她使劲地甩了甩，但没有甩开，她的手仍被谢天放紧紧地抓在手里。

在医院里不是在谢天放的家里，凌林不怕了，她突然提高了音量："谢天放同学，这是公共场合，不是你们家。你再这样，我真喊人了。如果你认为我把你打伤了，你可以报警，叫警察来抓我好了！"

病房里的其他患者和医护人员听到他们争吵，都情不自禁地望了过来，看着这对年轻人。

想不到凌林软硬不吃，话都说到这个份上了，就越说越尴尬，越说越绝情，越说越没意思了，再坚持下去，只会更糟。

谢天放无计可施，不得不放开凌林。

获得了自由的凌林头也不回地走出了病房，出了医院。

凌林拦了一辆出租车，逃一样地赶回学校。

回到宿舍，天已经黑了，凌林饭都没吃，就上了床。

躺在被窝里，凌林用被子蒙住头，泪水又流了出来：这场经历感觉就像做了一场噩梦。

做噩梦，有醒的时候；醒来了，除了有点心有余悸，并没其他什么后遗症了。可凌林经历的，不是噩梦，而是活生生的现实，她还要跟噩梦制造者在同一个大学，在同一个学院，在同一个系，在同一个专业，在同一个年级，在同一个班级，他们抬头不见低头见——这个噩梦还要继续下去，不知道什么时候是个头。

凌林做梦都没想到，说得好好的同学派对，原来是一场精心设计的骗局，那些在小说和电视上才出现的情节竟然发生在自己身上。

凌林做梦都没想到，看上去文质彬彬，一身书生气的谢天放却是满肚子坏水，是一个工于心计，精于算计的高智商危险分子。

成长是需要付出代价的，关键要"吃一堑，长一智"，不要在同一个地方，因为同一个原因再次跌倒。以后凌林是无论如何不能跟谢天放独处了；对付谢天放的纠缠，最好的办法就是有多远躲多远。

凌林心里想，我惹不起，我还躲不起吗？

经历了这件事，再联系到上次机场被抢，凌林更加确信，那次也是谢天放精心设计好的，目的是阻止她去长沙看祁宏。

谢天放是个聪明人，他的智商之高，城府之深，手段之辣，让凌林感到不寒而栗。

为减少跟谢天放有太多交集，凌林以受到了学校处分，不适合当班干部为由，把班团支部书记辞掉了。

辞掉班干部后，凌林深居简出，不在宿舍，就在图书馆，她只想躲着谢天放，不跟他说话，不跟他共事，不跟他聚餐，不跟他一起活动，不跟他坐在一块，那些选修课，只要谢天放选了，凌林再喜欢都放弃了。

凌林一心一意读自己的书，一心一意做自己的物理题和实验，一心一意想着她的祁宏。

第十八章　高燕撞破张伟奸情

老祖宗告诫我们说：要想人不知，除非己莫为。

张伟和刘美丽的风流韵事，还是被高燕撞个正着，抓了现行。高燕不经意地把他们堵在了自己家里，她不是故意想捉奸捉双的，如果有的选择，高燕宁愿一辈子蒙在鼓里，不知道最好。

大年三十那天，从长沙把祁宏接回四明山后，高燕就没回黄花菜厂上班了，她准备在老家休养一段时间。高燕请了一周假，加上春节假期，正好半个月。

祁宏回来了，她心里的太阳升起来了，晴朗了，阴翳了半年的世界，开始阳光普照。即使不上祁家串门，站在高家大院楼上，看着对面祁家进进出出的宾客，想象着祁家的热热闹闹，听着祁家飘荡出来的欢声笑话，高燕就感到内心祥和平静，滋生出一种莫名的幸福来。

祁宏给村里几个高中生补课的事，高燕听说了，也看着那几个孩子从祁家进进出出，让她羡慕嫉妒恨。高燕痴痴地想，如果自己还在读书，没有结婚，那些听课的学生中，自己也应该算一个吧。祁宏给自己上课，她是听课呢，还是傻乎乎地看祁宏呢？

高燕得不到答案，也不可能有答案。因为这件事，没有假设，只有经历。高燕是不可能有这个经历了，也不可能有答案了。

初三那天，高燕看到凌林来到祁家，她也懒得去打招呼了。高燕想，在祁宏心中，现在的凌林已经彻底取代了她，她既羡慕他们，又为他们祝福。

四明山是一个修身养性的好地方，更是一个安心养胎的好地方，山清水秀，空气清新，一年四季林木郁葱，鸟语啁啾，冬暖夏凉。

生于斯，长于斯，这里有高燕和祁宏的很多美好记忆，从童年到少年，从少年到青春，从过家家到朦胧爱恋，从朦胧爱恋到真正谈恋爱，一桩桩，一件件，一幕幕，都让高燕感到温暖，历历在目，难以忘记。

在四明山，高燕吃得好，耍得好，心宽体胖。蔬菜是自己家种的，鸡鸭是自己家养的，蛋是自己家鸡鸭下的，鱼是祁河里抓的，绿色环保，健康营养。她被王红梅当宝一样供着，什么都不用做，就连自己的衣服、鞋袜都不用管，换下来就行了。

村里其他女人还在河边、池塘边，用手洗衣服，用搓衣板搓，用棒槌捶，高家已经用上了洗衣机。他们的洗衣机是四明山的第一台洗衣机，还是西门子的，德国造，进口货——乡主任张援朝家都还没洗衣机呢，祁东县城的绝大部分家庭都还没有用上洗衣机，都在用手洗衣呢，在祁东县城都还没有洗衣机卖，买洗衣机要到衡阳市的供销大厦，听说还要找熟人，拿批条。

在四明山，高燕乐不思蜀，准备出元宵后再看看，如果有可能，她就一直在四明山待下去，等临盆了再回祁东——毕竟祁东医院的条件好，水平高，高燕得保证小家伙万无一失，平安顺利地来到这个世界。

张伟也是大年那天才回到四明山的，他只在老家过了一个年，初三那天，刘美丽把电话打到了高家大院找他，告诉他肖和平清早返回部队了。这个信息让张伟如获至宝，吃完中饭，他急急忙忙地赶回了祁东县城，找刘美丽温存去了。在四明山的几天，高燕住在自己闺房，张伟住在自己家。三天晚上没有女人陪睡，张伟快憋出病来了。

张伟离开四明山，没有人围在她身边烦她，高燕更省心，更开心了。她感觉自己就像一个获得假释的囚犯，终于可以自由地呼吸了。

生活就是这样，往往计划不如变化快。初六那天上午，高燕的好心情随着祁宏离开四明山戛然而止了。

付师傅开车来接凌林，高燕在高家大院的楼上目睹了一切。她看到凌林上了车，看到祁宏上了车，看到车屁股冒出一阵白烟，看到车后扬起一路灰尘——那辆桑塔纳载着祁宏和高燕，拐了一个弯，消失了，不见了。

高燕很想去跟祁宏告个别，可她只能目送，她的双脚生根一样钉在原地，根本迈不开。在这片土地上，留下了他们泣血的爱情。可是那个祁宏，现在已经不是她的祁宏了，他们的轰动一时的爱情已经被四明山人翻黄历一样翻过去了，遗忘了。高燕希望自己和祁宏的爱情，被别人忘了，但要被自己铭记，她不愿意去跟祁宏告别，是不想被四明山人触景生情，重温他们的爱情，非议他们的爱情。

感情就是这么神奇，高燕惊讶地发现，祁宏与她和肚子里的小家伙，他们仨在感情上是连在一起的，彼此深刻地影响着，这种感觉真是奇妙。看着祁宏离开，高燕的情绪莫名其妙地波涛起伏了；母子连心，高燕的情绪传染了小家伙，他在她肚子里钻来钻去，烦躁不安。

到初八那天晚上，高燕感觉小家伙有点异样了，反复折腾，不睡觉，怎么安抚都没用。高燕担心坏了，准备上医院看看。初九清早，高燕坐进了陈晓明的车里，准备提前回祁东。相比四明山，祁东的医疗条件好，医生水平高，如果真有什么事儿，上医院看医生方便。

陈晓明是老司机了，从四明山到祁东，这条路他跑过千百趟了，太熟悉了，哪个地方拐弯，哪个地方路窄，哪个地方有坑，他都可以凭记忆和感觉，不用看路。陈晓明把车开得很平稳，尽量绕开坑坑洼洼，不让汽车颠簸。

七八十里路，他们走了一个多小时。一路上，他们愉快地聊起了祁宏。陈晓明还是对祁宏一如既往地顶礼膜拜，赞不绝口。陈晓明说祁宏在学校做家教，做黄花菜生意，如鱼得水，很会赚钱，跟高欣一样，极有生意头脑；陈晓明说以前只知道祁宏会读书，没想到他做起生意来，跟读书一样厉害，没有几个人是他的对手。

高燕听得津津有味，开心极了，得到了莫大的安慰。已经很久没有人跟她这么兴致勃勃地聊祁宏了。关于祁宏的消息让高燕如沐春风，帮她卸下了感情上和精神上的千斤重担似的。听着陈晓明夸奖祁宏，高燕感到从没有过的轻松，肚子里的小家伙都不折腾了，像在饶有兴趣地倾听。

他们到祁东，天还很早，雾都没散。陈晓明把车停在小区门口，高燕下了车，自己上楼去。他们的房子在四楼，高燕一只手摸着肚皮，一只手扶着楼梯，走走、停停、歇歇，用了十来分钟才来到自家门口。高燕已经气喘吁吁，全身冒汗了。

高燕把身体靠在门框上，一边喘着粗气，一边掏钥匙开门。这个时候，高燕突然听到从屋内传出来一对男女打情骂俏的声音。那些情话，尺度很大，让高燕听得面红耳赤。高燕以为自己走错了，到了三楼或五楼，她抬头一看，正是自己家的门牌号，没错，就是四楼，就是自己的房子。高燕把耳朵贴在门上仔细听了听，没错，打情骂俏的声音就是从屋里传出来的。

会是谁呢？要不要进去？难道是趁自己不在家，张伟把房子借给朋友过春节了？

高燕又认真听了一会，她是听出来了，那个男人正是自己的丈夫张伟。

高燕犹豫了一会儿，还是把钥匙插进锁孔里，把门打开了。

映入眼帘的一幕让高燕大吃一惊：张伟和刘美丽裹着棉睡衣，正趴在桌上吃早餐；张伟咬着一个肉包子，肉包子的一半含在张伟嘴里，一半露在外面；张伟伸长脖子，上半身前倾，叼着肉包子，往刘美丽嘴里送；刘美丽伸长脖子，张开涂着口红的嘴去接。

两个人都很投入，没有注意到高燕已经打开门，进来了。

高燕轻轻地咳了两声，算是提醒这对物我两忘的青年男女。

高燕的咳嗽声把张伟和刘美丽吓了一跳，他们赶紧把脑袋缩了回去，停止了动作。

张伟和刘美丽抬起头，循声望过来，他们看到高燕已经进来了，站在他们面前。

被高燕意外地堵在家里，张伟和刘美丽惊慌失措，两张脸涨成了猪肝色。

还是体育生出身的张伟反应快，应对能力强，他把那个偌大的肉包子囫囵吞了下去，站起来，对着高燕，强作镇定，满脸堆笑："燕子，你回来啦？怎么不事先通知我一声，让我去接你！"

"不是通知你接我，是通知你们做好准备，躲着我，不要被我撞上了吧？"高燕冷冷地讥讽。

虽然高燕不在意张伟，觉得他做什么都跟自己没关系，可在自己家里看到这一幕，高燕还是很有意见，很不高兴。

"你不是说要过完元宵节才回来吗？今天才初九呢！"张伟讪讪地说。

"这么说，我妨碍你们了？你们可以继续的，就当我不存在！"高燕没有正眼看张伟，冷冰冰地说。

张伟言不由衷地辩解："燕子，你想多了，我和刘医生在玩游戏。"

"小孩子过家家的游戏？"高燕白了张伟一眼，讽刺道，"你们是刚开始玩呢，还是已经玩了几天几夜的游戏了？"

"真不是你想象的那样，刘美丽是医生，我叫她过来咨询一下你怀孕期间我要注意啥事项，这不都是为你和孩子好嘛！我得做一个称职的丈夫和爸爸，你不能狗咬吕洞宾，冤枉我了。"张伟继续诡辩。

"你是很称职了，为了老婆和孩子，都把自己贡献给医生了。我看你们是一起商量要我如何流产的吧，刘医生从一开始就希望我打掉这个孩子，希望你们不是合谋，串通好了！"高燕没好气地说。

"有这回事情？"张伟十分惊愕，原来刘美丽和高燕也是老熟人啊。

张伟弄不清楚这两个女人之间，除了一个是自己老婆，一个是自己情人，还有什么其他的关系和故事，但今天是自己理亏，不是问这个问题的时候，看来不只是他和刘美丽在感情上对不起高燕，还有其他原因，张伟不再作声。

由于高燕对张伟的感情一般，所以不愿胡搅蛮缠，在这件事情上浪费太多时间和精力，可高燕也不愿意看着他们在自己家卿卿我我，不把主人放在眼里。高燕径直进了卧室，把门砰的一声关上了。

卧室里也没让高燕好受多少，她的大床上横七竖八地扔着刘美丽的内衣、内裤，地板上扔满了他们用过的卫生纸和安全套——安全套还不止一个，有好几个，空气里隐隐约约飘荡着一股腥味。

高燕很快就有了答案：自己在四明山养胎的这段日子，这套新房，这张新床，成了这对野鸳鸯的销魂窟，他们夜夜在这里声色犬马，巫山云雨，颠鸾倒凤。

高燕再也无法忍受，一把抓起床上的内衣、内裤、衣服、袜子，拉开门，走向客厅，向着刘美丽身上扔了过去，然后又跑回卧室，又砰的一声把门关上了。

没等刘美丽反应过来，伸手去接，那些衣服裤子就从她身上滑落到了地上，堆积在她脚下。刘美丽也不生气，弯下腰，一件一件地把衣服裤子捡起来，拍了拍上面的灰尘，然后当着张伟的面，把睡衣脱下来，把内衣内裤，衣服裤子袜子穿上。

不慌不忙地穿好衣服后，刘美丽看着张伟，说："今天我们就到此为止，我走了，你把残局收拾好，把老婆大人哄好，把后院大火扑灭了，不要留下什么后遗症，不要惹你的首富岳父生气了！"

把刘美丽送走后，张伟返回来哄高燕。

卧室门反锁了，张伟进不去。他扭了一下门把手，打不开门；他轻轻地敲了敲门,高燕没开门;他重重地敲了敲门,高燕没开门;他抬起腿,踢了踢门,高燕还是没开门。

张伟知道高燕是真的生气了,隔着门板,放低音量,柔声说:"燕子,我错了,你宰相肚里能撑船,原谅我这一回。我和刘医生只是合得来,大家一起玩玩,开开心,我对她没有真感情,天地良心,我对你才是真心的!"

高燕冷嘲热讽道:"张伟,我不用你对我真心,我受不起。你爱跟谁玩跟谁玩去,我管不着,也不想管。请你尊重我一下,你要玩就在外面玩,不要带回家里来;带回家来了,你们就在旁边房子玩,不要到我的房间玩,更不要跑到我床上玩,你不要太恶心我了!"

"看你说的,哪有这么严重,"张伟说,"你让我进来,我向你解释一下。"

张伟想进去把高燕哄好了,可高燕就是不开门,她不愿意给他机会。

高燕不再跟张伟说话,张伟好说歹说都没用。看来要高燕开门,暂时是不可能了,张伟也不叫了,脱下睡衣,换上衣服,上班去了。

张伟走后,高燕嫌床脏,不愿意上床。她一屁股坐在梳妆台前,望着镜中的自己发呆。因为怀孕,那张脸浮肿了起来,显得憔悴,失去了少女时代的光洁和靓丽,看上去就像一个中年妇女。女为悦己者容,跟祁宏分手,跟张伟结婚后,高燕就没有好好地梳妆打扮过,活脱脱一个不修边幅的农村妇女形象,也许这就是张伟出轨的原因,高燕想。

这件事情对高燕的刺激是暂时的。想着想着,高燕慢慢地释怀了,觉得自己没有资格怪罪张伟,是自己背叛张伟在先,她把一个女人最珍贵的东西给了别的男人,而不是自己的丈夫;她都怀了别人的孩子,而不是丈夫的孩子;到现在,她心里都还想着别的男人,而不是自己丈夫。

这一切都是因果报应。

高燕和张伟，用四明山的一句土话来说，是"团鱼莫笑鳖，同在泥里歇"。自己出轨在先，张伟出轨在后；他们现在都还出轨，张伟是肉体出轨，自己是精神出轨。他们谁都有错，谁都没有占便宜，谁都没有吃亏。

这就是他们的婚姻现状。

如果她跟祁宏在一起，肯定就不是这种情况了。

想着想着，眼泪流了下来，高燕无声地哭了。

高燕跟自己赌着气，中午的时候，没有出去吃饭，也没有自己做，把中饭省了。但高燕把房间打扫了，把地拖了，把床单、被单、枕头套全换了。

做完这一切，高燕感到很累，倒在床上，蒙头就睡。

天快黑的时候，高燕被肚子里的小家伙蹬醒了。她感到有点饿，胃缩成了一团，在痉挛，估计小家伙也饿了。想到小家伙，高燕感到很愧疚，很心疼，她扇了自己一个耳光，自言自语地说：你怎么能这么混账，这么混蛋呢，你跟自己过不去就算了，你不能跟小宝过不去呀，你得让小宝吃饱喝足，让小宝健康快乐，让小宝茁壮成长！

高燕爬起来，下了床，来到厨房。她洗了一大把小白菜，煮了一包方便面，往方便面里打了两个荷包蛋，看到面和蛋快熟了，再把小白菜放进去。

这些东西煮了一小锅，盛在大碗里，有满满一大碗。高燕没有胃口，尝不出味道来，但她还是强迫自己把方便面、荷包蛋和小白菜全吃完了，把汤也喝光了，她感到很饱，觉得对肚子里的孩子有交代了。

那天晚上，张伟很晚了才烂醉如泥地回来。高燕早躺下了，把卧室门反锁了。虽然睡前高燕让房间通了一会儿风，但空气中还残存着另外一个女人的气味，让她辗转反侧，一直没法进入深睡眠。

张伟斜倚在卧室门框上，用手掌拍打着门，嘴里含混不清地叫着。高燕没有应答，也没有去开门。张伟抬起腿，用力地踢了几脚，把脚指头都踢痛了，高燕还是没有开门。

张伟是酒醉心里明，知道高燕是真生气了，今天不可能原谅他了，今晚不可能给他开门，让他上床了。张伟不再坚持，也没在隔壁侧卧睡下，他摇摇晃晃地打开门，出去了。

那天晚上，张伟没有再回家。这个醉汉跟跟跄跄地走在祁东街头，边走边扯开嗓子，放声歌唱。他一边唱歌，一边游荡，不知不觉地来到了刘美丽家门口。张伟停止了歌唱，伸出手，用力地拍打门板。

夜深人静，刘美丽早就睡下了。听到不同寻常的敲门声，她就知道张伟喝醉了，来她这儿了；她就知道高燕还在气头上，把张伟赶出来了，他没处可去，跑到她这儿寻求安慰和温暖来了。

听到敲门声，刘美丽就坐了起来，但她没有立马下床，而是故意拖了一会儿，才披衣下床，趿着棉拖鞋去开门。

"还是你对我好，不会把我丢在门外，让我挨饿受冻。"张伟醉醺醺地对刘美丽说。

"你再伤心也不能用酒来伤害自己的身体！"刘美丽一边伸手扶住张伟，一边嗔怪地说。

"我不为她伤心，看来以后我要把家安在你这儿了。"张伟说。

张伟把右手搭在刘美丽肩上，半个身子斜靠在刘美丽身上；刘美丽扶着张伟，两个人相拥着，一边亲吻，一边走向卧室。

进了卧室，他们迫不及待地钻进了温暖的被窝里。

从那天以后，高燕回到家里，就进卧室，把门反锁了，不让张伟进来，张伟怎么叫，她都不开门。

叫人人不应，叫门门不开，张伟窝着一肚子气，夜夜跑到刘美丽那儿过夜。上了刘美丽的床，张伟的气就消了，释放和高潮让他心情好得很，彻底忘记了高燕对他的冷淡。

对夜不归宿的张伟的去向，高燕太清楚了，两个人开始了漫长的冷战。

高燕觉得这样没什么不好，张伟不在家，眼不见心不烦，她清爽多了，自在多了，安静多了。高燕想，要是一直这样，该多好，没有人打扰她和小家伙，她和小家伙的世界里只有爱，没有怨恨和杂音、杂质。

张伟在，家里就像多了一个陌生人似的，让人处处不自在，浑身不舒服。高燕自己上街买菜，自己做饭吃，想吃啥买啥，想吃啥做啥。吃完饭，或者抚摸肚皮，逗小家伙玩，跟他说话或唱歌；或者蒙头睡大觉。

这套房子，这个空间，没有张伟比有张伟要好！这是他们的第二次冷战了。这对年轻夫妻的冷战，很快就让高欣知道了。

元宵节那天上午，高欣来祁东接高燕和张伟回四明山过节。

听到敲门声，高燕起初以为是张伟，没有开门。后来听到父亲喊她，才起来开门。把父亲安排在沙发上坐下来后，高燕给他泡了一杯红茶，端上来一个果盘，果盘里有花生、有瓜子、有干果、有糖果、有水果。高燕跟父亲聊了两句，感到累，回卧室去了。高欣一个人在客厅看电视。

到吃饭的点，高燕不愿意跟高欣一起出去吃，她嫌外面油不好，怕吃坏了肠胃，影响小家伙成长。高燕自己下厨，简单地做了三个菜，招呼父亲将就着，一起吃点。

"等张伟回来吧，我们三个人一起吃。"高欣说。

"再等也没用，吃饭的点，他从来不回来。我们吃我们的！"高燕说。

"你们就没在一起吃过饭？"高欣惊讶地问。

高欣觉得不可思议，一个家庭，没有烟火气是不成家的；夫妻俩不在一起吃饭，怎么培养和沟通感情，解决家庭问题？

"我和他从来没有在家一起吃过一顿饭！"高燕说。

"这样成何体统！"高欣带着责备说，"你们既然结婚了，成家了，就要把小日子过好，不能家不成家，夫妻不像夫妻！"

高燕面无表情地看着父亲，冷冰冰地说："他的小日子过得好得很，很逍遥，很快活，乐不思蜀；我的小日子也过得很好，他不在，我喜欢。他回来了，我反倒没有好日子过了；他的小日子也过不好了。你不用等他了，他正快乐着呢！"

高欣觉得女儿话里有话，但又弄不明白，以为小夫妻俩为家庭琐事争吵了，像他和王红梅一样。他和王红梅经常为家庭琐事三五天一小吵，十天半月一大吵，但床头吵架床尾和，一觉醒来，什么事都没有了。

高欣含糊地说："小日子过得好就好。他过得快乐是件好事。作为妻子，你难道不希望他快乐吗？"

父亲这么说，高燕再也忍不住了，阴阳怪气地说："我当然希望他快乐呀。我希望他天天找刘美丽快乐，不要来烦我最好了。"

刘美丽是县人民医院门诊部的女医生，高欣是知道的，高欣听说过刘医生很风骚，但他没想到刘美丽骚到自己家来了。听女儿这么一说，高欣意识到了问题的严重性——女儿在吃刘医生的醋了！

高欣严肃起来，板着脸教训女儿："你一个姑娘家，嘴巴要紧，不要乱嚼舌头，不要无风起浪，听风就是雨。无凭无据的事，不能乱说，不要偏信。祁东县城很小，大家抬头不见低头见，不要坏了人家名声。"

都这个时候了，父亲还胳膊肘往外拐，护着这对狗男女？

高燕生气了，白了父亲一眼，理直气壮地说："我可没胡说，我亲眼看到了，就在我家，就在我床上；他们做完好事后，卫生都是我搞的，床铺都是我整理的，地上全是卫生纸和安全套。如果你不信，你可以去刘医生家看看，张伟准在，你也可以像我一样捉奸捉双呢。这个人就是你给我相中的男人，他就是这个德性！"

女儿说得有板有眼，有凭有据，肯定就是真的了，自己女婿跟刘医生已经勾搭上了，婚内出轨了。

女儿跟张伟的婚事，确实是他一手促成的，高欣既生气又沮丧，不敢正眼看女儿，张伟出轨让他在女儿面前抬不起头来。

高欣不再坚持等张伟回来吃饭，也不想叫张伟回四明山过节了。

吃完饭，高欣牵着女儿的手，小心翼翼地下了楼，上了车，父女俩一起回四明山。

在路上，高燕不愿意跟父亲说话，自顾自地逗着肚子里的小家伙玩。高欣一边开车，一边想，过完节，他得找张伟好好聊聊，小两口过日子，要家和万事兴，好好珍惜，不能把幸福生活毁了。

女儿女婿都是城市户口，都有正经工作，他们都不缺钱，他们的现状超过了祁东县城95%以上的年轻夫妻，应该是幸福的，快乐的，感情融洽的，没有理由把日子过成现在这样。

人生是在不断犯错中成长的，尤其是年轻人。年轻人有几个不犯错的？高欣年轻的时候，也犯过错。犯了错不可怕，关键是要知错就改，浪子回头，改了还是好同志，好青年。

父女前脚踏进高家大院，张伟后脚就跟了进来。

元宵节，得陪家人，跟别人过还是不一样，这点张伟还是分得清的。张伟从刘美丽那儿回来，打开门，看到卧室门开着，高燕不在家，他有点慌了，以为自己这么多天夜不归宿，真惹高燕生气了。

张伟向邻居打听。邻居告诉他，高欣过来了，把高燕接回四明山过元宵节了。张伟更加紧张了，他害怕高燕向高欣透露他跟刘美丽的事，他不得不开着车，急急忙忙往四明山赶。

那个元宵节，一家人磕磕绊绊地凑齐了，可以过一个团团圆圆的元宵节了。王红梅杀鸡宰鸭，大清早就忙活开了。她使出浑身解数，高高兴兴地张罗了满满一桌美味佳肴。

那桌美味佳肴，一般家庭过年过节该有的都有了，一般家庭没有的，桌上也有了。这样大张旗鼓地张罗饭菜，王红梅已经习以为常，但基本上都是为客人张罗；认认真真地为自己家人张罗，也就是一年的过年过节几餐了，王红梅真心希望一家子吃得好，吃得开心，吃得高兴。

那顿饭，让王红梅失望了，虽然全家都在，却没有吃出元宵节的节日气氛来。三个主要人物，高欣、高燕和张伟，表情怪异，态度敷衍，心事重重，好像有什么事情瞒着她。只有不懂事的小孩大快朵颐，吃得热火朝天，称赞菜肴味道好，夸奖妈妈手艺又有了很大长进。

四个大人，要数高燕心事最重，情绪最低落，她象征性地扒了几口饭，就放下碗筷，匆匆上楼了。王红梅往女儿碗里夹的菜，还留在碗里，一点都没动。高燕离开饭桌的时候，也没有跟谁打招呼。弟弟妹妹都看得出来，高燕肚里不仅有小孩，还有一肚子气。上了楼，高燕把门摔得震天响，关门声从四楼传下来，全家人听得清清楚楚。

王红梅猜想小夫妻俩吵架了，她很不满意地埋怨："这孩子，从小就没礼节；现在都成家了，要做妈妈了，还不知轻重，不顾别人感受！张伟，你要多担待些，多教教，多管管！"

高欣和张伟也很少动筷子夹菜，两个男人一杯接一杯地喝着闷酒，没有碰杯，也没有语言和眼神交流，低着头，各吃各的，各喝各的。

菜凉了，王红梅就把菜端到厨房，生了火，倒进锅里重新热一下，再端上来。这样反复了好几回，高欣和张伟还在喝闷酒，他们一人都快喝一瓶茅台了。夜深了，王红梅和小孩撑不住了，都先后上床睡觉去了，两个男人还在继续闷头喝酒。

看到桌上只剩下张伟和自己了，高欣终于忍不住了，把本来准备放到元宵节后跟张伟的谈话提前了，他语重心长地对张伟说："孩子，你们年轻人过日子，要互相体谅，要好好珍惜，千万不能彼此伤害！"

张伟酒醉心里明，听岳父这么一说，他知道，他和刘美丽的事，已经东窗事发了，高燕把一切都告诉高欣了，这是他最不愿意看到的。只是高欣碍于情面，留有余地，点到即止，没有说破而已。

张伟感到脊背发凉，心里发虚。既然高燕不仁，他就不义了。张伟不能在高欣这儿既失了面子，又失了里子，他要反戈一击。张伟知道高欣这些年一直向着他，喜欢他，他不能失了宠。高欣是高家商业帝国的掌门人，做了高家女婿后，他才知道高家财富有多惊人，他不能捡了芝麻丢了西瓜。

"爸，你知道我是爱燕子的，我很想跟她好好过日子，可我一只巴掌拍不响，她不理我呀！"张伟说。

"她是有点小姐脾气，你多点耐心，哄哄她。"高欣说。

"我哄了，想尽办法哄了，就差月亮和星星没有摘给她了，但是没有用。她的心不在我这儿。"张伟说。

"那你也不能去找别人，这样就恶性循环，形成死结了，以后想解都解不开。"高欣说。

"爸，我是哑巴吃黄连，有苦难言呢！"见时机成熟，张伟打算恶人先告状，化被动为主动。

"你这话是什么意思，难道燕子做了对不起你的事情在先？"高欣很不高兴地问。

"燕子对不对得起我，你得问她，她比我更清楚。她肚子里的孩子不是我的。"张伟故作轻描淡写地说，"你不信，可以去问燕子！"

什么？高燕和张伟不是一结婚就要了孩子吗？

"这件事，你可不能瞎说。"高欣头都大了，气势矮了下去，高燕肚子里的孩子不是张伟的，难道是祁宏的？

高欣知道高燕只跟两个男生正儿八经地有过感情纠葛，一个是张伟，一个是祁宏，高燕跟祁宏曾经爱得死去活来，让他伤透了脑筋，伤透了心。

如果孩子是祁宏的，这是高欣最不愿意看到的，他们是亲兄妹。

"在我和燕子结婚前一夜，她和祁宏在宾馆里睡到一个被窝去了。"张伟说，"我和燕子发生关系，是在她怀孕之后了。"

张伟的话证实了高欣的猜测。

没想到自己千防万防，最后还是漏防了，高燕肚子里的孩子是祁宏的！

高欣只觉得气血攻心，感到胸口一紧，眼前一黑，嘴巴一张，喷出来一大口鲜血。

那口血就像箭一样飙出来，啪的一声落在桌上，溅开来，把半边餐桌都染红了。

高欣大口吐血，把张伟吓坏了，他大呼小叫了起来。

张伟的叫声惊醒了刚刚上床睡觉的王红梅，她以为两个男人酒后话不投机，动手打起来了，赶紧爬起来，准备劝架。

看到餐桌上那一摊血，看到脸色惨白的高欣，王红梅也吓坏了，她不知道发生了什么，丈夫怎么了。

"爸吐血了，得赶紧送医院！"张伟说。

张伟不由分说，弯下腰，背起高欣，就往四明山卫生院跑。

王红梅跟在后面，她一边把手搭在高欣身上，给他安慰，一边痛心疾首地嘀咕："要你不要喝那么多酒，你偏不信！你把身体喝垮了，倒下了，我们娘崽怎么办？我们家的生意怎么办？"

四明山卫生院距离高家大院不远，只有两三百米，五六分钟脚程。

可走了不到一半，高欣挣扎着从张伟身上下来了——他知道自己身体没毛病，只是一时没想开，给高燕的事气的。

三个人在路边停了下来，站住了，王红梅依然惊魂未定。

"我没事，"高欣说，"只是喝多酒了，气不顺，好好睡一下，明天就好了。"

"那怎么成？还是去医院看看，让医生检查一下。医生检查了，我们才能放心！"张伟说。

王红梅和张伟都劝高欣去医院认真检查一下，可高欣执意不肯去。

王红梅和张伟都拗不过高欣，没办法，他们只得一人站在高欣一边，搀扶着他往回走。

那晚的月亮很亮很白，那晚的风很大很冷。

一个好端端的元宵节，高家就在这样的尴尬中度过了。

第十九章　高燕逃离祁东

这个世界，悲惨的事情太多了，每时每刻都在发生，其中最让人难受的是担心什么来什么。

生意做得风调雨顺，钱赚得比纸还多的高欣没想到这种事情会发生在自己身上。

女儿高燕肚子里的孩子不是女婿张伟的，是儿子祁宏的？

这是高欣最担心，最害怕的结果。孩子是谁的，外人可能不清楚，都理所当然地以为是张伟的，但张伟和高燕不可能不清楚——这是造成他们婚姻关系一塌糊涂的罪魁祸首。

既然张伟板上钉钉地认为了，高欣就没必要向女儿求证了。

高欣忧心如焚，焦虑万分，连续两个晚上罕见地失眠了。

虽然生意忙，占用了高欣大量时间，每天用来睡觉的时间只有四五个钟头，但是高欣的睡眠质量很高，身体往床上一倒，沾着枕头即能入睡，一睡就是深度睡眠，雷打不醒。

从元宵节那天晚上开始，高欣一反常态，早早上床，却一直无法入睡。他睁着眼睛躺在床上，心事重重，辗转反侧，彻夜难眠。

人的关系密切了，什么都能传染，包括情绪和睡眠，荣辱与共，休戚相关，同床共枕的夫妻尤其如此。高欣一塌糊涂的睡眠状态也传染给了王红梅，她也跟着失眠了。与高欣相映成趣，形成互补，王红梅的睡眠很浅，质量不高，即使睡着，都处在半梦半醒之间，很容易完全清醒，一只老鼠从地上爬过都能把她惊醒。

丈夫睡眠状态的改变和满腹心事没能逃过王红梅的眼睛，她以为高欣在生意上碰到了烦心事。虽然丈夫睡不好让王红梅感同身受，但她憋在心里，没有问，她以为丈夫在生意上碰到了麻烦。生意上的事，王红梅不懂，她也知道自己的斤两，没有能力为丈夫分忧解难。问多了只能添堵，于事无补，让高欣烦，也让自己烦；不闻不问，让高欣自己想办法解决是最好的办法，她也相信丈夫有逢山开路，遇水架桥的能力和智慧。

王红梅担心高欣的身体，他那么忙，需要睡眠休整。她希望高欣随时进入睡眠，她怕自己开口一问，高欣就来了倾诉欲望，滔滔不绝地给她讲，讲兴奋了，要睡着就更难了。所以，她只好憋着。

夜深人静，灯熄了，屋子里伸手不见五指，一团漆黑。为有好睡眠，他们习惯拉上窗帘。厚实的窗帘一拉上，风都透不进来，更别说月亮的光，星星的光了。黑暗中，王红梅睁大眼睛，望着天花板出神。天花板也融进了黑暗中，看不清楚——这种黑暗就像高欣的心思，她看不清，猜不透。

高欣没有顾及王红梅的感受，他知道她醒着。每过二三十分钟，高欣都要坐起来，摸索着烟盒和打火机，抽出一支，点燃了，猛吸两口。烟头明灭中，王红梅看到高欣双眉紧锁，眉毛都连到一块去了，额头上皱纹深刻密实——高欣皱纹的深浅多少与他的心事轻重成正比。这个样子肯定是遇到了特别烦心的事，王红梅吓得大气都不敢出。

长夜漫漫，好不容易挨到天亮了，鸡叫了，新的一天开始了，夫妻俩如释重负，几乎同时翻身坐起，穿衣服，下地，上厕所，刷牙，洗脸，各忙各的事情——起床了，他们从心事重重，漫漫长夜中翻身得解放了。

元宵节后第三天，起床后，高欣没有吃王红梅为他精心准备的丰盛早餐，他压根儿没心思吃，他的心被高燕肚子里的孩子塞满了，一点都感觉不到饿——高欣把那孩子视作了孽种，这个孽种好像不是怀在女儿肚子里，而是长在高欣心里，就像混世魔王一样地生长。

高欣三下五除二把牙刷了，把脸洗了，打开大门，走向停车坪，拉开车门，坐了进去，把车启动了，倒出停车位，驶上公路，向着祁东县城，把油门踩到底，一路狂奔。

车子在外面餐风饮露了一夜，已经被室外低温深度同化，车内一片冰凉，坐在座位上就像坐在冰冷的地面上。高欣没有开空调，他不想开，他觉得自己头脑发热，需要体外的低温刺激自己冷静下来。

连续两三个晚上激烈的残酷的复杂的思想斗争得出来的结果就是高燕肚子里的孩子必须打掉，坚决不能留下来！高欣很喜欢孩子，当初得知高燕怀孕，这个外孙的到来，让他就像当年得知妻子王红梅怀孕了一样高兴。如今得知这个孩子是祁宏的，把他的好心情全部破坏了，甚至觉得报应来了，自己年轻时在黄花菜地一夜风流，种下了这个恶果。

两三个月前，张伟告诉他，高燕怀孕了，高欣兴高采烈，以为一切都在按自己的设想发展，这个孩子是斩断高燕跟祁宏情丝，把女儿从与祁宏的爱情中拯救出来，跟张伟好好过日子的天外法宝。可他怎么都想不到，这个孩子不是张伟的，竟是祁宏的。

既然是祁宏的，肯定就不能留了，因为他们是亲兄妹。高欣决心已定，关键是用什么办法把孩子打掉。能够在不告知高燕真相的情况下说服高燕把孩子打掉当然好，如果不能说服高燕，该怎么办？要说服高燕，这件事难度太大了，比七八个月前说服高燕放弃跟祁宏的感情难度大多了。看得出来，高燕对这个孩子宝贝得不得了，为了他，自己的命都可以不要。

那两三天高欣一直想找高燕心平气和地聊聊，高燕对这个孩子的宝贝程度，高欣全看在眼里，他不得不打消这个念头，另谋出路——

找高燕谈打掉孩子肯定是做无用功了。高燕深爱祁宏，曾经为给他筹集学费，才放弃了爱情，跟张伟结了婚；难怪高燕这么宝贝肚子里的孩子，原来这个孩子是祁宏的，是高燕和祁宏的爱情的结晶和延续。

高燕是不会同意高欣把孩子打掉的，这个念头想都别想。当然，高欣更不愿意为说服女儿打掉孩子，把祁宏是自己私生子的事情坦言相告。如果把这个只有他和祁茗知道的秘密说出来了，无疑会给高家和祁家带来无法预测、不可控制的后果，甚至打破目前的宁静平和，弄得不可收拾，最严重的局面是导致两个家庭分崩离析。

孩子吮吸着母体营养，在茁壮成长，高燕的肚子一天比一天大了，打胎这事儿已经刻不容缓了，如果再不抓紧行动，再过一段时间，想打掉都来不及了。高欣思前想后，认为最稳妥有效的办法就是到人民医院找人帮忙，名正言顺，神不知鬼不觉地把孩子打掉。

帮手是现成的，高欣想到了刘美丽，能够配合他，愿意给他帮忙，又不会泄露天机的，也许只有刘美丽了。刘美丽跟张伟勾搭上，跟高欣一样，有一个很过硬的理由不希望高燕把孩子生下来。如果有这样一个机会，刘美丽肯定不会放弃。刘美丽是医生，做起手脚来，既方便，又专业，又安全，是助高欣一臂之力的最好人选。

从四明山出来，天还没亮，路上没什么车，也没什么人，那条路就像高欣的专用车道，很长一段距离都只有他的车在跑。赶到县人民医院，还不到七点钟。车停好后，高欣下了车，直奔门诊部。刘美丽上夜班，她在收拾东西，正准备下班，回家睡觉。

晚上十二点的时候，张伟又偷偷摸摸跑到医院门诊部来找她。有病人的时候，刘美丽看病，没病人的时候，刘美丽被张伟拉进里面的小屋折腾。到天亮的时候，刘美丽已经被张伟折腾了好几次，让她既兴奋满足，又疲惫不堪。

高欣进医院的时候，张伟刚刚离开，前后相差不到十分钟。

看到高欣来了，刘美丽突然紧张起来，以为父亲要替女儿出头出气，大清早捉奸来了，报复来了。刘美丽暗自庆幸自己有先见之明似的提前把张伟赶走了。刘美丽撵张伟走的时候，张伟还赖在值班室那张小床上死活不愿意起来，是被她拖起来的。高欣和张伟擦肩而过，真是太险了！

看见刘美丽，高欣就像找到了救世主，一把拽住她的胳膊就往外拉。刘美丽这一惊非同小可，以为高燕把她和张伟的事告诉高欣了，她和张伟东窗事发了，这位祁东首富找她算账来了。

刘美丽脸如死灰，不知所措，被高欣拖着，顺着高欣的意愿，机械地往外走。高欣把刘美丽拖出门诊部，拖到自己车边才松手。刘美丽已经被吓得花容失色，魂飞魄散。她紧张地扫视了一下四周，没看到一个同事，没看到一张熟悉的面孔——一个能够帮她一下的人都没有。

高欣看出了刘美丽的紧张害怕，赶紧诚心诚意地道歉："对不起，刘医生，我不是来找你麻烦的，我是自己有麻烦，来找你帮忙的，我们上了车再说！"

高欣拉开车门，示意刘美丽上车。刘美丽惊魂未定，将信将疑，她担心上了车，高欣把自己带到哪个偏僻的地方暴揍一顿，然后被扔下车——刘美丽心里有鬼，确实被吓到了。

刘美丽望着高欣，认真地审视了一会，确实看到高欣的表情跟他说的一样，没什么明显恶意和敌意，这才松了一口气，心有余悸，战战兢兢地上了车。

等刘美丽在副驾驶位上坐定，高欣帮她关上车门，从车头绕过去，到另一边拉开车门，坐在了驾驶位上，拉上了车门。高欣拿起一个早就准备好的文件袋递给了刘美丽。

那个文件袋鼓鼓囊囊的，很厚实，拿在手上沉甸甸的。文件袋里是什么东西？高欣给她这个做什么？刘美丽觉得很奇怪，她绕开文件袋上的缠线，拉开袋口，往里一看，顿时觉得心惊肉跳。里面全是钱，一扎一扎的，叠在一起，银行的封印都没拆，全是百元大钞，崭新锃亮，散发着诱惑。

刘美丽还没见过这么多钱呢，高欣不愧为祁东首富，出手阔绰，把刘美丽惊得目瞪口呆，让她难以置信。

这么多钱让刘美丽困惑了：高欣给她这么多钱干吗？难道他想用钱买断她跟张伟的感情，帮助女儿捍卫婚姻和家庭？她是接受这笔钱，离开张伟，还是拒绝这笔钱，维持跟张伟的感情？

半年来，刘美丽发现自己跟张伟已经从当初的单纯的性欲发展到了感情和性欲并重，她是真心喜欢上了这个男人，依恋上了这个男人，他们的性生活和谐满足，让对方身心愉悦。

在祁东县城，刘美丽要再找到这样一个性伴侣，很不现实。

刘美丽没有想过跟张伟组建家庭，能够维持现状就好，毕竟他们都结了婚，成了家。在她想当然的这道选择题面前，刘美丽内心忐忑，脑袋里乱得就像一锅糨糊。刘美丽不知道该说什么，该做什么，只有被动地等待高欣出招，揭开谜底。

高欣没有按刘美丽的思路出牌，他接下来的话不仅打消了刘美丽的全部疑虑，更让她喜出望外——高欣随后交代她的事，即使没有这满满一文件袋的钱，她都乐意效劳。

"我女儿肚子里那个孩子不能留下来，你看看有没有办法帮我打掉？这十万块钱是辛苦费的一部分，算是定金。如果你觉得不够，就跟我开个价，我只要结果。"高欣说。

刘美丽又惊又喜，她万万没想到，作为高燕父亲的高欣，竟然跟自己想到一块去了，以至于刘美丽怀疑高燕不是高欣的亲生女儿，她刘美丽才是高欣的亲生女儿。

刘美丽做梦都想把高燕肚子里的孩子打掉，她害怕高燕把孩子生下来以后，张伟就被孩子拴住了，把她打入冷宫了。要打掉高燕肚子里的孩子，想起来容易，做起来难。高欣找她之前，刘美丽只是想想，不能付诸行动。

"对那个孩子，高燕看得可重了，比她的生命还重，"刘美丽面露难色，"这件事还真不好处理，明目张胆来肯定不行。"

"如果好处理，我就不来花钱找你了，"高欣说，"就是因为明的不行，只能来暗的，我才来找你帮忙。你的工作，做起这件事来专业方便。总之，孩子不能留，你帮我想办法！事情成与不成，这袋钱都是你的；事成后，我再给你翻倍！"

"不是钱的问题，是责任和风险。这可是你的主意，不是我的主意，"刘美丽突然打了一个寒战，"我只是根据患者家属意见办理！"

"对，是我的主意，与你没有关系，一切责任和风险由我承担！"高欣说。

"那我就试试看，我在医院等高燕，你配合我一下，这两天把她带到医院来。"刘美丽说。

不知道怎么回事，打掉高燕肚子里的孩子是刘美丽见到高燕第一眼就有的想法。产生这个想法的时候，刘美丽还不知道高燕是张伟的妻子，只是从医生的责任和良心出发。刘美丽认为高燕年纪太小了，自己身体都没发育好，还不适合生孩子养孩子。年纪轻轻就生孩子养孩子，对母亲和孩子都是不负责任的。作为人民医院的医生，刘美丽得为母子健康着想和负责。

知道高燕是张伟爱人之后，刘美丽的这种愿望更加强烈了。如果以前要打掉高燕的孩子是从职业道德出发，现在要打掉高燕的孩子则是从自己的感情出发。她发现自己越来越离不开张伟了。丈夫远在边疆戍边，一年难得见一回，年底好不容易把他盼回来了，在一起过不了三五天就走了，他们都还没来得及熟悉对方的身体呢——她对丈夫身体的熟悉远不如对张伟身体的熟悉，更甭说精神上的碰撞，情感上的交流，灵魂上的融合了。

时间和距离，让刘美丽和肖和平成为半熟悉半陌生的准夫妻。边疆不通电话，只能写信，一封信，两三个月才能寄过来，信件往来要半年时间。肖和平文化程度不高，字里行间没有情感，没有文采，枯燥沉闷，每封信不到半页纸，刘美丽的兴致刚刚被撩起来就戛然而止了，就像跟肖和平做爱。在信上，肖和平翻来覆去就是那几句话，刘美丽既读不到深情，也读不出激情。

结婚前，刘美丽冲着丈夫是军人去的；结婚后，刘美丽发现自己是丈夫人生的一个驿站，过年的时候回来停留三五天，那个远在天边的哨所倒是肖和平的伴侣，肖和平的家。独守空房的日子，张伟给了刘美丽抚慰心灵的情话，排遣寂寞的陪伴，驱赶黑夜的灯光，满足欲望的宣泄。

刘美丽越来越担心高燕把孩子生下来之后，张伟会改邪归正，回归家庭，把心思和情感重心重新转移到高燕和孩子身上，把她冷落了，遗忘了。

刘美丽答应高欣愿意试一试，但不打包票。她拿着文件袋，心情激越地下了车，兴高采烈地下班了——这袋沉甸甸的钱相当于刘美丽七八年工资了，可以在祁东县城买一套宽敞漂亮的房子。

"我明天就带高燕过来找你，你记得把事情办妥了!"高欣对着刘美丽的背影，如释重负地补充。

元宵节后的第四天清早，高欣带着高燕从四明山向祁东县城进发。高燕还不想离开四明山，她想在老家多待一段时间。可高欣对高燕说，给她约了医生，他要陪她好好例行检查一下，看看胎儿发育是否正常。难得父亲这么有空，对自己和孩子这么上心，高燕不愿扫了父亲的兴，高高兴兴地跟着父亲出发了。

高燕发现自从知道自己跟张伟感情不好，婚姻不如意后，父亲就变了，变得对她格外用心，格外关照。父亲的所作所为被高燕理解为父亲在为当初让她选择张伟的错误决定赎罪——这是以前只对生意执着热情，对孩子漠不关心的父亲从来没有过的。

到了县城，高欣没有把高燕送回家，而是直接带到了人民医院。高燕突然生出莫名的感动来，看来父亲对这个即将到来的小生命关怀备至，充满了期待，跟她一样。

给高燕做产前检查的还是刘美丽。两个人闲话少说，一见面就进入了医患角色。刘美丽查得很认真，很仔细，看舌苔，把脉，测血压，听高燕心跳，听孩子心跳，验尿，拍片。

一顿一如既往的折腾后，刘美丽拿着检查结果，神情严肃地对高燕说："胎儿发育有点不正常，需要几剂中药保胎疗养，否则，很可能流产或早产。"

胎儿发育不正常，很可能流产或早产？

这个结果把高燕吓坏了，她无法承受，脑袋里只剩下一个念头：保胎！

听刘美丽这么一说，高燕高度紧张起来，催促刘美丽给自己开药保胎。

刘美丽瞟了一眼高欣，然后给高燕开了三服药。她动作麻利地包好药，吩咐高燕一天一剂，按时煎服。

从医院出来，高欣把高燕送到家，然后开车回四明山了。

临走的时候，高欣再三交代，要高燕按时把药煎了，服了。父亲的叮嘱让高燕铭记在心，十分感动。

送走父亲后，高燕感到很累，她上了床，认认真真地睡了一觉。她醒来的时候已经是下午一点多了。高燕给自己做完中餐，吃完饭，准备煎药，拎着其中一服药进了厨房。她取出瓦罐，装满水，放在煤球灶上，然后把药包上的线拆了，打开药包，准备把药倒进瓦罐里煎熬。

就在倒药进罐的时候，高燕停止了动作，脸上开始写上了疑惑。高燕看到杂七杂八的中药中间夹杂着藏红花。藏红花虽然已经干了，高燕还是一眼就认出来了，那包药里的藏红花分量还不少。以前高燕没有看过藏红花的实物，可她在书上看过图片，印象太深刻了。对藏红花的药性和功能，高燕很了解。她记得书上说过，藏红花是用来打胎的，不是用来保胎的。

自从知道自己怀上这个孩子，高燕就爱上了看书，看保胎、养婴、育儿之类的书籍。她两周跑一次新华书店，买四本书，尽量读完，比当年读书时还勤奋，还用心。三四个月下来，高燕已经读了二三十本书，算得上半个育儿专家了。哪些食物药物对保胎有用，哪些食物药物对胎儿发育有害，高燕已经耳熟能详，如数家珍了。

看到藏红花，高燕大吃一惊，她生怕自己记错了，怪错了人，赶紧返回卧室，从床头柜上找出那本书，按照目录翻到专门介绍藏红花的那一页，又认认真真，从头至尾看了一遍。果然，书上清清楚楚地写着，藏红花不是保胎用的，而是用来堕胎的。

这么一对照，高燕惊得目瞪口呆，浑身直冒冷汗。

看来，多读书，多储存知识，还是很有用的，无论什么时候，无论做什么，有时候甚至能够救命。关于藏红花的知识，救了小宝，也救了自己。如果不读书，就认不得藏红花了。如果一味听刘医生的，把药煎了，服了，麻烦就大了。这个小生命，给了高燕太多的希望和期待，如果没有他，高燕不知道如何面对自己的人生和今后的生活。

高燕越想越害怕，越想越生气，她要找刘美丽问个究竟，为什么要害她和孩子。高燕抓起药，下了楼，直奔人民医院。也许答案明摆在那儿，刘医生是丈夫张伟的姘头，刘医生不希望她的孩子平安出世。

刘美丽和张伟眉来眼去，勾搭成奸；张伟在刘美丽那儿，夜不归宿，这些高燕都可以睁一只眼，闭一只眼，忍了让了。但刘美丽触碰了她的底线，要把她的孩子打掉，这是高燕无论如何都没法原谅的，她忍无可忍了。

看见拎着药，气势汹汹地奔进医院，奔向自己的高燕，刘美丽顿时慌了手脚，她隐约知道事情败露了，高燕满脸气势汹汹的表情泄露了她的内心所想。刘美丽清楚，这次高燕不是来找她看病的，而是来找她算账，找她兴师问罪的。

这事儿，如果闹大了，被医院追究了，刘美丽可能工作都保不住了。对医患纠纷，刘美丽见识过，经历过，也积累了丰富的应对经验。是福不是祸，是祸躲不过。刘美丽想着怎样把高燕唬住哄住，天塌下来，有高欣顶着，高欣是高燕的爹，她是按她爹的意见办事。

刘美丽赶紧从工位上站起来，满脸堆笑地迎上去，没等高燕开口，刘美丽一边哄一边推，把高燕弄进了旁边的会议室，并从里面反锁了门。

处理医患纠纷的指导思想是大事化小，小事化了，能私则私，千万不能激化了矛盾，给患者火上浇油，把事情闹大。

"刘医生，我来向你请教，你给我开的保胎药，为什么有藏红花?"高燕气愤地质问，她满腔怒火。

看来这个女孩不简单，没办法糊弄过去，她已经知道自己给她开的不是保胎药，是打胎药了。骗是没法骗了，躲也躲不过，刘美丽又紧张，又尴尬，万般无奈之下，她只得和盘托出，实话相告："高燕，这不是我的主意，你不能怪我。这是你家人的主意，要怪你怪他!"

不是刘美丽的主意，是自己家人的主意?

刘美丽的言外之意就是指张伟了，高燕想，张伟是没办法承受自己跟祁宏有孩子的，尽管张伟知道自己怀孕后曾经对她说过"只要孩子是你的，我就喜欢"，现在看来，这是骗人的鬼话，是刻意用来感动自己，软化他们紧张关系，达到跟自己同房的目的。

如果是张伟的主意，高燕倒不觉得奇怪，不感到伤心;他不出这个主意，才奇怪呢!难怪张伟在知道自己怀孕后要找一个女医生作妖头，原来是为了方便给自己打胎呀。

把这些联系起来一想，一切都豁然开朗了。

"是张伟要你做的？你们在一起合谋害我的孩子？"高燕高声质问。

"不是的，不是我和张伟的意思，你错怪我们了。"刘美丽心平气和，又迟疑不决地说，"是你父亲高欣的主意，是他要我给你打胎的。为了要我做这件事，他还给了我十万块钱。可能是你父亲觉得你太年轻了，生小孩对身体不好，也怕小孩发育不良。"

是父亲的馊主意，是父亲收买了刘美丽给自己打胎？

这是高燕无法接受的，这件事越来越复杂了，高燕感到天旋地转，彻底蒙了：原来父亲一反常态地对她好，是别有用心，包藏祸心！这也太可怕了，让人防不胜防，高燕差点着了道儿。

想着想着，高燕不禁泪水夺眶而出，她已经不怪罪刘美丽了，刘美丽是无辜的，父亲才是始作俑者。

高燕渐渐想明白了，这些天父亲对她出奇地好，嘘寒问暖，尤其关心她肚子里的孩子，甚至平时最在意的生意都懒得管了，原来父亲是在演戏给她看，是在麻痹她，是虚情假意，醉翁之意不在酒——他要处心积虑地打掉这个孩子？

高燕相信了刘美丽，把对刘美丽的质疑和不满全部转移到了父亲身上。在高燕心中，父亲是有过极不光彩的案底的，他就是用这种卑鄙手段，把她和祁宏活活地拆散了。

七八个月前，高燕太幼稚，思考问题不周全，轻而易举地上了父亲的当。

高燕怎么都想不明白，一个还没出世的孩子能跟父亲有什么深仇大恨呢，非要挖空心思把他打掉？高燕记得父亲在知道她怀孕后，一度高兴过一段时间，为什么元宵节后，一切都变了，父亲翻脸比翻书还快？

高燕将信将疑，她相信了基本事实；但不是刘美丽的什么话，高燕都相信。她不相信父亲是为了她的身体和孩子的健康着想，高燕太了解父亲了，这里面一定另有原因。

高燕是越想越不明白，越想越生气，这个答案在刘美丽那儿不可能得到，她得找父亲问清楚。

出了医院，高燕在街边的公用电话亭拨打了高欣的大哥大。

电话一通，高燕伤心地哭了起来，对着话筒，高燕悲切地说："我可是你的女儿，你可是我的父亲啊，为什么你要把我生命中最后一点希望都掐灭？"

女儿这么一说，高欣就知道刘美丽是成事不足，败事有余，还把自己供了出来。高欣不想跟女儿翻脸，孩子还没打掉呢，他要先稳住她。

高欣温柔地劝道："孩子，你还小，身体都没发育好，这么年轻生小孩，很吃亏，将来身体吃不消，受不了。你要做妈妈，以后有的是机会。"

父亲这番话已经证实了刘美丽没有撒谎。高燕一边哭，一边正告父亲："这个孩子是我的命，我是无论如何都要生下来的，你也好，张伟也好，刘美丽也好，都不要打他主意了，谁打他主意，我跟谁没完！"

"那你是要他，还是要我们的父女关系！"高欣被激怒了，暴跳如雷，他斩钉截铁地说，"高燕，我也正告你，这个孩子，坚决不能要！"

听着电话那头女儿的哭泣，高欣心里也很不好受，他缓和了一下语气，叹了口气，继续劝道："燕子，爸爸是在为你着想，你是我的亲生女儿，我怎么会害你？生下这个孩子，你可能要付出一生的健康作为代价！"

"我愿意，只要能生下他，我就是身体垮了，难产死了，我都愿意，你不要用父女关系来威胁我！"高燕没有让步，继续说，"爸爸，其他事情我都可以尊重你，包括婚姻，但这件事，我们没的商量！"

"高燕，我也告诉你，这个孩子，必须打掉，也没的商量。"高欣也没有让步，"你已经成家了，你只能生下你丈夫的孩子，你不能生下别人的孩子！"

父亲终于说出了他的真实想法，原来他知道了这个孩子是祁宏的，不是张伟的。看来，他是不会同意自己作为张伟的妻子，却生下祁宏的孩子的。父女俩话不投机半句多，谁都不愿意让步，高燕不想再说，也不愿意再听下去，她啪的一声挂断了电话。

高燕感到特别委屈，特别难过，特别恐惧，特别孤独，特别无助，特别无奈。放眼望去，身边都是与她为敌的人，就连自己的父亲都是，她已经被十面埋伏，只有肚子里的孩子跟她站在一起，与她相依为命。但孩子只能给她提供精神动力，不能实际上帮她什么忙，他那么小就要面对那么残酷的生存环境，他需要妈妈誓死保护，寸步不让！

四面楚歌，无依无靠的高燕把虚弱的身体斜倚在电话亭上，号啕大哭。她的哭声很大，很多路过她身边的人于心不忍，纷纷过来安慰她，劝她凡事想开点。这些人想当然地以为高燕被不负责任的男人把肚子搞大了，然后把她无情地抛弃了。

这样下去很丢人现眼，高燕一边抹着眼泪，一边压抑哭声，往家走。高燕一边走，一边分析形势，思考对策。她太明白自己的处境了，在祁东，她是没办法待下去了，父亲肯定要来找她把孩子打掉的。

父亲是个锲而不舍的人，不达目的不肯罢休，做什么都这样执着。

清楚地摆在高燕脚下的，只有一条路可走：那就是在父亲找到她，强行逼她打胎之前，赶紧逃离祁东！

这是保住这个孩子的唯一可行的办法。

高燕犯愁了，她文化不高，无一技之长，还挺着个大肚子，世界虽大，哪有她的容身之处？别说谋生，生孩子，养孩子了，高燕连自己都照顾不了，她都需要别人照顾。目前高燕还能够勉强照顾自己，可两三个月后，随着肚子越来越大，行动越来越不便，她越来越需要别人照顾。

高燕不由自主地想到了祁宏。她知道祁宏本性善良，虽然他们的爱情已经灰飞烟灭了，但在她人生落难，走投无路的时候，祁宏是不会扔下她，坐视不管的。在这个世界上，高燕曾经只相信三个人，父亲高欣，母亲王红梅，初恋情人祁宏；现在，父亲不能信了，母亲可信，但鉴于她跟父亲的关系，也不靠谱了。在这件事情上，王红梅是无计可施，很难帮上什么忙的；高燕只有求助祁宏。

高燕也没有打算躲多久，只要把孩子生下来，不被父亲强行要求打掉就行了。孩子生下来，生米做成熟饭了，她就回祁东，那时候父亲不接受也得接受，他总不至于把一个活生生的小生命掐死溺死吧。高燕需要躲起来的时间，也就三五个月。高燕暂时不缺钱，撑三五个月的钱，她还是有的。自从听了父亲的话跟祁宏分手跟张伟结婚后，高欣在经济上还真没有亏待过她，时不时地给她钱用，仿佛在用钱赎罪。

逃离祁东，要去的地方，首选是长沙，因为祁宏在那儿。其他地方，都人生地不熟的，也没有信得过的亲戚朋友。对一个妊娠期的女人来说，没有亲戚朋友照顾，是寸步难行的。长沙有祁宏，只要祁宏在，高燕在心理上就有了寄托，在感情上就有了依靠，在生活上就有了照顾，她就活得踏实，过得安稳，小家伙就能健康快乐地成长。

高燕想，她生产前后，肯定离不开人照顾，现在能照顾她的，就只有祁宏了——祁宏是当仁不让的最佳人选，他是孩子的父亲。

想通了，高燕没有犹豫，更不敢耽搁，她已经猜到，恼羞成怒的父亲，正开着车从四明山赶往祁东，要逼着她去打胎呢——她必须在父亲赶到祁东，找到她之前，离开祁东。

回到家里，高燕简单地收拾了几件换洗衣服，拿上存折，匆匆下了楼，招手拦了一辆揽客摩的，急急忙忙赶往火车站。

正好有一辆从南宁开往北京的火车，路过祁东，中间要经过长沙，高燕票都来不及买，就急急忙忙挤了上去，准备到车上再补票。

火车上人满为患，已经没有座位了。一个小伙子看到高欣挺着大肚子，行动不便，赶紧站起来，把自己的座位让给了高燕。

火车鸣着长长的汽笛，徐徐启动了，高燕才放下心来。

终于逃离祁东了，高燕感觉踏实多了，高兴了起来。

高燕想，离开祁东这个倒霉的地方就是不一样，一踏上征程就有好心人给自己让座，这是一个好兆头；以后她终于不要为这个孩子能否顺利出生提心吊胆了，不用再担心父亲，不用再担心张伟，不用再担心刘美丽打她的孩子的主意了。

肚子里的小家伙不失时机地翻了翻身，蹬了蹬腿，算是跟高燕互动，对她毅然决然的勇敢行动表达支持，表示鼓励。

高燕乐了，脸上漾起慈爱的笑容，她抚摸着肚皮，声音坚定地对小家伙说："我要做一个勇敢的妈妈，你要做一个勇敢的孩子，我们做一对勇敢的母子，我们一起天天向上，踏上美好征程，迎接美好明天！"

高燕心里清楚，她这次出走，可能会留下很多后遗症，包括跟高欣的父女关系，包括跟张伟的夫妻关系，但这些都没有肚子里的小家伙重要。

她这次出走，也许前路漫漫，布满激流、险滩、旋涡、暗礁，但只要有了这个孩子，高燕什么都不怕，她都可以迎难而上，克服一切困难！

这个孩子是上帝赐给她的礼物，这个孩子给了她无穷希望，取之不尽的力量，让她成了一个斗战胜佛，拥有了战胜一切的勇气！

第二十章　祁宏与凌林捅破窗户纸

那天在课堂上，祁宏莫名其妙地心绪不宁，感觉有事情要发生。

下午上完课，从教室赶回宿舍，祁宏远远地看到了一个身影，那个身影是那样熟悉，他情不自禁地惊叫起来：高燕！

虽然高燕有孕在身，变化很大，祁宏还是一眼就认出了她。高燕站在男生宿舍楼下，心神不定，左顾右盼。高燕挺着大肚子，一手叉腰，一手放在肚皮上，转着圈，摩挲着。

高燕的脚下静静地躺着一个行李袋。

与上次不一样，这次看到高燕，祁宏不是高兴，而是惊讶，他不敢相信自己的眼睛。祁宏飞快地扫了一眼高燕周边，没有看到高欣，也没有看到王红梅和其他熟人——高燕是自己一个人来的。

那张浮肿的脸上没有上次见面时的兴高采烈，倒写满了焦虑、疲惫、憔悴、可怜巴巴和渴望，让人看在眼里，疼在心上。高燕的眼神跟他们正式分手到高燕结婚前那段时间的高傲、冷漠、无情，拒人千里不一样，里面重新燃起了他们当年恋爱的时候的期盼和灼热——这种眼神，祁宏是再熟悉不过了。

这种感情变化的卷土重来让祁宏满心苦涩——有一段时间，祁宏曾经做梦都在热切期盼这种表情曙光乍现，写在高燕脸上，闪在高燕眼神里；现在这种表情又回来了，祁宏却不敢积极面对，更不能勇敢接受了。

也许这就是折磨人的现实生活，也许这就是魔幻一样，谜一样的感情。当你热切渴望的时候，一切离你很远，怎么努力都够不着；当你放平心态，看淡之后，它又靠近你，让你感到近在咫尺，唾手可得。

　　从元旦开始，一系列事情之后，祁宏完成了爱情的战略大转移，把感情成功地从高燕身上转移到了凌林身上。虽然他还没向凌林说出那三个字，但他们之间已经心知肚明，在感情上，他们已经心有灵犀，那三个字说不说都没什么关系了；他们已经心心相印，在谈情说爱了，他们的心里塞满了对方。

　　虽然跟凌林的爱情没有来得像当年跟高燕恋爱时那样灼热，那样凶猛，那样轰烈，那样泛滥，但不可否认，他们的爱情确实来了，已经走在了通向未来的康庄大道上，双方父母和家人都已经认可了。

　　祁宏清楚，这段新感情，凌林要比自己更加迫切，更加热烈。在高中时候，凌林就在暗恋他了，现在是火上浇油，烧得更旺了。虽然自己对凌林的爱情热度在不断升温，暂时还追不上来，但凌林是一个好女孩，他不能辜负她，伤了她的心——他和凌林已经开始了，他和高燕没有必要回去了。

　　看到快步小跑过来的祁宏，高燕开心地笑了，高兴地说："宏，你不要左顾右盼了，这次是我一个人过来，没有其他人，我是逃难来的。"

　　"出什么事了？"祁宏问。

　　高燕这么一说，倒让祁宏震惊了。他不明白高燕一个人挺着大肚子来找他做什么，更不明白高燕说的那个"逃难来的"是什么意思，看着高燕的行李，听着高燕的口气，好像她准备打持久战，要在长沙一直待下去似的。

　　难道高燕和肚子里的孩子出了什么问题，需要在长沙的大医院长时间地住院治疗？即使是这样，那也需要有人陪伴照顾，怎么能就高燕一个人？难道高家出事了？难道高燕被张伟休了？

再眼观六路、耳听八方的聪明人，包括断案高手，揣测事实都与事实真相有偏差的。祁宏那么聪明，还是没有把高燕来长沙的真实原因想明白弄清楚。可祁宏马上从高燕那儿得到了答案，是他想错了，而且错得很离谱。

"我父亲非要我把孩子打掉不可，我不得不匆匆逃了出来。我实在是没有办法了，也没有什么地方可去了，只有到长沙来投奔你。你不会不管我吧？"高燕说。

既然高燕来了，祁宏肯定要管的，不可能把她和一个没出世的孩子扔在一边，不管不顾，这点祁宏做不出来。虽然两个人的爱情不在了，但友情在，亲情在，祁宏一直把高燕当作自己最亲的人，只不过这个最亲的人的定义在不断发生变化，谈恋爱的时候是最亲的恋人，现在他们分手了，是最亲的家人，跟自己的亲妹妹没什么两样。

高燕在走投无路的情况下来长沙找祁宏，说明她还是一如既往地信任他，仅凭这一点，祁宏就非常感动，觉得他们的亲情是一辈子都可以延续下去的，比爱情更长久。可高燕的话让祁宏大吃一惊，高欣怎么能逼迫自己女儿强行打胎呢？难道高燕怀的不是他的外孙？上次三个人见面，他们父女俩不是有说有笑，关系很好吗？现在怎么连自己的女儿和没出世的外孙都容不下了？

想起当年高欣阻止他和高燕谈恋爱，祁宏就不寒而栗——这样的事再次出现了，让人琢磨不透的生意人真是翻手为云，覆手为雨，一点起码的人性都没有，连基本的亲情都不顾了。

关系就像力，是作用和反作用的。祁宏一直对高欣没什么好感，就像高欣一直对祁宏没什么好感一样。在祁宏看来，高欣过于势利，在对待自己的事情上，把一个生意人趋利避害的嘴脸演绎得淋漓尽致。

以祁宏考上大学为分水岭，高欣明显前倨后恭，先打后拉。为什么出现了这种截然不同的变化？考上大学前，祁宏前途不明朗，看不到未来；考上大学后，祁宏的前程一片光明，未来发展不可限量。这就是高欣态度前后截然不同的深层次原因。

高欣精于算计，工于心计，把待人接物都当作了生意去经营。

对这种人，祁宏从骨子里瞧不起，一辈子不愿意跟他打交道。上次高燕陪高欣来，祁宏是看在高燕的面子上跟他见面了，吃饭了，坐着他的车回四明山过年了，也渐渐地慢慢地原谅他了。现在听高燕这么一说，刚松弛下来的神经又绷紧了，刚解开的心结又缠上了，而且越缠越紧。

祁宏的心被两种南辕北辙的感情塞得满满当当，一种是对高燕的真实深刻的同情，他感到很心痛；一种是对高欣的发自肺腑的厌恶嫌弃——比以前程度更深更重的厌恶嫌弃。祁宏没想到自己对一个人的厌恶嫌弃会如此深刻，就像一把尖刀插进了肌肉里，在缓缓地绞动。祁宏不明白，他们一个是父亲，一个是女儿，是具有血亲关系的两代人，可他们的品行为什么有天上人间的差别？他们的遗传基因仿佛在性格遗传上出现了断档，出现了分向：一个向左，一个向右了。

"既然你来长沙了，我不管你，谁管你呢？"祁宏说，"你就安心在长沙待下来，先把孩子生下来再说。孩子生下来了，你就不怕他逼你打胎了。"

祁宏这句话，正是高燕心里想的，也是她想从他这儿听到的。高燕早就猜到了祁宏会这么说，她知道祁宏会这么说的，她在等祁宏这么说。听到祁宏说出来的话跟自己的想法一字不差，如愿以偿的高燕开心地笑了，那笑就像春天来了，开在四明山上的花儿。

高燕庆幸自己没有判断错，当年也没有看错，尽管她把这个男生弄得遍体鳞伤，但在自己落难的时候，他还是不计前嫌，收留了自己。看来，投奔祁宏是明智之举，没有比这更好的办法，没有比他更好的人。

在长沙住下来，就得有房子。当天晚上，祁宏把高燕安排在学校的招待所里。第二天上午上完课，祁宏带着高燕在学校附近转悠，忙着看房，租房。大街小巷的墙壁上，路边的电线杆上，都贴满了小广告，上面写着各种各样的信息，其中最主要的就是房屋出租。两个人马不停蹄地看了六套房，可直到下午三四点钟了才把房子成功地租下来。

前面五个房东领着他们边看房边后悔了，不愿意租房给他们。五个房东不约而同地把他们看作一对了，以为他们是学生情侣——学生情侣在学校附近租房很正常，这是房东的主要客源之一，可是这对情侣太胆大包天了，男的把女的肚子搞大了，看起来他们准备租房生娃。对这种不注意不检点的学生，房东们还是打心眼里排斥。

前面五套房看下来，都没有成功，高燕感到身心疲惫、倍觉沮丧绝望。他们看第六套房的时候，祁宏对房东的顾虑已经了如指掌，祁宏也不愿意向房东解释说明他们的关系，因为没有用，只会越描越黑。一个人对另一个人的印象一旦形成，尤其是第一印象，要改变起来难度很大。所以，祁宏在主人没有拒绝之前就主动提出来，每个月给房东多加三十块钱房租。这让第六个房东喜出望外，十分爽快地答应了他们，生怕他们反悔了。

房东过得很不容易，一家人把新房腾出来，挤在一套更小的旧房里，不就是图两个钱吗？没有人跟钱过不去，看在钱的份上，房东不再质疑这对"学生情侣"的品行了。他已经做了五六年房屋出租生意了，从来碰到的都是把价格拼命往下压，主动给他涨价的，祁宏是第一个。这么阔绰友好的租客，愿意住多久就多久。当然，房东还是提出来一个条件：生孩子要在医院里，不能在出租屋里生。这个条件合情合理，高燕本来就是这么想的，他们终于把房子租到手了。

房子在二楼，两室一厅，八十多平方米，南北通透，客厅宽敞明亮。

高燕想省钱，原来计划租一室一厅的，可她的计划被祁宏否决了。

祁宏的想法很简单，还有三四个月高燕就要生产了，预产期越近，越需要人照顾，尤其是后面两个月，需要有人随叫随到，晚上也是。届时，请保姆也好，祁宏自己留下来也好，都很方便。

　　为了让高燕住得舒适，免去房东收取房租的骚扰，祁宏一次性付清了半年房租。他已经计算过了，半年时间，足够高燕把孩子生下来，生长一两个月了。那时候，母子再回祁东，就不用担心了。

　　看着祁宏忙上忙下，看房租房，高燕心里五味杂陈：多善良，多体贴的一个男人，她这一辈子是错过了。虽然张伟是自己丈夫，可十个张伟都比不上一个祁宏，张伟是不可能有这么细心，这么周到，这么任劳任怨的。

　　家具是现成的，锅碗瓢盆，桌椅沙发床，电视机洗衣机冰箱，日常的基本的生活用品一样不缺，可以拎包入住。看到缺什么东西了，以后再慢慢添置不迟。铺好床，已经日薄西山了。祁宏上街买菜买米，买油盐酱醋。菜市场离出租屋不远，就在学校到出租屋的中间位置，很便利。买回菜米油盐，祁宏忙着生火，做饭炒菜，奏响了锅碗瓢盆交响曲。

　　做饭炒菜不是祁宏强项，谈不上有多熟练，做得有多好，却可以应付过来。做饭炒菜，祁宏没有经过专门训练，却有历史悠久的实践了，轻车熟路。从小学五年级寒暑假开始，父母下地干活，弟妹在屋前屋后玩耍，祁宏就跟着奶奶做饭炒菜了。他的饭菜谈不上有多美味，但饭能熟，菜能吃，咸淡适中。

　　那顿饭，祁宏做了两个荤菜，一个素菜，一碗紫菜蛋汤，够他们俩吃了。两个荤菜，一个是辣椒小炒肉，一个是水煮黄鸭叫。水煮黄鸭叫的汤看上去像牛奶一样白，客厅里弥漫着鱼香、肉香、米饭香，让人食欲大振。祁宏把饭盛好了，放在高燕面前。吃着热气腾腾的饭菜汤，高燕彻底放下心来，有人管她吃喝拉撒了，她饿不着了，小宝饿不着了，她不怕了。

作为农家长女，高燕也会做饭菜，水平跟祁宏差不多，口味不一定好，却不用担心没做熟，也勉强能吃。做姑娘的时候，寒暑假，饭菜是母亲做的，高燕打下手，添柴生火，淘米洗菜，看多了，自然而然会做了。高家客人多，基本上是母亲下厨掌勺，高燕实践的机会不多。参加工作了，嫁人了，很多顿饭都是在食堂吃的。偶尔在家吃一顿，一个人不可能大张旗鼓地张罗，煮一包方便面，打一个荷包蛋，填饱肚皮就行。

那顿饭，高燕吃得很开心，觉得味道特别好，比母亲做的还好。高燕胃口大开，先后吃了两大碗饭。吃完饭，高燕倦意上来，呵欠连连，于是上床躺下了。这几天，高燕太累了，吃不好，睡不好，想太多了，身体一沾床板，人很快就进入了梦乡。

祁宏把家务全包了，把碗筷收拾好，洗干净，把桌子擦干净，把地板认认真真地拖干净，把门窗全部检查一遍，祁宏才蹑手蹑脚地离开。

那一觉，高燕睡得很香甜，睡到了第二天早上自然醒。出租房就在岳麓山脚下，高燕是被树上叽叽喳喳的小鸟唤醒的，她已经很久没有这么安稳踏实地睡觉了。起来后，高燕拉开窗帘，打开窗户，站在窗前，做着深呼吸，呼吸着新鲜的空气。空气里全是负氧离子，高燕都感觉有点醉了，飘飘然。

映入眼帘的岳麓山连绵苍翠，郁郁葱葱，就像画一样美。山上的树木吐出了嫩绿的新芽，偶尔三五朵春花已经开了，让人感觉到春天的气息扑面而来——江南的春天已经不知不觉地来了，一切都是那样的美不胜收，让人欣喜，包括刚刚开始的新生活。

那个晚上，祁宏睡得一点都不安稳踏实，好像他的安稳踏实给了高燕。祁宏躺在床上，睁着眼，盯着上铺的床板，一点睡意都没有。他想了很多，主要是为高燕抱屈，感到不平，他也为自己的感情担心。

祁宏很纠结，高燕来长沙养胎生孩子，这件事要不要向凌林通报？这件事是大事，他本来应该跟凌林商量的，但事情发生太突然了，没有给他时间，他也还没有思考好，迫于形势，祁宏不得不先斩了，还没奏。到底奏不奏，是个让人棘手的问题。

直到天亮，祁宏才厘清思路，打定主意：瞒是瞒不住的，也没必要瞒，既然跟凌林在谈恋爱了，就一定要告诉她，关键是什么时候，用什么方式告诉她。

这种事情，打电话和写信都说不清楚，容易引起误会，最好还是当面说。面对面，坦坦荡荡，有什么误会，解释起来也方便。

当面告诉凌林，要么是祁宏到北京去，要么是请凌林到长沙来。暂时还没有假放，高燕来长沙了，祁宏走不开，他希望凌林来长沙——这是最好的。

祁宏给凌林打了一个电话。在电话里，祁宏头一次情意缠绵地说："林儿，我想你了，你什么时候来长沙？"

凌林第一次听到祁宏这么缠绵地跟她说话，很吃惊，也很开心，柔声说："宏，我也想你。我们不是才见过，才分开没几天吗？我要来，估计也得五四青年节了，那时候才有假。如果你想我，就多看看照片，望梅止渴吧。你要多把心思放在学习上，不要耐不住寂寞，更不能移情别恋啊！"

祁宏本来想向凌林透露高燕来长沙的情况，但一听到"移情别恋"四个字，祁宏打了个冷战，不得不把话咽了回去。算了，暂时不告诉凌林了，她理解倒好说，万一不理解，引起误会，就麻烦了。祁宏不希望凌林误会他，他没时间跟凌林生气，闹别扭，也没必要生气，更闹不起别扭。

有时候，人生不得不付出一些代价。在所有代价中，物质上的代价往往是轻的，感情上的代价往往最大，有时候大到让人无法承受。祁宏已经是这种代价的承受者了，他一朝被蛇咬，十年怕井绳。权衡利弊得失，祁宏决定暂时瞒下来，等凌林过来了再说。五四青年节，祁宏准备请凌林来一趟长沙，他给凌林买往返机票。

这个机票，祁宏是买得起了。高燕来长沙，他养活高燕，也没有问题了。祁宏不缺钱了，缺的是时间，他太忙了，学习上的事，家教的事，黄花菜的事，照顾高燕的事，都要亲力亲为，都要占用时间，他就像一个连轴转的陀螺，起码的休息都得不到保证，一天只能睡五六个钟头。

祁宏没办法一天二十四小时陪在高燕身边，又担心她有急事的时候，自己不在，她又找不到人，看着肚子一天比一天大，身子一天比一天弱的高燕，祁宏很紧张，生怕自己照顾不周。在高燕到长沙十多天后，那天送完黄花菜，从杜煜手中接过钱，祁宏跑到了长沙市邮电局，一咬牙，花三万多块钱买了两部大哥大，一部自己留着用，一部送给高燕。

赶到出租屋，祁宏把装好电话卡的大哥大递给高燕，如释重负地说："有了这个先进的高科技产品，你以后找我就方便了，我可以随叫随到，你也可以用这个拨打120电话。"

从祁宏手里接过大哥大，高燕十分吃惊，她很清楚大哥大的价格，以及使用大哥大的电话费。那时候，一部桑塔纳小车四万多，一部大哥大一万多，给大哥大交话费，比给桑塔纳加油还贵，她父亲一个月光电话费就要交五六千。整个祁东县，只有父亲一个人在用大哥大，连县委凌书记都没有大哥大。即使放眼长沙，用得起大哥大的，也屈指可数，可祁宏竟然一口气买了两个！

高燕既感激涕零，又心疼生气，她以为祁宏拿着那十万块钱买了大哥大，她情不自禁地嗔怪起来："哥，人无远虑，必有近忧。那笔钱是给你读书用的，不要乱花，更不能一下子花光了。"

"那十万块钱，还在存折上，我一分钱都没有动呢！"祁宏说，"买大哥大的钱，是我做生意挣的。今天我去结账了，这个月赚了三万多块，我就用来买大哥大了。有了大哥大，你方便，我放心。"

原来是挣的，高燕松了一口气，她既悲苦，又高兴，她为那十万块钱没派上用场悲苦，那是她用他们的感情跟父亲做交易换来的，本来是给祁宏读大学用的，现在看来，祁宏很会挣钱，自己牺牲太大，得不偿失了。她为祁宏现状高兴，祁宏终于麻雀变凤凰了，可以一边读书，一边挣钱了。从祁宏给自己租房、送大哥大来看，他挣的还真不少，看样子可以跟父亲有的一拼了。

既然大哥大已经买了，那就得用。高燕把第一个电话打给了母亲王红梅。她挺着大肚子离家出走，四明山已经闹翻天了，谣言四起，王红梅焦头烂额。王红梅担心的倒不是谣言，而是女儿的身体，她大着肚子，怀着孕呢!

离家出走，高燕最不放心的就是母亲了，怕她担心，怕她心脏受不了。

王红梅接到电话，一听是女儿打过来的，当即号啕大哭起来。她边哭边问高燕在哪里，为什么要出走，在外面过得好不好?

高燕不敢把父亲逼她打胎的事告诉母亲，怕影响他们的夫妻关系。母亲是一个性情懦弱的人，独立生活能力差，只能靠父亲，他们就像藤缠树。父亲是一棵参天大树，可以遮风挡雨;母亲是缠绕在这棵大树上的藤蔓，只有攀附大树，藤蔓才能枝繁叶茂，生机勃勃;离开大树，藤蔓只有卑微地匍匐，只能迅速地枯萎。

高燕对母亲撒谎了，说胎儿发育不正常，需要住院观察静养，时间可能久一点，她得在医院把孩子生下来才能回祁东。

母亲从来没有出过远门，如果没有父亲陪伴身边，她是不会离开四明山到陌生的外地找女儿的。

王红梅十分焦急，问高燕胎儿到底怎么啦，问她在哪个城市，在哪家医院，问她谁在照顾她，要不要她过来?

高燕不敢告诉母亲自己就在长沙，祁宏在照顾她，怕说漏了嘴，被父亲知道了，找上门来，又把她押回去。高燕撒谎说自己在广州的大医院里，有初中同学照顾，要母亲不要为她劳心费神了，好好照顾自己。

王红梅听高燕说在广州大医院里，有人照顾，就放心了，立刻打消了去看望和照顾女儿的念头。广州在哪儿，王红梅不知道，也没去过，只知道在南方，有很远，只听说广州很大。

四明山有很多年轻人在广州打工，王红梅听他们描述过广州的情况，她只知道那是个大城市，高楼林立，街道纵横，站在大街上分不清东南西北。每条街道都一样，每栋大楼都一样，那个大城市的人说的每句话都是鸟语，她听年轻人学说过，一个字都听不懂，跟四明山的鸟叫没什么两样。王红梅既听不懂普通话，更听不懂粤语，她一听到广州，就头皮发麻，浑身起鸡皮疙瘩。

那么遥远的地方，那么陌生的大城市，王红梅一辈子都不想去。

跟母亲通完电话，在生产前唯一让高燕牵挂的事情都办妥了，她在长沙安心养胎待产。出租屋离湖南大学很近，散步七八分钟就到了。祁宏每天都来报到，陪她聊天，给她做饭菜，搞卫生。高燕的一日三餐被祁宏包了，早餐是从学校食堂打的，有牛奶，有面包，有油条，有炒粉，换着来，花样繁多，不重复；中餐和晚餐是祁宏过来做的，从学校到出租屋，正好路过菜市场，顺便把菜买了，肉和蔬菜都可以挑新鲜的。

祁宏每周都要抽一个没有课的上午或下午，陪高燕上医院做产检。医生说胎儿生长发育很正常，情况很好。医生给祁宏和高燕看拍的胎儿彩超，然后很专业地给他们讲解。小家伙日新月异的茁壮成长让高燕和祁宏很开心。

每次祁宏离开后，高燕坐在沙发上或者躺在席梦思上，用手抚摸着肚皮，心情愉悦地说："宝贝，看你爸爸，对我们多好；以后你出来，他看见你了，肯定很喜欢；你看见他了，也肯定很喜欢！"

跟高燕心情不一样，在祁宏心灵深处，也许那份感情的记忆还在，但面对现实，已经成功地转化了，就像上次高欣对他们的关系定位一样，高燕是他的亲妹妹，他是高燕的亲哥哥，他们是亲兄妹关系。

兄妹之间，理所当然应该互相照顾，互相帮衬。在高燕最困难最需要的时候，照顾她，帮助她，祁宏觉得责无旁贷，又义不容辞。

又在备受煎熬中过了几天，祁宏觉得不能再拖了，他已经等不到凌林来长沙了，他必须把这件事情尽快告诉她。这么重大的事情一直瞒着凌林，祁宏于心不安，更怕以后说不清楚。

在出租屋吃完晚饭，做完家务，返回学校的路上，祁宏决定向凌林坦白从宽。他抬腕看了看表，正好是晚上九点半，这个时候，正是凌林晚自习回到宿舍，准备洗漱的时候，也是凌林一边洗漱，一边等候他的电话，接他的电话的最合适的时候。

祁宏每周都要给凌林打两个长途电话，煲半小时电话粥，这是他们约定俗成的。

祁宏在路边的电话亭拨通了凌林宿舍的电话——用大哥大拨打要贵很多，正是凌林接的。电话一通，他们就听出了对方的声音。祁宏电话来了，凌林满心欢喜，她已经三四天没有接到祁宏的电话了，听到电话那一刻，凌林心里涌起了"接天莲叶无穷碧"的柔情蜜意，她压低声音，轻柔得就像春天的流水，情意绵绵："宏，我想你了！"

那声音很轻，很柔，很悦耳动听，听得祁宏的心一下子融化了，就像巧克力在太阳底下熔化了一样。祁宏扫视了一下四周，发现没有熟人，也压低声音，情意绵绵地说："林，我也想你，特别想呢！"

"那你怎么这么久不给我电话呢？我打电话到你宿舍，又找不到你的人。以前你没有隔这么久不给我电话的，你是不是有什么事情瞒着我？"凌林说。

祁宏心头一怔，心想女生果真第六感觉敏锐，被她一说即中。看来什么事都瞒不过凌林，祁宏感到十分紧张，原先设计好的台词全部跑掉了，不知道哪儿去了。

"嗯，是的，"祁宏只得实话实说，"我有很重要的事情跟你商量！"

"什么事？"听祁宏如此郑重其事，凌林也紧张了。

自从他们认识以来，凌林还没有听到祁宏这么严肃地跟自己说过话。

"高燕来长沙了！"祁宏硬着头皮，一字一顿地说。

"她来长沙不要紧，关键是来长沙干什么。她来了，你怎么那么紧张？"凌林说。

"我不是为她来长沙紧张，我是为你怎么看待这件事情紧张，"祁宏说，"我发现自己越来越在意你，越来越紧张你！"

"你还从来没有用这种低姿态跟我说话，"凌林很高兴，开玩笑说，"是不是心里有鬼了，说话就动听了；心里越有鬼的男人，说话越动听。"

祁宏也会心地笑了。这个女生鬼精鬼精的，就像金庸大侠笔下的黄蓉。祁宏把金庸的小说读完了，他最喜欢的异性人物就是黄蓉——是《射雕英雄传》里的黄蓉，不是《神雕侠侣》里的黄蓉，祁宏庆幸自己也碰到了一个黄蓉。

祁宏不知道怎么回答凌林，这件事情太复杂了，祁宏还没想好怎么回答。

见祁宏沉默不语，还是凌林开口了："高燕是来跟你讲和的，还是来找你恢复关系的？"

"讲和的吧！"祁宏说。

"你们是应该讲和了，她对你帮助那么大，我们做人不能忘本，你能有今天，我们能有今天，她都立下了汗马功劳，做了铺路石。但你要注意分寸，友情是友情，亲情是亲情，爱情是爱情，要分得清楚，不要混为一谈，不要让我吃醋了。我要你们和好，但不是和好如初！"

"你放心吧，我跟她已经和好了，不是和好如初，我把她当妹妹，她把我当哥哥。"祁宏说，"高燕在湖南大学附近租了一套出租房住了下来。"

这句话要分开来看，前面那句，让凌林很满意，觉得自己的劝诫警告很有效果；后面那句，让凌林刚松弛下来的神经又紧张了起来，让她感到事态严重，看来高燕并非像她揣测和祁宏给她承诺的那样只是来讲和，倒像是来跟她抢夺祁宏的。

"是她来找你的?"凌林压住声音的颤抖，心情复杂地问。

"是的!"祁宏沉重地说。

祁宏的话，把凌林的心带进了沟里，慢慢地沉了下去。

"那高燕怎么想?"凌林问，"你准备怎么办?"

"高燕是走投无路，来避难的。她父亲逼她打胎，她想把孩子生下来。她在祁东待不下去了，不得不到长沙来找我。"

说完后，祁宏又补充了一句："林，你相信我吗?"

原来是高燕遇到大麻烦了，投奔祁宏来了，聚拢到凌林心头的乌云渐渐散去，凌林觉得高燕值得同情，更觉得祁宏值得信任，她相信祁宏。

高燕曾经为祁宏做了那么多，付出了那么多，现在高燕有难，祁宏能袖手旁观，扔下高燕不管吗?

在这种处境下，如果高燕找祁宏，祁宏对高燕置之不理，那就是她凌林看走眼，看错人了。

凌林看到了祁宏那颗金子般的心。

凌林意犹未尽，觉得这是一个好时机，得让祁宏向她承诺什么。

凌林激将祁宏："你和高燕曾经那么要好，你们和好如初也很容易，再正常不过了，我凭什么相信你?"

"我爱你，林!"祁宏在电话里，轻轻地说。

这几个字，凌林已经期待很久，等待很久了，听祁宏终于说出这三个字，凌林的眼泪一下子涌出来了，这是幸福的泪，这是高兴的泪，她守得云开见月明了。

"我也爱你！"凌林喜极而泣，"希望我们用一生的时间来善待这份感情！"

"必须的，林，我们之间，最重要的是信任。无论你听到什么，看到什么，遇到什么，都不能怀疑，都不能猜忌，只能相信我对你是真心的！"祁宏说。

"嗯，我记下了！"凌林回答道。

经过漫长等待，祁宏向凌林捅破了那层窗户纸，他们水到渠成地向对方表白了，郑重庄严地向对方承诺了。

祁宏和凌林的爱情不再雾里看花，水中望月，而是光明正大地晒在了明媚的春光下。

第二十一章　张伟得知高燕出走真相

张伟迷上了刘美丽的身体，也恋上了安放刘美丽身体的巢，他在刘美丽那儿"此间乐，不思蜀"，有很长一段时间没有回家了。

那天晚上，从刘美丽身体上滚落下来，张伟突然良心发现，心里生出一丝愧疚来：高燕还怀着孩子，尽管那孩子还没出生，却懂得了用肢体沟通交流，给他带来了巨大的快乐和期待，他却置他们娘俩不管不顾，只知道自己一个人逍遥快活。

情人是情人，老婆是老婆，不能互相替换的。张伟抓过衣服，飞快地穿上了——他准备回家看看。刘美丽莫名其妙地看着他，在他下床的时候扯了一下张伟，但没拉住。张伟头也不回地走了，刘美丽感到十分窝火——张伟在她这儿吃饱了，就走了，她感觉自己成了一块被卸的磨，一座被过的桥。

天色还早，不到十点，大街上还有人在撸串串，喝啤酒，吹牛屁。很多人认识张伟，张伟路过，他们热情地招呼张伟跟他们一起喝两杯。张伟一边无心恋战地应付说"今晚有事，失陪了"，一边马不停蹄地往家赶。

张伟一边走，一边想，自己快半个月没有着家了，高燕的气应该消了，他们该停止干戈，握手言和了。如果高燕还不肯原谅他，张伟就把当年追求高燕时的穷追猛打，死缠烂打精神发扬光大，直到高燕重新接纳他为止。

回到家里，打开门，却没看到高燕在家。卧室门也开着，家里空空荡荡，冷冷清清，明晃晃的灯光下看得见餐桌上还蒙上了一层薄薄的灰尘，看样子，屋子已经有一段时间没住人了，一点人气都没有。

张伟心里涌起一阵失落，他罕见地没再返回刘美丽那儿，也没有去其他地方，就在沙发上坐着，一边抽烟，一边等候。尽管张伟明明知道高燕不喜欢外出，这个样子肯定是不在家了，但他还是哪儿也没去，就在家待着，夜深了，从沙发上挪到了床上，在床上躺着。张伟格外期待高燕突然回来，他自作多情地想，高燕一个人在家的时候，是不是跟他一样地期待自己突然回来。可是直到第二天上午，张伟睡醒了，高燕还没回来。

那几天，张伟回家变得勤快起来，一天要回好几回，可是都扑空了。第一天回到家里，没看到高燕，无所谓；第二天回到家里，没看到高燕，无所谓；第三天回到家里，没看到高燕，无所谓。可八天十天过去了，回到家里，还是没看到高燕，张伟就不能无动于衷，无所谓了。

张伟头一回感到心里丢失了什么，越是见不到高燕，这种感觉越是强烈厚重，到后来，这种感觉演变成压在张伟胸口的一块巨石，让他很是难受。撇开感情深浅好坏不谈，只有高燕在，家里才有人气，家才成家，家才像家，家才有家的感觉，哪怕高燕对他爱答不理，甚至横眉冷对。

每次回到家里都碰不到高燕，张伟越来越感觉不对劲了。在张伟的潜意识里，他喜欢把高燕和刘美丽放在一起，进行全方位比较。两个女人，各有各的味道，各有各的风情，张伟都喜欢，觉得她们是两种完全不同的女人的极致代表，给人截然不同的感觉。

刘美丽热情奔放，风骚万千，就像一个女版的张伟。每个人多少都有点自恋情结，除非对世界厌倦了。没有人不喜欢自己，没有人愿意跟自己过不去，这个"女版的张伟"让张伟迷醉。跟刘美丽在一起，就像跟自己在一起一样，这是张伟喜欢刘美丽，愿意跟刘美丽一天到晚鬼混的原因。

高燕温柔文静，保守内向，外柔内刚，跟他是完全不同性格的人。人都有探索自身之外的世界的好奇，没有人只愿意困囿在自己的世界里，孤陋寡闻。这是张伟喜欢高燕，迷恋高燕的地方。

在两性关系上，男人都是吃着碗里的，瞅着锅里的，永远都喂不饱。女人多多益善，每个女人都能给男人带来不同的体验。高燕适合做妻子，一个贤惠的、称职的、好样的妻子；刘美丽适合做情人，一个激情的、风骚的、让人沉迷的情人。这两个女人是两码事，一个都不能少。

让张伟更加惦记的，还是高燕肚子里的孩子。这个孩子是张伟的第一个孩子，还没出世，就跟张伟玩上了，杠上了，老爱用头顶他手掌，老爱用脚蹬他脸颊。要做爸爸了，生命有延续了，这种感觉妙不可言。张伟发现自己的想象力突然茅塞顿开，他不止一次地在脑海里描绘孩子的相貌形态，在张伟脑海里，这是一个由能工巧匠打造出来的孩子，有的地方像他，有的地方像高燕，有的地方像爷爷奶奶，有的地方像外公外婆，但无一例外，都是截取他们身体和性格上的最好部分，是他们卓越优点的集大成者。

虽然高燕从一开始就误会了，以为孩子是祁宏的，可张伟知道，孩子是他的，绝对错不了——当然，祁宏也知道。这种误会想起来很有意思，张伟、祁宏和高燕，他们仨，孩子他妈都不知道孩子是谁的，只有两个男人知道。

这件事，让张伟歪打正着地明白了一个道理：对付女人，让女人迁就自己，没有比孩子更有效更有用的筹码。这是张伟无意中发现的，很快就被他运用得得心应手了。虽然高燕跟张伟感情一般，甚至打心眼里厌弃他，但高燕不拒绝张伟对孩子的爱。张伟表现得对孩子越有感情，高燕就越是感激，允许张伟对自己做一些平时不允许的亲昵动作，如把手放在她肚皮上来回移动，逗孩子玩；把半边脸贴在她肚皮上感受孩子在里面兴奋地闹腾；她也愿意让他在自己身上折腾。

在悉心关爱这个还没出世的孩子上面，高燕和张伟终于找到了共同支点，难能可贵地同频共振了——这是两个人在广泛的家庭生活中唯一能够同频共振的地方。张伟喜欢这种感觉，也沉浸其中——只有在那一刻，他们才像一对夫妻，他们才是一个完整的家庭。

可这一切现在莫名其妙地凭空消失不见了，连续多日从外面回来，看到空空荡荡、冷冷清清的家，张伟心里越来越不是滋味，他开始想念高燕，想念高燕肚子里那个茁壮成长的孩子。这些都让他留恋和怀念，感觉温馨。张伟突然问自己：如果一结婚高燕就对自己好，他还会跟刘美丽有什么事儿吗？

这个假设是没办法回答的，因为生活不存在假设。在旁观者看来，张伟肯定会；在张伟自己看来，他可能不会。张伟开始反思，他的心渐渐被内疚填塞，是他跟刘美丽的荒唐惹高燕生气了。高燕到底去了哪里？张伟想当然地以为高燕生气了，跑回四明山娘家去了，不愿意见到他了。

吵吵闹闹才是夫妻，尤其是在新婚的新鲜过后，夫妻俩进入性格磨合期。小夫小妻过日子，哪有事事顺心如意，不生气的？女人都是刀子嘴，豆腐心，耳根软，得哄。男人做错了，惹女人生气了，向女人认个错，道个歉，说说好话，送送小礼物，气就消了，愿意讲好了，毕竟是夫妻，生活还得过下去，还要在一起过一辈子的。张伟是把高燕忽略了，他给刘美丽送了很多礼物，衣服、鞋、包、单车、化妆品，但他还没有给高燕送过一件礼物，确实说不过去。

张伟准备回一趟四明山，向高燕认个错道个歉，把她接回祁东。张伟的母亲也爱生父亲的气，动不动就跑回娘家去，现在年过半百了还这样。张伟父亲张解放就是这样做的，很灵验很管用。父亲让母亲在娘家住上三五天了，就过去接她了。只要父亲去母亲娘家接了，母亲就感到脸上有光，心里的气就消了，坐在父亲的摩托后面，春风满面地回来了。

那天忙完手上的活，单位暂时没有其他事了，张伟招呼都没跟领导打，就开着车回四明山了。一路上，张伟一边开车，一边冥思苦想要说哪些甜言蜜语才能有效地打动高燕，让她原谅自己，心甘情愿地跟着他回祁东。

都是大人了，都有面子，都有秘密，认错道歉的事，不能当着高欣和王红梅的面了，那样太难堪，张伟得找一个只有自己和高燕的场合，向她认真地认错道歉，向她庄重地保证——保证是必须做的，口头保证是一回事，能不能落到实处又是一回事。女人在意的是保证这种形式，保证的结果却不由女人做主，由男人说了算。

做完口头保证，把高燕忽悠回祁东了，以后自己做事小心点，不要像上次那样被高燕捉奸捉双了就行。真要张伟像口头保证那样跟刘美丽一刀两断，不再往来，张伟是无论如何都做不到的——何况高燕在怀孕期间，在生理上没办法满足张伟。

出乎张伟意料，回到四明山，他又扑空了。把车停好，进了高家大院，跟高欣和王红梅打过招呼后，张伟直扑高燕闺房，但他没有看到高燕。张伟又楼上楼下、屋里屋外认真转了一圈，连洗手间都看了，还是没找到高燕。张伟又认真看了看，看不出有高燕在的蛛丝马迹。如果高燕在，回来这么久了，总得洗衣服，晾衣服吧，尤其是内衣内裤，可张伟没看到有高燕的衣服在院子里晒着，晾着。

张伟越找，心里越打鼓，他没想到高燕来真的了，躲他躲得这么彻底了，连认错和道歉的机会都不给他了。高欣和王红梅都很忙，没有时间理他。张伟无所事事，又坐立不安，他到处转悠，希望把高燕找出来。

然而，事与愿违，高燕一直没有出现。张伟不敢问，毕竟是自己做了对不起高燕的事。这种事，不露马脚，不扩散，能在小夫妻间解决最好。一旦走漏了风声，事情就大了，可能在生养他的四明山，在他生活工作的县城都将闹得沸沸扬扬，被人非议。

张伟准备在高家吃中饭。如果高燕在，刻意躲着他，吃饭的时候，总该露面了吧。可吃中饭的时候，高燕还是没有出现。张伟端着碗筷，左顾右盼，几次准备开口问高欣和王红梅，但还是忍住了——做了对不起高燕的事，他心里有鬼，他不想让这个鬼跑出来，把王红梅吓着了。

张伟准备在高家吃晚饭。他想，高燕躲得过初一，躲不过十五，吃中饭的时候不出来，吃晚饭的时候总得出来了吧。可是吃晚饭的时候，高燕还是没有出来。张伟终于忍不住了，看着高欣和王红梅，满脸关心地说："爸妈，燕子呢，怎么没看到她出来吃饭？"

高欣只顾低头吃饭，头也没抬，仿佛没听到张伟说话。灯光很亮，但张伟看不出高欣脸上的表情，以为高欣在生自己的气。

倒是从不主动插嘴说话的王红梅抢先惊讶地说话了："燕子不是到广州的大医院养胎待产去了吗？难道你不知道？你们夫妻是怎么回事？"

张伟这才知道高燕离开祁东，到广州去了一段时间了。难怪在祁东的家和在四明山的家，到处都找不到高燕。高燕离家出走，都不告诉张伟了，看来高燕对自己彻底失望了，恨之入骨了。张伟心里很不是滋味，一问一答后，饭桌上的气氛变得更加诡异起来。

那是一顿气氛异常沉闷的晚餐，三个大人加起来说了两句话，一句是张伟问的，一句是王红梅答的，高欣一个字都没有说。高欣一直低着头，默不作声地夹菜吃饭。这种情绪似乎传染给了张伟，问那句话之前之后，张伟也一直低着头，闷着头夹菜吃饭。王红梅如坠云里雾里，不知道该说啥，她问张伟的，张伟也没有回答她，当她没问一样。

高欣和张伟的沉默其实只是表象，他们在心里进行着激烈的较量，两个男人心里都有鬼，仿佛谁先说话了，谁心里的鬼就先跑出来了。这是高欣的主场，张伟无心恋战，王红梅的菜做得再丰盛，再美味，他都没心思吃了。张伟三下五除二把饭扒完，没等高欣和王红梅吃完，把碗筷往桌上一放，说声"你们慢吃，我走了"，然后站起来，走出大门，上了车，准备回祁东。

王红梅三步并作两步追上来，要张伟在家住一晚，明天早上再走。张伟以晚上有事为由，拒绝了岳母娘的热情挽留。如果高燕在，张伟是愿意留下来的；高燕不在，就没必要留下来了。结婚后，张伟不愿意一个人睡，度过漫漫长夜了，哪怕不是跟老婆。

张伟发现自己晚上睡觉不能缺女人了，心烦意乱的时候尤其如此。要他一个人躺在床上，没有女人，他睡不着。他像一个刚出生的小孩，女人就像那个安慰奶嘴，只要小孩吮着安慰奶嘴，管他有没有奶，都得到了极大安慰，不哭不闹了。只要身边有女人，晚上醒没醒来都能摸得到，够得着，即使什么都不干，也可以。

春冬两季的湖南乡下，雨水多，路上泥泞难行，很多坑都蓄满了水，看不出深浅。张伟顾不了那么多，把车开得飞快。张伟不是急着回家，是急着见到刘美丽。从王红梅那儿知道高燕离开祁东后，张伟就在想着刘美丽了。高燕不在祁东，也不在四明山，他们是彻底解放了，自由了，他可以把刘美丽叫到自己家里，想干啥就干啥，想怎么干就怎么干，想想这些都觉得很惬意。

中国的文字太奇妙，太传神了，把不正当的男女关系叫"偷情，偷人"。跟刘美丽在一起，张伟深刻地理解了这个"偷"的含义，每次都有做贼的感觉。偷来的东西，味道就是不一样，例如桃子、梨子、李子等水果。小时候，这些水果尽管家里都有，但从别人地里偷来的，味道就是好些。偷人就更不用说了，老婆是别人的好。

躺在刘美丽怀里，跟她交流心得体会，她也承认有这种感觉。虽然肖和平远在天边，他们总担心肖和平突然回来，把他们堵在家里，就像高燕堵他们一样，但他们还是要把偷进行下去。他们自己也知道后果，就是戒不了——如果肖和平把他们堵了，问题就严重了，他们想象不出来那样的后果是什么，也不敢去想，肯定跟被高燕堵住了不一样，但他们愿意得过且过。

他们做爱的时候，张伟动作很猛，展现了一个体育生的本色；在张伟猛攻下，刘美丽叫声很大，与张伟动作相得益彰。刘美丽告诉张伟，她还是压低了嗓子，压抑了本性，不敢痛痛快快地喊出来，就像一个咽炎患者，老感觉喉咙里有痰，没法尽情喊叫。因为那套房间里住着的，不只刘美丽一个人，还有她弟弟刘强生。

刘强生住在主卧对面的次卧，中间隔着客厅。刘强生喜欢叫张伟"小姐夫"，这个"小"不只有"可爱"的意思，更是因为排序，是分了先后，分了主次，分了真伪的。在张伟和刘美丽好上之前，刘美丽和肖和平已经结婚了，刘强生就叫肖和平姐夫了，叫张伟只得在前面加个"小"，以示区别。

对这个称呼，张伟很不满意，言外之意，刘美丽老公是"大姐夫"，凌驾在他之上。有个"小"，显得不光彩，不地道，不正宗，有偷鸡摸狗之嫌，见不得人似的。

虽然刘强生跟张伟是狐朋狗友，两人臭味相投，好到除了女人，其他都可以分享，但在那个空间里，因为刘强生的存在，张伟和刘美丽总有被人偷窥的感觉，做起爱来缩手缩脚，难以尽兴，功力只能发挥到七八成。一旦张伟动作大了，刘美丽心虚地提醒：你轻点，别把强生吵醒了。

高燕不在，可以把刘美丽叫到自己家里来。张伟不愿意耽搁时间，只想只争朝夕，他希望到家就能看到刘美丽。距离县城十来里的时候，张伟把车停在路边的一个公用电话亭边，掏出电话卡，插进缝去，给刘美丽打电话。两人在电话里无所顾忌地调了一会儿情，张伟浑身燥热起来，语气急切地命令刘美丽："你现在就去我家，等着我，我马上赶回来！"

"还是来我家吧，我怕高燕又突然闯进来。上次那事，弄得我心理阴影面积很大，现在都还心有余悸。"刘美丽说。

"高燕离家出走了，跑到广州去了，要生完孩子才能回来。有半年时间，你全部是我的，我全部是你的。我们自由了，我想多猛就多猛，你要喊多大声就多大声。不要浪费时间了，春宵一刻值千金！"

从身体到灵魂，刘美丽都听到了张伟的召唤，她心花怒放，也是迫不及待。挂断电话，刘美丽连蹦带跳，冲到梳妆台前，一边愉快地哼歌，一边梳妆打扮，挑选衣服。张伟已经好几天没来找刘美丽了，让她倍感失落。张伟的电话让刘美丽穿越了，回到了情窦初开的少女时代，从脚步到心情，都轻盈灵动，就像雨过天晴，在池塘边上殷勤产卵的蜻蜓。换好衣服，化好妆，刘美丽抓起手提包，旋风一样奔下楼，赶往张伟家。

刘美丽的手提包是三八妇女节那天张伟送她的节日礼物，地地道道的上海货，粉红色，鳄鱼真皮，小巧玲珑，金属链条闪闪发光，整个包看上去精致光滑，就像一面镜子，照得出人影来。

挎着手提包，刘美丽感觉自己成了一个漂亮时髦的上海姑娘，在祁东这个小县城鹤立鸡群，睥睨芸芸女生，引领时尚潮流，独领风骚。收到手提包的第二天，下班路过百货商场，刘美丽特意跑到里面看价格，她当场就被吓到了：要六百多块钱，快顶她两三个月工资了。

从百货商场出来，刘美丽翻来覆去地打量起手提包来，她越看越喜欢，越看越感动，越看越触摸到了张伟的真心，用心——看来张伟不只是迷恋她的肉体。跟很多年轻女人一样，刘美丽喜欢包，也有很多包，都是她丈夫和其他男人送的。比较来比较去，刘美丽还是喜欢张伟送给她的这个包，这个包款式新颖，质地过硬，显得高大上，跟她很般配，就像比较来比较去刘美丽还是喜欢张伟这个男人一样。

小城不大，加起来就七八条街。从刘美丽家到张伟家，横过两条街就到了，只有十来分钟路程。轻车熟路地进了小区，上了楼，刘美丽看到门是关着的，她抑制住激动，曲起手指，有节奏地敲起门来。刘美丽敲了一阵，但没有人来开门——张伟还没到家。她从门缝往里看了看，里面黑漆漆的，门缝里一丝光亮都没透出来。

刘美丽有点失望，转身下楼，准备在楼下等张伟。下到二楼，张伟迎面走来，两人在楼梯上碰个满怀。这一碰，火花四溅，把干柴点着了。张伟顺势搂住刘美丽，对着她的嘴唇就准备啃，但被刘美丽推开了——已经到家门口了，就不差那几步，不差那一两分钟了，说不定就碰到熟人，大家都难堪，毕竟他们是"偷"，不那么光明正大。

他们肩并肩地快步上楼，到了家门口，张伟一边掏出钥匙开门，一边跟刘美丽嘴对嘴，唇对唇，触碰在一起。旋着钥匙，开了门，张伟伸出腿，一脚踢开门，把刘美丽拥进屋里，又反脚一踢，把门砰地关上了。

刘美丽伸出手来给张伟宽衣解带，张伟弯下腰，一把抄起刘美丽，抱起来，大步流星地走进卧室，把她抛在床上。两具激情的肉体很快就像麻花一样扭在一起，那张结实的大床摇摇晃晃，吱呀作响。床响的声音就像四明山下那几辆上了年纪的纺车作业，从古老的岁月深处一路响过来。

他们终于盼到了一个只属于他们俩的时间，属于他们俩的空间了，他们可以无牵无碍地纵横驰骋了。刘美丽的叫声惊天动地，刺激得张伟血脉偾张，力量源源不断地再生，使不完用不尽似的。张伟就像在打一场艰苦卓绝的拉锯战，倾尽所有炮弹蹂躏着对方的阵地。

那一刻，刘美丽身上迸发出来的浪劲让张伟陶醉沉迷，就像喝多了陈年佳酿，虽然意识清楚，但意识不能控制动作，他只顾勇往直前，直捣敌军司令部。

只有在刘美丽身上，张伟才发现自己是一个能征善战的勇士，一个武功盖世的高手，一个真正的男人，一个比谁都有自信的男人。这种感觉，高燕没法给他。

激情过后，两人精疲力竭，大汗淋漓，床单都湿漉漉的。张伟坐起来，从裤袋里摸出一包烟，抽出来一支，用打火机点燃了，开始吞云吐雾。烟雾飘到刘美丽脸上，钻进她的鼻孔，把她呛得咳了起来。刘美丽一边咳，一边伸出手掌，扇了扇飘过来的烟，想把烟雾扇走。但没什么用，屋里很快烟雾弥漫，刘美丽被烟雾吞没了。

刘美丽不满地白了张伟一眼，伸出裸露的修长的胳膊，拿过张伟搁在床头柜上那包烟，抽出来一支，叼在嘴上。张伟赶紧把头凑过来，用自己的烟头对准刘美丽的烟头，帮她把烟点着了。张伟很喜欢刘美丽这一点，愿意被他同化，跟他同流合污，而不是刻意阻止他，劝他回头是岸。

刘美丽是头一回吸烟，第一口不知轻重，用力太大，吸太猛了，眼泪都被呛了出来，咳得更凶了，但她还是没有放弃，继续抽。刘美丽抽烟的悟性很高，吸第二口就正常了，很快就跟张伟一起吞云吐雾，学着吐烟圈。

张伟像是发现了新大陆，盯着抽烟的刘美丽看。嘴上叼着烟的刘美丽另有一种风情，像极了二十世纪三四十年代大上海的摩登女郎。张伟目不转睛地盯着刘美丽，发自肺腑地赞道："不错，有上海风尘女子的味道，我喜欢！我就喜欢撕下面具，不装正经，跟我同流合污的骚女人！"

"狗嘴里吐不出象牙来——"刘美丽伸出另一只手，用手掌拍打着张伟的胸脯。

张伟一把将刘美丽揽过来，搂在胸前。

张伟的胸膛很宽很厚，刚被汗洗过，生长着一层密密麻麻的胸毛，刘美丽感觉身体接触处一阵阵发痒。

"你知道高燕为什么要离家出走吗？"刘美丽突然问。

"我们两个成天腻歪在一起，她打翻了醋坛子，不想看到我们，跑了。"张伟说。

"你在自作多情呢，"刘美丽说，"她才不像我这样在乎你，我们俩在一起不能刺激高燕下那么大决心，如果这是理由，她早走了，不用等到现在，我可不愿意背这个黑锅！"

"她是嫌祁东医疗条件不好，嫌你们这些医生水平不行，跑到广州大医院保胎待产了。"张伟说。

"她去了哪儿我不知道，但她为什么离开我清楚。看来你们俩是貌合神离，只有夫妻之名，没有夫妻情谊，你是不懂高燕的。"刘美丽说。

这也不是，那也不是，那是什么？

作为一个局外人，刘美丽又知道多少？

刘美丽把张伟弄糊涂了，他不相信地望着刘美丽，希望她不要遮遮掩掩了，有屁快放。

"高燕太在意肚子里的孩子，她把这个孩子看得比她的命还重要。可是你岳父高欣不喜欢这个孩子，非得要把这个孩子打掉不可。前些天，高欣来找我帮忙，要我神不知鬼不觉地把孩子打掉。我给高燕开了一服打胎药，被她发现了，事情没有办成。"刘美丽说。

啪——

房间里响起了一记清脆的耳光，刘美丽突然感到脸上火辣辣地疼——她被张伟出其不意地掴了一巴掌。

耳光告诉刘美丽，打掉高燕肚子里的孩子只是高欣的主意，跟张伟没有关系，张伟跟高燕一样，也很在意这个孩子。

"幸好高燕发现得早，孩子没事。否则，刘美丽，我饶不了你！"张伟说翻脸就翻脸，恶狠狠地说。

张伟说这话的时候，表情也变了，面目狰狞可怕，好像那个孩子已经被刘美丽打掉了。

刘美丽也生气了，愤愤地骂了一声"神经病——"然后手脚麻利地抓起衣服往身上套，准备下床，回家。

但刘美丽没有走成，就在她穿鞋的时候，张伟拉着她的胳膊，猛地一拽，刘美丽猝不及防，仰面倒在床上。

张伟翻身而起，重新把刘美丽压在身下。

张伟两眼发光，就像森林里一匹饿极了的狼，要把刘美丽吃了。

"高燕可以给你生孩子，我也可以呀！"刘美丽的情绪再次被撩了起来，她气喘吁吁地对张伟说，"咱们今天晚上就要，他前两天刚从部队回来，今天早上又走了，我这两天要排卵了，时间上可以瞒天过海。"

刘美丽不顾一切的爱再次激起了张伟身体深处的欲望，他一边嗷嗷叫着，一边把刘美丽的衣服扒了下来，两个人再次滚到一起。

是高欣要打掉孩子，这个消息让张伟如鲠在喉，很不痛快。张伟想不明白这个做父亲的，做姥爷的，为什么那么残忍，非要把女儿的孩子，自己的小外孙打掉，难道仅仅是因为张伟对高欣说过那孩子不是自己的是祁宏的？

不管是张伟的，还是祁宏的，都是高燕的孩子，都是高欣的外孙。张伟隐约觉得这个理由不成立，他准备找高欣好好问问。虽然他相信刘美丽，知道她没有骗自己，但张伟还是想从高欣那儿得到证实。

数天后，高欣来黄花菜厂结账。结完账，张伟把高欣叫住了。两个人心照不宣地上了高欣的车，一起来到郊区的黄花菜地。

春风拂面，黄花菜已经吐新叶，发新芽了，嫩嫩的，绿绿的，细细的，长长的，一畦接一畦，向前后左右绵亘开去，随着春风荡漾起伏，就像谷雨前后，一望无际的水稻田。

两个大男人从两边的车门走了下来，站在黄花菜地边上。风吹起他们的头发，向后飘去。高欣掏出一包烟，抽出两支，一支放在自己嘴上，一支递给张伟。张伟掏出打火机，先给高欣点，再给自己点。

两个人都有满腹心事，他们抽着烟，谁都不愿意先开口，仿佛谁先开口，谁就先露出破绽，授对方以柄了似的。

姜还是老的辣，年轻的张伟没忍住，率先打破沉闷，气愤地质问："爸，为什么要把孩子打掉？他可是你的外孙！"

高欣当然不愿意把真实原因告诉张伟，他反戈一击，质问道："你不是说那孩子不是你的吗？为什么要留下来？"

这个理由气壮山河，好像打掉外孙是为张伟考虑，高欣一下子反守为攻，把张伟噎住了。

看来，打掉孩子的事，张伟不能怪高欣，只能怪自己，是张伟隐瞒了真相，把孩子当作筹码和工具，是他差点害了自己的孩子。

张伟对高燕充满了感激，如果不是高燕及时识破，自己的孩子就被打掉了，张伟就聪明反被聪明误，搬起石头砸自己的脚了。

看来刘美丽没有骗他，确实是高欣想打掉那个孩子，这是高燕离家出走的真正原因。这个原因让张伟很生气，他不满地警告高欣："你没有权力干涉这个孩子的出生。幸亏燕子发现及时，孩子命大，否则，我跟你没完！"

张伟的表态让高欣惊愕了，这个男人不是亲口告诉他孩子不是他的，是祁宏的吗？自己要打掉那个孩子，张伟应该高兴，应该支持，应该跟自己站在同一战线才对。

可张伟反对高欣打掉孩子，他在打什么算盘？

两个男人尿不到一个壶里，都不愿意多说话，不愿意搭理对方，他们不欢而散。高欣开车回四明山，张伟走路回县城。

车发动了，高欣按了两下喇叭，示意张伟上车。张伟没有理，他看都没看高欣，自顾自地往前走。

张伟生高欣的气，也生自己的气。

郊区离县城不远，走路不到半个小时。高欣不再坚持，踩着油门，一溜烟走了。

高欣没有像张伟那样生气。看着张伟生自己的气，高欣倒是有点感动，看来张伟愿意接受这个不是他自己的孩子。

尽管这样，高欣还是高兴不起来，内心很纠结。高欣有两个主要担心，这两个担心搅得他吃不香，睡不着。

第一个担心是张伟看起来愿意接受这个孩子，有可能这是权宜之计。张伟葫芦里卖的什么药，高欣看不懂。等孩子生下来后，张伟会不会变卦，把这个孩子当作折磨高燕的筹码？

高欣不能把张伟想得太善良，太好了。高欣看着张伟长大，比较懂他。

第二个担心是这个孩子是祁宏的，是个孽种。祁宏是自己的私生子，这个孩子是祁宏的私生子，祁宏跟高燕是亲兄妹，近亲关系给孩子健康带来麻烦，将来孩子有身体残疾或智力障碍就惨了，那就害了高燕和孩子一生。

但高燕不知情，非要把孩子生下来不可。

第一个担心是次要的，可以走一步看一步，能够船到桥头自然直。

第二个担心是不可逆的，是主要矛盾的主要方面，他得抓住，先把它解决掉。

如果将来孩子有身体或者智力问题，自己就是罪魁祸首了。

第二十二章　钱小芸与高燕成闺蜜

很想跟祁宏谈场恋爱的钱小芸越来越焦虑了。那天她读到宋代诗人方岳的"不如意事常八九，可与人言无二三"，马上引起了强烈的共鸣，她已经有段时间没见到祁宏了。

越是希望越是失望，越想得到越得不到。烦人的生活总是跟她的愿望唱反调，钱小芸想见到祁宏的人，可连他的影子都见不到了，连祁宏的声音都听不到。

祁宏在钱小芸的世界里无缘无故无声无息地消失了，事先一点征兆都没有。生活变成了一片大雾弥漫的原始森林，把祁宏藏了起来，钱小芸看不到他，摸不着他，连他的气味都嗅不到了。

在食堂里吃饭找不到祁宏，在图书馆自习找不到祁宏，给宿舍打电话还是找不到祁宏。下了课，钱小芸急急忙忙赶往祁宏的教室——他们在同一栋楼上课。汪大力告诉她，祁宏一下课就匆匆跑了，转眼就看不到人了——祁宏不只是躲避钱小芸，他也同样躲避同班同学，宿舍室友。

仔细想来，祁宏的巨大变化发生在他被学校通报批评后，钱小芸想当然地认为是母亲的举报惹恼了祁宏，被他秋后算账，千方百计地躲着自己，冷却了，冻结了他们的关系。

看来，祁宏口头上说不介意，其实心里很介意。口头上说的，都是假的，算不得数，是客套话，是用来应付的。其实，祁宏心里根本没有放下来。

认真想想也是，谁有那么宽广博大的胸襟，把重如泰山，差点毁了人生前程的一件事，看得轻如鸿毛，毫不介意呢？

祁宏是人，不是神。

钱小芸怪母亲帮了倒忙。母亲一不小心，把她的爱情花瓶碰倒了，砸地上了，破碎了，地面一片狼藉，全是玻璃碴儿。现在钱小芸要做的，就是把这些碎玻璃碴拾起来，重新归位，拼凑好，用感情的强力胶粘好，让爱情的花瓶破镜重圆。

这是一项系统的、复杂的、庞大的工程，难度极高，又必须去做，还得必须做好。这是老天爷对钱小芸的惩罚。钱小芸越想越难受，越想越觉得要尽快找到祁宏，向他道歉，请他原谅，要他给她一个机会，两个人重新开始。如果这一步不去做，不去做好，那她和祁宏，爱情就画上句号了，以这件事为分水岭，他们的友情也可能越来越淡，今后形同陌路。

当务之急是见到祁宏，这是他们重新开始的前提。如果连祁宏的面都见不到，钱小芸就没有机会道歉，甭说争取机会，恢复、延续和发展感情了。钱小芸不能不明不白，冤里冤枉，稀里糊涂地让这段感情毁在自己手里。

如果是祁宏刻意躲着她，找他的最好去处还是食堂。人是铁，饭是钢。再怎么躲，饭总是要吃的，食堂总是要去的。好多次，钱小芸找祁宏，都是在食堂如愿以偿的。如果说长沙火车站是钱小芸爱情的发源地，那么食堂是钱小芸的爱情福地。

那天中饭和晚饭，钱小芸都早早去了食堂，也做好了最后一个离开的准备。中午吃饭，钱小芸是第一个到的，最后一个离开的，她守株了，没有待到兔。晚上吃饭，钱小芸还是第一个到食堂，也是最早离开食堂的人之一，汪大力给了她当头一棒。

晚上在食堂，钱小芸照例没有找到祁宏，她退而求其次，找祁宏的室友打听情况。祁宏的室友，钱小芸只认识两三个，其中跟汪大力更熟，仅次于祁宏。汪大力也是钱小芸在火车站接的新生之一。

钱小芸端着饭碗，从食堂东头走到西头，睁着眼睛在熙熙攘攘的人群中寻寻觅觅。第一遍，钱小芸没有看到祁宏；第二遍，钱小芸看到了汪大力，他坐在一个偏僻的角落里，正在埋头吃饭。

汪大力身边正好有一个空座位，像是有意给她留下来似的。钱小芸走过去，伸出手，拍了拍汪大力的肩，客气地问："大力，这儿有人吗？我可以坐吗？"

汪大力抬起头，见是钱小芸，有点受宠若惊，他咧开嘴，眼睛眉毛笑成了一条线。但他惊慌失措，神经紧张地说："师、师姐，没、没人，你请坐！"

钱小芸雅致地坐了下来，一股青春少女的体香，奔向汪大力的鼻腔，钻进了他的肺腑，沁人心脾。那香味，远比汪大力碗里的白米饭和红烧扣肉要香。汪大力陶醉了，他做梦都没想到，钱小芸会主动找他，坐在他身边，还亲切地叫他"大力"，把姓都省掉了。叫姓与不叫姓，完全不一样。省掉姓的叫法是亲密关系的自然产物。

一阵晚风吹来，带着一丝暖意，是春风吹来了。汪大力感受到春天了，看到春天来了。一切都是那样生机勃勃，幸福美好，包括悄然破土的爱情。爱情就像一颗藏在冬季深处的种子，春暖花开，种子在蠢蠢欲动，悄悄拱土，准备破土而出，拥抱阳光，迎接春风，滋润春雨。比起祁宏，汪大力的爱情的春天来得晚了点，因为汪大力觉得自己迟钝，不像祁宏那样优秀。

爱情是大学校园生活的主旋律，虽然那时候，谈恋爱就像搞地下工作，要悄无声息地进行。男生都喜欢谈论女生，尤其是在寝室熄灯后，大家上了床，进入梦乡前。卧谈夜话中，钱小芸是一个高频出现的名字，被谈论得最多最热烈，不是因为钱小芸跟室友祁宏交往密切，而是因为钱小芸本身优秀，是全系公认的大美人大才女。

钱小芸长得漂亮，身材好，才华横溢，亲和力强，性格好，是水做的。谁对钱小芸的评价都高，男生都想跟她谈恋爱，只是男生很多，钱小芸只有一个，很多人的想法停留在脑海里，很少有人付诸行动。

祁宏的室友更没有人行动了，因为他们都知道钱小芸有自己喜欢的对象，那就是他们宿舍的祁宏。在祁宏面前，室友们确实有自知之明，知道自己竞争力欠火候。也因为祁宏，室友们近水楼台先得月，他们能够经常看到钱小芸，饱饱眼福，安慰自己躁动的青春。

可是室友对祁宏很有意见，因为祁宏身在福中不知福，把机会白白地糟蹋了，与其这样，还不如把机会让给他们。这种想法在祁宏的室友中比较普遍，其中，汪大力是个典型代表。汪大力尤其喜欢钱小芸，在汪大力心里，其他女生都是萋萋芳草，可以忽略不计，只有钱小芸是鲜花一朵，而且仅此一朵。

汪大力的很多白日梦和黑夜梦，都被这个令他心向神往的小师姐主宰了，把他弄得迷迷瞪瞪，很难清醒过来。青春年代，做梦很快乐，做梦醒来后，要面对现实，让人很惆怅。梦里希望有多大，醒来后，惆怅就有多深。

六个男生，挤在二十平方米的空间里，都是上下铺。汪大力睡上铺，祁宏睡下铺，两人关系最近，称兄道弟。他们关系好，不是性格投缘，而是阶级成分决定。其他室友都是干部、知识分子、工人家庭出身，只有他们俩是农民的儿子，是阶级兄弟，都来自贫困偏远的农村。

小师姐钱小芸喜欢祁宏，全宿舍都知道；汪大力喜欢小师姐钱小芸，只有祁宏一个人知道。钱上芸今天这样巧笑倩兮，美目盼兮，花蝴蝶一样主动飞到汪大力身边，跟他亲热打招呼，还是大姑娘上轿——头一回，汪大力感觉自己都快成祁宏了，要享受钱小芸对祁宏的那种待遇了。

钱小芸的主动触发了汪大力畅想甜蜜爱情的机关，他心如撞鹿，埋在心底的那棵爱情小芽在这一刻破土而出了。钱小芸坐在他身边，汪大力觉得碗里的饭格外香甜，碗里的菜格外有味道。

汪大力把事情想得太好了，太美了，他还是沦为了钱小芸过河来约会祁宏的那座鹊桥。礼节性地寒暄几句后，钱小芸直奔主题，向汪大力积极打探祁宏的下落。

"大力，祁宏是没钱吃饭呢，还是减肥呢，这些天怎么没看到他来食堂吃饭了？"钱小芸问。

汪大力的满腔热情遭遇了倒春寒，原来绕来绕去，钱小芸还是为祁宏而来，他还是一直没有摆脱给他们俩充当电灯泡的角色，自己居高临下，发光发热，原来只是为了照亮祁宏和钱小芸在爱情的黑暗中并肩携手，探索前行！

汪大力心里的五味瓶被打翻了，啥滋味都涌了上来，把饭菜的滋味遮掩了。汪大力生气了，他不敢生钱小芸的气，他生自己的气，他生爹娘的气，他怪爹娘没有把他生得玉树临风，让钱小芸过目不忘，挪不开眼睛；他怪自己魅力不够，没有满腹才华打动和吸引小师姐，让她对自己着迷；他怪爱神丘比特没有给他安排一次英雄救美式的传奇故事，让他们碰撞出爱情火花，让钱小芸对他以身相许。

汪大力也有点生兄弟祁宏的气，他霸占了整个春天，却不带兄弟领略一下春色——祁宏的桃花运就像春天来了，争先恐后地开放的桃花，不是一朵一朵地开，而是一树一树地开，让人羡慕嫉妒恨。祁宏就像一个巨大磁场，校内校外，天南海北的漂亮女生闻讯而来，接二连三地掉进了这个磁场里。

钱小芸的积极打探让汪大力愤愤不平，他有点失控了，酸酸地说："可怜的小师姐，祁宏有的是钱，不用省，也不用减肥，你可能落花有意，流水无情了，他的小日子过得可滋润了，你找不到他，不是他刻意躲着你，而是因为他跟别的女生过好日子去了。他不来食堂吃饭，是因为他一日三餐都有女人陪呢，他的日子过得逍遥快活！"

钱小芸睁大了眼睛，她不相信汪大力的话，她的竞争对手是凌林，她是知道的，凌林不在长沙，在北京的清华大学；北京的凌林距离长沙的祁宏太远了，他们怎么可能经常性地在一起过日子？

　　长沙与北京距离遥远，这正是钱小芸认为自己在与凌林竞争中拥有的得天独厚的优势，是钱小芸最有把握打赢这场爱情战争的希望所在。听汪大力这么一说，好像半路上又杀出来一个程咬金了，祁宏又有新情况了。

　　祁宏是钱小芸心中的一块碑，一块新碑，一块丰碑，一块干干净净的新碑，一块巍峨挺拔的丰碑。钱小芸在自己心中第一次树碑，她以前从来没有树过这样的丰碑，钱小芸发誓要守护这块新碑丰碑，不允许别人往碑上泼脏水，乱涂乱画。

　　对汪大力的小心思，钱小芸早就感觉到了，以为他在吃醋了。汪大力的话被钱小芸怀疑为别有用心，污人清白，打击报复情敌了。将心比心，如果有机会，钱小芸也想这样打击一下凌林。

　　钱小芸不希望汪大力这样做，她摆出师姐的架势，板起冰冷的面孔，低声且严肃地训斥起来："大力，做人要诚实，不能有坏心眼。无凭无据的事，不能为了某种目的，胡编乱说，毁人清白。你的心意我懂，但你这样做，影响不好，也不地道，祁宏不可能是那种人！"

　　汪大力倍觉委屈，分辩说："小师姐，我知道你和祁宏关系非同一般。祁宏是什么人，我们同班同学没有师姐了解，我们男人没有你们女人了解，我们兄弟没有恋人了解，我不如你了解。可是，我说的都是事实，没有一个谎字。全宿舍的男生都知道，就你一个人蒙在鼓里。你不相信我，你可以去问我们宿舍其他人；你不相信我们宿舍的人，你也可以自己去调查，很容易发现的。祁宏高中时候的女朋友来了，他们在学校附近租了一套房，祁宏天天过去给他女朋友做饭，做菜，洗衣，搞卫生。他们夫唱妇随，恩爱极了！"

　　汪大力说得有板有眼，钱小芸听得满脸愕然，一副打死都不相信的表情。看着钱小芸夸张的表情，汪大力感觉自己憋了一个学年的气终于发泄出来了，他早就想打击一下这个对他和他的感情一直漠视的小师姐了。汪大力乘胜追击，亮出了更加致命的武器，准确无误地在钱小芸的心上引爆了：

"全宿舍都知道，那个女生是祁宏的初恋情人，他们是一个地方的，从小青梅竹马，在一起很多年了。他们孩子都有了，那个女的都快生了。她是到长沙投奔祁宏，准备来生孩子的。我们估计那女的大着肚子，又没结婚，没有办法在老家待下去了，不得不跑到长沙来找孩子他爹。那女的是农村的，我们揣摩，那女的担心不把孩子生下来，已经考上大学的祁宏要做陈世美，不要她了。有了这个孩子，她就有了尚方宝剑，可以把祁宏拴住，让他没法抵赖了。我们室友说你就是那个让祁宏做陈世美的女人！"

钱小芸曾经以为祁宏很单纯，也把他们的爱情想得很简单，但汪大力的爆料远远超出了钱小芸的心理承受能力。这种局面和结果，钱小芸从来没有设想过，哪怕她对祁宏感到最悲观的时候。

这个消息就像晴天霹雳，击在她心中那块丰碑上，把它拦腰折断了。钱小芸猝不及防，没办法掩饰自己，只有让感情牵着鼻子走。她无法控制自己，情不自禁地失声痛哭起来，那泪水就像水库开闸泄洪，滔天洪水顺着那张俊俏的脸蛋飞流直下。

食堂里本来人声嘈杂。可钱小芸的哭声很响亮，把其他声音全盖住了。食堂渐渐安静下来，只剩下一种声音——钱小芸的哭声成为食堂里唯一的声音。循着声音，就餐的同学全部望了过来。他们的眼神一半是愤怒，一半是同情。他们同情钱小芸，他们对把钱小芸惹哭的汪大力感到愤怒。他们以为汪大力出言不逊，把身边的漂亮女生惹哭了——很多男生都认识钱小芸，汪大力顿时成了众矢之的。

汪大力还没见过这种惹犯众怒的大场面，他如坐针毡，吓得大气都不敢出，头都不敢抬。汪大力劝了钱小芸两句，没有用，钱小芸的哭声越来越大了。听到哭声，有几个牛高马大的男生看不过去了，端着饭碗向这边走过来，他们的脸上写满了愤怒。

汪大力见势不妙，不得不端起饭碗，落荒而逃，走出了食堂。汪大力很清楚，如果自己不脚底抹油，溜之大吉，他就很可能被打抱不平、拔刀相助的男生给莫名其妙地揍了。年轻气盛的男生揍人的时候，心里只有愤怒，没有理智，往往不问青红皂白，容易走极端，下死手。到时候，汪大力就是有一百张嘴，也说不清，只有抱头挨揍的份儿。

汪大力走后，两三个陌生的同学过来劝慰，钱小芸慢慢放低了哭声。这顿饭，钱小芸是没心思吃了，她摇摇晃晃地站起来，离开了饭桌。钱小芸把大半碗饭倒进了泔水桶。

汪大力言之凿凿，肯定是真的了，假不了。汪大力是个老实人，不爱开玩笑，也从不开玩笑。即使他心血来潮，开个玩笑，也不可能编得这么内容翔实，有凭有据。汪大力不喜欢中文，是被调剂到这个专业来的。这个不具备语言和写作天赋的大学生没有那么丰富的想象力，编不出这种曲折离奇的故事来。汪大力没有胆，也没有必要跟钱小芸开这种玩笑。

从食堂到宿舍，这段路不长，钱小芸走得很吃力，喘不过气来。钱小芸脚步虚浮，重心不稳，踉踉跄跄，大病初愈一样。回到宿舍，钱小芸没有脱衣服就上了床，她用被子蒙住头，再次痛哭失声——食堂人多，她没哭够，只哭到一半就停了；回到宿舍，她要把剩下的那一半哭完。在宿舍哭比在食堂哭感觉要好点。食堂是公共场所，人多，不是表达个人感情的地方；宿舍是私人场所，想哭就哭，不会被陌生人围观，只有被熟悉的室友安慰，是释放情绪最理想的地方。

钱小芸一边痛哭，一边认可起母亲来。还是母亲见多识广，一眼识穿了祁宏的伪装。母亲的举报是在捍卫正义，鞭挞邪恶，自己不该怪她的，像祁宏这种表面上看起来老实巴交，实际上玩弄感情的伪君子，更有欺骗性，更容易让人受骗上当，危害性更大。学校为什么不能明察秋毫，把这种人开除呢？

难道仅仅因为祁宏成绩好，作奸犯科了都能被网开一面？不是说王子犯法，与庶民同罪吗？祁宏现在才大一，如果容忍他胡作非为，将来湖南大学恐怕还有更多女生被他欺骗，被他伤害。自己被他害了，凌林被他害了，现在又冒出来一个女生被他害了。钱小芸算是看明白了，原来自己和凌林都不是祁宏真心喜欢的人，他在玩弄女性，以此为乐，只顾自己快活。

当天晚上，钱小芸没有去图书馆，也没有上教室，就在宿舍待着。室友们要么去自习，要么去约会，要么去看电影了，只有她一个人。钱小芸躺在床上，浑身无力，一点精气神都没有，她的眼泪流干了，她的心被掏空了。

直到三四个钟头后，晚自习结束，室友们倦鸟归巢，钱小云才止住哭泣。

钱小芸觉得自己的初恋就像一个好不容易才怀上的孩子，妈妈对这个孩子满怀期待，但没想到还没坚持到生产就不幸流产了，真是让人痛心和悲伤——钱小芸就是那个先是满怀期待，后是伤心绝望的妈妈。

接下来的一天，室友们是在甜蜜的梦乡中开始的，钱小芸是在辗转反侧，自怨自艾中开始的。钱小芸无法入睡，听着室友们的鼾声，她眼前一直晃动着祁宏的身影，那干净黝黑的脸庞，那瘦削挺拔的身材，那淳朴清朗的气质，那积极向上的神态，都让钱小芸不敢相信，怎么祁宏就成了一个玩弄感情的情场老手？

钱小芸看过很多心理学社会学的书，书上称有一种"双重性格"。对这个"双重性格"，钱小芸一直弄不懂，觉得不可思议，认为不可能。直到经历了这件事，钱小芸终于弄懂了，她做梦都没想到这种"双重性格"的人被自己碰上了，就在自己身边，可笑的是自己还对他很动情。

无论怎么把祁宏诋毁得一无是处，钱小芸都不能否认，她是看着祁宏从一个来自农村的怯生生的新生蜕变成一个气宇轩昂的大学生的，他的变化比其他年级的新生来得更快，变得更彻底，可以说是质变。祁宏除了皮肤黑，还残留着农村生活的影子，他的举手投足已经看不出来自农村的痕迹了。一年级即将读完的祁宏，显得沉稳老练，说话做事就像大三大四的人。这种与时俱进的人，好起来，是时代楷模；坏起来，也是登峰造极，让人不寒而栗。

钱小芸发现自己不可救药地爱着祁宏，明明知道他是一个花心大萝卜，可就是忘不了他。难道真是男人不坏，女人不爱？那一夜，与祁宏相识相处的点点滴滴，都是那样刻骨铭心，电影慢镜头一样在眼前过了一遍又重来一遍，把钱小芸折磨得形销骨立，人比黄花瘦。

爱情就是一个怪东西，让人弄不明白，也无法左右，只有你顺着它，只能由它左右你。越是知道祁宏有其他女人，钱小芸发现越是爱他，越要弄个清楚明白，越是要争个高下胜负。钱小芸相信汪大力没有撒谎，如果汪大力所说的不是事实而是谎言，这个谎就太大了，堪称弥天大谎，搁在谁身上都承受不起。但钱小芸也没有全信，她质疑这不是事情的全部，里面肯定有汪大力没弄明白的地方或者添油加醋的成分。

汪大力提醒了钱小芸，她不信可以去调查。对的，没有调查就没有发言权。钱小芸决定对汪大力持保留态度，要自己调查，把事情弄个水落石出，不能冤枉了祁宏——她和母亲已经冤枉过祁宏一回了。看样子，这件事情已经在同学中传开了，成为长了翅膀的谣言。如果祁宏是被冤枉的，钱小芸希望用自己的调查还他清白。

钱小芸觉得自己还是有做侦探的天赋，她神不知鬼不觉地跟踪起祁宏来，并且很快就掌握了很多线索，初步弄清了事实真相：汪大力说的是对的，祁宏果然在学校附近租了一套房，跟一个大肚子女人过起了小日子。祁宏每天一下课就往出租屋跑，给那个女人买菜，做饭做菜，洗衣，拖地——这就是钱小芸长时间找不到祁宏的原因。

调查掌握的材料也有让钱小芸感到安慰和不解的地方：从各种迹象来看，祁宏和那个大肚子女人并没像汪大力所说的那样亲热，她没看到两个人在一起时有过分亲昵的表现，他们自始至终保持着距离，相敬如宾，就像他们出来散步保持着一定的距离一样。如果真要界定他们的关系，他们看起来不像恋人，倒像是亲戚；祁宏也从来没在出租屋过夜，到了晚上九点多就离开了。

看得出来，对那个女人，祁宏更多的是关心、照顾和尊重，而不是男女之间那种生死相依的爱情。当然，也不是绝对，倒是那个女的，对祁宏很信任和依赖，举手投足，一颦一笑都是爱。难道真像汪大力所说，他们是痴情女子负心汉？祁宏要始乱终弃，女方不得不通过生孩子的方法把他拴住？

钱小芸很想跟那个大肚子女人接触，也许只有从她那儿，才能得到更加有用、更加真实的信息。这难不倒钱小芸，她很快就取得了大肚子女人的信任，两个人处成了朋友。

钱小芸发现大肚子女人有一个习惯，一天中有两次出来溜达，呼吸新鲜空气，锻炼身体。她以散步为主，每次半个钟头，一次在早餐后，一次在中餐后，很有规律，时间基本上踩在点上。

几天后，吃完早餐，把祁宏送走后，高燕出来散步。在等红灯，过马路的时候，一位年轻漂亮的姑娘跑过来，搀扶着大腹便便的高燕，该停的时候停，该走的时候走，一起走过了斑马线。

年轻姑娘热情地对高燕说："姐，你过马路可要小心点，不能急，宁愿多等一分，不抢一秒！"

高燕很是感激，对年轻姑娘报以灿烂的微笑。

中午，吃完中饭，送走祁宏后，高燕出来散步，在同一个地方，那个年轻漂亮的姑娘又过来了，搀扶着她过了斑马线。

"这么巧呢，姐，我们真是太有缘了！"年轻姑娘说。

高燕也很开心，她们一天碰到了两次，不得不说是很有缘分。俗话说，一回生，二回熟，她们算是熟人了，高兴地攀谈起来。

"是呀，我们太有缘了，又碰到你了，你又帮我了。你在湖南大学读书吧?"高燕说。

"是的呢，我读大二了。"年轻姑娘说。

高燕很羡慕，但她不甘示弱："我有个亲戚也在湖南大学，他读大一，比你低一届！"

"你的亲戚叫什么名字呀？说不定我认识他。"年轻姑娘问。

高燕来了兴趣，兴奋地说："他叫祁宏，一个瘦瘦高高的，来自农村的男生，你认识吗?"

"还真是无巧不成书。祁宏呀，我认识他。去年迎新，还是我接的他呢！他是我们学校的风云人物，是他们那届考进湖南大学的文科状元。他的成绩可好了，去年期末考试，甩了全年级专业第二名一条街！"年轻姑娘说。

"你和他也挺有缘的，你知道他这么多呀?"高燕开心地嚷了起来，她跟年轻姑娘的心灵距离一下子拉近了。

"是的，湖南大学很多人都认识他，很多女生都把他当作偶像呢。"年轻姑娘说。

听到别人夸祁宏，高燕高兴极了，她为祁宏感到骄傲，她为自己感到自豪。看来，当初放弃学业，到广东打工，支持祁宏读书，这一步是走对了。虽然自己付出了前途和感情的双重代价，但祁宏没有辜负她，祁宏能有今天，高燕功不可没，感觉很值得。

"同学，你叫什么名字呀?"高燕问。

"我叫钱小芸，姐，你叫我小芸好了。"年轻姑娘说。

随后几天，差不多在同一时间同一地点，一模一样的不期而遇，让高燕和钱小芸很快熟悉了起来，她们成了无话不谈的朋友。

钱小芸是高燕在人生地不熟的长沙认识的第一个朋友，她们虽然一个是学生，一个是准妈妈，但年纪差不多，有共同话题，有共同认识的人。

她们的共同话题是祁宏，共同认识的人是祁宏。

高燕本来成绩不错，受祁宏影响，她对读书人充满敬意和好感，何况钱小芸心地善良，乐于助人，多次搀扶她过马路，对她关怀备至。

两个人在红绿灯路口邂逅太多了，以至于高燕觉得钱小芸是在那儿专门等她，搀扶她过马路似的。这样一个心地善良、古道热肠的女生，让高燕十分感动，倍加珍惜。她在长沙终于交了一个可以推心置腹的好朋友了。

高燕觉得钱小芸跟凌林一样，人品好，正直善良，值得深交。她们的交情自然而然地水涨船高了，钱小芸开始成为高燕散步、聊天的陪伴。

在一次散步中，两个女生进行了一次表面看起来风平浪静，实际上潜流暗涌、波涛汹涌的对话。

钱小芸："姐，你都快要生了，为什么不待在老家，或者回老家去呢？"

高燕："我也想啊，可我在老家待不下去了，在产前是回不去了。"

钱小芸："怎么会这样啊！你现在这个情况，最需要人照顾的！"

高燕："我是逃出来的，我父亲要我打胎，我要把孩子生下来！"

钱小芸："你是为了爱情吧？你可真勇敢，没有人照顾，你可真坚强！"

高燕："是为了爱情。我在长沙也不是一个人呢，有人照顾我！"

钱小芸："可我怎么只看到你一个人啊！"

高燕："我有孩子，还有孩子他爸！"

钱小芸："孩子他爸怎么没来照顾你？"

高燕："他来了。他照顾我一日三餐。他很忙的，又要读书，又要做生意，我不能强求他一直留在我身边，他能够这样我已经心满意足了。”

钱小芸："孩子他爸是那个祁宏同学?"

高燕点了点头，算是回答。

钱小芸脑袋里嗡嗡作响，眼前直冒金花，视线模糊。

钱小芸彻底弄明白了，汪大力没有说谎，这个挺着大肚子的女人是祁宏的初恋情人，他们连孩子都有了。

钱小芸内心崩溃，结束跟高燕散步后，回到了学校。钱小芸一个人坐在田径场的台阶上，眼泪不由自主地涌了出来，滑过那张俊俏的脸，断线的珠子一样滴落在水泥地上。

几个班级的同学在田径场上上体育课，上的是足球课，两支球队在踢球，男生们穿着T恤短裤，在球场上纵横驰骋，挥汗如雨，球场上尘土飞扬，遮天蔽日；女生们站在场边加油，喊声震耳欲聋。

钱小芸看不清楚，眼前只有影影绰绰的人影在跑动，泪水把她的视线挡住了；钱小芸听不清楚，她的脑袋一直在嗡嗡作响。

调查的结果是钱小芸生气了，绝望了，看来祁宏不仅骗了自己，也骗了凌林，她们同病相怜。钱小芸为自己爱上这样一个人伤心落泪，也为凌林感觉不值。让钱小芸感到不幸中的万幸的，她还只是单相思，没有陷进那么深；她为凌林抱不平，凌林已经陷进去很深了，他们寒假还睡到一起去了。比起自己，凌林才是那个被祁宏伤害最深的女生。

凌林是个好姑娘，虽然因为祁宏，钱小芸一度对她警惕。但钱小芸不得不承认，自己欣赏凌林，甚至喜欢她。如果不是因为祁宏，她们遇见了，肯定能成为好朋友。

在钱小芸这儿，祁宏沦为了一个彻头彻尾的感情骗子。钱小芸对凌林的敌意消失了，她为这个远在天边，深陷情网的清华大学的高才生担心。凌林在北京，祁宏在长沙，祁宏做什么，凌林都可能被蒙在鼓里，被骗得团团转。

钱小芸觉得自己有权利、有义务、有必要把看到的，听到的，一五一十地告诉凌林，然后由她自己做出决定，是继续跟祁宏交往下去，还是一刀两断，以后各走各路。总之，钱小芸希望凌林看清楚，不要被祁宏蒙了，骗了——也许现在还来得及。

晚上，钱小芸没有去图书馆，她找了一个没有人在的教室，从里面把门反锁了，然后坐在最后一排的那个靠窗的课桌上，掏出钢笔，铺开信笺，一边流泪，一边给凌林写信。

那封信，钱小芸有很多话要说，她洋洋洒洒，写了很长，起码有八九页纸，五六千字，把她的手臂都写麻了。写完信，钱小芸认认真真地读了一遍，改了几个错别字，然后回宿舍了。

躺在床上，钱小芸围绕着那封信是寄还是不寄，进行了激烈的残酷的复杂的思想斗争。不寄吧，她生怕凌林被祁宏骗了；寄吧，凌林会相信自己吗？

如果凌林不信，钱小芸是没吃着羊肉反惹一身膻了，凌林会怎么看她？凌林会不会觉得这是钱小芸设计的一个圈套，动机是破坏她跟祁宏的关系，让自己得利？

当然，最好的，是凌林能够来一次长沙，耳闻目睹祁宏和高燕在一起过日子这件事情。

只要眼见为实了，就由不得凌林不信；凌林信了，也许就解脱了。

最后钱小芸没有把信寄出去，她自己倒是一遍又一遍地读那封信，好像那封信不是写给凌林的，而是写给自己的，告诫自己要看清楚祁宏；结果却是越想看清越看不清了。

第二十三章　高燕争执中难产

　　虽然高燕给王红梅的那个电话语焉不详，看起来好像什么都没有留下，可还是启发了高欣按图索骥的想象力。

　　两个女人通话的时候，高欣并不在家，他正在县城应酬。夜深人静了，高欣才回到四明山。

　　与往常一样，王红梅已经把庭院打扫得干干净净，也把自己从头到脚洗得干干净净。高欣回来之前，王红梅已经躺在床上，在安安心心地等他了。

　　钻进被窝，靠着那具温热的胴体，高欣的热情被唤醒了，他爬上了王红梅的身体，准备做体操运动。

　　王红梅一边迎合丈夫，一边把高燕给她打电话的事情讲了。高欣早出晚归，他们平时很多交流都是在这种情况下完成的。

　　但这次不一样了。如果说高欣的性趣是点亮在黑夜里的一盏灯火，这个消息就是突然吹过来的一阵风，把他的性趣熄灭了，赶跑了。高欣还没有进去，就从王红梅身上滑了下来，翻身坐起，半裸着上身，斜靠在床头。

　　黑暗中，高欣伸出手，摸到了烟盒和火机，从中抽出一支，点着了，开始吞云吐雾。

　　那段日子，高欣的全部心思都放在如何动员高燕把孩子打掉上面，他天天跑祁东，去黄花菜加工厂，或上高燕家里，结果都是无功而返。自从女儿识穿了他和刘美丽合谋打掉孩子的阴谋后，高欣连女儿的影子都找不到了，女儿就像一缕空气，从这个世界上消失了，什么都没留下。

刚开始，高欣以为女儿只是在祁东躲着他，不愿意见他。祁东虽然庙小，可一个人要躲另一个人，就太容易了，确实不好找。高欣从来没有想过高燕躲他躲得那么彻底，会离家出走，会离开祁东，到遥远的外地去，不让他找到自己。

高燕去了广州？在大医院里保胎待产？

高欣做不到像王红梅那样，百分百地相信女儿，他只相信这句话透露出来的一个基本信息：高燕已经离开祁东了，至于其他信息，高欣是不愿意相信的。高欣不是不相信跟他同床共枕，相濡以沫，一起生活了二十年的妻子，他是不相信对他高度警惕，戒心重重的女儿。

王红梅不明白，高欣不会不明白：女儿不希望父亲找到她，对母亲也开始警惕，有所保留，撒了一个善意的谎言。

这个谎，凭借王红梅的智商，是分不出来的。王红梅和高燕之间，不一定是"知女莫若母"，却一定是"知母莫若女"。在高欣面前，王红梅没有心，藏不住话，什么都会一五一十，原原本本地告诉高欣。所以，高燕提前做了预防，留了一手。

高欣和高燕都是两个有趣的灵魂，复杂的头脑，做什么都兜兜转转，心里有小九九。王红梅的为人处世简单明了，就像一条笔直的胡同，一眼可以看到头，没有那么多曲径通幽，弯弯绕绕。

王红梅对女儿十分信任，她说啥就是啥，从来没有怀疑过。高欣不是不相信女儿，是这个女儿从小心眼多，很多情况下对他不讲真话，尤其青春期以后——这个倒跟青春期的高欣很像，那时候他对自己的父母也不说真话。对女儿的每句话，高欣都要具体情况具体分析，认真比较甄别，尤其是当下这个时候，尤其是高燕对王红梅说的这段话。

其实，也不能全怪王红梅，她不怀疑女儿全在情理之中。父女俩一个要打掉孩子，一个要保护孩子的明争暗斗，虽然不可开交，但王红梅却是蒙在鼓里，什么都不知道。无论是丈夫，还是女儿，都不愿意让王红梅担惊受怕，都尽可能地瞒着她，不让她知道，更不愿意她参与其中。

精明过人的高欣心明如镜，洞若观火，他知道高燕撒这个谎，有两个明确目的：一是向家人，特别是母亲王红梅报平安，不要她担心了——当然，这个平安，也是向高欣报的，王红梅知道了，高欣也就知道了，父女俩斗归斗，却没到你死我活的地步；二是进行巧妙布局，借机搅乱高欣的思路，误导他，保护自己，能够彻底打消父亲找她打胎的念头就最好了。

高燕不愿意告诉高欣的真实落脚点，是希望父亲不要找她了，死掉要她打胎的那条心——至少在产前不要找她了，她是为了躲他，才离家出走的，产前是不愿意见他的。

王红梅没对高欣唠叨完，高欣就知道女儿在撒谎了，毕竟女儿年轻，江湖阅历尚浅，话里话外容易露出蛛丝马迹。从女儿的谎言里，老江湖高欣听出了此地无银三百两的意思：女儿落脚之处，肯定有他们都熟悉的人。

高燕到底上哪儿去了，并不是一道难以破解的方程式。当然，就像同一道方程式，同一个班上，都是同一个老师教的，有的同学做得出来，有些同学做不出来一样，这道方程式能否顺利破解出来，归根结底取决于由谁来破解。

如果是由王红梅来破解，那是注定没戏的，即使能够得出答案，那个答案也是错的；如果由高欣来破解，倒不是很难。

综合高燕透露出来的信息和高燕本人的具体情况，高欣很快理出了几个关键线索，他觉得高燕投奔的人具备以下几个明显特征：跟高燕很熟，非亲即故；距祁东不会太远（这点把广州排除了），因为高燕身怀六甲，出远门，行动不便；那个人，高燕信得过，高欣信不过……

按照这些线索，高欣在脑海里把高燕有可能投奔的人，有可能去的地方认真地篦了一遍，答案立马水落石出：高燕到长沙投奔祁宏去了，祁宏是高燕最信任的人，还是孩子他爸！

高燕投奔谁都可以，恰恰投奔祁宏是高欣最不愿意看到的。这个答案跟高燕拒绝打胎一样，成为困扰高欣的两个死结，让他痛苦不堪，忧心如焚。

如果高燕真去了祁宏那儿，那就不只是高欣要高燕打胎的计划落空，还意味着高欣阻止高燕和祁宏的爱情的计划失败。高燕对祁宏的感情没有因为她跟张伟结婚而结束，看来要死灰复燃了——为了那十万块钱，为了让祁宏四年大学衣食无忧，高燕把高欣忽悠了，答应跟张伟结了婚，可他们感情依旧，还明修栈道，暗度陈仓，孩子都弄出来了。

哪儿有压迫，哪儿就有反抗。越被压迫的感情，反弹的力量越大，就像地壳深处奔突的岩浆，日积月累，能量越蓄越多，一旦喷薄，就不可收拾。在这件事情上，高欣是处理欠妥的。本来，奔突的岩浆不容易找到突破口，高欣逼高燕打胎，无意中将其触发了。

明确了高燕去长沙投奔祁宏后，高欣头大如斗，又涨又痛，整个晚上都没睡着。坐在黑暗中，他一根接一根地抽着烟，一包烟都被他抽完了。鸡叫了，天亮了，王红梅起床下地，看到地上横七竖八地堆满了长短不一的烟蒂，有两三个烟蒂落在拖鞋上，把拖鞋烧出了烟蒂大小的洞。

连续数天，高欣茶不思，饭不想，每分钟都被架在火上烤，做生意都没有心思，跟客户谈判把握不住重点，经常走神。对高欣来说，当务之急不再是做生意赚钱了，而是找到高燕，把孩子打掉，阻止祁宏和高燕破镜重圆。

这件事已经迫在眉睫，不能再耽搁了。在商场浸淫久了，高欣迷信钱的魔力，认为没有用钱摆不平的事。如果能用钱解决就好了，可在这件事情上，钱成了废纸。高欣想花钱解决，收款人却都找不到——高欣给刘美丽十万块钱，却什么都没办成，还东窗事发，把高燕吓跑了。

　　思来想去，高欣决定从幕后走向台前，亲自出马。他决定跑一趟长沙，把高燕带回来，再拖下去，孩子生下来，就麻烦了，一切都迟了。

　　过完清明，祭完祖，高欣说走就走了。动身那天，他半夜爬起来，开着车，向长沙出发了。一路上，高欣一边开车，一边思考对策：要怀柔，不要动粗，不要动气，见到两个孩子后，要晓之以理，动之以情，说服高燕心甘情愿地跟着自己回祁东。

　　只要高燕愿意跟他回祁东，两件棘手的事都可以迎刃而解了，他就有把握说服女儿把孩子打掉——实在没辙了，高欣就向高燕坦白相告，祁宏是自己私生子，是她亲哥。当然，这个秘密，知道的人越少越保险，高欣不想告诉祁宏，也不想告诉高燕，如果高燕实在不愿意打掉孩子，他就告诉她，只告诉她一个人。

　　长沙是个大城市，比祁东县城大很多倍，人海茫茫，冒冒失失地找高燕，犹如大海捞针，所以，只能智取，不能硬来，最好的线索是祁宏。如果高燕真的投奔了祁宏，他们应该订立了攻守同盟，光明正大地找祁宏，祁宏是不会带高欣去找高燕的；只要祁宏不愿意，高欣想在长沙找到高燕，那就太难了，他这趟长沙之行，就会竹篮打水，白忙一场了——高欣没那么多时间和精力在长沙和这件事上耗下去。

　　明的不行，那就来暗的，不能打草惊蛇了。高欣准备秘密行动，暗中跟踪祁宏——高燕是暗的，找起来不容易；祁宏是明的，找起来容易，通过跟踪祁宏找高燕，就把暗的变成明的了。当然，高欣也得把自己变成暗的，如果不能藏好自己，被他们发现了，就前功尽弃了。

如果高燕在长沙，肯定住在湖南大学附近，因为要方便祁宏抽空照顾她。只要自己在校门口守株待兔，神不知，鬼不觉地跟着祁宏，就一定可以顺利找到高燕。

由于出发太早了，从四明山到祁东那段路，还没有人，没有车，高欣把车开到能多快就多快；从祁东到衡阳那段路，渐渐有车了，有人了，但不多，高欣还是把车开得飞快；从衡阳到长沙那段路，天亮了，车多了，人多了，只能正常行驶，但能超车的地方高欣就超车了。

紧赶慢赶，进了长沙城，来到湖南大学，比高欣预计的时间要早。在校门口找一个不起眼的地方把车停下来，高欣抬腕看了看表，时针正指向十一点半，一切刚刚好，到得正是时候。

高欣耐着性子，安静地坐在车里。路过衡阳，吃早餐的时候，高欣顺便买了一袋零食放在车里，做好了花时间蹲守的准备。高欣把眼睛瞪得溜圆，透过车窗玻璃，盯着进出校门的每个人，仔细地辨认着，寻找着祁宏。高欣盯得太认真了，比他开车看路还认真，他的眼睛眨都没眨，双眼很快涨痛起来，他伸出手背，揉了揉眼睛，向远处望了半分钟，又赶紧把目光缩回来——他不敢懈怠，生怕漏掉了祁宏。

时间过得真慢，就像地势平缓处的河水。接近十二点，进出校门的人逐渐多了起来，让高欣目不暇接，他感到眼睛生少了，两只眼睛根本忙不过来。他睁着一只眼，闭着一只眼，让两只眼睛轮流着来，聚精会神，不敢轻易漏掉一个人。

十二点刚过，高欣远远地看到在一群从教学楼出来，向校门口涌过来的人群中有一个人像祁宏，但不能太肯定。那个人走得很急，前后左右有很多男生女生。那个人越近，高欣越觉得他像祁宏。

高欣激动起来，心跳加速，一路上的舟车劳顿一扫而光了，他调整了一个坐姿，特别精气神地聚焦在那个人身上。那个人越来越近，高欣能够清楚地看到他的脸庞了，那鼻那嘴，那眉那眼，那身材那神态，正是祁宏。高欣长长地出了口气，如释重负。

祁宏长到这么大，高欣还没这么学术研究性地好好看过他，成了大学生的祁宏果然非同凡响，他西装革履，步履矫健，意气风发，精气神溢出体外，特别感染人，让人振奋，尤其是让他这个做父亲的精神振奋。

高欣越看越喜欢，觉得他跟祁茗生的这个儿子比他跟王红梅生的两个儿子强多了，那两个儿子加起来都比不上这一个。如果不是要跟踪祁宏，高欣很想打开车门，快步迎上去，热情地跟祁宏打招呼。

托女儿高燕的福，年前那次见面，他们的关系来到了有史以来的最好水平。如果能像关系正常的父子久别重逢那样，可以拉手，可以搂肩，可以拥抱，可以愉快兴奋地交流，那就最好不过了。

打祁茗告诉高欣，祁宏是自己儿子那刻起，高欣已经在梦里牵过祁宏的手很多回了，搂过祁宏的肩很多回了，拥抱过祁宏很多回了，跟祁宏愉快兴奋地交流过很多回了。可这只是梦，高欣只能做做梦，在梦里靠近亲情寻求安慰；在现实生活中，梦里的阳光很难照进来。

祁宏对高欣心存芥蒂，成见很深，父子俩的心结很难轻易化解——上次高燕在，祁宏给了高燕面子，但他们面和心不和。在现实生活中，两个人的关系什么时候恢复正常很难说，也许五年，也许十年，也许一辈子，也许一辈子都不可能。

过年前，在高燕帮助下，高欣是把祁宏接回四明山过年了，彼此感觉不错，关系得到了缓和，心结出现了冻土松动的迹象；可这次长沙之行，不可避免地要把上次的努力毁于一旦了，他们要旧恨未消，又添新仇了，真是让人头痛，真是让人伤心伤脑筋。

祁宏越来越近，出了校门，心无旁骛地从车边走过。看到祁宏，高欣差点要按喇叭，或者把车门打开，把车窗摇下来，跟祁宏打招呼，示意他上车，送他去他想去的地方。可理智战胜了感情，高欣想起了这一行的任务目的，不得不提醒自己：忍，必须得忍，小不忍则乱大谋。

等祁宏向前走出三四十米了，高欣才敢发动汽车，不紧不慢地跟在他后面。那条路有点窄，只能容一辆车通过，高欣缓慢前行，把后面的车堵了，后面的喇叭此起彼伏，催促他快点或者让路，但高欣没有理会。

高欣的车玻璃是茶色的，只能从里面看清外面，不能从外面看到里面，高欣看得见祁宏，将他的一举一动尽收眼底；祁宏看不到高欣，对发生的这一切浑然不觉。

路上经过一个菜市场，两边堆放着各式各样的新鲜食材。春天来了，青菜的种类多起来，甚至有野生的蘑菇和小竹笋。祁宏麻利地挑了两三样青菜，过了秤，付了钱，拎着菜继续前行。

看到祁宏买菜，悬在高欣心里的石头落了下来。他的猜测是对的，祁宏买的那些菜都是高燕喜欢吃的，事情已经明朗了，高燕就在长沙，跟祁宏在一起，只要跟着祁宏就能找到高燕——如果不是为了高燕，作为学生的祁宏就去吃食堂了，犯不着大费周章，买菜自己做了。

穿过热闹的菜市场，又走了两百多米，在一幢五六层楼的楼房前，祁宏走了进去，上了楼。

高欣赶紧把车靠边停了，蹑手蹑脚地跟在祁宏身后。

看到祁宏进去后，高欣来到门前，把左边半边脸贴在门板上，竖起耳朵，凝神谛听。

屋内气氛温馨，传出来一男一女的对话声。那声音是高欣再熟悉不过的了，他认认真真地听了四五分钟，终于百分百地确定：没错，那男人的声音正是儿子祁宏的，那女人的声音正是女儿高燕的。

成功地找到高燕，高欣内心交织着两种截然相反的感情：他为即将可以解决棘手问题而高兴，又为祁宏和高燕的关系痛苦——看样子，两个孩子的感情是死灰复燃，住到一块去了，过起了新婚小夫妻一样的小日子——这与自己揣测的局面不差毫厘，这个局面是高欣最不希望看到的，也最让他头痛！

没想到自己千算万算，千防万防，最后还是失算了，还是没防住。高欣感到内心发虚，眼前发黑，双腿发软，斜靠着门框，缓缓地滑了下去——他一屁股坐在门边，脸上肌肉扭曲，痛苦地挤在一起——千辛万苦，找到女儿的那股高兴劲儿渐渐地消散了，被儿子女儿夫妻一样生活在一起带来的痛苦取代了，都是自己作的孽！

高欣痛苦地揪着自己的头发，使劲地拉扯着，他的嘴唇咬破了，咸咸的血涌进了嘴巴里——出租屋内发生的一切让高欣尝到了"天作孽，犹可恕；自作孽，不可活"的滋味。

在门边坐了二三十分钟，高欣才慢慢恢复元气，缓过神来。他扶着门，吃力地站了起来。他没有马上敲门，他的力不够了，他的气还没消。又积蓄了四五分钟的力量后，高欣左手抓着门环，右手张开，伸出蒲扇大的手掌，用力地拍打着门板，一下，两下，三下……

高欣拍打门板的声音没有节奏感，只有力度，很粗暴。拍门声很响亮，很有穿透力，传得很远，屋里屋外，楼上楼下，院内院外，都听到了。

锲而不舍、非同寻常的敲门声把祁宏和高燕吓得不轻，他们面面相觑，不知道发生了什么事。可那敲门声告诉他们，发生的事，不是好事，而是坏事，不是福，而是祸，结果难料。

会是什么坏事呢？

祁宏和高燕感到了强烈的意外和忐忑不安，他们一致猜想：难道是张伟找上门来了？

如果真是张伟找上来了，他们怕吗？

他们不怕是假的，他们怕张伟误会，毕竟高燕是张伟名正言顺的妻子，祁宏和高燕名不正言不顺，怎么说高燕都不应该跑到长沙来投奔前男友，怎么说祁宏和高燕都不应该出现在一个出租屋里，过起了有滋有味的小日子来——走到哪儿，面对谁，他们都理亏，都说不过去。如果张伟认真起来，他们还违法，会吃不了兜着走。

可怕有什么用呢？他们准备一起勇敢面对，有福同享，有难同当，一起承担，即使张伟来了。

"谁呀——"

祁宏和高燕交换了一下眼神，异口同声地大声问。

两个人的声音很大，合在一起，声音更大了，像是给屋外的人下马威，给屋里的人壮胆壮威。

屋里的两个人还理直气壮，一点都不谦虚！

高欣没有回答两人的问话，他已经被气得说不出话来了。

高欣继续举起手掌，用力拍打着门板，一副你不开门，我誓不罢休、不依不饶的架势。

门板的拍打声实在太大了，太粗鲁了，太没礼貌了，把祁宏和高燕都怔住了，也把肚子里的孩子吓着了，小家伙在肚子里伸拳踢腿，钻来钻去，躁动不安。

高燕下意识地把一只手放在肚皮上，轻轻地拍打起来，抚慰着烦躁不安的小生命。

祁宏撂下碗，满脸愠怒地站起来，气昂昂地走到门边，拉开了门——如果是张伟，他已经做好了打架的准备；如果是陌生人，他也很想教训这个没教养的敲门人。

门开了，高欣塔一样站在祁宏面前。

祁宏愣住了，站在那儿，不知所措。

祁宏就像一根长长的铁钉，铁钉的一半钉进了木板里，一半裸露在外。

他做梦都没想到是高欣在敲门，他做梦都没想到与高欣这么快又见面了。

与祁宏夸张的错愕和惊讶相反，高欣脸色凝重，面无表情，他似乎早就预料到了屋里的一切。

高欣看都没有看祁宏一眼，他扒开祁宏，像一座移动的巨塔，径直向高燕走去。

高欣脸上乌云密布，阴沉可怖，那张脸就像在报天气预报：一场暴风雨就要来了。

看到父亲，高燕也是大吃一惊，不敢相信自己的眼睛，惊讶得嘴巴都合不拢，那双夹菜的筷子停在半空，夹在两根筷子之间的排骨掉了下去，咚的一声砸在地板上。

离开了祁东，高燕以为逃离了父亲的掌控，可以安心保胎，顺利待产了。她做梦都没想到，父亲还是找上门来了，看来要躲过父亲的掌控，还真没那么容易。

高燕只好硬起头皮跟父亲打招呼："爸，您来了！还没吃饭吧？我这就给您盛饭去！"

高欣没有理会高燕，不由分说，抓起高燕的手，拽着她就往外走。

高欣一边拽，一边气呼呼地说："你已经是一个成了家的人了，就不要在外面伤风败俗，丢人现眼了！你给我回去！"

高燕一百个不愿意跟父亲回祁东，她心里清楚，只要跟父亲回去了，孩子就大概率保不住了。

"我不回去！"高燕一边用手掰着父亲的手，一边语气坚定地说。

看到父亲，高燕就知道父亲为何而来，她也下定了决心，准备跟父亲硬扛到底，无论如何都不回祁东。

正当壮年的高欣，力气很大，有孕在身的高燕根本不是他的对手，眼看着就要被拽出屋外。

高燕可怜巴巴地望向祁宏，希望他过来帮自己一把，摆脱父亲的掌控。

无奈的高燕很想告诉祁宏：这个孩子是他的，如果自己回去了，他们的孩子就保不住了！

"这件事由不得你，你今天必须得跟我回去！"高欣没有松手，更没有手软，自己的儿子和女儿在一起过小日子的这一幕让他怒发冲冠，失去了理智，他已经下定决心，非要把高燕带回祁东不可，没有商量的余地！

高燕更倔，不依不从地强调："我是不会跟你回祁东的，我就是死，也要死在长沙，不会跟你回去！"

元宵节后，高燕就跟父亲在打一场艰苦卓绝的孩子保卫战，现在则是到了决定胜负的生死关头。只有在长沙，这个孩子才能得到保障；只要离开长沙，这个孩子肯定是保不住了，父亲会利用一切办法把孩子打掉，高燕很清楚父亲的为人。

这个孩子是她和祁宏的爱情结晶，是那段爱情留给她的最珍贵的礼物，如果说那段爱情是她的生命，那么这个孩子比她的生命还重要。孩子在，她在；她在，孩子在。

母爱让高燕爆发出无穷的力量，她的意志比谁都坚定，她的头脑比谁都清醒，她的决心比谁都大——一个认真的母亲，谁都奈何不了她，除非要了她的命！

高欣渐渐拽不动了，落在下风了。

"你不回祁东也可以，我们现在就上医院，把孩子做了！"高欣大声吼道。

"我不会让你打掉我的孩子！"高燕歇斯底里地叫起来，"你是我的父亲，你是这个孩子的姥爷，你不是杀人凶手！"

这句话把高欣彻底激怒了，他扬起手，对着高燕的脸，狠狠地掴了下去。

受怀孕影响，已经身体迟缓，行动笨拙的高燕没能躲开父亲的耳光，她眼睁睁地看着那个结实的大巴掌落在自己脸上。

高燕被打得眼冒金星，身体失去了平衡，重重地坐在地上。

高燕肚子里的小生命受到意外惊吓，不安分地窜来窜去，用头乱顶，用脚乱蹬。

高燕尝试爬起来，但没有成功。她感到肚子一阵紧似一阵地绞痛，不得不双手捂住肚子，痛苦地呻吟起来。

她痛得嘴巴都歪了。

父女俩的激烈争吵，全被祁宏看在眼里。

清官难断家务事，祁宏本来不知道该怎么办，但看到高欣对自己女儿都这样，对身怀六甲的女儿都这样，那还配做父亲，还有天理，还有人性吗？

祁宏忍不住，出离愤怒了，他快步冲上来，用手分开父女俩，用身体挡在他们中间——祁宏把高燕保护了起来，他的双手搭在高欣身上，下意识地推着高欣往外走。

祁宏看出来了，只有把高欣推出去，关在门外，才是化解父女俩争执的权宜之策。

高欣还没死心，继续准备拉着高燕上医院做人流。

高欣的事还没办成，目标还没实现，却被儿子当作阶级敌人一样往外撵了，他怒不可遏，挥起拳头就往祁宏脸上打去。

祁宏的腮帮结结实实地挨了一拳，嘴角被打破了，血流了下来。

祁宏也被打火了，他挥舞拳头，不轻不重地打了回去。

高欣和祁宏，两个人挥拳踢腿，你来我往地扭打在一起。

两人都挨了对方的重拳重脚，鼻青脸肿，皮开肉绽，都挂了彩。

两个男人都没有停下来的意思，他们越打越凶，大有不分胜负输赢绝不罢休的意思。

看到两个最亲的男人为自己打得不可开交，高燕急坏了，她挣扎着爬起来，准备劝架。

高燕勉强站起来一半，又重重地摔了下去。

这次摔倒比高欣那一巴掌打倒带来的后果更严重，高燕不再是坐在地上，而是四脚朝天地躺在地上，瞅着天花板，痛苦地呻吟着，动弹不得。

高燕脸色惨白，四肢开始抽搐，豆大的汗珠从额头上冒出来，就像夏天的骤雨一样往下滴落，一道殷红从她两腿之间慢慢渗出，把裤子洇湿了，血印不断扩大。

两个男人见势不妙，不约而同地停止了打斗。

他们慌了，赶紧冲到高燕身边，察看情况。

"快送我上医院，我要生了！"高燕艰难地说。

祁宏弯下腰，一把抱起高燕，艰难地挪动脚步，向外走去。

高欣赶紧上来，扶着他们，一起往外走。

救人要紧，两个男人终于罕见地统一了意见。

祁宏抱着高燕下了楼，高欣抢到前面，把车门打开了。

两个男人一起，好不容易才把高燕塞进车厢后座。

祁宏坐进车里，让高燕靠在自己身上，不住地鼓励她坚持住。

高欣坐进驾驶室，打火启动汽车，慌不择路地赶往医院。

一到医院，高燕就被推进了手术室。她动了胎气，羊水破了，是难产，得马上手术。

高燕被推进手术室之前，高欣拉住大夫问："医生，孩子能不要吗？"

大夫很不高兴地白了高欣一眼，生气地说："人命关天呢，你这个做爷爷的是怎么想的？"

手术进行得并不顺利，两个多小时后，嘹亮的啼哭才从手术室传出来，高燕终于生了。

医生把孩子拎起来，给高燕看了看，说："恭喜你，是个健康的小男孩！"

躺在手术台上的高燕喜极而泣，潸然泪下，她终于松了口气：这个孩子终于平安来到了这个世界，他来得可真不容易，好几次差点被姥爷打掉了；高燕弄不明白为什么这个孩子还没生下来姥爷对他就有这么大的仇恨？

听到孩子啼哭，高欣一屁股坐在手术室门口，心情沮丧极了，糟糕透了：孩子已经顺利出生了，他打掉孩子的计划正式宣告破产了！

由于早产，不足月，孩子体重不够，只有三斤多，护士把孩子拎过来，给高欣和祁宏展示后，又拎回去，把他放进了育婴箱。

唯一让高欣感到安慰的是，跟他担心的不一样，这个孩子身体没什么生理残疾，不缺胳膊不断腿，不瞎不聋不哑，五官周正；至于孩子有没有智力障碍，因为现在还小，根本看不出来。

高欣稍稍松了一口气。既然孩子已经生下来了，高欣只有听之任之，撒手不管了，一个是自己的儿子，一个是自己的女儿，他不明白上辈子作了什么孽，被老天爷如此惩罚。

与其他人做了姥爷，兴高采烈、奔走相告不一样，高欣没有喜悦，只有忧愁，他连给老婆王红梅打个电话、报个喜的心情都没有。

第二十四章　高燕给儿子取名"斯鸿"

稍微清闲的时候，祁宏扪心自问：该把这归结为生活荒唐，还是自己心地善良？他虽然不是丈夫，却尽了做丈夫的责任，比丈夫还称职；他虽然不是爸爸，却尽了做爸爸的责任，比爸爸还称职。

祁宏自己都没有答案。高燕生产，她的丈夫、孩子的父亲张伟不在身边；她的前男友祁宏，却是忙坏了，尤其是产后前四天。

那四天，祁宏吃喝拉撒睡都在医院里，二十四小时陪着，守着，护着，寸步不离，随叫随到。祁宏在病房里支了一张小床，忙里偷闲地打个盹。

在患者家属栏，祁宏签字就签了十多次，包括手术单上的字。祁宏是以高燕和小孩的家属身份出现的。主治医生和值班护士小芳，理所当然地把祁宏当作了高燕的丈夫、小孩的父亲。

祁宏将错就错，承担责任，没有纠正——如果祁宏纠正了，就失去了签字的权利，高燕手术都做不成了，小孩住院都住不成，遗留的问题就大了。

高燕看在眼里，乐在心里，也不多做解释。

祁宏向系里请了三天假，专门照顾高燕。加上一天周末，祁宏在医院待了五个晚上，四个白天，直到第五天清早离开医院到学校上课。上完课，祁宏又马不停蹄地赶回医院。

这四天是一道坎，无论是从身体上，还是精神上，堪称高燕一生中最受煎熬，最痛苦不堪的四天，与当年失恋最难受的时候有的一拼。如果没有她对小家伙的牵肠挂肚，如果没有祁宏对她的悉心照料，高燕没有办法撑过去。

学校对请假管理很严，请假理由不好找。请半天一天假不麻烦，好请好糊弄；请三天假算长假了，手续烦琐，班主任同意，系里批，学校备案存档，要过好几道审核大关，得有很过硬的理由。没有非必要原因，学校一般都不给假。找一个站得住脚的请假理由，难不倒祁宏。他对学校撒了谎，在请假条上，祁宏说老家奶奶病重了，他得马上赶回老家一趟。

奶奶是风烛残年的老人了，瘫痪在床，体弱多病，有过脑出血病史。把这个理由写在请假条上，意味着什么，大家都心照不宣，跟祁宏一样心有戚戚焉。这个理由很强大，班主任和系主任不由分说把假给批了，他们还一再叮嘱祁宏不要过分伤心难过，如果三天假期不够，可以先把事情处理完，返校了再补请假条。班主任和系主任的关切把祁宏感动得眼睛都红了，为自己撒谎感到惴惴不安；祁宏的感情流露，让班主任和系主任还以为祁宏为奶奶的病情伤心动情了，忙着安慰他。

如果用真实理由请假，基本没戏。他和高燕的故事太复杂了，祁宏既说不出口，学校也不会给假，而且可能引发学校对他的其他质疑。写这张请假条的时候，祁宏深感内疚，觉得对不起奶奶，但是没有比这更好的请假理由了。

就当年迈的奶奶，就当他们祁家给高燕报恩了。高燕是奶奶看着长大的，在四明山那个年纪的那批女孩中，高燕是奶奶最喜欢的那个；高燕对奶奶是有大恩大德的——不只是对他祁宏。

前年年底奶奶生病，是高燕找父亲安排车送到医院及时抢救的；是高燕把零花钱全部捐出来，把弟弟妹妹的零花钱全部搜出来，还向父母要了一大笔钱，才勉强凑够奶奶前期住院的医疗费用的。祁宏安慰自己，如今高燕有难，如果奶奶知道了，肯定会原谅自己，支持自己这么做。

小家伙待在特殊的护理病房。那儿有一大帮像他那样急不可耐地跑出来看世界的小朋友，一个小朋友一个育婴箱，病房摆了三大排育婴箱，由专门的护理员照看着。这帮小朋友的情绪有传染，他们集体哭，集体笑，集体闹，就是不集体拉屎拉尿，让护理员忙得团团转，没有歇气的时候。

小朋友出院之前，父母是看不到的。医生不允许大人探视，说是小家伙免疫力差，怕带进细菌感染了。家属只能从医护人员那儿零星地了解自家小朋友的相关情况。

由于孩子早产，由于对孩子太在意，高燕担心死了。小家伙的情况到底如何，只有自己看到了，高燕才能安心。不能亲眼看到小家伙，医生说什么，怎么说，都没有办法消除高燕的忧心，让她开心起来，高兴起来。

生产前，经父亲那么一闹腾，高燕心里留下了很大的阴影面积，使她凡事总爱往坏处想。高燕心情沮丧，情绪低落，内心焦虑，睡不着觉，动不动就触景伤情，动不动就泪流满面。

这是产后抑郁症的明显征兆。主治医生把祁宏拉到一边，嘱咐他一定要多安慰老婆，多开导老婆，多转移老婆的注意力，尽量让她开心起来，高兴起来，要不然就麻烦了，真有可能患上产后抑郁症。

祁宏还真是高燕的灵丹妙药，比药物还管用。有祁宏在高燕身边，安慰她，开导她，鼓励她，高燕只是难过了前两天，随后渐渐地开心起来，高兴起来，乐观起来，情况没往坏的方向发展。

不管怎样的一波三折，小家伙还是顺利生下来了，不用再担心被父亲强行要求打掉了。在这场孩子保卫战中，高燕十分艰难地胜利了。发起战争的那一方，高欣在高燕生产后的当天就落荒而逃，离开医院了，高燕不用再担心高欣对小家伙有什么不利之举了。虽然这样揣测父亲，是以小人之心度君子之腹，可高欣的种种表现让高燕不得不做一回小人，防贼一样地防着父亲。

高燕一直弄不明白，女儿生儿育女，别人的父母都是兴高采烈，心花怒放；自己的父亲对这个小生命却是如此绝情，如此心狠手辣，好像这个小生命是父亲上辈子不共戴天的仇人投胎来了似的。

父亲对自己女儿和外孙无缘无故地有仇恨，高燕却不愿对父亲有仇恨，看到孩子生下来，高燕就从心底原谅了父亲，毕竟是一家人，高燕不愿意跟父亲闹得太僵了。父亲那儿的思想工作，等自己出院后，再慢慢做；也让孩子多接触父亲，用小孩的可爱，用天伦之乐来感化父亲，争取他对孩子的认可。

被送进医院的时候，高燕已经意识模糊，快晕过去了。她知道自己不能晕，父亲还在身边，她怕自己一晕过去，孩子就被父亲做主打掉了。高燕再三提醒自己，强迫自己，必须清醒地活着，必须清楚医生所做的每个决定。

从高欣突然闯进出租屋，到被送上手术台，这两个小时是高燕二十年人生中的至暗时刻，没有比这更坏的了，包括当年她跟祁宏摊牌，两人正式分手。好在这一切都过去了，孩子已经平安健康地生下来了。她的人生就像祁宏考上大学后那样，正在峰回路转，柳暗花明。高燕唯一担心的就是孩子，随着父亲离开医院，孩子安全多了。

一夜之间，冬天留给这个世界的斑斑印痕被春天到来的脚步悄无声息地抹掉了，春姑娘敲锣打鼓，呼朋唤友，乘着东风，坐着花轿，热热闹闹地来了，就像一场大自然的盛大婚礼。雪在融，水在流，草在长，花在开，鸟在鸣。屋外春暖花开，草长莺飞，一派盎然生机。

随着自然界春天的到来，高燕人生的春天也来了，她不断地告诫自己，要做一个虚心学习，用心倾听，善于沟通的称职的妈妈，把小家伙培养成他爸祁宏那样的大学生，像他爸祁宏那样会读书，会做生意，会掌握自己命运，会改变世界的成功男子汉！至于将来祁宏会不会做官，目前还没有迹象表明，高燕还无从判断。可依高燕来看，祁宏做官肯定是一个勤政为民的好官，肯定是官运亨通——在高燕心中，这个世界上没有祁宏做不好的事情。

让高燕紧张忧心的，还是孩子。小家伙待在育婴箱，要看看不到他的人，要听听不到他的声音，哪怕是哭声，也喂不上他一口奶水，孩子是好是坏，全听医生说，做妈妈的根本使不上劲。孩子早产两个月，才三斤多，他那么小，就像一个鹌鹑；他那么弱，就像娇花嫩草，经不起暴风骤雨。想着想着，高燕就坐立不安，偷偷垂泪，生怕孩子出什么差错。

高燕不停地向医护人员询问小家伙的消息，小家伙拉了几泡屎和尿，高燕都听得津津有味。医护人员尽拣好的消息告诉高燕，让她放心，哄她开心。高燕得到的都是小家伙健康、活泼、快乐，在育婴箱茁壮成长的好消息。

不好的消息，医务人员告诉祁宏，让他来承担，让他来拿主意。主治医生和小芳护士特意交代祁宏，关于小家伙的坏消息，就不要告诉高燕了，这样有助于她产后的身体恢复和心理康复。

听着小家伙这儿好，那儿好，高燕很开心，很多次，听着听着，高燕忍不住了，向医护人员提出来，要亲眼看看孩子，但被拒绝了。医护人员说，这是医院规定，在育婴箱的孩子，一律不让父母探视，因为他们抵抗力弱，怕被细菌感染了。他们希望高燕忍耐一下，再过个把月，小宝贝就可以回到妈妈身边，跟她一起，吮她的奶，跟她共同生活啦。他们特意叮嘱高燕保持阳光乐观的心态，尽快恢复身体，为将来小宝贝回到妈妈身边做好准备。

第三天上午，小芳护士进到病房，给高燕做了一下例行检查，询问了她一些情况，然后出去了。离开的时候，小芳护士向祁宏使了个眼色，祁宏心领神会，在小芳护士出去三五分钟后，借口上厕所，去了医护办公室。

主治医生等他有一段时间了，看见祁宏进来，神情严肃地告诉他："你要有心理准备，你们家的小朋友情况很不乐观，他患了溶血性黄疸，如果不能及时得到治疗，遏制病情，可能比较危险，现在急需输血。"

祁宏被吓了一跳，他不知道溶血性黄疸是什么病，可从主治医生的语气看，那个病貌似很严重。祁宏清楚这个孩子对高燕的重要性，孩子没事，皆大欢喜；孩子有事，他就没法向高燕交代了。

祁宏恳切地对主治医生说："医生，我们不缺钱，请您用最好的药，不惜一切代价，帮我们把孩子治好；这件事，不到最坏的时候，不要告诉孩子他妈；如果要输血，就抽我的，要多少就抽多少，能抽多少就抽多少！"

祁宏边说边撸起袖子，准备让主治医生抽血。小芳护士看在眼里，有些感动，表扬祁宏说："你看起来年纪轻轻，是个小爸爸，倒还挺懂事，对老婆，对孩子都很用心。即使要抽你的血，也得验一下血型，这是我们的程序。你跟我来吧！"

祁宏跟在小芳护士后面进了验血室，小芳护士拿来一个大针管，套上粗针头，从祁宏胳膊上的静脉血管扎了进去，不一会儿就抽出来一大针管血，然后拿着血，化验去了。

小芳护士原名不叫小芳，她脾气好，待人接物和善亲切。那年流行歌曲"村里有个姑娘叫小芳"。小芳护士确实"长得美丽又善良"，有一双美丽的大眼睛，扎着一条又粗又长的辫子——这根辫子是那首歌流行以后才习惯性地扎上的。有事没事的时候，小芳护士爱哼两句小芳这首歌的歌词。小芳护士哼多了，患者听多了，久而久之，大家都叫她小芳了。小芳护士对这个绰号泰然处之，欣然接受，她的真实姓名反倒渐渐没有人叫了。

这个验血走的是急事急办，结果很快就出来了。拿到验血单那一刻，小芳护士一会儿看看祁宏，一会儿看看验血单，满脸狐疑，把祁宏都看糊涂了。

小芳护士犹豫再三，神情严肃地说："小伙子，这件事，我本来不应该告诉你，但我必须对自己的职业负责，对病人和家属负责，你要有心理准备，你的血型跟你们家小朋友的血型不符，你是A型血，他是B型血。这种情况我以前还没有碰到过。这个化验结果表明，从生理学角度来讲，你不是你们家小朋友的亲生父亲！"

血型不配，是祁宏没有料到的；验血后的结果却在祁宏的预料之中，他本来就不是小孩的生理学父亲，他本来就和高燕之间什么都没有，只是那夜高燕喝多了，把张伟当自己了。那件事后，高燕一直蒙在鼓里，以为那夜是祁宏，她的误会一直持续到现在。

小芳护士以为祁宏得知结果后会大发雷霆，甚至不管高燕，不顾小孩，拂袖而去——这种事，她见过。可出乎她意料，祁宏出奇地平静，好像早就知道了这个结果，早就做好了心理准备一样，这倒让小芳护士奇怪了，对祁宏佩服得五体投地。

要不要消除误会，把事实真相告诉高燕，什么时候告诉高燕，祁宏把握不准。但祁宏知道，至少现在不行——现在不是最佳时机，而是最坏的时候，现在的高燕是最脆弱的，如果对高燕坦言相告，这件事对她的打击肯定小不，肯定是雪上加霜了，祁宏不得不把真相藏在心底，让高燕继续误会。

从高燕这段时间的言行来看，她一直把这个孩子当作祁宏的，这个孩子是高燕的精神支柱，很大一部分原因是他认为孩子是祁宏的。如果这个时候把真相告诉她，对高燕来说，就是釜底抽薪，带来灭顶之灾。高燕没办法承受孩子不是祁宏的这个事实。高燕现在受不了刺激，她需要情绪稳定，心情开朗，平安度过这段艰难时光。

高燕是祁宏和祁家的大恩人，对于高燕，祁宏是能帮就帮，能帮多少就多少，他责无旁贷，义不容辞；如果在这个时候把真相告诉高燕，那就是落井下石，以怨报德了。祁宏做不到，他不是这种人。

祁宏再三叮嘱小芳护士："这个孩子本来就不是我的，可孩子他妈以为是我的。这件事，你一定得给我保密，千万不能让孩子他妈知道了，影响她的心情，伤害她的身体。"

孩子他妈不知道孩子他爹是谁，丈夫知道却不愿意告诉妻子。没有比这更奇葩的事了。这种事情，小芳护士还是头一回听说，她感慨世界真大，无奇不有。小芳护士有些莫名其妙，却又深深地感动了。虽然小芳护士不知道里面有什么故事，但她能感觉得到祁宏是一个了不起的好人。小芳护士情不自禁地伸出大拇指，由衷地赞道："祁宏，你真了不起！我在医院工作五六年了，像你这样胸襟宽广的男人，我还是第一次碰到。"

祁宏不好意思地笑了。他知道，医院里的人，包括医生、护士、患者、家属都误会了，把他和高燕当作一对小夫妻了。祁宏很想告诉小芳护士，他和高燕不是夫妻，可为方便照顾高燕，祁宏把话又咽了回去。他们的关系，不方便在医院说；他们的事情，在这种情况下，已经说不清楚了；他和高燕，有太多故事，太曲折了，说来话长，不是三言两语就能说清楚的。祁宏也不愿意向小芳护士倾诉他和高燕的故事。他和高燕的爱情已经画上句号了，结痂了，没必要再掀开那块痂，让他们再被伤害一次了。他和高燕现在是兄妹。这种关系挺好的，做哥哥的照顾妹妹，天经地义。

小芳护士把那张验血单塞到祁宏手里，关切地说："这张验血单，你还是留着，说不定哪天可以派上用场，帮你澄清一些事实，消除不必要的误会。"

小芳护士的话不无道理，祁宏感激地看了她一眼，接过验血单，折叠好，揣进了口袋里。第五天晚上，从医院回到宿舍，祁宏把验血单夹在那本十万元的存折中间，锁进了抽屉里。

血没献成，祁宏有点懊恼，他本想在小朋友危难之际，做点贡献，报答高燕的大爱和大恩，可上帝很吝啬，没有给他机会。看来，要报答高燕，只有等将来，通过其他方式了。

一切有惊无险，小朋友的病情很快得到了控制，没有往坏处发展。三天后，小芳护士告诉祁宏，小朋友已经度过了危险期，基本上稳定了下来，各项指标都正常了，正在茁壮成长。

直到小朋友完全康复，祁宏才敢把情况告诉高燕，尽管祁宏说得轻描淡写，事情也已经过去了，但是高燕一听溶血性黄疸，还是着急了，被惊出来一身冷汗。她是太在意这个孩子了，没有什么比这个孩子更能触动她，更让她担惊受怕了。

趁祁宏在医院，高燕开始给孩子取名。其实，孩子的名字，高燕早就想好了。在知道自己怀孕后，高燕就在琢磨给孩子取名了。名字对人的一生很重要，好的名字励志，受用一生；差的名字，让人晦气一生。高燕要给孩子取一个好名字，这个名字得大气敞亮，有纪念意义，既能准确地传达她的内心感情，又能激励孩子努力奋斗，奔赴灿烂前程。

高燕想到的第一个名字是"思宏"。这个名字很准确地传达了高燕对祁宏的感情，但太俗了，太明目张胆了，那些知道高燕和祁宏有过感情瓜葛的人，尤其是四明山的村民，一听到这个名字就知道什么意思；那些不知道高燕和祁宏有感情瓜葛的人，一听到这个名字，也能猜到孩子家长的一方在思念另一个名字中带有"宏"字的人。

思来想去，高燕觉得"思宏"确实不妥，太赤裸裸了，最好能够找个谐音来替代。高燕想了十多个谐音，经过再三比对，几经演绎，高燕把名字定为了"斯鸿"。

这个名字让高燕十分满意，唯一觉得美中不足的，是斯鸿只能姓张，不能姓祁，毕竟她嫁给了张伟。如果斯鸿能够姓祁，那就意味着高燕和祁宏的爱情瓜熟蒂落，修成正果了，取不取名"斯鸿"都不重要了，大概率要取另一个不带有孩子他妈这么强烈感情色彩的名字了。

给孩子取这个名，高燕很想征询一下祁宏的意见。在高燕看来，孩子是她和祁宏的，给孩子取名这种大事情也应该由她和祁宏共同做主——如果高燕不在长沙，祁宏不在身边，就另当别论。

"哥，我想给孩子取一个好名字，你脑袋灵光，文化水平又高，你帮我拿拿主意！"高燕说。

"取名可是一门大学问，我没什么经验，还没给别人取过名呢，恐怕取不好，难当重任呢，"祁宏说，"给小孩取什么名，你们应该早就考虑过了吧，可能还不止一个。你说出来，我听听，我帮你挑选一下，参考一下！"

"我是给孩子想过几个名字，也有一个还算比较满意的，你帮我把把关，看看行不行？"高燕说。

"你说来听听，我看看。"祁宏说。

高燕看着祁宏，沉默了好一会儿，才轻轻地，一字一顿地说："我给他想了一个名字叫斯鸿，斯大林同志的斯，鸿鹄之志的鸿。我希望这个孩子像你一样，人聪明，会读书，有鸿鹄之志，能展翅高飞，将来有大出息。"

"好名字呀，"祁宏不假思索地说，"看来，你给孩子取这个名字，是下了大功夫的。不过，还有其他名字吗？"

祁宏的第一感觉就是这个名字确实很好，但太没遮拦了，把高燕的心思一览无余地展示了出来，就像被拔光了毛的猪。"斯鸿"不就是"思宏"的谐音吗？"思宏"不是"思念祁宏"吗？如果向别人介绍名字，不认真进行组词说明，乍听上去，就是"思宏"，就是"思念祁宏"呢。

见祁宏对这个名字有意见，高燕说："不是思念的思，不是祁宏的宏，你不要对号入座，徒添烦恼了。我给孩子想了几个名字，觉得都没有这个名字响亮，达意，好记，含义丰富，表意准确，所以，我就只记得这个名字了。"

高燕这样说就是狡辩了。看来，高燕早就准备好了，也想好了在祁宏不同意的情况下的应对之策。就是这个名字了，高燕是不会接受其他名字的，除非有一个名字能够更好地表达"思宏"之意。

不得不说，斯鸿确实是一个耐人寻味的好名字，就连祁宏都自惭形秽，认为自己想不出来比这更好的名字来。那天，祁宏一直认真地深入地琢磨"斯鸿"这个名字的含义，越想越觉得有意思，越想越被折服了。这个名字有多层含义，就像俄罗斯套娃，剥了一层还有一层，祁宏把这些意义一个一个地琢磨了出来，越想越百感交集，越想越心里说不出什么滋味来。

给孩子取名斯鸿，说白了，高燕就是要一辈子"思念祁宏"，还要将这种感情代代相传，要儿子、儿子的儿子，跟她一起"思念祁宏"呢，只要这个名字在，这层意思就在。这是祁宏从这个名字的谐音中读出来的第一层意思，也是最显而易见的那层意思。

第二层意思，才是鼓励孩子将来像一只鸿雁那样，飞得高，飞得远，气吞山河，鹏程万里——祁宏在高燕心目中就是这样的一只展翅高飞，南来北往的鸿雁。

再深究下去，就更有意思了，斯是"这"，斯鸿就是"这只鸿雁"，用意可深了去了。如果用祁宏所学的专业来翻译，与"这只鸿雁"匹配的那句爱情诗就是"曾经沧海难为水，除却巫山不是云"。"这只鸿雁"告诉祁宏，在高燕心中，永远只有他一个人，她愿意为他"衣带渐宽终不悔，为伊消得人憔悴"。

把这些意思一一琢磨出来后，祁宏各种情绪都来了：佩服，感动，感慨，尴尬，难受……

高燕的文化程度不高，高中只读了一个学期，可从她给孩子取名来看，湖南大学文科高才生的祁宏都自愧不如。为了爱情，高燕已经豁出去，什么都不管，什么都不顾了；为了爱情，高燕超水平发挥了，给孩子取了一个响亮的好名字。这个名字虽然取得好，将来也不可避免地给高燕和孩子的生活，甚至他们今后的人生埋下了各种隐患，抛开其他人不说，与高燕关系密切的几个关键人物，如高欣夫妇怎么看这个名字，张伟怎么看这个名字？以后会不会因为这个名字，影响到张伟和高燕的夫妻关系，影响到张伟和斯鸿的父子关系？

如果能够劝说高燕放弃这个名字，那就好了，至少可以还高燕和斯鸿将来的世界一片清净。

"这个名字响亮，也有意义，可太明显了，你就不担心张伟有情绪，有想法，跟你过不去？你就不担心张伟将来对孩子看不顺眼，找他碴？如果能换，最好换一个啊。"祁宏劝道。

虽然祁宏的话很实在，高燕听了，却不高兴，这些，高燕都想过了，也准备承担，她希望祁宏能够支持她。看着祁宏，高燕很有意见地说："这个名字，是我冥思苦想了几个月才确定下来的，你现在苦口婆心地劝我不用这个名字，你就不怕我有情绪、有想法？我们已经没有在一起了，但你不能阻止我想你吧？我想你是我的权利，你没有权利剥夺。张伟有情绪，有想法，我可不管！给孩子取这个名字，我高兴，我乐意，我喜欢，就这么定了！即使你有意见，我也不改了！"

提出问题容易，提出问题后，把问题漂亮地解决掉，不容易。发现问题，提出问题，只是第一步；找到解决问题的办法，才是最关键的一步，才能赢得胜利，换来一个圆满的结局。

祁宏把问题提出来了，但他没有向高燕提供解决问题的办法。看来，祁宏是无法说服高燕了，除非他能给孩子取一个更加响亮，能更准确地表达"思念祁宏"这个意思的名字来。

既然找不到更好的解决问题的办法，祁宏再坚持就没有什么意思了，他只好尊重高燕。孩子是高燕的，给孩子取什么名，是高燕自己的事，是高燕的权利，只要高燕觉得行就行，觉得好就好。

作为一个局外人，一个离局近一点的局外人，祁宏不能喧宾夺主，褫夺了孩子母亲给孩子取名的权利——如果祁宏真是孩子的父亲，就另当别论了。

高燕和祁宏一起长大，青梅竹马，两小无猜，也曾经有过一段轰轰烈烈的爱情。作为高燕前男友，祁宏是很了解高燕的性格的，她决定了的事情，别人很难改变，即使是高燕的父亲，即使是高燕的爱人。

以前跟高燕谈恋爱，高燕以他为轴心，围着他转，什么都听他的，他说什么就是什么；现在他们说是兄妹，其实什么都不是了，高燕没有理由再听他的了。给孩子取什么名是高燕自己的事情，是高燕自己的权利，他祁宏没有资格，也没有权力干涉。高燕尊重他，跟他商量；不尊重他，用不着跟他商量。

话又说回来，这个名字，除掉"思念祁宏"的意思外，祁宏不得不佩服，确实是个好名字，有意思，有意境，志向高远，很励志，还不落俗套，取这个名字的人很少，不重复。

高燕以为，他们那段感情，给她留下了斯鸿这个孩子。在祁宏看来，他给高燕留下来的，也就是这个名字包含的那个意思了。

当然，名字里传达的那份深情厚谊，确实让祁宏心里涌起很多温暖和感动。他在心里默默地念了几遍"斯鸿"，竟感觉越来越顺口，越来越亲切，越来越动情，就像在叫自己的孩子一样，叫起来很舒服，没有陌生感，没有违和感，没有不适感。

第二十五章　高欣在鬼门关走一回

在生意场上纵横捭阖，罕逢对手的高欣，发现自己在家庭关系上一塌糊涂，一败涂地。一心想把女儿肚子里的胎儿打掉的他，在医院里眼睁睁地看着女儿把孩子生了下来。

高欣沮丧极了，一种从没有过的挫败感袭击了他。这种挫败感具有毁灭性的力量，在他波澜壮阔的一生中极其罕见。以前，他想做的每件事，他都能运筹帷幄，心想事成。

在高欣记忆中，从出生到现在，他只失败过两件事，一是青春年少的时候跟祁茗的爱情，这是改革开放之前的事了；二是说服女儿打胎，从分田到户至今，就这么一次失败。

当然，高欣也有遇到麻烦和困难的时候，但凭借他的聪明、勤奋、豁达、圆滑、坚持，最后都扭转乾坤，化险为夷，转败为胜了。年前，贴在高家大院门框上的对联准确地传达了他的现状和志向：事业发达通四海，生意兴隆达三江。高燕和张伟结婚后，高欣更是如鱼得水，如虎添翼。可在手无缚鸡之力的女儿面前，高欣束手无策，无能为力。

孩子已经顺利生了下来，再对他做出什么不利的事情，就真成了高燕口中的"杀人犯"了，高欣不得不善罢甘休。高欣郁闷极了，在这种心情支配下，他只想干一件事：喝酒！酒喝到某个份儿上，就什么都不用想了。

高欣太想喝酒了，酒能消愁，一醉解千愁呢！高欣很想轰轰烈烈地喝一回，醉生梦死地喝一回。好好醉一回后，所有的烦心事都不翼而飞了。那段时间，看电视剧《三国演义》，高欣喜欢上了雄才大略的枭雄曹操。人生赢家的曹操告诉他：何以解忧？唯有杜康。

喝酒是需要知己的，酒逢知己千杯少。一个人喝闷酒没意思，他有太多话要说，没有倾诉对象，只能越喝越闷；酒肉朋友多了，也没意思，场面乱糟糟的，不能推心置腹，只能称之为官场应酬或生意应酬。高欣最希望三两个知己，无话不谈，对酒当歌，一醉方休。这种情况对他来说是奢望了。

好朋友本来就是一坛窖藏的陈年老酒，历久弥香，经久弥醇。在长沙，高欣合作伙伴多，朋友少；朋友多，知心朋友少，能陪他喝交心酒的屈指可数。想找朋友喝酒，高欣第一个想起了任敏，那个第一个报道他发家致富的记者朋友；那个帮他找关系买拖拉机，助他洗脚上岸，开辟事业新天地的人生贵人。任敏被调到湖南日报一年多了，他们还没有见过，他还没给任敏道喜祝贺呢。上次跟高燕来长沙找祁宏，高欣本来想抽空去看任敏，可时间太紧，又到年关了，不得不作罢。这次正好补上，跟他好好聚一聚，喝一喝。

高欣拨通了任敏家的电话，告诉他，自己来长沙了，还饿着肚子，准备中饭晚饭一起吃呢，老朋友方不方便出来？有朋自远方来，不亦乐乎？任敏正在书房修改一篇通讯稿件，接到高欣的电话，他兴致来了，再也没有心思改稿了。任敏搁下笔，换了件休闲服，准备去跟老朋友喝两杯。

都说人以类聚，物以群分，任敏的朋友圈遵循了这个原则。在新闻战线上，任敏堪称工匠级人物，水平达到了这个行业的金字塔顶。任敏喜欢报道榜样人物，采访各行各业的冠军，跟他们做朋友。高欣就是这样一个人，他是农民企业家中的佼佼者，满脑智慧，手脚勤快，浑身充满力量。任敏亲眼见证了高欣的发迹，觉得高欣的奋斗史是中国农村改革开放后的一个缩影。他们快两年没见了，任敏正想跟高欣聊聊邓小平南方谈话后，农民企业家的看法和做法。如果说要解放思想，高欣具有代表性，很有发言权——高欣本人就是一个很有思想的农民企业家。

两个老朋友把吃饭的地方定在东塘火宫殿，因为在那儿他们还有一个聊得来的老朋友杜煜，火宫殿是杜煜的地盘，在那儿喝醉了，不仅没有人嫌弃他们，而且还有人照顾他们。听高欣说想喝酒，任敏特地从地下室把窖藏了四五年，一直不舍得喝的两瓶飞天茅台带了过来。杜煜听说任敏和高欣来了，赶紧推掉其他工作，过来舍命陪君子。一个小包厢，两瓶茅台，三个老友，六个大菜，他们边喝边聊，气氛融洽、热烈。

高欣到长沙，虽然是客人，但在那次饭桌上，他反客为主了，积极主动，频频举杯——他本来就是来找人陪他喝酒的。三个人不知不觉喝多了，两小时不到，两瓶飞天茅台空了。杜煜吩咐服务员再拿过来一瓶茅台，不到半个钟头，又被他们喝了个底朝天。

那顿酒，三个人没有平均主义，也没有按酒量顺序来，酒量居中的高欣喝得最多，杜煜舍命陪君子；任敏想着晚上要改稿，适可而止，喝得最少。都是老朋友，多年交情了，喝多喝少，没有人见怪。三瓶喝完，高欣意犹未尽，大声嚷嚷再来一瓶，却被任敏阻止了。任敏是看出来了，高欣心里有事，是奔着大醉一场来的，不能让他再喝了，再喝下去，肯定要出事，因为高欣已经不知拒绝，喝酒像喝水了。

一说不喝了，杜煜就跑到沙发上躺下了。杜煜是火宫殿总经理，不用管，有女服务员管。任敏搀扶着高欣下楼。高欣没有烂醉如泥，却至少有了八九分醉意，走起路来，一脚高一脚低，手扶着墙，感觉墙左摇右晃，怀疑地震了。下楼后，高欣找到自己的车，去伸手拉车门，准备连夜赶回祁东。任敏怕高欣出事，坚决不让他走。好说歹说，任敏把高欣劝到了火宫殿旁边的酒店。任敏给高欣开了房，把他扶进了房间，安排他在床上躺下来，然后离开了。想着自己还有稿件没做完，任敏打了个车，急急忙忙回家赶稿。

高欣喝多了，喝醉了，意识却很清楚，睡意全无。他先是躺了一会，然后坐起来，靠在床头看电视。高欣习惯了在家里睡觉，陌生的环境，他睡眠质量不高。加上心情差，又喝醉了，胃里翻江倒海，人莫名兴奋，更加睡不着了。高欣一口气看了三集电视剧，直到屏幕上打出来字幕"晚安"才关了电视。

高欣看了看表，已经凌晨两点了，想着天亮要赶路，他熄了灯，想眯一会儿，可还是睡不着。一闭上眼睛，白天的事就浮现在眼前，让他越想越生气，越想越觉得长沙不是人待的地方，至少不是他高欣待的地方，他越生气越想早点离开长沙，回祁东去。凌晨三点多，高欣觉得酒劲过去了，意识恢复了，感觉好了，手脚可控了，于是下了床，简单地洗了一把脸，准备趁早赶回去。

开着车，上了路，大街上空无一人，路灯都在昏昏欲睡，还没醒来。只有环卫车高声唱着"鞋儿破，帽儿破，身上的袈裟破"，在无忧无虑地洒水，那水把路面冲洗得干干净净。

高欣把车窗摇下来，让夜风灌进来，让自己更清醒。果然，风一吹，高欣又清醒多了，他一兴奋，把油门踩到底，狂飙起来。离弦的箭一样飙起来的车，让高欣更兴奋了，仿佛车速越快，心中的怨气释放越多。高欣做梦都没想到，他人生中一场本来可以避免的劫难扑面而来，让他付出了惨重的代价，差点把命都搭了进去。

快出长沙城，在一个急拐弯路口，一辆夜间作业的泥头车，突然出现，雄赳赳，气昂昂地迎面而来。高欣反应过来，急踩刹车，可是已经迟了，砰的一声巨响，一大一小两辆车激烈地碰撞在一起，火花四溅。

高欣被一股巨大的力量向前猛地一推，胸部撞在方向盘上，又被迅速地弹起，抛向车后。高欣听到自己身上清脆的骨头断裂声，包括肋骨；他感到全身剧痛难忍，他的身体被玻璃块、钢筋铁皮戳成了筛子，很多地方在突突突地往外冒血。

高欣本能地从裤兜里摸出大哥大，手指按在了重拨键上——那是他下午拨打的任敏家的电话，电话通了，高欣艰难地说了声"我出车祸了，出城口"，然后晕了过去，啥都不知道了。

等高欣睁开眼睛，悠悠醒来，已经是第五天上午了。高欣记得自己在鬼门关徘徊转悠了好几回，阎王爷看了看，觉得高欣阳气太盛，气数未尽，又把他打发回来了。躺在床上，不用看，高欣就能感觉出自己的滑稽模样：全身被纱布五花大绑，四肢被木板夹着，一只胳膊被吊着，打着点滴，鼻孔插着两根氧气管。

看到高欣醒来，主治医生长长地舒了一口气，很不客气地警告他："你命还真大，喝了那么多酒，还敢开车飙车，不出事才怪呢。幸亏送得早，再迟点，你就报销了。这次算是把命捡回来了，下次就没那么幸运了。想要活命，以后开车不喝酒，喝酒不开车。"

高欣很想站起来，对主治医生鞠个躬，感谢他的救命之恩。但他很快发现，这个平时简单的动作，对此时此刻的他来说，变成了一种奢望，成了一个不可能完成的任务。他想动，但全身散了架一样痛；他已经动弹不得了——就连动一动的念头都让他感到撕裂一样疼痛。

趴在床边大声打呼噜的任敏被他们的对话惊醒，不由自主地抬起头来，看到高欣终于度过危险期，醒来了，任敏开心地笑了。

那天凌晨，任敏赶完稿，正准备上床睡一会儿，突然听到客厅的电话响了。他拿起话筒一听，就知道高欣出车祸了，于是赶紧拨打了急救电话120，再拨打了交通事故电话122，然后出了门，马不停蹄地赶往事故现场。

任敏与120急救车几乎同时赶到。他们齐心协力，把血肉模糊的高欣抱了出来，放在担架上，抬上急救车，一边简单地处理了一下，一边送往医院急救室抢救。

那几天，任敏没去报社上班，他一直守在高欣身边，直到他醒来。那几天，任敏备受煎熬，医院下了好几次病危通知书。看着满身是伤和绷带、插着管子的高欣，任敏生怕他挺不过来了。

任敏一边守着高欣，一边自责：不应该让高欣喝那么多酒的；不应该在高欣醉得一塌糊涂的时候离开他，把他一个人留在宾馆的。早知如此，任敏就在酒店开一个双人标间，不回家赶稿了，陪高欣一个晚上，看着他，等他彻底酒醒，跟他一起吃完早饭后才让他上路的。

看到高欣醒来，任敏高兴坏了，终于可以放心了。任敏苦中作乐地安慰老朋友："兄弟，大难不死，必有后福。看来，这次事故是你人生的新起点，以此为起跑线，你的企业要上一个新台阶，你的事业要迎来一个质的飞跃了！"

高欣也笑了，这发自内心的笑让他全身都在剧痛，他用笑感谢任敏救了他。醒来后，高欣第一件事就是给老婆打电话。他要任敏帮他拨通了家里的电话，然后按了免提键。

一家之主的高欣这么多天杳无音信，王红梅早就急坏了，在家上蹿下跳，束手无策。王红梅没有主见，高欣失联，群龙无首，家里的事，公司的事，乱成了一锅粥，把她弄得焦头烂额。

高欣想，如果是祁茗，即使自己不在，她肯定把家里的事、公司的事，安排得井井有条，打理得妥妥帖帖，他在与不在都一个样。王红梅不能跟祁茗比的，她没有这个主见，没有这种能力，仅丈夫突然失踪这个事，就把王红梅弄得神经衰弱，噩梦连连了。

高欣不在家的头几天，王红梅夜夜噩梦。她梦见丈夫浑身是血，蓬头垢面，伸手拉住她，向她求救。王红梅被吓得不轻，她不知道丈夫怎么了，家也不回，电话也不打，公司也不管了。王红梅空前绝后地想，是不是丈夫有钱了，变坏了，嫌弃她了，跟狐狸精跑了，把她抛弃了？

那几天，王红梅白天忙忙碌碌，洗衣、做饭、打扫卫生——她只能做这些家务事，不管丈夫在与不在；晚上一个人坐在床头，默默垂泪，胡思乱想。那么大的摊子，她一个妇道人家，确实吃力，玩不转。还好，公司业务简单，运营正规，没出大岔子；有朱鹏和陈晓明帮衬着，管着，总体还算正常。

电话接通了，还没说话，王红梅就在那头失声痛哭起来，哭声撕心裂肺，她想把这段时间的委屈、担心、怨气全部哭出来给高欣听，用哭声呼唤他早点回来。听着王红梅的哭泣，高欣更痛了，更烦了，对着电话，拼尽全力地吼起来："哭什么哭，我还没死呢！"

由于用力过猛，高欣感到身体撕裂一样痛。这痛让他意识到自己言重了，赶紧柔声地补充说："你女儿在长沙生孩子，是个小男孩，我要留在长沙照顾她，可能得过一段时间才能回去。"

高欣不敢把自己出车祸的事告诉王红梅，怕她担惊受怕。这个女人一向胆小怕事，一直把他当作撑起世界的参天大树。如果知道自己出事了，她不是分担，而是慌神，什么事都做不成，可能动摇军心，搅得更乱。这对家庭和公司来说，无疑是雪上加霜。

"燕儿不是在广州的大医院吗？"王红梅破涕为笑了，不过丈夫说的跟女儿在电话里告诉她的不一样。

"我把她转到长沙来了，长沙离家近，湘雅医院比广州的大医院还好。"高欣忙着圆谎。

原来这样啊，原来是天大喜讯啊！原来是高欣高兴得，忙碌得忘记给她电话啊！王红梅兴奋极了，愉快地嘱咐高欣："那你在长沙多待两天，家里有我顶着！生意上的事，祁东的，我找张伟；汽车队的，我找朱鹏和陈晓明吧！"

王红梅的这种安排，让高欣感到由衷高兴。这种安排，正是高欣准备向她交代的。王红梅终于跟他在处理公司事务上想到一块来了。近朱者赤，近墨者黑。看来，二十多年夫妻下来，王红梅耳濡目染，终于铁树开花，学会安排公司的事务了。

从鬼门关晃晃悠悠地转回来，高欣发现自己变得非常脆弱，特别想见亲人。在长沙，高欣不缺亲人，一个是儿子祁宏，一个是女儿高燕。高燕生产了，在医院躺着，自己都需要人照顾，他们不在同一个医院，见起来很不方便！

高欣突然后悔起来，觉得欠了女儿的，对她太残忍了，从恋爱到结婚到生子，他都扮演了女儿爱情、婚姻和家庭悲剧的推手，希望以后有机会好好补偿她，她要什么就给她什么，只要钱可以办得到的。

祁宏就在长沙上大学，他有时间，高欣很希望见到祁宏。这次跟祁宏见面很狼狈，把他和祁宏好不容易积累起来的感情和信任全毁了。当时他被牛一样犟的女儿气晕了头，丧失了理智，跟祁宏拳来脚往，扭打到一块去了。

躺在病床上，高欣已经冷静了下来。他很内疚，归根结底，祁宏是自己的儿子，高燕是自己的女儿，高燕肚子里的孩子是自己的外孙，祁宏是为了保护自己的女儿和外孙，不该跟他动手的！高欣清楚地记得，是自己先动的手，打了祁宏一拳！

高欣把很想见到祁宏的事告诉了任敏，希望他帮忙传达一下，要祁宏来医院看看他。这个想法让任敏很纳闷，他不明白老朋友为什么对祁宏这么牵肠挂肚，念念不忘，好像祁宏是他亲生儿子似的。也许在长沙，高欣就认识他这个祁东人，四明山人吧。任敏愿意跑这一趟，完成这个遍体鳞伤、差一点点见了马克思的老朋友在危难之际交给他的光荣使命。

任敏当即打了个车，赶到了湖南大学。祁宏正在上课，任敏顾不上这么多了，把祁宏从课堂上叫了出来，开门见山地告诉祁宏，高欣出车祸了，差点去见马克思了，在医院里昏迷了四五天，现在醒来了，很希望见他一面。

高欣出车祸了，差点死了？

祁宏先是惊讶，后是同情，但他没有答应上医院看望高欣，他忙，要照顾高燕；他烦，心里过不了那道坎，不愿意去见高欣。

任敏好说歹说，都在做无用功，祁宏没有心动——他确实不愿意见到高欣，在祁宏心里，高欣是他的冤家仇人，时时处处事事都跟他过不去，以前在四明山是这样，后来到祁东是这样，现在到长沙来了，还是这样；小时候过家家是这样，青少年时代谈恋爱是这样，现在读大学了还是这样。祁宏不跟高欣计较，不想报复他，就已经不错了。

任敏好说歹说，祁宏都没松口答应去看高欣。劝到最后，任敏生气了，怒气冲冲地说："祁宏，我不知道你和高欣之间有什么恩怨情仇，你为什么对他这么横眉冷对，成见很深，一点同情心都没有。在他这么困难的时候，你都不愿意见他一面。但我告诉你，高欣不是你的仇人，而是你的恩人，你的大恩人。男子汉大丈夫为人处世，当恩怨分明，知恩图报，不能忘恩负义，以怨报德。高欣差点把命都丢了，哪怕你们只是普通的老乡关系，他出这么大的事，你也应该去看望他一下！"

"他不是我的恩人，任老师，"祁宏不客气地说，"他对我只有仇怨，没有情、恩、义！从我记事起，他就一直无缘无故地跟我作对，让我痛苦难受。我和他之间，很多事情你不知道，你就不要掺和进来了。"

"你错了，祁宏，你们的事，我知道太多了，"任敏说，"你们之间的仇，我确实不知道，但他对你的恩，我全部知道。如果没有高欣暗中帮助你，你现在的日子哪有这么滋润，你的生意哪会做得这么风调雨顺？"

"任老师，你扯远了！我读我的书，我做我的生意，我过我的日子，跟高欣又有什么关系？我不是他的家人，也不是他的员工，不靠他穿衣吃饭，他给我的十万块钱，我一分都没有用，随时都可以还给他!"祁宏不高兴了,他今天取得的成绩,都是自己努力的结果,他不想把这一切跟高欣扯在一起。

"你过的日子,你做的生意,跟他关系可大了,可以说都脱离不了他的关系。"任敏忍不住了,爆发了,"你给我家小朋友做家教,市场价每个小时二十元,给你是五十元,这个钱,我一个工薪阶层,是出不起的,全是高欣出的。我们家小朋友的学习,我本来不想请家教,是他硬要我找你的,他只想找个理由,每个月给你生活费,他怕你饿着了。你给火宫殿供应黄花菜,也是他安排的。杜煜跟高欣是十多年的老朋友了,就像亲兄弟一样。以前是高欣给火宫殿供应黄花菜,后来高欣把生意让给了你。你的黄花菜是他在四明山收购的,是他安排陈晓明送过来的,你只管每个月从火宫殿拿钱!你还真以为是你自己有这个运气?是你自己有这个能力?是你自己有这个本事?"

原来是这样!祁宏风生水起,月进斗金的生意,原来都是高欣安排的。没有高欣,自己什么都不是!自己、父母、同学、四明山人都以为祁宏上了大学,摇身一变,成龙成凤了,原来都是高欣捧的!

祁宏呆若木鸡,欲哭无泪。事实真相沉重地打击了祁宏的自信心,他一屁股坐在田径场的地面上,郁闷极了,颓废极了。上大学以来,第一次,祁宏感到自己是那样无用、那样无助!

进入大学后,一切都那么顺利,祁宏还真产生了幻觉,以为是自己的人品、才华和能力得到了这个社会的赏识,得到了他人的认可,以为自己真的破茧而出,化蛹成蝶了,真正扼住了命运的咽喉了!

"去不去,你自己看着办,"任敏说,"如果你觉得他对你的帮助还不够,你可以不去;如果你是一个明辨是非的知识分子,有一颗知恩图报的心;如果你的人品没有问题,如果你以后还希望继续过着衣食无忧的生活,我建议你去看看他。"

把话说完,任敏没有理会坐在地上的祁宏,拂袖而去,把祁宏一个人留在春天的风中,独自凌乱。任敏的话很残酷,把沉浸在童话世界中的祁宏打回了原形，也让他彻底醒了，原来不是成了大学生后他就鸡犬升天，飞黄腾达了，而是有贵人相助；原来这个贵人就是在现实生活中处处找他麻烦，跟他作对，让他过得很不爽的高欣，祁宏弄不明白这是为什么。

看着任敏离开的背影，祁宏心里翻江倒海，很不是滋味。他没想到，他内心笃定的仇人高欣却是自己的大恩人。那天晚上，祁宏睡不着了，一个晚上都在做残酷的激烈的复杂的思想斗争。

任敏讲得对，他得知恩图报，恩是恩，怨是怨，那些怨就忍了，算了，当屁放了；那些恩，都是大恩，还是要报的，他确实很有必要去看望一下高欣，因为高欣是高燕的父亲，因为高欣是自己和祁家的大恩人，因为高欣是自己的老乡，因为高欣差点把命丢在长沙了——这一切都与他祁宏有关，如果自己不在长沙读书，高燕就不会来长沙找他，高欣就不会来长沙找高燕，这一切就不会发生，说到底，高欣出事，祁宏是脱不了干系的。

次日上午，祁宏跑去医院看高欣。既然决定去看他，仪式就要隆重一点，场面就要热闹一点，态度就要真诚一点。祁宏买了一大束鲜花和一篮子高端水果，他左手捧着鲜花，右手拎着果篮，上午十点左右，诚意满满地出现在医院病房门口。

看到祁宏如此阵仗隆重地来了，高欣很激动，挣扎着下床，准备迎接祁宏。可他一动，全身就像撕裂了一样，痛得他龇牙咧嘴。

看到这个场面，任敏很高兴，他轻轻带上门，走了出去，把时间和空间留给这两个恩怨是非纠缠不清的男人。

两个男人客气地聊了起来，先是祁宏询问和察看高欣的伤情，后是高欣询问祁宏的学习和生活情况，气氛融洽，他们越聊越投机。

高欣确实伤得很重，身上没有一块完好的地方，能够活下来，已经是奇迹了。看着满身是伤的高欣，祁宏很快就感同身受了，他觉得自己错了，他确实应该来看看高欣。

祁宏向高欣详细地讲述了自己在学校的情况，也交代了跟高燕的感情现状——祁宏知道这是高欣最关心的，他一直不愿意自己跟他女儿谈恋爱。祁宏说，他和高燕已经没什么特殊的感情了，他遵照他的嘱咐，把爱情转化为亲情，把高燕当亲妹妹一样看待和守护了——这也是他看到高欣拉高燕出出租屋，忍不住跟高欣动手的原因。

高欣听得很欣慰，躺在床上，额头上的皱纹都在笑。跟祁宏聊天让高欣感到对他养病疗伤有神奇作用，就像是灵丹妙药，比麻药还管用，帮他减轻了生理上的痛苦，也帮他减轻了心理上的痛苦——高燕生了，祁宏来了，高欣的心理上已经没有痛苦了。

祁宏二十一岁了，是一个成熟的小伙子了。从祁宏出生以来，高欣还没有这么融洽地、愉快地跟他聊过天。两人天南海北、王侯将相、柴米油盐、吃喝拉撒，逮到什么聊什么，无拘无束，热火朝天。

病床上的高欣，没有了那股大男子主义的咄咄逼人，还是蛮可爱的，他恬静、豁达、宽容、慈祥，喜欢倾听。高欣一直兴致很高，不知疲倦。其间，高欣没忍住，不好意思地拉了一次大便，是祁宏伺候的。大便把房间弄得臭烘烘的，高欣不好意思地对祁宏下了逐客令。祁宏也不客气，顺汤下面，准备告辞——他还要跑到另一个医院看高燕呢。

祁宏离开的时候，高欣可怜巴巴地看着他，充满期待地问："你明天还过来吗？"

祁宏本来只打算看高欣一次，算是交差了，没想再来。可高欣的话撞击了祁宏的软肋，把他的同情心激发了出来，他还没有看到这个强人也有如此脆弱不堪的时候，也有如此脆弱不堪的一面，高欣的请求让祁宏于心不忍，他点点头，答应了下来。

看到祁宏答应了，高欣高兴得就像一个春天里的孩子，天真无邪地笑了。

在去看高燕的路上，祁宏一边走，一边诧异地想，人的改变真奇妙，这场车祸，把高欣变成了一个完全不一样的人。他没想到，一个腰缠万贯、呼风唤雨的企业家，一个心肠硬到拆散女儿爱情，强迫女儿打胎的父亲，也有这么脆弱、这么柔情的一面。看来，这场车祸让高欣看开了很多事情，也让他在生命脆弱的时候，把祁宏当作了救命稻草，祁宏忍心拒绝他吗？

可是高燕呢，她也需要自己照顾！祁宏是分身乏术，顾头不顾腚。

如果有的选，祁宏当然愿意照顾高燕，而不是看望高欣。

无奈之下，祁宏想到了钱小芸，可以请她帮忙照顾一下高燕，他掏钱都行——当然，钱小芸看望高欣是不行的，即使掏钱都不行，高欣不需要钱小芸照顾，他只想看到祁宏。只要钱小芸愿意帮忙照顾高燕，祁宏就可以天天跑到另一个医院看望高欣，陪他聊天，让他开心了，这样有助于他快速康复。

当天晚上，从高燕那儿回到学校，祁宏把钱小芸约了出来，说想请她帮忙到医院照顾自己的好朋友高燕，钱小芸爽快地答应了。钱小芸有一段时间没有看到祁宏和高燕了，心里正纳闷得紧，祁宏找她，钱小芸才知道，原来是高燕生了。在此之前，钱小芸曾经去红绿灯路口蹲守过几次，但没有邂逅高燕，钱小芸还以为自己不小心露馅了，打草惊蛇了，祁宏和高燕为了躲避她，干脆搬走了呢。

高燕怀孕，孩子肯定是要生下来的。尽管早有了心理准备，知道高燕生了孩子，钱小芸心里还是老大不舒服，她做梦都没想到她的白马王子跟别的姑娘孩子都有了。

祁宏把高欣出车祸的事情隐瞒了下来，没有告诉高燕。他把钱小芸领到高燕病房，告诉她，以后由他和钱小芸轮流照顾她，因为功课多，很多课都不能缺，只要没有课了，他就过来。

见到钱小芸，高燕很高兴，拉着她的手，问长问短，有说不完的话。这下轮到祁宏纳闷了，他没想到，两个女人早就认识了，看起来关系还非同一般，可以说情同姐妹。

高燕笑着对祁宏说："小芸是一个助人为乐的好姑娘，是我在长沙认识的第一个好朋友，她经常搀扶我过斑马线，陪我散步，聊天，有小芸在，你忙你的去。"

告别高燕，祁宏又快马加鞭地跑到另一个医院看高欣。高欣的身体恢复得很快，二十来天就能下地，拄着拐杖，扶着墙，一小步一小步地移动了。

高欣基本上能够自理了，祁宏就没有每天都过去了，他轮流着来，一天照顾高燕，一天看望高欣。看望高欣，祁宏表面高兴，心里还是有疙瘩，他是人，不是神，他忘不掉与高欣之间发生的很不愉快的一幕幕。

那些日子，每天晚上，躺在床上，祁宏的脑海里都在进行着残酷的激烈的复杂的思想斗争。这种思想斗争的结果就是祁宏决定脱离高欣荫庇，回归校园，他要努力学习，做一个纯粹意义上的好学生！

祁宏以学习紧张为由，把任家的家教辞了，把给火官殿供应黄花菜的生意推了——他知道，火官殿的生意不做了，就等于把黄花菜供应生意还给高欣了。

祁宏开始把主要精力放在学习上。他看了看存折，不算高燕给他的十万块钱，他另外攒下十多万块钱了。这些钱，足以保障他高枕无忧地读完四年大学了。祁宏算过，四年大学读下来，两万块钱很阔绰了，如果不大手大脚花钱，一万块钱可以坚持到毕业。

虽然赚钱重要，但赚钱不是最重要的，还有比赚钱更重要的事情要做，祁宏不把赚钱作为人生的终极目标，他希望开辟出一片属于自己的天空，在那片天空里，他可以展开翅膀，自由自在地飞翔，他希望自己梦想有多远，就能走多远。

当下，迫在眉睫的，是把学习赶上来。时间一晃悠，半个学期过去了。这半个学期，祁宏感到功课落下了一些，他不能跟凌林落下太远了。

读高中的时候，他们比翼双飞，并驾齐驱，一个是文科状元，一个是理科状元。现在，凌林是清华大学的佼佼者，祁宏是湖南大学的佼佼者。这两所大学的差距摆在那儿，这是事实。

学校的差距是客观存在的，很多时候都体现在两个学校的学生身上，但祁宏不希望与凌林之间有太大的差距，至少不能拖凌林的后腿。

这是爱情给他的压力和动力。

第二十六章　钱小芸母亲再告祁宏

被祁宏刻意安排来照顾自己，高燕敏锐地意识到钱小芸与祁宏的关系非同一般，他们可能在谈恋爱了。难怪钱小芸和她在红绿灯路口有那么多不期而遇，难怪钱小芸总在有意无意地照顾自己，帮助自己，原来都是祁宏用心良苦，事先安排好了的。

高燕心里交织着，沸腾着两种感情：一种是感动，一种是醋意。感动这东西，意味胜过言传。如果不是自己早产，钱小芸还在潜水，不会浮出水面，仍然不动声色地搀扶自己过马路，陪自己散步和聊天，悄无声息地成为自己的闺蜜。

那股醋意就像从四明山的山谷里缓缓升起的薄雾，淡淡的，轻轻的，缠绕山腰，久久不去。

高燕同时佩服父亲的先见之明。果然姜是老的辣，枣是红的甜，还是父亲看得准，说得对，优秀的祁宏会碰到比自己更适合他的女孩——祁宏似乎每到一个地方就有一个女孩，在四明山是高燕，在祁东县城是凌林，到长沙读大学了是钱小芸。

高燕不自觉地拿自己跟两个女生对比，比较来比较去，她觉得这两个女生都比自己漂亮、聪明、有文化、有气质，说不定将来祁宏到其他地方了还会碰到其他更优秀的女生。

吃醋归吃醋，高燕很快就从令人不快的遐想中回到了现实中来，她已经结婚了，成了别人的妻子，没有资格吃祁宏的醋了；如果曾经爱过，如果现在还爱着，只要祁宏过得好就行，只要祁宏喜欢就行，她祝福他，为他高兴。

凌林，高燕是了解的，凌林很适合祁宏。在跟祁宏分手后，高燕曾经认为他们是金童玉女，天造地设的一对，凌林对祁宏也有那种意思。高燕曾经努力撮合他们，托付凌林替她照顾祁宏。这个照顾的意思再明显不过了，不是一般朋友的照顾，而是男女朋友的照顾。可凌林上了清华大学，去了北京；祁宏没有去成北京，他们没办法天天在一起。在时间和距离面前，爱情很脆弱，经不起时间的消磨，经不住距离的损耗。

对钱小芸，高燕是了解不够深的。从目前她掌握的情况来看，钱小芸和祁宏处得不错，透露出了比较明显的爱情的蛛丝马迹来。祁宏安排钱小芸来照顾自己，正是一个借机了解钱小芸的好机会。虽然高燕和祁宏分道扬镳了，可作为好朋友，作为兄妹，给祁宏把把关，做做参考还是她的分内之事。

作为祁宏的前女友，无论是对远在北京的凌林，还是对近在眼前的钱小芸，高燕都希望陪伴祁宏走完一生的那个人，能够放下身段，要性格好，脾气好，心眼好，要乐于奉献，会照顾人，能够以祁宏为中心，不计较个人得失——尤其是事业上。

祁宏是事业型的男人，凌林也好，钱小芸也罢，都是有学识，有能力的人，将来也会有自己的事业。成家了，夫妻俩，不能都奔事业吧，总得有一个人顾家庭。高燕曾经这样畅想他和祁宏的未来家庭生活，也做好了放弃事业，相夫教子的心理准备，她也以同样的标准来要求祁宏现在的女朋友，未来的生活伴侣。

一段时间的近距离相处下来，高燕发现钱小芸性情温婉，照顾人无微不至，做得到心到眼到手脚到。照顾她这样一个毫不相干的人尚且都能如此，照顾自己的男朋友或者说男人，那就更没的说了。钱小芸确实符合高燕心中设定的对祁宏女朋友的高标准严要求。这两个女人的心贴近了，成了无话不谈的朋友。

如果要挑毛病，高燕觉得钱小芸有一点烦人，她老爱缠着她，打听他们以前的事——这是钱小芸对祁宏动了心的征兆，高燕想，既然如此，就有必要把他们的故事和盘托出，告诉钱小芸，由她自己决定感情走向。如果藏着掖着，反倒容易让他们产生不必要的误会。

高燕和祁宏的感情分为上下篇，上篇美好，下篇悲剧，可都已经翻过去了。现在他们是兄妹，以后也不可能破镜重圆，留给他们的只有悲伤的过去，残酷的现实，什么都没有的未来。如果钱小芸和祁宏有缘，如果钱小芸不计较祁宏的过去，他们可以放心地谈恋爱了，不用考虑她的感受。

"燕姐，祁宏额头上的伤疤是你给他留下来的?"钱小芸问。

"这个说法不对，是祁宏为我留下的，"高燕纠正说，"你想想，我曾经那么爱他，怎么愿意让他受到伤害?我宁愿自己受伤，也不愿意让祁宏受伤!"

"既然你们感情那么好，为什么要彼此伤害呢?现在这样不是很好吗?"钱小芸问。

"我们现在不是恋人，我们已经分手了——"高燕说。

"既然分手了，那你为什么还要到长沙来找祁宏，跟他生活在一起?"钱小芸问。

"我们没有生活在一起，他只是来照顾我。我是走投无路了，才来找他的，我想保住这个孩子。我已经嫁人了，可我父亲非要逼我打掉这个孩子，我不得不离家出走。"高燕说。

"这个事情，倒很新鲜很奇怪，你父亲为什么要逼你打掉这个孩子?"钱小芸问。

"可能是因为这个孩子不是我丈夫的，怕生下来以后，引起我丈夫和他们家族的不满，影响到我跟丈夫的夫妻关系。我丈夫一家在我们当地的政治势力很大，他伯父是祁东县的县长，我公公是我们四明山乡的乡长。我父亲的很多生意都靠他们照顾帮忙。"高燕说。

"那这个孩子是祁宏的？"钱小芸问。

"嗯，是他的，是我出嫁前主动要的。"高燕说，"但我会自己抚养孩子，不要他管，我不会用这个孩子来拴住他，破坏和干扰他以后的感情生活和家庭生活。这点我可以保证。"

钱小芸感动得哭了，她觉得高燕是伟大的，这份爱情是伟大的，一个女人带着不是自己老公的孩子，人生该有多艰难？如果换成自己，早就当逃兵了，把孩子打掉了——钱小芸从来不敢跟自己父母作对，他们说啥就是啥。

从高燕那儿，钱小芸再次确认了自己最想弄明白的结果：那个孩子果然是祁宏的。

这个消息让钱小芸喜忧参半，患得患失。虽然孩子是祁宏的，但高燕已经跟别人结婚了，跟祁宏不可能了，这意味着自己有机会。从高燕语气中，钱小芸幸福地感到，高燕已经把她和祁宏当作男女朋友，以为他们在谈恋爱了。祁宏把照顾高燕这样的重任交给自己，说明在他心里，自己还是很有地位很有分量的，她跟祁宏的感情还是很有希望的。

可钱小芸还是不可避免地备受煎熬，难以痛下决心。钱小芸反复地问自己：我爱他，可我能接受他有一个私生子的事实吗？

爱情从来都是自私的，这个问题很复杂，钱小芸阅历很浅，没办法做出回答。钱小芸的思想被那个孩子搅得全乱套了，她得找人生导师来帮助自己回答这个问题。思路决定出路，如果不把这个思想问题梳厘清楚，钱小芸是没法迈出下一步的。跟很多情窦初开的女孩一样，钱小芸最信任的人是妈妈，碰到这种麻烦事，找经验丰富的妈妈答疑解惑，指出一条路来，是她们的第一选择。

从医院返回学校，钱小芸在田径场边的公用电话亭拨打了家里的电话。电话通了，是易桂芳接的。不知怎么，话还没出口，钱小芸就伤心地哭了。易桂芳紧张地问女儿怎么啦，是不是又被祁宏欺负了？

祁宏对我好着呢，钱小芸很不高兴地呛了易桂芳一下，然后把祁宏和高燕的爱情，把自己的心事毫不保留地告诉了易桂芳。

听高燕讲了他们的爱情故事后，钱小芸不可救药地发现，自己对这个师弟又增添了几分敬爱，她已经爱得没辙了，她太需要母亲支持她，理解她了；钱小芸也希望母亲理解祁宏，支持他们。

仁者见仁，智者见智。同一件事情，不同的人来看，会得出截然不同的结果。很不幸，在这段错综复杂的感情纠葛中，局外人的易桂芳和当事者的钱小芸得出了截然不同的结果，钱小芸的话还没说完，易桂芳就气急败坏了，她没法接受自己那么优秀的女儿居然爱上了一个私生子都搞出来了的男生——祁宏的大学还没读完就这样了，毕业以后还怎么得了？

在过来人易桂芳看来，祁宏是一个品行不端，为人不靠谱，专门玩弄女性的感情骗子，她一个没跟祁宏正面接触过的人都知道他已经睡过两个姑娘了，其中一个还把私生子都生下来了，她无法接受自己的女儿即将成为被祁宏睡的第三个女孩。男怕入错行，女怕嫁错郎。如果女儿跟这样的人在一起，一生都要赔进去了，毁了，哪还有什么幸福生活、幸福家庭、幸福婚姻可言？

易桂芳不知道祁宏给女儿灌了什么迷汤，不知道女儿吃错了什么药，总之，无论如何都要阻止女儿跟祁宏谈恋爱。钱小芸跟谁谈恋爱都可以，就是不能跟祁宏谈。

易桂芳对钱小芸动之以情，晓之以理，苦口婆心地劝她不要陷进去了，与祁宏做普通朋友，她不阻拦，但要跟祁宏谈恋爱，她坚决不同意。

对爱情动心了的女孩是听不进任何违背自己意愿的意见的；与她们意愿相反的意见只有反作用，促使她们在自己选择的爱情道路上继续前行，哪怕是错了，都一意孤行，一错到底，不撞南墙不回头。

在母亲那儿罕见地碰了钉子的钱小芸，很生气地挂断了电话。这个电话是白打了，母亲没有像她期待的那样理解她，支持她，鼓励她。早知这样，她就不打电话了。

已经到了学校规定的熄灯睡觉时间，钱小芸心里塞了一团乱麻，根本不想回宿舍。她在田径场的看台上坐了下来，想一个人好好静静。清凉的春风吹乱了钱小芸的披肩长发，却没有把她吹醒。田径场上的角落处，大香樟树下的阴影里，有两三对麻着胆子的学生情侣在拥抱和接吻。触景生情，钱小芸深受鼓励，更加坚定了自己的想法，她憧憬有朝一夜，能够跟祁宏跑到田径场的角落处，在大香樟树下的阴影里拥抱和接吻，把爱情进行到底。

话还没说完，高度分歧的意见还没统一，电话就被钱小芸挂了，这可把易桂芳急坏了。当天晚上，易桂芳急火攻心，一夜无眠，女儿的感情折磨着她，煎熬着她，好像这段感情不是钱小芸的，而是她自己的。

女大不由娘，易桂芳觉得钱小芸自从跟祁宏认识后，就变成了一匹脱缰的野马，在险象环生的道路上向着错误的方向越走越远，如果不能及时把缰绳拉住，这匹野马就要掉下悬崖，粉身碎骨了。

一个晚上冥思苦想的结果就是易桂芳打算第二天跑到湖南大学，找女儿推心置腹地当面谈谈，劝她当机立断，快刀斩乱麻，不要再跟祁宏不清不楚地纠缠下去了。如果钱小芸不听老娘言，就要吃亏在眼前了，高燕的不幸遭遇就是钱小芸的前车之鉴。她不希望女儿成为被祁宏睡的第三个姑娘，以过来人身份，她可以负责任地说，女儿不会是被祁宏睡的最后一个姑娘。作为母亲，易桂芳不希望女儿遇到这样的男生，碰到这样的倒霉事。让易桂芳感到不幸中的万幸的是，女儿及时告诉了她，一切都还早，一切都还来得及，还能够防患未然，让女儿悬崖勒马，离祁宏远一点。

易桂芳弄不明白，这个来自偏僻农村的皮肤黝黑、家贫如洗的男生究竟有什么魔法和魔力，把女生们骗得晕头转向。祁宏玩弄其他女生她管不着，玩弄自己女儿肯定不行，她要管，她就这么一个宝贝女儿，千万不能走错了。

爱情这种东西，一步错，步步错。女儿能不能有一份美好的感情，能不能有一个美满的人生，很可能由这段感情决定。想来想去，易桂芳得出一个结论：祁宏是情场老手，善于花言巧语哄女生开心，善于伪装自己让女生着迷，表面上看起来祁宏是一个老实人，实际上是一个很不靠谱的花花公子。

作为母亲，谁愿意让自己的女儿跟这样的男生谈恋爱？

易桂芳决定不择手段，不惜代价，也要阻止女儿跟祁宏发展感情。大清早，易桂芳饭都没做没吃，坐着最早那趟班车赶去湖南大学。

钱小芸正在宿舍吃方便面当早餐。上午没课，她准备吃完早餐，赶去医院照顾高燕。看到突然出现的母亲，钱小芸慌了神，她很清楚母亲为什么而来，她没想到母亲来了。早知如此，她就自己慢慢消化，不把自己感情上的事告诉母亲了。

宿舍人多耳杂，不是谈个人感情的地方。母女俩一前一后，出了宿舍，下了楼，来到了田径场。她们准备进行一场开诚布公的谈话，一次公平公正的谈判，她们谁都想把对方说服。

易桂芳劝钱小芸不要再跟祁宏纠缠下去了，要她必须离开祁宏，越早越好，越远越好。可她的意见被钱小芸毫不客气地否决了。钱小芸说母亲不懂年轻人的感情追求，尤其误会了祁宏，祁宏是一个有情有义，有大担当有好前途的好男生，会读书，会挣钱，会疼人，她在湖南大学还没看到一个综合素质这么全面，这么出类拔萃的男生，她对他确实动心了，爱上他了，不会改变了。

易桂芳生气地说自己吃的盐比女儿吃的饭还多，过的桥比女儿走的路还多，什么样的世面没见过，什么样的男人没见过，以她四十多年的人生经验来看，祁宏就是一个金玉其外，败絮其中的感情骗子，完全可以把祁宏划入坏男孩、小流氓之列，什么成绩好，长得帅，什么心地善良，统统都是迷惑人的，就像罂粟花，看起来很美，闻起来很香，实际上是毒品，让人上瘾，让人欲罢不能，能远离一定要远离。

但易桂芳没能说服女儿，她发现钱小芸已经吸食感情鸦片，着迷了，上瘾了，走火入魔了，不可救药了。钱小芸一口一个理由地夸祁宏，不但根本听不进易桂芳的话，还反过来劝母亲要客观，要公正，要看到祁宏的优点长处，不要想当然，不要先入为主，不要像赵高那样指鹿为马，颠倒黑白。

易桂芳气炸了，母女俩话不投机，谁都不能说服谁，声音渐渐大了，她们在田径场上大声争吵起来。

在钱小芸看来，找母亲寻求帮助，解答自己的感情困惑是在做无用功了，还不如自己一个人把问题考虑清楚呢。她觉得没有必要跟母亲再纠缠下去，钱小芸不顾母亲在背后气急败坏地大喊大叫，气咻咻地走了，上医院照顾高燕去了。

钱小芸觉得母亲没弄清楚自己的意图，她是找母亲寻求理解和支持的，而不是阻止她的。钱小芸已经够烦够乱了，母亲的阻止让她更烦更乱。在自己的感情问题上，母亲第一次变得那样陌生，蛮横，不可理喻——母女俩的感觉都一样，都觉得对方在无理取闹。早知这样，就不告诉母亲了——她们的谈判不欢而散，无疾而终。

钱小芸的态度深深地刺激了易桂芳，把她伤害到了，让她感到这件事非同小可，急需解决了：女儿已经被祁宏迷住了，危在旦夕，想想都让人不寒而栗。如果现在祁宏要对女儿做点什么，钱小芸是不会拒绝的，估计凌林和高燕当初也是这样的。如果不能及时阻止他们的感情，女儿将来大概率要走上凌林和高燕的老路，要么被祁宏睡，要么被祁宏搞大肚子，搞出孩子来——这种悲剧，无论如何都不能在女儿身上重演。

易桂芳越想越胆战心惊。看样子，女儿的工作是没的做了，可她又不能让事情进一步恶化下去，她不得不另辟蹊径，阻止这段感情继续发展。

易桂芳想来想去，只想到了一个办法：请学校的老师帮忙，出面阻止钱小芸和祁宏谈恋爱。

在湖南大学，易桂芳不认识别人，只认识校风纪律委员会主任刘厉兰，刘主任正好管这一块，她们打过一次交道，算是熟悉了。易桂芳轻车熟路地跑到刘厉兰办公室，一把鼻涕一把泪，把钱小芸跟祁宏的感情纠葛做了汇报，把祁宏泛滥的感情，腐败的作风做了举报。

又是这个祁宏，真是屡教不改，这次还变本加厉，把女孩肚子都搞大了，孩子都生下来了！刘厉兰很生气，她在办公室怒不可遏地拍了桌子，她安慰易桂芳，一定要严惩祁宏。

那些年，受西方性解放思潮影响，恋爱之风在大学校园沉渣泛起，越轨的事情每个学期都有发生，已经成为校风学风建设的一大隐患，让学校领导很头痛。学校干部会议上，重点讨论过这个问题很多回了，达成共识了，都觉得很有必要抓个典型，严肃处理，杀鸡吓猴，纠正不良之风。

祁宏正好撞在枪口上，刘厉兰准备认真调查，如果情况属实，一定要严肃处理。

为掌握证据，不冤枉一个好学生，不放过一个坏学生，刘厉兰准备微服私访。她买了一篮子水果，上医院找高燕。找到高燕后，刘厉兰关切地对高燕说，她代表学校来看望和慰问高燕和孩子。

农村姑娘高燕没见过这种场面，感激涕零，信以为真，以为学校还真这么关心她，刘厉兰问什么，高燕一五一十地答什么。

这场谈话的结果就是高燕亲口承认了孩子是祁宏的。

没有比这更实锤的证据了，从医院出来，刘厉兰已经恨得咬牙切齿，怒发冲冠，打人的想法都有了。

刘厉兰连夜把掌握的情况写成了一份材料，并在后面附上了自己的看法和处理意见，她强烈建议学校开除生活作风腐败的祁宏，以正视听。

刘厉兰把材料递交给了学校党委，校党委高度重视，开了三次专题会议，进行反复讨论研究。铁证如山，祁宏肯定是要处理的，这是校党委的共识。关键是处罚的力度和方式。由于祁宏有过案底，属惯犯了，多数人主张开除，以儆效尤；少数人主张惩前毖后，治病救人，再给祁宏一次机会。

农村孩子考上大学不容易，祁宏除了生活作风问题，其他方面表现都不错，还是一个遵纪守法的好学生，学习成绩尤其出类拔萃。如果开除了，这个年轻人的前途就毁了。

那些主张再给祁宏一次机会的少数派，都跟祁宏一样，是从农村出来的，深知农村孩子的艰难。俞校长站在少数派那边，主张从宽处理，理由有三点：一是祁宏成绩遥遥领先，是一个不可多得的人才，除了感情泛滥点，没有其他思想作风和纪律问题，感情上的事最难说清楚，不能把错归结到祁宏一个身上，双方都有责任，这也恰恰证明祁宏优秀，比较招女生喜欢，年轻人控制不住自己，也算正常；二是年轻人谁不犯错？关键在有错就改，如果不给人改正错误的机会就不是教育了，从上次事情来看，祁宏并非不可救药，他管得住自己，不会乱来；三是祁宏跟高燕发生关系，是祁宏上大学之前的事，那时候，祁宏还没到湖南大学来报到，不能算是湖南大学的学生，不归湖南大学管，上大学之后，祁宏是清白的。

可俞校长毕竟是少数派，最后党委会投票表决，少数服从多数，决定开除祁宏，张榜公布，提醒全校学生引以为鉴。学校当天就把处理意见张榜公布了出来。

祁宏不知道自己被处理的事情。张榜公布的时候，他正在医院陪高欣，很晚才回到宿舍。室友们看到祁宏回来，都用复杂的眼神看着他，欲言又止。祁宏被看得莫名其妙，隐约感到出大事了。

汪大力走上来，把手背搭在祁宏额头上，确认祁宏没什么事儿，感到很佩服。汪大力由衷地说："兄弟，你的心真大，刘胡兰一样视死如归，泰山崩于前而色不变，在这种大事面前，都能做到气定神闲，好像什么事儿都没有发生。"

"发生什么事了，大力！"祁宏不解地问。

看着祁宏疑惑的表情，汪大力这才相信，祁宏确实还蒙在鼓里，还不知情。

"你被学校开除了，兄弟！"汪大力沉痛地说。

祁宏感到眼前一黑，一屁股坐在地上，半天回不过神来。

"学校为什么要开除我?"祁宏艰难地问。

"你自己做的事情，难道自己不知道?"汪大力奇怪了，"学校说你跟女生同居，把孩子都生下来了。"

祁宏这才明白，原来自己是因为这个被开除的。

这件事纯属误会，祁宏很不甘心，他得找人申辩，不能这么稀里糊涂被毁了前程。

"事情不是这样的，"祁宏说，"学校误会我了，冤枉我了。"

"你说冤枉就冤枉? 你得有证据，拿证据说话，有证据才能帮你洗清冤屈，还自己清白。你对我说没有用，你得赶快找学校领导申诉去。再不去就来不及了。"汪大力说，"听说俞校长主张对你从轻处罚，坚持不开除你，你去找他试试看。"

如果能自证清白，这件事还有挽回余地，汪大力给祁宏指出了一个努力方向。祁宏赶紧从地上爬起来，打开抽屉，取出夹在存折中间的验血单，急急忙忙跑下楼，找俞校长解释说明情况。

祁宏运气不错，俞校长还在办公室加班。祁宏被开除的事情，弄得他心烦，他隐约觉得学校处理草率了，有点过了，但没办法。他跟祁宏有过数面之缘，凭他识人经验，俞校长觉得这个孩子有思想，自律，前途无量，当初也是他力排众议，极力推荐祁宏作为新生代表在全校开学典礼上发言。

看到祁宏进来，俞校长表情严肃起来，他既喜欢这个学生，又恨铁不成钢——祁宏已经不止一次给他捅娄子了。

祁宏先向俞校长做了检讨，道了歉，然后把事情的来龙去脉详详细细地做了交代。故事很离奇，就像小说情节，俞校长都震惊了，还以为祁宏是在为自己脱罪编故事。

"你能证明那个孩子不是你的吗?"俞校长问。

"当然能的!"祁宏响亮地回答，他掏出了那张验血单，递给了俞校长。

验血单上清清楚楚地显示祁宏跟高燕的孩子没有任何血缘关系。

俞校长认真看了看验血单上的日期——那个时间，学校还没有做出处理祁宏的决定，祁宏不可能有先见之明，为这个事情作假。俞校长很激动，当即打电话连夜把刘厉兰叫到了办公室。

祁宏不厌其烦，又把事情原原本本地对刘厉兰讲了一遍。

刘厉兰也不相信，以为祁宏在为自己编故事狡辩。

"这件事还有证人，那个验血的小芳护士可以作证，"祁宏说，"如果学校不相信，可以找小芳护士作证，我也可以配合，再跟那个孩子做一次生理学上的验证。"

祁宏敢这样说，由不得刘厉兰不相信了——当然，她不是相信祁宏，而是相信科学。

刘厉兰说第二天她去找小芳护士核定情况后，再做决定。

"刘老师，你去医院找小芳护士的时候，千万不要让高燕知道了，这件事很重要，高燕知道了，她可能受不了，医生说她有患产后抑郁症的倾向。"祁宏吩咐说。

"你看看，刘主任，祁宏到现在都还在为别人着想，这样的学生不可能是坏学生，我们可能把方向搞错了。"俞校长说。

不能放过一个坏人，也不能冤枉一个好人。虽然刘厉兰对祁宏有意见，先入为主了，但这是她的做事原则，原则不能丢。

第二天上午，刘厉兰跑到医院，找小芳护士认真核实情况。

果然跟祁宏说的一模一样，小芳护士告诉刘厉兰，那孩子不是祁宏的，她愿意以自己的人格担保。

真相大白了，原来真是一场误会，真是一个冤假错案，刘厉兰真的把祁宏冤枉了。

事实很清楚了，该还祁宏清白了。

俞校长主张取消对祁宏的开除处分，并张榜公布，向祁宏公开道歉，给祁宏平反。

俞校长的提议被祁宏阻止了，他说："这件事，我有错在先，不应该那么早谈恋爱。学校能把我的处分内部撤销，保留我的学籍，让我继续留在学校读书就可以了。学校的声誉比我个人的声誉重要，大张旗鼓地张榜道歉对学校的声誉有害无益，没有必要。"

俞校长对祁宏的表态非常满意，学校采纳了祁宏的意见。

俞校长对刘厉兰说："祁宏照顾高燕，是出于人道主义，是助人为乐，这种精神，值得肯定，不能批评，应该表扬，应该发扬光大。"

"是值得肯定和表扬。"冤枉了好人，觉得内心有愧的刘厉兰说，"我下午准备张贴表扬通告！"

表扬的事也被祁宏阻止了，他说："高燕是我妹妹，我是她哥，照顾她是我分内之事，天经地义。我也只是在知恩图报，她对我和我家帮助可大了。这只是私人感情，我没有那么高尚，不值得表扬。"

被开除的事给祁宏带来了很大负面影响，那张开除他的榜一公布，全校沸腾，尽人皆知了。祁宏走到哪，要么被人"刮目相看"，要么被人指指点点。

因为这件事，刘厉兰很愧疚，觉得自己失职了。刘厉兰对祁宏说，为给他挽回声誉，校风纪律委员会准备出一个告示，把事情澄清一下。

这个建议也被祁宏拒绝。刘厉兰以为祁宏生气了，在消极对抗呢，她不好意思地问："那么多谣言，都对你不利，你怎么办？"

"谣言止于智者。就让它自生自灭吧，过一段时间就没事了。"祁宏说，"别人不理我，我倒是有了清静的空间，可以把精力用在学习上。这件事，也让我长了记性，吸取了教训，让我时刻清醒！"

第二十七章　音乐晚会祁宏大放异彩

　　下午上完课，从教学楼赶到食堂吃饭，路过公告栏，看到里三层外三层的同学在围观，都在议论纷纷，隐隐约约跟祁宏有关，钱小芸情不自禁地挤了进去——她以为祁宏被学校表扬了，获什么大奖了。

　　白纸黑字的公告内容让钱小芸目瞪口呆，头晕眼花：因为跟女生同居生子，祁宏被学校开除了，公告限他一周内办理手续离校！

　　这一惊非同小可，钱小芸意识到自己又闯祸了，肯定是母亲没有说服自己，气急败坏，跑到学校把祁宏告了——母亲已经是第二次这样做了。

　　钱小芸泪水夺眶而出，她懊悔自己没有"吃一堑，长一智"，老是犯同样的错误，在同一个地方摔倒。

　　钱小芸饭都没心思吃了，她挤出人群，跑到最近的公用电话亭，心急火燎地给母亲打电话——尽管钱小芸知道这个电话没什么卵用，对改变结果于事无补，但她没法原谅母亲和自己，没法接受这个事实。

　　电话通了，钱小芸怒气冲冲地质问母亲是不是把祁宏告了？

　　易桂芳抵挡不住钱小芸的凌厉质问，只得默认了。钱小芸的态度让易桂芳心里很不高兴，自己为女儿着想，帮女儿忙，女儿不感激就算了，还怪她，恨她，找她兴师问罪来了。

　　这个电话让易桂芳感觉迫不及待地想跟祁宏谈恋爱的女儿变了，

她的立场变了，态度变了，性情变了，她们母女之间亲密无间的关系也变了，女儿变得不可思议了，爱无理取闹了，一味护短了——看来，感情蒙住了女儿的眼睛，蒙住了女儿的心灵，让她不辨是非，不分好坏了。

易桂芳耐着性子向钱小芸解释和强调，自己这样做，都是没有办法了，都是为了她，为了她好。可是钱小芸听不进去，她根本不吃这一套。两个人话不投机，易桂芳忍了忍，最后还是没忍住，情不自禁地发火了。

母女俩谁也不让谁，在电话里吵得天翻地覆，都放了狠话。

易桂芳的心伤透了，女儿为一个认识不到一年的男生，不顾她二十年的养育之恩，不顾她们的母女之情了。

她们都感到对方变了。在钱小芸眼里，母亲变得陌生了，喜欢管闲事，爱胡搅蛮缠，不再值得信任了。以钱小芸谈恋爱为起点，以前那种跟母亲掏心掏肺，无障无碍，无拘无束的快乐日子结束了，鉴于母亲种种不可理喻的表现，在感情上是到了跟她断奶的时候了。

她们看问题，已经没有共识了，代沟突然凸显了出来。她们之间的代沟已经很宽了，不能跨越，更无法填补。以后对母亲，要高度警惕了，不能什么事都告诉她；以后碰到什么麻烦，不能再找母亲了，只能靠自己解决，哪怕解决不了，解决不好，都不能再找她了。

钱小芸不愿意再跟母亲纠缠下去，两个人都在气头上，话只能越说越伤人。没等母亲说完，钱小芸就挂掉了电话，她心里塞满了深深的歉意和不安，不是对母亲，而是对祁宏。钱小芸觉得此刻最需要安慰的不是自己，不是母亲，而是祁宏。祁宏被开除了，钱小芸为祁宏何去何从，为其前途和命运忧心忡忡。

钱小芸跑到食堂，转了一圈，没有发现祁宏，于是不再等了，径直跑去了男生宿舍——出了这种事，钱小芸以为祁宏在床上躺着，没有心思吃饭了，如果换成自己，她跳楼的心都有了，哪还想吃饭？

祁宏也不在宿舍，但汪大力在，钱小芸向他打听祁宏的下落。

汪大力神秘地告诉钱小芸，祁宏神龙见首不见尾有一段时间了，他一般都要晚上熄灯睡觉了才悄无声息地潜回宿舍。钱小芸很纳闷，祁宏不在宿舍，又没去照顾高燕，是不是在故意躲着她？难道祁宏已经知道了是自己母亲打了他的小报告？钱小芸更担心，是不是祁宏看到开除通知，想不开了？他会不会出什么意外？

钱小芸心急如焚，对汪大力强调说："大力，祁宏要是回来了，一定记得要他给我打电话啊，无论多晚，都要他给我打电话，我等着!"

"祁宏都被开除了，都要成农民了，你都还这样在乎他？"汪大力不高兴地说，"师姐，你是不是要给祁宏离校之前来一个伤心的告别仪式？"

"大力，你不能这么没良心，"钱小芸抢白说，"祁宏拿你当兄弟，他被开除，你就这么兴高采烈，一点同情心都没有？"

"他被开除，谁都不高兴，谁都同情他，可同情又有什么用，同情不能改变结果，"汪大力嘟囔道，"师姐，你能不能一碗水端平？祁宏是你师弟，我也是你师弟，我也需要师姐关心。你不要每次来了，只找祁宏一个人，开口祁宏，闭口祁宏的。在这个宿舍，你的师弟不只祁宏一个人，我们都是你师弟！你也不要太难过了，祁宏被开除了，不是还有我吗？祁宏能做的，我也能做，我也乐意做。只要你愿意，找我就行了，我比祁宏靠谱。我们全宿舍都认为，你再不迷途知返，就要成下一个高燕了!"

"我是关心祁宏一个人，还真没把你放在心上，"钱小芸白了汪大力一眼，不客气地说，"大力，即使祁宏被开除了，做了农民，我也只在乎他，你也取代不了他!"

说完后，钱小芸很不高兴地转身走了。既然祁宏不在，钱小芸没有心思跟汪大力开玩笑，更不喜欢拿祁宏被开除这件事来说事。

看着钱小芸匆匆忙忙离开的背影，汪大力气不打一处来，他歇斯底里地喊道："小师姐，是不是你们女人都被爱情蒙住了双眼，男人不坏，女人不爱呀！"

其他男生被汪大力逗乐了，哄堂大笑起来。

钱小芸在楼梯间停下来，回过头，一板一眼地对汪大力说："大力，记住了，即使被开除了，祁宏都不是什么坏人，一个处分公告不能否定他，看样子，你不了解你兄弟，祁宏白对你好了！"

当天晚上，从俞校长办公室申诉完回来，汪大力把钱小芸来找过他的事告诉了祁宏，汪大力嘱咐祁宏给钱小芸回个电话。祁宏当晚并没有给钱小芸电话，一是已经太晚了，估计女生都睡了，那个时候打电话过去让人嫌，让人烦；二是祁宏没有心情打电话，他的申诉都还没有结果呢，祁宏不是弱者，不需要钱小芸的同情和安慰。

直到第二天晚上，学校开除他的事情内部撤销了，可以放心了，祁宏才给钱小芸打电话。这件事让祁宏虚惊一场，心有余悸，也感到特别心累。电话里，钱小芸焦急万分地说想见他。祁宏不想去，说太晚了，有事明天教学楼碰面再说。可钱小芸很坚持，说在田径场入口处，不见不散；如果祁宏不过去，她就在田径场等他一个晚上。

祁宏拗不过钱小芸，只得挂了电话，匆匆赶去田径场见钱小芸。

那晚的夜色很好，月色也很好。还没到阴历十五，月亮还残缺了一点点。这样的月色刚刚好，带着朦胧的美感。正值春夏之交，各种各样的虫子活跃起来，趁着夜晚，从泥土里，缝隙里，角落里钻出来，热火朝天地觅食，或者寻找配偶。

天气暖和了，人也活跃起来，快十一点了，还有很多同学结伴搭伙，在校园里四处溜达，有同性，有异性，有成对的，有成群的。成群的高谈阔论，成对的喁喁私语，跟这个季节的虫子一个德性。

祁宏远远地看到钱小芸在田径场入口处等着他。月光下，钱小芸穿着粉色的连衣裙，亭亭玉立，清风徐来，衣袂飘飘，衬得她更加凹凸有致，就像一朵出水芙蓉站在激滟的波涛之上。

那件连衣裙是钱小芸新买的，这是第一次穿，要见祁宏，钱小芸才穿上的。那天中午，钱小芸从医院照顾高燕返回学校，路过百货商场，逛了一圈，看上了这款换季上市的连衣裙。

两人见面后，钱小芸觉得很纳闷，她看不出来祁宏有受到开除处分的影响，他气色很好，心情很不错。钱小芸的担忧去掉了一大半，但内心的愧疚并没有减轻和消散。

钱小芸想，有的人沉得住气，有的人沉不住气，沉得住气的人能干大事，会有大出息。祁宏就是那种沉得住气，将来能干大事，会有大出息的人。可是祁宏也太沉得住气了，被学校开除了，都进入离校倒计时了，他还气定神闲，好像什么都没发生。也许越是平静的外表下，内心越波涛汹涌，就像汪洋大海，表面看上去很平静，水下三尺却暗流涌动。

"对不起，祁宏，是我那个多管闲事的娘又把你告了。这不是我的意思，我做梦都没想到她会来这一招。"钱小芸说，"这个祸，归根结底是我惹来的，我不应该把什么都告诉她，害得你被学校开除了。"

"还好，你娘嘴上虽然没留情，学校处理我却手下留情了。"祁宏苦笑着说，"我是差点儿被打回原形，要回到四明山当农民了。"

"手下留情是什么意思，差点儿是什么意思？学校不是把你开除了，还张榜公布了吗？"钱小芸问。

"那个开除处理已经被内部撤销了。"祁宏说，"我是虚惊一场，提心吊胆了一天一夜，差点都要心肌梗塞了。"

"那就太好了！"钱小芸转悲为喜，出其不意地在祁宏脸上飞快地亲了一下，就像蜻蜓点水。月光下，钱小芸看不出祁宏有什么反应。可听到祁宏的开除被撤销的消息，钱小芸高兴极了，她比祁宏还高兴，她为他高兴，她不用再背负着沉重的心理负担了。

"师姐，别这样，怕别人误会，我现在还是戴罪之身，背着处分呢。我要管好我自己，将功补过！"祁宏说。

"这么晚了，没人看得出来是你，也没人看得出来是我。"钱小芸说，"你看这件事要我怎么补偿你。我母亲不是存心想毁你前程的，她觉得你很不靠谱，怕我跟你谈恋爱受骗上当了。"

"你母亲是对的，"祁宏说，"谢谢你母亲提醒了我，让我对自己有了一个新的认识，对今后的大学生活有了新的规划。"

"你怪她可以，我也跟她吵了一架，"钱小芸说，"但你不能因为她告发了你，你就把我否了。你知道，母亲是母亲，女儿是女儿，她不喜欢你，我喜欢你，跟她没多大关系！"

钱小芸把憋在心里很久的话说了出来，她感到如释重负。高燕已经明确告诉过她，她和祁宏现在不是男女朋友了。钱小芸不希望错过，更愿意在这种情况下，用自己的感情抚慰祁宏，弥补母亲带给他的伤害。

但后面那句话，钱小芸说得很轻，比那晚的风儿还轻，已经活跃起来的各种虫子的鸣叫把钱小芸的声音压了下去。可祁宏还是听到了，他的耳朵就像雷达，比蚊子还小的声音，都能捕捉到。

"我现在只想好好学习，天天向上，将功赎罪，把戴罪之身洗刷干净。关于本校爱情，我大学期间是不考虑了。"祁宏一字一顿地对钱小芸说。

知道祁宏开除被撤销带来的短暂的高兴之后，钱小芸又痛苦起来，爱情真是太折磨人，她算是听明白了，祁宏说不考虑"本校爱情"，是委婉地拒绝了她，却没有否定凌林。

钱小芸心里很不是滋味，又不甘心，她拥有天时地利人和之便，却输给了一个远在天边的女孩。谈过恋爱的室友都说，感情感情，日久生情。钱小芸不愿意轻易放弃，希望跟祁宏能够日久生情。在湖南大学，她跟祁宏相处的日子还长，不信以后没有机会，不能急在一时。也许在一起的时间久了，碰撞的次数多了，了解加深了，感情自然就来了。

"那你进学生会来吧，"钱小芸说，"学生会正在招兵买马，有一个做活动策划的干事岗位很适合你的。"

钱小芸想，只要把祁宏拉进了学生会，他们天天在一起共事了，相处多了，了解多了，感情自然而然，水到渠成了。

"这倒是一个令人期待的好差事。"祁宏高兴地说，"我想为全校同学服务，可是走投无路呢，麻烦师姐帮我引荐一下!"

"那我们说好了，"钱小芸说，"你明天下午来一趟学生会办公室，我带你见一下学生会主席刘风云，你们好好谈一下，把你的设想跟他说说。"

进学生会做策划干事，祁宏很是心动。家教没做了，黄花菜生意没做了，除了学习就没其他事情了，他精力旺盛，应付学习绰绰有余，还剩下大把时间，祁宏确实很想进学生会锻炼一下，春节在凌林家，凌书记嘱咐他，要他进学生会锻炼锻炼。

翌日下午，祁宏如约来到学生会办公室，钱小芸已经在那儿等候他多时了。钱小芸把祁宏领进了学生会主席办公室，把他隆重地介绍给了刘风云。刘风云听说过祁宏，只是没有这么近距离打过交道。

刘风云已经大四了，还有两个多月就要毕业走人了。刘风云询问了祁宏对学生活动的理解和看法，祁宏把自己的想法跟他做了交流。祁宏的想法引起了刘风云的兴趣和共鸣，他觉得祁宏头脑灵活，思路开阔，创意多，文笔好，是块做策划的好材料。两个人越聊越投机，都有点相见恨晚。

刘风云想在毕业离校之前干两件大事，在学校发展史上留取丹心照汗青，可一直没有找到好的切入口。听祁宏一席话，让刘风云看到了希望。就这样，祁宏进了学生会，专门负责策划大型学生活动。

"这份工作是一个天高任鸟飞，海阔凭鱼跃的大舞台，希望你在这个大舞台上充分发挥自己的聪明才智，能够长袖善舞，大放异彩，把我们的学生活动搞得活跃、丰富、有口皆碑，被人认可。"刘风云把祁宏送出办公室，握着他的手，鼓励他说，"用你的智慧和能力证明自己，让那些笑话你的人对你刮目相看！"

在学生会上班的第一天，祁宏接到了一个大活，就是重新策划湖南大学一年一度的十佳校园歌手大奖赛。十佳歌手大奖赛是湖南大学学生会的大型传统压轴节目，已经做了五六届了，影响广泛。但年年如此，没有什么新意，大家的审美疲劳就来了，无论是参赛歌手还是台下观众，参与度都在逐年下降，办的时候很热闹，办完后很快就被忘得一干二净，有鸡肋趋势，渐渐成为学生会的心病。

每年的十佳校园歌手大奖赛其实就是港澳台流行歌曲大奖赛，什么情呀，爱呀的，都是靡靡之音，唱的不满意，听的也不满意，管的就更不满意了。到祁宏负责策划这一届，对十佳校园歌手大奖赛的改革已经势在必行了。

祁宏愉快地接受了任务，准备大刀阔斧地改革。祁宏冥思苦想了一个晚上，冒出一个大胆想法：对十佳校园歌手大奖赛进行根本性改变，在内容上，从以唱流行歌曲为主改为以唱传统民族民歌为主；在形式上，把十佳校园歌手的总决赛跟五四青年晚会结合到一起，让全校师生积极参与进来，同时开渠引水，与社会接轨，让社会力量参与进来，一起联动，同时借助电视直播，向长沙市民全面开放。

湖南大学的学生来自五湖四海，多才多艺。他们熟知当地地方特色的民歌和舞蹈，尤其是少数民族特色的歌舞。文艺这玩意儿，越是民族的，越是世界的；展示地方传统特色文化，既开眼界，又有市场，更受欢迎。

想法有了，灵感来了，祁宏挑灯夜战，在烛光下奋笔疾书了一个通宵，天亮的时候，方案初稿弄了出来。祁宏很兴奋，打电话给钱小芸，约她一起吃早餐，把方案给她过目，要她指点一二。他们在食堂见了面，钱小芸没吃早餐，就忙着看方案。看完方案，钱小芸拍案叫绝，惊喜万分。吃完早餐，钱小芸拿着方案，带着祁宏去见刘风云。刘风云一口气把方案看完，用手指着方案，对钱小芸和祁宏说："这就是我要的大活动方案了！"

当天下午，刘风云组织学生会干部开会，专门讨论祁宏的策划方案。祁宏把方案详细地给大家讲解了一遍。讲解完，会议室响起了如潮掌声，祁宏的方案获得了一致好评。受到祁宏的创意启发，学生会干部都很激动，他们各抒己见，又补充了很多新想法。不管这些想法有用没用，祁宏都一一记录了下来，供自己参考。晚上，祁宏博采众长，去伪存真，又认认真真地完善了一遍方案。刘风云组织学生会干部，把方案又过了一遍，感觉很好了。会议上，刘风云拍板，由钱小芸全权负责这个活动，祁宏给她做副手，协助她。

活动方案报到校领导那儿，俞校长都惊动了。看完方案，俞校长觉得这次十佳校园歌手大奖赛要比前几届有创意，有新意，有看点，如果能够落实，效果肯定非同凡响。

俞校长一个电话把刘厉兰叫到办公室，指着方案对她说："这个方案就是被你们差点冤里冤枉开除的那个祁宏做的，你们错怪了他，差点开除了一个太优秀的人才。这个活动，对你们校风纪律委员会的工作大有帮助，你们的工作一直是治标不治本，没有从根本上找到改善校风校纪的办法。这个活动可以帮助你们治本，从根本上有助于你们严肃校风校纪，弘扬正能量，你们得好好支持学生会把活动做好。到时候，你们评估一下，如果活动效果不错，我建议你请祁宏同学吃个饭，表达感谢，也顺便给他道个歉。"

招募参赛选手的通知贴出来，全校沸腾了，大家奔走相告，踊跃报名。报名的同学把学生会活动部办公室的门槛都挤破了，报名那一周，陆续参加初赛的学生有五六百人之多，一些年轻老师也来报名参加了。经过几轮筛选，最后确定了三十人进入总决赛。

好策划需要与时俱进，与事俱进，不断推陈出新。随着赛事深入，祁宏的好创意不断冒出来。到最后，祁宏给这届赛事想了一个很有新意的名字，并在学生会干部会议上获得了通过：校园民族风暨湖南大学五四青年节音乐晚会（简称音乐晚会）。

在吸纳社会力量上，学生会资源有限，也经验不够，迟迟没有取得进展。祁宏突然想到了无冕之王任敏，准备请他帮忙联系企业赞助，联系媒体参与，联系社会名流，尤其是文化领域的名人做评委。

祁宏当即带着方案到湖南日报找任敏。任敏认认真真地看完方案，他被震撼了，觉得活动很有创意，很有意义，比报社那些无病呻吟，形式主义的活动方案强太多了，于是爽快地答应帮忙。

任敏找了几家企业，跟他们负责人做了沟通。这些企业都觉得活动不错，都愿意出钱出力。高欣看了方案，得知是祁宏做的，高高兴兴地赞助了十万元，成为最大赞助商；火宫殿杜煜赞助了三万元，加上其他企业大小不一的赞助款项，短短两周时间，祁宏为活动筹集了企业赞助费用三十万元。

任敏还帮祁宏把活跃在湖南文化界、音乐界的权威人士和报社、电视台的领导请过来做评委。这么一折腾，活动的档次越来越高大上了，祁宏一咬牙，跑到湖南省歌剧院，把他们那套高端音响灯光设备半租半借了过来。任敏还帮助祁宏联系了长沙电视台过来做直播。

经过一段时间紧锣密鼓的筹备，总决赛在五四青年节那天晚上如期举行。学生会早就做了预判，估计观众很多，大礼堂容不下，不能像往届那样放在大礼堂，他们决定把现场搬到田径场，在田径场中央搭了一个大舞台。

田径场很大，看台上能坐很多人，田径场中间还能坐很多人。以院系为单位，田径场上早早摆满了桌椅板凳。全校师生早就在期待这场规模空前的音乐盛会了。总决赛开始前，田径场上，看台上，已经人满为患，盛况空前，就连田径场边的马路上都站满了人。

祁宏把高欣、高燕和任敏都请来了，他们是音乐晚会的有功之臣，被当作嘉宾请来观摩，安排在最好的位置上，跟校领导坐在一起。高欣的伤已经痊愈了，正准备办理出院手续，由于要看这场音乐晚会，他推迟了回祁东。高燕已经出院了，孩子也预定在音乐晚会后第二天出院。父女俩的紧张关系已经缓和了，他们准备看完音乐晚会，一起回祁东。

音乐晚会的主持人是钱小芸和祁宏。钱小芸是学校广播站的老牌学生播音员，是资深的大活动主持人了，校院系的很多大型活动都是钱小芸担纲主持的，她主持众望所归。祁宏是个新人，他什么经验都没有，普通话都一般，很多人为他捏一把汗，包括比较亲近的、熟悉他的高欣、高燕和任敏。

钱小芸穿着漂亮的粉色连衣裙，仙气飘飘，就冲她那气质和长相，往舞台上一站，就让台下的男生荷尔蒙激素飙升，尖叫声响成一片。祁宏穿着西装，打着领带，阳光帅气。他们携手走上舞台，全场掌声雷动。音乐晚会在他们热情洋溢、精彩纷呈的主持声里拉开了序幕。

男主持人的确定，让学生会干部伤透了脑筋。女主持人，钱小芸是没问题的。男主持人一直没有找到合适的，找来找去，都被会议否决了。每个男主持候选人，学生会干部都找到了他的缺点，而且缺点还很明显。到最后，这个也不行，那个也不行，钱小芸异想天开地提出来让祁宏试试。这个提议，在学生会干部会议上炸了窝，很多人提出了更大的异议，他们认为祁宏普通话一般，远达不到主持人标准，又没有大型活动主持经验，容易把晚会搞砸了。

钱小芸力排众议，坚持要跟祁宏搭档，并且打包票，立军令状，说一切后果由她承担。打包票当然是不行的，钱小芸搬出了祁宏的大堆优点来说服大家，她说祁宏记忆力好，学习力强，应变力强，在开学典礼上的脱口发言令人印象深刻；虽然祁宏没有什么主持经验，但这次活动是他策划的，从头至尾，他全程参与了，十分熟悉，没有人比他对活动更了解，主持词也是祁宏写的，他倒背如流。虽然祁宏的普通话跟一个好主持人有距离，但对活动的认知和他临场应变能力可以弥补这个缺憾。更重要的是，如果由祁宏主持，有助于深化他对活动环节的理解和把握，以后策划出更多更好的学生活动来。

钱小芸的分析鞭辟入里，得到了一些学生会干部的支持。在会议上，支持者和反对者各占一半，相持不下，他们最后把目光投向了学生会主席刘风云，希望由他来定夺。刘风云沉默了很久，最终选择支持了钱小芸，让她和祁宏搭档主持音乐晚会。

短短十多天时间相处，刘风云发现祁宏的可塑性是他见过的同学中最强的，祁宏的责任心特别重，做什么都以最高标准要求自己，他相信祁宏能把普通话说好，能把音乐晚会主持好。

男主持人就这么定了下来。散会后，刘风云把祁宏留下来，再三叮嘱，这是全校上学期最大的活动了，千万不能砸在他手里了——看来，刘风云虽然支持了钱小芸，把票投给了祁宏，可他心里还是没有谱的。

祁宏有自知之明，也十分珍惜这次来之不易的机会。尽管主持大型活动对他来说是一个新鲜活，是一次大挑战，但他还是决定迎难而上，把主持音乐晚会的任务接下来。

祁宏对照主持人要求认认真真地梳理了一下自己的优缺点，发现需要恶补的地方很多，尤其是普通话。正好趁此机会，把自己的普通话水平提上来。主持词早就能背了，祁宏买来一本新华字典，把主持词中的每个发音拿捏不准的字，都认真查了字典，做了标注。祁宏叫来钱小芸，他们找了一个小教室，只要有时间就反复练习。

功夫不负有心人，祁宏进步神速，在演出前的几次排练中，他已经能字正腔圆，感情充沛，像模像样地主持了。他们俩搭配起来，半斤八两，不分伯仲了，钱小芸如释重负。参加赛前观摩的学生会干部都比较满意，刘风云更是竖起了大拇指，给祁宏点赞。

持续了三个多小时的音乐晚会很成功，选手们的精彩表演征服了观众，全程高潮迭起，掌声如潮。长沙电视台的全程直播，收视率很高。第二天，湖南日报用整个版报道了湖南大学五四青年节音乐晚会的盛况，湖南电视台晚间新闻对晚会也做了浓墨重彩的报道，晚会不仅轰动了整个校园，还轰动了古城长沙，让市民都有耳目一新的感觉。

看着祁宏妙语连珠的主持，看着选手们精彩纷呈的表演，高欣和高燕深受触动，他们热泪盈眶，手掌都拍痛了，拍红了。父女俩不约而同地感慨，这就是祁宏，这就是祁宏的生活，这就是祁宏的舞台；这个从四明山飞出来的麻雀变成了金凤凰，即使在大城市长沙，即使在千年学府的湖南大学，祁宏都是金凤凰，他们为祁宏深深地感到骄傲，尽管感到骄傲的原因各不相同。

祁宏策划的校园民族风暨五四青年节音乐晚会，那种盛况，在湖南大学的历史上，不是绝后的，却是空前的，是湖南大学有史以来，规模最大，规格和水平最高的一次音乐晚会，一次十佳校园歌手大奖赛。不能说绝后，是因为这次音乐晚会树立了一个好标准，有了一个新模式，以后的音乐晚会就可以站在巨人的肩膀上，站得更高，看得更远，做得更好了。

全校师生对音乐晚会的评价很高，晚会成为那段时间大家茶余饭后津津乐道的大事，全程观看了音乐晚会的俞校长也很兴奋——以前的十佳校园歌手大赛，俞校长都收到了请帖，也参加了，但无一例外，没有坚持看完。

音乐晚会后，俞校长把刘厉兰叫到办公室，自我反省地说："幸亏我们没有赶尽杀绝，开除一个才华横溢的好学生。你们看看祁宏一手策划和组织的这个音乐晚会，对纠正我们的学风校风，弘扬我们的民族文化，起到了多大作用。这次活动，对你们校风纪律委员会的启发和帮助应该是最大的。我们抓学风校纪，不能过于呆板，一味处罚，要以疏导为主，用正面典型来感染人，用优秀文化来熏陶人，达到春风化雨，润物无声的教育目的。我建议，你们校风纪律委员会以后要多倾听同学们的意见，多跟祁宏同学探讨，把祁宏同学用起来，把祁宏同学的能量发挥出来，为端正我们的学风校纪出力！"

凭借这个音乐晚会，祁宏在湖南大学一炮走红，成为传奇人物。

纵然这样，祁宏仍是一个毁誉参半，颇有争议的人物，有人认为他才华横溢，有人对他不屑一顾，认为他生活作风腐败；有人认为人不风流枉少年，才华跟风流是一对孪生姐妹，有才华的人肯定风流，但风流的人不一定有才华——没有才华的风流不是风流，而是下流。

第二十八章　张伟运运亨通

　　人的想象力总是有限的，也容易出现偏差，扑朔迷离的生活，横看成岭侧成峰，远近高低各不同。事情的真相，只有深入其中，看到底牌了，才能说得上真正了解。否则，就像在读朦胧诗，摸不到作者的真实意图。

　　在祁东，坊间有很多传说，其中最让人津津乐道，讳莫如深的就是高欣有多富。有人猜测他富可敌城，床底下放着好几麻袋闪闪发光的黄金，晚上都不用点灯，用黄金发出的光照明，温馨浪漫。

　　高家到底有多少钱，做女婿的张伟没有概念，只知道岳父高欣是祁东首富。作为女婿，张伟还是没能涉足高家的核心商业机密。

　　高家是高欣当家，核心机密只有他一个人知道，王红梅从来不愿意管钱，数字让她头疼，何况高家没有小数字。高欣口风很紧，从不炫富。旁观者唯一看得出高欣的财富的，就是他那规模庞大的汽车队。

　　清早出工，高欣的汽车队，从第一辆到最后一辆，驶出四明山，奔跑在公路上，浩浩荡荡，绵延数公里，把路都占满了。四明山的人揶揄说，那条路是专门为高欣家修建的，与他们没什么关系。

　　那时候，祁东很多人都想跑运输，他们买一辆车，都要东挪西借，才能把钱凑齐。车买回来，头两三年都在跑车还账。高欣买那么多车，一分钱都没有借。据说买车花的钱还只用了高欣资金的一小部分。

这次趁高欣不在家，王红梅既搞不懂，又没兴趣，张伟临时摄政了，才得以窥斑见豹，哑摸出高家的财富规模来。张伟是不看不知道，一看吓一跳。钱就像梅雨季节涨水的小河流，奔腾咆哮，源源不断，从四面八方，争先恐后地涌过来，汇至高家大院，聚集于此，就像百川归海。

晚上回来，司机们带回来的都是花花绿绿的现钞，统一交到张伟这儿汇总。张伟数学没学好，数不过来，算不过来，只得借助计算器，一笔一笔地算。点完数，张伟被那个数字惊吓到了，高家一天进账三四十万呢，除掉各种开支，每天利润少说在十万。司机们带回来的钱，摆在高欣那张偌大的办公桌上，一堆堆，就像一座小山。这还只是零散的，不是高家进账的全部。很多签合同的账，要公对公，用支票支付，需要高欣亲自去结。

人比人，气死人。看到这么多钱堆在自己眼前，只能数数，不能拥有，张伟的心理严重失衡了。他一个月工资才两百，平均一天不到七块钱，高家的收入，相当于几万个张伟了。

虽然张伟跟高欣现在成了一家人，但钱是分开的，各有各的小家庭，高欣的钱是高欣的钱，张伟的钱是张伟的钱。每到月底，高欣象征性地给张伟一些钱用，但只是三百五百，饿不死，撑不死，比发工资强点。

看着这些钱，张伟的心里就像塞进了一只淘气小花猫，被挠出一道道伤痕，不断有鲜血渗出，往下滴落，在心谷里响亮地回响。张伟悻悻地想，高欣能赚这么多钱，不是他能力有多强，不是高家业务的技术含量有多高，不是高家的资源有多稀缺珍贵，主要的功劳在于他们张家，尤其是叔父张援朝帮助高欣整合了全县的主要商业资源，建立起了庞大高效的人脉关系网络，这张人脉关系网络，在祁东县四通八达，消息灵通，给高欣揽来了做不完的生意。

点完钱，对完账，把现金锁进保险箱，已经九点多了。开着车奔跑在回祁东的路上，张伟心里打翻了五味瓶，酸苦辣麻咸全部涌上来了。张伟越想越觉得按部就班地上班枯燥乏味，没有前途，也看不到钱途。跟高欣相比，自己那点工资没有任何意义，一天忙里忙外，劳动所得还不如高欣裤袋里那包香烟的零头呢；一年辛辛苦苦，不吃不喝，所有工资加起来，还不如高欣在黄花菜厂一天赚的多呢；高欣请客吃饭，一顿饭钱就比张伟一年工资还多。

从四明山到祁东，开着车，张伟怨气撒了一路。他产生了准备辞职，下海经商的冲动。他要像高欣那样赚快钱，赚大钱，他要活得有滋有味，不用为金钱发愁。

张伟跟着高欣参加过很多应酬了，没有发现高欣有什么特别的过人之处。张伟觉得在应酬场合，拼酒送礼套近乎，吹牛拍马拉关系，他都比高欣做得到位，让客人舒服。高欣能做的，他张伟也能做；高欣不能做的，他张伟还是能做。做生意，他不信自己做不过高欣。

那年，下海经商之风在神州大地越吹越劲，成为太平洋飓风，浩浩荡荡，席卷而过，砸破铁饭碗，下海经商的案例俯拾皆是。

刘美丽已经洗漱干净，在床上等着他了。她披着薄薄的睡衣，用肘撑着床，用手托着下巴，慵懒地侧卧在席梦思上。那件睡衣是半透明的，刘美丽身上的点若隐若现。张伟进门就看见了，看得眼睛都直了。屋子里散发着淡淡的女人香味，刺激得张伟心跳加速，血液加快，身体马上有了反应。张伟三步并作两步，迫不及待进了卧室，扑了上去。

张伟没有得逞，刘美丽伸出半露半隐的右脚，用脚板抵在张伟胸部，阻止他进一步动作。张伟不高兴，刘美丽耐着性子，好说歹说，把张伟哄进了洗漱间洗澡。

女人爱干净，她们都不喜欢劳作了一天的男人从外面回来，连身上的卫生都不搞，就要趴到自己身上来。刘美丽也不例外，她喜欢张伟，喜欢洗得干干净净的张伟，她不喜欢臭烘烘、脏兮兮的张伟。

张伟很不情愿地踅进了洗漱间，心急火燎地冲完凉，光着身子走了出来。刘美丽没再拒绝，她就像一朵含苞待放的花儿，迎合着勤劳的小蜜蜂采蜜，向张伟打开了自己。

巫山云雨后，张伟把头枕在刘美丽弹性饱满的胸脯上，愤愤不平地把在高家看到的，自己想到的，带点夸张地告诉了刘美丽。

"看着那堆小山一样的钱，我都快疯了！"张伟气愤地说，"美丽，你知道吗，那些钱，都是我们张家帮他挣的。与其让高欣赚，不如我自己做，我就不信伯父帮他不帮我。哪怕我只是从中截和一两个客户，都比现在拿这份死工资强多了。我要辞职下海，准备经商，早日成为百万富翁！"

张伟把下海经商想得很美好，好像他脚下遍地黄金，是这份工作束缚了他弯腰捡钱，只要辞了职，下了海，钱就会源源不断，奔腾咆哮着，从四面八方汇聚到他张伟这儿，用不了三年五载，他就可以像高欣那样赚得盆满钵满，富可敌国，跟高欣试比高了。

这次刘美丽没有跟张伟同频共振，快乐起舞，她罕见地做到了"旁观者清"，难能可贵地给张伟当头泼了一瓢冷水。女人比男人谨慎，张伟那份工作，是肥缺，又清闲，祁东很多年轻人都羡慕嫉妒恨呢，辞掉了，怪可惜的。

辞职下海，还是有很大风险的，成了倒好；如果不成，现成的饭碗都没有了，后悔都来不及了。

张伟虽然应酬能力强，但不等于有商业头脑。刘美丽认为经商不只是看应酬，得看一个人的综合素质，尤其是对市场的敏感和把握，对客户人性的理解和洞察，应酬只是其中很小的一个方面。高欣是深藏不露的一个人，他的商业嗅觉，他对客户心理的把握，他那种做起事来"吃得苦，霸得蛮，耐得烦"的精神，是张伟不具备的。

刘美丽苦口婆心地劝张伟："下海经商，看起来简单，做起来很难。下海经商，不是弯腰捡钱，谁都可以的。咱们祁东有一百多万人，可只出了一个高欣。祁东县像你张伟这样的，少说也有千儿八百个。他高欣能有今天，也是一步一个脚印走过来的，他吃了很多苦，想过很多办法，流了很多汗，甚至出了很多血，才走到了现在。在发展壮大过程中，高欣的商业帝国积蓄了很久，攒下了很强的运势，如今已经在宽阔的大道上跑起来了，形成了势。俗话说，形势比人强，唯势不可当！做人做事，要看运势，大运势成大事，小运势成小事，没运势成不了事。你辞职下海，是从零开始，什么运势都还没有。即使给你单了，你要啥没啥，既不能让客户满意，又可能给你叔父添堵。下海经商，啥都说不准，可能赚钱，也可能鸡飞蛋打，把底裤亏了。"

"那我们就眼睁睁地看着高欣借助我们张家的资源和势力日进斗金，我自己穷困潦倒，弄个零花钱都要他给我施舍？"张伟不甘心地追问。

张伟有点烦，他抽出来两支烟，给刘美丽点了一支，又给自己点了一支。

刘美丽已经学会抽烟了，抽得像模像样，姿势又优雅又美丽，抽烟的水平也是青出于蓝而胜于蓝了，吐起烟圈来，比张伟的还圆还多，连在一起，就像耍杂技，串油豆腐。

可是这回，刘美丽接过烟，没有抽，她不客气地把烟头掐灭了。她又伸出手，把烟从张伟嘴上摘下来，把烟头掐灭了。

张伟惊愕不解地看着刘美丽，也很不满意刘美丽掐灭了他的烟头，不让抽烟。张伟又抽出一支烟，打亮火机，准备再点，结果又被刘美丽夺了下来。张伟正想发火，却被刘美丽抓起右手，放在自己微微隆起的小腹上。

刘美丽剜了张伟一眼，娇嗔地说："你就不能为了孩子的健康做出一点牺牲，忍一忍你的烟瘾？我有了，你要做爸爸了，千真万确是你的种，不是他的！"

张伟触电一样跳了起来。

下午，在四明山，王红梅高兴地告诉他，高燕生了，他做爸爸了，是个儿子。现在刘美丽又给他来了一个！第一个是喜，第二个就是愁了。张伟是喜欢刘美丽，喜欢跟她在一起时的那种无拘无束的浪荡，那种酣畅淋漓的快感，这是高燕给不了他的。可张伟毕竟有家室，现在还有了孩子；刘美丽也有丈夫，张伟还没想过跟刘美丽生儿育女。如果他和刘美丽有婚姻，倒好说；没婚姻，这件事太麻烦了，说不定后患无穷。

"这个孩子来得不是时候，打了吧！"张伟想了一会儿，脸色沉重地对刘美丽说，他没有像刘美丽想象中的那样，听到这个消息兴高采烈，倒是相反，犯了愁。

"不行，我想要个孩子想了几年了，现在好不容易才要上，我可不想打掉，我要把他生下来！张伟，我爱你，我要给你生个孩子，跟高燕一样！"刘美丽说。

"前两天高燕也生了，我那点工资，同时买不起两个孩子的奶粉钱啊！"张伟说。

"你养得起她的孩子，就养不起我的孩子？高燕是你的女人，我也是你的女人，我看你在我床上过的夜比在她床上还多。你是一个聪明人，家里有权有势，你会有办法的。"刘美丽说，"这个孩子，我要肖和平先帮你养几年，没有东窗事发还好说，东窗事发了，你就要承担养他的责任了。"

"那好吧，你想生就生，我们走一步看一步吧。"张伟有点感动了，这个女人都愿意冒这么大风险给他生孩子，他不能把她的希望像她掐烟头那样毫不留情地掐灭。

"处在正道往好处想，歧途往坏处想。我们走在歧途上，要做最坏的打算，要未雨绸缪，做好东窗事发那天的打算，我们现在就要给孩子做准备了，"刘美丽说，"如果东窗事发了，这个孩子不能待在肖和平的房子里，也不能待在你张伟和高燕的房子里，他得有他自己的容身之处。这个问题，你要尽快帮他解决！"

"所以，我要下海经商，给他赚奶粉钱，赚以后上学读书的钱，赚买房子的钱。"张伟说。

"下海经商，不能盲目冲动，要学诸葛亮草船借箭，要借东风上天揽月。这个东风，你不能向别人借，只能向高欣借。你能向高欣借多大的势，你就能成多少事，赚多少钱，"刘美丽说，"高欣已经帮你把平台搭建好了，你不用自己费老大的劲再搭一个平台了。"

刘美丽的话启发了张伟，给他开启了一扇窗，那窗外是一个花花绿绿的钞票堆砌起来的金钱的世界。

张伟听得兴奋极了，翻身坐了起来，把刘美丽搂在怀里，刚刚剧烈运动带来的疲惫烟消云散了，张伟有捡到了宝一样的兴奋。

原来张伟还以为刘美丽只有发达的器官和性欲，让他得到生理上的满足，没想到这个女人真不简单，不仅有大胸，还有大脑，是一个很好的高参，能帮他成事，成大事。这个刘美丽，给张伟插上了一双隐形的翅膀，不，刘美丽就是张伟的那双隐形的翅膀。

"你现在不是掌着高欣的家吗，你要赚钱，可以先从这里完成人生第一桶金的积累。"刘美丽说，"你可以先设个小目标，比如一百万。这段时间，你先从高欣那儿弄出来一笔钱，帮我和孩子买一套房吧，我想和你有一个自己的地方，不被人打扰。我家那套房是肖和平的。在你家，在我家，都不是长久之计，我老有做贼的感觉，心里发虚，发慌，总觉得背后有一双眼睛盯着我们，做运动的时候想喊都不能由着性子喊出来。有了我们自己的地方，我就不用担心别人了。"

这也是张伟跟刘美丽这么久以来的共同感受，他也很想跟刘美丽有一个属于他们自己的地方。现在刘美丽有了孩子，这件事已经火烧眉毛了，得给这个孩子筹划一下未来，至少要给他一个安身立命的地方。

可是张伟犯难了，买房子要钱，要很多钱，他存折里的钱连买一个厕所都不够呢。

"买一套房要十来万呢，"张伟说，"就我那点工资，得攒多少年啊？"

"你掌着高欣的家，你想办法呀！"刘美丽说，"高家现在不是你说了算吗？高家现金流那么大，你从中拿出来一些钱，就是九牛一毛，神不知，鬼不觉。你们张家帮助了高家那么多年，帮助了高家那么多，你拿些钱出来，难道不是理所当然，天经地义？"

道理是这个道理，办法也是个好办法，时机也是最好的时机。张伟从心里接受了刘美丽的建议，但他没有用语言表达出来，而是用行动表示了，张伟扳过刘美丽的身子，又爬了上去，热火朝天地运动起来。

翌日，张伟开始把刘美丽的建议付诸实施。对完账，张伟从如山一样堆积在面前的钞票中抽出了一万块钱。一万块钱，放在高家一天收入的现金中，很不起眼，完全可以忽略不计；但对张伟来说，已经是一笔巨款了，相当于他四五年的工资了。第一次做贼，张伟忐忑不安，生怕被捉贼捉赃了，但平安无事，没有人发现，也没有人质疑。张伟离开高家大院的时候，王红梅甚至对他感恩戴德，说多亏有他帮忙，把账厘清了，辛苦他了。

裤兜里揣着那叠厚厚的钱，上了车，驶出高家大院，张伟才长长地舒了一口气。在回祁东的路上，张伟一边开车，一边兴奋地哼起了歌。他还从没见过这么多钱，这一万块钱得来太容易了，简直不费吹灰之力。张伟心里短暂地有过一丝内疚，但这内疚马上消失了，他觉得这钱是高家理所当然给他们张家的，没有张家的照顾就没有高家现在的生意。

回到祁东，张伟按捺不住激动，没进家门，就把钱掏了出来，得意地抓在手上。刘美丽已经躺在床上了，张伟进了卧室，把那叠码得整整齐齐的钞票放在刘美丽雪白的肚皮上，然后转身，吹着口哨，积极主动地进了洗漱间冲凉。

小工人家庭出身，从衡阳医学院毕业的工薪一族刘美丽也从来没有见过这么多钱，她把钱抓在手里，手指蘸着口水，兴奋地点了起来。

那一夜，张伟和刘美丽沉浸在数钱的快乐中，这种快乐甚至超过了他们媾和带来的生理快感。他们翻来覆去地数着钱，兴奋异常。那一夜，他们对"人无横财不富，马无夜草不肥"的道理，有了深刻的认识和体会。

那一万块钱是一个美妙的开始，张伟和刘美丽开始了一段财富快速积累的时光旅途。从那以后，张伟每天都要兢兢业业地开着车，跑一趟四明山，帮助高家认真对账，然后带回来一大叠钱。张伟的心越来越沟壑难填，胆子越来越大，手脚越来越放得开了。他根据高家当天的收支情况，每天都抽出数量不等的钱，每次在一万元到三万元之间。张伟每天都向王红梅象征性地汇报一下当天的收支情况。王红梅似懂非懂，听着听着就呵欠连连，瞌睡袭来，没等张伟说完，王红梅就打断他，上床睡觉去了。

俗话说，郎如半子，王红梅从不怀疑女儿高燕，所以也不怀疑女婿张伟。王红梅是用人不疑，疑人不用，高欣不在家，把生意交给张伟打点，把财务交给张伟清算，王红梅放心——除了高欣，没有什么人比张伟更让她放心的了。她对张伟充满了信任和感激，如果没有张伟，这么大一个摊子，她还真不知道该怎么办！

张伟和刘美丽很快就积累了一笔巨额财富。第一周，他们有了十万块钱。趁着周末，他们早早来到一个新开发的高档小区，一次性全款买了一套新房。拿着房屋钥匙，刘美丽开心极了。房子是大户型，四室两厅，南北通透，精装修，有一百二十平方米。下午，他们到家具城装了一大卡车家具回来。

当天晚上，他们就急不可耐地住了进去，在新房过夜，开始了新的同居生活。在这套房子里，他们终于可以尽情地动作，尽情地喊叫，再也不用担心隔墙有耳，再也不用担心被人堵在家里了。

原来有钱这么好，可以让自己任着性子，获得快乐；可以让自己心想事成，随心所欲。

第二周，张伟给刘美丽买了一辆崭新的桑塔纳，张伟把新车开进了人民医院大院里，停在门诊部前面的坪地上。当张伟把刘美丽喊出来，带到新车前，把车钥匙交给刘美丽的时候，刘美丽幸福得全身战栗。

刘美丽还不会开车，她还没学过车，拥有一辆小汽车的梦，刘美丽都还没来得及做呢。人民医院只有院长有一辆半新不旧的桑塔纳，还是公车，院长只有使用权，没有所有权。

"你真是一个败家子呢，有一点钱就嘚瑟。"刘美丽一边心疼钱，一边兴奋地说，"你买车给我干吗，浪费钱呢，我都还没有学开车，都还没有驾照！"

张伟变戏法一样，从裤袋里掏出来一个驾照本，拉过刘美丽的手，放在她掌心。

刘美丽迟疑地接过驾照本，打开一看，上面贴着自己的相片，写着自己的姓名——刘美丽心里想的，张伟已经帮她全部办妥了，真是让人兴高采烈。

原来张伟要叔父张援朝给县公安局交警支队打了一声招呼，帮刘美丽把驾照本办了出来。

"可人家还真不会开嘛！"刘美丽嘟着小嘴，撒着娇，她感到自己幸福得在天上飞翔。

"我可以教你呀！从今天开始，我每天手把手地教你两个小时，半个月你就可以自己开车上路了。"张伟说。

张伟的承诺让刘美丽更高兴了，两个人当即钻进了车里。车厢里有一股好闻的橘子气味，在把车开到医院前，张伟用橘子味的清洁剂把车喷过了，一点异味都没有。张伟开动车，把刘美丽带到了郊区一块开阔的空地上，开始手把手地教她开车。

刘美丽是个聪明人，悟性高，在张伟悉心教导下，不到一周，她就可以开车上下班，在大街小巷上奔跑了，有车真好，回乡下看父母很方便，也让村民刮目相看，让刘美丽的虚荣心得到了极大满足——归根结底是张伟好，是张伟对她好。

高欣还没有回来，趁大好时机，张伟就像蚂蚁搬家，陆续从高家拿出很多现金来。张伟在银行开了两个户头，一个是他自己的，一个是刘美丽的。每天晚上把钱拿回来，在床上点账数钱，见者有份，张伟把钱分成了两份，大半份存进自己的存折，小半份存进刘美丽的存折。

他们户头上的存款就像洪水一样往上涨，不到一个月，他们成了暴发户，个人财富挤进了祁东县财富金字塔的塔尖行列——当然不能跟高欣比，高欣的财富要放在全国范围内比，放在祁东，放在衡阳比，都没有什么意思。

每天晚上，躺在张伟怀里，刘美丽看着存折上天天被刷新的数字，十分兴奋地说："伟，赚钱的门路很多，不一定要辞职下海的，你看我们现在不是挺好的吗？这是最保险的了，不用担心亏本，比自己下海经商靠谱多了。"

"可高欣回来了，这种好日子就到头了。"张伟感慨地说。

"也可以不结束，继续赚钱啊！"刘美丽说。

"夫人有什么好法子，给我指点一下迷津？"张伟来了兴趣，谦卑地向刘美丽请教。张伟读书不行，骨子里是佩服刘美丽的，刘美丽是大学生，头脑比张伟好使多了，张伟已经领教过了，受益过了。

"即使高欣回来了，你有效挣钱的路子至少有两条呢，"刘美丽说，"一条是你的资源给高家带来的财富，你要跟高欣亲翁婿，明算账，把话说清楚，把账算清楚，不能做无用功，帮忙不能像以前那样成为一笔糊涂账，得有报酬，多抽少抽都没关系，但得要有；一条是你在高家有地位，做得了主，拿得出钱来，就像现在这样!"

一语惊醒梦中人，经过刘美丽一点拨，张伟茅塞顿开，感到眼前一片光明，脚下钱路大开。

这个女人是对的，看事情很周到，想问题很深入，办法有很多，张伟想，只要能从高家拿到钱，还要辞什么职呢，还要下什么海呢，还要到什么广东去呢，就在高家待着，比干什么都强，比到哪儿去都强!

张伟兴奋极了，他准备等高欣回来，就跟高欣提，他要在高家企业谋得一官半职，掌握一定权力，正儿八经地跟着高欣做生意，赚大钱。

事实上，做高家女婿半年多来，高欣已经把张伟带在身边，作为高家的重要成员出现在各种应酬场合，逐渐参与了高家的商业活动，只不过还没有谈过报酬，高欣给张伟多少就多少。可是，张伟和高燕花的大钱，如结婚办酒的钱，新房的钱，车的钱，都是高欣出的，算起来也是一笔不少的钱了，他们张家一个子儿都没出。

高家的生意是越做越大了，事情越来越多了，正缺人手，尤其是业务拓展能力强，综合素质高，让高欣信得过的人。张伟相信张解放的威力和自己的能力，在祁东这块地盘上，他认识的有头有脸的人太多了，愿意给他们张家面子的人太多了。

然而，张伟的想法并没有得到张家的关键人物张援朝的支持。五四青年节那天，张伟去县政府找叔父汇报思想，他刚把想法说出来，就被张援朝不客气地否决了。

张援朝不希望张伟跟着高欣经商，他希望张伟跟着自己从政。张援朝把张伟当作了自己的衣钵传人，有他在前面开路，保驾，护航，张伟的前途星光灿烂，一片光明。至于经商赚钱，有高欣就行了，犯不着搭上张伟的政治前途。张援朝在祁东县政坛苦心经营了这么多年，枝繁叶茂，根深蒂固，总不能把路修好了，把桥架好了，自己家没有一个人来走吧，他需要一个接班人，继承他的政治资源，这个人就是张伟了。

虽然张伟辞职跟高欣干的事情没有办成，却引发了张援朝对张伟仕途的认真思考和周密布局。张援朝知道张伟已经在黄花菜加工厂干了两三年了，待烦了，待腻了，怨气来了，是到了给他挪挪窝的时候了。

五四青年节后的第三天，张援朝把张伟从黄花菜加工厂借调到了县政府办公室，主要负责接待工作。

到县政府上班的第一天，张援朝把张伟叫到办公室，对他说："伟崽，你现在不是缺钱，而是缺权。生意就让你岳父高欣做，钱让高欣赚，你是他的女婿，他的钱，你也有份，他不会亏你的。权，高欣没办法给你，得你自己争气，我只能做个把你领进门的师傅，最后你能做多大的官，还是要靠你自己。"

经叔父一点拨，张伟豁然开朗了。虽然高欣一个月没给他多少钱，但钱在高家，高燕有份，他就有份。接待工作，就是吃喝玩乐套近乎，跟人插科打诨讲交情。这正是张伟的长项。场面上，张伟跟着张援朝和高欣混了一两年，已经青出于蓝，做得到见人说人话，见鬼说鬼话，吃得开了。对这份新工作，张伟很快就如鱼得水，左右逢源了。

张伟在县政府办公室的工作表现得到了一致认可，就连对张伟一直抱有成见的凌书记，都称赞张伟是浪子回头金不换，把接待工作做得有声有色了。

三个月后，张伟被正式调入县政府办公室，开始从政。年底，张伟被评为祁东县先进工作者，并被破格提拔为县政府办公室副主任。

任命通知书下达的那天，刘美丽比张伟还开心，她躺在张伟怀里，鼓励他说："伟，我看好你。你真是一块做官的好材料，你叔父是后继有人了，说不定长江后浪推前浪，你以后做的官可能比你叔父的还大，他做县长，你做书记，做市长！"

　　"你野心还蛮大的，那时候，我管全县，你管书记，我管全市，你管市长。"张伟开玩笑说。

　　"可我又知足，又感到遗憾呢，我只能是你的情人，不能是你的夫人。我不能光明正大地管书记，管市长，我只能偷偷摸摸地管。"刘美丽说，"光明正大地管你的权力，还是在高燕那儿。"

　　"她不管我的，她得了面子，你得了里子，还是你厉害！"张伟亲了刘美丽一下，实事求是地说。

第二十九章　孩子名让张伟受伤

在家千日好，出门时时难。无论是一个怎样的家，家都是安放身体的港湾，栖息灵魂的天堂。如果不是有不得已的苦衷，谁愿意背井离乡，有家不回？

经历了人生劫难的高欣和高燕父女，打算回家了。

高燕的身体已经康复了，出院了，她待在长沙等孩子出院。从怀孕到出生，孩子波折不断，却有惊无险，顺利地挺了过来，在茁壮成长。孩子在育婴箱待了将近一个月，已经从出生时的三斤长到了五斤。他白白胖胖的，能吃能睡，爱闹爱笑，出院前的体检中，各项关键指标十分正常。

高欣已经痊愈了，下地走路，蹦蹦跳跳，跑动，都没有问题，身体恢复到了车祸前的水平。这次事故，给高欣留下了深刻的启发和教训，永远的纪念；车祸在他身上留下了很多大大小小的疤痕，除了脸上还是一块净土外，其他地方，如四肢，腹部和背部，几乎都有。

这次事故也让高欣因祸得福，圆满地了却了两桩心病。一是他和儿子祁宏的关系。他们的关系从高度的紧张对峙状态下缓和下来，进入前所未有的蜜月期。二是高欣看到外孙并不像他所担心的那样有生理残疾或智力障碍，而是一个非常健康，十分正常的孩子，他跟高燕的父女关系也恢复了正常。他们一同出现在湖南大学的音乐节晚会上，高燕才知道父亲出了车祸，差点把命丢在长沙了，她心里充满愧疚。

跟祁宏改善了关系，高欣很感谢任敏。他由衷地感叹，读书人就是读书人，有办法，有效率，读书人跟读书人沟通起来，卓有成效，让人信服。他到湖南大学跑了几趟都没有把跟祁宏的关系处理好，任敏是马到成功，去一次就帮助他把最棘手的问题解决了，比高燕还管用。祁宏已经不讨厌他了，只要一有空，他就过来看望他，陪他聊聊天，陪他散散步。鉴于祁宏尚不清楚他们的真正关系，要再突破，难度比较大。能够达到目前这种亲密程度，高欣已经心满意足了——他们除了没有父子相认，其实上，祁宏做得比儿子还好了。

出院那天，高欣跑到另一个医院跟高燕会合，接孩子出院。高燕已经给孩子办好了出院手续，在那儿等他了。说来奇怪，那个孩子看到高欣的第一眼，就咧开嘴巴笑了，好像天生认识他姥爷似的。孩子露出来红艳鲜嫩的上下牙床，腮边两个浅浅的酒窝，像是盛了刚出锅的原浆酒，格外香甜醉人。

这个孩子纯洁无瑕，根本不记他的仇呢，看着他，高欣的心里滚过一股慈爱的暖流。在这一刻，高欣想明白了，这个孩子跟他休戚相关，生死与共，孩子好了，他才好——他让孩子艰难地出生了，上帝差点让他痛苦地死了；现在孩子好了，他也好了。这就是因果循环。他们血脉相连，一脉相承，只有对孩子好了，跟他关系和谐了，高欣才能顺风顺水。

看到孩子，高欣又高兴，又紧张。他从女儿手上把孩子抢过来，瞪大眼睛，左看右看，上看下看，前看右看。当看到孩子五官端正，手脚健全，身体健健康康，高欣悬在心头上的石头终于落了地；当看到孩子一逗就笑，爱闹爱动，看不出来有什么智力缺陷，高欣眉开眼笑了。他一下子喜欢上了这个孩子，把他抱在手上，爷孙俩四目相对，傻傻地笑了。

高燕弄不明白父亲对孩子的态度，毕竟父亲一直想把这个孩子打掉。一开始，父亲的表情把高燕吓坏了，她大气都不敢出，生怕父亲做出什么对孩子不利的事情来。当看到父亲对孩子不仅没有恶意，而且眼睛里充满了爱意，甚至是溺爱，看到父亲抱着孩子，傻乎乎地笑了，亲了又亲，高燕才放下心来。

父亲对孩子态度的一百八十度的转变，让高燕内心充满了感激。父亲逼她打胎的事，随着孩子出生出院，高燕已经渐渐地放下了，原谅了他。看来，这个顽固地坚持打掉这个孩子的坚强男人在可爱的孩子面前低下了那颗固执的头颅，开始面对现实，接受了这个孩子。这个结果让高燕喜极而泣，他们紧张的父女关系，终于可以画上句号了。他们都内心平静，原谅了对方，他们的关系从来没有如此的融洽和谐。

被祁宏邀请到湖南大学观看五四青年节音乐晚会，给父女俩开启了一段新的心路历程。音乐晚会上精彩纷呈的民歌表演，让他们大开眼界，就像看群星璀璨，包罗了五十六个民族的民俗风情的演唱会。看到祁宏在舞台上挥洒自如，妙语连珠的主持，他们百感交集，感慨万千，也倍觉欣慰。父女俩一边看表演，一边心照不宣地达成了共识：这个精彩的世界是祁宏的，与他们的世界截然不同；在这个世界里，他们格格不入，既找不到自己的位置，又成了祁宏的障碍，给他的学习生活，感情工作带来了极大困惑。

祁宏是在他们的生命里出现过；在他们生命里出现的时候，祁宏是一只风筝，被他们攥着线飞翔。现在，风筝飞高了，飞远了，他们手里没有更长的线了，到了放手的时候了。没有他们攥着，风筝的天空更宽广更高远，他们都不想成为这个年轻人追逐自己梦想的道路上的绊脚石——这个角色很不光彩，令人讨厌。

那天音乐晚会结束，父女俩约好了，第二天清早，他们一起出发回祁东。他们没有事先告诉祁宏，他们是出其不意地来了，又悄无声息地走了。冷静下来，父女俩不约而同地发现，他们已经够麻烦祁宏了，应该还他清静了——他们都认为自己是祁宏最亲近的人，但他们却让最亲近的人不得安生。

音乐晚会的巨大成功，让他们看到了祁宏的前途，看清了祁宏的世界与自己的世界不同。这里是祁宏的青春主场和人生舞台，他有他的天空，他有他的舞台，他有他的生活，他有他的感情，他有他的人生。祁宏已经长大了，自立了，翅膀硬了，有自己的地盘了。这些跟他们没有什么关系了，也让他们感到陌生。祁宏现在的世界，他们不懂，祁宏未来的世界，他们更加不懂，也不应该由他们来主宰，包括干涉。如果他们硬掺和进来，就像一碗白花花香喷喷的大米饭中混进了硕大的沙砾，硌牙，让人不舒服，影响肠胃消化，为身体健康埋下隐患，他们不能喧宾夺主了。

有了车祸的惨痛教训，高欣变得格外小心谨慎，他离报销就差一厘米，那么大的事业，那么多的财富，那么多的小孩，都差点跟他没关系了。失去了才觉得美好，经历了才觉得可贵。世界是美好的，生活是美好的，生命和健康永远是第一位的，小心驶得万年船，宁让一分，不抢一秒。高欣开着车，屏气凝神，精神高度集中，一点小差都不敢开，不像开了十来年车的老司机。

高燕心里腾起千般不舍，她又欠下了祁宏很多。如果没有祁宏，这个孩子肯定没有了，这就是孩子与祁宏的关系。如果没有祁宏，她在医院肯定挺不过去，至少要患产后抑郁症了，这就是祁宏对她的作用。

在小车驶出长沙城之前，高燕不断地向窗外看。她希望自己运气特别好，能够突然看到那个熟悉的身影，那张熟悉的面孔。但这次，高燕没有那么幸运，那个人没有如愿以偿地出现——本来出现的概率就微乎其微，高燕不敢有太多奢望，她望向窗外，只求一个心安。

前一天晚上，看到祁宏在音乐晚会上的精彩主持，看到祁宏跟钱小芸在舞台上天衣无缝的配合，高燕慢慢地醒悟了过来。那个舞台曾经也是她少女时代的梦，随着音乐晚会结束，高燕的少女梦也结束了，她已经结婚了，做妈妈了，不要再有幻想了，她应该放开祁宏，让他自由自在地飞翔了。

祁宏也应该有自己的感情生活了，该恋爱了，那么多女生都喜欢他，无论是凌林还是钱小芸，或者其他女生，只要祁宏自己喜欢就行，高燕祝他们永结同心，比翼双飞，白头偕老，千万不要像自己跟祁宏那样，碰得头破血流，最后还是没办法走到一起。

直到长沙城从视野中消失不见了，高燕才把目光从窗外收回来，落在怀里的孩子身上。对孩子来说，汽车颠簸就像摇篮，孩子在车上很快就睡着了。高燕把目光收回来的时候，孩子已经美美地睡了一觉醒来，他睁着水一样清澈的眼睛看着她，咧开嘴笑着，腮边露出两个小酒窝，可爱醉人，就像一朵春风中盛开的花儿。

高燕小心翼翼地把孩子抱在怀里，目不转睛地盯着他看。这是他们第一次这么近距离接触。高燕越看越喜欢，整个心都在孩子身上了。高燕情不自禁地在孩子脸上亲了又亲，孩子被她亲得咯咯咯地笑了起来，车内弥漫着他奶声奶气的笑声，笑声让这个狭窄的空间温馨无比。

亲孩子的时候，高燕不由自主地想起了跟祁宏的初吻，那一幕永远留在她的心底，是那样清晰，又是那样遥远，就像一幅远古的水墨丹青中的远山远水，但只能站在画外欣赏，她根本进不去。

小家伙把高燕的心渐渐挤满了，没有留下一点空隙，包括祁宏的位置都被小家伙占住了。这个小家伙让高燕心满意足，豁然开朗，她不再纠结于爱情和婚姻的不如意带来的不愉快。虽然那段刻骨铭心的爱情结束了，但不是什么都没留下。有了斯鸿，就是给她留下了一枚最珍贵的果实，这枚果实跟她血脉相连，永远地陪在她身边。

高燕内心被孩子搅动着，鼓舞着，激励着，她决心做一个优秀的妈妈，像祁宏的妈妈祁茗那样，把孩子抚养大，教他做人，送他读书，像他爸爸一样，将来成为国家和民族的栋梁，成为展翅飞翔的金凤凰！

那段时间，跑医院照顾高欣和高燕，策划组织活动，排练节目，到图书馆复习功课，祁宏忙得脚不沾地，够辛苦的，睡眠严重不足，但祁宏凭借顽强的意志一直强撑着。音乐晚会结束后，回到宿舍，室友们很兴奋，缠着祁宏，指点江山，一直聊到很晚才睡。这一睡，祁宏就睡过了头，太阳晒屁股了才悠悠醒来。

音乐晚会的效果反响热烈，远远超出刘风云和其他学生会干部的预期。刘风云把这个音乐晚会作为他两年学生会主席位置上最大的政绩和亮点，他觉得这个音乐晚会让他在毕业卸任离校前，终于有了交代，他对祁宏和钱小芸充满了感激。

湖南大学唯一对音乐晚会感到不满意的两个人就是钱小芸和祁宏自己了。他们不约而同地认为，他们的配合和主持还有潜力可挖，还能发挥得更好，让音乐晚会更加出彩。

一夜之间，一觉醒来，祁宏成了学校的明星人物。如果说这次音乐晚会有什么遗憾的话，祁宏觉得就是凌林没有来，没有让她看到自己的青春风采。这是他一手策划，一手组织，一手主持的第一次全校性大活动，观众上万人。高三的时候，凌林总喜欢把祁宏叫作"书呆子"。这个绰号让祁宏不服。如果凌林在现场，肯定非常高兴。单凭这件事，祁宏在凌林心目中的那个"书呆子"的帽子是可以摘掉了。

祁宏想过给凌林订往返机票，把她叫到长沙来。但祁宏怕自己太忙了，没有时间陪伴她，照顾她——他确实没有时间分心，所以，干脆没叫了。但音乐晚会成功，祁宏第一个想到的，还是跟凌林一起分享。

起床后，祁宏做的第一件事不是吃饭，而是匆匆忙忙跑到校门口的报刊亭看新闻，买报纸。果然不出祁宏所料，当天的湖南日报、长沙晚报、三湘都市报等长沙的主流媒体都对湖南大学的五四青年节音乐晚会做了大篇幅报道，都还配了大幅彩图，图片上是西装革履的祁宏和钱小芸在神采奕奕地主持晚会。

祁宏各买了几份报纸，每份报纸都很厚，有很多张。祁宏把每份报纸有报头的那一张和有晚会新闻报道的那一张抽出来，整齐地折了起来。他要寄一份给凌林，跟她一起分享自己的成功和喜悦。祁宏来到邮电局，要了一个大号信封，把叠好的报纸塞了进去，写好地址后，给凌林寄了一封挂号信。信里面只有报纸，没有任何文字。有了那几张报纸，祁宏觉得已经够了，比他说什么都让凌林高兴。

上午有两节课。寄完报纸，上完课，吃完饭，祁宏再去医院看望高欣和高燕。祁宏已经有一段时间没去医院了，他们好得差不多了，能自己照顾自己了，祁宏去不去已经意义不大了。祁宏去医院，只是想知道他们什么时候离开长沙。在他们离开长沙前，祁宏准备请他们吃一顿饭，做一个和事佬，给他们紧张的父女关系降降温。祁宏发现自己对缓和父女俩的关系有神奇的作用，就像当初他和高欣关系紧张，高燕对他们的作用一样。

音乐晚会后，祁宏的明星效应来了，中午在食堂吃饭，好多同学端着碗筷围过来，跟祁宏搭讪聊天，还有几个陌生女生索要祁宏签名。这些女生都是有备而来，到食堂来拦截祁宏的。她们穿着五四青年节音乐晚会特别定制的文化衫，还准备了签名笔。她们把笔递给祁宏，要他把名字签在她们的文化衫上。

吃完饭，祁宏先去了高欣所在的医院。进了病房，祁宏看到病床上已经换成了另外一个陌生的中年女人，她摔断了腿。祁宏心里咯噔了一下，连忙跑过去问护士。护士告诉他，高欣已经大清早出院了，回祁东了。

祁宏赶紧打了个车，直奔高燕所在的医院。高燕的病床上，干干净净的枕头、被子被叠放得整整齐齐，房间已经没有人了。小芳护士看到祁宏，跑过来，诧异地问："祁宏，你还来医院做什么？"

"我来照顾高燕和孩子啊！"祁宏说。

"你不知道吗，高燕已经出院一段时间了，她今天早上过来接小孩出院，她父亲把她接回乡下去了。她没告诉你吗？"小芳护士奇怪地问。

"这段时间我一直很忙，尤其是昨天，我顾不上他们了。"祁宏说。

"哦，也是！你昨晚主持音乐晚会去了！"小芳护士恍然大悟地说，"我在电视上和报纸上都看到你了。没想到你主持节目那么棒，比电视里的主持人水平还高！"

小芳护士的恭维让祁宏不好意思地笑了起来。祁宏觉得自己真是笨得可以，他早就应该想到，高欣走了，高燕肯定也走了。祁宏把父女俩请到音乐晚会，坐在一起，他们的紧张关系已经解冻了，和好了。

小芳护士拿出来一封信，递给了祁宏。那封信是高燕托小芳护士转交给他的。祁宏不好意思当着小芳护士的面读信。告别小芳护士，在返回学校的路上，祁宏把信打开了。信很薄，只有一张纸；信很短，只有一行字。把信展开，那行熟悉的、娟秀的字一下子全部映入了祁宏眼帘：我会把孩子抚养大，希望你飞得更高，走得更远！

这封信真是言简意赅，只有二十来个字，也是真正的字短情长，耐人寻味。翻来覆去地读着信上的文字，祁宏觉得心里闷得难受，堵得慌。这封信带给祁宏的信息是明确的，如果说以前他们分手，高燕没有给祁宏一个明确的交代，那么这封短信则是给他补上了一个斩钉截铁的交代，他们之间曾经的那种生死与共，相濡以沫，不离不弃的感情彻底画上句号，一去不复返了；以后再见，虽然不至于形同陌路，却只能是兄妹，是朋友，没有暧昧空间，没有回旋余地了，高燕也是想明白，下了决心了。

拿着信，读着信，祁宏怅然若失。他的初恋彻底结束了，变味了，从爱情变成了亲情，从爱情变成了友情。

别了，初恋；别了，初恋情人。

感情是年轻人走向成熟的催化剂，有时候虽然很残酷，却教会了我们做人，教会了我们思考，教会了我们成长，教会了我们成熟。经历了与高燕这段刻骨铭心的感情，祁宏觉得自己一下子长大了，成熟了，尤其是在心理上，他已经从一个懵懵懂懂的小男生变成了一个成熟稳重的小男人。

车到祁东县城，在小区楼下，高燕跟父亲分了手。高燕回自己的小家，父亲开车回四明山。

高燕说父亲的伤刚好，身体还没有彻底恢复，劝他在祁东休息一个晚上，补充点体力再走。可高欣归心似箭，一刻都不愿意耽搁，哪怕早一秒到家，他都要赶的。他在外面待太久了，他还从来没有在外面待过这么长时间，他不知道自己的家和公司怎样了，有没有出乱子；如果出了乱子，他得赶紧想办法，采取措施，亡羊补牢，进行弥补。

上了楼，站在门口，高燕认认真真地敲门，她生怕春节期间把张伟和刘美丽堵在房里的事情重演了。但没有人回应，高燕这才掏出钥匙，把门打开，进了家门。房子里散发出一股潮湿的霉味，看来已经有一段时间没有住人了。窗户关着，高燕感觉房子里的空气好像还是她离家出走时候的空气。

高燕赶紧把每个房间的窗户都打开了，让新鲜空气透进来，然后放下孩子，准备搞卫生。还好高燕有先见之明，婴儿车，婴儿床等用品，在她去长沙之前就已经准备好了，用抹布擦去灰尘即可投入使用。

那天晚上，张伟一直没有回来。张伟不在家，高燕倒不觉得有什么不好，只要有孩子在，她的世界就是圆的，就是美的，就像十五夜的那轮满月；只要有孩子在，她的人生就是有意义的，有价值的，值得她倾情奉献。

张伟的去向，高燕是知道得八九不离十，他肯定去了刘美丽那儿，并在那儿过夜了；她在长沙的这些日日夜夜，他们肯定天天腻歪在一起，比夫妻还夫妻。这样也挺好，没有张伟烦她，高燕可以全心全意地照顾孩子，不用分心，不用担心张伟打扰她和孩子的二人世界。

　　做完家务，高燕把孩子抱上了床。她目不转睛地盯着孩子，左看右看，上看下看，前看后看——她还没有机会这么认真细致地看她的孩子，这是她跟孩子在一起待的第一个晚上。高燕想从孩子脸上和身上找到一些祁宏的蛛丝马迹。但是很遗憾，这个孩子除了性别像祁宏，其他地方像祁宏的不多，像高燕的地方倒是很多，那脸型，那眉眼，那鼻梁，那小嘴，那耳廓都像，难怪都说男孩像娘呢。这让高燕有点难受，她宁愿孩子像祁宏的地方多一点，像自己的地方少一点。

　　张伟直到第二天下午下班了，才回到家里来。其实，就在高燕回来当天晚上，张伟就知道高燕和孩子回来了。那天，张伟像往常一样，准备点完钱，对完账，拿两三万块钱回祁东的时候，高欣突然进了高家大院。

　　高欣告诉张伟，高燕带着孩子也回祁东了。这个消息也成为张伟离开高家大院，匆匆忙忙返回祁东的好借口。张伟跟高欣和王红梅寒暄了几句，然后说有一段时间没有看到高燕了，要赶回去照顾老婆和孩子，就匆匆告别了。这个理由让高欣夫妇不好意思强留他。

　　把车驶出高家大院，奔跑在回祁东的马路上，张伟还在后怕，他刚把三万块钱揣进裤兜里，高欣就进来了，他的两个裤袋被钱塞得鼓鼓囊囊的，钞票的轮廓清楚。张伟怪自己太大意了，平时王红梅是不会注意这些细节的，但高欣精明得很，在老丈人面前，张伟还是嫩了点。还好，高欣给了他面子，没有当场戳穿他，让他带着钱走了。

　　回到县城，张伟并没有回高燕那个家，而是去了跟刘美丽的新家。高欣和高燕回来了，他得和刘美丽规划一下，盘算一下。高欣回来了，他们攒钱的好日子到头了。两个人都没好心情，依偎在床头，前半夜都在唉声叹气中度过的。两个人一致认为，早知道高欣这么早回来，就应该多拿些钱出来，不该那么心慈手软的。后半夜，两人释怀了。他们翻出存折来看了看，两个存折上的数字已经够大的了，加在一起，离百万大关就差临门一脚了。放眼祁东，除了比不上高欣，已经没有几个人有他们那么多钱了。

下午，张伟没有挨到下班时间就回去了。进了家门，看到高燕，张伟高兴地说了声"燕子，你回来啦"，然后径直走向婴儿车，去看孩子。

高燕的生怕张伟对孩子做出什么不利举动来，紧张得大气都不敢出——她时刻准备冲上去保护孩子。

高燕担心多余了，张伟并没有对孩子表现出什么敌意，而是满满的真心实意的爱。张伟把孩子抱起来，看了又看，亲了又亲。

这个陌生男人的莽撞举动让小家伙受到了惊吓，他哇的一声大哭起来，哭声响彻房间，弄得张伟不知所措。

高燕赶紧把孩子抢过来，撩起衣服，把奶头对准孩子的嘴，塞了进去。

有母亲安慰，有甜甜的奶水滋润，小家伙很快就不哭了。

"男孩只认娘，不认爹！"张伟说，"这个孩子，我可能要白养他了。"

张伟对孩子的爱让高燕有点感动。张伟曾经对她说过，只要孩子是高燕的就行，看来张伟是说到做到了，高燕不用担心张伟对孩子的态度了，就像她不用担心高欣对孩子的态度一样。

"燕子，我们一起给孩子取个响亮的好名字吧。"张伟提议说。

"孩子的名字我已经取好了。"高燕冷静地说。

"他已经有名字了？那太好了，他叫什么名字？"张伟兴奋地说。

"叫斯鸿——"高燕一字一顿地说。

高燕说话的时候把眼睛移向了别处，不敢正眼看张伟。

"思宏？思念祁宏？"张伟下意识地反问，"你现在还在想着他呀？"

这个名字让张伟极不舒服，这个祁宏真是阴魂不散啊，以后只要这个孩子在，他就要跟着孩子和高燕一起"思念祁宏"了，他就要一辈子都活在"思念祁宏"的阴影里了。

"不是你想的那个思宏，"高燕分辩说，"是斯大林同志的斯，鸿雁的鸿，斯鸿并不是思念祁宏的意思，是这只鸿雁的意思，我希望他成为一只独一无二的鸿雁，有鸿鹄之志。"

虽然知道没什么用，高燕还是进行了苍白无力的辩解，她希望张伟的误会越少越好，毕竟要跟张伟在同一个屋檐下生活，要跟张伟一起抚养孩子；毕竟张伟与祁宏是情敌，他们明争暗斗了那么多年，斯鸿这个名字不得不让张伟往那方面想，要张伟完全不往那方面想是不可能的。

对张伟进行释义，高燕还是希望张伟把"思宏"与"斯鸿"区分开来，两个词的读音相同，意义大不同。"思宏"只能是高燕心里的意思，不能摊在阳光下；斯鸿是堂而皇之的意思。高燕希望张伟把"思宏"与"斯鸿"读音相同当作一种机缘巧合，而不是自己在刻意为之；高燕不希望张伟小肚鸡肠，为孩子的名字耿耿于怀。

当然，高燕也知道，自己的释义是在掩耳盗铃，有可能越描越黑，并没什么卵用。

虽然书读得不多，人也没有祁宏那么聪明，但张伟不可能不知道"斯鸿"就是"思宏"。这块遮羞布太透明了，有没有都一览无余。

幸亏张伟心里清楚，这个孩子不是祁宏的，是自己的，否则，张伟真要气疯了，都想家暴了。

这个名字让张伟无法忍受；高燕和孩子刚回来，张伟也不想跟高燕争吵，他转身走了。

离开家门的时候，张伟把门摔得震天响，发泄着心中的不满。

那一夜，张伟又没有回去，他躺在刘美丽温香软玉的怀抱里，像一个受了委屈的大孩子，他在生着闷气"思念祁宏"。

张伟气呼呼地告诉刘美丽："高燕给孩子取名思宏，这不是故意恶心我吗？我不敢叫孩子名字，也不敢跟他们在一起。跟他们在一起，我就要跟着他们母子天天思念我的情敌了，我一辈子都活在情敌的阴影里！"

刘美丽伸出双手，捧起张伟的头，在他额头上亲了亲，柔声安慰道："伟，这个世界是公平的，你在高燕和那个孩子那儿失去的，在我和这个孩子身上可以加倍地找回来。这个孩子的名字由你来取，你叫他思伟都行。你给他取什么名字就什么名字，我都尊重你，我都喜欢。我肚子里的这个孩子，从血液到名字，都是你张伟一个人的，跟别人没关系！"

刘美丽的话让张伟很感动，他伏在刘美丽怀里，泪流满面，失声痛哭。

张伟迷失了，他搞不清到底高燕是他的妻子，还是刘美丽是他的妻子。

如果有的选，张伟是要高燕做老婆，还是要刘美丽做老婆？

这个问题让张伟很难回答。生活已经给他做出了选择，不让他为难了。

第三十章　两代人交流爱情观

为人处世，都是有原则，有底线的。有些事，可以原谅；有些事，不能原谅。原不原谅，关键看有没有破坏原则，突破底线。

尽管在同一个班级，全班只有二十来人，像个温馨大家庭，但凌林还是不肯原谅谢天放，不愿意给他道歉的机会。

那件事性质很恶劣，破坏了原则，突破了底线，把凌林深深地伤害了，让她很生气。凌林觉得自己没有跑到派出所报案，没有跑到学生工作处举报，就已经看在同学分上，对谢天放网开一面了。

对付这种"有文化的流氓"，凌林暂时没有找到其他有效办法，但她"惹不起，躲得起"。

凌林基本上断绝了跟谢天放的往来——她对他不理不睬，谁都看得出来。在同学们看来，以为是这对小情侣闹别扭了，这种情况，在他们这个年纪，在他们这种关系，比较司空见惯。

以前他们有说有笑，是一对配合默契的好搭档，尤其是在班上和系里策划、组织、主持活动的时候；现在却是有谢天放的地方就没有凌林；有凌林的地方，只要谢天放一出现，凌林马上转身就走，头也不回。看样子，凌林准备跟谢天放"老死不相往来"了。

这对谢天放来说，是冲动后的惩罚。他很不情愿这样，也急得抓耳挠腮。在日记中，谢天放把自己比喻为一只看到了熟透的桃子，却够不着桃子的猴子，那种心情简直糟透了。

他们只是在上课的时候，勉强在一个空间共存。谢天放眼里只有凌林，讲台上的老师都没有；凌林眼里没有谢天放，只有讲台上的老师。好几次下课后，谢天放跟在凌林身后，到了某个人烟相对稀少的地方，几个箭步，蹿到凌林面前，把她拦下来，厚着脸皮乞求说要跟凌林开诚布公，好好谈谈。

"我们之间，只能是普通的同学关系，我们没什么好谈的！"凌林冷若冰霜，没有商量余地，让谢天放感到阵阵寒意从心底升起，"天放同学，我是有男朋友的，我们感情很好，你这样强人所难，以后我们连普通朋友都没的做了。作为同学，大家抬头不见低头见，相信你也不愿意闹到这一步，看到这一幕！"

凌林都把话说到这个份上了，谢天放不得不放过她。他们都是有身份、有修养的大学生，朗朗乾坤，众目睽睽之下，谢天放不得不作罢。在清华大学的校园里毕竟不同于在他家，可以由着性子，不顾别人感受胡作非为。

然而，感情这东西就不是个东西，不懂人，不怜惜人，只会折磨人，你越在意它，它越折磨你。凌林越是冷漠以对，谢天放越是心急如焚；谢天放越是心急如焚，凌林越是冷若冰霜。也许，这两个人，物理意义上的人是朝夕相见，可化学意义上的心，却背道而驰了。

这种尴尬相持的局面，直到凌书记来北京参加中央党校学习，才被无意中化解了。

到中央党校学习一周多了，趁着端午节假期，凌书记才抽空来清华大学看望宝贝女儿。这个女儿，让凌书记既自豪，又内疚。作为父亲，凌书记是不够格的。这些年，他一直忙于事业，对女儿关心不够，任其自生自灭。早上他起床了，女儿还没有醒来，晚上他回来了，女儿已经睡了。作为女儿，凌林是争气的，给他长脸了；女儿不仅一直是全县高中成绩最好的，还过关斩将，高考成绩在全省名列前茅，考上了中国最好的大学。

女儿到北京上大学，凌书记原计划请三天假，送女儿上学，他把票都买好了。但那年干旱，县里有两个隔壁村，为争夺水资源灌溉庄稼，打了群架，有人伤亡，凌书记要赶去处理，以防事态扩大，结果又耽搁了。女儿在北京学习快一年了，凌书记还没来看过她呢。凌书记很想让女儿陪他在这座全国最牛的高校到处走走看看，熟悉女儿学习生活的地方，领略这座最高学府的神韵和风采。

中央党校和清华大学都在海淀区，距离并不远。凌书记挤上公交，到清华大学校门口下了车。他在校门口的公用电话亭，给女儿打电话。电话通了，接电话的正是凌林。女儿拿起话筒一"喂"，凌书记就听出来了。听着这个让他魂牵梦萦的声音，凌书记的童心来了，他故意捏着嗓子，让女儿猜猜他是谁。

"咱家老凌呗，还能是谁？"凌林说，"你不用开口说话，我闻气味都闻得出来。咦，你怎么感冒了？声音听起来像太监！"

没有难住女儿，还意外得了个差评，凌书记顿时觉得开玩笑很无趣，他一个平素严肃惯了的人，只有严肃起来了，才像他自己，凌书记不得不恢复正常说话，继续要女儿猜他在哪儿。

第二个问题，把女儿的兴趣空前地撩了起来，凌林马上知道父亲是"此地无银三百两"。父亲的到来让凌林又惊又喜，他那么忙，难得有这个闲情逸致，难得有时间跑到北京来看她，今天是太阳从西边出来了。

"爸，你到北京了？现在在哪？"凌林兴奋地嚷道。

女儿这么一嚷，把凌书记的童心彻底赶跑了，他认认真真地言归正传："我不仅到你的地盘上来了，而且现在就在你们学校门口的电话亭给你打电话！"

"那您乖乖的，站着别动，我现在下来找您！"凌林心情愉快地说。

亲爱的父亲来了，没有比这更让人开心的了。凌林话还没说完，就挂断了电话，跑出宿舍，跑下楼，一阵风一样，扑向学校门口。

凌林边跑边盘算，父亲难得来北京，又碰上端午节，得好好陪陪他，找几个北京的名胜古迹，一起逛逛。来北京有一年了，凌林也是哪儿都还没去逛过。凌林想，如果祁宏在北京，他们早就骑着自行车，把北京的大小胡同，名胜古迹都跑遍了，祁宏不在北京，凌林没有那个兴趣。

父女俩老远就看到了对方，向着对方快步走去。见了面，凌林亲热地挽住了父亲的胳膊。两个人都特别高兴，愉快地聊了起来。

"都到你的地盘上来了，你也不做做东道主，出点血，请老凌吃个大餐？我在党校已经吃了一周大食堂了，还真有点馋了。"凌书记说。

"原来老凌也是吃货呀，您来了，吃大餐是必需的，反正是我请客，您买单，花多花少都是您的钱，我不心疼的，我们等会多点两个大菜，大碗吃肉，大口喝汤！"凌林说。

"绕来绕去，还是做爹的吃亏，划不来；我得给自己减压，敲你一顿的算盘是不能打了。我现在是只投入，不产出，你什么时候独立自主，不要老爸供养了，就真正长大了。你啥时候才能像祁宏那样，流自己的汗吃自己的饭呀？"

听父亲批评自己，褒奖男朋友，凌林没有生气，反倒更开心了。

"老凌，您要好好珍惜机会，你养我的时间已经不多了，我还有三年就大学毕业了，可以自己养活自己了。即使您现在不养我，我也有其他男人养了！"凌林说。

"其他男人养你？我巴不得！"凌书记说，"是哪个男人那么没有眼光，看上灰不溜丢的你了？"

"祁宏呀，还能有谁？"凌林得意地说，"他已经跟我说过了，他现在很挣钱，可以送我读大学了。这三年是您最后的机会，您要哄着我；如果没把我哄高兴，我就弃暗投明，投靠别的男人了！"

"好呀，我盼着你早点投靠他，"凌书记说，"我巴不得把包袱甩了，轻装上阵，一心一意做我的书记，护我的子民！"

"您还真不是一个称职的父亲，也不是一个好父母官，不体恤民情，"凌林说，"祁宏家那么穷，他还是个学生，您就要他养您女儿了？这种昧着良心的事情，您干得出来，您女儿可干不出来！"

"女大不由爹，你已经胳膊肘往外拐了，"凌书记说，"说来说去，还是要爹养你呗，看来你心里巴不得爹把祁宏也养了！"

凌林把父亲的胳膊挽得更紧了。

"我爹还是愿意养我呀。"凌林说，"我跟祁宏不一样，我有一个好爹。祁宏是被逼上梁山，不得不自己想办法养活自己。如果他像我一样有一个这么好的爹，他也跟我一样，饭来张口，衣来伸手，没钱了打电话向爹娘要！"

"既然这样，那就算了，我还是为我自己省点钱，今天中午我带你去吃霸王餐。我的老领导请我们一起过端午节，他再三嘱咐我，把闺女带上给他们看看！"凌书记说。

"有个做官的爹还是蛮沾光的，即使来北京出差学习了，都有人请他吃饭，我还能跟着他蹭饭！"凌林说。

"哪里呀，小孩子真是童言无忌，人家的官可比你爸的官大多了。你爸的官在他面前，只是一根小小手指头。十多年前，他做省长，你爸做他的秘书。那个时候，你还是小不点呢，穿着开裆裤，跟男孩一样，在省政府家属大院跟着一帮男孩子到处捉蚂蚁，玩玻璃球！"凌书记说。

凌林："是不是谢爷爷呀，我记得小时候，他还抱过我呢。"

凌书记："算你还有点良心，还记得他，谢爷爷当年没有白抱你，白疼你。自从他调到北京后，我跟他们已经有十多年没见面了。你知道你爸这个人不爱走后门，拉关系，攀附权贵。他在位的时候，我没有因为工作上的事情找过他；现在他退了，我来看看他们夫妻俩。谢爷爷为了方便你，把吃饭的地方定在你们学校附近。"

父女俩一边走，一边穿过马路，踅进了学校对面的一家中式酒楼。他们进了旋转门，乘电梯上了三楼。一个满脸堆笑，动作麻利的女服务员把他们领到了一个小包间前，轻轻地敲了两下，帮他们推开了门。

　　暗红的沙发上坐着一对衣着整洁，头发花白，精神矍铄，气度不凡的老人。

　　两个老人看到凌书记父女进来，赶紧起身相迎。

　　凌林一下子想起来了，那男的正是谢爷爷，那女的正是钟奶奶。

　　记得小时候，在省政府家属大院，他们经常碰到，夫妻俩都很喜欢凌林，爱逗她玩，有时候还给她纸包糖。这么一晃就十多年过去了，他们的模样和神态没有发生多大变化，就是老了很多，头发白了，满脸都是皱纹，脸颊两边长了老年斑，身板没有当年那么笔挺了。

　　凌林快步走上去，亲热地跟他们打招呼："谢爷爷，钟奶奶！"

　　两个老人看到凌林，笑得合不拢嘴，笑容里盛满慈爱。钟奶奶的双手捉住凌林的双手，上下打量，越看越高兴。过了很久，钟奶奶才喜不自禁地夸道："真是女大十八变啊，十多年不见，当年那个流清鼻涕，捡小石头的丑小鸭变成美丽的白天鹅了。不是早知道林儿来了，我都认不出来了。你爸说，你考到清华大学来了，真是一个了不起的丫头！我们早就想过来看你了。你说巧不巧，我孙儿去年也考上了清华大学，还跟你一个专业，一个年级呢。"

　　谢爷爷双手紧紧地握住凌书记的手不放。凌书记赶紧说："谢爷爷、钟奶奶可是你爸的大贵人，引路人呢。十多年前，谢爷爷做省长，你爸就是谢爷爷的秘书。你爸的那点小本事，全是谢爷爷手把手教的。你爸能有今天，全仰仗谢爷爷悉心栽培。这份恩情，你爸是没齿难忘。"

　　谢爷爷摆了摆手，爽朗地说："小凌，官场上的客套话，就不要在这儿说了。说多了就让我感觉假，感觉你变滑头了。你年轻，有能力，有魄力，做一个县委书记是大材小用，委屈你了。这些年，你也不找我，我也没帮你什么忙，对不起了。你是千里马，我不是伯乐。我们今天不谈工作，只叙旧情，今天过节，我们是一家人。"

无巧不成书，天下就有这么巧的事，就在他们热火朝天地寒暄的时候，闯进来一个高高大大的年轻人。

看到年轻人进来，凌林傻眼了，内心翻起了波澜，这个年轻人不是别人，正是自己的同班同学谢天放。

原来谢爷爷、钟奶奶嘴里所说的那个孙儿，就是谢天放同学呀。

凌林叫谢爷爷、钟奶奶是按年纪，论资排辈，没有什么血缘和亲戚关系。谢天放叫谢爷爷为爷爷，叫钟奶奶为奶奶，那可是货真价实的，他们是直系亲属关系，是真正的相亲相爱的一家人。

在这个地方看到凌林，谢天放马上明白了是怎么一回事，不由得又惊又喜。看来，他们两家还颇有渊源，他跟凌林还颇有缘分。爷爷说请自己当年的秘书父女俩吃饭，原来是凌林和她父亲啊，真是太巧了。佛说因果循环，看来真是爷爷奶奶前人栽树，后人乘凉，种瓜得瓜，种豆得豆了。

谢天放满心欢喜，那个一直困扰他，让他忧心忡忡，束手无策的跟凌林的紧张关系在爷爷奶奶无意中的帮助下，有望峰回路转，柳暗花明了。难怪谢天放在来酒店的路上，听到清华园的大树上有喜鹊在欢叫。

谢爷爷拉过谢天放，向凌书记介绍说："小凌，我孙子天放，很小的时候，在湖南省政府大院待过一年，你也见过，只是现在变化大了，没有当年的模样了。天放也在清华大学，读一年级，跟林儿一个专业，一个年级。"

谢爷爷又忙着把孙子介绍给凌林。谢爷爷的话还没说完，凌林就冷冷地说："谢爷爷，我和他认识，不麻烦您介绍了，我们在一个班。"

"那就太巧了，你们这叫有缘千里来相会！"钟奶奶高兴坏了，一张脸笑得像一朵盛开的菊花："你们是太有缘了，比我和你谢爷爷还有缘。十多年前，你们还在一起玩耍过的，天放老欺负你，抢你的玻璃球，你还记得吗？没想到十多年后，你们考进了一个大学，一个专业，还分在了一个班上，真是缘分匪浅！"

凌林觉得钟奶奶弄错了，乱点鸳鸯谱了。有缘千里来相会是不错的，但凌林更看重后面那一句话：无缘对面不相逢。凌林觉得后面那一句更适合用来形容她和谢天放的关系。

凌林内心凌乱不堪，跟父亲一起过节的快乐劲被冲淡了不少，她没想到在饭局上碰到了自己最不想见，最不愿意跟他待在一起的那个人。

谢天放来了，屋里的气氛变得诡异起来，一个简简单单的，以过节为主题的饭局，透露出了浓浓的相亲味。如果早知道谢天放会来，凌林就不来了，即便是陪父亲。凌林想，这样一顿大餐还不如父女俩找个大排档，随便吃点什么，随便聊点什么，来得更加自在，更加亲切，更加开心，更加随心所欲。

落座时，钟奶奶把凌林和谢天放刻意安排在一起了。这种安排，让凌林感到特别别扭，却合情合理。长辈们都认为他们是小辈，都是年轻人，有共同语言，又是同班同学，有很多话要说，理所当然应该坐在一起。

菜端上来了，气氛很热烈，大人们叙感情，话当年，回首波澜壮阔的历史事件以及他们当年的立场、内心的纠结、政治对手的阴谋和阳谋。只有凌林没有说话，她低着头，默不作声地扒饭，吃菜，故意声音响亮地用吸管喝饮料。

开席初，钟奶奶特意嘱咐孙子："把你同学照顾好，我就不管了！"

这句话让谢天放如获圣旨，每道菜上来，他都是伸出筷子，第一个给凌林夹。凌林面前的大碟子都被谢天放夹的菜堆满了。凌林几次低声要谢天放不要夹了，可谢天放要么装作没听到，要么压根儿不听她的。吃着谢天放给她夹的菜，凌林感觉味同嚼蜡，什么滋味都没有，却又不得不强行下咽。那顿饭，凌林吃得很勉强，很痛苦。

一对年轻人，一个热情似火，一个冷漠如冰。在长辈谢爷爷和钟奶奶眼里，都是很正常的表现。谢天放的热情，是对女生的关心和照顾；凌林的冷漠，不是冷漠，而是女孩的矜持和害羞。都没有什么特别的地方，都没有什么不对的地方，都跟他们的性别和年龄适配——他们都没想到这对年轻人之间还发生了那么多故事，有那么多心事。

谢爷爷和钟奶奶把这一切都看在眼里，心花怒放，眉眼都在生动地笑，仿佛他们也回到了年轻时候。他们就是在这个年纪，在饭桌上，通过相亲认识的。两个老人对凌林很满意，认为凌林学问高，气质好，知书达礼，聪明漂亮。他们看得出来，孙儿对凌林更满意，他们从没见过血气方刚，心高气傲的孙儿对哪个女孩如此殷勤体贴。

饭局上，凌林如坐针毡，动弹不得。两个小时的饭局好不容易结束了，凌林感觉臀部和两条腿都坐麻了。告别的时候，谢爷爷和钟奶奶热情地邀请凌林到他们家做客。这个邀请把凌林吓了一跳，他们家，凌林去过，只是谢爷爷和钟奶奶不知道。那幢别墅给凌林留下了很大的心理阴影。在他们那座城堡一样的别墅里，凌林差点被谢天放玷污了，现在都还让她心有余悸。那一幕就像一个噩梦，不时地在凌林的梦中重现，凌林是无论如何都不愿意去那个地方了。凌林以学习忙为由，委婉地拒绝了。

跟谢爷爷、钟奶奶告别后，凌林挽着父亲的胳膊，他们一起走进了清华园。凌林要陪父亲在校园里到处走走。她本来想陪父亲在北京城好好逛逛的，父亲虽然来过北京，但都是出差和学习，忙完了就走了，还没怎么逛过。可凌书记不愿意，他说北京最好的景点就是清华大学和女儿，他哪儿都不想去，就想认认真真地品味一下女儿生活和学习的地方，认认真真地领会什么叫作"自强不息，厚德载物"。

凌书记开玩笑说，他能进清华大学校园，领会清华大学校训，完全是沾了女儿的光。凭他自己，是没有这个能力跟清华大学走得这么近，触摸到清华大学的校训精神的。

凌书记眼神犀利，阅人无数，饭局上，凌林很不自在的表情没有逃过他的眼睛。自己的女儿自己最清楚，凌林是一个落落大方，谈吐自然，彬彬有礼的孩子。在饭桌上，凌林不应该那样拘谨，那样尴尬的，何况还是熟人——凌林甚至连起码的礼节，举杯向谢爷爷、钟奶奶敬酒，祝他们端午安康的节日问候都省略了，没有说。

凌书记说："林儿，这顿饭，你吃得很不开心，好像满腹心事似的。一开始，你是有说有笑，等你的那个同学一进来，你就变了一个人似的，一句话都不说了。"

凌林沉默了片刻，叹了一口气，心悦诚服地说："不是好像，是真的满腹心事。爸，您是如来佛，我是孙悟空，您是孙悟空，我是小妖怪，什么事都瞒不过您的！"

凌书记继续问："谢天放对你有意思？你跟他有故事？"

"他在追我呢！"凌林轻描淡写地说，她不敢把在别墅里发生的一切告诉父亲，怕影响父亲跟谢爷爷和钟奶奶的关系。

听女儿这么说，凌书记恍然大悟，打趣道："我琢磨着也是这样。你是名花有主的人了。与谢天放是落花有意，流水无情？"

凌林说："确实可以这么说，这其中的故事也是说来话长，一言难尽，不说也罢。我跟他还有漫漫无期的三年同学时光呢。"

凌书记误会了女儿的意思，以为女儿面临两难选择，不由得感慨地说："三年时光很短，但对一段感情来说，已经很长了。三年可以让人忘记一段旧感情，也可以培养一段新感情，都说日久生情呢。"

父亲的话让凌林听得很不舒服，她解释说："爸，我的意思是跟谢天放还要做三年同学很痛苦，我就像放在油锅里，要被煎熬三年呢。清华大学本来是我心向神往的地方，可与不喜欢的人抬头不见低头见，天堂就变成了炼狱。"

凌书记这才明白过来，他把女儿的意思理解反了。凌书记继续试探："林儿，谢天放给你的感觉就那么不济吗？我看小伙子很精神，有颜值有才华，家境又好。你可要考虑清楚了，水往低处流，人往高处走。一个是农家子弟，地位卑微，家贫如洗；一个是高干子弟，含着金钥匙出生，谢爷爷可是共和国部长位上退休，他父母都是年轻的厅级干部，他自己也出类拔萃。如果跟天放谈恋爱，你的人生至少少奋斗十年呢！"

这下凌林真生气了，嘟着小嘴说："爸，我是那种趋炎附势，攀附权贵的女孩吗？如果你女儿这么想，就是你对女儿的教育失败。你不也是农村出身吗？你不是常说，一个人，出身不重要，人品才重要。祁宏虽然是一个农家孩子，也没考上北京大学，但他人品高贵，心地善良，吃得苦，做事有股韧劲，我相信他起点低，后劲足，将来不会比清华北大走出来的学生差，他要比品质有瑕疵的高干子弟强太多了。祁宏成功的过程可能艰辛点，脱颖而出的时间可能久点，可我愿意跟他一起奋斗，同甘共苦，互相成就！"

"你能这样想，爸爸就放心了。爸爸相信你的眼光，爸爸也认可祁宏那个孩子，经过岁月打磨，祁宏会像金子那样发光的！"凌书记说。

"祁宏已经开始发光了！"凌林说，"你看他都上报纸，都上电视了。"

凌林边说边从裤袋里掏出祁宏寄给她的那几份报纸，展开来给父亲看。

从前段时间收到那些报纸开始，凌林就把报纸揣在兜里，有事没事掏出来看两眼，分享祁宏的成功。那些报道内容大同小异，凌林差不多都能背诵了。

祁宏成功，凌林很开心，唯一让她不开心的是那张照片。照片上，祁宏看着钱小芸，钱小芸看着祁宏，配合默契，看上去郎才女貌，十分般配。凌林心里涌起一股醋意，很多天了，那股淡淡的醋意仍在胸中的丘壑间飘来荡去。

"你真是慧眼识珠，比你爸的眼光还厉害！祁宏确实是块金子，他比你爸当年强多了！"凌书记边看报纸，边竖起大拇指。

凌书记这个大拇指把祁宏和凌林一起表扬了。

女儿对世界的认识，对爱情的立场，让凌书记很安心，他没有想过将来把女儿嫁进豪门。他希望女儿找一个知己知彼，品德过硬的人，两人相濡以沫，相扶相携，不离不弃。当然，在女儿认可对方的条件下，这个跟女儿谈恋爱，相伴一生的人，如果家庭条件能够好点，那就锦上添花了。

走着走着，凌书记情不自禁地把手搭在女儿肩膀上，以示对女儿态度和选择的支持。

父女俩这席推心置腹的对话，让凌书记意识到女儿长大了，有自己的主见了。从女儿考上大学到现在大一即将结束，他还没有这样认真地跟女儿聊过。让他欣慰的是，女儿的三观跟自己的三观很接近，他们不仅在生理上是父女关系，而且凌林继承了他的精神特质，是他名副其实的衣钵传人。

凌书记想，自己在官场上不是没有机会，而是很多次都被自己错过了，如果自己能够委曲求全一点，阿谀奉承一点，趋炎附势一点，向领导表个忠心，他早就是厅级干部了。可凌书记宁愿不升官，不愿屈着膝盖做人，不愿折弯了性子做人。

凌书记没有深究女儿和谢天放之间到底发生了什么，他已经用不着问了，女儿的选择就是结果和说明。如果女儿愿意说，他愿意听；如果女儿不愿意说，他相信女儿是有原因的，最重要的是女儿已经学会了识人，已经识过人，做出了自己的选择。

对于女儿的成长，凌书记不是没有担忧，她是一个外柔内刚，爱憎分明，疾恶如仇，是非坚决的人，她不懂得圆转，尤其在爱情和友谊上。有些人把爱情和友谊混为一谈；有些人把爱情和友谊对立了起来，爱情没有了，友谊也不要了，特别在两者发生冲突的时候。男女之间，很多时候，爱情不在了，友谊在，凌林的性格，容易二选一。

凌书记跟着女儿在学校里难得清闲地转悠了三四个钟头，乐此不疲，直到吃晚饭。晚上，他们就在清华大学的食堂里吃的。女儿要请他在外面吃，凌书记坚持要体验女儿的食堂伙食。晚饭后，凌书记要返回中央党校，凌林把他送到校门口，等着他上了公交车。

分手的时候，凌书记告诫女儿："林儿，你要记住，爱情是爱情，友谊是友谊，两者都很重要，人生中缺一不可，你要处理好，不能因噎废食，因为爱情，毁了友谊。"

父亲的谆谆告诫让凌林暗吃一惊，她确实为了与祁宏的爱情，把跟谢天放的友谊和同学关系弄得一团漆黑。送走父亲后，凌林坐在田径场的看台上，认真反思，咀嚼父亲说过的话。

正如父亲担心的那样，自己对谢天放的态度太粗暴了，处理方式太简单了，没有智慧，没有艺术性，值得深刻检讨。

凌林从心底想改变，可她又想不出什么稳妥的办法来。不是凌林不懂得妥协，不愿意妥协，而是谢天放的态度让凌林感到手足无措，无所适从。

这个问题真是让人困惑难解，把清华大学高才生的凌林都难住了。

第三十一章　兰考支教书写青春风采

是否知足常乐，一成不变，是心态年轻与否的标识。年轻人对未来充满憧憬，渴望打破常规，尝试新的生活方式，让人生过得更有意义。

再也不能这样过，再也不能这样活。

学校广播里传出来刘欢拷问灵魂的歌唱，祁宏被深深地触动了。

四年大学生涯的第一个暑假还有两周就要来了。这个假期接近两个月，漫长得就像一个学期。假期如何过，祁宏没有底，但有一点可以肯定，那就是得找点有意义的事情干干，不能像以前那样浑浑噩噩，浪费了，挥霍了。

从小学一年级开始，祁宏已经度过了十多个暑假，都是在四明山过的，内容千篇一律，无非是干干农活，做做家务，看看闲书，会会朋友。这些活动只占假期的小部分时光，大部分时间是躺在床上，睡着懒觉，喂着蚊子，做着白日梦，既没有意思，也没有意义。

祁宏还没想到打发假期的更好办法，只是不愿意回祁东，准备在长沙待着。长沙大，机会多，找些有意义的事情干，比四明山容易。祁宏准备多看看书，写点文章，跟其他留校的男生一起踢踢球。当然，最主要的还是找份家教，在帮助别人进步中过着忙碌充实，井然有序的生活。祁宏认真反思了一下，发现环境对人有很大的约束作用，在四明山的家里，他爱睡懒觉，缺乏上进的动力；在长沙，他千方百计找活干，内心有激情涌动。

不回家，最大的弊端就是见不到凌林，这对祁宏来说，有点儿苦闷难受。四明山距离祁东很近，她想见他，或者他想见她，距离一个多钟头就可以跨越。只要回到老家，不管是刻意，还是无意，一个暑假，祁宏总得往祁东跑几次，可以跟凌林见上数面。祁宏在电话里把想法告诉了凌林。

祁宏暑假不回家，对凌林打击果然不小，她见祁宏的愿望比祁宏见她更迫切。凌林本来就想着暑假能够跟祁宏多见两面，如果他暑假不回，她的愿望就打水漂了。凌林不支持祁宏暑假不回家，她对祁宏说，暑假那么长时间，如果见不到他，就一点意思都没有了。

但凌林对暑假的看法跟祁宏一样，觉得回家，大部分时间都白白浪费了，他们都想改变现状，都想不负青春韶华。凌林感叹说，如果能够找一件有意义的事，既不让假期白过，又能够让他们多见面，那就好了。

凌林想，如果祁宏留在长沙，她就过去陪他一段时间；或者自己留在北京，也不回祁东了，干脆要祁宏到北京来陪她。这个想法一说出来，马上被他们否决了。鉴于上次宿舍同居事件，凌林是不可能到长沙来陪祁宏的；祁宏更不可能跑到北京，住进清华大学的女生宿舍陪凌林——他怕这样会给凌林的学习生活带来后遗症。两个人商量来商量去，都没有一个结果。

没有结果了，自然而然转到了其他话题上。凌林说："最近上演的电影《焦裕禄》，你看过没有？我已经看了，很感人，对我们的人生选择很有启发，建议你去看看。"

凌林喜欢看电影，《焦裕禄》一上映，她就跑到电影院去了。她觉得这部电影拍得很真实，很有感染力，对年轻人很有启发，"人民的好公仆"焦裕禄同志那种"亲民爱民、艰苦奋斗、科学求实、迎难而上、无私奉献"的精神，值得尊敬，值得学习。

"我今晚就去看。"祁宏说，他对凌林交代的事情一向很积极。

《焦裕禄》已经上映一段时间了，祁宏听说过，但太忙了，还没来得及看。看到凌林这么推崇，祁宏觉得非看不可了，要"立刻、马上去看"。

"你看完电影，我们再好好交流一下。"凌林说，"我在电影院，是一边哭，一边把电影看完的。"

一部电影被凌林说得这么神奇，祁宏顾不上期末考试将近，当天晚上就跑到电影院看《焦裕禄》。

还有一周多就要考试了，很多人为了六十分，临阵抱佛脚去了，看电影的人不多，空荡荡的电影院坐着稀稀拉拉几十个人。但电影院里的气氛不同一般，异常沉闷，不时有抽泣声在角落里响起。就像凌林说的那样，祁宏也被焦裕禄深深感染了，边看边流泪，在无声的哭泣中挨到了放映结束。

看完电影出来，已经很晚了，回宿舍的路上，祁宏一路犹豫，到了宿舍楼下，祁宏忍不住了，在公用电话亭边拨通了凌林的宿舍电话。确认是凌林接的电话后，祁宏再也控制不住了，在电话里泣不成声。

凌林被祁宏的哭声吓了一大跳，赶紧柔声地问他怎么了，怎么这么伤心？

在凌林印象中，祁宏很坚强，她从来没有见过祁宏这样伤心地哭过，包括奶奶病重，包括初恋失败，包括高考准考证被抢。

当得知祁宏是被电影《焦裕禄》感动的，凌林马上就感同身受了，鼻子酸了，眼睛红了，声音低沉了——虽然凌林看过这部电影有一阵子了，但她心里还是被一种情绪激荡着，想起焦裕禄，想起他的感人事迹，还是控制不住，心潮澎湃，情绪起伏。

祁宏一边哭，一边说："林儿，我明白你为什么建议我看《焦裕禄》了，暑假我们一起去兰考支教吧，一起追随焦裕禄同志的脚步，脚踏实地，为兰考人民做点事情！"

这正是凌林冥冥中期盼的答案。建议祁宏看《焦裕禄》的时候，凌林还没有想到这一点，她只是在看完《焦裕禄》后，深受触动，想利用暑假期间，到"人民的好公仆"焦裕禄同志奋斗过的地方看一看，感受一下他的精神，吸取一下他的力量，但她还没想过暑假到兰考支教。

凌林一个弱女子，不敢擅做主张，离校离家，孤身行动。她想要祁宏陪她一块去，只要有这个男孩在她身边，她就心里踏实，有安全感。

两个心有灵犀的年轻人，很快就想到一块去了，不由得越说越兴奋，在电话里认真规划起来：他们准备在兰考找一个落后偏僻的地方待一个月，白天给孩子上课，晚上给乡亲们办夜校扫盲，同时教他们科学种田种地。乡亲们有丰富的种地种田实践，没有理论；书本上有深厚的理论，他们可以引导乡亲们把理论和实践结合起来，把田地种好。

定下这件事，暑假就有盼头了，就不会虚度了。他们心情舒畅，不约而同地意识到，这个假期将是他们人生旅程的一个全新开始，比较起来，以前那么多暑假都黯然失色了。

作为独生女，离校离家那么久，当然得告诉父母，争取他们的理解和支持。父母还在数着手指头过日子，盼着她暑假回祁东，待在他们身边做乖乖女呢。凌林忐忑不安地拨通了父亲办公室的电话，简单地寒暄了几句，她终于鼓起勇气，对父亲说："爸，我暑假不回祁东了！"

凌书记大吃一惊，紧张地问："你不回祁东，那你去哪，准备做什么？"

"我去兰考支教！"凌林说，"我要找找焦裕禄同志的足迹，走走他走过的路，为他牵挂的那群贫苦人民做点事！"

448

凌书记沉默了，女儿这个想法，他举双手赞同，尽管他很想女儿，希望暑假到了，一家人好好团聚，开开心心过一段时间，但女儿大了，有她自己的想法，有她自己的人生，有她自己的路，他希望做一个开明的父亲，而不是一个专制独裁的封建式家长。

"是你一个人，还是有伴呢？"凌书记问，这个是他是否支持女儿的关键，他不放心女儿一个人在外。

"我跟祁宏商量好了，"凌林说，"有他替你照顾我，你就放心吧。"

有没有一个人在女儿身边，照顾她，保护她；这个人让他放不放心，确实是做父亲的关心的大问题。听女儿说跟祁宏一起去，凌书记马上同意了。

女儿快十九岁了，是到了接触社会的时候了。她已经破万卷书了，是该行万里路了。她到了走上社会闯荡，一方面见见世面，增长见识；另一方面利用自己所学，做点实事，为国家为人民为社会出力的时候了。凌书记信得过祁宏，有他在，女儿安全有保证，他放心。

说来也巧，兰考县的丁县长跟凌书记是中央党校的同班同学。跟女儿通完电话后，凌书记拨通了丁县长的电话，就女儿和男朋友准备暑假去兰考支教的事情征询老同学意见。

丁县长很高兴，他说兰考落后面貌的改变需要先进的理念和科学的知识，教育是根本，兰考人民很需要很欢迎凌林和祁宏这样的高等学府的有志青年利用假期到兰考支教。丁县长对凌书记说，两个人有点少，能不能让他们动员一批同学过来支教？

凌书记觉得老同学这个主意不错，他把两个孩子的联系电话告诉了丁县长，建议兰考县跟两个孩子接触一下，商量一下。

兰考县政府办公室很快就联系上了凌林和祁宏，他们重复了丁县长那句话：兰考人民热烈欢迎你们过来支教，希望你们动员更多同学一起来，人数上多多益善！

兰考人民对支教的态度让凌林和祁宏备受鼓舞。他们通了电话后，决定在学校招募支教志愿者。两个人说干就干，各自起草了一个内容大同小异的海报，用毛笔写在一张大红纸上，分别贴在清华大学和湖南大学的宣传栏，准备招募一批志同道合的支教志愿者，暑假一同前往兰考支教。

托电影《焦裕禄》热映的福，海报贴出来后，在两个高校引起强烈反响，找他们报名支教的同学很多，湖南大学的钱小芸和汪大力都报了名，清华大学的谢天放也报了名。

大部分人动机单纯，是真心奔着到兰考支教去的；个别人动机复杂，带着私人感情去的。谢天放看在活动是凌林组织的分上，才报的名。虽然端午节那顿饭后，看在爷爷和奶奶的面子上，凌林不至于躲着他了，却也迟迟没有新的进展，凌林对他客客气气。这种客气，就是距离，心灵的距离，情感的距离，不可逾越的距离。谢天放希望借助支教，暑假跟凌林朝夕相处，培养感情，实现两人关系上的新突破。

谢天放找凌林报名的时候，凌林本来不想接收，怕他吃不了苦，影响队伍行动，可经不住谢天放软磨硬泡，最后同意了。凌林同意谢天放加入组织，还有一个重要原因，支教是祁宏倡议组织的，凌林希望借助这个活动，让祁宏和谢天放成为朋友，这样既可以终止谢天放对自己的纠缠，又可以做到父亲希望的那样"爱情和朋友两者兼得"。

组织支教志愿者期间是祁宏和凌林电话沟通最频繁的一段时间了，他们把这件事当作了他们的共同事业，两个人几乎一天几个电话，通报有关进展情况。他们各自挑选了二十个人，组成了湖南大学暑假兰考支教队和清华大学暑假兰考支教队。

这件事，在湖南大学很轰动，消息传到了俞校长和刘厉兰主任那儿。具有丰富学生工作经验的他们敏锐地意识到，这是一项全新的大学生假期社会实践活动，如果做得好，意义深刻，影响深远，说不定能够成为全国高校学生假期实践活动的典范和榜样，他们都有点激动。

刘主任把祁宏叫到办公室，语重心长地吩咐，既要把事情做好，又要把总结材料写好，要多拍照片，总结经验，活动结束后，要写成一份有分量的支教实践活动调研报告；下学期开学，要搞一个支教活动成果展，在全校进行广泛宣传教育，为来年组织更大规模的支教活动做好充分动员；调研报告要上报到有关主管部门，争取他们的认可和表彰，为学校增光添彩。

在支教队出发当天，俞校长特意组织了一个座谈会，邀请了学校主要领导出席座谈，为他们践行。俞校长兴致勃勃地给支教队讲话，授旗，送行，仪式很隆重，志愿者精神振奋。

六月三十日，祁宏带队从长沙出发，凌林带队从北京出发，坐上了开往河南开封的火车。第二天上午，两支支教队在开封火车站站台会合。凌林率领的清华大学支教队先到，他们没有出站，就在站台上等着；半小时后，祁宏率领的湖南大学支教队也到了。两支支教队会师后，大家异常兴奋，互致问候，很快就打成了一片。

祁宏变戏法一样，从书包里取出一面旗帜，展开了，一头自己拉着，一头给凌林拉着。那面旗帜上用漂亮的正楷写着"清华大学和湖南大学暑假兰考志愿支教队"。两人把旗帜举过头顶，带着队伍，排着队，井然有序，浩浩荡荡地向出站口走去。

那面旗帜鲜艳，在浩荡夏风中猎猎作响，就像他们的青春，鲜艳，亮丽，醒目；就像他们的青春誓言，响亮，傲娇，朝气，所到之处，引人驻足观望，令人刮目相看。

兰考县政府的接待人员在出站口恭候多时了。见面问候过后，他们坐上了兰考县政府派来迎接的中巴车。到兰考的时候，正是中午。县政府在食堂准备了饭菜，为他们接风洗尘。丁县长亲自来了，给他们发表了热情洋溢的欢迎词。县政府对这支支教队伍十分重视，根据县政府会议决定，支教队没有被马上派往支教目的地东坝头乡，而是留在县城，分成几个小组，被派往几所中学辅导即将参加全国高考的高中毕业生——那时候全国高中统考的时间是七月的七、八、九三天。

高考改变一个人的命运，也改变一个家庭的命运。谁都希望考出好成绩，能多一分是一分。祁宏和凌林把支教队员按照各自擅长的科目分成了文科组和理科组，轮流在兰考的几所中学进行考前辅导，给考生们答疑解惑，传授考场技巧经验。

　　这群人都是从高考的独木桥上走过来，成功地到达了彼岸的佼佼者。他们在考试应对技巧，答题注意事项，高考押题等方面都有丰富的实战经验，对同学们启发很大，受到了考生们的热烈欢迎。高考成绩证明支教队的作用很明显，那年兰考的高考成绩比往年任何一届都好。

　　高考结束后，支教队被县政府派车送往目的地东坝头乡。当然，也有人没能坚持下来，在高考结束后，去东坝头乡的前一天做了逃兵。逃兵不多，只有一个，这个人就是谢天放。

　　谢天放是因感情而来，因感情而走。都是敏感的年纪，都有一颗敏感的心。在兰考辅导毕业生的那几天，谢天放看出苗头来了，原来是祁宏和凌林这对恋人共同组织了这次联合支教志愿活动。谢天放顿时泄了气，感觉自己做了电灯泡，为情敌发光放热了，让人无法接受。

　　虽然在支教活动中，祁宏和凌林没有亲昵的语言，没有出格的举动，但他们看对方时眉眼生动的表情没能瞒过谢天放。看着这对小情人的心照不宣，心有灵犀，谢天放的醋坛子打翻了，感觉每一分每一秒都备受煎熬，实在没有耐心再坚持下去，于是买了火车票，打道回府了——他原来计划借助暑假支教，拉近跟凌林的距离，增进彼此感情的计划提前泡了汤破了产。

　　对谢天放临阵脱逃一事，凌林比较生气，但气归气，她还是客气地把谢天放送到了火车站，毕竟谢天放是她的支教队成员，毕竟谢天放参加了支教活动，在兰考辅导了几天毕业生。在站台上，凌林还是真心实意地希望谢天放留下来，做到善始善终。

谢天放像在赌气，凌林越挽留，他走的意愿越坚决。凌林没有办法，只好让他走。凌林没弄清楚谢天放做逃兵的原因，以为他是吃不了这个苦，受不了这个累。上车前，谢天放看着凌林，欲言又止。当他把一只脚踏上火车的时候，终于忍不住了，回过头来，看着凌林，酸溜溜地说："林，早知道是你和男朋友一起组织的这个支教活动，我就不报名参加了！"

　　原来谢天放同学是因为吃醋才离开支教队的。这个理由让凌林哭笑不得。那么多同学都参加了支教队，都是奔着为兰考人民做点事情来的，也就只有谢天放一个人这样想。看着火车鸣笛走远，凌林若有所思。谢天放的临阵脱逃，让凌林看到了谢天放考虑问题的狭隘、幼稚和功利，同时也给凌林提了一个醒，她和祁宏得注意自己的言行举止了，钱小芸还在支教队，她不能让钱小芸成为第二个谢天放。

　　人的成长，百炼才能成钢。社会是个大熔炉，集体是个大课堂。其实，像谢天放的这种心胸和心态，更应该留下来，接受锻炼、洗礼，提升修养；可是谢天放铁了心，坚决走了，根本听不进凌林的意见，更不顾凌林的挽留。

　　在兰考各大乡镇中，东坝头乡相对偏僻、落后、贫困。焦裕禄已经给他们启过蒙了，现状挡不住乡亲们改变世界，追求美好生活的愿望和热情。清华大学和湖南大学的支教队过来，乡、村、组三级干部热情地接待了他们。

　　支教队驻扎在乡中学，前来欢迎的干部群众把学校的操场都挤满了。简单的欢迎仪式结束后，乡亲们都不愿意离去，他们围着支教队员，用蹩脚的普通话跟他们拉家常，谈天说地，请教各种各样的问题。乡亲们说的普通话，比他们的土话更难懂。直到天黑了，月亮出来，星星出来，乡亲们才招呼一声，意犹未尽地陆续散去。

　　当天，祁宏、凌林、钱小芸、汪大力等支教队负责人跟当地的干部和群众代表做了比较充分的沟通交流，基本上把握了东坝头乡村民的现状和需求。乡亲们散去后，支教队连夜召开会议，摆事实，讲道理，想办法，制订行动计划。他们兴致很高，各抒己见，提出了很多建设性意见。等其他支教队陆续上床休息后，祁宏、凌林、钱小芸、汪大力在昏黄的煤油灯下挑灯夜战，把意见整理好，把支教计划做了出来，准备第二天开始行动。

根据东坝头乡的实际情况，他们把支教队分成了两大两小共四个工作组，每个小组六人，一个大组十四人，一个大组十三人。钱小芸和汪大力做两个小组的组长，祁宏和凌林做两个大组的组长。钱小芸的小组负责给东坝头乡的乡、村、组三级干部上课，宣讲政策、法规，出谋划策，帮助他们解决生产生活中的现实问题和发展问题；汪大力的小组给当地农民办夜校，教他们识字读书，因地制宜地教授种田种地的理论。祁宏的大组把当地的中小学老师集合起来，纠正他们在教学过程中的观念偏差和知识错误，帮助他们提升教学水平；凌林的大组直接面对当地孩子，以初高中生为主要对象，帮助他们查漏补缺，提升成绩。

支教队希望符合条件补课的孩子一个都不要少，有些家庭农活多，劳动力少，孩子需要干农活帮衬父母，白天没有时间来上课，支教队就把他们登记在册，利用晚上时间上门服务，一对一地给他们补课。

当地人从来没有见过学识这么丰富，思想这么先进，见解这么独到的一群年轻人为他们传道授业解惑，都倍加珍惜机会，踊跃报名参加。支教队的课，每堂都人满为患，让他们受益匪浅，给他们留下了深刻印象。

乡亲们打心眼里喜欢这群年轻人，对支教队充满了感激，每次来上课，他们都不愿意空着手来，他们给支教队带来了土特产，表达他们的心意。

支教的同学们过得快乐而充实，每天都有忙不完的事情。原来祁宏和凌林组建支教队的时候，都把握不准支教队的人数规模，当两支队伍在车站会合，看到浩浩荡荡的支教队，他们慌了神，不约而同地问自己：四十人的队伍，会不会太庞大了？会不会无所事事，人浮于事，给乡亲们留下不良印象？

真正投入工作后，他们才发现，支教队的人数，不是多了，而是少了。如果要把支教工作做到位，做出成绩来，一个东坝头乡可以容纳六十到八十个支教志愿者。

每天工作最忙，又忙到最晚的，还是祁宏、凌林、钱小芸、汪大力四个负责人。每天活动结束，支教队都召开了例行晚会，各自总结当天的工作情况，看看有没有问题，是否需要从其他小组抽调人手支援。例行晚会结束后，其他队员上床睡觉了，他们四个人还要花两个小时把当天的情况汇总，整理成文字。在整理材料过程中，祁宏有很多感悟，他把感悟写成了支教随感小散文，给支教队员一起分享。

他们到东坝头乡两周后，两个洛阳日报的编辑记者找上门来，他们给支教队带来了样报。原来，凌林把祁宏的支教小散文认认真真地重新誊写了一遍，背着祁宏寄给了洛阳日报编辑部。支教队的事迹引起了洛阳日报领导的高度重视，他们觉得支教队的事迹很有意义，小散文写得很生动，于是发表了出来。洛阳日报派出编辑记者循着信件地址找过来，他们跟着支教队一起生活了三天，对他们做了详细专访，专访文章和照片占了一个整版。编辑记者返回洛阳的时候，跟支教队约定，在他们支教期间，在洛阳日报开辟一个支教专栏，专门刊发支教队的感想性文章。

媒体的力量很强大，支教队的事迹经媒体报道后，在河南省乃至全国都引起了广泛关注，很多媒体主动联系支教队，进行采访或约稿，纷纷转载他们的文章。一些中央级媒体闻讯跑到东坝头乡，对支教队进行采访报道。不经意间，这个支教队在全国火了。

支教队在东坝头乡兢兢业业地工作了四十天，给当地乡亲做了很多实事，也跟乡亲们建立了深厚的感情。支教工作结束，当地干部群众都来为他们送行，场面十分感人，有送鸡蛋、花生、玉米棒子、馍馍的，有拉着他们的衣襟依依不舍的，有流着眼泪痛哭失声的。

乡长代表乡亲们把支教队送到兰考县政府，告别的时候，乡长动情地说："我代表东坝头乡的老百姓感谢你们对我们的无私帮助，我也代表乡亲们说句心里话，向你表个态：乡亲们盼望你们明年再来，年年都来！"

乡长一句话，把支教队成员感动得热泪盈眶，泪腺浅的女生，情不自禁地哭了。他们都觉得这次兰考支教，是他们做得最有意义的一件事，是他们过得最充实的一个暑假了。

下午，丁县长亲自把支教队送到洛阳火车站，把他们送上车。

离开学还有十来天，支教队解散，队员们各自散去。十来天时间，正好可以回一趟家，跟父母见个面，短暂聚聚。

祁宏、凌林、钱小芸、汪大力买火车票回到了湖南长沙，他们还有很多后续工作要做。四个人分工合作，在湖南大学的图书馆阅览室，奋笔疾书，撰写支教实践报告。四个人花了一周时间，共同撰写了一部图文并茂的《清华湖大学子暑假兰考支教实践活动报告》，对支教实践活动的得失经验进行了认真总结和思考。

凌林在湖南大学写总结报告，当然不敢再住在祁宏宿舍，她跟钱小芸住在女生宿舍里，但两个人没有做过多交流，因为她们都很忙。四人早起晚归，每天开会商讨，确定主题，分工写作，忙忙碌碌，没有时间顾及其他。

四个人把实践报告合成后，有十多万字，厚厚一本。他们打印了两份，先给到了俞校长和刘厉兰主任。俞校长和刘主任花了一个上午把报告看完了，一致认为报告不错，活动更不错，他们也提出了一些修改意见。四个人又花了一天时间修改。定稿后，刘厉兰看着实践报告，大喜过望，请四个人吃了一顿庆功饭，俞校长亲自过来作陪。

饭桌上，俞校长和刘厉兰认识了凌林。他们不打不相识，原来就是这个清华大学的女生跟祁宏在宿舍同居了七天，却什么也没发生。看到凌林，他们也相信，他们什么都没发生。原来凌林是这样一个有才华，有思想，有相貌，品质过硬的女生。俞校长和刘主任都喜欢上了凌林。俞校长半开玩笑半认真地说，凌林，你毕业后来我们湖南大学教书，祁宏也可以考虑留校。凌林和祁宏虽然没有表态，心里却是甜滋滋的。

因为工作缘故，刘主任很反感大学生谈恋爱。不知怎么回事，看到凌林后，刘主任倒在心里默默接受了祁宏和凌林的爱情，祝他们将来有情人终成眷属。刘主任做了一辈子大学生思想政治工作，祁宏和凌林是她从内心深处唯一肯定和支持的一对学生情侣。

那份实践报告被拿到了湖南大学党委会上讨论，与会者对支教队的实践活动和实践报告给予了很高评价，觉得活动有意义，报告有分量，值得推广。

他们通过有关途径，把报告递到了教育部和团中央。两个部委认为清华大学和湖南大学的兰考支教活动为全国大学生的假期的社会实践做出了表率，两个支教队被教育部和共青团评为"全国大学生暑假社会实践活动先进典范"。

在媒体推动下，很多高校纷纷效仿，准备组织大学生利用假期到老少边穷地区进行支教活动。

事大了，心就小了；事小了，心就大了。支教实践活动带给志愿者的启发就是懂得了取舍。无论是祁宏还是凌林，无论是钱小芸还是汪大力，在组织和加入支教队的时候，他们都打过个人感情上的小算盘，但在崇高的目标和集体利益驱使下，他们的个人所需变得很渺小，微不足道，被遗忘了。

在紧张忙碌、充实有序的支教活动中，他们发现根本没有时间顾及风花雪月，争风吃醋，他们空前地团结在一起，为共同的目标忙碌，奋斗，过得充实，无欲忘我。

如果说支教活动有瑕疵，他们认为那就是谢天放的临阵脱逃了。这件事在支教初期对队伍产生了一定的负面影响。凌林为自己选人不察，在例会上做了自我批评。

例会上，支教队得出的启发是：在事业伙伴的选择上，一定要挑志同道合的人；如果不小心混进了离心离德的人，就容易打击士气，甚至导致队伍军心涣散，带来不稳定因素。

第三十二章　钱小芸患上白血病

易桂芳的心被女儿伤透了。

钱小芸去兰考支教，是先斩后奏的，易桂芳事先没有同意。

如果女儿换成跟别人去，或者参加由学校官方组织的活动，有老师带队，易桂芳倒不担心。她对祁宏极不信任，害怕钱小芸跟祁宏在外面混了一个假期，回来的时候成第二个高燕了，孩子都有了。

所以，易桂芳一听支教活动是祁宏发动组织的，其他什么都不用解释，就把钱小芸的想法否决了。易桂芳巧言令色地要求女儿放假第一天就回湘潭来。

钱小芸没有听母亲的，跟着祁宏跑了。这个"跑"，在易桂芳那儿，可不是光明正大地跑，而是可以跟"私奔"画上等号。接到钱小芸从兰考打来的电话，易桂芳被气得不行，一天没有吃饭，还一气之下，把喝水的瓷玻璃杯摔碎了。

从那刻起，易桂芳就掉进了担惊受怕之中，晚上噩梦不断。钱小芸在外面支教了一个假期，易桂芳就担心了一个假期，吃饭睡觉都要唉声叹气，动不动就埋怨钱云鹤，仿佛父女俩一起串通，把她坑了似的。

把报告撰写完，第二天上午，陪祁宏一起，把凌林送到火车站后，一身轻松的钱小芸回了一趟湘潭。

看到女儿，易桂芳立刻抓住她的手，生怕一转身女儿又跟祁宏跑了似的。易桂芳用怀疑一切的眼睛左看右看，上看下看，前看后看，像在努力寻找钱小芸被祁宏侵犯过的蛛丝马迹。

易桂芳发现女儿除了黑了点，瘦了点，精神了点，完好无缺，跟以前没什么两样。她长长地舒了一口气，赶紧跑到厨房给女儿做好吃的。易桂芳使出浑身本领，做了一大桌美味佳肴，全是女儿爱吃的，她往女儿碗里夹的菜，都把白米饭埋没了。

吃完晚饭，易桂芳还是不放心，踅进女儿房间，嘘寒问暖，旁敲侧击地打听在兰考支教期间女儿跟祁宏交往的细节。她不希望女儿跟祁宏谈恋爱，这个想法都不要有，她更不希望他们的感情在这个假期更上一层楼了。

钱小芸已经上了床，眯着眼，介于半梦半醒之间。这段时间是超负荷运转了，一直没休息好，她感到特别累，特别困，回到家里，躺在自己舒服的床上，钱小芸只想美美地睡一觉，什么事都等睡醒了再说。

易桂芳没有让她睡，把她弄醒了。易桂芳没搞清楚状况，也是睡不着。母亲的小心思，钱小芸是心知肚明的，她觉得母亲很烦很无聊。

被母亲缠得没办法了，钱小芸没好气地说："妈，支教队很多人，有四十个人，大家都很忙；我们住的都是集体宿舍，四个女生一个宿舍，我和祁宏没有单独相处的机会，我们啥都没有发生。"

听女儿这么说，易桂芳那颗悬着的心才落了下来，起身离开了钱小芸房间，安心睡觉去了。整个假期，易桂芳提心吊胆，一天没看到女儿，就一天睡不着觉。

钱小芸只在家待了三天，新学期就开始了，她不得不匆匆返回学校。开学没多久，钱小芸突然病倒了，她感到时冷时热，时不时地流鼻血，全身发软。起初，钱小芸没有在意，以为秋天来了，天气变了，睡觉着凉了，弄感冒了。

学生会主席刘风云已经毕业走了，钱小芸升官了，做了学生会副主席兼活动部部长。作为学生会的主要干部，钱小芸忙着带领学生会干部迎接新生。但是这次，因为身体和工作统筹的原因，钱小芸没有去火车站迎新，就在校园里迎新。

那天阳光很白，在校门口太阳伞下的迎新点，钱小芸突然感到头晕目眩，连同凳子一起向后栽倒了，躺在地上，不省人事。在现场协助钱小芸迎新的祁宏见状，赶紧放下手里的活，背起钱小芸就往校医院跑。

包括校医在内，都以为钱小芸是中暑了，认为天气太热了，钱小芸又忙又累，需要好好休息。钱小芸自己也没当回事，她的想法跟大家一样，认为自己没什么大事，只是中暑了。钱小芸吃了一些药，感觉好多了，又回到了迎新现场，紧张地忙碌开了。

事情跟大家想象和期待的不一样，钱小芸并没有好起来，她发寒发烧，流鼻血，动不动就晕倒的情况渐渐常态化了，隔三岔五就要出现一次。

祁宏已经从策划干事升为学生会活动部的副部长，作为钱小芸的副手，配合钱小芸开展工作。那些天，祁宏把一切看在眼里，隐约觉得钱小芸的病不是普通感冒那么简单，更不可能是中暑了，他还没见过一个人这样频繁地中暑的。祁宏对钱小芸说，师姐，你的病不能再拖下去了，得早点弄清楚，然后对症下药，进行根治，否则，影响学习、影响工作、影响生活。

祁宏建议钱小芸去湘雅医院做一次全面检查。钱小芸觉得祁宏是小题大做了，并不打算去，但她十分享受祁宏的关切，半开玩笑半认真地说："我的身体我自己知道，没什么大事，适应了秋天的气候变化就好啦。如果你真要我上医院做检查，除非你陪我去，否则，我就不去，去那种地方，我一个人害怕，看着那么多病人，心里不舒服，没病都能整出病来。"

在兰考支教，朝夕相处了一个多月，钱小芸发现自己越来越喜欢祁宏了，喜欢得不得了，喜欢得不能自拔，他做事果断，有头脑，有魄力，有男子汉气概。让钱小芸暗暗高兴的是，在支教期间，祁宏是把一碗水端平了，没有倾向凌林，这让她感到舒适，觉得自己胜利了。

钱小芸知道凌林和祁宏之间，关系比自己和祁宏之间要深，但她发现凌林和祁宏在支教期间发乎情，止乎礼，没有单独相处，跟自己与祁宏差不多，祁宏不偏不倚了，像是给她机会，把天平倾向她了。

爱情这东西，十分淘气，就像一个逆反心很强的孩子，老爱向着意志的反方向运动，你越压抑自己，越渴望得到。钱小芸已经努力尝试过了，她没办法管控情绪，更不愿意放弃，她只想跟凌林公平竞争。钱小芸活到十九岁了，好不容易找到了一个自己喜欢的男生。

"如果你非得要我陪你去，你才肯检查，那我陪你去。我们定个时间，越早越好，不要再耽搁了。"祁宏说。

身体是革命的本钱，没有身体，什么事情都做不成。祁宏不希望钱小芸再拖下去，把小病拖成大病，最后把身体拖垮。在祁宏心里，钱小芸是师姐，跟亲姐一样亲，他希望她健康快乐，无病无痛，无灾无难。

祁宏愿意陪她去，钱小芸求之不得："你明天下午有课吗？"

"陪你看病是大事，我可以逃课的，"祁宏答，"明天下午的课是选修课，不太重要，我还没逃过课呢，正好尝试一下。"

"那就明天下午吧，我们一点钟左右在校门口见。"钱小芸说。

第二天上午下雨，下午放晴了，太阳出来了。秋雨后，空气清新，天空碧蓝如洗。阳光已经褪去了夏日的暴戾，变得柔和起来，明媚起来。

祁宏赶到校门口的时候，钱小芸已经在等候了。祁宏准备打车，钱小芸不让，拉着祁宏跟她一起挤公交。钱小芸倒不是想省钱，她觉得两个人挤公交浪漫。公交车很挤，不是始发站，很难占到座位。两个人面对面地站着，摇摇晃晃，公共汽车沿途停靠的刹车和启动，都让人站立不稳，每当这个时候，她会夸张地拉祁宏一把，祁宏会顺势扶她一下，让她稳住重心，扶的地方有时候还是敏感的腰部。

那种感觉，那种体验很微妙，很让人心动，很适合异性间那种爱意萌动，关系朦胧的时期。打车，四平八稳，有隐秘空间，倒适合关系确定下来之后的情侣关系，可以大大方方地牵手。

由于季节变化，着凉感冒，到医院看病的人很多。他们排队挂号，坐在长条板凳上耐心等待，过了一个多小时，钱小芸才被医生叫过去。

给钱小芸看病的医生叫李文化，是一个人到中年，头发秃成了晒谷坪，经验丰富的老医生了。李医生认真听完钱小芸对自己病情症状的描述，脸色变得越来越凝重阴沉。

趁钱小芸到洗手间提取大小便化验，李医生压低声音，悄悄对祁宏说："小伙子，你要有充分的心理准备，你女朋友的病情不容乐观，据我初步诊断，她得了白血病，就是日本女孩幸子得的那种病。为进一步确诊，我建议她做一下骨髓穿刺手术。"

李医生的话就像一个晴天霹雳，在祁宏头上突然炸响，把他炸得头晕眼花，差点从凳子上滑下去。祁宏做梦都不敢相信，这么一个年轻的，漂亮的，活泼的，偶尔带点敏感和忧郁的，前段时间还健健康康，有说有笑，跟自己一起支教，一起加班撰写报告的女生，怎么跟这种索命的病扯上了关系？

过了很久，祁宏才慢慢反应过来，对李文化说："李医生，这件事情，非同小可，您暂时不要让钱小芸知道。给她做骨髓穿刺手术吧，如果是好结果，先告诉她；如果是坏结果，暂时不要告诉她，先告诉我。"

"我尊重你的意见，"李医生说，"小伙子，看得出来，你是一个很有心，很用心的男人，对你女朋友感情很深，但愿我的初步判断是错误的。"

祁宏把宿舍的电话号码和大哥大号码都留给了李医生，他交代李医生有什么情况随时跟他联系。

祁宏陪着钱小芸去做了骨髓穿刺手术。骨髓穿刺手术虽然不是什么大手术，可毕竟是手术，术后需要照顾。手术后，钱小芸忍着痛，开心地对祁宏说："没想到还要做手术检查，看来把你逼过来陪我是对的!"

祁宏打着哈哈，敷衍着，没有回答，他不知道怎么回答。看来，钱小芸很乐观，她还不知道骨髓穿刺手术是检查什么的。祁宏的心里就像刚刚经历了一场大地震，地震过后，到处都是断壁残垣，地上一片狼藉。祁宏在心里不断地祈祷，期待检查结果与李医生的初步判断背道而驰。

做完骨髓穿刺手术，需要在医院住三天院。祁宏跑回学校，帮钱小芸请了三天假。在等待结果的那几天，祁宏提心吊胆，电话一响，就紧张害怕，生怕是李医生打过来，告诉他不好消息的。

李医生没有给祁宏打电话。第四天上午没课，祁宏跑到医院看望钱小芸，准备接她出院。李医生正在给钱小芸例行常规检查，看到祁宏，把他叫了过去。李医生在前，祁宏在后，走在去李医生办公室的走廊上，李医生一直阴着脸，一句话都没说。祁宏越来越忐忑不安，感到大事不妙。

进了办公室，李医生把门掩上，给祁宏倒了一杯水，然后找出化验单，摊放在祁宏面前。祁宏胆战心惊地扫了一眼，"确诊"两个字把祁宏的心揪紧了，但他还是心怀侥幸地望向李医生，希望他说出与诊断书相反的话来。

"太年轻，可惜了，"李医生说，"你女朋友情况很严重了，最多还有一年寿命，这一年，尽量让她高高兴兴的，不要有太多遗憾了!"

祁宏蒙了，不相信地问："李医生，是不是你们弄错了？要不要重新检查一遍?"

"用不着了,小伙子! 我理解你的心情,但复查不能改变这个结果,只能让病人多承受一次手术的痛苦,再复查两遍,结果都是一样的,错不了的,"李医生说,"你女朋友千真万确得的是白血病,不要再复查,折磨她了,没做穿刺手术前,我就基本上可以肯定她是得了白血病。赶紧办住院手续,早点接受治疗吧,希望出现奇迹。"

虽然钱小芸住院那几天祁宏一直在想这件事,可钱小芸被确诊,还是让祁宏没法接受,他的脑袋里一片混乱,不知道该怎么办。祁宏在李医生办公室坐了半个钟头,才慢慢回过神来,脚步飘浮地走出来。

祁宏认真地思考着怎么处理这件事,首先得先瞒过钱小芸,不能让她知道了,怕影响她心情,耽误治疗;然后再想办法通知钱小芸的家人——如果钱小芸是小病,祁宏是不希望惊动她家人的,自己承受算了;但白血病,性命攸关,事情太大了,祁宏做不了主,也扛不住,必须得让她父母知道。

祁宏认真地梳理了一下自己的情绪,让自己平静下来,装作什么事情都没发生,才走进病房。看到祁宏进来,钱小芸问他,自己得了什么病。祁宏不敢告诉她真相,若无其事地敷衍说是感染了一种奇怪的病毒,暂时还不能确诊,需要在医院住上一段时间,观察一下再确定。

祁宏记得上学期末,钱小芸希望他去她家过年,给过他电话。那张写有电话的纸条被他夹在那本存折里。回到学校后,祁宏拉开抽屉,找出电话号码,准备给钱小芸家打电话。可拿着电话号码,祁宏不知道该怎么打这个电话了。

整个下午,祁宏在公用电话亭边一直踌躇徘徊,几次拿起电话又放下,他在痛苦的煎熬中苦苦地思索着该如何准确地把信息传递给钱小芸的父母,把这个消息对他们的伤害降到最低,可他一直没有想出稳妥的办法来。

这种事，即使再聪明的头脑，都没有什么办法投机取巧的，也许只有明明白白、清清楚楚地告诉他们真相这条路可走。为打这个电话，祁宏晚饭都没有吃，拖到晚上九点多，眼看这一天又要过去了，不能再拖了，祁宏才鼓起勇气，拨通了钱小芸家的电话。

电话通了，传过来一个中年女人的"喂"声，祁宏估摸着接电话的是钱小芸的母亲，他心情沉重地叫了声"阿姨"，然后沉默了。祁宏感觉自己那颗心就像扔进湖里的一块铅块，直往下沉，他不知道该说什么，该怎么说；祁宏希望接电话的不是钱小芸的母亲，而是钱小芸的父亲——毕竟男人的心理承受能力比女人强一些。

电话那头，易桂芳等得不耐烦了，很不客气地问："你是谁呀？这深更半夜的，电话通了，又半天不说话？"

"是我，阿姨，小芸的同学祁宏。"祁宏不得不艰难地报上家门。

听到是祁宏，易桂芳很生气，她对女儿心仪的这个男生没什么好印象，虽然祁宏不认识她，她却认识祁宏，了解祁宏，女儿这段感情让她操碎了心，为女儿感情上的破事，她已经跟祁宏暗中较量好几次了，结果都以惨败收场——易桂芳悲伤地感到她跟女儿十九年的母女亲情抵不过女儿跟祁宏不到一年之久的爱情。

"你都找上门了，是提亲来了？"易桂芳对着电话冷嘲热讽起来。

"你误会了，阿姨，"祁宏耐着性子，宽宏大量地说，"钱小芸生病了，病得不轻，让人忧心。"

"小芸生病了？那还不是被你气病的！"易桂芳更生气了，自己女儿好端端的，自从认识了这个祁宏之后，各种状况层出不穷，再没安生过。"

祁宏没有介意，继续说："小芸的病情比较严重，我一个人忙不过来，你们得来医院照顾她一下。"

小芸都住院了？听祁宏语气，钱小芸的病很不寻常了，易桂芳这才冷静下来，紧张地问："小芸得了什么病？"

祁宏不好意思再隐瞒，硬着头皮，实话实说："小芸得了白血病，《血凝》里面幸子得的那种病！"

祁宏还没有把话说完，就听到电话那头传来"咚"的一声，然后就"这里黎明静悄悄"，一点声音都没有了。

又过了两分钟，传来一阵杂沓的脚步声，然后是一个中年男子急切的呼唤声："桂芳，桂芳——"

祁宏不得不把电话挂了。果然，与他事先猜测的一模一样，钱小芸的母亲经受不住这个消息打击，晕了过去，倒在地上——钱小芸的父母已经乱成了一锅粥。

听到钱小芸得了白血病，易桂芳急火攻心，眼前一黑，就像一根被拦腰截断的木桩，栽倒在地，不省人事。

钱云鹤辅导完学生晚自习回来，一身轻松，进了洗漱间，一边哼着歌，一边冲凉，准备上床睡觉。自从做了校长，他就不用上课，也就不用备课了，起床睡觉比较有规律。

澡洗到一半，钱云鹤听到一声巨响，有什么重物倒地的声音，他叫了两声，没听到老婆回应，顿时感觉不对劲，裹着浴巾出来一看，老婆已经直挺挺地躺在地上，一动不动了。

钱云鹤忧心如焚，赶紧拨打了急救电话120，然后把易桂芳抱起来，放在沙发上，再手忙脚乱地穿衣穿裤。急救车到了，钱云鹤帮着救护人员，急急忙忙地把易桂芳抬上车，送往医院抢救。

钱云鹤是虚惊一场，易桂芳的身体结实着，没什么大碍，她只是一时性急了，脑袋缺氧了。可钱云鹤刚喘过气来，又被彻底地震惊了。易桂芳清醒过来，第一件事就是把钱小芸得了白血病的事情告诉了丈夫。易桂芳一边说，一边坐在病床上捶胸顿足，一把鼻涕一把泪，号啕大哭起来。

听到女儿得了白血病，钱云鹤也急了，他丢下老婆，跑出医院，拦了一辆出租车，急急忙忙赶往湖南大学找祁宏。

钱云鹤来到男生宿舍楼下，已经晚上十一点多了。祁宏已经脱了衣服，躺在床上，却睡意全无——钱小芸的病情让他心情沉重悲痛，根本睡不着。

接到钱云鹤电话，祁宏急急忙忙穿上衣服，下了楼，跟钱云鹤会合了。两个人简单地聊了几句，钱云鹤还是不太相信，祁宏决定带他找主治医生李文化详细了解情况。

接到祁宏电话，李医生正准备下夜班。祁宏约他到火宫殿吃夜宵。三个人见了面，祁宏把李医生和钱云鹤做了介绍，然后是长久的沉默。

祁宏要了一打啤酒，菜上来，三个男人闷着头喝酒，不知道从何说起。

三杯酒下肚，话渐渐地多了。李医生很悲观地告诉钱云鹤：这种病，最后的结果只有一个，那就是死，活着就是等死，目前没有什么特别有效的治疗方案，问题的关键是病人能活多久；在这段时间，病人是痛苦绝望地活着，拒绝治疗，还是幸福乐观地活着，坦然面对，配合治疗。

钱云鹤悲伤地问："小芸还能活多久？"

李医生沉重地回答："短则半年，多则一年。"

钱云鹤惊呆了：女儿最多只有一年的生命了？

想着那么一个鲜活的大活人，几个月一年后将从自己面前永远消失，真是一件残酷的事情，让人揪心。

三个人不再说话，自顾自地闷头喝酒，可他们感觉不到喝酒的快乐，他们喝下去的是痛苦、郁闷、悲伤、绝望、难受。

钱小芸太年轻了，还不到二十岁呢，她那么聪明，那么善良，那么美丽，那么让人心疼，真是天妒红颜，老天无眼！

那顿夜宵，是李医生掏钱请的，他硬是不让祁宏和钱云鹤买单。

李医生对两个男人充满了同情，把他们当成了钱小芸最亲近的男人，一个是钱小芸的父亲，一个是钱小芸的男朋友。李医生觉得他们都不容易，出了这种事情，心情可想而知。

夜宵结束，钱云鹤没有上医院看望钱小芸，太晚了，钱小芸睡了，他怕打扰女儿休息，更怕见了钱小芸，控制不住情绪，露了馅，让女儿知道了自己的病情——他需要一夜时间平复自己的心情。从火宫殿出来，钱云鹤打了一辆摩的，连夜赶回了湘潭，他得找亲戚朋友借钱，为女儿筹集治病的钱。

钱云鹤和易桂芳直到第二天中午才跑到湘雅医院看望钱小芸。易桂芳没事了，出院了，她只是一时性急，缓过那个劲就好了。钱云鹤一夜没合眼，双眼布满血丝，满脸憔悴，他没法接受女儿得了白血病这个现实，一夜之间，急得头发全白了。

钱小芸正在病房吃中饭。她觉得医院的伙食远比不上学校。学校食堂，菜的种类很多，可供挑选，那群人青春朝气，吵吵嚷嚷，让人很有食欲；医院就那几样菜，爱吃也得吃，不爱吃也得吃，没的挑。为照顾病人身体，还做得清淡寡味，辣椒都很少放，尤其是那些病人，让健康人看着都能生病。

看到父母来了，钱小芸既吃惊，又高兴。钱小芸很诧异仅仅几天工夫，父亲的头发全白了，像顶着一头秋霜。

钱小芸很难过地问父亲头发怎么全白了，碰到了什么烦心事？

钱云鹤避开女儿的目光，没有回答。想着女儿的病，钱云鹤眼圈又红了，眼眶里噙满了泪水。

钱小芸马上意识到父亲一夜白头跟自己的病情有关，于是连忙问父母自己得了什么病！

父母都把头扭向一边，躲开女儿的目光，不敢看她，也不说话。

钱小芸急了，嚷道："我到底得了什么病？你们不要瞒我，要告诉我真相，我能承受的。如果你们不告诉我，我就不治了，回学校上课去了！"

钱云鹤这才没有办法，强抑悲痛，故作轻松地告诉钱小芸，她得了跟《血凝》里的幸子一模一样的病，希望她跟幸子一样坚强乐观。

幸子是钱小芸很喜欢的一个人物形象，她看过《血凝》小人书，也追过《血凝》电视剧，为幸子伤过很多心，掉过很多泪，甚至彻夜难眠。得知自己得了跟幸子一模一样的病，要成为"中国幸子"时，钱小芸还是愣住了，她知道，得了幸子这种病，最终逃不过跟幸子一样的命运：死亡！

当事人倒比局外人冷静和理智，钱小芸没有被吓到，她若有所思，过了很久，叹了口气，半开玩笑半认真地说："我还没有活够呢，我还没有谈恋爱呢！"

钱小芸的话让易桂芳忍不住了，掩着面，痛哭起来。

清早就赶了过来照顾钱小芸的祁宏也是心里悲伤逆流成河。钱小芸的人生刚刚开始，正是最美好的时候，却要结束了。就像春天的花，正含苞待放，傲立枝头，等待开放，却被一夜狂风骤雨，打落枝头，零落黄泥。

尤其让祁宏感到痛彻肺腑的是钱小芸的那句话：我还没活够呢，我还没谈过恋爱呢！

说者有心，听者也有心，祁宏是听出来了，钱小芸的话是故意说给他听的，他也听懂了。一年前，作为一个新生，到学校报到，被钱小芸接到那一天起，祁宏就知道这个小师姐对自己格外用心了，钱小芸虽然是对的人，但没有出现在对的时间点，如果没有凌林，也许他们已经坠入爱河了。

得了白血病，钱小芸就得长期住院；为照顾她，她父母不得不在长沙打持久战。那天上午，祁宏出去帮他们在湘雅医院附近租了一套一室一厅的房子，交了半年房租，免得他们奔波。

请钱云鹤和易桂芳吃完中饭，祁宏领着他们看房子。

看完房子，祁宏告别的时候，易桂芳突然跪在祁宏面前，泣不成声地说："祁宏，是阿姨以前对不起你，两次向学校举报了你，但我都是希望你跟小芸好。希望你不计前嫌，小芸喜欢你很久了，我求你跟小芸谈一次恋爱，不要让她有遗憾！"

跟祁宏一样，听到女儿说想谈一场恋爱，易桂芳就上心了，她豁出去了，请求祁宏跟女儿谈一场恋爱，让女儿过上一段好日子。

祁宏被吓了一跳，赶紧把易桂芳扶了起来。祁宏没有表态，他一直都把钱小芸当姐呢，就像自己的亲姐姐一样。现在钱小芸得了这个病，祁宏也是心碎了，他同情钱小芸，可是他心有所属，不能对不起凌林，如果他跟凌林没有确定关系，祁宏愿意跟钱小芸谈场恋爱，但现在不行了。

从医院回到宿舍，洗完澡上床，祁宏一直无法入睡。他知道钱小芸一直想跟自己谈恋爱，自己一直旗帜鲜明地拒绝了她。钱小芸的心意，祁宏知道；祁宏的心意，钱小芸也知道。祁宏突然想，如果钱小芸真想谈一场恋爱，不一定非要自己吧？最好能有一份两相情愿，两情相悦的感情。

睡在上铺的兄弟汪大力不是很喜欢钱小芸吗？他们之间能不能好好地谈一场恋爱呢？

汪大力睡得正香，鼾声吞吐起伏。祁宏忍不住，还是摇着汪大力的胳膊，把他弄醒了。

深更半夜，被祁宏叫醒，汪大力很不开心，甚至生气了。

"钱小芸病了，很严重。"祁宏轻声对汪大力说。

"什么？"汪大力惊叫一声，一骨碌从床上坐了起来。

祁宏示意汪大力轻点，不要惊醒了其他同学，跟他一起，到宿舍外面聊聊。

汪大力披上衣服，下了床，两个人一前一后走出宿舍，到了走廊上。

"钱小芸得的是什么病？"汪大力抓住祁宏的胳膊，紧张地问。

"她得了白血病，医生说，她只能活不到一年了。"祁宏说。

"怎么会这样！"汪大力惊呆了，脸上表情扭曲，痛苦地挤在一起。

"钱小芸说她这一辈子最大的遗憾是还没有谈过恋爱！"祁宏说。

"可怜的小师姐，"汪大力说，"她爱你，你不爱她；我爱她，她不爱我；把她自己耽搁了，也把我的青春耽搁了。"

"那你现在呢？"祁宏问，"你知道她病了，你还爱她吗？"

"爱情与疾病有什么关系，西方婚礼誓言上都说无论是顺境或是逆境、富裕或贫穷、健康或疾病、快乐或忧愁，我将永远爱着你、珍惜你，对你忠实，直到永永远远。"汪大力下定了决心，"只要钱小芸愿意，我就跟她好好爱一场，她活一年，我爱一年，她活一天，我爱一天。我对她的感情一直没变，就像一团火在心里燃烧，现在还没有熄灭，也不会因为她生病就熄灭了。"

"好兄弟！那你自己好好把握，不要让钱小芸的人生留下遗憾！"祁宏说。

两个人返回宿舍，祁宏从抽屉里取出高燕当年给她准备读大学的那十万块钱存折，递给了汪大力。

"这笔钱，是我的初恋给我的，我一直没用。钱小芸治病用得着。你以你的名义给她，不要说是我的，明天就拿给她治病。"祁宏说。

祁宏知道钱小芸喜欢的是自己，他希望帮汪大力一把，用这十万块钱打动钱小芸，让钱小芸接受汪大力，让他们开始一段两相情愿，两情相悦的爱情。

祁宏觉得自己在大学里完全可以自己养活自己了，他已经存了很多钱，即使在剩下的三年大学里什么都不做，现在的钱也够自己支撑到大学毕业了。那十万块钱是祁宏的一块心病，摆在抽屉里，看着眼睛痛，用起来心痛，让他沉溺于过去，无法自拔。高燕已经结婚了，那段爱情烟消云散了，这笔钱对祁宏来说，没什么意义了；现在钱小芸病了，正好可以派上用场，让钱发挥作用。

汪大力接过存折，借着月光，打开来一看，不看不知道，一看真的吓了一跳：十万块呢，他从来没有见过这么多钱。汪大力也做过挣钱的梦，也躺在床上反复计算过，自己毕业后，要用多少年才能攒够十万块钱。

汪大力拿存折的手都在颤抖，拿着存折，汪大力仿佛看到钱小芸在某个黑暗的角落里含情脉脉地注视着他。

汪大力知道祁宏有钱，可没想到祁宏这么有钱，拿出十万块钱给钱小芸治病，眼睛眨都不眨一下，还自己不出面，不留名，要做幕后英雄，成全他们。

汪大力感动得眼泪都来了，他伸出胳膊，用力地拥抱了一下祁宏，用行动表示了自己的感谢。

翌日上午，祁宏陪着汪大力到银行把存折上的十万块钱取了出来，再用汪大力的名字开了一个新户头，存了进去。办好后，汪大力买了一大束玫瑰，拿着存折，跑到医院看钱小芸。

看到师弟汪大力来看她，钱小芸格外高兴，两个人愉快地聊了起来，彼此感觉都不错。

汪大力在医院跟钱小芸聊了两个多钟头，这是他们认识以来聊得最投机的一次了。直到钱小芸满脸疲惫，打呵欠了，汪大力才走。他感到钱小芸困了，累了，需要休息一会儿，于是告别出来。

临走的时候，汪大力掏出那本新存折，塞在钱小芸手上。

没等钱小芸反应过来，汪大力就像做贼一样，飞快地跑掉了。

汪大力走后，钱小芸打开存折一看，她被存折上的数字吓到了：整整十万块钱呢！

钱小芸只是听说过祁宏很有钱，没想到汪大力也这么有钱，而且这么慷慨大方，对自己倾囊相助，看来这个师弟愿意为她不顾一切，倾其所有。

钱小芸心里涌起一阵莫名的感动，她的眼睛湿润了，视线模糊了，喉咙里好像堵了什么东西。

汪大力的家境，钱小芸是知道的，他来自西北农村，那个地方很穷，家里没什么积蓄。

看着存折上的数字，钱小芸情不自禁地想，可能知道自己病了后，汪大力向家里要钱了——汪大力为了她，汪大力家为了她，很可能把马牛羊、鸡鸭鹅、桌凳床、锅碗瓢全变卖了，还向亲戚朋友东挪西借，才凑足了这十万块钱。

第三十三章　钱小芸尝到爱情味道

春天的花儿，想开放了，挡都挡不住。它们无惧狂风骤雨，静候开放时刻的到来，哪怕只有一眼的美丽，一夜的灿烂，然后零落枝头，都愿意前赴后继。最无辜的，是来不及开放，还没有让人世间展示它的美丽，记住它的灿烂就凋零了。

病房里只有一个人的时候，想着自己只有不到一年的活头了，钱小芸很不甘心，她还没尝过爱情的滋味，还没被心仪的异性嘘寒问暖地关照过，她希望有一场两相情愿，两情相悦的爱情——当然，这也是一场需要勇气，需要经历和承受生离死别的爱情。

十九岁了，如果不能享受爱情的滋味，就白来这个世界一趟了，作为一个女人，一生缺失了最浓墨重彩的一笔。如果享受到了爱情的滋味，即使朝闻夕死，也没有遗憾，可以瞑目，含笑九泉了。

西北大男孩汪大力的心思，湖南小女子钱小芸心明如镜，那张存折足以说明他愿意为她倾尽所有。背靠着墙，坐在病床上，钱小芸把眼睛慢慢地从床头柜上的玫瑰移到了手上的存折，直勾勾地盯着存折上的数字，翻来覆去地问自己：如果真要在生命的最后关头谈一场恋爱，汪大力能够作为自己的真命天子吗？

这个问题很幼稚，很可笑。钱小芸想说服自己接受汪大力，她努力回顾了跟汪大力相识以来他的所有好，却又不自觉地把汪大力跟祁宏的好进行了对比，结果汪大力被她PK掉了。都说物以稀为贵，自己一眼看得到尽头的一生尤其稀贵，钱小芸越来越坚定地认为，正因为只有不到一年的生命了，更不能敷衍马虎，委屈自己，随随便便找一个男人，走走这个过场。

如果真要谈一场恋爱，这个人只能是祁宏，别人是替代不了的。在认识祁宏之前，钱小芸在自己的一批追求者中，挑选过，斟酌过，摇摆过，但认识了祁宏之后，这个念头就生根了，发芽了，从来没有变过，动摇过了。在只有不到一年的生命里，钱小芸更不愿意随便涂改。

一年前，在火车站接到新生祁宏，钱小芸并没有对他一见钟情，因为她还不知道他叫祁宏，甚至觉得他有点土。当在报到簿上，祁宏认真地签下自己的名字，把人和名对上后，钱小芸对祁宏的爱慕之情油然而生。接到了文科状元，钱小芸以为自己捡到宝了，祁宏的土成了他特有的特色和魅力了。以后，在一年时间的相处中，钱小芸的感觉越来越清晰，感情越来越强烈。如果说藏在地窖里的白酒，时间越久，味道越醇厚，那么，钱小芸对祁宏的感情就是白酒，很浓很烈，她的心就是藏白酒的地窖。

在这一年中，汪大力，钱小芸从来没有考虑过，即使他倾尽所有，慷慨地给了自己十万块钱治病，这十万块钱，对钱小芸治病来说，即使是雪中送炭，也不可能改变钱小芸的想法。汪大力对自己的感情和付出，确实让钱小芸感动。

可感动和感情是两回事，有本质区别，不能混为一谈。钱小芸不可能因为这十万块钱，感动到不顾自己内心感受，接受汪大力。如果这十万块钱需要她用感情作为回报，钱小芸宁愿要感情，不要钱，宁愿要感情，不要命。

钱小芸越想越清楚自己要什么，她只想抓住生命的最后时光，认认真真地活一回，踏踏实实地追求一份跟着自己的心走的爱情。如果这束玫瑰是祁宏送的，如果这钱是祁宏的，那自己就成为最幸福的病人了。

钱小芸一边胡思乱想，一边瞅着存折出神。没想到，这一看，竟然看出了名堂：存折是一个新存折，刚开的户头，看得出来，是临时紧急办理的；户头上的钱只有一笔，十万块，存款日期是昨天——钱一存进去，汪大力就急急忙忙把存折给自己送过来了，从钱被存进去到存折送到钱小芸手上，前后不到两个小时。

那时候，十万块钱不是一个小数目，中国99.9%的家庭都拿不出这笔钱来。报纸上天天都在报道发家致富的万元户呢，何况是十万块钱，何况是汪大力拿出了这笔钱。钱小芸清楚地记得，因为家庭贫困，汪大力被系里特别关照过，他进学校的时候争取到的特困生补助名额还是钱小芸辅导他申请的，他怎么可能一下拿出十万块钱来？

放眼湖南大学，同学们的存折里，能有数百块钱，上千块钱，已经很不错了，家境优渥了。能拿出十万块钱来的，更是凤毛麟角，别说家贫如洗，从穷乡僻壤的大西北农村来的汪大力了。也许，能够一下拿出十万块钱来的，除了祁宏就没有其他人了。同学们都在传说，祁宏做黄花菜生意，赚得盆满钵满，是学生中的首富。

看着存折上的数字，钱小芸越是琢磨越是坚定了自己的想法。错不了，存折的蛛丝马迹透露出来一个强烈的信息：这笔钱极有可能是祁宏的，不是汪大力的，在湖南大学的学子中，只有生意做得风生水起的祁宏才能一下子拿出这么多钱来。

为什么祁宏不自己把钱给她，非要通过汪大力给她呢？

看来祁宏是故意不愿意让自己知道这个钱是他给的；祁宏这样做，也是不愿意让凌林知道自己给了钱小芸这笔钱！

知道自己生病了，毫不犹豫，毫不心疼地拿出这么多钱来，说明祁宏并不讨厌自己，反倒很在意自己，希望自己早点把病治好。

看来，自己还是很有希望的，如果努力点，在这辈子所剩不多的屈指可数的日子里，也许真的可以谈一场两相情愿，两情相悦，轰轰烈烈，超越生死的爱情。

　　下午，趁着汪大力到医院来看她陪她，钱小芸准备验证自己的猜想。她把存折拿在手上，故意翻来覆去地认真看了又看，欲言又止。汪大力被钱小芸的动作弄得心底发毛，坐立不安。

　　见时机到了，钱小芸用眼睛直直地盯着汪大力，深深地叹了口气，说："大力，快告诉我这钱是怎么回事？做人不能弄虚作假，对待感情尤其如此。你家一贫如洗，你老实巴交，不偷不抢，哪能一下子拿出这么多钱来？即使你家拆屋卖瓦，也不可能凑出这么多钱来！你告诉我，这钱是怎么回事，是不是祁宏给你的？"

　　汪大力做梦都没想到钱小芸会突然这么问他。这个一生难得撒几回谎的西北男孩这一生撒的最大的一个谎被自己心仪的女孩轻易地揭穿了，他感到无地自容，恨不得找一个老鼠洞穿进去。

　　汪大力低着头，不敢看钱小芸，他的双手不知道放哪儿好，脸上一阵青，一阵白。

　　汪大力嗫嚅着说："师姐，这笔钱确实不是我的，你知道我拿不出这么多钱来；如果我能拿出钱来，也会毫不犹豫给你钱。这笔钱确实是祁宏的，是他要我以我的名义给你的。天地良心，钱虽然不是我的，可我对你的感情是真的，比那个存折上的钱还要真实。"

　　自己的猜想得到印证，钱小芸很开心，但她心里还有谜团待解："既然钱是祁宏的，为什么他不直接给我，要通过你给我？"

　　"是祁宏要我这样做的。祁宏说你一生最大的遗憾是没有谈过恋爱，我也还没有谈过恋爱，他谈过了，他知道我爱你。他想成全我们，他想通过这种方式帮助我打动你，他希望我们能够认认真真地谈一场恋爱，你给我一次机会吧，这是我的愿望，也是祁宏的愿望。"

　　汪大力的话让钱小芸哭笑不得。感情不是玩游戏，过家家，更不是礼物，可以送来送去。可跟汪大力的对话已经证明了这个钱是祁宏给的，钱小芸心里涌起巨大的安慰和感动，心都被塞满了。

钱小芸知道祁宏有钱，却不知道祁宏这么有钱，不知道祁宏到底有多少钱。十万块钱是一个很大的数目了，很多城市家庭都拿不出这个钱，十万块钱也许是祁宏财产的一半，也许是大部分，也许是他的全部家当。从这笔钱来看，祁宏心里是有她的，是关心她的，愿意为她一掷千金。

这不是爱——也许不是爱情，又是什么？即使不是爱情的爱，也能让她理解为爱情的爱，将来也能转化为爱情的爱！

钱小芸既伤感又温柔对汪大力说："大力，我知道你对我好，我也感谢你。但我恐怕要让你失望了。在我心里，你是没法替代祁宏同学的。请你转告他，如果他真希望我过得好，走得好，人生不留遗憾，他就不要躲在你身后，让我看不见，摸不着了，要他勇敢地站到我面前，让我看到，让我开心快乐。"

正如钱小芸所说，自从怂恿汪大力向钱小芸勇敢表白后，祁宏是躲起来了，消失了，已经有一段时间没有去医院了。祁宏要了解钱小芸的病情，都是通过汪大力。祁宏认为钱小芸想谈一场恋爱的心愿，自己没法满足她，但汪大力可以。祁宏不去医院，一方面想给汪大力创造条件和机会，撮合他们；另一方面不希望钱小芸误会他了。

被钱小芸追问得无处可藏的汪大力，勉强跟钱小芸打了一声招呼，揣着一颗失落的心，伤心地走了。

看着汪大力离开的背影，钱小芸又开始了胡思乱想。生命进入倒计时，她从来没有这么迫切地想谈一场恋爱；她这一辈子就这么一场恋爱了，这是她人生中的第一场恋爱，也是最后一场恋爱，更是唯一的一场恋爱。老天爷太不公平了，留给别人谈一场恋爱的时间很充裕，可以花前月下，海誓山盟，可以结婚成家，可以抚幼养老，也可以守着对方慢慢变老；留给她谈一场恋爱的时间却是一截燃烧的烟蒂，太珍贵了，说不定什么时候就熄灭了，需要高效运作，需要速战，也是可以预见的速决。

钱小芸越想越觉得不能再拖下去了，就像她的白血病，她觉得自己患了两种白血病，一种是身体上的，血液里的；一种是自己感情上的白血病。身体上的白血病，钱小芸治不了，只有交给医生；感情上的白血病，医生治不了，只有她自己给自己开处方，找治疗方案。钱小芸很有必要找祁宏认认真真地聊一次，把自己的感觉和想法告诉他。即使祁宏不接受，她都要勇敢地表白，说出自己的心里话——鉴于自己的身体，钱小芸已经不奢望会有什么美满的结果，但她要过程，她要表白，她要让祁宏知道。

　　想到要去找祁宏表白，钱小芸感觉好多了，精气神上来了，她决定争分夺秒，付诸行动。钱小芸告诉母亲，她要回学校一趟，有很重要的事情要办。易桂芳见女儿气色不错，同意了。她想陪女儿一块去，被钱小芸拒绝了。钱小芸兴高采烈地说，我去找祁宏坦白感情，你跟着去干吗呢?

　　也是，有爱情的力量支撑着，钱小芸肯定没事。自己跟过去，只能成事不足，败事有余——在女儿跟祁宏的感情上，易桂芳意识到自己一直起到的就是这样的作用。趁这个机会，她正好可以回一趟湘潭，拿些生活用品过来。看样子，以后她得长期待在长沙照顾钱小芸了。

　　钱小芸已经有个把月没回湖南大学了。走在校园里，看到一张张青春洋溢的脸，听到一阵阵欢声笑语，她的心情更好了，兴致更高了。钱小芸不由自主地感慨起来：医院那地方真不是人待的，待在医院里，健康人都要憋出病来，闷出病来了。

　　钱小芸先去了学生会办公室，找新任学生会主席方明交接工作。方明是理工男，跟钱小芸同一年级。上一届学生会主席刘风云毕业后，新的学生会主席在方明和钱小芸之间产生。在那场旗鼓相当的激烈角逐中，钱小芸落了下风，只能屈居副主席。

　　钱小芸心里有些不服，她一直认为，自己没能竞选过方明，不是自己的能力问题，而是性别问题。女性在干部竞选中，没有优势，只有劣势，而且有很大的劣势，尤其是一把手岗位的竞聘，女生要成功当选，得比男生优秀很多，如果两个人旗鼓相当，最后落选的肯定是女性。这是男权社会的通病，钱小芸没有办法改变。

学生会的干部同学都在紧张地忙碌着，钱小芸的病，他们多多少少听说了一些。看到钱小芸进来，大家的脸上虽然带着笑，却都是装出来的，挤出来的；他们嘴上不知道说什么好，眼睛里写满了同情。钱小芸跟他们一样，风华正茂，年轻着呢，都是追逐梦想的年纪，都还有很多梦想没有实现，她却要承受病痛的折磨，面对死亡的考验。

在竞聘学生会主席前后，方明和钱小芸有过短暂的不愉快。尘埃落定后，疙瘩慢慢地解开，钱小芸开始接受事实。得知竞争对手病了，方明愧疚起来，他的心情跟大家一样，被悲伤盘踞着。方明看着钱小芸，眼睛都红了。两个人同时进学生会，同时成为上届主席刘风云的得力干将，一起共事两年，虽然较着劲，却彼此欣赏。

方明看着钱小芸，没有说话，他不知道从何说起。倒是钱小芸安慰起他来："方主席，你不要这样看着我，好不好？你这个样子让人看了很难受。我不是还没死，好好地站在你面前吗？人生自古谁无死？死有什么可怕的？谁又能逃脱得了死亡？都是有先有后，有轻有重而已。"

从想到钱小芸的病到听到钱小芸说到死，方明更难受了，他背过身去，不愿意面对钱小芸，就像不愿意面对钱小芸的病和近在咫尺的死亡一样。

钱小芸不愿意方明为自己悲伤，强颜欢笑地说："方主席，不要为我个人的事情影响大家的情绪了，都打起精神来，兢兢业业地工作，高高兴兴地生活，勤勤恳恳地学习。今天我是来谈工作的。我的这个病，恐怕不允许我跟大家一起艰苦奋斗了，我也没有那么多精力。但这份工作不能耽搁，总得有人来做，总得有人来为学校的师生服务。我建议让祁宏替代我吧，我把职辞了，给他让位。祁宏这个人的能力和人品，大家是有目共睹，比较认可的。"

方明回过神来，开始跟钱小芸谈工作安排。他沉思片刻，对钱小芸说："你对祁宏的认识和我们一样，他确实是接替你岗位，接手你工作的最佳人选，但你也不用把职务辞了，就给你放个长假，副主席我们再选一个人，活动部部长的职务仍然保留，由副部长祁宏做代理部长。祁宏的思路很开阔，很活跃，但他的活动能力和全局观还是差了一点火候，你们两个一起，才是珠联璧合，威力无穷。你也不用花太多心思和精力，有祁宏帮你顶着，你有空了，想到了，多给祁宏意见，指导一下他。"

这个安排是最合钱小芸心意的了，钱小芸不得不佩服方明对人心的揣摩比自己强。她很高兴，调皮地对方明说："主席的安排比我自己的想法要周到多了，完美多了，难怪你能做主席，我只能做你的副手！谢谢主席照顾了小女子的小情绪。"

从学生会出来，钱小芸去男生宿舍找祁宏，她已经有一段日子没有见到祁宏了。

那天上午没课，六个男生都在宿舍里。他们都知道了钱小芸生病的事，也知道钱小芸是来找祁宏的。如果钱小芸没病，看到她闯进来，六个男生早就开玩笑了，起哄了，挤眉弄眼了。可现在不一样了，钱小芸的病把大家开玩笑、找乐子的心情全部赶走了。他们的心里只有难受和同情，包括悲伤郁闷痛苦等多种感情交织的汪大力，他们找着各种各样的理由和借口，跟钱小芸打过招呼，心照不宣地出去了，把时间和空间留给了他们眼里的这对金童玉女。

看到钱小芸找上门来，祁宏心疼了，情不自禁地批评起来："你怎么不在医院好好待着呢？有什么事情那么重要，非得要你从医院里亲自跑出来？"

钱小芸感到委屈，这种委屈让她高兴，祁宏能够这么说，说明他是关心自己的。钱小芸大胆地盯着祁宏，噘着小嘴说："还不是你惹出来的祸！你都远远地躲着我，不愿意来医院看我了，我不得不从医院里跑出来看你！你不是我，你不懂我的心。有件事是我的心病，比我在医院治病更重要。医生只能治我身体上的病，治不了我的心病。我现在最重要的不是治身体上的病，是治心病。心病不除，我哪来心思治身体上的病？"

钱小芸不待在医院治身体上的病，却跑回学校找祁宏治心病来了。话说到这个份上，钱小芸的意思已经明摆在那儿了，祁宏是躲不过，也绕不开了。

祁宏心里紧张，脸上发烫，嘴上继续打着哈哈，装着糊涂："师姐，我胆小，也是学校校风纪律委员会的重点盯防对象，你不要拿我开玩笑啊！"

钱小芸忍不住了，很不客气地说："祁宏，你看我像在开玩笑吗？我拖着得了白血病的身体从医院跑出来，是为了找你开个玩笑？我问你，你是不是已经深思熟虑，下定决心，以后躲着我，不见我了？你以后是不是不管我生病，不管我死亡了？我生病了，你开始讨厌我了？"

"没有，没有，师姐，我不是那个意思，你误会我了！"祁宏招架不住，忙不迭地解释。

"李医生说我活不过一年了，反正我是一个被判了死缓的人了，顾不了那么多了，我来这个世界走一趟，不想留下遗憾，不想死不瞑目。我只想用这一年好好地谈一场恋爱，其他的事情，我都不管了。"钱小芸说。

"你是应该好好谈一场恋爱，是应该轰轰烈烈地爱一回，"祁宏生硬地附和，"我看大力同学长得帅，人品不错，关键是他喜欢你很久了，愿意为你倾家荡产，你可以考虑一下。"

祁宏不说则已，他这么一说，钱小芸真的生气了，爆发了："祁宏，你不要转移话题，把我推给别人，当我是礼物啊，当我是白痴啊！那钱明明是你的，你明明知道我不喜欢他，明明知道我只喜欢你！我这一生只有一场谈恋爱的时间了，我不想迁就，不想委屈自己。我要跟我自己喜欢的人谈恋爱，你不要用大力同学来搪塞我。对不起，祁宏同学，我爱的是你，不是他！你这样做要把我们三个人都伤害了！"

钱小芸越说越激动，越说越控制不住了，伤心地哭了，两个瘦削的肩膀急剧地耸动起来。

钱小芸本来就长得娇小玲珑，让人怜爱；生了病，加上动情的哭泣，更加楚楚可怜。

祁宏心里被搅得翻江倒海，难受极了，看来撮合钱小芸和汪大力，祁宏是弄巧成拙了，他不是一个出色的导演。

祁宏沉默了，一个是凌林，一个是钱小芸，这两个女生让他左右为难。

祁宏不能辜负了凌林。他们两情相悦，刚从友谊转正为爱情。他也不愿意钱小芸来这世上走一趟，留下终生遗憾。钱小芸那么娇弱，让人怜爱，就像一株刚破土而出的幼苗，随时可能被狂风暴雨拔出土地，失去滋养，枯竭而亡——她把对祁宏的那份爱情看作了扎根其中，抵抗风雨的土地。

祁宏希望自己像孙悟空那样分身有术，拔一根汗毛，能够变出一个一模一样的祁宏来，一个给凌林，一个给钱小芸；祁宏希望把心撕成两半，一半给凌林，一半给钱小芸。

"不能跟你谈一场恋爱，我死不瞑目。"钱小芸说，"我知道你和凌林很相爱，我也不想破坏你们的关系。你接受我，你们照样可以继续你们的爱情，我不介意。你们的人生还长，以后还有很多机会，哪怕感情破碎了，还有机会和时间修补。我的人生很短，不到一年了。我只要跟你谈一年恋爱，就一年！我死了，我就把你还给她。人只要

484

活着，一切还可以从头再来。哪怕你是虚情假意，敷衍我，我也不在乎，我只想跟着自己的心走，跟自己喜欢的人谈一场恋爱，好好品尝一下爱情的滋味！你跟我谈恋爱的这一年，你跟凌林继续相爱，我不在乎，也不吃醋！"

钱小芸这番发自肺腑的爱情表白听得祁宏瞠目结舌，无言以对。钱小芸的话句句在理，不容反驳，又卑微到了尘埃，不容拒绝。祁宏不再说什么，也不能再说什么。

钱小芸都这样说了，祁宏还能咋样？

"我知道我让你很为难。我走了，回医院去了，我也不逼你，给你时间慢慢考虑，你不用马上回答我，但我一直等着你答复。如果你不接受我就算了，也不要狗拿耗子，撮合我跟别人了，我是除了你，也不愿意跟别人谈恋爱了，我宁愿带着遗憾离开人世，宁愿死不瞑目！"钱小芸说。

钱小芸边说边转过身，抹着眼泪，准备离开。

祁宏要送她，被钱小芸不客气地拒绝了。

"如果你不接受我，就不要给我希望了。我不要你送，你以后也不要到医院来了，我是生是死都跟你没关系，我不需要你可怜我！"拉开宿舍门的时候，钱小芸转过身来，悲伤决绝地说。

钱小芸把自己都吓了一跳，她没想到自己会说出这种不顾一切的话来，她是病急了，想谈恋爱心急了，豁出去了——她已经看到自己生命的尽头了，在到达生命终点之前，钱小芸必须破釜沉舟，努力争取。

小芸走后，蒙了的祁宏就像一尊雕像一样站在宿舍中间，不知道怎么办。

祁宏是打心眼里同情钱小芸的，也喜欢她——当然，这种喜欢跟爱不是一回事，他们中间横着个凌林，凌林是祁宏对钱小芸的感情上跨不过的一座山。

对一个生命即将终结，却没有品尝过爱情滋味的女孩来说，钱小芸的要求不过分，她只要他一年的感情——也许还不到一年，她只想谈一场真正的恋爱，尝尝被人疼、被人爱的滋味。

　　钱小芸没有说错，他和凌林，时间还长，机会很多，他们有一辈子，做错了还可以从头再来。比起他们幸福漫长的一生，钱小芸只要求蜻蜓点水的一年，微不足道。

　　作为好朋友，作为师姐弟，作为兄妹，祁宏真心希望钱小芸走得没有遗憾。

　　祁宏也明白，这一年，对他和凌林的感情来说，也是至关重要的一年，不能有什么差错，一出差错，也有可能是一辈子错过了。

　　这件事，是对凌林隐瞒，还是坦白从宽？坦白的后果怎样？隐瞒又能隐瞒多久？一年后，自己怎么向凌林解释？

　　这个问题还真把祁宏难住了。

　　感情上的问题比学习上的问题复杂多了，祁宏在学习上还从来没有遇到过这样棘手的问题。这个问题，老师和教科书都没有告诉祁宏如何解答，更没有告诉他答案。他没有理论可依，没有公式可套，没有规律可循，只能一切靠自己，摸着石头过河，走一步看一步了。

　　第二天艳阳高照，秋高气爽。一夜没睡的祁宏，起床后，跑到校门口的花店，认真地挑了九朵含苞待放的红玫瑰，挑了六个鲜艳火红的大苹果，称了六斤亮晶晶的红樱桃，去湘雅医院看钱小芸。

　　祁宏原来想叫上汪大力陪他一起去，可汪大力铁青着脸，在生他的气——钱小芸对祁宏的热烈表白，汪大力在走廊上全听到了，尽管汪大力知道不是祁宏的错，可他还是没办法不生祁宏的气。

　　祁宏认真地想了想，还是决定自己一个人上医院。正如钱小芸所说，他不能再伤害钱小芸和汪大力了，钱小芸是不可能接受祁宏乱点鸳鸯谱的；叫汪大力跟他一起过去，汪大力也许不会去，去了也可能尴尬，如果这样，三个人就没有一个开心的了。

看到祁宏推门进来，钱小芸开心地笑了，她知道自己想要的答案来了。她笑得就像祁宏捧在手上的那束鲜艳的红玫瑰。

那束玫瑰娇艳欲滴，红艳似火；那些苹果又大又红，清脆爽口；那些樱桃晶莹闪亮，甜蜜带点微酸。这三样东西都是文学作品中美好爱情的象征，都是爱情的颜色，都是爱情的味道。

祁宏用含蓄的方式告诉钱小芸，她渴望的两相情愿，两情相悦的爱情来了，她如愿以偿，可以开始谈恋爱了。

那颗怀春的心就像春天的花儿一样绽放的钱小芸得寸进尺，进行了进一步试探。

钱小芸从床上下来，拿了一个最大的苹果，抓了一把樱桃，跑到洗漱间洗了，放在果盘里。

钱小芸没有叫祁宏吃，而是拿起水果刀，动作麻利地给苹果削了皮，把苹果切成了两半。钱小芸把小的一半留给自己，把大的一半递给了祁宏。

祁宏左右看了一下，看到没有人，他没有拒绝，接过苹果，低下头，轻轻地咬了起来。

钱小芸看在眼里，大喜过望，等祁宏吃完苹果后，又拈起一个最大的樱桃，伸手递到了祁宏嘴边——这个动作，亲昵得就像"喂"了。

祁宏脸上一片绯红，不好意思地把脸扭向一边。在钱小芸看来，祁宏的脸红胜过了一大段动人心弦的告白。

钱小芸拿着樱桃的手跟着祁宏的脸移动，不依不饶地把樱桃又递到了祁宏嘴边。

祁宏没有再躲，他张开嘴，把樱桃接住，轻轻地嚼了起来。

"甜吗？"钱小芸轻轻地问。

"甜！"祁宏轻轻地答。

"这是爱情的味道，"钱小芸说，"我好想能一辈子给你这种味道。"

见祁宏吃完，吐出核后，钱小芸又不失时机地挑了一个樱桃，准备再喂。

祁宏的脸更红了，低声地说："你自己吃吧，我就不喂你了。我也自己拿，让人看到了多不好！"

钱小芸开心地把手上的樱桃丢进了自己嘴里，嚼了起来，那甜甜的味道，满口生津，一直甜到了心里面。

爱情的试探卓有成效，钱小芸甜甜地笑了，心里乐开了花。

钱小芸不奢望祁宏给她洗苹果，削苹果，洗樱桃，喂樱桃，但她愿意给祁宏洗苹果，削苹果，洗樱桃，喂樱桃，只要祁宏不拒绝她就行，她乐意为祁宏做任何事情——他们之间，祁宏倒像是病人，钱小芸倒像是照顾病人的人。

那天，钱小芸的心情就像那束玫瑰一样，被滋润了，慢慢地盛开了。

病床上的钱小芸终于尝到了爱情的滋味。爱情的滋味就像那苹果，清脆爽口；爱情的滋味就像那樱桃，甜蜜中带点微微酸。

第三十四章　高燕再上长沙

春天播下的种子，破土发芽了，长起来就快，总给人看得见的惊喜。

有了孩子，高燕很注意营养，奶水充沛。在母乳滋养下，小斯鸿日新月异地生长，十天半月一个模样。到六个月的时候，已经长到快二十斤了，身上肉嘟嘟的，关节上有肉圈圈，抱在手里沉甸甸的。

小斯鸿爱笑爱闹，性格开朗，谁伸手抱他，他都不拒绝。小斯鸿腮帮上的两个小酒窝越长越深了，看上去让人心动，尤其是笑的时候，酒窝里盛满了酒，看着醉人。

别人抱他，只能抱一阵子，给你意思一下，让你尝点甜头，他最喜欢最缠的还是妈妈。小斯鸿喜欢缠着高燕咿呀学语，喜欢在高燕的搀扶下迈开脚丫，蹒跚学步，喜欢跟高燕一起玩躲猫猫游戏。

这个时候的小孩子是最可爱的，也是最好玩的，他对世界充满了好奇，什么都想弄清楚，什么都想模仿学习，什么都想亲自试一试。跟小斯鸿在一起，高燕变得跟小斯鸿一样，无忧无虑，无烦无恼，她的心里就像微风吹拂的湖面，荡漾着无边无际的母爱的涟漪，生活里洒满温柔明媚的阳光——小斯鸿就是那轮闪闪发光的、暖暖放热的、永远不落的红太阳。

这个三口之家很有意思，一家之主的张伟成了客人，很难见到人。高燕带着小斯鸿刚从长沙回来，张伟好了一段时间，每天都回来一阵子。但不到一周，张伟就一天到晚看不到人了。他只是隔三岔五，偶尔回来转转，逗逗小斯鸿玩玩，可屁股没坐热就抬腿走了；晚上，基本上是夜不归宿。

对张伟，高燕已经司空见惯了，见惯不怪了——她也把张伟当作客人了，他回来就像走亲戚串门。

王红梅很想到祁东来帮助高燕照顾小斯鸿，但她分身乏术，四明山的家和公司里有一大摊事，根本走不开。虽然王红梅没有能力做大事，但家和公司很多鸡皮蒜皮的小事，都离不开她，只有她有这个耐心，没有她还真不行。高欣把家和公司比喻为咬在一起的大小两个齿轮，把王红梅比喻为润滑油，没有王红梅，两个齿轮转动起来还真不顺畅。

张伟的母亲到祁东来帮忙看孙子，高燕不愿意，她宁愿自己带。张伟的娘很敏感，嘴巴多，高燕跟她的婆媳关系处不好，就像中国大多数家庭的婆媳关系一样。

一个人带孩子，着实辛苦，高燕不得不向单位请了长假——有点儿类似停薪留职了。小斯鸿求知欲强，胆子大，初生牛犊不怕虎，辨不清危险，只要离开半步，高燕就提心吊胆，生怕他碰着了，磕着了，摔着了。看到小斯鸿健康成长，高燕觉得值，什么苦，什么累，都跑了，烟消云散了。

平心而论，张伟在不在家，高燕都觉得无所谓，觉得他不在家比在家好。在家，张伟也是一个甩手掌柜，不做事，帮不了什么忙，有时候做点事，也是在帮倒忙，当然看孩子除外——可要张伟看孩子，他又没有耐性，觉得无趣乏味，还抽烟，让孩子抽二手烟；张伟不在家，眼不见心不烦，高燕乐得清静——她很享受跟小斯鸿在一起的二人世界，母子俩，一个逗，一个笑，一个笑，一个逗，其乐融融，房间里的每个空气粒子都爱意弥漫；高燕也可以放肆地喊孩子的名字"斯鸿"，有张伟在，高燕有顾忌，喊不出口，怕喊者无心，听者有

490

意，怕张伟听成了"思宏"。

这个阶段的小孩觉多，小斯鸿睡着的时候，高燕忙着做其他家务，她一边忙，一边胡思乱想：女人为什么要男人呢？如果这个男人，是自己爱的，确实想天天黏着他，跟他在一起，一刻都不想分离，就像当年她对祁宏；如果不爱，看着既碍眼又碍心，有还不如没有呢，就像现在的张伟和她！

要不是因为小斯鸿生了一场突如其来的急病，高燕真觉得身边有没有男人都无所谓。女人没有男人，饭照样吃，觉照样睡，日子照样过，生活照样有声有色，很滋润。

小斯鸿的急病发生在一个风雨交加的深夜。正在酣然入梦的高燕突然被斯鸿的哭闹吵醒了。那时候，高燕刚做完家务，洗完澡，上了床，躺下没多久。小斯鸿白天睡多了，晚上精神好，高燕很晚才把他哄睡下。高燕困得眼睛都睁不开，她习惯性地以为小斯鸿是饿着了，吵闹着找奶吃。高燕抓起自己的乳房，塞进了斯鸿的嘴里。这招很灵，以往小斯鸿半夜哭，只要吮着奶头，立马就不哭了。可是这次不一样，小斯鸿舔都没舔，就把奶头吐了出来——他知道妈妈醒来了，哭闹得更欢了。

奶头接触到小斯鸿小嘴的那一刻，高燕一个激灵，彻底醒了，把眼睛睁开了——高燕是被小斯鸿嘴巴上的温度烫醒的，她感到自己的奶头被狠狠地烫了一下，就像神经敏感的肌肉被烟头烫了一下一样。

高燕翻身坐起来，揿亮了灯。明亮的灯光下，高燕看到小斯鸿的一张小脸烧得通红，在手舞足蹈地哭闹，哭得上气不接下气。高燕翻转手，把手背覆盖在小斯鸿的额头上，一摸，彻底慌了——她这一惊非同小可，没错，小斯鸿是病了，发着高烧，他的额头就像一块烧红的烙铁，太烫人了。

小斯鸿以前也发过烧，在成长过程中，为建立自身免疫系统，增强抵抗力，小孩感冒发烧很正常。但这次完全不一样了，以前发烧，温度没有这么高，小斯鸿表现没有这么闹腾——这种闹腾充分说明小斯鸿已经没法承受这种高烧了，感到极不舒服了。

这次高烧来势汹汹，得赶紧把小斯鸿送到医院去看看，不能拖了。

高燕忧心如焚，手忙脚乱地穿好衣服，下了床。她走到窗前，拉开窗帘，向外看了看。

外面一片漆黑，路灯都看不到——外面的世界正打着雷，刮着大风，下着雨；偶尔一两道闪电把黑幕划开一道口子，让高燕看清楚那雨下得到底有多大，那黑幕是雨线织起来的。

又粗又大的雨滴密密麻麻，掉落在地上，溅起一片水花。地面上，到处都在冒水，水从四面八方涌出来，就像河流一样，从高处向低处奔腾流窜。在茫茫雨幕中，路灯已经没有用了，被大雨吞没了，发出来的光看不见了。天地间只有风声，雨声，雷声，流水声。

高燕倍感孤独和无助，站在窗前，看着雨，她想要是有一个男人就好了，她抱着小斯鸿，他打着伞，一起把孩子送往医院。在这个特殊时刻，男人对家庭的作用，对女人和孩子的作用，格外鲜明地凸显了出来。

高燕离开窗前，下意识地走到隔壁次卧，想找张伟过来帮忙，一起把小斯鸿送医院去。高燕推开门，揿亮灯一看，房子是空的，床上是空的——张伟又是一夜夜不归宿。

看着哭闹不停的小斯鸿，高燕的心都碎了，她犹豫了一下，还是把小斯鸿抱起来，用雨衣把他裹了，拿着一把雨伞，找出小手电筒，揿亮了，咬在嘴里，下了楼，准备上医院。

高燕刚冲进雨里，马上又踅了回来。雨下得实在太大了，伞根本没有用；路实在太黑了，她根本看不清。这么黑的夜，这么大的雨，这么滑的路，即使大人不怕摔跤，不怕淋雨，不怕黑灯瞎火，但抱着小孩肯定不行。

上楼后，回到家里，高燕重新把小斯鸿放在床上，倒来温水，蘸湿毛巾，不停地给他擦洗身体，进行物理降温，同时不停地给孩喂水。

这只是权宜之计，小斯鸿仍然高烧不退，哭闹不停，哭得嗓子都哑了，手脚的动作越来越疲弱乏力。听着小斯鸿哭，看着小斯鸿闹，高燕疼得心都在痉挛，却又束手无策。

这样折腾了一个多小时，雨终于小了点了，路灯渐渐看得见晕圈了。高燕想，无论如何都不能再拖了，再拖下去，小斯鸿可能就要烧坏了。这是有前车之鉴的。四明山有不少小孩，小时候夜间发烧，父母麻痹大意，没有及时送医院治疗，结果被烧坏了，长大后出现了各种各样的问题，如耳聋，口吃，哑巴，智障。

这些恐怖的后果，让高燕想想都害怕极了。

只要小斯鸿不被雨淋着就行，高燕自己顾不上那么多了，她重新用雨衣把小斯鸿裹好，自己也穿上一件雨衣，然后一手抱起小斯鸿，一手打着手电筒，一头扎进了风雨中。

黑暗中，风雨里，高燕看不清路，只有凭着记忆，深一脚浅一脚地向着医院的方向，顶着风雨，艰难行走。偶尔撕破天幕的闪电帮了高燕很大的忙，暂时照着她看清了前面的一段路。

风很大，扯着高燕直往后退；雨很大，打在身上发出咚咚咚的脆响，像敲锣打鼓；那雨滴打在身上，像落下来的石头，让人感到清醒的疼痛。为减少小斯鸿被风吹雨打，高燕佝偻着身子，尽可能地庇护着小斯鸿。

雨衣没有多少用，高燕身上的衣服很快就湿透了，雨水从脖子里进去，贴着身子往下流淌，透心地凉。打在脸上的雨水，顺着脸颊流下来，挡住了她的视线，眼前一片模糊。

高燕努力地睁开眼睛看路，雨水混着汗水灌进了她的眼睛里，火辣辣地痛。她的双手抱着孩子，护着孩子，抹一下脸上的水和眼里的水都腾不出手来。高燕想，哪怕有一个男人，给她擦一下脸上和眼睛里的水，都是好的。高燕张开嘴，大口大口地喘气，雨水又涌进了她的嘴里，又咸又腥。

高燕走得又急又小心，生怕摔倒了，把小斯鸿摔坏了，吓着了。那一夜，一路上，高燕摔了好几跤，上帝可怜她和孩子，高燕摔得并不重，没有受伤。摔跤的时候，小斯鸿被她保护得很好。

这个在黑夜里，风雨中艰难行走的弱女子，那一夜，终于在现实面前低头了。高燕绝望地想：生活中，女人是不能没有男人的，尤其是一个带孩子的女人，哪怕这个男人平时在家里只是一尊菩萨，一个摆设，但在某个特殊时刻，他能动一动，伸出手来帮她一下，都能让她绝处逢生，感恩戴德，就像那个风雨夜，哪怕男人只是陪着她，哪怕男人只是给她和孩子撑下伞，都会让人感到雪中送炭，如沐春风，都会让黑暗和恐惧离她很远。

值得庆幸的是，县城不大，路也平坦，从家到医院，一条大街走到底，距离不远。这段路，平时十分钟就到，那一夜，高燕走了半个钟头。在高燕看来，那一夜的半个钟头，是她一生中最漫长的半个钟头，最黑暗的半个钟头，最孤独无助的半个钟头；那段路，是她一生中最难走的一段路，让她永世不忘。

到了医院，高燕身上淌着水，都要虚脱了。

那天夜里，在医院里，高燕却跟张伟不期而遇了。原来刘美丽生产了，张伟在医院陪她照顾她。前一天下午，刘美丽羊水破了，被张伟开车送到了医院里。婴儿太大了，又是头胎，刘美丽坚持要顺产，在产房里折腾了接近两个钟头，费了九牛二虎之力，生下来一个七斤多的小女孩。

看到刘美丽为自己生下来一个白白胖胖的小公主，张伟心花怒放，手舞足蹈，沉浸在有儿有女的幸福爸爸之中。高燕已经给他生了一个男孩，现在刘美丽又给他生下一个女孩，张伟是儿女双全，正好凑成了一个"好"字。

这种情况太难能可贵了，除了罕见的龙凤双胞胎。那年头，计划生育抓得紧，提倡一对夫妇只生育一个孩子，有正式工作的双职工尤其被管得严。张伟却明修栈道，暗度陈仓，先是得了一个儿子，半年后又添了一个女儿，这种事情很稀罕，在祁东县城估计只有他一个人做到了，张伟好不春风得意！

为照顾刚刚生产的刘美丽，那天晚上，张伟哪儿也没去，就留在了医院里，伺候着刘美丽，寸步不离。他们仨的邂逅是在凌晨三点多钟。

小斯鸿打完退烧针，渐渐安静下来。值班医生嘱咐高燕不要回去了，要他们在医院住下来，观察一两天再说。高燕抱着孩子前往病房的时候，在走廊上碰到了张伟和刘美丽。

刘美丽深更半夜醒来，感到尿胀尿憋，急着上厕所。病房里没有厕所，公共厕所在走廊的那一头。张伟搀扶着刘美丽上厕所，他们就那么巧在走廊上碰上了。

走廊上的灯光昏黄暗淡，隔远了只能看清人影，看不清面貌，三个人都没有注意。他们走近了，要擦肩而过了，才彼此看清楚。三个人都僵在那儿，表情凝固了，时间静止了。

尽管高燕很清楚张伟差不多每天晚上都留在刘美丽那儿过夜，可他们把孩子弄出来，在这种场合下不期而遇，还是让高燕大吃一惊，有点接受不了。

鉴于自己跟祁宏的关系，以前高燕在张伟面前，总是深感愧疚，觉得对不起他，欠了他很多；现在刘美丽也有了张伟的孩子，他们算是扯平了，都半斤八两，谁也不欠谁的了。

看到高燕深更半夜抱着孩子，冒着大雨出现在医院里，张伟心慌意乱，以为高燕听到风声，追到医院里，找他兴师问罪来了。

张伟硬着头皮，跟高燕打招呼和解释："燕子，你怎么这个时候到医院来了？刘医生生产，她丈夫不在家，我不得不助人为乐，过来帮帮忙，照顾一下。她一个女人挺不容易的！"

"我和孩子也挺不容易的！你这个助人为乐真是服务到家了，是名副其实的助人为乐，夜夜笙歌，逍遥快活了。你夜夜陪着她，我不是也没有说你什么，我不是也挺过来了？"高燕情不自禁地讥讽，"放心，张伟，我不是来找你的，也不是来找你们麻烦的。孩子得了急病，我带他过来看病。"

听说斯鸿生病了，张伟还是感到很紧张，他赶紧松开刘美丽，凑过脸来看孩子。

高燕没有让张伟看孩子，她抱着孩子，躲着张伟，侧着身，从张伟和刘美丽身边闪了过去，向着自己的病房，迈开大步，头也不回地走了。

张伟紧张小斯鸿，在那个关键时刻，被高燕理解为张伟为掩饰自己，在惺惺作态，有意为之，这让高燕很是看不顺眼。高燕想，张伟的狐狸尾巴还是露出来了，别人的还是别人的，亲生的还是亲生的，待遇就是不一样。刘美丽生孩子，张伟陪在身边，寸步不离；小斯鸿生病，要送往医院，张伟却连一个鬼影子都找不到——当初怀小斯鸿，张伟对她许诺说"只要是你的，我都喜欢"，还真让高燕感动了一阵，现在让高燕想起来都觉得幼稚好笑。

大人的世界是肮脏的，充满了各种邪恶和算计。只有小孩的世界是干净的，一片空白，就像北极圈的冬天，一片纯净雪白。小斯鸿还不知人间疾苦，不懂母亲的艰辛，他的烧已经退了，躺在床上，酣然入梦，呼吸匀称。

谢天谢地，小斯鸿只是一次普通感冒，只不过这次感冒比以前来得太凶猛了一点，他也被送得及时，治得及时，没有什么后遗症。

靠着孩子躺下来，高燕觉得自己的骨头都快散架了。在黑暗里，风雨中，高燕没有崩溃，她要把孩子送往医院，信念支撑着她；孩子烧退了，睡着了，高燕放下心来，却不由自主地崩溃了。

熄灯后，在黑暗中，高燕不知不觉，已经泪流满面。在她和孩子最需要的时候，她的丈夫却在陪着另一个女人生产，没有比这更有讽刺意味的了。

高燕想，这是老天的惩罚，毕竟小斯鸿不是张伟的孩子，张伟不心疼；如果是祁宏，不会找不到人，他肯定会陪着自己和孩子，一起前往医院，一路上为她和孩子遮风挡雨，生怕他们受了委屈。

想来想去，高燕只得出一个结果：小斯鸿的成长不能没有父亲陪伴，哪怕不跟祁宏父子相认，哪怕不跟祁宏生活在一起，可在小斯鸿生病感冒的特殊时刻，只要能够找到祁宏，只要祁宏跟她一起，能够把孩子及时送到医院，高燕就心满意足了。

高燕想，孩子是祁宏的，应该得到父爱，应该有父爱伴随他一起成长，张伟有了自己的孩子，不可能给小斯鸿父爱的，高燕自己没有权利剥夺孩子享受父爱。为了孩子，高燕空前地希望能够在物理空间上更靠近祁宏一些，能够让小斯鸿有更多机会接触到祁宏。

在伟大母爱的照耀下，高燕开始酝酿一个大胆的计划。

听说小斯鸿生病了，住院了，第二天清早，高欣火急火燎地从四明山开车赶往祁东看望女儿和外孙。

半年多了，高欣已经完全接受了小斯鸿，并且溺爱上他了。小斯鸿完全没出现在出生之前高欣所忧心忡忡的身体残疾或智力障碍。他身体健康，聪明伶俐，活泼可爱，让高欣十分高兴和喜欢。每次见到小斯鸿，逗他玩的时候，高欣心里塞满了自责：小斯鸿是这么可爱，自己却差点强行把他打掉了，现在想想都后悔后怕，幸好女儿英明倔强，不顾一切地把孩子保护了起来，把孩子生了下来。

因为这段不堪回首的往事，高欣对小斯鸿更加疼爱了，希望天天见到他，捧在手上怕摔了，含在嘴里怕化了，只要到或路过县城，高欣再忙都要抽空去看他，给他买好吃的，带好玩的，同时塞给高燕一把钞票，叮嘱她，要吃饱喝足，保证奶水充足，不能饿着他的小外孙了。

找到病房，推开门进去，高欣只看到高燕和小斯鸿在床上玩，他很不满意地问："张伟呢，怎么小斯鸿生病了，都没看到他来照顾你们母子俩？"

高燕看了父亲一眼，没好气地说："他在呀，也在医院里！"

高欣问："那他人呢，到吃饭的时间点了，他得来给你换换班，让你吃饭去呀。"

高燕气呼呼地说："张伟在另一个病房，照顾他的另一个女人和他们俩的孩子，那个女人前天刚生了！"

高燕是把高欣绕糊涂了，好不容易才想明白她的意思。高欣不相信女儿的话，可看女儿的表情，又不像在开玩笑，他不得不将信将疑。

高欣责怪道："孩子，你也是做妈的人了，对张伟有意见，对父亲给你做主的这门婚事有想法，都可以，但不能信口开河，污人清白，更不能胡编乱造，毁人清誉。"

这下高燕是真的生气了，抬高嗓门，大声地说："我可没有冤枉他们，如果你不信，你自己去看看，他们一家三口正在这条走廊尽头的那个病房里，快乐融洽，恩爱有加呢！张伟知道我和孩子在医院里，我们昨天晚上在走廊上碰到了，但到现在他还没来看我们一眼。"

高燕言之凿凿，有理有据，不由得高欣不信。这件事，既然女儿都这样说了，高欣没有理由再怀疑了。祁东就这么大，高欣又耳目众多，手眼通天，关于张伟和刘美丽的风流韵事，高欣也多少听说了一些，只不过以前没有将其太当回事儿。

高欣无可奈何地叹了口气，说："没有像你们这样做夫妻的，你不把张伟当丈夫，张伟不把你当妻子，你们这日子过得真是太让人无语了。你的男人你自己要多体谅，要积极点，主动点，宽容点。男人嘛，都这样，年轻的时候花心点，干点离经叛道的事；经历多了，年纪大了，成过来人了，就好了，再过一两年，他觉得无趣了，就会回归家庭来。"

"狗是改不了吃屎的，要他回归家庭，除非四明山的太阳从西边出来。我也不稀罕他回归家庭，我和小斯鸿，我们娘俩过得挺好的，没有他比有他好多了。"高燕说。

"他很多个晚上都没有回来了？你们没在一起过了？"高欣听出了弦外之音，痛苦地追问。

"我的话你以为我是虚构了，夸张了，冤枉他了，你可以不信；但你不一定要从我这儿得到答案，你去问问你的好女婿，看我有没有夸张的成分，有没有冤枉他！"高燕说。

高燕是下定决心了，准备跟父亲摊牌了，她要跟张伟正式分居。反正他们的夫妻关系已经名存实亡了；反正张伟是时有时无，最需要的时候不在，不需要的时候，他却来烦人；反正张伟是可有可无，在她心中，在她生活中没有那么重要。

高欣无可奈何地摇了摇头，不再说话。但高燕扔给他的重磅炸弹还没有停下来。

"等小斯鸿感冒好了，出院了，我准备去长沙，不在祁东待了。"高燕说。

"你去长沙，又去找祁宏？"高欣心惊肉跳地问。

高欣以为女儿和张伟的夫妻关系都这个样子了，她要找祁宏，要跟他死灰复燃，过一家三口的生活——张伟曾经告诉过他，小斯鸿是祁宏的。

"我才不找祁宏呢！他走他的阳关道，我过我的独木桥，我只把他当哥哥。我去长沙，只是不想见到张伟，只是想给小斯鸿一个更加健康的成长环境，能够受到更好的教育。"

高欣松了口气，沉思了一下，说："你和张伟的关系都这样了，你们冷静处理一下也好，留点时间给张伟好好反省反省，让他找找原因，你自己也找找原因。"

高燕只是想试探一下父亲的口风，没想到一切这么顺利，父亲居然同意了，这倒出乎她的意料。高燕清楚，自己一个女人，带着一个孩子，没有父亲的同意，没有父亲的帮助，在长沙那个人生地不熟的地方，要站稳脚跟，养活自己和孩子，确实比较困难，甚至寸步难行——她更不能找祁宏，让祁宏养他们，这既名不正言不顺，高燕又不忍心给祁宏增添负担。

　　这次高欣相信了女儿，同意了女儿，也准备支持女儿。女儿和祁宏的爱情已经被时光的洪水冲走了，烟一样消散了，他们之间只剩下亲情，高欣已经在长沙见识过了，女儿可以说到做到，只把祁宏当哥了；高欣也相信祁宏，做得到只把高燕当妹妹——他们是亲兄妹，只是他们自己不知道，他们确实需要互相照顾，互相帮助。这正是高欣心中期待的他们的关系状态。

　　高欣知道，祁宏的爱情从高燕身上转移了，他已经在大学里看开了，混开了，交往了新的女友，开始了新的感情生活。祁宏喜欢的女生或者说喜欢祁宏的女生好像还不止一个，那个凌书记的女儿过年都跑到四明山来，在祁家住了两三个晚上了，祁茗告诉过他，已经把凌林当作准儿媳妇了；那个在音乐节晚会上跟祁宏一起主持节目的女孩钱小芸也不错，他们看起来很默契，很般配，肯定不只是普通的朋友和同学关系。祁宏同时跟两个漂亮优秀的女生交往，高欣感觉很不错，他觉得儿子在结婚前应该多交往女生，多比较，看看谁更适合自己，而不是吊死在一棵树上。

　　"如果你真要去长沙，我们就在长沙开一个办事处，你去负责，我把王欣调过去给你当助手。"高欣说。

　　这个安排看上去很不错，高燕悬着的心落了下来，只要父亲支持她，她就不用为生计发愁了。没想到父亲既同意她离开祁东和张伟，还雪中送炭，锦上添花，给她安排了工作，配备了助手——这个助手，其实就是帮助自己照看孩子，做做家务，承担着保姆角色。看来，还是自己的爹娘疼自己的孩子，高欣一样，高燕一样，张伟一样，高燕希望祁宏也一样，对小斯鸿好点。

高燕不奢望到长沙后，能跟祁宏三个人在一个屋檐下，过一家三口的生活，她只希望能够离祁宏近点。祁宏不忙了，有空了，能够过来陪陪斯鸿，教他识识字，读读书，唱唱歌，逗他玩玩，陪伴他一起成长，让小斯鸿不缺父爱，高燕就心满意足了。在一些特殊时期，如小斯鸿生病了，高燕一个电话，能够把祁宏叫过来，他们一起带孩子上医院看病。

再过两三个月，小斯鸿就会说话了，就要教他背点古诗词，识点字，唱点儿歌了，祁宏无疑是最好的老师人选。在学习上，高燕只佩服祁宏，觉得他比自己强太多了。祁宏是湖南大学的高才生，有他教斯鸿，质量有保证，高燕放心；自己教，可能耽误了小家伙。

第三天，小斯鸿出院后，高燕没有犹豫，说走就走了。

高燕离开祁东的时候，张伟还在医院陪伴刘美丽，照顾他们的小公主。

高燕没有跟张伟打招呼就走了，她已经没有跟张伟打招呼的那个心了。

高欣专门安排陈晓明开着他的豪车之一，把高燕、孩子和王欣郑重其事地送到了长沙。

这次高燕上长沙，高欣上心了，把什么都给她准备好了。

高燕对父亲说准备去长沙那天，从医院出来，高欣给任敏打了一个电话，要他帮忙给自己在岳麓山附近挑选一套三室二厅的精装修房子。

任敏找了一个房产开发商朋友，当天就把房子定了下来。

第二天，高欣就把钱打了过去，把房子买了下来。

新房子就在湖南大学旁边，岳麓山脚下的一个新开发的高档小区。房间里电视、电话、洗衣机、空调、冰箱、家具、席梦思床，一应俱全，还配了传真机和打印机，既可居家，又可办公。

王欣是高欣的一个远房亲戚，小姑娘刚高中毕业，离最低高考录取分数线差了一百多分，即使复读，考大学都是没有多大希望，于是辍学了，在高欣的公司里做了一个行政文员。

高燕去长沙，高欣把王欣派了过去。其实，王欣也没有什么其他事，主要工作就是配合高燕，照顾好小斯鸿，做饭菜，搞卫生，接接电话，发发传真，整整资料。

高燕去长沙，高欣也有自己的私心，他的儿子、女儿、外孙都在长沙了，他可以时不时地开车跑去长沙看看，跟他们团聚一下，一起吃吃饭，聊聊天，叙叙情，尤其是在周末的时候，就当到长沙度假休息了。

第三十五章　祁宏的感情让高燕困惑

万丈高楼平地起，都是一砖一石垒上去的，建起来不容易，毁起来太容易了，下盘松了，放上一根手指就倒了。高楼兴毁与家庭建设异曲同工。建好一个家庭，需要日积月累，可能倾注一辈子的时间和心血；可破坏一个家庭，只需要一个家庭成员，一件事，一句话，一个瞬间。

高燕在祁东的家，算是毁了，在长沙的家，却在兴致勃勃的建设中。到长沙第一个晚上，高燕就在新家过夜了，这是过年后她睡得最舒服踏实的一个觉了。当然不是拎包入住的，就可以啥都不管了。开发商提供的只是共性化需求，个性化需求，还是取决于住户自己，看到缺什么买什么。住下来后，高燕买这买那，陆陆续续又花了几天才把新家布置利索，看上去温馨温暖，与祁东那个家完全不一样。

只有用心了，事情才能做好。祁东那个家，高燕从来是得过且过，没有刻意经营。长沙这个家，给她燃起了新的希望，她是用心布置了。看起来像一个家，一个不错的家了，高燕才准备告诉祁宏，她来长沙发展了，新房子就在湖南大学附近。

高燕准备把祁宏请到新家来坐坐，认个门，一起吃个晚饭，高高兴兴地团聚一下。跟王欣一起过了一周，高燕发现这个表妹真能干，她感谢父亲用心了。王欣厨艺不错，做得一手地道的家常菜，有熟悉的四明山的味道，让高燕离开了祁东却觉得仍在祁东。王欣的饭菜也应该合祁宏的口味，如果他觉得味道不错，只要他愿意，以后随时可以过来打牙祭，改善生活。

怀孕期间，高燕到长沙投奔祁宏。那半年，祁宏忙里忙外，忙上忙下，把家务全包了，辛辛苦苦，没有半句怨言，让高燕很感动。帮了她那么大的忙，高燕还没有表示呢，希望这次能够意思一下。

听高燕说祁宏要来，王欣大清早就去了菜市场，把鸡鸭鱼肉买回来，开始杀鸡、宰鸭、剖鱼、切肉，忙得不亦乐乎。在老家，王欣听过祁宏的大名，她父母，她的老师，她的村人都跟她提过祁宏，但王欣还没有见过祁宏。听说传说中的偶像要来，王欣暗暗高兴，干劲十足。

他们的午饭很简单，两个女人把精力主要集中在做一顿丰盛的晚餐上。午饭过后，小斯鸿照例呼呼睡午觉，高燕和王欣忙着做大菜。小斯鸿一觉醒来，几个大菜已经准备得差不多了。把祁宏叫过来，就可以揭开锅，盛菜上桌，开始吃饭了。

深秋到了，太阳跑得贼快，拉都拉不住，日子越过越短。

王欣还要炒青菜，高燕抱起小斯鸿，出了门，去湖南大学把祁宏叫过来吃饭，她准备回来的时候，再给祁宏买两瓶啤酒，给王欣和自己买一瓶饮料。

走进湖南大学，看着朝气蓬勃，成群结队，热烈谈笑的同龄人，高燕感慨万千：真是造化弄人，都是二十岁上下的年纪，他们在学习，恋爱，逐梦，无忧无虑；自己却做了妈妈，为生活奔波，为婚姻郁闷，为家庭纠结。如果没有退学，没有结婚，她现在已经高三了，到了紧张冲刺的时候，再过六七个月，她也要成为大学生，成为他们中的一员了。

如果参加高考，填志愿报哪所大学好呢？

当然是祁宏在哪，高燕就报哪，至少是在同一个城市的大学。

如果祁宏高考不失利，高燕不敢奢望跟祁宏在同一个大学。祁宏没考上北京大学，给了高燕很大的想象空间，成为祁宏大学师妹的可能性大大增加了。考北京大学要天赋，光努力不够，高燕清楚自己不是那块料。但考湖南大学，如果努力搏一把，还是很有可能的，就像初中升高中。在祁东，二中最好，录取分数线最高，本来不被老师看好的高燕，在爱情鼓励下，硬是超水平发挥了，考出了超过二中录取分数线几十分。如果没有退学，在高考上，这个奇迹有可能再被高燕创造一次。

当然，湖南大学的录取分数线不低，也很难考。如果考不上湖南大学，录取分数低一点的湖南师范大学也可以。这两所大学挨在一起，跟祁宏见面很方便。如果湖南师范大学还不行，其他大学也可以，但一定要是长沙的大学，能够尽量离湖南大学近一点，就像他们读高中，一个在祁东二中，一个在祁东一中，都在县城里，见面很容易。

高燕相信自己有把握考上湖南大学或湖南师范大学。她的成绩不差，重要的是，她能处理好爱情和学习的关系，把爱情作为学习的动力，祁宏在湖南大学，这是她最大的动力。高三那年，就是豁出去，瘦个十斤八斤，也一定要把湖南大学或湖南师范大学的录取通知拿到手。

高燕的大学梦还没做完，就已经来到了宿舍门口。门是虚掩的，开了一条缝，传出来嘈杂的说话声。高燕曲起指关节，轻轻地敲了三下，里面传出来两三个人同时喊"请进"的声音。高燕听得出来，这些声音里面没有祁宏的。

高燕轻轻地推开门，走了进去。

"对不起，打扰你们了，我来找祁宏，他在不在?"高燕一边歉意地问，一边东张西望地找。

她看到宿舍里有六张床，五个男生。男生们或坐或站，或倚在床柱上，就是没有祁宏。

看到一个年轻漂亮的小媳妇，抱着一个满脸稚气的孩子，冒冒失失地来找祁宏，那群男生吃惊不小，他们都不约而同地联想到祁宏因为跟女生有了孩子被学校开除的事情上来了。

看来就是这个姑娘和孩子，让祁宏背上了被学校开除的处分的。可让他们不解的是，学校贴出了开除祁宏的处分，却没把祁宏怎样。那件轰动整个校园的事最后不了了之，祁宏没有离开学校，他课照上，饭照吃，觉照睡，生意照做，甚至恋爱照谈。让他们感到困惑和不解的是，祁宏不仅没有受到影响，反倒因祸得福，越混越吃得开了，越混越吃香了。祁宏成了学校两个实权人物俞校长和刘主任面前的大红人，还做了音乐晚会的主持，上了电视和报纸，当了学生会的重要干部。

室友们猜不出原因，众说纷纭，也许是因为祁宏成绩太好，学校网开一面了；也许是因为祁宏有钱，走后门了，拉来了很多赞助，把音乐晚会搞得有声有色，让学校领导高兴了。

当然，他们也听到坊间传言，说祁宏的事是一起冤假错案，弄错了。可如今人家姑娘都抱着小孩找上门来了，那就千真万确，不容抵赖了。

高燕和孩子突然出现帮助室友们深刻地理解了祁宏。这姑娘多漂亮，多水灵，多淳朴，就像一朵没有经过人间烟火熏染的乡野鲜花，谁不想采呢？这孩子多活泼，多聪明，多可爱，就像一个遗落尘世的小天使，谁不想做他爸爸呢？难怪祁宏挡不住诱惑，要犯生活作风错误，原来是英雄难过美人关！

确定祁宏不在宿舍，高燕脸上流露出失望的表情。她后悔自己太想给祁宏一个意外惊喜，没有早点跟他电话预约了。

汪大力走上来，告诉高燕："祁宏十有八九是到医院去了，钱小芸生病了，他要照顾她。你可以上医院去看看，碰碰运气。"

"钱小芸住院了？她怎么啦？"高燕吃惊地问。她暗暗祈祷钱小芸不是得了什么大病，只是普通感冒，但人都住进医院了，也不可能是什么小病。

"小芸得了白血病，"汪大力悲痛地说，在他心中积聚压抑了很久的情绪突然找到了突破口，"医生说她只有不到一年的寿命了，我可怜的小师姐——"

汪大力一边说，一边低下头。他的眼睛红了，声音轻了。

这个消息太突然了，高燕感到胸口被一只大手攥住了，越攥越紧，越来越痛，她呼吸困难。

那个在她怀孕期间经常跑过来搀扶她过马路，陪她聊天，陪她散步；那个在她生孩子住院期间尽心尽力照顾她，爱向她打听她和祁宏的爱情故事；那个在音乐晚会上跟祁宏一道主持节目，妙语连珠，星光四射；那个看上去那么美丽，那么阳光，那么善良的钱小芸，居然得了白血病！

真是天妒红颜，苍天无眼！

高燕曾经以为自己是天下最不幸的人，比起钱小芸的不幸来，高燕成了一个幸福的人。

高燕临时改变了主意，决定马上去一趟医院。可她去医院的目的已经变了，她想去看望钱小芸，而不是叫祁宏到办事处吃饭。

高燕向汪大力要了钱小芸的地址，然后抱着小斯鸿，走出了男生宿舍。经过学校水果店，高燕称了三斤苹果，三斤橘子，凑成了一个"六"（顺）字。

深秋了，正是各种水果上市旺季，苹果红彤彤的，又大又圆；橘子黄澄澄的，又光又滑。这两种水果都是喜庆和吉祥的颜色和意义，带给病人祝福和健康，高燕真心希望钱小芸快点好起来。

在校门口，高燕招手拦了一辆出租车，直奔湘雅医院。赶到医院的时候，太阳快下山了，红晃晃地挂在岳麓山尖上，像被岳麓山顶住了，不愿意让它掉下山谷去。

找到钱小芸的病房，推开门，高燕没有看到钱小芸和祁宏。钱小芸的床位空着，被子被掀开一半，没有折叠，显示病人没有走远。高燕把水果放在床头柜上，抱着小斯鸿，坐在凳子上，耐心等候。

没有看到钱小芸和祁宏，高燕心里忐忑不安，脸上写满了焦虑。邻床的病友看出了她的心思，告诉她，钱小芸和男朋友一起出去散步了，可能一下子回不来。

高燕站起来，抱着小斯鸿，走出病房，到院子里寻找钱小芸和祁宏。

晚饭后，风景宜人，气温宜人，病友们都选择在这个时候出来散步，希望对自己的健康有利。医院不大，可以散步的地方不多，高燕的寻觅很快有了结果。她看到钱小芸挽着祁宏的胳膊，头靠在祁宏肩上，他们在林荫小道上并肩携手，慢慢向前走。他们一边走，一边窃窃私语，不时传来会心的笑声。

这个场景让高燕感到伤眼，伤心。这一幕是那样熟悉，又是那样亲切，男主角还是那个男主角，女主角却由自己变成了别人。一年多前，她曾经跟祁宏有过这样亲密无间的时候，她曾经跟祁宏这样散过步、聊过天。这一幕既发生在她曾经的生活中，又多次出现在她现在的梦中。

一股醋意涌上心头，高燕心潮起伏，一时难以平静。但她马上意识到自己情绪不对，严重失态了。高燕做了几次深呼吸，努力让自己静下来。她告诫自己不能跟一个看得到生命尽头的白血病女孩计较；她告诫自己钱小芸是自己的好朋友，曾经给过她很多无私的帮助；她告诫自己钱小芸跟祁宏是爱情进行时，是光明正大的，自己跟祁宏是爱情过去时了，她应该看开了，看淡了，放下来了。

情绪稍微平静下来后，高燕已经到了钱小芸和祁宏身后，她不轻不重地咳了两声，希望借此告诉这对沉浸在爱河中的年轻人，有人找他们来了。

院子里很多病人在咳嗽，咳嗽声此起彼伏，时不时地响起。尽管咳嗽声千篇一律，但真咳和假咳，含义很不一样，意思传递得很清晰，容易分辨出来。

与众不同的咳嗽叫停了钱小芸和祁宏的脚步，他们不约而同地回过头来，看到了抱着小孩站在他们面前的高燕。

钱小芸和祁宏大吃一惊，也有点尴尬，两个人脸红了，亲密接触的肢体触电一样飞快地分开了。

祁宏低下头，就像做错了事的孩子，嗫嚅着说："燕子，我没想到你会到医院来！"

祁宏喊高燕，已经把称呼改了。他们谈恋爱的时候，祁宏叫高燕为燕儿；现在，祁宏叫高燕为燕子。一字之差，意义和感情大相径庭。这种改变，映衬出了他们的感情变迁，让高燕怅然若失。

沉浸在二人世界中的情侣，是很反感别人打扰的。高燕感到抱歉，觉得自己来得不是时候，她内疚地说："不好意思，我打扰你们了。"

"没有，没有，"钱小芸连忙摆着手说，"燕姐，你怎么过来了？"

"我过来看看你，"高燕说，"我去男生宿舍找祁宏，那些男生都说你生病了，住院了，我就过来了。"

看到高燕怀里的孩子，钱小芸触景生情，羡慕不已：孩子找他爹来了，燕姐比自己幸福多了！虽然跟祁宏在谈恋爱了，但这辈子，她是注定不可能跟祁宏有孩子的！

孩子长得虎头虎脑，两颗黑葡萄一样的眼珠透着一股聪明伶俐的劲儿，煞是可爱。小家伙鬼精鬼精的，已经善于察言观色了，看到跟妈妈亲热，逗他玩的人就伸手要抱。钱小芸一下子喜欢上了这个小孩，她凑过来，做着鬼脸，逗着斯鸿开心。

孩子也不认生，谁逗他，他就喜欢谁；谁跟他玩，他就喜欢谁。他目不转睛地瞅着钱小芸，咧开嘴巴，咯咯咯地笑了，露出来两排四个浅浅的大门牙。那牙齿刚长出来没多久，只从牙床上冒出来一点点白。

钱小芸被孩子逗乐了，心里升腾起无限柔情——钱小芸被内心深处突然汹涌奔袭过来的母爱的潮水淹没了，她太喜欢这个孩子了！

"你们聊，把孩子给我抱抱，我要做他几分钟妈妈！"钱小芸一边开着玩笑，一边伸手向高燕索要孩子。

高燕小心翼翼地把孩子放在钱小芸的臂弯里。

钱小芸小心翼翼地接过孩子，抱在怀里，开心地逗着他玩。

钱小芸是越逗越喜欢，越逗越沉沦，越逗越遐思迩想了：要是自己跟祁宏能有这样一个孩子，她一生无怨无悔了！

可钱小芸很清楚，这对她来说，是一个遥不可及的梦了。虽然祁宏接受了她，但这场恋爱充其量只能是柏拉图式的，上帝没有留给她怀孩子，生孩子，养孩子，培育下一代的时间。

也在这一刻，钱小芸突然明白了高燕为什么非要把这个孩子生下来——这是他们爱过的最好见证了；如果换成是自己，她也会毫不犹豫地把孩子生下来。只要孩子在，他们爱过的痕迹就在；只要孩子在，他们的爱就在继续。

也在这一刻，钱小芸对高燕有了更深一层的认识，心中多了羡慕和佩服：这个读书不多，文化不高的农村姑娘，有自己的主见，做事果断，睿智，知道自己想要什么；上帝对她不薄，特别眷顾她，把爱情的最好礼物给了她！

高燕和祁宏一边走，一边聊，不知不觉地走到前面去了，把钱小芸和孩子远远地甩在了后面。

"你怎么带着孩子又跑长沙来了？"祁宏紧张地问，"是跟你爸闹翻了，还是张伟欺负你了？"

对他和高燕来说，这种过于热烈，过于关心对方的问题已经没有多大意义了，即使高欣跟高燕闹翻了，即使张伟欺负高燕，让她不好过了，这些都是他们的家务事，跟祁宏没有多大关系了，祁宏想管也管不了了。

可祁宏还是很在意这个女人，在意她的遭遇和感受，明知没什么意义和作用，仍然免不了画蛇添足，求个心安。

高燕来长沙，如果不是来玩的，那就有不得已的苦衷。即使高燕有苦衷，祁宏又能怎样？只是高燕过来了，他能做的，就是尽量对她好点，多给她亲人一样的关照，朋友一样的安慰。

祁宏的在意和紧张让高燕很感动，甚至有些不知所措，浮想联翩了。虽然他们的爱情不在了，他们的两颗心却还是敏感的，她没想到祁宏还是一如既往地在意她，而且是很在意她。

"没有——"高燕认真地掂量着祁宏话里的意思，思考着如何回答他。

高燕不愿意祁宏为自己的琐事分心散神，他已经够忙的了，就像一个连轴转的陀螺，没有停下来的时候，看着让人心疼。

"家庭关系倒是其次，我没有那么在意张伟的。我来长沙有公私两个理由。我们家的生意越做越大了，我父亲要在长沙开一个办事处，他要我过来打头阵，帮他开疆拓土，这是于公的理由；比起祁东来，长沙是个大地方，市民素质过硬，治安环境好，教育质量高，对孩子成长有利，我就带他过来了，我希望他能见大世面，不像我这样是一个没有文化的井底之蛙，这是于私的理由。"高燕解释说。

"原来是这样啊，"祁宏尽管知道高燕来长沙跟他们的夫妻和家庭关系脱不了干系，但听了高燕的话，他还是高兴了起来，"这个想法倒是很不错的，你们家早就应该考虑到长沙来发展了，长沙天大地大，你们家的生意做得那么好，那么大，是应该到长沙来找找机会，碰碰运气，把事业推向一个新阶段了。你们家开办事处，我来给你们打工；我也可以帮你带带孩子，做做家教，教小斯鸿读书识字！"

"那就最好不过了。"高燕说，"有你这个高才生助我们一臂之力，我们就不愁办事处做不起来，不愁办事处做不大了；有你这个优秀的老师因材施教，我就不愁小斯鸿不成材，不愁小斯鸿将来不跟你一样优秀了！"

在祁宏面前，不像在张伟面前。在张伟面前，高燕不敢喊孩子斯鸿的名字，怕他介意，怕他吃醋；在祁宏面前，高燕理直气壮地喊孩子斯鸿这个名字，自觉不自觉地传达着潜伏在内心的那份莫名其妙的情愫。

高燕十分开心，到了长沙，一见到祁宏，世界就豁然开朗了，生活给她打开了一扇全新的门，给她展示了一条截然不同的路，一切都在向着她设想的方向发展，一切都随她所愿了。祁宏是她的福星，长沙是她的福地。高燕都不知道拿什么来比喻张伟，比喻祁东了，噩梦一样的日子终于画上句号了，新的生活篇章终于掀开了。

"不要拿小斯鸿跟我比，我希望他比我有出息！"祁宏说。

"希望如此，"高燕说，"只要他有你这样优秀，我就心满意足了。可我还是希望湘江后浪推前浪，小斯鸿能够青出于蓝而胜于蓝，比你还优秀。"

这句话，祁宏听出了双关的意思来。青出于蓝而胜于蓝，既可以说父子关系，又可以说师徒关系，很明显，高燕的意思更多地倾向于父子关系。

看来，高燕还是被蒙在鼓里，不知道她结婚前那个晚上发生了什么，她一直把小斯鸿当成了自己的孩子。祁宏想，这应该是导致高燕跟张伟感情不和，下决心来长沙发展的关键原因吧。

祁宏很想把事情的真相告诉高燕，可话到嘴边又被他生生地咽了回来。高燕和他曾经爱得死去活来；高燕爱小斯鸿，很大一部分原因是因为高燕错误地认为斯鸿是他的孩子，是他们当年的爱情的结晶。

祁宏无法判断高燕在知道真相后是什么心情，有什么反应，但可以说，后果肯定相当严重，甚至可能是致命的，还会殃及无辜，影响高燕对小斯鸿的爱——在他们三个大人的感情纠纷中，小斯鸿是无辜的，现在高燕因为家庭原因没法在祁东待了，他不忍心再打击她。

与其这样，不如将错就错算了，不要连累小斯鸿了，维持目前这种状态挺好。默认这个孩子是自己的，就当报答高燕了。对祁宏来说，默认不默认都没多大影响，对高燕来说，却完全不一样。高燕这个女人，已经够不幸了。因为爱情，也可以说为了他，锦绣灿烂的前程没有了，美满如意的婚姻没有了，小家庭也名存实亡了，她只有小斯鸿，只有那种建立在误会之上的抚慰，那个建立在误会之上的梦想——这是支撑高燕活到今天，继续支持高燕积极活下去的强大力量。

高燕的所有不幸，都跟自己息息相关。这个女人用自己的前途、爱情、婚姻、家庭做了自己奔赴远大前程的铺路石，他祁宏能有今天，今天能够走在繁花似锦的阳关大道上，都离不开这个女人，都是这个女人牺牲自己的幸福换来的。他不能忘本。这个女人值得祁宏供奉在神坛上，当作神，用一辈子的时光来尊重和铭记。

祁宏又怎能忍心往高燕的心灵伤口上撒盐?

把这件事想透了，决定把事情真相隐瞒下来了，祁宏舒服多了。但他还有一件十分重要的事情要向高燕坦白，就是那十万块钱——这件事对高燕的打击不像孩子身世真相那么大，应该在她的承受范围之内，尽管不可避免地让她难过伤心一段时间。

这十万块钱是高燕给祁宏读大学用的，可是祁宏违背了这个初心，他愧对高燕。

"燕子，有一件事情，很重要，我违背了你的意愿，你一定得原谅我，不要生气!"祁宏说。

"我们还有这么郑重其事的事情?"高燕问。

祁宏这么说，让她深感意外。

"你给我的那十万块钱，我给钱小芸治病用了。那十万块钱，我只能用打工的形式偿还你了。我到你们办事处打工，你不用给我发工资，每个月从我的工资里扣，直到把那十万块钱扣完！"祁宏说。

那十万块钱给钱小芸治病用了？

这确实是高燕没有想到的，她感到很突然，也很愕然。

高燕倒不是心疼那十万块钱，而是在意那十万块钱的来路和归途。那十万块钱来得太不容易了，她付出的代价太大了，是她牺牲了自己的爱情跟父亲换来的，是给祁宏读大学用的，她没想到祁宏把那十万块钱用在一个女孩身上了，他确实辜负了她。

无论换成是谁，心里都不是滋味。

高燕回过头，看了看钱小芸，她逗着小斯鸿，玩得正起劲。

高燕马上又释然了。

对钱小芸来说，那钱是救命钱，没有这十万块钱，钱小芸也许活不到现在。救命比读书更迫在眉睫，祁宏的决策让她不高兴，可没有错。既然那十万块钱已经给了祁宏，就是他的了，他既有所有权，又有使用权，他爱怎么用就怎么用，只要他自己认为值！

祁宏不是不知道那钱的重要性，不是不知道自己的心意，他心甘情愿地把十万块钱拿出来给钱小芸治病，看来他们俩的关系已经板上钉钉，钱小芸成了祁宏的新女朋友。

在医院里，祁宏和钱小芸手挽手，肩并肩，亲密无间的样子，已经说明了这一点。

可高燕还是如鲠在喉，心里很不舒服，这次不为自己，不为那十万块钱，而是为她的闺蜜凌林。

钱小芸成了祁宏的新女朋友，那凌林呢？凌林和祁宏是什么关系？

高燕不由自主地想，看来爱情这东西很现实，古人说得太对了：近水楼台先得月，远水解不了近渴。

高燕既为自己惆怅，更为凌林难过。按照祁宏和钱小芸的感情发展，凌林都被祁宏忘记了，自己也将被祁宏慢慢遗忘，成为他生命中的一个匆匆过客。

虽然大家都是好朋友，但在钱小芸和凌林之间，高燕还是把心向着凌林的，她希望凌林跟祁宏谈恋爱。他们分手后，高燕曾经自做主张拉郎配，把祁宏托付给了凌林。高燕认为祁宏和凌林，都是人中龙凤，才高八斗，都有容有貌，十分般配——她甚至认为凌林跟祁宏在一起比自己跟祁宏在一起更加般配，他们是天造地设的一对；可没想到祁宏和凌林之间，天有不测风云，半路上杀出来一个钱小芸。

作为祁宏的前女友，高燕还有一点怎么都想不明白：钱小芸得的是白血病，这个病是要人命的，注定活不长，注定了这段爱情是没有结果的，祁宏怎么这么稀里糊涂，在这个时候跟钱小芸谈起恋爱来了，这不是明摆着要让自己再受一次伤害吗？

虽然钱小芸很优秀，但高燕只觉得钱小芸比自己优秀，她看不出来钱小芸比凌林还优秀。她觉得在二十世纪七十年代生的这一代女生中，凌林已经登峰造极了，钱小芸还差那么一点火候，尤其是钱小芸的这个病，把她的优点都遮住了，连一个普通人都不如。知道钱小芸患了这种病，换成其他男人，那是唯恐避之不及，敬而远之的。

从医院看完钱小芸回到办事处，把小斯鸿哄睡后，高燕一个晚上都睡不着，她既为钱小芸感慨万千，又为钱小芸和祁宏的感情命运担惊受怕，更为祁宏和凌林的感情焦虑不安，忧心忡忡。

高燕太想知道祁宏和凌林之间，到底怎么啦？难道他们已经分道扬镳了？凌林不是过年的时候还在祁宏家待了三天吗？

这件事，高燕不方便问祁宏。感情问题已经成为他们语言交流的禁区，他们都不愿意跟对方直接谈论感情上的任何问题。看来，祁宏和凌林的感情现状，她只有通过另一个当事人凌林来了解。即使向凌林打听，问的时候，也得格外小心，不宜太直白，不能太草率，否则，容易弄巧成拙了。高燕只能小心地，含蓄地，拐弯抹角地，不露痕迹地，若无其事地旁敲侧击。

在感情上，冰雪聪慧、貌美如花的凌林怎么能让患了白血病的钱小芸后来居上，弯道超车，把自己的赛道占了呢？

思来想去，高燕觉得只有一种解释说得过去：凌林背叛了祁宏，在清华大学找到新的男朋友，主动跟祁宏分手了！

在高燕心中，祁宏是优秀的，不可替代的，那是因为他们有深厚的感情基础，那是因为高燕没有见过太多优秀的男生。凌林是清华大学的高才生，在清华大学那种精英荟萃的地方，随便伸手抓一个，都可能比祁宏强。碰到更合适的，凌林背叛祁宏是顺理成章的，也是情有可原的。

高燕深刻地同情起祁宏来。如果这种猜测没错，祁宏跟钱小芸谈恋爱，极有可能是不理智的产物，是一种冲动，是在赌气，是在报复，是在寻找替代品。如果是这样，高燕觉得更应该责无旁贷，把事情弄清楚；如果可以，高燕准备跟凌林好好谈谈。一份真感情来之不易，高燕准备劝凌林好好珍惜祁宏，不要得陇望蜀了。

凌林没有经历过，可能不知道。高燕是过来人，深有体会，有血的教训，也有发言权。人生最关键的，只有几步，感情就是这几步之一。感情上的事，一步错，步步错，甚至需要一生来弥补。如果一年多前，自己坚强点，不跟父亲做交易，高燕就不会有现在的婚姻失败和家庭不幸了。

高燕更不希望祁宏在感情的歧路上越走越远，到时候，想回头都回不了了。钱小芸和凌林都是不错的姑娘，祁宏选谁都可以，但这里有个前提，那就是这两个女孩都身体健康，至少没有生命危险。

如果钱小芸没有得白血病，高燕可以撒手不管；但钱小芸得了白血病，高燕不能撒手不管了。

高燕不希望祁宏跟一个没有任何结果的女生谈恋爱，平白无故地让自己再受一次伤害，即使凌林背叛祁宏了，祁宏也不能找患了白血病的钱小芸，他得看开点，想远点。

第三十六章　祁宏出绝招募集医疗费

家道衰落，往往从一个人，一件事开始。钱家本来不是什么殷实富裕之家，因为钱小芸的病，很快就捉襟见肘，陷进了入不敷出的窘境。

花钱容易挣钱难，就像水库蓄放水。平时挣钱像水库蓄水，得一点一滴地蓄；小芸得了病，花钱就成了水库放水，闸门一开，大水汹涌而出，一泻千里，水位直线下落，眨眼间水就干了，见底了，露出泥床来了。

医院又来催钱了，可是钱还没有着落。为给小芸凑钱治病，钱云鹤和易桂芳打起了他们那套住房的主意，准备把房子贱卖了，筹一笔钱回来。看到信息的买家找到病房来谈交易，被钱小芸听到了，她坚决不同意卖房。

那栋房是两年前买的。钱小芸一出生，夫妻俩就在攒钱了，他们攒了快二十年，才攒够买这套房的钱。这套房是钱家唯一的房产，也是钱家唯一值钱的家产了。钱小芸不希望自己死后，父母连个容身的地方都没有。

祁宏支持钱小芸，也不同意卖房。钱家没有什么其他挣钱的门路，唯一的收入来源是钱云鹤的死工资。钱云鹤一个人挣钱，一家三个人花——有时候还要给爷爷奶奶，外公外婆孝敬一点，家底本来薄如纸片，如此一来，为钱小芸筹集医疗费的重任，落到了祁宏肩上。

祁宏没有怨言，谁叫钱小芸把自己当作男朋友了呢？如果钱小芸真有男朋友，那就另当别论了，可钱小芸没有男朋友，所以给她筹钱治病，祁宏感觉责无旁贷，理所当然。

　　这个钱，当然不能向家里要，祁家出不起这个钱。要祁家出钱是不可能的，祁家本来就债台高筑，比钱家还穷，祁宏不敢因为钱小芸生病，伸手向父母要钱。祁宏考上大学后，在高欣帮衬下，这一年来，祁家刚刚有所好转，勉强缓过气来，是不可能给祁宏提供什么实质性帮助的，祁宏只有靠自己，在长沙想办法。

　　钱小芸的病花钱如流水，祁宏的那十万块钱，没撑多久就花完了。后来，祁宏又挤牙膏一样，医疗费不够了，就自己垫上，很快，给火官殿做黄花菜生意攒下来的积蓄也花得所剩无几，只剩下三千块钱了——最后这笔钱是不能动的，这是祁宏这个学期的生活费和下个学期的学杂费的底线钱，无论怎样，学还是要上的，学费是必须交的，生活费也是必须留出来的。

　　钱小芸的病就像一只穷凶极恶的吞金巨兽，张开血盆大口，饕餮至极，再多钱都不够它吞食。看着看着，东拼西凑，东挪西借来的钱又没有了，又要为下次医疗费忙碌奔波，愁肠百结了。

　　自从钱小芸被确诊后，祁宏就在千方百计地挣钱，马不停蹄地往医院送钱。他把那辆破单车也转手卖了；为省五毛钱公交费，从学校到医院，从医院到学校，祁宏都是走路，用双脚丈量的。尽管五毛钱对钱小芸的病来说是杯水车薪，起不到什么作用，但在交医疗费的时候，少五毛钱都不行，没什么道理可讲，没什么情可求。

　　从医院到学校有五六公里，要走一个多小时，一天一个来回，就二十多里路，走起来很辛苦很累，晚上回到宿舍，祁宏感到双腿沉重如铅，脚踝酸痛，脚板被打出了水泡。庆幸的是，祁宏年轻，身体恢复快，把自己放倒床上，好好睡一觉，第二天起来，疼痛和疲惫消失了，身体恢复了，祁宏又精神抖擞地上路找钱和上医院看望钱小芸。

有钱男子汉，没钱汉子难。那段时间，祁宏躺在床上，闭上眼睛，进入梦乡前，最后一件事还是在想钱；早上醒来，睁开眼睛，考虑的第一件事还是今天到哪儿挣钱，怎么挣？

祁宏深刻地理解了"人无远虑，必有近忧"的含义，他十分后悔自己意气用事，把任敏的家教辞了，把火宫殿的黄花菜生意推了。祁宏觉得这是他这一辈子做的最蠢笨的一件事了。如果黄花菜生意还在，他就不用为钱把头发都愁白了。

做黄花菜生意一个月有两三万块稳定收入，虽然不能全面彻底地解决钱小芸的医疗费用，却可以减缓相当一部分压力，不至于医院催交钱的时候囊中羞涩，拿不出钱来，让人叫天天不应，入地地无门，心底格外发慌。上次交医疗费，实在没钱了，祁宏不得不把用了半年的大哥大连同号码低价处理，把钱勉强凑齐了。

祁宏在学校发动了全校师生捐款。学生会主席方明支持他这么做，学生会活动部代理部长的身份，为他募捐筹款提供了很多便利。祁宏把钱小芸生病的情况写成了募捐海报，张贴在宣传栏里；把钱小芸的病情进展情况写成了大大小小的消息和通讯，投给了校报和学校广播站，祁宏的稿件基本上都被采用了。在祁宏的努力下，钱小芸的病情成为全校师生的最大牵挂，他们捐款的意愿都很强。

祁宏把床底下那个装方便面的硬纸盒抠出来一个拳头大小的洞，改装成募捐箱。他取来红纸和毛笔，写上"小芸募捐箱"五个字，用糨糊把字粘贴在纸箱上。他从学生会办公室把自己的办公桌椅搬了出来，摆在食堂门口，把募捐箱放在办公桌上，一日三餐，一边吃饭，一边为钱小芸募捐。

汪大力积极主动地过来帮忙，每天三餐前后，他们俩轮流值守，站在募捐箱旁，向询问者说明情况，向捐款者表示感谢。祁宏值早班，汪大力值中班和晚班，因为祁宏还要跑医院，照顾钱小芸，给她打气。碰到有课的时候，两个人一起值守，下课铃一响，他们撒腿就往食堂跑，用的是百米冲刺的速度，他们生怕耽搁了。

募捐就是这样，有人守在募捐箱边，捐款的人就多一些，捐的时候就大方一些；没有人守着，就鲜有人问津了。有捐款意愿的师生很多，可大家都穷，日子过得紧紧巴巴，口袋里没有多余的钱，都是委屈嘴巴，辜负肚皮省下来的，都是一毛、两毛、五毛地捐，聊表心意；偶尔碰到没有做饭的单身老师来食堂吃饭，捐个五块、十块就慷慨得让人惊喜了。

他们在食堂门口守候了两三个月，一共募到了四万多块钱。这点钱对缓解医疗费用的燃眉之急有一定作用；但从长远来看，还是杯水车薪，解决不了实际问题，祁宏不得不另想办法。

孤立无援的祁宏特别想找人帮忙。祁宏的朋友圈有限，能帮到他的不多，但有两个人能量很大，确实可以帮到他，一个是湖南日报社的记者任敏，一个是农民企业家高欣。

媒体的力量很强大，记者是无冕之王，办音乐晚会和兰考支教，祁宏已经领略过，见识过了。祁宏想通过任敏在湖南日报发文，发动社会捐款。社会比校园大，社会力量比学校力量大。祁宏把所有关于钱小芸消息的文字收集起来，复印了一份，装进一个大信封，跑到了任敏家。

任敏认真地听完祁宏介绍，仔细地看完材料，也被感染了，触动很大，答应帮忙。任敏当即给领导打电话，汇报了钱小芸的事，申请做专题。电视里正在热播日本电视连续剧《血凝》，追剧的万人空巷，社会影响很大。领导觉得钱小芸的情况跟幸子类似，中国特色的社会主义不能输给肮脏的日本资本主义，于是爽快地批准了任敏跟进报道。领导一再叮嘱任敏，一定要把报道做好，做出轰动性的社会效应来，切切实实为"中国幸子"排忧解难。

领导同意让任敏如获至宝，他挑灯夜战，带着祁宏弄了一个通宵，终于把专题做了出来。专题一个版，两张图片，五篇稿件。五篇稿件，放在前面那篇提纲挈领、富有煽情性的文章是任敏写的，其他四篇是从祁宏的稿件中精挑细选出来的，重新进行了润色整理。两张照片，对比强烈，让人心动。一张是钱小芸生病前，主持活动的照片，那个时候，钱小芸美丽端庄，优雅大方，人见人爱；一张是钱小芸生病后的照片，照片上的钱小芸面部浮肿，颜容憔悴，与生病前判若两人，人见人怜。

第三天，报纸出来了，社会反响巨大，很多人一边读，一边流泪，不断有人打电话到报社，询问情况，准备捐款。但大家挣扎在温饱线上，口袋里没有余钱，各有各的家庭要负担，各有各的生活要过，恋爱、结婚、看病、受教育、抚养孩子、赡养老人、采购油盐酱醋、支付人情往来，都离不开钱，结果表示同情的多，实际捐款的少；捐款者中，捐小钱的多，捐大钱的少。文章发出来后半个月，报社共收到的社会性捐款，加起来不足十万，还不如祁宏一个人捐的多。

一顿忙碌奔波下来，祁宏是满怀希望开始，灰心失望结束，他是看明白了，师生捐款也好，社会捐款也好，都只能是短期行为，救得了一时，救不了一世。这个过程也像水库开闸蓄水，一边放水，一边蓄水，全看天气吃饭，下大雨了，水就多了，水位上升一点，下小雨了或不下雨了，水看着看着就流光了；大雨不可能天天有，闸门却时刻开着，水在不断流失。

看来，要解决钱小芸的医疗费用，光靠捐款不是办法，还得另辟蹊径，寻找源头活水。

祁宏的朋友圈倒不是没有一劳永逸地解决钱小芸医疗费的人，高欣就可以，关键看他愿不愿意伸出援助之手。钱小芸那点医疗费，对高欣来说，只是小菜一碟，九牛一毛。可高欣不是开慈善公司的，他跟钱小芸又非亲非故，出不出这个钱，全凭良心。

祁宏想，如果以自己名义向高欣借，他愿意吗?

想到向高欣借钱，灰心失望的祁宏重新燃起了希望。他把握不准高欣是否愿意借给他钱，但只有死马当活马医，管他借不借都要试一试——祁家是借过高欣很多钱，可祁宏本人还没有向高欣借过钱，他已经读大学了，是成年人了，有独立承担能力了。祁宏越想越充满了希望，因为他看到高欣对祁家态度发生一百八十度大转变是在自己考上大学之后，说穿了是看在他的面子上才帮了祁家。祁宏希望以自己名义向高欣借钱，而不是以祁家的名义。祁宏觉得高欣对他不错，他也有先见之明似的已经跟高欣改善了关系——这得感谢任敏。

　　正好碰到高欣来长沙检查办事处的筹备情况——实际上是来看望高燕母子和祁宏。高欣嘱咐高燕打电话把祁宏叫到办事处，共进晚餐，这是祁宏第一次上办事处，上次没有来成。接到电话，祁宏高高兴兴地来了。他准备开口向高欣借钱，他认为借到钱的可能性很大，因为说曹操曹操到，他刚想到向高欣借钱，高欣就来长沙了。

　　祁宏到了办事处，饭局就开始了。王欣忙活了大半天，做了满满一桌菜，鸡鸭鱼肉都有，色香味俱全。桌上气氛很融洽——饭局的气氛取决于祁宏，他高兴了，大家就高兴了。

　　祁宏主动端起酒杯，一口气给高欣敬了三杯啤酒。每次敬酒前，祁宏都说了一句话。那三句祝福很精彩很到位，体现了一个文科高才生的高水平，都说到高欣的心坎上去了，听得他心花怒放，笑逐颜开。高欣感觉这个会读书的儿子就是有水平，不一样，比县委凌书记还能说会道。

　　在高欣印象中，这个儿子还从来没有跟他这样亲近过。三杯酒敬过后，祁宏把话题引到了那个给高欣留下深刻印象的音乐晚会。说起音乐晚会，气氛更热烈了，他们七嘴八舌地评论了起来。高欣肯定地说，音乐晚会质量很高，选手们水平很不错，但功劳最大的还是两位主持人。如果没有他们把控局面，穿针引线，是不可能办出那么高质量的音乐晚会的。高欣除了肯定祁宏，也单独把钱小芸拎了出来，进行了表扬，他说钱小芸要才有才，要貌有貌，比湖南电视台的主持人水平还高。

这是一个开口借钱的好兆头，见时机成熟，祁宏叹了一口气，脸色晴转阴了，对着高欣叹了口气，说："叔，天妒红颜，钱小芸得了白血病，住进了医院！"

高欣大吃一惊，沉默良久，惋惜地说："小芸是很优秀，得了这个病，确实是挺可怜的，怪可惜的，她那么年轻，那么有才华，还是独生女，她的父母怎么办呀？"

听上去高欣对钱小芸充满了同情，看来借钱有戏，祁宏见缝插针地问："叔，能不能借我一笔钱？"

"好的呀，"高欣想都没想，愉快地答应了，"没钱吃饭了？"

儿子愿意开口向他借钱，是他们关系升级和改善的强烈信号，正中高欣下怀。他以为祁宏把家教辞了，把黄花菜生意推了，手头拮据了，没钱用了——这个钱，不用说借，就是给，高欣都是心甘情愿的。

"我自己不缺钱用，我是为小芸治病筹钱。他们家的钱花光了，下个月的医疗费没着落了，我想了很多办法，都作用不大，现在还缺很大一个口子。"祁宏说。

要借的钱太多了，祁宏不敢隐瞒，对高欣说了实话。

"你要多少？"听说祁宏不是为自己，是为生病的钱小芸筹钱，高欣有点迟疑了，如果数字不大，他也不想拒绝儿子。

"目前看，暂时需要三十万。"祁宏满怀期待地说。

"这么多？"高欣皱了皱眉。他愿意借钱给祁宏，但听到祁宏是为钱小芸筹钱，高欣态度突然变了，他不希望自己儿子为一个白血病女孩尽心尽力，开口就是天文数字。

"我是向您借，以后挣钱了还您！"祁宏说。

祁宏这么说，让高欣高度警觉起来，不由自主地问："你这么尽心费劲，你跟钱小芸是什么关系？"

"她把我当她男朋友了！"祁宏说。

高欣被吓了一跳，脸色阴沉，有点吓人。

三十万，高欣不是不能借，这个钱他出得起。如果这钱是祁宏自己借的，他愿意给，也做了既然借钱给他，就不打算要他还了的准备。如果作为一般朋友，祁宏替钱小芸向他借三万五万块钱，他也愿意给，但他没法接受儿子跟钱小芸的关系——他们是男女朋友，这是高欣无论如何都无法接受的。

谁都清楚，白血病是绝症，没的救，花多少钱都白搭了，打水漂了。如果是其他病，能够治愈，以后没有后遗症，也还可以。但一听儿子说他们是男女朋友，高欣就急了，准备一个子儿都不给祁宏。他不愿意儿子把精力和感情放在一个患了绝症的女孩身上——年轻人不懂事，如果高欣把钱给了祁宏，不是在帮他，而是在害他，坑他，把他往火坑里推。

"这个病很残酷，没的救。得了这个病，结果只有一个，那就是跟幸子一样，花再多钱，想再多办法，都救不过来，最后还是死路一条。"高欣说，"你所做的努力只能暂时延续小芸的生命，不能从根本上改变她的命运。从她得了白血病那一刻起，结果就注定了。你已经做得够多了，可以问心无愧了。我希望你清醒一点，不要勉强，即使治疗可以让小芸多活几天，也没什么作用。对一个白血病患者来说，多活一天不是好事，是坏事。多活一天，病人的肉体痛苦多延长一天，家属的精神痛苦多增加一天，对病人和家属都是折磨的延长，痛苦的加剧。"

祁宏没想到高欣说出来这种奇谈怪论来，按照他的逻辑，得了白血病，就不要治了，在家等死，最好寻短见得了。他来了气，很不客气地说："你为富不仁，见死不救就算了，不要冠冕堂皇讲那种稀奇古怪的大道理，不要落井下石，不要阻碍我救她！"

祁宏没想到高欣翻脸比翻书还快，他是把高欣看透了，就像马克思对有钱人下的结论那样：资本来到世间，从头到脚，每个毛孔都滴着血和肮脏的东西。从高欣身上，祁宏是深刻地体会到了，马克思说得太对了。

钱小芸的结局，祁宏不是不知道，但如果自己努力了，筹到钱给她治病了，即使将来面对那个结局，他都不会后悔了，也没有辜负小芸对他的那份感情了。努力去做，总比眼睁睁地看着小芸因为没钱医治，痛苦挣扎，提前去世好！

祁宏很不认同高欣，认为他一点同情心都没有。

"我是以过来人的身份告诉你，年轻人要清醒一点，看清形势，面对现实，不要执迷不悟，不要误入歧途。小芸的病，结局大家都知道，迟早的事。你明知不可为而为之，是要摔跟头，吃大亏的。你们家穷，还等着你挣钱还账呢；你的人生路还长，没必要为一个改变不了的结局年纪轻轻就背上沉重的债务负担，以后要花很长的时间来还，把自己的大好时光搭进去！你毕业了，参加工作了，不吃不喝，这三十万都够你还十年！也就是说，你到三十五岁，还可能因为这个，什么都没有，家都成不了！"

见祁宏没有屈服的意思，高欣不得不摆事实，讲道理，苦口婆心地劝他。

"小芸把我当男朋友，我就有义务送她最后一程。"祁宏顽固地说。

祁宏不想放弃，如果高欣不愿意借，他就另想办法。

"小芸是你女朋友，那凌林呢？你宁愿要一个白血病女孩做女朋友，不愿意要一个县委书记的女儿，一个清华大学的高才生做女朋友？"高欣被祁宏气坏了，他知道凌林喜欢祁宏，那个姑娘都来过祁家几次了，这件事在四明山，几乎无人不知，无人不晓，因为这个事，高欣曾经暗暗高兴，倍感自豪，认为这个儿子是太厉害了。

把钱小芸和凌林放在一起比较，高欣看不出钱小芸哪个地方比凌林强，他最没有办法接受的是钱小芸还得了白血病，一个只看得到死亡，看不到希望的病。作为父亲，他不能由着祁宏胡来，虽然他们父子没有相认，祁宏还不知道他和高欣的关系，但高欣知道，他对祁宏的人生负有管教和引导责任，不能让儿子在人生道路上出现方向偏差，尤其是这种大是大非，关系到一生幸福的婚恋大事上，高欣坚决地站在了凌林这一边。

"凌林那儿，我想等钱小芸走后，再慢慢向她解释——"祁宏嗫嚅着说。

高欣把凌林抬出来，祁宏也觉得理亏，他的话苍白无力。

"你解释得清楚吗？"高欣愤怒地问。

"解释不清，也只有这样了，我也得先把钱小芸的事情处理了。"祁宏说。

啪——

一记清脆响亮的耳光突然响起，把大家都吓了一跳。

气急败坏的高欣铁青着脸，浑身颤抖，他扬起大巴掌，重重地掴在祁宏脸上——这个儿子的离经叛道的想法把他气晕了，他实在忍不住了，动了手，打了人。

这记耳光出其不意，把祁宏打蒙了，也把高燕和王欣看蒙了。

君子动口不动手，莫名其妙地挨了一耳光，回过神来的祁宏也愤怒了，他不明白高欣为什么发这么大火，不借钱就不借钱呗，还动手打人，还打那么重，高欣又不是自己的老子，父亲朱鹏都从来没有打过他呢！

祁宏想还手，他很想跟高欣认认真真地打一架，他太需要跟人打一架，发泄发泄了，这段时间他太郁闷了，打架能帮他泄掉心头之气，身体之累。祁宏扫了一眼高燕，高燕紧张地看着他，眼睛满是哀怨，这眼神让祁宏冷静下来，他忍了，毕竟高欣是长辈，是高燕的父亲，要打架也不能当着高燕的面。

可是祁宏想不通，那记耳光把他对高欣好不容易建立起来，积攒起来的好感全部打跑了，他不愿意再跟高欣在一个桌上吃饭，不愿意再跟高欣说一句话，不愿意再向他借钱，不愿意再跟高欣多待一分钟，他重重地搁下碗筷，站起身，向门口走去。

高燕赶紧走上去，挡在祁宏前面，替父亲道歉，诚心实意地挽留祁宏——两个男人都在气头之上。她不希望两个男人剑拔弩张，有什么事，心平气和地说，借不借钱没关系，不能伤了和气；她希望祁宏吃完饭再走，不要回到宿舍，躺在床上，半夜给饿醒了。

但是祁宏有生以来第一次没给高燕面子，他拨开高燕，头也不回地走了。

离开办事处，摸着火辣辣的脸，祁宏悻悻地想：你有钱就了不起，可以乱动手打人吗？你不借就不借，我自己想办法，我一定要挣钱救小芸，能让她多活一天是一天，长沙遍地是饭店，大家都爱吃黄花菜，你高欣能靠黄花菜赚到钱，我祁宏就不能赚到钱了？

第二天一早，祁宏早早起了床，拿着一把黄花菜样品，到长沙的大小饭店推销黄花菜。

理想很丰满，现实很骨感。祁宏过于乐观地估计了自己的能力和黄花菜的魅力，一个上午，他跑了十多家饭店，一家有意向的客户都没谈成。很多饭店老板连他的面都不愿意见，有三五个老板即使见了他，也三言两语把他打发了，个别老板还把他当骗子，恐吓说要报警抓他。

那一周，为联系黄花菜买家，祁宏跑破了凌林给他买的那双跑鞋，磨破了嘴皮，他精疲力竭，满嘴都是口腔溃疡。生活没有怜悯他，祁宏只有耕耘，没有收获，一斤黄花菜都没有推销出去。

做生意真不容易！祁宏很窝火，很无助，眼看着医院结账的日子又近了，钱还没有着落，夜深人静，躺在床上，祁宏辗转反侧，彻夜难眠。

天无绝人之路。室友们此起彼伏的鼾声给了祁宏灵感，他突然觉得自己太笨太蠢了，老把眼光放在校外的饭店上，为什么不把目光收回来，放在湖南大学，放在全校师生上？这是最信任他，也是最关心钱小芸病情的一个群体了。

　　火宫殿的食客是消费者，要吃饭吃菜，学校的师生也是消费者，要吃饭吃菜；火宫殿的食客喜欢吃黄花菜，学校的师生没有理由不喜欢吃黄花菜。黄花菜有营养，味道不错，为什么非得给校外的饭店供应黄花菜，不能给湖南大学食堂供应黄花菜呢？

　　湖南大学有一万多师生，这股力量有多大？一万多人的一日三餐，这个市场有多大？包括火宫殿在内，长沙有哪家饭店有这么大的消费规模和市场潜力？

　　只要学校食堂愿意采购黄花菜，钱小芸的医疗费用不就迎刃而解了？

　　这个黑夜的闪电一样乍现的灵感让祁宏高兴极了，他越想越兴奋，再也睡不着了，睁着眼睛望着天花板，盼着天亮。东方刚泛鱼肚白，祁宏就起了床，洗漱完，兴冲冲地跑去校长办公室，在门口恭候俞校长。他知道俞校长不可能有这么早，但他愿意等。他准备找俞校长认认真真地谈，无论如何都要说服他支持自己的意见，这是目前为止解决钱小芸医疗费最有希望的一条路了，也是唯一的一条路。

　　祁宏去得太早了，在俞校长办公室门口，他等了足足两个钟头，直到七点半，俞校长才过来。

　　看见祁宏，俞校长冲他笑了笑，算是打招呼。

　　俞校长很少直接接触学生，但对这个农村来的大二学生，是个例外，他已经单独见过他几回了。虽然祁宏进入湖南大学不久，俞校长就跟他打交道了，但真正认识祁宏，了解祁宏，喜欢祁宏，对祁宏上心，是从学校对他的两次处罚开始的，可谓不打不相识。在俞校长看来，祁宏不拘小节，多多少少带有问题，但瑕不掩瑜，孺子可教。

俞校长打开门，祁宏跟在他身后进去了。俞校长招呼祁宏坐下，给他倒了一杯水，问他有什么事需要他帮忙。

"校长，您知道钱小芸吗？"祁宏麻着胆子问。

"就是那个音乐晚会跟你一起搭档主持的女生？就是那个患了白血病的大三女生？"俞校长说，"你发表在校报上的文章，我都看过了，文章写得很感人，小芸同学很可惜，我还没给她捐款呢，你给我带两千块钱过去。"

"校长，我不是来找您捐款的，"祁宏忙说，"有一个比捐款更重要的忙，只有您能帮到她！"

"哦——"俞校长来了兴趣，"你说我听，看我能为你为她做点什么。"

"小芸家没钱治病了，我想给学校食堂供应黄花菜，然后把差价捐出来给小芸作医疗费。"祁宏说。

俞校长沉默了片刻，他没有拒绝祁宏。

"你的主意倒是一个好主意，可行性比较大，大家吃不吃黄花菜，都是你情我愿的，也不存在强迫成分。但这个事，我做不了主。我给你牵个线，帮你把负责后勤的曾校长叫过来，你征求一下他的意见，争取他的同意，我也给他说一下。"

俞校长当即给曾校长打了电话，叫他来一下自己办公室。

放下电话后，俞校长重新坐到祁宏对面，向他详细了解小芸同学的病情。

趁此机会，祁宏把自己的想法详细地对俞校长做了说明。俞校长越听越感动，越听越赞叹，祁宏的主意确实很不错，既不违背原则，又能解决实际问题，他是越来越喜欢这个学生了，有头脑，有胸襟，有格局，热情善良，吃得苦，吃得亏，关键是不记仇。

俞校长记得很清楚，钱小芸的母亲曾经向学校打过两次小报告，害得他差点被学校开除了。可他不计前嫌，以德报怨，一心一意地帮助钱小芸筹钱治病，忙碌奔波。

曾校长过来后，祁宏又把自己的想法向他汇报了一遍。等祁宏汇报完，俞校长率先表了态："祁宏同学的这个想法很好，钱小芸病了，是我们学校的事。祁宏同学是在为我们学校排忧解难，他正在努力做的事，其实是我们学校应该做的事，学校要努力创造条件，充分给他支持！"

校长都表态了，副校长也就没话可说，何况这件事是一件好事，没什么不妥的地方。从俞校长那儿出来，曾校长带着祁宏去了后勤部。后勤部立刻召集采购组、食堂组，临时召开了一个专门会议，讨论推进这件事。相关人员当即答应先采购两车黄花菜试试看。

事情定下来以后，祁宏赶紧去了一趟长沙办事处，找到高燕，把事情告诉了她。高燕以办事处的名义向父亲连夜要了两车黄花菜过来。

翌日清早，两车黄花菜被送到了湖南大学。后勤部特事特办，过完秤，算完账，当即通知财务部，给祁宏把款结了。

说服了湖南大学采购黄花菜只是开了一个好头，接下来还有一个关键环节就是发动全校师生多吃黄花菜。师生们消费才是源头活水，他们吃得越多，学校采购量越大，钱小芸的医疗费用越有保障。

祁宏又是一夜冥思苦想，他想到了一个好办法：动员食堂面向全校师生推出一道特别的菜——小芸爱心菜。

第二天清早，在食堂吃完早餐，祁宏去找食堂组，把自己的想法跟负责人沟通了。负责人觉得主意很好，于是把厨师都叫了过来，大家一起集思广益，反复商榷，最终确定小芸爱心菜就是黄花菜炖五花肉。

那一年，伍思凯的歌曲《特别的爱给特别的你》，流行大江南北，长城内外。祁宏起草了一份"特别的爱给特别的你"的海报，把"小芸爱心菜"的来龙去脉做了详细说明，把海报张贴在食堂门口的墙壁上。

主意很高明，文案很煽情。钱小芸的事，湖南大学没有不知道的，大家都很牵肠挂肚，都希望给她提供一些力所能及的帮助。很多女生站在海报前，读着读着，眼泪就流了下来。

小芸爱心菜成为在食堂就餐的师生每餐必点的一道菜，供不应求。

在这道菜的催化下，那段时间，湖南大学平均三天消费一卡车黄花菜，一车黄花菜净赚七八千块，一个月就有七八万块钱收入，正好满足钱小芸治病所需的巨额医疗费用。

智慧就是金钱，祁宏用自己的智慧帮助钱小芸顺利解决了医疗费用这个大问题。

第三十七章　钱小芸人生有两大遗憾

　　什么都跟心情息息相关，心情好了，世界美了，事情顺了。悄然而至的爱情带来的好心情让世界在钱小芸的眼中就像花儿一样盛开，吃药，输液，做化疗都成了一件让人觉得并不怎么讨厌的日常小事。

　　在惨淡的病房里，钱小芸心情晴朗，觉得满屋都是明媚春光。尽管钱小芸知道，这份爱情是自己软硬兼施、威逼利诱来的，祁宏并不积极主动，心甘情愿。祁宏大概率是出于权宜之计，她活一天爱情在一天，她不在了爱情就烟消云散了。但这些都没什么关系，只要祁宏不反对，不讨厌，让她爱他就行了，她要的也是活着的时候能够好好爱一回——爱情在钱小芸生活中的地位扶摇直上，成为钱小芸珍惜每一天，过好每一天，积极配合治疗的强大动力。

　　爱情的润物无声还是挡不住病痛的残酷无情。没完没了的化疗让钱小芸悲伤地发现镜中的自己正在出现令人恐惧的变化：那张白里透红，吹弹欲破的脸，渐渐变得浮肿松弛，渐渐失去了这个年纪的青春少女应有的弹性和光泽；原来白里透红的皮肤，其中的红渐渐地沉下去，隐起来了，其中的白加速地浮上来，水落石出了一般——那白不是可爱的少女的那种白，而是没有生机的生病的那种白，甚至是身患绝症的那种苍白和惨白。

　　最让钱小芸恐惧到没有办法接受的，就是那头她曾经引以为傲、瀑布一样乌黑油亮的秀发开始频繁脱落，先是一根一根，后是一绺一

532

绺，最后是一把一把。用手轻轻捋一捋，指缝间就夹满了头发；用梳子轻轻梳一梳，梳齿间就塞满了头发。那些头发就像水面上漂着的浮萍，那手指或梳齿就像打捞浮萍的篮子，随便一捞就是大半篮。洗头也一样，水面上漂浮着一层头发，黑乎乎的，让钱小芸心惊肉跳。躺在床上，一觉醒来，洁白的枕头上落下一层头发，那枕头上黑白分明，令人触目惊心。

李医生建议钱小芸把头发剃光，留个一毛不剩的光头，否则，看着掉发很难受。钱小芸没有采纳李医生的意见，剃光头太难看了，钱小芸太爱美了，这个病已经让她不美了，头发是能够维持钱小芸为数不多的美感之一的东西，她舍不得剃光。如果没有谈恋爱，不要考虑为悦己者容，钱小芸就可以得过且过，李医生要她剃光头她就剃光头了。可是钱小芸谈恋爱了，想法就不一样了，她一定要尽可能地让自己美一点——恋爱中的女人太把美当作一回事儿了。如果自己不美，钱小芸不敢面对祁宏，在她面前没有信心。

那头秀发是钱小芸青春大放异彩的主要本钱之一，钱小芸的背影很美，很迷人，让人驻足流连。这个美丽的背影，很大程度上源于她的秀发。记得跟祁宏一起主持音乐晚会，钱小芸长发飘飘，令人惊艳，就像七仙女下凡。那头秀发为钱小芸增色不少，那个形象是钱小芸最喜欢的形象之一。现在头发渐渐地稀了，少了，发黄了，发梢开裂了，钱小芸开始害怕梳头和洗头，只要哪天祁宏不来，钱小芸就宁愿蓬头垢面，懒得梳洗了，这样有利于保护头发，不让其脱落。谁都不愿意蓬头垢面，看上去像一个邋遢女孩，爱美爱干净的钱小芸尤其如此，但她没有办法。

夜深人静，从睡梦中突然醒来，病床上的钱小芸听到了死亡迫近和青春消逝的脚步声，那声音是那样清晰可闻，越来越近。在死亡迫近和青春消逝之间，钱小芸不惧怕死亡迫近，却害怕青春突然消逝。钱小芸是太想留下美丽的青春了，即使面对死亡，也要把青春留下来。虽然钱小芸还没活够，还有很多梦想没有实现，还有很多事情想做，但她觉得世界给她的，已经够多了，她知足了。医院里同一楼层像钱小芸一样年轻的女孩，有十多个，含苞待放的花儿一样，她们都还没有享受爱情的滋味就零落成泥，香消玉殒了。比起她们来，钱小芸觉得自己幸福多了。

在面对现实和憧憬爱情之间，钱小芸陷入了空前的矛盾纠结中，一方面她盼望祁宏天天来，陪着她，让她看得见，让她闻得到，让她摸得着——她把祁宏当作了生命中的至暗时刻的那盏灯光，只有看到灯光了，她才看到希望，不至于内心害怕。祁宏到医院来，已经成为钱小芸一天最大的企盼，最大的纠结；一方面她害怕祁宏来，怕他看到自己一天比一天憔悴，一天比一天枯萎，钱小芸的心情就像她的爱情，她的爱情只要祁宏允许她爱他就行，她的心情只要她能看到他就行，她不希望祁宏看到她。

无论男人还是女人，爱情就是这样，从怦然心动，一见钟情开始到爱到深处，谁都希望把自己最光鲜最美好的一面展现给对方，让他（她）愉悦，让他（她）开心，让他（她）接受，让他（她）迷恋。

眼看着自己的青春在病魔面前大势已去，无力回天，钱小芸不得不做出一个艰难的决定：她酝酿着准备跟祁宏分手，把他还给凌林，让祁宏过上正常的生活，享受正常的爱情。

钱小芸很感谢祁宏这段时间对她的不离不弃，很感谢祁宏给了她从来没有过的撩人心弦，动人心魄的恋爱感觉。在医院里，每天都是这样，祁宏来了，满屋子光鲜起来，亮堂起来；祁宏离开了，满屋子黯淡下去，沉寂下去。爱情是钱小芸奢望的，自从确诊后，她更没想过会如愿以偿，没想到在生命的最后时刻阳光照进了现实，她已经不悔来到这个世界走一遭了。

钱小芸打算明确地告诉祁宏，以后不要来医院照顾她了。钱小芸清楚，在以后的日子里，她的脸部和身材将越来越浮肿，她可能头大如斗，头发将越来越稀少，渐渐露出来白花花的头皮，她的模样将越来越丑陋。这是不可逆的，想留都留不住，即使她想尽一切办法，机关算尽都没用。正如所有爱过，却不得不生离死别的情侣一样，钱小芸希望把美丽留给祁宏，让他永远记住，把丑陋自己带走。

如果要告别人世，首先要告别的，就是感情，就是亲爱的恋人。钱小芸发现自己正面对着美国盲人女作家海伦·凯勒那样的灵魂拷问和人生思考：假如能给我三天光明……

如果生命只有三天了，钱小芸最想干啥？

在那种情况下，谁的答案都是一样的，那就是全力以赴，尽量填补人生遗憾，让自己无怨无悔地离开人世了。

本来已经跟祁宏谈恋爱了，按说钱小芸已经没有遗憾了。但人心都是填不平的，得到了还想得到更多，希望结局更圆满，就像我们小时候盼望月亮圆满，每天都希望它更圆一点，更满一点。

其实，想到一生中最大的遗憾，还是跟爱情一脉相承。钱小芸认为她的遗憾主要有两个，都跟祁宏有关，都是爱情的衍生物或者说后遗症：一个是她没有跟相爱的人并肩携手，走进婚姻殿堂；一个是没有跟相爱的人一起生儿育女。

钱小芸渴望拍很多漂亮的婚纱照，定格一生中最美好的一瞬，定格最神圣的时刻，最美丽的心情。钱小芸渴望一场轰轰烈烈的婚礼，跟自己心爱的人手拉手，走上红地毯，成为万众瞩目，被祝福缠绕的新娘。这个婚礼甚至是世纪婚礼，到千禧年还有六七年，那时候她二十五六岁，正是结婚生子，成家立业的黄金时期。她曾经对婚礼时间有个期望，就是那个时候。但现在她已经等不到了。

钱小芸很想有一个自己的孩子，这个孩子当然是爱情的结晶，就像高燕那样。即使她不在了，她的爱还在孩子身上得到延续，她的生命还可以在孩子那儿延续下去。

结婚生子，对不满二十岁的钱小芸来说，这个想法有点儿早，但她也是没有办法，在即将到达生命终点之际，钱小芸不得不这么加速畅想。钱小芸是父母爱情的结晶，爱情和生命的延续，她觉得太对不起父母了，让他们的生命到她这儿戛然而止，无法再延续下去了，她是罪人——当然，钱小芸自己的生命也没有延续下去了。如果要生孩子，是不能随便跟人生的，只能跟自己相爱的人生，跟祁宏生。

鉴于钱小芸当前的病情，这两个愿望都要打水漂，只能成为人生遗憾，留下无法弥补的空白了。祁宏已经给了她爱情，让她品尝到了爱情的滋味，不能再要求他给自己一个婚礼，更不能再跟他生一个孩子了——即使祁宏愿意，也已经来不及了，上帝连她怀孕生孩子的时间都没给她。

钱小芸的病情突然恶化了，她被转入了重症监护病房，一个人一个房间。这是一个信号明显的安排，在医生看来，钱小芸的生命已经进入了倒计时；在钱小芸看来，是到了敞开心扉，跟祁宏开诚布公地最后谈一次的时候了——在文学作品里，把这称为"交代后事"。

那天上午，祁宏有两节课。上完课，赶到医院，快到吃中饭的时候了。看到祁宏进来，钱小芸找了一个借口，把父亲母亲支走了，病房里只剩下他们两个人。

钱小芸抓起祁宏的一只手，用双手握住了，握紧了，捧在手心里，放在自己胸前。钱小芸眼睛盯着祁宏，依依难舍，像在生死话别。她的眼睛从头到脚，再从脚到头，认认真真地扫瞄了祁宏两遍，像要拼命地记住他，永远地把他留在自己的生命里，带到另一个世界去。

这个男孩越看越让人舒服，越看越让人不舍，越看越让人流连：那精神抖擞的短发，那宽阔干净的额头，那浓黑修长的眉毛，那笔直高耸的鼻梁，那线条流畅的嘴唇，那尖圆平滑的下巴，那方正合适的脸型，那瘦削挺拔的身材……

看着看着，钱小芸想把祁宏生吞了的心都有了。这种吃相，不是恨一个人，而是爱一个爱到了极致。吃了祁宏，经过消化，祁宏就成了她身体的一部分了，跟她一起生，跟她一起灭，他们就永远在一起了。

钱小芸不能这么自私，她只想牢牢把他记住了，如果能够投胎转世，如果有来生，如果来生还能够相遇，钱小芸希望从芸芸众生、茫茫人海中一眼就能把她的祁宏认出来。

最后，钱小芸把目光停留在祁宏额头上那道长长的伤疤上。那道伤疤微微凸起，使祁宏的脸看上去沧桑老成，有点不协调。别人都认为那道伤疤让祁宏破了相，钱小芸觉得那道伤疤并不影响祁宏的英俊，倒让他更具男子汉的阳刚硬气，一个让小女生真正动容，真正动心的阳刚硬气的男孩。

"小芸同学，你都快成花痴了，我都被你看得怪不好意思了！"祁宏开着玩笑说。

"宏，我就是你的花痴呀。"钱小芸说，"如果条件允许，我看你可以看到不吃饭，不睡觉。我弄不明白，燕姐当年怎么舍得伤害你呢？你现在还怪她吗？"

"刚刚分手的时候，我很怪她背叛我，现在已经明白了，想通了，不怪她了；对她，我心里只有感激，只有感动。当初怪她，是因为不了解她，没弄明白她为什么要那样做。"祁宏说，"现在我知道她当初那样做，都是为我着想，都是被逼无奈，都是为了我好！"

"可能她没想到，她那样做，最后都是便宜我了。我也感激她，如果没有她那十万块钱，我就撑不到现在，也来不及品尝爱情的滋味；燕姐真伟大，很难得。我倒希望你们没有分手。"钱小芸说，"不过，燕姐是幸福的，能够在你的生命中留下一道与你的肉体同在的记忆。"

"你不要自责，那十万块钱，不是她刻意为你留下的，是无心插柳柳成荫了。"祁宏说，"按照你的标准，你也是幸福的。她在我身体上留下了一道伤疤，你在我心灵深处留下了一道伤疤，你们都一样，都给我留下了一道永远的伤疤，都跟我同在。她留下的伤疤看得见，在我额头上；你留下的伤疤看不见，但烙在心里，以后永远都在那里。"

"你真会哄我开心，我不相信！"钱小芸娇嗔地说。她的脸上一片绯红，她觉得舒服极了。

"不信你摸摸看，我真没有骗你！"祁宏说。

钱小芸大喜过望，把手伸到了祁宏的胸口，停在心脏的位置，覆盖在那儿，在心口之上。她真切地感受到了祁宏那颗心脏的跳动透过温暖厚实的胸部肌肉传到了她手上。

钱小芸的眼眶湿润了，心里波涛滚滚，原来祁宏不是全在敷衍她，至少跟她谈恋爱的这段时间，祁宏是很用心的，对她呵护备至，无微不至，生怕伤到她了。

"这辈子我是对不住你了，宏，如果有来生，我不希望给你留疤，也不希望给你留伤，我希望给你一份没有任何伤痛的、洁净的、两相情愿的、两情相悦的爱情，给你一份美满的婚姻，给你一个幸福的家庭，给你生很多很多的孩子！"钱小芸说，"宏，这一辈子我欠你的，来生偿还！来生我只想做你的奴隶，一个对你百依百顺的奴隶，一个打不还手，骂不还口的奴隶，一个成天围着你转，寸步不离的奴隶！"

"你都那么好了，我还怎么舍得打你，舍得骂你？"祁宏叹了口气，有感而发，"碰到真爱了，谁都愿意做奴隶。"

祁宏也愿意做奴隶，只不过他愿意做凌林的奴隶。

想着凌林，想着以后如何跟凌林解释，祁宏内心纠结，假戏真做，把钱小芸的手握得更紧了，眼睛也红了。

有时候，动作的力量，比语言更强大，更有穿透力；表情的作用，比谎言更有说服力！祁宏的用力和表情让钱小芸感到了他不像在敷衍自己，她更加激动，更加感恩了。

"宏，你坐到我身边来，让我好好摸一摸，好吗？"钱小芸说，"我老觉得不真实，一切像在做梦。能够摸到你，我就相信这一切都是真的了，这份感情是真实的了。"

"嗯——"祁宏一边答应，一边挪动身子，在钱小芸身边坐下来。

钱小芸轻轻地闭上眼睛，伸出右手，把手放在祁宏脚踝处，开始慢慢往上移动。

钱小芸把自己想象成了一个瞎子，瞎子的触觉是最敏锐的，记忆力是最强的。她动作很轻，在用心体会，那感觉通过手指，通过胳膊，通过胸部，传到心脏，传到头脑。

脚踝，脚，膝盖，腿，臀，腰，背，手，胳膊，脖子，脑袋，头发。然后，钱小芸的手指移到了祁宏脸上，动作更慢了，她一个地方都不愿意轻易放过，下巴，嘴唇，鼻子，眼睛，眉毛，耳朵，额头。

最后，钱小芸的手指落在了那道伤疤上，停在那儿，来回移动。那道伤疤很长，微微隆起，外人看起来有点触目惊心，钱小芸摸起来却是那样心疼有加。

钱小芸用饱满的手指头轻轻地触摸着那块伤疤，就像触摸一件稀世珍宝。不知道为什么，那块伤疤倒成了祁宏身上最触动钱小芸的地方，比祁宏的表情，比祁宏的眼睛让她更加触动，摸着那块伤疤，钱小芸心里涌起了无边无际的柔情蜜意，就像一望无际，波涛汹涌，奔腾而来的钱塘江大潮。

钱小芸想，如果把祁宏比喻成一块璞玉，在别人眼里，这块伤疤就是璞玉上的微瑕，让人感觉美中不足，让美玉贬值；但在她眼里，这道有故事的瑕疵是独一无二的，祁宏特色的，渗进了悠远的人文价值，因为有故事，这个瑕疵让这块玉身价倍增。

钱小芸怎么都想不通，一个这么优秀的男生，爱都爱不过来，疼都疼不过来，高燕怎么舍得把他伤成这样？这么长一道疤，当时该出了多少血？该有多痛？如果换成钱小芸，她宁愿自己受伤，也不愿让祁宏受伤！

"我想亲亲它，可以吗？"钱小芸抚摸着那块疤说。

他们正式恋爱两三个月了，最亲昵的动作就是手拉手，说说话，散散步，他们还没有正儿八经地亲过呢，他们的爱情是柏拉图式的，徒有其名，没有其实。

祁宏没有说话，他用行动回答了钱小芸。

祁宏俯下身来，把脑袋凑近了钱小芸。

钱小芸伸出双手，捧起祁宏的脸，把头凑了上去，用双唇准确地、轻轻地、深深地印在那道伤疤上。

钱小芸的嘴唇在那道伤疤上停留的时间很长，后来她伸出舌尖，抵在那道伤疤上，温柔地舔舐，轻轻地移动，仿佛要用自己的吻把那道伤疤抹平、带走一样。

"我太感谢你了，宏，你让我在生命的最后时刻体验到了这个世界上最美好的感情，谢谢你的陪伴，谢谢你的照顾，谢谢你的容忍，谢谢你为我所做的一切，谢谢你给了我希望、给了我动力、给了我勇气，谢谢你让我的人生没有遗憾。"亲完后，钱小芸附在祁宏耳边轻轻地说。

钱小芸的话就像一阵风，吹进了祁宏心里，停留在那儿。她的话成为太平洋彼岸的那对蝴蝶翅膀，在祁宏心湖掀起了滔天巨浪——祁宏感受到了，尝到了生离死别的味道。

这种味道似曾相识，这是祁宏第二次体验这种味道了，都是因为感情。当年跟高燕分手，祁宏也曾经想一死了之，那个时候就是这种味道。只不过，那次是从自己身上发出来的，这次是从钱小芸身上发出来的。那次只有他自己，没有别人；这次是他和钱小芸两个人；那次死亡的味道，祁宏用强大的意志将其驱走了，这次祁宏束手无策，爱莫能助。

跟亲近的人生死话别，祁宏还是第一次。

"你不要胡思乱想了，"祁宏劝道，他希望把话题变得愉快点，把气氛搞得轻松点，这对稳定钱小芸的情绪，促进她的健康有好处，"你现在最重要，最迫切的就是好好养病，争取早点康复，把身体弄得棒棒的，把前途想得亮亮的。人生还有很多新鲜事，你还没有经历过呢；世界很大，还有很多美好的地方，你还没有去过呢；中国文明和世界文明博大精深，你还有很多好书没有读过呢。这些，我们都要经历，都要尝试，都要耳闻目睹，亲力亲为。你要振作起来，好起来，我努力挣钱，等你病好了，我们假期一起去游山玩水，暑假去新疆赛里木湖，寒假去三亚海边，将来去美国的科罗拉多大峡谷。"

"我太想跟你一起去了，但是不可能再有奇迹了。"钱小芸说，"我自己的身体我自己清楚，我已经感到那一天越来越近了，我听到了死神的脚步声，闻到了死亡的气味。有你这段时间这样陪着我，我已经很幸福了，很知足了！"

祁宏鼻子一酸，眼泪不知不觉地流了出来，滑过脸颊，滴落在被单上。

钱小芸伸出手，用手背轻轻地揩去了祁宏脸上的泪水。

"还有什么需要我做的吗？"祁宏问。他不再想凌林了，而是倾情地投入这段感情中。

"以后我不在了，你有时间了，就去湘潭看看我父母，替我尽尽孝，他们就我一个女儿，再生一个也恐怕来不及了，白发人送黑发人，怪可怜的，比我还可怜！我母亲做过对不起你的事情，你要原谅她，不要怨恨她。"钱小芸说。

"我会把他们当作我自己的父母，"祁宏点点头，继续问："还有吗？"

"没有了——"钱小芸欲言又止。

钱小芸的表情没能逃过祁宏的眼睛，他继续追问："真的没有了?"

"有是有，但太难为你了，也已经来不及了。"钱小芸看着祁宏，满怀期待，"我是真心希望跟你有一场婚礼，给你生一个孩子。但是时间已经不允许我太贪心了，这些事我只能想想，留着来生吧，这样来生还有希望。希望来生我跟你能够像你跟高燕那样，青梅竹马，两小无猜；希望来生我跟你能够像你跟凌林那样，高山流水，知音难觅!"

祁宏觉得胸口堵得慌，有什么东西积压在那儿，越积越多，他最后终于忍不住了，哇的一声哭出声来，祁宏哭得就像一个孩子。那一刻，他们的角色反转了，祁宏成了病人，钱小芸成了照顾病人的人。

只要人活着，一切都有希望。命运对钱小芸太不公平了，如果祁宏能做些什么减少钱小芸这一生的遗憾，他很乐意效劳，他义无反顾，必须全力效劳。

"小芸，还记得去年这个时候吗?"祁宏问。

"记得，当然记得，记得太清楚了，那是我最幸福的大学时光，也是一生最幸福的时光，"钱小芸说，"去年这个时候，我们天天在一起，为青年节音乐晚会出谋划策，奔波忙碌。那个时候，我浑身充满干劲，有使不完的力气，不像现在这样病恹恹的，说句话都喘气，喝口水都吃力。"

"今年学校的青年节音乐晚会又在紧锣密鼓地准备了，我们携手合作的那一届为他们树立了一个榜样和标杆，今年音乐晚会的思路基本上沿袭了我们去年的，方案就换了一下时间，不同的地方就在你不是组织者，我不是策划者了。"祁宏说。

"还有主持人，主持人也换了吧，"钱小芸说，"我不可能去主持了，我也把你耽误了，你也不能上台主持了。在湖南大学读了三年书，我组织过大大小小二三十场活动，去年的音乐晚会是我最喜欢、最出彩、最成功的一场活动了。我希望音乐晚会成为我留给湖南大学的遗产，能够被发扬光大，年年做下去，做成一个文化盛事，一届比一届强！"

"这是肯定的，达尔文的进化论说，一代更比一代强，我们的师弟师妹比我们优秀，会做得比我们更好。"祁宏说，"虽然我们今年没有参加音乐晚会的策划、组织和主持了，但我们可以利用这段闲下来的时间做点更有纪念意义更值得回味的事情。"

"哪里还有比青年节音乐晚会更有意义，更值得回味的事情？"钱小芸不相信地问。

"你不是说遗憾没有跟我结婚吗？虽然我不能给你一个名正言顺的婚礼，但我们可以在青年节到来之际一起去拍婚纱照，我们可以举办一次模拟婚礼。我想穿上婚纱的小芸，肯定是世界上最美丽的新娘！"祁宏说。

祁宏的设想把钱小芸惊得目瞪口呆，她激动得心潮起伏，上气不接下气。

拍婚纱照，办婚礼，是钱小芸梦寐以求的，她以为自己这一辈子都没有机会了，要带着这个遗憾离开人世了。

结不成婚，生不成孩子，是钱小芸一生的遗憾。但能拍个婚纱照，办一场模拟婚礼，让她在日子所剩不多的人生中和身体条件允许的情况下，把这种遗憾减到最少，降到最低了。

虽然钱小芸不想给祁宏再添什么麻烦，但她还是经不住拍婚纱照和办婚礼的终极诱惑，她彻底心动了。

这是最后一次麻烦祁宏了，钱小芸在心里安慰自己说。

"那就委屈你了，"钱小芸说，"拍婚纱照和办婚礼，是我做梦都想要的，可是这样一来，可能会给你今后的感情生活留下大麻烦，尤其可能影响到你和凌林的关系！"

"到时候，我再向她慢慢解释吧，我们做我们的。人来到这个世界，总会有麻烦的，人活着，就是需要不断解决麻烦的，这是我们活着的动力和要义之一；但离开这个世界的时候，最好不要带着遗憾。"祁宏说，"我的麻烦在你的遗憾面前，太不值一提了。我的人生还长，麻烦有的是时间解决。但不拍这个婚纱照，不办这个模拟婚礼，你会遗憾，我会后悔，将来也可能成为我的遗憾。如果错过了，你的遗憾，我的后悔，以后不可能再有机会弥补了。"

"那我听你的，"钱小芸说，"拍婚纱照，办模拟婚礼，我们是不是还缺什么？我没有经验。"

"我也没有经验，但我知道你缺一个伴娘，我缺一个伴郎。"祁宏说，"我倒有两个现成的人选，你看合不合适？伴郎我准备叫汪大力做，伴娘我准备叫高燕做。"

"他们是最好不过的人选了。也省得我向他们一一告别。"钱小芸说。

想到拍婚纱照，办婚礼，钱小芸兴奋起来，脸上出现了难得一见的红晕，就像冬日的夕阳；她看起来是那样的羸弱和娇羞，就像一朵在风雨中的枝头惊慌失措地飘摇的花儿。

看着兴高采烈的钱小芸，祁宏是真的心痛了，就像当初跟高燕分手时一样心痛，甚至更加心痛——起码高燕还好好地活着，听得见她的声音，看得到她的人，偶尔还可以跟她在一起吃吃饭；高燕还生了孩子，做了妈妈。可是再过一段时间，钱小芸就要香消玉殒，从这个世界彻底消失了，再也听不到她的声音，再也看不到她的人了；届时，要听声音，只能闭上眼睛回忆；要看人，只能看她留下来的相片。

祁宏揪着心，情不自禁地俯下去，对着钱小芸宽阔洁白的额头吻了下去。

这是祁宏主动给钱小芸的第一个吻，也是他们的最后一个吻，也是钱小芸第一次被男人亲吻，被自己心动的男人亲吻。

像钱小芸吻祁宏额头上的那道伤疤一样，祁宏尽可能让双唇用力一点，在钱小芸额头上停留的时间久一点，他希望钱小芸到了另一个世界，带着这个深情的吻，还能记住这个深情的吻，记住这个时刻，记住这个世界，记住这个世界还有他在深深地牵挂她，怀念她。

这是祁宏能够给到钱小芸的最大尺度的亲昵了，再往下，祁宏做不到了，尽管这不是他的初吻。

可是做到这一点，祁宏已经没有矫情，没有勉强，他是发自肺腑的，他是真心实意的，他是心甘情愿的。

第三十八章　高燕不同意祁宏办婚礼

　　钱小芸是庄稼，一株重要且虚弱的庄稼。祁宏是农民，一个勤奋且老实的农民。

　　祁宏照顾钱小芸，就像四明山的农民照顾地里的庄稼，心思全在上面，汗水全流进了地里。他早出晚归，披星戴月，生怕庄稼起虫害了，生怕天不下雨闹干旱了，生怕土地贫瘠没营养了。

　　那天晚上，九点钟从医院出发返回学校，一路兼程，回到宿舍，已经十点半了，室友都上床睡觉了。

　　想着得尽快落实伴郎伴娘的事，祁宏等不及，也顾不上了，他把上铺兄弟汪大力摇醒了。汪大力刚躺下，正在半梦半醒之间。他睁开眼，看到祁宏，就知道祁宏是为钱小芸的事情找她。

　　"她怎么啦?"汪大力紧张地问。钱小芸的事，没有好事，只有坏事，成天让人提心吊胆的，睡不安稳。

　　祁宏没有说话，请汪大力做伴郎，一言难尽。他示意汪大力起床，跟自己一起到外面聊聊。

　　看到祁宏如此慎重，汪大力不敢怠慢，赶紧穿衣起床。

　　自从存折的事被钱小芸揭穿，自从听到钱小芸向祁宏表白后，汪大力内心痛苦，不得不识趣地退出了。如果钱小芸健康，没有这个病，汪大力是不打算退出的，好歹都要竞争一下，哪怕明知竞争不过。汪大力心里还是牵挂着钱小芸，时刻都在关注着她的病情。汪大力没有上医院了，怕撞上祁宏和钱小芸卿卿我我，让自己更伤心难过。汪大力已经隐约知道在钱小芸表白后，祁宏已经接受她了，他们开始正儿八经地谈恋爱了。汪大力了解钱小芸的病情，都是通过祁宏在学校广播站或校报上发表的文章。他也很少直接向祁宏打听，这个兄弟心里有气，不舒服。

两个人一前一后，出了宿舍，来到了宿舍顶楼的天台。天台很开阔，脚下是水泥地，头上是蔚蓝天，没有人打扰，话一说出口，就被夜风带走了，不会留下什么痕迹，不用担心隔墙有耳，是个聊私事的好地方。

他们趴在水泥围墙上，很长一段时间沉默不语。

那天晚上天气很好，清风拂面，凉快宜人，不冷不热；那晚夜色很好，一轮半月，满天星光，四周的蛙声和虫吟此起彼伏。

他们俩辜负了良辰美景，提不起兴致欣赏。为钱小芸的事，他们心里堵得慌，谁都不愿意先开口，因为钱小芸不可能有好消息，不会给他们带来好心情。

"小芸的病情加速恶化了，她看上去精神很差，好像在勉强支撑，可能就是这两三个月的事了。"

良久后，祁宏不得不打破沉默，异常沉痛地说。夜已经很深了，汪大力要睡觉，他也很累，想早点上床躺着，尽管不一定马上睡得着。

"哎，天妒红颜，可惜了，让人心痛，"汪大力说，"如果能够乾坤大挪移，我倒希望这病生在我身上，而不是小芸身上。我身体好，抵抗力强，战胜病魔希望大。即使得了这个病，扛都要比她扛得久，出现奇迹的可能性很大！"

"如此看来，我们的意见是一致的，都希望为小芸做些力所能及的事情，都希望小芸能够一路走好，没有遗憾！"祁宏说。

"只要对小芸有用，能够让她高兴，有什么事，你吩咐我，我全力配合好！"汪大力说。

"确实有一件大事，需要我们一起配合完成。"祁宏说，"小芸太年轻了，她还有两个遗憾，一个是没结婚，一个是没生孩子。后面这个，我们是帮不了她了；前面这个，我们可以帮到她，让她走的时候遗憾少一个是一个。"

"大道理就别讲了，都急死人了，直接点，要我做什么，你吩咐！"慢性子的汪大力变成了急性子。

"钱小芸想拍婚纱照，我想给她办一场模拟婚礼！"祁宏说，"拍婚纱照和办婚礼是年轻女孩子梦寐以求的，也是小芸梦寐以求的！"

"好啊，如果你有顾虑，我来跟小芸拍婚纱照，办模拟婚礼时，我来做这个新郎！"汪大力接过话茬说。

汪大力以为祁宏要顾及形象和名声，不愿意跟小芸拍婚纱照，不愿意做新郎——跟小芸谈恋爱祁宏就不愿意。可他汪大力愿意，他以为祁宏找他，就是跟他商量这个事情的。

"小芸的意思是我跟她一起拍婚纱照，我来做新郎，我们请你做伴郎。"祁宏说。

这个安排让汪大力不服气，也不高兴，他想，既然婚礼是模拟的，重在仪式，就没必要那么当真了，新娘是谁没的选，新郎就不一样了，他和祁宏，谁做都可以，凭什么不是反过来，由他做新郎，祁宏做伴郎呢？

尽管汪大力心里这么想，嘴上却没说出来，他不得不接受角色安排，因为这是钱小芸的意思，因为他是在跟祁宏争。只要有祁宏在，祁宏就是主角，他只能是配角，汪大力已经习惯了。

做新郎也好，做伴郎也好，都是为了小芸，都是为了小芸好。这也可能是他们为小芸做的最后一件事了，做什么角色，就没必要争了，抢了，计较了；什么情呀，爱呀，面子呀，争强好胜呀，在钱小芸和她的愿望面前，都统统退到一边去吧。

"那好吧，到时候，你提前通知我，我认真准备一下！"汪大力说。

"那我们谢谢你了，"祁宏说，"婚礼的时间大概是在五四青年节，那天更有意义。"

"好，我这几天好好准备准备，拿出最好的气质和精神状态，争取把伴郎角色做到最好，给钱小芸留下好印象，让她开心满意。"汪大力认真地承诺。

两个男生达成了共识，他们的双手紧紧地握在一起。因为钱小芸的事，他们生过一段时间的气——主要是汪大力生祁宏的闷气，又因为钱小芸解开了心结，空前地团结在一起，患难与共。

说服了汪大力，还要说服高燕，要高燕做伴娘。说服汪大力容易，说服高燕不容易；请汪大力做伴郎好请，请高燕做伴娘不一定好请。

请高燕做伴娘，比爬上四明山的最高峰腾云岭还难。在很多喜欢高燕的年轻小伙子眼里，追求高燕比爬腾云岭难多了。腾云岭好爬，高燕难追。无论是对祁宏自己，还是对高燕本人，开这个口，要高燕做这件事，都是太难了。

他们曾经是恋人，还是对方的初恋。青春年少的时候，他们做过很多次将来结婚的憧憬，他是她的新郎，她是他的新娘。小时候一起玩家家，他们就开始这样定位了，这种定位根深蒂固，一直伴随着他们长大，伴随着他们对爱情，对夫妻，对婚姻的认识不断加深。

生活就有这样残酷，高燕已经结婚了，结婚的时候，新郎不是祁宏；祁宏要办婚礼了，新娘不是高燕。更残酷的是他们不像很多初恋情人，分手后天各一方，老死不相往来。他们都在长沙，距离很近，关系都还不错，还时不时地聚一下。他要她做新娘的伴娘，真是够戏剧性的。

海拔一千多米的腾云岭，是四明山的最高峰，在当地被人视为畏途。祁宏爬过很多次了。小时候第一次爬，是跟高燕一起，结果没有成功，爬过一半，高燕没力气，爬不动了，祁宏也快撑不住了。第二次爬，是祁宏一个人，他成功了，很辛苦，腿肚子酸痛。后来爬得多了，就习以为常了，虽然爬到顶仍然很累，但每年寒暑假，祁宏回到四明山，要爬一次，离开家，还要爬一次，其间有同学来串门，还要陪着他们爬几次。

祁宏把请高燕做伴娘，当作攀登腾云岭了。当然，能用脚步丈量的，都不能算高峰，不能用脚步丈量的心，那才叫高峰。有可能高燕这个腾云岭比家乡的那个腾云岭难爬多了。

第二天清早，起床后，祁宏跑到长沙办事处，准备说服高燕做伴娘。

高燕已经醒来了，还没穿好衣服。小斯鸿也醒来了，正在床上到处乱爬。高燕看着小斯鸿，守护着他，不让他掉下床来，逗着他玩。母子俩的笑声响亮清脆，就像窗外岳麓山上传过来的鸟鸣。

听到敲门声，确定是祁宏来了，高燕急急忙忙穿衣服。等她穿好衣服，走出卧室，来到客厅，祁宏已经被王欣领进来，在沙发上坐了一阵子了。

祁宏来了，高燕很高兴，她叫停了正在厨房里忙碌的王欣，准备亲自动手，给祁宏做一顿早餐——尽管高燕做的早餐不比王欣做的好，却是高燕的一份心意；王欣做，体现不出她的这份心意。

高燕给祁宏温了一杯牛奶，煎了两个荷包蛋，蒸了四个肉包子，煮了一碗方便面——她把祁宏当饭桶了。这些做起来很快，不到十分钟，高燕就把热气腾腾的早餐端到了祁宏面前。可祁宏没有胃口，他只把那杯温暖的牛奶喝了。这段时间，祁宏早出晚归，忙得晕头转向。

"稀客呀，我都难得看到你这个哥了，"高燕说，"无事不登三宝殿，你这么早过来，肯定有什么事吧？"

祁宏欲言又止，犹豫不决。他的请求太难向高燕开口了，比当年对她说"我爱你"三个字还难开口。

"你说呀，我能帮到你的，我肯定全力帮你，你不要有什么顾虑!"高燕鼓励祁宏说。

高燕从来没有看到祁宏这样局促拘谨过，她知道祁宏要面子，她理所当然地以为祁宏没钱了，来找她借钱的。上次祁宏向父亲借钱，父亲没有给。从那以后，高燕多了一个心眼，办事处有多余的钱了就攒起来，放在保险箱里备着，准备随时支援祁宏。

祁宏看着高燕，犹豫了很久才开口："我和小芸准备办一场模拟婚礼，想请你做伴娘!"

"啥——"高燕被惊得目瞪口呆，手上啃了一半的肉包子掉到了地上。

高燕曾经深深地爱过祁宏，现在还在爱，她曾经做梦都想成为祁宏的新娘，结果她的新郎不是他，现在他要办婚礼了，他的新娘不是她，却请她做新娘的伴娘。这也太讽刺了，太残酷了，太戏剧化了，太让人无法接受了。

高燕觉得很委屈，眼泪都要流下来了。她努力平复了一下自己的情绪，沉默了很久，最后还是点了点头——在祁宏面前，她不懂拒绝，只要是他的事情，他要她做什么，她最后都会同意，都会努力配合。

同意归同意，对于这件事，高燕还是保留了自己的想法。虽然高燕跟父亲很难有意见统一的时候，但这次，她认为父亲是对的，同情不等于爱情，不能将两者混为一谈，不能用同情取代了爱情。只是出于对祁宏的尊重，高燕没有把自己的意见表达出来。

钱小芸是个好姑娘，得了那种病，也是怪可怜的，值得同情，值得帮助。可帮助的方式有很多种，祁宏已经做得够多的了，可以问心无愧了，犯不着再押上自己的感情。即使出于同情和怜悯，在小芸生命的最后时刻，跟她谈恋爱，哄她开心，让她走好，也只是应付一下，安慰一下，走走过场，过得去就行了；完全没必要太认真了，太当真了，太假戏真做了，这样会弄得自己将来下不了台的。

跟钱小芸拍婚纱照，办婚礼，完全没有这个必要了！

　　祁宏怎么可以聪明一世，糊涂一时呢？这段爱情的结局不是不可预料，而是清清楚楚、明明白白地摆在那儿，谁都改变不了。祁宏怎么能飞蛾扑火，用自己的感情陪葬呢？

　　钱小芸已经油尽灯枯，生命快走到尽头了，她将来不可能是祁宏的妻子，不可能是跟祁宏"执子之手，与子偕老"的那个人。

　　无论将来是谁跟祁宏结婚，过日子，都不可能不在意，不可能不介意祁宏跟其他女孩拍过婚纱照，办过婚礼的。

　　在钱小芸和凌林之间，高燕始终认为，更适合做祁宏妻子，陪他走过风雨一生的，应该是凌林，而不是钱小芸，尤其是钱小芸得了白血病之后，高燕对此更加坚信。

　　当局者迷，旁观者清，祁宏被迷住了，不清醒了。高燕觉得她很有必要做一回恶人，帮助祁宏打消这个疯狂的、可怕的、荒唐的念头，即使不能以祁宏女朋友和前女朋友的身份，也要以祁宏的妹妹或者好朋友的身份，极力阻止这件事——她付出了那么多，不就是希望祁宏将来过得好吗？如果祁宏这么做，将来又怎么可能好起来？高燕不希望祁宏将来的婚姻和家庭像自己一样，有不如无，无法自拔，一辈子痛苦不堪。

　　"哥，你对钱小芸是真心的吗？"高燕问。

　　"也算是吧！"祁宏迟疑地回答。

　　"你的这份真心，是出于同情，还是爱情？"高燕问。

　　祁宏没有回答。

　　祁宏不知道怎么回答，也许一半一半吧。

　　"你跟凌林已经分手了吗？"高燕问。

　　"没有——"祁宏答。

　　"那你们还有联系吗？"高燕问。

　　"有，我们经常电话联系，有时候也写写信。"祁宏答。

"你是真心爱凌林的吗?"高燕问。

"是真心的,跟当年对你一样。"祁宏很快地做了回答。

"这件事情,你跟凌林说过吗?"高燕问。

"还没来得及,也不知道该怎么对她说!"祁宏答。

"你只为小芸着想,可你为凌林想过吗?你不怕伤害她吗?"高燕问。

"想过,想过很多,我自己也怕!我以后再向她慢慢解释,争取她的原谅吧。"祁宏答。

"你认为到时候解释得清楚吗?凌林会怎么想?"高燕说,"你对小芸的付出已经够多了,你已经是小芸的大恩人,可以问心无愧了。适可而止吧,与其到时候跟凌林说不清楚,影响感情,不如现在把这个念头断了。"

"那不行!"祁宏斩钉截铁地说,"我不能让小芸带着遗憾离开这个世界,她已经没有多少时间了,我和凌林还有很多时间,我们有一辈子的时间,我欠凌林的,以后加倍还给她!我已经跟小芸说过拍婚纱照和办婚礼的事了,我不能言而无信,不能让她失望。燕子,你只要告诉我,你愿不愿意做小芸的伴娘?"

"如果你们真要办婚礼,我能不同意你做她的伴娘吗?"高燕无可奈何地说,"我还是希望你认真考虑一下,不要一错再错了。"

"我已经考虑清楚了,婚纱照得拍,婚礼得办,这是我最后能为小芸做的事了,我必须得做。我和小芸先谢谢你了!"祁宏说。

高燕终于答应做伴娘了,目的已经达到了,祁宏站起来,高高兴兴地告别高燕,离开了长沙办事处。

祁宏要赶往医院,把汪大力愿意做伴郎,高燕愿意做伴娘,参加他们婚礼的好消息告诉钱小芸,让她高兴高兴;祁宏要去跟钱小芸商量拍婚纱照和举办婚礼的具体细节。

站在窗前,看着祁宏离开小区的背影,高燕倍觉无奈,看来要说服祁宏放弃拍婚纱照、办婚礼的想法，她是无能为力了，只得另请高明。

高燕感慨世事无常和自己身份的变化，在祁宏那儿，她已经变得人微言轻，说话不起什么作用了。如果高燕还是祁宏的女朋友，这种事情根本不可能发生，即使出现了这种苗头，只要她一个眼神，一句话就能掐断祁宏的"邪念"。

当然，祁宏要跟钱小芸拍婚纱照，办婚礼，也跟自己没什么关系了，这件事情即使留下什么后遗症，也是祁宏和他女朋友的事。祁宏现在的女朋友还是凌林，她已经从他那儿得到了证实。这件事会不会留下后遗症，后遗症有多严重，还得取决于凌林。凌林在不在意，计不计较，这才是问题的关键，她高燕不能喧宾夺主。要祁宏打消这个念头，也许自己无能为力，凌林可以做到，看来只有请凌林亲自出马了。

钱小芸的病已经很严重了，祁宏是急着拍婚纱照，办婚礼了。这件事不能再拖了，一定要赶在祁宏和钱小芸拍婚纱照和办婚礼之前把凌林请到长沙来，叫停祁宏的疯狂想法，越快越好。

高燕没有凌林的电话号码，又不好意思找祁宏要。找祁宏要，她的计划可能就露馅了。看来只有给凌林写信，然后发特快专递。高燕清楚地记得凌林是被录取在清华大学物理专业。

高燕已经很久没有动笔写信了。她被父亲从广东押回来后，就没有动过笔，写过信了。给凌林写信，受心情影响，又担心尺度把握不好，提起笔，写了很多遍，都是词不达意，不知道怎么说好，说什么好，结果写了撕，撕了写，半天都不满意。

最后，高燕花了整整一个上午才把信写好。

信的主要内容是极力邀请凌林在五四青年节之前来一趟长沙。但高燕不敢告诉凌林要她来长沙的真正目的，因为高燕觉得这件事太复杂了，在信里面说不清楚，只有当面沟通交流，才能把事情说清楚说明白——这件事，在信里提都不能提，如果提了，凌林极有可能一气之下，不来了。

想来想去，写来写去，改来改去，那封信定稿的时候就从长变短，从短变简，成了格外言简意赅的一封信，就像一封惜字如金的电报：

林：

　　半年不见，十分想念。五四青年节之前，我在长沙等你，请务必跑这一趟，有要事相商，越快越好，不得有误！

高燕

高燕把"务必""要事""不得有误"三个词的笔画写得很粗很重，并在下面画了横杠突出来，以示强调，希望借此引起凌林的注意和重视，不要拒绝了。

把信写好后，高燕立即赶到最近的邮电局，用加急特快专递把信件给凌林发了过去。

高燕边办特快专递，边问邮递员对方什么时候能够收到。邮递员告诉她，第二天下午就到了，最多也是第三天上午。高燕掐指算了算时间，如果凌林收到电报后当真了，听话了，一切都还来得及。

从邮局走出来，高燕如释重负，她一边回办事处，一边暗暗祈祷这封信能够尽快送到凌林手里；凌林收到信后，如获军令，快马加鞭，赶到长沙来，千万别再耽搁了。

辞掉班上团支部书记，无官一身轻后，凌林的大学生活变得轻松多了，简单多了，她只有上课、吃饭、读书、睡觉、等祁宏电话给祁宏电话、盼祁宏来信给祁宏写信几件事。奔走在教室、食堂、图书馆、传达室、宿舍之间，等祁宏的电话和信，给祁宏打电话和写信，成为凌林大学生活中为数不多的调味品，比较单调的底色上的一抹罕见的亮色。

可是凌林已经有一段时间没有收到祁宏的信了，也没有像以前那样准时地接到祁宏的电话了，祁宏给她打电话的频率大幅降低了，即使通电话了，他都心不在焉，有点应付，他的声音陌生、遥远、疲惫不堪，甚至有时候很不耐烦，凌林正在兴头之上，他却要匆匆把对话结束，把电话挂了，就像例行某种公事，走着某种形式。

对于这些微妙变化，凌林没有想太多，她认为恋人之间，要互相信任，要互相体谅，不要吹毛求疵，锱铢必较。在凌林看来，祁宏过得太不容易了，又要学习，又要挣钱，忙得晕头转向；不像她，有父母当宝贝一样哄着，供着，没钱了，伸手向父母要就行，一个电话打回家，汇款单三五天就到，汇款单上的数额每次都超出了凌林的预期。

祁宏的信少了，电话少了，都没关系，凌林可以给他写信，给他打电话。可凌林的信寄过去，也不见祁宏回；很多次打电话到宿舍，也找不到人。每次打电话，凌林差不多得到了电话那头统一的标准化的回复：祁宏还没回来！

这个回复听起来就像祁宏在故意躲着她，跟室友串通好了似的。

实在忍不住了，凌林拨通了祁宏的大哥大。大哥大通话费很贵，还双向收费，一般情况下，凌林都不拨打祁宏的大哥大。电话通了，接电话的人不是祁宏，是一个陌生的中年男人。中年男人一口粗鄙的长沙话，他春风得意地告诉凌林，大哥大的前主人做生意失败了，破产了，把大哥大和号码低价贱卖给他了！

听得出来，中年男人的话里有打击大哥大前主人，借此拔高自己的幸灾乐祸的成分，不足为信。可找不到祁宏，凌林确实急了，急得就像一只热锅上的蚂蚁。

从邮递员手里接过特快专递，一看长沙来的，凌林以为是祁宏寄来的，很惊喜，很兴奋；可打开一看，居然是高燕寄过来的，凌林的惊喜和开心变成了诧异和不解。不过，凌林很快又惊喜，又兴奋了起来，她已经半年没有高燕的消息了，高燕的信来得正是时候，可以帮助她们重新建立联系，恢复通信了。

寒假的时候到四明山祁宏家拜年，凌林曾经准备去高家大院串门，跟高燕好好聊聊，了解一下她的情况。可是为了不刺激祁宏，凌林不得不把这个念头打消了。

对高燕，凌林感情复杂，佩服，同情，感谢，想念都有，这些感情深深地交织在一起。年前回家，两个人在祁东街头邂逅，凌林只想着请高燕帮忙把祁宏从长沙叫回祁东过年，忘记问高燕的婚后生活过得是不是开心了，凌林觉得自己自私了。

对高燕，凌林还有一份愧疚埋在心底深处，她总觉得是自己插足，搅黄了祁宏和高燕的感情。两年前，如果不是自己把高燕在广东打工的地址告诉了高欣，高燕就不会被父亲找到，并押了回来，高燕和祁宏的感情就不会是今天这个局面。

凌林觉得自己欠高燕一个道歉，一个解释。现在高燕盛情邀请凌林去长沙，凌林是乐意的，而且认为这一趟是非去不可的，她不能辜负了高燕。高燕是她的好姐妹，高燕结婚一年多了，也到了向她表达道歉的时候了。再说，凌林也想祁宏了，很想他，很有必要见一下了。祁宏突然跟她失去了联系，让她隐约感到不适和不安。她担心他，作为女朋友，她得为他分忧解难；如果祁宏过得实在太辛苦了，凌林准备效仿高燕，从自己的零花钱中省出一半来给祁宏用，让他不要勤工俭学了。

高燕的信很短，语气很急促，透露出来的信息让凌林琢磨不透：高燕在长沙，祁宏也在长沙，高燕为什么特别强调要她"务必"赶在五四青年节前去长沙？而且是必须去，没有妥协商量的余地。如果没有特别的事情，作为好朋友，出于礼貌，是不应该这样说话的。为什么说有"要事"？这"要事"到底是什么，非得要把字体加粗，在下面画杠杠强调？为什么要"不得有误"？如果不是迫不得已的事情，这样说就带有"强迫"的味道了。

从这封短信的内容联想到这段时间祁宏对自己的态度，凌林突然紧张起来，警觉起来：难道高燕和祁宏旧情复燃，卷土重来了？高燕要自己过去，难道是准备跟自己摊牌，要自己把祁宏还给她？

可凌林又马上否定了自己的想法，她觉得高燕不是那种人，祁宏更不是那种人。她了解高燕，更了解祁宏，相信祁宏。他们已经分手了，高燕已经结婚了，他们回不去了。

这趟长沙之行，凌林是要去的，而且必须去的。但她没能做到高燕在信里着重强调的那样，在五四青年节前赶到长沙，凌林以为迟一两天没关系，自己去就行了。五四青年节当天早上，凌林从北京机场出发，当天上午到的长沙，距离高燕要求的时间差了半天。

五四青年节前一天下午有课，晚上有一趟到长沙的航班，但凌林没有订那趟飞机，她订的是五四青年节当天早上的飞机。前一天晚上，凌林有个不得不参加的应酬，把时间推迟了。谢天放告诉凌林，爷爷奶奶想她了，要她晚上去他们家吃晚饭。这个晚饭一吃，当天晚上的飞机肯定赶不上了。

父亲离开中央党校的学习，回到湖南后，谢爷爷钟奶奶多次盛情邀请凌林去他们家玩，但这次是凌林第一次去，由于谢爷爷钟奶奶说多了，凌林推不掉，不得不应付一次。

有了上次被谢天放欺骗和侮辱的惨痛教训，心有余悸的凌林不得不多出一个心眼。她对谢天放将信将疑，生怕他故伎重演，又玩出什么花招来。凌林跑到公用电话亭，给谢爷爷打电话，进行确认。这回谢天放没有撒谎，确实是两位老人叫凌林过去玩的。凌林不好意思再推辞，下课后，打了一辆车，过去了——凌林不愿意跟谢天放一起走，这样做，凌林希望向谢爷爷和钟奶奶传递一个明确信息：谢爷爷钟奶奶是谢爷爷钟奶奶，谢天放是谢天放，她尊重两位老人，却不愿意跟谢天放交往，谢爷爷钟奶奶以后也不要用异样的眼神审视她了，更不要乱点鸳鸯谱了。

那顿晚饭，氛围很温馨，钟奶奶亲自下厨，谢爷爷打下手，一起张罗了满满一桌美味佳肴。谢天放的父母也从外地赶回来了，四个长辈乐呵呵地看着两个小辈吃饭，两个小辈吃得越多，长辈们心里越高兴。

饭后，凌林陪着他们简单地聊了聊，借口第二天要回湖南老家，要做些准备工作，于是提前告辞。谢天放坚持要送凌林回学校，被她坚决拒绝了。谢爷爷只得安排司机把凌林送回学校。

五四青年节当天，凌林五点多起了床，简单地洗漱了一下，背起背包，下了楼，出了校园，打了个出租车，直奔首都国际机场。她坐的是北京飞长沙最早的那个航班。早航班虽然辛苦，却价格便宜，打对折，虽然比火车票贵，却能接受。关键是飞机方便快捷，省钱省时间。

虽然凌林不缺小钱，却也不是出生在富贵之家，父母都是公务员，都是拿工资的，坐飞机，往返费用高，算是大钱了，让凌林有点心疼，但她还是觉得跑一趟长沙很有必要，她很想跟高燕聊聊，很想跟祁宏聚聚。跑这一趟长沙，深化爱情，巩固友情，一石二鸟，很划算；钱花了，还可以挣回来。

经过一段时间摸索，凌林渐渐找到了挣钱门道，用自己的智慧和知识赚钱。她爱上了参加各种各样的专业学科竞赛，国内国外的都有。凌林把这当作检验自己学习效果的一种方式，当作自力更生的一种新尝试。

在国内外的各种专业学科竞赛上，凌林开始崭露头角，获得过很多名次，拿过很多奖，有些还是国际大奖，奖金比较可观。凌林获得的奖金，积攒起来，已经不少了，坐飞机往返长沙一趟绰绰有余。

一开始，凌林把奖金看得很神圣，不打算用，准备一直留着，看看这一生到底能得多少奖金。如果数量够，凌林想多年以后再把这些奖金全部捐出来，设立一个新奖项，用来鼓励年轻人科研创新。不过，凌林这个想法很快就向现实妥协了。她想，奖金不一样是钱嘛，钱都一样，不用白不用，以后多获奖，多拿奖金，就有钱用了，就能够像祁宏那样流自己的汗，吃自己的饭了——这也是她爸一直希望女儿做到的。

把自己的智慧和知识转化为经济效益，也是一条生财之道。凌林期待像祁宏那样自力更生，丰衣足食。可她不愿意走祁宏那条路，把业余时间都用在做家教，做生意上——凌林没有这个心情和兴趣。

做家教，做生意，不是凌林的强项，也浪费宝贵的时间。她的兴趣在科研上，凌林希望用心学习，勤于思考，参加各种专业学科比赛，拿名次，拿奖，拿奖金。

不同的专业得出不同的思维。祁宏学文科，文科重实践。做家教，做生意，对拓宽视野，锻炼能力，丰富知识结构有用。马克思说：实践出真知。凌林是学理科的，专业性强，理论性强，做家教，做生意，对拓展她的知识结构没什么用，至少作用不明显，大好时光都做无用功了，对实现理想没有什么实质性帮助，凌林不愿意单纯地为人民币服务。

凌林的理想是希望将来成为居里夫人那样享有世界声誉的科学家，成为"中国的居里夫人"。

第三十九章　钱小芸如愿，凌林失恋

拍婚纱照和办婚礼，钱小芸有点迫不及待了，主观上她是太心向神往了；客观上是身体不允许，越往后拖，突发意外的可能性越大，来不及办的可能性越大。

对正常年轻人来说，拍婚纱照和办婚礼，是一件人生大事，都很慎重，有一个漫长的准备过程，可钱小芸没时间了，只能删繁就简，仓促上阵。他们把拍婚纱照的时间定在5月2日上午，把婚礼的时间定在五四青年节当天。

钱小芸本来打算一天办完两件事，上午拍婚纱照，下午办婚礼。但祁宏不同意，他考虑到钱小芸的身体承受能力，建议中间休息一天，不能让钱小芸太辛苦了。

把时间定下来之后，祁宏紧锣密鼓地张罗起来，他希望找到摄影水平最好的摄影师，给钱小芸拍摄最漂亮的婚纱照；他希望全力以赴，给钱小芸办一个像模像样的模拟婚礼，跟真的一样，而不是敷衍她。

为给钱小芸治病，祁宏花光了差不多全部积蓄，他已经囊中羞涩，拿不出什么钱了，可他还是找到了长沙最负盛名的蝴蝶树婚纱影楼，拍婚纱照很贵，可他还是要了最贵的婚纱照套餐。

祁宏找到老板，把钱小芸的事情告诉了他，并对老板坦言相告，他没有钱，但有两种方案来解决钱的问题，需要老板支持他。一是赊账，祁宏给影楼打个欠条，一年内他会把钱还清。二是用广告资源跟影楼置换，在湖南大学五四青年节音乐晚会上为影楼做一个广告，影楼送他一个婚纱照套餐，两不相欠。

第一种方案，影楼老板不同意，其他年轻人来拍婚纱照，都是先交钱再服务的，他在影楼工作一二十年了，还没见过拍婚纱照都赊账的。第二种方案，影楼老板以前也没操作过，比较犹豫，他觉得大学生拍婚纱照的太少了，不是自己的目标市场，但比赊账容易接受一点。

祁宏把影楼老板说服了。他告诉影楼老板，做生意，既要看到眼前利益，又要放长线，钓大鱼，着眼于潜在市场，虽然大学生群体目前暂时不是拍婚纱照的目标市场，却是潜在的目标市场，湖南大学每年有三五千毕业生，其中有一半留在长沙，他们工作稳定，收入可观，一毕业就面临结婚成家，是影楼最优质的潜在市场和客户。

老板觉得有道理，也就高兴地同意了。

婚礼地点定在东塘火官殿。祁宏找到杜煜，把钱小芸的事情给杜煜说了。杜煜是个性情中人，他很佩服祁宏，也更感动，两个人关系本来就不错，杜煜决定帮他们一把，把承办婚礼的事情接了下来，杜煜承诺给他们提供一个活动现场，三辆婚车，三桌喜宴，八位员工（含司仪），全部免费。

祁宏大喜过望，对杜煜深深地鞠了一躬。就这样，祁宏不花一分钱，把什么都搞定了。

5月2日，长沙阳光明媚，风和日丽，鸟语花香。那几天，正是婚娶旺季，拍婚纱照的年轻人很多，都赶在五四青年节结婚。虽然给祁宏和钱小芸拍婚纱照没有收入，蝴蝶树影楼还是十分重视，派出了一辆服务专车，一个化妆师，师徒两个摄影师。上午十时左右，蝴蝶树影楼的车开到了湘雅医院，把祁宏和钱小芸接上。车内有一个改装的化妆室，化妆师开始给他们化妆。

化妆师轻车熟路，没用多久就帮他们把妆化好了。化妆师给钱小芸化了淡妆，给她戴上了漂亮的假发。钱小芸已经头发稀疏了，拍婚纱照不戴假发看上去不好看了。那假发以假乱真，与钱小芸身体健康时候的真发差不了多少。钱小芸本来就漂亮，假发一戴，妆一化，把生病和化疗对颜值造成的伤害遮掩了，看不出生病的迹象。穿着洁白婚纱的钱小芸袅袅婷婷，就像潋滟波涛之上的出水芙蓉，看上去美不胜收。祁宏西装革履，穿着白衬衫，打着黑色蝴蝶结，英俊挺拔，阳光帅气。

鉴于钱小芸的身体状况，长沙的很多景点他们都没有去，只是在岳麓山下（包括湖南大学校园内）和附近的橘子洲头取景。摄影师经验丰富，指挥有方，引导他们摆出了各种相亲相爱的pose，用镜头定格了很多美好瞬间。

摄影师没有要钱小芸走动，在哪个景点拍摄，车就停在那儿，钱小芸下车就行。钱小芸的精气神罕见地好，一点都不觉得累。为拍婚纱照，祁宏特意理过发，打个摩丝，头发根根竖起，精神抖擞。外人看来，他们是一对金童玉女，天造地设，所到之处，引人注目，很多人都停下来，驻足围观。

拍完婚纱照，影楼特事特办，当天下午把婚纱照加急冲洗了出来，晚上就送到了医院，交给了钱小芸。接过那叠厚厚的，大小不一的婚纱照，钱小芸高兴坏了，她出神地凝视着婚纱照上帅气精神的祁宏和漂亮优雅的自己，心潮澎湃，以手掩面，喜极而泣。钱小芸太喜欢这些婚纱照了，没想到在生命即将画上句号之际，她还能跟自己喜欢的男生一起拍婚纱照，办婚礼，她是死而无憾，无怨无悔了！

婚礼是在5月4日上午举行。那天，祁宏早早起来了，把自己打扮一新，但祁宏心里并不高兴，他特意穿上了凌林买的西装。自己起来后，把汪大力也叫醒了。两个人赶到校门口的时候，伴娘高燕已经在等候了。

在那儿一起耐心等候的，还有两个特别的大人物——俞校长和刘厉兰主任。俞校长也是西装革履，刘主任也是打扮一新。看到这两个人，祁宏有点紧张，以为他们是来找自己叫停婚礼的，只得硬着头皮跟他们打招呼。很快俞校长和刘主任就让祁宏喜出望外，疑虑消散了。

俞校长说，他跟他们一起过去，给祁宏和钱小芸做证婚人。

刘主任说，她以个人身份，前去见证和祝贺他们的婚礼。

原来祁宏和钱小芸拍婚纱照，办婚礼的消息，在湖南大学不胫而走，被传得沸沸扬扬，也传到了刘主任那儿。刘主任很生气，把事情向俞校长做了汇报，说这个祁宏胆大包天，得好好治治了。俞校长的看法跟刘主任截然相反，他被祁宏感动了。俞校长对刘主任说，抓校风校纪，也要具体问题具体分析，不能太刻板了，一点人情味都没有，一味地套条条框框，祁宏与钱小芸办的是模拟婚礼，不是真结婚，没有触犯校纪校规。这个事，是一种奉献精神，一种人道精神，虽然行为不值得提倡，精神却值得鼓励。

刘主任冷静下来想了想，觉得俞校长说得有道理，两个人一合计，也准备到场祝贺，给他们的婚礼锦上添花，顺便送钱小芸最后一程，而不是拿出校风校纪来杀鸡吓猴，落井下石。

俞校长、祁宏、汪大力，三个男人都西装革履，格外精神。伴娘高燕也把自己打扮得漂漂亮亮，焕然一新。一行人上了火宫殿的婚车，从湖南大学向湘雅医院出发了。

要办婚礼了，钱小芸兴奋得睡不着，也早早起来了。在母亲和化妆师帮助下，钱小芸已经化完妆，打扮成了一个漂漂亮亮的新娘，在病房兴奋地等候了。七点多，钱小芸看到新郎带着迎亲队伍来了——队伍里还有俞校长和跟她私交一直很不错的刘厉兰主任。钱小芸高兴坏了，她终于迎来了一个女孩一生中最神圣的时刻，一个圆梦的神圣时刻，一个属于她的神圣时刻！

以前身体健康的时候，钱小芸是做过出嫁做新娘的梦；自从被确诊白血病后，她就不敢再做这个梦了，没想到自己这一生还把这个梦圆了，而且还是跟自己喜欢的人走进婚姻殿堂。

钱小芸笑意盈盈地从祁宏手上接过玫瑰，捧在怀里，感觉春风拂面，心湖碧波荡漾。祁宏牵着钱小芸的手，在病友的祝福中走出病房，走向停在医院门口的婚车。

婚车被洗得干干净净，崭新锃亮，车身装扮一新，张灯结彩，花红柳绿的丝带在风中飘舞，车头扎着大红绸花，车尾挂着七彩气球。让钱小芸意外的是，俞校长和刘主任都来了，俞校长还亲自给他们做证婚人。

虽然化的是淡妆，但钱小芸天生丽质，淡妆浓抹总相宜。上了婚车，钱小芸激动极了，开心极了，她终于成了"全世界最美丽的新娘"，成了心仪中的那个男神的新娘。

婚车一路招摇，穿街过巷，最后在东塘火官殿门前停下来。

火官殿张灯结彩，喜气洋洋，一派婚宴的喜庆气氛。杜煜已经提前一天安排员工，对婚礼现场做了认真布置，就像平时布置婚礼现场一样。

婚礼现场，摆放着巨大的婚纱照立牌，那婚纱照跟真人一样大小——是蝴蝶树婚纱影楼给他们送的新婚贺礼。

钱小芸飞快地扫了一眼婚纱照，被定格在婚纱照里的她是那样美丽、那样娇艳、那样温柔、那样贤淑，看不出生病的蛛丝马迹，她跟身边西装革履、阳光帅气的新郎是那样和谐、那样恩爱、那样般配。

现场铺着鲜艳的红地毯，空中飘满了红气球，通道两边摆满了花团锦簇的花篮。主持婚礼的司仪摩拳擦掌，念念有词，热切地等待着新人的到来，准备进入角色，开始主持仪式。

车到火官殿，噼里啪啦的鞭炮声响了起来，祁宏下了车，打开车门，牵着新娘的手，在伴郎汪大力和伴娘高燕的陪同下，缓缓地走过红地毯，走向主席台。婚礼正式开始了，俞校长春风满面地走上去，嗓门洪亮，热情洋溢地给两位新人证婚。

婚礼仪式简单，却隆重、热烈，正式婚礼上该有的主要环节，一个也没落下。唯一美中不足的就是婚礼现场的见证人缺少了一点，他们没叫什么亲戚朋友，就是一些要好的同学，祁宏宿舍的、钱小芸宿舍的都来了，火官殿的工作人员、蝴蝶树影楼老板和为他们拍婚纱照的工作人员、钱小芸家的主要亲属，祁家没有一个亲人过来，祁宏不敢把这件事告诉母亲祁茗和父亲朱鹏。

所有人加起来，正好凑成了三桌。考虑到钱小芸的身体情况，虽然婚礼环节没有少，时间却被压缩了，包括吃饭，婚礼在13:14准时结束，婚宴后，火官殿的婚车把钱小芸和祁宏送回了医院。

从拍婚纱照开始到婚礼举办当天，相关人员都高高兴兴，为钱小芸和祁宏祝福，只有高燕忧心如焚，焦急万分。高燕倒不是争风吃醋，为自己没有做成祁宏的新娘难过，她是为凌林操心难过。她给凌林寄了特快专递，着重强调要她在五四青年节之前来长沙，可是盼星星，盼月亮，星星来了，月亮来了，就是凌林没来，直到婚礼结束，高燕都没有看到凌林。

时间在一分一秒地流逝，那嘀嗒作响的秒钟撞击着高燕的心，把她的心撞痛了，撞肿了，撞出血来了。拍婚纱照那天，凌林没来；婚礼开始前，凌林没来；婚礼开始了，凌林没来；婚礼结束了，凌林还是没来。高燕眼睁睁地看着这场婚礼按部就班，如祁宏和钱小芸所愿地举行。

其实，那天凌林到了婚礼现场，只是高燕不知道，她们擦肩而过了。凌林赶到婚礼现场，婚礼已经结束了，参加婚礼的人都已经散去了。尽管凌林没有看到祁宏和钱小芸拍婚纱照和举办婚礼的全过程，但她在婚礼现场看到了婚纱照，知道了这件事——凌林还真以为祁宏和钱小芸把婚结了。

那天飞机晚点了，降落在黄花机场的时候，已经十一点多了。匆匆出了机场，打了个出租车，凌林直奔高燕在特快专递上留下的地址。十二点多，凌林找到了长沙办事处，敲开了门。

凌林在办事处没有看到高燕，只看到一个陌生的女孩和一个陌生的小孩。小孩在地上爬来爬去，追逐着自己的汽车玩具，玩得不亦乐乎，咯咯咯地笑个不停。

小孩看到走进来的凌林，迟疑地看了她一眼，然后飞快地爬了过来。凌林一看就认出了这是高燕的孩子，因为他长得跟高燕太像了，简直就是一个模子里印出来的。小孩很漂亮，聪明伶俐，活泼可爱，凌林一眼就喜欢上了，她把小孩从地上抱起来，逗着他玩，孩子不认生，看着她傻笑。

"你是凌林吧？"女孩问。

"嗯。"凌林答，"你呢？"

"我叫王欣，是高燕的表妹。"女孩说。

凌林一边逗小孩，一边问："高燕呢？"

"她出去了。"王欣答。

"那她大概什么时候回来？"凌林问。

"那你可得耐心地等一会儿，燕姐可能要比较晚才能回来。"王欣说。

"她约了朋友来，还不在家等着，真是的！"凌林开着玩笑说，她心里隐约有点失落。

"燕姐做伴娘去了，她去参加祁宏的婚礼，估计得婚礼结束后才能回来。"王欣说。

祁宏的婚礼？怎么回事？

凌林以为自己听错了，急忙问："谁的婚礼？"

"燕姐的初恋情人祁宏的婚礼呀。"王欣说。

王欣诧异地看着凌林，觉得她反应过度了，这个陌生女孩的脸上，表情有些古怪，让人感到害怕。

别人结婚是一件好事，凌林应该送上祝福，不能听后一副如丧考妣的难受模样。王欣不解地想。

"祁宏跟谁结婚?"凌林艰难地问，她的腔调都变了。

小斯鸿哇的一声哭了起来，他都被凌林的突然变脸吓着了。

"跟钱小芸，一个得了病的女孩。这件事很奇怪，让人觉得不可思议呢!"王欣说。

对这件事觉得更不可思议的不是王欣，而是凌林。王欣觉得不可思议是旁观者的角度，凌林觉得不可思议是当局者的角度，是内心深处产生的感觉。

从王欣的语气看，这个陌生女孩没有骗她，祁宏是真的，钱小芸是真的，钱小芸喜欢祁宏也是真的，这些凌林都是知道的，看来他们结婚也是真的了。

凌林是第一次见王欣，王欣不可能拿这种事情跟她开玩笑，因为没有必要，也不可能这么有板有眼，有声有色，有凭有据。

"婚礼现场在哪里?"凌林问。

凌林很不甘心，耳听为虚，眼见为实，她希望赶到婚礼现场眼见为实。要她相信祁宏跟钱小芸结婚了，她必须眼见为实。

只有眼见为实了，凌林才能相信这件事，她还想找祁宏问清楚为什么会这样。

"在东塘火宫殿!"王欣说。

凌林放下孩子，抓起背包，心急如焚，脚步跟跄地逃出了长沙办事处。

凌林在路边招手拦了一辆出租车，直奔火宫殿。

坐进车里，关上车门，凌林再也忍不住了，情不自禁地哭了起来。凌林难受极了，汩汩滔滔的泪水顺着那张美丽白嫩的脸蛋流淌下来，奔腾成河。出租车司机从反光镜中看到凌林的表情，被吓了一大跳，半天不敢作声，他只盼望早点把凌林送到目的地，早点交差，生怕出事了。

到了火宫殿，凌林暂时哭够了，不哭了。她用衣袖擦干眼泪，给司机付了钱，拉开门，下了车。在火宫殿门口，凌林稳定了一下情绪，然后心急火燎地往里闯。

她要眼见为实，她要一个答案，她要向祁宏问个明白。

烟花带来的喜庆还在空中弥漫，没有彻底消散，火宫殿举办过一场婚礼的气息还能嗅得出来。凌林问了一下工作人员，顺着指引，直奔婚礼现场。婚礼已经结束了，曲终人散。但婚礼的喜庆仍在空气中飘荡，隐约可闻；现场的布置仍然完好无损，清楚可见。在现场，凌林看到了祁宏和钱小芸的婚纱照立牌，大大的婚纱照，跟真人一样大小的婚纱照。

曾经熟悉，现在突然陌生起来的祁宏西装革履，打着蝴蝶结领带，英气勃发，阳光帅气；曾经陌生，现在熟悉的钱小芸穿着拖地长裙，楚楚动人，满脸幸福。新郎和新娘，亲密地依偎在一起，中间插不进一根手指头。这张照片，这婚礼上的情景，凌林也曾经憧憬过，自己是新娘，祁宏是新郎。

男孩还是那个男孩，男孩身边的女孩却不是那个女孩了；男孩还是那个男孩，跟男孩走进婚姻殿堂的却不是她凌林。凌林越来越空白的脑袋里晃动着祁宏和钱小芸结婚的全部仪式过程，就像电影慢镜头一样。

凌林感到心绞痛，胸憋闷，她呼吸急促，有气无力，全身疲软，双腿颤抖，站立不稳。凌林抓住一把椅子，慢慢地坐了下去，委屈的泪水又涌了出来，吧嗒吧嗒地滴落在地上。凌林的泪水就像江南雨季的屋檐水一样滴个不停，她用心爱着的祁宏，那个口口声声说爱她的祁宏，却背着她跟别人结婚了，她到了婚礼现场，眼见为实，一切确信无疑。

那一刻，凌林觉得自己的心被掏空了，挖出来了，剩下的是一具行尸走肉——她灵魂出窍了。

凌林一个人在婚礼现场一坐就是两个多钟头，直到火官殿员工过来打扫卫生，清理现场，凌林才用尽全身力气站了起来，她已经神志不清，恍恍惚惚了，她不知道自己是在现实里，还是在噩梦中。

可她到了现场，现场有祁宏和钱小芸的婚纱照，他们定格在照片里，依偎在一起，是那样的幸福，那样的甜蜜，那样的恩爱，这一切强烈地刺激着凌林的神经，让她发昏，他们有多幸福，他们有多甜蜜，他们有多恩爱，凌林就有多痛苦，不，比他们的幸福、甜蜜、恩爱的程度要痛苦千百倍。

在婚礼现场的两个多钟头，凌林终于想明白了祁宏为什么对她越来越冷淡，不给她写信，不给她回信，不给她打电话，也不接她的电话了。那两个多钟头，凌林一直在反省她和祁宏的感情到底出了什么问题，到底是自己什么地方做得不对，做得不好，让祁宏放弃了自己，选择了钱小芸。但这两个多小时，凌林是做了无用功，她没有弄明白，她弄不明白，也许只有一个勉强解释：远水解不了近渴，远水救不了近火。

凌林觉得自己是那样可笑，是那样可悲，她是明月照沟渠了。赶来长沙之前，赶到现场之前，凌林还是那样相信自己，那样相信祁宏，那样相信他们的感情。即使王欣告诉她祁宏结婚了，凌林都觉得王欣要么在开玩笑，要么张冠李戴，把新郎新娘搞错了，她和祁宏的感情牢不可破。

那两个多小时，关键的问题，凌林没想明白，但一些细枝末节的问题，她还是想明白了：高燕为什么要在信里着重强调要她务必在五四青年节前赶到长沙，原来高燕所说的要事是让她来参加祁宏的婚礼！

难道是高燕开始报复自己了——如果没有当年自己告诉高欣地址，也许祁宏和高燕的感情将是另外一种结局，也与自己没有什么关系了。

凌林觉得一切都是那样富有戏剧性，充满了辛辣的讽刺意味。

从火宫殿出来，凌林不想再在长沙停留了，一刻都不想，她不想见高燕了，更不想见祁宏了。可凌林也没有打算立刻回北京，她觉得自己身体虚弱，精神萎靡，内心受到了极大打击。这种精神状态是没法支持她回到北京的，她需要找个避风港，好好地停一停，靠一靠；她需要找个能工巧匠把她那艘被突如其来的惊涛骇浪摧残得千疮百孔的生命小舟修一修，补一补。

这个避风港是家，能够帮她修理破烂的生命小舟的能工巧匠，只能是她的父亲母亲。凌林打了个出租车，直奔火车站。她在学生窗口买了火车票，坐上了回祁东的火车。

车厢里乱哄哄的，认识的不认识的，都在有一搭没一搭地聊着天。坐在火车上，凌林一直把脸对着窗外，她不是看风景，而是怕其他乘客看出了她的不对劲。凌林意识混沌，眼神空洞，她拼命地提醒自己要牢牢记住"祁东站，祁东站，祁东站"，千万不要坐过了，下错站了，只要喇叭里响起"祁东站"，她就下车——凌林的脑袋里什么都没有了，只剩下"祁东站"三个字。

终于到祁东站了，还好凌林没有错过，她准确地、艰难地下了车。

夜幕已经降临了，四周被黑暗笼罩，在黑暗中心的，被黑暗包裹起来的，是凌林的那颗受伤的心。小城华灯初上，街上的万家灯火次第亮了起来。这个温暖的小城灯火，照亮了凌林脚下的路，却照不亮凌林那颗心。

出了火车站，凌林拖着麻木的双腿，机械地往家走。有摩的在凌林身边转来转去，都被凌林很不客气地挥手赶走了。

入夏的小城已经热闹起来，猫了一冬的市民开始活跃，大街小巷，男女川流不息，高声笑谈着，热闹非凡，他们或散步，或逛街，或坐在夜宵摊边，撸着串串，喝着啤酒，侃大山，吼唱露天卡拉OK。

只要到了祁东就安全了，不怕了，有依靠了。这个小城，凌林是再熟悉不过了，她在这儿生活，在这儿成长，在这儿度过了初中三年、高中三年，一共六年时光；在这儿，她从小姑娘变成了青春美少女；在这儿，她从上初一的小不点，变成了清华大学的大学生；在这儿，父亲从常务副县长做到了县长，再从县长做到了县委书记。只要双脚踩上祁东这片土地，她就有了归属感。

从火车站到县委大院，走路要二十多分钟，有五六个路口，不需要头脑太清醒，凭着习惯，闭着眼睛都能找到。可那天晚上，这二十多分钟的路，凌林走了一个多小时，走着走着就走错了。好在祁东只有那么大，拐来拐去都是通往家的路。

终于到家门口了，凌林实在撑不住了，身子倚着门框，慢慢地滑了下去，屁股坐在地上。凌林吃力地抬起手，有一下没一下地敲着门。她觉得身心俱疲，骨头散了架——不，是整个身体散了架，皮、肉、筋、骨头，全部散了架，各是各的，没办法协调，就像一副被推倒的多米诺骨牌，什么都倒下去了，立不起来。

凌书记也是刚下班回来，坐在桌边，端着碗，一边吃饭，一边看新闻。听到敲门声，他站起来，走到门边，把门打开。凌书记被吓了一跳，他看到了瘫倒在地上的女儿。凌书记赶紧把女儿扶起来，挽扶着她进了屋，让她在沙发上坐下来。

凌书记不清楚出什么事了，对女儿打击这么大，他以为女儿生病了。在凌书记印象中，他的女儿青春阳光，健康活泼，神采奕奕，精力充沛，从来没有这样憔悴不堪，无精打采过，从来没有这样疲软无力，弱不禁风过。这次回到家来的凌林好像突然换了一个人，不是他女儿似的。

凌书记用手背覆在凌林的额头上摸了一会儿，那儿不冷不热，没什么异样。

"林儿，你怎么啦？"凌书记一边给她倒水，一边关切地问。

凌林没有回答父亲。母亲也闻讯走了过来，她同样被凌林的样子吓坏了，站在旁边，手足无措，不知道说什么好，不知道做什么。

凌书记在女儿身边坐下来，把手搭在女儿肩上，又问："林儿，怎么了？"

凌林再也忍不住了，一头扎进父亲怀里，号啕大哭起来。

凌林的哭声很大，上下楼，前后左右的住户都能听见。

凌书记也急了，一边哄，一边问："到底出什么事了？好好跟爸爸说说！"

凌林用手背擦了擦眼泪，痛苦地说："爸，祁宏跟别人结婚了！"

这下轮到凌书记蒙了：祁宏不是在跟自己女儿谈恋爱吗？祁宏不是还在湖南大学读书吗？怎么就不声不响地跟别人结婚了？这到底是怎么回事？

"孩子，你是不是弄错了？"凌书记问。

"爸，千真万确，我都看到了，"凌林说，"我到了婚礼现场，我亲眼看到祁宏跟他的师姐钱小芸结婚了。"

女儿言之凿凿，由不得凌书记不相信了。

"你们吵架了？"凌书记问。

"没有。"凌林答。

"他跟你提分手了？"凌书记问。

"没有。"凌林答。

这两问两答，出乎凌书记意外，见多识广的他也不知道怎么将对话进行下去了，他也还从来没有碰到过这种情况。

只有女儿的表情是真的。看到悲伤过度的女儿，凌书记感同身受，却又不知道怎么安慰她。

凌书记知道女儿喜欢祁宏很久了。从高三那年，女儿把祁宏叫到县委大楼来一起补习功课那天起，凌书记就看出来了，女儿喜欢祁宏呢。通过一段时间接触，凌书记觉得女儿有眼光，祁宏那孩子不错，聪明，勤奋，朴实，是个有能力的老实人，是一块没有雕琢的璞玉，假以时日，祁宏肯定能够做一番事业，有一番作为。只要女儿喜欢，他就支持，看好他们的关系和发展。凌书记也在有意无意地默认、推动，为他们的爱情创造条件。

现在两个孩子都考上大学了，具备谈恋爱条件了，女儿也动了谈恋爱的心思，也到了谈恋爱的年纪了，就由他们谈吧，谈到他们大学毕业了就结婚成家，了却自己的一桩心事。春节，凌林到祁宏家去，祁宏到自己家来，就算是他们的关系得到了双方家庭的认可，正式确定了下来。没想到女儿的初恋会是这样一种结局，祁宏突然跟别的女孩结婚了！

谁都年轻过，谁都恋爱过，谁都失恋过。

爱情这事儿，是说不清道不明的，只有感觉，没有理由可讲的，没有对错可分。热恋也好，失恋也好，旁人也不一定明白，也不一定有用。失恋不一定是坏事，尤其是女儿还年轻的时候，尤其是他们的感情还没发展到非对方不娶，非对方不嫁的时候。

凌书记向女儿身边挪了挪，开始耐心地开导她，希望女儿在恋爱中学习成长，学会成熟；在失恋中学会坚强，在跌倒中学会重新站起来，从失去中总结经验教训，寻找原因。

凌书记说了一大堆，讲了很多道理，很深刻，很容易接受，可都对牛弹琴了，凌林一句都听不进去。

这次回湖南，比较匆忙，没有假期，凌林只在家里待了一个晚上，第二天下午返回了北京。那天晚上，母亲跟她睡在一起，陪了她一个晚上。有父母安慰着，宝贝着，凌林感觉好多了，除了悲伤依旧，意识已经完全清醒了。

回北京，凌林把机票退掉了，改坐火车，从祁东站直达北京站。退掉机票，是因为坐飞机要在长沙坐，爱屋及乌，恨屋也及乌，长沙已经成为凌林的伤心地，她再也不愿意去长沙了。

火车路过长沙，凌林没有下车。自从祁宏到长沙读大学后，凌林就一直老是惦记着长沙，觉得吃喝玩乐，啥都好，路过长沙就有下车的冲动。现在不想了，看都不想看一眼，如果可以，凌林不希望火车停靠长沙，不要经过长沙。以前惦记长沙，是因为长沙有她想念的人；现在不想了，是因为长沙已经没有她惦记的人了，她不想去看高燕，更不想去看祁宏，她觉得长沙这座城市以后跟自己没什么关系了，以后回祁东，都不在长沙逗留了。

火车经过长沙站，正碰上倾盆大雨。望着茫茫大雨中若隐若现的建筑和岳麓山，凌林的眼泪还是不知不觉地流了下来，跟雨水混在一起——车窗外是雨，车窗内是她的泪。

火车启动，驶出长沙站，凌林在心里默默地念叨：长沙，别了；祁宏，别了，爱情别了；高燕，别了，友情别了！

虽然读的是理工科，凌林却是一个感性的人，很重感情。她做梦都没想到，自己最在意、最珍惜的两段感情，与祁宏的爱情，与高燕的友情，就像两个从高空一起掉落下来的玻璃瓶，打破了，粉身碎骨了，玻璃碴碎了一地，用强力胶都没法粘到一起去了。

这两段感情，尽管一段是爱情，一段是友谊，但都与爱情有关，都与祁宏有关，她和高燕的友谊，也是随着爱情来，也是因为祁宏而来；现在这段爱情去了，她和高燕的友谊也随着烟消云散了。

这两个人，是凌林青春期最交心的两个人；这两段感情，是凌林青春期最看重的两段感情。他们同时出现，同时消失，都结束在长沙开始闷热起来的五月，结束在长沙看不清方向和景物的风雨季。

第四十章　凌林邀谢天放出国

　　酸甜苦辣咸麻鲜，味道是多样的；赤橙黄绿蓝靛紫，生活是多彩的。

　　在特定时候，可能某个味道凸出来，主宰你的味觉；某种颜色凸出来，左右你的视觉，这种单一的味道和色彩就遮盖了其他，成了你的全部。

　　感情不是生活的全部，可在某个特殊时刻，却是你生活的全部，就像某个人不是你生活的全部，却在某个时刻是你生活的全部一样。

　　在家，在路上，凌林不断努力调整修复，车到北京，她明显感觉好多了。这是一个逐渐熟悉和喜欢起来的城市，这个城市以古老的文明减缓了她的痛苦，以博大的胸怀容纳了她的绝望。

　　凌林仍然陷在空前的悲伤中，她很后悔这趟长沙之行，她宁愿蒙在鼓里，什么都不知道，像以前那样，被祁宏哄着、蒙着、骗着，渐渐减少信件和电话往来，让时间冲淡感情，让距离疏远彼此，慢慢相忘于江湖，而不是那样突如其来，让人没法承受。

　　即使慢慢冷静下来，头脑清醒了，凌林还是觉得在梦中，不敢相信这一切都是真的。然而，事实摆在那儿，她是亲耳所闻，亲眼所见，由不得她不相信。

　　尽管眼见为实了，可凌林还是心存侥幸，那份侥幸就像风狂雨骤的夜里闪烁的那点星火，不可能燎原，随时有可能熄灭，但凌林还是小心翼翼地守护着这点星火，不愿意让它熄灭。

凌林期待祁宏给她一个解释，哪怕他们分手了，也得祁宏亲口跟她打个招呼，说一声——这应该是恋人分手时必须履行的最后一道程序。如果这道程序不履行，还不能算是正式分手。虽然他们的爱情已经名存实亡了，这道程序却不能少，只有把这道程序履行完了，那个名存实亡中的"名"才能去掉，名副其实地分手。

虽然凌林不愿意再见祁宏了，却希望他给自己写封信，或者打个电话，把事情说清楚，哪怕说分手，哪怕让她再承受一次痛苦打击，不能那边跟钱小芸结婚了，这边还跟她继续保持暧昧关系。那两天，凌林不是装病请假，就是逃课旷课，她一个人躺在床上，等着，盼着。宿舍的电话很多，有其他室友的，也有打给她的，但就是没有祁宏打过来的。

耐心总是有限度的，凌林感到自己的耐心就像沙漠深处的一洼雨水，在烈日炙烤下，被不断地蒸发了，干涸了，最后啥都没有了，凌林越来越绝望。

也许世界有千百种味道，我们活着，也品尝过各种各样的味道。不管你的胃口多好，在这些味道中，总有一种让我们感觉极度不适。可是，没有哪种味道带给我们的不适比失恋更让人难受，尤其是初恋的失败，那种滋味就更让人难受了。

凌林是第一次品尝失恋的滋味，这种味道一出现，其他什么味道都没有了，就像不喜欢麻味的非四川人，花椒的麻在口腔里扩散，把味觉麻痹了，其他什么味道都没有了，尝不出来了，只有满口不习惯的麻一样。相爱的时候有多甜蜜，失恋的时候就有多不是滋味。

整整一天一夜，凌林躺在床上，不想动，她眼神空洞，思想空洞，就像一具灵魂游离了身体的躯壳，不想吃饭，不想喝水，不想呼吸，也睡不着，甚至拉撒都憋着，不愿意下床。如果说还有事情要做，也有两件事，是凌林特别想做的，一件事是死亡，另一件事是大醉一场。

死亡只是想想，只是自己感觉比死还难受。身体发肤，受之父母。凌林是有知识，有文化，有档次的人，看问题比较理性，她还没有幼稚到为一段感情寻死觅活，拿生命不当一回事的地步。身体是父母给的，凌林没有权利虐待；生命不是她一个人的，她也没有权利糟蹋。只要能够挺得过去，就要好好地活下去，把生命留着。

喝一次酒，大醉一场，却是可以付诸实施的。凌林太想喝个酩酊大醉。也许酒后醒来，什么都忘了，什么都好了。当然，凌林还没有开放到一个小女生独自一人跑到酒吧大醉一场的程度。

人的一生，可能要经历很多次爱情，但只有初恋才是唯一的，弥足珍贵的，深刻的。祁宏是凌林的初恋，所以凌林觉得珍贵，不可替代；凌林不是祁宏的初恋，所以祁宏不珍惜，可以弃之如敝屣。这也许是他们爱情出现偏差的深层次根源。

小女生爱幻想，在跟祁宏确定关系后，凌林不止一次地憧憬将来跟祁宏一起拍婚纱照，举办盛大婚礼，走进婚姻殿堂，生养聪明的孩子，过上稳定幸福的小日子，也包括承担长兄长嫂的义务，帮助公婆抚养祁家那群正在茁壮成长的弟弟妹妹。

凌林做了充分的思想准备和心理准备，她知道嫁给祁宏会很辛苦，要勒紧裤腰带，过一段勤俭持家的苦日子，这段苦日子也许还很长，可能要三年五年，也可能要八年十年，得到祁家最小的那个小家伙长大成人了才能放心。但未来是美好的，爱情可以帮助他们克服一切困难，只要跟祁宏在一起，凌林什么苦都愿意吃，什么累都愿意受，什么艰难都不怕，什么付出都觉得值。

可唐代大诗人杜甫有感而发过"但见新人笑，那闻旧人哭"旧人凌林还是败给了新人钱小芸——一个祁宏认识才一年多的女孩。虽然凌林跟祁宏不像高燕跟祁宏那样青梅竹马，两小无猜，但他们是在情窦初开的时候就未见其人，先闻其名了，在祁东二中，老师学生都爱把他们相提并论，他们彼此倾慕了两年，朦胧交往了一年，正式恋爱快两年，加在一起接近五年了。这五年差不多占据了他们青春的大部分时光，也算是护城河宽广，城墙坚固，牢不可破了。但凌林还是输了，输得一塌糊涂，输得十分冤枉，输了都弄不明白到底输在哪儿。

那些天，凌林昼夜都在寻根溯源，希望输得明白，想来想去，理来理去，事实渐渐清晰，原因渐渐浮出水面：

一是凌林给祁宏的压力太大，祁宏兑现不了。他们原来约好了一个考北大，一个考清华，结果凌林成功了，祁宏失败了。也许这个原因，让祁宏在凌林面前感到很自卑。如果男人在女人面前自卑了，没有信心了，对感情发展可不是什么好兆头，容易走上歧路，投入另一个女生的怀抱。

二是凌林败给了距离——再真再深的感情都不敌距离的遥远。牛郎织女只是一个传说，当不得真的，感情需要培养。朝夕相处，感情就浓了；欲望满足了，人就老实了。从祁宏弃明投暗的选择来看，真给古人说中了，远水解不了近渴，远水救不了近火，钱小芸近水楼台先得月了。

钱小芸在长沙，跟祁宏在一个城市，一个学校，一个专业，想见就见，十分方便。凌林在北京，隔着千山万水，见一面太难了。凌林曾经以为，只要两个人感情好，距离不是问题，她做到了，祁宏却做不到——克服距离的恐惧，保持爱情的纯净，女人做得到，男人往往做不到。

两个原因归结到一起，其实就是一个原因，那就是他们不在一个大学里，太柏拉图了，不能朝夕相处，卿卿我我——爱情是心理上的，也是感官上的，生理上的。如果早知祁宏考不上北京大学，那就跟祁宏一起考湖南大学好了。在哪个大学读书很重要，可硬要凌林在祁宏的爱情与在清华大学读书之间做出选择，凌林的感情天平是倾向祁宏的。也许很多女生愿意选择清华大学，可凌林愿意选择感情。

凌林从湖南返回学校的异常没有逃过谢天放的眼睛，她的非正常表现，让谢天放如获至宝。他是个聪明人，善于察言观色。事实上，凌林不善掩饰自己的感情，明眼人都看得出来，她是感情受挫了，而且伤口很深，面积很大，需要人抚慰。

谢天放很清楚，对他来说，最大的障碍就是凌林已经有男朋友了。在这种情况下，要凌林接受自己，比较困难，只能从外面强攻，影响有限，效果不明显，得祸起萧墙，从内部攻破。现在凌林和男朋友起内讧了，他谢天放的千载难逢的机会来了。

五四青年节前一天，陪爷爷奶奶吃完晚饭，凌林急着赶回学校，说五四要回湖南看父母，谢天放就知道，凌林看父母是假，看男朋友是真。看来这一趟，凌林出师不利，十有八九跟祁宏闹掰了，吵架了，甚至意气用事，分手了。鹬蚌相争，渔翁得利。凌林和男朋友闹，对谢天放来说是好事，他们闹得越凶，对谢天放越有利。

谢天放本来就很窝火，他是不屑于跟祁宏比，跟祁宏争的。他是高干子弟，祁宏是农村孩子；他是清华大学高才生，祁宏是湖南大学的；他在北京，近水楼台先得月，祁宏在长沙，远水解不了近渴。无论从哪个方面，谢天放都没有理由输的。

祁宏捷足先登了，谢天放认识凌林的时间比祁宏晚，是谢天放的唯一劣势。但谢天放觉得这个劣势还没有形成祁宏狙击他追求凌林的制高点，他和凌林刚刚告别围着高考指挥棒转的高三，就在美丽的清华园相遇了，用奶奶的话来说，他们是千里有缘来相会，这个时间节点刚刚好。谢天放相信自己可以后来居上，超越祁宏，早日心想事成。

谢天放尝试过了，凌林外柔内刚，不吃硬的，那就给她来软的好了。谢天放开始改变战术，对凌林展开柔情攻势，准备以情动人，暂时把生米做成熟饭的想法抛到一边去再说。趁凌林心情不好，没有到食堂吃饭之机，每到饭点，谢天放都打上最好的饭菜，自己还没吃，就给凌林送到宿舍，对她嘘寒问暖，说尽关心的话，做尽体贴的事。

就像力与反作用力，关系从来都是相互的，付出了就有回报。一周坚持下来，凌林的态度发生了明显变化，不像以前那样对他戒心重重，冷若冰霜了。第一天，谢天放给凌林送饭，凌林没吃，也没有说声谢谢，还不识好歹地叮嘱他以后别送了。第二天给凌林送饭，凌林不仅开口说谢谢，还抬起头看了谢天放一眼，等谢天放走后，凌林把饭吃了小半。第三天给凌林送饭，凌林开始当着他的面吃饭了，还跟谢天放聊了两句话。

祁宏的背叛，确实让凌林伤透了心，让她的感情变得异常脆弱起来。她曾经以为自己和祁宏会把爱情进行到底，结婚生子，白头偕老，为他们的小家庭打拼，也为祁家的大家庭打拼。他们是那样心心相印，一叶知秋，彼此之间，只要一个眼神，一句话，就能明白对方的全部意思。她怎么都没想到，祁宏居然瞒着她，不声不响地跟别人拍了婚纱照，举办了婚礼。

胡思乱想多了，方向自然偏了。凌林百思不得其解地想，高燕为什么要她"务必"在五四青年节赶到长沙，那"要事"指的是什么？为什么要强调"不得有误"？

想了几天后，凌林终于弄明白了，那件"要事"就是让她见证祁宏和钱小芸的婚礼；"务必"和"不得有误"就是要她千万不要错过了那个婚礼。凭凌林对高燕的了解，高燕是不会做出这么伤害她的事情来的。既然不是高燕的意思，那就是祁宏的意思了。难道是因为祁宏不好意思跟她提分手，只好找高燕帮忙，要她通知自己来参加他的婚礼？

凌林知道，尽管高燕跟祁宏分手了，但他们还是很要好，就像亲兄妹一样，祁宏不方便出面的事，很有可能找高燕来处理了。

如果真是这样，那祁宏就成了一个城府很深的小人了。原来的祁宏不是这样的，极有可能是钱小芸的馊主意。男人很容易对女人言听计从，尤其是恋爱中的男人。

凌林对高燕和祁宏很了解，对钱小芸了解不多，虽然兰考支教时在一起待过一段时间，两人却是面和心不和，心存芥蒂，融洽不起来。在湖南大学撰写支教报告的那几天，凌林虽然住在钱小芸宿舍里，她们也没有多说几句话，她们只是普通朋友，跟与高燕的友情没的比。

想不到一个男人跟着一个女人，变坏起来，比谁都快，比谁都彻底。凌林从来没有这么阴暗地龌龊地揣测过人，但她经历的事情，由不得她不这样揣测他们。凌林一直觉得祁宏和高燕，就像四明山的泥土一样淳朴，四明山的空气一样清新，没有浊气的颗粒，如果不是因为钱小芸，他们是没有理由这样对待自己的。

如果不这么揣测，这一切又如何解释？凌林是个坦荡荡的女生，也不想恶意揣测钱小芸、祁宏和高燕。可在残酷的事实面前，她又不得不这么揣测。尽管凌林冰雪聪明，万里挑一，智商高到考个清华大学都易如反掌，但在这件事面前，凌林觉得自己的智商远远不够，被弄得头大如斗，涨痛难忍。

在对祁宏的悲伤、绝望和怨恨中，凌林看到了谢天放的可爱，感到了他的真诚。以前是自己太幼稚了，把祁宏想得太完美了，觉得他哪儿都好；把谢天放想得太一无是处了，觉得他除了学习勉强可以外，其他哪儿都不好——尽管谢天放的学习不错，可在凌林面前，他还是差了两个档次。

现在看来，谢天放也不是那么令人讨厌，虽然他性情粗糙了点，傲慢了点，猴急了点，可比起祁宏的阴险来——在凌林心里，不惜第一次用了"阴险"这个词来形容祁宏，谢天放还是很阳光的，是一个敢爱敢恨，光明磊落，有担当的北京男孩。

二十岁左右是恋爱的年纪，就像一朵含苞的花儿，尤其是女孩。如果非要谈恋爱，既然祁宏背叛了她，那谁都无所谓了，只要对方过得去就行。能够考进清华大学的男生都差不到哪儿去。谢天放是可以成为考察对象的，至少他不像祁宏那样，表面老实，内里阴险，把自己骗得那么辛苦，还没跟自己分手就跟别人一声不响地拍了婚纱照，举办了婚礼——如果不是自己亲眼所见，凌林至今还被蒙在鼓里！

这口恶气，凌林越想越没办法出，越想越想去喝酒了。

"我不想吃饭，我想去喝酒，痛痛快快地喝一回，一醉方休，你愿意陪我吗？"

谢天放又送晚饭过来的时候，凌林看着他问。

"愿意，愿意，我一百个愿意！你上刀山，我上刀山；你下油锅，我下油锅。你想做任何事情，我都愿意陪你，别说喝酒了！"谢天放忙不迭地说。

凌林能够这么征询他的意见，谢天放欣喜若狂，这是一个很明显的信号，一个凌林向他打开自己的信号，谢天放当即就捕捉到了。

凌林邀请他喝酒，谢天放第一个联想到的词就是"酒后乱性"，如果有机会的话。谢天放不知道读哪个作家的哪本书，记下来这么一个恋爱理论，那就是男人征服女人，得先征服她的肉体；征服肉体了，心就被征服了。这句话对谢天放影响深刻，让他一直念念不忘，觉得太对了。这次可是凌林自己主动提出来的，如果凌林喝醉了，如果有机会的话，把生米做成熟饭，就水到渠成，怪不得他谢天放了。

可谢天放的小心思似乎被凌林看穿了，猜着了，凌林冷冰冰地提出了跟谢天放一起喝酒的条件。

"喝酒不能去你家，那儿太危险了；不能走远了，太偏僻了，就在学校附近找一个酒吧；我多喝，你少喝；只准我醉，不准你醉；我醉后，你不能乘人之危，要把我平安送回宿舍，交给我的室友。如果你做得到，我们就去；你做不到，就当我没说。"

想起那一次在谢天放家里，被他强行压在沙发上的情形，凌林还是感到恶心，觉得心有余悸。那次，谢天放差点得逞了，凌林差点被侮辱了。

"没问题，没问题，我向天发誓，如果我做不到，你以后不理我好了；如果我侵犯你了，你就报警。"

凌林将军将得谢天放脸上青一阵，白一阵，十分尴尬。尴尬归尴尬，谢天放连忙应承下来，答应了凌林的所有条件。

感情上的事，男人和女人的想法不一样，男人喜欢生米做成熟饭，把对方据为己有；女人则是心急吃不了热豆腐，讲究日久生情，水到渠成。那次谢天放已经为自己的鲁莽付出了代价，受到了惩罚，凌林把他打进了冷宫，差不多一个学期没有理他。如果不是凌林的父亲曾经做过爷爷的秘书，一顿饭化解了凌林的心结，让事情峰回路转了，谢天放就要跟自己的女神形同陌路了，什么时候能够化解僵局很难说，有可能四年大学凌林都不愿意搭理他。

择日不如撞日，凌林饭都没吃，就和谢天放一起出了宿舍，下了楼，走出校园，拐进了学校附近的那个酒吧——那个谢天放因为凌林已经醉过两次的酒吧，这次轮到凌林要在这儿醉一次了。

那天是凌林叫的酒，她先让服务生来了三瓶啤酒，她两瓶，谢天放一瓶。这是凌林第一次喝酒，她觉得酒的味道不错，很快就让她不再想祁宏了。喝完啤酒，凌林感觉有点飘，但不过瘾，又要了一瓶红酒。还是凌林喝得多，谢天放喝得少。红酒喝完，凌林彻底放开了，对着服务员大呼小叫，又要了一瓶牛栏山二锅头。还是凌林喝得多，谢天放喝得少。

凌林的酒量没有她喝酒的愿望那么大，那瓶二锅头没有喝到三分之一，凌林已经烂醉如泥了，她的四肢已经完全不受控制了，只剩下那颗老往下耷拉的脑袋是清醒的——她把谢天放当祁宏了，语无伦次地嚷道："宏，喝——喝——喝——，一醉方休，不醉不罢休。"

凌林一边嘴里不住地嚷着要酒喝，一边不由自主地趴倒在桌上，喃喃自语，再也抬不起头了。

值得庆幸的是，这回谢天放没有食言，他承诺凌林的，做到了。

谢天放把醉得不省人事的凌林扛在自己肩上，送回了女生宿舍，交给了她的室友们。

人生的第一场醉让凌林躺在床上，迷迷瞪瞪地睡了接近二十个小时。直到第二天下午谢天放送晚饭过来，凌林才醒。她感到头痛，心情却好多了，她觉得自己一醉解千愁，慢慢地把祁宏放下了，把对祁宏的感情放下了，她的心没有那么痛了。谢天放信守承诺，把凌林安全地送回宿舍，让凌林对他第一次有了好感。

可要彻底放下祁宏和这份感情，说起来容易，做起来很难，凌林是用情太深了，她不能骗自己，关于祁宏的任何音讯，都让她的心隐隐作痛，都要沉渣泛起，卷土重来，包括祁宏的名字，包括"祁"和"宏"两个字，以及这两个字的谐音字。

家在祁东，凌林是离不开这个"祁"字的，想到父亲，填写资料上的籍贯，都有这个"祁"字，都让她不由自主地想到祁宏；"宏"的谐音就更多了，中国人民最喜欢的颜色"红"，跟"宏"是谐音，洪水、彩虹、鸿雁……这些高频使用的词，都跟宏是谐音。凌林突然感觉自己被"祁"和"宏"重重包围了，在汉文化语言环境中，她想突出重围实在太难了。

凌林突然想离开中国，到国外去躲一躲——国外的语音里很少有"祁"和"宏"的谐音。只有在异国他乡，没有任何祁宏的音讯，听不到"祁"和"宏"的谐音的地方，才能更好地帮助凌林忘记祁宏，才能慢慢地治愈自己的感情创伤。

凌林突然想起前段时间，参加过一个由英国几所顶尖大学牵头组织的国际物理竞赛，凌林拿了第二名。她记得这个大赛评委会主席、剑桥大学的著名教授史密斯先生给她写过一封信，在信里，史密斯先生热情洋溢地邀请凌林去剑桥深造，学校给她提供全额奖学金。

当时凌林没有当作一回事，她觉得中国挺好，觉得清华大学挺好。那个时候，凌林正在跟祁宏谈恋爱，她不想离开中国，不想离开祁宏。读那封信的时候，凌林边读边想，即使要离开中国，去国外留学深造，那也得跟祁宏一块去。可凌林知道，祁宏家的情况，是无力承担他在国外的开支的，更需要他留在国内，承担做长兄的责任，尽做长兄的义务。祁宏去不成，凌林也就兴趣索然了。如今祁宏背叛了她，为他留在国内的前提和理由不存在了。

凌林给父亲打了一个电话，说想出国深造。凌书记理解女儿的心情，支持她到国外开开眼，散散心，把感情创伤治愈了再回来。

互联网渐渐兴起来了。凌林把信件翻出来，再读了一遍，看到了史密斯先生在信后留下的电子邮箱。凌林跑到计算机中心，费了好大劲，才成功地申请了一个电子邮箱，然后给史密斯先生发了邮件，说自己愿意去剑桥大学读书，随时都可以走，希望史密斯先生帮忙落实剑桥大学留学的具体事宜。

互联网就是方便快捷，第二天，凌林打开邮箱，发现史密斯先生已经回复她了，说剑桥大学欢迎她这位中国的"世界物理新星"随时过去，还把offer的电子版发过来了。

如果不是因为感情上的原因，凌林确实不愿意离开中国，中国是她的根，她的土壤，在这儿，她生长得更舒服更好。去那么遥远的地方，凌林又不想孤身一人前往，她希望找个伴一起去，彼此有个照应。以前，这种事，第一个考虑的目标是祁宏；现在他们分手了，不可能再是祁宏了。凌林想来想去，都没有想到一个合适的人。凌林问了一下室友，有人想去，可一时半会又弄不到名额。实在没人选了，凌林想到了谢天放。谢家神通广大，要出国留学，是比较容易打通关节的。

凌林给男生宿舍打了一个电话，要谢天放马上到田径场上来，有重要事情跟他商量。

谢天放心花怒放，以为凌林准备接受他了，旋风一样下了楼。

谢天放在田径场等了一会儿，凌林才过来。

凌林穿着红色的连衣裙，修长白皙的手臂露在外面，就像一段干干净净的藕，让人禁不住想抓起来啃两口。

"我想去英国留学，"凌林说，"你愿意跟我一起去吗？"

凌林的邀请，让谢天放大喜过望。这种天上掉馅饼的事，他能不答应吗？

这个不同寻常的邀请透露出来的信息，谢天放一下子就明白了，他看到了他们的爱情之花在远远的水中央慢慢地打开了，可以远观得到了。

"这么好的事，谢谢你能想到我，我当然愿意去！"谢天放说，但他又狡黠地补充了一句，"我是以什么身份陪你去呢？"

凌林并没有给谢天放模糊空间，也没有一棒子打死，而是给了他足够的想象空间："当然不是以我男朋友的身份，但我们可以在英国增加了解，慢慢培养感情。"

"要得，要得！"谢天放学着湖南话，兴奋极了，只要凌林给他希望就行了，不一定要立刻答应他。伟人毛主席说得好，"星星之火，可以燎原"。凌林能够邀请他，意味着他们爱情的星星之火点起来了，假以时日，谢天放不相信这把爱情的火燎不了原。

在离家万里之遥的地方，凌林人生地不熟，没有亲戚朋友，只有自己可以依靠，只得把自己当作亲戚朋友，以后凌林不跟自己谈恋爱，还能跟谁谈恋爱呢？谢天放想，如果在这么好的条件下，都不能把凌林追到手，那就只能怪他自己无能了。

"那你赶快去申请那边的学校，我希望早点过去，越快越好。"凌林说。

"我这两天就申请！"谢天放说，"你等我的好消息！"

不到一周，谢天放跑过来告诉凌林，他把offer拿到手了，不过不是剑桥大学的，是伦敦大学的。

只要能够拿到offer，陪凌林去英国就行了，谢天放想，不在一个学校就不在一个学校，有点小距离才有美感，才有意外，才有浪漫，才有惊喜——爱情是需要不断有小惊喜刺激的；剑桥大学也好，伦敦大学也好，都在英国，都在伦敦，距离又不远，想见面也容易。如果天天腻歪在一起，反倒太熟悉了，容易让人产生厌倦，滋生摩擦，失去感觉。

凌林和谢天放的签证办得很顺利，护照很快就下来了，他们遵循凌林的意见，准备半个月后就走。凌林实在不想在国内待了，一天都不想了。在国内，她没办法忘记祁宏。

祁宏是她的心痛，很多次半夜醒来，凌林都哭了。她流着泪想天亮后就去买机票，飞到长沙，找祁宏问清楚问明白。但天亮后，冷静下来，凌林忍住了，打消了去长沙的冲动，她提醒自己现实点，祁宏已经跟别人结婚了，他们已经结束了。

在离开中国的时间节点上，谢天放跟凌林不谋而合，都希望越早越好。谢天放怕夜长梦多，中途生出什么变故来。他心明如镜，显然凌林是因为失恋了，感情冲动了，准备到国外疗伤，他才有了这个机会。如果凌林还在中国，她和男朋友大概率会破镜重圆，和好如初。只要到了国外，祁宏就心有余而力不足了，他就有信心跟凌林建立恋爱关系了。

当下的凌林失恋了，正处在感情空档期，不理智，追起来容易。何况是凌林主动找他的，说明这事儿已经八字有一撇了，凌林已经在往这方面靠了。

半个月会很快过去，从凌林被伤害的程度来看，在这半个月里，他们是不可能破镜重圆的，谢天放基本上可以胜券在握了。在等待和准备出国的那些天，谢天放心情大好，走到哪儿都吹着快乐的口哨，踮着脚尖，走路都走出了华尔兹、探戈的节奏感。

谢天放终于守得云开见月明，在爱情道路上峰回路转、柳暗花明了。他感到整个世界在自己脚下铺开，他的脚下是一马平川的阳关大道，两边是美不胜收的风景，鲜花盛开，芳香扑鼻，草木点着头哈着腰，向他敬礼，蝴蝶和蜜蜂迎着他，为他鸣着锣，跳着舞开道！

在前方不远处，一双扑闪扑闪的大眼睛在含情脉脉地看着他，春风满面地等着他——那是他梦寐以求的白雪公主凌林！

这个世界真美好，生活真美好，爱情真美好！

第四十一章　祁宏上北京负荆请罪

心里有事的人，再好的时光，都过不出舒服的感觉来。

五四青年节那天，高燕心里很不舒服，一点都不是过节的心情，也不是做伴娘的心情。她强颜欢笑，能不多说话就不多说话，机械地扮演着自己的角色，就像一个机器人。

强颜欢笑的背后是一颗糟糕透顶的心，这种糟糕透顶的心情是皇帝不急太监急，跟她自己没有多大关系，当然也不是什么关系都没有，因为她毕竟不是不食人间烟火的神仙，能够超凡脱俗，没有七情六欲；她是凡身肉体，有血有肉有感情，感情还很丰富，她跟祁宏的感情还很深。

那个曾经跟自己相亲相爱、海誓山盟的人拍婚纱照，举办婚礼，新娘不是自己，伴娘却是自己，确实让人感到很窝心的，从内心深处讲，她不愿意参加这个婚礼，更不愿意做什么伴娘；她不知道要自己做伴娘，是钱小芸的主意，还是祁宏的主意，不知道她（他）安的什么心，反正她认为是个馊主意，她没有喜悦，只有煎熬。

高燕曾经做过跟祁宏一起拍婚纱照，办一个盛大婚礼的梦，这个梦一直伴随她从小女孩长成了青春少女，直到她跟张伟结婚那天才戛然而止。她结婚的时候，婚礼很盛大，轰动了祁东县城。可婚礼越盛大，高燕心里越难受，因为新郎不是自己喜欢的祁宏。现在一报还一报，祁宏也结婚了，办婚礼了，新娘不是高燕，却是她的一个朋友，她做了伴娘。

这种场合，在现场是最难受的，那颗心每分每秒都像有针在扎。最好的办法就是躲，有多远就躲多远。她的婚礼，祁宏是远远地躲了，从祁东躲到长沙来了，不用当场受煎熬，受伤害了。祁宏的婚礼，她却躲无可躲，藏无可藏，还阴错阳差地做了伴娘，成了初恋情人的婚礼的参与者和见证人。

可是，这还不是高燕心情糟糕透顶的主要原因，这个原因只占据她心情糟糕透顶的很小比例。她心情不好的主要原因还是好朋友凌林没有出现，她为她操心难过。

那天把特快专递发出去后，高燕就在盼着凌林早点来长沙。只有凌林来了，事情才有可能出现转机，祁宏的疯狂计划才会被叫停。凌林什么时候出现，祁宏什么时候消停下来；凌林不出现，就没有办法让祁宏消停。

高燕要凌林五四青年节之前来长沙，这是最后期限，在此之前，是越早到越好。如果能在五一劳动节来，那就最好不过了。祁宏跟钱小芸的婚纱照就拍不成了，五四青年节那天的婚礼也办不成了。可五一劳动节那天，凌林没来。如果能在五四青年节之前来，祁宏和钱小芸虽然拍完婚纱照了，还是可以把他们的婚礼叫停的。

高燕左等右等，越等越急，五一劳动节，凌林没来；5月2日，祁宏和钱小芸拍婚纱照，凌林没来；5月3日，婚礼前一天，凌林没来；5月4日，祁宏和钱小芸办婚礼，结婚，凌林还是没来——直到婚礼一帆风顺地举办完成了，高燕都没有看到凌林出现。

凌林没来长沙，不得不让高燕怀疑两件事：

一是她跟凌林的友谊。两个人因为爱上同一个男孩，由此成为无话不谈的闺蜜。她们睡过一张床，钻过一个被窝，聊过一夜通宵，达成过"帮祁宏走出四明山第一，爱情第二"的共识。但她们友谊的小船没有经受住生活的风吹浪打。

高燕原以为自己一封信，凌林会快马加鞭地赶到长沙来，但凌林没来。这让高燕清楚地意识到自己高估了她在凌林心中的分量。时移世易，什么都在发生变化，她们的身份已经不一样了，凌林成了天之骄子，是中国最好的大学的高才生；她只是一个普普通通的小县城的家庭妇女，她们的地位相差太大了。凌林不是高燕想叫过来她就马上能过来的。当年她们要好，是因为她们都还是中学生，身份还没有出现质的区别。

　　二是祁宏和凌林的爱情。高燕相信凌林知道，叫她来长沙，肯定不只是来叙旧，是有"要事"——高燕已经着重强调了。凌林的男朋友在长沙，这个要事，肯定与她男朋友有关。如果他们关系好，感情浓，即使不冲着高燕来，凌林都会冲着祁宏来。

　　凌林没来，意味着他们的爱情大概率出现了危机，遭遇了障碍，进展很不顺利，甚至有可能已经分手了。这个猜测也让高燕一下子就明白了祁宏为什么听不进自己劝阻，要不顾一切地跟钱小芸拍婚纱照，办婚礼了——凌林不在乎祁宏，祁宏不在乎凌林了。祁宏对她说跟凌林还有书信往来，还保持着电话联系，很可能是出于面子，在敷衍高燕；也有可能是凌林和祁宏像她和祁宏一样，没有爱情，只剩下友谊了。

　　如果凌林和祁宏还在热恋，没有分手，祁宏是很难做出这种荒唐癫狂的举动的，因为这件事祁宏是没办法向凌林交代的。祁宏是土生土长的祁东人，他不可能不知道祁东的风俗习惯。

　　在祁东，办婚礼只有两种：一种是到民政局领证了，办婚礼的；一种是没领证，只办婚礼的。这两种情况都很普遍，对半开。四明山有很多夫妻只办婚礼，没有领证，成了事实婚姻。她和张伟，也是先办婚礼，后领的结婚证——那个时候，高燕还没到法定年龄。

　　换句话说，按照家乡风俗，不存在什么模拟不模拟的，只要办了婚礼，哪怕没有领证，都是事实夫妻了。祁宏和钱小芸，拍过婚纱照，办过婚礼了，他们就是名正言顺的事实夫妻了。

心情不好，什么事都不顺，做啥都累，喝口水都被呛。好不容易做完伴娘交完差，高燕揣着错综复杂的心情，拖着疲惫不堪的身体，回到了长沙办事处。她很口渴，一个上午都没喝水。王欣给她倒了一杯水，高燕接过水，结果喝急了，两股水从鼻孔里喷出来了，她被呛得眼泪汪汪。

小斯鸿看到妈妈回来，张开双臂，摇摇晃晃地跑过来，嘴里不停地喊着："抱抱，妈妈抱抱！"

高燕把小斯鸿抱在怀里，撩起衣服，托起乳房，开始给孩子喂奶。小斯鸿已经一岁多了，高燕早就想给他断奶了，可每次都下不了决心。高燕不给小斯鸿奶喝，他就不吃东西，宁愿饿得哇哇叫。高燕不忍心，不得不再把奶头塞进小斯鸿嘴里，给他吮吸。高燕是太心疼这个孩子了，舍不得让他吃一点苦。其实，高燕已经没什么奶水了，小斯鸿也只是寻求一种感觉，一种心理安慰。

高燕打算奶完孩子，带着小斯鸿在床上睡个午觉，好好休息一下。这个伴娘做得太辛苦了，太心累了。可是孩子还没奶完，让高燕更头疼欲裂的事情来了：王欣告诉她，一个年轻漂亮的女孩中午来办事处找过她了。

不用说，那个年轻漂亮的女孩，肯定是凌林了。看来，凌林不是没来，而是来了，只是来得晚得点，跟她擦肩而过了。

王欣这么一说，高燕大吃一惊，隐约感到大事不妙。

"她人呢，哪去了？"高燕紧张地问。

"看到你不在，她坐了一会儿，就走了。她的表情怪怪的，好像你欠了她的钱没还似的。"王欣答。

"她有没有说去哪儿了？"高燕问。

"应该是到婚礼现场去了，她问了我婚礼现场在哪，然后就出去了。她没有找到你吗？"王欣说。

果然是越担心什么，越来什么。看来这件事情闹大了，正在向着不可收拾的方向末路狂奔。

凌林来过长沙，是确定无疑了。凌林能来，让高燕感到温暖，看来她们的友谊小船一如既往，没有因为她们的身份悬殊有所疏远；这也让高燕忧心忡忡，看来凌林去过婚礼现场，那就是知道祁宏和钱小芸举办婚礼的事了，她甚至可能看到了祁宏和钱小芸的结婚仪式，只是她没有露面而已——凌林之所以没有露面，大概率是气坏了，受不了刺激，扭头转身走了。

凌林是一个有良好家庭教养的女生，不像其他女孩，碰到这种事情，会在婚礼现场大吵大闹。

对祁宏和凌林来说，凌林来长沙，说明了什么问题？

说明就像祁宏给高燕说的那样，他们在相爱，并没有分手。

凌林去了婚礼现场，却没有现身，说明了什么问题？

说明凌林是真生气了，而且气得非同小可，后果很严重——看到自己的男朋友跟别的女孩在热热闹闹地结婚，她能不生气吗？

看来，祁宏和凌林的爱情，凌林没来长沙什么事都没有，来了长沙就凶多吉少了。

凌林来长沙，还说明了一件事，她对祁宏和钱小芸举办模拟婚礼是不知情的，祁宏是瞒着凌林跟钱小芸举办的模拟婚礼。自己把凌林从北京叫过来，是帮倒忙了，事与愿违了；如果他们的爱情小船翻了，那就是自己惹的祸，她高燕惹大祸了。

高燕本来是一片好心，结果好心办成了坏事。她开始后悔千不该万不该，给凌林寄了那封特快专递。如果没有那封信，凌林就不会来长沙了，就不会撞上祁宏和钱小芸的婚礼了，就不会给他们的爱情添堵添乱了。

高燕只顾想着请凌林来长沙阻止祁宏跟钱小芸拍婚纱照和办模拟婚礼，却没想到会弄巧成拙，把他们俩的爱情搅黄了，要毁了——事情向着高燕原来期待的反方向不可控地发展了。

高燕准备好好睡个午觉的念头彻底消失了，孩子还没奶完，高燕就把小斯鸿塞给了王欣，她顾不上小斯鸿的哭闹，匆匆下了楼，打了一辆出租车，直奔湘雅医院。

祸是高燕闯的，她得想办法补救，她得赶紧把这件事告诉祁宏，要他一起想办法进行补救。高燕不想成为祁宏和凌林感情破裂的刽子手，她和父亲高欣不一样。

那天下午变天了，乌云滚滚，太阳躲进了厚厚的云层里，天黑得比平时要早了，夜色慢慢地围了过来。路灯次第地亮了起来，长沙城灯火通明。辛苦忙碌了一天的市民开始出来活动，享受初夏的清凉和一天中最惬意的时光。

到了医院，高燕轻轻地推开病房，看到祁宏果然还在。病房里只有祁宏和钱小芸。小芸躺在病床上，似乎已经睡着了。祁宏正在打扫卫生，收拾东西，做着返回学校的准备。

其实，钱小芸还没有睡，她只是闭着眼睛，在装睡。

这些天，钱小芸心里可高兴了，晚上根本睡不着。她清楚祁宏的习惯，如果没有看到她睡着，祁宏是不会离开病房的。钱小芸心疼祁宏，她装睡，是希望祁宏早点返回学校休息。

这些天，为拍婚纱照和办婚礼，祁宏又是联系影楼，又是联系酒店，真是够他忙活的了，把他累坏了——事情都是祁宏在办，她和钱家帮不上一点忙。钱家因为她的病，已经拿不出一分钱来，也腾不出一个人来帮他，什么都要靠祁宏奔波张罗。

看到站在门口、欲言又止的高燕，祁宏轻手轻脚地走了出来，他们在病房外走廊的护栏边站住了，对起话来。

"哥，凌林来过长沙了，"高燕自责地说，"她到婚礼现场转了一圈，没有露面就走了！"

"你说什么——"

祁宏高声地惨叫了一声，脸色唰地白了，眼睛睁得很大，大得吓人。

高燕的话引爆了埋在祁宏脑袋深处的那颗地雷，他被轰得眼冒金星，双腿发软。

祁宏原来想，这件事儿先瞒着凌林，不走漏一点风声。等处理完钱小芸的事后，他再上北京找凌林负荆请罪，当面把事情说清楚，请求凌林的原谅。

恋人之间，需要说真话，但有时候也需要善意的谎言，不一定什么都说的。什么说，什么不说，都要看情况，要有选择性。什么事该说，什么事不该说；什么时候说，什么场合说，都要看情况，都要认真掂量比对一下说与不说的后果，考虑什么时间什么场合说什么的影响。如果于事无补，那就什么都不要说了，像跟钱小芸拍婚纱照、办模拟婚礼这样的事，祁宏希望瞒着凌林，能瞒她多久就多久，如果需要，哪怕瞒一辈子，也未尝不可。

看来祁宏是"智者千虑，必有一失"了。他这个隐瞒是用纸包火，结果火没包住，反而引火烧身了，应了那句经验之谈：要想人不知，除非己莫为。

"她是怎么知道的呢?"祁宏喃喃自语地问。祁宏以为凌林离长沙太远，只要自己不说，就可以瞒天过海，至少可以瞒到自己上北京负荆请罪，向她当面解释的那一天。

"对不起，哥，是我写信把她叫过来的。"高燕说，"我本来希望她过来好好劝劝你，让你打消跟钱小芸拍婚纱照、办婚礼的念头。我想让她早点来，没想到她今天才来，还正巧赶上你们的婚礼了。我还以为她不来了呢!"

"她人呢? 哪去了?"祁宏问。

祁宏一边问，一边下意识地走出几步，又马上垂头丧气地踅了回来。

"我也不知道她哪去了。"高燕说。

高燕是看明白了，祁宏走出去又折回来，是想去找凌林，打算向她解释，但又立刻意识到不知道凌林去哪了，该往哪个方向追，不得不又踅了回来。

这个潜意识的动作表明，祁宏对凌林感情深着呢，这下真麻烦了。

"事情已经这样了，没有其他办法，只有全力补救了。如果你还爱她，你就找凌林好好解释，争取她的原谅！"高燕说，"如果我碰到她，我也跟她好好说说，把真实情况告诉她，避免你们之间的更深的误会！"

也只有这样了，这是没有办法的办法。

祁宏回头往病房里看了看，钱小芸睡得正香，他该返回学校了，他轻轻地拉上病房门，跟高燕一起下了楼。

高燕和祁宏在医院门口分了手，高燕打车，祁宏走路。

高燕本来想把祁宏送到学校门口，但被祁宏拒绝了。

这事发生得太突然了，祁宏需要静一静，想一想，他根本没有心思坐车，像往常一样，从医院走路回学校。

高燕要赶回去照顾小斯鸿，她差不多一天没有管小斯鸿了，她没有时间陪祁宏，尽管她知道祁宏心情不好，应该安慰他，可她帮不上祁宏什么忙。

高燕上车后，祁宏在医院门前的公用电话亭给凌林宿舍打电话。

电话通了，接电话的人不是凌林，是她室友。一听是祁宏，女生拿腔拿调地跟他开起了玩笑："怎么，你找凌林？你们现在不在一起？我们的林妹妹跑回湖南长沙，看她男朋友去了，看来她在长沙的男朋友还不止一个呀！"

祁宏没有心思跟对方闲扯，他把电话挂了。

可凌林室友的话进一步证实了高燕的话，凌林确实到过长沙，找他来了。

祁宏一屁股坐在电话亭边的水泥地上，两眼空洞地望着这个灯火通明，人和车辆川流不息的省会城市。

天上的浮云遮住了星星和月亮，风吹过来，让人感到有点凉快，看来要变天了。

那天晚上，祁宏没有回宿舍，他第一次夜不归宿了。

宿舍的男生都还以为祁宏跟钱小芸办了婚礼，洞房去了呢。

祁宏难受极了，他坐在地上发呆，久久不愿意站起来。行人路过，都用怪异的眼光瞅着这个西装革履的年轻人，他们以为长沙街头又多了一个年纪轻轻、衣着光鲜的流浪汉！

直到一个年轻人走过来拨打电话，约女朋友出来逛街，祁宏才从地上挣扎着站起来，向着学校的方向，拖着沉重的脚步，醉汉一样踉踉跄跄地走去。

祁宏深一脚浅一脚地走在大街上，好几次差点撞上了迎面而来的汽车——他不知不觉走出了行人道，走到马路中间去了。从湘雅医院到湖南大学那条路，祁宏已经走过无数次了，熟得不能再熟了，但有几个路口，祁宏还是弄错了，就像那一夜凌林在祁东站下了车，从火车站往家走，不断走错路一样。

祁宏六神无主，失魂落魄。路过湘江的时候，祁宏干脆不走了，他在湘江桥下的湘江边上，找了一个宽敞的地方，在一块大石头上坐了下来，望着滚滚的湘江水发呆。

湘江很宽，晚上光线不好，从这边看不到那边，只能看到隐隐约约的江面——夜色下的江面显得更加宽阔了，一眼望不到头；只听到惊涛拍岸，涛声浪声轰鸣，让湘江显得格外神秘莫测。奔腾咆哮的江水，翻滚着波涛，一路向北，扬长而去。

祁宏在湘江边上一坐就是一个通宵。夏天了，蚊子多，祁宏的身上被蚊子叮咬得全身是包，痛痒难耐。蚊子叮咬的时候，祁宏没有反应，任由蚊子大快朵颐，拼命吮血，他既不拍打，也不驱赶，他已经

598

麻木了，蚊子咬他，他都没有感觉了。

那一夜，祁宏看到了长沙城从繁华喧嚣渐渐归于黑暗宁静死寂，又从黑暗宁静死寂缓缓复苏，重新喧嚣起来，热闹起来，开始生机勃勃的一天的全过程。

那一夜，祁宏一直想跳进波涛汹涌的湘江水，发泄闷气，洗洗浊气。祁宏当然不是想自杀，事情还没有坏到那一步，他的心理承受能力也没有那么差。跟高燕初恋失败的那段时间，祁宏确实想过自杀，一死了之；凌林来了，帮他走出了那段心理阴影，也让祁宏明白了一个道理：爱情虽然重要，但不是生活的全部，更不是生命的全部，人生还有很多有意义的事情要做。

到凌晨两点多，祁宏实在忍不住了，跳进了波涛汹涌的湘江水，向江中间游去。祁宏的水性是不错的，他只是想到湘江中游击水，发泄一下，顺便从大自然深处汲取力量。水是生命之源，滴水穿石，以柔克刚，也许水能给他面对困难的勇气，给他解决问题的办法。

游到一半，祁宏意犹未尽，又原路折返了。游到岸边，上了岸，祁宏浑身湿漉漉地坐在那儿。他身上滴着水，把身下的水泥地面洇湿了好大一片。那天晚上，听着涛声，想着心事，祁宏悟出了一个道理：恋人之间，气头上的沟通往往是没有效果的，在不冷静的情况下，只会放大冲突和矛盾，把事情越搞越砸，把关系越弄越僵。

凌林正在气头之上，越是频繁地找她，效果越适得其反。凌林什么时候能够冷静下来，做到跟他心平气和地沟通，祁宏不知道。但他知道必须得先让凌林冷静一下，过段时间再说，自己也趁机好好想想，该对凌林怎么说，该做些什么才能让凌林原谅他。

直到让凌林冷静了一周之后，祁宏才给凌林打电话。接电话的不是凌林——凌林已经不热衷于接电话了。可是，那天晚上，祁宏一报上家门，无论是谁接的，都统一了口径：凌林不在！

看来，那个宿舍的女生都知道了他们的事，串通好了，她们同仇敌忾，要为凌林打抱不平。

祁宏没有气馁，他豁出去了，锲而不舍，百折不挠，每隔十分钟就往凌林宿舍打一次电话。祁宏坚持了三四个钟头，打了二十多个电话，快到十一点了，其中一个女生被感动了，态度软了下来，或者说不耐烦了，急着把祁宏打发走，她高声大气地叫起来："林儿，来接电话！你今天不接电话，他可能都不让我们睡觉了！"

跟祁宏猜测的一模一样，凌林果然在宿舍里，她只是很生气，交代了那帮闺蜜，不接他的电话而已。又过了好一阵，凌林才过来接电话。在电话那头，凌林第一句话就没好气地呛："这里没有你要找的人，你要找的人已经死了！"

终于听到了那个熟悉的声音，祁宏心头一颤，长长地舒了一口气，他压抑着高兴，认真地说："她要是死了，我就跟她一起死，决不贪生怕死！"

"我不想跟花言巧语的骗子啰里吧唆，有话就说，有屁快放。"凌林说。

祁宏开心地笑了，打是亲，骂是爱，凌林骂他了，看来凌林还是爱他的，她终于肯听自己说了。

可是这个故事太长了，一言难尽，不知从何说起，祁宏还真没有想好怎么说呢，他只能请求凌林原谅，让他们重新开始，祁宏只得删繁就简，简明扼要地说：

"钱小芸得了白血病，活不长了。她说她一生最大的遗憾就是没有谈过恋爱，没有拍过婚纱照，没有结过婚，她想要一个婚礼。"祁宏说。

"你这是什么逻辑？她想谈恋爱，你就跟她谈恋爱？她想拍婚纱照，你就跟她拍婚纱照？她想结婚，你就跟她结婚？她是你的什么人？你是她的什么人？我又是你的什么人？你又是我的什么人？"凌林痛苦地说，"她是如愿以偿了，可我呢？你想过我的感受没有？我宁愿是得了病的钱小芸，而不愿是被你背叛了的凌林！"

看来，凌林是来真的了，祁宏对她的伤害太深了；她对祁宏的误会太深了，在电话里，他们还是没办法做到心平气和地沟通了，更聊不到一块去了，凌林还是需要冷静一下。

"这里面发生了很多事，情况很复杂，电话里三言两语说不清楚，我来北京当面向你解释，好不好？"祁宏说。

看来，不是两个人面对面地说，已经说不清楚，道不明白了，只能是越说越激动，越说误会越深，越说伤害越大。

"那我等你，祁宏，"凌林说，"我给你五天时间，五天内，你来北京当面说清楚，我看能不能原谅你，超过五天，你就不要来了！"

凌林之所以愿意再见祁宏，是因为她对祁宏还抱有一丝希望，如果祁宏的解释能够让她冰释前嫌，她就留下来，不去英国了，以后对祁宏察其言，观其行，再给他一个机会；如果祁宏的解释不能让她原谅，她就走了——凌林没有告诉祁宏自己要出国的事情。

第五天是凌林离开北京，前往英国剑桥，在国内待的最后一天。凌林是第六天上午的飞机，这个时间安排，说明凌林打心眼里还是希望跟祁宏破镜重圆的，她把最后的希望给了祁宏，也给了自己。

"好，我们说话算话，"祁宏说，"你等着我，不用你等五天，我现在就去买火车票，我明天就过去！"

获得了凌林愿意当面听他解释的机会，祁宏喜不自禁，高兴得像一个孩子，他看到了跟凌林和好如初的希望。

凌林不愿意跟祁宏再纠缠下去，把电话挂了。凌林心里对祁宏满肚子的怨气，不是祁宏一个电话，几声甜言蜜语就能化解得了的，她等着祁宏到北京来向她当面解释，然后酌情处理。

挂了电话，祁宏兴冲冲地跑到校门口的火车票代办点买火车票，他要了第二天下午前往北京的火车票。祁宏想坐飞机，因为飞机快，可他囊中羞涩，他已经没有买飞机票的钱了。

拿到火车票，祁宏翻来覆去地看了看，然后噘起嘴唇，在火车票上亲了亲，仿佛他亲的，不是一张硬硬的、方方正正的火车票，而是他的凌林，是他们重归于好，破镜重圆的希望。

那一夜，祁宏睡得格外香甜，格外踏实。自从钱小芸生病以来，祁宏就没有这么踏实地睡过了。婚纱照拍了，婚礼办了，钱小芸的事情，他可以放手了；他也向凌林争取到了当面解释的机会，一切都在峰回路转，向着好的方向顺利发展。

祁宏假都不想请，他准备逃两天课，到北京向凌林负荆请罪，当面解释，请求她原谅，重续他们的恋情。

钱小芸那边，作为朋友，祁宏能做的，都已经做了，不能做的，他也做了，可以问心无愧了，交差了，摆脱了——钱小芸的两个人生遗憾，祁宏能满足她的，都满足她了；不能满足她的，祁宏也无计可施了。

接下来，就是全心全意地对待凌林了，祁宏保证以后不再让凌林受一点委屈。祁宏相信凌林是一个善良的人，豁达的人，听他讲完钱小芸的故事，讲完这件事情的来龙去脉，一定会理解他，原谅他，再给他一次机会的——他只要一次机会就够了，一次机会，他就够用一生了。

祁宏相信凌林，更相信他们的感情经得起风雨考验，因为凌林跟他一样，有一颗善良的心，因为他们都彼此信任，有深厚的感情，这是他们相爱的基础。他跟钱小芸，只是他和凌林真挚的爱情、漫长的一生中的一个有意思的小插曲，一个无伤大雅、云淡风轻的小插曲。

第四十二章　钱小芸去世，凌林出国

生活就像演戏，总有意想不到的事情发生，我们都是角色，被命运无情地导演。

虽然火车票买了，祁宏上北京看凌林的计划还是被打乱了。他又食言了，他和凌林的感情注定有此一劫，无法逃避。

第二天，祁宏没有去成北京，因为前一天晚上，钱小芸去世了。

那天起床后，祁宏准备洗漱完，先去医院看钱小芸，然后从医院到火车站，上北京找凌林。

想着马上可以见到凌林了，想着他们的误会即将烟消云散了，祁宏开心起来，他一边洗漱，一边情不自禁地哼起了"年轻的朋友们，今天来相会"。

从钱小芸生病以来，祁宏就没有开心过。把婚礼办完，钱小芸这边，他算是松了口气，有所交代了，可以放一放，歇一歇，把主要精力转到他和凌林的感情上来了。

就在这个时候，电话铃尖锐地响了起来，打破了周末清晨的祥和宁静。

电话是找祁宏的，是钱云鹤从医院打过来的。

"祁宏，谢谢你给了小芸最后的浪漫和陪伴，让她拥有了一个没有遗憾的人生，"钱云鹤悲伤地说，"小芸昨天晚上走了。"

钱小芸去世了？不是按照李医生的说法，钱小芸还能活三四个月吗？

祁宏愣住了，惊呆了，他失魂落魄，脑袋里一片迷糊的马赛克。

祁宏电话都没有挂，就冲出宿舍，急急忙忙往医院赶。

人死为大。在死亡面前，其他事情都是小事，都得放到一边去了。

钱小芸死了，祁宏不得不取消了当天的北京之行，他连电话都来不及给凌林打，也没有心思打了——在电话里，祁宏已经解释不清，已经说不过去了。

钱小芸的死，根源虽然在病上，却与祁宏有关。

婚礼那天晚上，高燕跑到病房告诉祁宏，凌林来过长沙，到过婚礼现场，没有露面就匆匆离开的事，被假装睡着了的钱小芸一字不落地听见了。

这让钱小芸陷入了深深的自责和痛苦的纠结中，是她把祁宏和凌林的爱情破坏了，她把他们俩害苦了，坑惨了。钱小芸觉得自己太自私了，太对不起凌林，尤其是祁宏了。

那段时间，钱小芸虽然很享受祁宏的爱情，可是她心知肚明，祁宏对她的感情，同情的成分多，爱情的成分少，他的真心绝大部分在凌林那儿，只有偶尔的时候在她这儿；如果不是因为自己生病，得了无法治愈的绝症，她是没法撼动祁宏和凌林的感情，也插足不进来的。

虽然明知自己和祁宏的这段感情注定没有结果，但钱小芸不甘心地想，祁宏和凌林都身体健康，人生路很长，他们以后有的是机会相爱，有的是时间相守，自己只有一年活头了，弱水三千，她只取瓢饮，只要祁宏给她一年的爱情，一年之后，她就把祁宏还给凌林。

听到高燕和祁宏的对话，钱小芸突然醒悟过来，原来自己这种想法很幼稚，太损人利己了，自己已经时间不多了，却还要破坏他们的爱情，利用自己的病，利用祁宏的善良绑架他的感情。她已经跟祁宏拍了婚纱照，办了模拟婚礼，想爱的爱了，想得到的得到了，她已经没有遗憾，是时候把祁宏还给凌林了。

　　得了这个病那天起，结果就已经注定了，迟早都是死。钱小芸已经看到死神隐在暗处，时隐时现，向着她面目狰狞地走来，她已经避无可避了。与其等死，拖累一大帮人，不如早死，让大家都解脱出来，各忙各的事情——早死对谁都好，包括小芸自己：她不用再忍受没完没了的化疗折磨了；祁宏不用再为她戴着面具，违心地出现在她面前了；父母也可以早点结束伤痛，不用把家产一点一点地败光了。

　　钱小芸最怕的就是化疗。她已经被化疗折磨得面部丑陋，身材变形，头发都快秃了。这个人不人、鬼不鬼的样子，既让自己难受，也让祁宏和父母担心害怕。作为深陷爱河中的女孩，生病的钱小芸跟其他身体健康的女孩，心态都是一样的，她们都在意自己在恋人心中的形象，都想把自己最美丽的那一面展示给他。可化疗偏偏让钱小芸事与愿违，把自己最丑陋的一面展现给他了。她死了，祁宏就不用再担惊受怕了，就不用为筹集医疗费用东奔西走了，就不用违心地迎合她，顺着她，哄她开心了——祁宏可以做回自己，过自己想过的生活，追求自己的真爱了。

　　钱小芸是在婚礼两天后的晚上自杀的。自杀那天上午，高燕帮助她完成了活在世界上的最后一个心愿：有一个祁宏的孩子。

　　那天，高燕抱着小斯鸿到医院来看望钱小芸。这是钱小芸第二次看到小斯鸿。她看着小斯鸿，眼睛舍不得从他身上挪开了。这一幕深深地刺激了高燕，她的耳边响起了祁宏对她说过的话：钱小芸一生有两个遗憾，一个是结婚，一个是想有一个自己的孩子。

　　高燕被触动了，也很难受，她情不自禁地想，祁宏已经帮钱小芸完成了第一个心愿，她就帮助钱小芸完成第二个心愿吧，让她走得无牵无挂。

　　"小芸，你喜欢斯鸿吗？"高燕问。

　　"是的，燕姐，斯鸿好可爱，我太喜欢他了。"钱小芸说。

"那就让斯鸿认你做干妈，你认他做干儿子吧，行不行？"高燕问。

"那是太好了，燕姐，你是说真的呢，还是跟我开玩笑，哄我开心的？"钱小芸兴高采烈地问。

"当然是认真的了，你看我今天都把斯鸿带过来了，就是来要他认你做他干妈的。"高燕说。

"那太谢谢你啦，燕姐！"钱小芸已经热泪盈眶了。

"来，宝贝，叫干妈！"高燕抱着小斯鸿，凑近了钱小芸，开始哄他叫钱小芸干妈。

小斯鸿看了看高燕，又看了看钱小芸，张开小嘴巴，奶声奶气地叫："干妈，妈妈——"

小斯鸿这一叫，钱小芸的心彻底化了，她一把将小斯鸿搂在怀里，亲了起来。钱小芸的脸上热泪流淌，久久不愿意把小斯鸿放下来。

钱小芸这一辈子什么遗憾都没有了，她的最后一个心愿也圆了，她不是想要一个孩子吗？她不是想要一个祁宏的孩子吗？高燕曾经告诉过她，小斯鸿是祁宏的孩子，现在祁宏的孩子都认她做干妈了，都叫她妈妈了，她这一辈子生亦无憾，死亦无憾了。

高燕和小斯鸿一直待到中午吃饭的时候才离开。那两三个小时，小斯鸿坐在病床上，钱小芸一直开心地逗着他玩，教他认ABCD，教他唱儿歌。高燕和小斯鸿离开病房后，钱小芸起了床，站在窗前目送他们离开。小斯鸿被高燕抱在怀里，高燕背对着她，小斯鸿正对着她，看着她，不停地挥舞小手，跟干妈说再见。

那一刻，钱小芸心里充满感激，对世界，对生活，对所有她认识的人，尤其是祁宏和高燕。她这一生已经值了，在医院那批同龄白血病患者中，钱小芸是最没有遗憾的那个了，她跟自己喜欢的男生谈过恋爱了，她跟自己喜欢的男生拍过婚纱照了，她跟自己喜欢的男生举行过婚礼，做过新娘了，她跟自己喜欢的男生有了一个共同的孩子了。

与其拖着，让自己受苦、受痛、受累；看着关心自己的人受苦、受痛、受累，不如趁早结束这一切，让被她和她的病搅乱的世界恢复常态，回到他们正常的轨道上去——反正也就是这三四个月的事了。这三四个月也是一个白血病患者肉体最痛苦、最难熬的三四个月，钱小芸已经受够了，没必要再去经历，再去体验了。

　　钱小芸已经生无可恋了。如果说此生还有什么，钱小芸深感对不起的人就是凌林了。对凌林，钱小芸充满歉意，充满愧疚。钱小芸希望向凌林道歉，希望对她有所交代，希望她和祁宏的感情不要再有什么意外，希望他们早点和好如初，不要被自己影响了。

　　钱小芸准备快刀斩乱麻，早点结束自己的生命。

　　那天晚上，等所有人离开后，钱小芸艰难地坐了起来，揿亮台灯，从抽屉里取出一张白纸，一支钢笔，趴在床头柜上，给凌林写信——这是钱小芸自杀前留下的唯一的一封遗书。

　　钱小芸觉得自己活着的时候，给凌林造成了很大困扰，带来了很大麻烦，她不想死后还让凌林困在自己的阴影中，无法挣脱。钱小芸这一生最后的心愿，最后要做的事情就是让凌林跟祁宏冰释前嫌，破镜重圆，重新开始他们的感情，她为他们祝福。

　　亲爱的凌林：

　　　　你不要怪罪祁宏了，一切都是我的错，都是我的愿望和主意。祁宏只是同情我，可怜我，让我走得没有遗憾，违心地跟我谈恋爱了——是我用自己的病绑架了他。

　　　　无论我和祁宏之间，表面看起来发生过什么，都不是真的，你不要被看到的表象迷惑了，更不能因此影响了你们的感情。

　　　　祁宏是一个才华横溢，爱心满满的人，跟你郎才女貌，你们是地造天设的一对。其实，将来无论哪个女生跟他在一起，都会很幸福的，所以，你要好好珍惜，不要意气用事，让别人捡了便宜！

我走了，我现在把他还给你。如果有来生，我还会爱他，希望我们还有机会做情敌，那时，我要健健康康，跟你好好地竞争一回，绝不相让！

我在天堂里看着你们，祝福你们，守护着你们的爱情，希望你们冰释前嫌，白头到老！

再见了，我的情敌，我的朋友！

钱小芸

把信写好后，钱小芸从头至尾认认真真地读了三遍，感觉该说的都说了，意思都到位了，然后把信折成了一个纸鸢，装进了信封里，认真地封好了。

在信封上，钱小芸郑重其事地写下"祁宏转凌林亲启"七个字，工工整整地把信放在床头柜上。

那封信虽然短，却花了钱小芸两个多小时——健康的时候，写完这样一封短信，钱小芸用不了半个小时。

做好这一切，已经晚上十一点了，医院里一片寂静，偶尔响起几声病人忍不住疼痛的呻吟，把这无边的寂静打破。

病人呻吟过后，医院里显得更加寂静，死一样的寂静。

钱小芸下了床，走到窗前，拉开窗帘，留恋地看了这个世界最后一眼。

远方，黑黢黢的，峰峦隐约，神秘莫测；近处，灯光闪烁，大街上偶尔有车辆疾驰而过，车轮摩擦地面的声音比病人的呻吟动听多了。

世界很美好，让人十分不舍，钱小芸却又不得不舍。

钱小芸在窗口站了十多分钟，才返回床上。想通了，她感到如释重负，轻松畅快。

可是钱小芸的身体却像被大山压着，喘不过气来。写那封信和在窗前站立太久，透支了钱小芸的体力，让她感到特别累。

谢天谢地，人生的一切病痛和苦难都要结束了，以后她不会再感到累了，不会再感到痛了。

钱小芸从床头柜的抽屉里拿出一瓶安眠药，拧开瓶盖，倒出来一把，放在手心，然后端起水杯，把药倒进嘴里，仰头喝水，用力把药吞咽了下去。

那把药，钱小芸分了三次，好不容易才吃完。

吃完药，钱小芸上了床，用双手把婚纱照捧在胸前，平静地躺了下去。她很快就睡着了，安详地睡着了，这一睡就再也没有醒来。

翌日清早，易桂芳和钱云鹤拎着煲了一个晚上的瘦肉粥到医院给钱小芸送早餐。钱小芸看上去睡得正酣，他们连叫了两声，都没有反应，于是坐在病房里静静地等待钱小芸醒来。

夫妻俩等了好一会儿，钱小芸还没有醒来。易桂芳感觉不对劲，因为钱小芸睡眠浅，也有早起的习惯——她的早起习惯是读书的时候养成的，生病了还保留着，没有改过来。

易桂芳凑近了一看，看到女儿脸上一片惨白；易桂芳赶紧伸手往女儿脸上一摸，那儿一片冰凉；易桂芳的心直往下沉，她再把手移到女儿鼻孔处一探，那儿早就没有进出气了。

尽管女儿的死可以预见，易桂芳早就有了心理准备，但当这一刻提前到来，她还是慌了神。易桂芳一屁股坐在地上，呼天喊地，一把鼻涕一把泪地号啕大哭了起来。

钱云鹤也慌了，他赶紧给祁宏打电话。钱云鹤也没有多少主见了，他只知道照顾易桂芳，这段时间很多大事，都是祁宏做主的，祁宏俨然真成了他们家的女婿。

其实，夫妻俩来到病房的时候，钱小芸已经去世多时。她静静地躺在床上，双手捧着婚纱照，婚纱照放在胸前；她的表情恬静安详，嘴角挂着心满意足的、幸福快乐的笑容，就像一个睡着了的天使，不像一个奄奄一息的病人。

祁宏赶到医院，李医生看到他，把他拉到一边，伤感地说，钱小芸不愿意等死，是吞服安眠药自杀的。

祁宏惊呆了，他责怪自己太粗心大意了，没有注意到钱小芸的异常反应，如果他再细心一点，用心一点，给钱小芸的爱再多一点，到位一点，也许钱小芸就不会这样迫不及待地走了。

那天下午，祁宏没有去成北京。钱小芸死了，他没有那个心思，更没有那个时间了，他得帮忙料理钱小芸的后事，其他的事再急都没有人死了急。

钱小芸的葬礼办得很简单，可再简单都需要花时间处理。钱云鹤和易桂芳白发人送黑发人，悲痛欲绝，根本没有心思料理钱小芸的后事，尤其是易桂芳，只知道哭，动不动就哭晕了过去。钱云鹤除了难过，还要照顾时不时哭倒在地、不省人事的老婆。

钱小芸的葬礼，大部分事情，都是祁宏忙里忙外帮着处理的，如把钱小芸的遗体送去火化，把钱小芸的骨灰送回湘潭老家安葬。这些事占用了祁宏三天三夜。这三天三夜，祁宏没有脱衣上床睡觉，困得实在不行了，忙里偷闲，见缝插针地打个盹，缓解一下困倦和疲惫。

处理好钱小芸的后事，返回学校，祁宏又困又累又难受，没有心思给凌林打电话，他怕心情不好，潜意识地左右大脑判断，影响说话质量，从而触犯了凌林。这样又拖了一天。第二天，祁宏心情好点了，体力恢复了，觉得实在没办法再拖下去了，他重新订了一张从长沙到北京的火车票，坐上了开往北京的火车，准备向凌林负荆请罪，当面解释说明。

出发前，祁宏没有给凌林电话。他知道，自己一而再，再而三地爽约，肯定让凌林更生气了，打电话解释已经没什么用了，说什么都是火上浇油，他们的事只有当面说才能说得清楚了。

见了祁宏的人，也许凌林心里的气就消了一大半了，愿意给他机会了。

坐在火车上，祁宏并没有因为马上可以见到凌林了高兴起来，他还没从钱小芸去世的悲伤中走出来。他傻傻地望着窗外，黯然神伤，沿途的大好河山没有给他带来赏心悦目的心情，他好像是一个睁眼瞎，根本看不见那些美丽如画的风景似的。

一路上，祁宏心怀愧疚，惴惴不安。钱小芸尸骨未寒，他就北上找凌林了，也太不尊重钱小芸了。虽然祁宏给钱小芸的爱不是真爱，只是为了敷衍她，只是为了让她人生没有遗憾。可祁宏知道，钱小芸对他，却是真爱，很纯很真的爱，这份爱不容亵渎。

祁宏本来想过一段时间再上北京找凌林，但冥冥中，他意识到，真不能再拖了，再拖下去，凌林就不是他的凌林了，要改旗易帜，跟别人跑了。凌林是他的真爱，他是凌林的真爱，这份两情相悦，两相情愿的真爱，需要他和凌林共同用心呵护，而不能被活生生地破坏了、伤害了。

出国前，凌林一直保留着最后的希望等祁宏到北京来向她当面解释，但她很快就发现自己又被祁宏骗了、耍了。祁宏那天承诺过第二天动身，让凌林顿时燃起了希望。从长沙到北京，火车只有十多个小时，怎么说第三天都该到了，但祁宏还是没来；之后凌林又等了好些天，祁宏还是没来，也没给她打电话，凌林气上加气，继续胡思乱想了。

凌林真实地感觉到这个世界上，最大的痛苦不是来自肉体，而是来自感情。她痛苦地想，大学一年多，祁宏变坏了，变得比谁都坏，坏得比谁都快，比谁都彻底，以前那个淳朴、善良、真诚的祁宏已经不见了，现在的祁宏满口谎言，随口就来，把她忽悠得团团转，他们经常是"说者无心，听者有意"，已经很难像当年那样同频共振了，尤其是跟钱小芸暧昧后，祁宏已经很不靠谱了，一而再，再而三地欺骗她的感情。

凌林在痛苦的折磨中等了五天，越等越希望渺茫，越等越悲伤难过。在此期间，凌林实在忍不住了，给祁宏宿舍打了一个电话，电话不是祁宏接的，接电话的人对她说，祁宏不在宿舍，忙钱小芸的事情去了。

又是这个钱小芸，真是阴魂不散。

放下电话，凌林开始收拾行李。她不再抱有幻想，下定决心要走了。

凌林的行李不多，主要是衣服。特别扎眼的是当年她给祁宏买衣服时，带回北京的那套高燕给祁宏买的旧西服和那双鞋。

凌林拿起那套西服那双鞋，准备扔进垃圾桶。可到了垃圾桶前，凌林还是舍不得，她想起了当初要祁宏脱下这套西服时的情形。

那时候的祁宏是多么淳朴，多么善良，多么腼腆！

凌林又把那套西服那双鞋拿了回来，塞进了行李箱——为那套西服那双鞋，凌林还丢掉了自己两套半成新的衣服。

第六天清早，悲伤绝望的凌林拉着行李箱，在父亲凌书记的陪同下，走出了清华大学。

校门口，谢天放已经在等着她了，谢爷爷的司机已经在等着他们了。

上车前，拉开车门，凌林回头看了一眼清华大学，又下意识地转了个身，向四周环顾搜索了一遍，她还是没有看到祁宏的身影，凌林忍不住了，扑进父亲怀里，伤心地痛哭起来。

凌林一边痛哭，一边痛苦地说："爸，他不会来了，哪怕他现在过来，我都可以原谅他的——"

凌书记太理解女儿此刻的心情了，祁宏是她的初恋，她这次因为失恋背井离乡，也愿意为初恋继续留下来。初恋是美好的，刻骨铭心，如果可以，谁都不愿意失去；可初恋往往都失去了，很少有人跟初恋情人结婚的。

如果说爱情是感情的皇冠，初恋就是皇冠上的那颗明珠。

在官场上发起言来滔滔不绝，条理清晰的凌书记，此刻都不知道该说些什么来安慰女儿了，他知道自己说什么都是苍白无力的。女儿的痛，他感同身受，他是太了解女儿对这段感情的认真和付出了。

凌书记只有无言地抚摸着女儿的头，对她表示理解，表达安慰。

凌书记想，女儿出国了，不触景生情了，一切都会慢慢好起来。

那天，祁宏乘坐的火车晚点了两个多钟头，到达北京已经是第二天上午九点多了。正当盛夏，火辣辣的阳光刺激得祁宏睁不开眼睛。

下了火车，出了车站，祁宏在广场边的公用电话亭给凌林打电话，准备告诉她，自己已经到北京来了。

到了北京，跟凌林就没什么说不清楚的了——说不清楚，他就不回了，他要向凌林说清楚，求得她谅解了再回长沙。

下了火车，出了站，祁宏想第一时间告诉凌林，他没有食言，到北京向她负荆请罪，当面解释来了。

"凌林已经离开北京，去英国了。"接电话的女生惋惜地对祁宏说，"她等了你五天，你来晚了一步！"

凌林去英国了？这下祁宏慌了，感觉自己的心掉进了冬天的密云水库，透心凉了。

"我在火车站，凌林是什么时候走的？"祁宏吃力地问。

"她清早就走了，"电话那头，女生说，"你现在去机场，看能不能赶得上，把她截下来，祝你好运！"

祁宏赶紧挂掉电话，冲到马路边，招手拦了一辆出租车，直奔机场。

一路上，祁宏不停地催促司机快点，快点，再快点。

司机都被祁宏催得很不开心地发了脾气，训起了祁宏。祁宏都当没听见，他心急追赶凌林。

车再快，都没有时间快。

赶到机场，祁宏找了一圈，都没有看到凌林，祁宏问了一下工作人员，工作人员告诉他，开往英国伦敦的那趟飞机半小时前已经登机了，正在滑行，马上要起飞了，他找人已经没有办法了。

一种从来没有过的绝望和沮丧袭上心头，祁宏一屁股坐在安检口的地面上，欲哭无泪，一脸痛苦得扭曲变形的表情。

钱小芸去世，祁宏心痛；凌林出国，祁宏心痛。

这两种痛是完全不一样的，前者是良心和友情，后者是刻骨铭心的爱情。这两种痛都抵达了灵魂最深处，但失去朋友的痛，还是在心的外围；失去爱情的痛，却抵达了心脏的最中心，占住了痛苦的制高点，包裹了他的灵魂，侵袭了他身上的每个细胞。

悲痛绝望中，祁宏感到有人在拍他的肩膀，跟他打招呼。

祁宏抬起头，看到了给女儿送行的凌书记。

凌书记表情复杂地看着祁宏，欲言又止。

"叔，林儿呢?"祁宏艰难地明知故问。

"她已经走了，刚走；她走之前，一直都在等你，你怎么拖到现在才来呢?"凌书记问，语气里含着责备。

"我在湖南大学的一个好朋友突然去世了，我一直在帮忙处理她的后事，把时间给耽搁了，对林儿食言了。"祁宏说。

"你的这个好朋友是个女的吧? 你惹林儿生气，是因为她吧?"凌书记问。

"是的，"祁宏说，"所以让林儿产生了很大的、很深的误会，我还没来得及向她解释。"

"你对我说说看，我来做做评委，看你们俩到底是谁对谁错，你值不值得她原谅。"凌书记说。

祁宏转悲为喜了，北京之行虽然没有见到凌林，失去了向她当面解释，负荆请罪的机会，倒霉的他还是有点狗屎运，见到了凌林的父亲，他不能再失去争取凌书记同情和理解的机会，因为这位让他尊重的长辈可能是挽救他和凌林爱情的最后一根稻草了。

祁宏顾不上那么多了，把钱小芸写给凌林的信掏了出来，拆了，展开了，递给了凌书记。

等凌书记看完信，祁宏就像一个做错事的孩子，低着头，把他和钱小芸之间发生的一切，一五一十、毫无保留地告诉了凌书记。

听祁宏把故事讲完，凌书记沉默了，也感动了，他心里对祁宏的若隐若现的责怪消失了，如果真如祁宏所说，他没有看错人，女儿也没有看错人，祁宏有一颗金子一样的心，只是他还太年轻了，社会阅历不够，处理事情太过草率，太想当然了。

沉默过后，凌书记还是委婉地批评了祁宏："两个年轻人相爱，要充分信任对方。你不应该瞒着凌林的，你应该把每个想法第一时间告诉她，跟她沟通，征询她的意见，争取她的理解。凌林不是一个心胸狭隘的人，如果你们信息通畅，这种事情就不会发生了。她现在对你的误会太深了，她因爱生恨了！"

"是的，我原以为瞒着凌林，只是不愿意让她承受痛苦，只是想给她一份纯真的爱情，对钱小芸我能把握分寸，不会对不起凌林的。"祁宏说。

"现在看来，你是事与愿违了，你的做法让她更痛苦，甚至悲痛欲绝，走投无路。人的判断都是建立在自己对信息的掌握的基础上，你们信息不对称，沟通不畅，判断难免出错，效果难免适得其反，希望你能够汲取教训。"凌书记说，"美好的事物从来都不是一帆风顺的，感情更是如此。凌林对你还是有期望的，她没有完全死心。她那边一有消息，我就把你说的情况告诉她，看她能不能原谅你，再给你一次机会！"

有凌书记这句话，祁宏看到了曙光，感觉心里踏实多了。虽然祁宏错过了向凌林当面解释的机会,但他争取到了凌林最亲近的人的理解和原谅。他们之间,这么大,这么深的误会,如果没有凌书记出面,祁宏以后都不可能联系上凌林了——一个人要是被另一个人伤透了心,下定了决心,从另一个人的世界里消失,那是太容易了,就像一滴雨水掉进了汪洋大海。

祁宏太感谢凌书记了,都想给他磕头了。

跟凌书记告别后,回到长沙,祁宏感觉自己就像一个犯事了,被关进囚室,即将被提起公诉的犯罪嫌疑人,在狭窄的空间里焦躁不安地等着宣判。

凌林去英国了,从北京回到长沙,祁宏彻底沦陷了,做什么都无精打采,提不起兴趣来,包括他从来不愿意敷衍的学习。让他感到庆幸的是,这种情况并没有持续多久。

二十多天后,就在那学期结束前夕,祁宏收到了凌林从英国剑桥大学给他寄来的信。

原来凌林到英国后,给父亲打电话报平安。凌书记就把祁宏和钱小芸的事对女儿说了,也在电话里把钱小芸给凌林的信念给了凌林听。

凌书记语重心长地开导凌林:“孩子,你不能跟一个患了重病的人计较;现在更不能跟一个已经去世了的人计较。你应该从这件事情看到祁宏的可贵之处,而不只是老惦记着他不太妥当的处理方式给你带来的伤害,他不是故意的,父亲觉得他情有可原,你应该再给他一次机会!”

有钱小芸的信,有父亲的开导,凌林是感觉好多了,也觉得自己太冲动,太草率了。即便如此,凌林还是做不到马上完全原谅祁宏。凌林在信里直言不讳地告诉祁宏,祁宏的做法,她可以尝试慢慢理解,但不能接受,他们需要分开一段时间,都好好冷静一下,好好想想。

在信里，凌林告诉祁宏，她到欧洲，是去求学，不是定居，学成后，她会回来的。可是凌林并没有让祁宏过得轻松，她给这份感情判了三年有期徒刑。凌林说：这种创伤造成的裂痕需要时间来弥合，我们就以三年为期。在这三年，你过你的生活，我过我的生活，如果有缘，我们三年后再见。

凌林的信，既让在感情的黑暗中踟蹰前行的祁宏看到了希望，又让他怅然若失，不得不接受感情的审判，付出惨痛的代价。

在人类的岁月长河中，三年很短，短到只有昙花的一现，烟花的一瞬，流星的一逝。对恋爱中的年轻人来说，三年又很漫长，长到感情被侵蚀风化，荡然无存，长到彼此的容貌被模糊淡忘，长到誓言被风雨带走。

很多身处两地，杳无音信的情侣，都扛不过三年的寂寞考验，再见面，都已经移情别恋，一颗心另有所属了。

三年都可以是检验一段感情真假深浅的试金石了。老天爷是公平的，祁宏做错了事，就应该受到惩罚；但凌林没有把祁宏一棍子打死，这已经是法外开恩，宽大处理了。

祁宏觉得自己确实得好好地劳动改造一下，重新做人，用崭新的姿态迎接那个飘满诱惑又让人感到茫然的三年之约。

也许三年后，祁宏能够重新获得凌林的认可和原谅，他们重归于好，和好如初；也许等待了三年，祁宏还是竹篮打水——一场空，到头来，他和凌林可能什么都不是。

2021年6月30日　北京右安门内
2021年8月16日　湖南祁东蒋家桥
2021年9月19日　北京右安门内

图书在版编目（CIP）数据

前行的人生. 第二部，青春花开 / 曾高飞著. -- 北京：
作家出版社，2024.6
　　ISBN 978-7-5212-2702-4

　　Ⅰ. ①前… Ⅱ. ①曾… Ⅲ. ①长篇小说 - 中国 - 当代
Ⅳ. ①I247.5

中国国家版本馆CIP数据核字（2024）第025408号

前行的人生. 第二部，青春花开

作　　者	曾高飞
责任编辑	宋辰辰
书名题字	刘亚东
装帧设计	意匠文化·丁奔亮
出版发行	作家出版社有限公司
社　　址	北京农展馆南里10号　　邮　编：100125

电话传真：86-10-65067186（发行中心及邮购部）
　　　　　86-10-65004079（总编室）
E-mail:zuojia@zuojia.net.cn
http://www.zuojiachubanshe.com

印　　刷	唐山嘉德印刷有限公司
成品尺寸	152×230
字　　数	505千
印　　张	39
版　　次	2024年6月第1版
印　　次	2024年6月第1次印刷
ISBN	978-7-5212-2702-4
定　　价	128.00元（全三册）

浴火重生

曾高飞 著

作家出版社

作者简介

曾高飞，湖南祁东人，毕业于长沙理工大学中文系。曾在人民日报社，法治日报社任职多年，现为北京大学客座教授、长沙理工大学硕士生导师、资深媒体人、策划人、新媒体运营专家、著名财经作家、小说家、散文家、影视编剧，发表文学、新闻和财经作品共6000多篇，著有散文集《每个人的故乡，都在流浪》《似水流年，家乡味道》，系列长篇小说《前行的人生》三部曲《挣扎的成长》《青春花开》《浴火重生》及长篇小说《生如夏花》《小镇青年》《九尾狐》《红尘欲望》《窥浴》《手机江湖》，北京三部曲第一部《北京边缘》、小说集《感情通缉令》等，财经作品高飞锐思想丛书之《决胜话语权》《产经风云》《争夺话语权》《元宇宙掘金秘密》等，独立或参与编剧多部电影、电视剧本。坚持"左手财经，右手文学，用作品说话"，信奉"躺着思考，坐着写作，站着做人，跑着逐梦"。

目　录

001　第一章　　有后悔药吗，凌林想吃了

013　第二章　　让凌林惊悚的半夜敲门

025　第三章　　让凌林抓狂的婚礼真相

036　第四章　　那封信差点把凌林毁了

048　第五章　　祁宏从失恋中摆脱出来

060　第六章　　高燕希望做祁宏情人

071　第七章　　张氏叔侄官财色三不误

083　第八章　　凌书记下乡调研，再访祁家

094　第九章　　高家吹响进军工程领域号角

104　第十章　　张伟野心显山露水

114　第十一章　苦难让高氏父女和解

125　第十二章　两女人争宠，张伟意外阳痿

136　第十三章　两女人较量，高燕后来居上

147　第十四章　争吵不断，刘美丽做小很难

157　第十五章　两情侣密谋营救凌书记和高欣

168　第十六章　调查裸照风波，祁宏首战失利

177　第十七章　张伟食言，王欣走投无路

186　第十八章　肖芳跟凌书记闹离婚

197　第十九章　电话牵线，有情人冰释前嫌

205　第二十章　为凌书记洗脱冤情不容易

214　第二十一章　祁宏如愿找到工地事故证据

225　第二十二章　张伟设计杀人毁证

239　第二十三章　祁宏在鬼门关走了一趟

248　第二十四章　凌书记动员凌林回国

258　第二十五章　张伟和刘美丽胜利大逃亡

269　第二十六章　凌林回国照顾祁宏

278　第二十七章　高燕南下寻人追款

287　第二十八章　不在沉默中爆发，就在沉默中灭亡

301　第二十九章　世界上最爱祁宏的那个人去世了

307　尾声　祁宏大家小家一肩挑

第一章　有后悔药吗，凌林想吃了

兴奋的理由千篇一律，悲伤的人儿各有各的不幸。

在凌林刚满二十年的人生中，她知道什么是伤，什么是痛了。伤是伤痕累累的伤，伤在心尖上，伤在心灵深处；痛是痛彻肺腑的痛，从心脏深处缓缓涌起，铺天盖地，袭向全身各个部位，传递到每个细胞，痛到心如死灰，麻木不仁，对外面的世界无知无感，只剩下悲伤。

凌林像个机器人一样机械地挪动脚步，办好登机牌，来到安检处，挤出点笑意与父亲拥抱，挥手告别，排队安检。

快到安检口，凌林突然站住了，她回过头，向川流不息，熙熙攘攘的人流中望去，搜索，希望奇迹出现，期待像书上写的那样幸运："众里寻他千百度，蓦然回首，那人却在灯火阑珊处。"

凌林在心里不停地反复地问自己：这个时候，如果祁宏突然出现，自己该怎么办呢？是负气地跟谢天放一起登上飞机，奔赴英国，还是怨气消停地跟祁宏回去，他们重新再来？

也许考虑问题的角度不同，出现的结果不同。由于假设的情况没有出现，凌林很难回答自己。

如果屈从于内心，屈服于感情，凌林肯定会跟祁宏回去，把谢天放晾在一边，让他一个人去英国，没有任何商量的余地。凌林知道自己这一刻意志十分脆弱，就像一块薄薄的压缩饼干，轻轻触碰就会碎裂，在祁宏面前一点抵抗余地都没有——只要祁宏出现，不用他道歉和保证，她就原谅他，跟他回去，并且从此既往不咎。

如果出于内心受到的伤害，出于报复，出于面子和尊严的需要，凌林肯定会跟谢天放登上飞机，奔赴英国，不顾祁宏的哀求呼喊——甚至，凌林恨恨地想，如果祁宏在，她要以其人之道还治其人之身，要表现得跟谢天放很亲密无间，要挽住谢天放的胳膊，一副心里只有谢天放的样子，让祁宏也受到伤害，受到刺激，伤得越深越好——凌林心明如镜，即使祁宏跟钱小芸结婚了，他仍然是爱她的，她比钱小芸优秀，她跟他的感情比钱小芸跟他的感情深多了。

凌林恨祁宏把自己的心伤得实在太深了，在她情窦初开的青春岁月中，祁宏已经伤害她两次了，这两次都是那样深不见底，让人无法自拔。如果要打个比方，祁宏是一个举着匕首的刽子手，对准她的心脏，毫不留情地捅了进去，过一阵子，拔出匕首，又捅了进去——那匕首刺进去很深，把柄都被淹没了，看不到了。

当然，这两次受伤是有区别的，不能一概而论。从高一开始，凌林就喜欢隔壁班的祁宏了，他们是祁东二中的两颗耀眼的星，一个文科，一个理科。那个时候，他们的感情是单向的，她主动，他被动，还没有形成良性互动，她后来听说祁宏有女朋友了，跟一个叫高燕的祁东一中女生感情很好。如果说祁宏跟高燕的感情对她是无意伤害，她可以原谅他，独自忍受伤害，当作没发生一样。据说他们青梅竹马，两小无猜——他们感情开始的时候，凌林还没有认识祁宏，她是一个后来者。可祁宏跟钱小芸的感情，却是在她跟祁宏开始之后，他们已经两情相悦，以身相许，甚至承诺"非君不嫁，非妾不娶"了，凌林觉得做噩梦都不是这样做的，写小说都不是这样写的：祁宏居然背着她，移情别恋，跟钱小芸好上了，还迫不及待地结婚了，居然没有告知她，也没有跟她提出分手，把她蒙在鼓里——这是存心的伤害，故意的伤害，是不可饶恕的。如果不是高燕来信约她去长沙过五一，玩两天，凌林就会一直不知情，跟一个与其他女生结了婚，成了家的男人卿卿我我，纠缠不清。

终于轮到自己安检了，凌林内心纠结，进退失据，在安检门前伫立了很长一段时间，直到前面的工作人员和后面排队等候的乘客不耐烦了，催促她快点；直到身后的谢天放提醒式地推了一下她的肩膀，把她从个人情绪中拉回到残酷的现实中来：蓦然回首，众里寻他千百度的凌林一无所获，没有在川流不息，熙熙攘攘的人群中看到那个让人期待的熟悉的身影，看来祁宏是彻底把她抛弃了，不会来了，她可以死心了，可以跟着谢天放去英国了。

祁宏正在跟他的新婚娇妻钱小芸度蜜月，如胶似漆，卿卿我我，物我两忘呢——不是校里有规定，大学生不能结婚吗？凌林搞不明白，祁宏为了钱小芸，学业前途都不管不顾了——为她凌林，祁宏都不会这样冲动，这样不顾一切，看来是自己错了，祁宏跟钱小芸的感情发展，远远超出自己的想象，祁宏对钱小芸的感情比他对自己的感情还深了！

机场的广播里在唱流行电视剧《包青天》的主题曲《新鸳鸯蝴蝶梦》：由来只有新人笑，有谁听到旧人哭，爱情两个字好辛苦！

那首歌，好像专门为那个时刻的凌林写的，唱的，让她觉得个人代入感太强了，她就是那个躲在黑暗的世界的角落里哭泣的旧人，钱小芸是那个笑到脸上表情抽筋的新人。

凌林不客气地白了催促自己的谢天放一眼，仿佛一切后果都是他造成的似的，仿佛他就是那个可恶可恨的祁宏似的，仿佛祁宏没有来是谢天放的阴谋诡计似的。凌林又看了一眼父亲——他还站在那儿目送他，无奈、关心和担忧的表情写满那张沧桑的脸；凌林再也忍不住了，冲出人群，奔向父亲，一头扎进他怀里，号啕大哭起来。

知女莫若父。父女俩感情深厚，彼此欣赏，以对方为荣；但父女感情是天生的，血脉相连的，不用担心不用愁，他们只是短暂分别，对他们的感情没有影响，也不是生离死别，凌林大可不必如此动情伤心；不像爱情，前一刻还在跟你耳鬓厮磨，卿卿我我，转身说变就变了，说断就断了，说背叛就背叛了。

凌书记知道，女儿哭，不是舍不得自己，而是心里放不下另外一个男人，在自己怀里的女儿此刻正在心里想着另外一个男人——那个男人是别人无法替代的，包括自己，也包括陪女儿一起上飞机，奔赴异国他乡的谢天放——凌书记心里清楚，谢天放只是女儿心目中的一个临时替代品而已，女儿是这么做的，做父亲的也是这么想的。作为父亲，凌书记一眼就看穿了女儿的想法和做法，他内心很不赞成女儿这样做，认为这是很不成熟，很幼稚，很冲动的做法，是极不负责任的，对自己不负责任，对谢天放不负责任，对祁宏也不负责任，可这是年轻人的事情，解铃还须系铃人，即使作为父亲，他都没办法插手，越俎代庖，既管不了女儿，也管不了祁宏，只有靠女儿自己去领会，体悟，觉醒；虽然他能智慧地、熟练地处理祁东县的很多棘手、复杂的问题，但对女儿的感情，他却束手无策，眼睁睁地看着女儿伤心难过，甚至绝望，一点办法都没有。

凌书记抱住女儿，伸出手掌，放在女儿后背，轻轻地拍了拍，算是给她无声的，苍白无力的安慰——他不知道用什么语言来安慰女儿，这个动作是一个做父亲的，最努力的行动了。

放手松开父亲，重新回到安检口，过了安检，到了候机厅，凌林挑了最偏僻角落的一个座位坐下来。在候机的过程中，凌林倾着身子，竖起耳朵，凝神谛听，生怕错过了广播里的每句话，每个字，她多么希望广播里突然传来寻找她，叫响她名字的声音——如果这个时候，祁宏来找她，她还会不顾一切地冲出候机厅，留下来，原谅祁宏，跟他重归于好，跟他手拉手回去，不管谢天放了。可直到广播里传来他们航班要登机的提醒，直到谢天放走过来，把她拉起来，开始排队登机，凌林都没有听到广播里出现祁宏找她，叫她名字的声音。

凌林机械地挪动着脚步，随着人流往前走，过了登机口，上了摆渡车，登上飞机，凌林才清楚地意识到，自己是真的要离开中国，离开祁宏了，她跟祁宏之间的一切，已经烟消云散，一去不复返了，她真的感到绝望了，一点挽留的余地都没有了。

凌林很后悔自己做出的这个决定，她知道自己不仅没有报复到祁宏，反把自己给坑了，给害了，如果祁宏愿意跟自己重新开始，她就走下飞机，跟他回去，但祁宏都跟一个叫作钱小芸的女生结婚了，成家了，她和祁宏之间已经没有可能了。

凌林的脑海中一片空白，在飞机上连自己的座位都看不清，找不到，是谢天放帮她找到的。凌林觉得自己成了一个提线木偶，顺从地听从谢天放操纵，麻木地做这做那——她甚至不知道自己是要去哪儿，要做什么，就像一个心智不全的小女孩，被高智商的谢天放拐骗了，操纵了。

机舱里人声鼎沸，大家都兴高采烈，高声大气地喧哗，不管认识不认识的，都热情地打着招呼，展示着真心的笑容，互致问候，也热烈地憧憬和期待着他们的英国之行——那时候，出国一趟很不容易，也很稀罕，更不多，是一件很新鲜的大事，对飞机上的很多人来说，都是大姑娘上花轿——头一回呢。

等大家坐下来后，飞机开始嗡嗡地轰鸣，滑行，轰鸣声越来越大，滑行速度越来越快，然后抬头起飞，像一支离弦的箭，拔地而起，一鹤冲天，钻进云层，越飞越高，越过云层，渐渐稳定下来，开始四平八稳，波澜不惊地飞行。

凌林的位置靠着窗户，她的位置本来是不靠窗的，是谢天放的位置靠窗，谢天放把自己的位置让给了凌林，凌林靠窗，他坐在中间。中间的位置很小，谢天放的身形硕大，落在中间的椅子里，一点不多，一点不少，刚刚好，可够拥挤的，很不方便，谢天放认为，自己这种体形，坐商务舱很合适，如果不是为了凌林，他是不可能跟别人交换座位的。

飞机舱外的世界跟机舱内的世界截然不同，是两个世界。透过有点朦胧的玻璃窗，向上看，是清一色的蔚蓝的天空，干净如洗，一望无际；向下看，是朵朵白云，不断地涌动翻滚，连绵不绝，透过偶尔的云朵之间的缝隙，可以看到城市建筑和山峦湖泊，陆地上的人已经看不见了，太小了，连蚂蚁大小都没有——即使祁宏看得到凌林乘坐的飞机，凌林也看不到仰望飞机和天空的祁宏了，凌林清楚地意识到，她跟祁宏之间，已经结束了，他失去了她，她也失去了他，从今以后，他们井水不犯河水，各走各的路，各过各的生活，各有各的人生；从此以后，他们成为陌路人，互不理睬，不再相见，甚至不再有联系，有问候，有亲密。

在飞机上，凌林一直望着窗外，懒得跟谢天放互动——在飞机上坐下来，凌林才明白，邀请谢天放跟自己出国留学，是一时意气用事，她还没有做好接受谢天放，跟他开启一段新感情的心理准备，她邀请谢天放一起出国，不是出于对谢天放的好感，而是出于对祁宏所作所为的报复。

凌林的眼睛一直望向窗外，没有移进窗内，不是她迷恋窗外的风景，而是在躲避谢天放和其他人，甚至是躲避这人世间。凌林的眼泪不争气地涌了出来，奔流着，就像一条奔腾不息的小河，那河流的源头在祁宏那儿，在凌林的心脏深处——那个心脏深处，安放着一个不可替代的，叫作祁宏的男生。

谢天放没有说话，他掏出一块白色手帕，默默地递给了凌林。

凌林接过手帕，捂在自己的眼睛上，那块手帕很快就湿了，拧得出水来了。

凌林和谢天放挨着坐着，就像两个陌生乘客，他们各有各的心思，各想各的心事。跟凌林一起上了飞机，谢天放如释重负，那块压在他心里的石头落了下来，觉得跟凌林的事儿，要成了，但看着伤心的凌林，他不知道怎么安慰她，也觉得没必要画蛇添足，惺惺作态了。没过多久，谢天放跟其他旅客一样，在短暂的兴奋和喧闹之后，进入旅途的疲惫状态，睡着了，渐渐地鼾声由小变大，最后声如奔雷，跟其他乘客的鼾声彼此呼应。

从中国北京到英国伦敦，整整十一个小时的旅程，凌林是一点倦意和睡意都没有，她一直在默默地流泪，泪水不休不止。凌林一边流着泪，一边开始后悔了，她知道自己草率了，性急了。祁宏答应过来北京找她的，给她当面解释的，她不相信祁宏是那种当面说一套，背后做一套的人，也许是他被什么重要的事情给耽搁了，不得不推迟了；也许是火车晚点了，在她离开学校，离开北京，离开中国之后，祁宏来北京找她了，来机场追她了，她不应该给祁宏来北京向她当面解释设定一个确切的时间期限的。如果是后一种情况，即祁宏来北京找她，她却走了，她不知道自己会不会原谅自己，但对于扑空了的祁宏，她肯定是原谅的，甚至在登上飞机那一刻，她已经原谅他了——只要看到祁宏，她就不会生气了，就会把他对她的伤害抛到九霄云外了，他们就可以握手言和，一切从头开始，把不快全部忘掉了。

当然，十一个小时的旅程，谢天放也不是像猪一样地睡了十一个小时。其中有一半的旅程，他是半梦半醒，在装睡。旅程一开始，看凌林伤心，自己又无从劝起，谢天放是装睡，但装着装着就真睡着了；中间是睡着了，五六个小时后，谢天放醒来了，用眼的余光一瞟，见凌林仍然在伤心垂泪，谢天放不得不继续装睡。谢天放继续装睡，也许是处理和面对目前这种情况的最好方式，他知道凌林为什么伤心，他知道自己目前扮演的是什么角色，他知道自己在凌林心目中的地位——至少现在还没有跟凌林好到能够完全取代祁宏。虽然凌林邀请他一起出国，他们的关系正在向着春暖花开，一切皆有可能的方向发展，但他人微言轻，说话没什么分量，不方便劝她，只好由着她，泪流干了，就不会再流了；心伤透了，就不会再伤了。

这个时候劝凌林，是吃不到羊肉，反惹一身腥，不仅无济于事，而且惹人嫌弃。凌林的伤是心伤，不是肉体上的伤，心伤更需要时间医治，更需要对症下药，而他谢天放，既然不是那剂对症下药的良药，那就只有借助时间来帮凌林疗治伤情。所以，谢天放只有装睡，什么都不管。值得额手称庆的是，现在他跟凌林一起出国了，在异国他乡，凌林没有其他亲朋好友，他们俩需要相依为命，可以慢慢培养感情，不用焦急，心急吃不了热豆腐。在他与祁宏对凌林的激烈争夺中，他是后来居上，笑到最后了，从上飞机那一刻，他就扭转乾坤，占尽了天时地利人和之便，感情的天平向着他严重倾斜了，用英语语法来说，祁宏是凌林的过去时，翻过去了；而他谢天放是凌林的现在时和将来时，他们具有无限可能。过去的已经黯淡无光，渐渐熄灭在人生的岁月长河中；现在的，曙光初现；以后也有一个光芒万丈的未来。谢天放倒是希望那轮光芒万丈的旭日慢慢地爬升，慢慢地探出头来，而不是突然一跃而出，一跃而起——谢天放需要时间来适应感情的强光，在漫长的黑暗中摸索，突然见到强光了，容易伤害眼睛。

对于这段感情，谢天放觉得是终于度过了漫漫长夜，开始迎来曙光，充满了霞光一样美丽的憧憬，他一点都不怕，一点都不担心了。现在唯一担心的，是凌林的精神状态，他知道，凌林需要疗伤，需要从跟祁宏的感情中走出来，重新开始，重新振作。这个时间，短则三五个月，长则一年半载；而他们留学，有的是时间，不急在一时，他们可以在英国作连理枝，比翼鸟，一起读硕士、博士，将来甚至可以留下来，在英国工作和定居，组建一个属于他们俩的小家庭，生儿育女。如此这般下来，凌林对他谢天放来说，如同探囊取物那样方便、轻松、简单。

再漫长的旅途都有终点，都有戛然而止的那一刻，正像天下没有不散的宴席，正如人生也有终结的那一天。经过十一个小时的漫长飞行，飞机终于来到了伦敦上空，安全地降落了下来。谢天放惊喜地发现，到了伦敦，一切都在悄然地发生变化，环境不一样了，一切都不一样了，包括凌林对他的态度：凌林主动地跟在他身后，下飞机，取行李，出机场，十分配合，十分默契，不用他催促，不用他提醒，凌林就像一个乖巧听话，只知道顺从的小妹妹。

出了机场，两个人在等出租车的时候，瞅见路边的公用电话亭，凌林还是没能忍住，想给家里打个电话，想了解一下那边的事情，尤其是打探关于祁宏的消息。

"天放，你看着行李，我去给家里和室友们打个电话，报个平安。"凌林说。

"好的，我在这里等你，代我向你父母和室友问好！"谢天放故作大度，言不由衷地说。他知道，凌林还在牵挂着祁宏，希望从家人和室友那儿，探知点儿关于祁宏的蛛丝马迹，但他得表现得大度一点，不能让凌林看到自己太小家子气了，反正凌林现在跟他到英国来了，插翅难逃了，即使凌林知道了祁宏的消息，她也不可能回去了，至少不可能立刻回去了——镜子摔破了，要破镜重圆，那是太难了，凌林已经回不去了，凌林和祁宏也已经回不去了，自己和凌林已经开始了，正式开始了，真正开始了。

正是伦敦的上午，凌林从路边的便利店购买了一张电话磁卡，然后来到公用电话亭边，拨通了寝室的电话。

"亲爱的，我已经平安到达伦敦，帮我告诉大家，不用担心了。"凌林对接电话那头的室友说。

还没等电话那头回话，凌林又急不可耐，又漫不经心地问："亲爱的，有没有人来找过我呀？"

"有，当然有了，林儿，每天都有很多你的电话，"室友情绪有点波动地说，"林儿，其中最远的，有个男生自称来自长沙，专程到北京来找你，就在你去机场的一两个小时后，他听说你去机场了，就匆匆忙忙挂掉了电话，我估计他挂断电话后，赶到机场找你，给你送行去了，你没有见到他吗？"

"亲爱的，你不是在跟我开玩笑，逗我开心吧？"凌林艰难地问，那个男生是祁宏无疑了，祁宏来找过她了，凌林的脑袋里面嗡嗡作响，就像被人砸了一记闷棒，看来在飞机上，自己的反省没错，是自己太性急了，太意气用事了，跟祁宏擦肩而过了，他们是有缘无分。

难道真有这么巧，这么三生不幸的事情发生在自己身上？

凌林难以置信地，沮丧地问自己，她需要更多证人，更多证据来证明室友的话是真是假，是不是在跟她开玩笑。

挂掉了室友的电话，凌林又拨通了家里的电话。

父亲不在，是母亲肖芳接的。其实，凌林心里清楚，父亲没有那么快到家的，从北京到家，坐火车要二十个小时呢，父亲很节省，是不会坐飞机的。

"林儿，你到英国了？都还好吧？"母亲问。

"我到了，都好着呢，妈！"凌林说，她又明知故问，"爸呢，我爸凌书记呢？"

"你爸送你走后，顺便去看看老首长谢省长，需要在北京待两天，现在还没回来。"母亲说，"不过，在你给我打电话之前，你爸打过电话了，他告诉我，他在北京碰到祁宏了。孩子，你和祁宏怎么了？你去英国念书，没有跟祁宏沟通好？你们一个在国内，一个跑到国外去了，他送你都没赶上？这是怎么回事儿？"

"我爸在北京哪儿碰到祁宏的？"凌林艰难地问。

"你爸说在北京机场！你们居然没有见到？"母亲说。

"哦，是的，妈，他的火车晚点了，没赶上，我们错过了，没有见到。妈，我等的出租车来了，不跟你多说了，你多保重！"凌林说。

"你才更需要多保重，在国外，人生地不熟的，不像在国内，祁宏又不在你身边。"母亲嘱咐她，但凌林已经听不进去了。

祁宏果然来北京了，到机场找自己了！

挂掉电话，凌林就像一根木头一样，站在公用电话亭边上，呆呆地出神，傻傻地发愣。

公用电话亭边上还有其他人在排队，等着打电话给家人报平安。他们很不满地看着打完电话，又不愿意挪出位置来的凌林，欲言又止，眼睛里满是嫌弃。

谢天放注意到了这不和谐的一幕，他走过来，拍了拍凌林的肩膀，轻柔地问："林林，给室友和家里打完电话了？"

凌林分辨不出谢天放是叫她凌林还是林林，虽然读音相似，但谢天放叫前者，是可以的；叫后者，是不行的，至少暂时还不行。但这个时候，凌林已经没有那个心思进行分辨了，她只有机械地应道："嗯，嗯，打完了，打完了！"

"既然已经打完了，那我们就走吧！出租车到了，别人也要给家人和朋友打电话，报平安呢。"谢天放说。

谢天放一只手拖着大行李箱，一只手拉起凌林，向着出租车，快步走去。

凌林跟着谢天放，任由他拉着自己，牵着自己，机器人一样走在异国他乡的土地上，就像一个完全没有自主意识的小孩跟着自己的长辈——一切都由长辈做主。

放好行李，钻进出租车，坐下来，凌林低下头，把头埋在摊开来的双手掌心里，她心里后悔极了，连窗外的伦敦街道的风景都没有看，谢天放则是望着窗外的风景，不住地赞叹和嘀咕，说伦敦比北京现代多了，先进多了，发达多了。

凌林心想：看来，对祁宏的感情，是自己判断出现了偏差，甚至错了，错得太离谱了。感情错了，她的人生之路，也可能错了。有些错，意识到了，立刻能纠正过来，付出的代价可以承受；有些错，是没办法纠正过来的，甚至可能一错到底，脱离正常的生活轨迹。

看来，跟祁宏的感情，自己是做出了错误的抉择，现在连她自己都把握不了了，只能将错就错，得过且过，走一步看一步了，最后能不能纠正过来，已经不是她能说了算，做得了主的了。

第二章　让凌林惊悚的半夜敲门

　　在家千日好，出门时时难。初到英国的凌林很快就品尝到离家出走的滋味了，并为此付出了越来越惨痛的代价。人生是需要教训的，尤其是在年轻的时候，付出代价是人生成长的必需品，没有代价，就没有领悟和反省；没有领悟和反省，就不知道尊重和珍惜。但有时候代价太大了，让人难以承受。

　　远在异国他乡，举目无亲，举步维艰，吃穿住用都要花钱，钱就像流水一样花出去，挣钱却没有门路，这是凌林面对的第一个问题。原来在国内读大学的时候，凌林赖以生存和傲娇的是参加各种各样的比赛，获取各种各样的奖金，等到了英国，就变成了英雄无用武之地。凌林清醒地意识到，在国内，各种各样的比赛很多，奖金很丰厚，只要认真准备一下，她就可以获奖获个不停，拿奖金拿到手软；英国各种比赛却是少之又少，且比较权威固定，僧多粥少，虽然自己有优势，但优势不明显，拿个奖金不容易，即使拿到了，也等不到下次获奖拿奖金就花光了，腰包里经常青黄不接。

　　凌林想，自己申请来英国留学，跟负气离家出走没什么区别，都是意气用事，也把在国外的一切想得过于简单了，不是深思熟虑的结果，她也过高地看待了自己。在国内，凌林是积攒了一些积蓄，算是有点小钱，在自己班上同学中是个小富婆。可到了伦敦，她的这点小钱，就什么都不是了，很快就花得所剩无几，她穷得叮当响了。没有钱，凌林感到内心慌乱。虽然谢天放有钱，也对她说过，他的就是她的，需要钱了，告诉他一下。但凌林从来没有想过用谢天放的钱，只要向谢天放开口要钱，他们的关系就性质变了，凌林不愿意屈服。虽然凌林外表柔弱，内心却很坚强，她也不愿意向父亲开口，更不愿意向父亲诉苦——父亲本来就工资不高，母亲没有工作，为支持父亲工作，母亲把职辞了，做了个全职太太。父亲那点儿工资，也很难维持她在伦敦的巨大开销，她只有靠自己——就像上了大学，离开四明山的祁宏一样，只有靠自己。准备离开中国，飞往伦敦之前，父亲曾经问过她如何解决在英国的生活费问题，凌林豪气自信地说，要靠自己的本事，在英国留学期间，实现自给自足，不用父亲操心，凌林希望自己能够说到做到。

凌林开始变得小气节俭，每分钱都掰开来，计划着花，数着日子花，体验着祁宏曾经受过的苦，曾经遇到过的尴尬和窘迫。即使这样，也是捉襟见肘，需要勒紧裤带过日子，出门办事，能走路就走路，不能走路就坐公交，至于打车，从来没有过。衣服还是在国内那些，在英国，凌林没有买过衣服，哪怕是不时尚的衣服，哪怕是因为过节打折出售的衣服。在吃饭上，凌林也开始从嘴里省钱，中饭是要吃的，因为中饭承上启下；早餐和晚餐，只选择吃一顿，有时候能不吃就不吃了——凌林也开始品尝饥饿的滋味。早上不吃，还好说，一忙就忘了，时间过得很快。晚上不吃，就难受，因为她喜欢熬夜学习，有时候没上床就饿了，有时候半夜醒来，饥肠辘辘，前胸贴着后背，要多难受就有多难受，饿得她无法入睡。饿得失眠的时候，凌林开始用思念祁宏来驱赶饥饿，转移感受，让她欣慰的是，这种方法很有效，能够很快就让凌林忘记饥饿，沉浸在思念中。有了饥饿的切肤之感，凌林也越来越理解祁宏，越来越心疼祁宏，也感觉自己跟祁宏的心灵和感情越来越近了——如果自己不经历这些，凌林就不会全面彻底地懂祁宏，就不会知道祁宏活得有多不容易，就不会知道现在的祁宏有多优秀。

虽然谈不上像谢天放那样衣来伸手，饭来张口，从来不用为吃饱穿暖发愁，但从小到大，凌林还没有受过挨饿受冻的苦难。在国内，凌林的生活水准也是准一流的，不愁吃，不愁穿，不愁没钱花，父母亲朋给她的零花钱在口袋里叮当作响，让她感到很富足。凌林懂事很早，是个早慧早熟的女孩，不是那种少年不识愁滋味的愣头青。凌林过早地识了愁滋味，不是为其他，只是为她跟祁宏的那段感情。凌林越想越觉得自己很不幸，跟祁宏的感情自始至终没有顺畅过，让她感到甜蜜的只有短短五六个月，而且前有高燕，后有钱小芸，让她识尽了愁滋味。

凌林本来以为，到了国外，眼不见为净了，不用愁了，也可以解脱出来了，但现实并非如此，对祁宏感情的愁，变本加厉了，其他的愁也纷至沓来，什么都要愁了，愁要把她彻底淹没了。愁到绝望的时候，凌林想，人为什么要感情呢，没有感情，那该多好，那该多快乐！

凌林怀念童年时光，好希望自己没有长大，还是那个在父母荫庇下，什么都不用想，什么都不用愁的无忧无虑的小女孩。凌林原以为，到了国外，就可以不用愁感情了，就会忘掉祁宏，跟谢天放慢慢开始了。可到了国外，凌林才发现，原来这是自己一厢情愿，身处异国他乡，凌林更愁感情，更思念祁宏，更厌倦谢天放了，仿佛祁宏代表了故国，代表了故乡似的，而谢天放什么都不是。

人为什么要有感情，使自己不得开心颜呢？凌林不止一次地问自己，可她又找不到答案。

值得庆幸的是，在英国伦敦，最困难的问题，即住下来的问题，谢天放帮忙解决了，她多少有了一个立足之地，容身之处。有地方住下来是最重要的，其他问题都可以想办法，慢慢解决。学校的宿舍要交房租，凌林住不起；校外的房子，租金更高，更加住不起。她一个女孩子，来到异国他乡，首先得找到一个安放自己身体的地方，这个很重要，不能流落街头，不能露宿街头，成为流浪女。

其实，凌林住的地方还不错，房子是一个叫杜维的小伙子的，是一栋独家小院。杜维是谢天放的爷爷的最后一任秘书。谢部长很器重杜维，把他当作自己家的小辈一样。也是因为谢部长过于器重杜维了，给他在以后的职业生涯中埋下了隐患祸根。在谢部长退休后，新上任的部长对杜维处处看不顺眼，经常给他小鞋穿，让杜维在部里寸步难行，处处受制。年轻人一气之下，干脆辞职下海，做生意了。杜维是做国际贸易的，凭借谢爷爷的人脉，打通了一些关系，虽然不至于做得风生水起，倒还顺利，钱没少挣。钱多了，就移民到英国来了。杜维是个读书人，很喜欢文化氛围，两年前，他在离剑桥大学两三公里的地方盘下了一栋独家小院，房子只有一层，有三个卧室，有一个院落，后面还有一个池塘，池塘虽然不大，水却很清澈，看得见一条条的鱼儿游来游去。

亲不亲，故乡人，杜维只用一间卧室，其他两间空着也是空着，房子空着让杜维感到更加孤独寂寞，现在谢天放和凌林来了，杜维让他们搬了进来，三个人住在一起。

杜维的生意做得不大，因为尚处在积累阶段，本钱不够，羽翼还没丰满，属于典型的国际小倒爷，凭关系和差价赚钱。杜维需要经常自己押运货物回中国，也不常在英国，正好需要有熟人帮他看管房子。在谢天放和凌林没有搬进来之前，杜维回中国的时候，这栋房子曾经失窃过两次，现在谢天放和凌林来了，这个问题就不用担心了。

杜维是黑龙江人，长得牛高马大，有东北大汉的热情豪爽，他三十多岁了，还是一人吃饱，全家不饿的状态。杜维倒不是没有谈过恋爱，他曾经有过好几段恋情，都因各种各样的原因分手了。细究起来，分手的原因有女方的，也有杜维自己的。杜维把爱情看得很淡，他谈恋爱，没有特别渴望，也没有特别让他心动的，只是年纪大了，要谈了，不能再拖了。几任女友，都是谈了就谈了，分了就分了。谈的时候，没有特别的激情和喜悦；分的时候，没有特别的悲伤和遗憾。以至于每个女孩在分手的时候，都不忘歇斯底里地质问他一句：姓杜的，你到底有没有爱过我？

对这个棘手的问题，杜维从来不作回答，因为他回答不上来。杜维的最后一任，两个人都到了谈婚论嫁的时候了，可因为杜维辞职下海了，两边的分歧就大了，裂痕也越来越大。女方在体制内，是官僚世家，工作安稳，观念传统。女方最初跟他谈，是看到他是谢部长的秘书，政治前途无量。后来看到杜维辞职下海了，女方家庭就不同意了，因为女方家里不缺钱，他们看中的是杜维的政治前途，如果爱钱，女方可以找个比杜维更有钱的。当杜维的政治前途化为乌有了，杜维这个人，在他们心中也就一文不值了。

谢天放和凌林打着出租车，按杜维给谢部长留的地址，找到了杜维家。下车进屋的时候，看到风尘仆仆的凌林和谢天放，杜维想当然地把他们当作了一对，只给他们清理和准备了一个房间。那时候，婚前同居，在国内是大逆不道，不被允许的；在英国，却是很正常的，包括从中国到英国来的留学生，也很快就入乡随俗，融入当地了——在爱情和两性关系上，融入当地是最快的，所以，留学生们的未婚同居很普遍，很正常，没有什么不妥和让人诟病之处。

对杜维的这种善解人意的安排，谢天放是心存感激的，他欣然接受。谢天放觉得杜维真是一个有心人，做事情真用心，就像一束光，照进了他心里。可是，凌林对这种安排，是排斥的，这种安排触碰了她的底线，被她当即拒绝了。

带着谢天放和凌林参观卧室的时候，杜维热情地说："天放，凌林，这间卧室是最大的卧室了，我把它腾出来，留给你们俩用，你们好好看看还需要添置些什么东西，我明天上午开车去给你们买回来！"

听杜维这么一说，谢天放心中窃喜，情不自禁地傻笑起来，连忙顺汤下面说："兄弟，已经很好了，很感谢了，我们要用的床，被子，枕头，柜子，衣架，壁炉，啥都有了，啥都不缺了！"

可是凌林没有打马虎眼，她把头转向杜维，认真地说："杜总，你说，这间房子是给天放住，还是给我住？"

"你们俩不住一起吗？"杜维问，凌林这么一说，他马上意识到了问题，看来，这两个年轻人，感情还没有发展到那一步，他不得不尴尬地问，"你们不是一起来英国的吗？你们不是在谈恋爱吗？你们不是一对吗？"

谢天放连忙说："我们是一对，我们在谈恋爱，才刚刚开始！"

凌林白了谢天放一眼，把眼睛转向杜维，字正腔圆地纠正："杜总，你不要乱点鸳鸯谱，让大家产生不必要的误会。我和天放是一起来英国的，但我们现在还不是一对！"

停顿了一下，凌林把眼睛转向窗外，继续说："我和谢天放以后可能会谈恋爱，但至少现在还没有，所以，我们暂时不能算是一对。"

杜维困惑地说："这就奇了，怪了，你们不是结伴来的？"

凌林说："我们是结伴来的，结伴来的，就是一对吗？"

杜维说："我见过很多从中国来的留学生，一般来说，结伴来的，都是一对，都在谈恋爱，像你们这种不即不离的关系，很少见呢！"

凌林说："杜总，实话不瞒你，我是感情受到伤害，才逃到英国来的，我先是逃避，后是奔赴。如果你这儿没有单独的房间，我就不住这儿了，我住学校的宿舍去。"

谢天放连忙插话："杜总，我是凌林邀请过来的，我喜欢她，我们是同班同学，我们暂时还没有正式确定关系！"

杜维明白过来，也把两人的关系弄清楚了，说道："原来是这样啊，是我误会了。这个房间的隔壁还有一个房间，床上用品也都齐全，你们各挑一间，根据英国绅士做派，女士优先，凌林，来，你先挑！"

"不用挑了，杜总，我住那间小的吧。"凌林说，"太大了，我怕付不起房租！"

"你们放心住吧，想住多久就多久，暂时不用付房租，我没有那么缺钱，对钱也没有那么强烈的欲望，将其凌驾于乡情友情之上！"杜维说。

"那可不行！我们不是特殊关系。天放的房租，你可以免；我的房租，你不能免！我们按照市场价格来，如果你能给我优惠一点，我欣然接受，也感激在心。"凌林说，"不过，丑话说在前头，我现在手头紧，没有什么钱，我的房租，我先欠着，记账，等我挣到钱了，本息一起算给你！"

"好，好，好，就依你，看样子，我是拗不过你的！"杜维说。

凌林的话，让谢天放很不高兴，他提高音量说："林林，你在说什么呢？杜总是给我们住的，不要我们出房租，反正闲着也是闲着。如果有一天，杜总要房租了，也是我来出，包括你那一份，我们家有钱的。"

"天放，这不是有钱没钱的问题，这是原则性问题。"凌林也不甘示弱，倔强地说，"你的心意，我心领了，我的房租我自己承担，至于你的房租，你交不交，杜总收不收，那是你们自己的事，跟我无关。我的房租不用你交，你的钱是你的钱，我的钱是我的钱，我不可能用你的钱，现在不用，将来也不用！杜总能把房子租给我，我就很感激了。这个房屋租金和水电费，我一定会出，不过现在我手头紧，确实没钱，要等一段时间再说。"

杜维忙说："既然是这样，我们就不要争论了，争来论去，天亮了，都不可能有一个结果的。我尊重女士意见，房租要交，但意思一下就行了，也可以迟交，现在暂时不急，至于水电费，没有多少的，就免了吧！"

杜维一席话，让凌林感觉很舒畅受用，她感激地望了杜维一眼，觉得这个大哥不错，懂得尊重人，不像谢天放。

安顿下来后，杜维为他们接风洗尘，买了很多肉回来，准备烧烤。

说是接风洗尘，整个过程，都是谢天放和杜维在唱主角，两个大男人大口大口地吃肉，大杯大杯地喝酒，大声大声地吹牛。

凌林为他们忙上忙下，烤鱼烤肉，忙得不亦乐乎。凌林不会做菜，烤肉还是可以的，工序很简单，适时翻滚，不烤焦就行；熟了涂上作料再烤一下，放在盘子里，给两个男人端上去。

那天，两个男人很尽兴，各自的脚下堆满了啤酒瓶，他们动不动就喝，都喝得酩酊大醉。

醉酒的状态是千篇一律的，醉酒的原因却各有各的。

杜维喝多了是因为有朋自远方来，带着故土的气息，带着乡音的问候，排遣了他的思乡之苦，让他高兴极了，让他感慨，情难自抑，不知不觉地喝多了。

谢天放是因为心情又好又不好。好是他跟凌林来英国了，这段感情大有希望了，他高兴，值得喝，值得庆贺！不好是因为他们虽然来英国伦敦了，但他不傻，凌林对他的态度，他看得出来，听得出来，感受得出来：凌林还是没有完全忘记祁宏，接纳他，他甚至连个替身都不是。

看来，对于他和凌林的关系，谢天放是过于乐观了，原来以为，从两人离开清华大学，奔赴机场起，他和凌林将迎来一个美好的开始，将掀开完全崭新的一页。可到了伦敦，出了机场，凌林给国内的室友和家人通了两个电话后，又风云陡变，谢天放敏锐地意识到，以那两个电话为分水岭，凌林对他的态度出现了质变，一切又好像回到了从前——那时候，凌林正跟祁宏热恋着，自己只是一个局外人。

谢天放不明白凌林和祁宏为什么突然分手了，他也不方便问，但他感受得到，他们之间发生了什么误会，很大的误会，足以撼动他们关系，让他们感情生变的误会，让凌林不愿意原谅祁宏，甚至负气出走，远赴异国他乡。

可是以那两个电话为界，祁宏和凌林之间的误会，似乎有所缓解了，甚至正在消除，凌林和祁宏，大有冰释前嫌，重归于好的迹象。这一切，谢天放是看在眼里，明在心里，他心里多少有些不满，有些不是滋味，他没有其他办法，只有借酒消愁了。

对于自己和凌林的关系发展，谢天放倒是不太担心的。既然凌林都跟他到英国来了，他们之间确定爱情关系，那就是板上钉钉，迟早的事儿了。女人需要依靠，在英国伦敦，凌林举目无亲，只有他一个熟人，他们还住在一个屋檐下，近水楼台先得月，不愁没有机会。

在国内的时候，谢天放和凌林在清华，祁宏在长沙，谢天放也是近水楼台，却没有得到月。现在他们到了伦敦，还是近水楼台，但这个近水楼台，已经不是那个近水楼台能比得了的了。

凌林要在英国完成学业，至少得三年，甚至更久，他谢天放可以朝夕相伴，跟凌林日久生情。如果在这段时间，他谢天放还不能取代祁宏，俘获凌林的芳心，把凌林据为己有——从身体到灵魂地据为己有，那就是他谢天放没那个本事，怨不得天，怨不得地，更怨不得别人了。所以，对凌林发生的微妙的感情变化，他虽然仍有醋意，但心里是不着急的，他觉得自己胜券在握，跟凌林的关系，前途一片光明。

两个男人，动不动就干杯，说什么都干杯，你一杯，我一杯，推杯换盏，觥筹交错，喝到月亮升起来，繁星满天，喝到鸦雀无声，人困马乏。

喝到最后，两个人都趴在桌上，坐立不稳，口里还在不停地吆喝——来，喝，干杯！

是凌林把他们挨个地扶进房间，扶到床上，帮他们脱了鞋，给他们盖好被子。按照先主后宾，关系先疏后熟的原则，凌林先把杜维扶进了房间，再把谢天放扶进了房间。

虽然喝多了，喝醉了，谢天放心里还是清楚的，手上不忘占便宜。谢天放借着酒劲，把手搭在凌林肩膀上，把身子斜靠在凌林身上，卷着不听话的大舌头，高声大气地喊着情话，生怕凌林听不见似的。

谢天放说："林儿，我爱你，我好爱你！我都陪你到伦敦来了，你也不给我一个机会？我们继续喝，喝到你答应给我为止！"

凌林岔开话题，有些生气地说："谢天放，你喝多了，借着酒劲乱说话了。今天就这样，不喝了，早点睡，明天还要到学校报到！"

进了房间，谢天放突然抓住凌林的手，把她搂在怀里，脸色潮红，不知是酒精作用，还是感情作用，嘴里结结巴巴地嘟囔："林儿，今晚留下来，不要走了，我都陪你到伦敦了，你就陪我一个晚上！"

"不行，谢天放，这哪和哪啊，你乱说啥！"凌林一边挣扎，一边说。

男人一喝酒，就变得让人讨厌，以后不要跟喝多了的男人靠近了！

凌林告诫自己，她奋力挣脱了谢天放的搂抱，跑了出来，帮谢天放关上了门，回到自己房间，关上门，把门反锁了。

安顿好两个男人，凌林感到很疲惫，从身体到精神都很疲惫，在男人之间周旋比在学习上用功，可难多了。

凌林的房间有个小浴室，凌林三下五除二，把自己脱了个精光，把水温调好，把水淋头拧到最大，在哗哗哗的流水下，尽情地淋浴，冲洗着疲惫。

洗着洗着，凌林情不自禁地哭了，她的哭声很轻，淹没在哗哗哗的流水声里，只有她自己能够听到。在那张秀丽娇嫩的脸上，往下肆意流淌的，分不清是流水还是泪水。

想起通电话的时候，室友和母亲的话，凌林知道自己错了，开始后悔了。她悔自己过于任性，过于随意，都没给祁宏解释和道歉的机会，就跑了；她悔自己出于报复心理，邀请谢天放跟自己一起来到了英国，她不清楚这样做，将来是福还是祸！但她已经明白，这样做，确实不应该，确实不理智，是她智者千虑，必有一失了。如果真要出国，真要逃离祁宏和那段感情，她大可不必叫上谢天放，她可以自己一个人来的。

那个澡，凌林洗了很久，差不多忘记了时间。凌林一边洗，一边不住地问自己：自己还能够"听到"祁宏的解释和道歉吗？——不是听，是听到！自己还能够接受和原谅祁宏吗？也许现在不是自己给祁宏机会了，而是祁宏给她机会了。她和祁宏之间，还能够和好如初，回到从前，再次两情相悦，心心相印吗？

造成现在这种尴尬和难堪的局面，该怪谁？

是她自己？还是祁宏？还是高燕？还是那个把祁宏从自己身边夺走的钱小芸？

也许谁都有责任，但主要责任，还是她凌林自己！

这个责任要她自己背，酿成的苦果要她自己品尝。

从浴室出来，上了床，虽然还是疲惫不堪——身体疲惫，心更加疲惫，但黑暗中的凌林翻来覆去，睡不着。

折腾到凌晨鸡叫，凌林好不容易睡着了，却传来了有节奏的清晰的敲门声，敲门声中还伴随着轻声呼唤：林林，林林——

那声音是那样刺耳，就像寂静的深夜，突然响起来的一声刹车声，让凌林身上突然起了一身鸡皮疙瘩。

那声音，凌林是熟悉的，也是担心的，害怕的，那声音是谢天放的！

这个时候来打扰，要凌林开门，谢天放想干什么，凌林心明如镜。

门，凌林当然是不会开的；谢天放叫，凌林当然是不会应的——没办法，她只得继续装睡，没有醒来。

凌林很清楚，这个声音很危险，如果凌林把门开了，那是一种暗示和态度，甚至表示她接受他，允许他，给他壮胆了。只要开了门，谢天放就会纠缠不休，很难打发的，谁都不知道接下来将发生什么事。所以，这个门，无论如何是不能开的，最好是让谢天放继续叫，直到他心灰意懒，然后识趣地离开——这也是凌林的一种暗示和态度。

还好，敲门和呼喊的时候，谢天放已经酒醒了一大半，他是在欲望驱使下，抱着侥幸心理来敲门的，也变得识趣了。谢天放是睡到后半夜醒来，酒醒了一大半，他想凌林了，翻来覆去地睡不着，想着凌林就在隔壁床上，他抱着试试看的心情，起床了，敲门了，呼喊了。可见凌林没有回应，谢天放摸不准凌林是故意的，还是太累了，睡着了，没有听见！另一个房间里还睡着杜维，把杜维惊醒了不好，没把凌林叫醒却把杜维叫醒了，更不好，不得已，谢天放只好回房睡觉去了。

谢天放的半夜折腾，把凌林彻底惊醒了，再也睡不着了，凌林感觉看了一场惊悚电影，做了一场噩梦，她清醒地想：如果这样跟谢天放同在一个屋檐下，迟早会出事的，她已经嗅到了危机在悄悄逼来——谢天放是一个不达目的不罢休的人，在国内，凌林已经领教过了，当然，如果真心实意跟他谈恋爱则是另外一回事了。

由此看来，杜维这儿，只要谢天放在，凌林只能暂时借住；一旦安定了下来，有钱了，自己就要搬离这儿，要么到外面租个房子——不告诉谢天放地址，要么干脆搬到学校宿舍去，这样，就不会再被谢天放半夜骚扰了，自己也就安全多了。

第三章　让凌林抓狂的婚礼真相

后来促使凌林下定决心搬离杜维的独家小院的，不是杜维的房租，不是谢天放的深夜骚扰，而是父亲给她通的电话。父亲的一席话，帮助凌林解开了心结，让她对祁宏的认知有了新的发现，上了一个新台阶；对跟祁宏的这段感情，看到了新的曙光。

来到伦敦后，凌林从最初的冲动中渐渐冷静下来，她越来越清楚地意识到，大概率是自己冤枉祁宏了，错怪祁宏了。语文和政治课上，老师曾经苦口婆心地告诫过我们：现实很复杂，听到的，看到的，不一定代表了真相，认识事物，了解真相，要透过现象看本质，不要被表面现象所蒙蔽和迷惑了。

可凌林还是被现实表象蒙蔽了双眼，误判了形势。都说眼见为实，耳听为虚，其实，有时候，眼见的未必为实，因为自己一时冲动和草率，冤枉了人，也让自己和感情陷进万劫不复之地，凌林把肠子都悔青了。

既然祁宏看重跟自己的这段感情，他为什么没有来向自己解释和道歉呢？

这是凌林百思不得其解的地方。

如今，能够帮助凌林清除迷雾，还原事实真相的，也只有父亲了——祁宏当然也可以，但凌林拉不下那个脸，自己找他不是认输服软吗？凌林觉得自己没有错，不能惯着祁宏这个毛病，让他感觉是自己在求他，就像没有他地球就不转似的。

父亲已经跟祁宏见过面了，认真地聊过了，他知道事情的真相，凌林也希望听听父亲在这件事情上的态度——虽然父亲已经隐约知道自己跟祁宏闹意见了，但她没有告诉父亲，更没有跟父亲深入交流过。凌林给父亲打了几次电话，都没有联系上，父亲不是没在家，就是没在办公室，也可能既不在家，也不在办公室。父亲还没有手机，整个祁东县，只有暴发户高欣有一部砖头一样的大哥大，其他人都还没有。

直到在伦敦掰着手指头，度日如年地过了一周——凌林饱受这事情折磨的一周之后，在伦敦的一个阳光明媚的下午，凌林终于逮到父亲在家了，跟他通上电话了——那时候，国内正是凌晨三四点钟的样子，父亲还没有起床，凌林不得不在这个时候给父亲打电话。

"爸，你真是废寝忘食，忙得家都不顾，女儿都不要了。"电话一通，凌林情不自禁地一边感慨，一边抱怨。

"是比较忙，最近县里要修路，把通往四明山的沙石路扩建成柏油马路，我在调研论证，参加各种会议，会见各界人士，听取意见，确实有点忙，怠慢你妈和大小姐了。你在英国还好吧？闲下来的时候，爸想给你打电话，又发现没有你的电话号码，只有守株待兔，等你找我了。"凌书记说。

"通往四明山的那条路，确实不行，需要好好修修了，夏天尘土飞扬，雨天泥泞不堪，不适合人走，也不适合车开。"凌林说。

"看来，林儿，你是人在英国，心在祁东啊，你还是蛮惦记着那个地方嘛！"凌书记说。

"我是惦记四明山，可又能怎样呢？"凌林说，"那儿可是我的伤心地，那儿出了一个让你女儿满身是伤的人。"凌林说。

不得不说，凌林是忘不了祁宏的，父亲一提起四明山，她就鼻子发酸，感慨万千，甜蜜的，痛苦的，愤怒的，绝望的，期待的，都上来了，她想起了曾经的恋人祁宏，想起了已经把她当作儿媳妇和女儿一样对待的祁茗和朱鹏，想起了牙齿全部脱落，一脸深深的皱纹的奶奶，想起了跟她打成了一片，处成了亲人的弟弟妹妹——他们都把她当嫂子了，当然也想起了祁宏的初恋情人高燕，以及他们三人之间的故事和有趣的交情。

"林儿，看来，你是忘不了祁宏的。恕爸爸直言，你跟祁宏的事情，你是不分青红皂白，没有理智，意气用事了。本来，感情的事情，是你们自己的事情，我不想管太多，但现在你们这个情况，我不得不管了。我不能眼睁睁地看着你把自己爱的人弄丢了，把你自己也弄丢了。作为过来人，作为旁观者，老爸不得不提醒你，不要走弯路。有些路，走错了，就回不来了；有些人，错过了，就找不回来了。"凌书记语气沉重地说。

凌林没有看到父亲说这句话的时候的表情，只是听到了父亲的沉痛的声音，其实，父亲的表情更加沉痛，心情更加严肃，只是凌林看不到，只能从声音中感受。

"没有，爸，我没有冤枉他！"凌林说，"我自己跑到了祁宏跟钱小芸的婚礼现场，我都听到了，也看到了，不是假的！爸，你不知道我有多爱他，你不知道我当时的心情！在现场那一刻，我惊呆了，也心碎了，心死了——当时，我想死的心都有了，如果不是想着你和妈，走出酒店，我就往街上驶过的车上撞了！是他背叛了我，背叛了我们的感情，更让人不可原谅的是，他居然还瞒着我，什么都没有告诉我，是高燕瞒着他告诉我的！"

"是你被愤怒冲昏了头脑，没有认真分析，掌握情况。你当时看到的只是表象，你不清楚内情，也没有认真调研了解，把事情弄清楚。毛主席说，没有调查就没有发言权。虽然我不认同祁宏的方式，但我认为他没有做错，如果是我遇到了这种情况，可能也会那样做的！"凌书记说。

"爸，你是在给谁说话？祁宏那样做，你也要那样做？祁宏伤了我的心，你就不怕伤了你老婆的心？如果这样，那说明文学作品里说得对，这个世界上，男人没有一个好东西，都不靠谱！我相信我爸跟祁宏不一样，不是那种见异思迁，没有原则，没有底线，说背叛就背叛的人！"凌林说。

"林儿，老爸问你，祁宏是个糊涂人吗？"凌书记说。

"不是，祁宏很聪明，比我们很多考上清华大学的同学还聪明呢！"凌林说。

"祁宏跟你没有感情吗？"凌书记问。

"有感情，我们之间的感情很深，很真，甚至可以为对方不顾一切，牺牲自己。我们可以为对方挡风挡雨，甚至挡枪挡剑，挡子弹挡大炮！"凌林说。

"你觉得自己脸蛋不如钱小芸漂亮吗？你觉得自己身材不如钱小芸有魅力吗？你的学习不如钱小芸强吗？你的性格不如钱小芸好吗？"凌书记问。

"我觉得我比钱小芸强，至少不比钱小芸差！"凌林说。

"能够这样想，那就上路了。可你不想想祁宏为什么要那样做？这里面有没有其他原因？"凌书记说，"林儿，与其说你是被现实蒙蔽了双眼，不如说你是被爱情蒙蔽了那颗辨识真伪的心。"

"是的，爸，我也是百思不得其解，弄不明白祁宏为什么要选择跟钱小芸举办婚礼，不顾我们的感情！"凌林说。

"林儿，那是一场假婚礼，不是真的。"凌书记说，"钱小芸患了白血病，她喜欢祁宏，临死，希望跟祁宏有个婚礼，不让自己一生留下遗憾。祁宏为了让钱小芸安心地走，才答应钱小芸，亲自导演了这出戏，给了她一场婚礼——你知道，大学生是不能结婚的！"凌书记说。

"既然这样，我还是不能接受！我是祁宏的女朋友，祁宏不能为了钱小芸这样做！他不知道他对我有多重要吗？他不知道我对爱情的要求有多高吗，我眼里容不得沙子。我宁愿自己是患了白血病的钱小芸，而不是被抛弃了还蒙在鼓里的凌林——他即使要那样做，也得先问问我，征得我同意！"凌林说。

"你的想法，祁宏都知道，也尊重你。他是因为爱你，在意你的感受，才瞒着你，不让你知道！祁宏本来以为自己可以瞒天过海，不被你发现了——这样做，说明在他心里，你比钱小芸更重要！"凌书记说。

"爸，你都被他的表面伟大迷惑了，胳膊肘往外拐了。可我是一个小女人，我只想过我的日子，守护我的感情。他的想法我不理解，也没办法理解；他的行为我不接受，也没办法接受！"

"孩子，当局者迷，旁观者清。爸爸希望你从当局者中跳出来，从旁观者的角度来看待这件事情。爸爸是一个旁观者，这件事，让爸爸看到了祁宏有一颗金子般的心。能有这样品质的男孩不多，这样重情重义的男朋友很少，很难找，你要懂他，珍惜他。总之，爸对他很满意，也很尊重他。"凌书记说。

"不是我不珍惜他，也不是我不给他机会。我已经给过他来北京当面向我解释和道歉的机会了，是他没有珍惜机会，也没有珍惜我！他说来，结果没有来——他都把我当作什么了，我可是他的女朋友！"凌林生气地说。

"跟钱小芸举办完假婚礼后，祁宏准备来北京向你道歉和解释的前一夜，钱小芸突然死了，他们家就她一个女儿，父母有病，悲伤不能自已，祁宏为了张罗钱小芸的葬礼，又不得不推迟来北京向你解释的时间了。"凌书记说。

"即使这样，他也可以给我打个电话，把情况说明白的呀。"凌林说，"可他一个屁都不放！"

"祁宏觉得自己是做得太过分了，已经在电话里没办法向你解释清楚了，只有当面说，才有诚意，才能说清楚。"凌书记说，"所以，办完钱小芸的葬礼，他紧赶慢赶上北京来，可是偏偏火车晚点了，还是没能赶上。"

这就是全过程，这就是祁宏对父亲的解释？父亲信了，她信吗？凌林沉默了，她心潮起伏，虽然跟父亲还是谁都不能说服谁，可她在心里面已经信了服了，她宁愿相信是这样，不相信自己亲眼看到的，亲耳听到的。

"孩子，不要为一个打翻的牛奶瓶哭泣了，过去的就让它过去，你没有必要跟一个已经不在了的女孩争风吃醋的！"

"钱小芸死了，她真死了？"凌林不由自主地，喃喃地问。

"是的，孩子，钱小芸已经死了，她本来就是白血病晚期，在祁宏满足了她举办婚礼的心愿后，当天晚上，钱小芸在医院自杀了——钱小芸自杀，也许她想早点把祁宏还给你！"凌书记说。

凌林不再说话，她心里翻江倒海，看来，她是真的错怪祁宏了。

钱小芸，凌林是见过的，也很欣赏，长得好，性格好，也有才华，如果钱小芸不优秀，跟祁宏不匹配，凌林才懒得跟她计较呢！她们因为祁宏相识，也一块在兰考支教，度过了一个暑假的时光，大体相处还是不错的。由于她们之间横着一个祁宏的缘故，两个人谈不上知心朋友，却也不是一般的普通朋友。如果不是因为有祁宏，凌林想，她跟钱小芸肯定能够成为像她跟高燕那样无话不谈的好朋友，甚至成为亲密无间的闺蜜。凌林甚至觉得钱小芸跟自己很像，都长得漂亮，都才华横溢，都外柔内刚，都喜欢同一个男生。凌林弄不明白，祁宏是自己从高燕手里抢过来的，她跟高燕成了好朋友；为什么钱小芸从她手里把祁宏抢走了，她就不能跟钱小芸成为好朋友了呢？

现在，钱小芸死了，凌林突然什么都放下了，她不恨她，也不怪她了，在心里取而代之的，是深深的愧疚，让她沉默，让她反省：父亲说得没错，她不应该跟一个曾经濒临死亡，现在已经死了的女生争风吃醋，计较那么多了！

"林儿，祁宏真心爱的人是你，但钱小芸爱祁宏。为了让钱小芸走得安心，祁宏违心地接受了钱小芸的感情，满足了钱小芸一生中的最后一个愿望——跟自己喜欢的人办一场婚礼，这就是你所看到的现实。祁宏对钱小芸不是真的，对你才是真的——祁宏对生活，对朋友，对爱情，都是认真的。通过这件事，你难道不应该看到祁宏有一颗金子般的心，你难道不应该为自己能够遇到这样的一个男生感到三生有幸，孩子！"

"爸，我——"凌林没办法自控了，开始抽泣起来，双肩耸动，她的心在绞痛，那痛传遍了全身，停留在每个细胞核里，是那样真实，那样深刻。爸爸说得没错，祁宏已经够憔悴，够疲惫，够可怜了，自己不仅没有跟他站在一起，给他安慰，为他分担，反而给了他重重一拳，把他击倒，让他感到绝望，感到走投无路，幸好祁宏很坚强，能够承受得起！

这就是祁宏跟钱小芸举办婚礼的前世今生，原来自己亲眼看到的真的不是事实，不是真相，自己被所谓的事实蒙蔽了眼睛，蒙蔽了心，残酷无情地冤枉了自己最爱的人，把他推向了万劫不复之地。

"与其为过错哭泣，不如勇敢地纠正错误；与其为错过悲伤，不如奋起直追！你和祁宏，还是没有关上最后一扇门，但机会和主动权，掌握在你自己手里。你是打开你们僵化关系的那把钥匙，现在应该道歉和争取原谅的，不是祁宏，而是你，孩子！你这负气出走，给了祁宏多大打击，你知道吗？"凌书记说，"我在机场看到祁宏的时候，他憔悴不堪，比以前苍老了十岁，就像一个饱经风霜的中年人了。孩子，放下你的面子和高傲，找个时间，给祁宏打个电话，或者写封信，争取他的原谅，重新修复你们的感情！"

"可是，爸，我冤枉了他，他不记恨吗？你说得对，以前是我没有给他机会，现在和今后，他还会不会给我机会啊？"凌林说。

"这个你放心，祁宏不是小心眼的人，以后你们相处，要多注意方式方法，处理感情，要有逆向思维，多换位思考。你要勇敢创造机会，这个机会，是给你自己创造的，也是给他创造的。这也是考验你们感情的关键时候。你现在已经在英国了，暂时回不来了，这是事实，没办法改变。如果真心相爱，你们可以有个三年之约，让自己冷静下来。三年之后，如果你们还爱着对方，经受住了时间、地域、世俗和变化的考验，你们就继续谈下去。那时候，你们都到了谈婚论嫁的年纪，可以正儿八经地组建家庭，成家立业了。"凌书记说。

"我们彼此伤害太深了，都拉不下那个面子。给他打电话，我已经说不出口了，我不敢直接面对他了。"凌林悲伤地说。

"如果在电话里不好说，那就写信吧。写信隔着层呢，想说的不想说的，敢说的不敢说的，都可以畅所欲言，尽可能争取对方的原谅和理解，不要藏着掖着了。写作还有一个好处，就是白纸黑字，既有契约作用，又可以留作念想。所以，写信比打电话更加有用，更加有效，更加有意义，更能让你放下那份偏见和自尊。"凌书记说。

"好，那我试试看吧，我给他写信！"凌林说。

"那就说好了，孩子，事不宜迟，要抓紧了。我估摸着你这一出走，祁宏肯定难受极了，甚至感到绝望，他的境况比你好不了多少，也在备受煎熬。如果你还爱他，他还爱你，你们自己动手，把对方从水深火热中解救出来。"凌书记说。

"爸，我看还是过段时间吧，"凌林说，"我们现在都很激动，容易指责对方，陷入恶性循环，等我和祁宏都冷静下来了，想好了，再通信。既然钱小芸已经不在了，我不相信祁宏会马上进入另一段新感情；既然钱小芸不在了，我也不吃醋了，也不担心了。爸，话又说回来，无论怎样，祁宏的所作所为，都让我受伤，他都应该为自己的行为承担点什么。这件事，他不是没有错，而是看站在什么角度，对什么人，他耳根太软了，需要受到一点惩罚。爸，你知不知道，跟他牵扯不清的女生很多，在我之前是高燕，现在是钱小芸，谁能保证今后他还会不会跟其他女生牵扯不清呢?"

"感情的事，是你们自己的事，爸不方便插手太多，你们自己看着办，但也不要太过分了，适当的惩罚是可以的，但要适可而止，不要把对方弄丢了。在你爸这儿，对祁宏这个男生，是比较认可的。你们高三补课的时候，在县政府会议室看到他，我就觉得自己女儿找男朋友有眼光。"凌书记说。

"爸，过去的事就不提了，我现在心情很乱，你让我好好想想，让我好好理理!"凌林说。虽然凌林觉得父亲是对的，但她就是拉不下这个面子，或者说她还是打心眼里不认同祁宏对钱小芸的感情处理方式，因为祁宏这样做，无论如何，对她都是一种伤害，一种深刻的伤害。

跟父亲通完电话，凌林感到心里更难受了。她没有马上离开电话亭，犹豫着要不要给祁宏打个电话。祁宏宿舍的电话，她是知道的，十分熟悉，铭记在心，用强硫酸都没办法腐蚀掉，就像记自己的生日一样牢固。凌林很想给祁宏打电话，哪怕自己在这一头不说话，也不告诉他是谁，就是听听他的声音，听听他的呼吸，听听他的心跳，甚至听听他的责骂，都行。但凌林拿起电话，没有拨出那串熟悉的号码，又把电话放下了。虽然凌林知道了事情的真相，但她心里的怨气还没有消散干净，她也暂时没有勇气面对祁宏，她明白为了报复祁宏她自己做了什么，对祁宏打击有多大，但这只是以眼还眼，以牙还牙而已——她都跑到英国来了，而且还带着一个喜欢自己，追求自己的男生。凌林怕在电话里面说不清楚，就像当初祁宏怕在电话里面跟她说不清楚一样。

姜还是老的辣，父亲的话没错，还是写信比打电话来得舒坦、畅快、合意，不用担心把话题聊死了，最后都无话可说了。当然，写信，也不能卑躬屈膝，从头到尾都是道歉，作为一个女生，作为错不在先的一方，姿态还是要摆一下的，要软硬兼施，因为凌林对祁宏的感情是神圣的，不掺杂任何杂质，无论如何，祁宏都不应该作践他们的感情。

好东西，拥有的时候，不知道它有多重要。只有失去了才明白这份感情的珍贵，只有离开了中国，到了英国，凌林才明白祁宏在自己心中的分量。走在回家的路上，凌林想，这份感情，对她来说，比生命还重要，在误会和失恋的这段时间，凌林也曾多次想到死，她也算是从鬼门关走过一趟的人了。有时候，人活着，比死了还难受，叫生不如死——在父亲还没有告知她祁宏跟钱小芸举办婚礼的真相之前，凌林就是这样一种感觉。

爱情在年轻人心目中，有时候确实比生命还重要，这是那么多殉情发生的原因。祁宏已经为初恋情人高燕死过一回了，是凌林把他从死亡的边缘拉上来的。祁宏是凌林的初恋，愿意为他赴死的初恋，比她自己的生命还重要。所以，从痛苦的渊薮中挣扎出来，身上的痛，心里的伤，还是那样明显清楚，凌林不想太便宜了祁宏，得让他受到惩罚，得到报复，感觉到痛——至少不能让他那么快从这份感情的煎熬中若无其事地走出来。

反正她已经负气出走，来到异国他乡了；反正他们现在见上一面，已经相当不容易了。这种相隔千山万水的异地恋情，既是惩罚自己的莽撞草率，又是惩罚祁宏的莽撞草率。

当然，凌林也是想好了，就像父亲说的，不能太过分了，既要惩罚祁宏，让他有所收敛和反省，又要给他希望，不能一棍子打死，让他感到他们之间已经穷途末路，什么都没有了。既然如此，那就听取父亲的意见，跟祁宏来个三年之约，以示惩戒吧。

想到这个三年之约，凌林释然了，真是一个绝妙方案。三年不多不少，刚刚好。他们现在是一穷二白，少年不识愁滋味，爱情可以卿卿我我，超脱尘俗；婚姻却很现实，需要票子，需要房子，需要柴米油盐过日子，将来还要抚养孩子，赡养父母。如果他们有爱，如果他们理智，那就好好规划，耐心等待，用这三年，忙自己的学业，奔自己的事业，为将来的爱情、婚姻、家庭奠定基础。

当然，时间可以治愈一切。三年，也可以让自己放下对祁宏的恨，把过去变得云淡风轻，重新接受和原谅他；三年，也可以检验彼此，检验这段感情的真假深浅。如果在这三年中，祁宏身边还有另外一个高燕、钱小芸出现，凌林就不能原谅祁宏了。

想着要给远在天涯的祁宏写信，那天早上，凌林起得特别早。坐在教室里，凌林一点上课的心思都没有。上午有四节课，在课堂上，凌林无一例外在神游，在给祁宏写信。她用两节课来思考写什么，她又用了两节课来书写。

平时上课，凌林喜欢坐在讲台下面，中间的课桌听课。那天，凌林破天荒地选择了后面靠窗边最不显眼的角落，既希望自己不被老师发现，又希望自己不被打扰。后面两节课，凌林伏案疾书，不管不顾。这是凌林长这么大以来，第一次上课思想开小差。凌林把课本竖起来，立在课桌上，用来遮挡老师的视线。她一边装作听课做笔记，一边在信笺上奋笔疾书。

凌林太了解自己了，如果不把给祁宏的信写好，她在相当长一段时间是没有心思认真听课的。给祁宏的信，什么时候写好了，凌林就什么时候可以收心凝神，认认真真地听课了。

凌林知道自己这样做，很不对头，是对老师的不尊重，她不应该把自己的个人感情带到课堂上来，她应该放下一切，认真听课。但她没办法战胜自己，只好由着自己胡来。平时，对其他人和事，凌林的情绪管理，自我控制和调节能力都很强，但这次，情况比较特殊，人也比较特殊，情绪管理失控了。这种情况，在一直作为好学生的凌林身上，在她十多年的学习生涯中，是绝无仅有的。

第四章　那封信差点把凌林毁了

写信激动，寄信也激动。这是他们重归于好，修复感情的伟大行动。这件普通得不能再普通的小事，在凌林看来，成了她一生中最重的一个决定，最重大的一件事。

两人能不能不计前嫌，握手言和，重归于好，全看这封信了。

既然这么重要，凌林就没有急着把信寄出去了。一定要做到万无一失，没有瑕疵，达到既定目的才行。凌林生怕信中有什么不妥当的地方，可能让祁宏心生不满，例如，态度不好，用词不当，心意没有表达到位。

在课堂上把信写好后，放学路过邮局，凌林没有把信寄走。站在邮局前，凌林犹豫了一下，决定把信带回家，准备睡觉前再好好看看，认真斟酌一下，该修改的地方修改一下，最好能够清楚工整地重新誊写一遍，把姿态放得更低，把意思表达得更完整，把语言润色得更华美，把字写得更漂亮，从里子到面子，都要给祁宏一种赏心悦目的美感——由于信是在课堂上偷偷摸摸写的，字迹有些潦草，个别地方意思也不顺畅连贯。

让凌林没想到的是，就是这个想法，产生了极为严重的后果，随后发生的事，不仅毁了她的清白，还让她差点把生命都搭进去了。

回到家，进了自己房间，凌林没有多想，把信放在床头柜上，转身去了浴室洗澡。凌林准备把自己洗得干干净净，神清气爽的时候，再来誊写那封信。就在凌林洗澡的时候，谢天放回来了。谢天放回来的第一件事，就是蹿进凌林的房间。他蹿进凌林房间的第一眼，看到了那封信。

信是谁写的？或是写给谁的？信上写了什么内容？

谢天放抑制不住强烈的好奇心，快步走过去，拿起信件，一目十行地瞟了起来。信件开头的称呼——亲爱的宏，就已经让谢天放妒火中烧，脸色难看极了；越往后看，谢天放的脸色越难看；把信从头至尾看完，谢天放的脸色变成了猪肝色，酱紫酱紫的，冒烟了。

信是凌林写的，不是别人写过来的；信是写给祁宏的，不是写给他谢天放的。信上的内容再清楚不过了，凌林低着姿态，极尽温柔，向祁宏求复合。原来凌林和祁宏之间，确实产生了极大误会，这正是凌林邀请他一起出国的原因，凌林是在逃避。

但到了英国，凌林后悔了，在信中，向祁宏道歉了，并主动向祁宏定下了一个三年之约——三年正好是他们完成学业，从英国回到中国的时间，也是他们结婚成家的适龄之年。

这封信，让谢天放彻底明白过来：祁宏和凌林没有真正分手，他们之间，仍然藕断丝连；他不顾一切，从中国穿越千山万水，不远万里，陪凌林到英国求学，可是三年后，等待他的大概率是鸡飞蛋打，做了无用功。

这封信让他生气，让他愤怒，让他绝望，让他窒息，让他抓狂，让他不顾一切！谢天放拉开床头柜的抽屉，抓起打火机，擦亮，不由分说，把信点着了。

信烧起来，火苗越来越大，熊熊燃烧，顷刻间，凌林在课堂上偷偷摸摸，辛辛苦苦写下的几页信化作一阵青烟，成了一堆灰烬，掉落地上，打着滚。

凌林在洗澡。她一边洗澡，一边愉快地唱着歌。听着哗哗的水声，愉快的歌声，谢天放都要气疯了，他知道，如果凌林没有写这封信，她是没有这么高兴的，不会唱歌的。把信烧掉后，谢天放还是觉得不解恨，他发誓要把凌林生活中，关于祁宏的一点一滴都无情地清除掉，什么都不留！

谢天放开始翻箱倒柜，他拿出凌林的行李箱，拉开拉链，认真地搜了起来。这一搜不打整，他找到了很多祁宏的东西：祁宏的照片和一套男式西装！

照片上的祁宏，穿着西装，打着领带，脸上灿烂地笑着，很阳光，很帅气，一脸热恋中人才有的幸福表情。那些照片，有在长沙的，有在清华的，有祁宏的独照，也有跟凌林的合照！

那套西装，已经有点褪色和起皱了。不用问，西装是祁宏的，被凌林当作宝贝一样带到英国来了，跟那些照片一样，在他们俩的关系史上占据重要地位，具有重要意义。那套西装是祁宏穿过的，渗透着祁宏的汗液，散发着祁宏的气味，代表着祁宏本人——看见这套西装，凌林就会想起祁宏这个人，想起关于这套西装的往事；披上这套西装，就代表了祁宏拥抱了凌林，给她温暖，引她遐想。

有时候，凌林确实披上了这套西装。就在前天晚上，谢天放借答疑请教之机，过来找凌林，就看到她披着这套西装，靠在床头看书。当时，谢天放很纳闷，凌林什么时候有一套陈旧的男西装了？他当时以为是凌林从杜维那儿借的。直到从行李箱中，把旧西装翻出来，谢天放才想明白，原来那套西装不是杜维的，是祁宏的，是凌林从国内带过来的！

谢天放抓起西装，撕了撕，没有撕烂——西装不同于信纸，容易被撕烂；他生气地把西装扔在地上，用脚使劲地踩了几脚。谢天放还是觉得不解恨，他把那些照片抓起来——祁宏的独照和与凌林的合照，都抓起来，扔在地上。

谢天放把打火机擦亮了，把西装和照片点着了。大火熊熊地燃烧了起来，蹿起半个人高的火苗，呼呼呼地响。那些照片和那套西装，顷刻间被大火吞噬，化作一堆灰烬，跟信件的灰烬混在一起，堆在房屋中间，很大一堆。

正在浴室洗澡的凌林，先是听到了大火呼呼燃烧的声音，心里一惊，关了水龙头，凝神谛听，确认什么东西烧着了，接着她闻到了衣服烧焦的味道，她以为家里起火了，赶紧擦了一把身子，裹着浴巾出来了。

凌林从浴室出来的时候，火渐渐地小了，那些照片和那套西装快烧完了，只剩下一堆灰烬，堆在屋子中间的地面上。她看到谢天放脸色铁青，横眉竖目地站在那儿，脚下是一堆灰烬。床头柜上那封信不见了，她的行李箱开着，东西很凌乱，刚被翻过，被她视为珍宝，用来安慰和怀想的那些照片和西装都已经不见了。

凌林明白过来：是谢天放看到了她写给祁宏的信，是那封信把谢天放彻底激怒了，是谢天放一怒之下，把那封信，那些照片，那套西装，点火全烧了——谢天放要把祁宏从她生活中彻底抹掉。

"谢天放，你，你怎么能这样！"凌林气得脸色铁青，浑身发抖，她手指着谢天放，大声斥责。凌林做梦都没想到，谢天放是这样一个人——其实，谢天放是什么样的人，凌林早就领教过了，应该想得到的，可这段时间她被祁宏和钱小芸结婚的事气晕了头，失去了基本的分辨能力。

信、照片、西装被烧，还不是最糟糕的，事情就像一匹脱缰野马，失了控，远远超出了凌林的想象和承受范围。看到凌林从浴室出来，谢天放一个箭步冲上来，还没等凌林反应过来，一把抱起凌林，快步走向床边，把凌林扔到床上，然后像一座大山一样压了下去，覆盖在凌林身上。

凌林被吓坏了，花容失色。她惊慌失措，恐惧万分，本能地伸出双手，用力推搡谢天放，希望把他从自己身上推开，但她的力量太微弱了，谢天放实在太沉重了，太有劲了——谢天放就像一头发疯的野兽，拉扯着凌林身上的浴巾。浴巾不像衣服有纽扣，不像裤子有皮带，很快，凌林就一览无余地呈现在谢天放眼前。

凌林绝望极了，心里想：完了，这下全完了！

凌林想喊，可喊不出来，她的嘴巴被谢天放的嘴巴堵住了；她的全身被谢天放压着，动弹不得。凌林拼命地扭动，挣扎，但无济于事，她根本不是牛高马大，力大如牛的谢天放的对手。

凌林慌乱极了，后悔极了，绝望极了，她后悔不应该生祁宏的气，报复祁宏；她后悔不应该叫谢天放跟自己一起来英国——即使要报复祁宏，要到英国来，她也可以自己一个人来的！一切都应了那句话：一步错，步步错——凌林还没来得及惩罚祁宏，自己倒是先被惩罚了。

挣扎到最后时刻，凌林精疲力竭，躺在床上，动弹不得——她没有任何办法和力量来对抗谢天放的侵犯，除了从眼睛里不断涌出来的泪水。凌林绝望地闭上眼睛，泪水从眼角流了出来，顺着脸颊往下滴落，浸湿了床单和枕头。凌林感到双腿之间传来一阵剧烈的疼痛，有什么东西挤进了她的身体，她感到窒息，晕了过去。

凌林清醒的时候，谢天放已经不在身边了，洁白的床单上印着一朵鲜红的梅花，刺痛着她的眼睛，她的神经。这朵梅花告诉她，她已经不是一个女孩了，她成了一个女人了。

凌林坐起来，抱着头，蜷缩在墙角，无声地流着泪，想着心事。

在跟祁宏谈恋爱的时候，凌林也暗暗地期待过这种事情发生，尤其是在那个寒假，跟祁宏在湖南大学的男生宿舍同居一室的时候；但凌林没想到，让自己从少女变成女人的，不是祁宏，而是谢天放——把她处女之身卷起的，不是期待中的人，不是期待中的那种和风细雨式的催化，而是这样一种狂风暴雨式的摧残。

天渐渐黑下来，不知什么时候下起了小雨，又黑又冷。凌林没有开灯，在黑暗中，她绝望地想：发生了这样的事，祁宏还要不要我？

我已经配不上他了！

不管祁宏要不要她，经过这件事，有一点凌林是明白过来了：即使祁宏不要她，她也不能将就，跟谢天放在一起。凌林不是一个将就的人，这个男人对她做下的孽，犯下的恶，她一辈子都不打算原谅他了。

在得知自己被祁宏欺骗背叛后，曾经一度，凌林对谢天放产生过好感，现在，这种好感已经荡然无存了，取而代之的是厌恶，深深的厌恶，这种厌恶渐渐恢复到了跟祁宏热恋的时候一样了——那时候，凌林躲着谢天放，看见他的背影都觉得恶心，可现在自己就是被这样恶心的一个人给糟蹋了。

虽然谢天放得到了她的身体，却得不到她的人；虽然谢天放得到了她一次，却不等于以后想得到就能得到了，凌林还不想破罐子破摔。这种得到，对凌林来说，就是毁灭，既毁了凌林，也毁了凌林与谢天放的未来发展——是不是也毁了凌林跟祁宏的关系和感情，现在还是一个未知数，这个问题凌林没办法回答，只得由祁宏来回答。

但凌林想，自己这辈子都不愿意再见到谢天放了。

那天晚上，凌林是越想越绝望，她甚至想到了死，想到了很多种死法：上吊自缢，在梁上套一根绳，把脖子伸进去，把凳子蹬掉，死后长长的舌头伸出来，大大的眼睛凸出来，死状极惨，太吓人了，不适合自己。纵火自焚，被烧成一撮灰烬，不行，这栋房子是杜维的，她没有这个权利，也没有这个坏心眼，杜维跟自己无冤无仇，自己死了不要紧，不能把杜维给害了。出门撞车，更不行，凌林不能害别人，万一还撞不死呢？跳楼，也不行，像她这种花容月貌的女生，不希望死后血肉模糊，惨不忍睹。

思来想去，凌林突然想起，小院后面有一个湖，那湖水澄澈干净，正好可以清洗身体，把身上的污秽清洗干净。对的，投湖自尽，溺水而亡，可以给自己留个全尸，也没什么骇人的后果，是一种最体面的死法了，比起上吊自缢，纵火自焚，跳楼和撞车，没有那么难看，也不会那么难堪。

凌林穿上衣服，下子床，梳了头，出了门，向小院的湖边走去。细雨不知什么时候停了，凌林坐在湖边，吹着夜风，理不清头绪来。她只觉得自己身上很脏，让她感到厌倦，她很想走下湖去洗一洗，彻底地洗一洗，认真地洗一洗，把身体内外，从肉体到灵魂，都清洗一遍，洗得干干净净。

这样想着想着，凌林站起来，慢慢地向湖中间走去。湖水冰凉，让人心里升起一阵阵寒意，凌林觉得这水温刚刚好，让人清醒；这种感觉也挺好，很适合这个时候的她，很适合这个时候的她的心情。凌林越走离岸边越远了，湖水慢慢地没过她的膝盖，没过她的腿，没过她的腰，没过她的脖子，没过她的头顶，将她完全淹没，只有长长的头发漂在水面，散开在水面上，随波漂荡。

凌林先是感到自己的嘴巴，鼻子，耳朵，眼睛，被水堵住了，渐渐地呼吸困难；然后感到嘴巴，鼻孔，耳朵，眼睛被打开了，水汹涌地灌了进去，她觉得很呛很闷，最后什么都不知道了。意识模糊迷离的时候，凌林感到祁宏来了，拖着她的身体往上浮——凌林仿佛听到祁宏说，林儿，我要把你从水深火热中解救出来。

那一刻，凌林在心里说，我还是触摸到了祁宏，他到底还是原谅我了，把我从水深火热中拯救出来了！

等凌林醒来的时候，已经是第二天清早了。天空已经放晴，鸟儿在树上跳跃，追逐，嬉戏，叫唤。凌林看了一眼自己，发现自己完好无损地躺在床上，昨天晚上发生的一切，就像一个梦一样。

自己是死了，还是活着？是在天堂，还是在地狱？

凌林马上明白过来，自己不是在做梦，因为她注意到床边坐着一个人，一个她最不想见到的人——谢天放。

谢天放的存在，清楚地提醒凌林，昨天晚上发生的一切，不是梦，是真的，千真万确。

看到凌林醒来，谢天放紧张极了，他站起来，慌不择路地离开了。

谢天放做贼心虚，让凌林更加确认，发生的一切都是真的。

谢天放走后，杜维进来了。

"凌林，你醒了，可把我们吓坏了。"杜维说，"好好的，你怎么要投湖呢？"

"我还活着？"凌林问。

"还活着，差一点点就死了。"杜维说，"到了英国，大好前程等着你呢，你还有什么想不开的，非要寻死觅活呢？"

"我记得我要死了，怎么就没死成呢？"凌林问。

"是我把你捞上来的。我下班回来，刚到门口，就看到有一个黑影，正在一步步走向湖心。我当时吓了一大跳，以为碰到鬼了。"杜维说，"我壮着胆子走过来一看，确认是你，但这时候，水已经没过你头顶了，我不得不跳下湖，向你游过去，把你从湖底捞上来，拽上了岸。然后我和天放对你实施了急救，是天放给你做的人工呼吸，不是我！"

凌林突然感到一阵恶心，胃里一紧，剧烈地呕吐了起来。

"吐出来了就好，吐出来了就好，等会喝点粥，补充一下体力。"杜维说，他不知道凌林为什么呕吐，"好好的，来到英国了，有什么想不开的呢？"

"没什么，我只是觉得身子脏了，想洗一洗，没想到自己不谙水性，差点被淹死了。"凌林说。

"屋里不是有浴室吗？你想洗澡，可以在家里洗啊，用不着跑到湖里去啊。"杜维说。

"浴室的水太小了，我怕洗不干净。"凌林说。

"你这思维有点怪异。恐怕事实上不是这样的吧，我跟天放抢救你的时候，他说，你们吵架了，是你想不开，他一时也没有看住你。"

杜维说。

"杜总，他是高看自己了，我不可能为他想不开，去投湖自尽的。"凌林说，"但从现在开始，我确实不想看到他了！"

"没有想不开就好，我相信你说的，这是一次意外，是你想洗个澡。"杜维说，"凌林，生活是美好的，挫折和困难是暂时的，彩虹都在风雨后，我事业受挫，感情受挫的时候，也想过用死来解决问题，但我挺过来了，现在每天忙着做生意，赚钱，享受生活，过得充实，过得惬意。你也千万别想不开！"

"你的话，也许我以前不明白，但现在，我死过一回了，明白过来了，活着真好，很多美好的东西都值得我去珍惜，值得我留念，生活还没到最坏的时候！"凌林说。

"你能想通想透，我就放心了。"杜维说，"你才二十岁吧，你的人生才刚刚开始，美好的前程正在等着你，千万不要有什么想不开的。"

"你放心吧，我已经不会了。"凌林说，"不过，你这个地方给我留下了太深太大的心理阴影，让我想起一些不愉快的事情，让我看见那个差点葬身鱼腹的湖——每到晚上，这个湖就像张开的血盆大口，怪吓人的！"

"你怎么会有这种感觉呢？这个湖，多漂亮啊！我是从湖底把你捞上来的，难怪你有这种感觉！既然这样，你就换一个环境吧。"杜维说，"免得你住在这儿，老想不开心的事，心里全是阴影！"

"可是，杜总，我身上没钱！"凌林不好意思地说。

"如果你急于离开这儿，没钱，我可以借给你一些。"杜维一边说，一边从裤袋里掏出来一叠钱来。

"我身上暂时没有太多，现在只能借给你这些。这是一千英镑，是我今天收到的货款，借给你应急用，如果不够，过两天再来找我。"杜维说。

凌林没有拒绝，因为她急需用钱，急需离开这儿，因为她已经身无分文了。凌林现在只想好好学习，完成学业，奔赴跟祁宏的那个三年之约——她已经想清楚了，这三年，自己清心寡欲，不闻世事，努力学习。

想到祁宏，想到那个三年之约，那些消失消散的力量又渐渐地重新聚拢了过来，凝结在心。

等杜维走后，凌林下了床，坐在书桌边，开始给祁宏写信。

信的内容，凌林大致还记得，没有被谢天放那把火烧掉，那内容，凌林都能背诵了——谢天放把信烧了，她可以再写；谢天放烧一次，她再写一次；谢天放烧一百次，她再写一百次。她一定要把那个三年之约写下来，给祁宏寄过去，那个三年之约是她和祁宏的感情契约。

信很快就写好了，凌林一边写信，一边不由自主地哭——她心碎了，却又充满希望。信笺上是斑斑泪痕，很多字的笔画都发散了，变得模糊了，但凌林相信，祁宏可以认得出来——哪怕信上没有一个字，祁宏都知道凌林要写什么，想说什么。

凌林一边写信，一边感到胸闷气短，心痛如绞，她真后悔了，后悔自己一时冲动，意气用事，撺掇谢天放，跑到英国来了，那个时候，凌林真没想到英国之行是这样一种结果。

把信写好，折好，装进信封后，凌林开始收拾行李和衣服。凌林把信放在行李箱里，用衣服层层包裹起来，然后拉着行李箱，走出了房间，头也不回地离开了杜维的独家小院。

杜维准备送她，凌林没有让。谢天放想送她，但又不敢，他知道自己把凌林彻底得罪了。

谢天放站在自己房间的窗户前，默默地看着凌林离开。他知道，他和凌林之间，在他得到凌林的身子之后，他失去了凌林的心，他们之间，已经画上句号了，今后连朋友都没的做了——这与很多恋人之间的关系，正好相反，他和凌林之间，来不及开始，就已经落幕了。

天气阴冷，天空又飘起了小雨，大街上行人稀少。凌林没有打伞，在斜风细雨中，凌林头也不回地走着。路过邮局，凌林停下来，打开行李箱，把信件翻出来，买了一张邮票，涂上糨糊，贴上，认真地看了看，然后在信封上亲了亲，把信投进了邮箱里。

把信寄走后，凌林如释重负，渐渐地感觉神清气爽，浑身充满了力量——爱情的力量。在英国的遭遇，凌林没有写进信里，那封信，她还是保持原样，信的内容基本上是被烧毁前的，只是态度更谦卑，语气更温柔，心境更平和了。

被谢天放强暴后，她已经不怪祁宏了，她相信，祁宏也不会怪她，不会不要她，即使她现在不干净——在感情和精神上，她是干净的，她从来没有跟其他男生谈过恋爱，至少没有开始，她心里只有一个祁宏。

回到学校，把宿舍定下来，交完房租，买了一些基本的生活用品，从杜维那儿借的一千英镑就差不多用完了，所剩无几了。

在英国，没有钱，寸步难行，凌林又不愿意向父亲开口要。凌林决定靠自己，以祁宏为榜样，自己动手，丰衣足食。身无分文的祁宏，在上了大学后，不也是这样过的？凌林要把祁宏受过的苦再受一遍，只有这样，她才能更加理解祁宏，更加珍惜祁宏。

当务之急，是找份工作，实现自给自足。下午上完课，天色还早，凌林在学校附近转悠，不知不觉来到了附近的一家中餐厅。那个中餐厅是杜维的一个朋友开的，杜维曾经带她和谢天放来吃过饭，凌林跟老板有一面之缘，也算是熟人了。老板也是中国人，原来是过来留学，但是成绩不好，毕不了业，但他有商业头脑，于是留了下来，在剑桥大学旁边开了这家中餐厅。

从中国来的留学生越来越多，爱吃中国菜的外国朋友，也越来越多。这个中餐厅渐渐成为剑桥大学附近的中国留学生的聚会之所。

凌林对老板说，自己读书需要钱，可不可以让她在这儿打一份临时工？

像凌林这样来找临时工的留学生很多，都是来了又去了。老板喜欢用中国留学生，勤奋，廉价，灵活，听话，还能够在留学生圈内传播名声，带来生意，凌林又是熟人，所以，老板很高兴地聘用了凌林。凌林在中餐厅端菜，洗碗，刷盘子，一个月三百英镑。这个钱，够她交完房租还略有节余。凌林很开心，在异国他乡，她终于可以自食其力，让自己活下来了。

凌林长得漂亮，也手脚勤快。有她在店子里，很多中国留学生和外国青年，都慕名前来，以看她的名义，来中餐厅消费——凌林实在是太漂亮了，在中国女留学生中绝对是一块招牌，一道风景。饭店的生意渐渐火了起来，两个月后，老板给凌林涨了工资，一个月五百英镑。

凌林很珍惜这份工作，尽量把服务做到更好——只是她脸上的笑容是挤出来的，有点儿僵硬，这个只有她自己明白，别人看不出来。当然，工作结束后，凌林把全部的时间和心思用在了学习上。

经历了初来乍到的辗转奔波，颠沛流离之后，凌林在英国的工作、学习和生活，渐渐步入正轨，开始顺风顺水。

第五章　祁宏从失恋中摆脱出来

那天是祁宏生命中最难忘的一次送行，尽管他马不停蹄地赶路，赶时间，最后还是没能赶上跟凌林见上一面，他眼睁睁地看着飞机飞起了。

告别凌书记后，祁宏没有立刻离开，他离开候机厅，来到机场边缘，挑了一个居高临下的位置，站在那儿，就像一棵笔直的送客松，他的眼睛一眨不眨地盯着机场上的飞机，听着机场广播，确定了凌林乘坐的那架飞机。

祁宏看到了凌林随着人群移动，登机。在熙熙攘攘的人群中，那个身影是那样醒目，那样让他揪心！祁宏使劲地喊了两声，挥了挥手，但没什么用，距离太远了，登机的人群太热闹了，凌林根本听不见，看不到。祁宏看到了凌林身后的谢天放，他比凌林高出一个头，就像一尊保护神。祁宏立刻明白了，他们是一起走的。在自己伤害了凌林后，凌林还是接受了谢天放。谢天放的出现，既让祁宏揪心，感到难过，又让祁宏放心，感到安慰——奔赴异国他乡的凌林，最终还是有人照顾了。

祁宏看着飞机滑行，加速，抬头，起飞，越飞越高，越飞越远，越飞越小，最后消失在蔚蓝色，遥远的天际，看不见了踪影，也听不见了轰鸣。

他的女神走了！他多么希望凌林能够透过机窗，看到他来了，看到他在送她——哪怕她不肯原谅他！如果凌林能看到自己，那也是向她准确地传递了一个信息：他确实来北京了，来向她解释和道歉了——尽管凌林看到他的可能性微乎其微，太渺茫了！

飞机消失后，祁宏泄了气，他一屁股坐在地上，抱着头，心如刀绞，欲哭无泪——他知道自己永远地失去了凌林，也许再见面的时候，两个人已经形同陌路了，甚至他们以后没有再见面的可能了。想到这些，祁宏的心痛和绝望就像当年跟高燕分手时一样，又重新来过了一遍，只不过换了一个女主角，换了一个让他心痛和绝望的女生。

甜蜜而苦涩的初恋，是高燕主动提出分手的。高考结束后，兴冲冲地回到四明山，祁宏准备向高燕报喜，跟她一起分享高考成功的喜悦。他本来以为，高考结束，他麻雀变凤凰，苦尽甘来，配得上高燕，对得起高燕了，却没想到被高燕莫名其妙地通知分手了——他努力了，但高燕变心了，跟干部子弟张伟订婚了，结婚了！

跟凌林，是自己的背叛、谎言和欺骗，伤了她的心，把她得罪了，弄丢了，是自己的错，不能怪谁，只能怪他自己，是他自作自受——尽管祁宏不承认背叛了凌林，因为他没有真心爱过钱小芸，但对凌林来说，祁宏所作所为，确确实实是隐瞒和欺骗，不可饶恕！

太阳偏西了，祁宏才站起来，拖着疲惫不堪的身体和伤痕累累的心，从机场出发，向北京火车站走去。他没有坐车，选择了走路，他需要冷静下来，用肉体的惩罚来转移和麻痹灵魂。从机场到火车站有三十多公里，祁宏走了五六个小时。到车站的时候，已经是半夜了，月明星稀，行人稀少。祁宏的双腿走肿了，麻木了，铅一样沉重。火车站有很多人在候车，祁宏买了一张硬座，上了从北京到长沙的火车。火车很慢，一路上停停靠靠，哐当哐当，给了他很多时间难过和伤心。二十多个小时，祁宏无精打采，没有跟人说话，没有喝水，没有吃饭，也没有上厕所，更没有看窗外的风景——好像这些，他都不会了，凌林走了，他把魂丢了，他的魂跟着凌林跑了。

跟高燕分手，祁宏自杀过，也大病过一场，至今历历在目，记忆犹新。跟凌林分手，祁宏虽然没有大病一场，结果却比大病一场更加难受，就像一个人想哭却没有哭出来——病可以减轻和转移精神痛苦，这次他减轻和转移精神痛苦的方式和机会都没有。病痛可以帮助祁宏减轻和转移精神情感上的痛苦，不病不痛才是最难受的失恋。难受归难受，日子还要过下去，生命还要继续下去，祁宏已经不可能像初恋的时候失恋那样一心想着殉情了。人这一辈子，可能要经历不止一次感情，有一见钟情的，有日久生情的，有时候也可能动心很多次，但能够让你产生殉情念头的，不可能太多，这种深刻的爱情可能只有一次——哪怕以后，再刻骨铭心，再伤再痛，要为情自杀，可能很难了。

　　这件事情，高燕也很纠结。听到钱小芸在医院里自杀的消息，她开始怀疑是自己错了：祁宏可能不是背叛凌林，跟钱小芸真心相爱，也许是善良的他为让钱小芸最后时刻过得开心，走得安心，才不得不接受钱小芸，跟她举办婚礼的。高燕很清楚，祁宏和凌林才是真心相爱的——这也是高燕把祁宏和钱小芸准备举办婚礼的事告诉凌林，希望她过来阻止的原因。如果真是这样，自己可能拨弄是非，所作所为与所持初心南辕北辙，效果适得其反了。如果真是这样，自己应该跟祁宏站在一起，帮助他一起隐瞒真相，不要让凌林知道祁宏和钱小芸要举办婚礼的消息。

　　高燕越想越内心不安，她迫切希望去找祁宏问个清楚明白，看是不是自己判断错了，是不是自己做错了。如果自己判断错了，做错了，她要向祁宏赔礼道歉，请求他原谅，最好能够做些什么，帮助他们减少误会——大错已经铸成了，要彻底消除他们的误会已经不可能了。当然，如果是祁宏脚踩两只船，既跟湖南大学的钱小芸恋爱，又跟清华大学的凌林恋爱，那她就没有判断错，也没有做错，她问心无愧，用不着向祁宏赔礼道歉，也没有必要向凌林解释什么了——虽然跟自己分手后，现在的祁宏同时爱上多少个女生都跟她没关系了，但高燕认可凌林，不希望凌林被背叛、蒙蔽和欺骗，凌林是一个正直、善良、单纯的女生。

高燕来到男生宿舍找到祁宏的时候，正是祁宏从北京回到长沙的第三天下午。那三天，祁宏课都没有去上，他躺在床上，表情呆滞，眼神空洞地望着天花板，一动不动。高燕过来找他，叫他，他都没有起床的样子，也懒得理会。

"高燕，你来得正好，祁宏已经三天三夜没有起床了，从北京回来就这样，不理睬人，不吃不喝，不去上课，丢了魂似的，我们都很担心他。他不理睬人，不去上课，都可以，但不吃不喝不行，人是铁，饭是钢，再这样下去，就要出大事了！"汪大力说。

听到祁宏已经三天三夜没有吃喝了，高燕心里打翻了一个五味瓶，什么滋味都有了，她又是心痛，又涌起了醋意。看来，无论是钱小芸还是凌林，在祁宏心目中的分量跟自己当年有的一拼，都可以让祁宏丢了魂；看来，他对那两个女生都动了真感情。祁宏的这种表现，高燕是再熟悉不过了，也印象深刻。两年前，他们分手，祁宏也是这样寻死觅活的，丢了魂一样。如今祁宏又为她之外的两个女生痛苦难受，残酷地折磨自己，一切就像在昨天，一切又恍如隔世。

"宏，你不能这样，身体是革命的本钱，你得吃点儿东西！你不吃东西，可能难过的精力都没有。人死了，不能复生；你要为活着的人着想，钱小芸走了，你不是还有凌林吗？"高燕说。

高燕来了，祁宏多少有点不好意思，尤其是让高燕看到自己这样颓废，他的嘴角都起疱了，嘴唇干裂了——她是一直希望自己能够阳光地，积极地生活的。高燕说得对，他不应该沉沦，他应该振作起来。

祁宏慢慢地坐了起来，但他感到没有力气，只好把背靠在墙上。

"燕儿，你可能只是知道钱小芸死了，不知道凌林走了。"祁宏说，"我现在很难受，我要承受两份痛！"

"也是难为你了，谁叫你感情那么丰富呢？凌林走了是什么意思？她去哪儿了？我去找她把情况说明一下，对不起，是我帮了倒忙，把你跟钱小芸要结婚的事告诉了她，我把你们俩坑了！"高燕说。

"已经没有用了，凌林被气坏了，以为我背叛和欺骗了她，她跟着他们班的谢天放跑到英国去了，谢天放在追求她，她接受他了，不会原谅我了！"祁宏说。

"你是鸡飞蛋打了啊？是我害了你！你有凌林的电话吗？我给她打个电话，向她解释一下！"高燕说。

"算了，她气坏了，我们已经分手了！她不会给我电话，也不会给我写信了，我连一个把事情讲清楚，向她道歉的机会都没有——凌林不会给我这个机会了！"祁宏说。

"那你也不能因为分手了，就不吃饭吧？不要把自己饿坏了！"高燕说。

"我也知道这个道理！你不来，我不觉得饿；你来了，我倒真感到很饿了。"祁宏说。

祁宏的肚子咕噜咕噜地叫了起来——他确实饿了，肚子里面空空如也。

"那好呀，去办事处吃饭吧，我叫王欣给你做很多好吃的，让你吃个够，她现在厨艺又长进了不少！"高燕。

"好，那就去你那儿改善伙食，吃一顿好的，你叫王欣多做点饭。"祁宏说。

"我要她煮一大锅饭，包你吃饱！我和王欣不吃，也要让你吃饱吃好的！"高燕笑了。

听到祁宏答应自己要去办事处吃饭，高燕开心极了。她的笑容很灿烂，就像早上从山顶上升起来的红太阳，她的笑容让祁宏看到了这个世界的色彩，感受到了生活的温暖。

祁宏小心翼翼地下了床，穿上鞋，走在高燕前面，出了宿舍，向校外走去。

三天三夜没进一粒米饭，没喝一口水的祁宏身体十分虚弱，站都站不稳，好像一阵风就能把他吹倒刮走似的，他一只手扶着墙，缓慢地往外挪动，下楼梯差点摔倒了。

出了男生宿舍楼的大门，高燕顾不了那么多了，她情不自禁地伸出手，扶住了祁宏的胳膊，就像扶着一个大病初愈的老人。

两个人走得很慢，五六百米的路程，用了半个多钟头，用时比平时多出几倍。进了办事处，高燕把祁宏扶到沙发边，让他坐下来，然后吩咐王欣赶紧做饭做菜。

高燕给祁宏倒了一大杯牛奶——高燕平时不喝牛奶，那牛奶是给思鸿喝的。祁宏接过牛奶，脖子一仰，咕咚咕咚地灌了进去。喝了一大杯牛奶，祁宏才渐渐地缓过劲来。

"宏，你悠着点喝，没人跟你抢！"高燕心疼地说，"看你把自己糟蹋成什么样子了！记住了，身体发肤，受之父母，以后不准你再这样糟蹋自己了！你这个样子，你自己不觉得痛，你父母感到痛，我也感到痛，我不准你糟蹋自己，钱小芸和凌林都不希望你这个样子！"

高燕的话，温柔有力，让祁宏如沐春风，一股暖流从心里淌过，他感激地看了高燕一眼，心想，如果当初高燕不做出违心之举，他们之间现在就是一对亲密无间，恩爱有加的恋人，他将从一而终，只有高燕一个女朋友，不会跟钱小芸和凌林牵扯不清，惹出那么多麻烦，生出那么多事来，把自己弄得遍体鳞伤，一地鸡毛。

已经为人妻为人母的高燕还爱自己吗？

祁宏问自己，答案是肯定的，他心里比谁都清楚，要不高燕就不会跟张伟感情那么差，要不高燕就不会到长沙办事处来，把长沙办事处的地址选在湖南大学附近。

自己还爱她吗？

祁宏问自己，答案也是肯定的。但在高燕之后，他和凌林已经开始了，他把这份爱转移到凌林身上了，现在虽然凌林跟别人跑了，祁宏还对凌林抱有一丝希望，至少他得向凌林把事实说清楚，说清楚后，凌林是跟他分还是跟他合，由凌林决定，只要这丝希望在，祁宏就要努力争取！

　　自己和高燕的这种感情现状，或许是屈服于生活的无奈，在两个人的内心深处，那份感情始终都在，从来没有离开过，尤其是在他们生活不如意，感情脆弱的时候，更加地凸显了出来，他们两个互为精神的慰藉，感情的港湾。

　　小思鸿在地上自顾自地玩着玩具，是祁宏送给他的生日礼物，一辆装上电池，就能满屋子乱跑的小玩具汽车。手脚利索的王欣已经做好饭菜，端了上来。丰盛的菜肴摆放了满满一桌，散发着诱人的香味，香味在房间里流淌飘荡，搅动着人的食欲。

　　"宏，我们开吃吧，你饿坏了！"高燕说。

　　王欣已经给祁宏盛了满满一大碗白米饭，放在他面前。祁宏也不客气，端起碗，举起筷子，大口大口地往嘴里扒拉着饭粒。

　　大米饭真香，开始几口，祁宏嚼都没嚼，就吞咽了下去——他需要先往空空如也的肚子里填些东西，驱散难受的饥饿感。

　　"饭菜饭菜，吃饭要吃菜，饭菜不分家，这样才有滋味——生活的滋味都在吃上，吃的滋味都在菜里。"高燕一边说，一边往祁宏碗里夹菜，不停地夹菜，她夹的每一筷，都是她看到的碗里最好的。

　　祁宏只顾狼吞虎咽，已经分不清饭和菜了，幸好细心的高燕没有往他碗里夹鱼，夹骨头，只给他夹肉，没有骨头的肉。如果给他夹鱼，夹骨头了，祁宏那种吃相，不是被鱼刺扎了，就是被骨头卡了。

　　那一顿，祁宏真成了一个饭桶，他一口气吃了四碗饭，把饭锅吃了个底朝天，粒米没剩。那锅饭，除了小思鸿盛了一小碗，高燕和王欣都没有盛，她们只是喝了些汤，吃了些蔬菜，她们把自己那份饭留给了祁宏。

"宏，你吃饱了没有，要不要再做一锅饭?"高燕看着意犹未尽的祁宏，不放心地问。

"不用了，我吃饱了。"祁宏看着高燕，不好意思地说。

"饭要吃饱，人才有精神，你不要跟我客气啊。"高燕说。"咱们一家人不说两家话，不够就做，半小时就可以做好了。"

"燕儿，我都吃了四碗饭，三个人的分量，成饭桶了，我把你和王欣的那份都吃了，你们今晚要饿肚子了。"祁宏说。

"我和王欣晚上吃得少，不碍事。你把我的那份吃了，我才高兴；哪怕我不吃，也要让你吃饱啊!"高燕说。

祁宏再次感动起来，鼻子有点发酸，这个女人，从他有记忆起，就是这样身体力行，说到做到的，她宁愿自己饿着，也要让祁宏吃饱；她宁愿自己冻着，也要让祁宏穿暖；她宁愿自己不用，也要让祁宏用上。

"饭是吃饱了，可我现在突然想喝酒了，"祁宏说，"燕儿，有酒吗，我想狠狠地喝上一顿。"

"想借酒消愁啊! 我们做生意，天天请人吃饭，买了很多酒，也存了很多酒，够你喝的，啤酒，白酒，米酒，什么酒都有，你想喝哪种?"高燕说。

"啤酒和米酒太淡了，没意思，要喝就喝白酒吧，越烈越好，我要醉生梦死一回!"祁宏说。

高燕起身从酒柜里拿出一瓶邵阳大曲，王欣已经取来两个酒杯，一个放在祁宏面前，一个放在高燕面前。

高燕撬开瓶盖，给祁宏把酒倒上，也给自己倒上。

"来，宏，酒逢知己千杯少，我陪你喝，我也想醉生梦死一回!"高燕说。

"燕儿，喝酒伤身，你就免了，我不用你陪，你得保持清醒头脑,照顾我,我今天只想不管不顾,大醉一场,你这一瓶还不够我一个人喝!"祁宏说。

高燕顺从地听从了祁宏的话,没有喝。

桌上的菜已经吃得差不多了,看祁宏喝酒,王欣又跑到厨房,炒了两个热菜,端上来。

那个酒局很奇怪,没有人陪祁宏喝,却有人在旁边陪着;喝的,陪的,都放开了,高燕倒酒,祁宏喝;祁宏喝酒,高燕倒,没有什么客套。

喝酒了,祁宏话就少了,差不多是在喝闷酒,高燕倒一杯,祁宏喝一杯,喝得很快,一瓶白酒很快见底了,没有了。

喝多了,话就多了,祁宏满脸通红,眼泪流了出来,不着边际地说着话,醉意明显。

把一瓶邵阳大曲喝完,祁宏还吵着高燕要酒喝,高燕没有动了,她应酬客户多了,见多了喝酒的大场合,知道祁宏已经喝够了,不能再喝了。

"今天就到此为止,你喝多了,不能再喝了,再喝要出事的。"高燕说。

"我还没喝够呢,再喝一瓶吧,喝完两瓶我就不喝了!"祁宏讨价还价。

"宏,你没有两斤的酒量,你实在要再喝,我就陪你喝!"高燕说。

"那就算了,不喝就不喝了,我不能让一个女人陪我喝酒,我不能害女人,尤其不能害你!"祁宏看着高燕,声音有些变样,"那我回学校去了!"

"已经太晚了,宿舍楼的门早就关了,你进不去了,今晚就住这儿吧,不要走了,你睡我的床,我跟王欣挤一个床。你一个人醉醺醺的,回到宿舍,没有人照顾你,也影响其他的同学休息,那该多不好。"高燕说。

"燕儿，我听你的，你说什么，我听什么，我知道，你说的做的，都是为我好，还是你对我好，凌林都不理我了，跟别人跑到国外去了。很奇怪，凌林早不来，晚不来，偏偏在那天来了，出乎我意料，我原来以为自己可以瞒天过海，没想到聪明反被聪明误了！"祁宏说。

"是我做得不对，宏，是我把你们拆散了，我把你和钱小芸要举办婚礼的事告诉了她，那天是我把她叫到长沙来的，都是我的错，你打我骂我，我都认了！"高燕说。

"原来这样啊！你也不要自责了，根源还在我这儿！既然我答应钱小芸给她一个婚礼，凌林迟早都会知道的。"祁宏说，"我和凌林之间有个劫，是福不是祸，是祸躲不过的！"

"那就别想那么多了，越想越难受，你还是早点休息吧，好好睡一觉，第二天起来，看着阳光，听着鸟语，闻着花香，一切都是新的，心情就好了。"高燕说，"不开心的时候，我经常这样安慰自己！"

高燕把祁宏扶起来，向自己的卧室走去。

酒劲慢慢上来了，祁宏已经站立不稳了。

夜很深了，王欣带着思鸿早睡了。

到了床边，祁宏再也支撑不住，仰面倒在床上，慢慢地合上眼睛，开始沉沉地睡去。

高燕帮祁宏脱掉外套，鞋子，袜子，给他掖好被子。

这是高燕这么多年来，第一次这样贴心地伺候祁宏睡觉，她希望这种伺候能够成为日常，成为永久；这是高燕这么多年来，第一次这样近距离地看着祁宏睡觉，他呼吸均匀，发达的胸肌有节奏地起伏，那张因为醉酒变得红扑扑的帅气的国字脸，有棱有角，饱满温润，尤其是额头上的那道疤，是那样让人疼爱，让人心动。

看着祁宏，高燕心里翻江倒海，波涛汹涌，她情不自禁地想，这个自己一生最深爱的男人，现在为了别的女人，喝得烂醉如泥，让她看在眼里，疼在心上。

坐在床边，端详着这个男人，高燕不停地问自己：

我还爱他吗？

是的，爱他，从来就没有停止过对他的爱，压抑得越深爱得越真，爱得越沉。

高燕听到自己的心在回答。

我有多爱他？

要多爱就有多爱，什么时候都愿意为他肝脑涂地，粉身碎骨。

高燕听到自己的心在回答。

高燕静静地看着祁宏，挪不开眼睛，也挪不开脚步。她食言了，没有去跟王欣挤在一起睡觉，她就坐在床边。过了好一阵，高燕抬起手腕看了看表，已经凌晨一点多了，祁宏仍在酣睡，鼾声不大，却也不小，那鼾声，在高燕听来，就像一首悦耳动听的歌。

看着熟睡的祁宏，跟他过往的点点滴滴，就像电影慢镜头一样，一幕幕地在脑海中浮现出来，最后，高燕的回忆停留在凌林的谢师宴那天，即自己跟张伟结婚的前一晚，那天，她喝得酩酊大醉，是祁宏把她扶进了房间，扶上了床，照顾她躺下，她拉住了他的手，把他留了下来。现在对调了过来，祁宏喝得酩酊大醉，是她把祁宏扶进了房间，扶上了床，照顾他躺下。

高燕幸福地回想，在自己醉得神志不清的时候，把自己给了祁宏，那是她的第一次。

那天，她是烂醉的，祁宏是清醒的。

生活是如此富有戏剧性，两年后，正好反过来，祁宏烂醉如泥，她是清醒的，高燕突想把清醒的自己再次给到喝醉的祁宏，就像当年她把烂醉的自己给到祁宏一样——钱小芸死了，凌林走了，祁宏又恢复单身了，她确实想做他的女人，哪怕不是女朋友。

高燕情难自禁地俯下身去，用嘴唇轻轻地在祁宏脸上亲了亲，然后脱掉鞋，上了床，熄了灯，靠着祁宏躺了下来。

高燕轻轻地叫了几声祁宏，希望他醒来，对她有所动作，但祁宏睡得很沉，高燕没有把他叫醒。

高燕没有再叫了，她把头伏在祁宏胸部，听着他的心跳和呼吸，感到从来没有过的安全和踏实。

祁宏的心跳和呼吸，就像催眠曲里的音符，听着听着，高燕渐渐地进入了梦乡。那晚上，在高燕的梦里，重现了她跟张伟结婚前的那一夜的情景：她跟祁宏幸福地结合了！

高燕不希望是梦，希望是真实发生了。

第六章　高燕希望做祁宏情人

　　屋外人们的喧嚣，嘹亮的汽车喇叭，树上的鸟鸣，清早的阳光，透过玻璃涌进来，把祁宏从睡梦中唤醒。还没睁开眼睛，祁宏已经感到不对劲了，伸手一摸，身边躺着一个人，自己的胸脯上放着一只手——那只手不是自己的；睁开眼睛，祁宏被吓了一大跳，他看到高燕，侧着身子躺在自己身边，一只手搭在他身上，一只手枕着脑袋，正含情脉脉地看着他。

　　我跟高燕上床了？

　　这一惊吓，非同小可，祁宏跳一样坐起来，盯着高燕，紧张地问："燕儿，我们——，我做什么了？我们做什么了？"

　　祁宏依稀地记得自己昨天晚上饭后要喝酒，一个人喝了一整瓶邵阳大曲，喝断片了，他最后的记忆停留在高燕把他扶到床边，躺下来，后面的事情，什么都不记得了。

　　看着祁宏紧张的样子，高燕扑哧一声笑出声来，半开玩笑半认真地说："有什么大不了的？我们之间又不是第一次了，宏，你紧张什么，我又不要你负责，也不缠着你！"

　　"我们是第一次，上次不是我，是张伟！"祁宏在心里说，他想把两年前的真相告诉高燕，可他说不出口。祁宏把握不准高燕知道真相后，会不会像自己现在这样紧张，甚至更加紧张，后果更加严重——有些玩笑是开不得的，有些真相是告诉不得的。

祁宏知道高燕和张伟婚后感情不好，他知道高燕一直误会了，把那夜的张伟当作自己了，把思鸿当作自己和她的儿子了。虽然这是一笔糊涂账，但这笔糊涂账正是让高燕活下去的精神支柱，让她活得开心的原因。

昨天晚上，高燕没有喝酒，她是当事人，他们做了什么，她清清楚楚。听高燕这么一说，证明两个人什么都做了——高燕没喝酒，她什么都知道。祁宏感觉自己就像做贼被抓了现行，他迫切需要逃离现场，祁宏翻身下床，手忙脚乱地穿上衣服，逃似的跑了出去。

"别急啊，宏，还没到上课时间呢，吃了早餐再走！"背后传来高燕高声的挽留，可祁宏顾不上这么多了，一心只想逃离，他一边逃，一边想：喝酒误事啊，看来高燕说的不假，做了这件事，真对不起凌林了，如果让她知道了，麻烦就真大了，他和钱小芸，只是办了个假婚礼，什么都没发生，凌林却动了真格，跟谢天放一起跑到国外去了；现在他和高燕什么都做了，如果凌林知道了，那还不把天掀了，把最后一条路堵死，把最后那点希望戳破了？

逃回学校的路上，祁宏慌不择路，红绿灯都顾不上分辨，生怕高燕追上来，黏住他不放了一样。幸好还早，又是周末，十字路口来往的车辆不多。进了校园，祁宏还在努力回想，想确认自己跟高燕之间到底发生了什么，可他什么都想不起来了，他只知道自己醒来后，看见高燕穿着内衣，躺在他身边。

人生就是这样充满戏剧性，有时候做过什么，自己都不记得，也不明白对错是非，也许这就是难得糊涂。如果跟高燕还没有分手，那他们做什么，都无可厚非。可是，高燕已经结婚了，现在是张伟的妻子，思鸿的母亲。如果跟高燕没有分手，他与另外两个女生，钱小芸和凌林，就不会有后来的故事了；如果凌林不走，钱小芸不死，他和高燕也不会发生这种事情了。

祁宏碰到的这三个女生，都是无可挑剔的好女孩，在与这三个女生剪不断，理还乱的感情纠葛中，祁宏纠结地活着，应付着，很辛苦，很累，也是一地鸡毛，狼狈憔悴。自那以后，祁宏不敢去办事处了，他不敢见高燕，也不想见高燕，觉得对不起凌林。祁宏隐隐约约地觉得，他跟凌林之间，还没到最坏的时候，不能做对不起她的事情，他得为她守住底线，坚持原则。

功夫不误有心人，祁宏的殷切期盼，在一个阳光明媚的上午，得到了幸福的回报，他收到了一封从英国伦敦寄过来的信件。信封是白色的，像女孩的皮肤一样白，信封上有两种文字，上面是英文，下面是中文。字迹娟秀，工整，清楚。没错，是凌林的笔迹，是凌林写来的，凌林给他来信了！只要凌林给他来信，他们之间就还有希望，还有可能。

祁宏心里乐开了花，他捧着信，兴奋地哼着歌，在校园里，一边走，一边跳，就像一个突然被陌生人赏赐了一根棒棒糖的小孩。祁宏没有迫不及待地拆开信封，他觉得对这么隆重的事情，需要有一种庄重的仪式感，需要找一个特别适合的地方。

祁宏翻来覆去地端详着信封，兴高采烈地走在校园里，仿佛周围的一切跟他都没有关系了，他也有一种大哭一场的冲动，那哭肯定不是悲伤的宣泄，而是幸福的倾诉。

时间不知不觉地来到了中午，正是饭点时候，校园里走动的人渐渐少了，同学们都上食堂吃饭去了，这个时候，最安静的地方，就是田径场了。祁宏来到田径场边，放眼望去，偌大的田径场，空空如也，一个人都没有，正是最适合拆信读信的好地方。他顺着看台，拾级而上，挑了一个最舒服的位置坐下来。这个位置正好是看台上的香樟树下。这棵香樟树很有年头了，硕大无朋，绿荫匝地。这个地方正好，祁宏觉得似曾相识。这棵香樟树跟高中母校祁东二中田径场上的那棵香樟树一样大小，一样香气扑鼻，一样绿荫如盖。高三那年，在祁东二中田径场的香樟树下，他跟凌林相遇相识了，他们在香樟树下探讨解题思路，畅聊人生理想，满满的都是美好的回忆。

祁宏没有急着拆信，他看着信封和信封上的字迹，幸福地猜想着里面的内容和称呼。凌林对他的称呼很重要，如果称呼没变，那就意味着他们的感情依旧；如果称呼变了，事情就麻烦了，他要尽力修复关系。祁宏迫切地想知道信件的全部内容，但称呼对信的内容和他们的关系起着定性作用。其实，只要凌林来信，无论什么内容，对祁宏来说，都是一个天大的喜讯。只要他们还有联系，他就没有把凌林弄丢，他们就一切皆有可能。捧着信，祁宏更加确定：凌林，他是太爱了。

如果说高燕是他的初恋，让他终生难忘，那他对凌林的爱，更加深沉，更加辽阔，更加稳重，他准备用这一生的时光去认真对待，不辜负了她。看着信，祁宏迟迟没有动手拆，好像一拆信，就把凌林送给他的一个完整的东西毁了似的，人为地制造了缺陷似的。

当然，信与其他东西不一样，是给人读的，最后还是要拆的。看到有人已经吃完饭，陆陆续续地来到田径场散步了，祁宏才不得不把信拆了。如果田径场上人多了，会影响祁宏读信后的感情发挥的。

信很厚，内容很长，足足有五六页纸。笔迹娟秀，文字温暖，祁宏根本读不出来在他们之间曾经发生过轰轰烈烈的误会，好像一到国外，凌林就想明白了，或者把与祁宏之间发生的所有不快忘掉了——凌林只字没有提谢天放，没有提跟谢天放的关系。都说字如其人，那些可爱的，灵性的，温婉的文字，像极了凌林的样子。祁宏一边读信，一边仿佛看到凌林在字里行间行走，是那样清晰，那样真实，那样生动，仿佛那封信不是用文字书写出来的，而是用一个个小小的凌林书写出来的。

祁宏一边读信，一边心悸起来，心恸起来，他还是发现了不一样，信中有些地方，字迹模糊，笔画分散，信笺上泪痕斑驳，发黄变色。虽然从文字上看不出凌林有什么不对的地方，可这些泪痕表示凌林在写信的时候还是情绪波动，像是承受着巨大的委屈和压力——这些委屈和压力都是自己给凌林的，像是在努力隐瞒和躲避什么，祁宏明白了凌林的良苦用心：她尽可能不让他过于担心自己——都这个时候了，凌林还是尽可能在为自己着想！

在异国他乡，凌林碰到了什么？是自己把她伤得太深太重了，还是碰到什么不顺心的事情了？横竖左右都是自己不好，都是自己不对，如果一开始，就把自己跟钱小芸的事情一五一十地告诉凌林，争取她的理解和支持，他们之间也就什么误会都没有了，凌林也不用跟着谢天放跑到英国去了。谎言是掩不住事实，瞒不了真相的。事实往往证明，越是隐瞒，越是隐瞒不了，越是容易穿帮露馅，伤害人心。

在信的最后，祁宏读到了凌林跟他的三年之约。对祁宏来说，他把凌林伤得那么深，那么重，凌林还能不计前嫌，原谅他，给他来信，给他定个三年之约，这已经是苍天有眼，是凌林仁慈宽厚，做出最大让步了，他没有理由不好好珍惜。正如凌林期待的，这三年，他要痛定思痛，为这份爱情坚持和坚守，发愤图强，努力拼搏，希望三年后，等凌林回来，给她一个脱胎换骨的祁宏，一个一心一意的祁宏，给她一个满意的答案，给她一个温暖的家。

祁宏被凌林的来信激荡着，心情久久平静不下来，他前前后后把凌林的信读了很多遍，直到夕阳西下，直到肚子咕咕叫了，祁宏才意识到，读凌林的信，让他忘记了吃中饭，也还没有吃晚饭。内容都清楚了，也能背诵了，祁宏把信折起来，塞进信封里，放在胸部贴着心脏的口袋里，用自己的体温呵护着，生怕信被冻着了。

那封信，就像一纸重要的人生契约，相当长一段时间，祁宏走到哪，就把信件带到哪。什么时候有空了，看到旁边没人了，就把信掏出来，从头至尾认真读一遍。为了不把信件弄脏弄皱，祁宏跑到邮局，买了一个牛皮纸大信封，把凌林的信连同信封，一起塞进了新信封，装了起来。那封信本来就厚，多了一个大信封后，更厚了，鼓鼓的，塞在胸部口袋里，十分醒目凸显，又被祁宏那样珍惜爱护，别人还以为祁宏最新赚到的一叠厚厚的钞票——在祁宏看来，那封信比同等尺度厚的钞票更加珍贵，也让他更加富有满足。钞票可以赚，那封信却是唯一的，换不来，赚不到，也是花多少钱都买不到的。

凌林的信成了祁宏快乐的源泉，掩都掩不住，流都流不尽。唯一让祁宏深感不安和内疚的，就是那次在办事处喝酒，跟高燕同床共枕，睡了一个晚上——尽管那天晚上，他们做了什么，祁宏什么印象都没有。但他受到了良心谴责，觉得对不起凌林。在钱小芸的事情上，他那么深深地伤害了凌林，凌林最后还是原谅了他，他怎么能跟高燕上床睡觉，同床共枕呢？

做错了事，必须要受到惩罚，没有惩罚，就容易犯同样的错误。这种惩罚，要么是肉体上的，要么是精神感情上的，要么两者兼受。精神感情上，祁宏已经在备受煎熬了，肉体上也不能随便放过自己，有必要作出惩戒，警示以后不再犯错。为了惩罚自己，祁宏跑到学校附近的一个建筑工地上做起了临时小工，他把自己当作了一个纯粹的民工，而不是大学生，什么苦活、累活、脏活都干，都抢着干，搬砖，搅拌，提水泥，抬钢筋，搭脚手架，一干就没完没了，停不下来。

祁宏手上的皮磨破了，起茧了，肩上的皮磨破了，在长新皮，又红又肿。祁宏没有怨言，反倒觉得快乐和充实，身上有使不完的劲——只要他跟凌林的误会消除，能够重归于好，他什么都愿意做，什么都愿意付出。尽管祁宏在学校里勤工俭学，不愁找不到事做，活计轻松，报酬也高，但祁宏更愿意在工地上干活，用辛苦的劳动让自己得到洗礼，变得身体强壮，意志坚定，感情专一，这样挺好。

看到祁宏很多天没来办事处了，高燕才意识到玩笑开大了。那天晚上，她跟祁宏什么都没有做，祁宏睡得像一头死猪，怎么喊都喊不醒，她只是趴在他身边，听了他一个晚上的呼吸和心跳，她一个晚上都在胡思乱想，她确实希望跟祁宏发生些什么，但只是想想，仅此而已。但是，祁宏醒来后问她，她的玩笑把祁宏吓坏了，从那以后，祁宏开始躲着她，已经一个多月没来办事处了，她打电话或者亲自去宿舍找他，祁宏都不在，好像他从她生活中销声匿迹了似的。高燕很难过，也很郁闷，看来，祁宏心里已经没有她了，只有凌林。但她不能没有他，如果不能做情人，那就做朋友，做兄妹，也是可以的，就是不能像这样失联，祁宏失联了，高燕找不到生活的方向了。

要祁宏自己来办事处，那是不可能的，高燕只有去找他，可是她找了很久，找过很多地方，却是一无所获，祁宏凭空消失了。一个多月转眼就过去了，都没看到祁宏。一天中午，吃饭的时候，王欣神秘兮兮地对高燕说："燕姐，你猜，我今天上午看到谁了？"

高燕说："这么煞有介事，你看到谁了，男朋友？"

王欣说："还能有谁，不是我的男朋友，是你的男朋友，是你心里那位呗，他已经好长时间没来办事处了！"

高燕说："你看到祁宏了，他在哪儿？"

王欣说："你给我奖励一百块钱，我就告诉你！"

高燕麻利地掏出来一叠钞票，放在王欣面前，说道："一个小姑娘，好人不做，敲诈勒索倒是无师自通，运用自如了！"

王欣把钱推回高燕面前，说道："燕姐，我是跟你开玩笑的，我想看看祁宏在你心中到底值不值钱，我到底要不要把消息告诉你，这堆钱说明祁宏在你心中太重要了，我不告诉你不行！"

高燕伸出手来，打了一下王欣，斥道："鬼丫头，别卖关子，别贫嘴了，祁宏在哪，你倒是说呀！"

王欣说："你对他关心不够呀，宏哥可能身上没钱了，在工地上搬砖打工呢！我今天上午去学校旁边的建筑工地上看望一个亲戚。亲戚没找到，倒看到祁宏在那儿干活，他一个人抱了老高一叠砖，我快速数了一下，有十多块呢，他像一头牛，有一身蛮力气。"

高燕说："你说啥，祁宏去工地上搬砖了？他做什么都比这个赚钱，你没有看错吧？"

王欣说："燕姐，你相信我，千真万确。宏哥就是扒了皮，烧成灰，我都认得。只不过，他看上去比以前更黑了，更瘦了，也更强壮了，你能不能一眼认出来，就说不准了。看样子，他已经在工地上干了一段时间了。"

看王欣言之凿凿，不像在撒谎，高燕放下碗筷，站起来，说："王欣，你不懂他，他在工地上干活，不是为了赚钱，而是为了赎罪——他用折磨自己的方式赎罪，他以为自己做了对不起凌林的事情！我得去找他，把他叫回来，不要再活受罪了。"

"那你得早点去，工地上，没有固定上下班时间，天一黑，就散工了，很难找的。"王欣说。

"你在家里把晚饭做好，多做点饭，我带思鸿去工地上找他。"高燕说。

高燕一边说，一边抱着思鸿，走出了办事处。下午，她来到工地上的时候，工地上刚刚开工，工人们一边吆喝，一边干活，有说有笑，热火朝天。在工人指引下，高燕顺利地来到了祁宏的作业区。祁宏没有发现高燕，他低着头，心无旁骛，费劲地搅拌着水泥。祁宏光着膀子，挥汗如雨。他被晒得黑不溜秋的，身上很多地方皮都脱落了，旧皮剥落的地方，新皮长出来，新皮圈的边缘，旧皮屑凸起，形成一个又一个皮圈。

高燕的出现，在工人中引发了一阵骚动，他们纷纷放下手里的活，贪婪地驻足观看，有的人口水都流了出来。高燕肤白貌美，身材苗条，穿着粉红色的连衣裙，露出藕一样匀称白皙的胳膊和小腿，牵着一个两三岁的活泼可爱的小孩，走在工地上，成为一道美丽的风景线。工人们在心里情不自禁地问：这个少妇是谁？她是不是走错了？在肮脏的工地上劳作的工人，谁有那么好的福气，能娶到这么一个如花似玉的女人，生下这么一个可爱的孩子？

少妇没有理会工地上工人们的贪婪的目光和热烈的议论，她径直走到祁宏面前，祁宏还是浑然无觉，只顾埋头干活，直到少妇轻轻地叫他，小孩兴奋地叫他。

看到高燕和思鸿来了，祁宏也没有停下手里的活，他一边干活，一边跟高燕说话，因为那天发生的事情，祁宏不敢抬起头来看高燕。

"宏，你晒黑了，也瘦了，这个活计太辛苦了，不适合你！"高燕说。

"没事，我身体好，吃得消！"祁宏说。

"你没钱用了，告诉我，我有钱，现在你没必要到工地上来干活了。"高燕说。

"燕儿，你的钱是你的，我的钱是我的。再说，我不是来赚钱的，主要是来干活赎罪的。"祁宏说，"生活上的苦难，挺一挺就过去了，精神上的痛，才是最要命的，没办法化解消除。"

"那你也不能这样，像个劳改犯一样。人死不能复生，看开点，你已经做到最好了。"高燕说，她还以为祁宏在为钱小芸难过，毕竟发生在祁宏身上的那么多事情，没有什么比钱小芸的死更让他伤心难过的了。

"对钱小芸，我已经问心无愧了，我不想她了。"祁宏说。

"钱小芸是幸福的，至少比我幸福，她跟你拍过婚纱照，有过婚礼，她走得没有遗憾，我挺羡慕她！"高燕说。

"燕儿，你说啥呢？"祁宏说，"我不是为钱小芸，才到工地上来干活惩罚自己的。"

"那你是为啥呢？没有必要啊。"高燕说。

"太有必要了。我必须要来干活，干重活，干脏活，干累活，我必须要用这种方式来惩罚我自己。"祁宏说，"我不惩罚自己，我就对不起凌林！"

原来是祁宏真以为自己背叛凌林，跟她上床睡觉了！高燕有些悲哀，她本来以为，自己跟祁宏那么亲密无间地睡了一个晚上，他们之间即使不能恢复到以前的恩爱，现在凌林走了，钱小芸死了，在祁宏没有找到下一个女朋友之前，做祁宏的暂时的女朋友，填补他心灵的空虚，还是可以的。可现在看起来，祁宏跟凌林又和好如初了，他不可能回到她身边来了。

　　"凌林对你那么重要？"高燕不满地问。

　　"是的，跟那个时候的你对我一样重要！"祁宏说，"是我把她气走的，我不能做对不起她的事，她一个人在英国不容易，比我在工地上干活更难受，我不能原谅我自己。"

　　哦，原来是这样啊。高燕有些失望，有些失落，她原以为，钱小芸死了，凌林走了，祁宏正处于感情空档期，她心里升起了一线希望，以为祁宏在没有找到新女朋友之前，她和祁宏可以重新再来，她不需要名分，不需要祁宏负责，她只需要爱情。对祁宏，她是一直爱着的，并没有因为嫁人了，生孩子了，发生什么改变。

　　让高燕感到担心的，是祁宏看不起她了，因为他太优秀了。她也知道，他们之间，虽然爱着对方，可是已经回不去了。高燕想，即使回不去了，也没关系，也不影响她跟祁宏的感情和自己的付出，祁宏要什么，她就给什么，钱，感情，甚至身体；祁宏要她以什么身份出现，她就以什么身份出现，只要祁宏自己不介意就行了。

　　"其实，那天晚上，我们什么事都没有发生，我只是在你身边睡了一个晚上，胡思乱想了一个晚上。"高燕说，"你都一醉不醒，失去行动能力了，我们还能做什么呢？"

　　"你说的是真的吗？"祁宏高兴起来，"你可不许用假话骗我，逗我开心啊！"

　　"这一辈子，我什么时候骗过你？哪怕是善意的谎言！"高燕说。

　　"那就好，那就好！"祁宏高兴起来，心里的那块巨石落了地，心里的阴霾被驱散了。

"现在放心了？那你有空了，就来办事处，陪小思鸿一起学习，我和王欣给你做饭吃，思鸿还小，不能没有父爱。"高燕说。

高燕的话，又让祁宏愣住了——高燕一直把思鸿当作她和他的孩子。但高燕说得对，小思鸿的健康成长不能没有父爱，哪怕高燕把小思鸿当作了他的儿子，哪怕祁宏明知道小思鸿不是他的儿子。

高燕和张伟的婚姻现状，是注定给不了小思鸿一份完整的父爱的，这份父爱，确实需要祁宏对思鸿的关心爱护来弥补。

祁宏放下手里的活，把沾满泥巴的双手往裤腿上擦了擦，然后弯下腰，把思鸿抱起来，举过头顶，让他骑在自己的脖颈上。

有人陪自己玩了，还是以前没有玩过的举高高，骑马马，小思鸿开心极了，咯咯咯咯地笑了起来，婴儿肥的脸上一片春光灿烂，得意扬扬。

骑在祁宏脖颈上的思鸿，伸出手，抚摸着祁宏的头发，小大人一样地说："宏叔叔，我和妈妈都想你啦，你已经很长一段时间没有到我们家去啦。我们快点回去吧，王欣阿姨做了很多好吃的，等着你过去呢！"

"好，我听咱们鸿鸿的！"祁宏说。

祁宏和小思鸿在前，高燕随后，亦步亦趋地从工地上走了出来，向办事处走去。太阳还没有下山，却已经严重偏西了，暖暖的阳光射下来，照在他们身上，把他们的影子拉得很长很长，重叠在一起——他们仨就像亲密无间的一家三口。

第七章　张氏叔侄官财色三不误

人逢喜事精神爽，何况还是双喜临门。

上午会议结束，就到下班的点了。走出县委县政府大院，张援朝情不自禁地哼起了歌。张援朝的嗓门不错，是典型的男低音，最适合自娱自乐。张援朝哼的歌跟他的名字很匹配，是"雄赳赳，气昂昂，跨过鸭绿江，保和平为祖国，就是保家乡"。

中国人民志愿军战歌是张援朝最喜欢的一首歌，高兴的时候，他唱这首歌，感到神清气爽，一马平川，全世界都在他脚下铺开；不高兴的时候，他唱这首歌，用来驱散阴霾，汲取战天斗地的洪荒力量。

街道两边的行人看到张援朝，都要停下来，面带微笑，热情地跟他打招呼，毕恭毕敬地叫他"县长"或"张县长"。张援朝是这个地盘上的主人，是名副其实的"土皇帝"；那些跟他打招呼，叫他的人，是他的臣民，对他很膜拜，都以认得他，客气地叫他，他高兴地应答一声为荣。

在祁东这块土地上，张县长比凌书记，混得更风生水起，为民众所熟知。按政治排位，县委书记是全县一把手，是"土皇帝"。但县委书记往往是外地派来的，做个三年五年就调走了，他们只把在这里做书记当作过场，捞取政治资本，没有用心经营，只要保证不犯错误，求稳就行。可张援朝不一样，他是土生土长的祁东人，是祁东政坛的常青树，不倒翁，他满足现状，也一步一个脚印往前走。

当然能够更进一步，成为祁东一把手，掌握这块土地上的最高权力，那就更好；如果不行，能够做到县长，他就心满意足了。做书记，张援朝只想做祁东的书记，不想被调到外地做书记。张援朝家乡情结重，他希望为祁东人民服务，在祁东政坛做到退休，将来在祁东这块土地上养老，死亡，埋葬。做书记，往往要调到外地去。到外地做官，人生地不熟的，还要讲一口普通话，他既讲不好，别人又听不懂，让人别扭，难受。

张援朝不是参加过抗美援朝的老革命，他这个名字，是在打擦边球。当年参加抗美援朝的，少说也比他大二十岁，现在都是年过花甲，头发胡子都白了，有的要拄拐杖走路了。张援朝是抗美援朝那年生的，他父母给他取了这个极富时代意义的名字，他是军人出身，他喜欢这个名字，喜欢那段历史，更喜欢这首激发志愿军斗志的战歌——这首歌唱起来铿锵有力，让人激情澎湃。

那天的县委常委会，张援朝成了最大的赢家。原来的县长犯了一点错误，被免职了，张援朝成了"代县长"，把前面的"副"字去掉了。这个"副"字困扰张援朝很多年了，他想把它去掉，都想了五六年了，其间有两次可能，但直到那天才真正最后去掉了——当然，他希望年底的时候，县人民代表大会正式召开，把"代"字也去掉，这是水到渠成的，他跟每个县人大代表都熟，他们都挺他，他有把握把这种民意变为选票，坐上县长之位。

现在，除了凌书记，全县就数他最大了，可谓"一人之下，万人之上"。张援朝不奢望做书记，做县长是他最大的政治抱负，不是他不思进取，是因为书记往往是上面派的，外地来的，需要有过硬的上层关系，县长可以没有这个要求。如果做书记，那就意味着他要调离祁东，前往其他县任职；做县长没有这个要求。张援朝是本地人，在这片土地上深耕多年，鱼水情深，根深蒂固，深受全县人民拥戴。随便举个例子，哪怕他和凌书记肩并肩走在大街上，很多人都认得他，叫他"县长"或者"张县长";但认识凌书记,叫凌书记"书记"或"凌书记"的不多,这种情况让他很受用,他觉得自己是真正的"人民县长",跟老百姓打成了一片。

人倒霉了,坏事接二连三,叫屋漏偏逢连夜雨;人走运了,好事也是接二连三地光顾,叫好事连连。除了被宣布为"代县长",还有另外一件喜事,尽管还是只有眉目,没有明确落到他头上来,却也很重要:县委常委会热烈讨论了全面扩建从县城出发到祁东县最西边的四明山的马路。那条马路很长,有八十多里,东西走向,在县城连接,贯穿全县,一头是衡阳,一头是四明山。这个工程很大,是全县有史以来,最大的一个工程项目了。那条马路原来是泥石路,一路坑坑洼洼,晴天颠簸,尘土飞扬;雨天泥泞不堪,车过处,泥水四溅,弄得路边的行人猝不及防,全身又湿又脏,除了埋怨,对着路过的车辆骂两声"日你娘",没有其他办法。那时候,走路的多,坐车的少,沿路居民都有这种遭遇。渐渐地,大家把这种遭遇迁怒到县委县政府头上来了,埋怨他们不作为,不为老百姓解决实际困难。这个项目省里已经批复下来,一车道的泥石路要扩建成两车道的柏油马路,跟城里道路一样平坦宽敞。

这个大工程,能赚大钱。但是承包这个工程,前期需要投入很大的人力、物力、财力。由谁来承包这个工程,修建这条马路呢?放眼祁东县,有这个工程能力和资金实力,同时满足这两个条件的,几乎没有,可能整个衡阳地区也就一两家,但忙不过来,也跟祁东关系一般。全县有这个工程能力的企业,几乎没有;有这个资金实力的,全县倒是有一个,而且绝无仅有,那就是高欣。

高欣早就有了进军工程建设领域的想法,他已经琢磨两三年了,一直没有机会。上次去广东接辍学打工的高燕,奔走在广东的高速公路上,高欣已经敏锐地意识到,高速公路是中国道路建设的未来;看到广东鳞次栉比的高楼大厦,他已经敏锐地意识到,中国未来社会发展就是这个样子，工程建设是一个蓬勃发展的大市场。高欣已经向张援朝表达过几次进军工程建设领域的想法了，现在这个机会终于来了，可以让高欣小试牛刀了。

可是，这件事，张援朝一个人做不了主，得在县委常委上开会讨论决定，当然最重要的是凌书记和他的态度。如果能够得到凌书记的支持，他们两个"一把手"都同意了，其他常委肯定没有意见——有意见也没有用了。张援朝觉得很有必要找凌书记单独谈谈，探探他的口风，做做他的工作，向他推荐一下高欣。

说曹操，曹操到。张援朝正想着如何向凌书记"汇报工作和思想"的时候，一辆桑塔纳一个急刹车，在他身边停了下来——那是凌书记的车。车门打开后，凌书记从车上走下来，主动跟张援朝打招呼，握手。

"张县长，恭喜你高升，做政府一把手了，以后我们多合作，齐心协力为祁东人民办实事，把你的家乡建设好！"凌书记说。

"谢谢书记，谢谢组织信任和栽培！我感到肩上的担子更重了！我是祁东人民的儿子，理所当然为祁东人民做好服务，办好实事！我全力支持书记，做好自己的本职工作，脚踏实地，用心做事，为书记排忧，为全县人民解难！"张县长内心高兴，表面谦卑地说。

"我们都是为祁东人民服务，这是我们共产党人的初心，我们要为官一任，造福一方！"凌书记说，"关于马路扩建的事，张县长有什么想法？"

"我的书记啊，"张援朝说，"这可是我们县的一件惊天动地，功在当代，利在千秋的大事，放眼全县，有能力承包这项工程，实现这个伟大使命的企业家可不多啊。"

"张县长说得对极了，不愧祁东通！"凌书记说，"我正在为这件事情发愁呢，我们总不可能从外地请施工队，叫外地的公司吧，都说肥水不流外人田，而且以后我们县这种工程会越来越多，我们需要锻炼一支自己的施工队伍！"

"书记，我推荐高欣！在我们本土企业家中，高欣实力最强，也有一颗把工程做好的心，他已经向我表达过多次了，说有机会就会向工程建设领域发展！我们应该扶持他，给他机会！"张援朝说。

"高欣的为人做事，以及经济实力，都无可挑剔，我不担心，就怕他的工程施工能力跟不上，毕竟他还没有这个经验！我们要赶进度，得在过年前把路修好，让大家过个好年。每到春节，到广东打工的父老乡亲都回来过年，我们要让他们在老家高高兴兴地过大年，不能再像往年那样，因为路不好，回家都不方便，出门走亲戚都不方便，老是埋怨家乡落后，埋怨政府不作为——这也是你新官上任要烧的第一把火，要办的第一件大事！"凌书记说。

"可是，书记，我们全县也找不出其他有丰富的经验，强大的施工能力的企业家来啊！技术人员，我们可以外聘，从省城请专家过来，帮助高欣把好质量关。"张县长说。

"你的意见是对的，跟我想到一块去了！我们只能摸着石头过河，走一步看一步了，不论工程是谁在做，我们都不能够掉以轻心，敷衍了事，做成了经不起考验的豆腐渣工程。"凌书记说，"如果你方便，明天我们一起到乡下做一下调研，顺便走走看看这条修建在即的马路，也跟高欣好好聊聊，听听他自己的意见和想法！"

"书记讲得对，没有调查就没有发言权，我们得把前期调研工作做足了！那就这么定吧，我们明天清早出发！"张援朝说。

张援朝心里高兴极了，一切都顺风顺水，正在不偏不倚，快马加鞭地按照自己的设想发展，只要他和凌书记没有什么歧见，这个工程十有八九要落在亲家高欣手里了。

张援朝心里比谁都清楚，这个工程能赚钱，能赚很多钱。工程做完后，高欣的经济实力又要水涨船高，登上一个新台阶了。张伟是高欣的女婿，高家赚钱，就是他们张家赚钱。更重要的是，他给了高欣一块试金石，由于经济蓬勃发展，各项基础设施落后，以后工程建设这一块，大有潜力可挖，广东那边蓬勃发展的今天就是祁东的明天蓝图。

为确保万无一失，让凌书记满意，得叫高欣提前准备，把各项接待工作做好，千万不要出了什么岔子漏洞。张援朝一边想，一边要下属把张伟叫来。

"咱们县要扩建从县城到四明山的马路，建成两车道的柏油马路，我陪凌书记明天清早下乡调研，你今天赶回四明山，吩咐你岳父好好准备一下，做好接待工作，争取把这个工程拿下来！"张援朝对张伟说。

"叔，这可是天上掉馅饼的大好事啊！与其把这个工程给高欣做，不如直接给我做，我来做总承包！"张伟说。

"给你做？凭什么？做工程不是闹着玩的，没有这个金刚钻就不要揽这个瓷器活。你单枪匹马，要钱没钱，要人没人，要经验没经验，你能做什么？做人不能太贪了，做事要量力而行！给你岳父做，跟给你做有什么区别？赚到钱了，还不是你们的？万一出事了，也不用你挑担子，负责任，有高欣在兜底呢。"张援朝说。

"姜还是老的辣，还是叔叔高明，洞若观火，给高欣做，我们可以不费吹灰之力，把事做了，把钱赚了！"张伟说。

"但你不能置身事外，明天凌书记到四明山，你要做好接待工作，跟高欣全程陪同，接待，确保凌书记满意，把工程承包的事情定下来！"张援朝说。

"请叔叔放心，接待工作，我很在行！我一颗红心，两手准备，保证让凌书记把工程给到我们！"张伟说。

"这样想就对了。明天既看你的，也看高欣的，看你们翁婿怎么配合，把双簧唱好，把目标实现！"张援朝说。

把事情交代完后，张援朝又哼着"雄赳赳，气昂昂，跨过鸭绿江"，兴冲冲地回家去了。

把叔叔送走后，张伟回到办公室，开始开动脑筋，认认真真地规划和盘算着怎么接待凌书记，百分百地把工程拿下来。

到了四明山，吃的住的，都不担心。吃的都是山上的野味，河里的野生鱼，至少也是自家养的鸡鸭鹅，蔬菜也是山上的野菜或者自己地里种的时鲜蔬菜，住的也不错，高欣家的住宿条件，比城里五星级宾馆都要好，枕巾、床单、被子，天天都换。但服务员人选，还是不如人意。虽然高欣家的几个女服务员在省城星级宾馆培训过，人长得还可以，但在乡下久了，应酬多了，有股烟尘味，没有档次，上不了台面，不适合接待凌书记这样的嘉宾贵客。

思来想去，张伟眼前一亮，他想到了长沙办事处的王欣。

没错，就是王欣了。王欣是高家员工，有这个义务。王欣文化程度高，是高中生，人长得漂亮，性格温柔，乖巧灵活，照顾人细致周到。关键是她跟高燕在省城生活一年多了，进步神速，举手投足跟时尚的城里姑娘没什么两样了，既有乡下姑娘的单纯，又有大城市姑娘的修养气质，那些女服务员没法比，祁东县城的姑娘也没法比。

想到王欣，张伟兴奋地拍了拍大腿，喃喃自语：我怎么就没想到身边还有这么好的一个姑娘呢，真是可惜了，便宜凌书记了！当然如果王欣能够帮高家把凌书记拿下，把工程盘下来，那也是值了。

回到办公室，张伟当即拨通了长沙办事处的电话，正好是王欣接的，说的还是普通话，那声音特别温柔，特别好听。听着王欣的声音，张伟感到一股电流袭遍全身，整个人都酥了。

"欣儿，我是张伟。"张伟说。

"伟哥，请您稍等一下，燕姐在跟客人谈判，我叫她过来接电话！"王欣说。

"我不找她，我找你！"张伟说。

"您找我？有什么事，我能帮您吗？"王欣疑惑地问。

"欣儿，你今天赶快回来，现在就动身！"张伟说。

"伟哥，什么事，这么急？"王欣问。

"你家里出大事了！你父亲病了，住进了医院，听说很严重，医生说要动大手术，你家人都在等着你回来拿主意呢！"张伟说。

张伟没有信口雌黄，忽悠王欣，而是真的，是上午跟刘美丽煲电话粥的时候，刘美丽告诉他的。

王欣的父亲喜欢喝酒，酒精肝，硬化了，要换肝，得动手术，要花很多钱。如果不抓紧治疗，就没有多少日子活头了。

"好，我马上回来！"听到父亲病重，王欣急了，挂了电话，她一边强忍着泪水，一边跑进会客厅，附在高燕耳边，把情况说了。

高燕二话不说，批准了王欣的假，给了她两千块钱。

王欣匆匆忙忙地收拾了两套衣服，心急火燎地赶往汽车站。

从祁东到长沙，有两百多公里，坐汽车要四五个小时。

王欣赶到祁东县城的时候，正好傍晚。张伟开着那辆破旧的桑塔纳，已经在汽车站出口等着她了。

"伟哥，怎么麻烦您来接我了！"见到张伟，王欣有些感动地说。

"欣儿，我知道你心里着急，我得让你快点见到你父亲！"张伟说，"我们闲话少说，现在就去医院。"

两人上了车，张伟把王欣接到了人民医院。

王欣的父亲躺在病床上，正在输液，他脸色蜡黄，眼神涣散，在痛苦地呻吟。

半年多不见，父亲已经枯瘦如柴；母亲坐在床边，陪着父亲，默默地垂泪。

主治医生告诉王欣，换肝手术挺贵的，要二十多万块呢。

二十多万块？

这是个天文数字，把王欣吓了一大跳，她顿时感到束手无策，有种叫天天不应，入地地无门的无奈。他们家穷得叮当响，连个零头都拿不出来，她就是因为家里没钱，高中毕业后就没有复读了，参加工作了。王欣的工资都用来贴补家用，资助弟弟妹妹读书了。她是老大，是姊妹中唯一一个已经参加工作，领工资的人。父亲要续命，只有靠她了。

从医院出来，想着父亲的病和天价的手术费，王欣悲从中来，情不自禁地哭了起来。

"欣儿，哭有什么屁用，当务之急是想办法筹钱，给你爸做手术，把命救了！"张伟说。

"伟哥，我也是这么想呢，可是我一个月只有几百块钱工资，我哪来二十多万块钱啊，我又不是高燕，也不是您，我们家的情况，您是知道的！"王欣用衣袖抹了一把眼泪，看着张伟，满脸无助地说。

"天无绝人之路，我们一起想想办法！"张伟说。

"我是实在没有办法啊，伟哥，我一个女孩子，哪有什么办法可以想啊！"王欣说。

"正因为你是女孩子，才有办法可想啊。如果你是男人，我想帮你都帮不了啊！"张伟说。

"伟哥，你就别卖关子了，有什么办法，快点告诉我，只要能救我父亲的命！"王欣抓住张伟的胳膊，急切地说，她像一个溺水的人抓住了一根救命稻草。

"办法倒不是没有，我想到了一个，就看你愿不愿意了。"张伟说。

"没有选择啊，只要能筹到钱给我父亲做手术，要我做什么都愿意！"王欣说。

"欣儿，这可是你自己说的，我没有逼你啊。现在正好有个机会，我给你了。如果你愿意，我把给你爸做手术的二十万块钱全包了。"张伟说。

"哪有这么好的事！伟哥，你不是在忽悠我吧！"王欣说。

"都人命关天了，我吃饱了撑的，忽悠你有意义吗？"张伟说。

"伟哥，你快点说啊！"王欣说。

"我们先上车，到车上，我再跟你说！"张伟说。

两人出了医院，钻进了停在医院门口路边的车里。

那时候，车辆不多，没有停车场，车随便停，只要靠在路边，不停在路中间就行了。

张伟发动汽车，向四明山的方向奔驰，车后烟尘滚滚。

县城不大，汽车很快就驶出了县城，奔跑在广阔的田野上。

天色渐渐黑了，远处的山变得隐隐约约，沿途的乡村，灯光次第地亮了起来，跟满天星斗和月亮一起，点亮乡村的夜。那些灯，五花八门，有电灯，有煤油灯；电灯明亮，晃眼；煤油灯昏暗，柔和。

王欣看着张伟，着急地说："伟哥，什么办法，你倒是说啊，都什么时候了，急死人了！"

"那你得有心理准备，你可以考虑一下，我不强迫你！"张伟说。

"你说吧，只要能救我父亲，我就做。我们家，弟弟妹妹还小，父亲是我们家的主心骨，我们不能没有他！"王欣低下头说。

"欣儿，你是一个漂亮女孩，你的优势就在这儿，你要充分发挥优势，把自己的优势转化为经济价值！"张伟说。

"伟哥，我明白你的意思，跟你吗？"王欣低着头，满脸通红地问。

"不是跟我，是跟凌书记！"张伟说。

"凌书记？我们县的凌书记？"王欣惊讶地抬起头来，看着张伟。

"是的！凌书记明天去四明山考察，晚上在高燕家吃饭，然后在那儿过夜，我想要你陪他一个晚上！"张伟说。

"你要我陪凌书记睡觉？"王欣吓了一大跳，本能地拒绝，"伟哥，这件事，我做不来，我还是一个黄花闺女呢！"

张伟说:"就是因为你是一个黄花闺女,我才找你呀,你的价值就在这里!你不是黄花闺女了,我还找你做什么?愿意做这件事的女孩多得很。你想想看,只要你愿意,一个晚上就二十万,我说到做到,给你爸治病的钱,我一分不少,马上落实!这里是五万块钱预备金,剩下的十五万,事情结束后,我转你账上也行,给你现金也行!"

张伟拿出来一叠厚厚的钞票,扬起来,在王欣腿上不轻不重地拍了拍。

王欣迟疑了一下,接过钱——这个时候,她不能跟钱过不去,父亲的情况,她已经在医院看到了。如果在平时,无所谓,她可以不要这个钱,但现在不行,这是给父亲救命的钱,要她对父亲见死不救,王欣做不到。

"欣儿,这个钱,够找很多黄花闺女了,我是看到你们家需要,才找你的。我没有亏待你!"张伟说。

"嗯,我知道!"王欣说,"我感谢你!"

"你要怎么感谢我?"张伟突然把车停下来,靠在路边,盯着王欣说,"欣儿,你真水灵,越来越像个省城的大姑娘了,让人着迷。来,我们先演习一下,不要在凌书记那儿怯场了,坏事了!"

张伟一边说,一边熄了车灯,车内陷进黑暗中,车被黑暗吞没了。

张伟一把抓过王欣的手,用力把她拉过来,搂在自己怀里。

张伟低下头,用自己的嘴唇压在王欣的嘴唇上。

王欣的嘴唇很温润,很柔软,让张伟感到全身酥了,麻了!

张伟又把手伸向王欣胸部,紧紧地压在上面,捏了起来。

王欣用力推开张伟,涨红着脸说:"伟哥,我不能对不起燕姐,我把她当亲姐了!"

"欣儿,这是你的初吻吧?"张伟意犹未尽地说,"初吻和处女的味道就是不一样,让人着迷,我尝得出来!"

"嗯，我还没有跟别的男人这样亲近过！"王欣一边轻轻地说，一边轻轻地哭。

"欣儿，你做得对，别哭了，我们今天到此为止！"张伟说，"我不能把我用过的女人给凌书记，这样会坏了我们的大事！小不忍则乱大谋，便宜凌书记了！"

第八章　凌书记下乡调研，再访祁家

　　八点钟准时到会议室，用三十分钟时间开完例行工作会议，听取了各部门的简单工作汇报，做了一下简单的工作安排，凌书记叫上张援朝和司机付师傅，一起向四明山出发了。

　　目的地是四明山，那儿是祁宏的故乡，祁宏的奶奶、父母和弟弟妹妹都在那里。出发前，凌书记想起了祁宏和负气出走，远赴异国他乡的女儿，颇有感触，久久难平，情不自禁地给女儿打了一个电话。

　　凌书记告诉女儿，县委县政府准备把通往四明山的泥石路扩建成两车道的柏油马路，他要下乡做调研，顺便到祁宏家走走，看看他的家人。

　　凌书记知道女儿喜欢祁宏，他们正在冷战，但不知道他们的关系是不是有所缓和了。他不知道女儿给祁宏写信了没有，打电话了没有，祁宏向凌林解释清楚了没有，他们的误会消除了没有，重归于好了没有——凌林没有把写信以及跟祁宏订立三年之约的事情告诉他。

　　凌书记只是想通过这种方式，不动声色地介入，对缓和他们的紧张关系做些推动，起些作用，也算是提醒女儿，尽量忘记曾经的伤害和不快，记住过往的美好，得饶人处且饶人，尽快修复关系，双方家庭都看好他们的关系呢。

　　"爸，你帮我看看奶奶，看看祁妈妈和朱爸爸，看看那群没有长大的孩子，告诉他们，我想念他们，我没有忘记他们！"凌林在电话那头说，"也代我给祁家老的小的一点零花钱，将来我挣钱了，连本带息还给您，谢谢老爸啦！"

听女儿这么说，凌书记心里的乌云渐渐消散了。闻弦歌知雅意。女儿的语气和意思已经清楚地告诉了他，女儿心里是有祁宏的，她已经把自己当作祁家的一分子融了进去，他们可能已经走过凛冽寒冬，迎来了冰雪消融的春天。

这正是凌书记暗中期待的结果。两个年轻人谈恋爱，由于性格和经历的原因，难免会磕磕碰碰，只要大方向对了就好，走走弯路没什么关系，也无伤大雅。两个不同环境成长起来的人，没有摩擦，那还叫爱情吗？有摩擦不可怕，关键要学会理解和宽容。

残酷的冬季在两个年轻人之间凝结的冰雪，随着春暖花开，自然而然会融化的。女儿和祁宏已经度过最坏的时刻，他们之间的冰雪开始融化了。如果硬要给他们之间的冰雪消融，春暖花开列出一个时间表，凌书记认为，最迟可能要到女儿留学回来。

跟女儿通的这个电话，让凌书记特别高兴，他为女儿高兴，为女儿的爱情高兴：在女儿眼里，祁宏跟钱小芸举办婚礼，是不负责任的表现，让女儿很生气；所谓横看成岭侧成峰，在凌书记眼里，祁宏瞒着女儿，恰恰是对女儿负责任和关心的表现，这是个有想法，敢作为，敢挑重担的年轻人。从祁宏身上，凌书记依稀看到了自己年轻时候的影子，凌书记是越来越喜欢祁宏了。

正是晴天，阳光普照，小车过处，车后扬起一路灰尘，就像狂风刮过沙漠。凌书记刻意嘱咐付师傅不要避开路上的坑坑洼洼，要勇敢地从坑坑洼洼上开过去——差不多是专拣坑洼开了，他要亲身体验一下这段道路的颠簸难行，汽车每颠簸一次，都是一次鞭策和提醒，鞭策他，提醒他下定决心，为祁东人民谋福祉，早点把这条路修好。

路上的坑坑洼洼实在太多了，三五步就有一个，颠簸一直没有停过，凌书记被颠得心脏都快跳出来了，胃里的早餐不断翻滚，就像活火山的熔岩浆在翻滚沸腾，只是没到喷发的时候，想吐又吐不出来。张援朝脸色青白，有些难看，不知道是路上颠簸所致，还是在心里生气。他实在搞不懂凌书记为什么非要付师傅往坑坑洼洼里面钻，他认为完全没有必要受这个苦。大家都是成年人了，又不是三岁小孩，玩心重，到了他们这个年纪，为人处世要懂得趋利避害，而不是明知山有虎，偏向虎山行。

路上走了两个小时，才结束这段颠簸难行的行程。凌书记看着张援朝，认真地说："张县长，路修好了，就不颠簸了，这条路，我们走得少，颠簸一次算不了什么，我们县的很多老百姓，天天上城回乡，都要备受这条路的颠簸煎熬，那才是真的苦啊！"

张援朝说："书记，我们颠簸一次不习惯，身体难受，胃里翻江倒海；老百姓天天颠簸，已经习以为常，没什么了！"

凌书记说："这样思考，就是官僚主义了，要不得的。我们当官，要积极改善老百姓的生活条件，让他们过上美好生活，这是为人民服务的初心，而不是让老百姓习惯了受苦。老百姓受苦了，说明我们的工作没有做到位，我们当官的就不合格，久而久之，老百姓就会对我们有意见，有想法，有怨言！当年国民党的江山就是这样垮掉的。"

张援朝不好意思地笑着说："凌书记，我明白了，也受教了，您给我上了一堂生动活泼的党课，留下了深刻难忘的印象！"

车到四明山，高欣和张伟已经在村口毕恭毕敬地等着了。付师傅把车靠边停下来，凌书记下了车，跟高欣和张伟握了握手，寒暄了几句，又拉开车门，钻了进去。

高欣和张援朝有些紧张，没弄明白凌书记要干什么，以为他要回县城了，就拦在车前，说好不容易来了，必须得吃了饭才回去。

凌书记说，张县长，你们先去高欣家，这条路还没有走到尽头，我沿着这条路走走，看看，等会儿再过来。

高欣和张援朝这才放下心来，让开道，让凌书记和付师傅把车开走了。

两个人开着车，一直前行，路越走越窄，直到前面没路了，才把车停下来。可他们还没有返回去的意思。凌书记和付师傅下了车，用脚步走，又走了很长一段路，他们走进了四明山的深处，直到脚下的路不见了，没有了，才停下来。

"看来，这里才是我们这次扩建马路的终点，我们要把柏油马路修到这里来！这儿是我们祁东县境内的最后一个行政村了，翻过山，那边就是邵阳了，不归我们管辖了。把马路修到这里，既方便大山深处的村民出来，也方便山外的人和物进来。"凌书记说。

"马路修到这里，四明山就实现村村通公路了，大山深处的老百姓出来进去方便了，日子也好过了。"付师傅说。

有个四十岁模样的村民擦肩而过，又回过头来，好奇地打量了这两个陌生人一眼，他敏锐地意识到，凌书记是个大干部。

凌书记叫住了陌生人，跟他闲聊了起来，向他了解当地村民的生活生产情况。聊了一会儿，凌书记要陌生人去把村长叫过来。

村长听说县委凌书记来了，满头大汗地跑了过来。

"村长，我们要扩建马路，两车道的柏油马路，把路的终点定在这里，你看如何？如果可以，我们一起做个见证，没有修到这里，你到县城来找我告状！"凌书记说。

"凌书记，那样太好了！是不是在这儿还建一个公交车站？我们现在上县城，要走七八里路才能坐上车，大家都想走出去；走出去了，就不愿意回来，有些过年都难得回来一趟！"村长说。

"公交车站是必须要有的，要不然把终点建在这儿有什么用？"凌书记安慰村长说。

县委书记来了，村里要通马路了，要建公交车站了！

很多村民闻讯赶过来，把凌书记围在中间，七嘴八舌地发表着意见，畅谈感想，都很兴奋。

要想富，先修路。因为没有通公路，山里的人和物，出不去；山外的人和物进不来，成为深山老百姓贫穷落后的根源。四明山的女孩长大了，都想嫁出去；山外的女孩嫌交通不方便，山里贫穷落后，又不愿意嫁过来，很多年轻小伙子都娶不到老婆，宁愿在外面打工，流着漂着，浮萍一样，差不多几年回来一趟。回来了，也不愿意多待，看看父母亲人就走了，渐渐地，村里只剩下老少妇孺，劳动力严重不够，土地开始荒芜，庄稼没人种，没人收，没人侍弄，形成了一个恶性循环。

现在村里终于要通公路，建车站了。公路一通，跟其他村庄就没什么两样了，他们就要告别过去，过上好日子了。这是他们盼望了几十年的事情。新中国成立后，他们就在盼了，他们望眼欲穿地盼了几代人，如今终于盼到了，要美梦成真了。

天黑了，凌书记才告别村民，从大山深处走出来。他们没有去高欣家，而是直接去了祁宏家。

祁宏的门没有关，凌书记进来的时候，祁家人正围在大桌边吃饭。他们还在用煤油灯照明，屋子里很昏暗，看不清楚，他们只当来了两个不速之客。直到凌书记走到桌边，祁茗和朱鹏才认出是凌书记来了。

看到凌书记突然造访，祁宏和朱鹏高兴坏了，也怔住了，半天不敢相信。他们站在那儿，不知所措——他们没有见过大场面，虽然这是凌书记第二次到他们家来。凌林来，他们不紧张，跟凌林有说有笑，相处融洽，自然，随意，一点拘束感都没有。凌书记来了，当然不一样，尽管这不是凌书记第一次来他们家了，但君是君，臣是臣，官是官，民是民，那种巨大的身份差异是客观存在的，那种紧张感是没办法消除的，无论见多少回都是这样，只是紧张程度略有不同而已，第三次见没有第二次见那么紧张，第二次见没有第一次见那么紧张，要说完全消除紧张，是不现实的。

祁茗站起来，要去杀鸡宰鸭，准备重新做饭做菜，却被凌书记拦住了。

"嫂子，我们客随主便，不要忙活了，添两双碗筷就行了，你们吃啥，我们吃啥；你们能吃的，我们也能吃；你们经常吃，我们偶尔吃一顿，也没什么大不了的。"凌书记说。

"那怎么行呢，凌书记，你是贵人，是稀客；我们只是普通老百姓，我们吃的比猪食好一点点，不能用来接待尊贵的客人的！"祁茗嗫嚅着说。

"又怎么不行呢，嫂子，我们是人民公仆，是为人民服务的。不体验老百姓的生活，我们怎么掌握老百姓的情况，怎能把服务做好呢？当官的，要入乡随俗，跟老百姓打成一片，说好了，你们吃啥，我们吃啥！"凌书记说。

"那好，书记说了算，谁叫你是官呢！我也不刻意准备菜了，我不知道你们要来，没打你们的算盘，我就多炒一个腌辣椒炒鸡蛋吧！这个菜您爱吃，记得三年前，您说这个菜下饭，有小时候的味道。这个菜做起来简单，五分钟就好了。"祁茗说。

"嫂子好记性，也很用心。这个可以有，其他的就算了，免了。"凌书记说。

祁茗离开桌子，掌着一盏煤油灯，下厨房去了。她动作麻利，抓辣椒，切辣椒，炒鸡蛋，不一会儿就把腌辣椒炒鸡蛋做好了，端了上来。

凌书记吩咐祁茗在自己身边坐下来，给她倒了一杯米酒，他们边吃边聊。

"嫂子，现在生活还困难吗？"凌书记问。

"比以前好多了，老娘的医药费，孩子的学费都没有问题，不用发愁了，一家人也基本上能够吃饱饭，不用饿着肚子干活，上学，过日子了。"祁茗说。

"那就好，我希望你们的生活能够芝麻开花，节节高啊。祁宏那孩子最近回来了没有？给家里写信了没有？"凌书记问。

"信倒是写得勤快，基本上一周一封，我们很难得给他回信。他时间紧，又要勤工俭学，这个学期还没有回来过。不过，那个孩子很争气，很顾家，不仅不要我们给钱用，还每个月给家里寄几百块钱，帮我们分忧担愁——他现在都能供一个弟弟或妹妹上学了。"祁茗说。

"穷人的孩子早当家！祁宏是个好孩子，懂事，争气，有志气，将来肯定有大出息！"凌书记说。

凌书记本来就对祁宏印象不错，现在又听到祁宏不仅不向家里要钱了，还每个月有钱寄回来，不由得肃然起敬！凌书记是个很要强，很自立的人，想当年，他读大学，都还伸手向父母要钱呢。

"凌林那孩子好吧，怎么没有看到她跟您一起到乡下走走？上次见她还是前年过年，我们已经有一年多没有看到她了。"祁茗说。

祁茗是想凌林了，多好的一个姑娘啊，长得漂亮，人又聪明，有学问，出身高贵，关键是没有架子，到了祁家，跟自己女儿一样，什么都吃，什么都干，从来不挑三拣四。祁茗觉得自己儿子是高攀了，她喜欢凌林，觉得凌林比高燕好，当年阻止祁宏跟高燕谈恋爱是对的，儿子跟凌林好，她高兴，但她心里多少有点担心，生怕有朝一日，凌林不喜欢自己儿子，跟更优秀的男生好了，毕竟凌林在清华大学，祁宏在湖南大学，这两个学校有差别，如果能够反过来，凌林在湖南大学，祁宏在清华大学，她就没有那么担心了。

"是我们家姑娘做得不好，事发突然，在计划之外，凌林上个月跑到英国留学去了，还没来得及告诉你们。我今天出发前跟她通了个电话，她要我代她过来看看你们，她在英国，除了牵挂我和她娘外，就是牵挂你们了。"凌书记说。

"哎，那孩子，又懂事，又有出息，将来前程不可限量。她在英国要好好照顾自己呀，我们人微言轻，有什么好牵挂的。"听到凌林出国了，祁茗紧张起来，饱经沧桑的脸上滑过一丝疑问，不禁脱口而出，"凌林漂洋留学了啊，这个好，长见识，比我们家祁宏做个井底之蛙好，她还回来吗？我们家那孩子，有想法，肯努力，可我们家这环境和条件害了他，不能让他陪凌林一块出国留学，不能在凌林身边照顾她！"

"嫂子放心，有祁宏在，凌林肯定会回来的。据我了解，凌林自己只能算一半，祁宏是她的另一半。他们俩，各自只能算半个球，只有合在一起，才能成为一个圆球，滚动起来，他们谁缺了谁都不行。你们家祁宏，可不是井底之蛙，而是四明山飞出去的金凤凰。他的智商跟凌林不相上下，都很高，可是，他的情商要比凌林高多了。嫂子放心，这两个孩子都有出息。凌林是一只风筝，跑得再远，飞得再高，那根线都攥在你们和我们手里。"凌书记一边说，一边自己都笑了起来，他是越俎代庖，帮凌林把亲事订了。

"哦，哦，哦。书记就是书记，水平高，说话好听。我现在彻底放心了，我们全家，从上到下，从老到小，都喜欢你们家姑娘，比喜欢祁宏还要喜欢！"祁茗举起衣袖，揩了揩眼角，感动得眼泪都流出来了。

凌书记真是善解人意，没有官架子啊，他的每句话都说到了她心坎上，她们父女俩都一样，让人感动。

"嫂子，这里是八百块钱，是凌林要我给你们的！"凌书记从口袋里掏出一个红包，塞在祁茗手上。

"凌书记，这怎么成？我们都没有什么东西给您！这个钱，我们不能要，凌林还是个学生！"祁茗一边推辞，一边不知所措地说。

"这个钱，你们必须要。不是我的，是凌林的，我只是代她转交，她叮嘱过我的。如果你认凌林这个未来的儿媳妇，就收下，让她为家里做点贡献！"凌书记说。

凌书记都这样说了，祁茗再推辞就过分了，只好将钱接下。她把钱紧紧地攥在手里，都不知道说什么好了，心里只有感动，她感动得热泪盈眶。

他们聊兴正浓，门口传来一阵喧闹，是高欣、张援朝、张解放、张伟吵吵嚷嚷地拥了进来。他们一帮人在找凌书记，他们打听到凌书记到祁宏家来了。

"凌书记，我们都等你好久了，都怪我们工作疏忽，不知道你到祁家来了，我们都在等你吃饭，高欣很用心，准备了一大桌好菜，都是县城平时吃不到的新鲜菜！"张援朝说。

一行人把凌书记团团围住了，七嘴八舌，又是拉，又是劝，非要凌书记动身，到高欣家吃饭不可。

"我已经吃了一半了，我就在祁家吃个便饭，吃完了，我就回县城去。"凌书记说。

"祁家吃一半，高家吃一半，祁家已经吃了一半，意思到了，轮都轮到我们家了。我们已经把饭菜准备好了，您不过去，辜负了我们的心意事小，造成粮食浪费事大。"高欣说。

凌书记还想推辞，祁茗看了看高欣——他希望她为他说句话呢，于是打圆场说："书记，您去高欣家吧！您去高家吃饭，是公干，你们一起可以谋很多大事，解决很多问题；你在我们家吃饭，是私事，解决不了什么问题，只要意思到了就行了，我们分得清楚，识得好歹。"

祁茗生怕凌书记没吃好，饿着了。凌书记能来祁家看看，跟他们一起吃两口饭，咽两口菜，他们已经感恩戴德了，不能让凌书记酒都没的喝，饭都吃不饱！高家条件好，环境好，食材好，厨艺好，服务好，能够让凌书记吃得开心，吃得放心，吃得安心。

"那我听嫂子的，既然嫂子都这样说了，那我恭敬不如从命了，我们到高家去吃下半场!"凌书记说。

凌书记站起来,转向高欣、张解放、张援朝和张伟,说:"我过去吃饭可以,但你们要满足我两个小要求!"

"凌书记尽管吩咐,只要我们办得到,一定照办!"高欣说。

"第一个要求,是祁家一家子都跟我过去,桌子能够坐得下吗?"凌书记说。

"没问题,坐得下,我们家的桌子大得很,一般情况下是十六个座位,挤一挤,能够坐二十个。"高欣说。

"那就好。第二个要求,再把我们村最穷的六户人家,每户叫一个代表过来,我想听听他们对我们修马路,对我们县委县政府的干部和工作,以及四明山的干部的意见,我跟村民代表边吃边聊。"凌书记说。

"这个我马上照办,他们五分钟内到齐。"高欣说。

月亮出来了,繁星满天,青蛙和虫子的叫声响成一片,格外热闹。

走出破落低矮的祁家,走进繁荣高大的高家,凌书记明白了什么叫贫富差距,这是改革开放后,涌现出来的一个新矛盾。

大桌子边坐满了人,只留出来几个主要位置,凌书记希望见到的人,已经到齐了,公公正正地坐在座位上,等着凌书记到来。

看到凌书记来了,他们不约而同地站起来,热情地鼓掌,脸上堆满笑意。

那些村民,除了祁家,他们都是第一次跟县委书记见面,第一次跟县委书记在一个桌上吃饭,都很紧张,看到凌书记坐下来,示意他们坐下了,他们才敢坐下;坐下来后,他们都不敢动筷子,傻乎乎地看着凌书记,听着凌书记说话,他们不知道该说什么,不知道该做什么。

凌书记见状,从座位上站起来,绕着桌子转了一个圈,挨个给村民代表闲聊,问候,夹菜,倒酒,敬酒。看到凌书记这么平易近人,村民代表放松下来，不紧张了，敢说话了，现场气氛渐渐活跃了，大家谈笑风生，知无不言，言无不尽，提了很多最基层劳动人民的真知灼见。

一桌人的交流方式很有意思，凌书记试着用不太熟练的祁东土话、方言跟村民代表说话；村民代表用夹杂着祁东土话、方言的蹩脚的普通话跟凌书记说话，他们尽量让对方能够听懂自己，明白自己在说什么。

那天晚上，宾主都很尽兴，大家敞开了喝酒，敞开了聊天，他们都喝了很多酒，根本停不下来。那些村民代表没有一个不是醉醺醺的，敞开胸怀跟凌书记诉说家长里短，甚至称兄道弟，毫无顾忌。

筵席很晚才散，凌书记也喝得酩酊大醉，站都站不稳，但他仍不失风度和礼貌，坚持跟村民代表一一告别，把他们送出高家大院。

村民代表走后，凌书记对高欣和张援朝说，要连夜赶回县城，但说归说，他已经醉得失去控制，很难把言行统一起来了。

凌书记实在坚持不住了，只觉得全身松软，特别困，特别想睡觉。凌书记想立刻上床睡觉，什么都不管，什么都不顾了，他酒醉心里明，自己喝再多，只要好好睡一觉，第二天天亮了，酒就醒了，酒醒了，他就好了。

第九章　高家吹响进军工程领域号角

凌书记睡得又香又沉，醒得也早。东边的天空刚泛出鱼肚白，凌书记就醒了。他操心的事多，睡觉质量不高，每天晚上都要醒来好几次。但那天晚上，他睡得很不错，中间没有醒来过，一觉睡到自然醒了。

凌书记是被乡下的公鸡打鸣吵醒的。县城没有人养鸡，听不到公鸡破晓。乡下的公鸡破晓，一只叫了，带动其他公鸡接二连三地叫了，一只比一只叫得响亮，一只比一只叫得带劲。

鸡把鸟也叫醒了，窗外偶尔传过来一两声鸟叫，是早起的鸟儿开始寻找虫子，为填饱肚皮忙碌奔波了——早起的鸟儿肯定是饿醒的。

凌书记感觉头有点痛，有点晕，有点沉；身子有点困，有点乏，有点软；口有点干，有点燥，有点渴，特别想喝水。这些不适都是喝多了的后遗症。他不记得昨天晚上发生了什么，只知道自己跟村民们一起喝酒，很尽兴，喝多了——凌书记应酬多，可他已经半年没有这样喝过了，他喝酒，主动的少，被动的多，这种兴之所至，主动，兴奋地喝酒，还是第一次。

凌书记费劲地坐起来，准备拉开灯，起来找水喝——当然，喝完水，他也要正式起床了，这是他多年工作养成的生活习惯，睡得很迟，起得很早，中午再睡半小时午觉，补充一下精神，方便下午精神抖擞地处理各种问题。

凌书记伸出手，在黑暗中摸索着自己的衣服，准备穿衣起床。衣服没摸到，却摸到了一具光滑润泽的身体。凌书记激灵了一下，残存的睡意醉意全跑了，他意识到有点不对劲，缩回手，往自己身上一摸，自己也是光溜溜的，什么都没穿。

凌书记很少裸睡，没想到喝多了什么都不管不顾了，凌书记自嘲地想。

"老婆，帮我拉下灯！"凌书记下意识地说，他还没有完全醒过来，以为自己连夜赶回了县城，住在自己家里，睡在自己床上，身边躺着的是自己的妻子。他依稀记得对张援朝说过，要连夜赶回县城的。昨天起床，妻子肖芳问过他，晚上回不回来。凌书记说回来，但可能晚点。

话一出口，凌书记就隐约感到不对了，可又说不清楚是哪儿不对。

"好的，凌书记，您把脸背过去，我没穿衣，有点害羞！"黑暗中，凌书记听到一个陌生的声音，这个声音，显然不是自己老婆的，这种场合，自己的老婆也不是这样叫他的。

凌书记就像突然被电流击中了，他下意识地掀开被子，跳下床，伸手在墙上一扫，摸到了开关，打开了灯——凌书记已经意识到了，不是在自己家里，是在高欣家里，他对室内的环境不熟；昨晚跟他上床睡觉的，不是自己老婆，是另有其人。

明亮的灯光下，凌书记看到一个年轻漂亮的陌生女孩，受了惊吓似的，用被角紧紧捂住胸部，半个身子缩在被窝里，露出来一双修长，匀称，白嫩的小腿！凌书记意识到，陌生姑娘跟自己一样，好像什么都没有穿！他的脑袋轰地一下大了，头更痛了。

"姑娘，你是谁？我们怎么睡到了一块？"凌书记紧张地问，"我没把你怎样吧？我把你怎样了？"

"我叫王欣，"女孩背过脸去，委屈地说，"书记，昨晚您喝多了，是我把您扶进房间，伺候您躺下的。您喝多了，拉着我的手，不让我走，您自己忘了？"

王欣一边说，一边轻轻地哭起来，那对瘦削的双肩在微明中耸动。王欣感到委屈，这个男人刚才还叫自己老婆呢，没想到三分钟就翻脸不认人了，她还是第一次跟男人上床睡觉呢。

"喝酒真是误事！"凌书记把右手举过头顶，落下来后，重重地捆在自己右脸颊上。凌书记一边打自己耳光，一边痛苦地扪心自问，"我怎么能这样呢？我的党性原则哪儿去了？"

抽完自己，凌书记双手抱头，蹲了下去。

"书记，您不要自责了，我是心甘情愿的，我不要您负责。从昨天到今天，我都看在眼里，您是一个受人尊敬和爱戴的好书记，没有高高在上，愿意倾听我们普通老百姓的意见，真心实意地体察民间疾苦，真心实意地为我们老百姓着想。我希望书记早点把修路的事情定下来，帮我们把这条路修好，让我们出行没有那么不方便了。"王欣说。

"姑娘，修路跟这是两码事。路肯定是要修的，不管我对你做没做过什么，路都是要修的。发生了这种事，也不是我对你负不负责的问题，是党性问题，原则问题。我从政这么多年，一向洁身自好，没想到最后还是没能把持住，一顿酒喝下来，把坚持多年的党性丢了，原则毁了。"凌书记说。

"凌书记，发生这种事情，其实很偶然，就像一次意外的交通事故。没有谁愿意发生车祸，车祸发生是很难避免的。你不用想那么多，也不要自责，我现在就穿衣服起床，离开这儿，就当我们什么事都没发生，您也当作什么事都没发生！"王欣说。

王欣一边说，一边做，一点也不含糊。她迅速地穿好衣服，下了床，逃一样地离开了。

这种事，完全出乎凌书记意料，把他的全部计划和理性安排打乱了，让他连起码的礼仪和风度都没有了，一刻都不愿意多待。王欣走后，凌书记站起来，手忙脚乱地穿衣服，穿鞋。他一边穿，一边努力地回忆昨天晚上的事，可他只记得王欣把他扶上床，其他什么都想不起来了。

床头柜上放着一包芙蓉王烟，一个打火机。

凌书记抓起香烟，抽出其中一支，揿亮火机，点着了，大口大口地抽起来，吞吐起来。

到祁东县来做书记之前，凌书记是抽烟的，烟瘾还不小，一天要一包，尤其是给领导做秘书的那几年，晚上要赶文章，不抽烟思维容易短路卡壳，写不出来。后来到祁东做书记，看到给他送烟的人多，给其他领导送烟的人也多，为刹住这股歪风邪气，凌书记不得不把烟戒掉。现在出了这种事，凌书记确实想抽两口，缓解一下心中压力。

直到把烟抽完，烧手指头了，凌书记都没想清楚昨天晚上发生了什么。他只记得从祁宏家出来，在高欣家跟一大桌人吃饭喝酒，有说有笑，气氛热烈，都喝了很多酒；喝完酒，他把村民代表送到高家大院门口；他想连夜赶回县城，可是不胜酒力，被一个女孩搀扶着，艰难地回到房间，倒在床上，后面发生了什么，凌书记确实记不起来了。

凌书记应酬多，酒量也大，平时喝酒有节制，一般都适可而止，七分清醒三分醉意。昨天晚上是太高兴了，没能把控好，喝多了。凌书记是给每个人敬了一杯，后来每个人都排队过来敬他，有的还不止一次。农村的酒杯又大，又是自己酿的高烈度米酒，后劲又足——据凌书记心里估算，那天晚上，他喝了不下两斤，以至于酒后乱性，把人家姑娘给祸害了。

这件事情会引发一系列连锁反应，从此，他要背上沉重的心灵枷锁。向妻子坦白吧，怕妻子想不开，会闹，影响夫妻感情；不坦白吧，自己心里愧疚，感觉对不起妻子。当然，凌书记也感觉没法向女儿交代，没法向组织交代，没法向人民交代，他不是一个出淤泥而不染的好官了。在他二十多年的政治生涯中，这还是第一次——这种事情，不在多，而在有没有，做没做；有没有，做没做，是质的概念；

有多少，做了多少次，只是量的概念。这种事情，只要有一次就够定性了。

虽然王欣姑娘挺明白事理，一点胡搅蛮缠的样子都没有，可他毕竟糟蹋了人家姑娘，毁了人家姑娘的清白。

满腹心事，内心愧疚的凌书记，早饭都没有吃——没胃口吃，他只想早点离开这个地方。凌书记阴着心，黑着脸，叫上付师傅，匆匆忙忙下了楼，来到停车场，坐进车里。付师傅开着车，驶出高家大院，风驰电掣地往县城赶。

空旷的天上只有启明星还在闪烁，其他星星都隐没了，启明星孤零零地挂在东南方的天空，一副高处不胜寒的样子。乡村还笼罩在薄雾之中，其他人都还没有起床，高家大院里一片寂静，四明山已经有个别农民起床，扛着锄头下地干活了。

"我们要不要跟高总和张县长打声招呼?"上车之前，付师傅问。

"不要了，我们赶快走吧，快点，一刻都不要耽误! 上午县里还有其他急事，我要赶回去!"凌书记说。

其实，领导说话都有艺术。这句话，重要的是前半句，后半句可有可无，县里没有其他事。付师傅听出来了，凌书记只想尽快逃离高家大院，他生怕被捉了似的。

听得出来，凌书记是嫌付师傅多管闲事，有些生气了——这是付师傅给凌书记做了快五年司机过程中从来没有出现过的。凌书记调到祁东来，付师傅就给他开车了。平时，凌书记对他都是和颜悦色，让他感到凌书记宰相肚里能撑船。这是付师傅第一次看到凌书记生闷气，发脾气，可他不明白凌书记为什么一觉醒来，就生气了，也不明白自己错在哪里。昨天晚上，明明什么都好好的，气氛热烈，宾主尽欢，干部群众真正打成了一片，聊得尽兴，喝得高兴，没有一句话不妥，没有一件事不对，没想到一夜醒来，凌书记突然翻脸不认人了，连个招呼都不愿意跟高欣打，跟张县长打。

张援朝下午才赶回县城，到县委县政府大楼上班，是张伟送他的。叔侄俩一路上也是忐忑不安，说话不多，因为他们醒来的时候，凌书记已经不见了。张援朝和凌书记是一起，坐着凌书记的车来的，一觉醒来，凌书记不声不响地走了，把他扔在了高家大院。其实，张援朝想着凌书记在，比平时起床提前了一个小时，但还是晚了——看来凌书记是故意把他扔下的。张援朝摸不清楚凌书记心里想什么，怎么不打招呼就走了，难道是对高欣的接待有什么不满的地方？难道是谁说话不注意，把凌书记得罪了？难道是谁向凌书记打自己的小报告了？当时人多嘴杂，都说不清楚。

张伟知道凌书记突然走了，也是丈二和尚摸不着头脑，难道是王欣没有伺候好凌书记，让他生气了？

回到办公室，张援朝左想右想，弄不明白凌书记悄无声息地离开的原因，想着马路扩建的事，张援朝心里没底了——无论如何，得尽快把这件事情定下来，清早离开高家大院的时候，张援朝拍着胸脯向高欣承诺过了，马路要立刻修，工程由他承包。凌书记该不会一觉醒来，就变卦了吧？在办公室，张援朝坐立不安，他看了几份文件，打了两个电话，心里更加没底了。张援朝从座位上站起来，拿起一份文件，忐忑不安地去找凌书记。

凌书记的办公室，门严严实实地关着了——张援朝清楚地记得，凌书记是很少关门办公的，他喜欢把门半掩半关，留出来巴掌大的一条缝，说是欢迎下属和老百姓随时到他办公室来交流思想，洽谈工作，反映情况。这天，显然有违凌书记的意愿，除非凌书记不在办公室，出去办事了。

张援朝站在门口，伸出手，轻轻地敲了敲门。敲叩声还没完，张援朝就听到了凌书记招呼他进去。张援朝赶紧推开门，走了进去，在凌书记对面的椅子上坐下来。

"张县长，对不起，今天早上没有叫你了。县里事情多，千头万绪，需要赶回来处理。我离开高家大院的时候，天还没亮，你还没起床，我来不及跟你打招呼了！"凌书记说。

说话的时候，凌书记没有抬头，他左手拿着一份文件，右手拿着一支笔，眼睛盯在文件上，没有正眼瞧张援朝。看样子，凌书记没有什么不高兴的，张援朝放下心来，两个人自然而然地聊到了马路扩建上。

"马路扩建一事，书记还有什么意见？"张援朝问。

"我们不是定了吗？那条马路，是全县的交通大动脉，关系到祁东县的经济发展和老百姓的出行方便，扩建势在必行，越快越好，不能再耽搁了！"凌书记说。

"我也是这么想的，势在必行，越快越好，不能再耽搁了！但四明山是我的家乡，我不方便表态！我刚才还担心，自己这么想，会不会在书记这儿留下个以权谋私的印象呢，毕竟除了这条路，全县还有很多条路要修！"张援朝说。

"张县长多虑了，没什么不妥的，我们县是有很多路要修，但这条路最重要。我们都在祁东当官，都热爱这块土地，都为这块土地上的人民服务。你是祁东人，祁东是你的家乡，你对祁东有两份感情，比我多出一份！我们都要为祁东人民干实事，谋福祉，带着他们解决温饱，谋小康，奔富裕，建设美好生活！"凌书记说。

"难怪老百姓都在说，凌书记是个为官一任，造福一方的好官！"张援朝说。

"张县长，你不是打我脸吗？"凌书记说，"以前我确实是个好官，坚守了自己的为官信条，但今后就很难说了，我昨天犯了错误。咱们事不宜迟，赶快行动起来，你去召集一下其他常委，大家开会讨论一下，把马路扩建一事早点确定下来！"

"就是喝了点酒，不能算犯错误。"张援朝说，"凌书记，我现在就去，您十分钟后到小会议室来，其他常委不用十分钟，肯定都到了！"张援朝说。

张援朝心花怒放，但尽力压抑着兴奋，站起来，离开了凌书记办公室，回到自己办公室，开始打电话通知其他常委到会议室开会。常委们都集中在一个楼层办公，召集起来很方便。

凌书记很想对张援朝说，喝酒了，容易犯错误。但他没有把话说出口，他已经酒醒了，这种事，越少说越好，因为隔墙有耳；越少人知道越好，因为人心难测。

那条马路，扩建是必需的了，越快越好，不能再耽搁了。对于扩建这条马路，常委们是有共识的。在当天的常委会议上，凌书记和张县长先后作了发言，他们意见一致，那就是马上动工扩建从县城到四明山的马路，将这条马路扩建成两车道的柏油马路。他们很快就统一了思想：把工程交给全县最大的民营企业家高欣承包，县长张援朝担任总指挥，工程在两周后开始破土动工，保证在过年前胜利完工。

既然书记和县长都这样说了，其他常委也没意见了，马路扩建的事情，就这样定下来了。

会议结束后，回到办公室，张援朝按捺不住内心的喜悦和激动，先后给张伟和高欣打了电话，把常委会上关于马路扩建的具体决定，详细地告诉了他们。

"伟崽，跟着你岳父好好干！这条马路一修，高氏集团又要上新台阶了，你岳父那个人知恩图报，不会亏待你，也不会亏待我们张家的！"张援朝说。

"好！叔叔，那我们是不是应该好好庆贺一下！"张伟说。

"我也是这么想的，我现在就给你岳父打电话！"张援朝说。

挂断张伟的电话后，张援朝又给高欣拨了过去。

"亲家，马路扩建的事定了，我做总指挥，你做总承包！你现在出发，下午赶到祁东，晚上我们一起喝两杯，好好庆贺一下！"张援朝说。

"好的，亲家，我把其他应酬推掉，现在赶过来，你叫上张伟，我们仨今晚不醉不归！"高欣说。

张援朝高兴极了，他知道高欣会做人，每次喝酒只是开场和借口，感谢他不遗余力地帮忙，才是正文。高欣是个大方的人，这些年来，张援朝愿意帮高欣，是因为高欣对他有求必应，从不推辞躲避，而不仅仅因为他们是亲家关系，有高欣在，吃得好，喝得好，玩得好，尽兴！

那一夜，三个人都放开了，很尽兴，他们前后喝了两顿酒。上半场在饭店里喝，虽然是三个人，却是满满一桌菜，他们喝了两瓶白酒。下半场是移到了卡拉OK厅，喝的是洋酒，他们又喝了两瓶洋名字的洋酒，叫什么XO。卡拉OK厅在小县城兴了起来，成为有钱有权有势的阶层晚饭后最喜欢的一种休闲娱乐方式。跟着广东学，三陪小姐已经出现了。张伟给岳父和叔叔各挑了一个，他自己没有要，不是他不想要，而是因为岳父在，他不敢造次。

两周后，一个阳光明媚的日子，马路扩建工程正式启动了。凌书记率领祁东县四大班子的一把手以及相关部门的领导出席了开工仪式。开工仪式由张援朝主持，凌书记和高欣先后作了热情洋溢的发言。在发言中，凌书记详细地阐述了修建这条马路的重要性，以及对施工质量和工程工期的要求；县里还邀请了祁东籍的省市有关领导回来出席开工仪式，并剪了彩。这件事也上了湖南省和衡阳市的重要新闻媒体——祁宏就是从新闻上得知家乡公路要扩建的消息的，寒假回家，他就可以坐上在宽阔平坦的公路上奔驰的公交车回家了。

这是高欣第一次承包工程，而且是大工程。这个工程正式标志着高氏集团进军了一个新领域。为保证工程的质量和进度，高欣花重金购买了大批用于修路的专业机器设备，如推土机、铲运机、平地机、挖掘机、装载机等。当然，这个工程也需要大量的工程运输车辆，尤其是大卡车。大卡车高氏集团有，是现成的。跑运输是高氏集团的主要业务板块，高家已经有一百多辆大卡车了，占据了全县货运市场三分之一的份额。这个工程做完后，虽然有益于全县人民，但获益最多的还是工程总承包的高欣。

为了保证在年底前把工程做完，通上车，让全县人民欢欢喜喜，高高兴兴过大年，高欣把整个路段分成了五个部分，大约十六华里一段路，五个工程队同时紧锣密鼓地施工。这种分工，把包工头的积极性充分调动了起来，谁都不甘落后，谁都想第一个完成，谁都想把路修得最好。

扩建后的马路很宽，说是两车道，实际上可容纳三辆汽车并排通过——两车道是以两辆大货车并排通过为标准的。这是新中国成立五十年来，在祁东这块土地上，开天辟地，前所未有的一件大事，惠及万民的一个大工程。

这个工程本身就是一个很好的广告宣传渠道和平台。随着工程修建，高欣在祁东更是家喻户晓，比凌书记和张县长都有名声威望。

第十章　张伟野心显山露水

工地开工一周后，高欣在灯光下，摁着计算器，认认真真地算了一笔账：如果不出意外，把工程如期完成，毛利率约为30%，保守估计，把这个工程做完，能够赚到的钱在五千万到一个亿之间。

这让高欣大吃一惊，又非常兴奋。多年经营下来，养成的兴奋点，就是对其他兴趣不大，对赚钱格外热衷。赚钱让他高兴，让他兴奋，不赚不兴奋，小赚小兴奋，大赚大兴奋。高欣早就感觉到做工程赚钱，但没想到这么赚钱。

做工程，赚钱是里子工程，还能传播口碑，是面子工程。高欣一心一意想把工程做好，做成标杆和样板；他从来没有想过偷工减料，以次充好。有损声誉和颜面的事情，他不做，也做不来。

在工地上转悠了几天，高欣看出门道来了：直觉和商业经验告诉他，做工程，赚多赚少，关键在工程进度。有那么多人要养，那么多机器要养，提前一天完成，能节省很多开支——节省下来的钱，是百分百的利润呢。工程量和金额是固定的，进度快，赚钱多；进度慢，赚钱少，甚至赔本亏损——原来做工程，赚钱的秘诀在向管理要效益，向效率要效益。

也许，讲清楚这个道理，落到具体数字上，读者的感受更直观。县委县政府希望工程在春节前完成，如果能够提前一天完成，就能节省百八十万开支；如果能够提前一个月完成，就能节省两三千万开支；如果能够提前两个月完成，就能多赚四五千万，以此类推。当然，这个浩大的工程，也不可能在一两个月内就顺利完成。如果春节前没有完成，每往后推一天，就要亏个百八十万。

不得不说，做工程实在太赚钱了。把这个工程做下来，赚的钱可能相当于高氏集团成立十多年来赚到的全部家当了，意义十分重大，不仅帮助高家在财富积累方面登上了一个前所未有的新台阶，而且意味着高家开拓了一个新业务板块，进军了一个新领域。这个新领域，是蓝海，刚刚兴起，市场潜力无穷，未来前途不可限量；这个新业务，一个工程做下来，就相当于再造了一个高氏集团。

新业务的广阔前景，刺激得高欣热血沸腾。因为是新业务，高欣凡事亲力亲为，一边用心做，一边认真学，在做事情，带队伍中，不断储备知识，积累经验，提升水平，让自己成为内行，成为专家。高欣做事情，注意细节，不喜欢和稀泥，打马虎眼，这是他事业成功的原因，也是做好工程必须具备的素质。

进入新领域，开拓新业务，自己要懂，要熟，看得到问题，想得出办法，只有这样，才能做好管理，带好队伍。只有懂行了，成为行家里手了，才能不断改进方法，提升效率，把事情做好，把钱赚回来。这些都是学问，都是门道，都是赚钱之处。

高氏集团的原有业务，高欣熟得不能再熟了，就像熟悉妻子王红梅的身体，闭着眼睛都知道什么器官在哪儿，什么颜色，什么形状。老业务的运作，已经习惯成自然，有了固定的模式，也谈不上什么技术含量，即使他不关心，不介入，都没有问题。高欣把以前的业务交给了王红梅和朱鹏管理，王红梅主内，主要管钱；朱鹏主外，主要管业务生产。王红梅和朱鹏是高氏集团的创业元老，跟着高欣一路摸爬滚打过来的，在相关领域都成了一把好手，不用他操太多的心了。

高欣带着张伟和陈晓明，负责工程建设。新业务需要花费更多心思，他们一天大部分时间都耗在工地上，包工头和工人还没上班，他们已经在工地上劳作开了。包工头和工人下班了，他们还在工地上忙碌检查，看哪些地方没做好，需要返工；看明天要做什么，要注意什么。因为整个工程有五段，同时有五个施工队在施工，三个人分开了，轮流来，在工地上进行巡视和监管，上午是一二三号工地，下午就到了四五号工地。如此一来，有三个人发现问题，拾遗补阙，想办法解决问题。三个人开着三辆车，在五个工地上来回奔跑，有问题解决问题，没问题督促工程施工进度，也给工人们端茶递水，提供些力所能及的服务。

每段工地上都有两个技术员担任现场技术指导，他们是高欣花重金从省里交通研究设计院请来的高级工程师，技术好，每天好烟好酒好菜好饭地伺候着。

包工头和工人都是本地的，分别来自五个不同的镇。马路要从他们镇的辖区通过，哪个镇的包工头和工人，就负责哪个镇的马路修建——这样，包工头和工人就把工程建设当作了自己家的事情来做，生怕路没修好，影响了自己和家人出行。包工头和工人是一批勤奋肯干的中年农民，只知道埋头干活，没有太多花花肠子。高欣在他们中的威望很高，也是他们中的传奇。他们对高欣很崇拜，很信服，跟着高欣干活，伙食开得好，晚上那顿还有小酒喝，工资有保障，都能做到团结一心，干劲十足。第一次拿到工资，他们惊喜地发现，跟着高欣干，不比跑到广东打工差多少，都是靠卖苦力赚钱，在自家门口就能赚到在广东打工那份钱，谁还愿意离乡背井，抛弃老婆孩子热炕头呢？所以，他们很珍惜机会，能够多干尽量多干，能干多好尽量干多好，让高欣满意点。

做工程，没有其他诀窍，有两个基本面让人最担心：一个是施工质量，一个是现场安全。施工质量有技术员把关，没什么可担心的；现场安全至关重要，这种事情往往防不胜防，高欣要求每个工作人员提高警惕，认真防范，他千叮咛，万嘱咐，要工人一定小心，安全至上，生命至上，千万不要出事了。

没想到越是担心什么，越是来什么，工程进行到一半的时候，工地还是出事了。那天上午，在张伟轮流监督的五号工地，埋炸药爆炸山坡的时候，有三个作业工人没有跑赢，被坍塌下来的山体掩埋了，等硝烟散去，泥石安静，其他工作人员反应过来，大家跑过去，七手八脚地把泥土砂石挖开，找到失事工人，把他们抬出来，三个工人已经脸色铁青，早就没有心跳和呼吸了。他们表情扭曲，死相恐怖，眼睛里，嘴巴里，鼻腔里，耳朵里全是泥土。三个人都是五指张开，指甲都抠没了，嘴巴张开，嘴唇被咬破了。看得出来，临死他们做过剧烈挣扎，也想喊救命，或者做临终嘱托，但无济于事，他们没有坚持到工友们找到他们，把他们挖出来。

听到五号工地出事了，高欣眼前一黑，一个趔趄，差点摔倒在地——那个时候，他在三号工地上巡视，他刚巡视完五号工地不到两个小时。情绪稍微稳定后，高欣开着车，赶到了现场。现场已经围满了人，有帮忙的，有看热闹的。看到高欣来了，围观者主动让出一条路来。高欣看到三个遇难的工人，被整齐地摆放在马路边，身上全是泥土，五官七窍都是泥土，死状极惨。遇难者的家属已经闻讯赶了过来，或趴在尸体上，或跪在尸体边，呼天抢地，一把鼻涕一把泪，痛哭失声。

人要是倒霉了，喝水都塞牙缝，啥事都赶上了。那天，正好有个衡阳日报的记者在工地现场采访，他本来是冲着这条新马路扩建来的，计划做一个正面通讯报道。碰巧现场出事了，死人了，他立刻把报道方向改变了，做了一个深度报道，详细地报道了这场事故，还配了一张现场图。那张图片很吓人，是三个遇难工人并排摆放在马路边的照片。在报道中，记者一点情面都没留——没出事，他看到的全是积极面，兴奋点；出了事，他看到的全是问题，各种各样的问题。记者在报道中条分缕析，把施工安全说得一无是处，现场感极强，感染力极强——从他这篇报道中，不难得出这样一个结论：这样施工管理，出事是必然，不出事是偶然，出事不可避免，只是事故大小和时间的问题。

报道第二天发表了出来，在衡阳日报的头版头条。那篇报道顿时在社会上引起了轩然大波，也引起了市委市政府的高度重视。报道出来的当天上午，市委市政府立刻召开会议，抽调官员和专家，成立了事故调查小组，准备调查原因，追究相关责任。当天晚上，几个穿着公安制服的年轻民警，来到高家大院，毫不客气地把正在吃饭的高欣铐上手铐，带上了警车。王红梅急得当场晕倒在地，不省人事。

事故影响仍在继续，相关人员陆续受到波及。第三天，全力主张马路扩建的凌书记和代县长张援朝被停职调查，进行反省。

张援朝被停职，急坏了张解放和张伟父子。在经历了两天短暂的慌乱后，父子俩惊喜地发现，原来真可以像西汉贾谊在《鹏鸟赋》中说的那样："祸兮福所倚，福兮祸所伏"，好事可以变坏，坏事可以变好——也许，这是一个天赐良机，如果处理得当，他们可以把坏事变好，帮助他们张家实现财富和权力双丰收。

财富丰收，很好理解，已是实现了一大半。高家的人，王红梅无能，高燕在长沙，又是张伟妻子，其他几个孩子还小，要么在读高中，要么在读初中，要么在读小学。高欣进了看守所，他把高氏集团委托给了张伟负责经营管理。这家祁东县最大的民营企业终于落到张伟手里，由他说了算了。坐在高欣办公室的真皮沙发椅上，听着干部员工的汇报，看他们小心陪着，生怕说错一句话了，张伟甭提有多受用了——这种情况，他已经梦见过很多回了，每回都在梦里咔咔笑醒了。

权力丰收，理解起来，有点烧脑。如果凌书记被剥夺了职务，张援朝又能够从中脱身，置身事外的话，那就行了。这样一来，张援朝就可以更上层楼，大权在握了，说不定做书记，至少是代书记都是有可能的。现在迫切需要对凌书记落井下石，把张援朝捞出来，让他脱离跟这个事故的关系。

父子俩一合计，先是愁，愁容满面；后是喜，喜得心花怒放。

"机会确实是好机会，意外之喜，千载难逢。可我们怎么入手，才能达到目的，帮助你叔达到权力之巅呢?"张解放问儿子。

"财和权，是两码事，心急吃不了热豆腐。我们要耐住性子，步步为营，一个目标一个目标地来。掌控财富比争夺权力来得更容易，也更容易稳固。至少，我们现在掌握了高氏集团。"张伟说，"如果岳父被判刑，坐个十年八年牢，高家的万贯家财，以后就不姓高了，改成跟我们姓张了。"

"你这孩子，高欣可是你岳父，高家财产，怎么都有你一份，不要太贪心了!"张解放说。

"正因为高欣是我岳父，我是他女婿，他有难了，我才挺身而出的。岳父有事，岳母无能，弟妹没长大成人，我只得委屈一下我自己，继承高家的事业和家产，这不是名正言顺吗?"张伟说，"高氏集团最好不分家，如果硬要分，将来分家产，是按贡献来，不是按份子来，我的贡献大，当然得多分点，那个时候，分多分少，给谁多给谁少，都是我说了算!"

"没想到我儿子平时看上去大大咧咧，头脑简单，不学无术，可是在关键时刻，一点都不含糊，肩膀挑得了重担，肚里撑得了大船，胸中装满雄才伟略!"张解放说。

"爸，你不能从门缝里看你儿子了，我跟祁宏一样，也是人中龙凤，他会读书，我会来事，只不过以前我没有机会表现，现在机会来了，我也要飞起来，要比祁宏飞得更高，更远!"张伟说。

"望子成龙，望女成凤，我盼望的就是这一天。财富我们是有了，可权力呢？权力怎么办？你叔也被调查了，也被停职了，那顶乌纱帽保不保得住，现在还很难说。"张解放说。

"爸，这个也不难。出了这种事，总要有领导出来负责任的。如果我们能把事故的责任全部推到凌书记身上，叔叔就能够从中脱身，脱责了！这样下来，我们祁东的政坛不就姓张了吗？"张伟说。

"政治这个东西很复杂，说起来容易，做起来很难。这件事，你叔和凌书记一样，都是没办法摆脱干系的。"张解放说。

"这个我早有准备，我有个一石三鸟的办法，既能把凌书记拉下马，又能帮叔叔脱身，还能给高欣定罪判刑！"张伟说。

"这个太难了，要手眼通天呢，我看不出来我儿子有这个本事和能力！"张解放说。

张伟笑了笑，凑近父亲，从口袋里掏出来一张相片，满脸春风，神秘兮兮地在父亲眼前晃了晃，说道："爸，你看有了这个呢？有了这个，我就有十足的把握把全部责任推到凌书记和高欣身上了，他们俩是官商勾结，狼狈为奸。这是铁的证据，可以把凌书记拉下马，可以把高欣定罪判刑，可以帮助我叔洗脱责任了。"

张解放只是匆匆地扫了一眼，就惊讶得合不拢嘴：相片上，凌书记和王欣赤身裸体，躺在一张床上，睡得正香。

"这张相片哪儿来的？"张解放问。

"半个月前，凌书记来，喝多了，要王欣陪他睡觉，我偷偷拍下来了。"张伟说，"现在正好派上用场，帮助我们达到目的！"

"看不出来啊，凌书记是这样一个人！"张解放说，"小子，你够深谋远虑的，心黑手狠，对付对手毫不留情。这张相片确实足够坐实高欣和凌书记官商勾结，扳倒凌书记，帮你叔脱责了。"张解放说。

"爸，你常说，人无远虑，必有近忧。我再延伸一下：人有远虑，发展不愁。"张伟说，"有了这张相片，高氏集团就是我们张家的了，祁东县委书记的位置也要落入我们张家人之手了。以后我们要财有财，要权有权，在祁东这个地方，可以只手遮天。"

"钱多了，也不能太狂！"张解放说。

设在县城一洲宾馆的事故调查组第三天就收到了一封从门缝里塞进来的匿名举报信。调查组王组长捡起信，一拆开，一张相片就从信封里掉了出来，相片上，一男一女赤身裸体地躺在一起。姑娘很年轻，很漂亮，王组长不认识；男的，王组长很熟，正是凌书记。相片的背面，字迹潦草地写着八个字，加了三个又粗又大的感叹号：官商勾结，事故根源！

那张相片，点燃了王组长心中的熊熊怒火：这就是事故根源，即使不是直接原因，也是间接原因！如果不是生活腐化，把关不严，怎么会有这起血淋淋的事故？撇开这种事故不说，这样作风腐败的领导，也是组织不能允许的。

这张相片，把凌书记在王组长心目中的形象颠覆了。来祁东两天了，王组长都在明察暗访。他听到很多老百姓都在夸凌书记，说他做事果断，能力强，威望高，有担当，作风清廉，为人正直——老百姓都在为凌书记说好话，求情，就像被调教了一样，老百姓都说工地上出事故，很偶然，跟凌书记没有什么关系。可是看到那张相片，王组长对凌书记的印象来了一个180度的大转弯，有这样生活堕落，作风腐化的书记，能不出事吗？

即使这次不出事，下次也会出事；即使不在这个工地上出事，也会在那个工地上出事。原来凌书记善于伪装，表里不一，会做表面文章，把调查组和当地百姓都骗了。凌书记把这么重大的一个工程交给一个没有任何工程建设管理经验的民营企业家，不出事才怪呢！这不是渎职，不是腐败，不是官商勾结，那是什么？

如此看来，代县长张援朝是无辜的，把张援朝和凌书记一样对待，是不合适的，张援朝虽然担任着工程总指挥之职，但这个职务，是凌书记亲自任命的，这个职务任命，也是凌书记的高明之处：把张援朝当作挡箭牌和减速带，能够巧妙地掩人耳目。

有了那张照片，事故调查组很快就定了性，做出了处理意见：张援朝被解除调查，官复原职；凌书记被双规，等待最终处理结果。鉴于凌书记仍在调查处理中，张援朝被宣布为祁东县代理书记，全面主持全县的党政工作。

一切都如张伟所愿，马路扩建工程仍在继续，一点都没有耽搁，只是工程总承包人，由高欣变成了张伟，施工队伍等都没有变。当然，张伟不只这个身份，高欣进了看守所，高氏集团理所当然由他全面掌控。

丈夫锒铛入狱，王红梅急得头发都白了，她患上了神经衰弱，整夜整夜睡不着，根本无心管理公司。王红梅每天都清早出发，晚上归来，奔走在看守所和高家大院之间，没有心思放在公司上，她把公司的财经大权都交了出来，委托张伟工作之余帮忙把关——资金是公司的血脉，没有钱，公司都动不了；管财务，每天都有很多字要签，款要付，如果王红梅不交出来，她就不能离开公司，不能去看守所看丈夫——张伟是她女婿，她信得过他。

张伟得意极了，他立刻把自己的车换了，开起了高欣新买的那辆奥迪——高欣用不着了。有了车，张伟办的第一件事，就是开着车，意气风发地来到县人民医院找刘美丽。张伟动员刘美丽从医院停薪留职，到高氏集团，管钱，职务是财务总监。

这样的好事，刘美丽求之不得。在医院里，她也待烦了，钱少活多，钱不够花不说，评职称和升职都没她的份，还要天天跟病人打交道——跟病人打交道久了，自己也会成为病人，至少心理不健康，看世界都是病的。

张伟和刘美丽前后脚从各自单位辞了职，又前后脚进了高氏集团，他们一唱一和，又过起了两年前高欣在长沙出车祸，张伟代管高氏集团，从高氏集团拿钱，跟刘美丽在床上天天数钱的神仙日子。

两年过去了，日新月异发展的高氏集团已经今非昔比，不可同日而语了。两年前，张伟从高氏集团拿现金，几万几万地拿，拿的是小钱，他们兴高采烈；现在从高氏集团拿钱，是转账，很隐蔽，拿的是大钱——账目上填的是转给工地开支，实际上是进了他们自己的腰包。由于数额巨大，他们数钱的兴趣没有了，因为数不过来，钱对他们来说，已经成为一个冰冷的数字，现在他们只关心存折上的数字变化。

第十一章　苦难让高氏父女和解

在看守所见到丈夫，王红梅情不自禁地哭了，号啕大哭，哭得很伤心，脸上眼泪纵横，双肩剧烈耸动。

五年前父亲去世，王红梅这样哭过；三年前，母亲去世，王红梅这样哭过。但为活着的人，这样哭，王红梅还是第一次。

王红梅不知道丈夫要关多久，什么时候能够出来，在看守所里有没有受委屈，有没有受骂挨打，有没有饿饭？

丈夫是王红梅的天，现在天塌了；丈夫是王红梅的地，现在地陷了。

王红梅想给看守所负责人塞些钱财，送些礼物，希望他们对丈夫多照顾点，不要虐待他，可她不认识人，不知道该送多少合适，该送给谁——她连塞钱送礼的门路都找不到。

王红梅做梦都没想到，生意做得风生水起，风光无限，县委书记和县长都颇为器重，当作座上宾的丈夫，有朝一日会锒铛入狱，沦为阶下囚。早知如此，不如不做企业，像祁茗和朱鹏夫妻那样，老老实实，耕田种地，赡养老人，抚养小孩，没有那么多梦想和野心，虽然不能大富大贵，至少一家人平平安安，健健康康，顺顺利利。要不，做点小生意也行，小富即安，不要人心不足蛇吞象，进军什么工程建设领域了，有原来的那些业务，足够一家人吃喝不愁了，还要冒那么大风险折腾做什么——当然，原来的业务，也不是没有出过事，死过人，但最多算个意外交通事故，多赔点钱就是了，丈夫从来不用被抓走坐牢！

丈夫是她的天，是家的天，是高氏企业的天，丈夫在，她就在，家就在，企业就在；丈夫不在，一切都不复存在，这是王红梅交权的原因。王红梅能做的，就是尽最大能力，每天都跑到看守所看丈夫，给他送点好吃的，给他送换洗衣服，隔着铁栅栏，陪他说会儿话，聊会儿天。王红梅是差不多到看守所上班了，她每天早上吃完早饭出门，直到下午四五点钟了才往回走——除了晚上，王红梅都差不多陪高欣待在看守所了，哪怕见不到丈夫，她都要在看守所等着，她生怕丈夫想不开，有什么意外了——有她每天来看看他，陪他说说话，他心里就会好受些，就会想得开。

见到高欣了，王红梅强颜欢笑；但从看守所回家的路上，以及在家里独自待着的时候，王红梅感到心力交瘁，备受煎熬，精力不济。她是一个小女人，她只想管好丈夫的事情，高氏集团的事，生意上的事，她撒手了，能不管就不管了，全部交给张伟了——王红梅明白自己的能力，她想管也管不好，越往后越管不好，包括财务大权。

夜深人静的时候，一个人躺在床上，王红梅也隐约感到不对劲。其他不说，光是那钱，张伟负责后，钱是只出不进，流水一样哗哗哗地花出去了。表面看起来，企业还在正常经营，跟平时没什么两样，没有因为高欣进了看守所受到多大影响。可认真追究起来，却很不一样；公司本来是赚钱的，现在却要不断地往里面砸钱，入不敷出。在看守所的时候，王红梅把这个情况告诉了高欣，高欣安慰她说工地建设要花很多钱，入不敷出很正常，等工程款下来了，账就好看了。王红梅没话可说了，她觉得丈夫是对的。

让王红梅感到如鲠在喉，寝食难安的，还不是花钱，是张伟领了一个叫刘美丽的风骚女人回来，接替她，负责管理财务。刘美丽来高氏集团前三天，表现规规矩矩，时间一久，他们的狐狸尾巴露出来了，两个人眉来眼去，让她看在眼里，心里很不舒服。

关键是这个刘美丽，张伟把她安排住在高家大院，住在高燕的房子里，就在张伟房子隔壁。刚开始，王红梅没往深处想，可是有一天晚上起来小解，她听到楼上清楚地传来女人的呻吟声。王红梅起初以为刘美丽病了，可后来越听越不对劲，作为过来人，王红梅马上明白了那是什么声音，发生了什么事情。她情不自禁地往楼上走去，想看清楚弄明白，到底是谁在做那种事情。但她还没走到楼上，就已经明白了：高家大院的成年男女，只有张伟和刘美丽两个人——张伟可是她的女婿，是她女儿高燕的丈夫！

王红梅气得浑身发抖，脑袋缺氧。来到女儿房门前，王红梅抬起脚，想踹开门，可她还是忍住了。破门而入了又能怎样？把他们捉奸在床了又能怎样？高家已经够乱的了，还嫌不够吗？高欣坐牢了，高氏集团正是用人之际，能忍就忍了算了，如果把张伟撵起了，谁来管呢？那不是眼睁睁地看着高氏集团破产倒闭吗？高欣经常对她说，做大事要有大格局，小不忍则乱大谋。

高欣说的时候，王红梅不懂，以为这是男人的事情；现在，她懂了，清楚地明白了，深刻地懂得了：小不忍则乱大谋。

王红梅调转身，蹑手蹑脚地离开了，下了楼，返回了自己房间，重新躺下了。但她已经睡不着了，她从来没想过自己的家会这样，现在她不知道该怎么办：天亮后，要不要拐弯抹角地问问张伟和刘美丽，给他们敲敲边鼓，让他们注意点，收敛一下；去看守所见到丈夫的时候，要不要把这件事告诉他？要不要给长沙的女儿打个电话，把张伟和刘美丽偷情的事情告诉她，让女儿管管自己的丈夫？

王红梅根本理不清一个头绪来，也没有想到好的办法。天亮后，做好早餐，王红梅扯开喉咙叫张伟和刘美丽下来吃饭。他们下来了，三个人在一个桌上吃饭，王红梅也没给他们敲边鼓，她好像完全忘记了这件事情。但王红梅知道，这件事情，肯定不能告诉高欣，给他添

116

乱的——丈夫在看守所里心情不好，已经够烦够乱的了。再把这件事情告诉他，只能添堵——即使告诉高欣，也没什么用，因为高欣既出不来，也管不了。可在看守所里见到高欣，王红梅满脑子都是张伟和刘美丽的龌龊事，她又情不自禁地哭了——王红梅觉得很压抑，很憋屈难受，需要释放，尤其是在自己最亲近的人面前释放。

"你哭啥哭，有啥好哭的，我好着呢，还没死，也没判死刑！"高欣很乱，不耐烦地斥责王红梅。

高欣误会王红梅了，以为她还在为他进看守所的事，伤心难过。为这件事，王红梅已经哭过很多回了，几乎见面就哭，动不动就哭。哭能解决什么问题？这么多天过去了，也该面对现实，放下了，不能没完没了。自己锒铛入狱，那么大一个摊子，又要照顾家，又要照顾企业，他一个大男人都忙不过来，现在都落到王红梅身上，还真是难为她了。

没想到，丈夫的训斥，没有止住王红梅的哭泣，她反倒哭得更伤心了。王红梅觉得心里委屈，觉得憋，觉得闷，觉得慌，她没有主见，除了心里难受。

"红梅，哭有啥用，你哭能把我哭出来？你也不用天天往看守所跑了，我在里面好得很。如果你实在忙不过来，可以把女儿从长沙叫回来，让她给你分担一点。这两年，燕儿见多识广，进步很快，已经成为一块经营管理的好料，现在可以让她独当一面了。"高欣说。

把女儿高燕叫回来，确实是个好主意，自己怎么就没想到呢？

经丈夫一点拨，王红梅顿觉眼前一亮，云开了，雾散了，有束阳光照下来了，王红梅止住了哭声。

还是丈夫脑袋灵光，一下子就帮自己想到了最好的解决方案。王红梅想，只要高燕回来了，就可以帮她分担了，家里也不会有那么多事了——高燕回来了，张伟和刘美丽该收敛了，无论如何，张伟和高燕是夫妻，高燕是张伟明媒正娶的妻子，有高燕在，刘美丽和张伟是不会乱来的。

"家里是需要燕儿回来帮忙，可她回来了，长沙办事处怎么办？"王红梅还是忍不住问丈夫。

"大河有水小河满，大河无水小河干。长沙办事处，比起集团公司来，太小了，可以忽略不计，我们不能因小失大，抓芝麻丢西瓜了。再说了，高燕回来了，长沙办事处可以交给祁宏管理，实在不行，要王欣看着也可以。"高欣说。

"那就交给王欣吧。"王红梅说。

王红梅对祁宏没什么好印象，甚至充满怨恨，对高家来说，祁宏就是一个扫把星：当年就是祁宏害得高燕辍学；害得高欣高燕父女反目成仇，关系一直不好；害得高欣在长沙出车祸，差点把命丢了；害得张伟和高燕夫妻俩感情不好，张伟出轨了。如果把长沙办事处交给祁宏，那个办事处也会被祁宏败光掏光的，因为祁宏需要钱，祁家需要钱！

"王欣接接电话，打打字，看看孩子，做些边边角角的事情可以，把长沙办事处交给她看着，暂时还不行。那姑娘人是不错，但能力有限，办事处交给她，最多只能维持，不能发展！"高欣说。

"能维持下去，不要家里贴钱，就不错了。跟现在的高氏集团一样，能够维持下去，等你出来，就不错了！"王红梅说。

"那好吧，你跟燕儿沟通一下，"高欣说，"事不宜迟，早点把燕儿叫回来，她回来了，你就轻松了！"

"我等会就给她打电话！"王红梅说。

"注意了，跟燕儿沟通的时候，我的事，可以告诉她，反正她迟早会知道的，但不要说得太严重了，怕她担心。"高欣嘱咐道，"就说我要配合调查，被临时关了起来。"

丈夫到底见过大世面，这样的安排无可挑剔，是目前解决家庭和企业不断累积起来的矛盾的最佳方案。

从看守所出来，王红梅站在路边，用大哥大拨通了长沙办事处的电话。

大哥大是丈夫的，高欣进了看守所后，看守所不让用大哥大，这个大哥大就是王红梅在用了，很多业务上的事情，都是通过这个大哥大联系的。

"燕儿，"电话接通后，王红梅压住哭声，尽量平静地说，"咱们家出大事了，你快点回来，你爸要你主持公司的工作！"

公司是老爸最操心的，胜过他们几个孩子，平时老爸生病都没有放下过。

高燕心头一惊，连忙问："妈，出什么大事了？我爸呢？"

高燕想到父亲两年前的车祸。那场车祸，父亲差点把命丢了，公司成立那么多年来，就是那场车祸，在医院治疗期间，父亲没有管过公司。

"你爸承包了县里面的马路扩建工程，开工不到半个月，工地上出事了，死了三个工人。从市里面来的警察把你爸抓了，关进了看守所，不知道什么时候能够放出来。"王红梅说。

父亲被抓了？

高燕惊得跳了起来，这是她做梦都没想到的！看来，她得马上赶回老家，帮父母分担点了。

高燕不愿意回老家四明山，更愿意在长沙待着。在长沙，撇开思鸿的教育条件，成长环境不说，她可以跟祁宏更近一些，只要跟他近，她心里就舒服，就幸福感爆棚，生活到处洒满阳光，哪怕呼吸着他呼吸过的空气，谛听他的声音和脚步，站在窗户边，远远地看一眼他的身影。

因为当年恋爱的事，结婚的事，生孩子的事，她跟父亲闹僵了，至今关系一般，谈不上有多亲密；她跟丈夫张伟的关系，就更不要说了，她是眼不见心不烦，只要见了就心烦，而且烦得很。所以，高燕愿意一心一意留在长沙发展和打拼，如果没有紧要事，能不回就不回了！

现在父亲被抓，这种情况是高燕从来没有想过的。父亲那么能干，说一不二，领导都器重他，欣赏他，让他三分，在祁东的地盘上混得风生水起，在她眼里就像一尊神，在当地就像一座菩萨，没有他摆不平的事，父亲怎么被抓了呢？

父亲被抓，母亲就没有了主心骨。这么多年来，母亲一直在父亲的荫庇下生活，父亲说什么母亲做什么，就像一颗算盘子；现在父亲被抓，母亲肯定是束手无策了。家里那么多弟弟妹妹要照顾，那么大的企业需要管理，那么多人的工资要发，还要为父亲的事操心劳神，奔走呼号，作为长女，她不回去是不行了。

高燕给王欣匆匆交代了两句，背上小思鸿，拿了两瓶水，一瓶牛奶，下了楼，急急忙忙往家赶。她本来想告诉祁宏，跟他告别一下，自己回老家了，还不知道什么时候能够回来。可她想了想，还是放弃了。她不知道祁宏跟凌林现在怎样了，有没有重归于好？她不知道自己在祁宏心中现在是个什么角色，如果祁宏愿意，她倒是想做他的情人，前提是祁宏跟凌林分手了；如果他们没有分手，高燕是不愿意插足做第三者的，即使凌林不在国内，不在祁宏身边。但那天，祁宏喝醉，醒来后发现自己睡在他身边的表现，让高燕心里很不舒服，也有点儿意外，看来祁宏是不愿意接受自己做他的情人的。

高燕发现，自从王欣上次从乡下回来后，就有些魂不守舍，明显不在状态，工作老出错。高燕找王欣聊过，想了解原因，但王欣支支吾吾，语焉不详，高燕也就不再多问。高燕以为王欣除了回家看望病重的父亲外，还相了亲——这个年纪的农村姑娘，是该谈婚论嫁了。根据高燕自己的经验，她认为王欣谈恋爱了。因为只有恋爱中的女孩才是这样失魂落魄，魂不守舍。恋爱是私事，跟工作没有关系，高燕管不着。高燕是不愿意管王欣的感情的，感情是很私密的事，一旦有人管了，就容易出问题——有时候，王欣向她打听跟祁宏的事情，高燕就很讨厌。高燕自己的恋爱都没管好，弄得一地鸡毛，浑身是伤，哪来资格和心情管王欣的感情呢？可作为好姐妹，作为上下级，高燕真心希望王欣在感情上能够一帆风顺，遇到真心相爱的人，不要像自己那样曲折坎坷，最后落个落花有意，流水无情的结局。

高燕没有坐火车，也没有坐长途汽车。火车和汽车都太慢了，不方便，要转来转去。她归心似箭，直接包了一辆出租车，直奔祁东。包辆出租车回祁东，车费是长途汽车票的五倍，是火车票的十倍，是王欣一个月的工资，是祁宏一个学期的生活费，可高燕不缺这个钱，她已经存下很多钱了，那个数字把她自己都吓了一跳。这两年，在祁宏的帮助下，长沙办事处顺风顺水，已经有了几个固定大客户，赚了不少钱。高欣对她很放得开，女儿赚的钱归女儿，从来没有跟她算过账，要过钱，女儿买黄花菜，只给公司付点成本，对财务有个交代就行了，就连王欣的工资，都是总部在承担。

到祁东后，高燕没有直接回家，而是直奔看守所看父亲。站在庄严肃穆的看守所外面，高燕倒吸了一口气，心里直打鼓：她怎么跑到这种地方来了？她从来没有想过要来看守所，来看守所看自己的亲人。她以为自己这辈子都跟看守所无缘，因为她和家人都遵纪守法，唯一可能进看守所的，是自己的丈夫张伟。张伟爱花天酒地，讲哥们义气，好打架斗殴，喜欢调戏女人，一不小心就违纪犯法了。可张伟有张援朝护着，小事不会进看守所，除非发生了什么连张援朝都遮挡不住的大事。如果张伟进看守所了，高燕觉得无所谓，甚至落个清静，她可能不会到看守所看他——但她从来没有想过父亲会有一天成为犯人，待在看守所里。

看到父亲，高燕的心都碎了。在看守所待了一段时间的父亲很憔悴，人瘦了一圈，脸上胡子拉碴，根根竖起，父亲两鬓的头发都白了，像染了一层秋霜，跟她印象中那个意气风发，满脸睿智的中年人大有不同。

父亲憔悴逼遢、失魂落魄的样子让高燕情不自禁地哭出声来，泪水顺着脸颊流下来，吧嗒吧嗒地滴落在地上。父亲当年阻止她跟祁宏谈恋爱，千方百计要打掉她肚子里的孩子，种种往事，所有的疙瘩和怨恨，在见到看守所里的父亲那一刻，都烟消云散了，心里升起无边的内疚来。那一刻，她理解了父亲，原谅了父亲。站在父亲的立场，也许他是对的，他为了她好！父亲一辈子都在劳累奔波，辛苦操持。与其说父亲在为自己打拼，不如说父亲在为家，为孩子们打拼；而她自己，作为高家长女，却没有带个好样，读书不听话，恋爱不听话，为人母了还不听话，处处跟父亲对着干，让父亲操碎了心。

见到女儿高燕，既在意料之中，又在意料之外。意料之中，高欣认为高燕肯定会来看他，只是时间问题；意料之外，是高欣认为高燕没有那么快来——他伤她太多了，她可能要考虑三五天，磨磨蹭蹭个三五天，才能过来看他。

高燕的到来，给了高欣一丝安慰。他跟王红梅所生的四个孩子，只有高燕长大成人了，可以帮父母分忧担愁。这个女儿，他是很了解的，有女儿高燕在，有老婆王红梅在，高家就不会出大乱子，企业就会照常运作下去——家有王红梅在，企业有高燕在，这两个女人会把家和企业经营管理得好好的。高欣不知道自己要在看守所待多久，还能不能出去，但只要有高燕在，高氏集团就在，他相信女儿具备这个能力，女儿只用了两年时间，就把长沙办事处搞得风生水起了，这已经初步验证了女儿做生意的能力——即使长沙办事处，很多事情是祁宏在帮女儿，但这也是女儿的能力——做企业，关键在会用人，一个人是干不了多少事的，掌门人再有能力，不会用人，也是在抓瞎，做不大。在几个孩子中，这个女儿最像他了，从骨子里面像他，不服输，不放弃，有股倔强的韧劲，能挑大梁，能干大事。

看着女儿，高欣心里升起来一阵深深的内疚，如果不是自己年轻时候的一时冲动，没管住自己，跟祁茗偷偷跑进了黄花菜地，有了祁宏，高燕在感情上就不会受那么多苦，遭那么多罪，一切都是自己作的孽，害得女儿感情不顺，婚姻不和，家庭不睦，高欣想补偿——成立长沙办事处就是补偿办法之一，可有些事，钱再多都没办法补偿得了。

"爸，您受苦了。"高燕说，"我帮您在长沙找最有水平的律师，给您做辩护，争取让您快点出来！"

"对，请律师！"高欣觉得混沌的脑袋里灵光一闪，豁然开朗了，自己怎么没想到呢？一定要请律师，请最好的律师，帮自己出去。女儿这个主意，说明她在长沙这两年没有白待，开眼界，见世面，长见识了，处理关键问题能够找到关键办法。

高欣觉得自己在承包工程这个事情上，也是在依法经营，尽心尽力，没有什么不妥的地方，即使现在出了事，也不是故意的，是无心之过，是事发突然，没有那么严重，顶多只是赔赔钱，是衡阳日报记者把事情搞大了。在看守所，高欣感到一股无形的力量，向自己压过来，把他压得透不过气来，也没有办法翻身。

"燕儿，你赶快回去，跟你妈好好商量一下，就按你的意思办，我们请律师！"高欣说，"你在这儿看我，除了伤心外，什么用都没有，纯粹是浪费时间，浪费感情。"

当然，高欣不是不希望高燕多陪他一会儿，看到高燕怀里的小思鸿，高欣心里荡漾起满腹柔情，就像他当年看着，抱着自己第一个孩子高燕的时候一样——那时候，高燕还是小思鸿这么大，也是这样可爱，也让他心里柔情荡漾，父爱泛滥。

小思鸿已经可以满地乱跑了，可以清楚连贯地说话了，他活泼可爱，没有任何高欣当初担心的那样，出现身体残疾和智力障碍。高欣心里升起来一阵内疚：这么可爱的孩子，差点就被自己毁掉了，幸亏高燕坚强，保护好了他！

小思鸿刚刚开始认知世界，还是不识愁滋味的年纪，他不知道姥爷被关在看守所是什么意思，姥爷为什么不跟他和妈妈一起回去，他只是看到姥爷很开心——他已经有几个月没有看到姥爷了，姥爷看到他高兴，他就高兴，姥爷看到他笑，他就咧开嘴笑，姥爷要他叫姥爷，他就张开满是细碎的乳牙的嘴，奶声奶气地叫："姥爷——"

　　小思鸿的到来，让高欣脸上浮现出了他进看守所以来难得一见的笑容。

　　在看守所，这画面有点儿违和了。如果不是在看守所，这画面是很温馨很暖和的。高燕带着外孙来看他，让高欣暂时忘记了自己身陷囹圄，忘记了高墙铁窗的冰冷，忘记了狱警的冷漠的表情和厉声呵斥的声音。

第十二章　两女人争宠，张伟意外阳痿

　　从看守所出来，高燕没有急着回家，她在县城里兜兜转转，逛了几家商场，买了很多自己的生活用品和思鸿的生活用品，把出租车后备厢都塞满了。四明山是祁东最不发达的乡下，小商店只有柴米油盐，很多东西都买不到，即使有，质量也比不上城里的。看样子，她得做好在乡下打持久战的心理准备。

　　人都是会随着环境发生变化的，在省城长沙待了两年多，高燕的生活习惯已经跟大城市无缝接轨了，养成了很多城里人的生活习惯，如讲卫生，爱干净，不论天晴下雨，寒冬酷暑，坚持天天洗澡——乡下女子，夏天也许天天洗澡，因为出汗多，不洗黏糊；冬天可能就一周洗一次澡了。高燕还习惯了饭前便后洗手，饭后用纸巾擦嘴，每天早上起床后、晚上上床前刷牙洗脸。在乡下，饭前便后是不洗手的，卫生纸不是用来擦嘴，而是用来拉屎后擦屁眼的。太多乡下姑娘的陋习，已经被高燕像肺痨患者戒烟一样戒掉了。

　　逛商场是有性别区别的，女人一旦进入商场，就管不住自己。男人是买什么，直奔货架，目的明确，拿起来就走，不看品牌，不比价格，不看瑕疵。女人总有买不完的东西，自己的，小孩的，家人的，朋友的，邻居的，闺蜜的，还要货比三家，比价格，比品牌，比质量，比品类，不比担心被商家欺骗，自己吃亏。

　　买好东西，回到四明山，已经晚上八点多了。乡下的夜，很安静，除了虫子和青蛙。曾经歌舞升平的高家大院，只有母亲房间透出了明亮的灯光，照亮高燕走进家门的路。自从高欣进了看守所，高家大院晚上的热闹场面就少了——那些人都是高欣的客户和朋友，高欣进了看守所，他们的心也跟着高欣进了看守所，被关了起来。

看到女儿和外孙回来了，王红梅又惊又喜，高兴得眼泪在眼眶里面直打转，在灯光下晶莹地闪烁。看到女儿，王红梅有一种如释重负的感觉。丈夫是王红梅的擎天大柱，现在这根擎天大柱进了看守所，她就六神无主了。女儿回来，给她吃下了一颗定心丸，让她瞬间有了依靠，塌陷的天空被重新撑了起来，舒展开了。

"燕儿，你们还没有吃饭，一定饿坏了吧？"王红梅一边问，一边来到厨房，重新系上围裙，忙上忙下，给女儿和外孙热饭热菜。

"妈，太晚了，不要太讲究了，有点东西吃，填一下肚子就行了。"高燕说。

"那可不行，你可以马虎对付，小鸿鸿可不能将就，他正在长身体，得吃饱吃好！"王红梅说。

王红梅刚吃过饭，放下碗筷没多久，正好有几个菜没有动，刚放进冰箱里了，女儿和外孙回来，正好派上用场。

饭菜热好后，端上桌，高燕自顾自地吃着，一天在跑上奔波，她确实感到饿了。王红梅抱着小思鸿，给他喂饭喂菜喂水。

饭快吃完了，王红梅看着高燕，还是一副六神无主，欲言又止的样子。

高燕被王红梅这副表情弄得心里发毛。

"妈，有什么话就直说啊，不要遮遮掩掩的，我有心理准备，我都去看守所见过父亲了。"高燕说。

"你父亲的事是你父亲的事，我已经在电话里告诉你了，但这不是我打电话叫你回来的主要原因。除了你父亲的事，还有你的事，张伟的事，这个我没有对你说，这是我叫你回来的主要原因。"

王红梅说。

"张伟怎么了？他也出事了？"高燕漠不关心地问。

"那倒不是，张伟也回来了——"王红梅说。

"还算他有点儿良心！这个时候他不回来帮一下，那还要他干吗呢？他回来帮下也好！"高燕说。

"嗯，你爸进去了，多亏有他在！咱们家家大业大，你妈能力有限，做做家务，打打杂还可以，但主事肯定不行。你知道，你妈是一个没主意的人。说实在的，这么大的家业，你不在，没有张伟盯着，还真转不过来。"王红梅说。

"哦，看来是浪子回头，金不换了。"高燕轻描淡写地说。

听到母亲说张伟回来了，在帮忙，高燕心里五味杂陈。她评价张伟，不知道是讽刺，还是肯定，还是两者都有。

"不过，燕儿，你得有心理准备，张伟回是回来了，但是——"王红梅看着高燕，说了一半，又不说了。

"妈，你有事，就直接说！你这样要说不说的，弄得我心里发虚发毛，就像踩在地雷上似的，时刻担心被炸死了。你是我母亲，我是你女儿，母女俩没有什么不能说的！"高燕说。

"那我就直说了呀！张伟不是一个人回来的，除了他，还有一个叫刘美丽的女人也跟着他来了。张伟安排刘美丽负责管理财务，刘美丽住在你的房间里，我看出来了，他们俩的关系不一般！"王红梅低下头，附在高燕耳边，压低了声音，生怕别人听到了。

"怎么能让刘美丽住我的房间呢？"高燕惊叫起来，"我知道那个女人，她已经存在有一段时间了，不能让她住我的房间，上我的床！"

"哦，原来我没想那么多，以为你不在，你的房，你的床，就让她睡吧！张伟来拿钥匙，我就给他了。你这么一说，我是有点明白了，那你和张伟——"王红梅不解地问。

"妈，我和张伟已经很久没在一起了。你知道的，他在祁东，我在长沙，我们八竿子打不着！"高燕说，"张伟不是我自己找的，他是你和爸给我找的！"

"你这孩子，怎么这样说话呢？所以，你们各过各的，夫妻关系名存实亡了？他在祁东跟刘美丽过，你在长沙跟祁宏过？"王红梅问。

"妈，我们的关系，名存实亡是真的，他在祁东跟刘美丽过是真的，可我在长沙没有跟祁宏过。祁宏现在是大学生，有很多漂亮女生围着他转，暂时还轮不到我。我倒是想找祁宏，可他不理我，是我当年伤了他的心——当然，办事处的公事，他还是愿意帮我出谋划策，他也帮了我很多；但在感情方面，一切都免谈！"高燕说。

"燕儿，你已经嫁人了，守妇道就好。还是我们高家的人有原则，有分寸，有教养，不会乱来！"王红梅感触地说，"这两年，我们让你受苦了！"

王红梅不知道女儿独自一个人在省城打拼，又要做生意，又要带孩子，是怎么过来的，她没有去过长沙，女儿也没有写信告诉过她，打电话回来，女儿也从不向她诉苦，总之，如果是她，是过不下去的，一天都不行，离开了高欣，离开了家，她就没有办法活下去。

女儿埋怨得没错，张伟是自己和丈夫给她找的，女儿当年找的是祁宏，是自己和丈夫硬生生地把他们拆散了，现在女婿这个样子，他们的关系这个样子，王红梅心里苦，在自责，没有话说，要怪也不能怪女儿，只能怪自己，怪自己跟丈夫看走眼了——凌书记和凌书记的女儿都看上祁宏了，虽然孩子都是自己的好，但王红梅还没昏庸到认为高燕比凌林强比凌林好的地步。

扒拉完最后一口饭，把小思鸿交给王红梅，高燕一个人上了楼，不知不觉到了自己的闺房前，站住了。

屋内开着灯，窗帘拉上了，看不见里面，门从里面反锁了，但有声音传出来，动静很大，听得清清楚楚，两种声音夹杂在一起，男人在喘息，女人在呻吟。

高燕面无表情地站在那儿，静静地听着，不愠不恼，好像屋内一切跟她无关，她只是一个旁观者，一个局外人。

两个人折腾了很久，终于平静下来，不喘息了，也不呻吟了。

我没有打搅他们的好事，现在是时候敲门了。高燕想了想，伸出手指头，开始有节奏地敲门。

从屋内传过来一个低沉的男中音："谁呀？睡着了，有什么事明天早上再说！"

高燕听得出来，说话的人正是张伟，他拿腔拿调的，显得颇不耐烦。

"是我，张伟，高燕！你们能换个地方睡吗？"高燕说，"这是我的房间，我的床，我的被窝，屋里面的东西都是我摆设的，都有纪念意义！我回来了，习惯睡自己的房间，其他房间我睡不着！"

"哦，是燕儿回来了？你回来了，怎么不提前说一声，让我去接你？"张伟故作惊讶，故作镇定地说。

张伟一边说，一边套上裤头，跳下床，光着膀子，跑过去开门。

"要我提前告诉你，不是方便你去接我，而是为了不让我捉奸在床了吧？"高燕冷冷地说。

"看你说的，看你说的，生什么气嘛，生气伤身体！"张伟一边说，一边把门打开了。

透过门缝，高燕看到刘美丽缩在被窝里，用被子盖住下半身，露出胸部以上的上半身，坐在床上，没有起来的样子。看那架势，她根本不想起来，准备鸠占鹊巢了。

高燕没想到刘美丽的脸皮那样厚，把自己的男人占了就算了，还要占着自己的闺房，自己的床，自己的被窝，这太出乎她意料了。高燕一时愣在那儿，不知道说什么了，只想发火。

高燕最终还是没有把火发出来，从长沙回来，长途奔波，高燕突然感到全身疲惫不堪，懒得跟他们说话了。

高燕冷冷地扫了张伟和刘美丽一眼，转身走了。

她一边走，一边情不自禁地说："拜托了，两位，从明天开始，你们不要在我的房间，我的床上；我们家有的是房间，有的是床，这是我的闺房，除了这间房，你们随便挑，想住哪住哪，我不管！"

刘美丽也不甘示弱，用盖过高燕的声音说："燕子，我就看上你的男人，你的房间，你的床了，还有你的被窝。在这么多房间中，就数你的房间布置得最浪漫，最温馨，最有情调了，我喜欢！要不，你也上床来，不要走了，我们三个人一起睡，反正我们俩共用一个男人，已经不是一天两天了，你也知道的！"

"这个男人，给你了，我可要可不要。我不要他，他才找的你，新婚那天，我就把他刺伤了！从今天起，我把他让给你，不瞒你说，我们结婚三年多了，我还没有把他当作我的男人！"高燕生气地说。

"原来把他刺伤的那个人是你呀，你差点把他废了！你把他刺伤了，我把他治好了。我捡着宝了，我会把他当宝的！"刘美丽说。

"你把他当宝吧，我只把他当垃圾！"高燕说。

高燕一边说，一边下楼梯。

自己的房间被占了，她要找房间住呢。高燕原来想在四楼找个房间，可跟刘美丽唇枪舌剑后，高燕否定了自己的想法，决定离他们远点。高燕到了三楼，停下来，看了看；又到了二楼，停下来，看了看；最后到了一楼。到一楼，已经没地方去了，高燕不得不找一间妹妹的房间住下来——这是离张伟和刘美丽最远的地方了，没有更远的了。当然，如果可以，她还想住更远点，例如，不住自己家里，住到祁宏家里，住祁宏的房子，睡祁宏的床，盖祁宏的被褥。

但是这个不现实，一是祁宏的母亲祁茗对她有歧见，一直不愿意接受她；二是祁宏虽然在长沙读书，但不等于他的房间他的床是空着的——祁宏不在家，他的房间，他的床，他的被窝被弟弟妹妹占了，祁家房子少，人口多，只有祁宏回来了，那个房间，那个床，那个被窝，才是他的。

高燕的弟弟妹妹都在县城上学读书。他们上的是条件最好的学校，不是他们自己考的，是家里找关系，掏钱买的。他们是住读，平时很少回来，只有周末了才回来一下，往往是周六下午回来，周日下午返校，陈晓明负责把他们接回来，又送回去。

从母亲那儿拿来钥匙，高燕把钥匙插进锁里，刚打开门，正准备随手关上，一只脚伸了进来，把门抵住了，不让关。

那是一只有力的脚，一只霸道的脚，一只理所当然的脚，一只不达目的不罢休的脚！不用回头，高燕都知道，是张伟跟下来了。

张伟也不说话，侧着身子从门缝挤进来，伸出双手，从高燕腋下穿过去，从背后搂住了她的小蛮腰。张伟噘着嘴，停在高燕脖颈上，把头发拱开，在高燕细长白皙的脖颈上拱来拱去。

高燕一边躲闪挣扎，一边气呼呼地说："姓张的，你恶不恶心？刚从她身上下来，又要来惹我！你找她去啊，不要碰我！"

"哎哟哟，燕儿，醋意很大啊！"张伟嬉皮笑脸地说："你知道，我是最爱你的，从小就爱，爱到了骨子里！你不理我，我才去找刘美丽的，她是你的替代品。现在你回来了，我不找你，我找谁？你是我老婆，我是你老公！"

"姓张的，你还行吗？"高燕不满地说，"你都被掏空了！"

"行不行，试试你就知道了！看到你，我又充实起来了，没有理由不行的！"张伟说。

张伟嘴巴上这样说，心里有些莫名发虚，他确实感到两腿发软，身子发虚，心有余而力不足，可他不愿意放过这个难得的好机会。两个争风吃醋的女人吵架，永远是男人受益，她们都要放下架子，收起脾气，尽量哄着男人，让他向着自己。

坦率地说，高燕不爱张伟，也不在乎张伟，但今天不一样，跟刘美丽吵过后，高燕生刘美丽的气了，刘美丽占着她的男人没关系，最让高燕气不过的是刘美丽追到她家来了，还占着她的闺房，住着她的床，盖着她的被褥，这就超出了高燕的底线——女人一生气，是什么都做得出来的，哪怕委屈自己，哪怕用身体作为武器。

高燕是个聪明人，她知道，刘美丽之所以这样欺人太甚，是因为刘美丽跟张伟的关系，是因为高燕自己跟张伟的关系，所以，要击败刘美丽，还得从张伟身上着手——当然，击败刘美丽，不代表着高燕要把张伟从刘美丽那儿夺回来，她只是咽不下这口气，她要出出这口气。

想到这儿，高燕态度软下来，一边推拒张伟，一边向床边退去。她的推拒明显没有那么用力了，就像小说中形容的那样，她半推半就。张伟深受鼓励，快速把高燕挤倒床上，蹬掉鞋，跨上床去。

张伟把高燕压在身下，动作麻利，三下五除二地扒掉高燕的衣服裤子，又扒掉了自己的衣服裤子。

张伟开始上下其手，又是摸，又是啃，高燕没有拒绝。张伟折腾了好一阵子，可是无论怎么努力，他都没有硬起来——高燕准备把身体给他了，他却进不去了。

"张伟，看来你不行了啊！"高燕幸灾乐祸地讥讽。

仿佛一切都是天注定，冥冥之中，上天满足了高燕的愿望，没有让自己的身体被这个她不喜欢的男人侵犯成功，她保住了自己——尽管高燕不明白跟祁宏不可能后，她还为谁保住自己。

徒劳无功地从高燕身上爬下来，张伟沮丧地躺在高燕身边，他把手放在高燕胸部上，那儿很丰满，很温暖，很柔和，富有弹性！多迷人的一具女性身体呀，张伟是暴殄天物了！

张伟侥幸地以为自己在高燕这儿不行了，是因为刚才在刘美丽那儿运动过量了，把自己透支了——他不知道高燕回来，如果他知道，晚上就不跟刘美丽搞了！张伟准备好好歇歇，养精蓄锐，精气神重新凝聚起来了再战。

张伟很快就进入了梦乡，发出了鼾声。半夜醒来，看着身边躺着的高燕，张伟重新兴奋起来，蠢蠢欲动，又开始折腾起来。

　　高燕被弄醒了，她没有拒绝，也没有迎合，静静地躺在床上，任凭张伟折腾来，折腾去。

　　还是一样的桥段，张伟折腾了很久，还是没有硬起来。

　　这下，张伟慌了，这种情况从来没有出现过。以前在刘美丽那儿，他一个晚上可以三次，他惊恐地意识到，他心里对高燕的身体欲望很强，可他心有余而力不足了。

　　这是怎么回事？难道自己突然阳痿了？

　　也许，高燕对他来说，是陌生的，从人到身体，从身体到心灵，两个人之间，两颗心之间，隔着一道永远没有办法跨越的鸿沟——即使是男人对女人的新鲜感都没有把这道鸿沟填平，让张伟跨越过去。

　　刘美丽，张伟是熟悉的，从人到身体，从身体到灵魂，两个人之间，两颗心之间，都能够做到赤诚以对，没有任何障碍，能够畅通无阻，愉快奔赴！

　　也许，在高燕这儿不行，在刘美丽那儿可以——高燕的冷艳，让他倍感压力，无能为力；刘美丽的激情，让他活力四射，振奋不已。

　　从高燕身上下来，张伟借口上厕所，出了门，匆匆上了楼，去找刘美丽——张伟迫切需要验证一下自己的想法和判断，看看自己是不是真的不行了！

　　那门是虚掩的，没有反锁，刘美丽的门随时为张伟敞开。虽然张伟从她身上下来后，跑到另一个女人那儿去了，半天不见返回，但刘美丽相信张伟会过去找她。张伟跑去找高燕，连个招呼都没跟她打，让她很生气，但这气不能算在张伟头上，而应该算在高燕身上。记得以前，跟张伟腻歪的时候，张伟曾经跟她打过一个比方，张伟说他自己是一把熊熊燃烧的烈火，刘美丽是干柴，他们碰在一起是干柴烈火；高燕则是湿木头，怎么点都点不着，再烈的火焰，对她都没有用。

也许，高燕不懂张伟；但刘美丽懂张伟，至少比高燕懂。

进来后，上了床，张伟迫不及待地扑在刘美丽身上；刘美丽积极地热烈地迎合张伟，开始娇喘吁吁，开始销魂呻吟，开始用那双指头灵活饱满的手，在张伟身上利索地游走，专挑那些敏感部位。

气氛是有了，情绪是有了，让张伟沮丧，让刘美丽生气的是，很遗憾，跟在高燕那儿一样，张伟又折腾了很久，还是没有硬起来——刘美丽的兴致倒是被撩了起来。

"伟，不要停下来呀！"刘美丽说。

"宝贝，我也不想停下来，可是我不行啊！"张伟说。

"你已经透支了，怎么还能行？你还要不要命了？在我这儿一次，在她那儿一次，现在是三个小时内的第三次了，硬不起来很正常！"刘美丽说。

张伟想告诉刘美丽，在高燕那儿，他也没有办成事，可话到嘴边，又被他吞咽了回去，张伟不想示弱，不想把自己不行的事情，原原本本地告诉刘美丽——即使告诉刘美丽了，她都不会相信，以为他在骗她，以为他都给了高燕了。

"宝贝，那我们睡吧，养足精神了再来！"张伟说。

张伟内疚地把刘美丽搂在了怀里。

张伟眼睛闭着，却没有睡着。黑暗中，张伟心有不甘地问自己：难道我是真的不行了？以前一个晚上三四次，都是那样"雄赳赳，气昂昂"，现在这种情况，还从来没有遭遇过。

兴致被撩了起来，却没有得到满足，刘美丽也睡不着，她强迫自己都没有睡着，但她躺在张伟怀里不敢动弹，生怕吵醒了他，她希望张伟好好休息一下，养足精神了，从头再来。

两三个小时后，鸡叫了头遍了，刘美丽再也忍不住了，把张伟摇醒了，要他再试一次。

张伟精神抖擞，信心十足地爬到了刘美丽身上，又开始折腾起来。可是最后，张伟还是没有硬起来，进入刘美丽的身体，他不得不偃旗息鼓地从刘美丽身体上滚落下来。

这回，刘美丽不满了，说道："张伟，你太贪吃了！这次经历告诉你，过犹不及，一个晚上只能折腾一个女人！以后你折腾了我，就不要去折腾高燕了；折腾了高燕，就不要来折腾我了。你来折腾就算了，可是折腾半天都折腾不起来，让人心烦——看来，我也得有自知之明了，我没有高燕魅力大，我比不上高燕！她回来后，你只想真心实意地给她，对我只是敷衍，我现在是既没有里子了，又没有面子了，连一件替代品都不是了！"

听着刘美丽的满腹牢骚，张伟没有分辩——分辩是没有用的，刘美丽相信他的鬼话，不相信他的真话，张伟是哑巴吃黄连，有苦说不出了。

张伟伸出手，在自己大腿内侧使劲掐了一把，痛苦地问自己：在刘美丽这儿不行，在高燕那儿不行，我这是怎么了？

第十三章　两女人较量，高燕后来居上

谁都有脾气，发没发作，关键在于有没有超出他（她）的忍耐底线。

如果说刘美丽跟张伟眉来眼去，打情骂俏，公然出双入对，甚至在床上鬼混，高燕都可以睁一只眼闭一只眼，没当作一回事儿，可以不计较，但他们联手起来，里应外合，掏空高欣十年来起早贪黑，含辛茹苦，打造起来的商业帝国，那就触碰了她的底线，她不得不想办法出面制止了。

张伟和刘美丽把高氏集团当作银行，当作提款机了，从高氏集团拿钱，甚至有朝一日将高氏集团据为己有，是他们俩的共同目标，他们是一致行动人。在高家的日子，他们滚完床单，赤身裸体，拥偎在一起，谋划人生，描绘未来的时候，两个人经常这样兴奋地憧憬。

如果用钱来衡量，他们把自己的人生目标分成了三步走：第一步，成为百万富翁，这是短期目标，这个他们已经实现了；第二步，成为千万富翁，这是他们的中期目标，他们正在为这个努力，也是眼下迫切需要达成的目标，如果不出意外，这个目标的实现只是时间问题了；第三步，成为亿万富翁，这是长远目标，要实现这个目标最终可能要将高氏集团据为己有。

虽然是一致行动人，但他们的目标还是有所区别，刘美丽知足常乐，她现在就觉得很幸福，因为她已经成为百万富翁了，在祁东，像她这样有钱的年轻女人不多；当然，也不能局限于此，如果能够实现第二步，她就心满意足了。第三步，是张伟的目标，她协助他实现，体现她对他的价值。张伟是个比较执着的人，不到黄河心不死。在张伟看来，即使从高氏集团拿再多钱，都有花完的时候，只有把高氏集团牢牢地掌握在自己手里，拥有这个源源不断地造钱的机器，才有永远花不完的钱。要实现这个目标，需要耐心，需要等待时机。

工地出事，高欣被抓被关，给他们创造了天赐良机，也让他们把憧憬一步步变成了现实。张伟取代高欣，掌控高氏集团，这是第一步，也是最关键的一步；把刘美丽弄过来，担任高氏集团财务总监，让自己多个帮手，这是第二步，也是落到实处，面向未来的一步好棋。张伟负责签字，刘美丽负责转钱取钱，两人珠联璧合，配合起来天衣无缝。可是好景不长，他们刚尝到甜头，实现小目标，高燕突然回来了，把他们的计划打乱了。

高氏集团，上上下下，里里外外，干部员工，都是支持高燕的，这种氛围，在高燕回来的第二天，张伟就感受到了。虽然张伟取代了高欣做了总裁，但大家有什么工作需要请示汇报，都跑到高燕那儿去，向她请示，向她汇报，把张伟晾在一边。即使报销，他们也不找张伟和刘美丽签字，都找高燕签字。

高燕是个聪明人，跟高欣一样精明。在长沙摸爬滚打了两年多，她积累了丰富的商业经验。高燕懂张伟，知道张伟和刘美丽心里在想啥。在祁东国营黄花菜加工厂负责采购的时候，张伟就在损公肥私，把单位值钱的东西往家里搬，把家里值钱的东西往刘美丽那儿搬。

从长沙回来，上班第一天，看到刘美丽坐在财务经理的位置上，高燕立刻明白了张伟和刘美丽想干啥，在干啥，要干啥。晚饭后，趁着张伟和刘美丽睡着了，高燕来到财务部，认真翻阅了一下最近的收支账本，一眼就看出了问题。

第二天，高燕悄悄跑到银行和工地，找到相关负责人，对收支情况进行了详细核对调查，发现果然跟自己猜测的一模一样：高氏集团已经有五六百万元巨款从公司账户转到了张伟和刘美丽的账上。

高燕想报警，可是想来想去，最后还是忍住了：这段时间，高家的事情已经够多够乱了，内部的事情还是内部解决的好，她不想再节外生枝，搞得鸡飞狗跳了！何况报警了，还不一定有胜算，因为张伟的叔叔张援朝是县长，他有足够的能力把事情压下去，大事化小，小事化了。再说了，五六百万元损失，高氏集团现在还承担得起，没有到伤筋动骨的地步；如今关键是把漏洞堵上，不能让他们继续蚂蚁搬家一样转走高氏集团的钱了，长此以往，高氏集团将承受不可承受之重，未来前景堪虞——张伟和刘美丽只在高氏集团掌权一周左右，就转走了那么多钱，不想办法制止，高氏集团不垮才怪！

高燕已经忍无可忍了，她下定决心，准备亡羊补牢，堵住这个漏洞。上策是把刘美丽炒掉，赶出高氏集团，一劳永逸地斩断张伟的帮手，这样做势必引起张伟和刘美丽的强烈反弹；下策是把刘美丽的财务经理免了，调离财务部门，给她安排一个无关痛痒的职务，闲置起来。

上午，王红梅破例没有去看守所看高欣，她陪着高燕给高氏集团管理层开了一个会议，会上宣布由高燕代理高欣，全权管理高氏集团，张伟协助。会议结束后，高燕径直来到财务部经理办公室，她盯着刘美丽，表情冷漠，一脸严肃，看得刘美丽心里发毛。

"高总，新官上任三把火，到我们财务部视察工作来了？"刘美丽赔着笑脸，率先打破了平静。

"刘美丽，视察工作谈不上，我来找你好好聊聊。"高燕说。

"高总有什么指示，尽管吩咐，我全力配合执行！"刘美丽说。

"既然你这样豁达爽快，我就明人不说暗话，直接说了。"高燕说，"刘美丽，我们高氏集团只是一家民营企业，家族企业，庙堂很小，你是一尊大菩萨，在这儿委屈了！"

"高总，你千万不要这样说，我觉得这儿挺好，空气清新，山清水秀，鸟语花香，没有呛人的中药西药味，没有病人烦人的呻吟，我挺喜欢！"刘美丽说。

刘美丽以为高燕跟她客套，把她当人才了，因为高家正是用人之际，像她这样的大学生凤毛麟角，不，就她刘美丽一个！

"刘美丽，你医术那么高明，不在医院做医生，不救死扶伤，跑到我们这个小庙来做财务，是不务正业，也可惜了。你在我们这儿，让我有深深的负罪感，感觉对不起那些生病的人！"高燕说。

"做医生是个奉献活，收入跟付出严重不成比例，又累又脏不说，还没钱，日子过得紧巴巴的，一个月下来，想买一件好衣服，想买一个好包包，想吃一顿大餐，都是奢望！"刘美丽说。

"可是，在我们这儿做财务经理，不比你在医院做医生工资高呀！我们只有死工资，做医生还有外快，做个手术，患者给红包！"高燕说。

"工资和红包加起来，也没有下海收入高呀！"刘美丽说。

"刘美丽，你这话就不对了，我去你们医院了解了一下，发现你做医生的收入要比在我们这儿做财务经理的收入高！况且，你是学医的，不是学财务的，在我们这儿专业不对口，屈才了！"高燕说。

前面的话都是客套，是铺垫，不是重点。聊到现在为止，高燕终于把话题引上了正轨，刘美丽也听了出来，脸色沉了下去。

高燕没有在意刘美丽的表情变化，继续说："难道是我们监管不严或者根本没人监管，财务经理这个职位有猫腻，有漏洞，方便里应外合，捞取不义之财？"

高燕这样说，等于挑明了，摊牌了。

刘美丽也生了气，收起笑意，提高声量，不高兴地说："高燕，说话要负责任，得有证据！没有证据，可不能含沙射影，血口喷人，毁人清白。我在你们家做这份工作，吃的是草，挤出来的是牛奶和血！我行得端，坐得正，靠自己本事吃饭，不信你问你老公！"

"问我老公有什么用！我老公都变成你老公了，他心里向着你！"高燕说，"我不会冤枉一个好人，也不想放过一个坏人。我已经调查清楚了，刘美丽，你跟张伟一起做过什么，你自己心里清楚，不要让我把证据公之于众了，大家都要留些面子！"高燕说。

"高燕，你这是公报私仇，争风吃醋！我就是跟张伟走得近了些，让你不舒服了！"刘美丽说。

"刘美丽，那你是小看我了，也高看张伟了。我对他没兴趣，你跟他怎样，我不想知道，也不愿意管！"高燕说，"没有调查就没有发言权。我昨天到银行和工地上对了一下账，发现有几笔大开支没有用在公司业务上，而是转到你和张伟的账上了，你怎么解释？"

"高燕，你不要血口喷人，我没拿你们家一分钱，我只忠于职守，听令行事！"刘美丽说。

"好一个忠于职守，听令行事！我问你，你是高氏集团的财务经理，还是张伟个人的财务经理？你是忠于张伟，还是忠于高氏集团？这件事，是你的问题，还是他的问题，或者是你们俩的问题？作为公司财务经理，仅凭这一点，你就不合格。现在我回来了，财务上的事情，我自己来管，不用你操心了！"高燕说。

"高燕，我不明白你这话是什么意思，要辞退我？告诉你，门都没有。我是张伟请过来的，他要我把医院的工作辞了！你们要辞退我，也得张伟来辞！"刘美丽不服地说。

"刘美丽，我是代表高氏集团辞退你！财务经理是高氏集团的财务经理，高氏集团是我们家的，不是张伟的，我现在全权代表我父亲管理高氏集团。不要说你，就连张伟，我想用就用，不想用了，也可以要他卷铺盖走人！他只是过来帮忙，我们也没有正式任命他为高氏集团的高管，高氏集团没有聘请你，张伟也不能代表我们高氏集团聘请你！"高燕说。

"高燕，你这话就说大了，张伟是你丈夫，是你们高家的女婿，他是你们高家的人，高氏集团也有他一份。你爸进去了，你妈不管事，是你爸妈把这个家交给他当的，他可以说了算，你做不了主，要不，你问问你爸妈！"刘美丽说。

"在我没回来之前，我爸妈是要张伟暂时当家了。现在我回来了，我爸妈说了，高氏集团由我全面接管，张伟协助。张伟请你，你做张伟的财务经理好了，我不管；可我们高氏集团没有请你！即使请你了，我们发现你现在不称职，把你辞退了！"高燕说，"刘美丽，我再给你强调一遍，我们高氏集团没有聘请你，你作为张伟的情妇，他在，你可以留在高家大院，伺候他，没人管你；作为高氏集团的财务经理，你收拾一下，办一下交接，可以走人了！如果你再不走，我叫人请你出去了！"

如果在其他场合，刘美丽吵架是不怕任何人的，她头脑反应快，声音高，性子倔。但在高家大院争吵，刘美丽底气不足，因为里里外外都是高燕的人，刘美丽被高燕气得脸上青一阵，白一阵，可她仍然没有屈服，仍然不折不扣，不依不饶地跟高燕理论，但她已经有所收敛，不敢说过分的话，不敢有过分的动作了。

两个女人争吵，引起了其他同事注意，在高家大院上班的，都围了过来，朱鹏和陈晓明也闻讯赶了过来，四明山也有人赶过来看热闹。

围观者议论纷纷，没有人愿意胳膊肘往外拐，帮刘美丽说话；他们都向着高燕。虽然刘美丽来高氏集团的时间不长，但她和张伟的事，大家都看在眼里，明在心里，都为高燕打抱不平，也早就心生不满了。在他们看来，高燕是张伟明媒正娶的妻子，刘美丽是个野女人。

如果野女人能够收敛一点，夹着尾巴做人，偶尔偷偷腥，不要被发现了，倒还说得过去，最让他们忍受不了的是，这个野女人很

嚣张，伤风败俗，把四明山的样都带坏了。高燕没有回来之前，碍
于高欣被抓，张伟接管高氏集团，成了他们主管，大家敢怒不敢
言，现在高燕回来了，他们不再顾忌，争相跑到财务部，声援高
燕，指责刘美丽。

得道多助，失道寡助。四面楚歌的刘美丽眼见捞不到什么好处，
不得不识时务者为俊杰，从座位上站起来，掩面哭泣着，去找张伟来
为自己撑腰。可是，就在两个女人争吵的时候，张伟已经见势不妙，
开着车，上工地视察去了。刘美丽在高家大院转了大半天，每个角落
都找遍了，就是没有看到张伟，影子都没有看到。

财务经理室是去不成了，虽然围观者已经散去，但那个位置，高
燕已经坐在上面。高燕有把她拉下来，撵走的勇气和魄力；刘美丽没
有把高燕拉下来，撵走的勇气和魄力。刘美丽黑着脸，嘟着嘴，气呼
呼地上了四楼。刘美丽准备回到房间，躺到床上生闷气，等着张伟回
来，看他怎么安慰她，安排她。

但房间门关着，刘美丽拧了一下门把，门没有开，她掏出钥匙，
插进锁孔，转动了一圈，门还是没有打开。刘美丽觉得不对劲，认真
一看，旧锁已经被换成新锁了，门打不开，进不去了。刘美丽十分沮
丧，一屁股坐在地上，身心俱疲——她曾经有多嚣张地占着高燕的闺
房，现在就有多无奈地被挡在门外。

那个房间是高燕的闺房，在高燕眼里，是她的私人领地，神圣不
可侵犯，就连父母、弟弟妹妹，都很少让他们进入。回来几天了，高
燕找过刘美丽几次，要她挪房，刘美丽就是不挪，还心里较着劲：我
偏不让，看你能把我咋的？

高燕最讨厌别人住自己的房间，占自己的床铺，钻自己的被窝
了，何况是那个被别人看作自己丈夫的男人跟其他女人占着她的房
间，上了她的床，钻了她的被窝。这些想想都让她觉得恶心。她的房
间、她的床、她的被窝，只跟一个人共享过，那个人就是凌林。

跟凌林共享，高燕是心甘情愿的，凌林是祁宏的女朋友，跟祁宏分手后，高燕把祁宏托付给了凌林。那个冬天，高燕跟祁宏正在热恋，凌林来祁宏家，那天晚上，高燕生怕凌林跟祁宏睡到一起去了，她跑到祁宏家，把凌林叫上，到自己家去过夜，两个人睡在一张床上，钻进了一个被窝，她们化敌为友，发誓要公平竞争，帮助祁宏走出四明山。祁宏高考完那年夏天，高燕和祁宏分手，祁宏想不开，绝食自杀，高燕打电话把凌林叫过来，托付她劝祁宏想开点，那天晚上，凌林跟她睡一张床，钻一个被窝，两人惺惺相惜，一直聊到天亮。高燕把祁宏托付给了凌林，要她以后替自己多照顾一下祁宏。

　　那个房间，那张床，那床被，那屋内的摆设，一直都没有变过，有她做姑娘时的太多的物件和记忆，承载着她跟祁宏的那段又沉重又深刻的感情。

　　跟祁宏谈恋爱的时候，高燕曾经做过梦，将来跟祁宏结婚了，回娘家了，他们就住这个房间，上这张床，钻这个被窝。当年父母棒打鸳鸯，活生生地拆散他们，高燕痛不欲生，难受难过，她就是把自己反锁在那个房间，躺在那张床上，不吃不喝，以泪洗面；就是那个房间，祁宏过来找她，希望挽回，隔着门，隔着窗，隔着墙，她在房内，他在房外，她跟他说分手，他要她开门，两个年轻人僵持不下。为了让高燕开门，祁宏冲动之下，用头重重地撞在玻璃窗上，那扇玻璃哐当一声碎了，玻璃碴掉了一地，祁宏的额头被划出来一道又深又长的口子，血流如注，让她看在眼里，心如刀绞；当年那些高中教科书，整齐地码在梳妆台上，都跟祁宏有关，他们曾经约定，她为他休学打工赚学费，高考结束后，他帮她把落下的功课补上，他读大学了，她重返校园，她将来要考进他所在的大学，至少也要考进他所在的城市的大学……

　　这些青春的片段和记忆，太深刻难忘了，就像发生在昨天，虽然让高燕有种刻骨铭心的痛，但更让她觉得珍贵，值得珍惜，是她生命中最宝贵，最神圣，最不可磨灭的精华部分，没有这部分，她过往的人生毫无意义。在高燕看来，那段感情是神圣的，洁净的，就像她做姑娘的时候的身体一样，她只想把她的身体给她最爱的人，不允许其他人侵占她的领地，玷污这些记忆，玷污那段岁月，玷污那份感情。

虽然那个房间，那张床，那个被窝，被刘美丽和张伟占据过，睡过，钻过，但他们占据的时候，高燕还在长沙，对此不知情，王红梅也没有告诉她；现在她回来了，她要把属于自己的东西重新夺回来，严加看管，严格保护，不再被人侵犯！

那个被祁宏撞破的玻璃窗已经修好了，但那块破碎的旧玻璃仍然还在，没有被新玻璃取代，只是在旧玻璃外面加了一层新玻璃，成了南方比较罕见的双层玻璃窗。在北方，冬天出于防寒保暖，装双层玻璃比较正常；在南方，都是装单层玻璃。那个被祁宏撞破的玻璃窗，高燕怎么都不让换，说什么都要留着。破旧的玻璃上，当年祁宏留下来的斑斑血迹，已经变成了黑褐色，高燕没有擦洗，也不让王红梅擦洗——那是祁宏留下来的血迹，是祁宏对她的感情的证明，是他们相爱过的最好的佐证。

那是她最心痛，最深刻的一段记忆，是那段感情留给她的最珍贵的东西，就像祁宏额头上的那块疤，每次看到，那一幕如在眼前，把她带回过去，让她身临其境，把那段经历重新再经历一遍——有时候，并不是所有的自我折磨都是坏事，高燕很喜欢回忆那个难忘的场景，让自己再痛苦地感受一遍。这是高燕不愿意换掉那块玻璃的真实原因，好像那块玻璃换掉了，她和祁宏的那段感情就烟消云散，湮灭在岁月长河中了——那个房间，是她和祁宏的爱情纪念馆，爱情纪念馆跟其他纪念馆不一样，只属于私人，神圣不可侵犯！

既然明的要不回，那就只有来阴的，高燕准备以其人之道还治其人之身。那天，高燕看到刘美丽起床，离开房间后，赶紧跑上楼，把锁换了，把刘美丽和张伟的东西丢在门口，锁上了。那锁是新买的，钥匙只有高燕自己有，包括母亲，她都没有给。

事实上，作为母亲，王红梅是最不愿意看到刘美丽跟女婿张伟眉来眼去，勾肩搭背，在自己眼前晃来晃去的——就连她那么性情温顺的人都看不下去了，她不愿意那两个人住女儿的房间，睡女儿的床，钻女儿的被窝，只是她性情温顺，性格柔弱，张伟和刘美丽的事，她曾经问过女儿，女儿自己无所谓，她又管不了，也不知怎么管，从什么地方管起。

高氏集团需要张伟，需要一个男人主事，尤其是那个让高欣心心念念想着的马路扩建工程。高欣被抓后，王红梅感到处处不顺，不顺心，不顺意；眼下，高氏集团正是用人之际，那么大的家业，总得有男人来管，总得有男人来看着，总得有男人来撑着——男人说话做事有霸气，好落实，王红梅不得不迁就；王红梅的迁就跟女儿的迁就不同，女儿是自愿的，王红梅是被迫的，丈夫高欣说得对：小不忍则乱大谋。

女儿回来了，王红梅有底气了，女儿下定决心要把刘美丽赶走，这正是王红梅想做又不敢做的，想做又做不到的——王红梅真替女儿高兴，也支持女儿这么做。当然，王红梅支持女儿赶走刘美丽，跟女儿出发点不同，王红梅不是为了保护高氏集团，而是为了保护女儿的婚姻和家庭，她还没有意识到张伟和刘美丽正在联手掏空高氏集团——高燕怕母亲担心，没有把这些告诉母亲；王红梅想得很简单，只是以为女儿要把自己的男人从刘美丽那儿夺回来；王红梅没有想到，女儿压根不想从刘美丽手里把张伟夺回来，她只想尽心尽力地保护父亲辛辛苦苦建立起来的商业帝国，她只想让这个商业帝国姓高，而不是姓张！

尽管跟高欣摸爬滚打了这么多年，长了很多见识，但看问题，王红梅还是肤浅了点，因为她知识不够，眼界不宽，思想不深，只停留在道德和感情层面上，高燕却能透过现象看本质，用自己的方法和手段去维护高家的根基。

这正是两代女人的差别所在，时代不同了，人也不同了。条件在变，环境在变，一切都在变；但无论怎样变化，人的变化，才是时代最根本的变化。

第十四章　争吵不断，刘美丽做小很难

管理高氏集团比经营长沙办事处复杂多了，辛苦多了，人要管，事要管，钱要管，活要管，琐事又杂又多，没有巨细，没有头绪，需要耗尽心情，耗尽精力，耗尽脾性，看不惯的事要看惯，听不惯的话要听惯，适应不了的人要学会适应，应酬不了的场合也得硬着头皮，赔着笑脸，逢场作戏，领导吹牛要当真，客户说段子要发出猪叫声，不笑也得笑。

办事处就是接接电话，催催货，收收款，偶尔出去应酬一下，送个礼，买个单，接送一下领导——大点儿的事，祁宏帮做了，小点儿的事，王欣帮做了，高燕就是一个象征。自从接管了高氏集团，高燕才明白父亲有多不容易，为了这个家，他绞尽脑汁，殚精竭虑，起得比鸡早，睡得比狗晚，忙得比牛累，跑得比马快，比做一个农民难多了，也真是难为他了，一个四十多岁的人，看上去像六十岁了，比同龄的朱鹏老多了。

一天辛苦忙碌下来，高燕又累又困，全身疲惫不堪，身体沾上床板就不想动弹——她澡都不想洗，厕所都不想上；早上醒来了，身子还是困的，乏的，散了架一样，打不起精神，起不来床。尽管这样，高燕每天上床都是在十二点以后，把全部事情处理完了，还要到各个办公室巡视一下，看看有没有灯没关，有没有水龙头没拧紧；早上起不来，也要咬紧牙关，逼迫自己起来，而且是在太阳没出来之前起来，尽管她不是高家大院第一个起床的——第一个是王红梅，每次高燕起来的时候，王红梅已经在打扫卫生，喂鸡喂鸭，给她做早餐了。高燕是高氏集团第一个上班的，她一起来，就到办公室去了，看看当天有什么重要工作需要布置安排。白天也是忙，有时候忙到一个上午或者一个下午，水都没有喝一口，要么忙得忘掉了，要么忙得没时间喝。

高燕明白，她现在所做的工作只是父亲日常工作的一小部分，也是最简单的那一部分——父亲创业，打江山的时候要更难，事更多，需要操心和付出的更多；父亲在官场和生意场上应酬，为高氏集团争取资源和订单的时候更难。高燕是守江山的，很多事情都已经不用她做了，她也没想过拓展什么业务，把企业做得更大更强，她只想把高氏集团维持好，经营好，等父亲出来了，把一个完好的高氏集团还给他——如果不能更好，也不能更差，让他不至于又要重新创业，东山再起。把刘美丽从财务经理的位置上拉下来，是高燕为完成自己的计划和使命，打的第一场仗。现在看来，这场仗还算漂亮，虽然高氏集团有损失，也算得上旗开得胜了。

被拉下财务经理宝座，撵出财务部后，刘美丽无事可干，也无处可去，她住进了张伟的房间——那间房，名义上是张伟住，实际上张伟没住，张伟不是在刘美丽那儿，就是在高燕那儿。刘美丽躺在床上，只是脱了鞋，没有脱衣服和袜子，她一边生着闷气，一边想着对付高燕的办法。原来的工作，刘美丽已经辞掉了，医院回不去了，她成了一个无业游民——刘美丽恨透高燕了，她知道高燕也恨透了她，否则，高燕不会做得这么绝。

对刘美丽来说，在高氏集团，她没有任何本钱，高氏集团不是医院，她英雄无用武之地；刘美丽只有一个人可以依靠，那就是张伟；可听高燕口气，张伟也是泥菩萨过河，自身难保，想要他走人他就得走人。不过，看样子，高燕对张伟还是挺忌惮的，即使刘美丽跟张伟在高燕面前这样，即使高燕知道自己和张伟从高氏集团转了那么多钱，高燕只是把她的财务经理给挖了，没有其他进一步动作。

刘美丽清楚，要牢牢拴住张伟，她只有自己的身体可用，只有感情那张牌可打，只有性趣那根捆妖绳可用。

高燕，白天让你逞能，让你嘚瑟，我拿你没办法，只能忍气吞声，到了晚上就看我的了，看我怎么收拾你：我要你夜夜独守空房，寂寞到天亮，流泪到天亮，嫉妒到天亮。

躺在床上，刘美丽在心里狠狠地发着誓。

那天晚上，夜很深了，张伟才回来。

张伟回来后，没有去找刘美丽，而是直接去了高燕的房间。

房间很黑，张伟拉开灯，看到高燕不在床上。

张伟跑到财务部经理室，看到灯光亮着，推开门，高燕正在认真对账。

张伟不由分说，拉起高燕，就往住房跑。

想起前几天的无能，张伟很懊恼，以为上次不行，是由于刚从刘美丽身上下来，被她掏空了。现在已经休整两天了，他可以把高燕压在身下，雄赳赳，气昂昂，直捣黄龙府，让高燕臣服了。

高燕是张伟从小就打心眼里喜欢的女人，从开始想女人起，张伟就想把高燕据为己有了，为偷看高燕洗澡，少年的张伟还跟少年的祁宏打了一架大的，两人都受伤不轻；三年前，高燕醉酒，那个晚上，张伟把祁宏支走后，在高燕身上前前后后折腾了好几回，每回都很尽兴；那个晚上，是张伟展现男性雄风最淋漓尽致的一个晚上，是他性生活史上的高光时刻，让他知道了自己作为一个男人，到底有多强壮，多有力，多持久。后来，张伟跟刘美丽好，不是由于其他原因，而是因为新婚夜，高燕不给他，还用剪刀把他大腿根部刺伤，差点把他废了。

进了房间，张伟搂住高燕，凑上去就亲。

"我先去洗个澡!"高燕一边推拒,一边说。

这句话是一个明显信号,说明高燕精心构筑起来的防护墙正在土崩瓦解,化为一堆残垣断壁。

张伟松开高燕,欣喜若狂。这次高燕回来,跟以前对他的冷漠,完全是判若两人了。

"我也去洗一下,我们一起洗个鸳鸯浴,我们还没有洗过鸳鸯浴呢!"张伟对着高燕的背影说。

"张伟,你不要得寸进尺了!"高燕头也不回地警告说。

张伟只是试探,没有当真,因为他知道高燕是不会同意跟他洗鸳鸯浴的,他们在床上的时候,高燕甚至都不让张伟开灯——高燕同意给他,已经让他心满意足了,在不在一起洗鸳鸯浴又有什么关系?

张伟倒在床上,吹着幸福的口哨,跷着二郎腿,动着脚指头,兴奋地等着高燕把身子洗干净。

张伟等了很久,才看到高燕从洗漱间走出来,仙女下凡一样。

浴后的高燕穿着薄薄的白裙裾,仙气飘飘,那优美的身体曲线若隐若现,凹凸有致,一览无余,引人遐想;那头秀发湿漉漉的,披散在肩上,瀑布一样倾泻下来,跟高燕还是姑娘的时候一样——张伟都看呆了。

看到高燕进来,张伟从床上跳起来,蹿上去,一把抱起高燕,直奔大床。

张伟把高燕抛在床上,扑了上去。

高燕内心抗拒,她已经在洗漱间拖延很久了,本来以为猴急的张伟等不及,到楼上找刘美丽去了。可高燕马上松懈了下来,她想起了趾高气扬的刘美丽,想起了被关在看守所的父亲。下午去看父亲,高燕向父亲汇报了高氏集团的最近情况,也谈了对刘美丽的处理。父亲告诫她说:燕儿,总的来说,你做得不错,但现在正是用人之际,要讲究方法,不能一味蛮干,高氏集团那么大,张伟也好,刘美丽也好，都有他们的容身之处，有容乃大，你要收起你的小性子，委屈一下你自己，缓和一下与张伟的矛盾，团结一切可以团结的力量。

王红梅也不止一次地劝过她：燕儿，张伟是你的丈夫，不是别人的丈夫，他不是不爱你，你要放下架子，忘掉祁宏，把他从刘美丽那儿抢回来，一个女人，如果没有丈夫，是不完整的！

高燕了解张伟，跟他缓和关系也好，从刘美丽手里夺回丈夫也好，她得让张伟得到满足，这是一块敲门砖，否则，一切免谈。

这么想着想着，高燕闭上眼睛，不再抵抗，任由张伟在自己身上动手动脚。

看着那张五官精致的脸，看着那具凸凹有致的身子，贪婪地闻着高燕身上散发出来的清香，张伟急不可耐，粗暴地扯掉了高燕身上的裙裾，又把自己摘了个精光，然后趴在高燕身上，狂野地动作起来。

张伟越是内心激越，那地方越是跟他作对，他折腾了很久，都没有硬起来。

看来自己是真不行了，在高燕面前都不行了，在仙女面前都不行了！

张伟沮丧万分地从高燕身上下来，穿上衣服，一言不发地走了。他不敢面对高燕，也不敢面对自己，他垂头丧气，内心升起一股强烈的挫败感，可他又不甘心，他需要寻找原因，对症下药，重振雄风。

也许，对张伟来说，高燕的身体是陌生的，他过于紧张了，把自己束缚了，起不来了；他已经熟悉了刘美丽的身体，习惯了刘美丽的身体和身上的气味，只有在刘美丽那儿，他才能彻底放开，激情澎湃，无所顾忌，做一个"雄赳赳，气昂昂"的真正的男人。

把这个道理想清楚，张伟已经来到了刘美丽房前。

刘美丽在生气，门反锁了，灯都没有开。

其实，刘美丽已经听到动静，知道张伟回来了，但女人得哄，尤其是一个女人跟另一个女人发生争吵，处在下风之后。

张伟敲了敲门，压低声音，温柔地呼喊刘美丽，要她开门。

起初，刘美丽没有反应，装作睡着了。张伟喊了几声后，刘美丽的虚荣心得到了满足，更害怕自己不应答，把张伟气到高燕那儿去了，于是一边漫不经心地应着，一边不紧不慢地下床，趿着拖鞋，过来开门。

门开了，张伟顺手把电灯打开了，耀眼的白光晃得刘美丽睁不开眼。

"你要死啊，我没穿衣服呢，别让别人看到了！"刘美丽一边嗔怪，一边伸出双手，护住胸前那两坨肉。

"我们在四楼，别人看不见的，农村没有这么高的房子！"张伟一边说，一边贪婪地盯着刘美丽的身体。

刘美丽只穿了三点，那双腿修长匀称；那细腰盈盈一握，向中间凹了进去；那双小手没有护住那丰满的胸部，雪白的肌肉从指缝间溢了出来；那屁股就像两瓣橘子，微微翘起。

张伟的喉咙咕咕作响，就像饿极了，从肚子里发出来的。他如饥似渴地上下打量起刘美丽来，那双眼睛就像一把秋天的镰刀，仿佛要把刘美丽收割了。

张伟感到欲火焚身，他噌的一声蹲下去，抱起刘美丽，走向床边，抛在床上。上床后，张伟的手脚和嘴不安分地在刘美丽身上寻找各自合适的部位，亲密接触起来。

两个人就像烈火遇干柴，一下子熊熊燃烧了起来，开始进入他们熟悉的状态和节奏。但让张伟沮丧惶恐的是，即使在刘美丽这儿，他还是掉了链子，最后时刻没有硬起来，尽管刘美丽极尽女人温柔，做了很多挑逗和抚慰性工作，可都是在做无用功了。

下来后，躺在刘美丽身边，望着天花板，张伟惶恐不安地想：看来自己是真不行了！自己正当壮年呢，怎么就突然不行了？在陌生的冷漠的高燕那儿，他不行了；在熟悉的热情的刘美丽这儿，他也不行了！

"宝贝，你每天忙上忙下，是不是太累了，特别是你刚从高燕那儿过来，我们先休息一下，休息好了，体力恢复了，我们再来。就像打仗，子弹都打光了，没有子弹了，怎么打呢？"刘美丽安慰张伟说。

"宝贝，我没有对她做什么，就到你这儿来了！"张伟说。

张伟说的是实话，可是，刘美丽不相信，他就像一匹狼，一只虎呢，如狼似虎呢！

"你没有必要编谎话来骗我的，我不信！"刘美丽说，"那天，你看到高燕回来，眼珠子都掉地上去了，这几天，你的魂都跟着她跑了，你每天晚上都是先到她那儿，让她吃肉喝汤，然后再到我这儿，让我吃残羹冷炙，高燕吃得渣都不吐！你来了，啥都不干，还不如不来！"

"宝贝，我是每天到高燕那儿去了，毕竟她是我妻子。但我只是在她那儿待一阵，安慰她一下，尽一下责任和义务。可每次我都是到你这儿来，跟你一起过夜，陪着你！"张伟说，"还是你比她重要！"

"你是嘴巴抹了蜜，说得好听，可我知道我在你心中并不重要！在你这儿，是妻不如妾，妾不如偷，偷不如嫖！你喜欢嫖，喜欢偷，因为嫖和偷，让你感到刺激！"刘美丽说。

"这倒不假，偷来的确实让人更加兴奋，更加刺激，尤其是偷人，至于嫖，我还没试过，没有发言权！"张伟说。

"是呀，高燕是妻，我是偷，连妾都不如，比妓女好点，没有名，没有分！"刘美丽突然生了气，提高声音说，"张伟，我告诉你，我们不能偷一辈子的！"

"刘美丽，那你想怎样？我们现在不是很好吗？我如果现在跟高燕离婚了，我们什么都得不到！"张伟说。

张伟说的是实话，他暂时不能给她承诺，给她名分，这是问题，也是现实。

想起白天跟高燕吵架的事，刘美丽对张伟的回答很不满意，但也没有别的办法，她把身子转过去，对着墙壁，不再理张伟。

刘美丽轻轻地哭了起来，她为自己感到不值，她跟了张伟三年了，背着自己老公，孩子都给他生了，张伟却没把她当他什么人，只跟她偷偷情，找找乐子，仅此而已。

张伟很快睡着了，发出了响亮的鼾声。那鼾声让憋闷了一天的刘美丽更加没有睡意，黑暗中，她一直在想自己跟张伟的关系，想自己的身份，想在张伟心中，她跟高燕到底谁轻谁重？

跟高燕没有同在一个屋檐下的时候，刘美丽没有这种感觉，只觉得好玩，刺激，只觉得需要，她身边离不得男人，就像张伟身边离不得女人，他们俩，一个是狼，一个是狈，丈夫不在身边，只要张伟能够满足她就行，丈夫是陌生的，张伟是熟悉的。

现在跟高燕同在一个屋檐下，刘美丽的心理失衡了，尤其是被高燕从财务经理的位置上拉下来，被赶出高氏集团，刘美丽心里暗暗发誓，她要奋起反击，让高燕尝到痛，让高燕颜面扫地，她既要把张伟牢牢拴在身边，又要从高氏集团攫取财富，让自己富足。

要实现目标和想法，刘美丽没有其他办法，只有靠张伟。刘美丽记得还在衡阳医学院读大学的时候，读到过拿破仑的一句名言：男人通过征服世界来征服女人，女人通过征服男人来征服世界。

这句话让刘美丽怔住了，对她印象太深了，心灵触动太大了，她把这句话抄了下来，翻来覆去地看了很多遍，然后牢牢地记在了心里，现在是到了理论联系实际的时候了，是好好实践的时候了。

想到这里，刘美丽忍不住了，把张伟弄醒了，两具胴体紧紧地抱在一起，开始亲吻起来，抚摸起来。他们的动作都很大，张伟把刘美丽身上弄得青一块紫一块的，气都喘不上来。

最后还是那样，张伟还是没有硬起来——他身上其他地方都起来了，两个人的情绪也达到了沸点，但都没有用，最关键的部位还是没有起来，张伟甭提有多沮丧了。

劳而无功地从刘美丽身上下来，张伟感到从来没有过的挫败和沮丧，他强烈地意识到，自己不能再做男女之事了，男人没有了这个，人生还有什么意义，生活还有什么盼头呢？

这回是刘美丽忍不住了，生气了，发火了，扯开嗓门，高声大气地说："姓张的，既然你对老娘没兴趣，就不要跑到老娘床上来！你把老娘的胃口吊起来了，你又什么都不做！你去找你的燕儿吧，你把什么都给她好了！"

"宝贝，你不要东想西想，"张伟说，"我对你比对燕儿好，我现在不是睡在你床上，让她一个人独守空房吗？你还要我怎样？"

"你在我这儿是说得好听！你把里子都给了你的燕儿，我还要这个面子做什么？不如不要呢！"刘美丽说。

张伟有苦难言，不再说话，他觉得自己亏欠了刘美丽，在最关键的时刻，是自己不行了；但他又烦刘美丽絮絮叨叨，深更半夜的，把大家都吵醒了，让高家大院不得安宁，让他没有颜面。

"刘美丽，你还让不让人睡觉？"张伟说，"你再没完没了，无理取闹，我就去高燕那儿了。"

本来张伟说的是一句气话，希望刘美丽不要闹了，好好睡觉，没想到这句话捅了马蜂窝，刘美丽当了真，她噌地一下坐起来，对着张伟拳打脚踢。

刘美丽一边踢打，一边哭闹："我怎么是无理取闹了？你和高燕合起来欺负我，对付我，你这个没良心的！为了你，我都把医院的工作辞了，现在又被你的燕儿把财务经理挤了，你帮过我吗？你安慰过我吗？你知道我的感受吗？你躲一边，当作没听到，没看到，连个屁都没放！你去她那儿吧，现在就去！你把里子给了她，我要这面子有什么用？你去她那儿，你把面子里子都给她得了！那个女儿，我是白给你生了！"

刘美丽的哭闹声越来越大，把高家大院都哭醒了，吵醒了，闹醒了。

张伟也来了气，举起手，高高地落了下来，重重地揾在刘美丽脸上，然后抓起衣服，下了床，摔门走了。

关门的时候，张伟把门摔得震天响。

两个人把四明山的天都折腾亮了，一轮红日从山尖喷薄而出，新的一天开始了。

张伟跑下楼，推开高燕的房门，床上没人，房间也没人，高燕已经起来了，上班去了。

张伟来到停车场，停车场上人声鼎沸，高家运输队的司机已经到了四五十个了，他们挤满了停车场，排着队等候朱鹏和陈晓明给他们安排工作。

朱鹏和陈晓明已经在停车场上，正在给司机们有条不紊地派活。

刘美丽还在哭，还在闹，还在摔东西，声音响彻高家大院。

张伟觉得脸上无光，也看自己帮不上什么忙，于是钻进车里，开着车，驶出了高家大院。

到了工地，太阳已经升起来有一丈高了，红彤彤的，普照大地。

中年农民都习惯早起，工地上也是一片繁忙，工人们一边谈笑风生，一边压路基，浇沥青，铺路面。

显然，前段时间的意外事故并没有给施工造成多大影响，该上班的上班，一点都不耽误。

第十五章　两情侣密谋营救凌书记和高欣

刘美丽的心情灰暗到了极点，就像滂沱大雨前夕低垂的天空。医院的工作被自己辞了，高氏集团的财务经理被高燕捋了，跟张伟吵了，被张伟打了，留在高家大院要看人眼色，就连吃个饭，到点了，都没人叫她，在饭桌上也没人跟她说话，她觉得没意思极了。四面楚歌的刘美丽感到伤心寂寞，在张伟驾车离开高家大院后，她收拾了一下东西，一边抹着眼泪，一边离开了高家大院，坐公共汽车回县城去了。

没有人送她，没有人跟她打招呼。走出高家大院门口的时候，她突然听到了鞭炮声。刘美丽不清楚这鞭炮声是巧合，还是有其他含义，是不是因为她离开，有人暗中高兴，在放鞭炮。

刘美丽的离开，意味着高燕的全面胜利。看着刘美丽背着包，离开的背影，高燕绷紧的神经松弛了下来，长长地舒了一口气。高燕突然想起，这些天把全部精力放在跟刘美丽的争斗上，已经有三四天没去看父亲了。看父亲是高燕的一种庆祝方式，刘美丽走了，张伟的胳膊被砍掉了一只，高氏集团的财务漏洞终于堵上了。这是高燕的胜利，值得庆贺；这个胜利也属于高家，她得跟父亲一起庆祝分享。

高燕去找朱鹏，要他陪自己上看守所。朱鹏有些诧异，因为高燕办事用车，一向都找陈晓明，没他什么事，这次太意外了，明明陈晓

157

明就在身边，高燕却点名要朱鹏送她，朱鹏有点受宠若惊。

俗话说一朝天子一朝臣，高燕取代高欣，做了高氏集团总裁，朱鹏还内心忐忑，老是担心好日子结束了，高燕会把他像将刘美丽那样给将了。因为朱鹏担心由于祁宏的事，被高燕打击报复，受到冷落。看来，是自己以小人之心度君子之腹了。朱鹏高高兴兴地跟在高燕后面，来到车库，上了车，载着高燕，驶出了高家大院，奔跑在弯曲颠簸的乡村公路上。

在朱鹏印象中，高燕还没有坐过他开的车，他心里清楚，因为祁宏和高燕的事，在高燕心中，跟他们祁家有一道无法化解的心结。

上车前，朱鹏给高燕拉开后排车门，高燕没有进去，她自己跑到前排车门，拉开车，坐在副驾驶位上。高燕欲言又止，心里有很多话要对朱鹏说。高燕很想跟朱鹏敞开心扉聊聊，这是高燕要朱鹏送的原因。可是高燕不知如何开口，从哪儿说起——她跟祁宏可以自然随意，没什么话不可以说，但跟祁宏的爸妈，比较微妙和尴尬。

事实上，高燕跟祁宏父母的微妙和尴尬，更多地体现在跟祁茗的关系上。高燕想，当初如果嫁给了祁宏，他们的婆媳关系也许跟四明山农村的很多婆媳关系一样，有些紧张，需要她谦卑的态度，智慧的手段去处理。但翁媳关系，肯定不错。朱鹏不多事，是个老实人。抛开祁宏的因素，高燕非常欣赏这个勤奋负责，兢兢业业，劳苦功高的长辈，是高家亏待了他。朱鹏是高氏集团的创业元老，这些年，为高氏集团发展所做的贡献要远远超出高家给他开的这份工资。做了总裁后，朱鹏是高燕第一个加薪的员工，她给他一个月多加了五百块钱，相当于多加了一个人的工资。

跟祁宏谈恋爱的时候，高燕特别渴望成为朱鹏家的人，跟祁宏一起，亲亲热热地喊他"爸"，孝敬他，照顾他，伺候他，为他分忧担愁，尽一个儿媳妇的责任，跟他一起分担家庭负担，赡养老人，抚养弟妹，甚至将来朱鹏老了，给他养老送终……

这是朱鹏和高燕第一次单独相处。短暂的忐忑不安之后，两个人都放松下来，他们就像一对父女那样自然随意，亲切热烈地聊了起来。

"燕子，你是一个好姑娘，是我们家对不起你，是祁宏欠你！"率先打破沉默的，还是朱鹏，他有些歉疚。

"鹏叔言重了，是我和祁宏有缘无分，是我对不起他，伤了他的心，我不奢望他原谅我！你们家祁宏太优秀了，我没有那个福分！"高燕说。

高燕的话是动了真感情的，发自肺腑的。她一边说，一边流泪了，两行热泪，顺着脸颊，不争气地流了下来。

"你对祁宏的真实感情和无私帮助，我是看在眼里，感动在心里，一直记着呢。你对祁宏，只知无私奉献，从不索取，一心一意为他好，为他着想，比我们做父母的，还尽心尽力。是我们家祁宏没有这个福分。其实，我跟你一样，也没有弄明白，祁宏妈在你们俩的事情上，反对态度坚决，根本没有商量的余地，不知道为什么。你们谈恋爱的时候，祁宏妈坚决要拆散你们，我就劝过她，可是没什么用，因为你知道，在我们家，女强男弱，是祁宏妈说了算。我思来想去，觉得问题可能在祁宏妈跟你爸当年有过一段感情，你爸伤过她的心，她出于报复，坚决不同意你们谈恋爱！"朱鹏说。

"我爸跟祁阿姨谈过恋爱？"高燕惊讶地问。

"是的，事情过去很多年了，那时候，还没有你和祁宏，所以，你们这一辈可能不知道；我们那一辈，四明山没有人不知道，他们都谈婚论嫁了，可祁家就祁茗一个女子，祁家要你爸入赘，你爷爷奶奶觉得丢不起这个人，没同意，你祁阿姨才不得不跟我结了婚！我们结婚第二天，你爸去市集上相亲，把你妈带了回来！"朱鹏说。

"原来是这样啊，我还是第一次听说呢，鹏叔。"高燕说，"这段伤心往事可能是一方面，爱面子可能是另一方面。祁阿姨这个人硬铮，要强，也许我跟祁宏谈恋爱，让她感觉高攀了，怕别人说她嫌贫爱富，她不愿意给人留下这样一个印象！"

"你祁阿姨的自尊心确实比较重，你这个解释，表面上看起来合情合理，像那么一回事，实际上经不起推敲！"朱鹏说，"你们家的门槛再高，都高不过凌书记吧！我们祁宏跟凌林谈恋爱，才是名副其实的高攀呢，你祁阿姨二话没说，同意了，把凌林当宝了，现在成天患得患失，生怕凌林不要我们家祁宏了。"

"那就可能是祁阿姨觉得祁宏太优秀了，我配不上他，凌林配得上！"高燕说。

"是有这种可能。可我觉得，凌林是优秀，你也不比她差多少！我是看着你们长大的，对你们俩都很了解，我倒是觉得你的性格跟我们家祁宏更合适，你们是灵魂上的般配，所以，我觉得我们家欠了你！"朱鹏说。

听人说自己跟凌林一样优秀，跟祁宏性格很般配，高燕很开心，何况这样评价她的，是祁宏的父亲，很有权威性。在高燕自己看来，凌林要比她优秀多了，凌林漂亮，又是大学生，还是清华的，高燕自己觉得比凌林差多了，更让高燕受用的，是朱鹏说她的性格跟祁宏的性格很般配，确实，他们从来没有红过脸，说过重话，哪怕是分手，都没有吵过架。

"鹏叔，过去的就让它过去，不提了，我已经不去想它了，您也是！我们一起向前看，共同扶持，高家和祁家要互相成就，不能成就了高家，牺牲了祁家。我跟祁宏做不成夫妻，做兄妹也挺好，我跟你们还是亲人。我现在也看开了，除了感情，生活中还有很多事情，也很重要！"高燕说。

"燕子，你能这样想，我就放心了，你一直就是一个善解人意，通情达理的姑娘。你们家，目前最关键的，是想办法把你父亲弄出来，不能老让他在看守所待着，待久了，人就废了，思维跟不上时代变化了，耽误高氏集团发展！"朱鹏说。

"鹏叔说的极是，这件事情太重要了，我爸不在，高氏集团就没有了主心骨。我能力和经验有限，暂时代他管理一下是可以的，但要实现高氏集团的长治久安，高质量发展，还得靠我爸，我没有他的敏感、洞察、远见、魄力和能力。"高燕说。

"据我所知，一般来说，工地出了事故，作为工程承包方，你爸确实脱不了干系。可是这个责任，是可大可小的。"朱鹏说，"大的要负刑事责任，判个三年五年；小的，可以花钱消灾，把遇难工人安葬好，把他们的家属安抚好，把赔偿金给高点——我们不缺那个钱，有个交代就行了。"

"我们也是受害人啊，我爸进去了，高氏集团损失可大了，我们都希望大事化小，小事化了！我也在找关系，努力奔走，希望把我爸弄出来。可是我人微言轻，找不到门路，有心无力啊。"高燕说。

"你说的也是，两个本来可以帮忙的，凌书记和张县长，也都受到了牵连。把你爸弄出来，有个最关键的问题要解决。只要把这个问题解决了，你爸的事情就迎刃而解了。"朱鹏说。

"鹏叔，什么问题，我没弄明白！"高燕说。

"凌书记啊！凌书记也是因为这个事情被双规的。这些天，我一直在想，越想越觉得这不是一个普通的工地事故，倒像是一个局，这个局把你爸和凌书记都做进去了。我觉得应该把你爸跟凌书记看作一伙的，光托关系找人捞你爸没用，要捞一起捞。"朱鹏说。

"我爸我都捞不出来，更不要说凌书记了。"高燕沮丧地说。

"换个思路，捞凌书记比捞你爸容易。凌书记出来了，你爸也就没事了。顶多赔赔钱。"朱鹏说。

"鹏叔说得很有道理，可是我怎么下手呢?"高燕恍然大悟。

"如果能够证明凌书记没有问题，你爸的事情就可以大事化小，小事化了了。"朱鹏说。

"是呢，是呢，鹏叔，我明白了。"高燕兴奋地说，"我隐约觉得这件事后面有一双无形的大手在操纵，我怎么努力都泥牛入海，无济于事。"

"燕子，你是太单纯了，不明白江湖险恶，人心难测。我也不是恶意揣测谁，我觉得这里面有名堂。你想想看，工地出事，凌书记被双规，谁最受益？你爸进去，谁最受益？"朱鹏说。

经朱鹏这么一提醒，高燕倒吸了一口冷气，感到茅塞顿开，恍然大悟："凌书记被双规，张县长最受益，听说他们面和心不和，现在他做了代理书记和县长，独揽祁东县党政大权，祁东都是他说了算；我爸进去，张伟做总裁，他伙同刘美丽从我们家转走了不少钱！"

"有件事情很诡异，让人感觉危机重重，不知道当讲不当讲？"朱鹏说。

"您说吧，鹏叔，我们之间，没有什么当讲不当讲的！"高燕说。

"前几天，事故调查组来向我了解情况，给我出示了一张相片，是一张凌书记作风不正的相片。相片上，凌书记和王欣什么都没穿，躺在一张床上，睡得正香！"朱鹏说，"据我所知，凌书记是一个好官，作风正派，我和你祁阿姨说什么都不相信，可是有图有真相，不相信不行！"

"凌书记和王欣！"高燕惊叫起来，"这怎么可能？"

高燕记得前段时间王欣是回来过一次，是被张伟叫回来的。王欣从四明山返回长沙后，一反常态，经常心不在焉，跟以前判若两人，甚至有一天带思鸿出去逛公园，差点儿把思鸿给弄丢了，幸亏公园就在附近，思鸿已经识路了，自己找了回来。高燕以为王欣表现反常，是谈恋爱了的原因，原来是这样啊，也难怪。

听朱鹏这么一说，高燕更困惑了，她是了解王欣的，她相信那个小姑娘不会做出这样的事情来！既然如此，那张相片就一定另有隐情。

"我也不相信，但那张相片确实是凌书记和王欣，我确认过了。只要能够证明凌书记是无辜的，你爸就没事，最多赔赔钱，赔多点——反正你们家不差那个钱！"朱鹏说，"现在问题的关键，是如何证明凌书记清白，帮助他解除双规，官复原职。"

"谢谢鹏叔指点！"高燕顿觉豁然开朗，高兴了起来，脸上的乌云舒展了一些。

围魏救赵是一步好棋，证明凌书记没事，也许是把父亲捞出来的最便捷的一条路了。

高燕相信王欣不是那种人，可那张相片又是怎么回事？凌书记跟王欣有没有发生什么？怎样证明凌书记清白无辜？

高燕感到很困惑，甚至有点迷糊，什么把握都没有。

那张相片发生地在高家大院，也许父亲知道其中隐情。

到了看守所，见到父亲，高燕劈头就问："爸，凌书记在我们家那天晚上，到底发生了什么？你认真想想，把事情还原一下！"

高欣说："燕儿，什么都没有，都很正常。那天晚上，大家都很高兴，动不动就碰杯喝酒。我喝多了，凌书记酒量比我差，但喝得比我还多，我记得他烂醉如泥，走路要扶着墙！后来很晚了，王欣搀扶着凌书记送客，送完客，王欣又扶着凌书记去休息，我也休息了。"

看来王欣确实有机会陪凌书记睡觉了。

"凌书记是真醉假醉，醉到什么程度？他跟王欣有没有——"高燕欲言又止。

"凌书记跟王欣？"高欣说，"他们怎么了？"

"有人向事故调查组送了一张相片，相片上凌书记跟王欣睡在一起!"高燕说。

"啊？凌书记跟王欣睡在一起？这怎么可能！"高欣惊吓了起来。

"不管你信不信，事实就是这样！那张相片的影响极大，凌书记也被双规了！"高燕说。

"凌书记跟王欣不可能吧，我觉得他当时烂醉如泥，不省人事，他是真醉了！"高欣说。

"一个人醉到这个程度，还能做什么？"高燕问。

"我也应酬多，喝醉过很多次，有几次跟凌书记那次差不多。据我的经验，醉到那个程度，除了睡觉，其他什么事情都不想做，也做不了。"高欣说。

两年多前，高欣就是那样出车祸的，他一边开车，一边睡着了。

高燕清楚地记得，三年前，自己喝得烂醉如泥的那个晚上，也很困，眼睛都睁不开。

醉到那种程度，男人确实什么都做不了，女人只有任人摆布。

"燕儿，这段时间辛苦你了。我觉得，弄清这件事情的真相很重要，没准是我和凌书记洗脱责任的关键。你去找一个人，可能很有用，他有智慧，有能力，可以帮到我们！"高欣说。

"爸，谁呀？谁有这么大能耐？我们应该找到他！"高燕问。

"祁宏，燕儿！他遇事冷静，头脑灵活，点子多，知识面广，看得宽，个人影响力大，很多事情，你不方便出面，他可以，也许他能还凌书记清白，把你爸捞出来！"高欣说。

在长沙跟祁宏打了那么多交道，战也好，防也好，和也好，对这个私生子，高欣越来越欣赏，他的身体里流淌着高家的血，在高家陷入低潮的时候，他应该挺身而出；到了这个时候，最有希望帮助高家力挽狂澜，重振雄风的，还是这个儿子。

"爸，你不是很讨厌他吗？"高燕说，父亲提到祁宏，她就感到心痛，高燕弄不明白，既然父亲这么欣赏和倚重祁宏，当初为什么死活不同意她跟祁宏好呢?

"燕儿,我不是讨厌他!"高欣说,"当年,我不同意你们的事,不是讨厌,而是为你着想,为你们着想。祁宏那孩子天赋异禀,他虽然在四明山出生,却不属于四明山,也不属于我们祁东,他注定要远走高飞,拥有更加广阔的天空。他是鸿鹄,你是燕子,你不能陪他飞,也陪不了,既然爱他,你就不能成为他飞翔蓝天的束缚。我把他当儿子,我要你把他当亲哥!"

高欣还是不敢告诉高燕,祁宏就是她同父异母的亲哥!

"我怎么好拉下脸去,求他帮我这个忙?"高燕说。

高燕的眼泪流了下来,父亲早就看到了祁宏的今天,也预见了女儿配不上他,父亲当年阻止他们谈恋爱,是在为她和祁宏以后着想,是帮他们,是长痛不如短痛。

"燕儿,你这样想就多虑了!祁宏帮我们,帮我们高家,也是在帮他自己!"高欣说。

"帮他自己?祁宏跟这件事情没有什么关系,他们家跟这件事情也没有关系呀!"高燕满脸惊愕地看着父亲,不解地说。

"祁宏自己跟这件事情关系可大了。你们分手后,祁宏是不是在跟凌书记的女儿凌林谈恋爱?凌书记出事,凌家是不是要土崩瓦解?如果祁宏能帮凌书记洗脱罪责,官复原职,不是帮他自己吗?"高欣说。

姜还是老的辣,就是这么一个道理,中间转了很多弯,父亲看到了高燕看不到的更深层次的东西。

高燕一下子明白了,父亲跟朱鹏,他们都想到一块去了,都是一个意思,把他捞出来,得先想办法证明凌书记清白。

帮助凌书记洗脱罪责,还他清白,高燕没有这个能力,也不知从何下手,看来,要解救凌书记和父亲,还真得靠祁宏了。

从看守所告别父亲出来,高燕有些兴奋,她也有一段时间没有见到祁宏了，高燕迫不及待地用看守所旁小超市的公用电话给祁宏宿舍打电话。

恰好祁宏在，是他接的。

高燕说："哥，是我，燕儿！我前几天匆匆赶回四明山了，事发突然，没来得及告诉你！"

"燕儿，我听王欣说了。我去办事处找你，王欣告诉我，你回四明山了。"祁宏说，"你什么时候回长沙，我新拓展了一个客户，有合同要你签一下！"

"你全权处理啊，我暂时回不去，我们家出大事了，把凌书记也牵连进去了。"高燕说。

"啊，出什么大事了，那么严重！"祁宏问。

"我爸承包了从县城到四明山的马路扩建工程，可开工没几天，工地就出事了，炸山开路时，有三个工人没跑得赢，被活埋了。因为事故重大，我爸被抓了，关进了看守所，凌书记也被双规了。"高燕说。

"啊——"祁宏惊叫了一声，感到头都大了。

"对这件事，县里老百姓看法不一，你爸和我爸都觉得这件事情有名堂，你爸觉得是一个局。我没有办法把事情调查清楚，还凌书记一个清白，帮我爸脱责，我只有找你帮忙了！"高燕说。

"燕儿，这种事情，我能帮什么忙啊？我手里无权，也无能为力呀！"祁宏说。

"你先听我说，调查组收到一张相片，是凌书记和王欣赤身裸体躺在床上的相片。"高燕说，"这张相片很重要，是定凌书记被双规的铁证。你相信凌书记和王欣会干这种事吗？"

"我不相信！"祁宏说，"王欣不是这种人，凌书记更不是这种人。你了解王欣，我了解凌书记。凌书记是眼里糅不进沙子的，凌林跟他爸一个脾气！"

166

"所以，那张照片反映的情况不一定是真实的。可我又没有办法把其中的弯弯绕绕想明白，理清楚，我只有找你了，靠你了，你脑袋好使！"高燕说。

不是只有高燕靠他，遇到这种事情，凌书记也要靠他，凌家也要靠他！

祁宏一下就明白了其中的利害。

第十六章　调查裸照风波，祁宏首战失利

　　尽管对高欣没有什么好印象，听到他被关进了看守所，祁宏还是大吃一惊，心情有些复杂，说不出来什么滋味。亲不亲，家乡人呢，何况他是高燕的父亲；何况这件事还把凌林的父亲凌书记牵扯了进去，使得凌书记被双规了！

　　祁宏对凌书记的印象，一直不错的，他把他当偶像了，觉得大学毕业后，如果从政的话，一定要做一个像凌书记那样清正廉明，为官一任，造福一方的人民公仆。

　　凌书记怎么可能跟王欣睡到一张床上去了？

　　别人信，祁宏可不相信！因为这两个人，祁宏都很熟悉，都很了解。

　　祁宏相信王欣的为人，小姑娘有点儿单纯，但为人正直，是非善恶分得清楚，绝不至于做那样的事情。

　　凌书记是个好官，有口皆碑，有党性，有原则；他相信凌书记的为人，更不至于做那样的事情。这种性格，也让祁宏吃尽了苦头。作为父女，凌书记和凌林是一个模子倒出来的，遗传的性格相似度高达99%。如果不是人格上有洁癖，并且传导到感情上，认为祁宏欺骗了她，凌林就不会一气之下跑到英国去了。

　　但是那张相片假不了，是调查组出具的，并且给自己父亲看过了，这又怎么解释？这中间又有什么名堂，着实让人费脑伤神，弄不

明白。

跟高燕通完电话，祁宏觉得事情蹊跷，他决心做一回福尔摩斯，狗咬耗子，好好管管这件事儿，争取把事情的真相弄个水落石出。如果凌书记真是那样的人，祁宏无话可说；如果不是，不能冤枉一个好人，更不能冤枉了一个好官，必须还凌书记一个清白。

冷静下来后，祁宏认真地梳理了一下，发现这件事，有两个最大的疑点，也是两个重要的突破口：

一是那张相片怎么来的？

如果凌书记和王欣真有一腿，又怎么可能让人拍了照？拍照人出于什么用心？如果凌书记和王欣啥都没有，他们又怎么睡到一张床上去了？

二是工地出事，是突发意外，还是有人故意捣蛋？

如果是突发意外，倒是没办法，得归入事故安全之类；如果是有人故意捣蛋，那就是刑事案件了，他为什么要这样做呢？

凌书记是有家室的人，如果真跟王欣有一腿，他肯定不敢公开，约个会都很小心，很私密，生怕别人知道了，怎么会让人拍照呢？这中间肯定有问题。如果没有那种事，被人拍照了，那就更有问题了，摆明是被人设计陷害了。

调查那张相片，问两个当事人就行了，他们最有发言权了。但问凌书记是不合适的；也问不到，他被双规了，见不到人；也没有用，那天他喝多了，烂醉如泥，不知道自己做啥了，就像前些天自己在长沙办事处喝多了，不知道对高燕做了啥一样，什么记忆，什么印象都没有留下来。

可是另一个当事人王欣呢，她没有喝酒，她是最清楚当时的情况的。问王欣，也很方便，不用大费周折，她就在长沙办事处，离学校不远，他们的关系也不错，算得上是好朋友，问起来方便，把事情搞清楚容易。

把工地上的事情搞清楚，就不容易了，在长沙没有办法，需要回老家一趟，甚至可能要深入工地，到事发现场实地调查取证，才有可能找到相关蛛丝马迹。但祁宏弄不明白要调查多久，学校没有假，这种理由也请不到假，因为这不是祁宏分内的事，是调查组的事，是警察的事，旷课肯定是不行的，他是一个引人注目的学生，他不在，很快就被师生们发现了，知道了。

祁宏觉得那次事故，是操作失当，发生意外的可能性更大些，出现人祸的可能性很小，但也不能完全排除有人故意使坏，无论结果如何，都得用事实和证据说话，否则，既对不起活着的人，更对不起死去的遇难工人。

放下电话，祁宏立即动身前往长沙办事处，他准备找当事人之一的王欣好好聊聊，了解一下情况。

高燕回去了，长沙办事处只有王欣一个人。门敞开着，像是在等祁宏过来。王欣坐在办公桌上，没有看书，没有写字，没有接电话。高燕和思鸿回去了，平时热闹和拥挤的办公室变得空旷起来，王欣感到寂寞无聊，坐在那儿出神发呆。长沙办事处虽然事不多，也不重要，可总得有人在，有时候要接接电话，发发传真，跟总部传递一下信息，跟客户联络一下感情。没事的时候，一个人坐在办公室，想想心事，神游片刻，倒是挺好的，就是办事处太大了，人太少了，容易让人孤独，心生不安。

看到祁宏来了，王欣感到一束阳光照了进来，她高兴地站起来，眼睛里闪烁着喜悦，脸上洋溢着兴奋。

"祁宏哥，稀客呀，我还以为你心里只有燕姐，她回去了，长沙办事处就没有吸引力了，你就不来了呢！"王欣说。

"哪里，哪里，王欣！都是老乡，都是好朋友，都一视同仁，她在看她，你在看你，只要长沙办事处有人，我就会抽时间过来转转的！"祁宏说。

"言不由衷呢，燕姐回去了，你过来明显少了！"王欣说。

"没有没有，我是最近有事情，耽搁了，没有过来了，你和高燕，我一视同仁！"祁宏说。

"姑且相信你吧！我感到十分荣幸呢！尽管你蒙不了我，你来看燕姐与来看我，是有很大区别的！你看燕姐是发自内心的，真情实感的流露；你看我是出于客套，甚至是你只是想过来看看燕姐回来了没有。好了，不扯这些没用的了，你坐下来，看看电视，喝喝茶，嗑嗑瓜子，我去给你做饭菜——你已经有很长一段时间没有在长沙办事处吃饭了。"王欣说。

"让我来做吧，你不是说我来看你跟看高燕待遇不一样吗？那我就让你感到真的不一样！今天你休息，坐在沙发上看电视，喝茶，嗑瓜子，我来做饭菜，让你尝尝我的手艺。不过，你要有心理准备，我的手艺一般，你不嫌弃就好了！"祁宏说。

"真的啊？能有这个福分，我感激还来不及呢，怎么会嫌弃？我来长沙办事处两年了，还真没有吃过祁宏哥做的饭菜呢，都是我做，你们吃！我听燕姐说，你啥都会干，啥都干得好！"王欣说。

"她高看我了，我做饭菜就不行，比起你来差远了。我做的，只能说饭能熟，菜能咽，谈不上美味。在你面前，我是班门弄斧，权当取经了。你可以提出宝贵意见，帮助我改进和提升！"祁宏说。

"能吃到祁宏哥亲自做的饭菜，我比燕姐面子都大，都有口福呢。我们在长沙办事处这么久了，都是我和燕姐做给你吃，你还没有给我们做过，我不知道你还会做饭菜。"王欣说。

"就是因为你来长沙了，我不得不让了，这是人的惰性使然。你没来的时候，我给高燕做过一段时间的饭菜，她怀思鸿的时候，在长沙养胎，就是我给她做饭菜的，我也是那个时候真正学会做饭菜的，那时候一心只想把饭菜做好，让高燕吃饱吃好！"祁宏说。

"原来你和燕姐过过一段时间的小日子啊。燕姐对我隐瞒得紧，从来没有提过！那个时候，你们夫唱妇随，很幸福吧？"王欣说。

"啥夫唱妇随呀，王欣，你想多了，我跟高燕的关系，一言难尽，跟你想象中的不一样，跟我们老家传说中的不一样。其实，我和高燕是谈过恋爱，但我们什么事情都没有发生，很纯洁，很多人都误会了。"祁宏红着脸，忙着辩解。

"这种事情就不用解释了，会越描越黑的。"王欣说，"燕姐说，三年前，在凌林的谢师宴上，她喝醉了，你扶着她进了宾馆房间，她把你留下来过夜，她第二天醒来，你已经走了，她就有了思鸿。前些天，你来办事处，喝了一瓶邵阳大曲，你和燕姐孤男寡女，单独相处了一个晚上，你还说什么事情都没有？你自己信，我可不信！"

看来，这种事情，确实越描越黑，还是少说的好，不说的好。祁宏不再说话，赶紧跑到厨房，忙碌了起来。

一番对话下来，祁宏觉得王欣这个女孩不简单，伶牙俐齿，心机重重，对付起来手忙脚乱，好像高燕不在，王欣换了一个人似的。

厨房里传来锅碗瓢盆有节奏的撞击声，在狭小的空间里飘来荡去，就像荡秋千。在王欣听来，锅碗瓢盆不再是锅碗瓢盆，而是奏出了美丽音符的乐器，把她上次回家心里积聚起来的阴霾一扫而空了。

祁宏动作麻利，科学地安排了做饭做菜的顺序，把做饭菜的时间压缩到了最短。饭熟了，菜也做好了，端上来了。

两个人，四菜一汤，两荤两素。

看着色香味俱全的菜，王欣伸出手指，拎起来一块肉，放进嘴里嚼了嚼，向祁宏竖起了大拇指。

菜不咸不淡，不生不硬，火候恰到好处，味道不错。

餐具也被祁宏拿到桌上来了，王欣拿起调羹，舀了一匙汤，轻轻吹了吹，放在唇边，舔了舔，觉得温度合适，把汤倒进了嘴里。

汤也不错，新鲜清淡，没有油腥味。

做菜水平高低，关键看做汤，看做青菜。

做青菜，看火候，能把青菜做好，大部分菜都做得好了，水平差不到哪儿去了。能把汤做好，那就更不容易了，是高手了。能把汤做好，就能把菜做好；能把菜做好，不一定能把汤做好。

祁宏盛了两碗香喷喷的白米饭，端了上来，把其中一碗放在王欣面前，王欣有一种受宠若惊的感觉——她确实没看到祁宏给高燕盛过饭，平时都是自己和高燕给祁宏盛饭。

"这怎么行呢，我都激动得不知道说啥好了！"王欣夸张地说。

"不用说啥，你安心吃就行！"祁宏说，"平时你很辛苦，都是你照顾我们——你要照顾我、高燕和思鸿三个人，今天就让我破例一次，照顾一下你，算是弱水三千，回报你一瓢！"祁宏说。

"既然祁宏哥发话了，我就却之不恭，尽情享用了。"王欣说。

两个人有说有笑，边吃边聊，越是吃，王欣越是对祁宏的手艺赞不绝口。

王欣的厨艺也不错，内行看门道，她尝得出来，祁宏做的菜和汤，味精都没放，却能做得很好吃；她做菜要放味精，不放味精没有做好的把握。

两个人闲聊的，都是老家的话题，有熟悉的，有不熟悉的，都兴致很高。

聊到后面，话题被祁宏自然而然地引到凌书记身上来。

"我们县有个大工程，马路扩建，铺柏油马路，马路从县城直通我们四明山。今年放寒假回去，路就修好了。有了这条路，我们四明山的人出来进去就方便多了，车跑起来，又平稳又快捷，一点都不颠簸了！"祁宏说。

"是啊，我们那儿到县城，那条路又破烂，又窄小，每次回去，把我的胃都颠出来了，吐得一塌糊涂；对面有车过来，让路的时候，老感觉不安全，是擦着车身过去的，生怕撞上了，翻车了。这条路，四明山人盼了很多年，盼了几代人了。解放初期，我们爷爷奶奶就在盼了，直到他们去世了都没盼到。现在改革开放都快二十年了，在我们这一代，终于盼到了，祁东县委县政府为我们四明山人做了一件大好事！"王欣说。

"修这条马路，是凌书记全力推动的，他不下决心，我们四明山人不知道还要盼到什么时候。凌书记是这么多年来，这么多任县委书记中，最好的书记了，他有魄力，办实事，解决实际问题，他来祁东做官，是我们祁东人民的福气！"祁宏说。

听祁宏提到凌书记，王欣心如鹿撞，脸红了，她低下头去，避开了祁宏的目光，附和着说："是呢，凌书记是一个好书记，是一个好官，是一个好人！凌书记真心实意地惦记着我们老百姓，真心实意地为我们老百姓谋福祉！听燕姐说，你还是凌书记的未来女婿，你在跟他女儿凌林谈恋爱！"

"我和凌林的事，现在还八字没一撇呢。我做错了事，凌林被我气得跑到英国去了，要三年后才能回来。三年很漫长，你知道的，对我们年轻人来说，三年可能发生很多事情，遇到很多人，产生很多不确定性因素。我可以等她三年，可我没把握她会不会等我三年。凌林聪明，漂亮，有才华，围在她身边转来转去的优秀男生不少，我没有安全感！"祁宏说。

"祁宏哥，是你让人没有安全感吧，燕姐就是这样评价你的。她说你聪明，帅气，有才华，以前跟你谈恋爱的时候，她也没有安全感。这不，你跟燕姐谈恋爱的时候，凌林乘虚而入了；你来长沙上大学，跟凌林各据一城，钱小芸也乘虚而入了！"王欣说。

"我跟凌林，是在跟高燕分手之后；我跟钱小芸，不是你看到和想象的那样。这里面有误会，就像我们都知道凌书记是一个好官，一个好人，一个好书记，可现在被误会了，被双规了一样！"祁宏说。

"祁宏哥，你说啥呢，凌书记被双规了？前几天，我回老家，还看到他呢！他去了你家吃晚饭，吃了上半场，到燕姐家吃的下半场，

174

下半场是跟我们村最穷的代表一起吃的，凌书记跟村民一起吃饭，抽烟，喝酒，他给穷人敬酒，夹菜，聊天，一点官架子都没有。他被双规是什么时候的事情，又是怎么一回事？"王欣抬起头，看着祁宏，眼里充满关切。

"就在你从四明山回长沙后，马路工地上出事了，炸山开路，有三个工人没跑得赢，被坍塌下来的山体压住了，死掉了，高燕她爸被关进了看守所，凌书记被双规了。"祁宏说。

"工地上出事，跟凌书记关系不大吧？我听说县长张援朝是工程总指挥，高欣是工程承包商，上面要追究起来也是追究他们啊，跟凌书记有什么关系呢？"王欣说。

"王欣，你这话就不对了，覆巢之下，焉有完卵？马路扩建是凌书记全力主张的，现在出事了，他怎么脱得了干系。本来吧，凌书记的责任可以不大，但市里面派下去的事故调查组收到了一张照片，有人举报凌书记作风败坏，跟一个年轻姑娘睡在一起。就是这张相片，成了高欣和凌书记官商勾结，狼狈为奸，导致事故发生的证据！"祁宏说。

"你看过那张照片？你知道那张相片上的那个年轻姑娘是谁吗？"王欣突然脸色煞白，神情紧张地问。

王欣的前额有一层细密的汗珠渗出，耳边也嗡嗡作响，就像一群小蜜蜂在萦绕飞舞。

那张照片，莫不是自己和凌书记？那天晚上，跟凌书记睡在一起的时候，被人偷拍了？

祁宏把这一切看在眼里，也心里有数了，但王欣是女生，女生脸皮薄，祁宏不能不顾及她的颜面。

"那张相片，我没有看过，相片上那个姑娘是谁，我也不知道，只是听说而已。不过，我相信很多姑娘都不会干那种事情，即使干，也可能有难言之隐！"

碗里还剩半碗饭，王欣已经没有胃口吃了，她拿起碗筷，跑进厨房，把碗里的米饭倒进了厨余垃圾桶，开始洗碗洗筷，刷盘洗锅。

王欣把水龙头开到最大，水柱激射而出，发出哗哗哗的声音——王欣希望用水声掩盖内心的慌乱，但没有用，还是心慌意乱。

跑进厨房，王欣不敢正对祁宏逼问的目光。她觉得祁宏的目光是一束强烈的光照，直探她的内心，要把她的内心世界照亮，不留一个死角，什么阴影都没有似的。

既然王欣极力躲避自己，不愿意多谈，祁宏也不想多问，怕弄巧成拙了——要是把王欣逼急了，可能什么信息都打听不到了。这种事情，不是什么光荣的，值得炫耀的事情，而是一件羞耻的事情，需要保密，谁都是能不说就不说的。祁宏得给王欣一点时间，慢慢来，找个机会动之以情，晓之以理，给她一个想得开的理由，下得来的台阶。

从敞开胸怀，愉快地交流，到王欣尴尬地躲避，突然关上心灵大门，两个人的对话戛然而止。

祁宏一个人在桌边吃饭，原来融洽的气氛没有了，他不好意思继续拖下去，赶紧把饭扒完了，把碗筷收拾了，洗干净了，把桌子擦干净了，把地拖干净了，准备跟王欣告别，返回学校。

祁宏在办事处忙碌的时候，王欣还是躲开了他。走到门口，祁宏站住了，回过头来，看着王欣，意味深长地说："王欣，凌书记是一个好人，一个好官，一个祁东有史以来最好的书记！咱们祁东的书记换了一个又一个，没有一个像凌书记这样尽心尽力为祁东人民着想，为祁东人民办事，被祁东人民这样肯定和认可的！如果凌书记被冤枉撤职了，是我们祁东的重大损失；那些助纣为虐，一起冤枉凌书记的人，对不起祁东人民，将来也会被钉在阻碍祁东发展的耻辱柱上！"

第十七章　张伟食言，王欣走投无路

　　王欣内心十分纠结，祁宏的一席话，在她心里掀起了滔天巨浪，让她久久平静不下来。

　　祁宏离开后，王欣把门反锁了，就连平时最喜欢的电视剧《还珠格格》都没心思追了。她匆匆地洗漱了一番，上了床，平躺在床上，希望尽快进入梦乡，借助睡眠驱赶烦人的心事。

　　可是王欣怎么都睡不着，睁开眼睛还好，一闭上眼睛，祁宏意味深长的表情就浮现在眼前，意有所指的话语就萦绕在耳际，王欣反复地问自己：莫不是祁宏已经知道了自己陪凌书记睡觉的事情了？

　　与祁宏的话语一起浮现的，还有那天黎明前的黑暗时分，酒醒过来后，看到身边躺着王欣，内心痛苦到满脸扭曲，双手抱头，蹲在地上的凌书记——那一刻，王欣是明白过来了，原来不是凌书记自己想要，而是张伟把她硬塞给凌书记的；现在回想起来，自己不是张伟为贿赂凌书记献上的糖衣炮弹，而是为陷害凌书记设下的一个陷阱。

　　祁宏的话就像一根四明山出土的竹鞭，一下一下地鞭打着王欣的良心，让她陷进痛苦的深渊，难以自拔。

　　祁宏说得没错，凌书记是一个好人，一个好官，一个好书记！如果说其他祁东人对这句话的认识比较笼统，理解比较肤浅，那王欣的认识和理解却是真实的，深刻的，因为王欣有切身经历和体验。

　　在答应张伟之前，王欣是做过剧烈的、复杂的思想挣扎和斗争的，为拿到张伟承诺给父亲做手术的钱，那天晚上王欣是做好了献身的心理准备的。可是，出乎王欣意料，凌书记一觉醒来，看到躺在身边的年轻漂亮的王欣，不仅没有把她怎样，反倒十分内疚，以为他欺负过她了！

这样一个好人，这样一个好官，这样一个好书记，如果被人冤枉了，陷害了，那就真如祁宏所说，是祁东人民的重大损失；那些冤枉和陷害凌书记的人，对不起自己的良心，对不起祁东人民，将来会被钉在祁东发展的耻辱柱上，被祁东人民唾弃！

由于心烦，所以选择早睡。本来以为早上床，早入睡，睡着了，就什么都不用想了，什么都不用管了，什么都不用愁了。可让王欣没想到的是，上床后，她却睡不着，老想着凌书记的事，越想越头脑清醒，越想越内心纠结，越想越翻来覆去睡不着，差不多折腾了一个晚上，直到天快亮的时候，好不容易睡着了，却做了一个噩梦。王欣梦见有千万只手指着她，有千万双眼盯着她，有千万个声音质问她：王欣，你的良心呢，被狗吃了？

那天晚上发生的真实情况，只有王欣一个人知道，谋划把王欣送给凌书记的张伟不知道，连当事人之一的凌书记也不知道，凌书记确实被冤枉了，他什么都没做。王欣十分清楚地记得，那天晚上，酒席散后，凌书记强打精神，用最后一分清醒，把村民代表一一送走后，再也支持不住了，松懈下来，身体瘫软下去，半个身子压在王欣身上，就像一堆烂泥——当时，王欣就知道，凌书记是真醉了，而不是电影中那种借故喝了两杯，把自己的身体全部压在女人身上，借机占点便宜的好色之徒的假醉。

凌书记的双腿拖在地上，迈不开脚步。王欣是半扶半背，把凌书记弄上了二楼，弄进了房间，弄上了床。王欣给凌书记脱掉鞋子、袜子、衣服，打来温水，给他擦了擦身体。凌书记是一沾上床板就睡着了，鼾声雷动，对一切浑然不觉。弄完这一切，王欣跑到洗漱间冲了凉，按照张伟吩咐，上了床，在凌书记身边躺下来，忐忑不安地等着凌书记醒来。

那一夜，王欣紧张极了，一夜没睡，她一遍又一遍地设想，凌书记醒来后，会把她怎么样。那夜有多漫长，王欣就有多煎熬。黑暗中，她眼睁睁地看着凌书记睡觉，侧耳听着凌书记的鼾声、呼吸和心跳，心如受惊的小鹿，在等待着虎狼的扑食、戏弄和猎杀。

烂醉如泥的凌书记，鼾声很大，呼吸很粗，心跳很响，组成了一首中年男人奏响的床第交响曲，跟窗外的虫叫蛐鸣互相应和，此起彼伏，比试谁更响亮。王欣想，陪凌书记睡觉的女人，可真不容易，睡得着才怪呢。

那个晚上，凌书记睡得很沉，死猪一样，什么都没做，什么都不知道，连一个身都没翻，睡着的时候，凌书记根本不知道有个年轻漂亮的女孩赤身裸体地躺在他身边。让王欣没有想到的是，张伟偷拍了她跟凌书记睡在一起的照片——王欣听祁宏提起那张相片，才知道自己上当了，被利用了，把凌书记坑了。

不用说，那张相片肯定是张伟拍的，肯定是张伟拿给调查组的，因为陪凌书记睡觉，是张伟安排的，这件事只有张伟、凌书记和她三个人知道，只有张伟有条件有心思偷拍那种相片。

那天晚上，凌书记醒来，正值黎明前的黑暗，外面一片漆黑，房间里一片漆黑。他摸到了身边的王欣，把他当老婆肖芳叫了；发觉不对劲，拉开灯，看到躺在身边的王欣，凌书记大惊失色，下意识地以为自己趁着醉酒，把王欣祸害了——凌书记喝断片了，具体发生了什么，他不记得了，只知道睁开眼睛，看到了一丝不挂地躺在身边的王欣。

后来，调查组给凌书记展示那张相片，向他问话的时候，凌书记羞愧难当，无地自容，觉得愧对组织的信任和栽培，对不起人民，对不起妻子肖芳和女儿凌林，他沮丧地低下了头，不解释，不分辩。凌书记这个动作，这种表现，这种态度，意味着向调查组承认了自己的生活作风问题。

当然，翻来覆去地回忆和思考了一个晚上，也不是什么收获都没有，王欣是想明白了：原来这是个套圈，是个陷阱，是个阴谋，是个局，张伟想达到两个目的——扳倒高欣，让自己取而代之，顺利掌握高氏集团；扳倒凌书记，让张援朝取而代之，成为祁东的县委书记！

越往深处想，王欣越是不寒而栗。当初，张伟找她，她之所以答应张伟，只是以为陪凌书记一个晚上，把自己的身体给他，是凌书记自己提出来的。王欣太想救父亲了，太需要张伟承诺给她的二十万块钱了，她没想到自己成了张伟手里的一枚棋子，被他当枪使了，成了他扳倒祁东县两个大人物的关键棋子，她对不起高欣，对不起高燕，也对不起凌书记和祁东人民。

更让王欣感到受了欺骗的，是张伟曾经许诺过她，一次给她二十万块钱，帮助她父亲把手术做了。可是，从头到尾，张伟只给了王欣五万块钱定金，承诺事后给她的十五万块，没有兑现。第二天，凌书记走后，王欣也起床了，她去找张伟，张伟却装疯卖傻，绝口不提那十五万块钱的事。直到王欣倍感失望，无可奈何地离开祁东，返回长沙办事处，张伟都没有把那十五万块钱给到她。

离开祁东前，王欣又跑到医院看了一下父亲。父亲是一天比一天瘦了，一天比一天精神涣散，他四肢无力，可怜巴巴地躺在病床上，等着钱做手术救命呢。王欣感到心如刀绞，又束手无策。看来，张伟要么是忘记那十五万块钱的事了，要么是不准备把那十五万块钱给她了。

看到病入膏肓的父亲，只知抹泪的母亲，王欣难受极了，她只想回到长沙，想办法找钱。让她稍感安心的是，张伟先给她的那五万块定金，也是救命钱，可以缓冲一下，不至于父亲因为没钱被撵出医院或者停药治疗。回到长沙，王欣想找熟人借钱，但她认识的人有限，也没有交情好到可以借钱给她的地步，她试着打了两个电话，都是长沙办事处的客户，但都婉言拒绝了她——在长沙，跟她关系好点，可以开口借钱的，就只有祁宏和高燕了。祁宏是没钱的，他还是个学生，家庭困难，没有什么收入，经常要到长沙办事处来蹭饭吃——祁宏比自己还没钱，王欣知道祁宏曾经赚过一些钱，但都给钱小芸治病和办葬礼折腾光了。高燕有钱，但高燕回四明山去了，王欣不知道怎么对高燕说，更不知道高燕愿不愿意借——借钱给祁宏，高燕愿意；借钱给王欣，很难说，那笔钱不是一个小数目，如果折算成工资，她要做十年才能偿还清。

想着躺在病床上等着做手术的父亲，想着病床边束手无策，只知抹泪抽泣的母亲，王欣还是硬下心来，准备向自己的良心妥协，向张伟要回那十五万块钱——既然她已经按张伟吩咐做了，既然凌书记已经被冤枉了，既然张伟的计划得逞了，他承诺给她的那笔钱，就不能不给——是父亲给了她生命，生了她，养育了她，是那个家庭太需要父亲了，她不能见死不救！

把问题想通了，把决心坚定了，天已经亮了，阳光和鸟鸣一拥而来，告诉她，是时候找张伟了。

王欣一骨碌爬起来，脸都没洗，牙都没刷，早餐都没吃，就到了办公室，拨打了张伟的大哥大。

电话响了一阵才通，张伟很生气，不耐烦地说："谁呀？这么早，还让不让人睡觉啊？"

王欣试探地说："张总，是我，王欣！我都按你的吩咐做了，可是我爸还在医院里，等着钱动手术，我们还缺十五万块钱呢！"

"王欣，你这是什么意思？是开口向我借钱吗？十五万块，我哪有那么多钱？我给不了你啊！"张伟说。

本来是张伟亲口许诺给她的，怎么就变成借钱了？

王欣一下子蒙了，却心有不甘地说："张总，你不是说事后再给我十五万，让我父亲把手术做了吗？"

"我答应你，再给你十五万块钱了？王欣，我是疯还是傻啊？我不是高欣，拿不出那么多钱。我也不欠你什么钱，我已经给了你五万块了，够多了。这是看在我们是同村同乡的分上，我已经仁至义尽了，高欣都没有我这样大方，这样有爱心！王欣，你说说看，我们村，不，我们乡，我们县，还有谁对你有我对你这么好的？"张伟说。

"不是你自己说一共给我二十万，先给我五万定金，事后再给我十五万吗？"王欣说。

"我答应给你二十万了？我脑子有病啊？我怎么不记得了，我是一点印象都没有的。你是电影明星还是七仙女，一个晚上要二十万？王欣，我告诉你，我在祁东生活了二十五年，从十多岁开始追女孩，我什么样的女人没见过？我还没有碰到你这么天价的女人，一个晚上二十万！就连我老婆高燕，祁东首富的女儿，就连凌书记的女儿凌林，一个清华大学的高才生，一个晚上都不要二十万呢！"张伟说。

"张总，不是我一个晚上值不值二十万，是我爸要钱救命，我是实在没有办法了，才答应你的！你是怎么要求的，我就怎么做了！你不能说话不算话，老乡骗老乡！"王欣说。

"王欣，我有说过给你二十万吗？我欺骗你了？我怎么不记得呀？我自己拿二十万睡你，还差不多！我凭什么拿二十万让一个跟我不相干的人睡你，凭什么？你也空口无凭，白纸黑字才作数，你有字条没有？你拿字条给我看，我把钱给你！"张伟说。

"你当时只是口头承诺的，没有写字条给我呀！我是相信你了，以为你说话算话，那种事，要不是借钱无门，走投无路了，谁愿意做呢？"王欣说，"我现在后悔了！"

"王欣，你说什么，后悔了？"张伟说，"早知如此，何必当初呢？我看你当时答应得蛮爽快的。我忘了告诉你，我把你跟凌书记睡觉的事情，拍了照，也向调查组举报了，有图有真相，你们是跳进黄河也洗不清了！"

"张总，你不能这样玩心机，过河拆桥，用人血染红顶子！凌书记是正人君子，是一个好人，一个好官，一个好书记。那一夜，我和凌书记什么都没干，他喝多了，睡着了，醒来后，匆匆忙忙赶回县城了！"王欣说。

"你和凌书记什么都没干？那你们干啥了？鬼信！"张伟说，"你对调查组这样说，调查组会信吗？祁东人会信吗？那张相片是什么？你和凌书记孤男寡女，赤身裸体躺在床上，你却说你们什么都没干？"

"张总，你不能冤枉好人，凌书记确实什么都没干！"王欣说。

"王欣，你这话是什么意思？是准备给凌书记翻案？"张伟说。

"我自己被坑了就算了，可我不能冤枉凌书记！祁宏说得对，凌书记是一个好人，一个好官，一个好书记，我不能冤枉他，对不起自己的良心，对不起祁东人民！"王欣说。

"什么？你把这件事告诉祁宏了？"张伟问。

"不是我告诉祁宏，是祁宏昨天晚上找我，说起了相片的事。"王欣说。

"又是祁宏！祁宏的话那么有用？你信他？"张伟说。

"我们四明山的人都信他，高欣信他，高燕信他，我也信他！"王欣说，"我们祁东人，知道祁宏为人的，也信他，凌书记信他，凌林信他！"

"四明山人信，祁东人信，都不重要！关键是要调查组信，调查组的人都是外地来的！祁宏是凌书记的准女婿，凌书记被调查被双规，他当然着急。但这些话都是空话，套话，假话，没有用。只要有那张相片，就是铁证如山，你们是翻不了案的，没有谁相信你和凌书记是清白的。你们躺在一张床上，睡了一个晚上，到头来却说什么都没干，谁信？天下还有这么滑稽的事情吗？"张伟说。

"那我自己去调查组，向调查组坦白，说明当时的情况！"王欣说。

"王欣，我看你这是敲诈勒索呢，我可以报警了！你去调查组坦白，调查组就信你了？那张相片你怎么解释？向调查组说你和凌书记什么都没做？告诉你，你不找调查组，调查组还要找你呢！"张伟说。

"那我就跟调查组实话实说，告诉调查组，是你给了我五万块钱，要我去陪凌书记睡觉的！"王欣说。

"王欣，你这样做，就不对了，你在威胁我吗？老虎不发威，当我是病猫？如果你去调查组反映情况，把我卖了，我就把你跟凌书记睡觉的相片洗很多张，贴满祁东的大街小巷，再向祁东的每个村都寄一张，让你身败名裂，见不得人！"张伟恶狠狠地说。

"张伟，你真是一个流氓，无赖！"王欣也狠狠地骂，她生气了，啪的一声挂断了电话。

挂掉电话后，王欣越想越气，委屈得哭了起来，她恨自己轻易相信了张伟，不仅把凌书记害了，也把自己坑了，王欣不知道怎么对付张伟，也不知道后面等着她的是什么。

王欣清楚地意识到，自己有把柄落在张伟手里了，那是个定时炸弹，随时可以毁掉她的一生，她恐怕是要"一失足成千古恨"了。

张伟是个什么样的人，四明山的人都知道，王欣早就有所耳闻了，现在是亲自领教过了。

王欣的身边就有张伟最亲的人高燕，高燕是张伟的妻子，张伟是高燕的丈夫，他们却形同陌路，各自安好，不愿相见。如果张伟是好人，高燕不会为了躲避他，跑到长沙来——高燕跑出来了就不想回去，他们夫妻关系名存实亡，他们的家形同虚设。

张伟已经把那张相片给到调查组了，他说要把那张相片贴满祁东县的大街小巷，寄给祁东县的每个村庄，这不是说假话，是极有可能的。如果把张伟惹怒了，他是说得到，做得到，什么事情都干得出来的。

如果张伟真把那张相片到处乱发放，到处乱张贴，那她以后怎么嫁人，怎么做人，怎么有脸回祁东和四明山？

王欣的父亲宁愿不做手术，宁愿死掉，都不愿看到这种事情发生在自己女儿身上！

王欣愁坏了，因为这件事，她一天都没有精神，她后悔极了，悲观沮丧的时候，王欣想死的心都有了。

第十八章　肖芳跟凌书记闹离婚

丈夫突然被双规，肖芳可闹心了。这是丈夫第一次出事，犯错误。肖芳从来没想过丈夫会出事。

让肖芳闹心的还不只丈夫被双规，小县城已经传得沸沸扬扬，丈夫跟一个年轻漂亮的女孩上床了，还被人抓了现行，拍了裸照，照片被送到调查组了。

看来，丈夫跟那个女孩，是板上钉钉了。肖芳感到要崩溃了，他们夫妻二十多年，风风雨雨，相濡以沫，不离不弃，从来没有谁背叛谁。现在女儿都上大学了，到英国留学了，没想到丈夫在为官一任后，还没造福一方，就开始腐化堕落，跟年轻漂亮的女孩在一起鬼混，背叛了感情，背叛了家庭，欺骗了组织，欺骗了人民。

肖芳既忧心丈夫的现状，又恨极了丈夫的背叛。虽然如此，肖芳还是第一时间去探望了丈夫，在征得调查组同意后，夫妻俩见了面，断断续续地聊了一个多小时。

丈夫状态明显不好，像个小老头，又瘦又黑，沉默寡言，心事重重，没有以前那样的豁达睿智，妙语连珠了。对自己的问题，丈夫没有隐瞒，只是不住地向她道歉，不停地重复说那天晚上喝多了，没有控制住自己。

真是一个脱了裤子放屁，多此一举的虚伪借口，肖芳打心眼里鄙视丈夫，男人喝多了就可以乱来？男人喝多了就可以无所顾忌，背叛感情和家庭？想要背叛，迟早都会背叛！哪个男人不喝酒，哪个男人不喝多？哪天没有男人喝酒，哪天没有男人喝多？

对于丈夫的解释和道歉，肖芳难以接受和原谅。两人不见面还好，见面后，肖芳更加闹心了。告别丈夫后，肖芳越想越生气，突然产生了跟丈夫离婚的念头。对，丈夫做的事情，她没办法原谅。这个念头一旦产生，就像海面上刮起的一阵风，风越来越大，最后成为飓风，大有横扫一切牛鬼蛇神之势。

真要离婚，他们已经没有那么多顾虑了，很多夫妻想离婚，却离不成，都是因为孩子。他们的女儿凌林已经长大，中学毕业三年了，二十一岁了，读大学了，到英国留学去了。女儿已经独立自主了，有了自己的感情、生活和判断了。他们离婚，女儿虽然不能接受，但可以理解了，不会对她的生活和前途造成太大影响了，不会对她的感情和心灵造成太大伤害了。

当然，离婚不是意气用事，想离就能离的，就像他们结婚一样，不是谈恋爱的两个人想结就能结的。结婚和离婚，除了两个当事人，还关系到两个家庭。结婚，要征询父母意见；离婚，要征询孩子意见。他们有孩子，他们家有三个家庭成员，三个家庭成员都曾经融洽恩爱，离婚不只是夫妻俩的事，还是一家三口的事，他们不能不顾及女儿凌林的意见和感受，不能让女儿置身事外，不能将女儿置之不理。夫妻俩，谁不征询女儿的意见，谁将来就可能被女儿怪罪，甚至被遗弃！

离婚的念头是越来越强烈了，但肖芳觉得很有必要把具体情况和自己的实际想法告诉女儿，跟她沟通一下，征询一下她的意见，争取一下她的理解，告诉她责任不在自己。丈夫跟女儿关系好，别说要女儿站在自己这边，支持自己了，至少不能让女儿因为离婚这件事情怨恨自己，影响母女感情，自己没有工作，现在靠丈夫，将来老了，要投靠女儿！

回到家里，肖芳找出电话本，找到女儿的电话号码，不管三七二十一，拨了过去。国外的电话号码有点复杂，容易出错。虽然女儿去英国几个月了，可前不久才把电话号码告诉家里，平时是女儿给家里打电话过来比较多。有了固定的电话号码，说明女儿在国外已经安顿下来，可以放心了。北京跟伦敦有七小时时差，肖芳拨打电话的时候，正是北京时间上午十点，伦敦时间凌晨三点，但肖芳不知道这些，即使知道，也顾不上了，她被丈夫出轨的事气晕头了。

刺耳的电话铃划破夜空，防空警报一样尖锐地响起的时候，凌林正在蒙头酣睡。她很累，骨头都散了架，睡得很沉。那天上午和下午都有课，很重要的课。上完课，凌林抱起书本，百米冲刺，跑到中国餐厅，把书本搁在前台，系上围裙，开始洗菜，洗碗，刷盘子，端菜，清理桌子，手忙脚乱地干这干那。到饭店关门，已经晚上九点多了。拖着疲惫的身体，迈着疲软的步伐，回到宿舍，凌林冲了个凉，又坚持学习到凌晨两点。可她刚躺下，进入梦乡没多久，就被固执的电话铃吵醒了。

睁开眼睛后，凌林没有急着接电话，而是让电话坚持响了一会儿，她趁机赖了一下床。听着电话铃，凌林就知道电话是从国内漂洋过海打过来的。这个时候，在中国，正是一个人当天体力最旺盛，精力最活跃的时候；这个时候，在英国，正是一个人当天体力最疲惫，精力最松弛的时候。看来，打电话的人没想那么多，把这个重要情况忽略了。这个时候，在英国本地，是没有什么人给她打电话的，凌林在英国的朋友还不多，她不喜欢主动告诉别人电话号码，知道她电话号码，给她打电话的人更少了。

日有所思，夜有所梦。凌林做了一个梦，梦见自己跟祁宏和解了，过年了，是她跑到祁宏老家去找他的，祁家一家都在梦里数落祁宏。和解后，他们手拉手，出了门，去爬屋后的四明山。四明山上雾气缭绕，仙境缥缈。祁宏在前面带路，她在后面跟着。他们还在半山腰，梦就被电话铃声打断了。在英国，凌林很想家，很想祁宏，这种梦，多少缓解了她的相思之苦。但梦是可遇而不可求的，就像一段缘分。还没尽兴呢，凌林感觉有些不爽，真是的，这个电话早不来，晚不来，偏偏在她睡得最深的时候来了，偏偏在做梦做到最关键的时候来了。

　　既然能够肯定是从国内来的，顺着梦境的牵引，凌林暗中期待是她的白马王子祁宏打过来的，可迷迷糊糊中，凌林突然想起，这种可能性微乎其微，几乎没有——她清楚地记得自己还没把电话号码告诉祁宏呢，上次给祁宏写信的时候，她正准备搬离杜维的独家小院，还没有安顿下来，没有电话号码，后来搬到学校宿舍，有电话号码了，她准备把电话号码告诉他，但还没来得及，因为她很纠结，她还没有说服自己走出这一步。

　　凌林也不认为是父亲给她打电话，尽管凌书记被双规的事情，凌林还不知情，但她知道父亲是个注重细节，特别在意别人感受的人，他知道中国北京时间和英国伦敦时间有时间差，他不可能在她深更半夜的时候给她打电话，要打也会在晚上十二点前——平时父亲给她打电话，都是确定在英国的凌林很方便接听的时候，父亲是不会把她从睡梦中吵醒的。

　　凌林也不认为是母亲肖芳打过来的，家里有事，一般都是父亲给她打电话，母亲从不主动给她打电话。

　　那会是谁呢？

　　电话接通后，果然不是祁宏打过来的，不是父亲打过来的，却是母亲肖芳打过来的。

　　"林儿，英国现在是什么时候，我把你吵醒了？"母亲带着歉意说。

　　"妈，你明知故问呢，凌晨三点！我正在做一个美梦，你的电话就响了，你赔我啊！你想我了？"凌林说。

　　"是啊，妈妈想你，特别想！你梦到妈妈了没有？你要是在国内就好了，我想你了，可以到北京来看你，你也可以回家来看我！"肖芳说。

"那是以前，现在距离远了，想回来一趟不容易。妈，你到底有多想我？都不管我这儿三更半夜的就打电话过来。"凌林说。

"要多想有多想，今天格外想。你不在，我的魂都丢了，感觉事事不顺，时时不顺，处处不顺，跟你在国内的时候正好相反。你在国内，我们家什么都风调雨顺，顺风顺水，顺心顺意！"肖芳说。

"你是不是遇到什么不开心的事了？多跟我爸聊聊啊。你们老夫老妻的，知根知底，心意相通，也没有时间差。你找我，代价就大了，昂贵的电话费不说，你一个电话，把我的睡意全赶跑了，我要严重睡眠不足，白天上课都要打瞌睡了！"凌林抱怨说。

"你可能不知道，我跟你爸是没法沟通了，我也是没有办法，不得不给你打这个电话，把你吵醒。我已经等不及了，再等，我都要疯了，要变成疯婆子了——"电话那头，尽管极力让自己平静，肖芳还是怨气冲天，压抑了一阵后，说话像打枪放炮，充满火药味。

负气来到英国，凌林过得也不爽，被人强暴过，想不开，自杀过，虽然现在走出来了，但心理阴影还在，无时无刻不在影响她，提醒她，刺痛她，她只知道拼命，拼命地学习，拼命地工作，拼命地忘掉那段不愉快的经历。

可有些事，不是想忘掉就能忘得掉的，越想忘掉，越是忘不掉，感情上的人和事尤其如此。感情中的人和事，就像身体上的一块疤，一道痂，受过伤，流过血，结痂了，成疤了，痂和疤就在那里，不分好坏，成了身体的一部分，生命的一部分，消不掉，除不了。

忘掉不快跟忘掉痛快一样艰难，一样费劲，一样不现实，一样不可能。凌林既忘不掉跟祁宏相处的愉快美好，又忘不掉跟谢天放相处的不快不好。感情生活中，美好与丑陋，往往如影随形，交织在一起，纠缠在一起，对比在一起，给她甜如蜜，也让她苦如胆，给她快

190

乐，也让她悲伤。

跟平时母女俩的通话明显不同，母亲好像心事重重，难以启齿。难道母亲心有灵犀，自己在英国的不幸遭遇，被她感知到了——所以，母亲才不顾时差，给她电话？

凌林一边跟母亲说话，一边吃惊地想，自己的不幸不快自己承受就好了，她很不愿意母亲为她担忧——长到这么大，除了跟祁宏闹分手的事，让母亲受惊了，学习上的事，她就没有让母亲忧心过。

"妈，有事你就直说吧，藏着掖着，你难受，我也难受。我在伦敦挺好的，没有什么特别的事情！"凌林尽可能心平气和，语气柔和地安慰母亲。

听凌林这么一说，肖芳心里也是咯噔了一下，自忖道：难道丈夫出轨的事，被双规的事，自己想离婚的事，女儿已经知道了？

"林儿，你在英国还好吧？"肖芳说。

"嗯，我挺好，妈。你和爸自己多保重。等会你叫我爸来接一下电话，我跟他也说两句，我不能厚此薄彼，只跟你一个人说话，把他晾在一边。"凌林说。

听凌林叫丈夫来接电话，肖芳实在忍不住了，在电话那头低声抽泣起来。

母亲哭了，凌林慌了，有点不知所措，以为自己在英国的遭遇，母亲真知道了，母女连心啊，谁都瞒不了谁。

"妈，别哭了，我没事，"凌林连忙安慰说，"我已经挺过来啦，都好啦！"

"林儿，我不是担心你，"肖芳说，"你从来不用我操心，我是为你爸的事，为我和你爸的事！"

"妈，我爸怎么了？你们怎么了？"凌林问，她松了一口气，原来自己的事，母亲并不知道啊，真是虚惊一场！可她听母亲说，又立刻紧张了起来，父亲怎么了？母亲怎么了？他们怎么了？

"你一出国，你爸就变了，跟别的女人乱搞，被双规了，我要跟他离婚！"肖芳说。

爸出轨了，背叛妈了，跟别的女人好上了？

凌林只觉得脑袋嗡嗡作响，不知如何是好。在她心目中，父亲善良，正直，正派，能力强，重感情，不是一个随便背叛感情和家庭的人，如果要背叛，这么多年来，父亲有的是机会，不用等到现在。

难道真是父亲变了？难道父亲是以前没有遇到动心的，现在遇到了？哪个女人有这么大能耐，能让父亲背叛母亲，毁了他们二十多年的感情？

说什么凌林都不相信。

"你们老夫老妻，都二十多年了，感情一直很好，老爸怎么会背叛你呢？是不是你无中生有，捕风捉影，冤枉老爸了？"凌林说。

"千真万确，林儿，你爸出轨了。"肖芳说，"我没有捕风捉影，是证据确凿。因为这个事，你爸被双规了。有人把你爸跟那个女人睡觉的照片都送到调查组了，调查组把照片给我看了，他们赤身裸体躺在一起，我咽不下这口气！你爸心里已经没我了，也没有我们这个家了！"

"妈，你能不能冷静点，好好问问我爸当时的详细情况，说不定有什么隐情呢！"凌林说。

"就那点事，哪有那么多隐情？我已经跟你爸谈过了，他向我道歉，也默认了！"肖芳说。

"妈，你先别着急，我爸不是那种人，我看这件事没有那么简单。"凌林劝道，"你想想看，如果老爸背叛你，跟别的女人睡觉，他愿意让人拍照吗？很显然，这是个阴谋，拍照的人动机不纯，你别上当了！"

"我不管什么阴谋不阴谋的，我只相信事实，我只知道你爸跟别的女人睡觉了，你爸的魂都被那个年轻漂亮的女人勾走了。"肖芳说。

"这件事是在哪儿发生的？那张照片是在哪儿拍的？"凌林问。

"是在四明山，照片是在高欣家拍的，他们官商勾结，狼狈为奸啊！高欣为了拿到工程，把女人送给你爸了！那天，你爸跟张援朝去四明山考察马路扩建，早上出发的时候，还对我说晚上回来，结果那天晚上他没回来。我现在才明白，你爸去考察马路扩建只是一个借口，实际上他是去跟那个女人约会，那个女人为了见他，前一天下午从长沙专门赶回来了。"肖芳说。

四明山？高欣家？年轻漂亮的女人？从长沙专门赶回来？

这一系列信息，让凌林空前紧张了起来：莫不是父亲跟高燕搞到一块去了？这怎么可能呢？

凌林不得不承认，高燕确实年轻漂亮，当年曾经让祁宏魂不守舍，寻死觅活，现在又让父亲不顾道义情感，坚决出轨了。也许，只有高燕那样年轻漂亮的女人，才可能让父亲不顾母亲的感受和感情，做出背叛她的事来——跟高燕相比，已经四十多岁的母亲确实黯淡无光了。

"那个女人叫什么？"凌林问。

"我没有见过，听调查组说，那个女人叫王欣。"肖芳说。

凌林松了一口气，悬着的心落了下来，说道："妈，那个王欣啊，我认识，她不是那种女人，她是高燕的助理，一个踏实勤奋的女孩，她刚高中毕业不到两年；我爸也不是那种男人。我现在可以肯定地告诉你，事情不是你想象的那样，也不是那张照片所反映的那样！"凌林说，"我爸是跟张县长一起下去考察的？张县长跟我爸一直是面和心不和，工作中有很多歧见，他们俩明争暗斗，互不给面子有一段时间了。也许这里面有隐情，我相信我爸！"

"虽然张县长跟你爸不和，也没有过公开争吵，张县长不至于设计陷害你爸吧？"肖芳说。

"妈，你太单纯了，江湖险恶，人心难测啊，尤其是在官场上。"

凌林说，"我曾经以为祁宏是一个好人，没想到他也会欺骗我！"

"是我们母女俩命不好，都碰到了渣一样的男人。书上说，天下男人都一样，没有一个好东西。"肖芳说。

"可是祁宏有难言之隐，我现在知道事情真相了，理解他了，原谅他了。我觉得父亲的事情也一样，一定有隐情。事发突然，我们现在还不能下结论，你多跟父亲沟通一下。我相信，祁宏是个好男人，我爸也是个好男人，我们俩的命都不差的！对待这种事情，关键是我们不要被一时的表面现象所迷惑，迷了眼，惑了心，上了别人的当，失去了起码的判断力，冤枉好人，冤枉亲人，冤枉爱人！"凌林说，"妈，我的教训太深刻了，可以说是血的教训，我是亲眼看到祁宏跟钱小芸结婚了，可亲眼看到的又怎样，那个婚礼是假的，只是祁宏为了安慰即将去世的钱小芸搞的！"

"可能你是对的，妈白活了一把年纪了，你书读得多，见过大世面，判断准确。"肖芳说。

"我不冒进，是因为我吃过亏。妈，相信我，我们说好了，你不要急着跟我爸提离婚的事。我爸的性子你是知道的，他宁愿委屈自己，也不愿意委屈你。如果你这个时候向他提出离婚，他肯定会尊重你的意见，把字签了的。"凌林说，"你们一旦离婚了，这个家就散了，回不去了！"

"好，林儿，我听你的，先看看情况再说。"肖芳说。

"妈，我是越想越觉得不对劲，这件事情不简单，"凌林说，"你想想看，从政治获利角度上看，我爸被双规，下台了，谁的收获最大？"

"当然是张县长了！"肖芳说。

"那就对了。怎么会有那么巧的事情？还被拍照，照片还被送到调查组。你对自己的丈夫，我对自己的父亲，都比较了解，我相信我爸不会做那样的事情，不会背叛你和家庭！"凌林说。

"林儿，你说的，我开始有点懂了，但我现在很乱，理不清头绪

194

来。"肖芳说。

"碰到了这种事情,一个女人,哪有心情好的?妈,可是你不要自乱阵脚,一定要记住,千万不要跟我爸提离婚的事,这个时候,我爸最需要你信任他,跟他站在一起,支持他!我们一家三口不要自乱阵脚,不要内耗,要团结起来,共同应对,共渡难关!"凌林说。

"嗯,好的,林儿,我听你的,不跟你爸提离婚的事了!"肖芳说。

终于把母亲的工作做通了,凌林如释重负,挂掉电话后,她一头栽在床上,身上大汗淋漓,睡意全无。

凌林两眼空洞,六神无主,望着天花板,出神发呆,她好像刚从上甘岭战役的战场上下来,她感到困极了,累极了,不仅是人困,不仅是身体累,更是心困,心累!

凌林清楚,她只是暂时劝阻了母亲,要保住这个家,她就得想办法帮父亲洗清冤屈——她相信父亲和王欣不会做那种事,这里面一定有不为人知的隐情,她需要还原事情的真相。

谁来帮助父亲还原真相,洗刷冤情呢?

曾经身居高位的父亲,如今是泥菩萨过河,自身难保,靠父亲自己,肯定是不行的;母亲是个没有多大主见的家庭妇女,她不仅不能冷静地思考分析,还闹着跟父亲离婚,母亲能不添堵就不错了;调查组也不行,对父亲的事,现在调查组基本上有了结论,调查组相信相片,因为调查组重证据,那张相片就是最重要的证据。至于自己,也不行,自己远在英国,鞭长莫及,学业紧张,爱莫能助,不给父母添乱,就不错了。

怎么办呢?谁能帮我?谁能帮我们家?

凌林下意识地想到了祁宏,没错,就是祁宏了!

祁宏是最好的人选,在祁东县,没有之一。

祁宏是四明山人,父亲的事情发生在四明山,发生在祁宏的初恋情人高燕家里,那儿的人和事,祁宏再熟悉不过了。祁宏有头脑,聪明能干，天时地利人和都具备。要还原事情真相，帮父亲洗清冤屈，恢复名誉，在凌林认识的人中，只有祁宏能够担当重任。

想到祁宏，凌林心里满是柔情，又深感自责。

是自己对祁宏不信任，让两个人的感情出现了裂痕，差点分崩离析了；是自己对祁宏不信任，让自己被人乘虚而入，付出了惨痛的代价。

这种事情，绝不能让它在父母身上重演。

凌林一边想，一边问自己：我爱祁宏，很爱他，可他愿意原谅我吗？

凌林没有办法回答自己，这个答案，需要祁宏来回答。

在没有被谢天放强奸前，凌林有十足的把握。现在，凌林没有把握了，一点把握都没有，有时候，凌林都觉得自己脏，她配不上祁宏。

第十九章　电话牵线，有情人冰释前嫌

既然有求于人，就要放下架子，放低身段，好好说话。

凌林思来想去，觉得最好给祁宏打个电话，把事情委托给他；正好借这件事，缓和两人紧张的关系，消除误会，给自己一个台阶下，给祁宏一个台阶下。

祁宏宿舍的电话号码，凌林记得清清楚楚，就像刻印在脑海中一样，不可磨灭。感情脆弱的时候，凌林多次想给祁宏打电话，尤其是在夜深人静，思念祁宏的时候，特别是在被谢天放玷污后心情不好的那段时间，可是凌林已经没有这个勇气了——她无法面对祁宏。

现在为了父亲，为了母亲，为了那个家，凌林已经顾不上那么多了，她必须得打电话给祁宏，找他帮忙——凌林已经意识到，他们家风平浪静，岁月静好的时候，可以没有祁宏；当他们家陷入绝境，无路可走的时候，她不能没有祁宏，他们家也不能没有祁宏。

接到母亲电话的那天，下午上完课，晚上中餐厅的工作结束后，凌林特意避开了熟悉的环境和人群，徒步来到伦敦特拉法尔加广场，在广场边上找了一个公用电话亭，准备给祁宏打电话。

那天凌林刻意盛装打扮了一番，穿上了自己最喜欢的衣服，梳了一个祁宏最喜欢的发型，就像跟祁宏赴约一样，尽管祁宏看不见。

广场边车水马龙，来来往往；广场上人山人海，流连忘返。从全世界各地奔赴过来的人，都在这里会合聚集，广场被各种灯光照得如同白昼——来广场上的人，很多都是成双成对的情人，他们在这儿参观、旅游，拍照，品美味，留下爱的足迹和值得一生回味的故事。

凌林很紧张，拨了几次那个熟得不能再熟的电话号码，可是每拨到最后一个数字，她怯场了，挂断了，如此不断地重复，说不清楚为什么，只是一种下意识的行为。

凌林怨恨自己不争气，也意识到这样不行，可能到天亮都没办法给祁宏通上电话。她干脆挂掉电话，走出电话亭，做了一阵深呼吸，让自己平静下来，然后走近电话亭，眼睛盯着电话键，口中念着，手指一鼓作气地按完了那串数字。凌林给祁宏拨打电话的时候，伦敦正是晚上九点，长沙正是下午两点，大学生们有课的上课，没课的睡午觉。凌林不能肯定祁宏在不在宿舍，她准备了各种预案：如果祁宏在，那是最好的，她准备跟他敞开聊，她有太多话要对他说了，直到聊到电话卡里没钱；如果祁宏不在，她不准备多说，国际长途很贵，一分钟要十多块钱，但要嘱咐接电话的人帮她约一下祁宏，五个小时以后再打过去。五个小时以后，正好是长沙的下午七点，是伦敦的凌晨两点，虽然晚了点，可她愿意等，只要祁宏方便就行。

那天很凑巧，凌林的很多预案没有用上，因为祁宏在宿舍，并且拿起话筒接电话的就是他，一举省掉了很多麻烦，但电话沟通并不顺畅。

听到电话铃响，祁宏抓起话筒，贴在耳边，用略带沙哑的男中音，客气地问："喂，您好。请问您找谁？"

还是那个谦逊有礼的声音，还是那个熟悉好听的声音，还是那个让她魂牵梦萦的声音，只是祁宏的普通话又有进步了，那个曾经带着浓重乡音的腔调已经脱胎换骨，成为相当标准的普通话了，如果不认真听，不仔细辨，跟北京的同学没有多大区别了，只有在认真听，仔细辨的时候，才能听出来祁宏的话里面残留着四明山的乡音乡调。

听到祁宏的声音，凌林更加紧张了，紧张到心都要跳出胸膛，紧张到意识不听使唤，说不出话来。

"喂，您好。请问您找谁？"听到电话里面没声音，过了一会儿，祁宏又问了一声。

凌林还是没有说话，她张了张嘴，嘴里还是没有发出声音来——她紧张到失声了。

是啊，她百感交集，哪能不失声呢？

千百种感情积聚在她胸腔里，像洪水咆哮，像万马奔腾，最后汇成一种想法——她只想哭，只想痛痛快快地大哭一场。在感情表达上，没有什么语言比哭更直接，更爽快，更简单粗暴了——如果能够扑进电话那头那个人怀里，痛痛快快地哭一场，淋漓尽致地哭一场，那是最安慰人的；如果不能，也要在电话这头，肆无忌惮地哭一场。

"喂，您好。请问您找谁？"听到电话里还是没有声音，祁宏又追问了一声。

凌林还是没有说话，她不是不想说话，她是确实激动到说不出话来了。

对方打来电话，却不说话，祁宏以为是有人在搞恶作剧，轻轻嘀咕了一声，把电话挂了。

听到电话那头传过来嘟嘟嘟的忙音，凌林后悔极了，她恨自己不争气，没办法管理和控制好自己的情绪，在最关键的时刻掉了链子，说不出话来。

虽然祁宏把电话挂掉了，但那不是祁宏的错，是她自己的错。

祁宏的声音已经给了凌林莫大的安慰和鼓励。她站在公用电话亭边，又做了一阵深呼吸，让自己头脑冷静下来，心情平静下来，她清了嗓子，旁若无人，自言自语啊啊了几声，确认嗓子能够发出声音后，又重新按了一遍祁宏的电话号码。

"喂，您好。请问您找谁？"电话通了，又是祁宏接的，又是那个熟悉的，富有磁性的，让她魂牵梦萦的男中音。

"是我，宏，我找你！"凌林说，"你过得还好吗？"

虽然话是说出来了，但声音还是嘶哑的，跟刚才在电话亭边试音不一样，腔调还是变了，声音走了样。

"林儿？"祁宏惊叫一声，这下轮到祁宏吃惊和紧张了，祁宏的腔调也变了，声音走了样。

怎么能控制和管理好自己的情绪呢？听到那个熟悉的，经常在梦里出现的，在耳边响起的，让他魂牵梦萦的声音，泪水夺眶而出，奔流直下，经过一段时间的煎熬，他终于失而复得了。

自凌林离开中国，去了英国后，祁宏如坐针毡，难受极了，每天都在掰着手指头过日子，他太想她了，他太想跟她好好说话，真诚地对她说：我错了，原谅我，以后我再也不会了！

可他连跟凌林说话的机会都没有。祁宏做梦都没想到，在凌林到了英国十多天后，她给他来信了；一百多天后，她给他来电话了！

那个声音是他日思夜想的声音，发出那个声音的人是他日思夜想的人。祁宏曾经以为凌林给他来过一封信，做了三年之约后，在三年之内，凌林不会给他写信，不会给他打电话，不会跟他有任何联系了。

那封信上没有留下详细地址，显然是凌林不想他给她回信——在接到凌林的信后，祁宏给凌林回过一封信，按照信封上的地址寄过去，结果因为地址不详，信被退了回来。

接到退信那一刻，祁宏想，凌林留给他的，就只有那个三年之约了，三年之约还没到期，要听到她的声音，要见到她的人，要跟她相聚重逢，已经是不可能了——想她了，他只能忍着；想见她了，他也只能忍着。

"我好着呢，林儿，你呢？我以为你不理我了，不会给我来电话了！"祁宏尽力压抑着自己的激动，让声音恢复平静，就像海啸后期待恢复平静的海面。

"怎么会呢，宏，我无时无刻不在想你，可我配不上想你了，我是一个格局很小，心眼很小，气量很小的女生，我讨厌我自己！"凌林说。

"林儿，你不要自责了，以前是我做得不对，我向你道歉，请求你原谅我。在我心中，你永远是七仙女中的织女。你还生我的气吗?"祁宏说。

"我早就不生你的气了，但我生我自己的气，是我错怪你了!"凌林说，"我是自作自受，不可原谅，生活已经给了我应有的惩罚!"

"你怎么了?"听出凌林话里有话，祁宏不安地问，他生怕凌林在国外受到了委屈，受到了欺负。

"我没什么!"凌林停顿了一下，说，"是我父亲出事了，我们家需要你帮助!"

凌林本来想把自己的遭遇告诉祁宏，但她又怕电话里面说不清楚，更怕再次失去他——她摸不准祁宏还会不会原谅她，还愿不愿意接受被人玷污的她做女朋友。既然这次聊天气氛很好，她没必要大煞风景了。况且，向祁宏坦白不是这次打电话的主要目的。

"你爸的事我知道了，我还以为你们家没有告诉你呢，估计你爸也不想让你知道吧!"祁宏说。

"我爸肯定是不想让我知道，他被双规了，想告诉我也告诉不了，是我妈打电话告诉我的，她受不了我爸的背叛，要离婚。他们一离婚，我们这个家就散了。"凌林说，"我不希望他们离婚。我觉得这件事情不简单，可能不是相片上的那样。你知道，我爸不是那种人，我相信他;王欣也不是那种人，你应该了解她!"

"是的，林儿，我也觉得这件事情很蹊跷，"祁宏说，"可是，就现在的情况来说，那件事有板有眼，我没有证据把相片揭示的事实推翻，现在只是凭个人感觉，但调查组讲证据!"

"我也是凭感觉，至少我们现在是英雄所见略同，没有夹杂其他影响我们判断的感情因素在内。宏，我在伦敦，鞭长莫及，一时半刻回不来，什么忙都帮不上，只能干着急。你是四明山人，四明山的情况你很熟悉，你调查起来很方便。我实在没有办法了，想请你帮我暗中调查一下。如果能够帮助我爸洗清冤屈，还他清白，那是最好不过了；如果是我爸变了，变成了那种人，我也没办法，我不劝我妈了，我同意他们离婚！"凌林说。

"好的，林儿，这件事，不仅牵扯到凌书记，牵扯到你们家，还牵扯到高欣，牵扯到高氏集团，我已经在着手调查了，暂时还没有眉目，我一定要还原事情真相，不冤枉一个好人，不放过一个坏人！"祁宏说。

祁宏本来想告诉凌林，高燕也委托他着手调查了。但祁宏又怕凌林无缘无故地吃醋，再生出什么意外来，只好用高欣替代了高燕，鉴于跟钱小芸假婚礼的事，祁宏多了个心眼，做到"吃一堑，长一智"了。

"宏，那我谢谢你了，我这下放心了，晚上可以睡个安稳觉了！"凌林说。

"林儿，你不要对我那么客气啊！客气代表距离。你太客气了，我们就生疏啦。难道那件事情之后，你到现在都不能原谅我，我们真的生疏了？"祁宏说。

"没有，没有，宏，我是发自肺腑地感谢你，跟客气、客套没有关系！"凌林说，"感情真是一个很奇怪的东西。在国内的时候，我们的物理距离近，但我感觉我们的心灵距离南辕北辙，在渐行渐远；可是到了国外，我们的物理距离远了，我们的心灵距离近了，我突然明白过来，我们还是那样熟悉，还是那样亲切，还是那样近在咫尺，这就是书上说的海内存知己，天涯若比邻吧，尤其是在情感和心灵上，我们是对方最亲近的人，虽然我们现在隔着万水千山，但我感觉你就在身边，我们没有分开。这不，我家里有事，我第一时间，下意识地想到的还是你，还是找你帮忙！"

"这样彼此信任才是对的，就像我们以前那样！"祁宏说，"没有时间和空间的距离能够阻隔两颗相爱的心！"

"我们都希望回到从前，可我们之间经历的一些事情，注定了我们已经回不到从前了，我们不可能像以前那样纯洁了！"凌林伤感地说。

凌林说话波澜不惊，其实内心波涛汹涌，就像刀割，祁宏不知道，他是没办法明白她此刻的心情和感受的：如果自己干干净净，没有被谢天放玷污，他们是可以回到从前的，像从前那样无拘无束；可现在，她被谢天放玷污了，身子不干净了，他们已经回不到从前那种像从四明山上流下来的泉水那样干净、透明、澄澈的关系上去了。

这是凌林内心的想法。可凌林的话，在祁宏听来，却成了另外一层意思。虽然他们还是相爱的，凌林也基本上原谅他了，但凌林还是在记恨他跟钱小芸举行婚礼的事，还没有完完全全地原谅他。

这是祁宏没有想到的，凌林的话让祁宏愣在当地，半天回不过神来，也不知道怎么接话了。不知道什么时候凌林把电话挂掉了，凌林连声"再见"都没说，更没有约定下次通电话的时间——他没有问凌林电话号码，凌林也没有把电话号码告诉他。

在对凌林的感情上又脆弱又敏感的祁宏进一步猜测：看来，凌林是不愿意跟自己多说，做进一步沟通了；如果不是凌书记出事了，如果不是肖阿姨闹离婚，如果不是凌林身在英国，鞭长莫及，凌林是不会给他打这个电话的。

上帝是公平的，任何人，做错了事，都要付出代价，受到惩罚，这跟"善有善报，恶有恶报，不是不报，时候未到"是一个道理。看来，要得到凌林原谅，是一件任重道远的事，她内心的积怨不是一朝一夕就能化解得了的，也不是一个电话就能化解得了的——虽然凌林外表柔弱，看上去弱不禁风，但她内心强大，也不愿意轻易原谅一个做错事了的人，尤其是犯下那种原则性错误的男朋友。

还原事情真相，帮助凌书记洗清冤屈，这是一个比较棘手的问题，也是一次千载难逢的机会。看来，机会是有的，自己得好好表现，尽快把事情弄个水落石出了，以求得凌林谅解，祁宏想。

那张磁卡是没钱了，自己挂掉了，走在回学校宿舍的路上，凌林心里打翻了一个五味瓶，酸甜苦辣咸，什么滋味都有了。但总的来说，这个电话是很及时，很有用的，她和祁宏之间的隔阂消失了不少，值得额手称庆了。

一轮明晃晃的月亮挂在头上，跟着凌林走在异国他乡的街道上。人逢喜事精神爽，凌林情不自禁地唱起了国内那首经典的歌《十五的月亮》：十五的月亮，照在家乡，照在边关，宁静的夜晚，你也思念，我也思念!

快到中秋节了吧，凌林想，是"每逢佳节倍思亲"的时候了，在中国，过中秋的氛围是很浓的，还有特定假期，有吃月饼，赏月亮的仪式，在祁宏的家乡，还敲锣打鼓，一帮人赶天狗，救月亮，生怕月亮被天狗吞了；在英国，过中秋，什么都没有，就连中国人用的日历都很难找到，英国的日历上没有标注中国中秋节。

走在异国他乡的路上，看着金色的头发，蓝色的眼睛，听着或陌生或熟悉的话语，凌林觉得仿佛置身于另外一个世界，这个世界是别人的，不是她的，她跟这个世界格格不入：自己当初有多冲动，多幼稚，现在就有多无奈，多后悔，这就是现实生活!

三年之后，跟祁宏见了面，向祁宏坦白了自己所遭遇的一切，祁宏还能原谅自己，给自己一个机会吗?

凌林回答不了这个问题，这个问题需要祁宏来回答。

如果能，那就要好好珍惜，跟祁宏成家立业，结婚生子，赡养老人；如果不能，那就留在英国，以后不回去了，就像一具行尸走肉一样地活着，做一天和尚撞一天钟，用这种方式，为自己年轻时候的冲动付出代价，接受命中注定的惩罚。

第二十章　为凌书记洗脱冤情不容易

那年的中秋和国庆连在一起，假也是一起放的，加上周末，有七天假。趁着这个难得的假期，正好回趟四明山，把凌书记和高欣的事情弄个水落石出，给凌林一个交代，给高燕一个交代，给自己一个交代，也给祁东人民一个交代。

在祁宏看来，高燕交代的事情，责无旁贷要做好；凌林交代的事情，义无反顾要做好。何况凌书记是一个好人，一个好官，一个好书记，作为祁东人民的儿子，祁宏也想对祁东人民有个交代。

祁宏把王欣一块叫上，要她一起回去。因为照片一事，王欣是当事人之一，对了解事情真相有帮助，对说明情况有帮助。王欣犹豫了一下，还是答应跟祁宏一起回去，她牵挂父亲的病情，也希望尽点做女儿的责任，她已经两周没有看到父亲了，不知道父亲情况怎样了，病情有没有恶化？由于张伟承诺给她的十五万块钱迟迟没有到位，父亲的手术还没有做。王欣还是想见见张伟，努力争取一下，跟他聊聊那笔钱，哪怕向他借，以后还给他都行，现在最重要的是父亲把手术做了，不能再拖了。

他们回去是租车的，祁宏嫌租车贵，可时间更宝贵。高燕给他说了，请他回去是高氏集团的公事，公事公办，发生的费用全部由高氏集团或者长沙办事处报销。

坐在出租车里，王欣心情复杂，一直低着头，不敢正眼看祁宏。

祁宏忍不住了，他得争分夺秒，在回到祁东前，做通王欣的思想工作，了解那张相片背后的真实情况。他叫出租车停下，与王欣找了一个茶馆，要了一个包间。

"王欣，我最近听到祁东的朋友说，那张相片的女孩有点像你！"祁宏说。

看来祁宏已经知道了，再瞒也瞒不过去了，王欣只好点点头，低声说："确实是我，我没想到会这样！"

"王欣，你是一个好女孩，注重名节，谨言慎行。这些天，我把脑壳都想烂了，还是没弄明白你会做那种事情，我想你肯定有什么委屈和冤情。"祁宏说。

"没有，宏哥，我是自愿的。"王欣咬着嘴唇说。

"即使你是自愿的，也不能让人拍照啊，更不能害人啊。"祁宏说。

"我没有想到张伟会拍照，如果知道他会拍照，我说什么都不会答应他了。"王欣说。

"张伟？那张照片是张伟拍的？"祁宏盯着王欣，下意识地问。

"嗯，我认为是他拍的，不会有其他人了，因为只有他知道这件事情，凌书记自己是不会找人拍的。"王欣说。

"你可能不懂张伟，我了解他！他看上去大大咧咧，却是一个有城府，什么事都做得出来的人。"祁宏说，"如果那张照片是张伟拍的，那么把照片送到调查组的事，也是他干的。你现在知道了吧，你被张伟利用了，不仅害了你自己，害了高欣，也害了凌书记和凌书记一家。"

"没有那么严重吧，凌书记家怎么了？"王欣问。

"凌书记因为生活作风问题被双规，这件事在祁东传得满城风雨，他爱人肖阿姨闹着要离婚。如果凌书记和肖阿姨离婚，他们家就散了。"祁宏说。

"啊，有这么严重？我真没想到啊！"王欣自责起来。

"如果那张相片情况属实，后果可能比我对你说的更严重，说不定凌书记要被撤职查办，要坐牢，他的政治前途，他这一辈子，要被那张相片毁了。"祁宏说，"我想不明白的是，你跟凌书记没有什么交集，你们俩是怎么睡到一张床上去的？"

"在那之前，我不认识凌书记，他也不认识我，全是张伟给我们安排的。"王欣低声抽泣起来，"其实，我也不想的，可我父亲生病了，急着要钱动手术，我是走投无路了。张伟承诺给我父亲治病，他给了我五万块定金，说事后再给我十五万，这个钱刚够给我父亲做手术，我就答应他了。"

"为救你爸，你想办法筹钱，这是做儿女的责任和义务，无可厚非。可你不能为了钱，出卖自己，伤害别人，尤其不能伤害凌书记啊！"祁宏说。

"我也没想到事情会这样，我原来以为只是献个身，神不知鬼不觉的，不会害别人，我没想到后果这么严重。张伟没有说要拍照，我也没想到他拍了照，还把照片送到调查组去！"王欣说。

"张伟把钱都给你了？你父亲的手术做了？"祁宏问。

"我父亲的手术还没做，后面那十五万块钱，张伟也没给。那十五万块钱，张伟大概率不打算给我了，他还威胁我说，如果我把真实情况告诉调查组，他就把那张相片贴满祁东的大街小巷，还要给每个村庄发一张，让我身败名裂，没脸做人。"王欣说。

"你看看，这件事，给你的人生埋下了多大隐患！"祁宏说，"到头来，不仅钱没拿到，还害人害己！"

"其实，宏哥，那天晚上，我跟凌书记什么也没发生，凌书记喝醉了，我只是躺在他身边，睡了一个晚上。"王欣说。

"你没有骗我吧，此话当真？"祁宏眼睛里闪过一丝希望，兴奋地说。

"当真，宏哥！如果我撒谎，天打雷劈，不得好死！那天晚上，凌书记都喝得烂醉如泥，不省人事了，他一躺下，就睡着了，什么都不知道，还能做啥呢？天快亮的时候，凌书记醒来，看到我躺在他身边，他自己都吓坏了。醒来后，他也没把我咋样；可是那天他喝多了，自己都不知道做啥了，他以为他趁着醉酒，什么都做了，因为他醒来后，我们都光着身子，躺在一起！"王欣说。

"王欣，你说的这个情况太重要了，谢谢你告诉了我事实的真相！"祁宏说。

祁宏觉得很值，还没到祁东，他就把事情真相弄清楚了。

"这是真相，用不着谢我！是我自己做错了，我得想办法补救，这也是在帮我！宏哥，你说得对，我不能害人，更不能害凌书记啊！"王欣说。

"那你能够站出来作证，向调查组把事情说清楚吗？这件事，不仅关系到凌书记和凌书记一家，也关系到你自己的清白，今后的人生。"祁宏说。

"如果需要，我可以去调查组作证和反映情况，事情是我惹出来的，还得我出面解决问题。我和凌书记的事，反正已经在祁东闹得沸沸扬扬了，我也不怕了。"王欣说。

"你向调查组证明凌书记是清白的，同时也证明了你自己是清白的，你跟凌书记不是相片上那样，这也是你洗掉自己污点的唯一办法，帮凌书记也是在帮你自己！"祁宏说。

"嗯，宏哥，你说得对，我也相信你，我跟你去调查组，把当时的情况说清楚了！"王欣说。

"但是这个事情，现在可能比我们想象的要复杂，那张相片可以说是铁证如山，证明凌书记生活作风有问题。我们现在是空口无凭，调查组怎么相信你跟凌书记什么都没有发生过？"祁宏问。

"宏哥，这个事情，就不用你操心了，我来想办法证明！"王欣说，"我保证能够证明凌书记的清白，但我们需要在衡阳停留一天，我先处理点事情！"

"好！"祁宏说，"只要你愿意向调查组说明情况，还凌书记一个清白，时间你自己把握，当然是越快越好！"

两个人赶到衡阳的时候，正是中午，秋后的阳光明晃晃的。他们在衡阳吃了中饭，就没有走了，而是听从王欣建议，停留了一天。他们都有初高中同学在衡阳读大学，祁宏借住在男同学那儿，王欣借住在女同学那儿。放假了，大学里很多同学都回去了，空出来很多床位。

半天时间，他们各忙各的，王欣说要上医院看医生，祁宏跟同学叙旧。祁宏要陪王欣一起去，却被王欣拒绝了。王欣说，祁宏去了，他父亲会误会，会把他当她男朋友的——父亲已经病入膏肓了，这个时候尤其会这样想。祁宏觉得王欣说得有道理。祁东的小医院已经没有办法了，王欣的父亲被转移到衡阳的大医院来了。他们约定，第二天清早会合，赶回祁东。

一夜无话，第二天清早，祁宏叫了辆出租车，赶到指定地点接王欣。到祁东的时候，朱鹏和高燕已经在车站等他们了。祁宏跟父亲寒暄，高燕递给王欣一个手提编织袋，那个袋鼓鼓的，很沉。王欣打开一看，是十五万块钱，一万一捆的，整整十五捆。原来，前天下午，他们分开后，祁宏给高燕打了一个电话，把那张相片的来龙去脉说清楚了，祁宏吩咐高燕准备十五万块钱，给王欣父亲动手术。十五万块钱，对很多祁东普通老百姓来说，是个大数目，对高氏集团来说，不是什么大不了的事情，高燕现在当着高氏集团的家，做着高氏集团的主，她有这个能力，也有这个权力。

父亲治病的钱终于有了，王欣扑通一声跪下去，泣不成声。让她没想到的是，张伟骗她用自己身体换取给父亲做手术的钱，张伟没有兑现，高燕却把钱给她了，什么条件都没有提。

"赶快把钱给你父亲转过去吧，他急着用呢。"高燕说。

祁宏把王欣拉起来，陪她一起去银行转钱。

把钱转到母亲账上后，从银行出来，王欣说："宏哥，我们现在一起去调查组吧！"

王欣终于答应作证，向调查组说明情况了，这正是祁宏期待的结果。两个人并肩向调查组驻扎的一洲宾馆走去。

找到调查组办公室，敲开门，祁宏惊讶地发现，给他们开门的，居然是个熟人，叫王护衡。寒暄中得知，王护衡是事故调查组组长。

尽管祁宏跟王护衡关系一般，但他们还是有数面之缘的，不算陌生，彼此惺惺相惜。王护衡在衡阳市纪委工作，是湖南日报社记者任敏的大学同学，两人关系很要好。王护衡每到长沙出差，都要跑到任敏家蹭饭，叙旧。祁宏在任敏家做家教的时候，王护衡在湖南省委党校学习，每个周末都来任敏家，他们在一起吃过饭，喝过酒，聊过天，对对方印象不错。

"王叔，您怎么在这儿？"祁宏问。

"我来调查祁东马路扩建的工地事故，"王护衡说，"你呢，怎么跑到我们调查组来了？"

"王叔，太凑巧了！我们来向调查组反映情况，凌书记是个好人，也是个好官，我们祁东人民都很爱戴他。"祁宏说。

"我们调查过了，凌书记在祁东老百姓中的口碑是不错，有不少老百姓来找我们反映情况，给凌书记求情，要求网开一面，放他一马。但也有个别老百姓检举凌书记生活作风有问题，还送来了照片。我原来也是以为凌书记为人不错，为官不错，可是有了那张照片，调查组不得不对凌书记的为人为官打个折扣，打个问号。"王护衡说。

"王叔，你看我是不是有点面熟呢？"王欣问。

"你是——"王护衡盯着王欣看了看，觉得确实面熟，好像在哪儿见过，却又想不起来。

"我就是那张照片上的女主角，我最清楚当时的情况，我是来向调查组反映真相的。"王欣说。

王护衡认真打量了一个王欣，没错，她就是照片上的那个女孩。

　　"姑娘，我们正要找你呢！你是来指证凌书记，要调查组为你主持公道的？"王护衡问。

　　"不是的，王叔，恰恰相反。那天晚上，凌书记并没有把我怎么样。那是个圈套，凌书记和我一样，都上了别有用心的人的当！我希望调查组能够秉公办事，还凌书记一个清白！"王欣说。

　　"是个圈套？那张照片，你怎么解释？"王护衡问。

　　"有人承诺给我二十万块钱，要我陪凌书记睡一个晚上。我父亲得了重病，住在医院里，等着动手术，急需二十万块钱。我们家穷，拿不出那么多钱。为了救我父亲，我答应了。可是，那天晚上，凌书记喝得烂醉如泥，不省人事，睡得像头死猪，失去了行为能力。我按照别人的吩咐，把凌书记扶上床，给他脱了衣服，我自己也脱了衣服，上了床，躺在凌书记身边，凌书记什么都没干。那天夜里，凌书记醒来后，发现我躺在身边，都吓坏了。那天凌书记喝多了，他什么都不记得了，以为自己趁着醉酒，什么都干了！"王欣说。

　　"要你陪凌书记睡觉的那个人是谁？"王护衡问。

　　"那个人叫张伟，是县长张援朝的侄儿，高欣的女婿！"王欣说，"那张照片，肯定是张伟拍的，也是他送到调查组来的！"

　　"原来是这样啊，看来我们真是冤枉好人了。如果凌书记真没做什么，那确实是一个党性原则过硬的好干部，值得我们爱护，值得我们保护。但是——"王护衡盯着王欣，若有所思地说，但他脸上的表情和语气，看得出来，王欣的话并没有彻底打消他的疑虑。

　　王欣想了想，从口袋里掏出来一张盖着医院公章的报告，递给王护衡，说："王叔，这个是我的体检报告，是我昨天跑到衡阳市附一医院做的，上面有内容，有结论，是发生在我跟凌书记睡觉之后。这个体检报告足以证明我和凌书记什么都没发生过，我现在还是女儿身！"

　　听王欣这么说，祁宏才明白，原来昨天王欣跑到医院，不只是看

211

父亲，还抓紧时间，做了一个体检，她拿医院证明来证明自己跟凌书记什么都没发生过。

"王叔，祁宏对我说，你们调查组最看重证据，我怕空口无凭，不能取信于你们，所以，我跑到医院做了这个体检。现在可以还凌书记一个清白了吧？"王欣问。

王护衡把医院证明接过来，从头至尾认真地看了看，重重地点了点头，说道："凌书记的生活作风问题，是我们冤枉他了，他是一个好同志！"

"王叔，既然现在证明了凌书记是清白的，那是不是可以解除对凌书记的双规，让他回到工作岗位，官复原职了？"祁宏问。

"这个现在还不行！关于凌书记的生活作风问题的嫌疑是消除了，但还有一个问题，需要进一步调查核实，那就是工地上出了事，死了三个人，社会负面影响极大，市委市政府极其重视。作为祁东马路扩建项目的主要倡导者和推动者，凌书记负有不可推卸的责任，我们还需要全面深入调查核实，看凌书记有没有渎职，要不要承担责任，如果有责任，要承担多大责任！"王护衡说。

"冤有头，债有主，政府做事，最讲究责任到人了！"祁宏说，"王叔，据我所知，凌书记不是这个项目的负责人和承包人，这个项目的总指挥是张援朝，总承包是高欣。"

"祁宏，话是这么说，可张县长和县委常委们都作证说，这个项目是凌书记拍的板，凌书记自己也承认！工地上出事，他负有不可推卸的责任，不能置身事外！"王护衡说，"我们目前暂时还不能解除对凌书记的双规，我们需要进一步厘清事实真相和责任，尤其是事故发生的直接原因！"

"王叔，这条马路，我们祁东人民，尤其是老少边穷的四明山人望眼欲穿，盼了几十年了，他们从新中国成立后就在盼了。要想富，先修路。这条马路扩建符合祁东人民的期待，是件大好事，不是什么坏事。凌书记拍板是为祁东人民做了一件大好事。我们不能把好事办成了坏事！"祁宏说。

"马路扩建是件好事，对这件事，我们是有共识的，但前提是不要出事，在这个工程修建过程中，不要有利益输送！"王护衡说。

"我相信凌书记，他不会从马路扩建中捞取利益，中饱私囊的！"祁宏说。

"但愿如此！可是，祁宏，你说了不算，我们得进行调查了解！请你相信我们，相信组织，我们不会冤枉一个好人，尤其是老百姓都爱戴的好官，但也不会放过一个坏人，尤其是贪赃枉法，践踏人民利益的贪官！相信我们会给你，给祁东人民一个满意的答案！"王护衡说。

既然调查组组长都这样表态了，也就只有这样了。结果没有预想中的好，但也不算太差，起码关于凌书记的生活作风问题的误会是消除了，对于下一步工作，调查组也在无形中给祁宏指明了一个方向，不用像无头苍蝇那样，摸不着头脑，到处乱飞乱撞了。

告别王护衡，从调查组出来，祁宏有点高兴，但更多的却是沮丧，他把事情想简单了，原来以为凌书记被双规只是生活作风问题，只要王欣答应他，跟他来调查组说明真相，就可以还凌书记清白，帮他洗脱冤情，解除双规，官复原职了——他就可以高高兴兴，圆圆满满地向远在英国的凌林交差了。

现在看来，证明凌书记没有生活作风问题，只是万里长征走完了第一步，要真正证明凌书记的清白，后面还有很多事情要做，还有一段很长的路要走，甚至能不能帮助凌书记洗脱责任，解除双规，官复原职，已经不是他祁宏能左右得了的了。

祁宏感到沮丧，他只能走一步，看一步，尽人事，听天命了！

第二十一章　祁宏如愿找到工地事故证据

　　祁宏不说人闲话，也不怕别人说他闲话，但怕高燕被人说闲话。为避免闲言碎语，从祁东回四明山，祁宏没有坐高燕的车，跟她一起回去——哪怕开车的是父亲朱鹏。

　　祁宏要朱鹏把他送到了祁东汽车站，他自己一个人下了车，买了张票，去坐公共汽车；高燕、王欣则坐着朱鹏的车回去。

　　儿子的做法让朱鹏很诧异，不理解，也颇有微词，嘴里不住地唠叨："崽，你这是何苦呢？"王欣也是。只有高燕默不作声，表情是冷的，心里却是热的，一股暖流缓缓地从她心里流过，感动极了。高燕理解祁宏的做法，她懂他，也尊重他的意见，这个男人是在为她着想。

　　四明山是个闭塞的地方，容易滋长八卦新闻，并津津乐道，添油加醋。四明山的人，对祁宏、高燕、凌林的轰动爱情，记忆犹新，创造性地添加了很多版本，比小说还精彩，只要看到祁宏和高燕在一起，就会展开丰富联想，进行各种猜测和议论：祁宏和高燕是不是还藕断丝连？他们是不是旧情复燃了？祁宏是不是明修栈道，暗度陈仓，脚踩两只船，一边跟高燕，一边跟凌林，享受着齐人之福？何况四明山的人，已经在这么想了，他们都知道高燕在长沙，他们都想当然地认为在长沙，祁宏和高燕住到一起去了。如果回四明山，他们也一起了，那就坐实了四明山人的谣言和猜想。

　　他们三个都是四明山人关注的焦点，祁宏以优秀被人瞩目，在那块狭窄的土地上，是"别人家的孩子"。高燕和凌林都很漂亮，是让很多男性看一眼，就忘不了的女生，何况她们一个是全县首富的女儿，一个是县委书记的女儿，只要跟其中一个有关系，就足以轰动四明山了，何况祁宏跟她们俩都有关系。他们对祁宏与高燕和凌林之间的爱情，只知其然，不知其所以然，他们只看热闹，不解其中门道。在他们看来，祁宏和高燕谈恋爱谈得好好的，凌林突然插足进来，还追到他们家来了，在权和钱之间，祁宏先是爱钱，后是爱权——爱钱是祁宏从现实需要出发，爱权是祁宏从自己未来发展着想；凌书记也在帮助女儿争夺祁宏，他到四明山来两次，去了祁家两次，还跑到高欣家做高家人工作了，甚至有人传言，为帮助女儿达到目的，凌书记跟高欣做了交易，把马路扩建工程给了他。

不得不说，贫穷、偏僻、落后、闭塞的现状不仅没有限制四明山人的想象力，而且还滋长了他们的想象力，给他们的想象力插上了翅膀——四明山没有什么重大新闻，也没有多少娱乐活动，人们茶余饭后，热衷于各种八卦，听风就是雨，想当然地加进自己的创造和理解，添加了很多精彩的桥段，讲到细节，耐人寻味，绘声绘色。

高燕已经嫁人了，为人妻了，为人母了，她跟张伟关系不好，跟祁宏关系好，是衍生八卦的源头活水，祁宏不愿意给高燕添堵，不想在生他们，养他们的那块土地上有任何对高燕不利的流言蜚语，毕竟他跟高燕的爱情，已经画上句号了；他跟凌林的关系，在经历了一场波澜壮阔，排山倒海，席卷内心的地震海啸之后，渐渐平静下来，趋向难能可贵的缓和，他要充分吸取跟钱小芸一事的经验教训，修身养性，一心一意对待凌林，不愿意再有任何其他的曲折和波澜了——他的心受不了。

祁宏见识到了那条正在扩建的马路，有的地方已经修好了，可以跑车了，很平坦，很宽阔，跑在上面，就像坐火车一样平稳，一样舒服，一点儿颠簸都没有，让祁宏激动不已——这才是祁宏心中的路，梦中的路。没修好的地方，还是那样狭窄和颠簸，在那条路上奔跑，仿佛跑在现实和理想之间，跑在今天和明天之间。

由于在修路，一路上走走停停，车堵得厉害，本来两个小时可以到家，却走了六个小时，到四明山的时候，天色已经黑透了。公共汽车不进村，只到乡里。从村口到家，还有四五百米距离，需要借助天上的星星和月亮照亮道路。第二天就是中秋节了，月亮已经满了，明晃晃地挂在天上，就像一个大玉盘，锦绣极了。

正是农村的晚饭时分，家家户户都飘出白米饭的清香和一家人围在桌边的欢声笑语。农村邻里乡亲虽然矛盾重重，各个家庭也是矛盾重重，但在吃饭那个时刻，是最和谐的，仿佛世界上的矛盾都不复存在了，用一顿饭全部解决了。路上没有什么人，即使偶尔碰上，都没有认出是祁宏回来了。这个时候，这种境况，恰到好处，祁宏不愿意惊动太多人，因为他还肩负着一个重要使命，那就是调查工地事故发生的真实原因，他需要低调，调查工作需要悄悄进行，而不是大张旗鼓。

都说世界上没有不透风的墙，而祁宏就是那股风。祁宏回到四明山的消息，还是迅速传遍了各家各户。饭后，人们陆续拿着鸡蛋、花生、月饼，上他们家来一看究竟，找祁宏东拉西扯，问这问那，尤其是那些展望了祁宏未来前途，自己家也有小孩读书，并且成绩还算不错的家长——从祁宏身上，他们看到了送子女读书的灿烂前程和美好未来，祁宏的今天就是他们儿女的明天，祁家的今天就是他们家的明天。

祁宏不得不客客气气，迎来送往，跟父老乡亲们闲聊。祁家的左邻右舍都来了，村里其他住户都来了，唯独没有来的，就是对面的高燕和高家了，虽然两家很近，就在对面，虽然朱鹏在高家打工，并且担任重要职务，但在祁宏和高燕分手后，祁家的当家人祁茗，高家的当家人高欣，都不怎么来往，两家的孩子，在他们影响下，也没什么

216

来往。

　　青春年少，祁宏和高燕恋爱的时候，他们抓住一切机会，不管有没有借口，都要到对方家串门，小点的弟弟妹妹，在哥哥姐姐影响下，也是往来频繁和密切，很要好，仿佛他们哥姐现在在谈恋爱，他们将来长大了，也要跟对方谈恋爱似的。分手后，祁宏和高燕基本上不到对方家串门了，受他们影响，弟弟妹妹也像分手了一样，不怎么往来了。当然，祁宏和高燕在长沙，却是另外一番景象，他们经常见面，要么高燕去宿舍找祁宏，要么祁宏去长沙办事处找高燕——当然，这种往来，已经跟恋爱没有多少关系了，至少祁宏心里这么想。在省城长沙，没有多少人认识他们，知道他们的往事；在县城祁东，也没有多少人认识他们，知道他们的往事，往来密切都无伤大雅。可是回到四明山，就完全不一样了，谁都认识他们，知道他们的往事，对他们的关系，热情得不得了。在四明山，熟人多，眼睛多，嘴巴多，是非多，他们都愿意为对方设身处地地着想，小心翼翼地保护对方，不让别人有什么把柄可抓，有什么闲话可说。

　　最后一个来找祁宏闲聊的，是儿时伙伴陈晓明。陈晓明到祁家的时候，已经快十点了。夜里十点的四明山，陷入了死一样的寂静中，大家都熄灯睡觉了，休息了，除了月光越来越精神。陈晓明把全部工作安排妥当了才过来，高欣入狱，高燕当家，他比以前更忙了。陈晓明现在是高氏集团运输队副队长兼工程设备队队长，负责管理车辆和工程机械。等到最后一辆工程车碾碎四明山的夜，开回来，陈晓明跟师傅一起，用高压水枪把工程车上的泥巴清理干净了，把车辆入库了，送走司机了，才去找祁宏。由于马路扩建进展如火如荼，车辆多，工程机械多，陈晓明忙不过来。陈晓明来敲门的时候，祁宏刚把客人送走，正准备上床睡觉。

　　陈晓明是祁宏这趟回来，最想见，最想找的人，他要调查工地事故真相，就离不开陈晓明帮忙。两个老朋友久别重逢，热情地拥抱，客套地问候，然后一个人坐床上，一个人坐条凳上，寒暄起来。

他们不约而同，心照不宣地聊到了最近发生在高家的一系列事情。作为高氏集团的主要骨干，对高家发生的事情，陈晓明是看到了，听到了，想到了，知道很多内幕。高家本来引人注目，发生的又都是四明山的大事情，祁东的大事情：凌书记来了，跟贫困村民一起吃饭喝酒了，酒后跟年轻姑娘王欣睡觉了，被双规了；高氏集团承包马路扩建了，工地上出事了，高欣被抓了；张伟接管高氏集团了，把情妇刘美丽带回来，做了财务经理了；高燕看不下去，从长沙赶回来，跟刘美丽大吵一架，把刘美丽开除了，撵走了；高欣亲家张援朝升官了，做了代县长，又做代书记了，一个人把持着祁东县的党政大权……

随随便便拎出来一件，都是重大新闻，足以惊动四明山的天地，不论是街头巷尾，还是田间地头，都被人们热烈议论，快乐谈论。

"晓明，你不觉得吗，这些事情，总的说来，太反常了，太蹊跷了，太凑巧了，就像小说和电影一样，环环相扣，生生不息。把很多事情和细节串起来，感觉不是偶然发生的，仿佛有人在刻意操弄，就像我们到集市上买油豆腐，一串油豆腐，小贩总爱用一根稻草将其串起来！"祁宏说。

"我还纳闷呢，怎么高氏集团最近发生了这么多事呢。经你一说，我就茅塞顿开了，很多事情都脉络清楚了！原来我只有这种感性认识，还没上升到理论上来，还有很多细节，你可能不知道。"陈晓明说，"高欣进去后，张伟把情妇刘美丽带到高氏集团，做了财务总监，负责管理财务。那个女人很过分，仗着有张伟撑腰，肆无忌惮，把高氏集团当作了提款机，我们运输队把从外面收回来的现金交到财务部时，司机一转身，她就把钱塞进了自己的手提包，而不是入公账，每天下班，刘美丽离开财务部时，那个手提包都是鼓鼓囊囊的，都快要撑破了！"

"这样公然损公肥私，难道就没人管吗？"祁宏说。

"那段时间，高燕还没有回来，谁来管？谁能管？谁敢管？你知道，王红梅没有魄力，也很相信张伟，没有人向她反映——向她反映了也没用。虽然我们是高氏集团的员工，要为高氏集团发展着想，可归根结底，我们是外人，不方便插手他们家的事——张伟是高家女婿，又大权在握，想炒谁就炒谁，哪怕是你父亲和我！有张伟给刘美丽撑腰，我们只能睁一只眼，闭一只眼。你知道的，在我们家乡找一份这样的工作，很不容易！"陈晓明说。

"这样继续下去，高氏集团不被掏空才怪呢！"祁宏说。

"就是呀，当我们都心急如焚，不知如何是好的时候，幸亏高燕回来了，情况才有所改变。说起高燕来，又让人心里不舒服，你知道高燕嫁了个什么人吗？你可能不知道，高燕还没回来的时候，张伟跟刘美丽睡到一张床上去了，现在高燕回来了，张伟和刘美丽还是睡在一张床上，我们私下里都为高燕鸣不平，都说要揍那个女的！"陈晓明说。

"高燕自己对这件事什么态度？难道任由他们胡来？"祁宏问。

"那倒没有，高燕被逼得没有办法了，跟刘美丽大吵了一架，把刘美丽的财务经理给捋了，但高燕对张伟没有说什么，也许高家正是用人之际，尤其是男人，你是知道的，我和你爸虽然是管理层，但没办法进入核心管理层，这是他们的家事。前些天，刘美丽被高燕赶走了，但今天上午，张伟又把刘美丽接回来了！"陈晓明说。

"哎，这个又纯情，又苦命的女人！"祁宏叹了口气，"她把婚姻看淡了，就像没有一纸婚约似的，张伟做什么，她都觉得无所谓了，是我把她害了，坑了，他们现在老婆不把丈夫当丈夫，丈夫不把老婆当老婆！"

"你和高燕现在是什么情况？她是你情人吗？四明山的人都在这么传说呢！"陈晓明说。

"没有，没有。我和高燕只是好朋友，好兄妹，没有儿女私情了。"祁宏说，"我现在的女朋友是凌林！"

"那就好，兄弟，做人要看开点，不要过于自责了，我觉得这件事，跟你关系不大，你也管不了了。我记得当年是高燕不要你，而不是你不要高燕，是他们家看不上你和你们家。现在发生的事情，给我的总的感觉是张家对高氏集团志在必得，高欣一入狱，他们就迫不及待地出手了，张伟名正言顺地接管了高氏集团。看样子，如果高欣不出来，张伟就有把高氏集团改为张氏集团之势。你跟高燕关系不错，你的意见她听，我觉得有必要的时候，提醒她一下；你知识面广，点子多，适当的时候，帮帮她——作为一个女人，高燕太不容易了。我跟了高欣这么多年，看着他把高氏集团折腾起来，真不容易；高欣是个有格局的老板，把企业带到今天，吃了很多苦，付出了很多努力，养活了很多人和家庭，不要到头来弄得鸡飞蛋打，胜利果实被人窃取了。"陈晓明说。

"这些都是大事！我不知道我的话，高燕还听不听！但我尽量去跟她说，也尽可能给她出出主意，帮帮她。晓明，工地上现在怎样了？那条马路，可是我们四明山人望眼欲穿，盼了很多年了！"祁宏说。

"你回来都看到了，工程在有条不紊地推进，如期完工是没有问题的。等你放寒假回来，那条路就修好了，你可以奔跑在又宽敞，又平坦的新马路上了。可是我有一种不祥的预感，看上去工地上波澜不惊，工人们忙碌紧张，实际上潜流暗涌，有些诡异，具体是什么，可又说不出来。"陈晓明说。

"晓明，你怎么会有这种感觉？"祁宏问。

"因为我也在管理工地，但做不了主，只是走个形式。凭直觉，我认为工地上一直都是张伟在操纵，高欣和王红梅对他太信任了，现在高欣入狱了，更是他一个人说了算！"陈晓明说。

"晓明，你用词不当吧，不是操纵，是管理吧！"祁宏说。

"兄弟，我用词很准确，没错的，不是管理，就是操纵！那个工地都成了张伟争权夺利的工具和舞台了！"陈晓明说。

"这样说起来，工地出事，不是意外，而是人为了，跟凌书记，跟高欣没什么关系了？"祁宏说。

"可以这样理解，但这样理解起来，部分正确，部分有偏差。我可以肯定，工地出事，是人为，不是意外！跟凌书记确实没什么关系，但高欣是脱不了干系的，张伟是他女婿，作为工程总承包，高欣有任人唯亲，用人不当之嫌！"陈晓明把头凑近祁宏，压低声音说，"凌书记背了黑锅，张援朝解决了政治对手！"

"凌书记背了黑锅？张援朝解决了政治对手？你这话怎么说？"祁宏惊问。

"在祁东，书记和县长，从来都是矛盾重重，明争暗斗，谁都不服谁！凌书记背锅这件事，可能只有我一个人知道真相，别人都不知情——张伟和张援朝除外。那天炸山的炸药，是被张伟动了手脚的！"陈晓明说。

"兄弟，这可是人命关天的大事，不能乱说的，得有证据。"祁宏说。

"兄弟，这种事情，就是借我一百个胆，我也不敢乱说啊！你回来了，我才告诉你，对别人我都没有说过，都是我亲眼所见！你知道我为人，从不乱说话，从不无中生有！"陈晓明说。

祁宏心里大吃一惊，还是不动声色地说："兄弟，你把听到的，看到的，想到的，详细地跟我说说。"

"那天上午，我手下一个司机，听从张伟安排，把炸山的炸药买回来，送到了他办公室。过了一会儿，我去找张伟汇报工作，进去的时候，正好撞见张伟用剪刀把炸药的引芯剪短。我当时很纳闷，好端端的，要把引芯剪短做什么？后来工地出事了，死了三个人，我才意识到，原来这一切都是张伟在搞鬼，但我不明白他为什么要这样做！"

陈晓明说。

"原来是这样，居然有这种事？"祁宏激动起来，情不自禁地嚷道。

"千真万确的，兄弟，我没有乱说。你想想看，引芯剪短了一半，从点火到爆炸，时间缩短了一半，给点火操作的人离开，跑到安全的地方的时间缩短了一半，想跑都跑不赢，不出事才怪！"陈晓明说。

"这么说，工地事故是张伟事先策划好，刻意制造出来的，想躲都躲不过，是一场人祸了？张伟的目标就是凌书记和高氏集团？"祁宏说。

"我是这样联想和理解的。你看看，高欣入狱后，高氏集团就是张伟接管了，假以时日，高氏集团将来就是他的了！凌书记被双规后，张援朝做了代理书记兼县长，独揽祁东的党政大权！"陈晓明说。

"可惜了，被张伟做了手脚的炸药用完了，我们没有证据！"祁宏遗憾地说。

"炸药还有，我多了个心眼，特意留了一包。那天我左思右想，觉得不对劲，趁张伟不在，把他剪掉的引芯捡了起来，用报纸包裹好了，锁在办公桌抽屉里；我还特意顺走了一个被剪短引芯后的炸药包。"陈晓明说。

"晓明，我的好兄弟，你可是无意中帮了我一个大忙，帮了高家一个大忙，帮了凌书记一个大忙，帮了祁东人民一个大忙！你干的事，可以扭转乾坤！"祁宏兴奋地跳起来，把陈晓明抱起来，转了一个大圈。

"我当时下意识地觉得不对劲，认为这里面有名堂。我们跟张伟从小玩到大，他是什么样的人，我们都了解。当时我就想，好端端的炸药包，为什么要把引芯剪短呢？是不是有什么见不得人的事？后来工地上出事，高欣被抓，凌书记被双规，我明白过来了，原来都是张伟和张援朝的诡计。"陈晓明说。

"张援朝有没有牵扯其中，现在还不能下结论，但张伟肯定是跑不了的！兄弟，你赶快把那些证据给到我，我有急用——如果没有判断错，你收起来的那些证据，可能是帮助凌书记解除双规，把高欣救出来的最后一根稻草。"祁宏说。

"好的，兄弟，你等着我，我现在就去办公室把那些东西给你拿过来！"陈晓明说。

"兄弟，我跟你一起去，安全一点，稳妥一点，那些东西很重要，关系到凌书记的清白，关系到高欣的清白，不能节外生枝了。"祁宏说。

"我知道，你不用去了，在家等着我，我去拿就行了。人多了，容易引起注意，尤其是你，你本来就是引人注目的人，何况你从来不去高氏集团，容易树大招风！"陈晓明说。

"你说的也对，我在家等你，你快去快回！"祁宏说。

夜长梦多，事不宜迟。陈晓明抬手看了看手腕上的表，已经十一点了，他急急忙忙返回办公室取炸药包和那包被张伟剪掉的引芯。

一切顺利，陈晓明拿着炸药包和引芯，很快就返了回来。祁宏认真看了看，那个炸药包上的引芯被剪得很短了，从点燃到爆炸，可能飞毛腿导弹都跑不赢，哪能不出事呢？

"兄弟，明天再麻烦你，你开车，跟我一起，把这些证据送到调查组，你再做个人证！"陈晓明说。

"没问题！最好我们明天下午走，上午不方便，张伟在，怕引起他怀疑！"陈晓明说。

"好！下午是人防范意识最薄弱的时候，我们吃完中饭，等大家睡午觉的时候出发。"祁宏说。

"这个时间安排很好，我们就这样说定了，明天一起上县城！"陈晓明说。

陈晓明开始告别。把陈晓明送出门，返回自己房间，倒在床上，祁宏激动得睡不着觉。

有了这些证据，祁宏就可以还凌书记清白了，凌书记可以洗脱冤屈，解除双规，官复原职了；祁宏可以给凌林一个交代了，给祁东人民一个交代了；有了这些证据，高欣大概率可以从轻处罚，甚至出狱了，他也可以给高燕一个交代了。

　　但是，道高一尺，魔高一丈，让祁宏没有想到的是，一场灾难也在等着他，陈晓明把命搭进去了，他也差点把命搭进去。

第二十二章　张伟设计杀人毁证

做贼心虚这个成语，除了指人做了坏事心里没底气外，背后还有一层意思，那就是做贼的人防范意识高，警惕性强。张伟就是这样，本来智商一般的他，在那段时间，显得格外敏感，格外聪明起来。

高燕回来，张伟就感到不舒服，处处受到掣肘了一样。现在祁宏又回来了，几乎跟高燕是前后脚回来，张伟顿时觉得不对劲了，紧张了起来。那天晚上，上床后，张伟一边搂着刘美丽，一边不无担忧地说：

"宝贝，这次祁宏回来，恐怕是来者不善，善者不来！"

"做贼的人，都爱疑神疑鬼！高燕回来，是针对我们的；祁宏回来，是探亲的，过中秋了，放假了，他不回来，去哪儿？你不要杯弓蛇影，草木皆兵，自己吓自己了。"刘美丽说。

"古人教育我们说，要生于忧患，死于安乐。我是坏事做多了，心里有鬼，不得不防啊，我总感觉祁宏是奔我来的，我跟他，从小斗到大，没有停止过！"张伟说。

"利益攸关，才可能争斗。你为了高燕跟他争斗，却没有为了我跟他争斗。为什么？因为我只跟你有关系，跟他没关系。你不要联想太丰富了，他跟这些事情毛关系都没有！"刘美丽说。

"宝贝，你这样想，心就太大了，容易马失前蹄——你已经失过一次前蹄了，被高燕抓住把柄，把你开了。"张伟说，"祁宏跟这些事关系可密切了，凌书记是他现任女朋友凌林的父亲，高欣是他前任女朋友高燕的父亲。高燕跟祁宏的关系，跟你和我现在的关系一样，我们在祁东，他们在长沙，他们藕断丝连呢。工地上的事情，把他两任女朋友的父亲都牵扯了进来，他怎么能够置身事外？"

"你这样说，也不是没有道理。祁宏早不回来，晚不回来，偏偏在这个时候回来，而且是高燕前脚到，祁宏后脚到。撇开凌林不说，我们不得不怀疑祁宏是高燕搬回来的救兵，我们不能掉以轻心。两任女朋友，只要其中有一个人找他，祁宏就站在了我们的对立面。"刘美丽说。

"那我们就要密切注意祁宏的一举一动了，不能让他坏了我们的大事、好事！"张伟说。

张伟的直觉是对的，他很快就发现了蛛丝马迹。就在他跟刘美丽在床上密谋的时候，张伟听到了高家大院的开门声。谁还在这个时候打开高家大院的大门呢？他记得王红梅和高燕都上床睡觉了，他记得朱鹏和陈晓明都回家了，难道是高欣回来了？

张伟觉得不对劲，他披衣下床，来到走廊上，往楼下看去。

洁白的月光下，张伟看到陈晓明轻轻地走了进来，拐进了办公区。

这个时候了，陈晓明还在做什么呢，他不是已经下班了吗？张伟想。

在走廊上站了没多久，张伟看到陈晓明从办公室出来了，他手里拿着一个炸药包，向门外走去。

张伟看到陈晓明走出了高家大院，径直走进对面的祁宏家里。祁宏把门打开，把陈晓明迎了进去。

张伟只觉得脑袋嗡嗡作响，看来，自己的猜测，不是胡思乱想，不是杯弓蛇影，而是千真万确：他的冤家对头祁宏回来了，也许等待他们的将是一场新的较量，这场较量可能影响他们今后的人生！

如果说他们持续多年的爱情之争，以三年前张伟和高燕的婚礼为节点，暂时告一段落（其实，张伟清楚，他们的爱情之争还没有结束，要不高燕怎么会跑到长沙去了呢?)，那么，接下来的事业之争呢——这个事业其实只是张伟的，跟祁宏没有什么关系，张伟没有必胜把握，但有个原则，那就是他这个高氏集团的当事人，不能输给祁宏这个高氏集团的局外人。

如果只是高燕和王红梅，张伟是胜算满满的，以为牢牢掌控高氏集团，只是时间问题，可以按部就班地推进。现在祁宏回来了，张伟不得不时时留心，处处在意，千万不能让祁宏毁了自己的人生大计。让张伟感到稍微宽心的是，祁宏还是学生，他是趁着中秋和国庆假期回来的，时间有限，只要假期结束，他就要返回长沙，回到学校了。换句话来说，只要在祁宏在家度假的这段时间，保证不出什么纰漏差错，让祁宏抓住了，张伟就会胜利。

俗话说"知己知彼，百战不殆"，张伟暂时还搞不清楚祁宏回来准备做什么，从什么地方入手，但他知道，只要自己做得天衣无缝，不留痕迹，祁宏就是再聪明，也没有办法把他怎样，张伟知道祁宏跟陈晓明关系好。作为高氏集团的骨干，陈晓明知道太多高氏集团的内幕，他们的互动，说明了祁宏已经在向陈晓明了解相关信息了。

对陈晓明手上拿着的那个炸药包，张伟很是眼熟，他认真地回忆了一下，突然感到脑袋就像被针扎了一样疼痛，他想起来了：那天晚上，从工地上回来，他发现那些被他剪掉引芯的炸药包，平白无故地少了一个。他当时并没在意，现在突然想起来，张伟感到脊背发凉，浑身冷汗淋漓。

炸药包是危险之物，谁见了都要退避三舍，办公区是禁止小孩来玩的，怎么会平白无故地少了一个呢? 是谁拿了呢? 拿去干啥呢?

再无聊的人，都不会拿一个炸药包，闹着玩。如果是闹着玩，也会对他说一声，打个招呼——张伟还以为是谁拿去准备到祁河里炸鱼用呢; 如果不是闹着玩，那就是别有目的，别有用心，甚至有不可告人的用心，生怕被他知道了！

陈晓明拿炸药包有什么不可告人的用心呢？

返回房间，张伟把头枕在刘美丽大腿上，绞尽脑汁地思考。

是不是陈晓明发现了什么？是不是陈晓明跟祁宏联手了？

这么一问，张伟顿时感到胆战心惊，内心渐渐清楚：祁宏是回来帮助高燕的，那个炸药包到了祁宏手里，凭借祁宏那颗聪明的脑袋，他很快就会看出端倪，研究出个所以然来，工地上的事情就捂不住了，要东窗事发了。

张伟仿佛觉得那个炸药包被引炸了，引发了山火，熊熊的大火把他围住，让他脱身不得。

张伟一边想，一边又把这些天发生的事情从头到尾细致地梳理了一遍，又想起来一个细节，这个细节把他惊出一身冷汗：那天把引芯剪短后，自己上了一趟厕所，回来后发现地上的引芯残留都没有了——很显然不是清洁阿姨打扫卫生弄走了，因为清洁阿姨打扫卫生不是那个时间点，而且地上其他垃圾都在，唯独引芯残留没有了。当时张伟只觉得有点儿纳闷，但没有往深处想，现在想起来，张伟感到了后怕：如果那些引芯残留也是被陈晓明拿走了，跟着炸药包一起，交给祁宏，那就是工地事故是人为制造的铁证了，任凭他怎么狡辩，都没办法脱身了，到时候，进看守所，坐班房的，不是高欣，而是他张伟了。

张伟越想越害怕，他突然坐起来，用大哥大给叔叔张援朝家里拨电话，他想询问了解一下调查组的进展情况——调查组的信息，可以侧面证实自己的猜测。

"伟崽，这可不是你的作风，这么晚了，还没休息？"张援朝已经上了床，正准备跟老婆亲热，听到电话铃响，他不耐烦地下了床，抓起电话，听到是侄儿打过来的，他不由得诧异地问。

"我根本睡不着啊，叔，"张伟说，"我想向您打听一件事情！"

"什么事那么重要，非得要今天晚上说！明天清早说不行吗？把我和你阿姨吵醒了！"张援朝不满地说。

"不行啊，叔，不跟你唠两句，我睡不着！"张伟说。

"在你那儿，我啥时候有这么重要了？"张援朝好奇地说。

"调查组关于凌书记的事情，进展怎样了？"张伟说。

"凌书记比较走运，有贵人帮他，他基本上没事了，他生活作风问题的事情，已经清楚了，解除了嫌疑！"张援朝说。

"叔，你说什么，这怎么可能，不是有照片为证吗？"张伟说。

"就是有那么离奇和离谱的事情，我都不相信。"张援朝说，"但是调查组已经澄清了，凌书记没有生活作风问题，他跟王欣什么事情都没有发生。"

"叔，调查组这么下结论，就有点草率马虎了，不是有图有真相吗？他们都睡到一张床上去了，还能什么都没有发生，你信吗？这到底是怎么回事？王欣是没有那个动机和能力的，是谁帮凌书记翻的案？"张伟问。

"是祁宏啊。祁宏带着王欣向调查组说明情况了。"张援朝说。

"调查组也不能听信他们一面之词啊，不是有照片吗？"张伟说。

"那张照片什么问题都说明不了！"张援朝说，"王欣做了充分准备，她向调查组出示了衡阳市大医院的体验证明，她还是个黄花大闺女！"

王欣还是个黄花闺女？张伟不由傻眼了，这是在他的意料之外的。

天下之大，真是无奇不有，出乎人的意料。张伟没想到凌书记那么一身正气，不为美色所动，酒醉酒醒都能把持住自己，对躺在身边的年轻漂亮姑娘无动于衷，他还是不是男人？至少，他张伟做不到，他叔张援朝也做不到！

跟叔叔张援朝的这个电话，让张伟彻底明白了过来：祁宏就是为凌书记的事情回来的，他就是冲着自己来的！

挂断电话后，张伟生气地把大哥大扔在床上，脸色变成了猪肝色，他额头上冷汗淋漓：在凌书记的生活作风问题上，他遭遇了滑铁卢，祁宏回来，跟他交手的第一个回合，张伟大败而归；如果工地事故，再被祁宏搞清楚，弄明白，那他张伟就要"吃不了，兜着走"了，到时候，高欣被宣布无罪释放，顺利出狱，他被撵出高氏集团，掌控高氏集团的梦想彻底破灭；凌书记被解除双规，官复原职，他叔叔张援朝的书记梦，也要告吹了，破灭了；更加严重的，还不是这些，作为事故的始作俑者，张伟可能因为谋杀罪，被逮捕，被判刑，进监狱服刑，甚至挨枪子，结束美好生命。

本来，什么都好好的，按部就班，依计划行事，向着既定目标，稳步推进——终极目标都看得见了。万万没想到，关键时刻，祁宏回来了，插手了，站在对立面，一步步地扭转了局面——祁宏已经扭转了一个局面了，不能再任由他继续下去，毁了自己的梦想，甚至毁了自己的人生大计了。

当年，跟他抢高燕的，是祁宏；现在，阻止他飞黄腾达，将高氏集团据为己有的，还是祁宏。张伟悲愤地意识到，这个祁宏，是他一辈子的宿敌，是他一生的阴影，驱之不散，没有因为自己跟高燕结婚了而结束。

千万不能让祁宏再继续下去了，千万不能让祁宏得逞了，千万不能让祁宏毁了自己！

张伟咬牙切齿地想：如果没有办法阻止他，那就想办法毁掉他！

这件事，已经箭在弦上，迫在眉睫了。等祁宏把证据送到调查组，那就回天无力，没有办法补救了。

张伟在心里暗暗发誓说：祁宏，这都是你逼我的，别怪我心狠手辣，我也是被你逼得没办法了。

下午上县城，把证据送到调查组；上午基本上没事可干，思来想去，祁宏觉得这件事非同小可，确实很有必要找高燕商量一下，征询一下她的意见，毕竟张伟是高燕的丈夫，是小思鸿的爸爸，如果他提供的证人证词被调查组采纳，那就意味着张伟有牢狱之灾，意味着他们的家庭要散了。

这样想着，祁宏从家里走了出来，越过中间的马路，走进了高家大院。这是祁宏跟高燕分手三年多来，第一次走进高氏集团，他以为这辈子他都不可能走进这个地方了——很多人也是这样认为。高氏集团外面看起来很气派，里面装修更豪华，跟新建的县委县政府办公大楼差不多，高氏集团的员工们在有条不紊，紧张有序地忙碌着，跟外面农村的闲散，无所事事，完全是两个不同的世界。

祁宏进来后，一位年轻漂亮的前台姑娘问他找谁。在得到答案后，前台姑娘在前面引路，把祁宏带到了高燕所在的财务经理办公室。祁宏抬起手，轻轻地敲了敲门，在听到高燕"请进"的声音后，推开门，走了进去，然后又随手把门带上了。

看到祁宏来了，高燕喜出望外，响亮地说："宏哥，你来了，难得的稀客呀，你是无事不登三宝殿，看来你带好消息来了！"

"燕儿，消息是有了，对你来说，可能是好消息，也可能是坏消息。下午，我去一趟县城，找一下调查组，我要把一个重要的证据交给他们。"祁宏说，"我现在有充分的证据证明，上次的工地事故，不是意外，而是一场人祸，是有人刻意制造出来的，跟凌书记，跟你爸没什么关系。"

"那可是三条人命呢！是谁这么狠心，制造了这场事故？"高燕愤愤地说。

"当然，现在说是人祸，还为时尚早！到底是人祸还是意外，我们说了不算，调查组说了才算。如果是人祸，跟凌书记和你爸没有关系，那跟谁有关系呢，目的是什么，你可要心中有数。燕儿，你要有心理准备，不管你们感情怎样，他毕竟是你丈夫！这可不是一般的罪，而是涉嫌故意杀人！"祁宏说。

"宏哥，你不用担心我的感受，我只求一个真相！"高燕说，"无论结果如何，无论是谁，我都不会受到影响，阻挠你的行动。你是在帮我，是在帮高氏集团，我是非善恶分得清楚，对你的工作，我只有感激，我们用证据说话，公事公办，不冤枉一个好人，也不放过一个坏人！"

"燕儿，你能够这样想，我就没什么好担心的了，"祁宏说，"下午，我跟陈晓明去县城找调查组，希望给你一个满意的答案，让你爸早点出来！"

祁宏还是经验不足，轻敌了，俗话说，隔墙有耳，他们的对话被张伟听得清清楚楚。

祁宏来找高燕，很快就传遍了高氏集团，当然也传到了张伟的耳朵里。张伟紧张起来，赶紧拿了两张报销单，以找高燕签字报销为由，来到了财务经理室。张伟没有进去，他站在门口，凝神静气地谛听。祁宏和高燕的对话，张伟是一字不落，全部听到了。

张伟听得心惊肉跳：果然没错，跟他推理和猜测的一模一样，祁宏果然是跟高燕一伙的，是回来对付自己的，最要命的是，祁宏不仅知道了工地事故发生的原因，还找到了重要证据。如果祁宏真把证据交给调查组了，他就插翅难逃了，不要说把高氏集团据为己有的梦想破灭了，甚至极有可能他被警察抓起来，判刑坐牢，甚至挨枪子！

种种可能的后果，让张伟不寒而栗。这种事，到了现在，已经失控了，只能进，不能退，他得先下手为强，无毒不丈夫。

祁宏，我们井水不犯河水，你走你的阳关道，我过我的独木桥，不行吗？既然你非要狗咬耗子，多管闲事，那就不要怪我不仁不义，心狠手辣了。

离开财务部经理室的时候，张伟恨恨地想，一个大胆的计划，在他脑海里酝酿成熟了。

张伟来到车库，开着车出去了，但不到半个小时，又回来了，他是胸有成竹地回来的。

祁宏跟高燕寒暄了两个多小时，从高氏集团回到自己家中，正赶上吃中饭的时候。母亲祁茗已经把饭菜做好了，一家人围坐在桌子边上，就等他回来吃饭了。因为最宠爱的儿子回来了，为了让他吃点好的，祁茗破例没有去地里干活，而是为祁宏准备饭菜。祁茗带着两个小的，下河捉鱼，下塘摸螺了。

菜很丰盛，摆了满满一桌，都是祁宏爱吃的，稻田里的铜螺，池塘里的河蚌，溪流里的小虾，河流里的小鱼，还有剁椒炒鸡蛋。

祁宏的心思不在饭菜上，没尝出什么味道来，母亲给他碗里夹什么，他就吃什么。祁宏扒完一碗饭，就听到了门外的汽车喇叭声，是陈晓明如约来了，把车停在祁家门口，等着他一起上县城呢。

祁宏搁下碗，三步并作两步，走进自己房间，拿起那个读初中时用过的旧书包，旋风一样出了门，上了陈晓明的车。那个书包里装着的，正是那个被剪短引芯的炸药包，以及那些被张伟剪掉，被陈晓明收拾起来的引芯。

等祁宏坐下来，系上安全带，陈晓明把车点着了，发动了。汽车奔跑起来，越来越快，出了村，上了主道，向着县城的方向疾驰而去。那速度，跟他们的心情一样迫切。

让祁宏和陈晓明百密一疏的是，他们的一举一动，都被张伟看在眼里，他们前脚走，张伟开着车，也出发了，追了上去。

让张伟没想到的是，他的一举一动，也落在了高燕眼里，只不过张伟注意祁宏和陈晓明，是有意的；高燕注意张伟，是无意的。上午下班后，正准备午休一下的高燕，在二楼看到了祁宏和陈晓明离开，接着又看到了张伟开车离开。

两辆车是一前一后离开车库，离开高家大院，离开四明山的。

高燕的心情很凌乱，祁宏对她讲的，深深地震撼了她。祁宏离开后，高燕就没有心情工作了，她来到阳台上，吹着风，希望让自己冷静下来。高燕看着祁宏离开高家大院，走进了对面的祁家；看着陈晓明把车开到祁宏家门口，祁宏拎着一个书包出来，上了陈晓明的车；看着载着祁宏的车离开村庄，向县城方向驶去。目送完祁宏和陈晓明，高燕正准备下楼吃饭，却看到张伟开着车，跟在陈晓明车后，亦步亦趋。

张伟饭都还没吃呢，陈晓明出去，他跟着去干吗呢？

这个镜头，有点像电影里的跟踪，高燕心里升起一股莫名其妙的紧张和担忧，她却又说不出来紧张什么，担忧什么，只是潜意识中的——她当然不是为张伟担忧，如果工地事故真是张伟搞出来的，那是必须要受到惩罚的，高燕不想偏袒张伟。

看着陈晓明的车在前，张伟的车在后，电影中的正邪势力跟踪一样，高燕情不自禁地问自己：这是在电影里呢，还是现实中？怎么会有这么巧呢？陈晓明和祁宏前脚离开村庄，张伟后脚跟着离开，是偶然还是另有玄机？

祁宏和陈晓明的离开，是没有问题的，张伟的离开呢？

看着两辆车消失在村口拐弯处，高燕的疑惑越来越大，不安越来越重，一种不祥的预感笼罩了她，她突然意识到，张伟的离开，不同寻常，如果真像祁宏说的那样，工地事故是张伟人为制造的，那张伟极有可能为掩盖自己罪行，再制造出一场事故来——而这次事故，无疑是奔着祁宏去的！

看来，祁宏有危险！

高燕被吓了一大跳，她旋风一样冲下楼，出了高家大院，横过马路，进了祁家，跑到正在吃饭的朱鹏面前，焦急地说："鹏叔，快，有急事！你送我去一趟县城，越快越好！"

"燕子，什么事，这么急？"朱鹏说，"等下行吗，公司的小车都开出去了，还没有回来！"

"不能等了，现在就走，越快越好！"高燕说。

"在你们家工作，就像做奴隶，把命都卖给你们了，天没亮起床，天黑还没回来，现在连饭都不让人吃了，还要不要人活了？"祁茗看着高燕，很不满意地发着牢骚。

高燕没有理会祁茗。这个时候，她不想跟这个对她有偏见，并且满肚子怨气的长辈分辩，越分辩越是分辩不清，越是拖延时间——对她来说，现在最需要的就是时间，时间就是生命，她已经强烈地意识到祁宏有生命危险。

"现在没有小车，只有一辆货车！"朱鹏说。

"货车也行，不能等了，再等就来不及了，咱们现在就走！"高燕不由分说。

"燕子，那就委屈你了，我现在就去开货车！"朱鹏说。

高燕不再说话，心急火燎地从祁家出来。

高燕在前，朱鹏随后，双人迈着急促的步伐，到了停车场，上了一辆大货车。朱鹏开着大货车，载着高燕，向县城方向奔跑。

走出村庄，驶上正道没多久，陈晓明就看到后面有辆车追了上来，不停地按喇叭，打算弯道超车。

从反光镜中，透过蒙蒙灰尘，陈晓明看到后面追赶他们的，正是张伟的车——不，是高欣的车，高欣进了看守所后，那辆车就是张伟在开了。

"祁宏，后面的车是张伟的，他好像意识到了什么，追上来了，我们怎么办？"陈晓明说。

"不要着急，先沉住气，别自己吓自己。张伟不一定是在追我们吧，也许他有其他别的什么事，急着赶路呢，我们让他先过去！我们上县城，找调查组，递交证据的事，神不知，鬼不觉的，到现在为止，只有你、我、高燕三个人知道，张伟不可能知道！"祁宏说。

"你把这件事告诉高燕了？高燕会不会告诉张伟？"陈晓明说。

"我保证高燕不会告诉张伟，我相信她，如果她告诉张伟，她就不是高燕了!"祁宏说。

"那就好,我们靠边停停,给张伟让个道,让他先走,我们也不急在一时!"陈晓明一边说,一边把车停在边上,给张伟让路。

陈晓明摇下车窗,准备跟张伟打个招呼。

张伟没有理,他开着车,速度都没减,呼的一声,从他们身边过去了。张伟的车扬起的漫天灰尘把他们的车玻璃蒙住了,前面一边灰蒙蒙的,连路都看不清楚。

张伟的车开得很快,就像在赛车,很快消失在弯弯曲曲的山道上。

"看来是我们多虑了,原来是虚惊一场!"陈晓明心有余悸地说,"张伟不是来追赶我们的,他如果追赶我们,那就停车了——高燕确实没有告诉张伟!"

"也许是我们的保密工作做得好,张伟没有那么高的防范意识,不知道我们在干啥!"祁宏说,"他也许去工地视察,也许上县城办事!"

"但愿吧!"陈晓明说,"可我总是眼皮跳得厉害,心慌慌的,老觉得不对劲!"

两个老朋友一边聊,一边跑,十多分钟后,路过一个急转弯,陈晓明看到一辆小车突然冲出来,向他们迎面驶来。那辆小车开着强烈的远光灯,也没有按喇叭,径直向他们撞过来。

陈晓明来不及多想,下意识地向右急转了一下方向盘,希望避开两车相撞。相撞是躲开了,但山路本来不宽,又事发突然,陈晓明的车越过路边,从山上掉了下去,车翻了,在陡峭的山坡上翻滚,车越滚越快,向山沟沟里冲去。

山很高,坡很陡,车身快速滚动,剧烈撞击,祁宏和陈晓明猝不及防,身不由己,在车内被甩来甩去,碰来碰去,撞来撞去,他们很快就痛得晕了过去,失去了知觉。

那辆迎面撞向他们的车,不是别人的,正是张伟的。张伟超过他们后,加大油门,开了一段路程,然后掉了头,没有熄火,他把车靠在这个急转弯前面，等着陈晓明的车过来，听到陈晓明急转弯时按动喇叭的声音，张伟打起火，把油门踩到底，向着陈晓明的车撞了过去。

张伟已经算计好了，正常情况下，陈晓明会急打方向盘，连人带车掉进山沟里；即使陈晓明不打方向盘，大不了两车相撞，陈晓明的车是桑塔纳，他的车是奥迪，两辆车的质量不在一个档次上，陈晓明的车里还有一个炸药包，相撞后，那个炸药包大概率会发生爆炸，祁宏、陈晓明和那些证据，都将灰飞烟灭，什么都留不下……

对张伟来说，事情是最好的那种结局，他看到陈晓明打了急转弯，车翻了，从山上掉了下去。

张伟如释重负，赶紧踩了急刹车，把车停在路边，拉开车门，从车上走下来，走到马路对面，往下看去。

陈晓明的车还没有停止翻滚撞击，从他们掉下去的地方，到山谷，少说也有两百米，不用说肉做的人了，就是铁打的车身，都要散架，都要支离破碎，千疮百孔了，人跟着车掉下去，哪里还有命？

张伟不慌不忙地抽出一支烟，用打火机点着了，用两根手指头夹住，大口大口地吞云吐雾起来。张伟的脸被烟笼罩，但烟没有掩盖住他的笑容，那笑容，既有如释重负，又有得意扬扬。

山很高，坡很陡，从那么高的地方掉下去，不死才怪呢！何况他们车上还有一包炸药！

一切都神不知，鬼不觉，看上去只是一次意外车祸，跟工地上那起事故一模一样，那些对他不利的证据，将随着祁宏和陈晓明的消失，烟消云散，再也没有了。

烟抽到一半，车也滚到山底了，发出砰的一声巨响，比炸药爆炸还响亮，在山谷里久久回荡。

张伟伸长脖子，往山下看了看，山坡距离山谷太远了，细节看不清，但看得见那辆车破破烂烂了，在冒烟了。

张伟把烟蒂丢掉了，走回自己的车边，拉开车门，上了车，发动车，猛踩一脚油门，一溜烟地跑了。

张伟的心情很好，是接管高氏集团以来，心情最好的，自从高燕回来，他已经好久没有这样开心过了，他解决了对手，解决了隐患，自己却全身而退，一点伤害都没有。

张伟一边开车，一边摇头晃脑，得意地吹起了口哨，他就像一个情场得意，赌场也得意的风流浪子，正赢了钱从赌场出来，或者得到满足，从情人家里出来。他春风得意，满心欢喜！

第二十三章　祁宏在鬼门关走了一趟

朱鹏载着高燕，从村庄驶出来，转上主道没多久，高燕就感到了异常。她的胸口仿佛被一记重锤狠狠地撞击了一下，顿时感到胸闷气短，疼痛难忍；她的脸色煞白，额头上沁出了汗，难受极了，连气都喘不上来——这种情况，她从来没有遇到过。

我这是怎么了，怎么会这样呢？高燕问自己，但她马上作出判断，不是自己身体出事了，是祁宏出事了！

高燕痛苦地闭上眼睛，靠在椅背上，绝望嘀咕道：不好了，祁宏出事了！

但愿上天保佑祁宏，渡过劫难，平安无事，我愿折去二十年的阳寿为祁宏保驾护航！

高燕在心里默默地祈祷，两行泪水夺眶而出，滑过那张美丽而苍白的脸。

要是祁宏出事了，我不能原谅我自己！高燕在心里面愧疚地说：如果可以替换，与其祁宏出事，不如我出事！

高燕后悔极了，如果早知道这么危险，如果早知道祁宏会出事，她就不会打电话给祁宏，要他回来帮自己了——她宁愿什么都不要，包括高氏集团，她只要祁宏好好的，无病无灾，无痛无恙！

"燕子，你怎么了？哪里不舒服？你的脸色好难看，呼吸也不顺畅，要不要我们掉头回去，或者先送你上医院看看？"朱鹏说。

朱鹏感觉到高燕不对劲，侧过头瞟了她一眼，他看到高燕脸色苍白，脸上有泪有汗，呼吸困难，上气不接下气，他被吓坏了！

"鹏叔，我自己没事！我只是担心祁宏，感觉他要出事！你不要管我，把车开快点，追上陈晓明！"高燕有气无力地说，她感到痛苦压抑，都要说不出话来了。

高燕跟儿子的关系和感情，朱鹏是知道的，也许爱到深处，真的心有灵犀，真有心灵感应。听高燕这么煞有介事，看高燕的表情，朱鹏也紧张起来，不安起来，他不再说话，双手紧握方向盘，眼睛盯着前方，不断地踩着油门，提高了车速。

风驰电掣地又跑了十多分钟，他们远远地看到张伟的车，迎面开了过来。看得出来，张伟摇头晃脸，一脸春风得意。

张伟怎么这么快就打道回府了？他肯定没有去工地，也没有上县城，那他去了哪里，去干什么了？他成功了？

一切都是再明显不过了。高燕的心沉了下去，更加坚定了自己的想法：看来，张伟是得手了，要不他不会这么快返回来，不会一脸春风得意，张伟到底把祁宏和陈晓明怎么了？

两车要擦着路过的时候，朱鹏使劲地按了两声喇叭，算是跟张伟打招呼。张伟没有按喇叭回应，也没有要把车停下来的意思——他甚至装作没有看到朱鹏和高燕，至少装作没有认出他们来。

两车各靠各边，减速，擦身而过后，张伟猛地踩了一下油门，开着车跑远了，就像一个做贼心虚的人，正在行窃，看到有人来了，慌不择路地逃离现场一样。

虽然张伟和高燕的夫妻关系一般，但维持表面的和气是很有必要的，高燕做到了，张伟却懒得去做——他不应该不跟他们打招呼的，除非心里有鬼。他们夫妻之间，平时都是高燕对张伟冷若冰霜，爱理不理；张伟对高燕却是热情似火，黏住不放——张伟跟刘美丽走到一起，也是因为高燕不理他，那天却反过来了，有点反常！

事出反常必有妖，张伟的这种表现，也许只有一种可能，那就是张伟做了见不得人的事情，心虚着呢，祁宏他——

高燕不敢往深处想，她的心咚咚咚地跳得厉害，提到了嗓子眼上，堵在那儿，让她呼吸更加困难了。

高燕更加担心祁宏了，不知道张伟对他做了什么，也不知道祁宏现在怎样了！

高燕的脑袋里一片空白，心里只有一个念头，其他什么都不想了：无论张伟有没有对祁宏做过什么，无论祁宏现在怎样了，她一定要尽快找到祁宏，只有找到祁宏了，见到祁宏的人了，她才能放下心来！

高燕强打精神，坐直了，一边不停地催促朱鹏开快点，一边不由自主地把目光转向窗外，睁大眼睛，努力寻找，不放过任何蛛丝马迹。

直觉告诉高燕，祁宏肯定出事了——如果祁宏真出事了，没有其他可能，一定是交通事故！

又过了五六分钟，跑了三四公里，高燕看到前面急拐弯处，路边的树木有新鲜折断过的痕迹，路边有车胎打滑过的痕迹——那滑痕一直延伸到超出路边都没有停下来，高燕的心咯噔一沉：莫非那儿就是交通事故发生的地方，陈晓明和祁宏的车，已经从那儿掉下去了？

如果张伟要对祁宏动手，那个地方是最适合不过的了！但高燕想象不出张伟是怎么动手，又是怎么全身而退的！刚才擦车而过的时候，高燕看到张伟好好的，那辆车也好好的，好像什么都没有发生一样。

"鹏叔，停！停！！停！！！"大货车行到急拐弯处，高燕又是急切，又是艰难地说。

高燕一提醒，朱鹏也意识到了急拐弯处的异样，把车靠在边上，停了下来。

车还没停稳，高燕连忙拉开车门，跳了下来，走到路边，伸长脖子，顺着树木折断的痕迹往下看去。

没错，是从山坡上掉下去的痕迹；没错，高燕看到了一辆小车掉到了山谷里——远远看上去，那辆小车已经破烂不堪，面目全非，多处凹陷，正在冒着烟；从脚下往下看，一路都是小车翻滚过的痕迹，山上很多茅草被压倒了，趴在地上，直不起来，很多小树都根部折断了。

虽然看不清那辆车，但高燕可以肯定，那辆车就是自己家的车，就是陈晓明开的那辆车，就是载着祁宏的那辆车。

高燕感到天旋地转，眼前发黑，脑袋发蒙，咽喉处就像被人死死地掐住了一样，她感到窒息，感到难受，感到自己都支持不住了，要倒下去了。可她告诫自己，一定要撑住，这个时候，自己千万不能倒下，因为祁宏还在下面生死不明，等着她去救呢！因为陈晓明还在下面，生死不明，等着她去救呢！

想着要救祁宏和陈晓明，高燕的意识重新清醒起来，意志无比坚定起来，浑身充满了力量。

"鹏叔，快，我们下山救人，祁宏出事了！"高燕说。

朱鹏也从大货车那边下来了，绕过车头，走了过来，他站在高燕身边，顺着树木折断的痕迹往下看。

"那车是我们家的车，车上坐着的是祁宏和陈晓明，快，救人！"

高燕一边说，一边慌不择路地跳了下去，沿着车滚落的痕迹向下奔跑。

朱鹏也跳了下去，跟在高燕身后，一边抓住树木和茅草，让自己身体平衡，一边往下走。

朱鹏的脑袋里，也是一片空白，他终于明白发生什么了，他终于明白一路上高燕为什么不断催促他开快点了，他终于明白高燕的脸色为什么那么难看！原来，高燕跟儿子真有心灵感应，祁宏出事，高燕感应到了。

高燕已经顾不上有没有路了，顾不上荆棘划破了她的衣服，刺破了她的皮肤，扎进了她的肉里，她只有一个念头：抓紧时间，以最快的速度赶到山底，看看祁宏怎样了，还有没有救？看看陈晓明怎样了，还有没有救？

一路上，高燕摔了几跤，手肘和膝盖都被划破了，磕破了，鲜血直流，严重的地方，可以看到森森白骨，但她已经顾不上痛了，没有放缓下山奔跑的速度，她忘记了痛，她只有心痛——她已经麻木了，暂时感觉不到身上的痛了。

那辆车越来越近，也看得越来越清楚了。高燕的判断没错，就是自己家的那辆车，就是陈晓明开的那辆车，就是载着祁宏的那辆车！她是亲眼看着祁宏坐进去，看着那辆车发动，看着那辆车驶出村庄，拐上主道的。

高燕多么希望自己看到的不是真的，多么希望那辆车不是自己家的，不是陈晓明开的，祁宏没有坐在里面！但她知道，这些都是不切实际的幻想，那辆车就是自己家的，就是陈晓明开的，祁宏就坐在里面！

但愿祁宏没事，陈晓明没事！

但愿祁宏还活着，陈晓明还活着！

终于来到那辆车前了，车已经被摔得千疮百孔，破破烂烂了，很多地方都凹进去了，玻璃窗支离破碎，玻璃碴儿撒了一路，没有一块玻璃是完整的——不，车已经没有玻璃了，只剩下空空如也的玻璃窗。

"祁宏——！祁宏——！晓明——！晓明——！"

高燕边跑边战栗地喊叫着，听得出来，她的声音失了真！

但没有人回答她！车里死一样寂静，连呻吟声都没有！

高燕的脑袋里就像被捅了的马蜂窝，有无数马蜂在漫天飞舞，嗡嗡作响！

到了车边，高燕附下身，探头一看，果然看到了坐在驾驶位上的陈晓明，坐在副驾驶位上的祁宏。他们的身体斜弯着，眼睛紧紧地闭着，衣衫破烂，血肉模糊。

那辆车已经严重扭曲变形了，陈晓明被方向盘死死地卡在那儿，一动不动。

祁宏的头弯在旁边，也是一动不动，没有声音。

他们俩的身上都是破洞，殷红的血不断地从洞口渗出。

高燕下意识地伸出手，放在陈晓明的鼻孔下面一探，那儿既没有了进气，也没有了出气。

陈晓明死了，高燕差点瘫倒在地。

高燕头重脚轻地转到另一边，伸出颤抖的手，探向祁宏的鼻孔下方，谢天谢地，那儿既有出气，也有进气，他只是昏迷了过去，还有的救！

高燕用力拉开车门，俯下身去，弯下腰去，伸手解开了绑在祁宏身上的安全带，使出吃奶的力气，把他抱了出来。

高燕抱起祁宏，走了十多步，实在走不动了，就把他放在一块平整的草地上，开始实施紧急救助。

高燕一手掐住祁宏的人中，一手使劲地捶打着祁宏的胸膛，急切地呼喊着祁宏，希望他快点醒来。

朱鹏也下来了，他拉开车门，把陈晓明从车上拉了下来，抱起，走过来，靠着祁宏，放在草地上。

陈晓明浑身是血，胸部有个拳头大小的洞。车滚下来的时候，一根折断的树枝戳中了他的胸膛，把那儿戳了个大洞，都看得见红红的心脏了——那颗心脏已经不跳了！

朱鹏给陈晓明捶了一阵胸，又做了一阵人工呼吸，都没有用了，陈晓明的瞳孔已经放大，散开了，他死了！

相比陈晓明，祁宏很幸运，情况不是太坏，在高燕手忙脚乱的抢救下，祁宏缓缓地睁开了眼睛，他看到了高燕，看到了父亲朱鹏，看到了躺在身旁，已经没有了呼吸的兄弟陈晓明！

"我是活着，还是死了？"祁宏问。

"你还活着，你还活着！"高燕连忙回答，她喜极而泣。

"那我是从鬼门关打了一个转，阎王爷看我还有事情没做完，不肯收我！"祁宏苦涩地笑了笑，对高燕说，"晓明兄弟怎么不向我学习呢？"

"宏，你活过来了就好，我是不会让你死的！"高燕说，"如果你活不过来，我也死了算了，不活了！"

祁宏挣扎着坐起来，站起来，摇摇晃晃地向车辆走去。

高燕不由分说，拉住了他！

"那辆车都快爆炸了，你伤重，不要动，有什么事，我来！"高燕说。

"不行，车里还有工地事故原因的证据，很重要，关系到你父亲和凌书记，关系到遇难的工人！你不能去，我是死过一回的人了，命硬着呢，我去！"祁宏甩开高燕，大步向小车走去。

"生命第一，安全至上，快去快回！"高燕说。

高燕不再争执，松开了手，争执是浪费时间，他们俩谁去都一样。

高燕懂祁宏，这种危险的事情，这样危险的时刻，这样危险的处境，祁宏是不会让她去的——其实，高燕又何尝不是一样，她也愿意用自己的身体为对方挡风挡雨，挡枪挡剑，挡弹挡炮，宁愿自己以身涉险，不愿把危险留给对方。

到了车边，祁宏艰难地弯下腰，伸出手，从副驾驶座位下，拎出来一个旧书包，那个书包里装着陈晓明给他的炸药包和引芯。

车已经起火了，烧起来了，祁宏刚把书包从车里取出来，火势就从后面蔓延到了前面，越烧越大，整辆车都熊熊地燃烧了起来，很快就只剩下一个空车架。

"宏，你看你，非要逞能，刚才多危险，再迟一两分钟，书包里的炸药就要点燃，爆炸，你就要交代在这里了！"高燕看着祁宏，心有余悸地说。

"燕儿，我不把书包取出来，炸药包爆炸了，我们都要交代在这里。这个书包里的证据，比我的生命还重要，它关系到工地事故原因，关系到你爸和凌书记的清白，关系到真相、真理和正义！如果不把书包拿出来，不把证据交给调查组，就不能把坏人绳之以法，晓明兄弟就白死了！"祁宏说。

"你们的车怎么开到山底下来了？"高燕明知故问，她多么希望事实跟她想象中的不一样。

"燕儿，这不是一次普通的交通事故，而是一场销毁罪证，杀人灭口的蓄意谋杀！"祁宏说，"我们刚走出村庄，张伟就追了上来，在我们身后不停地按喇叭，我们把车靠边了，停了下来，让他超车了。没想到，我们来到这个急转弯处，张伟突然开着车，打着强光灯，加速向我们撞了过来。陈晓明眼疾手快，为了避免两车相撞，下意识地急打了一下方向盘，车就从山上掉了下来！陈晓明本来可以直接撞上去，不至于这么严重，可他临死，还想着别人，他生怕把张伟撞伤了！"

"我懂了！难怪呢，我们在过来的路上，看到张伟了，他一脸得意，我们按喇叭跟他打招呼，他没有回应，也没有停下来跟我们打招呼！看到我们，他有点慌乱，就像做贼心虚，看到人来了，准备逃离现场一样，从我们身边过去了！"高燕说。

"这样看来，张伟是已经知道我们找到了他制造工地事故的证据，他故意制造了这起交通事故，他想杀人灭口，销毁证据！现在可以肯定，那场工地事故，跟这起交通事故一样，看起来是意外，实际上是人为——都是张伟的阴谋！他这样铤而走险，只有两个目的：一个是窃取高氏集团控制权，一个是帮助他叔叔清除障碍，成为祁东一把手！"祁宏说。

"不要说那么多了，夜长梦多，我们赶紧分头行动，我留下来照看陈晓明的尸体，免得被野兽叼走了，吃掉了；你们父子赶快上去，上县城，找调查组，看医生，治伤疗伤！"高燕说。

"我留下来照看陈晓明的尸体，我是个男人，你们俩上县城，找调查组，交证据，看医生！"朱鹏说。

"鹏叔，不要多说了，抓紧时间，我不会开车，你留下来，谁都走不了！"高燕说。

"那就委屈你了，路上碰到熟人，我叫他们过来帮你！"祁宏说。

"没什么委屈的！"高燕说，"是我连累了你，把你叫回来帮我，我差点把你害死了！你要是死了，我一辈子都不会原谅自己，我也不活了！"

"你看我现在不是好好的嘛，暂时还死不了！"祁宏说。

"那就快走吧，不要啰唆了！"高燕说。

跟高燕告别后，朱鹏搀着祁宏，一步一步地往山上走去。

还好，祁宏虽然受了重伤，身上还在不断往外渗血，却不足以危及生命。

爬上去后，朱鹏拉开副驾驶室门，把祁宏扶了上去，然后走到驾驶室那边，拉开车门，上了车。

朱鹏响亮地按了三声长喇叭，算是跟山脚下的高燕报平安和告别。

朱鹏启动大货车，载着祁宏，向着县城的方向飞奔而去。

路过最近的马路扩建基地，朱鹏停下来，跳下车，找到包工头，要他派三四个年轻力壮的工人，去接应高燕。

那条路，有的路段修好了，有的路段还没有修好，跟以前一样颠簸。祁宏感到身体撕裂一样疼痛，他一边咬着牙，忍着痛，一边撕下身上的衣服，给自己包扎伤口。

当然，祁宏还不忘时不时地催促父亲把车开快点，争取早点赶到祁东，找到调查组，把陈晓明用生命换来的证据交给调查组。

随着颠簸，祁宏身上的伤口不断被撕开裂深，往外渗血。殷红的血顺着祁宏身上往下流，染红了他乘坐的那把椅子，也把他的皮、肉、衣服，跟座椅沙发紧紧地粘在一起，平稳的时候凝固成痂，颠簸的时候又被撕开，再次受伤。

第二十四章　凌书记动员凌林回国

朱鹏开着车，一路狂奔，把大货车开到了调查组所在地。

朱鹏下车后，绕到副驾驶位边，拉开车门，把祁宏扶了下来。

伤口的血液凝固了，跟皮肉、衣服和座椅沙发粘在一起，起身的时候，钻心地疼，痛得祁宏龇牙咧嘴，就像把伤口的痂再度撕开了一样。

下车后，在父亲搀扶下，血肉模糊的祁宏直奔调查组。

宾馆里的客人和服务员，看到祁宏的样子，都吓坏了，纷纷停下来，用异样的眼光看着他们：是啊，伤这么重，不上医院，来宾馆做什么？

祁宏出现在调查组的时候，调查组的人也被吓坏了。他们要祁宏先上医院治伤看病，伤好了再来反映情况。祁宏没有听调查组的，他把证据交给了王护衡，把事情的来龙去脉详细讲了一遍。

移交证据的时候，坚强的祁宏哭了，他想起了陈晓明。那些证据，是他兄弟陈晓明用生命换来的，对这件事，陈晓明本来可以明哲保身，置身事外，好好地过自己的小日子。陈晓明刚结婚不到半年，新娘子是他青梅竹马的恋人，他的孩子还在他媳妇的肚子里，四五个月了，还没见过面呢。可陈晓明为了兄弟，为了正义，流尽了最后一滴血，献出了自己年轻的生命！

那包炸药和引芯足以证明，工地事故不是意外，而是人祸，跟凌书记没有关系，可以解除对他的双规了；跟高欣也没有多大关系，可以让他重获自由了。

得到王护衡的赞赏和肯定，祁宏如释重负，他就像一个泄了气的皮球，瘫倒在地，昏迷了过去，不省人事。

王护衡赶紧吩咐调查组的一个年轻人，背起祁宏，下了楼，向医院跑去。

祁宏受伤不轻，失血过多，全靠意念支撑。他的两只胳膊，有两处骨折，骨头都露出来了；他的身上有多个洞，嵌着玻璃和碎石块，有两处差点成了致命伤。幸亏上天有眼，要么伤口偏了那么一点点，要么浅了那么一点点，都不足以构成致命伤。医生在给祁宏检查的时候，惊讶不已，觉得他的命太大了，稍有不慎，祁宏可能跟陈晓明一样，不是躺在病床上，而是躺在太平间了。

凌书记在祁宏住院的第二天下午，拎着水果，捧着鲜花，到医院来看望祁宏。凌书记刚被宣布解除了双规，官复原职。王护衡深有感触地告诉凌书记，他能被顺利解除双规，官复原职，多亏了一个叫祁宏的大学生，是他的勇敢、机智、坚强，帮助他洗清了冤屈，证明了清白。说到动情处，王护衡由衷地总结说：有些事，调查组做不到，祁宏做到了；有些事，调查组搞不明白，弄不清楚，祁宏搞明白，弄清楚了。

看着躺在病床上，全身要么打着绷带，要么包着纱布，就像刚从上甘岭战役的战场上下来的祁宏，凌书记没有说"谢谢"——他觉得这两个字比较空洞，不足以表达自己的内心，他们是英雄惺惺相惜，不需要过多言语。两个男人就像一对情侣一样注视着对方，露出来彼此欣赏的眼神。他们要说的话，都在眼睛里，说出来都是多余的，矫情的，虚伪的，乏味的。眼睛是心灵的窗户。那一刻，他们通过这扇窗户，敞开了心扉，成了忘年交。

当然，他们也不是无话可说，而是绕开他们自己，把话题放在了他们都最关心的人——凌林身上。

凌书记坐在病床边沿，看着祁宏，问道："小宏，凌林到英国后联系你了吗？"

"联系过了！她到英国后不久，给我写了一封信；前些天，她给我打了一个电话。"祁宏说。

"你们现在和好了？"凌书记问。

"嗯。从感觉上来看，应该算是吧！凌林给我订了一个三年之约，我要三年后才能见到她！"祁宏说。

"那你想她吗？三年有点漫长，无论是对你，还是对她，都是一种煎熬！"凌书记说。

"就是啊，可是没有办法，谁叫我辜负了她，把她气走了呢！"祁宏无可奈何地说。

"小宏，你不要太过自责了，你没错，是她错了！"凌书记说。

"不，凌叔，是我错了，是我有错在先，我应该坦诚以待，把事情告诉她，我不应该隐瞒她！"祁宏说。

"那就算你们俩都有错吧！你错在先，是小错；她错在后，是大错！"凌书记说，"凌林可能已经意识到自己错了，太冲动了。作为她的父亲，我能感觉出来，凌林到英国后，过得并不好。但是，这条路是她自己选的，她是个既要强又要面子的孩子，不撞南墙不回头，不愿意承认错误，她宁愿自己受苦受累，也不愿意向家人倾诉！人犯了错，需要自己意识到，需要自己改过来！"凌书记说。

凌林在英国过得并不好？

这点祁宏倒是忽略了，听凌书记这么说，祁宏心里一恸，内疚地想，还是自己粗心大意了，其实，凌林在英国过得好不好，他应该早就看出端倪来，感觉出来了！凌林给他写的信，那纸上全是斑斑泪痕；前几天，凌林给他打电话，电话那头，凌林很久没有说话。这些都是凌林在英国过得不好的反映，是自己太马虎了，没有深入细想，没有给凌林安慰!

"凌叔,我也感觉到了,前几天,凌林给我打电话,说您被双规了,要我帮您调查澄清事实。我听得出来,她心情很不好,当时我还以为她是因为您的缘故,现在回想起来,这里面肯定还透露出另一层意思,那就是跟她在英国的遭遇和心情密切相关,她可能真的过得并不好。"祁宏说。

"来看你之前,我给凌林打了一个电话,告诉她,你帮我洗清了冤屈,我已经没事了,家里也没事了,要她放心。但我听得出来,我是没事了,她却还有事,一副心事重重的样子,欲言又止。由此看来,她的事,不是因为我,不是因为我跟她妈。"凌书记说,"她的事,应该跟你有关。凌林这个孩子,表面看起来很柔弱,其实内心很坚强,也可以说很要强,很要面子,只是她自己不愿意承认,更不愿意服输,你跟她沟通比我跟她沟通更好一些,更容易让她丢掉包袱,开心起来!"

"在家千日好,出门时时难呀。"祁宏说,"何况凌林是个女孩子,又是被她最相信的人给气的,临时决定说走就走的,事先没有什么准备。"

"我希望她如果在英国过得不好的话,就回来,不要太勉强自己了。解铃还须系铃人,她是因为你出走的,她也愿意为你回来——你是要她回来的唯一理由,你现在需要人照顾,这也是要她回来的唯一办法!"凌书记说。

"以前可能是,但现在我在她心目中已经没有那么重要了,也没有那么大的魅力了。凌叔,她给我订了个三年之约,现在这个三年之约只过去一百天,还有九百多天呢,离她回来还早着呢!"祁宏说。

"小宏,人是活的,约定是死的,可以随时随势发生变化,只要能够消除和化解你们心中的误会,又何必拘泥于一句话的羁绊和约束呢?"凌书记说,"我问了主治医生,你伤得不轻,可能要在医院里躺上一两个月。这段时间,你需要人照顾,可以要凌林回来一下,你们正好趁此机会，认真聊聊，好好相处，缓和一下关系，增进彼此了解，把误会和隔阂彻底消除干净，也可以趁此机会，好好地规划一下你们的人生和未来！"

是的，他们谈恋爱前，是聚多离少；他们谈恋爱后，却是离多聚少，这也是他们产生误会的重要原因之一，他们对彼此的了解还不够深入。他们还没有对人生和未来，认真地交流过，规划过呢！因为他们的人生和未来，已经不是他们各自的人生和未来了，而是他们两个人的，现在是到了进行认真深入的交流的时候了，他们不能再各自奋斗，对对方不管不顾了；他们各为两个半球，只有默契地合起来，才能成为一个整体，实现快速的滚动，奔跑。

凌书记讲的，正是祁宏心坎里的期待和想法，他求之不得，可他还是不愿意因为自己受伤，让凌林担心，把她的学业给耽搁了——凌林是最看重学习的，长这么大，她还没有旷过课，哪怕是重感冒，她都要带病上课。

祁宏的心思没有逃过凌书记的眼睛，他说："要不这样吧，小宏，我们也不强求凌林，我只负责把你现在的情况，一五一十地告诉她，由她自己做出决定，如果她回来，你欢迎；如果她不回来，你也不要怪她！"

这个建议很好，祁宏不再反对。躺在病床上，没办法动弹，祁宏感到很疲惫，很无聊，很脆弱，也不方便，动一下痛全身。他确实太想念凌林了，他确实太想见到凌林了，他需要看到她，需要她陪他说话，他们确实需要深入地聊聊，认真地规划一下人生和未来了。如果两个人能够借此机会，消除一切误会，重新开始，又何尝不是一件好事，一件幸事！即使耽搁了一些时间都无所谓，因为磨刀不误砍柴工——就把凌林在医院照顾自己的日子当作她在砍柴前的磨刀吧。

告别祁宏，从病房出来，凌书记在住院部下面的公用电话亭，拨打了凌林的电话。

电话接通了，凌书记刚"喂"了一声，凌林就兴奋地叫了起来："爸，这是你三个小时内第二次打越洋电话了，您刚解放很闲是吧，您无聊到无事可做，只有想女儿来打发时间?"

凌书记说："林儿，第一次给你电话，是想第一时间告诉你，爸爸没事了，恢复自由了。这次给你打电话，是想第一时间告诉你，爸爸去看了一个你最牵挂的人!"

"我最牵挂的人是你啊，老爸!"凌林言不由衷地说，"你去看祁宏了? 他还好吧?"

"你爸很好，他很不好!"凌书记说，"毛主席教导我们，饮水不忘挖井人。你爸的好是他用自己的不好换来的。这次你爸能够化险为夷，平安无事，多亏了祁宏。如果不是他，你爸恐怕是跳进黄河也洗不清了，你妈也要跟你爸离婚了，我们这个家就散了。"

"祁宏帮你，是我委托他的，看来我没看错人，更没找错人! 您被双规后，妈给我打电话，把情况告诉我了，要跟您离婚! 我觉得这件事情不对头，您多半是被冤枉的，于是我找祁宏，要他回四明山调查情况，帮您洗脱冤屈。"凌林说，"我就知道，祁宏头脑灵活，做事有方法，肯负责任，值得托付! 我觉得能够帮您洗脱冤屈，还您清白的，不是调查组，而是祁宏——我感觉调查组是给您定罪的，祁宏是给您脱罪的!"

"林儿，你的直觉是对的，但不能这样评价调查组，你爸有没有事，最终还要看调查组怎么定。祁宏是个很不错的男孩，值得托付的，不只是他的智慧和办事能力，还有他的人品，他这个人!"凌书记意味深长地说。

"爸，其实，我心里一直都是这样想的!"凌林说。

"那就要识大体，看方向，不拘小节。你不怪他跟钱小芸举办婚礼的事了?"凌书记说。

"我又不是宰相，我只是一个小女子，哪能不怪呢? 尤其是我知道这件事情的那一刻，我当时想死的心都有了；但现在都已经过去了，我不怪他了。来英国后，我也做了深刻反省，已经想通了，他是对的，我是错的，是我心眼太小了，格局太小了。如果换作您和我，换作其他有良知的人，可能都会那样做，只是我觉悟得太晚了！我离开祁宏，到了英国后，又经历了一些事情，才明白过来。只是当初，我太意气用事了，对他的感情太纯了，太深了，没办法接受他跟其他女孩有那种关系的事实！"凌林说。

"你现在能够这样设身处地地为他着想，说明你在经历了这件事情后，已经成长起来，成熟起来了，你已经迈过了一个心智成熟的重要关卡，可喜可贺。"凌书记说，"林儿，祁宏虽然出身卑微了一点，但他确实是一个金子一般的男孩，有一颗金子一般的心！他遇到你，是他的福气；你遇到他，更是你的福气，是我们家的福气！"

"我从来没有嫌弃过祁宏出身卑微，可是，爸，我现在已经配不上他了！"凌林低声哭了起来。

"你怎么会这样想，这样说呢，孩子！"凌书记紧张起来，他意识到了什么，但他祈祷不是那种最坏的可能。

"没什么，爸，是我深深地伤害了他，我觉得没有脸见他了！"凌林说。

凌林很想告诉父亲，自己被谢天放欺负了，但她还是忍住了，她不愿意刚刚被解除了双规的父亲，又因为她的事情陷入到新的麻烦和痛苦之中，她自己酿造的苦果，她自己吞咽。

"林儿，祁宏不是一个小家子气的人，也不是别人，他就像是你的家人，无论发生过什么，无论你做过什么，他都不会计较的，我想你们一路走来，经历了那么多，一定学会了原谅对方，呵护对方！"凌书记说。

其实，凌书记已经隐约猜到了凌林的遭遇，只是凌林不愿意说，做父亲的也不方便多问，有些事，问一次就是揭一次结在心上的痂。

当初，女儿跟谢天放一起出国，他心里就是反对的，也有一种不祥的预感，觉得谢天放不可靠，但年轻人的事，由女儿自己决定，他一个当爸的，不想横加干预，因为女儿不再是当初的小女孩了，她已经长大成人了，有了自己的想法和处世原则，她的人生路得由她自己走！自从凌林考上清华大学，到北京读书后，作为父亲，凌书记觉得他对凌林"扶上马，送一程"的历史使命结束了，可以放手了。

"林儿，还有一件十分重要的事情，我必须告诉你，否则，对不起你，更对不起祁宏。"凌书记说。

"爸，什么事情，这样郑重其事，听着叫人心里很不安生！"凌林说。

"我告诉你，你不要着急，因为祁宏现在已经度过了最危险的时候，已经没事了，除了疼痛。"凌书记说。

"祁宏他怎么了？"凌林的声音高了起来，腔调都变了，她的心又一次提到了嗓子眼。

"祁宏为帮你爸洗清冤屈，做了很大努力，做出了很大牺牲，他出了车祸，身上多处受伤，现在躺在医院里。"凌书记说。

"啊！他要不要紧？"凌林的心揪了起来，一阵阵地疼痛。

"已经脱离生命危险了，你放心吧，孩子，就是流血过多，身体有点虚弱。"凌书记说。

"怎么这么不小心呢？"凌林责怪地说，好像电话那头不是父亲，而是祁宏。

"这是命中注定的一劫，祁宏是没办法逃避的。张伟为了阻止祁宏把证据交给调查组，要杀他灭口毁证。张伟制造了一起交通事故，使祁宏乘坐的小车从山上掉到山谷里去了，司机陈晓明当场死亡，祁宏捡回来一条命，现在已经没事了，我也可以告诉你了！但是他受伤不轻，要彻底好起来，还得在医院待上一段时间。"凌书记说。

"又是张伟？那个人是祁宏命中注定的灾星。当年高考，他指使人抢了祁宏的准考证，害得祁宏与北京大学擦肩而过；后来，张伟又抢了祁宏的女朋友高燕，还在祁东二中的走廊上欺负过我；现在又设计陷害您，制造工地事故，害得您被双规。这个人恶贯满盈，还真不是一个好人！"凌林说。

"善有善报，恶有恶报，不是不报，时候未到。总有一天，他会受到法律制裁的，我相信这天很快就会到来！"凌书记说，"我们还是不说他了，国际长途很贵的，我们多留点时间聊聊祁宏吧！"

"祁宏要在医院里面待多久？"凌林问。

"我问过主治医生了，他说短则一个月，长则两个月，长和短，要看祁宏的体质和身体恢复情况！"凌书记说。

"有这么严重啊！谁在照顾他呢？"凌林问。

"是啊，差点命都没了。现在暂时没人照顾他，他怪可怜，怪不方便的。"凌书记说，"他们家的情况，你不是不知道，他妈妈祁茗要在家照顾奶奶和一帮小孩，一天都离不开；他爸爸朱鹏要开车养家，也抽不开身来。祁宏伤得再重，都只能自己照顾自己，没人帮他！"

"不是说好人有好报吗，祁宏可是照顾了很多人，怀孩子的高燕，得白血病的钱小芸，就是没有照顾过我……"凌林不由自主地说。

"你还在吃醋？你没被他照顾，说明你过得很好，没有这个必要！你需要的时候，他会比照顾任何一个人都更加尽心尽力的。祁宏就是这样一个人，做什么事都讲究奉献，都求问心无愧，不求回报！他这样一个人，应该得到福报！"凌书记说。

父亲话里有话，凌林是听出来了，但如何选择，父亲没有明说，凌林心里清楚，父亲把选择题留给了自己，如何做出选择，还得看她自己。

"那我看看能不能请一段时间的假，回来照顾他一阵，毕竟他是为了我们家的事出的车祸受的伤，我们家的人照顾他，天经地义！"凌林说。

来到英国一百多天了,这一百多天,是凌林一生中最难熬的一段时期了,她太想回国了。现在的她和祁宏一样,都是受了重创的人,祁宏伤在身体上,她伤在心理上;祁宏需要疗治身体上的伤痛,她需要疗治心理上的伤痛;祁宏的医生在医院里,她的医生是祁宏,天天看着他,照顾他,就是给自己疗治心灵创伤的最好方式。

"林儿,如果条件允许,你就回来一段时间,照顾一下祁宏吧!"凌书记说,"我想,这个时候,他需要你,你需要他,你们都可以抽出一点时间来,什么都不做,什么都不想,好好地陪伴对方一段时间。"

"爸,我认真考虑一下您的这个建议!"凌林掩饰不住内心的兴奋和喜悦,她觉得老爸就是她肚子里面的蛔虫,她在想什么,他给她说了出来,给了她台阶下,老爸这情商不是在感情方面朽木不可雕的祁宏能比的。

第二十五章　张伟和刘美丽胜利大逃亡

亲眼看着陈晓明的车从那么高的山坡上滚落下去，自己却毫发无损，全身而退，张伟甭提有多高兴了——这个结果，比他原来设想中的还要完美多了，他以为祁宏和陈晓明都死了。可下午传来的消息，跟他想象中的不一样，陈晓明是死了，祁宏却还活着，那辆车也没有爆炸，这让张伟很是沮丧。

张伟希望祁宏和陈晓明都死了，落个清静；实在不行，换一下也行，即祁宏死了，陈晓明活着。祁宏是他的宿敌，他跟陈晓明没什么深仇大恨，是祁宏把陈晓明带偏了，站到他对立面去了。张伟万万没想到，现实偏偏不按他的意愿来，他感到了不妙，内心升起了惶恐不安。

日有所思，夜有所梦。那天晚上，张伟半夜时分做噩梦了。他梦见浑身是血的陈晓明向他索命来了。陈晓明瞪着灯笼一样大的眼睛，死死地盯着他，要把他吃了似的；陈晓明的双手死死地掐住他的脖子，任他怎么挣扎都无济于事。

张伟最后挣开陈晓明死掐的双手是因为刘美丽看情况不对，用力把他摇醒了。当梦里陈晓明双手死死地掐住他脖子的时候，张伟下意识地四肢乱蹬，有好几脚都踢在了刘美丽身上，把刘美丽踢醒了，踢痛了。黑暗中，刘美丽看到张伟面目狰狞，摇头晃脑，拼命挣扎，浑身都在冒冷汗。刘美丽知道张伟做噩梦了，半夜被鬼压床了。

醒来后，张伟再也睡不着了，他坐起来，靠在床头，点燃一支烟，在黑暗中明灭吞吐。尼古丁的强烈的镇静作用让张伟渐渐地平静下来，精神起来。张伟又把白天的事情，从头至尾，认认真真地回顾了一遍，自认为天衣无缝，看不出什么破绽，看不出他杀他们的痕迹来。

陈晓明的惨死，祁宏的重伤，只是一次意外交通事故，跟他自己没有什么关系，张伟在心里一次又一次地安慰自己，欺骗自己。尽管这样，张伟还是有点担惊受怕，因为陈晓明的车翻落山下后不久，他刚离开现场，朱鹏和高燕的车就来了，两辆车擦身而过，把正得意洋洋的张伟吓了一大跳。看到朱鹏和高燕，张伟当时就感到强烈不安，祁宏和陈晓车翻车的喜悦被洗涤一空，甚至转喜为忧了：难道被他们发现了什么？

刘美丽也没有睡意了，张伟梦中面目狰狞的样子，也把她吓着了。刘美丽也坐起来，感到心有余悸。

"伟哥，一人做事一人当啊，这些事情都是你做的，跟我没什么关系啊，千万不要把我扯进去了！"刘美丽双手合十，继续说道，"陈晓明，冤有头，债有主，是张伟害的你，你要报仇就找张伟，不要找我，千万不要跑到我的梦里来啊！"

"刘美丽，你在瞎说什么呢！我们现在是一根绳上的两个蚂蚱，谁都跑不了！我做的，都是为了你，为了我们俩，为了我们的孩子。如果我不好，你也好不到哪儿去，你休想事不关己，高高挂起！"张伟说。

"伟哥，我真不明白了，你冒那么大风险，做那么多伤天害理的事，是为了什么？我们稳稳当当地从高氏集团弄点钱，不好吗？"刘美丽说。

"那样赚钱太慢了啊，要有花不完的钱，得到什么时候？再说了，那样赚钱，我们又能赚多少？还不照样要担心有一天东窗事发！"

张伟说，"你们女人，总头发长，见识短，给点儿糖吃就心满意足！"

"既然要赚大钱，也不一定要把高氏集团据为己有啊，我们不如现实点，趁高欣还没出来，高燕到县城张罗陈晓明葬礼的绝佳时机，多转点儿钱到我们账户上。现金为王呢，我们手里有钱了，胆才壮，腰才粗，做人才气派！"刘美丽说。

张伟沉默了，刘美丽的话是对的，甚至让他醍醐灌顶：自己冒那么大风险，归根结底不就是为了赚钱吗？即使是掌握高氏集团，也是这个目的，还真不如像刘美丽说的那样，当务之急是从高氏集团多捞点钱，现在不捞，过段时间，高燕回来，高欣出来，想捞都来不及了，没机会了。

上午上班的时候，张伟看到了天赐良机：高欣在看守所，王红梅去看守所看高欣，高燕和朱鹏上县城殡仪馆处理陈晓明的后事，祁宏住院了，高氏集团就他一个人说了算，一切都畅通无阻！

张伟跑到财务部经理室，把公章塞进公文包，然后上了楼，喊上刘美丽。他们下了楼，到了停车场，上了车，开着车，往县城方向驶去。他们准备把想法付诸实施，捞一把大的。

"干脆一不做，二不休，我们转一千万出来，早点实现财务自由吧！"刘美丽试探着说。

"一千万，很多吗？一千万能用多久？一辈子？你们女人真是头发长，见识短！"张伟不屑地说。

"那就转三千万，三千万总够了吧？你账上两千万，我账上一千万！"刘美丽两眼放光，兴奋地说。

"宝贝，转多转少，还得看高氏集团账户上有多少。我们量力而行，见机行事，有可能是三千万，有可能是五千万，有可能是一个亿，甚至更多！"张伟说。

"一个亿？我从来没想过这辈子能有这么多钱！"刘美丽夸张地张大了好看的嘴巴，露出来深深的口腔，久久合不拢来。

到了银行，张伟查了一下余额，被那个数字惊得目瞪口呆！张伟也是见识短了，高氏集团拥有的财富远远超出了他们的意料，以前他只知道高氏集团很有钱，但绝没想到高氏集团这么有钱！

看到高氏集团账上的钱，张伟立刻改变了主意，都说无毒不丈夫，量小非君子呢，转多转少都是转，不如一步到位。张伟连忙把高氏集团的钱转到了自己、刘美丽和刘美丽弟弟的账户上，只给高氏集团留下来五百万周转资金——刘美丽示意张伟把钱全部转走得了，五百万都不要留；张伟没有听，留下这笔钱，张伟是有自己的考虑的，账上有五百万，高氏集团还能周转一阵子，他和刘美丽干的事，不至于立马东窗事发；他们现在拥有的钱，有这个五百万不算多，没这个五百万也不算少了。

转完账，从银行出来，张伟和刘美丽开心极了，兴奋写在脸上，一览无余！有钱人就是不一样！他们现在成了有钱人，成了大富豪！如果只是吃喝玩乐，这辈子他们啥都不用做了，那些钱，他们一辈子都花不完了，他们一辈子都不用为钱操心发愁了。张伟突然觉得还是刘美丽对，为什么非得要掌握高氏集团呢？掌握高氏集团，以后还要费心劳神，像高欣那样，生活要质量没质量，要品位没品位！高欣一天忙得不是像狗一样吗？又有多大意思呢？

"伟哥，现在祁东县最富的人，不是高欣了，是我们了！"刘美丽说。

"还不只祁东县吧，我看就是整个衡阳市，也没几个人有我们有钱！我们可以在衡阳市的富豪排行榜上进入前三了！"张伟说。

从县城开车回四明山，两个人都很兴奋，叽叽喳喳，一路说个不停，就像两只刚刚孵出来一窝鸟崽的鸟爸鸟妈，兴奋得不得了，他们热烈地讨论着那些钱怎么花，能够花多久。

"我要买一幢欧式风情的别墅，订购两辆最豪华的车，最好是劳斯莱斯，要情侣版，女式的你开，男式的我开！"张伟说。

"祁东的房子很土呢，全县都没有我们想要的那种浪漫别墅吧？"刘美丽说。

"有这么多钱了，我们还待在祁东做什么？待在祁东，这么多钱怎么花？真没地方花的！我们得去别的地方！留在祁东，迟早会穿帮，我们会被抓起来，我叔都保不了我们！"张伟说。

"那我们是去长沙，北京，还是广东？只有那些大城市，才有我们想要的那种别墅，我们才能过想过的那种富豪生活！"刘美丽说。

"长沙太近了，高燕和祁宏都在那儿，说不定会碰上，容易坏事！"张伟说，"北京太远，听说很冷，我们又没文化，普通话都说不好，活着挺自卑的！"

"那就广东！"刘美丽说，"听说广东很开放，到处都是全国各地来的漂亮年轻的女孩，你再找几个做情人！"

这个主意不错，刘美丽半开玩笑半认真的话确实是张伟心里的真实想法，但这个想法被刘美丽说出来，却被张伟立刻否定了。

"宝贝，女人嘛，有你一个就够了！你这么漂亮，这么风骚，我还找别的女人做什么？"张伟说。

"伟哥，这是你自己说的啊，我可没有逼你！君子一言，驷马难追，你得说到做到！"刘美丽说。

"你说说看，我们现在有钱了，你最想干什么？"张伟说。

"我要把自己打扮得漂漂亮亮的，成为一个贵妇人，就像电影中的那种有钱人一样！我要买高档化妆品，要穿时尚名贵的衣服，要挎普拉达包包，要游遍祖国的大好河山，要吃遍天下美食！"刘美丽说，"我要再去美美容，学学站立行走的姿势，就像香港的电影明星那样漂亮迷人，魅力四射！"

"你干脆办个美容院得了，有一大帮技师专门为你服务，自己需要的时候给自己做，自己不需要的时候给客户做，既挣钱，又养身！"张伟说。

"伟哥，你这个主意好啊，说到我心坎里去了！我就是这么想的！"刘美丽说。

回到四明山，进了高家大院，把公章物归原主，放进财务部经理室后，在公司里面转了一圈，张伟顿时感到索然无味，以前那种雄心壮志一泻千里，偃旗息鼓。这个公司，外面看起来很大，实际上已经空了，绝大部分钱都进了他和刘美丽的腰包了，再继续待下去，既没意思，又没意义了，还容易夜长梦多，露馅了。

张伟回到房间找刘美丽。刘美丽正躺在床上白日做梦。张伟跨上床，压在刘美丽身上，两个人缠绵了起来。但是关键时刻，张伟还是硬不起来，刘美丽很不满意。

"张伟，你不是常说，有钱了，胆就壮了，腰就硬了吗？你现在这么有钱了，为什么还是硬不起来？"刘美丽说。

"宝贝，这段时间，我操劳过度了，心思不在这个上面。"张伟说，"今天压力尤其大。我们是有钱了，可是心里不安稳呀！光有钱不行，我还得考虑我们的出路，没钱有没钱的闲，有钱有有钱的愁！"

张伟知道自己不行了，他不知道自己什么时候能够硬起来，他已经尝试过很多次了，在刘美丽这儿，在高燕这儿，都是功亏一篑——他越是焦急，那地方越是硬不起来。

虽然欲望被挑了起来，像团火一样燃烧，结果却没有被满足，刘美丽感到很窝火，可想着他们有用不完的钱，刘美丽的气就消了一大半：看在钱的份上，刘美丽把升起来的怒火压了下去，不再跟张伟计较。

哪个愿意跟钱过不去呢，哪个愿跟金主过不去呢？

"伟哥，看在那些钱的份上，这次我饶过你，不榨取你了！"刘美丽半开玩笑半认真地说。

"放心，宝贝！只要我心里没有压力了，我会重振雄风，让你满意的，就像我们当初那样！"张伟拍着光光的胸脯，信誓旦旦地保证。

这时候，张伟的大哥大响了，是叔叔张援朝打过来的。

张援朝郁闷地告诉张伟，他的代理书记没有了，因为凌书记被解除双规，官复原职，要回到县委县政府大院来上班了，凌书记还是凌书记，张县长还是张县长。

张援朝似乎预感到了什么，严肃认真地嘱咐侄儿：为人要低调，做事要收敛，给别人留有余地，就是给自己留条后路。

接着，张援朝详细询问了照片的事，工地事故的事。

张伟支支吾吾，不置可否，他被叔叔问得满头大汗，坐立不安。

从叔叔的问话来看，张伟明白自己是弄巧成拙，搬起石头砸自己的脚了。

"伟崽，你太年轻了，太性急了，太沉不住气了，本来是一手好牌，现在被你打坏了，说不定还要把我牵进去，我可没叫你那样做，一切都是你自己的主意，我不是你的同谋，更不是你的幕后指使！"张援朝说，"你这叫欲速则不达，聪明反被聪明误！"

"叔，事已至此，说多了也没用，你看我现在怎么办呢？"张伟问。

"你最好出去躲躲，避避风头吧。"张援朝说。

"您都没有办法帮我了？"张伟说。

"有些事，过了底线，我权力再大，都没办法。"张援朝说。

其实，出去躲躲，正是张伟的想法，可他没敢告诉张援朝，他把高氏集团的钱卷走了，他就做了走的打算。这件事，早晚会被发现，等发现了再走，就来不及了。虽然现在风平浪静，却已经是山雨欲来风满楼了。至于什么时候东窗事发，张伟总觉得就像明天一样，就像一觉醒来就被发现了一样，他觉都睡不安稳了。

"伟崽，你要从长计议，小心驶得万年船。"张援朝说，"三天后，你抽空去一趟看守所，把你岳父接回来，他要被无罪释放了！"

高欣要被无罪释放了，要回到高家大院来了？

张伟这一惊非同小可，大哥大从他手上掉了下来，摔在地上，散

264

架了。

如果高欣出狱，那就意味着他已经从工地事故中脱身了，意味着祁宏已经把证据交给了调查组，调查组也采用了；如果高欣出狱，那意味着自己把高氏集团的钱转走的事，要提前东窗事发了。高欣是个精明人，说不定出狱后，他第一件事就是去银行查账；工地上的事故，总得有人负责，凌书记被解除双规，高欣被无罪释放，那就意味着他们已经脱责了——那个要负责任的人是谁？高欣出来了，谁会进去？

答案明摆在那儿。张伟越想越怕，高氏集团的钱，张伟是不愿意退回去的，一千个不愿意退；看守所，张伟是不愿意进去的，一万个不愿意进；至于最大可能的被枪毙，张伟更是一亿个不愿意，他还年轻，还有很多美好的日子没过，有很多福没享；他很有钱，过美好日子，享福，他有的是本钱。

"宝贝，我们现在有用不完的钱了，我们走吧，越早越好，我们好好享受生活去，越远越好！"张伟说。

"好吧，伟哥，我也实在不想在祁东这个鬼地方待了，要啥没啥，一点现代化气息都没有，死气沉沉的，到处都是流言蜚语，看你看我就像看把戏似的，我已经受够了！我们走吧，现在就走，走得远远的！还有一个月，肖和平要复员回来了，我们的事，他早晚要知道的，他要把我杀了的！"

"好！那我们现在就走，你赶紧收拾一下，半小时后，我们出发！简单点，衣服都不拿了，我们到广东了再买新的，买流行的！"

一说起广东，刘美丽就兴奋："我还没去过广东呢，听说那儿灯红酒绿，夜夜笙歌，早茶好吃，是享受生活的好地方！去了广东，我们干什么呢？开工厂？"

"我们有那么多钱，干什么都行，不干也行，我养得起你！"张伟说。

"都说男人有钱就变坏，广东是花花世界，到了那儿，你要变坏就容易多了!"刘美丽说。

"宝贝,你说什么呢?我现在就坏,不用变。但我对你多好,你自己没数吗?存在你和你弟弟账户上的钱不比存在我账户上的少多少!高燕那么美丽,他们家那么富有,我还不是跟你鬼混在一起,没把她当回事,如果我跟她好,我犯得着这样亡命吗!"张伟说。

"这倒是真的,可世事难料啊。自从高燕回来后,你就变了,对我没兴趣了,我们就没过过性生活了。说明在你心里,我已经不重要了!"刘美丽说。

"宝贝,不是你想象的那样,你把事情想复杂了。如果是你说的那样,我就不会把钱转出来,跟你一起分享,跟你一起逃亡了,我做高家女婿,一样衣食无忧,吃喝不愁。这段日子,我是天天操劳过度了,忧心过度了,每到关键时刻,就起不来了,不光在你这儿这样,在高燕那儿,我也是这样。"张伟说。

"这么说,你是阳痿了。"刘美丽说,"你不行了,我跟你到广东去,那我不是守活寡了?当初我就是因为不愿意守活寡才跟你混到一起的。"

"放心,宝贝,我肯定不会让你守活寡的。到了广东,没有了那些没完没了的烦心事,我休养生息一段时间,好好调理调理,肯定会好起来的。那个时候,我生龙活虎,又不用工作,每天都跟你在床上鬼混,我们先鬼混七七四十九天再说!"张伟说。

"那种事,不做没意思,做多了,做烦了,做腻了,也没意思。"刘美丽说,"不过你说得对,你张伟就不是一个不行的人。你那么有钱,到了广东,你肯定是一个胆壮,腰硬,气粗的真男人!"

两个人说走就走,从高家大院出来的时候,他们什么都没拿,别人也想不到他们是携款潜逃。

刘美丽要张伟开车,回了一趟自己娘家,去看年迈的父母和年幼的女儿。他们的女儿被外公外婆带着呢,两岁多了。张伟掏出来一大把钞票，塞给老人。老人不接，张伟把钱放在桌上。

张伟和刘美丽要抱女儿，亲女儿，小姑娘怯生，把脸扭向一边去了。小姑娘半岁断奶后，就一直跟外公外婆生活，刘美丽只是偶尔回来看看，母女俩的关系很生疏，就像一对陌路人。张伟不是刘家女婿，名不正言不顺，就来得更少了，跟女儿的关系更加疏远了，小姑娘也不叫他"爸"，而是叫他"叔"，有时候连"叔"都不叫。

两个人在刘美丽娘家待了不到半个钟头就走了，因为张伟的身份，令他们都尴尬。两个老人很传统，不接受他们的关系，虽然不至于打他们，骂他们，但冷眼相看，冷脸以对是有的，张伟不愿意受这个气，刘美丽也不愿意。

两个人到了火车站，正好有一辆去广州的火车进站，他们匆匆买了票，登上了南下的火车。

挤上火车，坐下来后，看着越来越远的祁东县城，刘美丽若有所思地说："伟哥，以后我们可能就不回来了！"

"是啊，宝贝，我们这一走，可能很长时间都回不来了，以后过年，我们都要在外面过了，身边一个亲人都没有，连清明祭祖，中秋拜月，我们都回不来了！"张伟说。

"依你看，我们什么时候可以回来？"刘美丽说。

"都还没走呢，就说要回来了？你对这片土地可从来没有这样眷恋过的。我们什么时候回来，不好说啊，也许八年，也许十年，也许一辈子都回不来了！"张伟说。

"我爹娘百年了，都回不来？"刘美丽问。

"我们做好这种准备吧！"张伟说，"你看还有什么要交代的？"

"我还真有两个事情，放心不下！"刘美丽说。

"什么事情，你说吧，我们一件件来解决。"张伟说。

"我们的女儿，总不能让她跟着两个老人一起过吧，他们文化低，见识窄，性格怪。女儿跟他们在一起，会影响她的性格、见识、成长、教育和前途的！"刘美丽说。

"这个当然了！我们对她管教太少了，她都不认我们了，这是我们作为父母的失败。等我们安顿下来，叫她舅舅把她带到广东来，我们自己带，我们有钱，以后给她提供最好的教育，最好的环境，让她成为祁宏和凌林那样的人中龙凤！"张伟说。

"这样最好了！"刘美丽长舒了一口气。

"第二件事呢？"张伟问。

"你的那辆车，停在火车站，怎么办？不要了？"刘美丽问。

"那辆破车值不了几个钱了，是高欣在我跟高燕结婚的时候送我的礼物，现在已经开了快三年了，旧了。我们到广东了，买两辆新车，劳斯莱斯，你一辆，我一辆！我们那么有钱，你还惦记着那辆破桑塔纳做什么？"张伟说。

"一辆劳斯莱斯就够了，你用；我只要一辆宝马！"刘美丽说，"你是太败家了，这样下去，再大的家业，再多的钱，都会被你败光的！"

"那我们省着点，计划着用，你来管钱！到了那边，我就把那辆车的钥匙给你弟弟寄过去，把那辆车送给他！"张伟说。

"我们那么有钱，我就这么一个弟弟，要送也得送一辆新车呀！"刘美丽说。

"那辆车不算旧，还有七八成新呢，不丢他面子！在祁东县城，能有这样一辆车，已经很气派了。有私家车的，全县加起来不足一百人！那辆车比我叔叔的，比凌书记的，都新呢！你弟弟都享受书记和县长待遇了！你不能把他跟高欣比，也不能跟我们现在比！"张伟说。

第二十六章　凌林回国照顾祁宏

接到父亲电话，得知父亲没事了，母亲也不闹了，凌林甭提有多高兴了，她长舒了一口气，那颗悬着的心落了下来。

凌林相信祁宏有这个能力，这是她找他帮忙的原因。知道父亲出事后，凌林如坐针毡，度日如年，一直为要不要回国一趟犹豫徘徊。她很想回国一趟，但理由不充分，因为她知道，自己回去，只是求个心安，她没有能力帮到父亲，甚至回去只能给父亲添堵。现在父亲自由了，她放心了。

可刚高兴没多久，父亲又来电话了，把她的心再次悬了起来。父亲告诉她，祁宏被张伟暗算，出了车祸，受了重伤，住进了医院。

听到祁宏受伤，凌林感到呼吸困难，心如刀割，好像那些伤，不是伤在祁宏身上，是伤在她身上；那些痛，不是痛在祁宏身上，是痛在她身上。

祁宏受伤，帮她下定了决心，她是非要回国一趟不可了，她要亲眼看看祁宏，伤在哪里了，有多严重，否则，她吃不下饭，睡不着觉，也听不进课。自从知道祁宏受伤后，凌林在课堂上老是走神，眼前老是晃动着祁宏满身是伤，满身是血的样子，晚上做梦都是这样——尽管凌林明明知道，祁宏已经脱离生命危险了，正在康复中。

回国一趟，要花很多钱。凌林身上的钱不够，她又不忍心把自己的窘境告诉父亲，因为父亲也没钱，一张机票相当于他三个月工资；

269

父亲已经够背的了，她不希望他分心劳神，她要自己想办法，攒够机票费。

下定决心要回国一趟后的一周时间里，凌林增加了在中国餐厅打工的时长，以前是下午放学后过去，那一周，凌林干脆旷课逃学了，全天都耗在中国餐厅，而且手脚特别勤快，归她干的活，不归她干的活，她都干了。

旷几天课没什么关系，凌林知道自己的学习能力，一段时间没听课，不是什么大不了的事情，她可以通过自学的方式进行弥补，迎头赶上。

中国餐厅的老板把这一切看在眼里，知道凌林缺钱了，自觉地给她长了工资。七天忙碌下来，算账的时候，老板给凌林算了三份工钱。接过老板递过来的钞票，凌林开心地发现，她已经攒够了一张回国的机票钱了。

凌林兴奋地拿着钱，冲出餐厅，跑到学校附近的一个机票代售点，买了一张从伦敦到北京的飞机票。拿着机票，凌林开心地笑了，那笑还有一些自嘲，嘲笑自己朝令夕改，说话不算数，把那个三年之约当儿戏了——小女子嘛，有时候说话不算数，倒是一种可爱的表现。

在祁宏受伤前，鉴于自己给祁宏订立了一个三年之约，她真以为自己要三年之后才能回国，并一直为这个信念坚守着。可听到祁宏受伤那一刻，这个信念就像一堵流沙砌成的围墙，被感情的洪水冲垮了，倒塌了，她希望立马回国，回到祁宏身边，看着他，照顾他，疼着他——她再也不想坚持那个所谓的三年之约了，就让那个三年之约见鬼去吧。

这个突然准备回国的想法，凌林谁都没有告诉，包括父母，她要给他们一个意外的惊喜，更要给祁宏一个意外的惊喜，一份珍贵的礼物——她回来就是给他的一份最好的礼物。

急急忙忙赶到希思罗机场的时候，凌林才想起，应该告诉杜维一声。她在伦敦待的时间不长，还没什么朋友，杜维算是一个，毕竟他救过她的命。凌林在机场的公用电话亭给杜维打了一个电话，说家里出事了，需要回国处理一下。杜维说，那我开车送你去机场。凌林说，不用了，我已经在机场了。杜维说，那我告诉一下谢天放？凌林说，谢天放是谁，我已经不认识他，也记不起来有这个人了。

杜维很想提醒凌林，谢天放就是当初跟你一起来英国的那个牛高马大的男生。但他憋住了，没有说。因为他识趣，他听懂了凌林话语中的潜台词，在凌林的生命过程中，谢天放已经成为一个过客，一个脚步匆匆的过客，一个什么都没有留下来的匆匆过客——他们现在已经成了陌路人。

当然，被凌林断联后，谢天放也没闲着。他精力充沛，在感情上，是一个闲不住的人。何况在谢天放看来，他已经得到了凌林的身体，没有什么遗憾了。爱情和婚姻是两码事，他当然想跟凌林结婚，可凌林不理他了，他不想勉强她，也没有办法勉强她——这跟他强暴她也是两码事，忤逆女人意志的事，只能偶尔做一次，不能长久地做，不能想做就做。谢天放迅速地跟另外一个同校留学的中国女孩好上了，他们好得如胶似漆，形影不离，好像凌林没有出现过，存在过一样。那个女生跟着谢天放搬进了杜维的独家小院，过起了同居生活。女生长得有点像凌林，这很重要，更重要的是，女生很黏谢天放，对他百依百顺，不像凌林那样冷若冰霜，对他成天板着个脸，没有一丝笑容——凌林只有在祁宏那里受到伤害，需要安慰了，才会想起他，把他当一回事。

在英国，杜维是谢天放和凌林感情的见证人，但是他们俩的感情让杜维如鲠在喉，浑身不自在，也没想明白。杜维总觉得谢天放后来找的女朋友比不上凌林，没有凌林漂亮，没有凌林那么有气质，没有凌林那样贤惠，讨人喜欢。在杜维看来，这段感情跟他所见过的来英国留学的年轻情侣很不一样，其他情侣一起来异国他乡了，都相依为命。谢天放和凌林，辛辛苦苦地来了，匆匆忙忙地分了，不是因为性格不合，杜维没见过他们有大的争吵，只是突然说分就分了。让人更加费解的是，那个男的还似乎很痴情，找个新女朋友都要找相像的，那个女的还寻死觅活，好像很受伤。杜维跟谢天放认真地谈过，得到的答案让他更加摸不着头脑，不是谢天放移情别恋，不要凌林了，而是凌林不要谢天放了——既然不要谢天放，凌林还有什么想不开，非要投湖自尽呢？

上飞机的时候，正是伦敦的傍晚，澄净的天空映满红霞，绚烂壮丽。十多个小时的飞行，天空经历了多重美景变幻。凌林没有心思看风景，也没有心思像其他大多数乘客那样，死气沉沉地睡去，把飞机变成一座暮色之城。凌林闭着眼，靠在椅背上，却没有一丝睡意——她一直在反省，在思考，想得越多，悟得越深刻。

原来都是自己错了，错怪祁宏了，从头到尾都错了。还好，她在深刻地认识错误，在积极地改正错误，生活也对她不薄，没有把最后一扇门关上，祁宏愿意给她改正错误的机会——这次贸然回国，也许是她改正自己错误做出的最正确、最勇敢、最及时的决定。可凌林还是没有把握，祁宏会不会最终原谅她，毕竟现在的她跟过去的她完全不一样了，很多男人在意，尤其是山沟沟里出来的男人。

当然，凌林也是一颗红心，两手准备：如果祁宏原谅她，她就留在中国，留在祁宏身边，不走了，关心他，照顾他，疼爱他，跟他重新开始，重新来过，跟他认真规划，并肩奋斗，共创未来；如果祁宏不能原谅她，她就返回英国，以后就在伦敦定居，在伦敦打拼，在伦敦生老病死，不回来了——至少在感情的创伤没有疗治痊愈之前，她是不回来了，对感情和家庭，她也不敢奢望了，将来随随便便找个人，也无风雨也无晴地过一辈子算了，像杜维那样，谈不上有多喜欢，也谈不上不喜欢。

也许，很多读者认为，出国留学不容易，尤其是在那个年代，不论怎样，凌林都不应该放弃在英国的学业，坚持那个三年之约的。但凌林想，对她来说，学业不是最重要的，她可以重新开始，在哪儿都一样，她相信自己的学习能力！经历了那么多事情后，她终于明白过来，遇到那个对的人，好好地珍惜他，这才是最重要的；如果错过了，永远都没办法弥补了——她已经错过一次了，有了血的教训了，她不想再继续错下去了。

到了北京，飞机降落后，凌林没有出机场，也没有回清华大学看望老师、同学、室友——她都没有把自己回国的事情告诉他们。凌林直接从国际机场转到了国内机场，买了当天飞往长沙黄花机场的机票。在候机厅又等了两个小时，凌林登上了飞往长沙的飞机。凌林马不停蹄地赶路，一刻都不想耽误，只想早点出现在祁宏面前，哪怕早一分钟都好。

一百多天前，离开北京，飞往伦敦，凌林是心不甘情不愿的。当初的不忍离去，又不得不离去，跟现在的归心似箭，一刻都不想耽误，都是因为一个人——如果这个人愿意，她再也不想走了，不想离开他了。

从北京到长沙，比从伦敦到北京，旅程短多了，也快多了，只用了两个多小时。飞机落了地，出了机场，凌林也没有停留，她招手拦了一辆出租车，直奔祁东。凌林身上的钱已经不够租车了，这难不倒她，到了国内，到了祁东，有人给她付车费。

在凌林再三催促下，师傅开得很快，一路上赶超了很多辆车，可凌林还嫌慢了，不停地催师傅快点快点再快点。师傅是个中年人，他强忍着脾气，只要逮住机会就超车。这种心急的客人，他见多了，也见怪不怪了，但没见过这么心急的。他认为她有急事，有很急的事，否则，她不会叫出租车跑那么远的路。他不跟女孩计较，尤其是跟漂亮女孩——被漂亮女孩催促赶路，他争取做到让她满意，是一件很愉快的事。

凌林指挥出租车司机直接开到了祁东县委县政府大院门口。凌林没有进去找父亲，她怕见了父亲，两人又要没完没了地唠叨，耽误了看祁宏——她和父亲，彼此间也有太多话要说了，但她那么紧赶慢赶地回来，不是为了见父亲，跟父亲唠叨，而是为了见祁宏，跟祁宏唠叨。凌林摇下车窗，向门卫大爷借了三百块钱，付了出租车费，又指挥出租车司机直奔祁宏所在的医院。

门卫大爷看到凌林回来，有些吃惊；见她回来了，也不见见凌书记就要走，更加吃惊。

"小林姑娘，你不是在英国念书吗?"门卫大爷问。

"对，我今天回来了，"凌林说，"叔，出租车钱，等会要我爸还你啊，麻烦你告诉他，我回来了，就不上去了，我现在去医院看祁宏。"

"你不上去看看你爸了，祁宏比你爸还重要?"门卫大叔问。

"祁宏受伤了，我爸没事了，等我到医院看了祁宏再回去看他。你帮我转告他一下，要我妈做顿好吃的，多做几个菜，我晚上回家吃饭，我已经很久没有吃到地地道道的中国菜了，尤其是妈妈味道的中国菜!"

凌林刚走，门卫大爷就给凌书记打了电话，把凌林回来了的事情告诉了他。凌书记很诧异，但没有生气，他知道女儿回来，不是为自己，如果为自己，女儿早就回来了——在她得知父亲被双规的时候就回来了。女儿是为祁宏，那个男孩才是她放不下的人，在女儿心目中，他这个做父亲的，地位已经下降了，让一个叫祁宏的男生取代了。

凌书记也没有马上去医院找女儿，他希望把更多时间留给女儿，留给两个年轻人。但是凌书记还是难得地提前下班了，他去了一趟菜市场，买了很多女儿爱吃的菜，泥鳅、黄鳝、小鱼、小虾、猪蹄、油豆腐、排骨、辣椒、茄子……直到拎不动了——因为凌林交代过，晚上要多做几个菜，凌书记都差不多把菜市场搬回家了。

回到家里，凌书记跟老婆肖芳一起忙碌，为女儿准备饭菜，一家人很久都没有在一起好好地吃顿饭了。凌书记也没有告诉老婆，凌林回来了，只是说晚上有个贵客到家来吃饭，要老婆拿出看家本领，把菜做出最高水平，跟女儿一样，凌书记也想给肖芳一个意外惊喜，当然，凌书记也希望凌林把祁宏带回来，祁宏帮了他那么大的忙，他还没有好好感谢他呢！

　　到了医院，找到祁宏的病房，透过门上的玻璃观察口往里一望，凌林看到了那个让她魂牵梦萦的男孩！没错，就是他，不高不矮的个子，方方正正的国字脸，有点儿中国农民黑，额头上有道醒目的伤疤。

　　祁宏低着头，靠在床头，正在看书。他左手打着绷带，输着液，右手在翻书，他身上多处还被纱布和绷带包扎着。看样子，他神清气爽，脸色红润，已经好多了。

　　凌林抑制住内心的激动，轻轻地推开门，走了进去。

　　走进去的时候，凌林突然意识到，自己太心急了，忘记了起码的礼仪，什么都没有带，既没有从伦敦给祁宏带礼物，也没有在国内给他带东西，至少她应该买一束花，最好是玫瑰；至少她应该买一篮水果，最好有苹果、草莓、樱桃这些跟爱情密切相关的水果。

　　祁宏没有抬头，他听到了动静，但他以为是护士来了。

　　直到凌林站到跟前，看着他，不动了，祁宏才感到气氛有点儿不对劲，从书本上抬起头来。

　　凌林？不是做梦吧？

　　那一刻，空气凝固了，祁宏感到窒息，他不敢相信自己的眼睛！

　　没错，是凌林！是他的凌林！！是他朝思暮想的林儿！！！

　　凌林活生生地站在他面前，一身风尘，满脸疲惫，美丽秀气的脸上挂着微笑，挂着激动，挂着得意，春风一样温暖，秋月一样明亮！

　　"林儿！"祁宏声音嘶哑地叫道，"是你？真的是你？我不是在做梦吧？"

"是我！宏，真的是我！"泪水一下子盈满了凌林的眼眶，她实在控制不住了，扑倒在祁宏怀里，像一个小女孩一样痛哭了起来。

这一刻，凌林才真正感到自己是回国来了，是回家了！

祁宏把右手从书本上抬起来，移到凌林头上，停在那儿，轻轻地抚摸着凌林的秀发，也是热泪盈眶，那泪水也是幸福的泪水。

"回来了就好，回来了就好！"祁宏心潮澎湃，语无伦次地说。

"对不起，原谅我，我不该任性，不该负气出走的！"凌林喃喃地说，"宏，我知道错了，我再也不走了！"

见到祁宏那一刻，凌林下定决心不准备回英国去了，她只想守着他，跟他在一起，有什么事，跟他一起扛；有什么福，跟他一起享；有什么伤，跟他一起受；有什么痛，跟他一起感觉。

"是我错了，林儿，是我对不起你！"祁宏说，"你是我的女朋友，是我最亲的人，跟钱小芸的事情，我不应该瞒着你，应该跟你先商量的！"

"你没有错，错在我，是我心眼太小，格局太小，是我意气用事，不问青红皂白！但我已经为我的任性付出了代价，我已经是一个不干净的女孩了，你还要我吗？"凌林说。

"要，太要了！你回来了就好，过去的就让它过去，我们一起向前看，以后好好珍惜对方！"祁宏一边说，一边加大了搂凌林的力度——他已经把凌林弄丢过一回了，他生怕自己再把凌林弄丢了。

"那我以后就在你身边，哪儿也不去了，英国我也不去了！"凌林流着泪，仰着头，激动地说。

凌林为自己突然做出来的这个决定吃惊，祁宏也很吃惊。

"那怎么行呢？你的学业怎么办？我不能拖了你后腿，影响了你的前途！"祁宏说。

"不会影响的，我还是我，只是换个学习环境。再过三个月，是全国的研究生考试，我准备报考你们湖南大学的研究生，我要跟你成为校友，以后形影不离！"凌林说，"我现在最后悔的，就是当年没有跟你考同一所大学。如果我们在同一个大学，这一切都不会发生了，钱小芸的事，也不会发生，我们不会经历那么多变故和磨难了！"

"人的成长不可能是一帆风顺的，现在想想，这些变故和磨难，倒不全是坏事，至少帮助了我们成长，让我们的心智更加成熟！"祁宏说，"你考我们湖南大学的研究生，倒是一个不错的主意，当年读过你支教报告的老师见到我还经常问起你呢！我代表湖南大学热烈欢迎你！不过，你读湖大研究生的时候，我已经毕业了。既然你报考湖大研究生，我就不用报考北大研究生了。我可以早点参加工作，就在长沙找份工作，我供你读书！"

凌林报考湖大研究生，意味着他们以后不用再分开了。祁宏相信凌林，考上湖大研究生是没有问题的，因为她是一个学霸，一个妥妥的学霸。在国内，凌林报哪个大学的研究生都没问题，只是报湖大研究生有点屈才了。

自己也不用报考北大研究生了，这正是祁宏心里的想法，他们家弟弟妹妹多，父母压力大，都盼着他趁早参加工作，支援家庭建设呢。他以前是跟凌林一起憧憬过，要报考北大研究生，要实现高考时没有实现的梦想，跟清华大学的凌林相遇，比翼双飞；以后他们在北京安家落户，开花结果，他也相信自己有这个能力，可家里的实际情况和经济条件不允许，他得早点参加工作，跟父母一起分担家庭负担。

眼看就要毕业了，祁宏哪儿都不去，就想留在长沙，四年下来，他觉得长沙这座城市很不错，有历史，有文化，有底蕴，有未来，何况现在凌林也准备在长沙读研究生——凌林在长沙读书，他在长沙工作，他们想见面就可以见面了，不用再忍受异地恋情之苦，也不会再惹出那么多变故来，让他们经受那么多磨难了。

第二十七章　高燕南下寻人追款

　　高氏集团的日常开支，有运输队带回来的现金就足够支撑了。直到月底，上千号员工要发工资，高燕陪父亲到银行取钱，才知道公司账户上所剩无几了，跟银行一对账，才发现绝大部分钱被张伟和刘美丽转走了。

　　高欣急得当场瘫倒在地，脸色煞白，半天回不过神来。

　　难怪高欣回来后，张伟和刘美丽突然销声匿迹了。高燕已经半个多月没有看到张伟和刘美丽了。她办完陈晓明的丧事回来，发现张伟和刘美丽已经不见了。高欣出狱回家后的第二天，有三个穿着警察制服的民警来高家找过张伟，高燕还以为这么长时间不见张伟了，是被抓起来，带走了呢，原来他们是卷款潜逃了。

　　眼不见为净。张伟和刘美丽的消失，对高燕来说，本来没什么，甚至是好事，她可以置之不理，甚至暗自庆幸，觉得他们不在，自己难得清静——现在父亲已经回来了，如果还看到他们在高家大院里鬼混，高欣肯定受不了，要出面制止，出面管的，说不定翁婿俩会大打出手，干上一架。他们走了，高燕正好把全部精力投入到工作中去，协助父亲把高氏集团经营好。

　　但是，张伟和刘美丽把高氏集团的钱全部卷走了，事情就不一样了，性质就不一样了，高燕第一时间报了警。接警的民警听说后也很震惊，答应要好好立案侦查。但下午，高燕再打电话询问，给她的答复就变了，说张伟是高家女婿，是他们的家务事——清官难断家务事呢，他们已经问过银行了，银行说张伟的转账程序合规合法，公私章齐全，他们没有办法立案侦查，况且不知道张伟哪儿去了，他们找不到他。

高燕十分生气，她知道民警前后态度不一的原因是张伟背后是张援朝，张援朝是县长。在祁东这块地盘上，张县长手眼通天，到处都有耳目，哪个要害部门，都有心腹亲信。何况这件事，确实横看成岭侧成峰，民警立案有道理，不立案也有道理，民警的回复没什么毛病。看来，要解决这件事，靠民警是靠不住的，就像那个工地事故，光相信调查组是不行的，只有靠自己——有时候，自己确实比政府职能部门管用。

如果说在夫妻感情生活上，高燕对张伟可以睁一只眼，闭一只眼，能忍就忍了，但最近发生的一系列事情，如工地事故、祁宏受伤、陈晓明去世、公司巨款被转走，都触碰了高燕的底线，已经让她忍无可忍了。

那笔钱，是父亲在看守所，她管理公司期间被张伟转走的，高燕负有不可推卸的责任。路上，高燕安慰父亲，没有时间多想。从银行回到家里，高燕把自己反锁在财务部经理室，先是沮丧、愤怒，后是坚强、勇敢，渐渐地下定了决心：她要学祁宏调查工地事故一样，一定要找到张伟，把公司的钱追回来，能追回多少是多少，最好能让张伟受到应受的惩罚。

祁宏是她最爱的人，她不允许张伟伤害他，一点都不行，何况这次张伟对祁宏下死手了，害得他差点把命都丢了；陈晓明是高氏集团最敬业的员工之一，现在被张伟暗算了，惨死在为父亲洗脱罪责的途中，她得有所行动，有所表示，否则，陈晓明死不瞑目，也对不起他的家属，尤其是他结婚不到一年的妻子，还没出生就没有了父亲的孩子；马路扩建工地上被山体倒塌掩埋遇难的三个工人是无辜的，他们是各自家庭的顶梁柱，不应该被牵连致死；高氏集团的钱是父亲这些年辛辛苦苦，起早贪黑，摸爬滚打，积攒下来的血汗钱，不能让张伟不劳而获，据为己有——必须得追回来！

从银行回来，高燕看到父亲一下子苍老了很多。第二天，一觉醒来，父亲的头发全白了，就像染了一层秋霜。高燕明白，这是父亲的一个坎，也是高家的一个坎，是高氏集团的一个坎。这个坎如果过不去，高氏集团就可能由于资金链断裂，树倒猢狲散，他们高家就要一夜回到解放前，甚至债台高筑了。

张伟携同情妇刘美丽，把他们家的钱卷走了，做夫妻做到这个份上，已经没有了夫妻的情分，她跟张伟必须要有一个交代，一个了断。但是，这个想法，高燕不能对父亲说，因为张伟是父母看中的人，这场婚姻是父母操办的，高燕怕父亲为此内疚，更怕父亲阻止自己，不让她去冒险。

"爸，你现在出来了，高氏集团的经营管理还是你拿手，从明天起，我就不管了！"晚上，在桌边吃饭的时候，高燕对父亲说。

"你要去哪里？做什么？"高欣看着女儿，诧异地问。

"我要去长沙办事处处理一点事情，可能需要一段时间！"高燕撒谎说。

"家里的事，公司的事，千头万绪，百废待兴，我明显感到精力不济，应付不过来，如果你能留下来就留下来帮我一把！"高欣说。

"公司现在资金紧张，挣钱要紧！我去长沙办事处处理和拓展业务，把一些款项要回来。我留在四明山也没多大作用，家里的事，我娘可以应付；公司的事，您可以应付。对我们来说，现在最重要的是把业务做起来，把款要回来，渡过眼前难关。长沙办事处经过这两年耕耘，已经有了一定基础，到了该发挥重大作用，让它成为高氏集团业务的一个重要的源头活水的时候了，很有必要将其做大做强！长沙办事处通达全国，是我们祁东没法比的，说不定长沙办事处将来可以帮您再造一个高氏集团呢！"高燕说。

"孩子，你说的很有道理，你就去吧，放心大胆地干，需要什么支持，告诉爸爸，但不要太辛苦了，注意多休息！如果家里需要你，我再打电话给你，你再回来！"高欣说。

高欣不知道女儿准备去广东找张伟，要去追回被他转走的那笔巨款。如果他知道，他肯定不会同意高燕去，至少不会同意她一个人去。

第二天清早，高燕从四明山出发了。朱鹏把她送到了祁东火车站。高燕买了一张火车票，她特意挑了当年逃学到广东打工，为祁宏挣学费坐的那趟火车。她喜欢这趟火车，因为这趟火车有她的青春故事，让她温暖地想起了往事。

拿到票，高燕抬腕看了看表，距离火车到点还有半天时间，她准备去医院看看祁宏。自从祁宏受伤后，她先是张罗陈晓明的葬礼，后是忙公司的事，还没有去看过他呢——当然，高燕没有去看祁宏，更大的一个原因，是她内心有愧，觉得是自己害了祁宏，是她把祁宏叫回来的，是她丈夫把祁宏害成那样的！她心里难受极了，她不敢去，更怕见到祁宏身上的伤——她会抓疯抓狂的。尽管如此，高燕对祁宏的现状了如指掌，她每天都要通过朱鹏了解祁宏的情况，朱鹏每天都要去医院代表公司看望一下祁宏。听说祁宏现在好多了，可以下地挂着拐杖走路了，她也要去广东找张伟了，不知道什么时候回来，不知道还回不回得来，所以，她必须去看望一下祁宏。

高燕买了一篮子新鲜水果，什么最好买什么，什么最贵买什么，这些年来，她对祁宏就是这样，把自己最好的给他。进了祁宏的病房，让高燕感到意外和高兴的是，凌林居然回来了，她正在用牙签插起一块苹果喂给祁宏吃。祁宏的前后两任女友，两个好朋友相见，也是格外开心，她们已经两年没见了，几次都是缘悭一面，擦身而过。

祁宏是高燕的心病，她为他操碎了心，包括他的感情归宿。跟祁宏分手后，高燕把祁宏托付给了凌林；在得知钱小芸要和祁宏结婚的消息后，高燕想阻止，把凌林约到长沙来了，没想到弄巧成拙，害得他们劳燕分飞，凌林一气之下，跟着别人跑到英国去了！现在看到凌林回来了，看到她正在无微不至地照顾祁宏，高燕就知道他们已经冰释前嫌了。这让高燕如释重负，感到十分宽慰。

她生命中这个最放心不下的男人，现在已经有女人照顾了，她可以彻底放手了。从他们的亲密程度看，他们之间的误会已经烟消云散，迎来了两人关系史上的最好时期。看得出来，他们的感情正在进入佳境，那种举案齐眉的幸福感在他们的眉眼表情和举手投足之间自然流淌，让人只羡鸳鸯不羡仙。

三个人有说有笑，相谈甚欢，小小的病房弥漫着友情、亲情、爱情交织的美妙滋味。如果这种幸福时刻能够停滞下来，那该多好！但天下没有不散的筵席，转眼两个钟头过去了，高燕准备向他们告别。

因为腿上有伤，祁宏还不能下床走动，只好委托凌林代表自己送送高燕。这个安排正中高燕下怀，她正想找凌林好好地单独聊聊。她们之间，有误会需要解释，有事情需要交代，但只能是她们，包括祁宏，都是多余的，不需要的。

"凌林，我请你吃个便饭，赔个罪！"高燕说，"是我对不起你和祁宏，是我掌握的信息不准确，误传情报了，害得你们俩产生了那么大的误会！希望你能够原谅我！"

"吃饭是可以的，道歉就免了！"凌林说，"我们吃饭，不是为了道歉，是为了增进感情和了解。燕子，我知道你当初是出于一片好心，才把我约到长沙来的。我和祁宏的误会，不关你的事，是我自己心眼太小，格局不大，胸襟不宽，了解情况不够，明辨是非能力有限，犯了很多年轻人容易犯的错误，也得到了应该得到的教训，这就是成长的代价。但我庆幸自己找到了一个对的人，他不介意我犯下的错误，也给了我改正错误的机会！"

两个女生一边说，一边走，她们在医院附近挑了一个比较干净的饭馆，要了一个小包间。五菜一汤，一份东安国宴鸡，一份永州血鸭，一份生姜盘龙黄鳝，一份荞头泥鳅，一份蒜泥红菜薹，汤是排骨海带汤。菜是高燕点的，都是祁宏最爱吃的。高燕点了两份，一份两个女生吃，一份打包带给祁宏。

菜上来了，高燕要了一瓶啤酒，倒了两杯，举起来，对凌林说：

"凌林，祁宏叫你林儿，我也叫你林儿吧！"

"这个称呼很肉麻，长辈只有我父母这样叫我，同辈中我只允许你和祁宏这样叫我！"凌林笑着同意了。

"林儿，祝贺你和祁宏！你们是经历了风雨，迎来了彩虹，让人羡慕！既然你们那么相爱，我建议你们早点把婚结了，把孩子生了，不要再等了！"高燕说。

"燕姐，我们的事，你比我们自己还心急呢！"凌林说。

"你们结婚生子，不只是你们俩的事，也是我们三个人的共同期待和心愿！我可能没办法参加你们的婚礼了，但我提前祝你们永结同心，白头偕老，早生贵子！"高燕说。

"我们的婚礼，你必须要来！你是我们的月老呢！"凌林说，"你要么做我的伴娘，要么做我们的证婚人，你自己挑！"

"如果有机会，我肯定去，但是我要出一趟远门，有可能很快回来，有可能很久很久以后才回来。"高燕忧虑地说，"但无论我在哪里，我都为你们祝福，为你们祈祷！"

"谢谢燕姐了！经过这段时间相处，我发现我从来没有像现在这样看得清楚，我和祁宏，我们很相爱。祁宏说过，不管曾经发生过什么，他都不计较！我被别人玷污的事情，我都告诉他了，他没有嫌弃，反倒说会更加爱我，保护我！"凌林说。

"这种男人，确实难得，人像金子一样纯，心像大海一样宽。你呢？"高燕问。

高燕突然想起了儿子思鸿，他才两岁多，是她放心不下的最后一个人了。她去广东找张伟，前路漫漫，生死未卜，她不知道前面等待她的是什么，她不知道自己还能不能顺利回来。

"投桃报李，相濡以沫！我也一样，没有任何事情不能原谅，也没有任何事情可以阻止我跟他在一起！"凌林说。

"那他以前做了什么，你都接受？他的什么你都能接受？"高燕问。

"嗯，能，都能，无论什么！"凌林说。

"那就太好了，林儿！"高燕突然激动地说，"如果我告诉你，思鸿是祁宏的孩子，你介意吗？"

这个是凌林没有想到的，高燕还真把凌林问住了，凌林只知道思鸿的名字是高燕为纪念跟祁宏的那段感情取的，这种取名方式曾经让她吃过醋，心里有过不愉快，但她没想到思鸿是祁宏和高燕的孩子，凌林没想到他们孩子都有了。

"思鸿不是你和张伟的吗？"凌林的头脑还算清醒，却很艰难地问。

"不，思鸿是我和祁宏的。林儿，你还记得吗？在你谢师宴那天，我喝了很多酒，醉了，是祁宏把我送到宾馆。那夜，我把祁宏留了下来，我和祁宏什么都发生了。就那一夜，就那一次，我就有了思鸿！"高燕说。

"孩子是无辜的，那个时候，祁宏还不是我的男朋友，这个事实，我接受！"冷静下来后，凌林说，看来，凌林确实从自己曾经的冲动中吸取了教训。

"谢谢你，林儿！我本来不想告诉你，不想告诉任何人。但我现在有重要的事情要处理，我最担心没人照顾我的孩子。林儿，我托付你一件事：你帮我好好照顾思鸿，我要去广东找张伟，他卷走了高氏集团的钱，我得把这笔钱追回来。我不在的时候，你就把思鸿当作自己的孩子，好好教育他，让他成长，将来不要像张伟那样走歪了，要像你和祁宏那样走正道！"高燕说。

高燕的话让凌林震惊，凌林闻到了"风萧萧兮易水寒，壮士一去兮不复还"的味道。

"好的，燕姐，"凌林说，"我们先说清楚了，我只是暂时帮你代管一下思鸿，不管你有没有找到张伟，能不能要回那笔钱，你都要想着思鸿，你都要注意安全，你都要早点儿回来。我听说广东那边治安不好，经常出事，张伟也不好对付，你一个女孩子，不是他的对手，何况他们有两个人，他们的社会经历比你丰富，身体力量比你强大，心肠比你狠毒！"

"你放心吧，林儿，找到张伟，帮我父亲把钱追回来了，我就回来，一刻都不耽误！"高燕说。

"找不到张伟，追不回款，也要记得啊，一定要回来！"凌林说。

"好，我听你的！"高燕说，"我给祁宏订了四个菜，你等会帮我带上去，是他最喜欢吃的四个菜。以后你可以多做这几个菜给他吃！"

"我还不会做饭菜，但我以后会学。这四个菜，我跟祁宏吃饭的时候，他也经常点，看来他心里还是有你的！"凌林眼睛红了，说道。

凌林知道，她跟高燕，也许是她们这一生中的最后一次见面了，高燕去找张伟，似乎抱定了杀身成仁的决心。

两个女人分手后，高燕直奔火车站。凌林拎着打好包的四个菜和一碗米饭，返回医院——祁宏还没有吃中饭呢。

高燕心里很清楚，把思鸿托付给凌林，她很放心，至于祁宏那儿，在长沙的时候，她就看出来了，祁宏对思鸿尽心尽力，就像他知道思鸿是自己的儿子一样。

高燕心里只有一个念头：一定要找到张伟，把钱追回来；如果找不到张伟，追不回钱，她就不回来了！

又在火车站等了一个多小时，那趟火车终于来了，高燕随着南下的人流挤上火车，找到座位，坐了下来。

在火车上，高燕的心情出奇地平静，就像一池波澜不惊的水。这是她第二次广东之行，她的两次广东之行，都是坐的同一趟火车，都是为了男人。第一次，她是辍学打工，为男朋友祁宏筹集学费，保证他顺利参加高考；第二次，她是孤身南下广东，去找自己的丈夫，更确切地说，她是为父亲追回那笔被丈夫转走的巨款。

目的不一样，心情不一样。第一次，高燕是心甘情愿的，义无反顾的，没有丝毫犹豫；第二次，她是心不甘情不愿的，被形势所迫，但同样决绝，没有丝毫犹豫，她发誓一定要找到张伟，把他们高氏集团的钱追回来！

第二十八章　不在沉默中爆发，就在沉默中灭亡

　　改革开放的前沿阵地广东发展实在太快了。省城广州是一年一小变，三年一大变。三年多没来，广州已经跟记忆中完全不一样了，很多高楼拔地而起，高耸入云，直指蓝天，又焕然一新，形状各异。大街上，穿着各种奇装异服，说着夹杂着各种方言腔普通话的行人熙熙攘攘，来来往往，彰显着这座城市的宽容、活力和魅力。

　　下车后，随着浩浩荡荡的人流出了火车站，站在路边，高燕很茫然，不知道该往哪儿去。她一边等车，一边思考。过了几辆出租车，都被别人抢了，高燕才决定去原来打工的老地方。那儿，有她的初中同学、昔日的同事和朋友；那儿，还留存着她和祁宏相爱的故事和记忆，在山顶守日出，第一次跟祁宏接吻，第一次冲动得差点把自己给了对方。

　　老厂房推掉了，扩建了，几幢现代化厂房拔地而起，里面全是现代化作业的流水线，流水线边上是一排排男工女工，他们穿着清一色的厂服，或站或坐，或熟悉或陌生地操作，神情专注。围绕着厂房，周边修建了很多房子，或高或矮，或新或旧，或大或小，鳞次栉比，形成吃喝玩乐一条街，有卖吃的，有卖服装的，有日用品小超市，有光碟出租屋，也有理发店、按摩店、足疗店、小型电影院、卡拉OK厅、各种各样的小旅馆。大街上热闹非凡，摩肩接踵地行走着南下寻梦的男男女女，以及为他们提供各种各样服务，做他们生意，赚他们

小钱的商贩和第三产业服务人员。

工厂上班都是实行三班倒，大街上永远热闹，白天和晚上都一样，有人走动，有人喊叫，有人贩卖，有人消费。

初中同班同学苏婷还在工厂，她是元老级员工了，已经熬成了主管，也病毒传播一样，从家乡带来了很多亲戚、同学、老乡，把他们介绍进了工厂做工。苏婷极其热情地接待了高燕，也把高燕留在了自己家里，跟他们一起吃住。苏婷已经跟一个四川籍的同工厂的打工仔未婚同居了。说起自己的男朋友，苏婷很自豪，很满意，她男朋友还会写诗，是个小有名气的打工诗人，有很多打工妹崇拜者，她就是被他的诗打动的。苏婷准备过年的时候，不回祁东老家过年，而是跟着男朋友回四川过年，把结婚证扯了，把结婚酒席办了。两个人在厂区附近租了一套两居室平房，生活过得有滋有味，大卧室是苏婷和她男朋友住，小卧室给高燕住。那个打工诗人每天睡觉前都要把自己的新作朗诵给苏婷听，苏婷很崇拜，很享受，边听边拍着手掌叫好。

高燕觉得这样的生活真叫人羡慕，既有梦想，又接地气，充满着人间烟火气。如果生活可以假设，她也愿意像苏婷一样，跟祁宏这样，南下广东，成为一对打工夫妻，生儿育女，平平凡凡，普普通通，在柴米油盐中，在摩擦、生气、道歉、原谅中度过简单而短暂的一生，而不是什么祁东首富的女儿。

但高燕知道，她可以，祁宏不可以。父亲说得对，祁宏是四明山的凤凰，是暂时栖居在四明山的鸿雁，他不属于四明山，他有他自己的星辰大海和长途旅行，有灿烂的前程，光明的未来，她不能因为自己，耽搁了祁宏，成为绑在他翅膀上的一块沉重的石头。他们虽然是从同一个车站出发，却注定上了不同车次的车，虽然最终的方向都是死亡，但两个人跑着跑着，却在不同的人生轨道上行走了。

在广州这个地方，人海茫茫，一个人融入人海中，就像一滴水滴进了大海里，无影无踪，无迹可寻。要找到张伟，实在太难了。第一周，高燕信心十足，干劲十足，却又像一只无头苍蝇，到处乱撞。苍蝇都比她好，苍蝇可以闻着气味寻找，她是什么线索都没有。每天天没亮，高燕就起了床，出了门，在大街上闲逛，碰碰运气，希望邂逅张伟或者刘美丽。

高燕手上拎着一个红色方便袋，袋里装着两瓶白开水，三个大馒头，渴了，喝点水，饿了，啃个大馒头；累了，坐在路边大树下的水泥板凳上，歇一歇。这样节俭，不是没钱，生活费，她还是有的，用不完，只是没有找到张伟，她没胃口吃。高燕告诫自己，只要找到张伟了，就好好地犒劳自己，美美地吃一顿大餐。

这样下去，就像大海捞针，没有头绪，不是办法，也不可持续。每天拖着疲惫的身体回到家，洗漱完，上了床，高燕开始检讨、反省，试图开辟新的途径，寻找新的办法。高燕想，既然是找人，就得按图索骥，不能过于盲目了。张伟好吃懒做，喜欢刺激，现在手里又有钱，是不可能出来打工的，找他，得去饭店、酒楼、大商场、电影院，以及那些灯红酒绿、花天酒地、声色犬马的地方。按照这个思路，从第二周起，高燕改变了寻找地方，以高档消费场所为主，结果又找了七天，还是一无所获。

渐渐地，高燕感到沮丧，垂头丧气，心灰意懒起来，她开始想家，开始想思鸿，开始问自己：这样做，对不对？要不要再坚持？但阳光很快穿过思想的云翳，照射下来，让她看到了前方的光亮：既然找张伟很难，为什么不换换思路，找刘美丽呢？他们不是一起逃亡的吗？刘美丽是张伟的影子，只要找到了刘美丽，就能够找到张伟。

跟张伟的好吃懒做不一样，刘美丽是一个闲不住的人，她不愿意待在家里，坐吃山空，哪怕再有钱！她喜欢折腾，所以，她不可能不工作。高燕记得曾经听刘美丽说过，将来有钱了，要开一家美容院，让自己变得更美，让更多女人变得更美，她要赚爱美的女人的钱。现在的刘美丽不是很有钱了吗？她会不会在广州开一家美容院呢？

如果有钱，在广州开美容院，是一门好生意，比按摩店、足疗店既高端，又赚钱。足疗店、按摩店，以男性顾客为主，藏污纳垢；美容院以女性顾客居多，市场很大，行情很好，很多做了有钱人情人的年轻女孩，都希望自己更加漂亮迷人，把大款拴住；很多有钱又有闲的上了年纪的女人，希望把美丽和青春留住，不要比年轻女孩差太多了，哪怕留住的只是美丽和青春的影子。

真是天无绝人之路，这么想着，高燕感到茅塞顿开，豁然开朗。从第三周起，她开始往大街小巷的美容院跑，尤其是那些最近开业的美容院，打听刘美丽的消息。这个思路是对的，又过了几天，高燕终于打听到，天河区芳村有家刚开业的美容院，店名就叫爱美丽美容院，老板娘就叫刘美丽。

找到爱美丽美容院，高燕按捺住内心激动，透过玻璃门往里看，看到收银台前坐着的，果然是刘美丽。刘美丽化了很浓的妆，眉毛、眼睛、唇线都精心修过，她把自己打扮得漂漂亮亮，精精致致，跟在祁东的时候判若两人，大相径庭，但高燕还是一眼就认出了她。

高燕没有打草惊蛇，她在美容院对面的一家茶馆选了一个靠窗的座位坐下来，要了一壶茶，一边喝，一边耐心地等着刘美丽下班。时间还早，广州的阳光明晃晃的，照得人睁不开眼睛。

美容院生意不错，上午、下午、晚上都是如此，穿着各种各样裙裾的女性进进出出，络绎不绝。接送客人，分派任务，数钱，找钱，刘美丽忙得不亦乐乎。等刘美丽忙完，收拾东西，准备下班，已经晚上十点多了。晚上十点多，是女人美容生意最惨淡的时候，这个时候，女人都要卸妆，上床睡觉了——爱美的女人都知道，充足的睡眠是女人美貌的保障。晚上十点多的广州，大街上还是车水马龙，到处都是趿着拖鞋，穿着短裤，四处溜达，吆五喝六，吃夜宵的年轻人，跟内地是完全不同的两个世界。

把美容院关上，拉上卷帘门，上了锁，刘美丽上了一辆停在旁边的新宝马车，打着火，倒出车位，在大街上不疾不徐地开着。刘美丽喜欢这座富有生机、活力，机会遍地的城市，看着两边不停闪烁的霓虹灯，刘美丽满心欢喜，心情舒畅。她是第一次来广州，那天一下火车，她就喜欢上了这座城市，就像当初那个夜深人静、寂寞无聊的值班之夜，看到张伟来找她看大腿内侧的伤口一样。现在又有了别墅，有了新车，有了美容院，刘美丽觉得自己的人生开了挂。她也挺佩服自己的眼光，跟着肖和平，不可能有这样充实富足的日子，跟着张伟才有。

高燕招手拦了一辆出租车，不疾不徐地跟在刘美丽后面。出了城，到了郊区，刘美丽在一幢崭新的独家小院前停了下来。那幢别墅有三层，气派豪华，还带前后院，很新，刚装修完，院子里的花草都还没来得及种上，只是摆了几排大小不一的盆栽。

找到了张伟和刘美丽在广州的安身之处，高燕甭提有多高兴了。她没有立刻闯进去，这样会坏事。她跟张伟的事，高燕也不想把刘美丽牵扯进来。既然高燕不喜欢张伟，也就不存在刘美丽破坏她的婚姻和家庭，对她有伤害，她们都是女人，刘美丽是个被张伟忽悠和利用的女人，女人何苦要为难女人呢？

高燕有太多账要找张伟算了，所以，也不急在一时，高燕准备找张伟单独谈谈。高燕在张伟别墅对面找了一个小旅馆住下来，要了一间正对着别墅的客房。客房在三楼，透过玻璃窗，可以把对面的别墅看得清清楚楚。住进房间，高燕看到了别墅二楼阳台上，穿着宽松睡衣的张伟坐在藤椅上，一边抽烟，一边喝茶，怡然自得。

第二天，高燕早早起了床，躲在玻璃后面观察对面别墅的动静。九点左右，看到刘美丽开车上班去了，高燕才从小旅馆走出来，横过马路，来到别墅前，按响了门铃。高燕知道，刘美丽上班去了，要晚上十点才能回来，她有一天时间处理跟张伟的事情。

张伟还在睡觉，没有起床。他想不明白他们已经那么有钱了，刘美丽还要起早贪黑地折腾什么。门铃响了，张伟没有马上去开门。刘美丽那么早起床，把他吵醒了，刘美丽走后，他刚躺下，准备再睡一觉呢。高燕第三次按门铃，张伟才揉着眼睛，很不情愿地起床开门。张伟一边开门，一边嘟囔，他以为是刘美丽忘记拿钥匙，返回来了。

前天晚上，张伟看香港A片，看到很晚才上床睡觉，他还想再睡一会儿。刘美丽下班回来，张伟拉着刘美丽，要她跟自己一起看，刘美丽没有答应，还讥讽他说："A片不是治疗阳痿的良药，你光看那个什么鸟用都没有！"

看到门前突然出现的高燕，张伟既紧张，又诧异，还有一丝慌乱，但他反应极快，立刻拉住高燕的手，假装镇定，真的兴奋地说：

"燕儿，你来了？我不是在做梦吧，什么风把你吹来的?"

高燕没有提张伟卷款潜逃的事，她佯作生气地说："张伟，你明知故问呢！我已经来广州找你一个月了。你这一走，招呼都不打一下，家都不要了？你不要家，我和思鸿要你，他想爸爸了！我来找你，希望你跟我回去，我可以没有你，但思鸿不能没有爸爸，他渐渐长大了，懂事了！"

高燕还是没提张伟把钱卷走的事，只当张伟和刘美丽私奔了，自己争风吃醋呢。高燕知道张伟对自己的感情，知道张伟喜欢这种在乎他，以他为中心的感觉。

"你想我？思鸿想我了？"张伟的眼圈红了，声音渐渐变了，他有了钱，到了广州，反倒不快乐了，因为他不行了，每天晚上都被刘美丽埋怨，他从精神层面上感觉到了"在家千日好，出门时时难"。

"张伟，我弄不明白，你说说看，我哪点比不上刘美丽，你要抛妻弃子，跟她私奔?"高燕说。

"燕儿，不是比不上，是没的比！"张伟说，"你知道，刘美丽是真心喜欢我，对我热情似火；你不喜欢我，对我冷若冰霜。我是没有办法忍受你的冷漠了，才跟她混在一起的。我是个男人，一个离不开女人的男人。如果找不到一个自己爱的人，就找一个爱自己的人！"

"你是忽悠我吧？如果你说的属实，那我现在来找你了，希望你跟我一起回去，我们仨一起好好过日子，把思鸿抚养成人，毕竟我们是夫妻，孩子都有了！"高燕说。

高燕一改对张伟的不屑和傲慢，放下架子，耐住性子，极尽温柔。高燕已经想明白了，如果见到张伟，就暴露目的，乱吼乱叫，抓疯抓狂，是没有任何作用的，只能适得其反，让事态失去控制，给自己带来人身安全问题。惹怒张伟不是目的，要回高氏集团的钱，才是目的。为达到这个目的，她不能乱来；如果硬来了，乱来了，那就没办法达到目的了。

果然张伟动心了，这种动心，也许是掩饰，也许是真心，也许两者都有。

"好说，好说，燕儿，你别站在门外了，先进来再说，我们好好聊聊！"张伟一边说，一边把高燕拉了进去。

高燕一进门，张伟就把门顺势带上了，他感觉自己身体上的某些地方起了变化，他一把抱起高燕，往床边走去。

高燕没有反对，任由张伟抱着。两个人上了床，张伟开始亲吻她，抚摸她。张伟的呼吸渐渐变得急促起来，他兴奋地叫道："燕儿，我行了，我又行了！我还以为自己这辈子废了呢！因为这个事，刘美丽嫌弃我，不愿意跟我待在家里，硬要去开美容院。我现在才知道谁是我的真命天女！"

"我不会因为这事嫌弃你的，因为你是孩子他爸，况且我也不喜欢做这事，以前是我对不起你！"高燕说。

高燕没有阻止，只有迎合，作为女人，对付张伟，她只有身体这个武器，只有感情这张王牌，"你先别急，找到你了，我们以后有的是时间！"

高燕的话，让张伟感到如沐春风，看来自己跟刘美丽私奔，让高燕明白过来了，觉得他是她男人，对一个女人来说，对一个家庭来说，男人太重要了，没有男人，女人什么都不是，家不成家。这个时候，张伟才感到自己是爱高燕的，别人没法比；他跟刘美丽，纯粹是欲望，是满足，是不受控制的胡来。高燕虽然不爱自己，但她爱思鸿，为了思鸿，高燕愿意委屈自己，跟他妥协，跟他过日子。

"燕儿，你真好，希望你来找我是真心的！"张伟说，"没有人对你比我对你更好了，包括祁宏；我对别人没有比对你更好了，包括刘美丽。我现在明白了，刘美丽是耐不住寂寞，才跟我在一起的，她动机不纯！"

"你离开这么久，我也想了很多，我也想明白了，以前是我不对，心里老想着祁宏，没有摆正自己的位置。我们结婚了，有一个共同的小家，你是丈夫，我是妻子，祁宏是外人，刘美丽也是外人。作为一个女人，我得嫁鸡随鸡，嫁狗随狗，不能结了婚还有那么多不切实际的幻想，还对你有那么严重的抵触情绪！"高燕说。

"燕儿，如果你早能够这么想，我们之间就不会惹出那么多事情来了！"张伟说，"我也不用离乡背井，破釜沉舟，跟着别人的老婆跑到广州来了，有家都回不去了！"

"那个家也是你的家，只要你愿意，你想回就回！希望我们以后能够坦诚相待，不要再把对方当外人，更不能当仇人了！"高燕说。

"我从来没有把你当外人，当仇人，我只把你当宝；是你把我当外人，当仇人了！"张伟说。

"既然如此，我们就开诚布公地说说，我们之间，有多少事，你瞒我了？"高燕说，高燕希望张伟说出自己卷款潜逃的事。

"我是有很多事情瞒着你，对不起你！"张伟说。

"那你说我听，我认真听听！"高燕说。

"那好，燕儿，我说了，你不能生气啊！"张伟说。

"你说吧，我不生气，只要你能够浪子回头，我们以后还可以在一起好好过日子的!"高燕说。

"但你要答应我一个条件。"张伟说。

"你说吧,只要合理,只要不让我为难,我答应你,不要说一个条件,就是十个条件,我也答应你!"高燕说。

"我说了,我们就不回去了,你跟我在广州,我们在一起好好过日子,我不喜欢祁东,那个地方太偏僻太落后了,有钱没地方花,生活质量太低了!"张伟说,其实他知道自己犯下了太多事,怕回去被逮起来了。

"好,这个条件不难,我答应你!我们一起把思鸿接过来,我要父亲在广州开个广东办事处,或者分公司!"高燕说。

当然,这是高燕的迎合之语,不是真心话,高燕希望张伟自己把卷款潜逃的事情说出来,说出一个亡羊补牢的办法,用过的钱,如买别墅,给刘美丽开美容院、买车,就算了,不计较了,只要张伟愿意把剩下的钱还给高氏集团就行。张伟犯的罪,作的孽,自然有执法部门来追究,高燕不能越俎代庖。

"燕儿,既然你愿意跟我过了,那我就把我们之间的真相都告诉你。其实,我们结婚前的那天晚上,跟你睡在一起的,不是祁宏,是我!你喝醉了,睡着了,我敲门进来,把祁宏轰走了,自己留了下来!"

高燕感到头昏脑涨,天旋地转,疼痛难忍。这么说,破了自己女儿身的,不是祁宏,是张伟;让自己怀孕的,不是祁宏,是张伟;思鸿不是祁宏的孩子,是张伟的孩子!

这是高燕做梦都没想到的,她一直以为是祁宏破了自己的身子,思鸿是祁宏和自己的孩子,是祁宏和自己的爱情结晶。这么说,一直都是自己错了,自始至终,祁宏都没有碰过自己,难怪在长沙办事处,那天晚上祁宏喝醉酒醒来,是那样害怕跟自己发生什么了。

祁宏是那样纯洁,是那样深情,以前是对自己,现在是对凌林。

高燕心潮澎湃，波涛起伏，说不出什么滋味来，但她还是不动声色。

"还有呢?"高燕问。

"其实，思鸿是我们的孩子，那天晚上，你把我当作他了，你把思鸿当作你跟祁宏的了——你跟祁宏什么都没有发生!"张伟说。

虽然已经猜到了这个结果，可是听张伟说出来，高燕还是觉得犹如五雷轰顶，心里涌起无边悲凉，就像深秋的草原一样荒芜——她一直以为是祁宏破了自己的身子，一直以为思鸿是祁宏跟自己的孩子。这两件事，是支撑高燕活下来，走到今天的两根擎天大柱。现在听张伟这么说，好像这两根擎天大柱被张伟抽走了，她的天空坍塌了，砸了下来。

难怪，高燕曾经不安地发现，思鸿是越长越像张伟了，有些习惯和性格都像，神态表情也像，他们就像一个模子里倒出来的。这个问题曾经让她感到困惑，现在她终于知道原因了。

高燕表面上还是不动声色。这是客观事实，已经没有办法改变了，虽然她才二十多岁，可她已经经历太多了，已经习惯了掩饰自己的表情，哪怕事情再大。何况，高燕觉得自己的心已经死了很久了，从跟祁宏分手后，她的心就死了，波澜不惊了;对张伟，她从来没有动心过，心也死了。

高燕突然感谢自己有先见之明，把思鸿托付给了凌林。虽然思鸿不是祁宏的孩子，但他是无罪的，高燕喜欢思鸿，爱思鸿。她相信，无论怎样，凌林和祁宏都会善待思鸿的，有他们吃的，就有思鸿吃的，有他们穿的，就有思鸿穿的，哪怕他们没吃没穿，都会让思鸿吃饱穿暖。他们是善良正直的人，是高级知识分子，有他们照顾思鸿，比她这个做母亲的强多了，他们能够给思鸿更好的教育条件，更好的成长环境，更完整的父爱母爱，让思鸿快乐地健康地成长——她可以无牵无挂了!

既然这样，高燕也不再掩饰，直奔主题，冷冷地问："张伟，你从我们家转走的那笔钱呢？"

张伟早就知道高燕会有此一问，从他开门看到她那一刻，张伟就知道了。

"那笔钱，我分成了三份，一份存在我自己的账户上，是最多的；另外两份，我存在刘美丽和他弟弟的账户上。他们账户上的钱，暂时要不回来，你得给我点时间。存在我账户上的钱，我可以交给你保管，你怎么处理都可以，只要你愿意跟我一起好好过日子！"张伟说。

高燕心里很清楚，虽然张伟说给他时间，其实，存在刘美丽和他弟弟账户上的钱，是不可能要回来了。高氏集团现在急需钱用，能够追回来一点是一点，如果能把张伟账户上的钱追回来，也算是给高氏集团做了一件大事，立了一件大功，可以帮助父亲和高氏集团渡过眼前难关了。

"那我答应跟你一起好好过，你现在把你账户上的钱给高氏集团还回去，行吗？高氏集团维持正常运转，需要这笔钱！"

"燕儿，只要你愿意跟我过日子，我愿意把这笔钱还回去，但我们留下五百万做安家费吧，我们在广州需要钱。我现在明白了，我爱的是你，没有你，我不是一个正常男人！我在刘美丽那儿试过，在其他女孩那儿试过，都不行！你来了，我又行了，你是我的神仙菩萨！"张伟说。

张伟一边说，一边凑上来，又要亲热，但被高燕推开了。

"张伟，你要的，我会给你；我要的，你得先给我！"高燕说。

"没问题，燕儿，这个条件合理，交易公平，"张伟说，"不是男人，活得啥尊严都没有，啥乐趣都没有，有再多钱都没意思，都没意义！我现在就把钱转给高氏集团！"

"好，张伟，我们现在就去转账！"高燕说，"把账转完了，你要干啥，我都配合！"

"好，那我们一言为定！"张伟说。

两人下了床，整理好衣服，出了门，一起去银行转账。

银行点很近，附近就有。在高燕见证下，张伟把自己账上的钱转到了高氏集团账户上。

转完钱，张伟拉着高燕的手，往回走。一到家，关上门，张伟一把抱起高燕往床边走去。

高燕没有拒绝，她不断地告诫自己：一定要忍住，小不忍则乱大谋，跟张伟，今天必须做个了断！

张伟真的又行了，在高燕身上，他重新找回了自己，一个生龙活虎、精力旺盛的自己，找到了一种酣畅淋漓的感觉，一种久别重逢的感觉，一种枯木逢春的感觉。

"这才是爱，这才是做爱！我这才是男人，这才算男人！有了你，我死了都心甘情愿！"累得喘不过气来的张伟，从高燕身上下来后，躺在高燕身边，附在高燕耳畔，心满意足地说。

"伟，你躺着别动，我给你做饭，快到饭点了！"高燕说，"你休息一下，做好了，我叫你，你再起床，下来吃饭！"

"这才像个好妻子，好女人！"张伟高兴地说，"荤菜素菜，冰箱里面都有，你想吃啥做啥，我累得不行了，先睡一会儿！"

高燕穿好衣服，下了床，跑去厨房做饭菜，她自己也很久没有吃顿好的了，她得好好吃一顿。

饭菜做好了，是四菜一汤，一碗国宴东安鸡，一份永州血鸭，一份荞头泥鳅，一份蒜泥红菜薹，汤是西红柿蛋汤。高燕盛出两碗汤，从裤袋里抓出一把安眠药，放进了给张伟盛的汤里。

安眠药是高燕积攒下来的。这段时间找张伟，高燕感到神经衰弱，晚上睡不着，需要借助安眠药。每天出门，高燕都把剩下的安眠药全部带上了——她一直都在计划和等待着这个时刻的到来。

把饭菜盛好，放在桌上，高燕走到床边，准备叫张伟起来吃饭，张伟睡得正香，她把他摇醒，说饭菜准备好了，该吃饭了。高燕做饭菜，花了一个多小时，张伟睡了一个多小时。这一个多小时，张伟睡得很沉，醒来后，感到神清气爽，精神饱满，浑身又充满了力量。

当然，张伟也感到肚子里面空空如也，他确实饿坏了，早饭都没有吃呢。

来到饭桌边，闻着饭菜飘香，张伟的口水流了下来。

"燕儿，今天是我们结婚三周年纪念日，结婚三年了，我还没有吃过你给我做的饭菜呢！"张伟说。

"以前是我对不起你，从今天起，我天天给你做，天天跟你在一起！"高燕动情地说，她的眼眶里噙满了泪水，是的，从今天后，他们将永远在一起了。

"那就太好了，我们的生活会比蜜甜的！"张伟说。

张伟抓起筷子，夹了一把永州血鸭，塞进自己嘴里，一边津津有味地咀嚼，一边赞不绝口，"燕儿，你做的饭菜太好吃了，比刘美丽做的饭菜强多了，吃你做的饭菜，我宁愿少活二十年！"

"好了，伟，别贫嘴了，先吃饭吧！广东人吃饭先喝汤，我们入乡随俗！"高燕说，"汤是先做的，现在应该凉了，温度刚刚好！"

"广东人就是吃饭先喝汤！"张伟说，"这样有营养，健康，对身体有好处！"

张伟端起汤，美美地喝了起来。

把汤喝完，张伟开始夹菜吃饭。

那顿饭，张伟吃得开心极了，消化系统里的每个毛细血管都舒张了开来——到广州来这么多天，尤其是刘美丽开了美容院后，中午和晚上，张伟吃饭都是一个人吃的，都是对付着吃的，有时候搞包方便面，有时候到附近馆子里点两个菜，他不会做饭菜，刘美丽平时不做，要有时间了，偶尔做一次，这次是张伟来广州后吃的最好的一顿了。

饭刚吃完，张伟突然感到上下眼皮使劲往一处拉扯，睁都睁不开！

"咋这么困呢？"张伟说，"燕儿，我可能没休息好，特别想睡，我先睡会儿！你不要走，等刘美丽回来，我们仨好好聊聊，我跟她好聚好散！"

"好的，伟，我现在扶你上床！"高燕放下碗，走到张伟身边，搀扶着他往卧室走去。

张伟一上床，就睡了过去，鼾声如雷。

伺候张伟躺下后，高燕又回到餐桌边，坐下来，一个人默默地吃饭，她把剩下的饭菜都吃完了。

把碗筷收拾好，洗干净了，高燕回到卧室，坐在床边，看了看张伟，张伟睡得正香甜！

"张伟，张伟——"高燕叫了两声，张伟没有反应；高燕又伸出手，推了推张伟，张伟还是没有反应！

"不是冤家不聚头！"高燕喃喃自语地说，"是时候做一个了断了！"

高燕在张伟身边躺下来，放下蚊帐，用张伟抽烟的打火机把床单和蚊帐点着了，然后紧紧地抱住了张伟。

"祁宏，我们来生再见！凌林，我们来生再见！爸妈，对不起了，这辈子欠你们的，我来生再还！思鸿，妈妈在天上看着你，保佑你健康成长！"高燕一边念叨，一边流泪。

虽然高燕的泪水很多，下大雨一样，但那泪水在熊熊燃烧的大火面前，力量还是弱小了点，不足以把大火浇灭。

大火熊熊燃烧，很快就吞噬了整幢小院。火是从别墅内部开始烧起的，等消防车赶到，那幢别墅已经烧完了，只剩下一座钢筋混凝土的框架，孤零零地立在废墟上。

一股难闻的尸体烧焦的气味，在别墅上空弥漫，让人极为不适，有一种特别想呕吐的感觉，来来往往的路过者不由自主地捏起了鼻子，加快了离开的脚步。

第二十九章　世界上最爱祁宏的那个人去世了

坐在病床上，祁宏一边输液，一边看电视。

岁月静好，悄然向前。在凌林悉心照料下，他的伤口愈合很快，骨折处打的石膏已经取下来了，伤口处不用包纱布了，长出新鲜肉了，只是身上又多了不少疤痕——祁宏成了一个名副其实的伤痕累累的人。那些疤痕记载和讲述着过往，让他成为一个有故事的人。

电视里正在播放午间新闻，最后那则新闻让祁宏顿时感到胸闷气短，仿佛有什么东西郁结在胸口，让他感到气血不畅。

那则新闻说，广州近郊一幢别墅大白天失火，大火烧死了两个人，一个男的，一个女的。他们是在床上被烧死的，两具尸体被烧得面目全非，蜷缩在一起，成了焦炭，只有狗那么大，已经无法辨认，具体身份信息不详。警方初步判断他们是自杀殉情，希望知情者提供有关线索。

别人辨认不出来，祁宏是一眼就认出来了：那两个死者，男的是张伟，女的是高燕。

那则新闻，很多地方都是主观臆断，没有弄清楚基本事实。祁宏认为，肯定不是偶然失火，不是殉情，而是高燕故意纵火，把张伟烧死了。高燕要报仇，为他，为陈晓明，为工地事故遇难的三个工人——既然张伟逃了，公安奈何不了他，她就要以自己的方式了结跟张伟的一切恩怨情仇，是高燕毫不犹豫地选择了与张伟共赴黄泉，同归于尽，让他不再作恶人间。

高燕去广东寻找张伟已经有一段时间了，一直没有回来，也没有跟他联系。那则新闻就像一记闷棍，敲在祁宏头上，让他半天回不过神来。看完新闻，祁宏颓然地枯坐在病床上，脸色渐渐变得乌青，变得惨白，血色全无，把凌林吓了一大跳。

那则新闻，让祁宏明白了一个基本事实：高燕是再也回不来了，他以后再也看不到高燕了！

那天，高燕到医院看祁宏，没有告诉他要去广东找张伟。因为高燕知道，如果告诉他了，祁宏就不会同意她去了——悲剧也就不会发生了，高燕是最听祁宏的，他说什么就是什么，她无法拒绝他。如果高燕坚持要去，那他肯定会陪她去，那样就不会有事了。可是那样，高燕担心祁宏会有事，凌林会有想法，甚至让祁宏跟钱小芸假婚礼事件再次上演，使祁宏和凌林再度陷入误会的悲剧中——他们是好不容易才消除误会，重归于好的。

祁宏是高燕走了之后才知道的，是聊天的时候，凌林告诉他的。当祁宏意识到不妙，准备阻止的时候，已经来不及了，高燕已经坐在了去广东的火车上。

往事不堪回首，跟高燕的一幕幕就像电影慢镜头一样，从祁宏眼前缓缓滑过。祁宏一边回想，一边悲从中来，眼泪不知不觉地流了下来，滴落在床上。祁宏不止一遍地想，如果高燕的人生是这样一种结局，他宁愿跟高燕从来没有认识过，他们的故事从来没有发生过，他们从来没有相爱过，他宁愿高燕从一开始就跟张伟好，没他什么事儿。

祁宏做梦都没有想到，他的初恋情人，美丽、正直、善良、痴情的高燕，以这样一种悲壮的方式结束了自己悲苦的一生——她的苦难，不是物质上的，只是情感上的，他是高燕悲苦的源头活水，高燕的悲苦，基本上都跟他有关，没有他，高燕就没有悲苦，至少会减少一半以上。祁宏做梦都没想到，他跟高燕一次清楚明白的告别都没有；祁宏做梦都没想到，高燕以这样的一种方式结束了自己的一生，甚至他都没有机会看她最后一眼，送她最后一程！

高燕的死，对高燕自己，对张伟，对祁宏，都是一个悲惨结局，让人久久无法释怀。他们三人中，也许只有张伟最后那一刻是幸福的，他终于如愿以偿，在心满意足中幸福地死去，没有痛苦，没有知觉，没有挣扎；高燕是痛苦的，又是幸运的，因为她的痛苦已经结束了，再也不用痛苦了；只有祁宏的痛苦是长久的，无法排遣的，那种痛苦将伴随他一生，让他无法释怀，无法忘记，就像他额头上的那道疤，永远地嵌在他的身体里，闪亮在最醒目的地方，只要他的肉体在，那道伤疤就在。

祁宏很希望自己永远不要看到那则新闻，很希望高燕永远在寻找张伟的途中，始终没有一个结果。

那天，那个时候，凌林也在医院里陪伴祁宏，也看到了那则新闻。起初，凌林并没有留意，以为是一则与己无关的普通社会新闻，直到看到祁宏的脸色越来越苍白，越来越沉重，越来越难看，她才明白过来，新闻中被烧死的两个人，一个是张伟，一个是高燕。

对祁宏的悲伤难过，凌林第一次感到束手无策，却又找不出一个词语，一句话来安慰他，凌林只能善意地欺骗自己，善良地憧憬：那两个遇难者，千万不要是高燕和张伟——尤其是那个女的，千万不要是她的好朋友、祁宏的初恋情人高燕，哪怕是张伟和刘美丽因为分赃不均，吵架了，自杀了都行；或者因为钱多，被贼人惦记，杀人放火了都行，只要那个女的不是高燕！

可是，祁宏的表情明明白白地告诉她：这一切都是她的不切实际的幻想，虽然警方不能确认死者的真实身份，但祁宏可以，那个男的就是张伟，那个女的就是高燕！

在祁宏的悲伤面前，凌林感同身受，却又不知所措——她唯一能做的，就是强颜欢笑，默不作声，不停地给祁宏递送纸巾，帮他拭去从眼睛里涌出来的，像四明山上的泉水一样的泪水。

那天，祁宏的泪水就像春夏之交、处在汛期的祁水河，奔腾不息，没有停下来的时候——凌林心里明白，祁宏虽然感情丰富，却是一个坚强的人，他是"男儿有泪不轻弹，只因未到伤心处"！

祁宏的伤痛，凌林感同身受，不只因为她是他的女朋友。凌林也是为爱情经历过痛苦磨难和生死考验的人。

一个人来到这个世界上，如果没有经历过一段刻骨铭心的感情，那还叫人生吗？那样的人生还有什么意义呢？有伤痛，有迷惘，不可怕，最重要的，是能不能浴火重生，凤凰涅槃了。

凌林为高燕感到悲哀，为自己感到庆幸。高燕是在错的时间遇到了对的人，又在对的时间遇到了错的人；自己是在对的时间遇到了对的人。凌林庆幸自己英明果断地从英国回来了，跟祁宏冰释前嫌，消除了所有的误会和不快，他们俩要像高燕祝福他们的那样，紧紧地抓住眼前的幸福，不离不弃，白头偕老！对凌林来说，这是人生最重要的，也是最幸福的——她要坚定不移地守护和捍卫这种来之不易的幸福！

人生百年，难免经历风雨波折，难免经历暗礁险滩，但以后无论经历什么，需要面对什么，主观上，凌林都不愿意放弃，也不会放手了！她相信祁宏的想法跟她一样，他们做得到同频共振，心往一处想，劲往一处使，用一个思想认知人生，认知世界，用一个声音说话，表达意见。

又过了一周，祁宏终于出院了。他在医院里躺了一个多月，伤口都好了，长出了新肉，结了新疤，骨头都接上了，愈合了，跟骨折前一样，转动起来，灵活自如，没有什么不适。那次车祸，在祁宏身上留下了很多疤，遍布他身上各处，也在他心上留下很多道疤；身体上的疤，随着伤口的愈合，渐渐没有感觉了，心灵上的疤还时不时被揭开来，鲜血直流，没有愈合的时候！

祁宏出院后，做的第一件事，就是去高家大院接思鸿。祁宏是跟凌林一起去的，是凌林主动提出来的。走出医院大门，凌林对祁宏说："宏，高燕不在了，我想把小思鸿带在身边，他是一个可怜的孩子，也是一个可爱的孩子，他是无辜的，他不能没有爸爸妈妈，不能没有父爱母爱！"

高燕曾经对凌林说过思鸿是祁宏和她的孩子，这句话一度让凌林震惊，也深感不适，但随着高燕去世，随着她对祁宏的了解和爱意不断加深，这种不适已经变得云淡风轻，渐渐可以忽略不计了。

思鸿正在高家大院里快乐地追逐那些鸡鸭，度着无忧无虑的童年时光。思鸿跑不过鸡鸭，却追得鸡飞鸭跳，惶惶不可终日。凌林给思鸿递了一把纸包糖，然后将思鸿抱起来，搂在怀里，脸贴在思鸿脸上。

那一刻，凌林泪如雨下，好像抱着的是自己的孩子，她心里涌起了无限的柔情，无边的母爱。正如高燕期待的那样：思鸿是高燕的孩子，是祁宏的孩子，也是她凌林的孩子，他们都爱着他！

"宏，我们以后就把思鸿当作我们自己的孩子，我们要给他最好的成长环境，给他最好的教育条件，给他最好的个性化培养，让他健康成长，让他将来像你一样，拥有正确的三观，超凡的能力，像你一样拥有精彩丰富、与众不同的人生！"凌林说。

凌林对思鸿的态度让祁宏非常感动。在回四明山的车上，祁宏一直顾虑重重，不断扪心自问：我到底要不要告诉凌林真相，思鸿不是我和高燕的孩子，我和高燕什么都没有发生过！

最后，祁宏还是打消了这个念头，因为他知道凌林爱自己，他知道凌林会爱屋及乌，他怕告诉凌林后，影响她对思鸿的感情。如今看来，告不告诉凌林都无所谓了，思鸿就是自己的孩子，就是自己跟高燕的孩子，就是自己跟凌林的孩子！他要和凌林一起，给思鸿最好的教育，把思鸿抚养成人，一个三观正确的人，他要让思鸿永远记住：他是思鸿的爸爸，凌林是思鸿的妈妈！

离开高家大院的时候，祁宏一边想，一边情不自禁地握住了凌林的手——凌林的另一只手牵着思鸿。祁宏的大手把凌林的小手握在手心里，握得紧紧的！

　　思鸿两岁多了，活泼好动，对这个世界充满了好奇，什么都要尝试一下，什么都要问个明白。也许现在，他对自己的妈妈高燕有短暂而深刻的记忆，但这个年龄段的记忆往往是一生中最不靠谱的，也是最容易被岁月风化和洗荡干净的。随着时间的推移，随着他们对祁宏和凌林的感情和印象的加深，思鸿会慢慢地忘记自己的爸爸是张伟，自己的妈妈是高燕，从而把祁宏当作自己的爸爸，把凌林当作自己的妈妈！

　　这对两岁多的思鸿来说，是一件值得庆幸的事，也许永远不知道自己的亲生父亲是谁，不知道自己的亲生母亲是谁，不知道亲生父母之间的恩怨情仇，不知道父辈之间的恩怨情仇，对思鸿来说，是最好不过的安排了！

尾声　祁宏大家小家一肩挑

没有爬不过去的山，没有蹚不过去的河。

虽然高氏集团遭遇了前所未有的困难，资金链断裂，拖欠员工工资，很多员工都有意见，怨声四起，部分员工甚至辞职走人，但高氏集团最后还是大难不死，挺了过来，这其中高燕功不可没——眼看支撑不下去了，高氏集团的账户上突然多出来一笔巨款，是张伟的账户从广东转回来的。

虽然这笔巨款不是高氏集团被张伟转走的全部款项，却也足以帮助高氏集团发工资，维持正常运作，渡过眼前难关，获得喘息机会，重振雄风了。更让高欣高兴的是，这笔款项转过来，说明高燕已经找到张伟了，也说服张伟了，至少是部分说服张伟了，而绝对不是张伟良心发现，给高氏集团打钱过来。

高燕离家后，高欣给长沙办事处去过几个电话，每次王欣都说高燕不在，她根本就没有来过长沙。高欣才渐渐明白，女儿是去找张伟了，收到张伟转账，高欣肯定高燕已经找到张伟了，他盼女儿女婿能够一起回来，他既往不咎，因为他们是一家人。但他们始终没有回来，也没有跟他联系——他们连孩子都不要了，托付给祁宏和凌林了。

高燕已经去了一个月了，她既没给家里写封信，也没给家里来一个电话。但张伟毕竟给高氏集团转钱回来了。这件事，让高欣和王红梅愉快地想，女儿女婿已经重归于好了，只是碍于张伟身上有命案，怕警察抓他，于是跑到广东躲了起来。高欣和王红梅一点都不担心，女儿女婿身上有的是钱，张伟只归还了从高氏集团转走的款项的一半，另一半钱够女儿女婿花一辈子了。

不经历风雨，怎么见彩虹？有了那笔还款周转，高氏集团挺了过来，渐渐地走出了困境，上了正轨，重新驶上了高速发展的快车道。高氏集团承包的那个马路扩建工程在那年春节前夕如期完工。那些在广东打工，看惯了广东繁华，习惯了广东四平八稳的高速公路的异乡游子，回到祁东过年，再也没有因为马路问题，对家乡的落后面貌怨声载道了。

临近年关，冬天的阳光就像春天的阳光那样明媚温暖，祁东县举行了隆重盛大的工程验收和通车仪式，祁东籍的省市领导都来了，全县四套班子的头头脑脑都出席了。凌书记主持了通车仪式，并发表了热情洋溢的讲话，他寄语祁东借此东风走上经济建设和社会生活高质量发展的康庄大道。

工程验收和通车仪式结束后，凌书记上了高欣的车，坐在副驾驶位上，要高欣带着他跑一趟新马路全程。他们从县城出发，向着四明山，结结实实地跑了一个来回，用了两个半小时——比马路扩建前用时整整缩短了一半，马路扩建前，祁东县城到四明山，要三个小时，现在只要一小时二十分钟。凌书记一边看，一边感受，对施工质量赞不绝口，觉得那条马路又宽又平，汽车在上面奔跑，又快又稳，一点颠簸都没有。

上车后，高欣给凌书记倒了一杯水。那杯水是满的，与杯沿齐平，放在车后排中间的小桌板上。凌书记一口都没有喝，到了四明山，再返回县城，那杯水一点都没有溢出来。

那条马路是高氏集团进军工程建设领域修建的第一条道路，承包的第一个工程——高氏集团出色地完成了任务，得到了社会各界，尤其是外出打工，见过世面的父老乡亲的赞誉和肯定。这条马路的修建标志着高氏集团从此开始在工程建筑领域奠定了根基，迅速崛起，成长为祁东乃至衡阳市最大的建筑工程企业，甚至在湖南省都排名靠前。

凌林跟着心走，怎么想，就怎么做了，她真没有去英国继续学业了，而是留在国内，留在祁宏身边。凌林住进了长沙办事处，一边带思鸿，一边复习考研。凌林报考湖大研究生，当然不成问题，是一件水到渠成的事情。她不想走远了，觉得在哪个城市都一样，只要有祁宏在，她就心安。在中国，北京最好吧；在世界，伦敦最好吧，但这两个地方，凌林都待过，因为没有祁宏在，她觉得很难受，一点幸福感都没有——对她来说，有祁宏的地方就是家，她只想跟祁宏在一起，再也不想离开了。

虽然祁东县乃至清华大学，很多人说起凌林来，都感到惋惜——在清华大学没有毕业，在英国剑桥留学只是开了个头，一个学期都没有坚持下去，很多人认为凌林是被爱情冲昏了头脑，是爱情毁了凌林的前途，也有人质疑凌林学习能力一般，不能适应清华和剑桥的紧张氛围，所以只能退而求其次，报考湖大研究生。

这些猜测，传到凌林耳朵里，她只是一笑了之，没有分辩。凌林的笑很豁达，就像认可了别人说的似的——凌林不想做无谓的分辩，她只想"走自己的路，让别人去说吧"。

当然，凌林和祁宏还没有结婚，可他们已经有个家了。在别人看来，他们是一家三口，在他们自己看来，他们确实是一家三口，恩爱有加，其乐融融。

毕业后，祁宏也食言了，他没有报考北京大学的研究生，而是参加了工作。当年想考北大研究生，是因为凌林在清华读书，清华跟北大只有一墙之隔，祁宏考上北大研究生了，他们就可以在一起了，可以在北京落地生根，比翼齐飞了，但计划往往不如变化快，当初决定考北大研究生也只是为了两个人能够在一起，现在他们已经在一起了，就没那个必要了。

虽然还是两个稚嫩的肩膀，但是祁宏已经挑起了生活的重担，既要挣钱养自己的小家，给凌林和思鸿提供尽可能好点的生活条件和生活环境，又要照顾那个远在四明山深处的大家，为父母分担，接济弟弟妹妹，尽一个老大的责任——弟弟妹妹们还算争气，跟他一样，学习越来越好，成绩都是班上乃至全年级数一数二。

跟那个年代很多从偏僻的乡下农村和小城市来到大城市落地生根的小青年的处境一模一样，祁宏和凌林的小日子过得紧紧巴巴的，谈不上富裕宽松，却也不至于挨饿受冻。凌林很有生活的智慧，在同龄人中，在同样境遇的年轻人中，他们的生活质量还是不错的，柴米油盐酱醋茶，一样都不缺，还有星辰大海，诗和远方，有情有爱。

男儿当自强！虽然累点，但祁宏觉得没什么，都是应该和必须承担的，他乐此不疲，干劲十足，一边学习，一边经营管理长沙办事处，局面渐渐打开了。

大学毕业后，祁宏有两个选择：一是留校任教；二是他报考了公务员，而且笔试和面试都是第一名。祁宏选择了公务员，进了省委大院，给领导做文字秘书，闲时写点小文章，在湖南日报上发发，赚点儿稿费。

至于未来规划，祁宏希望做一个合格的人民公仆，像凌书记那样，将来为官一任，造福一方。祁宏是看明白了，在官场上混，基本上有两种人：一种是务实肯干的人，像凌书记那样，一心为老百姓着想；一种是务虚处世型，像张援朝那样，不求有功，但求无过，八面玲珑。张援朝虽然官运不错，在哪都吃得开，做什么都吃得开，到点了自然升迁。但祁宏不喜欢，他是一个从乡下农村走出来的读书人，他学不会圆滑，也做不到世故。

2023年5月1日北京印象　曾高飞文学艺术馆　首稿
2023年5月29日北京印象　曾高飞文学艺术馆　二稿
2023年6月16日北京印象　曾高飞文学艺术馆　三稿

图书在版编目（CIP）数据

前行的人生. 第三部, 浴火重生 / 曾高飞著. -- 北京：
作家出版社，2024.6
ISBN 978-7-5212-2702-4

Ⅰ. ①前… Ⅱ. ①曾… Ⅲ. ①长篇小说 – 中国 – 当代
Ⅳ. ①I247.5

中国国家版本馆 CIP 数据核字（2024）第 025406 号

前行的人生. 第三部，浴火重生

作　　　者：曾高飞
责任编辑：宋辰辰
书名题字：刘亚东
装帧设计：意匠文化·丁奔亮
出版发行：作家出版社有限公司
社　　　址：北京农展馆南里10号　　　邮　编：100125
电话传真：86-10-65067186（发行中心及邮购部）
　　　　　　86-10-65004079（总编室）
E-mail:zuojia@zuojia.net.cn
http://www.zuojiachubanshe.com
印　　　刷：唐山嘉德印刷有限公司
成品尺寸：152×230
字　　　数：256千
印　　　张：19.75
版　　　次：2024年6月第1版
印　　　次：2024年6月第1次印刷
ISBN　978-7-5212-2702-4
定　　　价：128.00元（全三册）